THE DUNE
CHRONICLES

1

DUNE

1

THE DUNE
CHRONICLES

프랭크 허버트 　 듄 　 FRANK
HERBERT

DUNE

김승욱 옮김

황금가지

DUNE

by Frank Herbert

듄 —— 7

부록 1 — 듄의 생태계 —— 893

부록 2 — 듄의 종교 —— 907

부록 3 — 베네 게세리트의 의도와 목적에 대한 보고서 —— 920

부록 4 — 귀족 연감 —— 924

아라키스의 지도 —— 926

제국의 용어들 —— 927

∋፠Ϛ

처음이란 균형을 맞추는 데 가장 세심한 신경을 써야 하는 시간이다. 베네 게세리트의 자매들은 모두 이것을 잘 알고 있다. 그렇다면 무앗딥의 생애에 대한 연구를 시작하기 위해서는 먼저 그가 살았던 시대를 제대로 파악해야 한다. 무앗딥은 패디샤 황제 샤담 4세의 재위 57년에 태어났다. 그다음에는 무앗딥이 속했던 곳이 바로 아라키스 행성이라는 사실에 가장 각별히 신경을 써야 한다. 그가 칼라단에서 태어나 열다섯 살 때까지 그곳에 살았다는 사실에 현혹되어서는 안 된다. 듄이라는 이름으로 알려진 행성 아라키스가 영원히 그가 속한 곳이다.

— 이룰란 공주의 『무앗딥에 대한 안내서』

아라키스*로 떠나기 전 주, 막바지 여행 준비로 성안은 거의 참을 수 없을 만큼 소란스러웠다. 그때 한 쭈그렁 할멈이 소년 폴의 어머니를 만나러 왔다.

칼라단* 성의 따뜻한 밤이었다. 26세대 동안 아트레이데스 **가문***의 집이었던 이 오래된 돌성은 날씨가 바뀌기 전의, 땀이 식은 듯한 분위기를 품고 있었다.

그 노파는 폴의 방 옆 둥근 천장 통로의 옆문으로 들어왔다. 그리고 침대에 누워 있는 그의 모습을 잠깐 들여다볼 수 있었다.

마룻바닥 가까이에 떠 있는 반중력 램프의 불빛은 어슴푸레하게 반쯤 줄여져 있었다. 잠에서 깬 소년은 그 빛으로 방문 앞에 몸집이 큰 여자가 서 있는 것을 보았다. 그 여자 뒤로 한 발짝 떨어진 곳에는 그의 어머니가 서 있었다. 노파의 모습은 마녀의 그림자 같았다. 머리카락은 거미줄처럼 헝클어져 어두운 얼굴 주위를 뒤덮었고 눈은 보석처럼 반짝였다.

"나이에 비해 몸집이 작은 것 아니냐, 제시카?" 노파가 물었다. 그녀의 목소리는 제대로 조율하지 않은 **발리세트***처럼 바람 빠지는 소리를 냈다.

폴의 어머니가 부드러운 저음의 목소리로 대답했다. "아트레이데스 가문 사람은 원래 늦게 성장한다고 알려져 있습니다, **대모(大母)***님."

"그래, 나도 그렇게 들었다." 노파가 또다시 바람 빠지는 소리를 냈다. "하지만 저 애는 벌써 열다섯 살이 아니냐."

"예, 대모님."

"깨어서 우리 대화를 듣고 있군." 노파가 키득거리며 말했다. "음흉한 녀석. 하지만 왕은 교활해질 필요가 있지. 게다가 저 아이가 정말로 **퀴사츠 해더락***이라면……. 음……."

폴은 어둠 속에 잠긴 침대에서 가늘게 눈을 뜨고 있었다. 노파의 눈은 새의 눈처럼 밝은색에 달걀 모양이었다. 그 눈이 폴의 눈을 마주 바라보면서 더 커지고 반짝이는 것 같았다.

"잘 자라, 이 음흉한 녀석아. 내일 내 **곰 자바***에 맞서려면 가진 재주를 죄다 동원해야 할 테니……." 노파가 말했다.

그녀는 소년의 어머니를 밀어내고 '쿵' 소리가 나도록 문을 닫고는 가 버렸다.

폴은 침대에 누워 생각했다. '곰 자바가 뭐지?'

지금이 변화의 시기라서 모든 것이 혼란한 상태라고는 하지만, 그 노파야말로 그가 지금까지 보았던 것 중에서 가장 이상한 존재였다.

'대모님이라고?'

노파가 폴의 어머니를 **베네 게세리트*** 레이디로 대우하지 않고 평범한 하녀 부르듯 제시카라고 부르는 것도 이상했다. 그녀는 공작의 첩이며 공작 후계자의 어머니였다.

'곰 자바라는 게 아라키스로 가기 전에 내가 알아두어야 하는 그곳의 어떤 물건인가?'

폴은 그녀가 했던 이상한 말들을 소리 없이 되뇌어보았다. '곰 자바…… 퀴사츠 해더락.'

지금까지도 배워야 할 것들이 너무 많았다. 아라키스는 칼라단과 아주 다른 곳이기 때문에 폴의 머릿속에는 아라키스에 대한 새로운 지식이 소용돌이처럼 엉켜 있었다. *아라키스, 듄, 사막의 행성.*

아버지의 암살단 단장인 투피르 하와트는 이렇게 사정을 설명해 주었다. 아트레이데스 가문의 불구대천 원수인 하코넨 가문은 80년 동안 아라키스에 머물면서 **초암*** 사와의 계약에 따라 노화를 막는 **스파이스***인 **멜란지***를 채취하기 위해 그곳을 준(準)영지로 삼았다. 그런데 이제 하코넨 가문은 떠나고 그 자리에 아트레이데스 가문이 들어서서 그곳을 완전한 영지로 삼을 작정이었다. 보기엔 레토 아트레이데스 공작의 승리였다. 하지만 하와트는 이런 겉모습 속에 지극히 치명적인 위험이 숨어 있다고 말했다. 레토 공작이 랜드스라드의 대가문들 사이에서 인기를 얻고 있기 때문이었다.

"인기가 좋은 사람은 권력자들의 질투심을 불러일으키게 마련이죠." 하와트는 그렇게 말했다.

아라키스, 듄, 사막의 행성.

폴은 잠이 들었다. 그리고 아라킨에 있는 동굴의 꿈을 꾸었다. 그를 둘러싼 사람들이 침묵 속에서 **발광구***의 희미한 빛을 받으며 움직이고 있었다. 엄숙한 분위기의 신전 같았다. 어디선가 '똑똑똑' 물방울 떨어지는 소리가 희미하게 들려왔다. 꿈을 꾸는 동안에도 폴은 잠에서 깼을 때 이 꿈을 기억하리라는 것을 이미 알고 있었다. 그는 예언이 담긴 꿈을 잊어버리는 법이 없었다.

꿈이 서서히 희미해졌다.

폴은 잠에서 깨어 자신이 따뜻한 침대에 누워 있음을 느꼈다. 그는 생각하고 또 생각했다. 이 칼라단 성에는 놀이라고 할 만한 것도 없었고 또래 친구도 없었다. 어쩌면 이 성을 떠나는 것을 슬퍼할 필요가 없는 것 같기도 했다. 그의 가정 교사인 유에 박사가 아라키스에서는 **파우프레루체스*** 계급 제도가 엄격하게 지켜지지 않는다고 넌지시 얘기해 주었다. 아라키스 행성 사람들은 사막의 가장자리에 살고 있었고, 그들을 지휘하고 다스리는 **카이드***나 **바샤르***는 없었다. **프레멘***이라고 불리는 이 사막의 의지 같은 부족은 제국의 그 어떤 인구 조사 자료에도 포함되어 있지 않았다.

아라키스, 듄, 사막의 행성.

폴은 자신이 긴장하고 있음을 느꼈다. 그래서 어머니가 가르쳐준 몸과 마음의 수양법 중 하나를 실시하기로 했다. 빠르게 세 번 숨을 쉬자 반응이 왔다. 그는 부유하는 의식 속으로 빠져들었다…… 의식을 집중하고…… 대동맥 팽창…… 흐트러진 의식 구조는 피하고…… 선택적으로 의식의 일부만을 활성화시킨다…… 피가 풍부해지고 과부하된 곳으로 빠르게 흐른다……. '본능만으로는 식량, 안전, 자유를 얻을 수 없다.' ……동물들의 의식은 눈앞의 순간을 벗어나지 못하며 자신의 먹이가 되는 생물들이 멸종해 버릴 수 있다는 생각도 하지 못한다…… 동물들은 파괴할 뿐 생산하지 않는다……. 동물들이 느끼는 기쁨은 단순한 감각에 가까워서 인식의 수준에 이르지 못한다…… 인간이 우주를 인식하려면 배경이 되는 지식이 필요하다…… 자의로 의식을 집중하는 것, 그것이 인식의 배경이 된다…… 우리 몸은 세포의 요구에 대한 깊은 인식에 따른 신경과 피의 흐름을 뒤쫓아 스스로를 보전한다…… 모든 것, 모든 세포, 모든 존재는 영원하지 않다…… 안에서 영원한 흐름을 찾으려고 노력하라…….

허공을 떠도는 폴의 의식 속에서 이 수양법에 담긴 가르침이 자꾸만 되풀이되었다.

새벽빛이 방 창틀에 노란 빛을 던지자, 폴은 감은 눈꺼풀 새로 그것을 느끼며 눈을 떴다. 그리고 성안에서 사람들이 또다시 부산하게 움직이기 시작하는 소리를 들으며 자기 방 천장의 낯익은 들보들을 바라보았다.

복도로 통하는 문이 열리더니 어머니의 얼굴이 나타났다. 그녀의 머리카락은 짙은 청동색이었고 정수리에서 검은 리본으로 묶여 있었다. 그녀의 달걀형의 얼굴에는 아무런 표정이 없었고 초록색 눈으로 엄숙하게 폴을 바라보았다.

"깨어 있었구나. 잘 잤니?" 어머니가 말했다.

"예."

폴은 키가 헌칠한 어머니를 자세히 살펴보았다. 그리고 그녀가 옷장에서 그를 위해 옷을 고르는 동안 어깨가 긴장해 있는 기미를 알아챘다. 다른 사람이라면 그녀가 긴장해 있는 걸 놓쳤겠지만, 그는 그녀에게서 사물을 자세하게 관찰하는 **베네 게세리트 방법***을 배웠다. 그녀가 준예복용 상의를 들고 옷장에서 돌아섰다. 가슴 주머니에 아트레이데스의 상징인 붉은색 매 문장이 그려져 있는 옷이었다.

"빨리 옷을 입어라. 대모님이 기다리셔."

"전에 그분의 꿈을 꾼 적이 있어요. 그분은 누구죠?"

"대모님은 내가 베네 게세리트 학교에 다닐 때 선생님이셨어. 지금은 황제 폐하의 '**진실을 말하는 자**'*이고. 그리고 폴……." 그녀가 조금 머뭇거리다가 말을 이었다. "대모님께 네 꿈에 대해 얘기해야 해."

"그럴게요. 우리가 아라키스를 얻은 건 그분 때문인가요?"

"우린 아라키스를 얻은 게 아냐." 어머니는 바지에서 먼지를 털어내고 상의와 함께 침대 옆의 옷걸이에 걸었다. "대모님을 기다리게 해서는 안 돼."

폴은 침대에서 일어나 앉아 무릎을 끌어안았다. "곰 자바가 뭐죠?"

또다시, 그는 그녀에게 받은 **훈련***으로 그녀가 거의 알아채기 어려울 정도로 망설이는 것을 알았다. 그 불안한 몸짓이 그에겐 두려움으로 느껴졌다.

제시카는 방을 가로질러 창가로 가더니 커튼을 활짝 열어젖히고 강가의 과수원 너머 슈비 산을 물끄러미 바라보았다. "곧…… 곰 자바가 뭔지 알게 될 거야." 그녀가 말했다.

폴은 어머니의 목소리에 담긴 두려움을 느끼고 그 정체가 궁금해졌다.

제시카가 여전히 창밖을 바라보면서 말했다. "대모님은 응접실에서 기다리고 계신다. 서둘러라."

가이우스 헬렌 모히암 대모는 태피스트리로 장식한 의자에 앉아 어머니와 아들이 다가오는 것을 지켜보았다. 그녀의 양편에 나 있는 창밖으로, 굽이쳐 흐르는 남부의 강과 아트레이데스 가문이 소유한 푸른 농지가 보였지만 그녀는 그 풍경을 무시했다. 오늘따라 자신이 나이가 들었음을 실감하면서 조금 심통이 나 있었던 것이다. 그녀는 우주여행과 혐오스러운 **우주 조합***과 그들의 비밀주의를 탓했다. 그러나 '뜨인 눈을 가진 베네 게세리트'가 각별히 관심을 기울여야 할 임무가 바로 눈앞에 있었다. 패디샤 황제의 '진실을 말하는 자'라 하더라도 자신의 의무를 피할 수는 없었다.

'망할 놈의 제시카! 명령대로 딸을 낳았더라면 좋았을 텐데!'

제시카는 의자에서 세 발짝쯤 떨어진 곳에 멈춰 서서 치맛자락에 가볍게 손을 대고 약간 몸을 숙여 인사했다. 폴은 무용 선생이 가르쳐준 대로 가볍게 묵례를 했다. 그것은 상대의 지위를 확실히 알지 못할 때 하는 인사법이었다.

대모도 폴의 인사에 담긴 묘한 의미를 눈치챘다. "조심성이 많은 애로구나, 제시카." 그녀가 말했다.

제시카가 손으로 폴의 어깨를 꼭 움켜쥐었다. 아주 잠시, 두려움이 그녀의 손바닥에서 고동쳤다. 그러나 그녀는 곧 냉정함을 되찾았다. "그렇게 가르침을 받았으니까요, 대모님."

'어머니가 뭘 겁내고 있는 거지?' 폴은 알 수가 없었다.

대모는 슬쩍 폴을 살펴보았다. 얼굴은 제시카처럼 달걀형이었지만 뼈대가 더 단단해 보였다. 머리카락은 공작처럼 검디검었다. 하지만 눈썹과 가늘고 오만한 코는 이름을 밝힐 수 없는 외할아버지의 것이었다. 상대를 똑바로 쏘아보는 초록색 눈은 이미 세상을 떠난 아이의 할아버지, 그러니까 전대 공작의 눈과 흡사했다.

'그는 대담함이 어떤 효과를 낼 수 있는지 아는 사람이었지. 죽을 때조차도 말이야.' 대모는 속으로 생각했다.

"가르침과 기본적인 자질은 서로 별개의 것이지. 어디 보자." 대모가 엄격한 시선으로 제시카를 슬쩍 바라보면서 말했다. "나가봐라. 밖에서 평화의 명상을 하도록 해."

제시카는 폴의 어깨에서 손을 떼었다. "대모님, 저는……"

"제시카, 이 일을 반드시 해야 한다는 걸 알지 않느냐."

폴은 의아한 얼굴로 어머니를 올려다보았다.

제시카가 몸을 꼿꼿이 세웠다. "네…… 물론입니다."

폴은 다시 대모를 바라보았다. 어머니가 이 대모의 말에 저토록 복종하는 것을 보니 조심해야 할 것 같았다. 하지만 그는 어머니에게서 배어 나오는 공포를 감지하고 그 때문에 분노가 섞인 두려움을 느끼고 있었다.

"폴……" 제시카는 깊이 숨을 들이쉰 뒤 말을 이었다. "……네가 받으려는 이 시험은…… 나한테 아주 중요한 거야."

"시험이라고요?" 폴은 어머니를 올려다보았다.

"네가 공작의 아들이라는 것을 명심해야 한다." 제시카가 말했다. 그리고 획 돌아서서 치맛자락 스치는 소리를 내며 큰 걸음으로 방을 나갔다. 그녀의 뒤에서 문이 단단하게 닫혔다. 폴은 화를 참으면서 대모의 얼굴을 바라보았다. "레이디 제시카를 저렇게 하녀처럼 쫓아내도 되는 건가요?"

대모의 주름진 입가에 미소가 스쳤다. "제시카는 학교에서 14년 동안 실제로 내 시중을 드는 하녀였다, 얘야." 그녀가 고개를 끄덕이며 말을 이었다. "그것도 아주 훌륭한 하녀였지. 자, 이제 이리 오너라!"

대모의 명령이 채찍처럼 그를 후려치자, 폴은 자기도 모르게 그 명령에 따랐다. '그 **목소리***를 사용하고 있군.' 폴은 속으로 생각했다. 대모의 손짓에 그는 걸음을 멈추고 그녀의 무릎 옆에 섰다.

"이것이 보이느냐?" 대모가 겉옷 주름 사이에서 한 면의 길이가 15센티미터쯤 되는 초록색 금속 정육면체를 꺼내 보여주었다. 그녀가 그것을 돌리자 한쪽 면이 열려 있는 게 보였다. 검은색 상자 안이 이상하게 무서웠다. 그 암흑 속으로는 어떤 빛도 뚫고 들어가지 못하는 것 같았다.

"오른손을 상자 안에 넣어라." 대모가 말했다.

두려움이 폴의 온몸을 훑고 지나갔다. 그가 뒷걸음질 치자 대모가 말했다. "너는 네 어머니의 말에도 이렇게 따르느냐?"

그는 눈을 들어 새의 눈처럼 빛나는 눈을 바라보았다.

그리고 천천히, 자신이 강박적인 충동을 느끼고 있음을 알면서도 그것을 억제하지 못한 채 상자 안에 손을 집어넣었다. 어둠이 그의 손을 감싸면서 먼저 차가운 느낌이 들었다. 그다음에는 손가락에 매끄러운 금속이 닿는 느낌, 손이 마비된 것처럼 얼얼한 느낌이 들었다.

늙은 대모의 얼굴 가득 사냥감을 노리는 육식 동물 같은 표정이 떠올랐다. 그녀는 상자에서 오른손을 떼어 폴의 목 근처에 갖다 댔다. 그는 거기에서 금속이 반짝이는 것을 보고 그쪽으로 고개를 돌리려고 했다.

"멈춰!" 대모가 쏘아붙였다.

'또 '목소리'를 사용하고 있어!' 폴은 재빨리 대모의 얼굴로 시선을 되돌렸다.

"난 지금 네 목에 곰 자바를 갖다 대고 있다." 대모가 말했다. "곰 자바는 '오만한' 적이지. 끝에 독약 한 방울이 묻어 있는 바늘이 바로 곰 자바다. 어허! 네가 뒤로 몸을 뺀다면 독약 맛을 보게 될 거다."

폴은 바짝 마른 목구멍으로 침을 삼키려고 애썼다. 대모의 주름투성이 얼굴과 번쩍이는 눈, 그리고 그녀가 말할 때마다 번쩍이는 은빛 금속 이빨을 감싼 창백한 잇몸에서 눈을 뗄 수가 없었다.

"공작의 아들이라면 당연히 독약에 대해 알고 있겠지. 시대가 그러니까, 그렇지? **머스키***는 음료수에 타는 독약이고 **오마스***는 음식에 타는 독약이다. 상대를 빨리 죽이는 약도 있고 천천히 죽이는 약도 있고 그 중간쯤 되는 약도 있어. 하지만 이건 네게 새로운 거다. 곰 자바, 이건 짐승들만 죽이는 거야."

이 말에 폴이 두려움도 잊고 발끈했다. "감히 공작의 아들에게 짐승이라고 하는 겁니까?"

"뭐, 네가 어쩌면 인간일지도 모른다고 해두지." 대모가 말했다. "가만히 있어! 갑자기 몸을 빼려고 했다간 뜨거운 맛을 볼 거다. 난 늙었지만 네가 도망치기도 전에 이 바늘을 네 목에 찔러 넣을 수 있어."

"당신은 누구죠?" 폴이 낮은 목소리로 물었다. "어머니를 어떻게 속였기에 어머니가 저와 당신만 남겨두고 방을 나간 겁니까? 하코넨 가문에서 왔나요?"

"하코넨이라고? 흥, 천만에! 이제 그만 입 다물어." 메마른 손가락이 그의 목을 건드리고, 그는 뒤로 펄쩍 뛰어 물러나고 싶은 충동을 가라앉혔다.

"잘했다." 대모가 말했다. "첫 번째 시험을 통과했군. 이제 나머지 시험이 어떤 것인지 가르쳐주마. 상자에서 손을 빼면 넌 죽는다. 그게 이 시험의 단 하나뿐인 규칙이야. 손을 상자 안에 계속 넣고 있으면 살 수 있지. 손을 빼면 죽는다."

폴은 떨리는 몸을 진정시키려고 깊이 숨을 들이마셨다. "내가 소리를 지르면 눈 깜짝할 사이에 하인들이 들어와서 당신을 죽일 거예요."

"하인들은 문밖에 지키고 서 있는 네 어머니를 뚫고 들어오지 못할 거다. 그렇고말고. 네 어머니는 이 시험에서 살아남았다. 이제 네 차례다. 영광인 줄 알아라. 이걸 사내아이한테 실시하는 건 극히 드문 일이니까."

호기심 때문에 공포가 그럭저럭 참을 만한 수준으로 진정되었다. 그는 대모의 목소리에 진실이 깃들어 있음을 부인할 수 없었다. 만약 어머니가 밖에서 지키고 있다면…… 이것이 정말로 시험이라면……. 그리고 이 시험이 무엇이든 간에 그는 자신이 이미 그 시험에 사로잡혔음을 알고 있었다. 목을 겨눈 손 때문에 덫에 걸려버린 것이다. 곰 자바 때문에. 그는 '공포에 맞서는 기도문'을 떠올렸다. 어머니가 가르쳐준 베네 게세리트의 기도문이었다.

'두려워해서는 안 된다. 두려움은 정신을 죽인다. 두려움은 완전한 소멸을 초래하는 작은 죽음이다. 나는 두려움에 맞설 것이며 두려움이 나를 통과해서 지나가도록 허락할 것이다. 두려움이 지나가면 나는 마음의 눈으로 그것이 지나간 길을 살펴보리라. 두려움이 사라진 곳에는 아무것도 없을 것이다. 오직 나만이 남아 있으리라.'

그는 마음이 다시 차분해지는 것을 느꼈다. 그가 말했다. "빨리 해버리세요, 할머니."

"할머니라고!" 그녀가 날카롭게 말했다. "네가 용감한 아이라는 것만은 부인할 수가 없구나. 뭐, 두고 보면 알겠지, 이 녀석." 그녀는 몸을 수그려 폴에게 얼굴을 가까이 갖다 대고 거의 속삭이듯이 목소리를 낮추었다. "상자 안에 있는 손에 고통을 느끼게 될 거다, 고통 말이다. 하지만! 손을 빼면 내가 곰 자바로 네 목을 찌르지. 사형 집행인이 도끼를 내리칠 때처럼 눈 깜짝할 사이에 죽음을 맞을 거다. 손을 빼면 곰 자바가 널 찌른다. 알겠느냐?"

"상자 안에는 뭐가 있죠?"

"고통."

그는 손이 점점 더 따끔따끔 쑤시는 것을 느끼고 입을 꾹 다물었다.

'어떻게 이런 것이 시험이라는 거지?' 따끔거리는 느낌이 이제 가려움으로 바뀌었다.

대모가 말했다. "짐승들이 덫에서 도망치려고 제 다리를 물어뜯는다는 얘기를 들어보았겠지? 그건 동물다운 요령이다. 인간이라면 덫 안에 그대로 남아 고통을 견디면서 죽은 척할 거야. 그러면 덫을 놓은 사람을 죽여 동족에게 위협이 되는 존재를 없앨 수도 있을 테니까."

가려움이 가볍게 화끈거리는 느낌으로 바뀌었다. "왜 이런 짓을 하는 겁니까?" 그가 다그치듯 물었다.

"네가 인간인지 알아보려고. 이제 입을 다물어라."

오른손의 화끈거리는 느낌이 더 심해지자 폴은 왼손을 꽉 움켜쥐었다. 오른손의 통증이 서서히 커졌다. 뜨겁고, 뜨겁고, 뜨겁고…… 더 뜨거워졌다. 왼손 손톱이 손바닥을 파고드는 것이 느껴졌다. 그는 타는 듯한 오른손 손가락을 움직여보려고 했지만 손가락은 꼼짝도 하지 않았다.

"손이 타고 있어." 그가 조그맣게 말했다.

"조용히!"

욱신욱신하는 통증이 점점 팔을 타고 올라왔다. 이마에 땀방울이 맺혔다. 온몸의 세포가 그 불타는 구덩이에서 손을 빼야 한다고 소리쳤지만…… 곰 자바가 있었다. 그는 고개를 돌리지 않고 눈동자만 움직여서 목 옆에 떠 있는 그 무서운 바늘을 보려고 애썼다. 자신이 숨을 헐떡이고 있음이 느껴졌다. 그는 천천히 숨을 쉬려고 했지만 잘되지 않았다.

너무 아팠다!

고통에 휩쓸린 손과 바로 앞에서 그를 쏘아보고 있는 늙은 얼굴 외에는 세상에 아무것도 존재하지 않는 것 같았다.

입술이 바짝 말라서 입을 떼기도 힘들었다.

'손이 타고 있어! 타고 있어!'

고통을 느끼고 있는 손에서 살갗이 검게 말려 올라가고, 살이 파삭파삭하게 부스러져 시커멓게 탄 뼈만 남아 있는 듯한 느낌이 들었다.

그때 고통이 멈췄다.

마치 누군가가 스위치를 내린 것처럼 순식간에 고통이 사라졌다.

오른팔이 벌벌 떨렸다. 온몸이 땀으로 흠뻑 젖어 있었다.

"됐다." 대모가 투덜거렸다. "**쿨 와하드!*** 여자아이도 이 정도로 버틴 적이 없어. 난 분명히 네가 실패하기를 바라고 있었던 모양이다." 대모는 그의 목에서 곰 자바를 거두고 뒤로 몸을 기댔다. "상자에서 손을 꺼내 살펴봐라, 어린 인간아."

그는 고통스럽게 떨리는 몸을 억누르고, 한 줌의 빛도 없는 검은 공간을 뚫어지게 바라보았다. 마치 오른손이 스스로의 의지로 그 안에 머물고 있는 것 같았다. 통증의 기억 때문에 전혀 몸을 움직일 수가 없었다. 그의 이성은 상자 안에 시커멓게 탄 손목만이 남아 있을 거라고 말하고 있었다.

"어서 꺼내!" 대모가 날카롭게 말했다.

그는 급히 상자에서 손을 빼서 넋 나간 표정으로 바라보았다. 손에는 아무 흔적도 없었다. 그토록 고통을 받았다는 흔적이 하나도 없었다. 그는 손을 치켜들고 이리저리 돌리면서 손가락을 움직여보았다.

"신경 유도로 통증을 느끼게 한 거다." 대모가 말했다. "어쩌면 인간일지도 모르는 사람들을 불구로 만들 수는 없으니까. 이 상자의 비밀을 알아내려고 안달이 난 사람들도 많지." 대모는 상자를 겉옷 주름 사이로 미끄러뜨리듯 집어넣었다.

"하지만 아팠는데……." 폴이 말했다.

"아팠다고?" 대모가 코웃음을 쳤다. "인간은 몸 안의 어떤 신경이라도 무시할 수 있다."

폴은 왼손에 통증을 느끼고 주먹 쥔 손가락을 펴서 손톱이 파고든 손바닥에 난 네 개의 붉은 자국을 보았다. 그는 왼손을 내려뜨리고 대모를 바라보았다. "어머니한테도 이걸 하신 적이 있다고요?"

"체로 모래를 걸러본 적이 있느냐?" 대모가 물었다.

그녀의 질문은 그의 질문과 전혀 상관없는 비수처럼 날카로운 것이었다. 그 충격으로 그의 정신은 더 높은 깨달음에 이르렀다. '체로 모래를 걸러낸다…….' 그는 고개를 끄덕였다.

"우리 베네 게세리트는 인간을 찾아내기 위해 사람들을 체로 거른다."

폴은 통증의 기억을 떠올리며 오른손을 들어 올렸다. "그럼 시험의 내용이라는 게…… 고통뿐인가요?"

"난 네가 고통을 느끼고 있을 때 널 관찰했다. 고통은 시험의 한 축에 불과해. 네 어머니가 베네 게세리트의 관찰 방법에 대해 말해 주었겠지? 네가 네 어머니의 가르침을 받은 흔적이 보이는구나. 우리의 시험은 위기와 관찰이야."

그는 대모의 목소리가 자신의 생각을 확인해 주고 있음을 깨닫고 말했다. "그건 진실이군요!"

대모는 놀라서 멍하니 폴을 바라보았다. '저 애는 진실을 느끼고 있어. 저 애가 그 사람일까? 저 애가 정말로 그 사람일까?' 그녀는 흥분을 가라앉히고 '희망은 관찰을 흐리게 만든다'는 것을 상기했다.

"너는 사람들이 어떤 말을 할 때 그들이 그 말을 스스로 믿고 있는지 아닌지 알지?"

"예, 알아요."

거듭된 시험으로 확인된 능력의 조화가 그의 목소리 안에 배어 있었다. 대모가 말했다. "어쩌면 네가 퀴사츠 해더락인지도 모르겠다. 앉아라, 어린 형제. 여기 내 발치에."

"전 서 있는 게 더 좋아요."

"네 어머니는 옛날에 내 발치에 앉은 적이 있어."

"전 어머니가 아니에요."

"우리를 조금 미워하고 있구나, 그렇지?" 대모가 문 쪽을 바라보며 소리쳤다. "제시카!"

문이 벌컥 열리더니 무서운 눈빛으로 방 안을 뚫어지게 바라보는 제시카가 나타났다. 그러나 폴을 보고 그녀의 굳어 있던 표정이 풀렸다. 그녀의 얼굴에 힘겹게 희미한 미소가 떠올랐다.

"제시카, 너 한 번이라도 날 미워하지 않은 적이 있느냐?" 대모가 물었다.

"전 대모님을 사랑하는 동시에 미워하고 있어요." 제시카가 말했다. "미워하는 건 제가 결코 잊어서는 안 되는 고통들 때문이죠. 그리고 사랑하는 건……."

"그냥 기본적인 사실이지." 대모가 말했다. 그러나 그녀의 목소리는 부드러웠다. "이제 들어와도 된다. 하지만 말을 하면 안 돼. 문을 닫고 아무도 우리를 방해하지 못하게 해라."

제시카는 방 안으로 발을 들여놓고 문을 닫은 다음 문에 등을 기대고 섰다.

'내 아들은 살 수 있어. 이제 내 아들은 살 수 있어…… 저 애는 인간이야. 난 저 애가 인간이란 걸 알고 있었지만…… 이제 저 애는 살 수 있어. 이제 나도 계속 살아갈 수 있어.' 그녀의 등 뒤로 방문의 단단한 감촉이 느껴졌다. 방 안의 모든 것이 그녀의 오감을 짓누르고 있었다.

'이제 내 아들은 살 수 있어.'

폴은 어머니를 바라보며 생각했다. '어머니의 말은 진실이었어.' 그는 이곳을 떠나 혼자서 조금 전의 경험을 찬찬히 생각해 보고 싶었다. 그러나 나가봐도 좋다는 말을 들을 때까지 이 방을 떠날 수 없다는 것을 알고 있었다. 대모는 이미 그에게 그 정도의 권위를 행사하고 있었다. '어머니와 저 할머니의 말은 모두 진실이었어.' 그의 어머니도 이 시험을 받은 적이 있다고 했다. 이 시험에는 뭔가 끔찍한 목적이 있는 게 분명했다······. 시험을 받을 때의 고통과 공포는 정말 끔찍했다. 그는 '끔찍한 목적'이라는 말이 무엇을 의미하는지 알고 있었다. 아무리 어려운 상황에서도 그런 목적들은 반드시 달성되어야 했다. 그것들은 그들만의 필연성을 갖고 있었다. 폴은 자신도 그 끔찍한 목적에 감염된 것 같은 느낌이 들었다. 그러나 그 끔찍한 목적이 무엇인지는 아직 몰랐다.

"언젠가는 너도 네 어머니처럼 문밖에 서 있어야 하는 날이 올지도 모른다. 그건 상당히 힘든 일이지."

폴은 고통을 겪은 손을 내려다보았다. 그리고 대모를 다시 올려다보았다. 그녀의 목소리에는 그가 지금까지 들었던 그 어떤 목소리와도 다른 무엇이 들어 있었다. 노파의 입에서 나오는 단어들에는 광채가 둘려 있었다. 그 말들엔 날카로움이 있었다. 그가 대모에게 어떤 질문을 던지더라도 그녀는 그를 이 세상에서 더 위대한 어딘가로 끌어올릴 대답을 해줄 것 같았다.

"왜 인간을 가려내기 위한 시험을 하는 거죠?" 그가 물었다.

"사람들을 자유롭게 해주려고."

"자유라고요?"

"옛날에 사람들은 생각하는 기능을 기계에게 넘겼다. 그러면 자기들이 자유로워질 거라는 희망을 품고 말이야. 하지만 그건 기계를 가진 다른 사람들이 그들을 노예로 삼는 결과를 낳았을 뿐이다."

"'인간의 정신을 본뜬 기계를 만들어서는 안 된다.'" 폴이 경전의 말을 인용했다.

"**버틀레리안 지하드***와 『**오렌지 가톨릭 성경**』*에서 나온 말이구나." 대모가 말했다. "하지만 사실 『오렌지 가톨릭 성경』에는 이렇게 말해야 했다. '인간적인 정신을 위조하기 위해 기계를 만들어서는 안 된다.' 너희 집에서 일하는 **멘타트***를 연구해 본 적이 있느냐?"

"전 투피르 하와트를 연구하는 게 아니라 그와 함께 공부해요."

"**대반란***은 우리가 기댈 언덕을 없애버렸지." 대모가 말했다. "그 때문에 인간적인 정신이 발달할 수밖에 없었다. 인간적인 재능을 훈련시키기 위한 학교도 만들어졌고."

"베네 게세리트 학교 말인가요?"

대모가 고개를 끄덕였다. "고대 학파 중에서 지금까지 살아남은 중요한 집단은 둘이다. 베네 게세리트와 우주 조합. 우리는 조합이 거의 순수하게 수학만을 강조한다고 생각한다. 베네 게세리트는 이와 다른 기능을 수행한다고 생각하고."

"정치죠." 폴이 말했다.

"쿨 와하드!" 대모가 제시카를 무서운 눈초리로 바라보았다.

"전 얘기해 준 적 없어요, 대모님." 제시카가 말했다.

대모가 다시 폴에게 주의를 돌렸다. "단서가 거의 없는데도 용케 추측해 냈구나. 그래, 바로 정치다. 원래 베네 게세리트 학파는 인간사에 연속성이 필요하다고 생각했던 사람들이 이끌었다. 그들은 혈통에 따른

번식을 위해 인간과 짐승을 분리하지 않는다면 그런 연속성이 생겨날 수 없다고 생각했지."

대모의 목소리에서 폴이 느끼고 있던 그 특별한 날카로움이 갑자기 사라져버렸다. 어머니는 그가 '올바른 것에 대한 본능'을 갖고 있다고 말한 적이 있었다. 그는 지금 그 본능에 어긋나는 것을 느끼고 있었다. 대모가 그에게 거짓말을 한 것은 아니었다. 그녀는 분명히 자신이 말한 내용을 모두 믿고 있었다. 뭔가 좀더 깊은 것, 그 끔찍한 목적과 관련된 어떤 것이 문제였다.

"하지만 어머니는 학교에 있는 베네 게세리트 중 많은 사람들이 자기 조상이 누군지 모른다고 했어요." 그가 말했다.

"유전적 혈통은 항상 우리 문서에 기록되어 있어." 대모가 말했다. "네 어머니도 자신이 베네 게세리트의 후손이거나, 우리에게 받아들여질 수 있는 혈통의 후손이라는 것을 알고 있지."

"그럼 왜 어머니는 부모가 누군지 모르는 거죠?"

"아는 사람도 있어…… 모르는 사람이 많지만. 예를 들어 특정한 유전형질을 우성으로 확립시키기 위해 네 어머니를 가까운 친척과 결합시켰을 수도 있다. 우리가 하는 일에는 다 여러 가지 이유가 있어."

이번에도 폴은 뭔가가 올바르지 않다는 느낌이 들었다. "그래요, 당신들은 많은 일을 떠맡고 있죠."

대모는 폴을 물끄러미 바라보며 생각했다. '저 애가 지금 우리를 비난하고 있는 건가?' "우리는 무거운 짐을 지고 있다." 그녀가 말했다.

폴은 자신이 시험의 충격에서 점점 벗어나고 있음을 느꼈다. 그는 상대를 재는 듯한 시선으로 대모를 겨누며 말했다. "대모님은 어쩌면 제가…… 퀴사츠 해더락인지도 모른다고 했어요. 그게 뭡니까? 인간 곰 자바인가요?"

"폴, 그런 식으로 말하면 안······." 제시카가 말했다.

"내게 맡겨두어라, 제시카." 대모가 말했다. "자, 얘야, 진실을 말하는 자의 약에 대해 알고 있느냐?"

"그건 거짓을 탐지하는 능력을 향상시키기 위해 먹는 약이죠. 어머니가 얘기해 주셨어요."

"진실의 무아지경*에 빠져본 적은 있느냐?"

그는 고개를 가로저었다. "아뇨."

"그 약은 위험한 약이다. 하지만 그 약을 먹으면 통찰력을 얻을 수 있지. 진실을 말하는 자가 그 약을 통해 재능을 부여받으면 자신의 기억, 그러니까 자신의 육체의 기억 속에 있는 여러 장소들을 볼 수 있다. 우리는 과거의 여러 갈래 길들을 되돌아보지······. 하지만 오직 여자들의 길만을 볼 수 있을 뿐이다." 노파의 목소리에 슬픔이 배어들었다. "그래, 진실을 말하는 자가 결코 보지 못하는 곳이 존재한다. 우리는 공포에 질려 그곳으로부터 튀어나와 버려. 하지만 언젠가 한 남자가 나타나서 그 약으로 자신이 가진 내면의 눈을 발견하게 될 거라는 얘기가 있다. 그는 우리가 볼 수 없는 곳을 보게 될 거야. 여자와 남자의 과거를 모두 볼 수 있는 거지."

"그게 퀴사츠 해더락인가요?"

"그래. 한꺼번에 여러 곳에 존재할 수 있는 자, 퀴사츠 해더락. 지금까지 많은 남자들이 그 약을 시험해 보았다······ 아주 많은 남자들이. 하지만 아무도 성공하지 못했어."

"시도를 했다가 실패했다는 건가요? 전부 다요?"

"아니야." 대모가 고개를 가로저었다. "모두 시도를 했다가 죽어버렸다."

〓⚝〓

무앗딥의 불구대천의 적인 하코넨을 이해하지 않고서 그를 이해하려는 것은 거짓을 모르면서 진실을 이해하려는 것과 같다. 어둠을 모르면서 빛을 보려는 것과 같다. 그럴 수는 없다.

—이룰란 공주의 『무앗딥에 대한 안내서』

그것은 돋을새김한 행성의 모형이었다. 반지들 때문에 번쩍거리는 두툼한 손이 부분적으로 어둠 속에 잠긴 그 행성을 돌리고 있었다. 그 행성은 창문이 하나도 없는 방의 한쪽 벽에 있는 불규칙한 모양의 대 위에 놓여 있었다. 방의 다른 쪽 벽에는 여러 색깔의 두루마리, **필름책***, 테이프, 릴 등이 모자이크처럼 놓여 있었다. 이동형 반중력장 안에 매달린 황금색 공에서 나온 빛이 방을 밝혀주었다.

돌처럼 단단한 옥빛을 띤 분홍색 엘라카 나무를 상판으로 사용한 타원형 책상이 방 한가운데에 있고, 베리폼 반중력 의자들이 책상 주위를 에워싸고 있었다. 그중 두 자리에 사람이 앉아 있었는데, 한 사람은 열여섯 살쯤으로 보이는 검은 머리의 소년이었다. 그의 얼굴은 동그랗고 눈은 샐쭉해 보였다. 나머지 한 사람은 여성적인 얼굴의 날씬하고 키가 작은 남자였다.

소년과 남자는 모두 행성의 모형과 어둠 속에 반쯤 가려져 그 모형을 돌리고 있는 남자를 물끄러미 바라보았다.

행성 옆에서 키득거리는 웃음소리가 울려 퍼졌다. 그 웃음소리를 뚫고 나직한 저음의 목소리가 방을 울렸다. "자, 여기로군, 파이터. 사상 최대의 사람 잡는 함정 말이야. 공작은 지금 이 함정의 입속으로 향하고 있지. 나, 블라디미르 하코넨 남작이 하는 일이 놀랍지 않은가?"

"물론입니다, 남작님." 남자가 말했다. 그의 목소리는 달콤하고 음악적인 테너였다.

두툼한 손이 행성 위로 내려앉아 회전을 정지시켰다. 이제 방 안의 모든 사람들은 정지한 그 표면을 제대로 볼 수 있었다. 그것은 부유한 수집가들이나 제국의 행성 총독들을 위해 만들어진 물건이었다. 제국의 수공예품임을 나타내는 특징이 보였다. 경도와 위도를 표시하는 선은 머리카락처럼 가느다란 백금이었다. 그리고 극 지방의 하얀 얼음은 구름 같은 우윳빛을 띤 최고의 다이아몬드를 끼워 만든 것이었다.

두툼한 손이 다시 움직이며 행성 표면을 더듬었다. "두 사람 다 잘 관찰해 봐." 저음의 목소리가 웅웅거렸다. "아주 자세히 관찰해야 해, 파이터. 그리고 너, 내 사랑스러운 페이드 로타도. 북위 60도에서부터 남위 70도까지…… 이 아름다운 모래 물결을 좀 봐. 그 색깔도. 달콤한 캐러멜을 연상시키지 않나? 어디에도 푸른색 호수나 강이나 바다는 보이지 않지. 그리고 이 사랑스러운 극지의 얼음은…… 아주 작아. 이곳을 다른 곳으로 착각하는 사람이 있을까? 아라키스! 정말 특별한 곳이야. 특별한 승리를 위한 최고의 무대지."

파이터의 입가에 미소가 떠올랐다. "게다가 생각해 보십시오, 남작님.

패디샤 황제는 자기가 공작에게 남작님의 스파이스 행성을 줬다고 생각하고 있습니다. 정말 통쾌하지 않습니까?"

"그건 쓸데없는 말이야." 남작이 낮게 울리는 목소리로 말했다. "자네는 어린 페이드 로타를 혼란스럽게 만들려고 그런 말을 하는데, 내 조카를 혼란에 빠뜨릴 필요는 없어."

부루퉁한 표정의 소년은 의자에 앉아 몸을 움직이며 입고 있는 검은색 레오타드의 주름을 폈다. 그러나 뒷벽의 문을 조심스럽게 두드리는 소리가 울리자 그는 몸을 똑바로 폈다.

파이터가 의자에서 일어나 문으로 가서 메시지 두루마리를 받을 수 있을 만큼만 문을 열었다. 그리고 문을 닫고 두루마리를 펼쳐 내용을 살펴보았다. 그가 키득키득 웃음소리를 냈다.

"뭔가?" 남작이 다그치듯 물었다.

"멍청이가 우리에게 답변을 보내왔습니다, 남작님!"

"아트레이데스가 언제 제스처를 보일 기회를 거절한 적이 있던가? 그래, 그놈이 뭐라고 했지?"

"그는 정말 예의를 모르는 사람이군요, 남작님. 남작님을 '하코넨'이라고 부르고 있어요. '사랑하는 친척이자 친애하는 남작'도 남작님의 작위도, 아무것도 없습니다."

"하코넨은 좋은 이름이지." 남작이 으르렁거렸다. 메시지의 내용을 빨리 알고 싶어 안달이 난 목소리였다. "그래, 친애하는 레토가 뭐라고 썼지?"

"레토가 말하기를 '만나서 회담을 갖자는 자네의 제의를 거절하네. 난 자네의 배신을 여러 번 경험했고, 그건 온 세상이 다 아는 일이네'라는군요."

"그리고?" 남작이 물었다.

"그리고 '칸리*'는 아직도 제국 내에서 일부 사람들의 찬사를 받고 있네.' 그다음에는 레토의 서명이 있습니다. '아라키스의 레토 공작.'" 파이터가 웃음을 터뜨렸다. "아라키스의 공작이라니! 이런 세상에! 엄청나군요!"

"조용히 해, 파이터." 남작의 말에 파이터는 스위치를 내린 것처럼 웃음을 뚝 그쳤다. "칸리라고?" 남작이 물었다. "피비린내 나는 분쟁이란 말이지? 자기가 진심임을 확실히 알라고 유서 깊은 멋진 옛날 말을 썼군."

"남작님은 평화의 제스처를 하셨죠." 파이터가 말했다. "우린 모든 형식을 지켰습니다."

"멘타트치고 자넨 말이 너무 많아, 파이터." 남작이 말하고서 생각했다. '저놈을 빨리 제거해야겠어. 거의 쓸모 이상으로 너무 오래 살았어.' 남작은 건너편에 앉아 있는 멘타트 암살자를 물끄러미 바라보았다. 그의 얼굴에서 가장 눈에 띄는 부분은 눈이었다. 푸른빛 속에 더 짙은 푸른빛의 길쭉한 눈동자가 있는 눈. 흰자위라고는 전혀 찾아볼 수 없는 눈이었다.

파이터의 얼굴에 미소가 번쩍였다. 마치 구멍 같은 눈 밑에서 가면이 인상을 찌푸리는 것 같은 모습이었다. "하지만 남작님! 이렇게 아름다운 복수는 없었습니다. 세상에서 가장 멋진 배신의 계획이 펼쳐지는 것을 보게 될 테니까요. 레토가 듄을 얻기 위해 칼라단을 포기하게 만들다니. 게다가 그에게는 다른 선택의 여지도 없지 않습니까? 황제의 명령이니까요. 남작님도 장난을 참 좋아하십니다!"

"자네 입은 쉬지를 않는군, 파이터." 남작이 차가운 목소리로 말했다.

"저는 기쁩니다, 남작님. 하지만 남작님은…… 질투를 느끼고 계시는군요."

"파이터!"

"아아, 남작님! 이런 신나는 계획을 남작님 혼자서는 생각해 낼 수 없었다는 게 유감스럽지 않습니까?"

"언젠가 네놈의 목을 졸라 죽여버리고 말겠다, 파이터."

"물론 그러시겠지요, 남작님! 드디어 그런 말씀을 듣게 되는군요. 하지만 친절한 행동은 결코 헛되지 않는 법이죠, 그렇지 않습니까?"

"너 뭘 잘못 먹기라도 한 게냐, 파이터?"

"두려움을 모르는 진실에 남작님이 놀라셨군요." 파이터가 말했다. 그의 얼굴은 찡그린 가면의 캐리커처 같은 표정을 하고 있었다. "아하! 하지만 남작님, 아시다시피 저는 멘타트이기 때문에 남작님이 언제 저를 죽이려고 사람을 보낼지 알 수 있습니다. 제가 쓸모 있는 한은 살려두겠죠. 너무 일찍 저를 죽여버리는 건 낭비가 될 테니까요. 그런데 저는 아직 상당히 쓸모가 있습니다. 남작님이 저 사랑스러운 행성 듄에서 뭘 배우셨는지 전 압니다. 낭비를 해서는 안 된다는 거였죠. 그렇지 않습니까, 남작님?"

남작은 계속해서 파이터를 노려보았다.

페이드 로타가 의자에 앉은 채 몸을 꼼지락거렸다. '만날 말다툼만 벌이는 멍청이들! 백부는 저 멘타트하고 말할 때마다 말다툼을 하는군. 내가 자기들 말다툼 듣는 것 말고는 할 일이 없는 사람이라고 생각하는 건가?'

"페이드, 널 이곳으로 부르면서 잘 듣고 배우라고 했다. 지금 배우고 있느냐?" 남작이 말했다.

"예, 백부." 조심스럽게 아부하는 목소리였다.

"때로 파이터를 이해할 수 없을 때가 있어. 나는 필요하기 때문에 고통을 주지. 하지만 파이터는…… 맹세컨대 저놈은 고통에서 진짜로 기쁨을 느낀다. 난 저 가련한 레토 공작에게 동정을 느낄 수 있다. 유에 박사가 곧 그에 대항해 움직이기 시작할 거고 그러면 아트레이데스는 영원히 끝장이지. 하지만 레토는 누가 그 유순한 박사를 조종했는지 분명히 알아차릴 거다……. 그건 정말 끔찍한 일일걸."

"그럼 왜 박사에게 그의 갈비뼈 사이에 조용히 효과적으로 **킨잘***을 집어넣으라고 명령하지 않으셨습니까?" 파이터가 물었다. "남작님은 동정에 대해 이야기하시면서도……."

"내가 공작을 끝장낼 때 공작은 반드시 그 사실을 알아차려야 해. 다른 **대가문***들도 알아야 하고. 사실을 알고 나면 그들은 잠시 숨을 죽일 거다. 그러면 내가 움직일 수 있는 여지를 좀더 얻게 될 거야. 그건 분명히 필요한 일이지만 내가 그 일을 좋아할 필요는 없어."

"움직일 수 있는 여지라." 파이터가 비웃듯이 말했다. "벌써 황제가 남작님을 주시하고 있습니다. 남작님은 너무 대담하게 움직이고 계세요. 아마 언젠가는 황제가 **사다우카*** 한두 부대를 여기 **지에디 프라임***으로 보낼 겁니다. 그러면 블라디미르 하코넨 남작도 끝장이 나겠죠."

"넌 내가 끝장나는 걸 보고 싶겠지. 안 그래, 파이터?" 남작이 물었다. "넌 사다우카 부대가 나의 도시와 이 성을 약탈하는 것을 보며 즐거워할 놈이야. 정말로 그럴 놈이야."

"그걸 꼭 물어봐야만 아십니까?" 파이터가 속삭이듯 말했다.

"넌 군단의 바샤르가 되었어야 했어. 피와 고통에 푹 빠져 있거든. 어쩌면 아라키스의 전리품을 주겠다는 내 약속이 너무 성급한 것이었는지도 모르겠구나."

파이터는 기묘하게 으스대는 발걸음으로 다섯 걸음을 걸어 페이드 로타 바로 뒤에 멈춰 섰다. 방 안의 공기가 팽팽하게 긴장되었다. 페이드 로타는 걱정스럽게 미간을 찌푸리며 고개를 들어 파이터를 올려다보았다.

"파이터를 갖고 놀지 마십시오, 남작님." 파이터가 말했다. "당신은 제게 레이디 제시카를 약속했습니다. 당신이 그녀를 제게 주겠다고 약속했어요."

"무엇 때문에 그녀를 원하는 건가, 파이터?" 남작이 물었다. "고통을 주기 위해서?"

파이터는 남작을 노려보았다. 침묵이 길게 늘어졌다.

페이드 로타가 앉아 있던 반중력 의자를 한쪽으로 움직이면서 말했다. "백부, 제가 꼭 여기 있어야 하나요? 백부는 아까……."

"내 귀여운 페이드 로타가 지루해진 모양이구나." 남작이 말했다. 그는 행성 모형 옆의 어둠 속에서 움직였다. "인내심을 가져라, 페이드." 그리고 그는 다시 멘타트에게 주의를 돌렸다. "공작의 꼬마, 그 폴이라는 아이는 어떤가, 친애하는 파이터?"

"함정이 그 아이를 당신에게 데려다줄 겁니다, 남작님." 파이터가 중얼거리듯 말했다.

"내가 물은 건 그게 아냐. 그 베네 게세리트 마녀가 공작에게 딸을 낳아줄 것이라고 네 입으로 예측한 것을 기억하겠지? 하지만 네 예측은 틀렸다. 그렇지 않나, 멘타트?"

"제 예측이 자주 틀리는 건 아닙니다, 남작님." 파이터가 말했다. 처음으로 그의 목소리에 두려움이 담겨 있었다. "그건 인정해 주십시오. 제 예측은 자주 틀리지 않습니다. 베네 게세리트가 대부분 딸을 낳는 건 남작님도 아시지 않습니까? 심지어 황제의 여자도 모두 딸만 낳았어요."

"백부, 여기 중요한 일이 있을 거라고 말해서……." 페이드 로타가 말했다.

"내 조카 말하는 것 좀 보게. 내 영지를 다스리고 싶어 하는 놈이 자신조차 다스리질 못하는구나." 남작이 행성 옆에서 몸을 움직였다. 그는 어둠 속의 그림자였다. "좋다, 페이드 로타 하코넨. 난 네게 약간의 지혜를 가르쳐줄까 하는 마음에서 여기로 불렀다. 우리의 훌륭한 멘타트를 잘 관찰해 보았느냐? 지금 우리가 나눈 대화에서 분명히 뭔가를 배웠겠지?"

"하지만 백부……."

"파이터는 가장 유능한 멘타트다. 너는 그렇게 생각하지 않느냐, 페이드?"

"네. 하지만……."

"아아! 정말로 '하지만'이지! 하지만 저놈은 스파이스를 너무 많이 먹어치운다. 사탕처럼 먹어대지. 파이터의 눈을 봐라! 아라키스의 일꾼들 같지 않으냐? 파이터는 유능하다. 하지만 아직도 감정적이라서 쉽게 감정을 폭발시키곤 해. 파이터는 유능하다. 하지만 아직도 실수를 저질러."

파이터가 낮고 음침한 목소리로 말했다. "저의 능력을 깎아내리려고 여기로 부르신 겁니까, 남작님?"

"자네의 능력을 깎아내린다고? 내가 그런 사람이 아니라는 걸 잘 알 텐데, 파이터. 난 내 조카가 멘타트의 한계가 무엇인지 배우기를 바랄 뿐이다."

"벌써 저를 대신할 사람을 훈련하고 계신 겁니까?" 파이터가 다그치듯 물었다.

"자넬 대신한다고? 이런, 파이터, 자네처럼 교활하고 독한 멘타트를 어디서 구할 수 있겠나?"

"저를 찾아내신 바로 그곳에서 구하실 수 있겠죠, 남작님."

"어쩌면 그렇게 해야 할지도 모르겠군." 남작이 생각에 잠긴 목소리로 말했다. "요새 자넨 약간 불안정해 보이거든. 게다가 스파이스를 그렇게 많이 먹어치우다니!"

"제가 즐거움을 누리는 비용이 너무 비싼 겁니까, 남작님? 그게 싫으신 겁니까?"

"친애하는 파이터, 자네가 누리는 즐거움이 바로 자네를 내게 묶어두고 있지 않나. 내가 어떻게 그걸 싫어할 수 있겠나? 난 그저 내 조카가 자네의 그런 점들을 잘 관찰하기를 바랄 뿐이야."

"그럼 마음대로 관찰하도록 하십시오." 파이터가 말했다. "제가 춤이라도 출까요? 아니면 훌륭하신 페이드 로타 님을 위해 제가 수행할 수 있는 갖가지 기능을 보여드릴까요?"

"바로 그거야." 남작이 말했다. "자넨 지금 우리 앞에 전시된 전시물이야. 이제 입 다물고 조용히 있도록 해." 그는 페이드 로타를 흘끗 바라보았다. 하코넨의 유전적 특징인 부루퉁하게 튀어나온 도톰한 입술이 이제 즐거움 때문에 살짝 비틀려 있었다. "이것이 바로 멘타트다, 페이드. 멘타트는 특정한 임무를 수행하도록 설정되어 훈련을 받지. 그러나 멘타트가 인간의 몸뚱이 속에 들어 있다는 사실을 간과해서는 안 돼. 그건 아주 심각한 결점이니까. 난 때로 생각하는 기계를 만든 고대인들이 옳았던 것인지도 모른다고 생각한다."

"그 기계는 저에 비하면 장난감이나 다름없습니다." 파이터가 커다란 소리로 으르렁거렸다. "남작님 당신도 그 기계들을 능가할 수 있을 겁니다."

"어쩌면 그럴지도 모르지. 뭐……." 그는 깊이 숨을 들이쉬더니 트림을 했다. "자, 파이터, 아트레이데스 가문에 맞서는 우리 계획의 두드러진 특징들을 조카에게 간략히 설명해 주게. 괜찮다면 우리를 위해 부디 멘타트의 역할을 수행해 주겠나."

"남작님, 이렇게 어린 사람에게 이 정보를 알려주어서는 안 된다고 경고하지 않았습니까? 제가 관찰한 바에 의하면……."

"판단은 내가 내려." 남작이 말했다. "명령을 내리겠다, 멘타트. 자네의 그 다양한 기능 중 하나를 수행하도록 해."

"그러죠." 파이터가 말했다. 그는 몸을 똑바로 펴고 이상하게 위엄이 느껴지는 자세를 취했다. 마치 그것은 또 다른 가면인 듯했다. 그러나 이번에는 그 가면이 그의 몸 전체를 옷처럼 감싸고 있었다. "표준력으로 며칠 후에 레토 공작의 모든 식솔이 우주 조합의 정기선을 타고 아라키스로 떠날 겁니다. 조합은 우리의 도시 카르타그가 아니라 **아라킨***에 그들을 내려놓을 겁니다. 공작의 멘타트인 투피르 하와트가 아라킨이 방어하기에 더 쉽다는 올바른 결론을 내릴 테니까요."

"잘 들어둬, 페이드." 남작이 말했다. "계획 안에 또 계획이 있고 그 안에 또 계획이 있다는 걸 잘 봐둬라."

페이드 로타는 고개를 끄덕였다. '이제 좀 그럴듯하군. 저 늙은 괴물이 마침내 나를 비밀스러운 일에 끼워주고 있어. 정말로 나를 자기 후계자로 만들 모양인데.'

"계획이 빗나갈 가능성들은 몇 가지 있습니다." 파이터가 말했다. "저는 아트레이데스 가문이 아라키스로 갈 거라고 예견합니다. 그러나 공작이 항성계 외부에 있는 안전한 장소로 자기를 데려다주도록 조합과 계약을 맺었을 가능성도 무시해서는 안 됩니다. 비슷한 상황에 있던 가문들이 가문의 핵무기와 방어막을 가지고 제국 너머로 도망쳐 변절자가 된 사례가 있었습니다."

"공작은 그런 짓을 하기에는 자존심이 너무 강해." 남작이 말했다.

"그래도 가능성은 존재합니다. 그러나 우리 입장에서 보면 궁극적인 효과는 같을 겁니다."

"아니, 같지 않아!" 남작이 으르렁거렸다. "난 반드시 그를 죽이고 대를 끊어놓아야 해."

"그 가능성은 아주 높습니다." 파이터가 말했다. "어떤 가문이 배신하려고 할 때 준비하는 것들이 몇 가지 있습니다. 공작은 그런 준비를 전혀 하지 않고 있는 것으로 보입니다."

"그래." 남작이 한숨을 쉬었다. "계속하게, 파이터."

"아라킨에 도착하면 공작과 그의 가족은 레지던시를 차지할 겁니다. 최근에 펜링 백작 부처가 살았던 집 말입니다."

"밀수꾼들을 상대하는 대사 말이로군." 남작이 킥킥거렸다.

"무슨 대사라고요?" 페이드 로타가 물었다.

"백부님이 농담을 하신 겁니다." 파이터가 말했다. "남작님은 펜링 백작을 '밀수꾼들을 상대하는 대사'라고 부르십니다. 아라키스의 밀수 행위들에 대한 황제의 관심을 지적하는 거죠."

페이드 로타는 백부에게 어리둥절한 시선을 돌렸다. "왜요?"

"페이드, 이 멍청한 놈아." 남작이 쏘아붙였다. "조합이 사실상 제국의 통제권 밖에 머물러 있는 한, 어떻게 황제가 관심을 갖지 않을 수 있겠느냐? 그렇지 않고서 스파이들과 암살자들이 어떻게 돌아다닐 수 있겠어?"

페이드 로타의 입이 소리 없이 감탄사를 발했다.

"우리는 레지던시에 사람들의 주의를 흐트러뜨리기 위한 작전들을 준비해 두었습니다." 파이터가 말했다. "아트레이데스 가문 후계자를 죽이려는 시도가 있을 겁니다. 어쩌면 그 시도가 성공할지도 모르죠."

"파이터, 자넨 전에……." 남작이 낮게 울리는 목소리로 말했다.

"저는 우연한 사고가 일어날 수도 있다고 말했습니다. 그리고 그 암살

시도는 틀림없이 그럴듯하게 보일 겁니다."

"아, 하지만 그 꼬마 녀석의 몸은 정말 싱싱하고 예쁘지." 남작이 말했다. "물론, 그 녀석이 제 아비보다 더 위험한 존재가 될 수도 있어⋯⋯. 마녀 어미가 그놈을 훈련시키고 있으니. 빌어먹을 계집! 아, 얘기를 계속하게, 파이터."

"하와트는 우리가 자기에게 첩자를 붙였다는 것을 알아차릴 겁니다. 가장 의심을 살 사람은 유에 박사입니다. 그가 우리의 첩자인 것은 사실이니까요. 그러나 하와트는 조사를 통해 유에 박사가 **제국 정신 훈련***을 받은 수크 의대의 졸업생이라는 걸 알아냈습니다. 다시 말해 황제의 건강을 맡겨도 될 만큼 안전하다고 생각되는 사람이라는 뜻입니다. 제국 정신 훈련은 아주 높은 평가를 받고 있으니까요. 궁극의 정신 훈련은 훈련받은 자를 죽이지 않는 한 제거될 수 없다고 알려져 있습니다. 그러나 예전에 누군가가 말했듯이 알맞은 지렛대만 있으면 행성도 움직일 수 있는 법입니다. 우리는 유에 박사를 움직일 수 있는 지렛대를 찾아냈습니다."

"어떻게?" 페이드 로타가 물었다. 그는 이 이야기에 완전히 빠져 있었다. 제국 정신 훈련을 무로 돌리는 것이 불가능하다는 것은 누구나 알고 있는 상식이었다.

"그 이야기는 다음에." 남작이 말했다. "계속하게, 파이터."

"유에 박사 대신 우리는 하와트의 눈앞에 아주 흥미로운 용의자를 데려다 놓을 겁니다. 그 여자의 대담함이 하와트의 주의를 돌려놓을 겁니다."

"여자?" 페이드 로타가 물었다.

"레이디 제시카를 말하는 거다." 남작이 말했다.

"정말 탁월하지 않습니까?" 파이터가 물었다. "하와트는 이 용의자에게 신경을 쓰느라 멘타트로서의 기능을 제대로 수행하지 못할 겁니다. 어쩌면 그녀를 죽이려고 할지도 모릅니다." 파이터는 인상을 찌푸리더니 말을 이었다. "그러나 그가 정말로 해낼 수는 없을 겁니다."

"놈이 그녀를 죽이지 않기를 바라는 거겠지, 응?" 남작이 물었다.

"제 주의를 흐트러뜨리지 마십시오. 하와트가 레이디 제시카에게 신경을 쓰는 동안 우리는 몇몇 주둔지에서 반란을 일으켜 그를 더욱 바쁘게 만들 겁니다. 반란은 진압될 겁니다. 공작은 자기가 치안을 어느 정도 확립하기 시작했다고 느끼겠죠. 그렇게 시기가 무르익었을 때 우리는 유에 박사에게 신호를 보내고 우리의 주력 부대를 투입할 겁니다……. 아…….."

"계속하게. 저 아이에게 모든 걸 다 알려줘."

"우리는 하코넨의 제복으로 위장한 사다우카 부대 둘의 지원을 받아 진입할 겁니다."

"사다우카라고!" 페이드 로타가 깜짝 놀라서 말했다. 무서운 제국 군대의 모습이 그의 머릿속을 가득 메웠다. 제국 군대는 자비를 모르는 살인자이며 패디샤 황제를 맹종하는 전사들이었다.

"이제 내가 너를 얼마나 믿는지 알겠지, 페이드." 남작이 말했다. "이 이야기가 절대로 다른 대가문에 새어 나가서는 안 된다. 만약 비밀이 샌다면 랜드스라드가 황실에 맞서 연합할 거고, 세상은 혼란에 빠질 거야."

"요점은 이겁니다." 파이터가 말했다. "하코넨 가문은 제국의 더러운 일을 처리하는 데 이용당하고 있기 때문에 오히려 진정한 이점을 손에 쥐게 되었습니다. 확실히 위험한 이점이긴 하지만, 신중하게 이용한다면 하코넨 가문은 제국 내의 그 어떤 가문보다 부유해질 겁니다."

"지금 얼마나 많은 부가 여기에 관련되어 있는지 넌 전혀 모를 거다,

페이드." 남작이 말했다. "상상조차 못 할걸. 우선, 우리는 초암 사에 대해 영원한 지휘권을 갖게 될 거다."

페이드 로타는 고개를 끄덕였다. 재산이야말로 가장 중요한 것이었다. 그리고 초암은 부의 열쇠였다. 대가문들은 이 회사의 지휘권을 이용해 이 회사의 금고에서 퍼 갈 수 있는 한 많은 재물을 퍼내 갔다. 초암의 지휘권, 그것은 제국 내에서 정치적 권력의 진정한 증거였다. 그리고 랜드스라드가 황제와 그의 지지자들에 맞서 균형을 유지하고 있었기 때문에, 랜드스라드 내 투표 세력의 변화에 따라 초암의 지휘권도 이리저리 옮겨졌다.

"레토 공작이 사막 가장자리에 사는 인간쓰레기들인 프레멘들한테 도망치려고 할 가능성도 있습니다." 파이터가 말했다. "또는 그곳이 안전하다고 믿고 가족들을 보낼 가능성도 있습니다. 그러나 그곳으로 가는 길은 황제 폐하의 대리인인 한 행성 생태학자에게 가로막혀 있죠. 페이드 님도 그 사람, 카인즈를 기억하실 겁니다."

"기억하고말고." 남작이 말했다. "어서 얘기나 계속하게."

"좋아서 어쩔 줄을 모르시는군요, 남작님." 파이터가 말했다.

"얘기나 계속하라니까!" 남작이 으르렁거렸다.

파이터는 어깨를 으쓱했다. "만약 모든 일이 계획대로 진행된다면, 하코넨 가문은 표준력으로 1년 내에 아라키스에 하급 영지를 갖게 될 겁니다. 페이드 님의 백부께서 그 영지에 대한 권리를 갖게 되는 거죠. 그래서 남작님이 직접 임명하신 대리인이 아라키스를 다스리게 될 겁니다."

"더 많은 이윤이 생기겠군." 페이드 로타가 말했다.

"물론이지." 남작이 말했다. '그건 정당한 거야. 우리가 아라키스를 길들였어……. 사막 가장자리에 숨어 있는 그 쥐새끼 같은 프레멘들

과…… 아라키스 토종의 일꾼들만큼이나 그 행성에 묶여 있는 얌전한 밀수꾼들을 빼면 말이지.'

"그리고 대가문들은 남작님이 아트레이데스 가문을 멸망시켰음을 알게 될 겁니다." 파이터가 말했다. "분명히 알게 될 겁니다."

"그래, 알게 되겠지." 남작이 속삭이듯 작은 소리로 말했다.

"하지만 무엇보다 멋진 것은 공작도 그 사실을 알게 되리라는 점입니다. 그는 지금도 알고 있어요. 이미 함정을 느끼고 있을 겁니다." 파이터가 말했다.

"공작이 이미 알고 있다는 건 사실이야." 남작이 말했다. 그의 목소리에 약간의 슬픔이 배어 있었다. "모를 수가 없지……. 그래서 더 불쌍해."

남작은 아라키스 행성 모형 옆의 어둠 속에서 벗어났다. 어둠 속에서 평면처럼 보이던 그의 얼굴과 몸은 이제 원래의 모습을 되찾았다. 그는 엄청나게 뚱뚱한 사람이었다. 검은색 로브의 주름 밑으로 무언가가 약간 튀어나와 있었다. 그의 몸에 붙은 비곗덩어리의 무게 일부를 지탱하고 있는 휴대용 **반중력 장치***였다. 그의 실제 몸무게는 표준 도량형으론 200킬로그램쯤 되겠지만 반중력 장치 덕분에 그의 발이 지탱하고 있는 무게는 50킬로그램밖에 되지 않았다.

"배가 고프구나." 남작이 깊게 울리는 목소리로 말했다. 그는 반지를 잔뜩 낀 손으로 삐죽 튀어나온 입술을 문지르며 비곗덩어리 속에 푹 파묻힌 눈으로 페이드 로타를 내려다보았다. "음식을 좀 가져오라고 일러라, 내 귀여운 조카야. 잠자리에 들기 전에 뭘 좀 먹어야겠다."

〜✕〜

성자 '칼의 알리아'는 이렇게 말했다. "대모는 고급 매춘부의 유혹적인 간계(奸計)와 동정녀 여신의 범접할 수 없는 위엄을 조화시켜, 젊음의 힘이 지속되는 한 이러한 특징들을 긴장감 있게 유지시켜야 한다. 젊음과 미모가 사라졌을 때, 대모는 한때 긴장이 자리했던 이 두 특징 사이에 빈틈없는 꾀와 뛰어난 수완이 들어섰음을 알게 될 것이다."

—이룰란 공주의 『무앗딥, 가족 회고록』

"그래, 제시카, 뭐 할 말이라도 있느냐?" 대모가 물었다.

폴이 시험을 치른 날, 해 질 무렵의 칼라단 성이었다. 제시카의 응접실에는 제시카와 대모 둘뿐이었다. 폴은 바로 옆의 방음 장치가 된 명상실에서 기다리고 있었다.

제시카는 남쪽 창문을 마주하고 서 있었다. 석양빛을 받아 다채롭게 물들어 있는 초원과 강이 보였지만 제시카는 그 광경이 눈에 들어오지 않았다. 대모의 질문 역시 귀에 들어오지 않았다.

아주 오래전에도 빼빼 마른 소녀가 폴과 똑같은 시험을 치렀다. 소녀의 머리카락은 청동색이었고 몸은 사춘기 때의 변화로 부대끼고 있었다. 소녀는 그날 가이우스 헬렌 모히암 대모의 집무실로 들어갔다. 대모는 **왈락 제9행성***에 있는 베네 게세리트 학교의 **상급 감독관***이기도 했다. 제시카는 자신의 오른손을 내려다보며 손가락을 움직여보았다. 그날의 고통과 공포와 분노가 떠올랐다.

"폴, 불쌍한 녀석." 그녀가 속삭였다.

"내 질문을 듣지 못했느냐, 제시카!" 대모의 날카로운 목소리가 대답을 요구했다.

"예? 아……." 제시카는 과거의 기억을 억지로 밀어내고 대모를 바라보았다. 대모는 서쪽의 두 창문 사이 돌벽에 기대어 앉아 있었다. "제가 무슨 말을 하면 좋으시겠어요?"

"네가 무슨 말을 하면 좋겠냐고? 네가 무슨 말을 하면 좋겠냐고?" 늙은 목소리가 제시카의 말을 잔인하게 되풀이했다.

"그래요, 저는 아들을 낳았어요!" 제시카의 분노가 폭발했다. 그러나 동시에 그녀는 대모가 일부러 자신의 화를 돋우었다는 것을 알고 있었다.

"우리는 네게 아트레이데스 가문에 오로지 딸만 낳아줄 것을 명령했다."

"남편에게는 아들이 너무나 큰 의미를 지니고 있었어요." 제시카가 애원하듯 말했다.

"그리고 너는 건방지게도 네가 퀴사츠 해더락을 낳을지도 모른다고 생각했겠지!"

제시카가 턱을 치켜들었다. "그럴 가능성을 느꼈어요."

"넌 아들을 원하는 공작의 마음밖에 생각하지 않았어." 대모가 날카롭게 내뱉었다. "하지만 공작의 마음은 중요하지 않아. 아트레이데스 가문에 딸이 태어났다면 그 애가 하코넨의 후계자와 결혼해서 두 가문 사이의 틈을 메울 수도 있었을 거다. 그런데 너 때문에 문제가 손을 쓸 수 없을 지경으로 복잡해졌어. 이젠 두 가문의 혈통이 모두 끊어질지도 몰라."

"대모님이라고 해서 절대로 실수하지 말란 법도 없잖아요." 제시카가 말했다. 그녀는 자신을 뚫어져라 노려보는 노인의 눈에 용감하게 맞섰다.

이윽고 대모가 투덜거리듯이 말했다. "이미 일어난 일은 어쩔 수 없지."

"전 제 결정을 결코 후회하지 않겠다고 맹세했어요." 제시카가 말했다.

"고상하기도 하지." 대모가 이죽거렸다. "후회하지 않는다고? 네 목에 현상금이 걸리고, 세상 모든 사람들이 너와 네 아들의 목숨을 노릴 때도 그럴 수 있을까?"

제시카의 얼굴이 창백해졌다. "다른 방법은 없나요?"

"다른 방법? 넌 베네 게세리트이면서도 그런 질문을 하는 거냐?"

"전 대모님이 그 뛰어난 능력으로 미래에서 무엇을 보았는지 알고 싶을 뿐이에요."

"내가 미래에서 보는 것은 과거에 보았던 것과 똑같아. 우리 일이 어떤 양식으로 진행되는지는 너도 잘 알고 있지 않느냐, 제시카. 사람들은 자기가 유한한 존재라는 것을 알고 자신의 유전적인 특징들이 정체될까 봐 두려워하지. 사람들의 핏속에는 계획 없이 무작정 유전적 특징들을 뒤섞으려는 충동이 있어. 제국, 초암 사, 모든 대가문들, 그런 것들은 그 흐름 속에 표류하는 작은 조각들일 뿐이야."

"초암이라." 제시카가 중얼거렸다. "아라키스라는 전리품을 어떻게 나눠 가질지 이미 결정되어 있겠군요."

"초암은 그저 우리 시대의 풍향계일 뿐이다." 대모가 말했다. "황제와 그의 지지자들은 현재 초암 지휘권의 투표수에서 59.65퍼센트를 자시하고 있지. 그 사람들이 이윤의 냄새를 맡은 건 사실이야. 다른 사람들도 그 이윤의 냄새를 맡게 되면 황제의 투표 세력이 더욱 강력해질 거야. 이

것이 역사가 돌아가는 모습이다."

"지금 제게 필요한 게 바로 그거예요. 역사를 되돌아보는 것 말이에요."

"허튼소리는 그만해! 지금 우리가 어떤 힘에 포위당해 있는지 너도 나만큼 잘 알고 있어. 우리 문명은 세 개의 점으로 이루어져 있다. 황실은 랜드스라드의 대가문 연합에 맞서 균형을 이루고 있고, 그들 사이에서 저 망할 놈의 우주 조합이 항성 간 여행을 독점하고 있지. 정치적인 측면에서 삼각 구도는 무엇보다도 불안정한 것이야. 과학에 등을 돌리고 있는 봉건적 교역 문화가 상황을 복잡하게 만들지 않더라도 이미 충분히 한심한 상황이 되었을 게다."

"흐름 속의 작은 조각들이라……. 레토 공작도 그의 아들도 그리고……." 제시카가 씁쓸하게 말했다.

"아, 입 좀 다물어라. 네가 발을 들여놓은 곳이 얼마나 위험한 곳인지 처음부터 알고 있지 않았느냐."

"'나는 베네 게세리트이다. 나는 오로지 봉사하기 위해 존재한다.'" 제시카가 경전의 말을 인용했다.

"그래, 맞다. 지금 우리로서는 이 일이 전면적인 분쟁으로 번지는 것을 막고, 중요한 혈통들만이라도 건질 수 있기를 바라는 수밖에 없어."

제시카는 눈을 감았다. 눈꺼풀 밑으로 눈물이 차오르는 게 느껴졌다. 가슴이 떨리고 몸이 떨렸다. 호흡이 거칠어지고 맥박이 마구 뛰고 손바닥에 땀이 고였지만 그녀는 그 모든 것을 억눌렀다. 이윽고 그녀가 말했다. "제 실수에 대해서는 제가 대가를 지불하겠어요."

"그리고 네 아들이 너와 함께 대가를 지불하게 되겠지."

"제가 할 수 있는 한 그 애를 보호할 거예요."

"보호한다고!" 대모가 차갑게 말했다. "그게 곧 약점이란 걸 모르는 게냐! 아들을 지나치게 보호하면, 제시카, 그 애는 그 어떤 운명도 완수해 낼 수 없는 사람이 될 거다."

제시카는 대모로부터 고개를 돌려 어두워져가는 창밖을 내다보았다. "이 아라키스라는 행성이 정말로 그렇게 끔찍한가요?"

"확실히 안 좋지. 하지만 온통 나쁘기만 한 건 아냐. **보호 선교단***이 활동하면서 그곳의 분위기를 조금 부드럽게 만들어놓았다." 대모가 '끙' 하는 소리를 내며 자리에서 일어나 옷주름을 폈다. "아이를 이리로 불러라. 난 곧 떠나야 한다."

"꼭 가셔야 하나요?"

대모의 목소리가 부드러워졌다. "제시카, 내가 너 대신 고통을 받을 수 있다면 얼마나 좋겠니. 하지만 사람들은 모두 자기 길을 따라가야 해."

"알아요."

"넌 내 딸들만큼이나 내게 소중한 존재야. 하지만 그 때문에 임무를 저버릴 수는 없다."

"그래야 한다는 걸…… 이해해요."

"네가 무슨 짓을 저질렀고 왜 그런 짓을 했는지 우리 둘 다 알고 있다, 제시카. 하지만 네 아들이 베네 게세리트의 총체 같은 존재가 될 가능성은 거의 없다는 말을 해줄 수밖에 없구나. 너무 많은 걸 바라서는 안 돼."

제시카는 고개를 흔들어 눈가에 고인 눈물을 털어냈다. 화가 난 몸짓이었다. "첫 수업 시간에 배웠던 것을 그렇게 되풀이하시니 제가 다시 어린아이가 된 것 같네요." 그녀는 억지로 말을 이었다. "'인간은 절대로 짐승들에게 굴복해서는 안 된다'라는 거였죠." 메마른 흐느낌이 그녀의 몸을 뒤흔들었다. 그녀가 낮은 목소리로 말했다. "전 너무 외로웠어요."

"그것도 분명히 시험 중의 하나일 거다. 인간들은 거의 언제나 외롭지.

이제 아이를 불러라. 그 애한테는 오늘이 길고 무서운 하루였을 거다. 하지만 오늘 일을 생각하고 기억해 둘 시간을 가졌으니 이제 그 애가 꿨다는 꿈들에 대해 물어봐야겠다."

제시카는 고개를 끄덕이고 명상실로 가서 문을 열었다.

"폴, 이제 들어오너라."

폴이 일부러 느린 걸음으로 모습을 나타냈다. 그는 낯선 사람을 보듯이 어머니를 바라보았다. 대모를 바라보는 그의 눈에는 경계심이 드리워져 있었다. 그러나 이번에는 고개를 숙여 인사했다. 그것은 자신과 동등한 사람에게 하는 묵례였다. 그는 뒤에서 어머니가 문 닫는 소리를 들었다.

"젊은이, 이제 꿈 얘기로 돌아가보자." 대모가 말했다.

"원하는 게 뭐죠?"

"넌 매일 밤 꿈을 꾸느냐?"

"기억할 가치가 있는 꿈을 매일 꾸는 건 아니에요. 전 모든 꿈을 기억할 수 있지만, 꿈 중에는 기억할 가치가 있는 것도 있고 그렇지 않은 것도 있어요."

"그 차이를 어떻게 알 수 있지?"

"그냥 알아요."

대모는 제시카를 흘끗 쳐다본 후 다시 폴에게 시선을 돌렸다.

"어젯밤에는 무슨 꿈을 꿨느냐? 기억할 가치가 있는 꿈이었더냐?"

"네." 폴은 눈을 감았다. "꿈에 동굴을 봤어요……. 물이 있고…… 어떤 여자아이가 있었어요. 몸이 아주 말랐고 눈이 커다란 애였어요. 그 애의 눈은 흰자위가 하나도 없이 모두 파란색이었죠. 저는 그 애에게 대모님에 대해 이야기해 주었어요. 대모님을 칼라단에서 만난 얘기요." 폴은 눈을 떴다.

"그럼 네가 그 낯선 여자아이에게 들려주었던 이야기가 오늘 실제로 벌어졌느냐?"

폴은 잠시 생각을 해보고 나서 대답했다. "네. 저는 그 애에게 대모님이 와서 내게 이상한 흔적을 남겼다고 말했어요."

"이상한 흔적이라." 대모가 작은 소리로 중얼거리고 나서 다시 한번 제시카를 쏘아보고는 폴에게 시선을 돌렸다. "솔직하게 대답해야 한다, 폴. 네가 꿈에서 본 일이 현실에서 그대로 나타나는 경우가 자주 있느냐?"

"네, 그리고 전에도 그 여자애를 꿈에서 봤어요."

"그래? 네가 아는 애냐?"

"앞으로 알게 될 거예요."

"그 애에 대해 이야기해 보아라."

폴은 다시 눈을 감았다. "우리는 바위들로 둘러싸인 작은 방 안에 있어요. 거의 밤이 다 된 시간인데 날이 아주 덥고 바위틈으로 모래가 보여요. 우린······ 뭔가를 기다리고 있어요······. 제가 어떤 사람들을 만나는 순간을요. 그 애는 겁을 먹었으면서도 그걸 저한테 숨기려고 하는데 저는 기대에 차 있어요. 그 애가 '**우슬***, 네 고향의 강과 바다에 대해 이야기해 봐' 하고 말해요." 폴은 눈을 떴다. "이상하지 않아요? 제 고향은 칼라단인데. 우슬이라는 행성이 있다는 얘기는 한 번도 못 들어봤어요."

"그 꿈이 계속 이어졌니?" 제시카가 말을 재촉했다.

"네. 하지만 어쩌면 그 애가 저를 우슬이라고 부른 건지도 모르겠어요. 방금 생각난 거예요." 폴은 다시 눈을 감았다. "그 애가 저더러 물에 대해 이야기해 보라고 해요. 저는 그 애의 손을 잡고 시를 들려주죠. 그런데 시에 나오는 몇 가지 단어들을 따로 설명해 줘야 해요. 해변, 파도, 해초,

갈매기, 이런 단어들을요."

"어떤 시를 들려줬지?" 대모가 물었다.

폴은 눈을 떴다. "그냥 슬플 때 읊는 거니 할렉의 시예요."

폴 뒤에서 제시카가 시를 암송하기 시작했다.

나는 기억한다, 해변의 모닥불에서 피어오르는 소금내 나는 연기를
그리고 소나무 아래 그림자를—
단단하고 깨끗한…… 흔들림 없는—
땅끝에 내려앉은 갈매기들,
초록색 위에 하얀색……
바람 한 줄기가 소나무 사이로 불어와
그림자를 뒤흔든다.
갈매기들은 날개를 펼쳐,
날아올라서
날카로운 비명으로 하늘을 채운다.
그리고 나는 듣는다,
해변을 가로질러,
파도를 가로질러 불어오는 바람 소리를.
그리고 나는 본다,
우리의 모닥불이 태워놓은 해초를.

"그거예요." 폴이 말했다.

대모가 폴을 물끄러미 바라보다가 말했다. "젊은이, 난 베네 게세리트의 대리인으로서 퀴사츠 해더락을 찾고 있다. 진정 우리의 일원이 될 수 있는 남자 말이다. 네 어머니는 네 안에서 그 가능성을 보고 있다. 하지만 그건 너를 어머니의 눈으로 바라보기 때문인지도 모르지. 나도 네게서 가능성을 볼 수는 있다. 하지만 그뿐이야."

노파가 입을 다물었다. 폴은 자신이 얘기하기를 그녀가 바란다는 것을 알았다. 그러나 그는 아무 말도 하지 않았다.

이윽고 기다리다 지친 노파가 말했다. "그래, 네가 그러겠다면 그래라. 너에게는 깊이가 있어. 그건 나도 인정한다."

"이제 가도 됩니까?" 그가 물었다.

"대모님에게 퀴사츠 해더락에 대한 이야기를 듣고 싶지 않니?" 제시카가 물었다.

"그게 되려고 시도했던 사람들이 모두 죽었다는 얘기는 이미 해주셨어요."

"하지만 네게 도움이 되게끔 그 사람들이 왜 죽었는지 살짝 말해 줄 수는 있다." 대모가 말했다.

'저렇게 얘기하는 걸 보면, 대모님은 사실 아무것도 모르는 거야.' 폴은 속으로 생각했다. 그리고 대모에게 말했다. "그럼 말해 주세요."

"그리고 그냥 꺼져버리란 말이냐?" 그녀가 쭈글쭈글한 얼굴에 주름살을 지으며 빈정대듯 미소를 지었다. "좋다. 그건 '굴복하는 자가 다스린다'는 것이다."

폴은 깜짝 놀랐다. 그녀는 의미 속에 내포된 긴장이라는 아주 기본적인 요소에 대해 이야기하고 있었다. 그가 어머니에게서 아무것도 배우지 않았다고 생각하는 걸까?

"살짝 말씀해 주신다는 게 그거예요?" 그가 물었다.

"우린 지금 여기 논쟁을 하거나 말장난을 하려고 있는 게 아니다." 대모가 말했다. "버드나무는 바람에게 굴복해서 번창해 나가지. 그러다 마침내 어느 날 그것은 버드나무 숲이 되어 바람에 맞서는 벽이 된다. 그것이 버드나무의 목적이다."

폴은 대모를 유심히 바라보았다. 그녀가 '목적'이라는 말을 했을 때, 그는 그 말이 자신을 강하게 후려치는 것을 느꼈다. 그리고 끔찍한 목적이 다시 생각났다. 갑자기 그녀에게 화가 났다. 평범하고 진부한 말밖에 할 줄 모르는 멍청한 할망구 같으니.

"대모님은 제가 이 퀴사츠 해더락이 될 수도 있다고 생각하시죠. 대모님은 저에 대해 이야기하지만, 아버지를 돕기 위해 저희가 할 수 있는 일에 대해서는 한마디도 하지 않았어요. 아까 대모님이 어머니에게 말씀하시는 걸 들었는데, 아버지를 죽은 사람처럼 얘기하시더군요. 하지만 아버지는 살아 계세요!"

"네 아버지를 위해 해줄 수 있는 일이 있었다면 이미 했을 거다." 대모가 으르렁거리듯이 말했다. "잘하면 너를 구할 수 있을지도 모르지. 확실하진 않지만 가능성이 아주 없지는 않아. 하지만 네 아버지에게는 아무것도 없다. 그것을 사실로서 받아들이는 법을 배운다면, 베네 게세리트의 진정한 교훈 하나를 얻는 거다."

폴은 노파의 말이 어머니에게 커다란 충격을 주었음을 알 수 있었다. 그는 노인을 노려보았다. 어떻게 아버지에 대해 그런 말을 할 수 있단 말인가? 왜 그렇게 확신하는 건데? 그의 마음이 분노로 끓어올랐다.

대모가 제시카를 바라보았다. "넌 지금까지 저 아이를 베네 게세리트의 방법에 따라 훈련시켰다. 저 애에게서 그 흔적을 볼 수 있어. 나도 네 입장이었다면 계율 따윈 상관하지 않고 똑같이 행동했을 거다."

제시카가 고개를 끄덕였다.

"내 충고를 하나 해야겠다." 대모가 말했다. "정상적인 훈련 순서를 무시해라. 저 애의 안전을 위해서는 '목소리'가 필요해. 저 애는 이미 그 방향으로 훌륭한 출발을 했다. 하지만 저 애에게 얼마나 많은 것들이……

그것도 아주 절박하게 더 필요한지 너도 알고 나도 알아." 그녀가 폴에게 다가와 뚫어지게 내려다보았다. "잘 있어라. 네가 해내기를 바란다. 하지만 네가 해내지 못한다면…… 어쨌든 우린 성공할 것이다."

그녀는 다시 한번 제시카를 바라보았다. 서로를 이해하는 사람들의 표정이 잠깐 두 사람 사이를 스치고 지나갔다. 그러고 나서 대모는 뒤도 한번 돌아보지 않고 옷자락 스치는 소리를 내며 방에서 휙 나가버렸다. 이 방과 이 안에 있는 사람들에 대한 생각은 이미 그녀의 머릿속에서 사라지고 없었다.

그러나 제시카는 대모가 몸을 돌릴 때 아주 짧은 순간 그녀의 얼굴을 보았다. 주름진 뺨 위에 눈물 자국이 보였다. 그 눈물이 그날 두 사람이 주고받은 그 어떤 말이나 몸짓보다도 더 그녀를 불안하게 했다.

여러분은 무앗딥이 칼라단에 있을 때 또래 친구가 하나도 없었다는 사실을 이미 알고 있다. 친구를 사귈 경우 그 위험이 너무나 컸다. 그러나 무앗딥에게는 아주 훌륭한 친구이자 스승들이 있었다. 음유 시인이자 전사인 거니 할렉. 여러분은 이 책을 읽어 내려가면서 거니의 노래를 몇 편 보게 될 것이다. 늙은 멘타트인 투피르 하와트도 있었다. 암살단의 대장인 그는 패디샤 황제조차 겁에 질리게 만든 사람이었다. 기나즈 가문*의 검술 대가 던컨 아이다호도 있었다. 그리고 지식 면에서는 밝게 빛나지만 배신자라는 오점을 남긴 이름, 웰링턴 유에 박사, 아들을 베네 게세리트 방법으로 지도한 레이디 제시카, 그리고 물론 레토 공작이 있었다. 그가 훌륭한 아버지였다는 사실은 오랫동안 간과되어 왔다.

—이룰란 공주의 『무앗딥의 어린 시절』

투피르 하와트는 칼라단 성의 훈련실로 살짝 들어가서 조용히 문을 닫았다. 그리고 잠시 제자리에 서 있었다. 자신이 늙고 지치고 세파에 시달린 사람 같다는 생각이 들었다. 노공작을 위해 싸우다가 칼에 베인 적이 있는 왼쪽 다리가 아팠다.

'벌써 3대째 이 집을 위해 일하고 있군.'

채광창을 통해 정오의 햇살이 커다란 방 안 가득 환하게 쏟아져 들어오고 있었다. 그는 방 건너편을 바라보았다. 소년이 문을 등지고 앉아서 L자형 탁자 위에 펼쳐져 있는 서류와 지도들을 열심히 들여다보고 있었다.

'문을 등지고 있지 말라고 몇 번을 말해야 알아들을까?' 하와트는 헛기침을 했다.

폴은 여전히 서류와 지도들을 보는 데 몰두해 있었다.

채광창 위로 구름 그림자가 지나갔다. 하와트는 다시 한번 헛기침을 했다.

폴이 등을 똑바로 펴더니 뒤도 돌아보지 않고 말했다. "알아요. 또 문을 등지고 앉아 있다는 거."

하와트는 슬며시 미소가 나오려는 것을 참으며 방을 가로질렀다.

폴이 고개를 들어 탁자 모서리에 멈춰 선 흰머리의 노인을 올려다보았다. 깊게 주름진 어두운 얼굴 속에 하와트의 두 눈은 경계를 늦추지 않고 있었다.

"아저씨가 복도를 걸어오는 소리를 들었어요. 문 여는 소리도 들었고." 폴이 말했다.

"제 발소리를 누가 흉내 낼 수도 있습니다."

"난 구분할 수 있어요."

'그럴지도 모르지.' 하와트는 속으로 생각했다. '이 아이의 마녀 어미가 깊이 훈련시키고 있는 게 분명하니까. 그 여자의 그 고귀한 학교가 그걸 어떻게 생각하는지 모르겠군. 그래서 그 늙은 감독관이 온 건가? 레이디 제시카에게 따끔한 훈계를 하려고 말이야.'

하와트는 의자를 끌어다가 폴의 맞은편에 문을 바라보는 자세로 앉았다. 그는 일부러 자신의 자세를 강조하면서 등을 뒤로 기대고 방 안을 살펴보았다. 갑자기 이곳이 아주 낯설고 이상하게 느껴졌다. 방 안에 있던 대부분의 기물들을 이미 아라키스로 보냈기 때문이었다. 방에 남아 있는 것은 훈련용 탁자와 크리스털 프리즘이 달린 펜싱용 거울, 훈련을 할 때 과녁으로 쓰이는 인형 등이었다. 속을 채우고 천으로 기운 인형은 전쟁에서 부상을 입고 불구가 된 늙은 보병처럼 보였다.

'나랑 똑같네.' 하와트는 속으로 생각했다.

"투피르, 무슨 생각 해요?" 폴이 물었다.

하와트는 소년을 바라보았다. "우리가 모두 곧 이곳을 떠나 다시는 못 볼 것 같다는 생각을 했습니다."

"그래서 슬퍼요?"

"슬프냐고요? 말도 안 됩니다! 친구와 헤어지는 건 슬픈 일이죠. 하지만 장소는 장소일 뿐입니다." 그는 탁자 위에 놓인 지도들을 흘끗 바라보았다. "아라키스도 또 다른 장소에 불과하고요."

"아버지가 나를 시험하라고 아저씨를 보낸 거예요?"

하와트는 인상을 구겼다. 소년은 대단한 관찰력을 지니고 있었다. 하와트가 고개를 끄덕였다. "아버님이 직접 올라오셨다면 더 좋았겠죠. 하지만 요즘 아버님이 얼마나 바쁘신지 아시지 않습니까. 아버님은 나중에 올라오실 겁니다."

"난 아라키스의 폭풍에 대해 공부하고 있었어요."

"아, 폭풍요."

"아주 심한 것 같아요."

"심하다는 말은 너무 점잖은 표현인데요. 아라키스의 폭풍은 6, 7000킬로미터의 평지에 걸쳐 생성되어서 자신을 앞으로 밀어줄 수 있는 것이면 무엇이든 이용합니다. 전향력, 다른 폭풍들, 그 밖에도 에너지를 가진 것이라면 무엇이든지요. 폭풍은 최고 시속 700킬로미터로 불어닥치면서 길목에 널린 것들을 닥치는 대로 끌어들입니다. 모래, 흙먼지, 그 밖에 여러 가지 것들이죠. 심지어는 뼈에서 살점을 발라내고 뼈를 가느다란 조각으로 쪼개버리기도 합니다."

"기후 조절 시스템을 사용하면 되잖아요."

"아라키스에는 특별한 문제가 있습니다. 비용도 더 많이 들고 시스템을 유지하는 것도 문제죠. 우주 조합은 기후 조절 위성에 엄청난 가격을 매겨놓았습니다. 그런데 아버님의 가문은 아주 부유한 편이 아니에요. 도련님도 아시지 않습니까."

"프레멘을 본 적 있어요?"

'오늘 이 아이는 별의별 생각을 다 하는군.' 하와트가 생각했다.

"물론 본 적이 있죠. **열곡(裂谷)***이나 **저지대***에 살고 있는 사람들과 별로 다르지 않습니다. 그들은 모두 흘러내릴 듯한 커다란 로브를 입고 있습니다. 그리고 폐쇄된 공간에서는 하늘을 찌를 듯한 악취를 풍기죠. 그건 그들이 입고 있는 옷 때문입니다. 그들이 **사막복***이라고 부르는 그 옷은 사람의 몸에서 나오는 수분을 재활용하거든요."

폴은 갑자기 갈증에 대한 꿈을 떠올리면서 입안의 습기를 새삼 의식하고 침을 꿀꺽 삼켰다. 물이 너무나 부족해서 몸에서 나오는 물까지 재활용해야 한다는 사실이 그를 쓸쓸하게 만들었다. "그래요, 거기선 물이 아주 귀하죠."

하와트는 고개를 끄덕이며 생각했다. '어쩌면 내가 이 행성을 적이라고 강조했기 때문인지도 몰라. 하지만 마음속에 그런 경계심도 품지 않고 그곳으로 가는 것은 미친 짓이지.'

폴은 비가 오기 시작했음을 느끼고 채광창을 올려다보았다. 잿빛의 **메타유리*** 위로 물기가 번져가는 것이 보였다. "물이라."

"도련님도 물에 대해 큰 관심을 갖게 될 겁니다." 하와트가 말했다. "도련님은 공작의 아들이니 물 부족을 겪지는 않겠지만, 사방에서 갈증을 느끼는 사람들을 볼 수 있을 테니까요."

폴은 일주일 전 대모가 와서 시험을 치렀던 때를 생각하며 혀로 입술을 축였다. 대모 역시 물 부족을 얘기했었다.

"넌 장례의 평원에 대해 알게 될 거다." 대모는 그때 이렇게 말했다. "텅 빈 황야와 스파이스와 **모래벌레*** 외에는 아무것도 살지 않는 황무지에 대해서도. 이글거리는 햇빛을 막으려고 눈가에 얼룩을 그려 넣기도 하겠지. 피난처란 바람을 피할 수 있고 사람들의 시야에서 숨겨진 우묵한 곳을 의미하게 될 거다. 넌 **오니숍터***도 지상차도 말도 없이 두 발로 걷게 될 거야."

폴은 대모의 말보다도 노래하듯 가볍게 떨리는 어조에 더 관심을 쏟고 있었다.

"네가 아라키스에서 살게 될 때…… **칼라!*** 그 땅은 텅 비어 있다. 달들이 너의 친구가 되고 태양은 너의 적이 될 거야." 대모는 이런 말도 했다.

폴은 그때 문을 지키고 있던 어머니가 다가오는 것을 느꼈다. 그녀가 대모를 바라보며 이렇게 물었다. "희망이 전혀 없나요, 대모님?"

"아이 아버지의 경우에는 그래." 그리고 대모는 손을 저어 제시카의 입을 다물게 한 다음 폴을 내려다보았다. "이것을 명심해라. 세상을 지탱하는 것은 네 가지다……." 그녀는 관절이 커다랗게 불거진 손가락 네 개를 들어 올렸다. "……현자의 지식, 위대한 자의 정의, 올바른 자의 기도, 용감한 자의 용맹. 하지만 이 모든 것은 다 아무것도 아냐……." 그녀는 손가락을 오므려 주먹을 쥐었다. "……다스리는 법을 아는 통치자가 없다면 말이다. 이것을 너희 가문의 체계적인 지식으로 만들어라!"

그날 이후 일주일이 지났다. 폴의 마음속에서는 이제야 그녀의 말들이 완전한 의미로 다가오기 시작했다. 훈련실에 투피르 하와트와 함께 앉아 있으면서 폴은 공포가 날카롭게 가슴을 찌르는 것을 느꼈다. 그는 어리둥절해서 미간을 찌푸린 하와트를 바라보았다.

"이번엔 뭘 그렇게 멍하니 생각하고 계셨습니까?" 하와트가 물었다.

"대모를 만나봤어요?"

"제국에서 온 진실을 말한다는 마녀 말입니까?" 하와트의 눈이 재미있다는 듯 반짝였다. "만나봤습니다."

"대모는……." 폴은 망설였다. 하와트에게 그 시험에 대해 말할 수가 없었다. 대모의 금제가 마음속 깊은 곳에 박혀 있었다.

"네? 그 여자가 뭘 했는데요?"

폴은 두 번 심호흡을 했다. "대모는 이런 말을 했어요." 그는 눈을 감고 대모가 했던 말을 떠올렸다. 그가 입을 열자 그의 목소리에 자기도 모르게 대모의 어조가 약간 묻어 나왔다. "'왕들의 자손이며 공작의 아들인 폴 아트레이데스, 넌 반드시 통치하는 법을 배워야 한다. 네 조상들은 그 어느 누구도 통치하는 법을 배우지 않았다.'" 폴은 눈을 뜨고 말을 이었다. "난 그 말에 화가 나서 아버지가 행성 전체를 다스린다고 말했어요. 그러자 대모는 이렇게 대답했어요. '네 아버지는 그 행성을 잃을 거다.' 그래서 난 아버지가 더 부유한 행성을 얻었다고 했죠. 그랬더니 대모는 다시 이렇게 말했어요. '네 아버지는 그 행성도 잃을 거다.' 난 당장 달려가서 아버지께 얘기를 해주고 싶었어요. 그런데 대모 말이 아버지가 이미 알고 계신다는 거예요. 하와트, 어머니, 그 밖에 많은 사람들이 벌써 경고를 해줬다면서."

"맞는 말입니다." 하와트가 중얼거렸다.

"그럼 왜 그곳으로 가는 거죠?" 폴이 다그치듯 물었다.

"황제가 명령을 내렸으니까요. 그리고 그 마녀 첩자가 무슨 말을 하든 아직 희망이 있으니까요. 그래 지혜의 샘이라는 그 늙은이의 입에서 다른 말은 나오지 않던가요?"

폴은 탁자 밑에서 꼭 주먹을 쥔 오른손을 내려다보았다. 천천히 그는 의식적으로 근육의 긴장을 풀었다. '대모가 나한테 뭔가 금제를 걸어놓았어. 도대체 어떻게 한 거지?'

"대모는 나더러 통치한다는 것이 무엇인지 말해 보라고 했어요." 폴이 말했다. "나는 명령을 내리고 지휘하는 것이라고 했죠. 그런데 대모는 나더러 배운 것 중 버려야 할 게 있다고 했어요."

'아주 정곡을 찔렀군.' 하와트는 속으로 생각했다. 그는 폴에게 말을 계속하라는 뜻으로 고개를 끄덕여 보였다.

"대모는, 통치자는 강요하는 법이 아니라 설득하는 법을 배워야 한다고 했어요. 최고의 부하들을 끌어들이기 위해선 가장 좋은 커피를 내놓을 줄 알아야 한다고 말이에요."

"던컨이나 거니 같은 사람들이 공작님에게 매료되어 이곳에서 일하고 있는 걸 보면 그 여자가 어떻게 생각할까요?" 하와트가 물었다.

폴은 어깨를 으쓱했다. "그러고 나서 대모는 좋은 통치자는 자기가 다스리는 세상의 언어를 배워야 한다고 했어요. 행성마다 언어가 다르다면서요. 그래서 나는 아라키스 사람들이 **갈락 어***를 쓰지 않는다는 뜻인 줄 알았어요. 그런데 대모는 그게 아니라는 거예요. 자기가 말한 건 바위와 생물들의 언어래요. 그냥 귀만 가지고는 들을 수 없는 언어 말이에요. 그래서 난 유에 박사님이 그런 걸 생명의 신비라고 부른다고 했죠."

하와트는 쿡쿡 웃었다. "그러니까 그 여자가 뭐라고 하던가요?"

"대모는 화가 난 것 같았어요. 생명의 신비는 풀어야 할 문제가 아니라 경험해야 할 현실이라고 하던걸요. 그래서 난 멘타트의 첫 번째 법칙을 인용했죠. '어떤 과정을 멈춘다고 해서 그 과정을 이해할 수는 없다. 이해하기 위해서는 반드시 그 과정의 흐름과 함께 움직이면서, 흐름에 합류해 함께 흘러야 한다.' 이 말에 대모는 만족한 것 같았어요."

'이 아이는 그때 일을 극복하고 있는 것 같군. 하지만 그 늙은 마녀 때문에 겁을 집어먹었어. 그 여자가 왜 그랬을까?'

"투피르, 아라키스가 정말 대모의 말처럼 형편없는 곳일까요?"

"세상에 어떤 것도 그렇게 형편없지는 않습니다." 하와트는 억지로 미소를 지으며 말했다. "예를 들어 사막에서 살고 있는 변절자 부족인 프레멘을 생각해 보세요. 가장 현실에 근접한 분석 결과를 보면 프레멘의 인구가 제국이 생각하는 것보다 훨씬 더 많다는 것을 알 수 있습니다. 거기도 사람이 사는 곳이라는 뜻이죠. 그것도 아주 많은 사람들이……." 하와트는 튼튼한 손가락으로 눈가를 어루만졌다. "……그 사람들은 하코넨이라면 이를 갑니다. 그러니까 하코넨이라는 말은 입 밖에도 내지 말아야 합니다. 이건 아버님의 조력자로서 말씀드리는 겁니다."

"아버지가 나한테 **살루사 세쿤더스***에 대해 얘기해 주신 적이 있어요." 폴이 말했다. "그거 알아요, 투피르? 그곳은 아라키스하고 아주 비슷한 곳인 것 같아요…… 아라키스가 거기만큼 나쁘지 않을지는 몰라도 어쨌든 많이 비슷해요."

"현재의 살루사 세쿤더스가 어떤지 정말로 아는 사람은 없습니다. 아주 오래전에 그곳이 어땠는지 알고 있을 뿐이죠…… 대개는. 하지만 알려진 것만 본다면 도련님 말씀이 맞습니다." 하와트가 말했다.

"프레멘이 우리를 도와줄까요?"

"그럴 가능성도 있죠." 하와트가 자리에서 일어섰다. "저는 오늘 아라키스로 떠납니다. 도련님은 도련님을 사랑하는 늙은이를 위해 몸조심하셔야 합니다, 알겠죠? 자, 이제 이쪽으로 와서 제가 시킨 대로 문을 바라보고 앉으세요. 이 성안에 어떤 위험이 도사리고 있을 거라고 생각하는 건 아니지만, 그게 습관이 되도록 자꾸 신경을 써야 합니다."

폴은 자리에서 일어나 탁자를 끼고 걸어갔다. "오늘 떠난다고요?"

"네, 오늘. 도련님은 내일 제 뒤를 따라오게 될 겁니다. 다음에 우리가 만날 때는 새로운 세상에 가 있겠군요." 그는 폴의 오른팔을 잡았다. "칼을 쥐는 팔을 항상 자유롭게 움직일 수 있도록 하세요, 알겠죠? 그리고 **방어막***도 항상 완전히 충전해 두시고요." 그는 폴의 팔을 놓고 어깨를 두드려준 다음 서둘러서 문 쪽으로 걸어갔다.

"투피르!" 폴이 그를 불렀다.

하와트는 문을 열어둔 채 뒤를 돌아보았다.

"절대로 문을 등지고 앉지 말아요." 폴이 말했다.

하와트의 주름진 얼굴에 웃음이 번졌다. "명심하겠습니다, 도련님. 걱정 마십시오." 그는 뒤로 조용히 문을 닫으며 사라졌다.

폴은 하와트가 앉았던 자리에 앉아 탁자 위의 서류들을 반듯하게 폈다. '이곳에서 하루를 더 보낸단 말이지.' 그는 방 안을 둘러보았다. '이제 정말 떠나는구나.' 이곳을 떠난다는 생각이 그 어느 때보다 실감나게 다가왔다. 한 행성은 많은 것들의 총합이라던 대모의 말이 생각났다. 그녀는 그것이 사람, 흙, 생명을 가지고 자라나는 것들, 달, 조수 간만, 태양 등의 총합이며 자연이라 불리는 미지의 총체이고, '현재'라는 지각이 전혀 없는 막연한 집합체라고 했다. '현재라는 것이 뭐지?' 그는 속으로 질문을 던졌다.

폴의 맞은편에 있는 문이 갑자기 '콰당' 하고 열리더니 손에 가득 무기를 든 땅딸막하고 못생긴 남자가 안으로 들어왔다.

"아, 거니 할렉." 폴이 소리쳤다. "아저씨가 새 무술 선생님이에요?"

할렉은 발꿈치로 문을 차서 닫았다. "내가 장난치러 왔으면 더 좋겠다고 생각하는 거 압니다." 그가 말했다. 그는 방 안을 둘러보며 하와트의 부하들이 공작 후계자의 안전을 위해 이미 방을 수색하고 점검한 것을 확인했다. 쉽게 알아볼 수 없는 정교한 암호들이 온 방 안에 흩어져 있었다.

폴은 굴러다니는 듯한 이 못생긴 남자가 여전히 손에 무기를 든 채 훈련용 탁자를 향해 가는 것을 지켜보았다. 거니의 어깨에는 줄이 아홉 개인 발리세트가 걸쳐져 있었다. 악기의 지판 머리쪽 줄에는 멀티피크가 끼워져 있었다.

할렉은 무기들을 훈련용 탁자에 내려놓고 가지런히 정리했다. 레이피어, 단도, 킨잘, 총알 속도가 느린 **약물총***, 방어막 허리띠 등이었다. 할렉이 고개를 돌리고 건너편을 향해 미소를 지어 보이자 그의 턱 선을 따라 나 있는 **잉크덩굴*** 흉터가 꿈틀거렸다.

"그래 나한테 아침 인사도 안 할 작정입니까, 장난꾸러기 도련님? 그리고 하와트 노인네한테는 도대체 무슨 짓을 한 겁니까? 복도에서 마주쳤는데, 적의 장례식에 참석하려고 달려가는 사람 같던데요."

폴은 활짝 웃었다. 아버지의 부하들 중에서도 그는 거니 할렉을 제일 좋아했다. 그는 할렉의 변덕과 무모한 장난, 익살에 대해 잘 알고 있었으며 그를 고용된 무사라기보다는 친구로 생각했다.

할렉이 발리세트를 어깨에서 내려 줄을 고르기 시작했다. "말하기 싫으면 관두세요." 그가 말했다.

폴은 자리에서 일어나 방을 가로질러 가며 큰 소리로 말했다. "거니,

싸울 때도 음악을 준비하는 거예요?"

"그래요, 요즘은 어른들에게 그렇게 말대꾸를 하는군요." 할렉이 말했다. 그는 발리세트의 코드를 하나 퉁겨보고 고개를 끄덕였다.

"던컨 아이다호는 어디 있어요?" 폴이 물었다. "나한테 무술을 가르쳐주기로 한 건 던컨 아니었어요?"

"던컨은 아라키스로 가는 두 번째 팀을 이끌고 떠났어요. 그러니까 여기 남은 건 방금 싸움을 마치고 와서 간절하게 음악을 바라고 있는 불쌍한 거니뿐이죠." 그는 또 다른 코드 하나를 퉁기고는 그 소리를 듣고 미소를 지었다. "게다가 도련님의 싸움 실력이 너무나 형편없기 때문에 도련님이 인생을 몽땅 허비하지 않도록 음악으로 일하는 법을 가르치는 게 최선이라고 회의에서 결정이 났어요."

"그러면 아저씨가 먼저 나한테 노래를 불러줘요." 폴이 말했다. "어떻게 부르면 안 되는지 확실히 알고 싶으니까."

"하하하." 거니가 크게 웃음을 터뜨리며 '갈라시아의 소녀들'이라는 노래를 부르기 시작했다. 그의 멀티피크가 악기의 현 위에서 눈에 보이지 않을 정도로 빠르게 움직였다.

오오, 갈라시아의 소녀들은
진주를 얻기 위해 그 짓을 한다네.
그리고 아라키스 사람은 물을 얻기 위해서지!
하지만 모든 것을 태워버리는 불꽃 같은
아가씨를 원한다면
칼라단의 딸을 찾아보게나!

"피크를 움직이는 손이 그렇게 형편없는 것에 비하면 그리 나쁘진 않네요." 폴이 말했다. "하지만 성안에서 그렇게 음탕한 노래를 부르는 걸 들으면 어머니가 아저씨 귀를 잘라서 성벽에 장식으로 걸어놓을걸요."

거니가 자신의 왼쪽 귀를 잡아당겼다. "장식치고는 볼품이 없어요. 내가 아는 어떤 어린 도련님이 발리세트로 이상한 노래를 연습하는 걸 엿듣느라고 열쇠 구멍에 귀가 하도 쓸려서 말이에요."

"아, 침대에 모래가 잔뜩 깔려 있는 게 어떤 건지 잊어버린 모양이네요." 폴이 말했다. 그는 탁자에서 방어막 허리띠를 들어 허리에 단단하게 묶었다. "좋아. 그럼, 우리 싸워요!"

할렉이 짐짓 놀란 듯 눈을 휘둥그렇게 떴다. "그랬군! 그런 짓을 한 게 바로 도련님의 못된 손이었군요! 오늘은 수비를 잘하는 게 좋을 겁니다, 어린 주인님. 몸을 잘 지키라고요." 그는 레이피어를 집어 들고 허공을 후려쳤다. "난 복수를 하려고 지옥에서 나온 악마니까요!"

폴은 거니의 칼과 짝을 이루는 칼을 집어 들어 손에 대고 칼날을 구부린 다음 한쪽 발을 앞으로 내민 자세로 섰다. 그리고 유에 박사의 흉내를 내서 짐짓 엄숙한 표정을 지었다.

"아버지가 보낸 무술 선생이 이런 얼간이라니!" 폴이 노래하듯 말했다. "얼간이 거니 할렉은 무장을 하고 방어막을 켠 전사에게 가장 중요한 교훈을 잊어버렸대요." 폴은 방어막 허리띠의 버튼을 눌렀다. 피부가 간질간질해지는 느낌이 이마에서부터 시작해 등을 타고 내려갔다. 방어막이 켜진 것이다. 방어막을 통해서 들려오는 소리가 으레 그렇듯이 바깥 소리는 뭔가 한 꺼풀 뒤집어쓴 것처럼 들려왔다. "방어막을 켜고 싸울 때는 방어는 빨리하고 공격은 천천히 한다." 폴이 말했다. "공격의 유일한 목적은 상대방을 속여 스텝이 꼬이게 해서 무서운 공격의 기회를 만드는 것이다. 방어막은 빠른 타격은 튕겨내고 느리게 다가오는 킨잘은 받아들인다!" 폴은 레이피어를 휙 치켜 올리며 빠르게 속임수를 쓴 다음, 상황에 따라 변화할 줄 모르는 방어막을 뚫고 들어가기에 알맞은 느린 찌르기를 하려고 재빨리 칼을 제자리로 되돌렸다.

할렉은 폴의 동작을 지켜보다가 마지막 순간에 몸을 돌려 무뎌진 폴의 칼을 가슴 앞에서 흘려보냈다. "속도는 훌륭합니다." 그가 말했다. "하지만 **슬립팁***으로 밑에서부터 쳐 올라오는 공격에는 허점투성이예요."

폴은 분한 표정으로 물러섰다.

"그런 경솔한 공격을 한 대가로 엉덩이를 때려줘야겠어요." 할렉이 말했다. 그는 탁자에서 킨잘을 집어 들고 자세를 취했다. "이것을 든 적의 손에 도련님이 소중한 피를 흘릴 수도 있습니다! 도련님은 총명한 학생에 지나지 않아요. 하지만 아무리 장난으로 하는 싸움이라도 죽음의 도구를 손에 쥔 사람을 당신의 방어막 안쪽으로 들여놓아선 안 된다고 경고했을 텐데요!"

"오늘은 싸우고 싶은 기분이 아닌 것 같아요." 폴이 말했다.

"기분이라고요?" 방어막을 통해서 들려오는 소리인데도 할렉의 목소리엔 화난 기색이 역력했다. "기분이 무슨 상관입니까? 싸움은 필요해서 하는 거예요. 기분이 어떻든 상관없어요! 기분은 가축을 돌볼 때나 사랑을 할 때나 발리세트를 연주할 때나 필요한 거란 말입니다. 싸울 때는 상관없어요."

"미안해요, 거니."

"미안하다고 말만 하면 답니까!"

할렉이 자신의 방어막을 작동시키고는 왼손의 킨잘을 바깥쪽으로 쑥 내민 자세로 몸을 웅크렸다. 오른손의 레이피어는 높이 들어 올렸다. "이제 정말로 수비에 신경 써야 할 겁니다!" 그는 한쪽 옆으로 높게 도약했다가 앞으로 뛰어들며 맹렬한 공격을 퍼부었다.

폴은 공격을 피하며 뒤로 물러섰다. 자신의 방어막이 거니의 방어막과 부딪치면서 서로를 밀어내느라 찌직거리는 것이 느껴졌다. 방어막끼리 부딪칠 때마다 피부를 따라 간질간질한 느낌이 일어났다. '오늘 거니가 왜 저러는 거지? 시늉만 내는 게 아니잖아!' 폴은 왼손을 움직여 팔목의 덮개 속에서 단검을 꺼내 쥐었다.

"아, 칼이 더 필요하던가요?" 할렉이 툴툴거렸다.

'이건 배신일까? 거니가 그럴 리 없어!'

두 사람은 온 방 안을 돌아다니며 싸웠다. 칼로 찌르고 뒤로 피하고, 상대가 속임수를 쓰면 자기도 같이 속임수를 썼다. 방어막 안의 공기가 탁해지기 시작했다. 방어막의 표면을 통해 공기가 교환되는 속도가 두 사람의 호흡을 따라가지 못했기 때문이다. 방어막이 부딪칠 때마다 오존 냄새가 더욱 강해졌다.

폴은 계속 물러나기만 했다. 그러다가 훈련용 탁자를 목표로 삼고 후퇴하기 시작했다. '저 탁자 옆에서 거니를 우회할 수만 있다면 속임수가 어떤 건지 보여줄 텐데. 한 발짝만 더, 거니.'

할렉이 한 발짝 내디뎠다.

폴은 아래쪽으로 칼을 피하면서 몸을 돌렸다. 할렉의 레이피어가 탁자 모서리에 부딪치는 것이 보였다. 폴은 옆으로 몸을 던져 레이피어를 높이 찌르면서 단검으로 할렉의 목을 겨눴다. 단검은 할렉의 목에서 겨우 2, 3센티미터 떨어진 곳에 멈췄다.

"아저씨가 찾는 게 이건가요?" 폴이 작은 소리로 말했다.

"아래를 보시게나, 젊은이." 거니가 숨을 몰아쉬며 말했다.

폴은 아래를 보았다. 할렉의 킨잘이 탁자 모서리 밑에서 폴의 사타구니에 거의 닿을 정도로 튀어나와 있었다.

"우리가 적이었다면 같이 죽었겠죠." 할렉이 말했다. "하지만 궁지에 몰리면 도련님의 싸움 실력이 조금 더 좋아진다는 사실은 인정해 드리겠습니다. 이제 기분이 나는 모양이죠?" 그리고 그는 늑대처럼 짓궂은 미소를 지었다. 그의 잉크덩굴 흉터가 턱 선을 따라 꿈틀거렸다.

"날 그렇게 공격하다니. 정말로 내 피를 볼 작정이었어요?" 폴이 말했다.

할렉은 킨잘을 거두면서 몸을 똑바로 폈다. "만약 도련님이 제대로 능력을 보이지 못했다면, 정말로 칼로 긁어줬을 겁니다. 영원히 기억할 만한 상처가 남도록 말이죠. 내가 가장 좋아하는 학생이 하코넨 놈들을 만나자마자 쓰러지는 꼴은 보고 싶지 않거든요."

폴은 방어막을 끄고 탁자에 몸을 기댄 채 숨을 골랐다. "난 그렇게 당해도 싸요, 거니. 하지만 아저씨가 내게 상처를 입힌다면 아버지가 화를 내실걸요. 내 잘못 때문에 아저씨가 벌을 받는 건 싫어요."

"그렇게 말한다면, 그건 내 잘못도 돼요." 할렉이 말했다. "그리고 훈련하다가 흉터 한두 개쯤 생기는 것 가지고 걱정할 필요는 없어요. 지금까지 상처가 그렇게 적었던 게 운이 좋은 거니까. 공작님은…… 내가 도련님을 일급 전사로 만들어놓지 못했을 때에만 벌을 내리실 겁니다. 그리고 도련님이 갑자기 기분 어쩌고 하는 얘기를 꺼냈을 때 그게 왜 잘못됐는지 설명해 주지 않았다면 그게 내 실수가 되었을 거예요."

폴은 몸을 똑바로 펴고 단검을 팔목 덮개에 다시 밀어 넣었다.

"우리가 지금 여기서 하고 있는 건 장난이 아닙니다." 할렉이 말했다.

폴은 고개를 끄덕였다. 그는 할렉이 여느 때와 다르게 진지한 태도를 보이는 것에 놀라고 있었다. 할렉은 옆 사람이 정신이 번쩍 날 정도로 진지했다. 폴은 할렉의 턱에 나 있는 새빨간 잉크덩굴 흉터를 바라보며 지에디 프라임 행성의 하코넨 노예굴에서 짐승 같은 라반의 손에 그 흉터가 생겼다던 얘기를 떠올렸다. 자기가 잠깐이나마 할렉을 의심했던 일이 갑자기 부끄러워졌다. 순간, 그 흉터가 생길 때 할렉이 고통을 느꼈을 거라는 생각이 들었다. 어쩌면 대모 때문에 폴이 겪었던 고통만큼 굉장했을지도 모른다. 폴은 소름이 끼쳐서 이 생각을 마음 한구석으로 떨쳐 버렸다.

"내가 오늘 좀 장난치고 싶었던 건 사실인 것 같아요. 요즘 집안 분위기가 너무 진지하니까." 폴이 말했다.

할렉은 표정을 감추기 위해 고개를 돌렸다. 눈 속에서 뭔가가 불타고 있는 것 같았다. 그의 몸 안에는 고통이 자리 잡고 있었다. 마치 물집과도 같은 그 고통은 시간에 의해 희미해진 잃어버린 과거의 흔적이었다.

'이 아이도 곧 어른이 되겠지. 이 아이가 자기 마음속에서 그 잔인한 경고가 담긴 계약서의 필요한 칸에 필요한 사실을 적어야 하는 것도 금방일 거야. '가장 가까운 가족의 이름을 적으시오'라는 칸에.'

할렉은 고개를 돌리지 않은 채 말했다. "도련님이 놀고 싶어 한다는 건 나도 느꼈어요. 나도 같이 놀 수만 있다면 그것만큼 좋은 일이 없겠죠. 하지만 이 훈련은 더 이상 장난이 될 수 없어요. 내일 우리는 아라키스로 갑니다. 아라키스는 현실이에요. 하코넨도 현실이고요."

폴은 레이피어를 수직으로 들고 이마에 칼날을 갖다 댔다.

할렉은 고개를 돌려 폴이 예를 표하는 것을 보고 묵례로 그 인사를 받았다. 그는 연습용 인형을 가리켰다. "자, 이제 타이밍에 관한 훈련을 하기로 하죠. 저 인형을 왼쪽에서 쳐보세요. 내가 여기서 인형을 조종하겠어요. 여기서는 도련님의 행동을 모두 볼 수 있으니까. 미리 말씀드리지만 오늘 저는 도련님께 새로운 공격을 가할 겁니다. 진짜 적이라면 이런 경고 따위 해주지 않아요."

폴은 근육의 긴장을 풀기 위해 발끝으로 서서 몸을 쭉 폈다. 자신의 인생이 빠르게 바뀌고 있다는 갑작스러운 깨달음 때문에 기분이 진지해졌다. 그는 방을 가로질러 인형에게 다가가서 레이피어의 끝으로 인형의 가슴에 있는 스위치를 눌렀다. 인형의 방어막이 그의 칼날을 밀어내는 것이 느껴졌다.

"수비 자세!" 할렉이 소리쳤다. 곧 인형이 공격을 시작했다.

폴은 방어막을 작동시키고 공격을 피하며 역공을 했다.

할렉은 인형을 조종하면서 폴을 지켜봤다. 마치 그의 마음이 둘로 나뉘어 있는 것 같았다. 한쪽은 훈련에 집중하고 있었지만, 다른 한쪽은 윙윙거리며 날아다니는 파리처럼 허공을 떠돌고 있었다.

'난 잘 훈련된 과일나무 같아. 잘 훈련된 감정과 능력들로 가득 차 있지. 그것들은 전부 내게 접목된 거고. 다른 누가 와서 열매를 따 갈 수 있게.'

왠지 누이동생 생각이 났다. 꼬마 요정 같은 동생의 얼굴이 머릿속에 너무나 선명했다. 그러나 동생은 이미 이 세상 사람이 아니었다. 하코넨 병사들의 위안소에서 세상을 떠났다. 그 애는 팬지를 좋아했는데……. 아니, 데이지였던가? 기억나지 않았다. 기억할 수 없다는 사실이 마음에 걸렸다.

폴이 인형의 느린 공격을 받아치며 왼손을 위로 올렸다. '정말 영리한 아이야!' 할렉은 이제 어지럽게 움직이는 폴의 손에 정신을 집중했다. '혼자 연습한 모양이군. 저건 던컨의 스타일이 아냐. 내가 가르쳐준 것도 분명히 아니고.'

이런 생각은 할렉의 슬픔을 더할 뿐이었다. '나도 기분이라는 병에 감염된 모양이야.' 그는 속으로 생각했다. 그리고 폴에 대해 생각하기 시작했다. 저 아이는 밤중에 베개가 두근두근 고동치는 소리에 두렵게 귀를 기울인 적이 있을까.

"만약 소원이 물고기였다면 우린 모두 그물을 던졌겠지." 그는 혼자 중얼거렸다.

이것은 그의 어머니가 쓰던 표현이었다. 그는 내일이 암담하게 느껴질 때면 언제나 이 말을 하곤 했다. 하지만 말하고 보니 바다도 물고기도 없는 행성을 두고 이 말을 하는 것이 참 이상하다는 생각이 들었다.

శ‍ంఈ

웰링턴 유에(표준력 10,082 – 10,191). **수크 학교 출신의 의학박사**(표준력 10,112에 졸업). **아내는 워너 마커스, 베네 게세리트**(표준력 10,092 – 10,186?). **레토 아트레이데스 공작을 배신한 사람으로 가장 잘 알려져 있음.** (참조: 문헌 목록, '부록VII 제국 정신 훈련과 배신')

—이룰란 공주의 『무앗딥 사전』

폴은 딱딱하고 신중한 유에 박사의 발소리가 훈련실 안으로 들어오는 것을 듣고도 조금 전까지 안마를 받던 자세 그대로 훈련용 탁자 위에 얼굴을 박고 몸을 쭉 편 채 엎드려 있었다. 거니 할렉과 한바탕 뛰고 난 덕분인지 기분이 아주 좋았다.

"아주 편안해 보이는군요." 유에가 여느 때처럼 차분하고 톤이 높은 목소리로 말했다.

폴은 고개를 들어 막대기 같은 모습의 유에 박사가 몇 발짝 떨어진 곳에 서 있는 것을 보았다. 주름진 검은색 옷과 네모난 머리가 한눈에 들어왔다. 유에 박사의 입술은 자줏빛이었고, 코 밑에는 수염이 늘어져 있으며, 이마에는 제국 정신 훈련을 받았음을 나타내는 다이아몬드 모양의 문신이 새겨져 있었다. 박사의 검은 장발은 왼쪽 어깨에서 하나로 묶여 수크 학교의 은색 고리에 끼워져 있었다.

"오늘은 평소 때처럼 수업을 할 시간이 없습니다. 기쁘죠?" 유에가 말했다. "아버님이 곧 오실 겁니다."

폴은 일어나 앉았다.

"하지만 도련님이 아라키스까지 여행하는 동안 필름책으로 공부할 수 있도록 준비해 놨습니다."

"에이."

폴은 옷을 입기 시작했다. 아버지가 곧 오실 거라는 말에 마음이 들떴다. 황제가 아라키스의 영지를 인수하라는 명령을 내린 후로 폴은 아버지와 거의 시간을 보내지 못했다.

유에는 방을 가로질러 L 자형 탁자로 가며 생각했다. '이 아이가 지난 몇 달을 그렇게 보내다니. 정말 아까워! 너무나 슬프고 아깝구나.' 그러면서 그는 자신을 일깨웠다. '주저해서는 안 돼. 지금 내가 하는 행동은 나의 워너가 짐승 같은 하코넨 놈들에게 더 이상 상처를 받지 않도록 하기 위해서야.'

폴이 상의의 단추를 잠그면서 박사가 있는 탁자로 왔다. "여행하면서 제가 공부할 게 뭐죠?"

"아…… 아라키스의 지상 생명체들에 관한 겁니다. 아라키스는 특정한 지상 생명체들을 두 팔 벌려 맞아들인 것 같습니다. 그 과정은 분명치 않지만. 그곳에 도착하면 카인즈 박사라는 행성 생태학자를 찾아서 함께 연구를 해야겠어요."

'내가 지금 무슨 말을 하고 있는 거지? 나 자신마저 속이고 있군.' 유에가 생각했다.

"프레멘에 대한 것도 있나요?" 폴이 물었다.

"프레멘?" 유에는 손가락으로 탁자를 두드리다가 자신의 신경질적인 행동을 폴이 물끄러미 바라보고 있음을 깨닫고 손을 거두었다.

"아라키스의 전체 인구에 대한 자료가 뭐라도 있을 것 아니에요." 폴이 말했다.

"그래요, 물론입니다." 유에가 말했다. "그곳 사람들은 일반적으로 두 부류로 나뉩니다. 프레멘, 그리고 열곡이나 저지대, 팬* 같은 지대에 사는 사람들이죠. 그 두 집단 사람들 사이에 결혼이 이루어지는 경우도 있다고 하더군요. 저지대 마을의 여자들은 남편감으로 프레멘 남자를 선호합니다. 그곳 남자들 역시 프레멘 여자를 아내로 맞는 걸 좋아하죠. 거기 사람들이 흔히 하는 말로 이런 게 있습니다. '세련된 것은 도시에서 오고 지혜는 사막에서 온다.'"

"혹시 그 사람들 사진 갖고 있어요?"

"구할 수 있는지 알아보겠습니다. 물론 그 사람들의 생김새에서 가장 흥미로운 건 눈입니다. 흰자위가 전혀 없고 모두 파란색이니까요."

"돌연변이인가요?"

"아뇨. 피가 멜란지로 포화 상태가 된 것과 관련이 있습니다."

"사막 가장자리에서 사는 걸 보니 프레멘은 아주 용감한 사람들인가 봐요."

"물론입니다." 유에가 말했다. "그 사람들은 시를 지어서 자기들이 쥐고 있는 칼에게 바칩니다. 프레멘 여자들도 남자 못잖게 사납죠. 심지어 아이들조차 폭력적이라서 위험해요. 도련님이 그 사람들과 어울리는 건 허락되지 않을 겁니다."

폴은 프레멘에 대해 겨우 몇 마디 들었을 뿐인데도 그 사람들에게 완

전히 매료되어 유에를 열심히 쳐다보았다. '그런 사람들이 같은 편이라면 정말 굉장하겠어!'

"그럼 벌레는요?" 폴이 물었다.

"네?"

"모래벌레에 대해서도 더 알아보고 싶어요."

"아, 물론이죠. 제가 작은 모래벌레 표본에 대한 필름책을 하나 갖고 있습니다. 길이가 110미터에 지름이 22미터밖에 안 되는 놈이죠. 북쪽 지방에서 잡은 놈입니다. 길이가 400미터 이상인 벌레를 보았다는 신빙성 있는 증언도 있습니다. 게다가 그보다 훨씬 더 큰 놈이 존재할 가능성도 충분해요."

폴은 탁자 위에 원추형으로 투사되고 있는 아라키스 북쪽 지방의 지도를 내려다보았다. "사막 지대와 남극 지방은 사람이 살 수 없는 곳으로 표시되어 있네요. 벌레 때문인가요?"

"폭풍도 한몫하죠."

"하지만 어떤 곳이든 사람이 살 수 있는 곳으로 만들 수는 있어요."

"경제적 타당성이 있다면요. 아라키스는 비용 면에서 위험 부담이 큽니다." 그는 처진 콧수염을 매만졌다. "곧 아버님이 이리로 오실 겁니다. 가기 전에 선물을 하나 드리죠. 짐을 싸다가 발견한 겁니다." 그가 탁자 위에 어떤 물체를 올려놓았다. 크기가 폴의 엄지손가락 첫마디보다 크지 않은 검은색 직사각형 모양의 물체였다.

폴은 그 물체를 바라보았다. 유에는 소년이 덥석 그 물건을 만지려 하지 않는 것을 보고 생각했다. '정말 조심성이 많은 아이야.'

"이건 우주여행자들을 위해 아주 오래전에 만들어진 『오렌지 가톨릭 성경』입니다. 필름책이 아니라 섬유로 된 종이 위에 실제로 인쇄한 거죠. 안에 책을 읽을 때 사용하는 확대기와 정전기 충전 시스템이 들어 있습니다." 그는 물체를 집어 들어 시범을 보여주었다. "이 책은 전기의 힘으로 닫혀 있어요. 전기의 힘이 스프링 장치가 된 책표지를 누르는 작용을 하는 겁니다. 이렇게 가장자리를 누르면…… 도련님이 선택한 페이지가 다른 페이지를 밀어내면서 책이 열립니다."

"너무 작아요."

"하지만 이 책은 무려 1800페이지나 됩니다. 이렇게 가장자리를 누르면, 이렇게…… 그러면 전기의 힘이 한 번에 한 페이지씩 넘겨주기 때문에 책을 읽을 수 있죠. 하지만 페이지를 손으로 직접 만지지는 마세요. 섬유가 아주 약하니까요." 그는 책을 닫고 폴에게 건네주었다. "한번 해보세요."

유에는 폴이 페이지를 넘기는 조절 장치를 작동시키는 것을 보며 생각했다. '난 이걸로 내 양심을 달래고 있어. 배신을 하기 전에 종교로 위안받을 수단을 주는 거야. 이러면 내가 누릴 수 없는 것을 저 애는 누리게 되었다고 말할 수도 있겠지.'

"이 책은 분명히 필름책이 나오기 전에 만들어진 모양이군요." 폴이 말했다.

"네, 아주 오래된 겁니다. 이걸 우리 둘만의 비밀로 하는 게 어떻겠습니까? 부모님께서는 도련님처럼 어린 사람이 갖기에는 이 물건이 너무 귀중한 거라고 생각할지도 모릅니다."

'그래, 저 아이 엄마는 분명히 내가 무슨 생각으로 이 책을 줬는지 궁금해할 거야.'

"글쎄요……." 폴은 책을 닫고 손으로 쥐었다. "이게 그렇게 귀중한 거라면……."

"늙은이의 변덕에 장단을 맞춘다고 생각하십시오." 유에가 말했다. "이 책은 제가 아주 어릴 적에 받은 겁니다." '난 이 아이의 욕심뿐만 아니라 마음도 잡아야 해.' "467칼리마를 펼쳐보십시오. '물에서부터 모든 생명이 시작된다'는 구절이 있는 부분입니다. 표지 가장자리에 그 페이지를 표시하는 작은 금이 새겨져 있을 겁니다."

폴은 표지를 만져보았다. 작은 금이 두 개 있었다. 하나가 다른 하나보다 더 얕게 새겨져 있었다. 그는 얕은 쪽을 눌렀다. 손바닥 위에서 책이 펼쳐지며 확대기가 스르륵 자리를 잡았다.

"큰 소리로 읽어보세요." 유에가 말했다.

폴은 혀로 입술을 축인 다음 책을 읽기 시작했다. "귀머거리는 들을 수 없다는 사실에 대해 생각해 보라. 그렇다면 우리 모두 일종의 귀머거리가 아닌가? 우리 주위를 온통 둘러싸고 있는 또 다른 세상을 보지도 듣지도 못하는 것은 우리에게 어떤 감각이 부족한 까닭인가? 주위에 있는 것을 우리는……"

"그만!" 유에가 격렬하게 소리쳤다.

폴은 읽던 것을 멈추고 박사를 바라보았다.

유에는 눈을 감고 마음을 가라앉히려고 애썼다. '나의 워너가 가장 좋아하던 부분이 펼쳐지다니, 이게 무슨 조화일까?' 유에는 눈을 떴다. 폴이 그를 바라보고 있었다.

"뭐가 잘못됐나요?" 폴이 물었다.

"죄송합니다." 유에가 말했다. "그건 저의…… 죽은 아내가 제일 좋아하던 부분이었습니다. 원래 제가 펼치라고 한 건 그게 아닌데. 그 글을 들으니까…… 고통스러운 기억이 다시 떠올라서요."

"여기 금이 두 개 있어요." 폴이 말했다.

'그렇군.' 유에는 속으로 생각했다. '워너가 자기가 좋아하는 부분에 표시를 해놓은 거야. 저 아이의 손가락이 내 손가락보다 예민해서 그녀의 표시를 찾아낸 모양이지. 이건 그냥 우연이야. 그뿐이야.'

"아마 도련님한테도 이 책이 재미있을 겁니다." 유에가 말했다. "훌륭한 윤리적 가르침은 물론 역사적 진실도 많이 담겨 있으니까요."

폴은 손바닥 위에 놓여 있는 작은 책을 내려다보았다. 책은 너무 작았다. 하지만 그 안에 신비한 수수께끼가 들어 있었다…… 그가 책을 읽는 동안 뭔가 변화가 있었다. 뭔가가 그의 끔찍한 목적을 다시 일깨우는 것을 그는 분명히 느꼈다.

"아버님이 곧 오실 겁니다." 유에가 말했다. "그 책은 나중에 한가할 때 읽으세요."

폴은 유에가 가르쳐준 대로 책의 가장자리를 눌렀다. 책이 저절로 닫혔다. 그는 책을 웃옷 속에 집어넣었다. 아까 유에가 소리쳤을 때 폴은 책을 돌려달라고 할까 봐 겁이 났다.

"선물 감사드려요, 유에 박사님." 폴이 정중하게 인사했다. "이건 우리 둘만의 비밀로 간직할게요. 저한테 부탁할 일이 있으면 주저 말고 얘기하세요."

"저는…… 아무것도 원하지 않습니다."

'난 왜 여기서 자신을 괴롭히고 있는 걸까? 그리고 이 아이까지……. 이 아이는 내가 자기를 괴롭히고 있다는 걸 모르고 있지만. 으으, 빌어먹을 짐승 같은 하코넨 놈들! 그놈들은 왜 자기들의 더러운 일을 대신해 줄 사람으로 나를 골랐을까?'

꒰꘎꒱

무앗딥의 아버지를 연구할 때 어떤 시각으로 접근해야 할까? 너무나 따스하면서도 놀랄 만큼 차가웠던 사람이 바로 레토 아트레이데스 공작이었다. 그리고 많은 사실들이 이 공작의 사람됨을 알려준다. 베네 게세리트였던 그의 여자에 대한 영원한 사랑, 아들에게 가졌던 꿈, 부하들이 보여준 헌신. 이런 사실들을 통해 그가 어떤 사람인지 알 수 있다. 그는 운명의 함정에 빠진 사람이었으며, 아들의 영광 때문에 빛이 바랜 고독한 사람이었다. 그러나 우리는 이런 질문을 던지지 않을 수 없다. 아들이 아버지의 연장(延長)이 아니라면 무엇인가?

—이룰란 공주의 『무앗딥: 가족 회고록』

폴은 경호원들이 밖에 자리를 잡는 모습을 보면서 훈련실로 들어오는 아버지를 지켜보았다. 경호원 한 명이 문을 닫았다. 여느 때처럼 폴은 아버지의 존재감을 느꼈다. 아버지가 자신의 모든 존재를 지금 이곳에 집중하고 있다는 그런 느낌이었다.

공작은 키가 컸고 피부는 가무잡잡했다. 차갑게 각이 진 마른 얼굴을 따스하게 만들어주는 것은 짙은 회색 눈동자뿐이었다. 그는 가슴에 가문의 붉은색 매 문장이 장식된 검은 제복을 입고 있었다. 많이 사용해서

고색창연한 느낌이 나는 은빛 방어막 허리띠가 그의 가는 허리를 감싸고 있었다.

"열심히 하고 있니?" 공작이 말했다.

그는 방을 가로질러 L 자형 탁자로 와서 그 위에 놓인 서류들을 흘끗 보고는 방 안을 둘러본 다음 폴에게 시선을 돌렸다. 그는 피곤했지만 그런 기색을 드러내지 않으려고 안간힘을 썼다. '아라키스로 가는 동안 기회가 닿는 대로 좀 쉬어야겠어. 아라키스에 도착하면 전혀 쉴 수 없을 테니.' 그는 속으로 생각했다.

"그렇게 열심히 하고 있지 않아요." 폴이 말했다. "모든 게 너무⋯⋯." 그는 어깨를 으쓱했다.

"그래, 내일이면 우리도 떠날 거다. 이 모든 소란을 뒤로하고 새집에 자리를 잡으면 나아질 거야."

폴은 고개를 끄덕였다. 대모의 말이 갑자기 그를 사로잡았다. '⋯⋯아버지에게는 아무것도 없다.'

"아버지, 아라키스가 사람들 말처럼 정말로 그렇게 위험한 곳이에요?" 폴이 말했다.

공작은 억지로 편안한 표정을 짓고는 탁자 모서리에 앉아 미소를 지었다. 온갖 진부한 말들이 머릿속에 가득 떠올랐다. 전투를 앞둔 부하들의 우울한 기분을 날려버리려고 할 때 알맞을 듯한 말들이었다. 그러나 그 진부한 말들은 목소리가 되어 나오지 않았다. 그 앞을 가로막고 있는 단 한 가지 생각 때문이었다.

'이 아이는 내 아들이야.'

그래서 그는 사실을 인정했다. "그래, 위험한 곳이다."

"하와트 말이 프레멘에 대한 계획이 마련되어 있다고 하던데요." 폴이 말했다. '왜 난 아버지에게 대모가 한 말을 말씀드리지 않는 걸까? 대모가 도대체 무슨 방법으로 내 혀를 묶어버린 거지?'

공작은 아들이 불안해하고 있음을 깨달았다. "언제나 그렇듯이 하와트는 중요한 기회를 볼 줄 알지. 하지만 그것뿐만이 아냐. 내 눈에는 초암사도 보인다. 나한테 아라키스를 줌으로써 폐하는 우리에게 초암의 지휘권을 줄 수밖에 없게 됐어……. 겉으로 쉽게 드러나지 않는 소득이지."

"초암은 스파이스를 좌우하고 있으니까요." 폴이 말했다.

"그리고 스파이스를 갖고 있는 아라키스는 우리가 초암으로 들어가는 길이지. 초암에는 단순히 멜란지만 있는 게 아냐."

"대모가 아버지에게 경고의 말을 하던가요?" 폴이 불쑥 물었다. 그는 주먹을 꼭 쥐었다. 손바닥이 땀 때문에 미끌거렸다. 그 한 마디 질문을 던지기가 이렇게 힘들다니.

"하와트한테서 대모가 아라키스에 대한 말로 너를 겁줬다는 얘기는 들었다. 여자들이 겁을 집어먹는다고 해서 네 마음까지 흐려져서는 안 돼. 어떤 여자도 자기가 사랑하는 사람들이 위험에 빠지는 건 원치 않는 법이다. 대모가 너한테 그런 말을 하게 만든 건 네 엄마야. 대모의 말은 네 엄마가 우리를 사랑하고 있다는 증거로만 받아들여라."

"어머니도 프레멘에 대해 알고 계세요?"

"그래. 그 밖에도 많은 것을 알고 있지."

"어떤 걸요?"

공작은 속으로 생각했다. '현실은 저 아이가 생각하는 것보다 더 나쁠 수도 있어. 하지만 다루는 법을 미리 훈련받는다면, 위험한 사실들조차 가치 있는 것이 될 수 있지. 그리고 저 아이는 위험한 사실들을 다루는 부분에 관해서는 가차 없는 훈련을 받았다. 하지만 조금 돌려서 말할 필

요는 있겠군. 저 아이는 아직 어리니까.'

"초암의 손이 닿지 않는 것은 거의 없다. 통나무, 당나귀, 말 소, 목재, 똥, 상어, 고래 모피……. 가장 평범한 것과 가장 특이한 것이 모두 있지…… 심지어 여기 칼라단에서 나는 형편없는 **푼디 쌀***도 있으니까. **에 카즈***의 예술품에서부터 **리체스***와 **익스***의 기계에 이르기까지 우주조합이 운반해 주는 거라면 뭐든지. 하지만 멜란지에 비하면 다른 물건들은 아무것도 아냐. 그 스파이스 한 줌만 있으면 **튜펄***에 집을 한 채 살 수 있을 정도니. 멜란지는 인공적인 제조가 불가능하고 아라키스에서 채취하는 수밖에 없다. 그건 아주 독특한 물건이야. 노화를 막는 특성을 정말로 지니고 있기도 하고."

"그럼 이제 우리가 그걸 좌우하게 되는 거예요?"

"어느 정도는. 하지만 중요한 건 초암의 이익에 모든 가문들이 의존하고 있다는 점을 고려해야 한다는 거야. 그리고 이러한 이익 중 어마어마한 부분이 단 하나의 생산물, 그 스파이스에 의존하고 있다는 걸 생각해야 하지. 그러니 어떤 이유로 인해 스파이스의 생산량이 줄어든다면 무슨 일이 벌어질지 상상해 봐."

"멜란지를 사재기해 놓은 사람은 엄청난 돈을 벌 수 있겠죠. 다른 사람들은 엄청난 고생을 하게 될 테고요." 폴이 말했다.

공작은 한순간 마음이 아주 흐뭇했다. 그의 아들은 현실에 대한 진정한 지식을 바탕으로 상황을 꿰뚫어 보는 통찰력을 갖고 있었다. 그가 고개를 끄덕이며 말했다. "하코넨은 20년도 넘게 멜란지를 사재기하고 있다."

"그 사람들은 스파이스의 생산이 감소해서 아버지가 그 책임을 지게 되기를 바라고 있겠군요."

"그놈들은 아트레이데스라는 이름의 평판이 나빠지기를 바라고 있어.

랜드스라드 가문들이 내게 어느 정도의 지도력을 기대하고 있다는 점을 생각해 봐라. 그들은 내가 자기들의 비공식적인 대변인이 되어주기를 바라지. 그런데 그들의 수입이 현저하게 줄어들고 그게 내 탓이라면, 그들이 어떤 반응을 보이겠니? 언제나 사람은 자기의 이익을 먼저 생각하게 마련이다. **대협정*** 따위는 신경도 쓰지 않아! 다른 사람 때문에 자기까지 가난해질 수는 없으니까!" 공작이 입술을 비틀어 냉혹한 미소를 지어 보였다. "그들은 나한테 무슨 일이 일어나든 신경 쓰지 않고 다른 방법을 모색할 거다."

"우리가 핵무기의 공격을 받는다 해도요?"

"그렇게 지독한 건 안 되지. 대협정에 공개적으로 도전하는 행위는 안돼. 하지만 그 밖에는 무슨 짓을 해도 상관없을 거다. ……어쩌면 독약을 살포해서 땅을 오염시키는 것까지도 말이다."

"그러면 우리는 왜 그 속으로 걸어 들어가는 거죠?"

"폴!" 공작은 아들을 향해 인상을 찌푸렸다. "함정이 어디 있는지 아는 것, 그것이 바로 함정을 피하는 첫걸음이다. 이건 일 대 일 전투와 같아. 다만 규모가 클 뿐이지. 속임수 안에 속임수가 있고, 그 안에 또 속임수가 있고…… 도대체 속임수가 끝이 없는 것처럼 보이지. 우리 임무는 그걸 밝혀내는 거다. 하코넨이 멜란지를 대량으로 비축해 놓았다는 걸 알고 있는 까닭에 우리는 또 다른 질문을 던질 수 있어. 그 밖에 또 누가 사재기를 하고 있을까? 그렇게 사재기를 하는 사람들이 바로 우리의 적이다."

"그게 누군데요?"

"우리에게 호의적이지 않다고 알고 있던 가문들과, 우리에게 호의적이라고 생각했던 가문들 중 일부. 하지만 지금은 그 사람들에 대해 생각할 필요가 없다. 훨씬 더 중요한 적이 있으니까. 우리의 친애하는 패디샤 황제 말이다."

폴은 갑자기 바짝 말라버린 목구멍으로 침을 삼키려고 애썼다. "랜드스라드 회의를 소집해서 사실을 밝히면……."

"그래서 누가 칼자루를 쥐고 있는지 우리가 안다는 걸 적에게 밝히라고? 이런, 폴, 지금은 칼을 누가 쥐고 있는지 우리가 알지. 하지만 그 칼이 앞으로 누구 손으로 옮겨 갈지 누가 알겠니? 만약 우리가 랜드스라드에 이 사실을 밝히면 모든 것이 혼란스러워질 뿐이야. 황제는 우리 주장을 부인할 거다. 그럼 누가 황제의 말을 반박할 수 있겠어? 그런 혼란을 일으켜서 우리가 얻을 것이라곤 약간의 시간뿐이야. 그리고 그렇게 되면 그다음에 누가 우리를 공격하겠니?"

"모든 가문들이 스파이스 사재기를 시작하겠죠."

"적들은 지금 우리를 훨씬 앞지르고 있다. 극복할 수 없을 만큼 간격이 커."

"황제라면, 사다우카가 움직이겠네요."

"하코넨의 군복으로 위장하겠지. 틀림없다." 공작이 말했다. "하지만 군복을 바꿔 입어도 그놈들은 광(狂)전사야."

"프레멘이 사다우카에 맞서서 어떻게 우리를 도울 수 있을까요?"

"하와트가 살루사 세쿤더스에 대해 이야기해 주었니?"

"황제의 감옥 행성 말인가요? 아뇨."

"만약 그곳이 단순한 감옥 행성이 아니라면? 사다우카 제국군이 도대체 어디서 생겨난 건지 공개적으로 의문을 표하는 사람은 한 사람도 없다."

"그럼 사다우카가 그 감옥 행성에서 만들어진 거예요?"

"그놈들이 어디선가 양성되고 있는 것은 틀림없지."

"하지만 황제가 요구하는 보조 부대는……."

"그건 그냥 겉으로 드러난 사실일 뿐이야. 보조 부대는 어렸을 때부터 뛰어난 훈련을 받은 황제의 군대에 지나지 않는다. 군사 훈련을 담당하는 황제의 핵심 간부들에 대해 간혹 수군대는 사람들이 있기는 하지. 하지만 힘의 균형은 언제나 똑같은 상태를 유지하고 있어. 한쪽에 랜드스라드 대가문의 군사력이 있다면, 그 반대편에는 사다우카와 보조 부대가 있는 거야. 보조 부대는 사다우카가 아니다, 폴. 사다우카는 그냥 사다우카야."

"하지만 살루사 세쿤더스에 대한 보고서를 보면 모두 그곳이 지옥 같은 곳이라고 돼 있잖아요!"

"물론 그렇지. 하지만 만약 네가 거칠고 강하고 사나운 군인들을 길러 내려고 한다면 그들을 어떤 환경 속에 떨어뜨려 놓겠니?"

"하지만 그런 사람들의 충성심을 어떻게 얻죠?"

"이미 효과가 입증된 방법들이 있지. 그놈들에게 우월감을 심어주는 것, 비밀의 맹약으로 신비감을 주는 것, 고통을 함께했다는 동질감. 그놈들의 충성심을 얻는 건 얼마든지 가능해. 많은 행성에서 이미 몇 번이나 실현된 적도 있다."

폴은 아버지의 얼굴에 시선을 고정한 채 고개를 끄덕였다. 아버지가 이제 뭔가를 밝히려 한다는 느낌이 들었다.

"아라키스를 생각해 보자." 공작이 말했다. "마을과 주둔지 바깥은 살루사 세쿤더스 못지않게 끔찍해."

폴의 눈이 휘둥그레졌다. "프레멘!"

"그들은 사다우카만큼이나 강하고 무서운 군대가 될 가능성을 지니고 있다. 그들을 비밀스럽게 우리 편으로 만들려면 인내심이 필요할 것이고, 그들에게 적절한 무기를 갖춰주려면 돈이 필요하겠지. 하지만 프레멘은 그곳에 있어……. 그리고 스파이스라는 부의 원천도 그곳에 있지. 이제 함정이 있다는 걸 알면서도 우리가 왜 아라키스에 가는지 알겠니?"

"하코넨도 프레멘에 대해 알고 있지 않아요?"

"하코넨은 프레멘을 비웃으며 장난 삼아 사냥하곤 했다. 그들의 숫자가 얼마나 되는지 세어볼 생각조차 하지 않았어. 하코넨이 행성 원주민들을 대할 때 어떤 정책을 사용하는지 너도 알지 않니. 원주민들을 관리하는 데 되도록 돈을 적게 쓴다는 게 그들의 정책이지."

공작이 자세를 바꾸자 그의 가슴에 있는 매 모양 장식의 금속 실들이 반짝였다. "알겠니?"

"지금 우리가 프레멘과 협상을 하고 있다는 말씀이시군요."

"던컨 아이다호가 이끄는 팀을 보냈다. 던컨은 자부심이 강하고 냉혹한 사람이지만 또한 진실을 사랑하지. 아마 프레멘은 그를 숭배하게 될거다. 운이 좋다면 그들이 도덕주의자 던컨을 기준으로 우리를 판단하게 될지도 몰라."

"던컨은 도덕주의자죠. 거니는 용사고요."

"네가 지은 두 사람의 별명은 정말 그럴듯해."

폴은 속으로 생각했다. '거니는 대모가 말했던 세상을 지탱하는 사람들 중의 하나야. 용감한 자의 용맹이란 바로 그를 가리키는 거야.'

"거니 말이 네가 오늘 무술 수업 때 아주 잘했다고 하더구나."

"저한테는 그렇게 얘기하지 않던데요."

공작이 큰 소리로 웃음을 터뜨렸다. "거니는 칭찬을 잘하는 편이 아니니까. 거니는 네가 칼날과 칼끝의 차이를 훌륭하게 인식하고 있다고 했어."

"거니는 칼끝으로 죽이는 건 전혀 멋지지 않대요. 반드시 칼날로 죽여야 한다고 했어요."

"거니는 낭만주의자야." 공작이 투덜거렸다. 아들의 입에서 죽인다는 말을 듣자 갑자기 마음이 불편해졌다. "네가 사람을 죽일 필요가 없으면 좋겠구나……. 하지만 그래야 하는 경우가 생긴다면 칼끝이든 칼날이든 모든 방법을 동원해서 상대를 죽여야 한다." 그는 고개를 들어 채광창을 쳐다보았다. 빗줄기가 창을 두드리고 있었다.

폴은 아버지가 위를 쳐다보는 것을 보며 저 바깥의 젖은 하늘을 생각 했다. 사람들의 말을 모두 종합해 보면 아라키스에서는 젖은 하늘을 결 코 볼 수 없을 터였다. 그의 생각은 하늘에서 우주로 이어졌다. "조합의 배들이 정말로 그렇게 큰가요?"

공작은 폴을 바라보았다. "네가 행성 밖으로 나가는 게 이번이 처음이 로구나. 그래, 아주 크지. 우린 **하이라이너***를 타게 될 거다. 아주 긴 여행 이 될 테니까. 하이라이너는 정말로 크다. 우리 **프리깃함***과 수송선을 모 두 합해도 그 배 화물칸의 한쪽 구석밖에 못 채울걸. 우리 배들은 그 배 의 화물 목록에서 극히 일부밖에 되지 않을 거다."

"여행하는 동안 프리깃함 밖으로 나가면 안 되죠?"

"그게 조합의 보호를 받는 대가 중 하나지. 우리 배 바로 옆에 하코넨 의 배들이 있을 수도 있지만 전혀 걱정할 필요가 없어. 하코넨도 우주 조 합을 통해 짐을 운반할 특권을 위태롭게 할 짓은 않는 게 좋다는 것 정도 는 알고 있으니까."

"전 혹시 조합원을 볼 수 있는지 계속 우리 배의 스크린을 지켜볼 거 예요."

"그건 안 돼. 조합의 대리인들조차 조합원을 보지 못한다. 조합은 독 점권을 유지하는 것 못지않게 자기들의 비밀 유지를 중요하게 생각하고 있어. 조합을 통해 우리 짐을 운반할 권리를 박탈당할 짓을 해서는 안 된

85

다, 폴."

"그 사람들이 그렇게 정체를 숨기는 건 돌연변이가 되어 더 이상……
인간처럼 보이지 않기 때문이라고 생각하세요?"

"누가 알겠니?" 공작은 어깨를 으쓱했다. "그 수수께끼는 아마 풀 수
없을 거다. 우리한테는 더 시급하게 처리해야 할 문제들이 있어. 너도 그
중 하나다."

"저요?"

"네 엄마는 내가 이 이야기를 해주는 것이 좋겠다고 하더구나, 폴. 잘
들어라. 네가 멘타트의 능력을 갖고 있을 가능성이 있다."

폴은 한동안 말을 잃고 아버지를 뚫어지게 바라보았다. "멘타트라고
요? 제가요? 하지만 전……."

"하와트도 그렇게 생각하고 있어. 네게 멘타트의 능력이 있는 건 사실
이다."

"하지만 멘타트 훈련은 유아기에 시작되는 것 아닌가요? 그리고 훈련
대상한테는 그 사실을 알려주지 않는 줄 알았는데요. 왜냐하면 그게 조
기……." 그는 말을 멈췄다. 과거의 기억들이 한꺼번에 제자리를 찾으면
서 의미를 드러냈다. "그렇군요."

"어느 시기가 되면 멘타트의 잠재력을 지니고 있는 아이에게 반드시
훈련 사실을 알려줘야 한다. 그때부터는 일방적인 훈련이 아니야. 훈련
을 계속할지, 아니면 그만둘지 아이가 함께 결정해야 하니까. 어떤 아이
들은 훈련을 계속할 수 있는 능력을 갖고 있고, 어떤 아이들은 그렇지 못
하다. 자기 능력이 어떤지 확실히 알고 있는 것은 멘타트의 잠재력을 지
니고 있는 그 아이 자신밖에 없어."

폴은 턱을 문질렀다. 하와트와 어머니에게서 받았던 그 모든 특별한

훈련들, 즉 기억술, 의식의 초점을 맞추는 법, 근육을 통제하는 법, 감각을 날카롭게 다듬는 법, 언어와 목소리의 뉘앙스에 대한 공부, 이 모든 것이 그의 마음속에서 새로운 의미를 갖고 제자리를 찾았다.

"넌 장차 공작이 될 거다, 아들아." 그의 아버지가 말했다. "멘타트의 능력을 지닌 공작은 정말 무적의 존재가 될 거야. 지금 결정할 수 있겠니…… 아니면 시간을 좀 줄까?"

폴은 주저 없이 대답했다. "전 훈련을 계속하겠어요."

"정말 무적의 존재가 될 거다." 공작이 중얼거렸다. 폴은 아버지의 얼굴에 자랑스러운 미소가 떠오르는 것을 보았다. 그 미소에 폴은 충격을 받았다. 그것은 공작의 마른 얼굴에 떠오른 해골의 표정 같았다. 폴은 눈을 감았다. 그 끔찍한 목적이 자신의 내부에서 다시 깨어나는 것이 느껴졌다. '어쩌면 멘타트가 되는 것이 바로 끔찍한 목적인지도 몰라.'

그러나 그가 이 생각에 집중하고 있었음에도, 그의 새로운 의식은 이 말을 부정하고 있었다.

ɜ֎Ɛ

보호 선교단을 통해 행성에 전설의 씨앗을 뿌리는 베네 게세리트의 체제는 레이디 제시카와 아라키스에 이르러 완전한 결실을 맺었다. 베네 게세리트 교단 소속의 사람들을 보호하기 위해 우주에 예언의 씨앗을 심는 작업의 가치는 오래전부터 인정받았다. 그러나 그처럼 극단적인 상황에서, 베네 게세리트 사람을 보호하기 위한 준비 과정과 보호를 받는 당사자의 결합이 그토록 이상적이었던 경우는 없었다. 아라키스에서 그 예언의 전설들은 아예 별도의 이름을 얻을 정도로 받아들여졌다(대모와 샤리아 예언들 대부분 포함). 또한 레이디 제시카의 잠재 능력이 크게 과소 평가되었다는 생각은 이제 일반적으로 받아들여지고 있다.

—이룰란 공주의 『분석: 아라킨의 위기』, '비공식 문서: 베네 게세리트 문서 번호 AR－1088587'

레이디 제시카 주위에는 가족의 삶이 담겨 있는 짐 꾸러미들이 온통 흩어져 있었다. 아라킨 저택의 중앙 홀에 쌓여 있는 그 상자와 가방들 중 일부는 벌써 짐을 푼 상태였다. 조합의 왕복선을 타고 온 짐꾼들이 입구에 또다시 짐을 내려놓는 소리가 들렸다.

제시카는 홀 중앙에 서 있었다. 그녀는 그 자리에서 서서히 한 바퀴를 돌며 그늘이 진 조각들과 벽의 깨어진 틈, 그리고 우묵하게 들어간 창문들을 바라보았다. 전혀 시대에 맞지 않는 이 거대한 홀은 베네 게세리트 학교에 있는 '자매의 홀'을 생각나게 했다. 그러나 자매의 홀은 따스한 분위기였다. 이곳에서는 모든 것이 차가운 돌처럼 보일 뿐이었다.

이 건물을 지은 건축가는 버팀대가 있는 벽과 어두운 장식물들을 설계하면서 아주 옛날의 역사적 물건들을 참조한 모양이었다. 아치 모양의 천장은 그녀의 머리 위 2층 높이로 솟아올라 있었다. 천장을 받치고 있는 커다란 대들보들은 분명히 엄청난 비용을 들여 아라키스로 운반되어 온 것이었다. 그렇게 커다란 대들보를 만들 수 있는 나무가 자라는 행성은 이 항성계에 없었다. 그 대들보들이 인조 나무로 만들어졌다면 몰라도.

그러나 그녀가 보기에 대들보는 인조 나무가 아니었다.

이곳은 구제국 시대에 정부 관사로 쓰이던 곳이었다. 당시에는 비용이 그리 중요하게 생각되지 않았다. 하코넨이 와서 카르타그라는 새로운 거대 도시를 짓기 전의 일이었다. 카르타그는 '파괴된 땅' 너머 북동쪽으로 200킬로미터 정도 떨어진 곳에 있는 겉만 번지르르한 싸구려 도시였다. 레토가 이곳을 자신이 이끌 정부의 본거지로 정한 것은 현명한 처사였다. 아라킨이라는 이름은 듣기에도 좋았고 전통의 냄새를 물씬 풍기고 있었다. 게다가 카르타그보다 더 작은 도시라 방어를 하기도 그만큼 쉬웠다.

입구 쪽에서 짐을 부리는 소리가 또 들려왔다. 제시카는 한숨을 내쉬었다.

그녀의 오른쪽 상자에 공작 아버지의 초상화가 기대어져 있었다. 포장용 끈이 닳아서 해어진 장식품처럼 그림 위에 늘어져 있고, 제시카의 왼손이 그 끈의 일부를 쥐고 있었다. 그림 옆에는 검은 황소의 머리가 번쩍번쩍 광을 낸 대 위에 놓여 있었다. 짐을 쌀 때 빈틈을 메우려고 집어넣은 종이 뭉치들이 바다처럼 펼쳐져 있어, 황소의 머리는 검은 섬처럼 보였다. 황소의 머리를 받치고 있는 장식판은 바닥에 반듯이 놓여 있었고, 황소는 번쩍이는 주둥이를 천장으로 쳐들고 있었다. 소리가 메아리처럼 울리는 이 방에 금방이라도 도전의 울부짖음을 내뿜을 듯한 모습이었다.

제시카는 자기가 도대체 무슨 생각으로 이 두 물건의 포장을 먼저 푼 것인지 알 수 없었다. 그녀는 자신의 그러한 행동에 뭔가 상징적인 의미가 있다는 것을 알고 있었다. 공작의 바이어들에게 이끌려 학교를 떠나 공작에게 왔던 그날 이후 오늘처럼 무섭고 불안한 적은 없었다.

황소의 머리와 초상화.

이 두 물건이 그녀를 더욱 혼란스럽게 했다. 그녀는 부르르 몸을 떨면서 머리 위 높은 곳에 가느다란 틈처럼 나 있는 창문을 흘끗 바라보았다. 이곳은 아직 대낮이었지만 위도 때문에 하늘은 검고 차갑게 보였다. 칼라단의 포근한 푸른 하늘에 비하면 너무나 어두웠다. 향수가 날카로운 통증처럼 욱신욱신 온몸을 훑고 지나갔다.

'여긴 칼라단에서 너무나 먼 곳이야.'

"마침내 도착했군!"

레토 공작의 목소리였다.

그녀는 목소리가 들려온 방향으로 재빨리 몸을 돌렸다. 공작이 아치형 통로를 지나 식당으로 성큼성큼 걸어오고 있었다. 가슴에 가문의 붉은색 매 문장이 붙어 있는 그의 제복은 여기저기 구겨진 채 먼지가 묻어 있었다.

"당신이 이 끔찍한 곳에서 길을 잃어버릴지도 모른다고 생각했소."

"집이 아주 추워요." 그녀는 가무잡잡한 피부에 키가 큰 공작의 모습을 바라보았다. 올리브 숲과, 푸른 바다 위에서 빛나는 황금빛 태양이 생각났다. 공작의 잿빛 눈엔 장작을 땔 연기 같은 흐릿함이 있었지만 마르고 날카롭게 각진 그의 얼굴은 육식 동물 같았다.

갑자기 공작이 두려워져서 그녀의 가슴이 오그라들었다. 황제의 명령에 복종하기로 결정한 그날 이후 공작은 무지막지하게 주위 사람을 몰아치는 사람이 되어 있었다.

"도시 전체가 추운 느낌이에요." 그녀가 말했다.

"여긴 더럽고 먼지투성이인 작은 주둔지요." 그가 그녀의 말에 맞장구를 쳤다. "하지만 우리가 이곳을 바꿔놓을 거요." 그는 홀을 둘러보았다. "여긴 국가적인 행사를 위한 공식적인 공간이오. 난 방금 남쪽 건물에 있는 관저를 둘러보고 왔소. 거긴 훨씬 낫더군." 그가 더 가까이 다가와 팔을 잡으며 그녀의 위엄 있는 모습에 감탄했다.

도대체 그녀의 조상이 누군지 다시 궁금해졌다. 변절자 가문일까? 아니면 불명예스러운 줄이 그어진 황족? 그녀는 황제의 혈통보다도 더 황족 같아 보였다.

그녀는 자신을 바라보는 공작의 눈길 때문에 반쯤 고개를 돌렸다. 그러자 그녀의 옆모습이 드러났다. 공작은 그녀의 아름다움이 단순히 어느 한 가지 특징 때문이 아니라는 사실을 깨달았다. 윤기 있는 청동색 머리카락에 둘러싸인 그녀의 얼굴은 달걀 모양이었다. 시원시원하게 자리 잡은 두 눈은 칼라단의 아침 하늘처럼 맑은 초록색이었다. 코는 작고 입은 크고 풍만했다. 그녀의 몸매는 훌륭했지만 마른 편이었다. 키가 크고 몸의 곡선이 호리호리했다.

그는 학교의 평신도 자매들이 그녀를 '말라깽이'라고 불렀다던 바이어들의 얘기를 기억했다. 그러나 그 표현은 지나치게 단순한 것이었다. 제시카는 아트레이데스의 혈통에 제왕처럼 품위 있는 아름다움을 되돌려

주었다. 그는 폴이 어머니를 닮아서 다행이라고 생각했다.

"폴은 어디 있소?" 그가 물었다.

"집 안 어디선가 유에에게 수업을 받고 있어요."

"남쪽 건물에 있는 모양이군. 거기서 유에의 목소리를 들은 것 같으니까. 하지만 시간이 없어서 확인하지는 못했소." 그는 그녀를 내려다보며 조심스럽게 말을 꺼냈다. "난 칼라단 성의 열쇠를 식당에 걸어놓으려고 여기 왔을 뿐이오."

그녀는 움찔하며 팔을 뻗어 공작을 잡고 싶은 충동을 참았다. 열쇠를 거는 것, 그 행동에는 뭔가 종지부를 찍는 듯한 의미가 있었다. 그러나 지금 여기서 위로를 바랄 수는 없었다. "들어오면서 저택 위에 우리 깃발이 걸려 있는 걸 봤어요."

그는 자기 아버지의 초상화를 흘끗 바라보았다. "저걸 어디다 걸 생각이오?"

"여기 이 홀에요."

"안 되오." 단호한 말이었다. 공작을 설득하기 위해 마음을 조종하는 속임수를 쓴다면 모를까, 정면에서 그의 말에 반박하는 것은 아무 소용 없는 짓임을 그녀는 알 수 있었다. 그래도 일단 시도는 해보아야 했다. 설사 그런 행동이 그에게 속임수를 쓰지 않겠다는 것을 자신에게 일깨우는 효과밖에 내지 못한다 하더라도.

"공작님, 그냥……."

"당신이 뭐라든 내 대답은 똑같소. 대부분 난 체면 따위 차리지 않고 당신의 말을 들어주는 편이지만, 이번만은 안 되오. 난 방금 식당에 들렀다가 오는 길인데 그곳에는……."

"공작님! 제발 부탁이에요."

"결국 당신이 편안하게 음식을 먹도록 해주느냐, 아니면 내 조상의 위엄을 지키느냐 하는 것이로군. 저 그림은 식당에 걸어야 하오."

그녀는 한숨을 쉬었다. "알겠습니다, 공작님."

"다른 일이 없다면 언제든 예전처럼 당신의 방에서 식사를 해도 되오. 공식적인 행사가 있을 때에만 당신의 자리를 지키면 되니까."

"감사합니다, 공작님."

"나한테 그렇게 차갑고 형식적으로 대하지 마시오! 내가 당신과 결혼하지 않았다는 걸 고맙게 생각해야 하오. 우리가 결혼했다면 당신은 식사 때마다 의무적으로 나와 같은 식탁에 앉아야 했을 테니."

그녀는 딱딱하게 굳은 얼굴로 고개를 끄덕였다.

"하와트가 벌써 식탁 위에 **독약 탐지기***를 설치해 두었소. 당신 방에도 휴대용 탐지기가 하나 있을 거요."

"이렇게…… 의견이 어긋날 줄 미리 알고 계셨군요."

"여보, 그것도 그렇지만 당신이 편안하기를 바라는 마음도 있소. 내가 하인들을 고용했소. 이곳 사람들이지만 하와트가 안전하다고 했소. 모두 프레멘들이오. 원래 우리 집에서 일하던 사람들이 바쁜 일을 끝낼 때까지는 그들만으로도 괜찮을 거요."

"이곳 사람들 중에 정말로 안전한 사람이 있을까요?"

"하코넨을 미워하는 사람이라면 그렇소. 시녀장의 경우에는 당신이 나중에도 계속 곁에 두고 싶어 할지도 모르지. **샤도우트*** 메입스라는 사람이오."

"샤도우트라." 제시카가 말했다. "프레멘 식 호칭인가요?"

"'우물물을 푸는 사람'이라는 뜻이라고 들었소. 이곳에서는 꽤 중요한 의미를 지니고 있는 말이라더군. 겉으로 보기에는 하녀처럼 보이지 않을지도 모르겠소. 하지만 하와트는 던컨의 보고서를 근거로 그녀를 대단히 높게 평가하고 있소. 두 사람은 그녀가 우리를 위해 일하고 싶어 한다고 확신하고 있지. 특히 당신을 위해서 말이오."

"저를 위해서요?"

"당신이 베네 게세리트라는 것을 프레멘들이 알게 된 모양이오. 이곳에는 베네 게세리트에 관한 전설이 있소."

'보호 선교단 때문이군. 그들의 손길이 미치지 않은 곳은 정말 한 군데도 없어.' 제시카가 생각했다.

"그럼 던컨의 임무가 성공적이었다는 뜻인가요?" 그녀가 물었다. "프레멘이 우리 편이 되는 거예요?"

"아직 확실한 건 아무것도 없소. 던컨 말로는 그들이 우리를 한동안 지켜보고 싶어 하는 것 같다고 하더군. 하지만 휴전 기간 동안 우리 외곽 마을들을 습격하지 않겠다는 약속은 확실하게 해줬소. 그건 보기보다 더 중요한 소득이오. 하와트 얘기로는 프레멘이 하코넨에게 눈엣가시 같은 존재였다고 하오. 프레멘의 습격으로 인한 마을의 피해 상황이 밖으로 새어 나가지 않게 하느라고 아주 애를 먹었다더군. 하코넨 군대가 무능하다는 사실을 황제가 알아서 좋을 것이 없으니까."

"프레멘 시녀장이라." 제시카가 샤도우트 메입스의 이야기를 다시 떠올리면서 생각에 잠긴 듯 말했다. "그녀의 눈도 온통 파란색이겠군요."

"그 사람들을 외모만 보고 판단하지 마시오. 그들에게는 몸속 깊숙한 곳에 자리 잡은 힘과 건강한 활기가 있소. 아마 지금 우리에게 꼭 맞는 사람들일 거요."

"이건 위험한 도박이에요."

"그 얘긴 그만합시다."

제시카는 억지로 미소를 지었다. "우리 둘 다 고집이 세군요. 그것만은 분명해요." 그녀는 마음의 평정을 되찾기 위해 재빨리 두 번 심호흡을 하고 말을 이었다. "방을 배정할 때 제가 특별히 신경을 써줬으면 하는 게 있나요?"

"언젠가 그 방법을 나한테도 가르쳐줬으면 좋겠군. 걱정거리를 한편으로 제쳐두고 현실적인 문제로 주의를 돌리는 방법 말이오. 그건 베네 게세리트의 방법이겠지?"

"아뇨, 여자들이 쓰는 방법이에요."

공작은 미소를 지었다. "그건 그렇고, 방 배정을 할 때 내 침실 바로 옆에 커다란 사무실 공간을 마련해 주시오. 여기서는 칼라단에서보다 처리할 서류가 더 많을 테니. 물론 경비실도 필요하지. 그거면 될 거요. 이집의 보안에 대해서는 걱정 마시오. 하와트의 부하들이 철저하게 대비하고 있으니까."

"그렇겠죠."

그는 손목시계를 흘끗 쳐다보았다. "그리고 집 안의 시계들을 전부 아라킨 시간으로 맞춰놓도록 하시오. 기술자 한 명을 그 작업에 배정해 놓았으니, 곧 이리로 올 거요." 그는 제시카의 이마로 흘러내린 머리칼을 살짝 뒤로 쓸어주었다. "이제 착륙장으로 돌아가 봐야겠소. 추가로 오는 직원들을 실은 두 번째 왕복선이 곧 도착할 예정이거든."

"하와트더러 그 사람들을 맞으라고 하면 안 되나요? 너무 피곤해 보여요."

"하와트는 지금 나보다 훨씬 더 바쁘다오. 하코넨이 이 행성에 음모의 씨앗들을 잔뜩 뿌려놓았다는 건 당신도 알잖소. 게다가 난 노련한 스파이스 사냥꾼들에게 이곳을 떠나지 말아달라고 설득해야 하오. 영지의 주인이 바뀌면서 그 친구들은 자신의 거취를 스스로 선택할 수 있게 됐지. 그리고 황제와 랜드스라드가 '**변화의 판관**'*으로 임명해 놓은 그 행성학자에게는 뇌물도 먹히질 않소. 그자가 사냥꾼들에게 선택권을 허락해 주었소. 지금 스파이스 운반용 왕복선을 타고 떠날 것으로 보이는 노련한 사냥꾼이 대략 800명이나 되는 데다가 조합의 화물선도 한 대 대기하고 있소."

"공작님……." 그녀가 망설이며 말을 멈췄다.

"왜 그러시오?"

'이 사람한테 우리를 위해 이 행성을 안전한 곳으로 만들려고 애쓸 필요가 없다고 해도 먹히지 않을 거야. 그리고 난 이 사람한테 속임수를 쓸 수도 없어.'

"저녁 식사를 몇 시에 준비할까요?" 그녀가 물었다.

'제시카가 원래 말하려던 건 저게 아냐. 아, 나의 제시카, 이 끔찍한 행성이 아니라 어디든 다른 곳에 있다면 얼마나 좋을까. 당신과 나, 단둘이서 아무 걱정거리 없이 있을 수 있다면.'

"난 현장에 있는 장교 식당에서 식사할 거요." 그가 말했다. "아주 밤늦게야 돌아올 것 같소. 그리고…… 아, 폴을 위해 경비용 차를 보내겠소. 그 애를 우리 전략 회의에 참석시켰으면 하오."

그는 뭔가 더 할 말이 있는 사람처럼 헛기침을 했다. 그러더니 갑자기 돌아서서 성큼성큼 출구 쪽으로 걸어갔다. 그쪽에서는 또다시 짐을 부리는 소리가 들려왔다. 거만하게 명령을 내리는 듯한 공작의 목소리가 들려왔다. 그는 서두를 일이 있을 때면 하인들에게 그런 말투를 썼다. "레이디 제시카께서 중앙 홀에 있다. 즉시 가서 도와드려라."

바깥쪽의 문이 커다란 소리를 내며 닫혔다.

제시카는 고개를 돌려 레토 아버지의 초상화를 바라보았다. 그 그림은 노공작이 중년일 때 유명한 화가 알베가 그린 것이었다. 그림 속의 노공작은 투우사의 복장을 입고 자홍색 망토를 왼쪽 팔 위에 걸쳐놓고 있었다. 노공작의 얼굴은 젊어 보였다. 지금의 레토와 비슷한 나이인 것 같았다. 그는 레토처럼 매 같은 외모와 상대를 뚫어지게 바라보는 잿빛 눈동자를 갖고 있었다. 그녀는 그 그림을 보며 양쪽 옆구리에서 주먹을 쥐었다.

"당신을 저주해! 당신을 저주해! 당신을 저주한다고!" 그녀가 작은 소리로 말했다.

"명령하실 것이 있습니까, 고귀한 분이시여?"

가늘면서도 단단한 여자의 목소리였다.

제시카는 황급히 뒤를 돌아보았다. 거친 몸매에 머리가 희끗희끗한 여인이 농노들이 입는 것 같은 갈색의 자루 모양 옷을 입고 서 있었다. 그날 아침 착륙장에서 집으로 오는 길에 제시카 일행을 맞아주었던 군중들만큼이나 메마르고 쭈글쭈글한 모습이었다. 이 행성의 원주민은 모두 말린 자두같이 건조한 모습에다가 영양 부족에 시달리고 있는 것처럼 보인다고 제시카는 생각했다. 그러나 레토는 그들이 강하고 활기 있는 사람들이라고 말했다. 게다가 그들의 눈, 흰자위가 전혀 없이 깊고 짙푸른 색으로 뒤덮인 그들의 눈은 비밀스럽고 신비스러웠다. 제시카는 눈앞의 여인을 지나치게 바라보지 않으려고 애썼다.

여인이 뻣뻣하게 묵례를 하고 나서 말했다. "전 샤도우트 메입스라고합니다, 고귀한 분이시여. 명령을 내려주십시오."

"그냥 부인이라고 불러요." 제시카가 말했다. "난 귀족이 아니에요. 레토 공작님께 속한 첩이죠."

여인은 다시 한번 뻣뻣하고 이상한 묵례를 하고 나서 궁금해하는 눈길로 제시카를 올려다보았다. "그럼 공작님께 아내가 따로 있는 건가요?"

"아니에요. 공작님은 결혼한 적이 없어요. 내가 공작님의 유일한……
배우자죠. 그의 후계자로 지정된 아이의 어머니이기도 하고."

제시카는 말하면서 자신의 말 속에 자부심이 숨어 있음을 느끼고 속
으로 조소를 머금었다. '성 아우구스티누스가 뭐라고 했더라? 정신이 몸
을 지배하며 몸은 그에 복종한다. 정신은 스스로 명령하며 저항과 맞
부딪친다. 그래, 요즘 들어 난 점점 더 많은 저항과 부딪치고 있어. 혼자
조용히 묵상의 시간을 가질 수 있으면 좋을 텐데.'

바깥의 길 쪽에서 이상한 고함 소리가 들려왔다.

"**수수 숙!**" 수수 숙!"

"**이크후트 에이!**" 이크후트 에이!"

"수수 숙!"

"저게 뭐죠?" 제시카가 물었다. "오늘 아침에 거리에서도 저 소리를 몇
번 들었는데."

"물장수예요, 부인. 하지만 부인께서는 저 사람들에게 관심을 가질 필
요가 없습니다. 이곳의 물 탱크 용량은 5만 리터나 되니까요. 게다가 거
기에는 항상 물이 가득 채워져 있답니다." 메입스는 자기가 입고 있는 옷
을 흘끗 내려다보았다. "참, 세상에, 부인, 여기선 사막복을 입을 필요조
차 없어요." 그녀가 시끄럽게 떠들어댔다. "그런데도 전 죽지 않았어요!"

제시카는 이 프레멘 여자에게 질문을 던질까 말까 망설였다. 앞으로
행동에 지침이 될 정보가 필요했다. 그러나 혼란스러운 성안의 분위기
를 질서 있게 정돈하는 것이 더 시급했다. 그래도 물이 여기서 중요한 부
의 상징이라는 사실에 자꾸 신경이 쓰였다.

"남편한테서 당신의 호칭에 대해 들었어요, 샤도우트. 난 그 말이 무슨

뜻인지 알아요. 아주 오래된 고대어죠."

"그럼 고대어를 알고 계시는 건가요?" 메입스가 묻고는 이상하게 긴장해서 제시카의 답을 기다렸다.

"언어는 베네 게세리트가 가장 먼저 배우는 거예요." 제시카가 말했다. "난 **보타니 집 어와 차콥사 어***를 알고 있어요. 사냥에 쓰이는 언어들."

메입스가 고개를 끄덕였다. "전설이 말하는 대로군요."

제시카는 속으로 생각했다. '내가 왜 이런 사기극에 장단을 맞추고 있는 거지?' 그러나 베네 게세리트의 방법들은 원래 기만적이었다. 그리고 그 방법에 저항할 수도 없었다.

"난 **어두운 전설***과 **위대한 어머니***의 도를 알고 있어요." 제시카가 말했다. 메입스의 행동과 외모에 좀더 눈에 띄는 변화가 나타났다. "미세케스 프레지아." 제시카가 차콥사 어로 말했다. "안드랄 트레 페라! 트라다시크 부스카크리 미세케스 페라크리……."

메입스가 한 발짝 뒤로 물러섰다. 금방이라도 도망칠 듯한 자세였다.

"난 많은 것을 알고 있어요. 당신이 아이들을 낳은 적이 있다는 것, 사랑하는 사람들을 잃었다는 것, 두려움 속에 숨어 있다는 것, 폭력을 저지른 적이 있으며 앞으로 더 많은 폭력을 행하리라는 것. 난 많은 것을 알고 있어요." 제시카가 말했다.

"기분을 상하시게 할 뜻은 없었습니다, 부인." 메입스가 낮은 목소리로 말했다.

"당신은 전설에 대해 이야기하면서 해답을 찾고 있죠. 당신이 찾게 될 해답을 조심하세요. 난 당신이 옷 속에 무기를 감춘 채 필요하다면 폭력도 저지를 준비를 하고 이곳에 왔다는 걸 알고 있어요."

"부인, 저는……."

"당신이 내 몸에 피를 낼 가능성은 희박해요. 하지만 그런 일을 저지른다면 상상도 할 수 없는 파멸을 불러오게 될 거예요. 죽음보다 더 끔찍한 것들이 있다는 건 알고 있겠죠? 그건 종족 전체에 대해서도 마찬가지예요."

"부인!" 메입스가 애원하듯 외쳤다. 금방이라도 털썩 무릎을 꿇을 것처럼 보였다. "그 무기는 부인이 '그분'임이 밝혀지는 경우 선물로 드리려고 가져온 거예요."

"그리고 내가 '그분'이 아니라면 나를 죽이는 도구로 사용되겠죠." 제시카는 느긋함을 가장하고 그녀의 말을 기다렸다. 전투에서 베네 게세리트 훈련을 받은 사람들을 그렇게 무서운 존재로 만들어주는 게 바로 그 느긋함이었다.

'이제 저 여자가 어떤 결정을 내릴지 두고 봐야겠지.'

메입스는 천천히 옷 속으로 손을 집어넣어 검은 칼집을 꺼냈다. 손가락이 닿는 자리가 손가락 간격에 맞춰 깊이 파여 있는 검은색 칼자루가 칼집 밑으로 튀어나와 있었다. 메입스는 양손으로 칼집과 칼자루를 각각 쥐고 우윳빛 칼날을 꺼내 들었다. 칼날은 마치 스스로 빛나고 있는 것 같았다. 킨잘처럼 양쪽에 모두 날이 있는 칼이었다. 길이는 20센티미터쯤 되는 것 같았다.

"이게 뭔지 아세요, 부인?" 메입스가 물었다.

제시카는 그 물건이 아라키스의 전설적인 **크리스나이프***라는 것을 알았다. 아라키스를 한 번도 떠난 적이 없다는 그 칼, 오로지 소문과 허황한 이야기를 통해서만 알려져 있는 그 칼임이 틀림없었다.

"크리스나이프군요."

"그 이름을 그렇게 가볍게 입에 올리지 마세요. 이 칼의 의미를 알고 계십니까?"

제시카는 메입스의 말을 들으며 생각했다. '질문에 날이 서 있어. 이 프레멘 여자가 내 하인이 되기를 자청한 이유가 바로 이거야. 나한테 바로 이 질문을 하려고. 내가 어떤 대답을 하느냐에 따라 저 여자가 폭력을 휘두를 수도 있고 아니면…… 아니면 뭐지? 저 여자는 내게서 대답을 구하고 있어. 저 칼의 의미를. 저 여자는 차콥사 어로 샤도우트라고 불리지. 칼은 차콥사 어로 '죽음의 창조자'야. 저 여자는 지금 점점 흥분하고 있어. 지금 대답을 해야 해. 대답을 미루는 건 틀린 답을 하는 것만큼 위험해.'

"그건 창조자……." 제시카는 입을 열었다.

"에이이이 —!"

메입스가 울부짖었다. 슬픔과 흥분이 동시에 담긴 소리였다. 그녀가 너무나 심하게 몸을 떨었기 때문에 칼날에서 반사된 빛이 반짝이는 파편처럼 사방에 부딪쳤다.

제시카는 침착하게 기다렸다. 그녀는 그 칼이 '죽음의 창조자'라고 말하고 그 뜻의 고대어를 덧붙일 생각이었다. 그러나 지금 그녀의 모든 감각이 그녀에게 경고를 보내고 있었다. 아무것도 아닌 것처럼 보이는 근육의 자그마한 떨림 속에서도 의미를 찾아낼 수 있도록 오랫동안 훈련을 받은 덕분이었다.

지금 가장 중요한 말은 바로…… 창조자였다.

창조자? 창조자.

그러나 메입스는 여전히 그 칼을 금방이라도 휘두를 것처럼 자세를 취하고 있었다.

"위대한 어머니의 신비로운 수수께끼를 아는 내가 창조자를 모를 거라고 생각했나요?" 제시카가 말했다.

메입스가 칼을 내렸다. "부인, 예언과 함께하는 삶이 너무 길어지면 계시의 순간이 충격으로 다가오는 법입니다."

제시카는 예언에 대해 생각했다. 샤리아와 그 모든 예언들, 보호 선교단 소속의 베네 게세리트가 수백 년 전 뿌려놓은 그 예언들에 대해서. 물론 그 베네 게세리트는 이미 오래전에 죽었지만 그녀의 목적은 달성되었다. 또 다른 베네 게세리트에게 보호가 필요해지는 날을 위해 이곳에 살고 있는 사람들 속에 전설이 자리를 잡은 것이다.

그리고 이제 그날이 왔다.

메입스는 칼을 다시 칼집에 꽂아 넣고 말했다. "이 칼은 칼날이 고정되어 있지 않습니다. 항상 가까이 지니고 계세요. 일주일 이상 사람의 몸에서 떨어져 있으면 칼날이 망가지기 시작합니다. 이 칼은 **샤이 훌루드***의 이빨, 부인이 살아 계시는 한 부인의 것입니다."

제시카는 도박을 하는 심정으로 오른손을 내밀며 말했다. "메입스, 칼날에 피를 묻히지 않고 칼집에 넣었군요."

메입스는 놀라서 숨을 들이켜며 칼을 칼집째 제시카의 손에 떨어뜨렸다. 그리고 자신이 입고 있는 갈색 웃옷을 찢듯이 벌리며 울부짖었다. "제 생명의 물을 가져가세요!"

제시카는 칼집에서 칼을 꺼냈다. 빛을 받아 반짝이는 칼날! 그녀는 칼끝을 메입스에게 겨누었다. 죽음의 공포보다 더한 공포가 메입스를 뒤덮었다. '칼끝에 독이 발라져 있나?' 제시카는 칼끝을 위로 약간 치켜들고 칼날로 메입스의 왼쪽 가슴 위를 살짝 긁었다. 진한 피가 스며 나오다가 금방 멈춰버렸다. '저렇게 빨리 피가 굳다니. 수분을 아끼기 위한 돌연변이인가?'

제시카는 칼을 다시 칼집에 집어넣으며 말했다. "이제 단추를 잠가요, 메입스."

메입스는 몸을 부들부들 떨면서 제시카의 말에 복종했다. 흰자위가 없는 눈이 제시카를 뚫어지게 바라보았다. "부인은 우리 것입니다. 부인이 바로 '그분'이에요." 그녀가 중얼거렸다.

입구 쪽에서 또다시 짐을 부리는 소리가 들렸다. 메입스는 재빨리 칼을 움켜쥐더니 제시카의 웃옷 속에 숨겼다. "이 칼을 본 사람은 반드시 정화를 시키거나 죽여야 해요!" 그녀가 으르렁거렸다. "아시잖아요, 부인!"

'지금 알았어.' 제시카가 생각했다.

짐꾼들은 중앙 홀 안으로 들어오지 않고 떠나갔다.

메입스는 다시 침착해졌다. "크리스나이프를 보고서 정화받지 못한 사람은 아라키스를 살아서 떠날 수 없습니다. 절대 잊지 마세요, 부인. 부인이 이제 칼을 지킬 책임을 맡으셨으니까요." 그녀는 심호흡을 했다. "이제 모든 일이 정해진 길을 따라가야 합니다. 서둘러서는 안 돼요." 그녀는 주위에 쌓여 있는 상자와 물건 들을 흘끗 바라보았다. "그리고 우리가 이곳에 있는 동안 할 일이 많군요."

제시카는 머뭇거렸다. '이제 모든 일이 정해진 길을 따라가야 한다'는 말은 보호 선교단이 주문처럼 내건 말이었다. 그것은 '대모가 와서 너희를 자유롭게 해주리라'는 뜻이었다.

'하지만 난 대모가 아냐. 세상에! 그들이 그 말을 여기에 심어놓은 거야! 여긴 정말 끔찍한 곳인가 봐!'

메입스가 사무적인 어조로 말했다. "제가 먼저 무엇을 하면 좋을까요, 부인?"

제시카는 자기도 메입스처럼 아무 일 없던 것처럼 말해야 한다는 사실을 본능적으로 알아차렸다. "저쪽에 있는 노공작의 초상화 말이에요. 그걸 식당에 걸어야 해요. 황소 머리는 그림 반대편 벽에 걸어야 하고요."

메입스가 방을 가로질러 황소의 머리가 있는 곳으로 갔다. "머리를 보니 이 황소는 정말 큰 놈이었나 봅니다." 그녀는 황소 머리를 향해 몸을 숙이며 말을 이었다. "이걸 먼저 깨끗하게 닦아야 할 것 같은데요, 부인?"

"그러지 말아요."

"하지만 뿔에 먼지가 더께로 앉아 있어요."

"그건 먼지가 아니에요, 메입스. 공작님 선친의 피죠. 그 짐승이 노공작을 죽인 후 몇 시간도 되지 않아 투명한 고착제를 그 위에 뿌려놓았거든요."

메입스가 몸을 일으켰다. "아, 이런!"

"그건 그냥 피일 뿐이에요. 그것도 아주 오래된 거죠. 가서 사람을 좀 불러오세요. 그 황소 머리는 꽤 무거우니까."

"제가 피 때문에 그랬다고 생각하셨어요?" 메입스가 물었다. "전 사막 출신이라 피라면 아주 많이 봤습니다."

"그건…… 나도 알겠군요."

"제 피가 흐른 적도 있었죠. 부인이 저를 살짝 긁었을 때 난 것보다 더 많이요."

"내가 더 깊이 찌를걸 그랬나 보죠?"

"아, 아니에요! 일부러 허공으로 뿜어내지 않아도 벌써 저희 몸속에는 물이 별로 없어요. 부인은 맞게 하셨습니다."

제시카는 메입스의 태도와 말을 주의 깊게 살피며 '몸속의 물'이라는 말에 더 깊은 의미가 숨어 있음을 알아차렸다. 아라키스에서 물이 이처럼 소중하게 여겨지고 있다는 사실에 또다시 가슴이 무거워졌다.

"이 예쁜 물건들을 각각 식당의 어떤 벽에 걸까요, 부인?" 메입스가 물었다.

'정말 현실적인 사람이네, 이 메입스라는 여자는.'

"알아서 해요, 메입스. 어느 쪽이든 상관없어요."

"알겠습니다, 부인." 메입스는 몸을 수그리고 황소의 머리를 감싼 포장지와 끈을 벗겨내기 시작했다. "네가 노공작을 죽였단 말이지, 그래?" 그녀가 낮은 소리로 속삭였다.

"짐꾼을 불러줄까요?" 제시카가 물었다.

"제가 할 수 있어요, 부인."

'그래, 할 수 있겠지. 이 프레멘 여자에게는 그런 분위기가 있거든. 혼자서 다 알아서 하려는 분위기 말이야.'

제시카는 옷 속에 감춰진 크리스나이프의 차가운 칼집을 느끼며 이곳에 또 하나의 연결 고리를 만들어놓은 베네 게세리트의 오랜 계획에 대해 생각했다. 그 계획 덕분에 그녀는 오늘 급박한 위기에서 살아남을 수 있었다. 메입스는 '서둘러서는 안 돼요'라고 말했다. 하지만 모든 것이 이곳을 향해 무모하게 돌진하고 있는 것 같아서 제시카의 마음은 불길한 예감으로 가득 찼다. 보호 선교단의 모든 안배도, 이 돌성에 대한 하와트의 철저한 수색도 그 불길한 예감을 쫓아버리지는 못했다.

"그것을 건 다음에는 상자를 풀어요." 제시카가 말했다. "입구에 있는 짐꾼 한 사람이 열쇠를 모두 갖고 있어요. 물건들을 어디에 정돈해야 하는지도 알고 있고요. 가서 그 사람한테 열쇠와 물건 목록을 받아 와요. 난 남쪽 건물에 가 있을 테니까 혹시 궁금한 게 있으면 그쪽으로 와요."

"알겠습니다, 부인." 메입스가 말했다.

제시카는 몸을 돌리며 생각했다. '하와트는 이 집이 안전하다고 생각

할지 몰라도 내가 보기에는 뭔가가 이상해. 그게 느껴져.'

빨리 폴을 만나봐야겠다는 생각이 제시카를 사로잡았다. 그녀는 식당과 관저로 통하는 아치형 출구 쪽으로 걷기 시작했다. 걸음이 점점 빨라지다 못해 나중에는 거의 뛰다시피 했다.

그녀의 등 뒤에서는 메입스가 황소 머리에서 포장지를 벗겨내던 손을 멈추고 멀어져가는 제시카의 등을 바라보았다. "저 여자가 틀림없이 '그분'이야. 가엾게도."

⋛⋇⋚

후렴구의 내용은 이렇다. "유에! 유에! 유에! 백만의 죽음도 유에에게는 충분하지 않았어!"

—이룰란 공주의 『어린이를 위한 무앗딥 이야기』

문이 살짝 열려 있었다. 제시카는 그 틈을 통해 노란색 벽지가 발라진 방으로 들어섰다. 왼쪽에 검은색 가죽으로 만든 나지막한 긴 의자와 빈 책꽂이 두 개가 있었다. 먼지가 쌓인 플라스크 모양의 물병은 공중에 매달려 있었다. 오른쪽에는 문이 하나 더 있었고, 그 양옆으로 빈 책꽂이들과 칼라단에서 가져온 책상, 그리고 의자 세 개가 있었다. 그녀의 바로 앞쪽 창가에 유에 박사가 등을 돌린 채 서 있었다. 그는 온통 창밖의 세상에 빠져 있었다.

제시카는 소리 없이 한 발짝 더 방 안으로 들어갔다.

주름이 진 유에의 겉옷이 보였다. 왼쪽 팔꿈치에 석회 가루 같은 하얀 얼룩이 묻어 있었다. 뒤에서 보니 그는 지나치게 커다란 검은색 옷을 입은 막대기처럼 보였다. 실에 매달려 조종자의 손짓에 따라 움직일 준비를 갖추고 있는 인형 같기도 했다. 그의 몸에서 살아 있는 것처럼 보이는 것은 바깥의 움직임을 쫓기 위해 약간 옆으로 돌린 네모난 머리밖에 없었다. 흑단처럼 검은 긴 머리카락이 그 머리에서 흘러내려 어깨 근처에서 수크 학교의 고리로 묶여 있었다.

제시카는 다시 한번 방 안을 둘러보았다. 폴의 모습은 어디에도 보이지 않았다. 그러나 닫혀 있는 오른쪽 문이 작은 침실로 통한다는 것을 그녀는 알고 있었다. 폴은 그 방을 마음에 들어 했다.

"안녕하세요, 유에 박사님. 폴은 어디 있죠?"

유에는 그대로 창밖을 향한 채 가볍게 묵례를 하면서 건성으로 대답했다. "피곤하다고 해서 좀 쉬라고 옆방으로 보냈어요, 제시카."

갑자기 그가 화들짝 놀라면서 자줏빛 입술 위의 콧수염이 휘날릴 정도로 재빨리 휙 몸을 돌렸다. "죄송합니다, 부인! 다른 생각을 하느라고……. 허물없는 사이처럼 굴려는 뜻은 없었습니다."

제시카는 미소를 지으며 오른손을 내밀었다. 한순간 유에 박사가 무릎을 꿇을지도 모른다는 생각이 들었다. "웰링턴, 그러지 말아요."

"부인의 이름을 그런 식으로 부르다니…… 전…….."

"우리가 안 지 6년이 됐어요. 우리 사이에 형식적인 예의 같은 건 벌써 오래전에 없어졌어야 하는 건데. 우리끼리 있을 때는 말이에요."

유에는 일부러 희미한 미소를 지어 보이며 생각했다. '효과가 있었던 것 같군. 이제 제시카는 내 행동에 조금 이상한 점이 있더라도 내가 당황해서 그런다고 생각할 거야. 이미 해답을 알고 있다고 생각할 때는 더 깊이 감춰진 이유들을 찾으려 하지 않을 테니까.'

"그냥 부질없는 생각을 좀 하고 있었습니다. 저는 부인이 특별히 안쓰럽다는 생각이 들 때마다 부인을…… 그냥 제시카로 생각하는 것 같아요."

"내가 안쓰럽다고요? 왜요?"

유에는 어깨를 으쓱했다. 그는 제시카가 워너처럼 진실을 말하는 능력을 완벽하게 타고나지 못했다는 사실을 이미 오래전에 알아차렸다. 그래도 그는 제시카를 대할 때마다 가능한 한 진실을 이용했다. 그것이 가장 안전한 방법이었다.

"이곳이 어떤 곳인지 보셨잖아요…… 제시카." 그는 제시카라는 이름 앞에서 말을 더듬다가 과감하게 말을 이었다. "칼라단에 비하면 황량하기 그지없죠. 게다가 여기 사람들은 또 어떻습니까! 우리가 여기로 오는 길에 지나친 여자들은 베일 속에서 울부짖고 있었습니다. 우리를 바라보던 그 시선이라니."

제시카는 스스로를 껴안듯이 팔짱을 꼈다. 옷 속의 크리스나이프가 느껴졌다. 만약 이 칼에 대한 이야기들이 사실이라면, 이 칼은 모래벌레의 이빨을 갈아서 만든 것이었다. "그냥 우리가 낯설어서 그럴 거예요. 우리는 그 사람들하고 종족도 다르고 관습도 다르니까. 그 사람들은 지금까지 하코넨밖에 보지 못했잖아요." 그녀는 유에의 뒤쪽으로 시선을 돌려 창밖을 내다보았다. "아까 저 바깥의 뭘 보고 있었어요?"

유에가 다시 창 쪽으로 시선을 돌렸다. "사람들을 보고 있었습니다."

제시카는 방을 가로질러 유에 옆으로 가서 그가 바라보고 있는 창밖의 왼쪽을 바라보았다. 집 앞으로 야자나무 스무 그루가 한 줄로 자라고 있었다. 나무들 아래 땅바닥은 깨끗하게 청소를 해놓은 것처럼 썰렁했다. 나무와 도로 사이에는 울타리가 있었고 로브를 입은 사람들이 그 도로를 오가고 있었다. 그녀는 자신이 있는 곳과 그 사람들 사이의 허공에 희미하게 뭔가 아른거리는 것을 알아보았다. 집을 위한 방어막이었다. 그녀는 계속해서 도로를 오가는 사람들을 유심히 살펴보며 유에가 저들을 그토록 열심히 바라보았던 이유가 무엇인지 생각해 보았다.

마침내 한 가지 패턴을 읽어낸 그녀는 한 손을 뺨에 갖다 댔다. 사람들이 야자나무를 바라보는 시선! 그녀는 거기서 시기심을 보았다. 증오를 담은 사람도 있고……. 심지어 희망도 보였다. 사람들은 각자 나름의 표정으로 나무들을 훑었다.

"저 사람들이 무슨 생각을 하고 있는지 아십니까?" 유에가 물었다.

"당신이 사람들의 마음을 읽을 수 있다는 뜻인가요?"

"저 사람들 마음은 읽을 수 있습니다. 저 사람들은 나무를 보면서 이런 생각을 합니다. '저기 우리 같은 사람 100명이 있다.' 이게 바로 저 사람들이 생각하는 거죠."

그녀는 영문을 모르겠다는 표정으로 유에를 바라보았다. "왜요?"

"저 나무들은 대추야잡니다. 대추야자 한 그루는 하루에 물 40리터를 쓰죠. 한 사람에게 필요한 물은 8리터밖에 안 됩니다. 그러니까 나무 한 그루가 사람 다섯 명과 맞먹는 셈이죠. 저기 있는 나무가 모두 스무 그루니까 사람으로 치면 100명입니다."

"하지만 저 사람들 중에는 희망이 담긴 시선으로 나무를 보는 사람들도 있어요."

"혹시라도 열매가 떨어지지 않을까 기대하는 것뿐입니다. 하지만 지금은 열매가 떨어질 시기가 아니에요."

"우린 이곳을 너무 비판적인 눈으로 바라보고 있는 것 같아요. 여기에는 위험뿐만 아니라 희망도 있어요. 스파이스는 우리를 부자로 만들어줄 수도 있죠. 재정이 넉넉해지면 이곳을 우리가 원하는 모양으로 가꿀 수도 있을 거예요."

그러나 그녀는 이 말을 하면서 속으로 소리 없이 자신을 비웃었다. '지금 내가 설득하려고 하는 게 과연 누구일까?' 그녀는 웃음소리를 내지 않으려고 했지만, 결국 메마른 웃음이 새어 나왔다. 그녀가 말을 이었다. "하지만 안전만은 돈으로 살 수 없어요."

유에는 제시카에게 자신의 얼굴을 숨기려고 몸을 돌렸다. '이 사람들을 사랑하지 않고 미워할 수만 있다면 얼마나 좋을까!' 제시카는 여러모로 워너와 비슷했다. 그러나 그 생각이 그를 더욱 괴롭게 했기 때문에 그는 자신의 목적을 반드시 수행해야 한다고 다시 다짐했다. 하코넨은 교활한 방법으로 잔인한 짓들을 자행했다. 워너는 아직 살아 있을지도 모른다. 그는 그 사실을 반드시 확인해야 했다.

"우리 때문에 걱정할 필요 없어요, 웰링턴." 제시카가 말했다. "이곳의 문제는 우리 몫이지 당신 몫이 아니니까요."

유에는 눈물이 나오려는 것을 참으려고 눈을 깜박거렸다. '제시카는 내가 자기 때문에 걱정하는 줄 알아! 물론 내가 걱정하는 건 사실이지. 하지만 난 그 흉악한 남작의 명령을 수행하고 그를 만나야 해. 그리고 그가 만족감에 들떠서 가장 약해지는 순간 그를 칠 수 있는 유일한 기회를 잡아야 해!'

유에는 한숨을 쉬었다.

"내가 폴을 잠깐 들여다봐도 괜찮을까요?" 제시카가 물었다.

"물론입니다. 제가 도련님에게 진정제를 주었습니다."

"그 애가 지금 상황을 잘 받아들이고 있는 것 같던가요?"

"약간 지나치게 피곤해하는 것만 빼면요. 도련님은 지금 기대에 차서 흥분해 있습니다. 하지만 이런 상황에서 흥분하지 않을 열다섯 살짜리 소년이 있겠습니까?" 유에는 방을 가로질러 가서 문을 열었다. "도련님은 이 안에 있습니다."

제시카는 그를 따라가서 어두운 방 안을 살짝 들여다보았다.

폴은 한쪽 팔을 가벼운 이불 밑에 넣고, 다른 쪽 팔은 머리 위로 올린 자세로 좁은 침상에 누워 있었다. 침대 옆의 창문에 블라인드가 쳐져 있어서 아이의 얼굴과 이불 위에 길쭉한 그림자들의 무늬가 나타났다.

제시카는 아들의 얼굴을 바라보았다. 얼굴의 달걀형 윤곽이 그녀와 똑같았다. 그러나 석탄처럼 까만색의 헝클어진 머리는 공작의 것이었다. 기다란 속눈썹 밑에는 라임 색 눈동자가 숨겨져 있을 터였다. 제시카는 두려움이 물러나는 것을 느끼며 미소를 지었다. 아이의 얼굴에 나타난 유전적 특징들이 갑자기 그녀의 마음을 사로잡았다. 폴의 얼굴 윤곽과 눈매는 그녀의 것이었지만, 아이 속에서 어른이 자라 나오듯 그 윤곽에서 아버지의 날카로움이 엿보였다.

아이의 얼굴이 무작위 패턴으로부터 절묘하게 걸러진 정수처럼 느껴졌다. 끝없이 많은 우연들이 하나의 연결점에서 만나 이루어진 것이 바로 이 아이의 얼굴이었다. 그런 생각을 하자 침대 옆에 무릎을 꿇고 아이를 품에 안고 싶어졌다. 그러나 유에가 있기 때문에 그럴 수가 없었다. 그녀는 뒤로 물러서서 조용히 문을 닫았다.

유에는 아들을 바라보는 제시카의 시선을 차마 볼 수 없어서 다시 창가로 돌아가 있었다. '왜 워너는 내게 아이를 낳아주지 않았을까? 우리 둘 다 신체적으로 문제가 없었는데. 난 의사니까 그건 분명히 알고 있어. 뭔가 베네 게세리트와 관련된 이유가 있었던 걸까? 그녀는 뭔가 다른 목적을 수행해야 한다는 명령을 받았던 걸까? 그렇다면 그 목적이라는 게 과연 뭐지? 그녀는 분명히 날 사랑했는데.'

생전 처음으로 자신이 도저히 파악할 수 없을 정도로 복잡한 어떤 패턴의 일부일지도 모른다는 생각이 들었다.

제시카가 그의 옆으로 다가와 서면서 말했다. "아이들이 아무 걱정 없이 잠에 빠져 있는 모습은 정말 보기 좋죠."

유에는 기계적으로 대답했다. "어른들도 그렇게 긴장을 풀 수 있다면 좋을 텐데요."

"맞아요."

"우린 어디서 그걸 잃어버린 걸까요?" 그가 중얼거렸다.

제시카는 그의 어조가 이상한 것을 느끼고 그를 흘끗 바라보았다. 그러나 그녀의 마음은 여전히 폴에게 가 있었다. 폴이 이곳에서 새로 받게 될 훈련의 어려움이라든가 과거와는 다를 이곳에서의 생활 등을 생각하고 있었던 것이다. 이곳에서 폴은 제시카와 공작이 그를 위해 계획했던 것과는 아주 다른 생활을 하게 될 터였다.

"그래요, 우리가 뭔가를 잃어버린 건 사실이죠." 그녀가 말했다.

그녀는 녹회색 덤불이 바람에 시달리며 혹처럼 솟아 있는 오른쪽 언덕을 바라보았다. 먼지투성이 이파리와 바짝 마른 짐승의 발톱 같은 가지. 언덕 위에 드리워진 너무나 어두운 하늘은 얼룩 같고, 아라키스의 우윳빛 햇빛은 주위 풍경을 은색으로 물들였다. 그녀의 옷 속에 감춰진 크리스나이프와 같은 빛이었다.

"하늘이 너무 어두워요." 그녀가 말했다.

"습기가 부족한 것이 한 가지 원인이죠." 유에가 말했다.

"또 물이로군요!" 그녀가 날카롭게 말했다. "여기선 어딜 가도 물이 부족하다는 얘기뿐이에요!"

"그게 바로 아라키스의 커다란 수수께끼입니다."

"여긴 왜 물이 그렇게 적은 거죠? 여기에는 화산암도 있고 제가 이름을 댈 수 있는 동력원도 10여 개나 돼요. 극지에는 얼음도 있고요. 사람들은 사막에 우물을 팔 수가 없다고 하더군요. 폭풍과 모래바람 때문에 장비들을 설치하는 속도보다 망가지는 속도가 더 빠르다고요. 게다가 그것도 모래벌레한테 먼저 잡아먹히지 않는 경우의 얘기라죠? 어쨌든 이곳에서 물의 흔적이 발견된 적은 한 번도 없다면서요? 하지만 웰링턴, 진짜 수수께끼는 말이에요, 이곳 저지대와 분지에서 사람들이 팠던 우물이에요. 그 우물들에 대한 보고서 읽어봤어요?"

"예. 처음에 몇 방울 물이 나오다가 그냥 멈춰버렸다고 하더군요."

"그게 바로 수수께끼예요, 웰링턴. 분명히 물이 있었는데 금방 말라버리더니 다시는 나오지 않는다는 게. 근처에 다른 구멍을 파봐도 결과는 똑같죠. 처음에는 몇 방울 나오다가 멈춰버리는 거예요. 이걸 이상하다고 생각한 사람이 지금까지 한 명도 없었나요?"

"이상하죠. 부인은 어떤 생물 때문에 그런 결과가 나온다고 생각하시는 겁니까? 그렇다면 지각 샘플에 나와 있지 않을까요?"

"뭐가 나타난단 말인가요? 생전 처음 보는 식물이나 동물? 그런 게 있다 하더라도 누가 그걸 알아보겠어요?" 그녀는 다시 언덕으로 시선을 돌렸다. "물은 멈춰진 거예요. 뭔가가 물을 막아버린 거죠. 그게 내 생각이에요."

"그 이유는 이미 밝혀져 있는 건지도 모릅니다. 하코넨은 아라키스에 대한 여러 정보원들을 차단했습니다. 어쩌면 그렇게 숨겨야 할 이유가 있었는지도 모르죠."

"무슨 이유죠? 게다가 여기 대기에도 습기가 있어요. 양이 적은 건 사실이지만, 분명히 습기가 있어요. 그 습기가 이곳에 물을 공급해 주는 중요한 원천이잖아요. **바람덫***과 **이슬 응결기***를 통해 그 물을 모아서 쓰고 있으니까. 그 습기는 어디서 나온 거예요?"

"극지의 얼음이 아닐까요?"

"차가운 공기는 습기를 거의 빨아들이지 않아요, 웰링턴. 하코넨이 씌워놓은 장막 뒤에 자세하게 조사해 봐야 할 뭔가가 분명히 있어요. 그리고 그 문제들이 전부 스파이스와 바로 관련된 것만은 아닐 거예요."

"하코넨이 씌워놓은 장막이 우리를 가리고 있는 건 사실입니다. 어쩌면 우리가……." 그는 말을 멈췄다. 제시카가 갑자기 너무나 강렬하게 자신을 바라보고 있음을 알았기 때문이다. "뭐가 잘못됐습니까?"

"당신이 '하코넨'이라는 말을 할 때의 어조……. 공작님도 그 증오스러운 이름을 부를 때 그렇게 한 맺힌 목소리를 내지 않아요. 당신에게도 개인적으로 하코넨을 미워해야 하는 이유가 있는 줄은 몰랐어요, 웰링턴."

'맙소사! 이런 식으로 제시카의 의심을 부추기다니! 이젠 나의 워너가 가르쳐준 모든 속임수를 동원하는 수밖에 없어. 해결책은 하나뿐이야. 진실을 가능한 한 많이 섞어서 말해야 해.'

유에는 입을 열었다. "내 아내, 나의 워너가……." 그는 어깨를 으쓱했다. 갑자기 목이 메어 말을 할 수가 없었다. "하코넨은……." 말이 제대로 나오지 않았다. 그는 정신이 아득해질 정도로 당황해서 눈을 꼭 감았다. 가슴속의 고통이 머리를 가득 채웠다. 그때 누군가의 손이 부드럽게 그의 팔을 잡았다.

"미안해요. 오랜 상처를 들쑤실 생각은 없었어요." 제시카가 말했다. '짐승 같은 놈들! 웰링턴의 아내는 베네 게세리트였어. 그 흔적이 이 사람에게 분명히 남아 있어. 하코넨이 그녀를 죽인 것이 분명해. 캬렘*과 같은 증오 때문에 아트레이데스에 묶여 있는 불쌍한 희생자가 또 있었군.'

"미안합니다. 아무래도 그 얘기를 할 수가 없군요." 유에가 말했다. 그는 눈을 뜨고 내부에서 느껴지는 슬픔에 몸을 내맡겼다. 적어도 그 슬픔만은 진실했다.

제시카는 위를 향해 각이 진 유에의 빰과 검게 반짝이는 아몬드 모양의 눈, 버터 빛깔의 안색, 자줏빛 입술과 좁은 턱 주위에 둥글게 구부러진 윤곽선처럼 매달려 있는 콧수염을 세심하게 살펴보았다. 그의 빰과 이마에 난 주름은 나이 때문이기도 하지만 동시에 슬픔 때문에 생긴 것이기도 하다는 것을 그녀는 깨달았다. 그를 향한 깊은 애정이 밀려왔다.

"웰링턴, 이렇게 위험한 곳으로 당신을 데려와서 미안해요." 그녀가 말했다.

"이곳에 온 것은 제 의지입니다." 유에가 말했다. 이것 역시 진실이었다.

"하지만 이 행성 전체가 하코넨의 함정이에요. 당신도 아시잖아요."

"레토 공작을 잡으려면 함정만 가지고는 안 될 겁니다." 그가 말했다. 이것 역시 진실이었다.

"내가 공작님을 좀더 믿어주어야 할 것 같아요. 공작님은 뛰어난 전술가시니까."

"우린 오랫동안 살아온 곳에서 이곳으로 옮겨 왔습니다. 불안한 느낌이 드는 건 그 때문이에요."

"우리처럼 뿌리 뽑힌 식물을 죽이는 건 정말 쉬운 일이죠. 그 식물이 적대적인 땅에 심어진다면 더욱더요." 그녀가 말했다.

"이곳의 땅이 적대적이라는 건 확실합니까?"

"공작이 이곳으로 데려올 사람이 몇 명이나 되는지 알려진 후에 물을 둘러싼 폭동이 여러 번 일어났어요. 우리가 새로 늘어나는 사람들이 쓸 물을 마련하기 위해 새로 바람덫과 응집기를 설치한다는 사실이 알려진 다음에야 폭동이 멈췄죠."

"이곳에 있는 물의 양은 제한적입니다. 더 많은 사람들이 이곳으로 와서 제한된 양의 물을 마셔버린다면 물값이 오르고 아주 가난한 사람들은 죽어버리리라는 것을 사람들은 알고 있습니다. 하지만 공작님은 그 문제를 해결했습니다. 폭동이 일어났다고 해서 여기 사람들이 언제까지나 공작님께 적의를 보일 거라고 볼 수는 없어요." 그가 말했다.

"그럼 경비병들은요? 어딜 봐도 경비병들이 있어요. 방어막도 설치돼 있고요. 어딜 봐도 아지랑이처럼 아른거리는 방어막을 볼 수 있어요. 칼라단에서는 이렇지 않았어요."

"이 행성에 기회를 줘봅시다." 그가 말했다.

그러나 제시카는 매서운 눈으로 계속 창밖을 바라보기만 했다. "이곳에서는 죽음의 냄새가 나요. 하와트는 이곳으로 미리 수많은 부하들을 보냈죠. 밖에 있는 경비병들도 그의 부하예요. 짐꾼들도 그렇고. 우리 금고에서 커다란 액수의 돈이 아무런 이유도 없이 빠져나갔어요. 그게 뜻하는 것은 한 가지뿐이에요. 고위층에 뇌물을 뿌렸다는 거죠." 그녀는 고개를 가로저었다. "투피르 하와트가 가는 곳에는 죽음과 기만이 뒤따른다."

"그 사람을 헐뜯지 마세요."

"헐뜯는다고요? 칭찬하는 거예요. 이제 우리의 유일한 희망은 죽음과 기만뿐이에요. 난 단지 투피르가 쓰는 방법들에 대해 환상을 갖지 않는 것뿐이에요."

"부인은…… 바쁜 일을 만들어야 할 것 같군요. 그런 우울한 생각을 할 시간이 없게……."

"바쁜 일이라고요! 내가 어떤 일에 시간을 죄다 빼앗기고 있는지 알아요, 웰링턴? 난 공작의 비서예요. 너무 바빠서 날마다 무서운 일들을 새로 발견한다고요……. 내가 알 거라고 공작님이 짐작조차 못 하는 것까지도요." 그녀는 입술을 꾹 물면서 가느다란 목소리로 말했다. "때로는 공작님이 나를 선택할 때 내가 베네 게세리트로서 경영 분야의 훈련을 받았다는 점이 얼마나 고려되었을까 궁금해요."

"그게 무슨 뜻입니까?" 유에는 제시카의 냉소적인 어투에 깜짝 놀랐다. 그녀가 그렇게 신랄한 태도를 겉으로 드러낸 적은 지금까지 한 번도 없었다.

"사랑이라는 감정으로 묶여 있는 비서가 훨씬 더 안전하다고 생각하지 않아요, 웰링턴?"

"그런 생각을 하면 안 됩니다, 제시카."

그의 입에서 자연스럽게 질책이 흘러나왔다. 공작이 제시카에 대해 느끼고 있는 감정엔 의심의 여지가 없었다. 그가 눈으로 그녀의 모습을 좇는 광경만 보고 있어도 충분했다.

제시카가 한숨을 쉬었다. "당신 말이 맞아요. 그런 생각을 하면 안 되죠."

그녀는 다시 한번 팔로 몸을 감싸고 옷 속의 크리스나이프를 눌렀다. 그리고 그 칼이 의미하는, 아직 끝나지 않은 일에 대해 생각했다.

"곧 많은 피가 흐를 거예요. 하코넨은 자기들이 죽든지 아니면 공작님이 파멸할 때까지 잠시도 쉬지 않을 거예요. 남작은 하코넨의 작위가 초암의 장부에서 나온 것인 반면, 레토는 황실의 친척이라는 사실을 결코 잊지 않을 사람이에요. 아무리 거리가 먼 친척이라도 말이에요. 하지만 그의 마음 깊숙한 곳에 독기가 자리잡고 있는 건 아트레이데스 가문 사람이 **코린 전투*** 이후 하코넨 가문 사람을 비겁자로 몰아 추방했기 때문이에요."

"오랜 반목이죠." 유에가 중얼거렸다. 잠깐 동안 날카로운 증오가 느껴졌다. 그 오랜 반목이 거미줄처럼 그를 붙잡고, 그의 워너를 죽여버렸다. 아니 어쩌면 워너는 아직 살아서 그가 남작의 명령을 수행할 때까지 하코넨의 손에서 계속 고통받고 있을지도 몰랐다. 그건 죽는 것보다 더 끔찍한 일이었다. 그는 오랜 반목의 덫에 사로잡혀 있었고, 이 사람들은 그 독기 서린 함정의 일부였다. 웃기는 것은 수많은 사람의 목숨을 앗아 가게 될 그 무시무시한 함정이 이곳 아라키스에서 꽃을 피우리라는 사실이었다. 삶을 연장시켜 주고 건강을 주는 멜란지의 유일한 산지인 이곳에서.

"무슨 생각을 하고 있어요?" 제시카가 물었다.

"지금 현재 공개 시장에서 그 스파이스의 가격이 10그램당 62만 **솔라리***라는 생각을 하고 있었습니다. 그만한 돈이면 아주 많은 것들을 사들일 수 있습니다."

"이제는 당신 같은 사람도 탐욕에 물드는 건가요, 웰링턴?"

"탐욕이 아닙니다."

"그럼 뭐죠?"

유에는 어깨를 으쓱했다. "무력감이죠." 그는 그녀를 흘끗 바라보았다. "스파이스를 처음 맛보았을 때를 기억하십니까?"

"계피 맛이었어요."

"하지만 그 맛은 먹을 때마다 달라집니다. 인생과 같죠. 먹을 때마다 다른 얼굴을 내보인다는 점에서요. 어떤 사람들은 스파이스가 조건 반사를 일으킨다고 주장합니다. 우리 몸이 그 물건이 몸에 좋은 것이라는 사실을 알고 그 맛을 기분 좋은 것으로 해석한다는 겁니다. 약간의 도취감이죠. 또한 멜란지는 우리 인생과 마찬가지로 결코 인공적으로 합성될 수 없습니다."

"어쩌면 변절자가 돼서 제국의 손이 닿지 않는 곳으로 가버리는 편이 더 현명했을지도 몰라요." 제시카가 말했다.

유에는 그녀가 자신의 말을 듣지 않고 있다는 것을 알았다. 그는 그녀의 말을 속으로 곱씹어 보았다. '그래, 제시카는 왜 공작의 생각을 바꿔놓지 않은 거지? 마음만 먹으면 공작한테 무슨 일이든 시킬 수 있으면서.'

그는 재빨리 말을 이었다. 진실을 말함으로써 화제를 바꿀 기회가 바로 지금이기 때문이었다.

"개인적인 질문을 하면…… 내가 무례하다 생각하시겠습니까, 제시카?"

제시카는 설명할 수 없는 불안감을 느끼면서 창턱에 몸을 바짝 붙였다. "당연히 아니죠. 당신은…… 나의 친구니까."

"왜 공작님을 움직여서 결혼하지 않았습니까?"

그녀가 휙 몸을 돌렸다. 고개를 쳐들고 눈을 부릅뜬 표정이었다. "공작님을 움직여서 결혼하라고요? 하지만……."

"묻지 말걸 그랬습니다."

"아니에요." 그녀가 어깨를 으쓱했다. "정치적으로 타당한 이유가 있어요. 공작님이 미혼으로 남아 있는 한 몇몇 대가문들은 계속 동맹에 대한 희망을 품을 거예요. 그리고……." 그녀는 한숨을 내쉬었다. "……사람들의 마음을 움직여서 억지로 내 의지에 따르게 하면 인간에 대해 냉소적인 태도를 갖게 돼요. 그러면 내 의지가 접촉하는 것들은 모두 존엄성을 잃게 되죠. 만약 내가 공작님을 움직여서 그런…… 행동을 하게 한다면, 그건 공작님의 의지에 따른 행동이 아닌 거죠."

"그건 나의 워너가 했을 법한 말이군요." 그가 중얼거렸다. 이것 역시 진실이었다. 그는 손으로 입을 가리고 경련하듯이 침을 삼켰다. 자신의 비밀 임무를 털어놓고 싶다는 충동이 이처럼 강렬했던 적은 없었다.

그러나 제시카가 입을 여는 바람에 그 순간의 긴장이 산산이 부서졌다. "게다가 웰링턴, 공작님은 사실 두 사람이에요. 그중의 하나를 나는 많이 사랑해요. 그는 매력적이고 재치 있고 사려 깊고…… 부드러워요.

여자가 바라는 걸 모두 갖춘 사람이죠. 하지만 다른 한 사람은…… 차갑고 냉담하고 이기적이고 주위 사람들에게 많은 걸 요구해요. 겨울 바람처럼 냉혹하고 잔인해요. 그의 아버지가 만들어놓은 모습이죠." 그녀의 얼굴이 일그러졌다. "나의 공작님이 태어났을 때 그 노인네가 죽어버리기만 했어도!"

두 사람 사이에 자리 잡은 침묵 속에서, 통풍기에서 흘러나온 산들바람이 블라인드를 간질이는 소리가 들렸다.

이윽고 그녀가 깊이 숨을 들이쉬며 말했다. "레토의 말이 맞았어요. 여기 방들이 이 저택의 다른 구역보다 낫네요." 그녀는 방 안을 휩쓸어 보며 돌아섰다. "이제 그만 가봐야겠어요, 웰링턴. 숙소를 배정하기 전에 이쪽 구역을 쭉 둘러보고 싶거든요."

유에는 고개를 끄덕였다. "물론 그래야죠." '내가 이 일을 하지 않을 방법이 있다면 얼마나 좋을까.'

제시카는 팔을 늘어뜨리고 복도로 통하는 문으로 가서 머뭇거리며 잠시 서 있다가 밖으로 나갔다. '우리가 얘기하는 동안 내내 웰링턴은 뭔가를 숨기고 있었어. 내 감정을 다치지 않으려고 그런 거야, 분명히. 그는 좋은 사람이야.' 또다시 그녀는 망설였다. 하마터면 다시 돌아서서 유에를 바라보며 그가 숨기고 있던 것을 끌어낼 뻔했다. '하지만 그건 그를 부끄럽게 만들 뿐이야. 남들이 자기 마음을 쉽게 읽어낸다는 걸 알고 겁먹게 할 뿐이지. 난 친구들을 좀 더 믿어야 해.'

무앗딥이 아라키스에서 꼭 필요한 것들을 놀라운 속도로 배워나갔다는 것에 많은 사람들이 주목한다. 물론 베네 게세리트는 그가 이렇게 빨리 배울 수 있었던 근본적인 이유를 알고 있다. 그러나 다른 사람들의 경우에는 무앗딥이 맨 처음 받은 훈련이 지식을 습득하는 방법에 관한 것이었기 때문에 그토록 빨리 배울 수 있었다고 알아두면 될 것이다. 무앗딥이 가장 먼저 배운 것은 자신이 배울 수 있다는 기본적인 신념이었다. 자신이 배울 수 있음을 믿지 않는 사람들이 그렇게 많다는 것, 그리고 배우는 것이 어렵다고 믿는 사람들이 그보다 훨씬 더 많다는 것은 놀라운 일이다. 무앗딥은 모든 경험에 교훈이 있다는 사실을 알고 있었다.

—이룰란 공주의 『무앗딥의 인간성』

폴은 침대에 누워 잠든 척하고 있었다. 유에 박사가 준 수면제를 손바닥으로 쥐고 먹는 척하는 것은 쉬운 일이었다. 폴은 웃음이 나오려는 것을 참았다. 심지어 어머니도 그가 자고 있다고 생각했다. 그는 자리에서 벌떡 일어나 집 안을 돌아다니며 탐험을 해도 되느냐고 어머니에게 허락을 구하고 싶었지만, 그녀가 허락하지 않으리라는 것을 알고 있었다. 아직은 주위가 너무 어수선했다. 그러니 이 방법이 최선이었다.

'내가 이대로 몰래 빠져나가도, 어머니의 허락을 구한 적이 없으니까

그건 어머니의 말을 어긴 게 아냐. 게다가 난 안전하게 집 안에서만 돌아다닐 건데 뭐.'

어머니와 유에가 저쪽 방에서 이야기하는 소리가 들렸다. 두 사람의 말은 알아듣기가 힘들었다. 스파이스와…… 하코넨에 대해 뭐라고 하고 있는 것 같았다. 두 사람의 목소리가 높아졌다가 낮아지곤 했다.

폴은 조각이 새겨진 침대의 머리판으로 주의를 돌렸다. 그것은 벽에 붙어 있는 가짜 머리판으로 방 안의 기능을 조절하는 스위치들을 감추고 있었다. 그 나무판 위에는 짙은 갈색 파도 위로 뛰어오르는 물고기 한 마리가 새겨져 있었다. 폴은 겉으로 드러나 있는 물고기의 한쪽 눈을 누르면 방 안의 반중력 램프에 불이 켜진다는 것을 알고 있었다. 파도 하나를 비틀면 통풍기를 조절할 수 있었다. 그리고 또 다른 파도는 온도를 조절하는 역할을 했다.

폴은 조용히 침대에서 일어나 앉았다. 높은 책꽂이 하나가 왼쪽 벽에 세워져 있었다. 그 책꽂이를 옆으로 젖히면 한쪽에 서랍이 붙어 있는 벽장이 나왔다. 복도로 통하는 문의 손잡이는 오니숍터의 추진력 조종 막대 같은 모양을 하고 있었다.

마치 누군가가 그를 유혹하려고 이 방을 설계한 것 같았다.

그리고 이 행성도.

유에가 보여준 필름책이 생각났다. 『아라키스: 황제 폐하의 사막 식물 실험 기지』라는 제목이었다. 그 책은 스파이스가 발견되기 전에 만들어진 것이었다. 여러 이름들이 폴의 머릿속을 스치고 지나갔다. 각각의 이름마다 연상 기호파로 머릿속에 기억된 그림들도 떠올랐다. 키 큰 기둥선인장, 당나귀 관목, 대추야자, 사막 버베나, 달맞이꽃, 통선인장, 향 관목, 스모크 트리, 크레오소트 관목…… 작은 여우, 사막매, 캥거루쥐…….

인류가 지구에서 살던 과거의 이름과 사진 들이었다. 그리고 이 중 많은 것들이 이제는 온 우주에서 오로지 아라키스에만 살고 있었다.

새로 배워야 할 것이 너무 많았다. 스파이스에 대해.

그리고 모래벌레에 대해.

저쪽 방에서 문이 닫히는 소리가 났다. 폴은 복도를 따라 멀어져가는 어머니의 발소리를 들었다. 유에 박사는 저쪽 방에 남아 뭔가를 읽고 있을 것이다.

지금이 바로 탐험을 떠날 시간이었다.

폴은 살짝 침대에서 빠져나와 벽장과 연결된 책꽂이 문으로 향했다. 그런데 등 뒤에서 무슨 소리가 들려와서 그는 걸음을 멈추고 뒤를 돌아보았다. 조각이 새겨진 침대의 머리판이 그가 누워 있던 자리 위로 내려오고 있었다. 폴은 그 자리에서 얼어붙었다. 그리고 그 덕분에 목숨을 건졌다.

머리판 뒤에서 기껏해야 5센티미터밖에 되지 않는 자그마한 **사냥꾼 탐색기***가 미끄러지듯 모습을 드러냈다. 폴은 그게 무엇인지 즉시 알아보았다. 황실의 피를 이어받은 아이라면 누구나 아주 어렸을 때 배우게 되는 흔한 암살용 무기였다. 그것은 근처에 있는 누군가가 눈으로 직접 보면서 조종하게 되어 있는 탐욕스러운 은빛 금속 조각이었다. 그 물건은 살아 움직이는 살 속으로 파고들어 가 신경 계통을 갉아먹으며 가장 가까이에 있는 중요한 장기까지 다다를 수 있었다.

탐색기가 위로 들려지더니 방 안을 한 바퀴 돌아 제자리로 돌아왔다.

탐색기의 약점에 대한 지식이 폴의 머릿속을 빠르게 스치고 지나갔다. 탐색기의 압축된 반중력장은 탐색기에 내장된 송신용 눈의 시야를 왜곡시킨다. 탐색기를 조종하고 있는 사람은 방 안의 희미한 불빛 속에서 목표물을 찾아야 했으므로 아마 움직이는 것에 초점을 맞추고 있을 것이다. 방어막을 쓴다면 탐색기의 움직임을 저지해서 그것을 파괴할 시간을 벌 수 있겠지만 폴의 방어막 허리띠는 침대 위에 놓여 있었다. **레이저총**도 탐색기를 해치울 수 있겠지만, 레이저총은 값이 비싼 데다가 관리하기 까다로운 물건으로 악명이 높았다. 게다가 레이저 광선이 뜨거운 방어막과 부딪치기라도 한다면 불꽃놀이를 하듯 폭발이 일어날 위험이 언제나 존재했다. 아트레이데스 가문 사람들은 언제나 자신들의 몸을 감싸고 있는 방어막과 순간의 재치에 의존하는 편이었다.

폴은 마치 몸이 굳어버린 사람처럼 꼼짝도 하지 않았다. 이 위험에 맞서 그가 동원할 수 있는 무기는 재치밖에 없었다.

탐색기가 또다시 50센티미터쯤 위로 올라갔다. 탐색기는 블라인드를 통해 들어오는 줄무늬 빛 속을 물결처럼 앞뒤로 지나다니며 방 안을 수색했다.

'저걸 잡아야 해. 반중력장 때문에 아래쪽이 미끄러울 거야. 그러니까 단단히 움켜쥐어야 해.'

탐색기가 50센티미터쯤 밑으로 내려와서 왼쪽으로 갔다가 침대 주위를 뱅뱅 돌았다. 희미하게 윙윙거리는 소리가 났다.

'누가 저 물건을 조종하고 있는 거지? 틀림없이 누군가 가까이 있는 사람일 텐데. 유에를 부를 수도 있겠지만, 그가 문을 여는 순간 저것이 그를 공격할 거야.'

폴의 뒤쪽에서 복도로 통하는 문이 삐걱거렸다. 거기서 한 번 '똑똑' 하는 소리가 났다. 그리고 문이 열렸다.

탐색기가 폴의 머리를 지나 움직임이 난 곳을 향해 화살처럼 쏘아져 나갔다.

폴은 번개처럼 오른손을 뻗어 그 무시무시한 물건을 움켜쥐었다. 그것은 폴의 손안에서 윙윙 소리를 내며 몸을 비틀었다. 그러나 그는 필사적으로 그것을 잡고 놓지 않았다. 그리고 휙 몸을 돌려 그것의 코를 금속으로 된 문패에 세게 찧었다. 코에 달린 눈이 깨지면서 그것이 '투두둑' 부서지는 것이 느껴졌다. 탐색기가 그의 손안에서 축 늘어졌다.

그래도 그는 여전히 그것을 쥐고 있었다. 확실히 하기 위해서였다.

폴이 눈을 들자 자신을 뚫어지게 바라보고 있는 샤도우트 메입스의 온통 새파란 눈과 마주쳤다.

"아버님이 도련님을 불러오라고 하셨습니다. 도련님을 호위할 사람들이 홀에서 기다리고 있습니다." 그녀가 말했다.

폴은 고개를 끄덕였다. 그의 눈과 의식은 이제 농노들의 자루 같은 갈색 옷을 입은 이 이상한 여자에게 쏠려 있었다. 그녀가 그의 손에 쥐어져 있는 물건을 보았다.

"저런 물건에 대해 들어본 적이 있습니다. 저것이 저를 죽일 뻔했군요. 그렇지 않습니까?"

폴은 마른침을 삼킨 후에야 말을 할 수 있었다. "저 물건의 목표물은…… 나였어요."

"하지만 저를 향해 오고 있었어요."

"그건 당신이 움직이고 있었기 때문이죠." 그리고 폴은 속으로 질문을 던졌다. '이 여자는 도대체 누구지?'

"그럼 도련님이 제 생명을 구해 준 거로군요." 그녀가 말했다.

"우리 두 사람의 생명을 구한 거죠."

"저 물건이 저를 공격하도록 내버려두고 도련님은 그냥 도망칠 수도 있었을 텐데요."

"당신은 누구죠?"

"샤도우트 메입스, 시녀장입니다."

"내가 어디 있는지 어떻게 알았어요?"

"어머님한테서 들었습니다. 복도 아래쪽의 이상한 방으로 통하는 계단에서 어머님을 만났거든요." 그녀가 오른쪽을 가리켜 보였다. "아버님의 부하들이 기다리고 있습니다."

'하와트의 부하들이겠지. 그 사람들과 함께 이 물건을 조종한 사람을 찾아야 해.' 그는 생각했다.

"아버지의 부하들에게 가서 내가 집 안에서 사냥꾼 탐색기를 잡았다고 해요. 그러니까 흩어져서 탐색기 조종자를 찾아내라고요. 그리고 즉시 이 집과 뜰을 모두 봉쇄하라고 해요. 어떻게 해야 하는지는 그 사람들이 알 겁니다. 조종자는 우리들 가운데 있는 낯선 자가 분명해요."

그리고 그는 생각했다. '혹시 이 여자가 범인일까?' 그러나 그는 그렇지 않음을 알고 있었다. 그녀가 방 안으로 들어올 때에도 탐색기는 여전히 누군가의 조종을 받고 있었다.

"도련님의 명령을 수행하기 전에 도련님과 저 사이의 길을 깨끗이 해야 할 것 같군요. 도련님은 제가 별로 지고 싶지 않은 **물의 짐***을 제게 지우셨습니다. 하지만 우리 프레멘은 반드시 빚을 갚죠. 검은 빚이든 하얀 빚이든 상관없이. 또한 이 집안사람들 가운데 반역자가 있다는 사실도 우리는 알고 있었습니다. 그게 누군지는 모르지만 반역자가 있다는 것만은 확실합니다. 아마 저 살을 찢는 물건을 조종한 손도 있겠죠."

폴은 말없이 이 말을 받아들였다. 반역자라니. 그러나 그가 입을 열기도 전에 그 이상한 여자는 휙 몸을 돌려 입구 쪽으로 뛰어가 버렸다.

폴은 그녀를 부를까 생각했지만, 그러면 그녀가 화를 낼 것 같았다. 그녀는 자기가 알고 있는 것을 말해 주었고, 이제 그의 명령을 수행하러 가는 길이었다. 그리고 집은 순식간에 하와트의 부하들로 들끓을 터였다.

그의 마음은 그 이상한 대화의 다른 부분으로 쏠렸다. '이상한 방'이라니. 그는 그녀가 가리켰던 왼쪽을 바라보았다. 그녀는 '우리 프레멘'이라고 했다. 그러니 그녀는 프레멘일 것이다. 폴은 잠시 가만히 서서 그녀의 얼굴 특징을 기억 속에 새겨 넣었다. 마른 자두처럼 쭈글쭈글한 암갈색의 얼굴과 흰자위가 전혀 없이 파랗기만 한 눈동자를. 그리고 거기에 이름표를 붙였다. '샤도우트 메입스.'

폴은 부서진 탐색기를 여전히 움켜쥔 채 몸을 돌려 방으로 들어가 왼손으로 방어막 허리띠를 집어 들었다. 그리고 그것을 허리에 두르고 잠그면서 다시 밖으로 뛰어나가 복도 왼쪽으로 달려갔다.

그녀는 어머니가 거기 어딘가에 있다고 말했다. 계단이 있는 곳의……
이상한 방에.

레이디 제시카는 시련의 시기에 무엇으로 자신을 지탱했을까? 다음의 베네 게세리트 격언을 곰곰이 곱씹어 본다면 그 답을 알게 될지도 모른다. '어떤 길이든 정확하게 끝까지 따라가 버리면 어디에도 이를 수 없다. 산이 산이라는 것을 확인하려면 조금만 올라가야 한다. 산꼭대기에서는 산을 볼 수 없다.'

—이룰란 공주의 『무앗딥: 가족 회고록』

남쪽 건물의 끝에서 제시카는 달걀형 문을 향해 나선형으로 뻗어 있는 금속 계단을 발견했다. 그녀는 복도 아래쪽을 흘끗 바라보고 나서 다시 문을 올려다보았다.

'달걀형이라니. 집 안에 있는 문치고는 아주 이상한 모양이네.' 그녀는 생각했다.

나선형 계단 밑의 창문을 통해 저녁을 향해 움직이고 있는 아라키스의 커다란 하얀색 태양이 보였다. 긴 그림자들이 복도 위에 칼처럼 드리워졌다. 그녀는 다시 계단으로 시선을 돌렸다. 옆에서 쏟아지는 강렬한 빛에 계단의 금속 난간장식에 묻어 있는 마른 흙 부스러기가 두드러졌다.

제시카는 난간을 잡고 계단을 오르기 시작했다. 손바닥에 느껴지는 감촉이 차가웠다. 그녀는 문 앞에 멈춰 섰다. 문에는 손잡이가 없었다. 손잡이가 있어야 할 자리의 표면이 살짝 안으로 들어가 있을 뿐이었다.

'분명히 **손바닥 잠금 장치***는 아닌데. 손바닥 잠금 장치는 반드시 특정인의 손 모양과 손금에 맞춰져야 하니까.' 하지만 문에 나 있는 그 자국은 손바닥 잠금 장치처럼 보였다. 그리고 그 장치라면 무엇이든 열 수 있는 방법이 있었다. 그녀는 그 방법을 학교에서 배웠다.

제시카는 자신을 지켜보고 있는 사람이 아무도 없다는 것을 확인하기 위해 다시 한번 뒤를 돌아본 다음 살짝 파여 있는 문 표면에 손바닥을 갖다 댔다. 그리고 손금의 모양을 바꾸기 위해 아주 부드럽게 압력을 가하면서 손목과 손바닥을 미끄러지듯이 차례로 비틀었다.

'찰칵' 하고 문이 열리는 느낌이 왔다.

그러나 아래쪽 복도에서 서둘러 달려오는 발소리가 들려왔다. 제시카는 문에서 손을 떼고 고개를 돌렸다. 메입스가 계단 발치에 와 있었다.

"공작님의 명령으로 폴 도련님을 데리러 왔다는 사람들이 중앙 홀에 있습니다. 그 사람들은 공작님의 인장을 갖고 있고 경비병도 그들의 신분을 확인했습니다." 메입스가 말했다. 그녀는 문을 흘끗 바라보고서 다시 제시카에게 시선을 돌렸다.

'이 메입스라는 여자는 조심스러운 사람이야. 그건 좋은 징조지.' 그녀는 생각했다.

"그 애는 여기 복도 끝에서부터 다섯 번째에 있는 작은 침실에 있어요. 아이를 깨우기 힘들면 옆방에 있는 유에 박사를 불러요. 어쩌면 각성제 주사를 놓아야 할지도 모르니까."

메입스는 꿰뚫는 듯한 시선으로 다시 한번 달걀형 문을 바라보았다. 그녀의 표정에 혐오감이 드러나 있는 것 같았다. 제시카가 그 문이 어떤 문이며 문 뒤에는 뭐가 있는지 묻기도 전에 메입스는 몸을 돌려 서둘러 복도를 따라 가버렸다.

'하와트가 이곳의 안전을 확인했으니 이 안에 무서운 게 있을 리 없어.'

제시카는 문을 밀었다. 문이 안쪽으로 열리면서 작은 방이 나타나고 반대편에 또 다른 달걀형 문이 보였다. 그 문에는 바퀴 모양의 손잡이가 달려 있었다.

'에어록이잖아!' 제시카는 밑을 내려다보았다. 바닥에 문 받침대가 떨어져 있었다. 받침대에는 하와트의 개인 표식이 남겨져 있었다. '문을 받쳐서 닫히지 않게 해놓았군. 누군가가 우연히 받침대를 쓰러뜨린 거겠지. 바깥쪽 문이 손바닥 잠금 장치로 닫힌다는 걸 모르고서.'

그녀는 문턱을 넘어 작은 방 안으로 들어갔다.

'집 안에 왜 에어록이 있는 거지?' 갑자기, 특별한 환경에 갇혀 있는 외래 생물들이 생각났다.

'그래, 특별한 환경이야!'

가장 건조한 행성에서 자라는 생물들도 물을 대줘야 할 지경인 아라키스에서는 충분히 가능한 일이었다.

그녀의 등 뒤에서 문이 닫히기 시작했다. 그녀는 문을 잡아 하와트가 남겨놓은 받침대로 닫히지 않게 단단히 고정시켰다. 그리고 바퀴 모양의 손잡이가 달린 안쪽 문으로 다시 몸을 돌렸다. 이제 보니 손잡이 위에 희미하게 글자가 새겨져 있었다. 갈락 어였다. 그녀는 그 글자를 읽어보았다.

"'오, 인간이여! 여기에 신의 사랑스러운 창조물이 있다. 그 앞에 서서 그대의 지고의 친구가 준 완벽한 것들을 사랑하는 법을 배우라.'"

제시카는 손잡이에 힘을 주었다. 손잡이가 왼쪽으로 돌아가면서 문이 열렸다. 부드러운 바람이 깃털처럼 뺨을 스치고 지나가며 머리카락을 흐트러뜨렸다. 공기의 변화가 느껴졌다. 안에서 불어오는 바람에서는 더 풍요로운 냄새가 났다. 그녀는 문을 활짝 열고 안을 들여다보았다. 빽빽하게 서 있는 푸른 나무들 위로 노란 햇빛이 쏟아져 내리고 있었다.

'노란 햇빛?' 그러나 곧 답을 찾을 수 있었다. '유리 필터!'

그녀가 문턱을 넘어 발을 들여놓자 뒤쪽에서 문이 저절로 닫혔다.

"습한 행성처럼 꾸민 온실이잖아." 그녀는 혼잣말로 중얼거렸다.

화분에 심어진 식물들과 가지를 쳐서 키를 낮춘 나무들이 사방에 서 있었다. 미모사도 있고 꽃을 피우고 있는 모과나무도 있었다. **손다기**도 초록색 꽃을 피우고 있는 **플레니센타**도 초록색과 하얀색 줄무늬가 있는 **아카르소**······ 장미도······.

'장미까지!'

그녀는 몸을 굽혀 큰 분홍색 꽃의 향기를 맡아보았다. 그리고 다시 몸을 일으켜 주위를 둘러보았다.

어디선가 규칙적인 소리가 들려오고 있었다.

그녀는 정글처럼 울창한 나뭇잎들을 헤치고 방의 중앙을 바라보았다. 나지막한 분수가 그곳에 있었다. 가장자리에 세로 홈이 있는 작은 분수였다. 규칙적인 소리는 둥글게 뿜어 올려진 물이 금속으로 된 분수대 바닥에 '철썩' 하고 떨어지는 소리였다.

제시카는 재빨리 감각을 맑게 하는 수양법을 실시한 뒤 주위를 체계적으로 조사하기 시작했다. 방의 넓이는 10제곱미터쯤 되는 것 같았다. 복도 끝의 위층에 위치해 있고, 건축 양식도 집의 다른 부분과 약간 다른 것으로 보아 본건물이 완성되고 한참 뒤 지붕 위에 추가로 지은 것 같았다.

그녀는 방의 남쪽 끝에 있는 널찍한 유리 필터 앞에서 걸음을 멈추고 주위를 둘러보았다. 방 안에는 온통 습한 기후에서 자라는 이국적인 식물들이 가득했다. 푸른 나무들 사이에서 뭔가가 스치는 듯한 소리가 났다. 그녀는 긴장했지만, 다음 순간 파이프와 호스가 달린 간단한 타이머 **서보크***가 흘끗 보였다. 그 서보크에 달린 호스가 들어 올려지더니 잔 물방울들을 흩뿌려 그녀의 볼에 물기가 어렸다. 호스가 다시 제자리로 돌아가자 그녀는 서보크가 물을 뿌린 식물이 무엇인지 바라보았다. 양치류였다.

방 안 어디에도 물이 넘쳤다. 이곳은 물이 가장 소중한 생명수로 취급되는 아라키스 행성이었는데도. 이렇게 물이 낭비되는 광경을 보며 그녀는 머릿속이 텅 빌 정도로 충격을 받았다.

그녀는 유리 필터를 통해 보이는 노란 태양을 흘끗 바라보았다. 태양은 '**방어벽**'*이라는 이름으로 알려져 있는 거대한 바위산의 삐죽삐죽한 절벽 위에 낮게 걸려 있었다.

'아라키스의 하얀색 태양을 좀더 부드럽고 친숙한 모양으로 바꾸기 위해 유리 필터를 사용하다니. 도대체 누가 이곳을 만들었을까? 레토일까? 이런 선물을 마련해서 날 놀라게 해주는 건 정말 그 사람다운 행동이지. 하지만 그에게는 그럴 시간이 없었어. 더 심각한 문제들 때문에 계속 바빴으니까.'

그녀는 아라킨의 집들 중에 실내의 습기가 밖으로 새어 나가는 것을 막기 위해 문과 창문을 에어록으로 막아놓은 곳이 많다던 보고서 내용을 떠올렸다. 이 집에 그런 장치가 없는 것은 일부러 이 집이 상징하는 부와 권력을 과시하기 위한 거라고 레토는 말했다. 그래서 이 집의 문과 창문들은 단지 허공에 가득한 흙먼지를 막는 역할만 하고 있었다.

그러나 이 방은 습기의 유출을 막는 차단 장치를 설치하지 않은 것보다도 훨씬 더 의미심장한 이야기를 전달하고 있었다. 누군가의 즐거움을 위해 만들어졌을 이 방에서 사용되는 물만 있으면 아라키스 사람 1000명이 충분히 살아갈 수 있을 것 같았다. 아니, 어쩌면 그보다 더 많을지도 몰랐다.

제시카는 창문을 따라 움직이면서 계속해서 방 안을 살펴보았다. 한동안 그렇게 걷다 보니 분수 옆에 있는 탁자 높이 정도의 금속판이 눈에 들어왔다. 그 위에는 하얀 메모판과 철필이 허공에 매달린 부채 모양의 나뭇잎에 약간 가려져 놓여 있었다. 그녀는 탁자가 있는 곳으로 가서 탁자 위에 하와트의 표식이 있는 것을 확인한 다음 메모판 위에 적힌 내용을 읽어보았다.

레이디 제시카
부인께서도 이곳에서 저처럼 많은 기쁨을 느끼시기를 바랍니다. 그리고 이 방에서 우리가 같은 스승님께 배웠던 교훈을 되새기시게 된다면 좋겠습니다. 우리가 원하는 것이 가까이 있으면 방종에 빠지기 쉽다는 교훈 말입니다. 그 길에는 위험이 놓여 있습니다.

부인께 언제나 좋은 일만 있기를 빌며
레이디 마거트 펜링

제시카는 고개를 끄덕였다. 전에 펜링 백작이 이곳에서 황제의 대리인으로 근무했다는 말을 레토에게서 들은 기억이 났다. 그러나 이 메모에 숨겨져 있는 내용이 그녀에게는 더 중요했다. 이 메모의 내용은 이것을 쓴 사람이 그녀처럼 베네 게세리트라는 사실을 암시하고 있었다. 씁쓸한 생각이 그녀의 머리를 스치고 지나갔다. '백작은 이 부인과 정식으로 결혼했구나.'

그러나 이런 생각을 하면서도 그녀는 숨겨진 메시지를 찾기 위해 허리를 굽히고 있었다. 이 메모 안에 숨겨진 메시지가 있는 것은 분명했다. 겉으로 드러난 메모에는 학교의 지시에 묶여 있지 않은 모든 베네 게세리트가 특별한 상황에서 다른 베네 게세리트에게 제시해야 하는 암호문이 포함되어 있었기 때문이다. '그 길에는 위험이 놓여 있습니다'가 바로 그것이었다.

제시카는 메모판의 뒷면을 손으로 더듬으면서 점자로 된 암호가 있는지 찾아보았다. 아무것도 없었다. 그녀의 손가락이 메모판의 표면을 모두 훑고 가장자리에 이르렀는데도 아무것도 없었다. 그녀는 메모판을 원래 자리에 다시 놓았다. 갑자기 마음이 다급해졌다.

'메모판이 놓인 모양에 어떤 의미가 있었던 걸까?'

하지만 하와트가 이미 이 방을 수색했으므로, 이 메모판 또한 원래 있던 자리에서 움직여졌을 것이다. 그녀는 고개를 들어 메모판 위에 걸려 있는 나뭇잎을 바라보았다. 그래, 맞아! 그녀는 나뭇잎의 아래쪽 표면과 가장자리, 그리고 줄기를 손가락으로 더듬어보았다. 그곳에 암호가 있었다! 그녀는 쉽게 알아보기 어려운 점자 암호를 손가락으로 더듬어 그 내용을 읽어보았다.

'당신의 아들과 공작이 지금 위험에 처해 있습니다. 침실 하나가 당신 아들의 마음에 들도록 특별히 디자인되었고, H는 거기에 일부러 발견되도록 여러 개의 죽음의 덫을 설치해 놓았습니다. 그중에 어쩌면 수색의 손길을 피할지도 모르는 덫이 하나 있습니다.' 제시카는 여기까지 읽고 나서 폴이 있는 곳으로 달려가고 싶다는 충동을 억눌렀다. 우선 이 암호 메시지의 내용을 모두 읽어볼 필요가 있었다. 점자 암호 위에서 그녀의 손가락이 빠른 속도로 움직였다. '진짜 위협이 정확히 어떤 것인지는 저도 모릅니다. 하지만 그 덫은 침대와 관련되어 있습니다. 공작이 직면한 위험에는 신뢰하던 동료나 부하의 배신이 관련되어 있습니다. H는 당신을 부하에게 선물로 줄 계획입니다. 제가 아는 한 이 온실은 안전합니다. 제가 더 이상 말씀드리지 못하는 것을 용서해 주십시오. 백작님이 H에게 고용된 부하가 아니기 때문에 제가 정보를 얻을 수 있는 곳이 별로 없습니다. 이 메모도 서둘러서 쓴 것입니다. MF.'

제시카는 나뭇잎을 밀쳐버리고 급히 몸을 돌려 폴이 있는 곳으로 뛰어가기 시작했다. 그런데 그 순간 에어록 문이 '콰당' 하고 열렸다. 폴이 오른손에 뭔가를 쥐고 뛰어 들어와 문을 다시 급하게 닫았다. 그는 어머니를 발견하고는 나뭇잎들을 밀치며 다가와 분수를 한번 흘끗 바라본 후 떨어지는 물방울들 아래로 손에 쥔 물건을 불쑥 내밀었다.

"폴!" 제시카는 폴의 손을 바라보며 그의 어깨를 움켜쥐었다. "이게 뭐야?"

"사냥꾼 탐색기예요. 제 방에서 잡아가지고 코를 부숴버렸어요. 하지만 확실히 하고 싶어서요. 물속에 넣으면 회로가 망가질 거예요." 그는 아무렇지도 않은 듯이 말했지만 그녀는 폴이 태연한 척 애쓰는 것을 알 수 있었다.

"물속에 넣어!" 그녀가 말했다.

폴은 어머니의 말에 따랐다.

곧 그녀가 말을 이었다. "손을 빼. 그건 물속에 내버려두고."

그는 손을 꺼내 물기를 털면서 물속에 죽은 듯이 가만히 있는 탐색기를 바라보았다. 제시카는 나무줄기를 꺾어 그 치명적인 은빛 금속을 쿡 쿡 찔러보았다.

탐색기는 꼼짝도 하지 않았다.

그녀는 나무줄기를 물속에 그냥 버리고 폴을 바라보았다. 폴은 아주 주의 깊게 방 안을 살펴보고 있었다. 그녀는 지금 폴이 베네 게세리트 방법을 이용해서 집중하고 있다는 것을 알 수 있었다.

"이런 방에는 무슨 물건이든 숨길 수 있겠어요." 폴이 말했다.

"이 방은 안전해. 그렇게 믿을 만한 이유가 있다."

"제 방도 안전하다고 했어요. 하와트가……."

"저 물건은 사냥꾼 탐색기야." 그녀는 그의 주의를 일깨웠다. "그건 누군가 집 안에 있는 사람이 저 물건을 조종했다는 뜻이지. 탐색기 조종 전파가 미치는 거리에는 한계가 있으니까. 어쩌면 하와트가 조사를 마친 후에 누군가가 몰래 저 물건을 설치한 것인지도 몰라."

그러나 그녀는 머릿속으로 나뭇잎의 메시지를 생각하고 있었다. '……신뢰하던 동료나 부하의 배신……. 틀림없이 하와트는 아니야. 아, 분명히 하와트는 아닐 거야.'

"하와트의 부하들이 지금 집 안을 수색하고 있어요." 폴이 말했다. "나를 깨우러 왔던 여자가 하마터면 저 탐색기에 당할 뻔했어요."

"샤도우트 메입스 말이로구나." 제시카가 말했다. 계단에서 그녀를 만났던 일이 생각났다. "네 아버지가 너를 부르러……."

"그건 나중에 가도 돼요. 어머니는 왜 이 방이 안전하다고 생각하시는 거예요?"

그녀는 탁자 위의 메모판을 가리키며 설명을 해주었다.

그러자 폴은 약간 긴장을 풀었다.

그러나 제시카는 여전히 속으로 긴장하고 있었다. '사냥꾼 탐색기라니! 세상에!' 발작하듯 떨리는 몸을 억누르기 위해 그녀는 지금까지 베네 게세리트로서 배운 모든 방법들을 동원해야 했다.

폴이 명백한 사실을 발표하는 사람처럼 말했다. "하코넨이에요. 틀림 없어요. 그런 놈들은 완전히 파멸시켜 버려야 해요."

누군가가 에어록 문을 두드렸다. 하와트의 부하들이 암호로 사용하는 노크 소리였다.

"들어와요." 폴이 말했다.

문이 활짝 열리더니 키 큰 남자가 몸을 기울여 방 안을 들여다보았다. 그는 아트레이데스 가문의 제복을 입고 하와트 부대의 상징이 달린 모자를 쓰고 있었다. "여기 계셨군요. 시녀장에게서 두 분이 여기 계실 거라는 말을 들었습니다." 그는 방 안을 재빨리 둘러보았다. "어떤 남자가 지하실에 돌무덤 같은 걸 만들어놓고 그 안에 숨어 있는 걸 발견했습니다. 그놈이 탐색기 조종기를 갖고 있었어요."

"그 사람을 신문하는 데 나도 참석하겠어요." 제시카가 말했다.

"죄송합니다, 부인. 그놈을 붙잡는 과정에서 좀 곤란한 일이 일어났거든요. 그놈이 죽어버렸습니다."

"그의 정체를 확인할 물건 같은 건 없었나요?"

"아직은 아무것도 발견하지 못했습니다, 부인."

"아라킨의 원주민이었나요?" 폴이 물었다.

제시카는 폴의 기민한 질문에 고개를 끄덕였다.

"외모는 원주민이었습니다. 보아하니 한 달도 전에 그 돌무덤 속에 들어가서 우리를 기다리고 있었던 모양입니다. 그놈이 지하실로 들어가기 위해 구멍을 뚫었던 부분의 벽돌과 모르타르를 어제 저희가 조사했을 때는 아무도 손을 댄 흔적이 없었거든요. 저의 명예를 걸고 보증할 수 있습니다."

"당신의 철저함에 대해선 아무도 의심하지 않아요." 제시카가 말했다.

"제가 저 자신을 나무라고 있습니다, 부인. 음파 탐침을 사용했어야 하는 건데."

"그럼 지금 음파 탐침으로 조사하고 있겠군요." 폴이 말했다.

"그렇습니다."

"아버지에게 우리가 좀 늦어질 것 같다고 전해 줘요."

"즉시 시행하겠습니다." 그가 제시카를 흘끗 바라보았다. "하와트 님께서 지금 상황이 이러하니 도련님을 안전한 장소로 모시고 호위하라는 명령을 내리셨습니다." 그는 다시 한번 방 안을 눈으로 훑었다. "여기는 어떻습니까?"

"이곳은 안전해요. 하와트와 내가 모두 조사를 해보았으니까." 제시카가 말했다.

"그럼 제가 밖에서 경비를 서겠습니다, 부인. 집 안을 한 번 더 수색할 때까지요." 그는 허리를 숙여 절을 하고, 폴을 향해서는 경례를 한 다음 밖으로 나가 문을 닫았다.

폴이 갑자기 내려앉은 침묵을 깼다. "나중에 우리가 직접 집 안을 수색하는 게 좋지 않을까요? 어머니라면 다른 사람들이 미처 보지 못한 것을 볼 수도 있을 것 같은데."

"내가 조사하지 않은 곳은 여기 관저밖에 없었어. 여길 조사하는 걸 제일 마지막으로 미뤄놓았지. 왜냐하면……."

"하와트가 직접 이 관저를 조사했으니까."

그녀는 의문이 담긴 눈으로 재빨리 폴의 얼굴을 바라보았다.

"너 하와트를 믿지 않는 거니?" 그녀가 물었다.

"아뇨. 하지만 아저씨도 이제 나이가 들었고…… 일도 너무 많으니까요. 우리가 아저씨의 짐을 좀 덜어줄 수도 있을 거예요."

"그건 하와트에게 수치심을 안겨주고 그의 효율성을 떨어뜨릴 뿐이야. 그가 이 얘기를 듣고 나면 길 잃은 벌레 한 마리도 관저로 마음대로 들어오지 못할 거다. 아마 너무 수치스러워서……."

"그래도 우리가 직접 조치를 취해야 돼요."

"하와트는 아트레이데스 가문 3대를 위해 명예롭게 봉사해 왔어. 그는 우리에게서 최고의 존경과 신뢰를 받을 자격이 있다……. 아니, 그것만으로는 부족하지."

"아버지는 어머니가 해놓은 일 중에서 마음에 들지 않는 게 있을 때면 욕을 하듯이 '베네 게세리트!'라고 말해요."

"그래, 나의 어떤 점이 네 아버지의 마음에 들지 않는데?"

"어머니가 아버지 말에 반박하는 거요."

"넌 네 아버지가 아냐, 폴."

폴은 생각했다. '이런 말을 들으면 어머니가 걱정하시겠지만 그 메입스라는 여자가 우리 중에 반역자가 있다고 말한 걸 알려드려야 해.'

"뭘 감추고 있는 거니? 이건 너답지 않아, 폴."

그는 어깨를 으쓱하고는 메입스와 나눴던 이야기를 어머니에게 들려줬다.

제시카는 나뭇잎에 새겨져 있던 암호문을 다시 생각했다. 그리고 순간적으로 결정을 내려 폴에게 나뭇잎을 보여주며 암호문의 내용을 설명해주었다.

"당장 아버지한테 알려야겠어요. 제가 이 나뭇잎을 방사선 사진으로 찍어서 가져갈게요."

"안 돼. 아버지가 혼자 계실 때까지 기다려야 해. 이것에 대해 아는 사람은 적을수록 좋으니까."

"아무도 믿어서는 안 된단 말씀이세요?"

"또 다른 가능성이 있지. 이 메시지가 우리를 잡는 수단일 수도 있다는 것. 이것을 남겨놓은 사람은 이 내용이 사실이라고 믿었을지도 모르지만 어쩌면 이 메시지를 우리에게 전하는 것이 이 암호문의 유일한 목적이었을 수도 있다."

폴은 계속해서 침울한 표정이었다. "우리들 사이에 불신과 의심의 씨앗을 뿌려 우리를 약화시키려는 거군요."

"반드시 아버지하고 단둘이 있을 때 그런 측면에 대해서도 말씀드려야 해."

"알겠어요."

그녀는 높이 솟아 있는 유리 필터로 시선을 돌려 아라키스의 태양이 지고 있는 남서쪽을 바라보았다. 태양은 절벽 위에 뜬 노란색 공 같았다.

폴이 그녀를 따라 시선을 돌리며 말했다. "저 역시 하와트가 범인이라고는 생각하지 않아요. 혹시 유에일까요?"

"그 사람은 부하도 동료도 아냐. 게다가 그 사람이 우리 못지않게 하코넨을 증오하고 있다는 점만은 자신 있게 말할 수 있어."

폴은 다시 절벽을 바라보며 생각했다. '거니도 아냐…… 던컨도 아니고. 하급 장교들 중 한 명일까? 아냐, 그럴 리 없어. 전부 여러 대에 걸쳐 우리에게 충성한 가문 출신인걸. 게다가 그 가문들이 우리에게 충성하는 데에는 다 이유가 있어.'

제시카는 이마를 문질렀다. 피곤했다. '여긴 너무 위험해!' 그녀는 유리 필터 때문에 노랗게 보이는 풍경을 바라보았다. 공작의 저택 너머에 높은 울타리를 둘러친 야적장이 펼쳐져 있었다. 스파이스 저장고가 줄지어 늘어서 있고, 다리가 긴 경계탑들이 깜짝 놀란 거미처럼 그 주위를 둘러싸고 있었다. 방어벽의 절벽이 있는 곳까지, 분지에 점점이 흩어져 있는 저장고 야적장이 적어도 스무 개는 되는 것 같았다.

유리 필터를 통해 보이는 태양이 천천히 지평선 아래로 몸을 숨겼다. 별들이 모습을 드러냈다. 그녀는 지평선에 아주 낮게 떠서 분명하고 정확한 박자로 깜박이는 밝은 별 하나를 보았다. 그 별빛이 가볍게 떨렸다. 깜박, 깜박, 깜박, 깜박…….

어스름이 깔린 방 안에서 그녀 옆에 서 있던 폴이 몸을 꼼지락거렸다.

그러나 제시카는 밝게 빛나는 그 별에 주의를 집중하며 그것의 위치가 지나치게 낮다는 것을 깨달았다. 그것은 별이 아니라 방어벽의 절벽에서 나온 빛이었다.

'누군가가 신호를 보내고 있어!'

그녀는 신호에 담긴 메시지를 읽으려고 애썼다. 그러나 그녀가 배운 암호 중에 그런 암호는 없었다.

절벽 아래의 평원에서도 하나둘씩 불빛이 켜지고 있었다. 작고 노란 불빛들이 푸르스름하게 어둑한 하늘을 배경으로 띄엄띄엄 빛나고 있었다. 그때 왼쪽에 있던 불빛 하나가 점점 밝아지더니 절벽에서 나오는 그 빛을 향해 깜박이기 시작했다. 그 속도가 아주 빨랐다. 밝게 반짝였다가, 희미해졌다가, 다시 깜박!

그리고 사라져버렸다.

절벽에서 나온 가짜 별빛도 즉시 사라졌다.

신호들……. 그들이 뭔가를 예고하는 듯했다.

'왜 분지 너머로 신호를 보내는 데 빛을 사용한 것일까? 왜 통신망을 사용하지 않았지?'

답은 분명했다. 지금쯤이면 레토 공작의 부하들이 틀림없이 통신망을 장악했을 것이다. 그렇다면 빛으로 신호를 주고받은 사람들은 공작의 적이라는 얘기였다. 하코넨의 공작원들.

뒤쪽에서 문 두드리는 소리가 나더니 하와트의 부하라던 남자의 목소리가 들려왔다. "모두 안전한 것으로 확인되었습니다, 도련님, ······부인. 이제 도련님을 공작님께 모시고 가겠습니다."

∋⊗⊱

사람들은 레토 공작이 아라키스의 위험 앞에서 스스로 눈을 가려버리고 경솔하게 함
정 속으로 걸어 들어갔다고 말한다. 그러나 그가 극단적인 위험 속에서 살아온 기간
이 너무나 길었기 때문에 위험의 강도가 바뀐 것을 잘못 판단했다고 보는 편이 더 사
실에 가깝지 않을까? 아니면 혹시 그가 아들의 더 나은 장래를 위해 일부러 스스로를
희생시킨 걸까? 모든 증거들은 공작이 쉽게 속임수에 넘어가는 사람이 아니었음을
보여주고 있다.

—이룰란 공주의 『무앗딥: 가족 회고록』

레토 아트레이데스 공작은 아라킨 외곽의 착륙장 관제탑 난간에 몸을
기댔다. 오늘 밤의 **첫 번째 달***이 남쪽 지평선 위 높은 곳에 은화처럼 걸
려 있었다. 그 아래에서는 방어벽의 뾰족뾰족한 절벽들이 안개처럼 퍼
져 있는 흙먼지를 뚫고 바짝 마른 사탕처럼 빛났다. 왼쪽에서는 아라킨
의 불빛들이 엷은 안개 같은 흙먼지 속에서 빛나고 있었다. 노란색······
하얀색······ 푸른색.
　그는 이 행성의 모든 인구 조밀 지역에 발표된 자신의 서명이 들어간
통지문을 생각했다.

우리의 고귀하신 패디샤 황제께서 내게 이 행성의 소유권을 취해 모든 분쟁을 종결짓는 일을 위임하셨다.

이 딱딱하고 형식적인 문구가 그에게 고독감을 불어넣었다. '그런 말도 안 되는 딱딱한 문구에 누가 속아 넘어갈까? 프레멘은 아니야, 분명히. 아라키스의 내부 교역을 장악했던 **소가문***들도 역시 아니야…… 그리고 하코넨 사람들은 거의 모두 아니겠지. 그놈들이 내 아들의 목숨을 빼앗으려고 했어!'

분노를 억누르기가 힘들었다.

차량의 불빛이 아라킨 쪽에서 착륙장을 향해 다가오는 것이 보였다. 경비병들이 수송차로 폴을 데려오는 것이라면 좋겠다는 생각이 들었다. 하와트의 부하 장교가 만전을 기하기 위해 폴의 출발을 늦추었다는 사실을 아는데도 견디기가 힘들었다.

'그놈들이 내 아들의 목숨을 빼앗으려고 했어!'

그는 분노를 몰아내기 위해 머리를 흔들며 착륙장을 바라보았다. 그곳에는 그의 소유인 프리깃함 다섯 척이 똑같이 생긴 보초병들처럼 가장자리를 따라 배치되어 있었다.

'출발을 늦추더라도 조심하는 편이 낫지…….'

그는 하와트의 부하 장교가 유능한 사람이라는 사실을 자신에게 다시 일깨웠다. 그는 이미 출세가 보장되어 있었고 충성심 또한 완벽한 사람이었다.

'우리의 고귀하신 패디샤 황제…….'

이 쇠락한 군사 도시의 사람들이 황제가 '고귀한 공작'에게 보낸 개인적인 편지를 볼 수만 있다면. 베일을 쓴 이곳 사람들에 대한 그 경멸적인 언사들. '……파우프레루체스라는 질서 정연하고 안전한 시스템에서 벗어나 사는 것이 가장 커다란 꿈인 야만인들에게서 달리 무엇을 기대할 수 있겠소?'

공작은 모든 계급 구분에 종지부를 찍고 다시는 이 끔찍한 질서에 대해 생각할 필요가 없게 되는 것이 지금 이 순간 자신의 가장 커다란 꿈인 것 같다고 생각했다. 그는 고개를 들어 흙먼지 안개 너머 별들을 바라보았다. '저 작은 별들 중에 칼라단의 태양도 있겠지……. 하지만 난 결코 다시는 고향을 보지 못할 거야.' 칼라단에 대한 그리움 때문에 갑자기 가슴이 아파왔다. 그러나 그 통증은 그의 내부에서 시작된 것이 아니라 칼라단에서 시작되어 그에게까지 이른 것처럼 느껴졌다. 그는 건조한 황무지밖에 없는 이 아라키스를 도저히 고향으로 생각할 수 없었다. 그리고 그건 앞으로도 마찬가지일 것 같았다.

'내 감정을 숨겨야 해. 폴을 위해서. 그 아이에게 고향이 될 수 있는 곳은 여기밖에 없어. 설사 내가 아라키스를 미처 죽기도 전에 도착한 지옥 같은 곳으로 생각하더라도 그 아이는 이곳에서 정을 붙일 수 있는 것을 찾아야 해. 여기에도 분명히 뭔가가 있을 거야.'

자기 연민이 파도처럼 일었지만, 그는 진저리를 치며 즉시 거부해 버렸다. 무슨 이유에서인지 거니 할렉이 자주 읊던 시구가 생각났다.

나의 허파가 떨어져 내리는 모래를 지나 불어온
시간의 공기를 맛본다…….

'뭐, 거니가 여기서는 떨어져 내리는 모래를 수없이 보게 되겠군.'
달빛이 내려앉은 절벽 너머는 사막이었다. 불모의 바위와 모래언덕,

바람에 날리는 흙먼지, 아무도 발을 들여놓은 적이 없는 메마른 황무지. 그리고 그 사막의 가장자리를 따라 프레멘들이 여기저기 무리를 지어 살고 있었다. 어쩌면 그 전체에 흩어져 있을지도 몰랐다. 아트레이데스 가문의 미래를 보장해 줄 수 있는 게 있다면, 아마 프레멘일 것이다.

물론 그것은 하코넨이 그 사악한 음모로 프레멘에게까지 물들이지 않았다고 가정했을 때의 얘기였다.

'그놈들이 내 아들의 목숨을 빼앗으려고 했어!'

금속이 긁히는 듯한 소리가 관제탑 전체에 울리면서 팔 밑의 난간이 진동했다. 그의 눈앞으로 방폭 셔터가 내려오면서 시야를 가렸다.

'왕복선이 들어오고 있는 모양이군. 내려가서 일할 시간이야.' 그는 뒤쪽 계단으로 돌아서서 아래층의 커다란 회의실로 향했다. 계단을 내려가면서 그는 마음을 가라앉히고 사람들을 맞이하기에 적합한 표정을 하려고 애썼다.

'그놈들이 내 아들의 목숨을 빼앗으려고 했어!'

그가 노란색 둥근 천장이 있는 방에 도착했을 때 부하들은 벌써 착륙장에서 떼지어 안으로 들어오고 있었다. 그들은 우주 가방을 어깨에 둘러메고 방학을 마치고 돌아오는 학생들처럼 소리를 지르고 법석을 떨었다.

"야! 너 발밑에서 그거 느꼈어? 그게 바로 중력이라는 거다, 알겠어?"

"여긴 중력이 얼마나 되는 거지? 몸이 무거워."

"표준 중력의 10분의 9야."

부하들이 주고받는 말들이 커다란 방 안을 가득 채웠다.

"내려올 때 이 끔찍한 곳을 똑똑히 봤나? 이 행성에 있다는 그 많은 전리품들은 다 어디로 간 거지?"

"하코넨이 가져간 거야!"

"난 뜨거운 샤워랑 푹신한 침대만 있으면 돼!"

"얘기 못 들었냐, 멍청아? 여기서는 샤워 못 해. 모래로 엉덩이를 문질러야 한다고!"

"야! 조용히 해! 공작님이셔!"

공작은 계단을 내려와 갑자기 조용해진 방 안으로 들어섰다.

거니 할렉이 어깨에 가방을 둘러메고 사람들 맨 앞에 서서 성큼성큼 걸어왔다. 가방을 메지 않은 쪽 손에는 아홉 줄의 발리세트를 쥐고 있었다. 손가락은 길고 엄지손가락은 커다랬다. 그는 그 손의 자그마한 움직임들로 발리세트에서 섬세한 음악을 끌어내곤 했다.

공작은 할렉을 지켜보며, 못생기고 땅딸막한 그의 모습에 경탄했다. 길쭉하게 쪼개진 유리 같은 그의 눈이 야성적이면서도 지혜롭게 빛났다. 그는 파우프레루체스의 모든 규칙을 준수하면서도 그 제도 밖에서 살고 있었다. 폴이 거니에게 붙여준 별명이 뭐였더라? 용사 거니.

할렉의 숱이 적은 금발이 머리카락이 듬성듬성한 부분을 덮고 있었다. 그의 커다란 입에는 기분 좋은 웃음이 매달려 있었고, 잉크덩굴 채찍으로 맞아서 생긴 턱의 흉터는 스스로 살아 움직이는 것 같았다. 그는 언제나 태평했으며 노력하는 사람이었다. 그가 공작에게로 다가와 몸을 숙여 인사했다.

"안녕한가, 거니." 레토가 말했다.

"공작님." 그는 발리세트로 방 안에 있는 사람들을 가리켜 보였다. "이 놈들이 마지막입니다. 전 맨 처음 출발한 선발대와 함께 오고 싶었지만……."

"자네를 위해서 아직 하코넨을 남겨뒀네. 나랑 어디 가서 얘기 좀 하지, 거니."

"분부만 내리십시오, 공작님."

두 사람은 물 기계 옆의 우묵한 곳으로 자리를 옮겼다. 방 안에서는 사람들이 들떠서 웅성거리고 있었다. 할렉은 가방을 구석에 내려놓았지만 발리세트는 계속 쥐고 있었다.

"하와트한테 몇 명이나 빌려줄 수 있나?" 공작이 물었다.

"투피르에게 문제가 있습니까, 각하?"

"그가 잃어버린 부하는 두 명밖에 안 돼. 하지만 그의 선발대가 여기 하코넨의 함정에 대해 훌륭한 정보를 알려주었네. 빨리 움직인다면 어느 정도 안전을 확보할 수 있을 거야. 숨 쉴 틈도 좀 생기겠지. 하와트는 가능한 한 많은 인력을 원하고 있네. 웬만한 칼부림 정도로는 꿈쩍도 하지 않는 사람들로."

"최정예 부하 300명을 빌려줄 수 있습니다. 그 녀석들을 어디로 보낼까요?"

"중앙 문으로. 하와트의 부하가 거기서 기다리고 있을 걸세."

"지금 즉시 시행할까요, 각하?"

"조금 있다가. 문제가 하나 더 있어. 착륙장 지휘관이 핑곗거리를 만들어 왕복선을 새벽까지 여기 붙들어둘 걸세. 우리를 여기까지 데려다준 조합의 하이라이너는 자기 일을 보러 갈 것이고, 왕복선은 스파이스를 실을 예정인 화물선과 연락하도록 되어 있지."

"우리의 스파이스입니까, 공작님?"

"그래. 하지만 왕복선에는 구정권하에서 활동했던 스파이스 사냥꾼들도 일부 타게 될 거야. 그 사람들은 이곳 영지의 주인이 바뀌면서 떠나는 걸 선택했고 변화의 판관이 그걸 허락해 주었네. 그 사람들은 아주 쓸모가 많은 일꾼들일세, 거니. 800명쯤 되지. 왕복선이 떠나기 전에 자네가 그들 중 얼마라도 설득해서 우리 편으로 만들어 봐."

"설득의 강도는 어느 정도로 할까요, 각하?"

"나는 그 사람들의 자발적인 협조를 원하네, 거니. 그들은 우리에게 필요한 경험과 기술을 갖고 있어. 그 사람들이 이곳을 떠난다는 사실은 그들이 하코넨 세력이 아니라는 걸 시사하지. 하와트는 하코넨이 일부러 심어놓은 공작원도 그 안에 섞여 있을 거라고 믿지만 그 친구는 원래 어두운 곳만 보면 암살자가 숨어 있을 거라고 생각하는 사람이니까."

"그 덕분에 투피르가 정말로 암살자를 찾아낸 적도 많지 않습니까, 공작님."

"하지만 그가 찾아내지 못한 암살자도 있지. 어쨌든 나는 이곳을 떠나는 사람들 속에 정보원을 심어놓았을 거라는 생각은 하코넨의 능력을 너무 과대평가하는 것이라고 생각하네."

"그럴지도 모르죠, 각하. 그 사냥꾼들은 어디 있습니까?"

"아래층 대기실에 있네. 자네가 내려가서 우선 노래를 한두 곡 연주하는 게 어떤가. 그걸로 그 친구들 마음을 녹인 다음에 압력을 가하는 거야. 자격이 있는 사람들에겐 책임 있는 자리를 제의해도 좋네. 하코넨이 주던 것보다 20퍼센트 높은 임금을 주겠다고 해."

"그 이상은 안 되겠습니까, 각하? 제가 하코넨의 임금 수준을 압니다. 게다가 저 사람들은 지금 퇴직금을 두둑하게 챙겼을 테고 방랑벽까지 있는 친구들이니……. 각하, 20퍼센트 정도로는 저 친구들을 붙잡아 두기가 어려울 것 같은데요."

레토가 초조하게 말했다. "그럼 자네가 알아서 재량권을 행사해 봐. 단우리 금고가 화수분이 아니라는 것만 기억하게. 가능하면 20퍼센트로 묶어둬. 우리한테 특히 필요한 건 **스파이스 조종사***, **기상 관측원***, **듄맨***

이야. 야외 모래밭에서 작업한 경험이 있는 사람이라면 누구든 좋네."

"알겠습니다, 각하. '그들은 모두 폭력을 위해 올 것이다. 그들의 얼굴이 동풍을 맛보고, 그들은 모래에 붙잡힌 것을 모으리라.'"

"아주 감동적인 말이군. 자네 부하들을 장교에게 넘기게. 물 규칙에 대해 간단히 훈련을 시키고 착륙장 옆에 있는 막사에 잠자리를 마련해 주라고 해. 착륙장 직원들이 알아서 해줄 걸세. 하와트에게 주기로 한 자네 부하들도 잊지 말고."

"최정예 300명 말씀이시죠? 알고 있습니다." 할렉은 자신의 우주 가방을 집어 들었다. "자잘한 일들을 끝내고 공작님께 보고를 드리려면 어디로 가야 합니까?"

"이곳 위층의 회의실이 내 방일세. 그곳에 참모들이 모여 있을 거야. 난 무장 분대가 앞장을 서는 새로운 부대 배치 방안을 마련할 생각일세."

할렉은 몸을 돌리려다가 멈춰 서더니 레토의 눈을 보며 말했다. "그 정도로 문제가 있을 거라고 생각하시는 겁니까, 각하? 이곳에 변화의 판관이 있는 줄 알았는데요."

"공개적인 전투와 비밀스러운 전투가 모두 벌어질 걸세. 우리가 이곳을 완전히 장악할 때까지 아주 많은 피가 흐르게 될 거야."

"'그대가 강에서 빼앗아 온 물이 마른 땅 위에 피가 되리라.'" 할렉이 어디선가 나온 말을 인용했다.

공작은 한숨을 쉬었다. "서둘러 돌아오게, 거니."

"알겠습니다, 공작님." 채찍의 흉터가 그의 미소에 물결처럼 꿈틀거렸다. "'보라, 사막의 거친 나귀처럼 나는 나의 임무를 위해 나아가노라.'"

그는 다시 한번 누군가의 말을 인용하더니 몸을 돌려 성큼성큼 방의 중앙으로 걸어갔다. 그리고 잠시 걸음을 멈추고 공작의 명령을 부하들에게 전달한 다음 서둘러 사람들 사이를 빠져나갔다.

레토는 멀어져가는 할렉의 등을 바라보며 고개를 저었다. 할렉은 언제나 놀라운 사람이었다. 그의 머리는 노래와 인용문과 꽃처럼 화려한 문구들로 가득 차 있었다. 그리고 하코넨과 상대할 때가 되면 그는 암살자의 가슴을 가진 사람이 되었다.

이윽고 레토는 부하들의 경례에 간단히 손을 흔들어 대답하면서 천천히 방을 대각선으로 가로질러 승강기가 있는 곳으로 향했다. 선전대 병사 한 명이 그의 앞에서 걸음을 멈추고 통신 채널을 통해 병사들에게 전달될 메시지를 읽어주었다. 아내와 애인을 데리고 온 병사들에게 여자들이 안전하다는 사실과 그들이 지금 어디에 있는지를 알려주는 내용이었다. 또한 여자를 데리고 오지 않은 병사들을 위해 이곳의 주민들 중에 남자보다 여자가 더 많다는 내용도 포함되어 있었다.

공작은 선전대 병사의 팔을 툭 쳤다. 모든 일을 제치고 그 메시지를 지금 당장 통신 채널로 방송하라는 뜻이었다. 공작은 다시 승강기로 걸어가며 병사들을 향해 고개를 끄덕이고 미소를 지어주었다. 한 하급 장교와 농담을 주고받기도 했다.

'지휘관은 항상 자신감 있는 모습을 보여주어야 해. 아무리 아슬아슬한 상황에서도 흔들리는 모습을 보이지 않아야 부하들의 신뢰를 얻을 수 있는 법이지.'

그는 빨려들 듯이 승강기에 타고 나서야 안도의 한숨을 내쉬며 무심한 승강기 문을 바라보았다.

'그놈들이 내 아들의 목숨을 빼앗으려고 했어!'

아라킨 착륙장의 출구 위에는 형편없는 도구로 서툴게 새긴 듯한 글귀가 있었다. 무 앗딥이 살아가면서 몇 번이고 마음속으로 되새기게 될 글이었다. 그는 아라키스에 도착한 첫날 밤 이 글을 보았다. 아버지가 주재하는 첫 총참모 회의에 참석하러 공작 사령부에 왔을 때였다. 그 글귀는 아라키스를 떠나는 사람들을 향한 탄원이었다. 그 러나 바로 조금 전 아슬아슬하게 죽음을 피한 소년의 눈에 이 글은 어두운 의미로 다 가왔다. 그 글의 내용은 이러했다. '오, 우리가 여기서 겪는 고통을 아는 그대여, 그대 의 기도 속에서 우리를 잊지 마오.'

—이룰란 공주의 『무앗딥에 대한 안내서』

"전쟁의 위험은 이미 계산 속에 포함되어 있던 거다. 하지만 정작 자기 가족이 위험에 처할 순간이 되면, 계산이라는 요소는…… 다른 것들 속 으로 가라앉아 버리지."

공작은 자신이 분노를 잘 억제하지 못하고 있음을 알고 있었다. 그는 몸을 돌려 기다란 탁자를 따라 성큼성큼 걸어갔다가 다시 원래의 자리 로 돌아왔다.

현재 착륙장의 회의실에 있는 사람은 공작과 폴뿐이었다. 이 방은 텅 빈 방처럼 소리가 울렸다. 방 안에 가구라고는 기다란 탁자와 거기에 빙 둘러 놓여 있는 다리 세 개짜리 구식 의자들, 그리고 방 한쪽 끝에 있는 지도판과 영사기뿐이었다. 폴은 지도판과 가까운 쪽에 앉아 있었다. 이미 아버지에게 사냥꾼 탐색기에 관한 일과 반역자에 대한 보고를 마친 다음이었다.

공작은 폴의 건너편에서 걸음을 멈추고 탁자를 주먹으로 두드렸다. "하와트는 집이 안전하다고 했어!"

폴이 머뭇거리며 입을 열었다. "저도 화가 났어요. 처음에는요. 그리고 하와트를 탓했죠. 하지만 그 공격은 집 밖에서 온 거예요. 그건 단순하고 교묘하고 직접적인 공격이었어요. 만약 제가 아버지와 다른 사람들에게서 훈련을 받지 않았더라면 그 공격은 성공했을 거예요. 저를 훈련시킨 사람들 중에는 하와트도 있어요."

"지금 그를 두둔하는 거냐?" 공작이 물었다.

"네."

"하와트도 이제 늙었다. 바로 그거야. 그는······."

"아저씨는 경험이 많기 때문에 현명해요. 아버지 기억에 하와트가 실수한 적이 몇 번이나 되죠?"

"지금 그를 두둔할 사람은 나야, 네가 아니라."

폴은 미소를 지었다.

레토는 탁자 상석에 앉아 아들의 손에 자기 손을 올려놓았다. "너 요즘······ 많이 성숙해졌구나, 아들아." 그는 손을 뗐다. "그 모습을 보니 기쁘다." 그는 아들을 따라 미소를 지었다. "하와트는 스스로를 벌할 거다. 우리 둘이 그에게 아무리 분노를 퍼붓는다 해도, 그가 자기에게 쏟아붓는 분노가 더 클 거야."

폴은 지도판 너머 어두워진 창문으로 밤의 어둠을 바라보았다. 바깥의 발코니 난간에 방 안의 불빛이 반사되고 있었다. 그때 뭔가 움직이는 것이 눈에 들어왔다. 폴은 그 움직이는 물체가 아트레이데스의 제복을 입은 경비병이라는 것을 알아보았다. 그는 다시 시선을 돌려 아버지 뒤쪽의 하얀 벽을 바라보다가 반짝이는 탁자 위로 시선을 떨어뜨렸다. 움켜쥔 자신의 손이 탁자 위에 있었다.

공작의 반대편에 있는 문이 큰 소리를 내며 열렸다. 그 어느 때보다 늙고 지친 모습의 투피르 하와트가 그 문을 통해 성큼성큼 들어왔다. 그는 탁자 옆을 지나 레토 앞에 차려 자세로 섰다. 그가 공작의 머리 위 허공을 바라보며 말했다. "공작님, 제가 공작님을 실망시켜 드렸다는 사실을 조금 전에 알았습니다. 사임을……."

"나 참, 바보짓 그만하고 자리에 앉게." 공작은 손으로 폴 건너편의 의자를 가리켜 보였다. "자네가 저지른 실수라면 하코넨을 과대평가한 것밖에 없어. 그놈들은 생각이 단순해서 단순한 술수를 생각해 냈지. 우린 단순한 술수를 계산에 넣지 않았고. 게다가 지금 내 아들이 자기가 이번에 무사할 수 있었던 데에는 자네의 훈련이 큰 역할을 했다는 사실을 애써 설명하던 참이었네. 그 부분에서는 자네가 날 실망시키지 않았어!" 그는 빈 의자의 등받이를 손으로 두드리며 말을 이었다. "앉아, 어서!"

하와트는 털썩 의자에 주저앉았다. "하지만……."

"그 얘기는 그만하게. 이미 지나간 일이야. 그보다 더 시급한 일들이 많네. 다른 사람들은 어디 있나?"

"밖에서 기다리라고 했습니다……."

"들어오라고 하게."

하와트는 레토의 눈을 똑바로 바라보았다. "각하, 저는……."

"진정한 내 편이 누군지 나는 알고 있네, 투피르. 다들 불러들여."

하와트는 마른침을 꿀꺽 삼켰다. "당장 시행하겠습니다, 공작님." 그는 의자에 앉은 채 몸을 획 돌려 열려 있는 문을 향해 소리쳤다. "거니, 모두 데리고 들어와."

할렉이 줄지어 늘어선 사람들을 이끌고 방 안으로 들어왔다. 먼저 무시무시할 정도로 심각한 표정의 참모들이 들어오고, 왠지 열의에 차 있는 듯한 젊은 보좌관과 전문가 들이 그 뒤를 이었다. 사람들이 앉으면서 의자가 바닥에 끌리는 소리가 잠깐 방 안을 울렸다. 커피와 같은 각성제인 **라샤그*** 냄새가 탁자 위에 희미하게 떠돌았다.

"원하는 사람들을 위해 커피가 마련되어 있다." 공작이 말했다.

그는 자신의 부하들을 둘러보며 생각했다. '좋은 부하들이야. 이런 싸움에서 이 정도라도 유지하고 있는 걸 보면.' 그는 옆방에서 커피가 날라져 오는 동안 이 자리에 모인 몇몇 사람들의 얼굴에 피곤이 묻어 있음을 알아차렸다.

이윽고 그는 조용하고 유능한 지휘관다운 표정을 가면처럼 뒤집어쓰고 자리에서 일어나 사람들의 주의를 모으기 위해 탁자를 똑똑 두드렸다.

"우리 문명이 침략하는 습관에 너무 길들어 있기 때문에 우리 역시 제국의 간단한 명령을 수행하면서도 자꾸만 습관적인 행동을 하게 되는 것 같군."

탁자 주위에 둘러앉은 사람들 사이에서 메마른 웃음이 일었다. 폴은 아버지가 분위기를 밝게 만들기 위해 꼭 필요한 말을 꼭 필요한 어조로 했다는 사실을 깨달았다. 아버지의 목소리에 묻어 있는 피곤기조차 딱 알맞았다.

"우선 투피르가 프레멘에 대해 제출한 보고서에다 덧붙일 말이 있는

지 알아보는 게 좋겠어. 투피르?"

하와트가 시선을 들며 말했다. "전반적인 상황에 대해 보고를 드린 후 몇 가지 경제적인 문제를 조사해 보았습니다. 이젠 프레멘이 우리에게 필요한 동맹이 되어줄 가능성이 점점 커지고 있다고 말씀드릴 수 있습니다. 그들은 지금 우리가 믿을 수 있는 사람들인지 확인할 때까지 기다리는 중입니다. 하지만 우리와의 협상에서는 솔직한 태도를 취하고 있는 것으로 보입니다. 그들이 우리에게 보낸 선물이 있습니다. 자기들이 만든 사막복과…… 하코넨이 남겨두고 간 방위 거점 주변의 사막 지도 등입니다." 하와트는 시선을 내려 탁자 위를 흘끗 바라보았다. "그들의 정보 보고서는 완벽하게 믿을 만한 것으로 증명되었으며 우리가 변화의 판관을 상대할 때 큰 도움이 되었습니다. 그들은 또한 우리에게 여러 가지 잡다한 물건들도 보냈는데, 레이디 제시카를 위한 패물과 스파이스로 빚은 술, 사탕, 약 등입니다. 지금 제 부하들이 그 물건들을 조사하고 있습니다. 하지만 속임수는 없어 보입니다."

"그 사람들이 당신 마음에 든 것 같군, 그렇지 않소?" 탁자 아래쪽에서 누군가가 말했다.

하와트는 질문을 던진 사람에게 고개를 돌렸다. "던컨 아이다호의 말에 의하면, 그들은 존경받아야 할 사람들이라고 했소."

폴은 아버지를 흘끗 쳐다본 다음 다시 하와트를 바라보며 용기를 내서 질문을 던졌다. "프레멘의 인구에 대해 새로운 정보가 있습니까?"

하와트가 폴을 바라보았다. "처리되는 음식량과 기타 증거들을 근거로, 아이다호는 자신이 방문한 동굴 단지가 모두 합해 1만 명 정도의 프레멘들로 이루어져 있다고 추정합니다. 그들의 지도자는 자기가 2000가구로 이루어진 **시에치***를 다스리고 있다고 말했답니다. 그런 시에치 공동체가 아주 많이 존재한다고 믿을 만한 근거가 있습니다. 이 공동체들은 모두 리에트라는 사람에게 충성하고 있는 것으로 보입니다."

"그건 처음 듣는 얘기로군." 레토가 말했다.

"어쩌면 제가 잘못 알고 있는 것일 수도 있습니다, 각하. 이 리에트라는 존재가 이 지역 사람들이 섬기는 신일 수도 있음을 암시하는 증거들이 있으니까요."

탁자 아래쪽에 앉아 있던 또 다른 사람이 헛기침을 하더니 질문을 했다. "그 사람들이 밀수업자들과 거래하는 것은 확실하오?"

"아이다호가 그 시에치에 있는 동안 한 밀수 카라반이 많은 양의 스파이스를 가지고 그곳을 출발했소. 그들은 짐을 나르는 짐승을 이용했는데, 앞으로 18일 동안 여행해야 한다고 말했다고 하오."

그러자 공작이 입을 열었다. "정세가 불안해지면서 밀수업자들의 활동이 한층 더 활발해진 것 같네. 이건 주의 깊게 살펴봐야 할 문제야. 우리 행성 바깥에서 면허 없이 활동하는 프리깃함들에 대해 지나치게 걱정할 필요는 없겠지. 그런 배들은 언제나 있었으니까. 하지만 그들이 우리의 감시망을 완전히 벗어난다면 그건 좋지 않네."

"무슨 계획이라도 있습니까, 각하?" 하와트가 물었다.

공작은 할렉에게 시선을 돌렸다. "거니, 파견대를 이끌고 이 신비스러운 사업가들과 접촉해 보게. 원한다면 파견대를 사절단이라고 불러도 좋아. 그들에게 공작령의 세금을 제대로 바치기만 한다면 내가 그들의 활동을 묵인하겠다고 전해. 여기 하와트의 추정에 의하면, 지금까지 그들의 활동에 부정한 방법들과 더 많은 전사들이 필요해져서 세금보다 네 배나 되는 비용이 들었다더군."

"황제가 이 소문을 듣게 되면 어쩌죠? 황제는 초암에서 거둬들이는 자기 몫의 이윤에 대해 아주 욕심이 많습니다, 공작님." 할렉이 물었다.

레토는 미소를 지었다. "우린 공작령의 세금 전액을 샤담 4세의 이름으로 공개적으로 은행에 예금할 걸세. 그리고 그 돈을 세금 징수 보조 경비에서 합법적으로 공제할 거야. 하코넨이 싸울 테면 싸우라지! 우리는 하코넨 체제하에서 배를 불렸던 이 지역 주민 몇 명을 더 파산시킬 작정일세. 부당한 뇌물은 더 이상 없어!"

할렉의 얼굴에 웃음이 떠올랐다. "아, 공작님, 정말 근사한 반칙이군요. 남작이 이 사실을 알았을 때 표정을 봐야 하는 건데."

공작은 하와트에게 시선을 돌렸다. "투피르, 자네가 살 수 있다고 했던 그 회계 장부들은 입수했나?"

"예, 공작님. 지금도 그 장부들을 자세히 조사 중입니다. 하지만 제가 대략 읽어본 것을 바탕으로 근사치를 말씀드릴 수는 있습니다."

"말해 보게."

"하코넨은 표준력으로 330일마다 이곳에서 100억 솔라리를 가져갔습니다."

탁자에 둘러앉은 사람들이 모두 헛바람을 들이켰다. 조금은 지루해 보이던 젊은 보좌관들조차 자세를 바로 하면서 휘둥그레진 눈으로 서로를 바라보았다.

"'그들이 바다의 풍부한 자원과 모래 속에 숨겨진 보물들을 빨아먹을 것이니.'" 할렉이 중얼거렸다.

"모두들 들었나? 하코넨이 단지 황제가 명령했다는 이유만으로 조용히 짐을 싸서 물러났다고 믿을 만큼 순진한 사람은 여기 없겠지." 레토가 말했다.

모두들 고개를 끄덕이며 수긍의 말들을 중얼거렸다.

"우리는 이 문제를 무력으로 해결해야 할 걸세." 레토는 하와트에게 시선을 돌렸다. "이제 설비에 대해 보고를 할 때가 된 것 같군. 하코넨이 우리에게 남겨놓고 간 **샌드크롤러***, **수확기***, **스파이스 제조기***, 기타 보조 장비들이 얼마나 되지?"

"변화의 판관이 감사한 제국 재고 목록에 기록된 것 모두입니다, 각하." 하와트가 말했다. 그는 보좌관에게 손짓을 해서 서류철을 넘겨받은 다음 자기 앞에 펼쳐놓았다. "그러나 그들은 크롤러 중 운행 가능한 것이 절반도 안 된다는 사실과 크롤러를 스파이스가 있는 지역으로 운반해 줄 **캐리올***이 크롤러의 약 3분의 1밖에 되지 않는다는 사실을 밝히지 않았습니다. 다시 말해서 하코넨이 우리에게 남겨주고 간 것은 모두 언제라도 망가져서 산산조각이 날 수 있는 상태입니다. 그 설비들 중 절반만이라도 작업에 투입할 수 있다면 다행입니다. 그리고 6개월 후에 그 설비들 중 4분의 1이라도 제대로 작동하고 있다면 정말로 운이 좋은 편이라고 생각해야 할 겁니다."

"예상했던 대로군. 기본 설비에 대한 확실한 평가는 어떤가?"

하와트는 서류철을 흘끗 바라보았다. "며칠 안으로 약 930개의 수확기들을 내보낼 수 있습니다. 그리고 조사, 정찰, 기후 관찰 등을 위해 사용할 수 있는 오니숍터는 약 6250대입니다…… 캐리올은 1000대가 조금 안 됩니다."

할렉이 말했다. "조합과 협상을 재개해서 프리깃함 한 척을 기후 위성으로 궤도에 올려놓는 허가를 받는 편이 비용이 더 싸게 먹히지 않을까요?"

공작은 하와트를 바라보았다. "그 문제에 대해선 아무 진전이 없지. 그렇지, 투피르?"

"지금으로서는 다른 방법을 찾는 수밖에 없습니다. 조합의 대리인은 사실상 우리와 협상을 한 것이 아닙니다. 그는 단지 멘타트 대 멘타트로서 프리깃함을 기후 위성으로 사용하는 가격이 우리가 감당할 수 없는 수준이며, 우리가 아무리 많은 돈을 벌어들여도 그 사실에는 변함이 없으리라는 사실을 분명하게 밝혔을 뿐입니다. 그와 다시 접촉하기 전에 그 이유를 알아내는 것이 지금 우리가 해야 할 일입니다."

탁자 아래쪽에 앉아 있던 할렉의 보좌관 한 명이 돌아앉으며 날카롭게 말했다. "이건 정의롭지 못해요!"

"정의?" 공작이 그를 바라보며 말을 이었다. "정의를 원하는 사람이 누가 있나? 우리의 정의는 우리 스스로 만들어나가는 걸세. 우리는 이곳 아라키스에서 우리의 정의를 만들 거야. 이기든가 아니면 죽는 것이 바로 우리의 정의지. 우리에게 운명을 건 것을 후회하나?"

그는 공작을 빤히 바라보다가 말했다. "아닙니다. 공작님은 이제 와서 돌아서실 수 없고, 저 역시 공작님의 뒤를 따르는 것 말고는 아무것도 할 수 없습니다. 제 갑작스러운 행동을 용서해 주십시오. 하지만⋯⋯." 그는 어깨를 으쓱했다. "⋯⋯사람은 누구나 씁쓸한 기분을 느낄 때가 있는 법입니다."

"씁쓸한 기분은 이해하네. 하지만 우리에게 무기가 있고, 그걸 사용할 자유가 있는 한 정의를 들먹이며 불평을 늘어놓아서는 안 돼. 혹시 이 자리에 있는 다른 사람들 중에도 그런 기분을 느끼는 사람이 있나? 그렇다면 지금 그 기분을 털어놓게. 이 자리는 우리 편 사람들끼리 모여 있는 회의석상이니 누구든 속 얘기를 해도 돼."

할렉이 자세를 바꾸면서 입을 열었다. "제 생각에 지금 가장 거슬리는 건 다른 대가문들 중에 우리를 돕겠다고 자진해서 나서는 곳이 없다는 사실입니다, 각하. 그들은 공작님을 '정의의 레토'라고 부르면서 영원한 우정을 약속하지만, 그건 자기들이 뭘 내놓을 필요가 없을 때뿐입니다."

"이번 일에서 누가 승자가 될지 아직 모르니 그러는 거지." 공작이 말했다. "대부분의 대가문들이 부유해진 건 위험을 무릅쓴 적이 거의 없었기 때문일세. 그 때문에 그들을 비난할 수는 없어. 경멸할 수는 있어도." 공작은 하와트에게 시선을 돌리며 말을 이었다. "아까 설비 얘기를 하고 있는 중이었지? 여기 모인 사람들이 이곳의 설비를 익힐 수 있게 몇 가지 예를 그림으로 보여줄 수 있겠나?"

하와트는 고개를 끄덕이며 영사기 옆의 보좌관에게 손짓을 했다.

공작에게서 조금 떨어진 곳의 탁자 표면에 **삼차원 영상***이 나타났다. 탁자 아래쪽에 앉아 있던 몇몇 사람들이 좀더 잘 보려고 자리에서 일어섰다.

폴은 몸을 앞으로 기울이며 영상 속의 기계를 뚫어지게 바라보았다.

기계 주위에 서 있는 영상 속 사람들의 조그마한 모습으로 미루어보아 기계의 길이는 120미터, 너비는 40미터쯤 되는 것 같았다. 그것은 기본적으로 독립적인 넓은 궤도 장치 위에서 움직이는 길고 곤충 같은 모양이었다.

"이것은 수확기입니다." 하와트가 말했다. "이 사진을 찍기 위해 우리는 특히 상태가 좋은 것을 골랐습니다. 이곳에 맨 처음으로 도착한 제국 생태학자들이 가지고 온 토사 굴착 장비도 있습니다. 그 기계는 아직 작동하고 있습니다만…… 그것이 어떻게…… 왜 움직이고 있는지는 잘 모르겠습니다."

"만약 이 기계가 이른바 '올드 마리아'라고 불리는 물건이라면, 지금쯤 박물관에 있어야 제격입니다." 한 보좌관이 말했다. "아무래도 하코넨은 인부들을 협박하기 위해 이 기계를 계속 갖고 있었던 것 같습니다. 일을 잘못하면 올드 마리아에 배치하겠다고 했겠죠."

탁자에 둘러앉은 사람들 사이에서 웃음이 일었다.

그러나 폴은 다른 사람들의 웃음소리에 신경을 쓰지 않고 오로지 눈앞의 영상만을 바라보며 마음속을 가득 채우고 있는 한 가지 의문에 주의를 집중했다. 그는 탁자 위의 영상을 가리키며 입을 열었다. "투피르, 이 기계를 한입에 삼킬 정도로 커다란 모래벌레도 있나요?"

탁자 주위에 즉시 침묵이 내려앉았다. 공작은 낮은 소리로 혀를 차다가 생각을 바꿨다. '아냐, 이 사람들도 이제 이곳의 현실을 똑바로 봐야 해.'

"사막 깊숙한 곳에는 이 기계를 한입에 삼켜버릴 수 있는 모래벌레들이 있습니다." 하와트가 말했다. "스파이스 채취 작업이 주로 이루어지는 방어벽 가까운 곳에는 이 수확기를 망가뜨릴 수 있는 모래벌레들이 살고 있습니다."

"그럼 왜 방어막으로 그 벌레들을 막지 않는 거죠?" 폴이 물었다.

"아이다호의 보고에 따르면, 사막에서는 방어막을 사용하는 것이 위험하답니다. 사람의 몸 크기만 한 방어막을 켜면 그 주위 수백 미터 이내에 살고 있는 모래벌레들이 모두 몰려듭니다. 아마도 방어막이 그들의 살육 본능을 일깨워서 광란 상태로 몰아넣는 것 같습니다. 이건 프레멘들이 우리에게 해준 말인데 그들의 말을 의심할 이유가 없습니다. 아이다호는 시에치에서 방어막 관련 장비를 전혀 보지 못했다고 했습니다."

"전혀?" 폴이 물었다.

"수천 명의 사람들이 살고 있는 곳에 그런 장비가 있다면 아마 숨기기가 매우 어려웠을 겁니다. 아이다호는 시에치에서 어느 곳이든 마음대로 출입할 수 있었습니다. 그런데도 방어막은 물론, 방어막이 사용되고 있는 흔적조차 보지 못했답니다."

"그것 이상한 일이군." 공작이 말했다.

"하코넨은 분명히 여기서 방어막을 아주 많이 사용했습니다. 그리고 주둔지 마을마다 방어막 정비소를 설치했습니다. 그들의 회계 장부에도 방어막의 교체와 부품 구입을 위해 많은 돈이 지출되었다고 적혀 있습니다." 하와트가 말했다.

"혹시 프레멘이 방어막을 무력화시키는 방법을 알고 있는 게 아닐까요?" 폴이 물었다.

"그런 것 같지는 않습니다. 물론, 이론적으로는 가능한 일입니다. 엄청난 양의 정전기 역전하를 흘리면 방어막을 무력화시킬 수 있다고 하죠. 하지만 그 방법을 실제로 실험해 본 사람은 아무도 없습니다."

"그런 사람이 있었다면 우리가 벌써 그 얘기를 들었을 겁니다." 할렉이 말했다. "밀수업자들은 프레멘과 밀접한 관계를 유지하고 있으니까, 만약 그런 물건을 구할 수 있다면 사들였을 겁니다. 그리고 이 행성이 아닌 다른 곳에서 아무 거리낌없이 그 물건을 팔았겠죠."

"이렇게 중요한 문제에 대해 분명하게 밝혀진 사실이 없다는 게 마음에 들지 않는군." 공작이 말했다. "투피르, 이 문제를 가장 우선적으로 조사하게."

"벌써 조사하고 있습니다, 공작님." 하와트는 목을 가다듬으며 말을 이었다. "아, 아이다호가 얘기해 준 사실이 하나 있습니다. 프레멘이 방어막을 어떻게 생각하고 있는지 누구라도 분명히 알 수 있을 거라면서, 그들은 대부분 방어막을 재미있어한다고 했습니다."

공작은 미간을 찌푸렸다. "지금 우리는 스파이스 채취 장비에 대해 이야기하고 있네."

하와트는 영사기 옆의 보좌관에게 손짓을 했다.

수확기의 삼차원 영상이 사라지고 날개 달린 기계의 모습이 나타났다. 주위에 서 있는 사람들이 형편없이 작아 보일 정도로 커다란 기계였다. "이건 캐리올입니다." 하와트가 말했다. "이건 기본적으로 커다란 오니숍터라고 할 수 있습니다. 이 기계의 기능은 스파이스가 풍부한 사막으로 수확기를 운반하고, 모래벌레가 나타났을 때 대피시키는 것뿐입니다. 모래벌레는 항상 나타나죠. 스파이스의 수확이란 스파이스가 있는 곳에 가서 가능한 한 많은 양을 채취한 다음 빠져나오는 과정이라고 할 수 있습니다."

"하코넨의 윤리에는 놀랄 정도로 들어맞는 일이군." 공작이 말했다.

사람들 사이에서 갑작스러운 웃음이 조금 지나칠 정도로 크게 터져 나왔다.

탁자 위에서 캐리올의 영상이 사라지고 오니숍터의 모습이 나타났다.

"이 오니숍터는 상당히 일반적인 모습을 유지하고 있습니다." 하와트가 말했다. "하지만 비행 거리를 연장하기 위해 크게 바뀐 부분이 있고, 중요한 부분들을 밀봉해서 모래와 흙먼지를 막는 데 특히 신경을 쓴 흔적이 보입니다. 방어막이 있는 것은 서른 대 중 한 대꼴에 지나지 않습니다. 아마도 비행 거리를 늘리기 위해 무거운 방어막 발생기를 포기한 것 같습니다."

"방어막을 그렇게 무시해 버린 것이 마음에 들지 않는군." 공작이 말했다. '이것이 하코넨의 비밀일까? 일이 잘못되는 경우 우리가 방어막이 쳐진 프리깃함에 올라 도망치는 것조차 불가능하게 만들려는 것인가?' 그는 그런 생각들을 몰아내려고 세차게 고개를 흔들고 입을 열었다. "이제 작업 추정치로 넘어가보세. 이윤이 얼마나 될 것 같은가?"

하와트는 그의 서류에서 두 페이지를 넘겼다. "장비의 수리 상태와 작동 가능성을 검토해 본 결과 운영비에 대한 대략적인 추정치를 얻었습니다. 이 추정치는 물론 신중을 기하기 위해 조금 낮게 설정되어 있습니다." 그는 멘타트 특유의 반(半)무아지경에 빠져 눈을 감고 말을 이었다. "하코넨 치하에서 장비 유지비와 임금은 14퍼센트로 유지되었습니다. 우리는 처음에 30퍼센트로만 묶을 수 있어도 다행입니다. 초암의 지분과 군사 비용을 포함한 재투자와 성장 요인을 감안하면, 낡은 장비를 모두 교체하게 될 때까지 우리의 이윤 폭은 겨우 6, 7퍼센트에 머무를 겁니다. 장비를 교체하고 나면 적절한 수준인 12퍼센트에서 15퍼센트 정도까지 이윤을 올릴 수 있을 겁니다." 그는 눈을 떴다. "공작님이 하코넨의 방법을 채택하고 싶어 하시지 않는다면 말입니다."

"우린 지금 튼튼하고 영구적인 행성 기지를 만들기 위해 일하고 있네. 이곳 주민들 중 대다수가 불만을 품지 않도록 만들 필요가 있어. 특히 프레멘이 그렇지."

"네, 프레멘이 특히 그렇죠." 하와트가 공작의 말에 동의했다.

"칼라단에서 우리의 지배권은 해군력과 공군력에 의지하고 있었네. 하지만 이곳에서는 이른바 사막 작전 능력을 개발해야 돼. 공군력이 포함될 수도 있겠지만 그렇지 않을 수도 있어. 오니숍터에 방어막이 없다는 점을 잊으면 안 되니까." 공작은 고개를 절레절레 저었다. "하코넨은 핵심 인력 중 일부를 다른 행성에서 온 사람들로 충당했네. 우린 감히 그럴 수가 없어. 사람을 새로 데려올 때마다 그 속에 적의 앞잡이들이 끼어 있을 테니까."

"그렇다면 우리는 이윤이 훨씬 줄어들고 수확량이 감소하는 것을 감수할 수밖에 없습니다. 처음 두 수확기 동안 우리의 생산량은 하코넨 평균보다 3분의 1 줄어들 겁니다." 하와트가 말했다.

"이런이런, 예상했던 그대로군. 프레멘과의 일을 빨리 진행시켜야겠어. 초암의 첫 감사가 있기 전에 프레멘들로 이루어진 다섯 대대를 완성해야 하네."

"시간이 부족합니다, 각하."

"우리한테는 시간이 별로 없어. 자네도 알지 않나. 언제든 기회가 생기기만 하면 적들이 하코넨으로 위장한 사다우카와 함께 들이닥칠 걸세. 놈들이 병력을 얼마나 보낼 거라고 생각하나, 투피르?"

"모두 합해 네다섯 대대쯤 될 겁니다, 각하. 그 이상은 안 될 겁니다. 조합의 군사 수송 요금이 비싸니까요."

"그렇다면 프레멘 대대 다섯과 우리 자체 군사력으로도 충분하겠군. 사다우카 몇 명을 사로잡아서 랜드스라드 의회 앞에 내세우면 상황이 아주 달라질 걸세. 이유와 상관없이 말이야."

"최선을 다하겠습니다, 각하."

폴은 아버지에게 시선을 돌렸다가 다시 하와트를 바라보았다. 하와트가 늙었다는 사실이 갑자기 분명하게 느껴졌다. 그가 아트레이데스 가문 3대를 섬겼다는 사실도 떠올랐다. 분비물 때문에 반짝이는 하와트의 갈색 눈 속에서도, 이국의 기후로 인해 갈라지고 그을린 뺨에서도, 둥그런 어깨에서도, **사포액***이 묻어 있는 얄팍한 빨간색 입술에서도 그의 나이를 읽을 수 있었다.

'단 한 명의 노인에게 너무 많은 것을 의존하고 있어.' 그는 생각했다.

"현재 우리는 **암살자 전쟁**을 벌이고 있네. 하지만 아직 본격적으로 확대되지는 않았지." 공작이 말했다. "투피르, 이곳의 하코넨 세력은 지금 어떤 상태인가?"

"그들의 핵심 인력 259명을 제거했습니다, 공작님. 현재 남아 있는 하코넨의 세포 조직은 세 개 이하입니다. 다 합하면 100명쯤 될 겁니다."

"자네가 제거한 그 하코넨 인간들 말일세, 그자들이 재산을 갖고 있던가?"

"대부분 유복한 편이었습니다, 공작님. 기업가 계층이라서요."

"그들의 서명을 가지고 충성을 서약하는 서류를 위조하게. 그리고 변화의 판관에게 사본을 제출해. 우린 법적으로 그들이 허위로 작성된 충성의 맹세 아래 이곳에 머물렀다는 입장을 취할 걸세. 그들의 재산을 몰수하게. 모든 걸 빼앗고, 가족들을 내쫓고, 아무것도 남겨두지 마. 황제의 몫으로 10퍼센트를 전달하는 것도 잊지 말고. 모든 과정이 완전히 합법적으로 진행되어야 하네."

투피르는 미소를 지었다. 진홍색의 입술 뒤로 붉은 물이 든 치아가 드러났다. "공작님의 조부님이 생각납니다, 공작님. 제가 그 생각을 먼저 못 한 것이 부끄럽습니다."

할렉이 맞은편을 향해 인상을 찌푸리자 폴은 놀라서 인상을 구겼다. 다른 사람들은 미소를 지으며 고개를 끄덕이고 있었다.

'이건 잘못됐어. 이러면 저쪽이 더 열심히 싸우려고 들 텐데. 항복해도 얻을 게 하나도 없으니까.' 폴은 속으로 생각했다.

그는 수단과 방법을 가리지 않아도 된다는 전통이 칸리를 지배하고 있다는 것을 알고 있었다. 그러나 공작의 조치는 자신들에게 승리를 안겨줌과 동시에 파멸시켜 버릴 수도 있는 것이었다.

"나는 낯선 땅의 이방인이었노라." 할렉이 인용했다.

폴은 그 말이 『오렌지 가톨릭 성경』에서 나온 말이라는 것을 깨닫고 그를 물끄러미 바라보며 생각했다. '거니도 사악한 음모에 종지부를 찍고 싶은 걸까?'

공작은 창밖의 어둠을 흘끗 바라보고는 할렉에게 시선을 돌렸다. "거니, 그 스파이스 사냥꾼들 중에서 우리와 함께 이곳에 남기로 한 사람이 몇 명이나 되나?"

"모두 합해 286명입니다, 각하. 그 사람들을 붙잡은 것만도 다행이라고 생각해야 할 것 같습니다. 모두들 쓸모 있는 기술을 갖고 있으니까요."

"그것뿐인가?" 공작이 입을 꾹 다물었다가 다시 말했다. "할 수 없지. 그들에게 말을 전……."

문간에서 소란이 일어나는 바람에 그는 말을 멈췄다. 던컨 아이다호가 문 앞의 경비병들 사이로 걸어와, 서둘러 탁자 머리 쪽으로 다가가서 공작에게 몸을 숙여 귓속말을 하려고 했다.

레토가 손을 저어 아이다호를 물리치면서 말했다. "그냥 큰 소리로 말하게, 던컨. 전략 참모들이 모인 자리잖나."

폴은 아이다호를 유심히 살펴보며, 고양이를 연상시키는 그의 움직임과 빠른 반사 속도에 주목했다. 그 두 가지 특징 때문에 그는 아이다호에게 무술을 배우면서도 도저히 그를 흉내 낼 수 없었다. 아이다호가 둥글고 가무잡잡한 얼굴을 폴에게 돌렸다. 동굴 속에 앉아 수련을 하는 사람 같은 그의 눈에는 폴을 알아보는 기색이 하나도 없었다. 그러나 폴은 그가 침착함을 가장하며 흥분을 감추고 있다는 것을 알아보았다.

아이다호가 탁자에 둘러앉은 사람들을 바라보며 입을 열었다. "프레멘으로 위장한 하코넨의 용병 부대를 붙잡았습니다. 프레멘들이 직접 밀사를 보내 이 가짜 부대에 대해 우리에게 경고해 준 덕분입니다. 하지만 공격 중에 우리는 그들이 프레멘 밀사를 길에서 기다리고 있다가 심한 부상을 입혔다는 사실을 알게 되었습니다. 그는 우리 위생병들이 이곳으로 옮기던 중 죽었습니다. 저는 그가 너무 심하게 다친 것을 보고 도우려 했는데, 그는 뭔가를 버리려다가 저를 보고 깜짝 놀라더군요." 아이다호는 레토를 흘끗 바라보며 말을 이었다. "그건 칼이었습니다, 공작님. 생전 처음 보는 종류의 칼이었습니다."

"크리스나이프인가요?" 누군가가 물었다.

"네, 틀림없습니다." 아이다호가 말했다. "우윳빛인 데다가 특유의 광채를 발하고 있었으니까요." 그는 옷 속으로 손을 집어넣어 칼집에 든 칼을 꺼냈다. 한쪽에 울퉁불퉁하게 홈이 파인 검은색 손잡이가 튀어나와 있었다.

"칼을 칼집에서 빼지 마시오!"

열린 문 쪽에서 누군가가 소리쳤다. 가슴을 꿰뚫는 듯한 그 목소리에 모두들 번쩍 고개를 들고 소리친 사람을 바라보았다.

키 큰 남자가 칼을 엇갈려 길을 막고 있는 경비병들 뒤에 서 있었다. 그의 몸은 엷은 황갈색 로브에 완전히 감싸여 있었다. 머리에 쓴 두건과 검은 베일에만 약간의 틈이 나 있을 뿐이었다. 그 틈새로 흰자위가 전혀 없는 온통 새파란 눈이 보였다.

"저 사람을 들여보내라고 하십시오." 아이다호가 작은 소리로 말했다.

"그 사람을 들여보내라." 공작이 말했다.

경비병들은 잠시 머뭇거리다가 칼을 내렸다.

그 남자는 방 안으로 들어와서 공작의 맞은편에 섰다.

"이 사람은 스틸가입니다. 제가 방문했던 시에치의 촌장이자 우리에게 가짜 부대에 대해 경고해 준 사람들의 지도자입니다." 아이다호가 말했다.

"잘 오셨소, 촌장. 그런데 왜 저 칼을 칼집에서 빼면 안 된다는 거요?" 레토가 물었다.

스틸가는 아이다호를 흘긋 바라본 뒤 입을 열었다. "당신은 우리와 함께 있으면서 청결함과 명예의 관습을 지켜주었소. 그러니 당신에게는 당신이 도와준 사람의 칼을 보아도 좋다고 허락할 수 있지." 그는 방 안에 있는 다른 사람들을 훑어보았다. "그러나 이들은 내가 모르는 사람들이오. 당신이라면 이 사람들이 명예로운 무기를 더럽히게 내버려두겠소?"

"나는 레토 공작이오. 내가 이 칼을 볼 수 있도록 허락해 주시겠소?" 공작이 말했다.

"당신이 그 칼을 칼집에서 빼낼 권리를 얻을 기회는 허락해 주겠소." 탁자에 둘러앉은 사람들이 이 말에 반발하며 웅성거리기 시작했다. 스틸가는 검은색 핏줄이 보이는 깡마른 손을 들어 올리며 말을 이었다. "이 칼은 여러분을 도와준 사람의 물건이라는 사실을 잊지 마시오."

뒤를 이은 침묵 속에서 폴은 그 남자를 자세히 살펴보았다. 그에게서는 힘이 뿜어져 나오고 있었다. 그는 지도자였다. 그것도 프레멘의 지도자였다.

탁자의 가운데쯤에서 폴의 반대편에 앉아 있던 사람이 투덜거리듯이 말했다. "저자가 뭔데 이 아라키스에서 우리의 권리에 대해 이러쿵저러쿵 떠드는 거야?"

"레토 아트레이데스 공작은 백성들의 동의를 바탕으로 영지를 다스리는 분이라고 들었소. 그러니 우리들의 관습에 대해 분명하게 얘기해 둬야겠군. 크리스나이프를 본 사람은 특별한 책임을 져야 하오." 그는 건너편의 아이다호를 어두운 눈길로 흘끗 바라보았다. "크리스나이프를 본 사람은 우리 것이오. 우리의 동의가 없이는 결코 아라키스를 떠날 수가 없소."

할렉을 비롯한 여러 사람들이 성난 표정으로 자리에서 일어서기 시작했다. 할렉이 말했다. "그걸 결정하는 사람은 레토 공작……."

"잠깐." 레토가 말했다. 그의 부드러운 목소리에는 그 자리에 있는 사람 모두를 제자리에 붙들어두는 힘이 있었다. '이 일이 수습할 수 없는 지경으로 번져서는 안 돼.' 그는 생각했다. 그리고 나서 프레멘의 지도자에게 직접 입을 열었다. "촌장, 나를 존중해 주는 사람에 대해서는 나 역시 개인적인 품위와 명예를 존중해 주고 있소. 내가 당신에게 신세를 진 것은 사실이지. 나는 언제나 신세를 갚는다오. 만약 여기서 이 칼을 꺼내지 않는 것이 당신들의 관습이라면, 내가 그렇게 명령하겠소. 우리를 위해 목숨을 잃은 그 사람을 위해 우리가 해줄 수 있는 일이 또 있다면, 말씀하시오."

프레멘의 촌장은 한동안 공작을 바라보다가 천천히 베일을 벗기 시작했다. 윤기 나는 검은색 턱수염으로 둘러싸인 두툼한 입술과 가느다란 코가 드러났다. 그는 천천히 탁자 위로 몸을 구부리더니 반짝반짝하게 닦인 탁자 표면에 침을 뱉었다.

탁자에 둘러앉은 사람들이 모두 여기저기서 벌떡벌떡 일어서기 시작했다. 그러나 그때 아이다호의 목소리가 방 안을 울렸다. "그만!"

갑자기 내려앉은 긴장된 침묵 속에서 아이다호가 말했다. "당신 몸의 물을 우리에게 선물로 준 것에 감사드리오, 스틸가. 당신의 뜻을 받들어 그 선물을 받아들이겠소." 그리고 아이다호는 공작 바로 앞의 탁자 위에 침을 뱉었다.

그가 공작에게 작게 속삭였다. "여기서는 물이 아주 귀하지 않습니까, 각하. 아까 그것은 정말로 정중한 인사였습니다."

레토는 자리에 주저앉으며 폴의 눈을 흘끗 바라보았다. 폴은 안쓰러움이 섞인 미소를 짓고 있었다. 탁자 주위에 둘러앉은 다른 사람들이 차차 상황을 이해하면서 방 안에 떠돌던 긴장이 서서히 풀리는 것이 느껴졌다.

스틸가가 아이다호를 바라보며 입을 열었다. "당신은 내 시에치에서 훌륭한 몸가짐을 보여주었소, 던컨 아이다호. 당신은 공작에게 묶여 있는 몸이오?"

"저건 저더러 자기편으로 들어오라는 뜻입니다, 각하." 아이다호가 말했다.

"자네가 나와 저 사람에게 모두 충성하겠다고 하면, 저 사람이 받아들일까?" 레토가 물었다.

"저더러 저 사람과 함께 가라는 말씀이십니까, 각하?"

"난 자네가 이 문제에 대해 스스로 결정을 내리기 바라네." 레토가 말했다. 그는 내심 속이 타는 것을 숨기려고 했지만 잘 되지 않았다.

아이다호가 스틸가를 유심히 바라보며 입을 열었다. "이런 조건으로도 나를 받아들이겠소, 스틸가? 내가 공작님의 일을 하기 위해 이곳으로 돌아와야 하는 경우가 종종 있을 텐데?"

"당신은 잘 싸웠고, 우리의 친구를 위해 최선을 다했소." 스틸가는 레토를 바라보며 말을 이었다. "이렇게 합시다. 아이다호는 우리에게 충성하겠다는 상징으로 지금 들고 있는 저 크리스나이프를 갖게 될 것이오. 물론 정화의 의식을 반드시 치러야 하지만 그건 어렵지 않지. 그는 프레멘인 동시에 아트레이데스의 군인이 될 것이오. 이건 이미 전례가 있는 일이오. 리에트가 두 주인을 섬기고 있으니까."

"던컨?" 레토가 물었다.

"저도 알고 있습니다, 각하." 아이다호가 말했다.

"그렇다면 합의가 이루어진 셈이군." 레토가 말했다.

"당신의 물은 우리의 물이오, 던컨 아이다호. 우리 친구의 시신은 당신의 공작 곁에 남겨두겠소. 그의 물은 곧 아트레이데스의 물이오. 그것이 바로 우리 동맹의 약속이오." 스틸가가 말했다.

레토는 한숨을 쉬며 하와트의 눈을 흘끗 바라보았다. 하와트는 고개를 끄덕였다. 기쁜 표정이었다.

"아이다호가 친구들과 작별 인사를 하는 동안 나는 아래층에서 기다리겠소." 스틸가가 말했다. "죽은 우리 친구의 이름은 투록이었소. 그의 영혼을 놓아줄 때가 되었을 때 그의 이름을 잊지 마시오. 당신들은 이제 투록의 친구요."

스틸가는 이 말을 끝으로 몸을 돌려 나가려고 했다.

"한동안 여기 머물지 않겠소?" 레토가 물었다.

스틸가는 무심하게 베일을 다시 쓰고 그 밑에 있는 어떤 물건을 조정하면서 공작을 향해 몸을 돌렸다. 폴은 스틸가가 베일을 처음처럼 다시 쓰기 전에 가느다란 관처럼 생긴 물건을 얼핏 보았다.

"내가 여기 머물러야 할 이유가 있소?"

"당신에게 대접을 하고 싶소."

"나는 곧 다른 곳에 가봐야 하오." 그는 아이다호를 다시 한번 흘끗 쳐다보더니 획 몸을 돌려 문 앞의 경비병들 사이를 지나 밖으로 나갔다.

"만약 다른 프레멘들도 저 사람 같다면, 우린 서로에게 많은 도움이 될 수 있겠군." 레토가 말했다.

"스틸가는 프레멘의 표본 같은 사람입니다, 각하." 아이다호가 메마른 목소리로 말했다.

"자네가 해야 할 일이 무엇인지는 알고 있겠지, 던컨?"

"제가 프레멘에 파견된 공작님의 대사와 같은 신분이라는 건 알고 있습니다, 각하."

"자네 임무가 막중해, 던컨. 사다우카가 우리를 덮치기 전에 저 사람들로 구성된 부대가 적어도 다섯 개는 필요해."

"그러려면 힘이 좀 들 겁니다, 각하. 프레멘들은 독립적으로 움직이는 걸 아주 좋아하니까요." 아이다호는 잠시 망설이다가 다시 말을 이었다. "그리고 각하, 말씀드릴 것이 하나 더 있습니다. 우리가 붙잡은 용병들 중 한 명이 죽은 프레멘에게서 이 칼을 빼앗으려고 했습니다. 그자 말로는 크리스나이프를 갖고 오는 사람에게 하코넨이 100만 솔라리를 보상해 준다고 합니다."

레토는 깜짝 놀라서 턱을 치켜들었다. "그놈들이 도대체 뭣 때문에 그 칼을 그토록 갖고 싶어 한단 말인가?"

"이 칼은 모래벌레의 이빨을 갈아서 만든 것입니다. 프레멘의 상징이기도 하고요, 각하. 이 칼을 가진 푸른 눈의 프레멘은 이 땅의 모든 시에치에 침투할 수 있습니다. 저를 모르는 프레멘들은 제게 정체를 묻겠죠. 저는 프레멘처럼 보이지 않으니까요. 하지만……."

"파이터 드 브리즈라면 가능하지." 공작이 말했다.

"악마처럼 교활한 자로군요, 공작님." 하와트가 말했다.

아이다호는 크리스나이프를 옷 속에 집어넣었다.

"그 칼을 잘 지키게." 공작이 말했다.

"알고 있습니다, 공작님." 그가 허리띠에 부착된 송수신기를 손으로 툭 툭 쳤다. "가능한 한 빨리 보고를 드리겠습니다. 제 호출 부호는 투피르가 알고 있습니다. 전투 암호를 사용해 주십시오." 그는 경례를 하고 몸을 돌려 서둘러 스틸가의 뒤를 따랐다.

복도를 따라 그의 발소리가 멀어졌다.

레토와 하와트 사이에 의미 있는 눈짓이 오갔다. 그리고 두 사람 모두 미소를 지었다.

"할 일이 많습니다, 각하." 할렉이 말했다.

"그래, 내가 자네 할 일을 못 하게 하고 있다는 얘기로군." 레토가 말했다.

"전진 기지에 대한 보고서가 있습니다. 나중에 할까요, 각하?" 하와트가 물었다.

"보고가 긴가?"

"브리핑만이라면 길지 않습니다. 프레멘들 사이에 떠도는 얘기에 의하면, 사막 식물 시험 기지가 이곳에 있던 시절에 200개 이상의 전진 기지들이 만들어졌다고 합니다. 지금은 모두 버려져 있다고 알려져 있지만, 사람들이 이것들을 버리기 전에 봉인해 두었다는 얘기도 있습니다."

"장비들을 그 안에 둔 채로?" 공작이 물었다.

"던컨에게 넘겨받은 보고서에 의하면 그렇습니다."

"그 기지들의 위치는?" 할렉이 물었다.

"그 질문에 대한 프레멘들의 대답은 한결같아. '리에트가 안다'는 거지."

"신만이 아신다는 얘기로군." 레토가 중얼거렸다.

"어쩌면 그게 아닌지도 모릅니다, 각하." 하와트가 말했다. "스틸가가 리에트라는 이름을 입에 담는 걸 보셨잖습니까? 그가 말한 리에트가 실존하는 인물일까요?"

"두 주인을 섬긴다……. 무슨 종교의 경전에서 인용한 말 같은데요." 할렉이 말했다.

"그렇다면 마땅히 자네가 아는 말이어야겠지." 공작이 말했다.

할렉은 미소를 지었다.

"변화의 판관 노릇을 하고 있는 그 제국 생태학자라는 카인즈 말일세……. 그 사람이라면 그 기지들이 어디 있는지 알지 않을까?"레토가 말했다.

"각하, 그 카인즈라는 자는 제국의 신하입니다."하와트가 주의를 일깨웠다.

"하지만 지금은 황제에게서 아주 멀리 떨어진 곳에 와 있지. 난 그 기지들을 원해. 그곳에는 우리 장비를 수리하는 데 필요한 재료들이 가득 있을 거야."

"각하! 그 기지들은 법적으로는 여전히 황제 폐하의 영지에 속합니다."하와트가 말했다.

"이곳의 날씨는 너무나 거칠기 때문에 무엇이든 파괴해 버릴 수 있지. 언제든 날씨 핑계를 대면 돼. 그 카인즈라는 자를 불러다가 그 기지들이 정말로 존재하는지만이라도 알아내게."

"그 기지들을 우리가 멋대로 사용하는 건 위험한 짓입니다. 던컨이 분명하게 강조한 것이 하나 있습니다. 그 기지 자체, 아니 그 기지에 대한 생각 자체가 프레멘들에게는 깊은 의미를 지니고 있다는 겁니다. 만약 우리가 그 기지들을 차지한다면 프레멘과의 사이가 멀어질 수도 있습니다."하와트가 말했다.

폴은 탁자 주위에 둘러앉은 사람들의 얼굴을 살펴보았다. 모두들 말 한마디 한마디에 온 신경을 집중하고 있었다. 공작의 태도 때문에 깊이 동요하는 듯한 기색이었다.

"하와트의 말을 들으세요, 아버지. 하와트는 진실을 이야기하고 있어요."폴이 낮은 목소리로 말했다.

"각하, 그 기지에 우리 장비를 수리하는 데 필요한 재료들이 있다 하더라도 전략적인 이유 때문에 우리가 접근해서는 안 되는 곳에 있을지 모릅니다. 더 많은 정보가 없는 상태에서 움직이는 것은 성급한 처사입니다. 이 카인즈라는 인물은 제국으로부터 판관의 권위를 부여받은 자입니다. 그걸 잊어서는 안 됩니다. 프레멘들도 그의 결정에 따릅니다." 하와트가 말했다.

"그럼 조심스럽게 조사를 진행하게. 난 그 기지들이 정말로 존재하는지 알고 싶으니까."

"알겠습니다, 각하." 하와트는 의자에 등을 기대고 시선을 내렸다.

"자, 그럼 우리에게 할 일이 있다는 걸 모두들 알고 있네. 우린 그 일을 위해 훈련받은 사람들이야. 경험도 있고. 모두들 일을 마쳤을 때 어떤 보상을 받게 될지 알고 있겠지? 모두 맡은 일을 시작해." 공작은 할렉에게 시선을 돌리며 말을 이었다. "거니, 그 밀수업자 문제를 먼저 해결하게."

"'나는 메마른 땅에 살고 있는 반역자들에게 가리라.'" 할렉이 기도문을 읊듯이 어딘가에 나오는 말을 인용했다.

"언젠가 저 친구가 인용문을 읊어대지 못하게 되는 걸 한번 보고 싶군. 그럼 저 친구는 벌거벗은 사람 같은 몰골이 될 거야." 공작이 말했다.

사람들 사이에서 웃음이 일었다. 그러나 폴은 그들이 억지로 웃고 있음을 알았다.

공작이 하와트를 향해 말했다. "이 층에 정보 통신 사령부를 하나 더 만들게, 투피르. 그 일이 끝난 다음 나와 얘길 좀 하지."

하와트는 자리에서 일어나 자기를 도와줄 사람을 찾는 것처럼 방 안을 둘러보았다. 그러고는 몸을 돌려 일행을 이끌고 방을 나갔다. 다른 사람들도 바닥에 의자 끌리는 소리를 내며 서둘러 자리에서 일어나 제멋대로 무리를 지어 밖으로 나갔다.

'혼란 속에서 회의가 끝나버렸어.' 폴은 마지막으로 방을 나가는 사람들의 등을 바라보며 생각했다. 전에는 항상 기민하고 단호한 분위기 속에서 참모 회의가 끝나곤 했다. 그런데 이번 회의는 뭔가가 적절하게 해결되지 못했다는 느낌 속에서 슬그머니 끝나버리고 말았다. 게다가 마지막에는 언쟁까지 벌어졌다.

폴은 생전 처음으로 패배의 가능성을 진지하게 생각해 보았다. 패배가 두려운 것은 아니었다. 대모의 경고 때문에 패배를 생각하게 된 것도 아니었다. 상황을 나름대로 판단한 끝에 패배의 가능성을 인정할 뿐이었다.

'아버지는 지금 필사적이야. 상황이 아주 안 좋아.'

하와트는 묘하게 머뭇거리는 태도와 불안한 기색을 보여주었다. 폴은 그가 회의 도중에 보인 행동을 돌이켜 생각해 보았다.

하와트는 뭔가에 대해 크게 신경 쓰고 있었다.

"오늘 밤에는 여기서 머무르는 게 좋겠다. 어차피 금방 새벽이 될 테니까. 네 어머니에게는 내가 얘기하마." 공작은 천천히 자리에서 일어났다. 몸이 뻣뻣했다. "의자를 몇 개 붙여놓고 좀 쉬는 게 좋지 않겠니?"

"별로 피곤하지 않아요."

"그래."

공작은 뒷짐을 지고 탁자 옆을 서성거리기 시작했다.

'우리에 갇힌 짐승 같아.' 폴은 속으로 생각했다.

"하와트하고 반역자 문제에 대해 얘기할 생각이세요?" 폴이 물었다.

공작은 아들의 건너편에서 걸음을 멈추고 어두운 창문을 바라보며 입을 열었다. "반역자가 있을 가능성에 대해서는 벌써 여러 번 얘기를 했다."

"저한테 말해 준 그 여자는 아주 확신하고 있는 것 같았어요. 그리고 어머니가 받은 메모……."

"만일의 사태에 대비한 조치를 이미 취해 두었다." 공작은 방 안을 둘러보았다. 폴은 아버지의 눈에서 사냥꾼에게 쫓기고 있는 야생 동물 같은 표정을 보았다. "여기 있어라. 난 사령부에 대해 투피르와 얘기를 좀 해야겠다." 그는 몸을 돌려 성큼성큼 방을 나가며 문 앞의 경비병들에게 가볍게 고개를 끄덕여주었다.

폴은 아버지가 서 있던 자리를 응시했다. 이 방은 아버지가 나가기 전에도 텅 빈 곳처럼 느껴졌었다. 대모의 경고가 머릿속에 떠올랐다. '……네 아버지에게는 아무것도 없다.'

◦◦◦

무앗딥이 가족과 함께 아라킨의 거리를 처음으로 지나가던 날, 길가에 늘어서 있던 사람들 중 몇몇이 전설과 예언을 떠올리고 용기를 내어 "마디!"*라고 소리쳤다. 그러나 그들의 외침은 그를 인정한다는 선언이라기보다는 질문에 가까웠다. 당시 그들로서는 예언에 나와 있는 대로 그가 리산 알 가입*, 즉 '외계에서 온 목소리'이기를 바라는 수밖에 없었기 때문이다. 그들은 또한 그의 어머니도 유심히 살폈다. 그녀가 베네 게세리트라는 말을 들었기 때문에 그들의 눈엔 그녀 또한 리산 알 가입으로 보이는 것이 분명했다.

—이룰란 공주의 『무앗딥에 대한 안내서』

공작은 경비병의 안내를 받아 구석진 방으로 들어갔다. 투피르 하와트가 그곳에 혼자 있었다. 옆방에서 사람들이 통신 장비를 설치하는 소리가 들렸지만, 이 방은 상당히 조용한 편이었다. 하와트가 종이가 어지럽게 널린 탁자에서 몸을 일으키는 동안 공작은 방 안을 둘러보았다. 방의 벽은 초록색이었고, 방 안에는 탁자 외에 반중력 의자 세 개가 있었다. 의자에는 하코넨을 의미하는 'H'를 서둘러 지워내는 바람에 생긴 얼룩이 아직 그대로 남아 있었다.

"이 의자들은 하코넨들이 쓰던 거지만 안전합니다. 도련님은 어디 있습니까, 각하?" 하와트가 말했다.

"회의실에 남겨뒀네. 그 애가 나 때문에 신경 쓸 필요 없이 좀 쉬게 해주려고."

하와트는 고개를 끄덕이고는 옆방으로 통하는 문으로 가서 문을 닫았다. 전자 장비들이 내는 갖가지 소리들이 끊겼다.

"투피르, 나는 제국과 하코넨의 스파이스 비축량에 관심을 갖고 있네." 레토가 말했다.

"예?"

공작이 입을 꾹 다물었다. "저장고는 쉽게 파괴될 수 있지." 공작은 하와트가 입을 여는 것을 보고 손을 들어 제지했다. "황제가 비축해 놓은 건 일단 무시하게. 황제는 하코넨이 난처해지면 속으로 은근히 좋아할 사람이야. 게다가 남작이 자신의 것이라고 공개적으로 인정할 수 없는 물건이 파괴되었을 때 과연 항의를 할 수 있겠는가?"

하와트는 고개를 가로저었다. "사람이 부족합니다, 각하."

"아이다호의 부하들을 쓰게. 그리고 프레멘 중에도 행성 밖으로 여행하는 걸 좋아하는 사람이 있을 거야. 지에디 프라임을 습격하게. 그런 양동 작전에는 분명히 전술적 이점이 있어, 투피르."

"알겠습니다, 공작님." 하와트는 고개를 돌렸다. 공작은 늙은 하와트의 얼굴에서 불안한 기색을 읽었다. '내가 자기를 믿지 못한다고 생각하는지도 모르겠군. 반역자에 대해 내가 개인적으로 보고를 받았다는 걸 분명히 알고 있을 거야. 지금 당장 저 친구의 마음을 가라앉혀 주는 게 좋겠는걸.'

"투피르, 자네를 완전히 믿기 때문에 하는 말인데, 자네와 얘기해야 할 문제가 하나 더 있네. 반역자가 우리 군대에 침투하는 걸 막기 위해 끊임없는 감시가 얼마나 필요한지는 자네나 나나 잘 알고 있어……. 하지만 두 건의 새로운 보고가 들어왔네."

하와트가 다시 고개를 돌려 공작을 똑바로 바라보았다.

레토는 폴에게서 들은 이야기를 하와트에게 들려주었다.

그러나 이 이야기는 하와트에게서 강한 멘타트 식 집중을 끌어내지 못했다. 오히려 하와트의 불안감을 더욱 키워놓았을 뿐이다.

레토는 하와트를 유심히 살펴보다가 입을 열었다. "자넨 요즘 내게 뭔가를 숨기고 있네. 자네가 참모 회의 때 그렇게 불안해하는 걸 보고 알아차렸어야 하는 건데. 전체 회의 때 말을 꺼낼 수 없을 정도로 심각한 그 문제가 도대체 뭔가?"

하와트는 사포액이 물든 입술을 꾹 다물었다. 입술 주위에 자그마한 주름살들이 거미줄처럼 나타났다. 그 주름살들은 하와트가 말을 하는 동안에도 여전히 뻣뻣하게 자리를 지키고 있었다. "공작님, 얘기를 어떻게 꺼내야 할지 정말 모르겠습니다."

"우리는 이미 여러 번 자신의 위험을 무릅쓰고 서로를 지켜준 사이일세, 투피르. 나한테는 무슨 문제든 얘기해도 돼."

하와트는 계속해서 공작을 뚫어지게 바라보며 생각했다. '이래서 내가 공작님을 좋아하지. 이분은 나의 충성과 헌신을 한 점 남김없이 받을 자격이 있어. 그런데 그런 분에게 상처를 입혀야 하다니.'

"말 안 할 건가?" 레토가 물었다.

하와트는 어깨를 으쓱하며 입을 열었다. "발단은 메모지 조각 하나였습니다. 하코넨의 첩자에게서 압수한 물건이었죠. 파르디라는 이름의 공작원에게 가는 메모였습니다. 파르디는 이곳에 있는 하코넨 지하 세력의 우두머리로 추정되는 인물입니다. 그 메모는 엄청난 결과를 낳을 수도 있고, 전혀 아무런 영향을 끼치지 못할 수도 있습니다. 여러 가지 해석이 가능한 내용이라서요."

"그 메모의 내용이 뭐기에 자네가 그렇게 말하길 어려워하는 건가?"

"메모지 조각입니다, 공작님. 메모 전체가 아니에요. 원래 메모는 **초소형 필름***에 담겨 있었고, 으레 그렇듯이 문서 파기용 캡슐이 붙어 있었습니다. 메모의 내용이 모두 지워지기 직전에 산성 작용을 중지시켰지만, 필름에 남은 건 극히 일부뿐이었습니다. 하지만 그렇게 남은 부분의 내용이 엄청난 일을 암시하고 있습니다."

"그래서?"

하와트는 손으로 입술을 문질렀다. "그 내용을 말씀드리자면 '……토는 결코 의심하지 않을 것이다. 그리고 사랑하는 사람의 손에 타격을 입으면 그는 그 사실만으로도 쉽게 파멸해 버릴 것이다'입니다. 메모에는 남작의 인장이 찍혀 있었습니다. 그 인장이 진짜라는 건 제가 확인했습니다."

"자네가 누굴 의심하는지 알겠네." 공작이 말했다. 그의 목소리는 조금 전과 달리 아주 차가웠다.

"전 공작님께 상처를 입히느니 차라리 제 팔을 자르고 싶은 심정입니다. 공작님, 만약……."

"레이디 제시카란 말이지." 레토가 말했다. 그는 분노가 자신을 집어삼키는 걸 느꼈다. "그 파르디라는 자를 쥐어짜서 사실을 알아낼 수는 없었나?"

"저희가 그 메모를 가로챘을 때 애석하게도 그는 이미 이 세상 사람이 아니었습니다. 그 첩자는 자기가 파르디에게 전달하려던 물건이 무엇인지 전혀 몰랐을 겁니다."

"그렇군."

레토는 머리를 흔들었다. '일이 더럽게 꼬였어. 메모에는 틀림없이 별 내용 없었을 거야. 내 여자가 어떤 사람인지는 내가 잘 알아.'

"공작님, 만약……."

"그만!" 공작이 소리쳤다. "분명히 뭔가 잘못된 거야……."

"그렇다고 그 메모를 무시할 수는 없습니다, 공작님."

"그녀는 나와 16년을 함께했어! 기회라면 수도 없이 많았다고. 그 학교와 제시카를 조사한 게 바로 자네잖아!"

하와트가 비통한 표정으로 말했다. "제가 문제를 놓친 적도 많습니다."

"그럴 리가 없어, 그럴 리가! 하코넨은 아트레이데스의 대를 끊어버리려 하고 있어. 물론 거기에는 폴도 포함되지. 그놈들은 벌써 한 번 시도를 했네. 여자가 자기 아들을 죽이려고 음모를 꾸밀 수 있다고 생각하나?"

"어쩌면 부인이 아들을 죽이려고 음모를 꾸민 것이 아닐지도 모릅니다. 어제의 사건은 우리를 속이기 위한 교활한 사기극일 수도 있습니다."

"사기극일 리가 없어."

"각하, 부인은 자기 부모가 누군지 모르는 것으로 알려져 있습니다. 하지만 부인이 부모를 알고 있다면요? 예를 들어, 만약 부인이 고아였는데, 아트레이데스 때문에 고아가 된 것이라면요?"

"그렇다면 벌써 오래전에 움직였을 거야. 술잔에 독을 타든지…… 밤에 칼로 찌르든지. 그런 짓을 하기에 그 사람만큼 좋은 위치에 있는 사람이 어디 있나?"

"하코넨의 목적은 공작님을 파멸시키는 것입니다. 그냥 공작님을 죽이려는 게 아니에요. 칸리에는 그런 행위를 아주 자세하게 구분하는 기준들이 있습니다. 어쩌면 이건 거의 예술에 가까운 복수극인지도 모릅니다."

공작의 어깨가 축 처졌다. 그는 눈을 감았다. 늙고 지친 모습이었다. '그럴 리가 없어. 그녀는 내게 마음을 열어주었어.'

"나를 파멸시키는 데 내가 사랑하는 여자에 대한 의심의 씨앗을 뿌리는 것보다 더 좋은 방법이 어디 있겠나?" 그가 물었다.

"그 문제에 대해서는 저도 생각해 보았습니다. 하지만……."

공작은 눈을 뜨고 하와트를 똑바로 바라보며 생각했다. '저 친구가 의심하게 내버려두자. 의심하는 건 저 친구가 할 일이지 내가 할 일이 아냐. 내가 이걸 믿는 척하면 진짜 범인이 경솔한 짓을 저지를지도 몰라.'

"그래 어떻게 할 생각인가?" 공작이 작은 소리로 물었다.

"우선 끊임없이 감시를 해야 합니다, 공작님. 부인을 항상 감시해야 해요. 감시가 조심스럽게 이루어지도록 제가 신경을 쓰겠습니다. 이 일에 가장 적임자는 아이다호입니다. 아마 일주일쯤 후에 그를 다시 데려올 수 있을 겁니다. 아이다호의 부대에 우리가 계속 훈련을 시키고 있는 젊은 친구가 하나 있는데, 아이다호 대신 그 친구를 프레멘에게 보내도 괜찮을 겁니다. 외교에 천부적인 자질을 갖고 있으니까요."

"프레멘들 사이에 마련한 우리의 발판을 위험에 빠뜨려서는 안 되네."

"물론입니다, 각하."

"그럼 폴은 어떻게 할 건가?"

"유에·박사에게 미리 주의를 주면 되지 않겠습니까?"

레토는 하와트에게 등을 돌렸다. "자네가 알아서 하게."

"신중히 처리하겠습니다, 공작님."

'적어도 그 말만은 확실히 믿어도 되겠군.' 레토는 속으로 생각하며 입을 열었다. "난 산책을 좀 해야겠네. 이 근처에 있을 테니 필요하거든 부르게. 경비병한테 물어보면……."

"공작님, 가시기 전에 꼭 읽어보셔야 하는 필름이 있습니다. 프레멘의 종교에 대한 1차 분석 결과입니다. 공작님이 제게 보고하라고 하셨던 바로 그 일입니다."

공작은 잠시 동작을 멈추고 여전히 하와트에게 등을 돌린 채 말했다. "나중에 보면 안 되겠나?"

"물론 그러셔도 됩니다, 공작님. 하지만 프레멘이 소리치던 말이 뭐냐고 제게 물으셨지요? 그건 '마디!'라는 말이었습니다. 도련님을 가리키는 말이었는데……."

"폴을?"

"예, 공작님. 베네 게세리트의 아이인 지도자가 나타나서 자기들을 진정한 자유로 이끌어줄 거라는 전설이 있답니다. 흔히 볼 수 있는 메시아 얘기 같은 거죠."

"그 사람들이 폴을 그…… 그……."

"그들은 그러길 바라는 것뿐입니다, 공작님." 하와트는 필름이 든 캡슐을 내밀었다.

공작은 그것을 받아 주머니에 찔러 넣었다. "나중에 보겠네."

"알겠습니다, 공작님."

"지금은…… 생각을 좀 해야겠어."

"예, 공작님."

공작은 깊은 한숨을 내쉬고 방 밖으로 나갔다. 그는 복도 오른쪽으로 방향을 틀어 뒷짐을 지고 주위에는 거의 신경 쓰지 않은 채 걷기 시작했다. 복도, 계단, 발코니, 홀…… 사람들이 경례하면서 그를 위해 길을 비켜주었다.

어느 정도 시간이 흐른 후 그는 회의실로 돌아왔다. 방 안은 어두웠고, 폴은 탁자 위에 잠들어 있었다. 경비병의 로브를 덮고 민요책 꾸러미를 베개 대신 베고 있었다. 공작은 조용히 방을 가로질러 착륙장을 굽어보고 있는 발코니로 나갔다. 발코니 구석에 있던 경비병이 착륙장의 희미한 불빛에 공작을 알아보고 날렵하게 차려 자세를 취했다.

"편히 쉬어." 공작이 중얼거리듯 말했다. 그리고 발코니의 차가운 금속 난간에 몸을 기댔다.

날이 밝기 전의 숨죽인 듯한 공기가 사막의 분지를 감싸고 있었다. 그는 위를 올려다보았다. 바로 머리 위의 검푸른 하늘에서 빛나고 있는 별들이 여자의 숄에 달린 반짝이 장식 같았다. 남쪽 지평선 위 나지막한 곳에서는 두 번째 달이 희미한 먼지 안개 속에서 살짝 고개를 내밀고 있었다. 그 달이 냉소적인 빛을 발하며 그를 바라보았다.

공작이 바라보고 있는 동안 달은 방어벽의 절벽 밑으로 차차 가라앉았다. 절벽 표면이 서리에 뒤덮인 것처럼 하얗게 빛났다. 갑작스레 짙어진 어둠 속에서 공작은 오싹한 한기를 느꼈다. 몸이 부르르 떨렸다.

분노가 그의 온몸을 훑고 지나갔다.

'하코넨이 나를 방해하고 짐승처럼 사냥하는 건 이번이 마지막이야. 그놈들은 똥 덩어리야! 난 물러서지 않아!' 그의 생각에 슬픔이 배어들었다. '난 약한 새들 사이에 군림하는 매처럼 눈과 발톱으로 다스려야 해.' 그의 손이 웃옷에 달린 매 모양 문장을 무의식적으로 살짝 쓰다듬었다.

동쪽에서부터 밤하늘이 잿빛으로 밝아오더니 곧 조개껍데기 같은 우윳빛으로 변하면서 별들이 희미해졌다. 새벽이 긴 종소리의 울림처럼 울퉁불퉁한 지평선을 가로질러 갔다.

온 정신을 앗아가 버릴 만큼 아름다운 광경이었다.

'그 어느 것과도 비할 수 없는 광경이군.'

뾰족뾰족한 절벽들 위로 떨어지는 붉은 햇살과 그 햇살에 자주색과 황토색으로 물든 저 절벽들처럼 아름다운 것을 이곳에서 발견하게 되리라고는 꿈에도 생각해 본 적이 없었다. 밤이 남기고 간 희미한 이슬들이 아라키스의 성급한 씨앗들에 생명을 불어넣고 있는 착륙장 너머로 군데군데 무리 지어 피어 있는 붉은 꽃들이 보였다. 그 붉은 꽃 무리들 사이에 또렷한 보랏빛 발판이 있었다. 마치 누군가가 남긴 거대한 발자국 같았다.

"아름다운 아침입니다, 각하." 경비병이 말했다.

"그래, 그렇군."

공작은 고개를 끄덕이며 생각했다. '어쩌면 이 행성을 점점 좋아하게 될지도 모르겠어. 어쩌면 내 아들에게 훌륭한 고향이 되어줄지도.'

그때 사람들이 꽃밭으로 들어가 낫 같은 이상한 기구로 꽃밭을 휩쓰는 것이 보였다. **이슬 채집가***들이었다. 이곳에서는 물이 너무 귀하기 때문에 이슬조차 모아두어야 했다.

'아니면 정말 끔찍한 곳이 될 수도 있지.' 공작은 생각했다.

"당신의 아버지가 인간의 피와 살을 가진 남자라는 사실을 깨닫는 순간보다 더 끔찍한 깨달음의 순간은 없을 겁니다."

—이룰란 공주의 『무앗딥 어록집』

공작이 말했다. "폴, 난 지금 가증스러운 일을 하고 있다. 하지만 어쩔수가 없구나." 그는 아침 식사를 검사하기 위해 회의실로 운반된 휴대용 독약 탐지기 옆에 서 있었다. 탐지기의 센서 팔이 탁자 위에 힘없이 늘어져 있는 모양이 폴에게는 괴상하게 생긴 곤충이 이제 막 죽어 널브러져 있는 것처럼 보였다.

공작은 아침 하늘을 배경으로 어지럽게 먼지가 이는 착륙장을 내다보고 있었다.

폴 앞에는 프레멘의 종교적 관습에 대한 짤막한 필름 자료가 담긴 필름 판독기가 있었다. 하와트 휘하의 전문가가 편집한 그 자료에 자신에 대한 언급이 있는 것을 발견하고 폴은 기분이 나빠졌다.

'마디!'와 '리산 알 가입!'이라는 말이 나오는 부분이었다.

눈을 감으면 길가에 모여 있던 사람들이 이 말을 외치던 광경이 떠올랐다. '그 사람들의 희망이 바로 이거란 말이지.' 대모에게 들었던 퀴사츠 해더락이라는 말도 떠올랐다. 그때의 기억이 '끔찍한 목적'을 다시 생각나게 했다. 그리고 그 기억 때문에 이 낯선 행성이 왠지 낯익은 곳으로 느껴졌다. 자신도 이해할 수 없는 일이었다.

"가증스러운 일이야." 공작이 말했다.

"그게 무슨 소리예요, 아버지?"

레토는 고개를 돌려 아들을 내려다보았다. "하코넨이 나를 속여 네 엄마를 의심하게 만들려고 한다는 뜻이다. 그놈들은 내가 차라리 나 자신을 의심할 사람이라는 걸 모르고 있어."

"무슨 소린지 모르겠어요."

레토는 다시 창밖으로 시선을 돌렸다. 하얀 태양이 오전에 있어야 하는 위치까지 솟아 있었다. 우윳빛 햇살에 허공을 가득 채운 먼지가 드러나 보였다. 먼지구름이 방어벽 아래 협곡까지 퍼져 있었다.

공작은 분노를 억누르기 위해 일부러 느릿느릿한 말투로 하와트가 얘기한 그 이상한 메모에 대해 폴에게 설명해 주었다.

"아버지가 차라리 저를 의심하는 편이 낫겠네요." 폴이 말했다.

"그놈들이 자기들 계략이 성공했다고 믿게 만들어야 해. 그놈들은 나를 아주 바보로 알고 있는 모양이다. 어쨌든 내가 정말로 속아 넘어간 것처럼 보여야 해. 심지어 네 엄마조차 이게 연극이라는 걸 알아선 안 된다."

"아버지! 왜요?"

"네 엄마의 행동이 연극처럼 보이면 안 되니까. 아, 물론 네 엄마는 연기를 아주 잘하지…… 하지만 이 일엔 너무 많은 것이 걸려 있어. 난 반역자가 스스로 모습을 드러내게 만들 작정이다. 그러니까 내가 완전히 속아 넘어간 것처럼 보여야 해. 이런 식으로 네 엄마에게 상처를 입히는 건 네 엄마가 더 큰 고통을 당하지 않게 하기 위해서야."

"그럼 왜 저한테는 얘길 해주신 거죠, 아버지? 제가 저도 모르게 티를 낼 수도 있잖아요."

"이번에는 그놈들이 널 감시하지 않을 거다. 비밀은 꼭 지켜야 해, 반드시." 그는 창문 쪽으로 걸어가 여전히 시선을 창밖에 둔 채 말을 이었다. "이제 네가 사실을 알고 있으니 만약 내게 무슨 일이 생긴다면 네가 엄마한테 사실을 얘기해 줄 수 있겠지. 내가 단 한 순간도 네 엄마를 의심하지 않았다는 사실을 말이야. 난 네 엄마가 이 사실을 꼭 알아주었으면 싶다."

폴은 아버지가 혹시 죽을지도 모른다는 생각을 하고 있다는 것을 깨달았다. 그래서 황급히 말을 이었다. "아버지한테는 아무 일도 생기지 않을 거예요. 그……."

"조용."

폴은 아버지의 등을 물끄러미 바라보았다. 아버지의 목과 어깨, 그리고 느린 동작에 피곤이 배어 있었다.

"아버지가 좀 피곤하셔서 그래요."

"피곤하긴 하지. 정신적으로 지쳤어. 어쩌면 대가문들이 타락해 가고 있는 우울한 현실이 마침내 내게도 영향을 미치기 시작한 건지도 모르겠다. 한때 우리는 정말 강한 사람들이었는데."

"우리 가문은 타락하지 않았어요!" 폴이 불끈 화를 내며 소리쳤다.

"그래?"

공작은 몸을 돌려 아들을 마주 보았다. 거뭇해진 눈 밑과 냉소적으로 비틀린 입술이 폴의 눈앞에 모습을 드러냈다. "내가 네 엄마와 결혼을 해서 네 엄마를 공작 부인으로 만들어주는 게 마땅한 처사지. 하지만……

내가 미혼이라는 사실 때문에 일부 가문들은 아직도 결혼을 통해 나와 동맹을 맺을 수 있을지도 모른다는 희망을 갖고 있다." 그는 어깨를 으쓱하며 말을 이었다. "그래서 나는……."

"어머니한테서 벌써 설명을 들었어요."

"지도자가 부하들의 충성심을 얻기 위해선 대담한 태도만큼 효과적인 건 없다. 그래서 나도 일부러 대담한 태도를 갈고 닦고 있지."

"아버지는 훌륭한 지도자예요. 통치자로서도 훌륭하고요. 사람들은 기꺼이 아버지를 따르고, 아버지를 사랑해요."

"내 선전 부대가 최고거든." 공작은 다시 창밖의 분지를 바라보았다. "이곳 아라키스에는 제국이 상상도 하지 못할 만큼 커다란 가능성이 있다. 그런데도 가끔 차라리 우리가 도망을 쳐서 변절자가 되는 편이 나았을 거라는 생각이 들어. 때로는 사람들 사이에 그냥 이름 없는 존재로 파묻혀서 덜……."

"아버지!"

"그래, 내가 정말로 피곤한 모양이다. 우리가 스파이스 찌꺼기를 원료로 사용해, 벌써 **필름베이스***를 생산할 수 있는 공장까지 갖추고 있다는 거 알고 있니?"

"네?"

"필름베이스가 부족해지는 일은 절대 없어야 해. 그렇지 않고서야 무슨 방법으로 마을과 도시에 우리 정보를 홍수처럼 흘려보내겠니? 내가 얼마나 훌륭한 통치자인지 사람들에게 반드시 알려야지. 우리가 말해주지 않는다면 사람들이 그 사실을 어찌 알겠어?"

"아버진 좀 쉬셔야 해요." 폴이 말했다.

공작은 다시 아들의 얼굴을 바라보았다. "아라키스에 또 다른 이점이 있다는 걸 내가 하마터면 잊어버릴 뻔했구나. 여기는 어디에나 스파이스가 있다. 사람들은 거의 항상 스파이스를 호흡하고 스파이스를 먹지. 그 덕분에 『**암살자 지침서**』*에 나오는 가장 흔한 독약들 중 일부에 대해 자연스럽게 면역성이 생긴다는 걸 알게 됐다. 게다가 물 한 방울 한 방울을 철저하게 관리해야 하는 곳이라서 효모 배양, 수경 재배, 화학 비타민 등 모든 식량 생산 과정이 철저한 감시를 받고 있어. 독약으로 수많은 사람을 죽이는 게 불가능하다는 얘기다. 그러니 그런 식으로 우리가 공격당할 위험도 없지. 아라키스는 우리를 도덕적이고 윤리적인 사람들로 만들어주고 있다."

폴이 뭔가 말을 하려는 듯 입을 열었다. 그러나 공작은 그의 말을 자르며 말을 이었다. "나한테도 이런 얘기를 털어놓을 사람이 필요하단다, 아들아." 그는 한숨을 쉬며 건조한 바깥 풍경을 흘끗 바라보았다. 바깥에는 이미 꽃 한 송이 남아 있지 않았다. 이슬을 모으는 사람들에게 짓밟히고 햇빛에 시들어버린 탓이었다.

"칼라단에서 우리는 해군과 공군을 이용해서 지배했다. 이곳에서는 사막에서 활동할 수 있는 군사력을 긁어모아야 해. 그게 네가 받을 유산이다, 폴. 나한테 무슨 일이 생긴다면 네가 어떻게 될지. 그렇게 되면 넌 변절자가 아니라 게릴라가 될 거다. 언제나 쫓기면서 도망치는 게릴라 말이야."

폴은 뭔가 말을 하려고 했지만 할 말을 찾지 못했다. 그는 아버지가 이렇게 의기소침해 있는 것을 한 번도 본 적이 없었다.

"아라키스를 내 것으로 유지하려면 때로 자신이 경멸스러워지는 결정을 내려야 한다." 그는 착륙장 가장자리의 깃대에 힘없이 매달려 있는 초록색과 검은색의 아트레이데스 깃발을 손으로 가리켰다. "저 명예로운 깃발이 수많은 사악한 것들의 상징이 될 수도 있어."

폴은 마른침을 삼켰다. 아버지의 말 속에는 공허와 체념이 배어 있었다. 소년은 자신의 가슴마저 공허해지는 것을 느꼈다.

공작은 주머니에서 피로 회복제를 꺼내 물도 없이 그냥 삼켰다. "힘과 공포, 이것이 통치의 수단이지. 네 훈련에서 게릴라 훈련에 새로이 중점을 두라고 지시해야겠다. 거기 있는 그 필름…… 사람들이 널 '마디'니 '리산 알 가입'이니 하고 부른 그 필름을 어쩌면 네 마지막 수단으로 이용하게 될지도 모른다."

폴은 아버지가 삼킨 알약의 효과가 나타나면서 아버지의 어깨가 다시 똑바로 펴지는 것을 지켜보았다. 그러나 머릿속에는 여전히 공포와 의심에 대한 아버지의 말들이 남아 있었다.

"그 생태학자라는 인간은 뭘 하느라고 이렇게 늦는 거지? 투피르더러 그를 일찍 데려오라고 했는데." 공작이 투덜거렸다.

∋⋙⋐

나의 아버지인 패디샤 황제가 어느 날 내 손을 잡았다. 나는 어머니의 가르침 덕분에 그의 심기가 흐트러져 있다는 것을 느낄 수 있었다. 그는 나를 이끌고 '초상화의 홀'로 가서 레토 아트레이데스 공작의 자아 초상화* 앞에 섰다. 나는 아버지와 초상화 속의 남자가 아주 많이 닮았다는 것을 알 수 있었다. 두 사람의 얼굴은 모두 가늘고 우아했으며, 날카로운 이목구비 중에서도 차가운 눈이 특히 돋보였다. 아버지가 말했다. "공주야, 이 사람이 여자를 선택할 때가 왔을 때 네가 좀더 나이가 많았으면 좋았을걸 그랬구나." 그때 아버지는 일흔한 살이었지만 초상화 속의 남자보다 늙어 보이지 않았다. 내 나이는 겨우 열네 살이었다. 그런데도 그 순간 아버지의 심중을 짐작할 수 있었다. 아버지는 이 공작이 자기 아들이었으면 좋겠다는 생각을 남몰래 품고 있었고 자신과 공작을 적으로 만들어버린 정치적 상황을 증오하고 계셨다.

— 이룰란 공주의 『내 아버지의 집에서』

　카인즈 박사는 명령에 따라 자신이 배신해야 할 사람들을 처음 만나고 난 후 망연자실했다. 그는 자신이 과학자임을 자랑스러워했다. 그에게 전설이란 문화적 뿌리를 추측하게 해주는 흥미로운 단서에 지나지 않았다. 하지만 그 소년은 고대로부터 전해져 내려온 예언과 너무나 정확하게 일치했다. 소년은 '탐구하는 눈'과 '과묵한 솔직함'을 갖고 있었다.

물론 예언은 어머니 여신이 구원자를 직접 데려올지, 아니면 이곳에 와서야 구원자를 낳게 될 것인지에 대해 어느 정도 해석의 자유를 남겨 놓고 있었다. 그렇더라도 예언과 실제의 인물이 이상할 정도로 일치한다는 사실만은 어찌할 수 없었다.

그들은 오전에 아라킨 착륙장의 관리 본부 빌딩에서 처음 만났다. 근처에는 아무런 표식이 없는 오니숍터가 졸음에 겨운 벌레처럼 부드럽게 웅웅 소리를 내며 대기상태로 앉아 있었다. 그 옆에는 아트레이데스의 경비병 하나가 칼집을 씌우지 않은 칼을 들고 서 있었다. 그의 몸을 감싸고 있는 방어막 때문에 주위의 공기가 희미하게 뒤틀려 있는 것이 보였다.

카인즈는 방어막 패턴을 보고 비웃으며 생각했다. '아라키스에서 방어막 때문에 깜짝 놀라게 될 거다!'

그는 손을 들어 데리고 온 프레멘 경비병에게 뒤로 물러나라는 신호를 보냈다. 그리고 건물 입구로 성큼성큼 걸어갔다. 건물 입구는 플라스틱으로 표면을 입힌 바위에 난 검은 구멍 같았다. 그는 바위를 세워놓은 것 같은 이 건물이 너무 노출되어 있다고 생각했다. 차라리 동굴이 더 나을 것 같았다.

그때 입구 안쪽의 움직임이 그의 시선을 끌었다. 그는 걸음을 멈추고 로브와 사막복의 매무새를 바로잡았다.

입구의 문이 활짝 열렸다. 아트레이데스의 경비병들이 중무장을 한 채 재빨리 밖으로 나왔다. 모두 약물총, 칼, 방어막을 갖추고 있었다. 그들 뒤로 매 같은 얼굴에 키가 크고 가무잡잡한 피부와 까만 머리카락을 가진 남자가 나왔다. 그는 아트레이데스를 상징하는 매의 문장이 가슴에 달린 **주바 망토***를 입고 있었다. 입은 모양이 서투른 것으로 보아 그가 그 망토에 익숙하지 않다는 것을 금방 알 수 있었다. 망토의 한쪽 자락이 사막복에 감싸인 다리에 달라붙어 있었다. 망토답게 자유로이 휘날리는 멋이 전혀 없었다.

그 남자 옆에는 그와 똑같은 검은 머리를 가진 소년이 있었다. 그러나 소년의 얼굴은 남자의 얼굴보다 더 둥그스름했다. 열다섯 살이라는 나이에 비해 몸집이 작아 보이는 아이였다. 그러나 소년의 몸에는 지도자의 위엄과 침착한 확신이 배어 있었다. 그는 다른 사람들이 볼 수 없는 주변의 것들을 보고 정체를 알아낼 수 있을 듯이 보였다. 소년도 아버지와 똑같은 스타일의 망토를 걸치고 있었지만, 항상 그런 옷을 입고 지낸 사람처럼 자연스럽고 편안했다.

예언에는 '마디는 다른 사람들이 보지 못하는 것을 인식할 것이다'라고 되어 있었다.

카인즈는 고개를 흔들며 자신에게 일렀다. '저 사람들도 나와 똑같은 사람이야.'

두 사람과 비슷하게 사막에 맞는 옷을 입은 또 한 남자가 그들과 함께 모습을 드러냈다. 카인즈도 아는 사람, 거니 할렉이었다. 카인즈는 할렉에 대한 분노를 가라앉히기 위해 깊이 숨을 들이쉬었다. 공작과 공작의 후계자 앞에서 어떻게 행동해야 하는지 간단히 그에게 설명해 준 사람이 바로 할렉이었다.

"공작님을 부를 때는 '공작님'이나 '각하'라고 하면 됩니다. '고귀한 분'이라는 말도 맞지만 대개는 공식적인 자리에서만 사용되죠. 도련님에게는 '어린 주인님' 또는 '도련님'이라고 하십시오. 공작님은 관대한 분이지만 지나치게 친한 척하는 것은 참지 못하십니다."

카인즈는 공작 일행이 다가오는 것을 지켜보며 생각했다. '아라키스에서는 누가 칼자루를 쥐고 있는지 곧 알게 되겠지. 저 멘타트를 시켜서 밤

새 날 신문할 거야 어쩔 거야? 내가 스파이스 채취 시찰을 위한 안내인 역할이나 할 것 같아?'

카인즈도 하와트가 했던 질문의 의미를 놓치지 않았다. 저들은 제국 기지를 원하고 있었다. 기지에 대한 이야기를 아이다호에게서 들었음이 분명했다.

'스틸가를 시켜서 이 공작이란 자에게 아이다호의 머리를 보내라고 해야겠어.'

이제 공작 일행은 그에게서 몇 발짝 떨어지지 않은 곳까지 와 있었다. 그들은 사막용 부츠를 신은 발로 저벅저벅 모래를 밟았다.

카인즈가 고개를 숙이며 인사했다. "안녕하십니까, 공작님."

레토는 오니숍터 옆에 혼자 서 있는 카인즈를 향해 다가가며 그를 유심히 살펴보았다. 카인즈는 키가 크고 마른 편이었으며 사막에서 편히 움직일 수 있도록 헐렁한 로브와 사막복을 입고 낮은 부츠를 신고 있었다. 로브의 두건을 뒤로 젖히고, 베일도 한쪽으로 젖혀놓아서 모래 빛깔의 긴 머리와 듬성듬성한 턱수염이 드러나 있었다. 짙은 눈썹 밑에 자리잡은 그의 눈은 온통 깊이를 알 수 없는 푸른색이었다. 그의 눈자위에는 검은 얼룩이 묻어 있었다.

"당신이 그 생태학자로군." 공작이 말했다.

"이곳 사람들은 옛날 명칭을 더 좋아합니다, 공작님. 행성학자라고 불러주십시오."

"알겠소." 공작은 폴을 내려다보며 말을 이었다. "폴, 이분은 분쟁의 조정자인 변화의 판관이시다. 우리가 이 영지에 대한 권위를 확보하는 과정에서 규칙이 준수되도록 감시하는 임무를 맡고 있지." 그리고 그는 카인즈를 바라보았다. "이 아이가 내 아들이오."

"안녕하십니까, 도련님." 카인즈가 인사했다.

"당신은 프레멘인가요?" 폴이 물었다.

카인즈는 미소를 지었다. "저는 시에치와 마을에서 모두 인정을 받고 있습니다, 어린 주인님. 하지만 저는 제국 행성학자로서 황제 폐하의 신하입니다."

폴은 고개를 끄덕였다. 강해 보이는 카인즈의 모습이 인상적이었다. 밖으로 나오기 전에 관리 본부의 위층 창가에 서 있을 때 할렉이 이미 카인즈를 손가락으로 가리키며 설명을 해주었다.

"프레멘 호위병과 함께 서 있는 사람 보이죠? 지금 오니숍터가 있는 쪽으로 걸어가는 사람 말입니다."

그때 폴은 쌍안경으로 카인즈를 잠시 관찰하며 일직선을 그리고 있는 새침한 입술과 넓은 이마를 보았다. 할렉은 폴에게 귓속말로 이렇게 말했다. "이상한 친구입니다. 말을 아주 정확하게 하죠. 흐트러진 구석이 없고 면도날처럼 기민해요."

두 사람 뒤에 서 있던 공작도 한마디 했다. "과학자 타입이군."

폴은 이제 카인즈에게서 약간 떨어진 곳에 서서 그의 힘과 위엄을 느끼고 있었다. 그는 마치 남들을 지휘할 운명을 지니고 태어난 왕족 같았다.

"우리에게 사막복과 이 망토를 보내줘서 고맙소." 공작이 말했다.

"옷이 잘 맞는지 모르겠습니다, 공작님. 프레멘이 만든 옷이죠. 가능한 한 여기 있는 공작님의 부하 할렉이 가르쳐준 치수에 맞추려고 애를 썼습니다."

"우리가 이 옷을 입지 않으면 사막으로 데리고 갈 수 없다는 당신 말에 신경이 쓰였소. 우린 물을 많이 가지고 갈 것이오. 사막에 오래 있을 생각도 아니고. 게다가 호위 편대도 있소. 지금 머리 위에 떠 있는 호위 편대 말이오. 그러니 우리가 억지로 무릎 꿇는 일이 생길 가능성은 없소."

카인즈는 수분을 풍부하게 함유한 공작의 몸을 뚫어져라 쳐다보았다. 그리고 차가운 말투로 입을 열었다. "아라키스에서는 가능성이라는 말을 써서는 안 됩니다. 혹시 그럴지도 모른다는 말을 할 수 있을 뿐입니다."

"공작님께 말을 할 때는 공작님이나 각하라는 말을 써야 합니다!" 할렉이 굳은 표정으로 소리쳤다.

레토는 할렉에게 두 사람 사이에서만 통하는 손짓을 하며 그의 말을 막았다. "여기 사람들은 우리 관습에 익숙하지 않네, 거니. 그러니까 조금 여유를 두어야 해."

"알겠습니다, 각하."

"당신의 호의에 감사하오, 카인즈 박사. 당신이 이 옷들을 보내면서 보여준 배려를 잊지 않을 것이오." 레토가 말했다.

폴은 충동적으로 『오렌지 가톨릭 성경』의 문구 하나를 떠올렸다. "'이 선물은 주는 이의 축복이니라.'"

바람 한 점 없는 공기 속에서 폴의 말이 커다랗게 울렸다. 카인즈가 관리 본부 건물 옆의 그늘 속에 남겨두었던 프레멘 호위병들이 벌떡 일어나 크게 흥분한 태도로 뭐라고 중얼거렸다. 그들 중 한 명이 소리쳤다. "리산 알 가입!"

카인즈는 그들을 향해 재빨리 몸을 돌려 손으로 짧게 뭔가를 자르는 시늉을 하더니 다른 곳으로 가라고 손짓했다. 그들은 자기들끼리 투덜거리며 뒤로 물러나 건물을 돌아 사라졌다.

"아주 흥미롭군." 레토가 말했다.

카인즈가 험악한 시선으로 공작과 폴을 노려보며 말했다. "이곳의 사막 원주민들은 대부분 미신적입니다. 신경 쓰지 마십시오. 저들에게 나쁜 뜻은 없습니다." 그러나 그는 속으로 전설에 나오는 말을 생각하고 있었다. '그들은 거룩한 말로 너를 맞을 것이며, 너의 선물은 축복이 될 것이다.'

그때까지 온갖 의심으로 가득 찬 하와트의 신중한 보고를 일부 참고해서 카인즈를 대하던 레토는 이 순간 갑자기 그를 분명히 평가할 수 있었다. 그는 프레멘이었다. 카인즈가 프레멘 호위병들과 함께 왔다는 사실은 프레멘이 도시 지역으로 들어올 수 있게 된 자신들의 새로운 자유를 시험하고 싶어 하는 증거라고 단순하게 해석될 수도 있었다. 그러나 카인즈의 호위병들은 일종의 의장대처럼 보였다. 그리고 지금까지 보여준 태도로 미루어 카인즈는 자부심이 대단하며 자유에 익숙했다. 그의 말과 태도가 신중한 것은 오로지 마음속의 의심 때문이었다. 폴이 카인즈에게 단도직입적이고 적절한 질문을 던진 셈이었다.

그는 이곳의 원주민이 되어 있었다.

"이제 그만 출발해야 하지 않을까요, 각하?" 할렉이 물었다.

공작은 고개를 끄덕였다. "내가 오니숍터를 조종하겠네. 카인즈, 당신은 앞좌석에 앉아서 길을 가르쳐주시오. 자네와 폴은 뒷좌석에 앉고."

"잠깐만요." 카인즈가 말했다. "공작님이 사막복을 제대로 착용하셨는지 제가 잠시 확인해 봐도 되겠습니까?"

공작이 뭐라 말하려고 했지만 카인즈가 세게 말을 이었다. "이건 공작님뿐만이 아니라 저 자신을 위한 것이기도 합니다…… 공작님. 제가 공작님 일행을 안내하는 동안 혹시라도 공작님과 자제분께 무슨 일이 생기면 결국 목이 베일 사람이 누군지 저도 잘 알고 있습니다."

공작은 인상을 찌푸리며 생각했다. '정말 곤란하군! 지금 거절하면 저 사람의 감정을 살 텐데. 저 사람이 내게는 헤아릴 수 없을 만큼 중요한 사람이 될 수도 있어. 하지만…… 저 사람에 대해 아는 게 거의 없는데 방어막 안으로 손을 집어넣어 몸에 직접 손대게 해도 괜찮을까?'

이런 생각이 머릿속을 스치고 지나간 후 곧 결정이 내려졌다. "당신에게 맡기겠소." 공작은 앞으로 나서면서 로브 자락을 벌렸다. 할렉이 잔뜩 긴장해서 금방이라도 앞으로 뛰어나올 것 같은 자세를 취하는 것이 보였다. "그리고 괜찮다면 사막복에 익숙한 사람으로서 이 옷에 대해 설명을 해주면 고맙겠소."

"물론입니다." 그는 공작의 로브 안쪽으로 손을 집어넣어 어깨의 이음매를 살피면서 말을 이었다. "이것은 기본적으로 고효율 필터와 열교환 시스템으로 만든 초소형 샌드위치와 같습니다." 그가 어깨의 이음매를 매만졌다. "피부에 직접 닿는 부분에는 작은 구멍이 있습니다. 땀이 그 구멍을 통과해 나가며 체온을 떨어뜨립니다……. 보통 때와 거의 똑같이 땀이 증발하는 겁니다. 그 위의 두 층에는……." 그가 사막복의 가슴 부분을 단단히 조였다. "……열교환 필라멘트와 염분 침전제가 포함되어 있습니다. 염분을 보존하는 겁니다."

공작은 카인즈의 손짓에 따라 팔을 들어 올리면서 말했다. "정말 흥미롭군."

"숨을 깊이 들이마십시오." 카인즈가 말했다.

공작은 그 말에 따랐다.

카인즈는 양쪽 팔밑의 이음매를 살펴본 후 한쪽 이음매를 매만졌다. "몸의 움직임, 특히 호흡과 우리 몸에서 일어나는 삼투작용이 펌프 같은 역할을 하면서 동력을 제공합니다." 그가 사막복의 가슴 부분을 약간 느슨하게 했다. "수분은 공기 중으로 배출되지 않고 이 **집수 주머니***로 모입니다. 목의 클립 속에 있는 이 관을 이용해서 그 물을 마실 수 있습니다."

공작은 그 관의 끝을 보려고 턱을 아래쪽으로 이리저리 뒤틀었다. "효율적이고 편리하군. 대단한 옷이오." 공작이 말했다.

카인즈는 무릎을 꿇고 다리의 이음매를 조사했다. "소변과 대변은 넓적다리 패드에서 처리됩니다." 그가 다시 일어나 목 부분을 살피며 목둘레에 덧대어져 있는 천을 들어 올렸다. "사방이 탁 트여 있는 사막에서는 이 필터를 얼굴에 두르고 이 관을 콧구멍에 끼운 뒤 마개로 딱 맞게 고정합니다. 그리고 얼굴에 두른 이 필터로 숨을 들이마시고 코에 끼운 튜브로 숨을 내뱉습니다. 정상적으로 작동하는 프레멘 옷을 입고 있으면 하루에 잃어버리는 수분이라고 해봤자 골무 하나 분량밖에 되지 않습니다. 거대한 **에르그***에 붙들려 있을 때도 말입니다."

"하루에 골무 하나라." 공작이 말했다.

카인즈가 공작의 이마에 있는 사막복의 패드를 손가락으로 누르며 말했다. "이 패드에 피부가 조금 쓸릴지도 모르겠습니다. 만약 그게 신경에 거슬리신다면 제게 말씀해 주십시오. 조치를 취해 드리겠습니다."

"고맙소."

카인즈가 뒤로 물러나는 것을 보면서 공작은 어깨를 움직여보았다. 확실히 옷이 단단히 조여져서 덜 거슬리고 한결 편했다.

카인즈가 폴에게 시선을 돌리며 말했다. "자, 제가 한번 살펴볼까요, 젊은이?"

'좋은 사람이지만 우리한테 예의 바르게 말하는 법을 좀더 배워야겠어.' 공작은 속으로 생각했다.

폴은 카인즈가 옷을 살펴보는 동안 가만히 서 있었다. 표면이 매끈하고 움직일 때마다 바스락 소리가 나는 이 옷을 처음 입을 때는 기분이 아주 묘했다. 그는 자기가 이 옷을 한 번도 입어본 적이 없다는 것을 분명히 알고 있었다. 그런데도 거니의 서투른 지시에 따라 옷의 접착 부분을 조절할 때마다 모든 것이 본능적인 행동처럼 자연스럽게 느껴졌다. 가슴을 단단하게 조일 때는 호흡에서 펌프의 효과를 최대한 얻기 위한 조치라는 것을 알 수 있었다. 목과 이마의 접착 부분을 단단히 고정할 때도 그것이 피부가 천에 쓸려서 물집이 생기는 것을 막기 위한 조치라는 것을 알고 있었다.

카인즈가 몸을 똑바로 펴고 어리둥절한 표정으로 물러섰다. "전에 사막복을 입어본 적이 있습니까?" 그가 물었다.

"이번이 처음입니다."

"그럼 옷을 입을 때 누가 도와줬나요?"

"아니요."

"사막용 부츠가 발목에서 풀매듭으로 묶여 있는데, 누가 그걸 가르쳐 줬습니까?"

"왠지…… 그렇게 하는 게 맞는 것 같았어요."

"그건 그렇습니다만."

카인즈는 손으로 뺨을 문지르며 전설을 떠올렸다. '그는 날 때부터 알던 것처럼 너희들의 일을 알고 있을 것이다.'

"시간이 너무 흘렀군." 공작이 말했다. 그는 일행을 기다리고 있는 오니숍터를 손으로 가리키며 앞장섰다. 경비병이 경례를 하자 그는 가볍게 고개를 끄덕였다. 그리고 오니숍터에 올라 안전띠를 매고 조종 장치를 점검했다. 다른 사람들도 오니숍터에 오르자 기체가 삐걱거렸다.

카인즈는 안전띠를 매고 편안하고 푹신푹신한 기체의 내부를 살펴보았다. 오니숍터의 내부는 부드러운 녹회색 장식품으로 호화롭게 꾸며져 있었고, 여러 가지 기계들이 부드러운 빛을 내고 있었다. 문이 닫히면서 환기용 팬이 돌아가기 시작하자 필터를 통과한 깨끗한 공기가 허파로 들어오는 것이 느껴졌다.

'이렇게 부드럽다니!' 그는 속으로 생각했다.

"이제 이륙하셔도 됩니다, 각하." 할렉이 말했다.

레토는 날개로 동력을 보내는 스위치를 켰다. 날개가 움직이는 것이 느껴졌다. 한 번, 두 번. 곧 오니숍터가 10미터 상공으로 떠올랐다. 날개를 계속 움직이고 에너지를 뒤로 분사하면서 오니숍터가 가파르게 상승하기 시작했다.

"방어벽을 향해 남동쪽으로 가십시오. 제가 공작님의 **모래감독관***에게 그곳에 장비를 집중적으로 배치해 두라고 일렀습니다." 카인즈가 말했다.

"알겠소."

공작은 주위를 날고 있는 호위 편대 안으로 오니숍터를 몰았다. 공작의 오니숍터가 남동쪽을 향하면서 호위 편대의 오니숍터들이 대열을 정비했다.

"이 사막복의 구조와 제조 솜씨를 보니 이곳의 기술 수준이 얼마나 높은지 알겠소." 공작이 말했다.

"언젠가 제가 시에치 공장을 보여드리겠습니다." 카인즈가 말했다.

"그것 좋겠군. 일부 수비대 주둔지에서도 사막복을 만들고 있다고 알고 있소만."

"그건 질이 떨어지는 복제품입니다. 이곳 듄에 사는 사람치고 자기 몸이 소중한 줄 아는 자라면 반드시 프레멘이 만든 사막복을 입죠."

"프레멘의 사막복을 입으면 몸의 수분 손실이 하루에 골무 하나 분량밖에 되지 않는다고 했소?"

"옷을 제대로 입는다면 그렇습니다. 모자를 이마 위에서 단단하게 조이고, 이음매도 모두 제자리에 놓는다면 몸에서 수분이 빠져나갈 곳이라고는 손바닥밖에 없습니다. 꼭 손을 사용해야 하는 일이 아니라면 손에도 사막복의 장갑을 끼면 됩니다. 하지만 사방이 탁 트인 사막에서 프레멘들은 대부분 크레오소트 관목의 이파리에서 나오는 즙을 손바닥에 문지르지요. 그게 땀이 나는 걸 막아주니까요."

공작은 방어벽이 있는 왼쪽을 내려다보았다. 뒤틀린 바위들 사이로 깊은 협곡이 뻗어 있고, 노란색과 갈색이 어우러진 풍경을 검은색 단층이 가로지르고 있었다. 마치 누군가가 우주 공간에서 바위와 산 들을 이곳에 떨어뜨리고는 그 엄청난 충돌의 흔적을 그대로 둔 채 가버린 것 같았다.

공작 일행은 야트막한 분지를 가로질렀다. 잿빛 모래로 이루어진 선명한 윤곽선이 협곡 입구에서 뻗어 나와 분지를 가로질러 남쪽으로 계속 이어져 있었다. 손가락 모양의 그 모래가 분지 안으로 달려 들어갔다. 어두운 바위들로 둘러싸인 건조한 삼각형 분지였다.

카인즈는 의자 깊이 몸을 묻으며 공작의 사막복 밑에서 느껴지던 수분이 풍부한 몸에 대해 생각했다. 공작과 그의 아들은 로브 위에 방어막 허리띠를 하고, 허리에는 약물총을 차고, 목에는 동전 크기의 비상 송신기를 목걸이처럼 걸고 있었다. 또한 두 사람 모두 꽤 닳은 손목 덮개 속에 칼을 갖고 있었다. 카인즈가 보기에 공작 일행은 무기가 상징하는 강함과 또 다른 부드러움이 기묘하게 결합되어 있는 사람들이었다. 그들에게서는 하코넨과 완전히 다른 균형이 느껴졌다.

"이곳의 권력 교체 상황에 대해 황제 폐하에게 보고드릴 때 우리가 규칙을 준수했다고 말해 주겠소?" 레토가 물었다. 그는 카인즈를 슬쩍 바라보고 나서 자신들이 가고 있는 방향으로 다시 시선을 돌렸다.

"하코넨이 떠나고 공작님 일행이 온 것뿐입니다." 카인즈가 말했다.

"그래, 모든 것이 원칙대로 이루어지고 있다고 생각하오?"

카인즈의 턱 선이 순간적으로 긴장했다. "행성학자이자 변화의 판관으로서 저는 제국에 바로 속한 신하입니다…… 각하."

공작이 우울한 미소를 지었다. "하지만 우리 둘 다 현실을 알지."

"폐하께서 제가 하는 일을 지지해 주고 계신다는 점을 잊지 마시기 바랍니다."

"그래요? 그래, 당신이 하는 일이라는 게 뭐요?"

짧은 침묵 속에서 폴은 속으로 생각했다. '아버지는 이 카인즈라는 사람을 너무 심하게 몰아붙이고 있어.' 폴은 할렉을 슬쩍 쳐다보았다. 그러나 음유 시인이자 전사인 그는 창밖의 황량한 풍경만 뚫어지게 바라보았다.

카인즈가 딱딱한 말투로 말했다. "공작님 말씀은, 물론 행성학자로서 제 임무가 뭐냐는 뜻이겠지요?"

"물론이오."

"주로 건조한 땅의 생물과 식물을 연구합니다…… 가끔 지질학 연구도 하고요. 지각 표본을 채취해서 시험하는 일 말입니다. 행성이라는 것은 언제나 많은 가능성을 품고 있으니까요."

"스파이스를 조사하는 것도 당신의 임무요?"

카인즈는 공작을 향해 시선을 돌렸다. 폴은 카인즈의 뺨 근육이 굳어 있다는 것을 알 수 있었다. "재미있는 질문이로군요, 공작님."

"카인즈, 여기가 이제는 나의 영지라는 점을 명심하시오. 내 통치 방식은 하코넨과 다르지. 난 당신이 스파이스를 연구하건 말건 상관하지 않소. 당신이 연구를 하며 발견한 것을 내게도 나누어준다면 말이오." 그는 카인즈를 흘끗 쳐다보며 말을 이었다. "하코넨은 스파이스에 대한 연구를 달가워하지 않았지. 그렇지 않소?"

카인즈는 아무 대답 없이 그의 시선을 맞받았다.

"이제는 솔직하게 대답했다가 목숨을 빼앗기지 않을까 걱정할 필요 없소." 공작이 말했다.

"제국 법원은 아주 멀리 있습니다." 카인즈가 투덜거리듯이 말했다. '이 물기 많고 부드러운 침략자는 대체 뭘 원하는 거지? 내가 진짜 바보처럼 자기편이 되어줄 거라고 생각하는 건가?'

공작은 오니숍터의 조종에 신경을 집중한 채 낮은 소리로 쿡쿡 웃었다. "당신 목소리를 들어보니 꽤나 불쾌한 모양이군. 훈련 잘된 암살자들을 이끌고 침략해 들어왔으면서 우리가 하코넨과 다르다는 걸 당신이 금방 알아주길 바라는 게 웃긴다는 거겠지. 그렇지 않소?"

"공작님이 시에치와 마을을 상대로 정신없이 선전 활동을 벌이고 있다는 것은 압니다. '선량한 공작을 사랑하라!'는 내용이더군요. 공작님의 선전 부대……."

"도저히 못 참겠군!" 할렉이 으르렁거리며 창에서 시선을 떼고 앞좌석으로 다가앉았다.

폴이 할렉의 팔을 잡았다.

공작이 뒤를 돌아보며 말했다. "거니! 이 사람은 오랫동안 하코넨 치하에 있었어."

"그렇죠." 할렉이 뒤로 물러나 앉으며 대답했다.

"공작님의 부하인 하와트는 속을 쉽게 드러내지 않지만 그의 목적은 분명했습니다." 카인즈가 말했다.

"그럼 그 기지가 있는 장소를 우리에게 알려주겠소?" 공작이 물었다.

카인즈가 무뚝뚝하게 대답했다. "그 기지들은 폐하의 것입니다."

"하지만 지금 아무도 사용하지 않고 있소."

"언젠가 사용될 수도 있죠."

"폐하도 당신과 같은 의견이오?"

카인즈는 험악한 표정으로 공작을 노려보았다. "통치자들이 스파이스를 긁어내는 것 말고 좀더 높은 곳으로 시선을 돌린다면 아라키스는 낙원이 될 수도 있을 겁니다!"

'이자는 내 질문에 대답하지 않았어.' 공작이 속으로 생각하고는 말했다. "돈이 없는 행성이 어떻게 낙원이 될 수 있단 말이오?"

"돈이 있어도 꼭 필요한 인력을 구할 수 없다면 무슨 소용이겠습니까?" 카인즈가 물었다.

'이제야 본론이 나오는군!' 공작은 속으로 생각했다. "이 문제에 대해서는 나중에 다시 얘기하기로 합시다. 내 생각에는 방어벽의 가장자리까지 다 온 것 같은데, 계속 같은 항로를 유지해야 하오?"

"네, 같은 항로를 유지하십시오." 카인즈가 투덜거리듯 말했다.

폴은 창밖을 내다보았다. 뾰족뾰족한 풍경이 아래로 쑥 내려가면서 주름살처럼 접혀서 황량한 바위 평원과 칼날같이 날카로운 바위턱이 되었다. 바위턱 너머에는 초승달 모양의 모래언덕들이 지평선까지 이어져 있었다. 그리고 모래언덕들 사이로 흐릿한 얼룩이 여기저기 흩어져 있었다. 멀리 보이는 그 검은 반점은 모래가 아니었다. 아마도 바위인 것 같았다. 그러나 사막의 열기가 너무 뜨거워서 머리가 어지러울 정도였기 때문에 폴은 확신할 수 없었다.

"여기서 자라는 식물도 있습니까?" 폴이 물었다.

"몇 가지 있습니다. 이 위도에서는 주로 이른바 '물을 조금밖에 훔쳐

가지 않는 식물들'이 살고 있죠. 수분을 얻기 위해 다른 식물들을 덮치고, 얼마 되지 않는 이슬방울을 마시며 적응한 놈들입니다. 사막에서도 생명체가 가득한 곳이 있기는 합니다. 물론 그곳에 사는 생명체들은 모두 이처럼 가혹한 환경에서 살아남는 법을 이미 터득한 놈들이죠. 만약 도련님이 저 아래에서 오도 가도 못 하게 된다면 도련님도 그놈들을 흉내 내야 할 겁니다. 그렇지 않으면 죽고 말 테니까요."

"그러니까 다른 생명체에게서 물을 훔치라는 뜻인가요?" 폴이 물었다. 그의 목소리에 분노가 드러났다.

"그런 짓을 하는 놈들도 있습니다만, 제 말이 딱히 그런 뜻은 아니었습니다. 도련님도 아시겠지만, 우리는 이곳의 기후 때문에 물을 특별하게 생각하고 있습니다. 물에 대한 생각이 항상 머리를 떠나지 않는 거죠. 수분이 들어 있는 거라면 무엇이든 낭비해서는 안 됩니다."

공작은 이 말을 들으며 생각했다. '이 행성이 자기 것이나 되는 것 같은 말투야!'

"남쪽으로 2도쯤 방향을 돌리십시오, 공작님." 카인즈가 말했다. "서쪽에서 강풍이 불어오고 있으니까요."

공작은 고개를 끄덕였다. 그도 서쪽에서부터 모래먼지가 파도처럼 밀려오는 것을 이미 알고 있었다. 그는 오니솝터의 방향을 돌리면서, 자신을 따라 방향을 돌리는 호위 편대 오니솝터의 날개들이 먼지구름에 굴절된 빛 때문에 우윳빛 섞인 오렌지색으로 빛나는 것을 보았다.

"그 정도면 폭풍에 말려들지 않을 겁니다." 카인즈가 말했다.

"저 모래 구름 속으로 말려 들어가면 정말 위험하겠어요. 모래폭풍이 단단한 금속조차 칼처럼 잘라버린다는 게 사실입니까?" 폴이 물었다.

"이 고도에서는 모래가 아니라 흙먼지라고 해야 합니다. 이 먼지폭풍이 오니숩터에게 위험한 건 시야를 가리고 난기류를 일으키고 통풍구를 막아버리기 때문입니다."

"오늘 스파이스를 채취하는 광경을 실제로 볼 수 있어요?"

"그럴 가능성이 큽니다."

폴은 의자에 몸을 묻었다. 그는 어머니에게서 들은 대로 카인즈를 기억에 새기기 위해 그에게 질문을 하면서 동시에 초(超)인식을 사용했다. 그는 이제 카인즈의 어조, 표정과 몸짓의 작은 특징들을 모두 기억할 수 있었다. 카인즈의 왼쪽 소매가 이상하게 접혀 있는 것은 팔에 칼을 숨기고 있음을 의미했다. 그의 허리도 이상하게 부풀어 있었다. 사막 사람들은 허리에 여러 가지 작은 물건을 넣어둘 수 있는 허리띠를 한다고 했다. 아마 카인즈도 그런 허리띠를 하고 있는 것 같았다. 방어막 허리띠 때문이 아님은 분명했다. 카인즈가 입고 있는 로브의 목 부분은 산토끼 모양이 새겨진 구리핀으로 고정되어 있었다. 그의 어깨 위로 젖혀진 두건 한쪽에도 크기는 작지만 비슷한 그림이 새겨진 핀이 매달려 있었다.

폴의 옆자리에서 할렉이 몸을 비틀어 뒤쪽에 있는 짐칸에서 발리세트를 꺼냈다. 할렉이 발리세트를 퉁기자 카인즈가 잠깐 뒤를 돌아보았다.

"무슨 노래를 듣고 싶으세요, 도련님?" 할렉이 물었다.

"아저씨가 부르고 싶은 걸로 해요."

할렉은 공명판에 바짝 귀를 갖다 대고 현을 가볍게 퉁기면서 부드럽게 노래했다.

우리 아버지들은 사막에서 만나를 먹었다네,
그곳은 소용돌이가 불어오는 타는 듯이 뜨거운 땅이었지.
신이시여, 그 소름 끼치는 땅에서 우리를 구해 주소서!
우리를 구해 주소서……. 오오오, 구해 주소서,

그 메마르고 목마른 땅에서.

카인즈가 공작을 흘끗 바라보며 말했다. "공작님은 경비병들을 정말로 조금밖에 데리고 다니지 않으시는군요. 경비병들이 모두 이렇게 재주가 많은 사람들입니까?"

"거니 말이오?" 공작이 쿡쿡 웃으면서 말을 이었다. "거니 같은 사람은 다시없지. 난 그의 눈을 좋아하오. 그의 눈은 놓치는 것이 없거든."

카인즈가 살짝 인상을 찌푸렸다.

할렉의 노랫소리가 박자를 놓치지 않고 끼어들었다.

난 사막의 올빼미거든, 오!
에헤야! 난 사막의 올빼미라네!

공작이 손을 아래로 뻗어 계기판에서 마이크를 뽑아 스위치를 켰다. "젬마 편대 대장에게 알린다. B섹터, 9시 방향에 비행 물체 발견. 정체를 알겠나?"

"새 한 마리가 날아가는 겁니다." 카인즈가 말했다. "공작님 눈이 보통이 아니군요."

그때 계기판의 스피커에서 소리가 들려왔다. "젬마 편대입니다. 비행 물체를 최고 배율로 확대해서 조사했습니다. 몸집이 커다란 새입니다."

폴은 아버지가 말한 방향을 바라보았다. 멀리서 점 하나가 움직이는 것이 보였다. 아버지가 지금 얼마나 긴장하고 있는지 알 것 같았다.

"사막 깊숙한 곳에 저렇게 큰 새가 사는 줄은 몰랐소." 공작이 말했다.

"아마 독수리일 겁니다. 이곳에 적응해 살아가고 있는 생물이 많습니다." 카인즈가 대답했다.

공작 일행이 탄 오니숍터가 황량한 바위 평원을 가로질렀다. 폴은 2000미터 상공에서 밑을 내려다보았다. 자신이 탄 오니숍터와 호위 편대가 바위 위에 주름이 잡힌 듯한 그림자를 던지고 있었다. 그냥 눈으로만 봤을 때는 아래쪽의 땅이 평평한 것 같았는데, 그림자에 주름이 잡힌 것을 보니 그렇지 않은 듯했다.

"사람이 사막을 걸어서 나온 적이 있었소?" 공작이 물었다.

할렉이 연주를 멈추고, 대답을 들으려고 몸을 앞으로 숙였다.

"사막 깊숙한 곳에서부터 걸어 나온 사람은 없습니다. 하지만 두 번째 구역에서부터 걸어 나온 사람은 여러 명 있습니다. 모래벌레가 잘 가지 않는 바위 지대를 가로질렀기 때문에 살아남은 겁니다." 카인즈가 말했다.

폴은 카인즈의 목소리에 신경이 쓰였다. 그의 감각이 훈련받은 대로 경계 신호를 보내고 있었다.

"아, 모래벌레. 언젠가 그 모래벌레란 놈을 꼭 한번 봐야겠어." 공작이 말했다.

"어쩌면 오늘 보실 수 있을지도 모릅니다. 스파이스가 있는 곳에는 항상 그놈들이 있으니까요." 카인즈가 말했다.

"항상?" 할렉이 물었다.

"항상."

"모래벌레와 스파이스 사이에 무슨 관계라도 있소?" 공작이 물었다.

카인즈가 몸을 돌렸다. 그가 말하려고 입을 열 때 폴은 그의 입술에 힘이 들어가 있는 것을 보았다. "그놈들은 스파이스가 있는 '모래'를 지킵니다. 각자 자기 영역을 갖고 있죠. 하지만 스파이스에 대해서는…… 누가 알겠습니까? 지금까지 저희가 모래벌레 표본들을 조사한 결과로는 벌레들 사이에서 복잡한 화학적 교환이 이루어진다고 짐작할 뿐입니다. 그놈들 몸 안에는 여러 물질이 수송되는 통로가 있는데, 그 통로에서 염화수산의 흔적이 발견되었습니다. 다른 곳에서는 그보다 더 복잡한 구조의 산(酸)이 발견됐고요. 나중에 이 주제를 다룬 제 논문을 드리겠습니다."

"방어막은 아무 소용이 없다고?"

"방어막이라고요?" 카인즈가 코웃음을 쳤다. "모래벌레가 사는 지역에서 방어막을 작동시키는 건 자살 행위입니다. 아주 먼 곳에 사는 놈들도 다른 벌레의 영역마저 무시하고 방어막을 공격하려고 몰려드니까요. 방어막을 작동시킨 사람이 그런 공격을 이기고 살아남은 적은 한 번도 없습니다."

"그럼 그놈들을 무슨 방법으로 잡아들이는 거요?"

"모래벌레의 몸을 훼손시키지 않고 죽이려면 그놈들의 체절에 따로따로 고압의 전기 충격을 가하는 수밖에 없습니다. 그놈들을 기절시킨 다음 폭발물을 이용해서 산산조각을 내버리는 방법도 있지만, 체절 하나하나가 자체적으로 생명을 갖고 있다는 것이 문제입니다. 원자탄을 제외하면, 그렇게 커다란 벌레를 완전히 파괴할 수 있는 폭발물은 제가 아는 한 없습니다. 그놈들은 정말 믿을 수 없을 정도로 강합니다."

"지금까지 그놈들을 아예 쓸어버리려고 시도하지 않은 이유가 뭐죠?" 폴이 물었다.

"비용이 너무 많이 들기 때문입니다. 작전을 수행해야 하는 지역도 너무 넓고요." 카인즈가 말했다.

폴은 의자에 몸을 기댔다. 사람들의 음색을 통해 진실을 가려낼 수 있는 그의 초인식은 카인즈가 지금 거짓말을 하고 있다고 경고하고 있었다. '만약 스파이스와 모래벌레 사이에 어떤 관계가 있다면, 모래벌레를 멸종시키는 순간 스파이스도 사라질 거야.'

"곧 누구도 사막을 걸어서 나갈 필요가 없게 될 거요." 공작이 말했다. "우리가 목에 걸고 있는 이 송신기를 켜면 즉시 구조대가 출동할 테니까. 곧 인부들에게도 이 송신기가 지급될 거요. 지금 특수 구조대를 만들고 있는 중이오."

"정말 훌륭하십니다." 카인즈가 말했다.

"어째 속으로는 그렇게 생각하지 않는다는 어조 같소만."

"그럴 리가요. 하지만 그 계획이 별로 소용은 없을 겁니다. 모래벌레들이 방출하는 정전기가 인간의 신호를 차단해 버리는 경우가 많으니까요. 송신기의 경우에는 회로가 망가져 버립니다. 공작님도 아시겠지만, 전에도 이곳에서 송신기를 사용하려고 시도한 적이 있습니다. 하지만 아라키스는 인간이 만든 장비들에게 그리 너그러운 편이 아닙니다. 게다가 모래벌레에게 쫓기는 상황이라면 시간이 그리 많지도 않습니다. 대개 15분에서 20분이면 상황이 끝나 버리죠."

"그럼 어떻게 했으면 좋겠소?"

"지금 제 의견을 구하시는 겁니까?"

"행성학자로서 의견을 말해 달라는 거요."

"제가 의견을 말씀드리면, 그대로 따르시겠습니까?"

"그 의견이 괜찮은 것이라고 여겨지면."

"좋습니다, 공작님. 절대로 혼자서 돌아다니지 마십시오."

공작은 계기판에서 시선을 떼어 카인즈를 바라보았다. "그게 전부요?"

"그게 전부입니다. 절대로 혼자서 돌아다니지 마십시오."

"만약 폭풍 때문에 일행과 헤어져 어쩔 수 없는 상황이라면? 그런 때 사용할 수 있는 방법 같은 건 없습니까?" 할렉이 물었다.

"그 방법에는 많은 것이 포함될 수 있죠." 카인즈가 말했다.

"당신이라면 어떻게 할 겁니까?" 폴이 물었다.

카인즈는 험악한 시선으로 폴을 노려보다가 다시 공작에게 시선을 돌렸다. "저라면 사막복이 찢어지거나 망가지지 않도록 신경을 쓰겠습니다. 벌레가 사는 지역이 아니거나 바위 지대라면 오니숍터 근처에 그냥 남아 있을 겁니다. 만약 제가 사방이 탁 트인 사막에 있다면 오니숍터를 버려두고 가능한 한 빠른 속도로 도망치겠습니다. 1000미터 정도 도망치면 충분할 겁니다. 그리고 제 로브 밑에 몸을 숨기겠습니다. 오니숍터는 벌레에게 먹히더라도 저는 눈에 띄지 않을 가능성도 있으니까요."

"그럼 그다음에는 어떻게 할 겁니까?" 할렉이 물었다.

카인즈는 어깨를 으쓱했다. "벌레가 그 자리를 떠나기를 기다려야죠."

"그것뿐입니까?" 폴이 물었다.

"벌레가 가버린 후, 걸어서 사막을 빠져나오려고 애를 써볼 수는 있습니다. 그러려면 아주 조심스럽게 걸어야 하죠. **북모래***와 **모래 물결 분지***를 피하면서, 가장 가까운 바위 지대로 방향을 잡는 겁니다. 바위 지대는 많이 있습니다. 그러니 어쩌면 성공할지도 몰라요."

"북모래가 뭡니까?" 할렉이 물었다.

"모래가 아주 단단하게 뭉쳐 있는 상태를 말합니다. 거기에 살짝 발을 갖다 대기만 해도 북을 칠 때처럼 둥둥 소리가 나죠. 그 소리가 항상 벌레를 끌어들입니다."

"그럼 모래 물결 분지는?" 공작이 물었다.

"사막의 어떤 구덩이들은 수백 년 동안 쌓인 흙먼지로 가득 차 있습니다. 그중에는 크기가 너무 커서 안에 쌓인 먼지가 물결처럼 움직이는 놈들이 있습니다. 그 안에 경솔하게 발을 들여놓았다가는 그대로 먼지 물결에 삼켜져 버릴 겁니다."

할렉이 의자에 몸을 묻고 다시 발리세트를 퉁기기 시작했다. 곧 노래가 시작됐다.

사막의 짐승들이 그곳에서 사냥을 하네.
아무것도 모르는 사냥감이 지나가기를 기다리지.
오, 사막의 신을 시험하지 말지어다.
고독한 묘비명을 남기고 싶지 않거든.
위험이…….

그가 갑자기 노래를 끊고 앞으로 몸을 숙였다. "앞에 먼지구름이 있습니다, 각하."

"나도 봤네, 거니."

"우리가 찾던 게 바로 저것입니다." 카인즈가 말했다.

폴은 자리에 앉은 채 목을 쭉 빼서 앞을 바라보았다. 30킬로미터 정도 앞의 사막에 누런 구름이 낮게 걸려 있었다.

"공작님의 수확기 크롤러입니다. 저게 사막 위에 있다는 건 지금 스파이스를 채취하고 있다는 뜻입니다. 기계가 원심력을 이용해서 모래에서 스파이스를 분리해 낸 다음 공중으로 모래를 분출하기 때문에 저런 구름이 생기는 겁니다. 그게 아니라면 저런 구름이 생기는 법이 없습니다." 카인즈가 말했다.

"오니솝터를 저 위로 몰겠소." 공작이 말했다.

"정찰기가 둘, 셋…… 네 대 있군요. 지금 벌레의 징조가 있는지 감시하고 있습니다." 카인즈가 말했다.

"벌레의 징조?" 공작이 물었다.

"크롤러를 향해 모래가 물결처럼 움직여 오는 것을 말합니다. 곧 표면에 지진 탐색기도 설치될 겁니다. 때때로 모래벌레들이 땅속 아주 깊은 곳에서 움직이는 바람에 모래 물결이 생기지 않는 경우도 있으니까요." 카인즈는 시선을 들어 하늘을 한 바퀴 둘러보았다. "분명히 캐리올이 근처에 있을 텐데 보이지가 않는군요."

"벌레가 항상 나타난다고 했습니까?" 할렉이 물었다.

"그렇소, 항상."

폴이 몸을 앞으로 숙이며 카인즈의 어깨를 툭 쳤다. "모래벌레 한 마리의 영역이 얼마나 넓어요?"

카인즈는 살짝 인상을 찌푸렸다. 이 아이는 어른이나 할 법한 질문을 계속 던지고 있었다.

"그건 벌레의 크기에 따라 다릅니다."

"어떻게 다르다는 거요?" 공작이 물었다.

"큰 놈들의 경우에는 영역이 3, 400제곱킬로미터쯤 됩니다. 작은 놈들은……." 그가 말을 멈췄다. 공작이 제트 브레이크를 작동시켰기 때문이다. 꼬리 쪽의 **포드***가 잠잠해지면서 기체가 덜컹거렸다. 짤막하게 접혀 있던 날개가 길어지며 물잔 모양으로 공기를 갈랐다. 공작은 날개를 부드럽게 움직여 선회하면서 왼손으로 수확기 크롤러 너머 동쪽을 가리켰다.

"저게 벌레의 징조요?"

카인즈는 공작의 앞쪽으로 목을 쭉 빼고 그가 가리킨 방향을 바라보았다.

폴과 할렉도 한 덩어리가 되어 같은 방향을 바라보았다. 폴은 자신이 탄 오니숍터가 갑자기 속도를 줄이는 바람에 호위 편대가 미처 보조를 맞추지 못하고 앞으로 훌쩍 날아갔다가 다시 되돌아오는 것을 보았다. 수확기 크롤러가 있는 곳까지는 아직 3킬로미터 정도가 남아 있었다.

공작이 가리킨 곳에 초승달 모양의 모래언덕으로부터 지평선을 향해 모래가 잔물결 같은 모양을 그리고 있었다. 그리고 평평한 선 하나가 그 잔물결들을 가르며 달려왔다. 길게 늘어난 모래 산이 움직이고 있는 것 같았다. 폴은 그 모습을 보며 커다란 물고기가 바로 물 밑에서 헤엄칠 때 수면에 생기는 잔물결을 떠올렸다.

"모래벌레입니다. 아주 큰 놈이에요." 카인즈가 말했다. 그는 다시 의자에 등을 기대며 마이크를 들고 무선 주파수를 바꿨다. 그리고 머리 위에 떠 있는 지도를 흘끗 보고는 마이크에 대고 말하기 시작했다. "델타 에이잭스 나이너에 있는 크롤러에게 알린다. 벌레의 징조가 나타났다. 델타 에이잭스 나이너에 있는 크롤러에게 알린다. 벌레의 징조가 나타났다. 응답하라."

잠시 후 스피커가 치직거리더니 목소리가 들려왔다. "델타 에이잭스 나이너를 부른 게 누군가? 오버."

"저 사람들 상당히 침착한 것 같은데." 할렉이 말했다.

카인즈가 다시 마이크를 향해 말했다. "우린 기록부에 기록되지 않은 오니숩터에 타고 있다. 당신이 있는 곳에서 북동쪽으로 약 3킬로미터 지점. 벌레의 징조가 당신을 향해 가고 있다. 25분 뒤 도착 추정."

이번에는 스피커에서 다른 사람의 목소리가 들려왔다. "여긴 **관제 정찰기***다. 벌레의 징조 확인. 징조와의 접촉 시간 확인을 위해 대기하라." 잠시 후 같은 목소리가 들려왔다. "26분 후에 접촉 예상. 상당히 정확한 예측이었다. 그 오니숩터에는 누가 타고 있나? 오버."

할렉이 이미 안전띠를 풀어놓고 있다가 재빨리 카인즈와 공작 사이로 끼어들었다. "이게 통상적으로 사용하는 주파수입니까, 카인즈?"

"그렇습니다. 왜 묻는 거죠?"

"이 주파수를 들을 수 있는 사람이 누구죠?"

"이 지역에 있는 인부들뿐입니다. 그래야 통신 간섭 현상을 줄일 수 있으니까요."

스피커에서 다시 누군가의 목소리가 들려왔다. "여긴 델타 에이잭스 나이너다. 이번 정찰의 보너스를 받을 사람이 누군가? 오버."

할렉이 공작을 곁눈질해 보았다.

카인즈가 말했다. "누구든 벌레의 징조를 가장 먼저 알린 사람이 스파이스 채취량을 기준으로 보너스를 받게 됩니다. 저 사람들이 알고 싶어 하는 건……."

"벌레를 제일 처음 발견한 사람이 누군지 말하십시오." 할렉이 말했다.

공작도 고개를 끄덕였다.

카인즈는 잠시 망설이다가 마이크를 집어 들었다. "징조를 가장 먼저 발견한 것은 레토 아트레이데스 공작이다. 레토 아트레이데스 공작이다. 오버."

스피커에서 전파장애로 약간 뒤틀린 목소리가 들려왔다. "잘 들었다. 고맙다."

"자, 이제 보너스를 자기들끼리 나눠 가지라고 말해요. 공작님이 그걸 원하신다고 말입니다."

할렉이 지시했다.

카인즈는 깊이 숨을 들이마신 후 할렉의 말을 전했다. "공작께서는 당신들이 보너스를 나눠 갖기를 원하신다. 들리는가? 오버."

"잘 들었다. 고맙다."

"거니가 선전 업무에도 아주 재능이 있다는 사실을 깜박 잊었군." 공작이 말했다.

카인즈가 이해할 수 없다는 듯 살짝 찌푸린 표정으로 할렉을 바라보았다.

할렉이 말했다. "이렇게 하면 공작님이 저 사람들의 안전에 신경을 쓰고 있다는 사실을 알릴 수 있습니다. 소문이 퍼지겠죠. 우리가 사용한 주파수가 이 지역에서만 사용되는 것이라고 했으니 하코넨의 정보원들이 엿듣지는 않았을 겁니다." 그는 창밖의 호위 편대를 슬쩍 쳐다보고는 말을 이었다. "게다가 지금 우리의 병력도 상당합니다. 위험을 무릅쓸 만했습니다."

공작이 수확기 크롤러에서 분출되어 나온 모래 구름을 향해 오니숍터를 몰았다. "이제 어떻게 되는 거요?"

"가까운 곳에 캐리올이 있을 겁니다. 그 캐리올이 와서 크롤러를 옮겨 갈 겁니다." 카인즈가 말했다.

"만약 캐리올이 망가지면 어떻게 되는 겁니까?" 할렉이 물었다.

"장비를 잃어버리는 거야 가끔 있는 일이죠. 크롤러 위로 가까이 다가가십시오, 공작님. 재미있는 광경을 보게 될 겁니다." 카인즈가 말했다.

공작은 미간을 찌푸리면서 바삐 조종 장치들을 움직여 크롤러 위의 난기류 속으로 오니숍터를 몰았다.

폴은 아래를 내려다보았다. 금속과 플라스틱으로 된 괴물 같은 모양의 기계에서 여전히 모래가 분출되어 나오고 있었다. 기계는 황갈색과 푸른색이 뒤섞인 딱정벌레 같았다. 기계의 몸체를 둘러싸고 있는 여러 개의 팔들이 지나간 자리에는 널찍한 자국이 남았다. 기계가 깔때기를 뒤집어놓은 것 같은 모양의 거대한 주둥이로 자기 몸 앞의 거무스름한 모래를 파고드는 것이 보였다.

"색깔을 보니 스파이스가 풍부하게 매장되어 있는 것 같습니다. 저 친구들은 아마 마지막 순간까지 일을 계속할 겁니다." 카인즈가 말했다.

공작은 날개에 공급되는 동력을 늘려 날개를 뻣뻣하게 만들었다. 가파르게 하강하기 위해서였다. 공작은 오니숍터의 고도가 낮아지자 크롤러 위에서 선회하기 시작했다. 좌우를 살펴보니 호위 편대가 고도를 유지한 채 위에서 선회하고 있었다.

폴은 크롤러의 배출구에서 뭉게뭉게 쏟아져 나오는 누런 구름을 자세히 살펴본 다음 시선을 들어 이쪽으로 다가오고 있는 벌레의 징조를 바라보았다.

"지금쯤이면 캐리올을 불러야 하는 것 아닙니까?" 할렉이 물었다.

"캐리올은 대개 다른 주파수를 사용합니다." 카인즈가 말했다.

"크롤러 한 대마다 캐리올 두 대를 대기시켜야 하지 않겠소? 밑에 있는 저 기계에는 사람이 스물여섯 명이나 있을 텐데. 게다가 장비도 있고." 공작이 말했다.

"공작님이 갖고 계신 장비가 충분……."

카인즈가 갑자기 말을 멈췄다. 스피커에서 성난 목소리가 터져 나왔기 때문이다. "누구 캐리올 본 사람 있나? 응답이 없어."

스피커에서 칙칙거리는 소리와 함께 알아들을 수 없는 소음이 들려오더니 곧 잠잠해졌다. 잠시 후 처음의 목소리가 말했다. "순서대로 보고하라! 오버."

"여긴 관제 정찰기다. 내가 마지막으로 보았을 때 캐리올은 아주 높은 고도에서 선회하면서 북서쪽으로 가고 있었다. 지금은 보이지 않는다, 오버."

"정찰기 1호. 보이지 않는다, 오버."

"정찰기 2호. 보이지 않는다, 오버."

"정찰기 3호. 보이지 않는다, 오버."

다시 침묵이 찾아왔다.

공작은 아래를 내려다보았다. 자신이 타고 있는 비행기의 그림자가 막 크롤러 위를 지나고 있었다. "정찰기가 네 대밖에 없는데, 그게 정상이오?"

"그렇습니다." 카인즈가 말했다.

"우리 편대에는 오니숍터가 다섯 대 있소. 크기도 우리 쪽이 더 크고. 무리를 하면 오니숍터 한 대에 세 명씩 더 태울 수 있소. 그리고 저 정찰기들이 각각 두 명씩을 더 태울 수 있을 거요."

폴은 머릿속으로 계산을 해보았다. "그래도 세 사람의 자리가 모자라요."

"크롤러 한 대마다 캐리올을 두 대씩 대기시키지 않는 이유가 도대체 뭐야?" 공작이 화가 나서 소리쳤다.

"공작님이 갖고 계신 장비가 충분하지 않습니다." 카인즈가 말했다.

"그러니까 지금 갖고 있는 걸 더 잘 보호해야 하지 않소!"

"그 캐리올이 도대체 어디로 갔을까요?" 할렉이 물었다.

"어딘가 우리 시야가 미치지 못하는 곳에 불시착했을 겁니다." 카인즈가 말했다.

공작이 마이크를 집어 들고 스위치에 엄지손가락을 댄 채 잠시 망설이다가 말했다. "도대체 어떻게 캐리올을 시야에서 놓칠 수가 있는 거요?"

"정찰기들은 벌레의 징조를 찾기 위해 주로 땅만 봅니다." 카인즈가 말했다.

공작은 마이크의 스위치를 켰다. "공작이다. 델타 에이잭스 나이너의 인부들을 태우러 내려가겠다. 정찰기들은 모두 명령에 따라, 동쪽에 착륙하라. 우린 서쪽을 맡겠다. 오버." 공작은 계기판에 손을 뻗어 호위 편대와 통하는 주파수를 선택한 다음 호위 편대에게도 같은 명령을 전달했다. 그리고 마이크를 카인즈에게 돌려주었다.

카인즈는 다시 인부들이 사용하는 주파수로 전환했다. 스피커에서 누군가의 목소리가 터져 나왔다. "……스파이스로 거의 가득 찼습니다! 거의 꽉 찼다고요! 저 망할 놈의 벌레 때문에 그걸 버리고 갈 수는 없습니다! 오버."

"그깟 스파이스가 다 뭐야!" 공작이 화가 나서 소리쳤다. 그는 카인즈에게서 마이크를 빼앗아 들었다. "스파이스는 나중에 얼마든지 채취할 수 있다. 우리 오니숍터에는 너희들 중 세 명만 빼고 모두를 태울 수 있는 자리가 있다. 제비를 뽑든지 다른 방법을 쓰든지 어쨌든 여기 남을 사람을 가려라. 하지만 나머지 사람들은 모두 이곳을 떠나야 해. 이건 명령이다!" 그는 마이크를 던지듯이 카인즈에게 돌려주었다. 그러나 그 바람에 카인즈가 손가락을 다쳐 고통스러워하는 것을 보고는 미안하다고 중얼거렸다.

"시간이 얼마나 남았죠?" 폴이 물었다.

"9분." 카인즈가 대답했다.

공작이 입을 열었다. "이 오니숍터는 다른 놈들보다 엔진 힘이 강해. 날개를 4분의 3 길이로 펼치고 제트 엔진을 이용해서 이륙하면 한 사람을 더 태울 수 있을 거야."

"모래가 너무 부드럽습니다." 카인즈가 말했다.

"지금보다 네 사람을 더 태우고 제트 엔진으로 이륙하면 날개가 부러질 수도 있습니다, 각하." 할렉이 말했다.

"이 오니숍터는 괜찮아." 공작이 말했다. 그는 조종간을 잡아당겨 오니숍터를 크롤러 옆으로 미끄러지듯 몰았다. 날개의 끝이 위로 올라가면서 오니숍터가 수확기에서 20미터도 떨어지지 않은 곳에서 아슬아슬하게 멈췄다.

크롤러는 이제 조용했다. 배출구에서도 더 이상 모래가 분출되지 않았다. 기계가 돌아가면서 나는 윙윙 소리만이 희미하게 들려왔다. 공작이 오니숍터의 문을 열자 그 소리가 조금 더 커졌다.

자극적인 계피 냄새가 밀려와 오니숍터에 타고 있던 사람들의 코를 찔렀다.

정찰기가 크게 펄럭이는 소리를 내며 크롤러 반대편에 사뿐히 내려앉았다. 공작의 호위 편대도 공작의 오니숍터와 열을 맞춰 착륙했다.

폴은 수확기를 바라보았다. 수확기가 하도 커서 오니숍터가 갑자기 작아진 것처럼 보였다. 병정 딱정벌레 옆에 모기가 붙어 있는 것 같았다.

"거니, 폴하고 같이 저 뒷좌석을 떼어버리게." 공작이 말했다. 그는 수동으로 날개를 펼쳐 4분의 3 길이가 되도록 한 다음, 날개의 각도를 조정하고 제트 포드의 조절 장치를 확인했다. "저놈들은 도대체 뭘 하느라고 저 기계에서 나오질 않는 거야?"

"캐리올이 나타나기를 바라고 있는 겁니다. 아직 몇 분 남았으니까요." 카인즈가 동쪽을 흘끗 바라보며 말했다.

모두 카인즈를 따라 동쪽으로 시선을 돌렸다. 아직 벌레가 가까이 다가오는 징조는 없었지만 불안감이 허공을 무겁게 짓눌렀다.

공작이 마이크를 잡고 호위 편대와 통신을 하기 위해 주파수를 바꿨다. "너희 오니숍터 중 두 대에서 방어막 발생기를 뜯어내라. 그러면 각각 한 사람씩 더 태울 수 있어. 어느 누구도 저 괴물의 먹이로 두고 갈 수 없다." 그는 다시 인부들과의 통신에 사용되는 주파수를 누른 다음 큰 소리로 명령을 내렸다. "델타 에이잭스 나이너에 있는 사람 모두 밖으로 나와! 당장! 공작인 내가 내리는 명령이다! 빨리 뛰어나오지 않으면 레이저총으로 크롤러를 두 동강 내겠어!"

수확기 전면에 있는 해치가 벌컥 열리고, 뒤쪽과 지붕의 해치도 열렸다. 곧 사람들이 구르듯이 뛰어나와 모래 바닥으로 미끄러졌다. 해치에서 맨 마지막으로 모습을 드러낸 사람은 작업복을 입은 키 큰 남자였다. 그가 모래 위로 뛰어내렸다.

공작은 마이크를 계기판에 걸고 날개로 향하는 계단으로 펄쩍 뛰어올라가 소리쳤다. "정찰기에 두 사람씩 들어가."

수확기에서 마지막으로 뛰어나온 키 큰 남자가 인부들을 둘씩 짝지어 정찰기 쪽으로 보내기 시작했다.

"네 명은 이쪽!" 공작이 소리쳤다. "저 뒤의 오니숍터로 네 명!" 그가 자기 바로 뒤에 있는 호위 편대의 오니숍터를 손가락으로 가리켰다. 경비병들이 방어막 발생기를 막 떼어내고 있었다. "저쪽 오니숍터로 네 명!" 공작은 이미 방어막 발생기를 제거한 다른 오니숍터를 가리켰다. "나머지는 각각 세 명씩이다! 뛰어, 이놈들아!"

키 큰 남자가 인부들을 짝을 지어 보내는 작업을 마치고 나머지 인부 세 명과 함께 모래밭을 가로질러 부지런히 뛰어왔다.

"벌레 소리가 들립니다. 하지만 아직 보이지는 않아요." 카인즈가 말했다.

다른 사람들의 귀에도 벌레가 다가오는 소리가 똑똑히 들렸다. 벌레가 모래 위를 미끄러지며 다가오는 소리가 점점 커졌다.

"제기랄, 이런 방법밖에 없다니." 공작이 투덜거렸다.

공작 일행의 주위에서 오니숍터들이 날개를 펄럭이며 이륙하기 시작했다. 그 광경을 보며 공작은 고향 행성의 정글에서 겪은 일을 떠올렸다.

그가 정글 속에서 갑자기 나타난 공터로 뛰어들자 야생 황소의 시체 위에 모여 있던 새들이 황급히 날아올랐다.

인부들이 공작이 타고 있던 오니숍터에 도착해 공작을 따라 안으로 들어왔다. 할렉이 뒷좌석에서 손을 내밀어 그들을 도왔다.

"빨리 들어와! 빨리!" 할렉이 소리쳤다.

폴은 땀을 뻘뻘 흘리고 있는 인부들에게 밀려 구석으로 자리를 옮겼다. 인부들의 땀에서 공포의 냄새가 났다. 그때 인부들 중 두 명이 사막복의 목 부분을 잘못 입고 있는 것이 눈에 들어왔다. 그는 나중을 위해 이 사실을 기억 속에 담아두었다. 아버지에게 사막복에 대한 규율을 더 엄격하게 적용하라고 말씀드릴 작정이었다. 그런 부분에 대한 통제가 느슨해지면 일을 할 때도 대충하게 마련이었다.

마지막으로 오니숍터에 오른 남자가 뒷좌석으로 뛰어들면서 숨찬 목소리로 외쳤다. "벌레다! 바로 옆까지 왔어! 빨리 이륙해요!"

공작이 인상을 찌푸리고 미끄러지듯이 자기 자리로 들어가며 말했다. "처음 예상 접촉 시간에 따르면 아직 3분이나 남았어. 그렇지 않소, 카인즈?" 그는 문을 닫은 후 제대로 닫았는지 확인했다.

"거의 정확합니다, 공작님." 카인즈가 말했다. '이 공작이란 자는 아주 침착한 사람이군.'

"이쪽은 이륙 준비를 끝냈습니다, 각하." 할렉이 말했다.

공작은 고개를 끄덕이며 호위 편대의 마지막 오니숍터가 이륙하는 것을 지켜보았다. 그는 점화 장치를 조절하고 다시 한번 날개와 기기들을 눈으로 확인한 후 제트 엔진을 작동시켰다.

오니숍터가 이륙하는 순간 거센 압력이 공작과 카인즈를 비롯한 모든 사람들을 짓눌렀다. 카인즈는 공작이 확신에 찬 태도로 부드럽게 조종 장치들을 다루는 것을 지켜보았다. 이제 오니숍터는 완전히 공중에 떠 있었다. 공작은 기기들을 유심히 살펴본 후 좌우의 날개를 슬쩍 쳐다보았다.

"기체가 아주 무겁습니다, 각하." 할렉이 말했다.

"이 정도는 감당할 수 있어. 설마 내가 이 사람들을 전부 위험하게 하겠나, 거니."

할렉이 히죽 웃으며 말했다. "물론 아니고말고요, 각하."

공작은 길고 완만한 곡선을 그리며 오니숍터를 크롤러 위로 몰았다.

폴은 창가의 구석자리에서 잔뜩 몸을 웅크린 채 모래 위에서 침묵하고 있는 기계를 내려다보았다. 벌레의 징조는 크롤러에서 400미터쯤 떨어진 곳에서 끊어져 있었다. 지금은 그 크롤러 주위의 모래가 들썩이고 있었다.

"벌레가 크롤러 밑으로 들어갔습니다. 이제 아주 보기 힘든 광경을 보실 수 있을 겁니다." 카인즈가 말했다.

먼지구름이 크롤러 주위에 그림자를 드리웠다. 그 커다란 크롤러가 오른쪽으로 기울어지려 하고 있었다. 크롤러의 오른쪽에 거대한 모래 소용돌이가 생겨나더니 점점 빠르게 움직였다. 솟아오른 모래와 흙먼지가 사방 수백 미터를 가득 채웠다.

그때였다.

모래 위에 커다란 구멍이 나타났다. 그 구멍 안에서 번들거리는 하얀색 바퀴살 같은 물체에 햇살이 부딪쳤다. 구멍의 지름이 크롤러 길이의 두 배는 될 거라고 폴은 생각했다. 그는 크롤러가 거대한 먼지구름을 일으키며 그 구멍으로 미끄러져 들어가는 것을 지켜보았다. 구멍은 모래 속으로 사라졌다.

"세상에, 정말 괴물이잖아!" 폴의 옆에 앉은 남자가 중얼거렸다.

"우리 스파이스를 전부 가져갔어!" 또 다른 인부가 투덜거렸다.

"이번 일에 책임이 있는 자를 가려내서 반드시 책임을 묻겠다. 내 약속하지." 공작이 말했다.

폴은 단호하기 그지없는 아버지의 목소리에서 깊은 분노를 느꼈다. 화가 나기는 그도 마찬가지였다. 이런 일이 벌어지다니!

뒤를 이은 침묵 속에서 카인즈의 목소리가 들려왔다.

"창조자와 그의 물에 축복을. 창조자의 오고 가심에 축복을. 그분이 지나가심으로써 이 땅이 정화되기를. 그분이 그분의 백성들을 위해 이 땅을 지켜주시기를."

"그게 무슨 말이오?" 공작이 물었다.

그러나 카인즈는 아무 말도 하지 않았다.

폴은 옆에 앉아 있는 인부들을 흘끗 바라보았다. 그들은 두려운 눈으로 카인즈의 뒤통수를 바라보고 있었다. 그중 한 명이 속삭이듯 작은 소리로 말했다. "리에트 님."

카인즈가 험악한 표정으로 뒤를 돌아보았다. '리에트'라고 말했던 남자는 당황해서 몸을 움츠렸다.

다른 인부 하나가 기침을 하기 시작했다. 귀에 거슬리는 메마른 소리였다. 이윽고 그가 숨을 헐떡이면서 말했다. "이 지옥 같은 구덩이에 저주를 내려주소서!"

크롤러에서 마지막으로 나왔던 키 큰 남자가 그에게 말했다. "진정해, 코스. 그러니까 기침이 더 심해지잖아." 그는 인부들 사이에서 몸을 비틀어 공작의 뒤통수를 바라보며 말을 이었다. "레토 공작님? 감사합니다, 저희 목숨을 구해 주셔서. 공작님이 오기 전에는 이제 죽었구나 했어요."

"조용히. 공작님이 조종하시는 데 방해하면 되나." 할렉이 작은 소리로 말했다.

폴은 할렉을 곁눈질했다. 할렉도 공작이 턱에 잔뜩 힘을 주고 있다는 것을 알고 있었다. 공작이 이렇게 분노하고 있을 때에는 조심하는 것이 상책이었다.

레토는 선회를 멈추고 이곳을 떠날 준비를 하기 시작했다. 그런데 그때 모래 위에서 뭔가가 움직이는 것이 보였다. 모래벌레는 이미 땅속 깊은 곳으로 사라지고 없었다. 그런데 크롤러가 있던 자리 근처에서 두 사람이 북쪽을 향해 움직이고 있었다. 그들이 걷고 있는데도 땅에서는 먼지가 거의 피어오르지 않았다. 마치 땅 위를 그냥 미끄러지고 있는 것 같았다.

"저 사람들이 누군가?" 공작이 성난 목소리로 소리쳤다.

"오니숍터를 타려고 온 놈들요, 가카." 키 큰 남자가 말했다.

"그런데 왜 저 사람들에 대해 아무 말도 없었지?"

"자기들이 위험을 무릅쓴 건데요, 가카." 키 큰 남자가 말했다.

"공작님, 모래벌레가 사는 곳에서 오도 가도 못 하게 된 사람들을 도우려고 해봤자 아무 소용이 없다는 건 인부들이라면 누구나 알고 있는 사실입니다." 카인즈가 말했다.

"기지에 도착하면 저자들을 데려갈 오니숍터를 보내겠다!" 공작이 단호하게 말했다.

"알겠습니다, 공작님. 하지만 오니숍터가 여기 도착할 때쯤이면 아무것도 남아 있지 않을 겁니다." 카인즈가 말했다.

"그래도 오니숍터를 보낼 거야."

"저 사람들은 벌레가 나타난 곳 바로 옆에 있었어요. 어떻게 살아난 거죠?" 폴이 물었다.

"벌레가 나타난 구멍이 안으로 함몰되었기 때문에 거리가 더 가까워 보인 겁니다." 카인즈가 말했다.

"이러면 연료를 낭비하는 꼴입니다, 각하." 할렉이 용기를 내서 끼어들었다.

"알아, 거니."

공작은 방어벽을 향해 오니숍터를 몰았다. 위에서 선회하고 있던 호위 편대가 아래로 내려와 공작이 타고 있는 오니숍터의 양쪽 측면과 위에 자리를 잡았다.

폴은 키 큰 남자와 카인즈가 한 말에 대해 생각해 보았다. 그는 그들의 말이 틀림없는 거짓말임을 느낄 수 있었다. 모래 위를 걷고 있는 두 남자는 아주 자신 있는 태도로 미끄러지듯 움직이고 있었다. 땅속 깊은 곳에 있는 모래벌레를 다시 땅 위로 불러올리지 않기 위해 세심하게 계산된 움직임이었다.

'프레멘이야! 사막에서 저렇게 자신 있게 움직일 수 있는 사람이 프레멘 말고 또 있겠어? 마치 당연한 일이라는 듯이 저렇게 태평하게 움직일 수 있는 사람은 프레멘밖에 없어. 그럼 저 사람들이 지금 위험에 처해 있는 게 아니란 얘긴가? 그래, 저 사람들은 여기서 살아가는 법을 알고 있어! 벌레를 속이는 법을 알고 있는 거야!'

"프레멘이 저 크롤러에서 뭘 하고 있었던 겁니까?" 폴이 물었다.

카인즈가 휙 몸을 돌렸다.

키 큰 남자도 휘둥그레진 눈으로 폴을 바라보았다. 온통 푸른색뿐인 눈이었다. "얘는 누구요?" 키 큰 남자가 물었다.

할렉이 그와 폴 사이에 끼어들면서 말했다. "이분은 공작님의 후계자이신 폴 아트레이데스 님이다."

"왜 우리 크롤러에 프레멘이 있었다는 거요?" 키 큰 남자가 물었다.

"저 사람들이 프레멘처럼 생겼으니까." 폴이 말했다.

카인즈가 코웃음을 치며 대꾸했다. "그냥 얼굴만 보고 프레멘을 구분할 수는 없습니다!" 그는 키 큰 남자에게 시선을 돌리며 말을 이었다. "자네가 말해 보게. 저 사람들이 누군지."

"다른 인부의 친구. 기냥 스파이스 모래가 보고 싶어서 마을에서 온 친구들요." 키 큰 남자가 말했다.

카인즈가 고개를 돌리며 소리쳤다. "프레멘이라니!"

그러나 그 순간 그의 머릿속에 전설의 한 구절이 떠올랐다. '어떤 속임수를 쓰더라도 리산 알 가입은 진실을 꿰뚫어 볼 것이다.'

"지금 그 사람들은 죽었수, 도령. 그 친구들에 안 좋은 말 안 돼요." 키 큰 남자가 말했다.

그러나 폴은 그들의 목소리에서 거짓과 협박을 느꼈다. 할렉도 그것을 느꼈는지 본능적으로 경호 자세를 취했다.

폴이 냉담하게 말했다. "그렇게 끔찍한 곳에서 죽다니 안됐군."

카인즈가 고개를 돌리지 않은 채 입을 열었다. "신이 한 생명에게 특정한 장소에서 죽음을 맞이하라고 명하실 때는, 그 생명이 스스로 원해서 그 장소로 가도록 이끄시는 법입니다."

레토가 험악한 눈으로 카인즈를 바라보았다.

카인즈는 공작의 눈길을 맞받으면서 오늘 여기서 깨달은 사실에 마음이 불편하다는 것을 깨달았다. '이 공작은 스파이스보다 사람들을 더 걱정했어. 자기 목숨과 아들의 목숨까지 걸고 이 사람들을 구하려고 했지. 크롤러를 잃어버린 것도 가볍게 넘겼고. 공작이 지금 화가 난 건 사람들의 목숨이 위험했다는 점 때문이야. 이런 지도자라면 그 부하들의 충성

심은 거의 광적이겠군. 이 사람을 물리치기가 꽤 어렵겠어.'

카인즈는 자신의 의지와 기존의 판단에 어긋난다는 것을 알면서도 한 가지 사실을 인정할 수밖에 없었다. '이 공작이 마음에 들어.'

위대함이란 덧없는 것이다. 위대함은 결코 지속적이지 않다. 그것은 부분적으로는 신화를 만들어내는 인간의 상상력에 의지하고 있다. 위대함을 경험하는 사람은 반드시 자신이 속해 있는 신화에 대한 느낌을 가지고 있어야 한다. 그는 사람들이 자신에게 투영하는 모습을 그대로 보여줘야 하고, 강한 냉소적인 감각도 지니고 있어야한다. 그를 자신이 표방하는 모습에 대한 믿음과 분리해 주는 것이 이것이다. 냉소만이 그가 자신 안에서 운신할 수 있게 해준다. 이러한 자질이 없다면, 잠깐의 위대함일지라도 한 인간을 파멸시키고 만다.

―이룰란 공주의 『무앗딥 어록집』

어스름이 내려앉은 아라킨 저택의 식당에는 반중력 램프 불빛이 밝혀져 있었다. 노란 램프 불빛이 검은 황소의 머리와 피묻은 뿔, 그리고 어두운색으로 번들거리는 노공작의 유화 초상화를 비췄다.

이 부적들 아래에서 눈부시게 흰 식탁보 위에 번쩍번쩍 윤이 나도록 닦인 아트레이데스 가문의 은식기가 격식에 맞춰 차려져 있었다. 하얀 바다에 점점이 흩어진 섬 같은 은식기들 주위에는 유리잔이 놓여 있고, 식기가 차려진 자리마다 무거운 나무 의자들이 정확하게 놓여 있었다.

고전적인 중앙의 샹들리에에는 아직 불이 밝혀져 있지 않았다. 샹들리에가 매달린 줄의 끝은 천장의 어둠 속에 묻혀 보이지 않았다. 그곳에는 독약 탐지기가 감춰져 있을 터였다.

공작은 문간에 서서 식탁을 살펴며 독약 탐지기가 이 사회에서 의미하는 바에 대해 생각해 보았다.

'언제나 똑같은 패턴이군. 그러니 쓰는 말에 따라 그 사람의 됨됨이를 알아볼 수 있지. 자기를 믿는 상대를 배신하고 그에게 죽음을 선사하는 행위를 얼마나 정확하고 섬세하게 묘사하는가에 따라서 말이야. 오늘 밤 누군가가 **초머르키***를 술잔에 탈까? 아니면 음식에 **초마스***를 섞을까?'

그는 고개를 가로저었다.

기다란 식탁 위에 놓인 접시 하나마다 옆에 물잔이 놓여 있었다. 이 식탁에 놓인 물만으로도 아라킨의 빈민 가정이 1년도 넘게 버틸 수 있겠다고 공작은 생각했다.

그가 서 있는 문간의 양옆으로는 노란색과 초록색의 화려한 타일로 장식된 널찍한 대야에 손 씻을 물이 담겨 있었다. 대야마다 옆에는 수건도 여러 장 준비되어 있었다. 시녀장의 설명에 따르면, 손님들은 안으로 들어오면서 대야에 가볍게 손을 담그고 물 여러 잔을 바닥에 쏟는다. 그런 다음, 수건으로 손을 닦고 자기가 물을 쏟은 자리에 수건을 던지는 것이 관습이라고 했다. 그리고 식사가 끝난 후에는 거지들이 문밖에 모여들어 사람들이 수건에서 짜주는 물을 받아 간다고 했다.

'전형적인 하코넨 영지답군. 인간이 생각해 낼 수 있는 모든 방법으로 사람들을 비굴하게 만드니 말이야.' 공작은 울화로 속이 뒤틀리는 것을 느끼면서 깊이 숨을 들이마셨다.

"그런 관습은 이제 끝이야!" 그가 중얼거렸다.

시녀장이 추천한 늙은 하녀 중의 한 명이 맞은편 부엌 문간에서 서성 대고 있는 것이 보였다. 공작은 손을 들어 그녀에게 이쪽으로 오라는 신호를 보냈다. 그녀는 문간의 어둠에서 나와 서둘러 식탁 주위를 돌아 공작에게 왔다. 그녀의 피부는 질긴 가죽 같았고 눈은 온통 푸른색이었다.

"공작님, 부르셨습니까?" 공작이 자신의 눈을 보지 못하게 고개를 숙인 채 그녀가 말했다.

공작이 대야를 가리키며 말했다. "저 대야하고 수건을 치워라."

"하지만…… 고귀한 분이시여……." 그녀는 놀라서 입을 벌린 표정으로 공작을 올려다보았다.

"그게 관습이라는 건 나도 안다!" 공작이 성난 목소리로 소리쳤다. "저 대야를 정문으로 가져가. 그리고 우리가 식사를 끝낼 때까지 문밖으로 찾아오는 거지들에게 모두 물 한 잔씩을 주어라. 알아들었나?"

질긴 가죽 같은 그녀의 얼굴이 여러 감정으로 뒤틀렸다. 곤혹스러움, 분노…….

레토는 상황이 어떻게 돌아가는 것인지 금방 알아챘다. 늙은 하녀는 사람들이 발로 밟고 지나간 그 수건에서 짜낸 물을 돈을 받고 팔 작정이었을 것이다. 그건 불쌍한 사람들을 쥐어짜는 짓이었다. 하지만 어쩌면 그것조차 관습인지도 몰랐다.

공작이 어두운 표정으로 으르렁거리듯이 말했다. "경비병을 배치해서 내 명령이 제대로 지켜지는지 감시하겠다."

그는 획 몸을 돌려 중앙 홀을 향해 성큼성큼 걸어갔다. 과거의 기억들이 이 빠진 노파의 투덜거림처럼 머릿속을 흘러갔다. 그는 탁 트인 바다와 파도를 기억하고 있었다. 온통 모래뿐인 풍경 대신 며칠을 가도 풀밭이 끊임없이 이어지던 풍경 역시 기억하고 있었다. 눈부신 여름날이 폭풍에 날리는 나뭇잎처럼 빠르게 그의 곁을 스쳐 지나가던 것도 기억났다.

그 모든 것이 이제는 사라져버렸다.

'내가 나이를 먹는 모양이군. 내가 언젠가 죽을 거라는 냉혹한 현실이 이제 실감이 나. 늙은 여자의 탐욕을 보면서 이런 걸 느끼게 될 줄이야.'

중앙 홀로 가보니 제시카가 벽난로 앞에 모여 있는 여러 사람들 가운데에 서 있었다. 벽난로에서 '탁탁' 소리를 내며 타고 있는 불꽃이 사람들이 걸치고 있는 보석과 레이스와 값비싼 천을 깜박거리는 오렌지색 불빛으로 물들였다. 카르타그에서 온 사막복 공장 사장과 전자 장비 수입업자, 극 지방의 공장 근처에 여름 별장을 소유하고 있는 물 운송업자, 마르고 쌀쌀맞은 조합 은행의 대표, 스파이스 채취 장비의 교체용 부품 상인, 다른 행성에서 온 여행자들에게 이성 파트너를 제공해 주는 에스코트 사업을 하는 냉혹한 표정의 마른 여자 등이 사람들 사이에 뒤섞여 있었다. 마지막 여자의 경우에는 밀수, 간첩 활동, 공갈 협박 등 다양한 사업을 은폐하기 위해 에스코트 사업을 하고 있다는 얘기가 있었다.

홀에 있는 여자들은 대부분 똑같은 틀로 찍어낸 사람들 같았다. 모두들 조금도 격식에서 어긋나지 않게 화사한 옷을 차려입었으며, 요염하면서도 감히 손댈 수 없게 만드는 묘한 분위기를 풍기고 있었다.

제시카가 굳이 이 집의 안주인이 아니었더라도 여자들 사이에서 단연 돋보였을 것이라고 공작은 생각했다. 그녀는 보석을 전혀 걸치지 않았으며 따스한 빛깔의 옷을 입고 있었다. 그녀의 긴 드레스는 벽난로에서 불타오르는 불꽃과 거의 흡사한 색이었고, 청동색 머리카락은 흙빛이 나는 갈색 끈으로 묶여 있었다.

공작은 제시카가 자신을 말없이 비난하기 위해 이런 색깔을 택했음을 알아차렸다. 이것은 최근 그가 보여준 차가운 태도에 대한 그녀 나름의 비난이었다. 그녀는 자신이 이런 색깔의 옷을 입었을 때 공작이 가장 좋아한다는 것을 알고 있었다. 그녀는 공작이 자신을 살랑이는 따스한 봄바람 같은 존재로 보고 있다는 것을 알고 있었다.

제시카를 둘러싸고 있는 사람들과 조금 떨어진 곳에는 반짝거리는 예복을 입은 던컨 아이다호가 서 있었다. 그의 무미건조한 얼굴에서는 표정을 읽을 수 없었고, 검은 곱슬머리는 깔끔하게 빗질이 되어 있었다. 그는 프레멘 마을에서 불려와 하와트에게 명령을 받았다. '레이디 제시카를 경호한다는 핑계를 대고, 그녀를 항상 감시하라'는 명령이었다.

공작은 방 안을 둘러보았다.

한쪽 구석에서는 폴이 아라킨의 소귀족들에게 둘러싸여 있었다. 폴에게 열심히 아첨을 하고 있는 그들 사이에 아트레이데스 사병 부대의 장교 세 명이 차가운 표정으로 서 있었다. 공작은 폴을 둘러싸고 있는 소귀족들 중 어린 소녀들을 눈여겨보았다. 그들 입장에서 보면 공작 후계자의 관심을 끄는 것만큼 좋은 일이 없을 터였다. 그러나 폴은 귀족답게 위엄 있고 과묵한 태도로 소녀들을 똑같이 대우하고 있었다.

'저 애는 공작이라는 직위를 잘 감당할 거야.' 공작은 속으로 생각했다. 그러나 다음 순간, 자신이 또다시 죽음을 대비한 생각을 하고 있음을 깨닫고 소스라치게 놀랐다.

폴은 아버지가 문간에 서 있는 것을 보고 시선을 피했다. 그는 무리를 지어 모여 있는 손님들을 둘러보았다. 술잔을 든 손님들의 손은 보석으로 치장되어 있었다. 리모콘으로 조종되는 작은 독약 탐지기가 사람들의 눈에 띄지 않게 음식을 조사하는 모습도 보였다. 재잘거리며 수다를 떨고 있는 사람들의 얼굴을 둘러보면서 폴은 갑자기 강한 혐오감을 느꼈다. 지금 사람들이 여기서 보여주고 있는 표정은 더러운 생각들을 감추기 위한 천박한 가면에 불과했다. 그들이 떠들어대는 소리가 모든 사람들의 가슴속에 휑하니 자리 잡고 있는 침묵을 잠재워 버렸다.

'난 지금 괜히 심술을 부리고 있는 거야.' 폴은 속으로 생각했다. 거니한테 이런 말을 하면 그가 뭐라고 할지 궁금했다.

그는 자기가 지금 왜 이렇게 기분이 나쁜지 잘 알고 있었다. 원래 그는 이 자리에 참석하고 싶지 않았지만 아버지의 태도가 워낙 단호했다. "넌 네 지위에 맞는 책임을 감당해야 해. 이젠 너도 나이를 충분히 먹었으니까. 넌 이제 어른이 다 됐어."

폴은 아버지가 문간에 서서 방을 한 바퀴 둘러본 다음 레이디 제시카 주위에 모여 있는 사람들에게 다가가는 것을 보았다.

레토는 제시카를 둘러싸고 있는 사람들에게 다가가면서 물 운송업자의 목소리를 들었다. "공작님이 기후 조절 시스템을 설치할 예정이시라는 게 사실입니까?"

공작이 물 운송업자의 등 뒤에서 대답했다. "아직 그 문제에 대해서는 생각하지 못했소."

물 운송업자가 뒤를 돌았다. 그의 얼굴은 둥글고 온화했으며 검게 그을려 있었다. "아, 공작님. 지금까지 어디 계신가 했습니다."

레토는 제시카에게 슬쩍 시선을 던졌다. "할 일이 좀 있었소." 그는 다시 물 운송업자에게 시선을 돌리며 손 씻는 물이 담긴 대야를 치우라고 했다고 말했다. "그 오래된 관습은 이제 이걸로 끝이오."

"그건 공작의 권위로 내리는 명령입니까, 공작님?" 물 운송업자가 물었다.

"그 대답은 당신의…… 음…… 양심에 맡기겠소." 공작은 시선을 돌렸다. 카인즈가 다가오는 것이 보였다.

주위에 있던 한 여자가 말했다. "전 공작님이 아주 관대한 조치를 내리셨다고 생각해요. 물을 주는 것은……." 누군가가 '쉿' 하고 그녀의 말을 막았다.

공작은 카인즈를 바라보았다. 카인즈는 제국 공무원의 견장과 금으로 만든 작은 눈물방울 모양의 계급장이 달린 짙은 갈색의 구식 제복을 입고 있었다.

물 운송업자가 성난 목소리로 물었다. "공작님께서는 지금 저희 관습을 비난하시는 겁니까?"

"관습이 바뀐 것뿐이오." 공작은 카인즈에게 가볍게 묵례를 보냈다. 제시카가 얼굴을 찡그리고 있는 것이 눈에 띄었다. '찡그린 표정은 제시카에게 어울리지 않아. 저 표정 때문에 우리 사이가 껄끄럽다는 소문이 더욱 퍼져나가겠군.'

"공작께서 양해해 주신다면, 관습에 대한 문제를 더 묻고 싶군요." 물 운송업자가 말했다.

레토는 그의 목소리가 갑자기 유들유들해졌다는 것을 눈치챘다. 주위에 모여 있는 사람들이 모두 말을 멈춘 채 그를 주목하고 있었다. 방 안의 다른 곳에 있던 사람들도 고개를 돌려 그를 바라보기 시작했다.

"식사 시간이 다 되지 않았나요?" 제시카가 물었다.

"하지만 손님들께서 질문할 게 있다고 하시는군." 레토가 말했다. 그는 물 운송업자를 바라보았다. 둥그스름한 얼굴에 눈이 크고 입술이 두꺼운 그 얼굴을 바라보며 레토는 하와트의 보고를 떠올렸다. '……이 물 운송업자는 감시 대상입니다. 그의 이름은 링가 뷰트입니다. 이름을 기억해 두십시오. 하코넨은 그를 이용했지만 결코 그를 손아귀에 넣고 부리지는 못했습니다.'

"물에 관한 관습은 아주 흥미롭지요." 뷰트가 말했다. 그는 미소를 짓고 있었다. "이 집에 부속 건물로 붙어 있는 온실을 어떻게 하실 생각인지 궁금합니다. 사람들 면전에서 그 온실을 계속 과시할 생각이십니까…… 공작님?"

레토는 뷰트를 노려보며 화를 참았다. 여러 가지 생각들이 마음속을 빠르게 스치고 지나갔다. 공작의 성에서 공작에게 도전하는 것은 대단한 용기가 필요한 일이었다. 게다가 뷰트는 이미 공작에게 충성하겠다는 계약서에 서명을 한 입장이었다. 그러나 이런 행동을 하는 데에는 용기만 필요한 것이 아니었다. 도전을 하는 사람은 자신이 쥔 힘이 얼마나 큰지 분명히 알고 있어야 했다. 이곳에서 물은 곧 힘이었다. 예를 들어 누군가가 물 시설에 폭탄을 심어 언제든 간단한 신호만으로도 파괴할 수 있다면……. 뷰트라는 인물은 충분히 그런 일을 저지를 수 있는 사람 같았다. 물 시설이 파괴되면 아라키스 전체가 파멸할 수도 있었다. 하코넨이 뷰트를 완전히 장악하지 못한 것은 어쩌면 그가 이렇게 칼자루를 쥐고 있었기 때문인지도 몰랐다.

"공작님과 저는 온실에 대해 다른 계획을 가지고 있어요." 제시카가 말했다. 그녀는 레토에게 미소를 보내며 말을 이었다. "우리가 그 온실을 그대로 보존할 생각인 건 사실이에요. 하지만 그걸 아라키스 사람들을 위해 대신 관리하는 형식으로 가지고 있을 거예요. 언젠가 아라키스의 기후가 바뀌어서 그런 식물들이 들판 어디에서나 자랄 수 있게 되면 좋겠다는 것이 우리의 꿈이거든요."

'굉장해, 제시카! 이제 저 물 운송업자가 대답을 하려면 한참 생각을 해야겠는데.' 레토는 생각했다.

"당신이 물과 기후 조절에 관심을 갖고 있는 건 당연하오. 난 당신이 재산을 분산해 놓는 것이 좋을 거라고 생각하오. 아라키스에서 물이 더 이상 귀한 물건으로 취급되지 않는 날이 언젠가 올 테니까." 공작이 말했다.

'하와트에게 이 뷰트라는 자의 조직에 대한 첩보 활동을 한층 강화하라고 해야겠어. 그리고 즉시 예비용 물 시설을 마련하라고 해야지. 누구도 내 머리 위에서 칼자루를 쥐고 있을 순 없어.'

뷰트가 고개를 끄덕였다. 여전히 얼굴에는 미소를 띤 채였다. "정말 훌륭한 꿈입니다, 공작님." 그가 한 발짝 뒤로 물러섰다.

그때 카인즈의 표정이 레토의 시선을 끌었다. 카인즈는 제시카를 뚫어져라 바라보고 있었다. 갑자기 사랑에 빠진 것인지…… 아니면 종교적인 무아지경에 빠진 것인지 종잡을 수 없는 표정이었다.

예언의 구절들이 마침내 그를 압도하고 있었다. '그들은 너의 가장 소중한 꿈과 똑같은 꿈을 꿀 것이다.' 카인즈가 제시카에게 직접 말을 걸었다. "부인께서는 '길을 단축하는 것'을 가져오셨습니까?"

"아, 카인즈 박사." 물 운송업자가 말했다. "프레멘 패거리와 돌아다니다가 이제 돌아오셨군요. 언제 봐도 품위가 있으십니다."

카인즈는 아무 표정 없는 눈으로 뷰트를 바라보며 말했다. "사막 사람들은 사람이 물을 너무 많이 가지고 있으면 부주의해져서 치명적인 실수를 저지르게 된다고들 합니다."

"사막에는 이상한 속담들이 많이 있으니까요." 뷰트가 그렇게 말했다. 그러나 그의 목소리에는 불안감이 배어 있었다.

제시카는 레토에게 다가가 그의 팔짱을 꼈다. 잠시 마음을 차분하게 가라앉히고 싶어서였다. 카인즈는 '길을 단축하는 것'이라고 말했다. 그 말을 고대어로 번역하면 바로 '퀴사츠 해더락'이었다. 다른 사람들은 카인즈의 이상한 질문에 별로 신경을 쓰지 않는 것 같았다. 카인즈는 이제

한 여자에게 몸을 기울이고 그녀가 낮은 소리로 아양을 떠는 말에 귀를 기울이고 있었다.

'퀴사츠 해더락이라니. 보호 선교단이 여기에도 그 전설을 심어놓은 걸까?' 제시카는 속으로 생각했다. 그녀가 폴에게 남몰래 품고 있는 희망이 다시 고개를 들었다. '어쩌면 폴이 퀴사츠 해더락인지도 몰라. 정말 그럴지도 몰라.'

뷰트는 조합 은행의 대표와 이야기를 나누고 있었다. 다시 대화를 시작한 사람들의 목소리를 뚫고 뷰트가 큰 소리로 말하는 것이 들려왔다. "지금까지 많은 사람들이 아라키스를 바꾸려고 했지요."

공작은 이 말이 카인즈에게 커다란 자극이 되었다는 것을 알 수 있었다. 카인즈는 몸을 다시 똑바로 세우더니 자신에게 추파를 던지고 있는 여자 곁에서 물러났다.

갑작스럽게 내려앉은 침묵 속에 하인 제복을 입은 공작의 병사가 레토 뒤에서 가볍게 헛기침을 했다. "식사가 준비되었습니다, 공작님."

공작은 제시카를 향해 의문이 담긴 눈길을 던졌다.

"손님들이 먼저 식당으로 들어간 뒤 집주인 부부가 뒤를 따르는 것이 이곳의 관습이에요." 그녀는 미소를 지었다. "그 관습도 바꿀 건가요, 공작님?"

공작이 차가운 어조로 대답했다. "그건 훌륭한 관습 같군. 지금 당장은 그 관습을 따르도록 합시다."

'난 제시카를 반역자로 의심하는 것처럼 연극을 계속해야 해.' 공작은 자기 옆을 지나 식당으로 향하는 손님들을 흘끗 바라보았다. '이 사람들 중에 그 연극을 진실로 믿는 사람이 과연 누굴까?'

제시카는 공작이 자신과 거리를 두려 한다는 것을 느끼며 지난 일주일 동안 자주 떠올리던 생각을 다시 떠올렸다. '레토는 자기 자신과 싸우는 사람처럼 행동하고 있어. 내가 이 저녁 만찬을 너무 서둘러 열었기 때문일까? 아냐, 우리 쪽 사람들과 이곳 사람들이 사교적인 모임에서 서로 교류하는 것이 중요하다는 건 레토도 알고 있어. 우린 이 사람들 모두에게 부모와 같은 존재야. 이런 사교 모임만큼 그 사실을 확실하게 각인시킬 수 있는 건 없어.'

레토는 손님들이 식당으로 들어가는 것을 보면서 투피르 하와트가 처음 이 모임에 대한 이야기를 듣고 보인 반응을 떠올렸다. "각하! 절대 안 됩니다!"

공작의 입가에 우울한 미소가 떠올랐다. 하와트가 어찌나 강경했는지. 그러나 공작이 참석하겠다는 뜻을 굽히지 않자 하와트는 고개를 가로저으며 이렇게 말했다. "느낌이 좋지 않습니다, 공작님. 아라키스에 온 이후 모든 일이 너무 빨리 진행되고 있어요. 하코넨이 이런 식으로 일을 처리해 놓고 떠났을 리가 없습니다. 전혀 하코넨답지 않습니다."

폴이 자기보다 머리 반 개 정도 큰 여자를 에스코트하며 아버지의 옆을 지나갔다. 그는 여자가 뭐라고 하는 말에 고개를 끄덕이며 아버지에게 심술궂은 시선을 던졌다.

"저 여자애의 아버지는 사막복 제조 공장을 운영하고 있어요. 바보가 아니고서야 그 사람이 만든 사막복을 입고 사막 깊숙이 들어가는 사람은 없다던데요." 제시카가 말했다.

"폴 앞에 있는 얼굴에 흉터가 진 사람은 누구요? 난 누군지 모르겠는데." 공작이 물었다.

"나중에 초대 손님 명단에 추가된 사람이에요. 거니가 초대했는데, 밀수업자예요." 제시카가 낮은 소리로 속삭였다.

"거니가 초대했다고?"

"제가 부탁했거든요. 하와트도 허락했어요. 뭐, 그렇게 흔쾌한 태도는 아니었지만요. 저 밀수업자의 이름은 튜엑이에요. 에스마르 튜엑. 밀수업자들 사이에서는 꽤나 힘이 있어서 다들 튜엑을 알고 있어요. 여러 가문의 저녁 식사에 초대된 적도 있으니까."

"저 사람을 왜 초대한 거요?"

"오늘 여기 온 사람들도 모두 그 점을 궁금해할 거예요. 튜엑이 여기 있다는 사실만으로도 의심의 씨앗이 뿌려지는 셈이죠. 그는 또한 당신이 부패 행위 금지 명령을 진심으로 실행할 작정이라는 사실을 사람들에게 알리는 데에도 도움이 될 거예요. 당신이 필요하다면 밀수업자들의 힘까지도 동원할 작정이라는 걸 보여주는 거죠. 하와트도 이 점은 마음에 드는 것 같았어요."

"난 그런 방법이 별로 내키지 않는군." 공작은 옆을 지나가는 사람들에게 가볍게 묵례를 했다. 이제 홀 안에는 손님이 몇 명 남아 있지 않았다. "프레멘들도 몇 명 초대하지 그랬소?"

"카인즈가 있잖아요."

"아, 그래 카인즈가 있지. 내가 놀랄 일이 더 있소?" 그는 제시카와 함께 손님들의 뒤를 따라가기 시작했다.

"다른 건 모두 관습을 따랐어요." 제시카가 말했다.

'레토, 저 밀수업자가 쾌속 우주선을 갖고 있다는 걸 모르겠어요? 돈으로 그를 매수할 수 있다는 사실도요? 다른 방법이 없을 때 어떻게든 아라키스를 탈출할 길을 마련해 둬야 하잖아요.'

제시카는 공작과 함께 식당으로 들어서면서 팔짱을 풀었다. 공작이 그녀를 위해 의자를 뒤로 빼주었다. 그러고 나서 공작은 식탁 상석의 자기 자리로 성큼성큼 걸어갔다. 하인 하나가 공작을 위해 의자를 뒤로 빼주었다. 손님들이 모두 자리에 앉았다. 옷자락 스치는 소리와 의자가 바닥에 끌리는 소리가 식당에 울렸다. 그러나 공작은 의자에 앉지 않았다. 그가 손으로 신호를 보내자 하인 제복을 입고 식탁 주위에 서 있던 병사들이 한 발짝 뒤로 물러서며 차려 자세를 취했다.

불안한 침묵이 방 안에 내려앉았다.

제시카는 공작의 입가가 희미하게 떨리는 것을 알아보았다. 그의 뺨은 분노로 붉게 달아올라 있었다. '왜 화가 난 거지? 내가 밀수업자를 초대한 것 때문은 아닐 텐데.'

"여러분 중에 내가 손 씻는 물을 준비해 두는 관습을 바꾼 것에 의문을 품은 사람들이 있다는 걸 압니다. 난 여러분에게 앞으로 많은 것이 변하리라는 사실을 알리고 싶었습니다." 레토가 말했다.

식탁에 둘러앉은 사람들은 당황한 얼굴로 침묵을 지켰다.

'저 사람들은 레토가 술에 취했다고 생각하고 있어.' 제시카는 속으로 생각했다.

레토가 자신의 물잔을 높이 치켜들었다. 반중력 램프의 불빛이 물잔에 반사되었다. "제국의 기사로서 건배를 제의합니다." 그가 말했다.

손님들이 물잔을 들었다. 그들의 시선은 모두 공작에게 쏠려 있었다. 갑작스럽게 찾아온 정적 속에서 공중에 떠 있던 반중력 램프가 살짝 움직였다. 주방으로 통하는 복도에서 길 잃은 산들바람이 불어온 탓이었다. 매를 닮은 공작의 얼굴에 그림자가 춤추듯 어른거렸다.

"지금 있는 이곳에 나는 머무를 것이다!" 공작이 소리쳤다.

물잔을 입으로 가져가려던 사람들이 멈칫했다. 공작이 아직 물잔을 높이 치켜들고 있기 때문이었다. "우리 가슴속에 소중하게 간직된 금언에 나의 건배를 바치겠습니다. 사업은 진보를 만든다! 운은 모든 곳을 흐른다!"

그가 물을 한 모금 마셨다.

다른 사람들도 그의 뒤를 따랐다. 서로를 바라보는 사람들의 시선에 의문이 가득했다.

"거니!" 공작이 소리쳤다.

공작 뒤쪽의 우묵하게 들어간 공간에서 할렉의 목소리가 흘러나왔다. "여기 있습니다, 공작님."

"음악을 연주해 주게, 거니."

거니가 발리세트로 연주하는 단조의 곡조가 그 우묵한 공간에서 흘러나왔다. 하인들은 공작의 신호에 따라 식탁 위에 음식 접시들을 내려놓기 시작했다. 세페다 소스를 끼얹은 사막토끼구이, 아플로마주 시리안, 유리로 누른 추카, 식탁을 풍부한 계피향으로 채우는 스파이스를 넣은 커피, 칼라단의 스파클링 와인과 함께 나온 거위 요리 등이 차례로 식탁에 차려졌다.

그런데도 공작은 여전히 서 있었다.

손님들은 공작이 앉기를 기다리며 식탁 위의 요리와 공작을 번갈아 쳐다보았다. 공작이 말했다. "옛날에는 손님을 초대한 사람이 손님들의 여흥을 돋우기 위해 반드시 자신이 가진 재주를 보여줘야 했습니다." 공작은 손마디가 하얘질 정도로 물잔을 꽉 움켜쥐고 있었다. "난 노래를 할 줄 모릅니다. 하지만 거니가 연주하는 노래의 가사를 읊어보겠습니다. 이것 역시 제가 여러분께 드리는 건배의 말이라고 생각해 주십시오. 우리가 오늘 이 자리에 서 있기 위해 목숨을 바친 사람들에게 바치는 건배라고 말입니다."

사람들 사이에 불편한 동요가 일었다.

제시카는 시선을 내리깔고 근처에 앉아 있는 사람들을 곁눈질했다. 둥근 얼굴의 물 운송업자 부부, 창백한 얼굴에 금욕적인 분위기를 풍기는 조합 은행 대표(레토에게 시선을 고정시키고 있는 그의 모습은 휘파람 부는 허수아비 같았다), 얼굴에 흉터가 있고 위험한 튜엑. 튜엑은 온통 파란색뿐인 눈을 내리깔고 있었다.

공작이 노래 가사를 읊기 시작했다. "열병식이다, 친구들이여. 병사들이 길게 줄지어 열병식을 한다. 모두들 고통과 돈의 무게를 운명처럼 짊어지고 있다. 그들의 기백에 우리의 은빛 옷깃이 닿아간다. 열병식이다, 친구들이여. 병사들이 길게 줄지어 열병식을 한다. 하나하나가 겉치레나 잔꾀를 모르는 시간의 한 점. 그들과 함께 부의 유혹이 지나간다. 열병식이다, 친구들이여. 병사들이 길게 줄지어 열병식을 한다. 우리의 시간이 놀란 얼굴로 미소를 지으며 종말을 맞을 때, 우리도 부의 유혹을 흘려보낼 것이다."

공작의 목소리가 가사의 마지막 행과 함께 잦아들었다. 공작은 물잔을 들어 쭉 들이켜고는 거칠게 식탁 위에 내려놓았다. 물잔에서 물이 넘쳐 식탁보를 적셨다.

손님들은 당황한 얼굴로 말없이 물을 마셨다.

공작이 다시 물잔을 들었다. 그리고 잔에 반쯤 남아 있던 물을 바닥에 쏟았다. 식탁에 둘러앉은 손님들이 그의 뒤를 따라 물을 쏟지 않을 수 없다는 사실을 알고 한 행동이었다.

제시카가 가장 먼저 물을 쏟았다.

잠시 모든 것이 얼어붙은 듯한 순간이 지나고 마침내 손님들도 물을 바닥에 쏟기 시작했다. 제시카는 공작과 가까운 곳에 앉은 폴이 손님들의 반응을 유심히 살피는 것을 보았다. 그녀 역시 손님들의 반응에 커다란 호기심을 느꼈다. 특히 여자들의 반응이 흥미로웠다. 물잔에 담긴 물은 깨끗한 물이었다. 흠뻑 젖은 수건에 버린 물이 아니었다. 사람들이 그 물을 버리는 것을 얼마나 꺼리는지 금방 알 수 있었다. 사람들의 떨리는 손, 느린 움직임, 신경질적인 웃음…… 그리고 어쩔 수 없이 복종하면서도 거친 손길. 한 여자가 물잔을 떨어뜨렸다. 그녀와 함께 온 남자 파트너가 물잔을 주워 올리는 동안 그녀는 딴 곳을 바라보고 있었다.

그러나 제시카의 시선을 가장 강하게 잡아끈 사람은 카인즈였다. 그는 잠시 망설이다가 재킷 안에 달린 용기에 물을 쏟았다. 그러고는 제시카가 자신을 지켜보고 있음을 알아채고 그녀에게 미소를 지어 보이며 텅 빈 물잔을 들어 올려 말없이 건배하는 시늉을 했다. 그는 자신의 행동을 전혀 부끄럽게 여기지 않는 듯했다.

할렉의 음악이 여전히 식당 안을 맴돌고 있었다. 그러나 지금 흘러나오는 곡조는 우울한 단조가 아니었다. 손님들의 기분을 북돋우려는 것처럼 쾌활하고 활기찬 음악이었다.

"자, 이제 식사를 합시다." 공작이 이렇게 말하면서 의자에 주저앉았다.

'레토는 지금 불안감과 분노를 느끼고 있어. 수확기 크롤러를 잃은 것에 지나치게 충격을 받은 것 같아. 단순히 크롤러를 잃어버린 것 이상의 뭔가가 틀림없이 있어. 레토는 궁지에 몰린 사람처럼 필사적이야.' 제시카는 갑작스럽게 덮쳐 온 쓰라린 기분을 숨길 수 있을까 싶어서 포크를 들었다. '그래, 왜 아니겠어? 레토는 지금 필사적이야.'

서서히 손님들이 식사를 들기 시작했다. 가라앉은 분위기가 점차 활기를 띠었다. 사막복 공장 사장이 제시카에게 요리와 포도주가 훌륭하다고 찬사를 늘어놓았다.

"요리사도 포도주도 모두 칼라단 출신이에요." 그녀가 말했다.

"정말 훌륭합니다!" 사막복 공장 사장이 추카를 맛보면서 말했다. "정말 훌륭해요! 멜란지 맛은 전혀 안 나는데도 말이에요. 모든 음식에 스파이스를 넣으면 결국 질려버리거든요."

조합 은행 대표가 맞은편에 앉은 카인즈를 바라보며 입을 열었다. "카인즈 박사, 수확기 크롤러 하나를 또 모래벌레에게 잃어버렸다고 들었소만."

"소식이 바람처럼 빠르군그래." 공작이 말했다.

"그럼 그게 사실입니까?" 은행 대표가 레토에게 시선을 돌리며 물었다.

"당연하지. 사실이고말고!" 공작이 매섭게 말했다. "그 망할 놈의 캐리올이 사라져버렸으니. 그렇게 커다란 물건이 사라진다는 게 가능한 일이오!"

"모래벌레가 왔을 때는 크롤러를 운반할 수 있는 것이 하나도 없었습니다." 카인즈가 말했다.

"그건 있을 수 없는 일이야!" 공작이 같은 말을 되풀이했다.

"캐리올이 그 자리를 떠나는 걸 아무도 보지 못했습니까?" 은행 대표가 물었다.

"정찰기는 대개 땅 위에만 신경을 씁니다. 벌레의 징조를 발견하는 것이 가장 중요한 임무니까요. 캐리올의 승무원 정원은 보통 네 명입니다. 조종사 두 명과 견습생 두 명이죠. 만약 그중 한 명이, 아니 두 명이 공작의 적에게 매수를 당했다면……."

"아, 알 것 같습니다. 그럼 박사는 변화의 판관으로서 이번 사건에 도전할 생각이십니까?" 은행 대표가 물었다.

"저는 제 입장을 조심스럽게 고려해 볼 생각입니다. 식사를 하는 자리에서 그런 얘기를 할 수는 없죠." 카인즈는 그렇게 대답하고는 생각했다. '이 허약한 해골바가지 같은 인간이! 저자는 내가 이런 종류의 규칙 위반을 무시하라고 지시받은 걸 알고 있는 거야.'

은행 대표는 미소를 지으며 자기 앞의 접시로 시선을 돌렸다.

제시카는 자리에 앉아 베네 게세리트 학교에서 받았던 강의를 떠올리고 있었다. 강의 주제는 첩보 활동과 역(逆)첩보 활동이었고, 강사는 당시만 해도 통통한 몸집에 행복한 표정을 짓고 있던 대모였다. 대모의 쾌활한 목소리가 강의 주제와 이상한 대조를 이루던 기억이 났다.

'첩보 활동 및 역첩보 활동을 가르치는 학교에 대해 기억해 두어야 할 것은 어떤 학교든 그 학교를 졸업한 학생들에게서는 기본적인 반응 패턴이 비슷하게 나타난다는 점입니다. 담으로 둘러싸인 학교 안에서 시행되는 교육은 항상 학생들에게 특유의 패턴을 도장처럼 찍어놓게 마련입니다. 따라서 그 패턴을 쉽게 분석하고 예측할 수 있습니다.

우선 동기 유발 패턴은 모든 첩보원에게서 비슷하게 나타납니다. 다시 말해서 서로 다른 학교를 졸업하거나, 정반대의 목적을 갖고 있는 첩보원들에게서도 특정한 형태의 동기 유발 요인이 발견될 것이라는 뜻입니다. 여러분은 먼저 분석을 위해 이 요소를 따로 식별하는 법을 배우게 될 겁니다. 먼저 신문 패턴을 통해 신문자의 속마음을 알아냅니다. 그다음에는 분석 대상이 된 첩보원의 언어-사고 방향을 면밀히 관찰합니다. 억양의 변화와 대화 패턴을 통해 분석대상이 사용하는 언어의 뿌리를 당연히 아주 쉽게 알아낼 수 있을 겁니다.'

제시카는 아들과 공작과 손님들과 함께 식탁에 앉아 조합 은행 대표의 말을 들으면서 오싹 소름이 끼치는 것을 느꼈다. 저 조합 은행의 대표는 하코넨의 첩자였다. 그의 대화 패턴이 지에디 프라임 사람들의 것과 같았다. 교묘하게 위장되어 있었지만, 오랜 훈련을 거친 제시카에게는 그가 자기 입으로 하코넨의 첩자임을 밝히고 있는 것처럼 들렸다.

'이건 조합이 아트레이데스 가문을 적대하는 편에 섰다는 뜻일까?' 그녀는 속으로 자문해 보았다. 이런 생각을 하는 것만으로도 충격을 금할 수가 없었다. 그녀는 자신의 감정을 감추기 위해 일부러 하인을 불러 새로운 요리를 가져오라고 했다. 그러나 그러면서도 조합 은행 대표의 목적이 무엇인지 알아내려고 그의 말에 계속 귀를 기울였다. '저 사람은 이제 얼핏 아주 가벼워 보이는 화제를 끄집어낼 거야. 가벼우면서도 어딘지 불길한 화제. 그게 저 사람의 대화 패턴이야.'

조합 은행의 대표는 입안에 든 음식을 삼키고 포도주를 한 모금 마신 뒤 오른편에 앉은 여자가 뭐라고 하는 말에 미소로 답했다. 그러고는 잠시 동안 식탁 저편에서 공작에게 아라키스 토종 식물에는 가시가 없다는 사실을 설명하고 있는 사람의 말에 귀를 기울이는 듯했다.

"저는 아라키스에서 새들이 날아다니는 광경을 좋아합니다." 그가 제시카를 바라보며 말했다. "물론, 아라키스의 새들은 모두 썩은 고기를 먹고사는 놈들이죠. 아예 물이 없는 곳에 살면서 피를 빨아 먹는 습성을 갖게 된 놈들도 많습니다."

식탁 저편 끝에서 폴과 공작 사이에 앉아 있던 사막복 공장 사장의 딸이 예쁜 얼굴을 찡그리며 말했다. "아, 수수, 그런 구역질 나는 얘긴 하지 마세요."

은행 대표가 미소를 지었다.

"여기 사람들은 저를 '수수'라고 부른답니다. 제가 물 행상인 조합의 재정 자문을 맡고 있기 때문이죠." 그는 제시카가 아무런 말도 없이 계속 자신을 쳐다보자 이렇게 덧붙였다. "물 행상인들이 '수수 숙!'이라고 외치며 다니지 않습니까." 그가 행상인들이 외치는 소리를 아주 정확하게 흉내 내자 식탁에 앉은 많은 손님들이 웃음을 터뜨렸다.

제시카는 뽐내는 듯한 어조를 알아차렸지만, 사막복 공장 사장의 딸이 미리 정해진 신호에 따라 정해진 말을 했다는 점에 주목했다. 사장의 딸은 은행 대표가 그런 말을 한 것에 대해 변명할 수 있는 자리를 만들어주었다. 제시카는 링가 뷰트를 흘끗 바라보았다. 물 판매업계의 거물인 그 남자는 험악하게 인상을 찡그린 채 식사에만 열중하고 있었다. 조합 은행 대표의 말이 제시카에게 새로운 의미로 다가왔다. 그가 말하고 싶었던 것은 '나 역시 아라키스에서 궁극의 힘의 원천인 물을 장악하고 있다'는 것이었다.

폴은 조합 은행 대표의 목소리에서 거짓을 감지했다. 그리고 어머니가 베네 게세리트 방법으로 주의를 집중해서 그 남자의 말에 귀를 기울이고 있는 것을 보았다. 그는 충동적으로 자신이 나서서 그의 가면을 벗겨야겠다고 마음먹었다. 그는 조합 은행 대표에게 말을 걸었다.

"그 새들이 동족끼리도 서로 잡아먹는다는 말씀입니까?"

"그건 좀 이상한 질문이군요, 도련님. 전 그 새들이 피를 마신다고 말했을 뿐입니다. 그놈들이 반드시 동족의 피를 마신다고 볼 수는 없죠, 그렇지 않습니까?"

"제 생각에는 전혀 이상한 질문이 아닌데요." 폴이 말했다. 제시카는 폴이 자신에게서 훈련받은 대로 가볍고 재치 있게 대꾸하는 것을 지켜보았다. "교육을 어느 정도 받은 사람들이라면 생물의 종류를 막론하고 어린 것들에게 가장 위협이 되는 것이 바로 동족이라는 사실을 대부분 알고 있습니다." 그는 일부러 조합 은행 대표의 접시에서 포크로 음식 한 점을 찍어 자신의 입에 넣었다. "동족들은 모두 같은 그릇에서 밥을 먹는 처지니까요. 그들의 몸이 필요로 하는 것도 똑같고요."

조합 은행 대표가 몸을 뻣뻣하게 굳히면서 험악한 표정으로 공작을 바라보았다.

"내 아들을 어린애로만 생각하지 마시오." 공작이 말했다. 그의 얼굴에 미소가 떠올랐다.

제시카는 식탁을 둘러보았다. 뷰트의 안색이 밝아졌고, 카인즈와 밀수업자 튜엑은 씩 웃고 있었다.

카인즈가 말했다. "그건 생태계의 법칙입니다. 우리 어린 도련님은 그 법칙을 아주 잘 이해하고 계시는 것 같군요. 생명체들 사이의 투쟁은 곧 에너지를 공짜로 얻기 위한 투쟁입니다. 혈액은 아주 효율적인 에너지원이죠."

조합 은행 대표는 포크를 내려놓고 성난 목소리로 말했다. "쓰레기 같은 프레멘 놈들은 죽은 동족의 피를 마신다면서요?"

카인즈가 고개를 설레설레 저으면서 강의하는 듯한 어조로 입을 열었다. "피가 아닙니다. 하지만 사람의 몸속에 들어 있는 물은 궁극적으로 동족에게 속하는 것이죠. 대사막 근처에서 살다 보면 그런 일을 피할 수가 없습니다. 그곳에서는 어떤 물이든 소중해요. 그런데 인간의 몸은 체중의 70퍼센트가 물로 구성되어 있습니다. 죽은 사람에게 그 물이 필요하지 않다는 건 확실하죠."

은행 대표는 양손을 접시 옆의 식탁 위에 내려놓았다. 제시카는 그가 곧 자리에서 일어나 크게 화를 내며 가버리리라 생각했다.

카인즈가 제시카를 바라보며 입을 열었다. "식사를 하는 자리에서 이런 걸 자세히 말해서 죄송합니다. 하지만 부인께서 거짓된 정보를 듣고 계셨기 때문에 사실을 명확하게 밝히지 않을 수 없었습니다."

"프레멘과 너무 오랫동안 같이 지내다 보니 분별을 완전히 잃어버린 모양이군." 은행 대표가 거친 목소리로 말했다.

카인즈는 침착한 태도로 그를 바라보며 가늘게 떨리는 창백한 얼굴을 유심히 살펴보았다. "지금 제게 도전하시는 겁니까?"

은행 대표가 그 자리에서 얼어붙었다. 그는 마른침을 삼킨 다음 딱딱한 어조로 말했다. "그럴 리가 있겠습니까. 우리를 초대해 주신 공작 부처를 그렇게 모욕할 수는 없지요."

제시카는 그의 목소리에 공포가 배어 있음을 알았다. 공포는 그의 표정에도, 호흡에도, 관자놀이에서 고동치는 핏줄에도 나타나 있었다. 그는 카인즈를 극도로 무서워하고 있었다!

"공작 부처께서는 자신들이 모욕을 받았는지 아닌지 스스로 판단할 수 있는 능력을 충분히 갖추고 계십니다. 명예를 지키는 것이 무엇인지 잘 아시는 용기 있는 분들이기도 하고요. 두 분이 지금 여기…… 아라키스에 계시다는 사실만으로도 우리 모두 두 분의 용기를 확인할 수 있지 않습니까?" 카인즈가 말했다.

제시카가 보기에 레토는 이 상황을 즐기고 있었지만, 다른 손님들은 아니었다. 사람들은 모두 두 손을 식탁 밑에 감춘 채 언제라도 도망칠 준비를 하고 있었다. 하지만 뷰트와 튜엑, 두 사람은 예외였다. 뷰트는 조합 은행 대표가 쩔쩔매는 광경을 보며 노골적으로 미소를 짓고 있었고, 밀수업자 튜엑은 카인즈에게서 신호가 떨어지기를 기다리는 것처럼 보였다. 제시카의 눈에 폴이 감탄 어린 시선으로 카인즈를 바라보는 모습이 들어왔다.

"어떻습니까?" 카인즈가 말했다.

"기분을 상하게 할 뜻은 없었습니다. 기분이 상하셨다면 정말 죄송합니다." 은행 대표가 중얼거리듯이 말했다.

"그렇게 사과를 하신다니, 저도 부담 없이 사과를 받아들이겠습니다." 카인즈가 말했다. 그는 제시카를 향해 미소를 지어 보이고는 아무 일도 없었던 것처럼 다시 음식을 먹기 시작했다.

제시카는 밀수업자 튜엑 역시 긴장을 푼 것을 보고 머릿속에 새겨두었다. 조금 전 튜엑은 어느 모로 보나 카인즈를 돕기 위해 자리를 박차고 일어날 태세를 갖춘 보좌관 같았다. 카인즈와 튜엑이 모종의 관계를 맺고 있음이 분명했다.

레토는 포크를 만지작거리며 생각에 잠긴 눈으로 카인즈를 바라보았다. 오늘 카인즈의 태도를 보니 아트레이데스 가문에 대한 그의 생각이 바뀐 것 같았다. 이전에 사막에서 그의 태도는 지금보다 차가웠다.

제시카는 하인에게 신호를 보내 새로운 음식과 음료를 가져오게 했다. 하인들이 '랑그 드 라팽 드 가렌'이라는 요리를 들고 나타났다. 붉은 포도주와 버섯 효모로 만든 소스를 곁들인 음식이었다.

천천히 식사와 대화가 다시 시작되었다. 그러나 제시카는 사람들이 동요하고 있음을 알 수 있었다. 조합 은행 대표가 시무룩한 표정으로 말없이 식사를 하고 있는 모습도 눈에 들어왔다.

'카인즈는 필요하다면 서슴없이 저 사람을 죽여버렸을 거야.' 그녀는 카인즈가 사람을 죽이는 것을 아무렇지도 않게 생각하는 듯한 태도를 갖고 있다는 사실을 깨달았다. 그는 아무렇지도 않게 살인을 할 수 있는 사람이었다. 그녀는 그것이 프레멘의 특징인지도 모르겠다고 생각했다.

제시카는 왼쪽에 앉아 있는 사막복 공장 사장에게 시선을 돌리며 입을 열었다. "아라키스에서 물이 그토록 귀하게 여겨지는 것에 대해 저로서는 정말 놀라움을 금할 수가 없어요."

"물은 정말 중요하죠." 그가 말했다. "그런데 이 요리가 뭡니까? 아주 맛있는데요."

"야생 토끼의 혀에 특별한 소스를 곁들인 거예요. 아주 옛날부터 전해져 오는 음식이죠."

"요리법을 알고 싶습니다." 그가 말했다.

그녀는 고개를 끄덕였다. "사장님께 요리법을 알려드리라고 일러둘게요."

카인즈가 제시카를 바라보며 입을 열었다. "아라키스에 처음 온 사람들은 여기서 물이 얼마나 중요한지 잘 이해하지 못하는 경우가 많습니다. 아시겠지만, 여러분은 지금 '최소의 법칙'을 경험하고 계신 겁니다."

그녀는 그의 목소리에서 상대를 시험하려는 의도를 읽었다. "여러 필수 요소 중 가장 적은 양으로 존재하는 것이 성장을 제한한다, 그리고 가장 나쁜 환경 조건이 성장률을 통제한다는 법칙 말이죠?"

"대가문에 속한 분들 중에 행성학의 법칙을 알고 계신 분은 아주 드뭅니다. 아라키스에서는 물이 없다는 게 생명체에게 가장 나쁜 환경 조건입니다. 아, 그리고 아주 조심하지 않으면 성장 그 자체가 나쁜 환경 조건을 만들어낼 수 있다는 사실도 명심하셔야 합니다." 카인즈가 말했다.

제시카는 카인즈의 말 속에 어떤 메시지가 숨겨져 있음을 느낄 수 있었다. 그러나 그 메시지가 무엇인지는 알 수 없었다. "성장이라. 생명체에게 좀더 이로운 환경이 되면 아라키스에서도 규칙적인 물의 순환이 가능하다는 뜻인가요?"

"그건 불가능합니다!" 뷰트가 소리쳤다.

제시카는 뷰트에게 시선을 돌렸다. "불가능하다고요?"

"아라키스에서는 불가능합니다. 이 몽상가의 말은 듣지 마세요. 지금까지의 실험에서 모두 그의 주장에 반대되는 결과만 나왔어요."

카인즈가 뷰트를 바라보았다. 다른 사람들은 모두 말을 멈추고 이쪽의 대화에 주의를 집중하고 있었다.

"실험실의 증거만 따지다가는 가장 단순한 사실들을 못 보게 됩니다. 그 단순한 사실이란 바로 이겁니다. 지금 우리는, 동식물이 정상적인 생활을 해나가는 야외에서 비롯되어 지금도 그곳에 존재하는 문제들을 다루고 있다는 것." 카인즈가 말했다.

"정상적이라고요!" 뷰트가 코웃음을 쳤다. "아라키스에 정상적인 것이라고는 하나도 없습니다!"

"전혀 그렇지 않습니다. 우리는 이곳에서 스스로 생명을 유지해 나갈 수 있는 일종의 자립적인 조화를 일궈낼 수 있습니다. 이 행성의 한계와 이 행성이 받고 있는 압박을 이해하기만 하면 되는 일이에요."

"그런 일은 결코 이루어지지 않을 겁니다." 뷰트가 말했다.

그 순간 공작은 카인즈의 태도가 언제부터 바뀌기 시작했는지 분명하게 깨달았다. 제시카가 아라키스 사람들을 위해 대신 관리하는 형식으로 온실을 보존하겠다고 한 바로 그 순간부터였다.

"그 자립적인 체계를 이룩하는 데 필요한 게 뭐요, 카인즈 박사?" 레토가 물었다.

"아라키스에 있는 녹색 식물의 3퍼센트가 식량이 되는 탄소화합물을 만들어내게 된다면, 순환 체계가 시작될 겁니다." 카인즈가 대답했다.

"문제가 되는 건 물뿐이오?" 공작은 열기를 띤 카인즈를 보면서 덩달아 마음이 들떴다.

"물에 비하면 다른 문제들은 무색할 정도입니다. 이 행성은 산소를 많이 보유하고 있지만 흔히 산소와 함께 발견되는 다른 요소들이 존재하지 않습니다. 다시 말해, 넓은 지역에 퍼져서 살고 있는 식물들과 이산화 탄소를 대량으로 공급해 주는 화산 같은 공급원이 없는 거죠. 이 행성의 표면에는 이례적인 화학적 교환이 일어나는 지역이 상당합니다." 카인 즈가 말했다.

"혹시 실험적인 계획 같은 걸 갖고 있소?" 공작이 물었다.

"저희는 오랜 시간에 걸쳐 **탠슬리 효과***를 축적해 왔습니다. 그건 아마 추어들을 기반으로 한 소규모 실험이었습니다. 하지만 이제 그 실험을 기초로 제가 실질적인 사실들을 밝혀낼 수 있을 겁니다."

"그러기에는 물이 충분하지 않아요. 물이 충분하지 않단 말입니다." 뷰 트가 말했다.

"뷰트 님은 물의 전문가이시죠." 카인즈가 말했다. 그는 미소를 짓고는 다시 앞에 놓인 접시로 시선을 돌렸다.

공작이 오른손을 거칠게 휘저으면서 소리쳤다. "안 돼! 난 대답을 원 하오! 물이 충분한 거요, 카인즈 박사?"

카인즈는 접시를 뚫어져라 응시할 뿐이었다.

제시카는 그의 얼굴에서 갖가지 감정이 춤추듯 나타났다 사라지는 것 을 지켜보았다. '저 사람은 자신을 잘 감추고 있어.' 그러나 그녀는 이미 그를 기억에 새겨두었기 때문에 그가 자신의 말을 후회하고 있다는 것 을 읽어낼 수 있었다.

"물이 충분한 거요?" 공작이 다그치듯 물었다.

"어쩌면…… 그럴 수도 있습니다." 카인즈가 말했다.

'저 사람은 일부러 확신하지 못하는 것처럼 가장하고 있어!' 제시카는 속으로 생각했다.

진실에 대한 깊은 감각을 가진 폴도 카인즈의 내심을 읽을 수 있었다.

그는 흥분을 감추기 위해 지금까지 배운 것을 모조리 동원해야 했다. '물은 충분해! 하지만 카인즈는 그 사실을 알리고 싶어 하지 않아.'

"카인즈 박사는 재미있는 꿈을 많이 갖고 계시죠. 프레멘들과 함께 예언과 메시아에 대한 꿈을 꾸시거든요." 뷰트가 말했다.

식탁 여기저기서 킥킥거리는 웃음소리가 들려왔다. 제시카는 웃고 있는 사람들이 누구인지 눈여겨봐 두었다. 밀수업자, 사막복 공장 사장의 딸, 던컨 아이다호, 수수께끼에 싸인 에스코트 사업을 한다는 여자였다.

'오늘 밤에는 사람들 사이에 아주 이상하게 긴장이 퍼져 있어. 내가 인식하지 못하는 일이 너무 많아. 새로운 정보원을 개발해야겠어.' 제시카는 속으로 생각했다.

공작은 카인즈에게서 뷰트에게로, 다시 제시카에게로 시선을 돌렸다. 이상하게 실망스러웠다. 마치 아주 중요한 것이 방금 그의 곁을 스쳐가 버린 것 같았다.

"어쩌면이라." 그가 중얼거렸다.

카인즈가 재빨리 말했다. "아무래도 이 얘기는 나중에 하는 게 좋겠습니다, 공작님. 사람이 너무 많…….."

그는 제복을 입은 아트레이데스 병사 한 명이 하인용 문을 통해 서둘러 들어오는 것을 보고 말문을 닫았다. 병사는 경비병을 지나쳐 공작을 향해 달려왔다. 그리고 몸을 구부리고 공작에게 뭐라고 귓속말을 했다.

제시카는 하와트의 부대 표시를 알아보고 불안감을 억눌렀다. 그녀는 사막복 공장 사장과 함께 온 여자에게 말을 걸었다. 인형 같은 얼굴에 몸집이 작은 검은 머리의 여자였다. 안쪽 눈꺼풀이 살짝 처져 있었다.

"식사에 거의 손을 대지 않았군요. 다른 음식을 좀 가져오라고 할까요?" 제시카가 말했다.

여자는 사막복 공장 사장을 먼저 쳐다본 다음 대답했다. "별로 배고프지 않아요."

갑자기 공작이 벌떡 일어나더니 엄격한 말투로 명령을 내리는 것처럼 말했다. "모두 이대로 앉아 있어요. 미안하지만, 내가 직접 처리해야 하는 문제가 생겼습니다." 그는 한 발짝 옆으로 물러나면서 말을 이었다. "폴, 네가 내 역할을 대신해 주겠니?"

폴은 자리에서 일어섰다. 아버지에게 이 자리를 떠나는 이유를 묻고 싶었으나 자신이 위엄 있는 태도로 주어진 역할을 수행해야 한다는 것을 알고 있었다. 그는 아버지가 앉아 있던 의자로 가서 앉았다.

공작은 할렉을 향해 몸을 돌렸다. "거니, 폴이 앉았던 자리에 앉아주게. 손님 중에 짝이 없는 사람이 생기면 안 되니까. 식사가 끝나면 자네가 폴을 데리고 현장 사령부로 와야 할지도 모르겠군. 내 명령을 기다리게."

할렉이 우묵한 공간에서 나와 모습을 드러냈다. 뚱뚱하고 못생긴 그가 예복을 입고 있는 모습이 화려한 옷을 차려입은 손님들과 어울리지 않았다. 그는 발리세트를 벽에 기대놓고 폴이 앉았던 의자로 가서 앉았다.

공작이 손님들을 향해 말했다. "걱정할 필요 없습니다. 하지만 경비병들이 안전하다고 할 때까지 이 자리에 머물러주기 바랍니다. 이곳에 있는 한 여러분의 안전은 완벽하게 보장될 겁니다. 사소한 문제니 곧 해결하지요."

폴은 아버지의 말 속에 숨어 있는 암호를 알아들었다. 경비병, 안전하다, 안전이 보장된다, 곧. 이것이 암호였다. 지금 생긴 문제가 경비와 관련된 것일 뿐 폭력적인 사태가 벌어진 것은 아니라는 뜻이었다. 어머니도 이 암호의 뜻을 알아차린 것 같았다. 폴도, 제시카도 모두 긴장을 풀었다.

공작은 짧게 묵례를 한 다음 몸을 돌려 병사와 함께 하인용 문으로 나갔다.

폴이 말했다. "식사를 계속하세요. 카인즈 박사가 조금 전에 물에 관한 얘기를 하고 계셨죠?"

"나중에 얘기하면 안 되겠습니까?" 카인즈가 물었다.

"물론, 되고말고요." 폴이 말했다.

제시카는 당당하고 자신 있는 아들의 성숙한 모습을 보며 가슴이 뿌듯해졌다.

은행 대표가 물잔을 집어 들고, 그 손으로 뷰트를 가리켰다. "화려한 미사여구를 구사하는 데 있어 이 링가 뷰트 님을 당할 사람은 아무도 없을 겁니다. 뷰트 님이 대가문의 반열에 오르려는 야망을 갖고 있는 게 아닐까 생각될 정도니까요. 자, 뷰트 님, 건배의 말을 한마디 해주시죠. 우리가 어른 못지않게 대접해 줘야 하는 저 소년을 위해 지혜를 조금 나눠 주시면 좋을 텐데요."

제시카는 식탁 밑에서 오른손으로 주먹을 꽉 쥐었다. 할렉과 아이다호가 손으로 신호를 주고받는 것이 보였다. 벽을 따라 늘어서 있는 병사들이 일급 경비 태세를 취하며 정해진 자리로 이동하는 모습도 보였다.

뷰트가 독기 어린 눈으로 조합 은행 대표를 노려보았다.

폴은 할렉을 흘끗 쳐다보았다. 그리고 경비병들이 방어 대형으로 늘어서 있는 것을 확인하고는 조합 은행 대표를 바라보았다. 은행 대표가 물잔을 식탁에 내려놓았다.

폴이 말했다. "옛날에 칼라단에서 익사한 어부의 시체를 본 적이 있습니다. 그는……."

"익사라고요?" 사막복 공장 사장의 딸이었다.

폴은 잠시 망설이다가 말을 이었다. "네. 죽을 때까지 물속에 잠겨 있었다는 뜻이죠. 그걸 익사라고 합니다."

"죽는 방법치고는 아주 재미있네요." 그녀가 중얼거렸다.

폴의 미소가 엷어졌다. 그는 조합 은행 대표에게 다시 시선을 돌렸다. "그 어부의 시체에서 흥미로운 건 바로 그의 어깨에 난 상처였습니다. 다른 어부의 갈고리 부츠에 맞아 생긴 상처였죠. 죽은 어부는 다른 사람들과 함께 배에 타고 있었습니다. 배라는 건 물 위를 떠다니는 교통 수단입니다. 그 배는 침몰했는데…… 그건 물속으로 가라앉았다는 뜻입니다. 죽은 어부의 시체를 건져 올리는 걸 거들었던 한 어부 말이 그 어부의 어깨에 난 것과 같은 상처를 여러 번 보았다고 하더군요. 그 상처는 죽은 어부와 함께 물에 빠졌던 다른 어부가 수면 위로 떠오르기 위해 죽은 어부의 어깨를 밟는 바람에 생긴 것이었습니다. 공기를 마시기 위해 불쌍한 동료의 어깨를 밟은 거죠."

"그 얘기를 왜 지금 하는 겁니까?" 조합 은행 대표가 물었다.

"그때 제 아버님이 하신 말씀 때문입니다. 아버님은 물에 빠져 죽어가는 어부가 자기 목숨을 건지려고 다른 사람의 어깨를 밟고 올라가는 것은 충분히 이해할 수 있는 일이라고 하셨습니다. 그런 일이 집 안의 응접실에서 벌어지지만 않는다면 말이죠." 폴은 조합 은행 대표가 이 이야기의 의미를 이해할 수 있도록 충분히 시간을 끈 다음 말을 이었다. "그리고 지금 여기서 제가 한마디 덧붙인다면, 식탁에서 그런 일이 벌어지지만 않는다면 저도 이해할 수 있을 것 같습니다."

갑작스러운 정적이 방 안에 내려앉았다.

'저건 무모한 짓이야. 저 은행 사람이 폴에게 밖으로 나가라고 명령할 수 있을 만큼 세력이 있는 사람이면 어쩌지?' 제시카는 속으로 생각했다. 아이다호가 언제라도 자리를 박차고 일어날 수 있도록 자세를 잡는 것이 보였다. 병사들도 잔뜩 긴장하고 있었다. 거니 할렉은 식탁 맞은편에 앉아 있는 남자들에게 시선을 고정시키고 있었다.

"하하하—!" 밀수업자 튜엑이었다. 그는 머리를 뒤로 젖히고 마음껏 큰 소리로 웃어댔다.

불안한 미소가 사람들의 얼굴에 떠올랐다.

뷰트는 이를 드러내며 씩 웃었다.

조합 은행 대표는 의자를 뒤로 밀어낸 자세로 폴을 노려보았다.

카인즈가 말했다. "아트레이데스 가문의 사람을 골릴 때는 그만한 위험을 감수해야지요."

"손님을 모욕하는 것이 아트레이데스 가문의 관습입니까?" 은행 대표가 다그치듯 물었다.

폴이 대답하기 전에 제시카가 윗몸을 기울이며 말했다. "선생님!" 그러고 나서 속으로 생각했다. '이 하코넨 첩자가 뭘 노리고 있는지 알아내야 해. 저 사람은 폴을 시험하려고 여기 온 걸까? 이 자리에 그의 패거리가 있을까?'

"제 아들은 그냥 아무에게나 맞는 의복을 보여드렸을 뿐인데, 선생님은 지금 그 의복이 선생님 몸에 맞게 재단된 거라고 하십니까? 아주 흥미로운 사실인데요." 제시카는 손을 슬그머니 밑으로 내려 크리스나이프를 감춰둔 다리 쪽으로 가져갔다.

조합 은행 대표가 이번에는 제시카를 노려보기 시작했다. 사람들의 시선이 폴에게서 다른 곳으로 옮겨 가는 순간, 제시카는 폴이 뒤로 약간 몸을 빼내는 것을 보았다. 언제라도 자리에서 일어나 행동할 수 있도록 준비하는 것이었다. 그는 '의복'이라는 암호에 신경을 집중하고 있었다. 그 말은 '폭력 사태에 대비하라'는 뜻이었다.

카인즈가 생각에 잠긴 시선으로 제시카를 바라보며 튜엑에게 미세한 손짓 신호를 보냈다.

튜엑이 자리에서 벌떡 일어나더니 물잔을 치켜들었다. "건배를 제의합니다. 어린 폴 아트레이데스 도련님을 위하여. 외모는 아직 어린 소년이지만, 행동을 보니 어른이시네요."

'저 사람들이 왜 끼어드는 거지?' 제시카는 속으로 생각했다.

조합 은행 대표는 이제 카인즈를 바라보고 있었다. 제시카는 그 첩자의 얼굴에 다시 공포가 떠오른 것을 보았다.

사람들이 모두 여기저기서 건배 요청에 화답하기 시작했다.

'카인즈가 앞에서 길을 이끌면 사람들이 뒤를 따른다. 그는 지금 자기가 폴의 편을 들겠다고 우리한테 알려준 거야. 저 사람이 저런 힘을 갖고 있는 비결이 뭘까? 저 사람이 변화의 판관이라서 그럴 리는 없어. 그건 일시적인 직책이니까. 저 사람이 공무원이라서 그런 것도 아냐.'

그녀는 크리스나이프의 손잡이에서 손을 떼고 카인즈를 향해 물잔을 들어 올려 보였다. 카인즈도 똑같은 몸짓으로 화답했다.

빈손으로 앉아 있는 사람은 폴과 조합 은행 대표뿐이었다. '수수라니! 정말 바보 같은 별명이야!'라고 제시카는 생각했다. 은행 대표의 시선은 여전히 카인즈에게 못 박혀 있고, 폴은 자신의 접시를 뚫어지게 바라보고 있었다.

'난 잘 해나가고 있었어. 그런데 왜 저 사람들이 끼어든 거지?' 폴은 이런 생각을 하며 자신과 가까운 자리에 앉아 있는 남자 손님들을 훔쳐보았다. 폭력 사태에 대비하라고? 누가 폭력을 휘두른단 말이지? 설마 저 은행가라는 사람은 아닐 텐데.

할렉이 자세를 바꾸면서 특별히 누구에게 하는 말이 아니라는 듯이 맞은편 손님들의 머리 위를 향해 입을 열었다. "우리가 사는 세상에서는 쉽게 남의 말을 곡해하면 안 됩니다. 자살 행위가 될 때가 많아요." 그는 자기 옆에 앉아 있는 사막복 공장 사장의 딸을 돌아보며 물었다. "그렇게 생각하지 않습니까, 아가씨?"

"아, 그럼요. 저도 정말 그렇게 생각해요." 그녀가 말했다. "사람들이 폭력을 너무 많이 휘둘러요. 구역질이 날 정도예요. 게다가 상대방을 욕할 의도가 없는 경우가 많은데도 사람들이 죽어 나가요. 정말 이해를 못하겠어요."

"그렇죠, 정말 이해할 수 없는 일이죠." 할렉이 말했다.

제시카는 거의 완벽에 가까운 여자의 연기를 지켜보며 진실을 깨달았다. '저 애, 머리가 텅 빈 것처럼 보이지만 그런 게 아니었어.' 그 순간 그녀는 위험의 패턴을 읽을 수 있었다. 할렉도 감지한 것 같았다. 저들은 미인계로 폴을 유혹하려 했다. 제시카는 긴장을 풀었다. 폴은 아마 누구보다 먼저 그 사실을 깨달았을 것이다. 그가 받은 훈련에는 이런 뻔한 책략도 포함되어 있었다.

카인즈가 은행 대표에게 말했다. "당신이 한 번 더 사과를 해야 하는 것 아닌가요?"

은행 대표가 메스꺼운 미소를 지으며 제시카에게 말했다. "부인, 아무래도 제가 포도주를 너무 많이 마신 것 같습니다. 오늘 밤 부인이 내놓으신 그런 강한 술에는 익숙하지 않아서요."

제시카는 그의 말에 숨은 독기를 알아차리고 다정한 목소리로 말했다. "서로 잘 모르는 사람들이 만났을 때는 관습이 다르다는 점을 십분 인정해 줘야 하는 법이죠."

"감사합니다, 부인."

사막복 공장 사장의 파트너인 검은 머리 여자가 제시카에게 몸을 기울이며 말했다. "공작님은 우리가 이곳에 있으면 안전하다고 말씀하셨는데, 그게 설마 싸움이 또 일어날 거라는 뜻은 아니겠죠?"

'이 여자는 이런 식으로 대화를 이끌라는 지시를 받은 모양이군.' 제시카는 속으로 생각했다.

"아마 그렇게 중요한 일은 아닐 거예요. 하지만 요즘은 사소한 일에도 공작님이 직접 신경을 써야 하는 경우가 워낙 많아서요. 아트레이데스와 하코넨 사이에 적대 감정이 존재하는 한 항상 조심할 수밖에 없어요. 공작님은 칸리를 맹세하셨습니다. 그러니 아라키스에 있는 하코넨 첩자들을 그냥 살려두시지 않을 거예요." 제시카는 조합 은행 대표를 흘끗 바라보며 말을 이었다. "이 문제에서 대협정은 당연히 공작님을 지지하고 있죠." 그녀는 카인즈에게 시선을 옮겼다. "그렇지 않은가요, 카인즈 박사님?"

"물론, 그렇고말고요." 카인즈가 말했다.

사막복 공장 사장이 자기 파트너를 부드럽게 자기 쪽으로 잡아당겼다. 그녀가 그를 바라보며 말했다. "이젠 뭘 좀 먹어도 될 것 같아요. 부인이 아까 내놓으셨던 그 새요리를 먹고 싶은데요."

제시카는 하인에게 신호를 보낸 후 은행 대표에게 시선을 돌렸다. "선생님도 아까 새들의 습성에 대해 얘기하셨죠? 아라키스에는 제 관심을 끄는 일이 정말 많아요. 스파이스가 발견되는 장소가 어딘지 말씀해 주시겠어요? 스파이스 사냥꾼들이 사막 깊숙한 곳까지 들어가야 하나요?"

"아, 아닙니다, 부인. 사막 깊숙한 곳에 대해서는 거의 알려진 것이 없습니다. 남쪽 지역은 거의 미지의 세계죠." 은행 대표가 말했다.

"전해 오는 얘기에 의하면, 남쪽 지역에서 거대한 스파이스 광맥을 찾게 될 거라고 합니다." 카인즈가 말했다. "하지만 저는 그 얘기가 순전히 노래를 만들기 위해 사람들이 상상으로 지어낸 얘기일 뿐이라고 생각합니다. 때로는 대담한 스파이스 사냥꾼들이 중부 지대의 가장자리까지 뚫고 들어가는 경우가 있기는 하죠. 하지만 그건 아주 위험한 일입니다. 길을 찾기도 어려운 데다 폭풍이 자주 불어오니까요. 방어벽에 있는 기지에서 멀리 나갈수록 사상자는 크게 늘어납니다. 남쪽으로 지나치게 멀리 나가는 건 이윤이 되지 않습니다. 뭐, 만약 기후 위성이 있다면……."

뷰트가 갑자기 고개를 들고 입안에 음식이 가득 든 채로 말하기 시작했다. "프레멘들은 거기까지 간다는 얘기가 있던데요. 프레멘은 안 가는 데가 없어서 '스밈 연못'과 '빨대 우물'을 찾으러 남쪽까지도 간다고 들었습니다."

"스밈 연못과 빨대 우물이라뇨?" 제시카가 물었다.

카인즈가 재빨리 말을 받았다. "근거 없는 소문에 불과합니다, 부인. 다른 행성에는 그런 것이 존재한다고 알려져 있지만 아라키스에는 없습니다. 스밈 연못은 물이 지표면 또는 지표면과 가까운 곳까지 스며 나와서 땅을 파면 물을 얻을 수 있는 곳을 말합니다. 빨대 우물은 스밈 연못의 일종인데, 빨대로 물을 빨아 올릴 수 있어요……. 사람들 얘기가 그렇다는 겁니다."

'저 사람의 말 속엔 거짓이 들어 있어.' 제시카는 생각했다.

'저 사람은 왜 거짓말을 하는 거지?' 폴도 의문을 품었다.

"아주 재미있는 얘기군요." 제시카가 말했다. "'……라는 얘기가 있다'는 식의 얘기가 많아. 말하는 습관치고는 참 이상한걸. 그런 말버릇 때문

에 자기들이 미신을 신봉하고 있다는 사실이 겉으로 드러난다는 걸 이 사람들이 알고 있을까?'

"아라키스에 전해 오는 속담을 하나 들은 적이 있습니다. '세련된 것은 도시에서 오고 지혜는 사막에서 온다.'" 폴이 말했다.

"아라키스에는 속담이 많습니다." 카인즈가 말했다.

제시카가 새로운 질문을 생각해 내기 전에 하인 하나가 메모를 들고 다가왔다. 공작의 필적이었다. 그가 사용하는 암호도 섞여 있었다.

"기쁜 소식이 있어요. 공작님이 이제 안심해도 된다는 전갈을 보내셨군요. 공작님이 이 자리를 떠나지 않을 수 없게 만들었던 문제가 해결되었답니다. 사라졌던 캐리올을 찾았대요. 승무원 중에 하코넨의 첩자가 있었는데, 그가 다른 승무원들을 제압하고 캐리올을 어떤 밀수업자의 기지로 몰고 갔던 거랍니다. 거기서 캐리올을 팔려고요. 하지만 지금은 승무원과 캐리올 모두 우리 손에 들어왔습니다." 그녀는 튜엑에게 가벼운 묵례를 보냈다.

튜엑도 그녀에게 묵례했다.

제시카는 메모를 접어 소매 속에 집어넣었다.

"공공연한 전투로 번지지 않아서 다행입니다. 여기 사람들은 아트레이데스가 평화와 번영을 가져올 것이라는 희망을 품고 있습니다." 은행 대표가 말했다.

"특히 번영을 희망하고 있죠." 뷰트가 말했다.

"이제 후식을 먹을까요?" 제시카가 물었다. "저희 요리사에게 칼라단의 달콤한 과자를 준비하라고 일러두었어요. '돌사 소스에 담근 폰지 떡'이라는 요리죠."

"이름만 들어도 맛있을 것 같군요. 그것도 요리법을 얻을 수 있을까요?" 사막복 공장 사장이 말했다.

"원하시는 요리법이 있으면 뭐든 말씀만 하세요." 제시카가 말했다. 그녀는 이 사막복 공장 사장이라는 사람을 기억에 새겨두었다. 나중에 하와트에게 말해 줄 작정이었다. 이 사장이라는 사람은 출세를 하려고 기를 쓰는 사람이기 때문에 쉽게 매수할 수 있을 것 같았다.

손님들이 다시 가벼운 대화를 나누기 시작했다.

"천이 너무 예뻐요……."

"그 사람은 이 보석에 맞는 세팅 방법을 개발하고 있어요……."

"다음 분기에는 생산량을 증가시켜 보는 것이 어떨지……."

제시카는 앞에 놓인 접시를 바라보며 레토의 메모 중에서 암호로 적혀 있던 부분을 떠올렸다. '하코넨의 공작원들이 레이저총 수송선에 잠입하려고 했소. 우리는 그들을 붙잡았소. 어쩌면 그들이 다른 수송선에 잠입하는 데 이미 성공한 적이 있는지도 모르오. 이 사건으로 분명히 알 수 있는 것은 그들이 방어막을 그리 대단하게 생각하지 않는다는 점이오. 적절한 경계 조치를 취하시오.'

제시카는 의아한 마음으로 레이저총에 대해 골똘히 생각했다. 레이저총에서 뻗어 나오는 뜨거운 하얀색 광선은 지금까지 인간에게 알려진 모든 물질을 뚫고 들어가 잘라버릴 수 있었다. 그 물질에 방어막이 쳐져 있지 않은 경우에 한해서. 방어막이 있는 경우에는 방어막의 피드백 때문에 레이저총과 방어막이 모두 폭발해 버렸다. 그런데 하코넨은 그 문제에 신경을 쓰지 않고 있었다. 왜일까? 레이저총과 방어막의 폭발은 핵폭탄보다 더 강한 위력을 발휘할 수도 있고, 총을 쏜 사람과 방어막에 둘러싸여 있던 표적만을 죽일 수도 있는, 결과가 일정치 않은 위험한 것이었다.

그녀는 뭔가 자신이 모르는 사실이 있을 거라는 생각 때문에 불안해졌다.

폴이 말했다. "난 우리가 그 캐리올을 못 찾을 거라고 생각한 적이 한 번도 없습니다. 아버님은 한번 문제를 풀겠다고 나서면 반드시 해결하십니다. 이제 하코넨도 슬슬 그 사실을 깨닫고 있을 겁니다."

'저 애는 지금 으스대고 있어. 저러면 안 되는데. 오늘 밤 레이저총을 피하기 위해 깊은 땅속 지하에서 잠을 자야 하는 처지에 저렇게 으스대서는 안 되는데.' 제시카는 속으로 생각했다.

탈출구는 없다. 우리는 우리 조상들이 저지른 폭력에 대가를 치러야 한다.

—이룰란 공주의 『무앗딥 어록집』

중앙 홀에서 소란스러운 소리가 들렸다. 제시카는 침대 옆의 불을 켰다. 방에 있는 시계는 이곳 시간에 맞게 조정되어 있지 않았기 때문에 그녀는 시계가 가리키는 시간에서 21분을 빼야 했다. 새벽 2시쯤 된 것 같았다.

홀에서 들려오는 소리는 아주 컸지만 종잡을 수가 없었다.

'하코넨이 쳐들어왔나?'

그녀는 침대에서 빠져나와 스크린 모니터를 통해 가족들이 어디 있는지 확인했다. 폴은 땅속 깊숙한 곳에 있는 지하실에서 잠들어 있었다. 전날 밤에 폴을 위해 황급히 침실로 꾸민 방이었다. 중앙 홀에서 들려오는 소리가 폴의 방까지 뚫고 들어가지는 못한 것 같았다. 공작의 방에는 아무도 없었고, 침대에도 누가 잔 흔적이 없었다. 레토는 아직도 현장 사령부에 있는 걸까?

DUNE

273

집의 전면을 살펴볼 수 있는 스크린은 아직 설치되어 있지 않았다.

제시카는 방 한가운데에 서서 귀를 기울였다.

누군가가 알아들을 수 없는 고함을 지르고 있었다. 누군가가 유에 박사를 부르는 소리도 들렸다. 제시카는 로브를 찾아 어깨에 걸치고 슬리퍼를 신은 다음 크리스나이프를 다리에 맸다.

유에를 부르는 소리가 다시 들렸다.

제시카는 로브 위에 허리띠를 두르고 복도로 나갔다. 그때 그녀의 뇌리를 스치는 생각이 있었다. '레토가 다쳤으면 어쩌지?'

그녀는 달리기 시작했지만 복도가 한없이 길게 늘어나는 것 같았다. 그녀는 복도 끝에 있는 아치를 통과한 다음 식당을 지나 중앙 홀로 통하는 통로로 접어들었다. 통로 벽에 설치된 반중력 램프가 모두 최고 밝기로 빛나고 있어서 대낮처럼 밝았다.

오른쪽 정문 입구에서 경비병 두 명이 던컨 아이다호를 붙들고 있었다. 아이다호의 머리는 앞으로 축 늘어져 있었다. 갑자기 사방이 조용해지면서 숨을 몰아쉬는 소리만 남았다.

경비병 중 한 명이 아이다호를 향해 비난하듯이 말했다. "아이다호 님이 무슨 짓을 했는지 알겠습니까? 레이디 제시카께서 잠에서 깨셨잖아요."

경비병들의 등 뒤에 걸려 있던 커다란 벽걸이가 휘날리면서 열려 있는 정문이 보였다. 공작이나 유에의 모습은 보이지 않았다. 메입스가 한쪽에 서서 차가운 눈으로 아이다호를 노려보고 있었다. 그녀가 입고 있는 갈색 로브의 끝자락에는 뱀 무늬가 그려져 있었다. 그녀가 신고 있는 사막 부츠는 끈이 풀린 채였다.

"그래, 내가 레이디 제시카를 깨웠다 이거지." 아이다호가 중얼거렸다. 그가 천장을 향해 고개를 들더니 고함을 질렀다. "내 칼이 첨 맛본 피는

그루먼*의 것이었다!"

'맙소사! 저 사람 취했어!' 제시카는 속으로 생각했다.

아이다호가 가무잡잡하고 둥근 얼굴을 찡그렸다. 흑염소의 털처럼 곱슬거리는 그의 머리카락에는 흙먼지가 잔뜩 묻어 있었다. 그의 웃옷은 아무렇게나 찢어져 있어서 저녁 때 파티에서 입었던 예복 셔츠가 들여다보였다.

제시카가 그에게 다가갔다.

경비병 한 사람이 여전히 아이다호를 붙든 자세로 그녀에게 묵례를 했다. "아이다호 님을 어떻게 해야 할지 알 수가 없었습니다, 부인. 정문 앞에서 소란을 피우면서 안으로 들어오지 않으려고 하셔서요. 여기 사람들이 와서 아이다호 님의 이런 모습을 보기라도 하면 안 되잖아요. 우리 이름에 먹칠을 하는 꼴이 될 텐데요."

"이 사람은 어디에 다녀온 거예요?" 제시카가 물었다.

"파티가 끝난 후 아가씨 한 분을 집까지 호위해 드렸어요, 부인. 하와트의 명령이었죠."

"어떤 아가씨?"

"에스코트 중 한 사람이었습니다. 상황을 아시겠죠, 부인?" 그는 메입스를 흘끗 바라보고는 목소리를 낮췄다. "여자들을 특별히 감시해야 할 일이 있으면 항상 아이다호 님을 부르죠."

'그래, 그렇지. 하지만 아이다호가 왜 취한 걸까?'

그녀는 인상을 찌푸리며 메입스에게 시선을 돌렸다. "메입스, 이 사람이 정신을 차리게 할 만한 것 좀 가져와요. 카페인이 든 것이 좋겠어요. 아마 스파이스 커피가 조금 남아 있을 거예요."

메입스는 어깨를 으쓱하고는 부엌으로 향했다. 끈을 묶지 않은 사막 부츠 때문에 걸을 때마다 돌바닥에 찰싹찰싹 부딪치는 소리가 났다.

아이다호는 제대로 가누지도 못하는 머리를 젖혀 제시카를 비스듬하게 바라보았다. "공작님을 위해 300명도 넘는 샤람을 주겨써. 내가 알고 시픈 건 내가 왜 여키 있냐는 거야. 이러케 지하에서 샬 수는 엄써. 이러케 지아에서 샬 수는 엄따고. 뭐 이런 데가 다 있어, 엉?"

이때 측면 입구에서 들려오는 소리가 제시카의 관심을 끌었다. 고개를 돌려보니 유에가 다가오고 있었다. 그의 진료 가방이 왼손에서 흔들거리고 있었다. 그는 완전히 옷을 갖춰 입고 있었으며 창백하고 지친 모습이었다. 이마에 있는 다이아몬드 모양의 문신이 유난히 두드러져 보였다.

아이다호가 고함을 지르기 시작했다. "우리 의샤 선생! 당신 모야, 웅? 부목이랑 약 주는 거?" 그는 흐릿한 눈으로 다시 제시카를 바라보며 말을 이었다. "어, 내가 치금, 어, 바보짓을 하고 있죠?"

제시카는 얼굴을 찌푸리며 침묵을 지켰다. '아이다호가 왜 술에 취했을까? 혹시 누가 약을 먹인 걸까?'

"스파이스 맥주를 너무 마셨어." 아이다호가 몸을 똑바로 세우려고 애쓰면서 말했다.

메입스가 뜨거운 김이 올라오는 잔을 들고 돌아와 약간 어정쩡한 표정으로 유에 뒤에서 걸음을 멈췄다. 제시카는 자신을 바라보는 그녀를 향해 고개를 가로저었다.

유에가 진료 가방을 바닥에 놓고 제시카에게 묵례를 하면서 말했다. "스파이스 맥주라고?"

"그러케 좋은 건 첨이야." 아이다호가 말했다. 그는 차려 자세를 취하려고 애를 썼다. "내 칼이 첨 맛본 피는 그루먼의 것이었어! 하콘을 주겨…… 하콘…… 공작님을 위해 그놈을 주겨써."

유에는 고개를 돌려 메입스가 들고 있는 잔을 바라보았다. "저게 뭐죠?"

"카페인이에요." 제시카가 말했다.

유에는 잔을 받아 아이다호에게 내밀었다. "이거 마셔라."

"그만 마실래."

"마시라고!"

아이다호의 고개가 비틀비틀 유에를 향했다. 그가 비틀거리며 한 발을 앞으로 내딛자 경비병들이 딸려 왔다. "난 이체 제국을 기쁘게 해주는 게 지겨워, 의사 선생. 딱 한 번만 내 맘대로 할끄야."

"이걸 마시고 난 다음에. 이건 그냥 카페인이야." 유에가 말했다.

"해가 넘 밝아, 젠장! 얌전한 색깔이 하나도 엄써. 다 이상해. 아니⋯⋯."

"이봐, 지금은 밤이야." 유에가 차분하게 말했다. "착하지. 자, 이거 마셔. 마시면 기분이 좋아질 거다."

"기분 조아지는 고 시러!"

"밤새도록 이 사람과 입씨름을 할 수는 없어요." 제시카가 말했다. '이럴 때는 충격 요법이 필요해.'

"부인이 이 자리에 계실 필요는 없습니다. 제가 처리할 수 있어요." 유에가 말했다.

제시카는 고개를 저었다. 그녀는 한 발짝 앞으로 나서서 아이다호의 뺨을 매섭게 갈겼다.

아이다호가 경비병들과 함께 비틀비틀 뒤로 물러나면서 제시카를 노려보았다.

"공작님의 집에서 이렇게 행동해서야 되겠어요?" 제시카가 말했다. 그녀는 유에의 손에서 잔을 빼앗아 아이다호에게 들이댔다. 커피가 약간 쏟아졌다. "어서 마셔요! 이건 명령이에요!"

아이다호가 화들짝 놀라 몸을 똑바로 세우더니 험악한 표정으로 그녀를 바라보았다. 그리고 정확한 발음으로 또박또박 천천히 말했다. "난 빌어먹을 하코넨 첩자의 명령은 듣지 않아."

유에의 표정이 딱딱하게 굳어서 재빨리 시선을 돌려 제시카를 바라보았다.

그녀는 얼굴이 창백하게 질렸지만 고개를 끄덕이고 있었다. 이제 모든 것을 분명히 알 수 있었다. 지난 며칠 동안 그녀가 듣고 보면서 의미를 알 수 없어 답답하게 생각했던 말과 행동의 의미를 이제 모두 알 수 있었다. 거의 참을 수 없을 만큼 분노가 치밀어 올랐다. 베네 게세리트로서 받은 훈련을 모두 동원한 다음에야 호흡과 맥박을 정상으로 되돌릴 수 있었다. 그러나 그러고 나서도 내부에서는 여전히 불꽃이 이글거렸다.

'여자들을 특별히 감시해야 할 일이 있으면 항상 아이다호 님을 부르죠.'

그녀는 날카로운 시선으로 유에를 바라보았다. 유에가 시선을 내렸다.

"당신도 알고 있었어요?" 그녀가 다그치듯 물었다.

"전…… 소문을 들었습니다, 부인. 하지만 공연히 부인의 짐을 더하고 싶지 않았어요."

"하와트야! 당장 투피르 하와트를 데려와요!" 그녀가 쏘아붙였다.

"하지만, 부인……."

"당장!"

'틀림없이 하와트일 거야. 다른 사람이라면 이런 의심을 했어도 금방 무시당했을 거야.'

아이다호가 고개를 흔들면서 중얼거렸다. "죄다 확인해, 젠장."

제시카는 자신의 손에 들린 잔을 바라보다가 갑자기 커피를 아이다호의 얼굴에 끼얹어버렸다. "동쪽 건물에 있는 손님방에 가둬라. 자면서 술 깨라고 해." 그녀가 명령했다.

경비병들이 불안한 표정으로 그녀를 바라보았다. 두 경비병 중 한 명이 용기를 내서 입을 열었다. "다른 곳으로 데려가는 게 낫지 않을까요, 부인? 저희가……."

"그는 여기 있어야 하는 사람이야! 여기서 할 일이 있으니까." 제시카가 쏘아붙였다. 그녀의 목소리에서 증오심이 뚝뚝 떨어졌다. "여자들을 감시하는 데는 아주 뛰어난 사람이잖아."

말을 꺼냈던 경비병이 마른침을 삼켰다.

"공작님이 어디 계시는지 알고 있나?" 제시카가 다그치듯 물었다.

"공작님은 사령부에 계십니다, 부인."

"하와트도 거기 같이 있어?"

"하와트는 시내에 나가 있습니다, 부인."

"당장 하와트를 데려와라. 난 그가 올 때까지 내 거실에 있겠다."

"하지만, 부인……."

"필요하다면 내가 공작님께 연락을 취하겠다. 그럴 필요가 없기를 바라지만 말이야. 이런 문제로 공작님을 귀찮게 해드리고 싶지는 않아."

"예, 부인."

제시카는 빈 잔을 메입스에게 거칠게 넘겨주었다. 푸른자위에 푸른 눈동자가 있는 눈이 의문을 담고 그녀를 뚫어지게 바라보고 있었다. "이제 방으로 돌아가도 좋아요, 메입스."

"정말 제가 가도 괜찮겠습니까?"

제시카가 우울한 미소를 지으며 말했다. "그래요."

"저, 내일 이 일을 처리하면 안 되겠습니까? 제가 진정제를 드릴 테니……." 유에가 말했다.

"당신은 숙소로 돌아가세요. 이 일은 내 방식대로 처리하겠어요." 그녀는 자신이 명령조로 내뱉은 가시 돋친 말투의 분위기를 누그러뜨리려고 유에의 팔을 가볍게 두드려주었다. "이 방법밖에 없어요."

그리고 그녀는 갑작스럽게 몸을 돌려 고개를 높이 들고 성큼성큼 자신의 방을 향해 걸어갔다. 차가운 벽들…… 통로…… 낯익은 문……. 그녀는 그 문을 거칠게 열고 안으로 들어가 세게 닫았다. 그리고 그 자리에 선 채 방어막 때문에 바깥 풍경이 보이지 않는 창문을 노려보았다. '하와트! 하코넨이 매수한 반역자가 바로 하와트일까? 두고 보면 알겠지.'

제시카는 푹신한 구석 안락의자가 있는 곳으로 걸어갔다. 의자 커버는 **슐라그***의 가죽에 자수를 놓은 것이었다. 그녀는 문을 바라볼 수 있는 위치로 의자를 옮겼다. 갑자기 다리에 매어놓은 크리스나이프가 강하게 의식되었다. 그녀는 칼집을 벗긴 다음 칼을 끈으로 팔에 고정시켰다. 그리고 칼이 겉으로 잘 빠져나오는지 살펴보았다. 그녀는 다시 한번 방 안을 둘러보면서 만약의 사태에 대비해서 방 안의 물건들이 놓인 위치를 마음속에 새겨두었다. 긴의자는 구석에, 등받이가 높은 의자는 벽을 따라서, 나지막한 탁자 두 개, 받침에 고정시킨 치터 하프는 침실로 통하는 문 근처에.

반중력 램프에서 옅은 장밋빛 빛이 흘러나왔다. 그녀는 램프의 밝기를 줄이고 안락의자에 앉아 의자 커버를 손으로 두드리면서 이런 때에 걸맞게 이 의자가 당당하고 묵직해 보여서 다행이라고 생각했다.

'자, 이제 그가 오기만 하면 돼. 한번 해보는 거야.' 그녀는 베네 게세리트의 수양법으로 마음을 가라앉히고 힘을 축적하며 하와트를 기다렸다.

그녀가 예상했던 것보다 더 빨리 문 두드리는 소리가 들렸다. 안으로 들어오라는 그녀의 말에 하와트가 모습을 나타냈다.

그녀는 의자에서 꼼짝도 하지 않고 하와트를 지켜보았다. 그가 피로회복제를 먹은 덕분에 아주 활기 있게 움직이고는 있지만, 그런 겉모습 속에 피곤이 깔려 있다는 것을 그녀는 알 수 있었다. 하와트의 늙은 눈이 반짝였다. 주름진 그의 피부는 방 안의 불빛 때문에 약간 노란 빛을 띠었다. 그가 칼을 휘두를 때 사용하는 팔의 소매에는 축축한 얼룩이 커다랗게 묻어 있었다.

그 얼룩에서 피 냄새가 났다.

제시카는 등받이가 높은 의자를 가리키며 말했다. "저 의자를 가져다가 내 앞에 앉아요."

하와트는 상체를 숙여 인사를 하고 그녀의 명령에 따랐다. '아이다호, 주정뱅이 바보 녀석!' 그는 속으로 생각했다. 그리고 제시카의 얼굴을 유심히 살피며 지금의 상황을 잘 처리할 수 있는 방법을 생각해 내려고 애썼다.

"벌써 오래전에 우리 사이의 오해를 풀걸 그랬어요." 제시카가 말했다.

"무슨 일입니까, 부인?" 하와트는 의자에 앉아 무릎 위에 손을 올려놓았다.

"아직도 그런 연극을 할 작정인가요!" 제시카가 쏘아붙였다. "내가 당신을 왜 보자고 했는지 유에가 말해 주지 않았더라도, 벌써 이 집에 심어 놓은 당신 첩자들에게서 보고를 받았을 텐데요. 우리 서로 적어도 그 정도만이라도 솔직해지는 게 어때요?"

"알겠습니다, 부인."

"우선 내 질문에 대답해 줘요. 당신, 하코넨의 첩자인가요?"

하와트는 분노로 얼굴이 검붉게 달아올라 의자에서 반쯤 몸을 일으켰다. "감히 저를 그렇게 모욕하시다니요!"

"앉아요. 당신도 나를 그렇게 모욕했어요."

그는 천천히 의자에 주저앉았다.

제시카는 이미 익히 알고 있는 하와트의 표정 변화를 유심히 살핀 후 심호흡을 했다. '하와트는 아냐.'

"당신이 공작님께 여전히 충성하고 있다는 걸 이제 알겠어요. 그러니까 당신이 날 모욕한 걸 용서해 줄 수도 있어요."

"제가 용서받을 일이 있는 겁니까?"

제시카는 인상을 찌푸렸다. '지금 내 패를 내보여야 하는 걸까? 지금 내 배 속에 들어 있는 공작의 딸에 대해 말해 줘야 하나? 안 돼…… 레토도 아직 모르는 일인데. 그런 얘기를 해봤자 레토의 심정만 복잡해질 거야. 우리 모두의 생존을 위해 신경을 집중해야 하는 때에 그의 마음을 어지럽힐 수는 없어. 아직은 이 패를 사용할 때가 아냐.'

"진실을 말하는 자가 있다면 이 문제를 풀 수 있겠죠. 하지만 우리에게는 위원회의 인증을 받은 진실을 말하는 자가 없어요."

"그렇습니다. 우리에게는 진실을 말하는 자가 없죠."

"우리 중에 반역자가 있나요? 난 우리 쪽 사람들을 아주 유심히 살펴봤어요. 도대체 누굴까요? 거니는 아니에요. 던컨도 분명히 아니죠. 두 사람의 부하들은 전략적으로 첩자가 되기 어려운 위치에 있어요. 그리고 당신도 아니에요, 투피르. 폴이 첩자일 리도 없죠. 내가 첩자가 아니란 건 나 자신이 잘 알고 있어요. 그럼 유에 박사일까요? 그를 여기로 불러서 시험을 해봐야 하나요?"

"그게 아무 의미도 없는 일이란 건 부인도 아십니다. 유에는 제국 정신 훈련을 받았습니다. 그건 제가 확실히 알고 있는 사실이에요."

"베네 게세리트였던 그의 아내가 하코넨의 손에 목숨을 잃은 것은 말할 필요도 없겠죠."

"아, 그녀가 결국 그렇게 된 거로군요."

"그가 하코넨의 이름을 말할 때마다 그의 목소리에 증오가 배어 있는 걸 듣지 못했나요?"

"아시다시피 저는 그런 것에는 신경을 쓰지 않습니다."

"왜 나를 그렇게 형편없이 의심하게 된 거죠?"

하와트는 인상을 찌푸렸다. "부인께서는 지금 부인의 종을 아주 난처한 상황에 밀어 넣고 계십니다. 제가 일차적으로 충성해야 할 분은 공작님입니다."

"당신의 그 충성심 때문에 내가 아주 많은 걸 용서할 수도 있는 거예요."

"그럼 다시 여쭤봐야겠군요. 제가 용서받을 일이 있는 겁니까?"

"계속 같은 얘길 반복해야 하나요?"

하와트는 어깨를 으쓱했다.

"그럼 잠시 다른 얘기를 할까요. 던컨 아이다호는 경호와 감시 능력을 크게 인정받고 있는 훌륭한 전사예요. 그런 그가 오늘 밤 스파이스 맥주라는 걸 너무 많이 마셨어요. 던컨 말고 다른 사람들도 이 술 때문에 정신을 잃을 정도로 만취한 적이 있다는 보고도 있어요. 그게 사실인가요?"

"보고를 들으셨다면 부인도 잘 아시는 일 아닙니까."

"그렇죠. 이런 음주 행태가 하나의 증상이라고 생각되지는 않나요, 투피르?"

"부인의 말씀이 무슨 뜻인지 모르겠습니다."

"당신의 멘타트 능력을 발휘해 보면 되잖아요! 그 사람들과 던컨의 문제가 뭐예요? 내가 단 세 마디로 그 답을 말해 볼까요? 고향이 없어졌기 때문이에요."

하와트는 손가락으로 바닥을 가리켰다. "여기, 아라키스가 그들의 고향입니다."

"아라키스는 미지의 세계예요! 칼라단이 그들의 고향이었어요. 하지만 우리가 그들을 이곳으로 몰고 왔어요. 그들에게는 고향이 없어요. 그리고 공작님이 자신들을 실망시킬까 봐 두려워하고 있죠."

하와트의 얼굴이 굳었다. "제 부하들이 그런 얘기를 했다면……."

"그만해요, 투피르. 의사가 질병을 올바로 진단하는 게 패배주의적인 행위인가요? 아니면 반역 행위예요? 난 그 질병을 치료하고 싶을 뿐이에요."

"공작님은 그런 문제들을 제게 맡기셨습니다."

"하지만 내가 이 질병의 진전 상황에 대해 당연히 관심을 가질 수밖에 없다는 걸 당신도 알 거예요. 그리고 내가 이런 문제와 관련해서 어느 정도 능력이 있다는 것도 인정할 텐데요."

'저 사람한테 강렬한 충격 요법을 사용해야 하나? 저 사람한테는 충격이 필요해. 그래야 틀에 박힌 사고 방식에서 빠져나올 수 있어.'

"부인의 걱정은 여러 가지 의미로 해석될 수 있습니다." 하와트는 어깨를 으쓱했다.

"그럼 당신은 이미 내게 유죄판결을 내린 건가요?"

"천만에요, 부인. 하지만 조금이라도 의심이 가는 일을 그냥 내버려둘 수는 없습니다. 상황이 그러니까요."

"바로 이 집에서 내 아들의 목숨을 위협하는 사건이 일어났는데 당신은 그걸 미리 막지 못했어요. 그건 누구 책임이죠?"

하와트의 얼굴이 어두워졌다. "전 공작님께 자리에서 물러나겠다고 했습니다."

"당신이 나나…… 폴한테 그런 말을 한 적이 있나요?"

이제 그는 분노를 감추려고 하지도 않았다. 숨이 거칠어지고, 콧구멍이 커지고, 노려보는 시선에 흔들림이 없었다. 관자놀이가 고동치는 것이 보였다.

"저는 공작님의 신하입니다." 그가 씹어 뱉듯이 말했다.

"반역자는 없어요. 우리한테 위협이 되는 건 다른 문제예요. 어쩌면 레이저총이 문제인지도 모르죠. 어쩌면 하코넨이 레이저총에 몰래 시한장치를 장착해 이 집의 방어막을 겨냥하고 있을지도 몰라요. 어쩌면……."

"그런 폭발이 일어난 후에 그게 원자탄 폭발인지 아닌지 누가 알겠습니까? 아뇨, 부인. 아무리 하코넨이라도 그렇게 불법적인 일까지 시도하진 않을 겁니다. 방사능은 오래 남으니까요. 증거를 없애기가 아주 어렵죠. 그놈들은 대부분의 규칙을 준수할 겁니다. 분명히 반역자가 있어요."

"당신이 공작님의 신하란 말이죠." 제시카가 이죽거렸다. "그런데 공작님을 구한답시고 그분을 파멸시키는 짓을 할 작정인가요?"

하와트는 심호흡을 했다. "부인에게 아무 죄도 없다면 제가 깊이 사과드리겠습니다."

"당신 자신을 좀 봐요, 투피르. 인간은 각자 자신의 자리가 있을 때, 자기가 이 세상의 전체적인 구도 속에서 어디에 속하는지 알고 있을 때, 가장 행복해요. 어떤 사람이 속한 자리를 파괴하는 건 곧 그 사람을 파괴하는 거예요. 투피르, 공작님을 사랑하는 사람들 중에서도 당신과 나는 서로의 자리를 파괴하기에 가장 좋은 위치에 있어요. 내가 밤에 공작님의 귓가에서 당신이 의심스럽다고 속살거리면 어떻게 될까요? 공작님이 그런 속삭임에 가장 귀가 솔깃해지는 때가 언제라고 생각해요, 투피르?

더 자세하게 설명할까요?"

"지금 저를 협박하시는 겁니까?" 그가 으르렁거리듯이 말했다.

"그럴 리가 있나요. 난 그저 누군가가 우리 두 사람의 위치를 이용해서 우리를 공격하고 있다는 얘기를 하고 있을 뿐이에요. 아주 영리하고 사악한 공격이죠. 그러니 그런 공격이 비집고 들어올 틈이 생기지 않도록 우리 주변을 정리하는 게 어떨까요?"

"제가 근거도 없이 부인이 의심스럽다는 말을 속살거렸다는 얘깁니까?"

"그래요, 그건 근거 없는 얘기였어요."

"그럼 부인께서도 공작님의 귀에 부인 나름의 얘기를 속살거리실 겁니까?"

"당신이 이렇게 복잡한 상황에 빠진 건 당신이 공작님께 허튼소리를 했기 때문이에요. 내가 한 게 아니에요, 투피르."

"그건 제 능력이 의심스럽다는 뜻입니까?"

제시카는 한숨을 쉬었다. "투피르, 난 이 문제에 혹시 당신의 개인적인 감정이 개입된 건 아닌지 스스로 생각해 보기를 바랄 뿐이에요. 원래 인간은 논리가 없는 동물이에요. 그러니까 당신이 모든 문제를 논리로만 풀려고 하는 건 자연스럽지 못해요. 지금까지는 당신의 그런 방식이 쓸모가 있었기 때문에 아무도 문제 삼지 않았던 것뿐이에요. 당신은 논리의 화신이에요. 멘타트니까요. 하지만 당신이 문제를 해결하는 방식을 현실적으로 들여다보면, 그건 당신이 이미 갖고 있는 어떤 개념을 밖으로 투사해서 이리저리 굴려 가며 조사하는 것에 불과해요."

"이젠 저한테 일하는 방법까지 가르치실 작정이십니까?" 하와트는 자신의 목소리에 배어 있는 경멸을 숨기려 하지도 않았다.

"외부적인 일들에 대해서는 직접 눈으로 보면서 논리를 적용시킬 수 있어요. 하지만 개인적인 문제와 부딪치면, 밖으로 끄집어내서 논리적으로 조사하는 것이 아주 어려워져요. 그건 인간의 속성이에요. 그럴 때면 사람들은 그저 허둥거리면서 주위의 모든 걸 탓하죠. 그러면서도 정말로 자신을 괴롭히고 있는 문제에 대해서는 아무 말도 하지 않아요."

"부인은 멘타트로서 제 능력에 대한 믿음을 일부러 부숴버리려고 하시는군요." 하와트가 거친 목소리로 말했다. "만약 우리 쪽 사람 중 누가 무기고에 들어 있는 다른 무기를 못 쓰게 만들려고 이런 식으로 나온다면, 전 주저 없이 그 사람을 고발하고 죽여버릴 겁니다."

"훌륭한 멘타트라면 계산을 할 때 실수의 가능성을 존중해요."

"제가 그렇지 않다고 말씀드린 적은 없습니다!"

"그럼 우리 모두 목격한 최근의 증상에 관심을 기울여보세요. 병사들이 술에 취하고 싸움을 벌이고 아라키스에 대한 근거 없는 소문들을 숙덕거리고, 가장 단순한……."

"사람들이 해이해진 겁니다. 그뿐이에요. 단순한 일을 무슨 수수께끼인 양 만들어서 제 주의를 흐트러뜨리지 마십시오."

그녀는 그를 물끄러미 바라보았다. 공작의 병사들이 막사에서 불안감을 견디다 못해 금방이라도 무슨 일이 터질 것처럼 긴장이 높아가는 모습이 그녀의 머릿속을 스치고 지나갔다. '병사들은 지금 조합이 생기기이전 시대의 전설에나 나오는 사람들처럼 변해 가고 있어. 잃어버린 별 탐험선, **앰폴리로스***의 승무원들처럼. 항상 뭔가를 추구하고, 뭔가를 준비하고 있지만 항상 준비되지 않은 사람들.'

"당신은 공작님을 위해 일을 수행하면서 왜 내 능력을 완전히 이용하지 않는 거죠? 내가 당신 자리를 차지할까 봐 겁이라도 나는 건가요?" 제시카가 물었다.

하와트가 그녀를 노려보았다. 그의 늙은 눈이 불타고 있었다. "베네 게세리트……." 그는 말을 멈추고 인상을 찌푸렸다.

"그러실 필요 없어요. 그냥 말하세요. 베네 게세리트 '마녀들'이라고."

"그들의 '진짜' 훈련에 대해 저도 조금은 알고 있습니다. 폴 도련님에게서 그 훈련의 흔적을 본 적도 있습니다. 전 부인이 속한 학파가 대중을 상대로 늘어놓는 말에 속아 넘어가지 않습니다. '우리는 오직 봉사하기 위해 존재한다'고 하던가요?"

'이 사람한테는 정말로 강한 충격 요법이 필요해. 이 사람도 이제 거의 준비가 됐어.' 제시카는 속으로 생각했다.

"회의 때 당신은 예의 바르게 내 말에 귀를 기울이지만 내 조언에 정말로 주의를 기울이는 적은 거의 없어요. 왜죠?"

"저는 베네 게세리트의 의도를 신뢰하지 않습니다. 베네 게세리트들은 사람을 꿰뚫어 볼 수 있다고 생각하겠죠. 심지어 자신의 의도대로 사람을 조종할 수 있다고까지……."

"이런 바보 같으니라고, 투피르!" 그녀가 일갈했다.

그러나 그는 험악한 표정을 지으며 의자 깊숙이 몸을 묻었다.

"우리 학파에 대해 당신이 무슨 소문을 들었는지 몰라도 진실은 그보다 훨씬 더 위대해요. 만약 내가 공작님이나…… 당신 또는 내가 손을 뻗칠 수 있는 다른 사람을 파멸시키려고 했다면, 당신은 날 막을 수 없었을 거예요."

'괜한 자존심 때문에 이런 말을 해서는 안 되는데. 이런 건 내가 학교에서 배운 것과 어긋나는 행동이야. 하와트에게 충격 요법을 쓰더라도 이런 식으로는 안 되는데.'

하와트는 웃옷 안으로 슬그머니 손을 집어넣었다. 거기에는 독화살을 발사하는 자그마한 장치가 숨겨져 있었다. '부인은 지금 방어막을 켜지 않았어. 이런 식으로 자랑하는 건가? 지금이라면 부인을 죽일 수 있어……. 하지만 아아아아, 만약 내 생각이 틀렸다면 어떡하지?'

제시카는 하와트의 손이 움직이는 것을 보았다. "우리가 서로에게 폭력을 휘둘러야 하는 경우가 생기지 않기를 바라요."

"좋은 생각입니다."

"그건 그렇고, 아까 말한 질병이 우리 사이에 번지고 있어요. 다시 한 번 묻겠어요. 하코넨이 우리 두 사람 사이에 싸움을 붙이려고 일부러 의심의 씨앗을 뿌려놓았다고 생각하는 게 더 합리적이지 않은가요?"

"또다시 같은 얘기를 반복해야 하는 상황이 된 것 같군요."

제시카는 한숨을 내쉬며 생각했다. '저 사람은 거의 준비가 됐어.'

"공작님과 나는 우리 백성들에게 부모 같은 존재예요. 그런 입장에서는……."

"공작님은 부인과 결혼하지 않았습니다."

제시카는 억지로 마음을 가라앉혔다. '그래, 훌륭한 반박이긴 해.'

"하지만 공작님은 나 말고 다른 사람과는 결혼하지 않을 거예요, 내가 살아 있는 한. 그리고 아까도 말했듯이 우린 부모가 아니라 부모와 같은 존재예요. 하코넨이 이런 자연스러운 질서를 부수고, 우리를 분열시켜 혼란에 빠뜨리려 할 때 과연 우리 중 누구를 겨냥할까요?" 제시카가 말했다.

하와트는 제시카가 무슨 말을 하려는지 알아차렸다. 그의 눈썹이 가운데로 모여 험상궂은 표정이 되었다.

"공작님일까요?" 제시카가 물었다. "공작님이 매력적인 대상이기는 하죠. 하지만 공작님은 아마도 폴을 제외하면 그 누구보다도 엄중한 경호를 받고 있어요. 그럼 나일까요? 유혹적이긴 하죠. 하지만 베네 게세리트를 겨냥하기가 쉽지 않다는 걸 그들도 분명히 알 거예요. 게다가 나보다 훨씬 더 좋은 표적이 있어요. 그 사람은 임무 때문에 어쩔 수 없이 아주 커다란 맹점을 갖고 있거든요. 그 사람한테는 남을 의심하는 것이 숨 쉬는 것만큼이나 자연스러운 일이에요. 그의 인생은 온통 냉소와 수수께끼로 가득하고요." 그녀는 오른손으로 불쑥 하와트를 가리켰다. "바로 당신이에요!"

하와트가 의자에서 벌떡 일어나려고 했다.

"아직 물러가도 좋다고 하지 않았어요, 투피르!" 그녀가 소리쳤다.

하와트는 거의 무너지듯이 의자에 주저앉았다. 너무 빨리 주저앉는 바람에 근육이 아플 정도였다.

제시카가 유쾌하지 않은 미소를 지었다.

"이제 베네 게세리트 학교의 '진짜' 훈련에 대해 조금 알겠죠?" 그녀가 말했다.

하와트는 바짝 말라버린 목구멍으로 침을 삼키려고 애썼다. 조금 전 그녀의 말은 당당하고 단호한 명령이었다. 그는 그 명령에 도저히 저항할 수가 없었다. 그가 미처 어떤 생각을 하기도 전에 그의 몸이 그녀의 말에 복종했다. 그 순간에는 어떤 것도 그의 움직임을 막을 수 없었다. 논리도 타는 듯한 분노도…… 그 어떤 것도. 그는 사람이 다른 사람을 그토록 철저하게 통제할 수 있으리라고는 꿈에도 생각해 본 적이 없었다.

"전에 우리가 서로를 이해해야 한다고 당신에게 말한 적이 있죠. 그때 내 말은 당신이 나를 이해해야 한다는 뜻이었어요. 난 이미 당신을 이해하고 있으니까요. 다시 말하지만, 당신이 내게서 안전할 수 있는 건 오로지 공작님에 대한 당신의 충성심 덕분이에요."

하와트는 제시카를 뚫어지게 바라보며 혀로 입술을 축였다.

"만약 내가 꼭두각시를 원했다면, 공작님을 조종해서 나와 결혼하게 했을 거예요. 그래도 공작님은 자기가 정말로 원해서 나와 결혼한 거라고 생각하셨겠죠."

하와트는 고개를 숙이고 성긴 속눈썹 사이로 위를 올려다보았다. 경비병을 부르고 싶은 충동을 억제하느라 있는 힘껏 자신을 억눌러야 했다. 제시카가 경비병을 부르는 걸 허용하지 않을 거라는 생각도 있었다. 그녀가 자신을 조종했던 순간의 기억이 피부 위에 득시글거렸다. 바로 그 순간 그녀는 무기를 꺼내 그를 죽일 수도 있었다!

'모든 인간이 이런 맹점을 갖고 있는 걸까? 모든 사람이 저항해 볼 엄두도 내기 전에 이런 식으로 조종당할 수 있는 걸까?' 그는 망연자실했다. '저런 능력을 가진 사람을 어떻게 막지?'

"당신은 베네 게세리트의 장갑 속에 감춰진 주먹을 목격했어요. 그걸보고도 목숨을 부지한 사람은 거의 없어요. 게다가 아까 내가 한 건 우리에게는 비교적 간단한 일에 속합니다. 내가 가진 무기를 당신이 아직 모두 보지는 못했다는 뜻이에요. 잘 생각해 봐요." 제시카가 말했다.

"그 능력으로 공작님의 적을 물리치지 않는 이유가 뭡니까?"

"나더러 적을 물리치라고요? 공작님을 항상 내게만 의지하는 약골로 만들라는 얘긴가요?"

"하지만 그런 능력이라면……."

"능력은 양날의 칼과 같아요, 투피르. 사람들은 생각하죠. '저 여자라면 인간 꼭두각시를 만들어 적의 심장부에 침투시키는 것도 아주 쉬운 일일 거야'라고. 맞는 말이에요, 투피르. 심지어 우리 쪽 심장부에 꼭두각시를 침투시키는 것도 가능하죠. 하지만 그래서 얻는 게 뭐죠? 만약 많은 베네 게세리트가 그런 짓을 한다면, 결국 모든 베네 게세리트가 의심을 받지 않겠어요? 우린 그렇게 되고 싶지 않아요, 투피르. 그런 식으로 자멸의 길을 걷고 싶지 않아요." 그녀는 고개를 끄덕이며 말을 덧붙였다. "우린 정말로 오로지 봉사하기 위해 존재할 뿐이에요."

"그 말에 뭐라고 대답해야 할지 모르겠습니다."

"오늘 여기서 일어난 일은 아무에게도 얘기하지 마세요. 당신이 그렇게 해주리라고 믿어요, 투피르."

"부인⋯⋯." 하와트의 목구멍이 다시 바짝 말라붙었다. '부인은 엄청난 능력을 갖고 있어. 하지만 바로 그 때문에 하코넨이 이용할 수 있는 훨씬 더 강력한 도구가 되는 게 아닐까?'

"적뿐만 아니라 친구와 동료들도 공작님을 파멸로 이끌 수 있어요. 당신이 이 의심을 끝까지 파헤쳐서 아예 없애버릴 거라고 믿어요."

"만약 그 의심이 근거 없는 것으로 판명된다면 그렇게 하겠습니다."

"만약?" 그녀가 비웃듯이 되받았다.

"만약."

"정말 고집이 세네요."

"조심스러운 겁니다. 실수의 가능성을 염두에 둔 때문이기도 하고요."

"그럼 한 가지 더 물어보겠어요. 만약 누군가 당신의 손발을 묶어놓고 칼을 목에 들이댔다가 죽이지 않고 자유롭게 풀어준 다음 자기가 들고 있던 칼까지 당신 손에 들려준다면, 당신은 그걸 어떻게 해석할 건가요?" 그녀는 의자에서 일어나 그에게 등을 돌렸다. "이제 가도 좋아요, 투피르."

하와트는 자리에서 일어나 잠시 망설였다. 그의 손은 옷 속에 감춰진 무기를 향해 슬금슬금 다가가고 있었다. 공작의 아버지에 대한 기억이 떠올랐다. 여러 약점이 있었다 해도 그는 용감한 사람이었다. 오래전 투우장에서 노공작은 사나운 검은 소를 이겼다. 소는 고개를 숙인 채 혼란에 빠져서 꼼짝도 하지 못했다. 노공작은 망토를 세련되게 한쪽 팔에 걸치고는 황소의 뿔을 등지고 돌아섰다. 관중석에서 환호가 쏟아져 내렸다.

'지금 내가 그 황소이고 부인은 투우사야.' 하와트는 생각했다. 그는 무기에 대고 있던 손을 뺐다. 아무것도 쥐어져 있지 않은 손바닥에서 땀방울이 반짝이고 있었다.

그 순간 그는 이번 일의 진상이 어떤 쪽으로 결말이 나든 자신이 이 순간을 결코 잊지 못할 것이며, 앞으로도 영원히 레이디 제시카에게 최고의 찬사를 보내게 되리라는 것을 알 수 있었다.

조용히 그는 몸을 돌려 방을 나갔다.

제시카는 창에 비치는 방 안 풍경에서 시선을 떼고 몸을 돌려 닫힌 방문을 바라보았다.

"이제 행동을 제대로 보여줘요." 그녀가 속삭이듯 말했다.

꿈과 씨름하는가?
그림자와 싸우는가?
잠에 빠진 듯 움직이는가?
시간은 스르르 사라져 간다.
당신은 인생을 도둑맞았다.
당신은 하찮은 일로 머뭇거렸다,
당신 자신이 어리석은 탓에.

—이룰란 공주의 『무앗딥의 노래』 중 장례의 평원에서 부른 「야미스를 위한 만가」

레토는 집의 현관홀에서 하나밖에 없는 반중력 램프 불빛으로 메모를 살펴보았다. 동이 트려면 아직 몇 시간이 남아 있었다. 그는 피로를 느꼈다. 손에 들고 있는 메모는 그가 막 사령부에서 집으로 돌아왔을 때 프레멘의 심부름꾼이 외곽 경비원에게 전달해 준 것이었다.

메모의 내용은 이러했다. '낮에는 연기 기둥, 밤에는 불기둥.'

서명은 없었다.

'도대체 이게 무슨 뜻일까?'

프레멘 심부름꾼은 답장도 기다리지 않고 돌아가 버렸다. 그에게 사정을 물어볼 틈도 없었다. 흐릿한 그림자처럼 밤의 어둠 속으로 슬그머니 자취를 감춰버린 것이다.

레토는 메모를 웃옷 주머니에 넣으면서 나중에 하와트에게 보여줘야겠다고 생각했다. 그는 이마로 흘러내린 머리카락을 쓸어 올리면서 한숨을 쉬듯이 숨을 내쉬었다. 피로를 막아주는 약의 효과가 떨어지고 있었다. 저녁 만찬 후로 벌써 길고 긴 이틀이 지났다. 그가 마지막으로 잠을 잔 것은 그보다 더 오래전이었다.

군사적인 문제 외에도 하와트의 보고가 그의 마음을 어지럽혔다. 하와트가 제시카를 만나 나눈 이야기에 대한 보고였다.

'지금 제시카를 깨워야 하나? 더 이상 비밀을 지킨답시고 그녀에게 거짓 연극을 할 이유가 없는데. 아냐, 아직 이유가 있나? 망할 놈의 아이다 호 녀석!'

그는 고개를 가로저었다. '아냐, 던컨 잘못이 아냐. 처음부터 내가 제시카에게 사실을 털어놓지 않은 게 잘못이야. 지금이라도 그녀에게 사실을 얘기해야 해. 일이 더 많이 어긋나기 전에.'

이렇게 결정을 내리고 나니 마음이 한결 편해졌다. 그는 재빨리 중앙홀을 가로질러 관저로 향하는 통로로 접어들었다.

통로가 하인들의 구역으로 향하는 길과 관저로 향하는 길로 갈라지는 지점에서 그는 걸음을 멈췄다. 하인들의 구역으로 향하는 길에서 가냘픈 신음 같은 것이 들려왔다. 레토는 왼손을 방어막 스위치에 갖다 대고 오른손으로 킨잘을 꺼내 쥐었다. 그렇게 칼을 손에 잡으니 조금 안심이 되었다. 이상한 신음에 한순간 몸이 오싹해졌기 때문이다.

공작은 조명이 희미한 것을 원망하면서 조용히 하인들 구역을 향해 걸어갔다. 이곳에는 가장 작은 반중력 램프가 8미터 간격으로 설치되어 있었는데, 그나마도 지금은 가장 약한 밝기로 조절되어 있었다. 게다가 검은 돌로 된 벽이 빛을 집어삼켜 버렸다.

앞쪽의 어둠 속에서 희미한 윤곽의 어떤 물체가 바닥에 엎어져 있는 것이 보였다.

레토는 망설였다. 하마터면 그 자리에서 방어막을 작동시킬 뻔했다. 그가 방어막을 작동시키지 않은 것은 방어막이 자유로운 움직임과 청력에 방해가 되기 때문이었다…… 레이저총 수송선에서 하코넨의 공작원을 잡고 난 후 방어막을 예전처럼 믿지 못하게 되었기 때문이기도 했다.

그는 바닥에 엎어져 있는 어두컴컴한 물체 쪽으로 소리 없이 다가갔다. 그 물체가 사람이라는 것을 알 수 있었다. 얼굴을 돌바닥에 대고 쓰러져 있는 남자였다. 레토는 언제라도 칼을 휘두를 준비를 갖추고 발로 그 남자의 몸을 뒤집었다. 그리고 희미한 불빛 속에서 그 남자의 얼굴을 자세히 보기 위해 상체를 구부렸다. 밀수업자 튜엑이었다. 가슴 아래쪽에는 축축한 얼룩. 이미 죽어버린 그의 눈은 공허하게 어둠 속을 노려보고 있었다. 레토는 얼룩을 만져보았다. 따뜻했다.

'도대체 이 남자가 왜 여기서 죽어 있는 거지? 누가 죽인 거야?'

가냘픈 신음이 아까보다 더 크게 들렸다. 그 소리는 앞쪽에 있는 또 다른 통로에서 들려오고 있었다. 그 통로는 이 집을 보호하기 위해 중앙 방어막 발생기를 설치해 둔 중앙실로 이어지는 샛길이었다.

공작은 손을 방어막 스위치에 갖다 대고 킨잘을 언제라도 사용할 수 있도록 자세를 갖춘 채 튜엑의 시체 옆을 돌아 살그머니 통로를 따라 걸어갔다. 그리고 통로가 꺾어지는 곳에서 고개만 내밀어 방어막 발생기가 있는 방 쪽을 살펴보았다.

몇 발짝 떨어진 곳에 어두컴컴한 물체가 또 하나 바닥에 쓰러져 있었다. 그는 이 물체가 신음의 주인이라는 것을 금방 알아차렸다. 그 물체가 안타까울 정도로 느릿느릿 그를 향해 기어오며 가쁜 숨소리 사이로 뭐라고 중얼거렸다.

레토는 갑자기 엄습하는 공포를 억누르고 앞으로 달려가 자신을 향해 기어오고 있는 사람 옆에 쭈그리고 앉았다. 메입스였다. 머리는 마구 헝클어지고 옷도 흐트러진 모습. 검은 얼룩이 그녀의 등에서부터 옆구리까지 이어져 있었다. 레토가 그녀의 어깨를 잡자 그녀가 팔꿈치에 의지해 스스로 몸을 일으켰다. 그리고 고개를 약간 쳐들어 공작을 바라보았다. 그녀의 눈은 공허한 암흑이었다.

"공작님." 그녀가 숨을 가쁘게 몰아쉬며 입을 열었다. "경비병을…… 죽였어요…… 보내서…… 불러왔는데…… 튜엑이…… 도망을…… 부인이…… 공작님…… 당신이…… 여기 있으면…… 안 돼……." 그녀가 앞으로 털썩 쓰러졌다. 그녀의 머리가 '쿵' 소리를 내며 돌바닥에 부딪쳤다.

레토는 그녀의 관자놀이에 손을 대고 맥박이 뛰는지 확인해 보았다. 맥박은 없었다. 그는 메입스의 옷에 묻은 얼룩을 바라보았다. 등 뒤에서 칼에 찔린 게 분명했다. 도대체 누가? 그의 머리가 정신없이 돌기 시작했다. 메입스의 말은 누군가가 경비병을 죽였다는 뜻인가? 그리고 튜엑은…… 제시카가 그를 불러오라고 했다는 건가? 왜?

그는 자리에서 일어서려다 육감적으로 위험을 감지했다. 그는 번개처럼 방어막 스위치로 손을 가져갔지만 이미 때늦은 일이었다. 엄청난 충격에 그의 팔이 옆으로 밀려났다. 통증과 함께 소매에 박혀 있는 작은 화살이 보였다. 거기서부터 위쪽으로 팔이 점점 마비되고 있었다. 머리를 들어 올려 통로 아래쪽을 살펴보기만 하는 것도 고통스러울 정도로 힘들었다.

방어막 발생기가 있는 방의 문이 열려 있고 그 문간에 유에가 서 있었다. 문 위에서 다른 램프보다 더 밝게 빛나는 반중력 램프 불빛 때문에 유에의 얼굴이 누르스름해 보였다. 유에의 뒤쪽 방에는 아무 소리도 없었다. 발생기 돌아가는 소리가 들려오지 않았다.

'유에! 그가 방어막 발생기를 꺼버렸어! 우린 무방비 상태야!'

유에가 화살총을 주머니에 넣으면서 레토를 향해 걸어오기 시작했다.

레토는 자신이 아직 말을 할 수 있다는 것을 깨달았다. 그가 가쁘게 숨을 몰아쉬면서 입을 열었다. "유에! 어떻게?" 곧 마비 증세가 다리까지 도달해서 그는 등을 돌벽에 댄 자세로 스르르 바닥으로 무너져 내렸다.

몸을 구부려 레토의 이마를 만지는 유에의 얼굴에 슬픔이 묻어 있었다. 공작은 유에의 손길을 느낄 수 있었지만 먼 곳에서 일어나는 일인 듯 감각이 둔했다.

"화살에 발라져 있는 약은 선택적으로 기능을 제한합니다. 공작님은 지금 말을 하실 수 있지만, 안 하는 편이 좋습니다." 유에는 복도 아래쪽을 흘끗 바라본 다음 다시 레토를 향해 몸을 구부려 레토의 소매에서 화살을 뽑아 옆으로 던져버렸다. 공작의 귀에는 '챙그랑' 하고 화살이 돌바닥에 떨어지는 소리가 아주 멀고 희미하게 들렸다.

'유에일 리가 없어. 그는 정신 훈련을 받은 사람이야.'

"어떻게?" 레토가 속삭이듯 물었다.

"죄송합니다, 공작님. 하지만 세상에는 이것보다 더 중요한 일이 있게 마련이죠." 그가 이마에 있는 다이아몬드 모양의 문신을 가리키며 말했다. "저도 기분이 몹시 이상합니다…… 훈련으로 다듬어진 **불의 양심***을 누르다니……. 하지만 저는 지금 사람을 죽이고 싶습니다. 네, 정말로 죽이고 싶어요. 그 어떤 것도 저를 막지 못할 겁니다." 그는 공작을 내려다보며 말을 이었다. "아, 당신은 아닙니다, 공작님. 하코넨 남작이죠. 남작을 죽이고 싶습니다."

"남…… 하…….."

"조용히 해주세요, 제발, 불쌍한 공작님. 공작님에게는 시간이 얼마 없습니다. 나칼에서 사고를 당하신 후에 제가 끼워 넣은 공작님의 임시 치아 말입니다, 그걸 바꿔 넣어야 합니다. 곧 공작님이 의식을 잃게 한 후에 치아를 바꿔 넣겠습니다." 그는 손을 벌리고 그 안에 있는 어떤 물건을 물끄러미 바라보았다. "아주 똑같이 생긴 복사품입니다. 이놈의 한가운데에는 놀랄 정도로 신경과 닮은 물건이 들어 있죠. 보통 탐지기로는 잡아내지 못할 겁니다. 고속 탐색기로도 안 되죠. 하지만 이를 세게 깨물면 껍데기가 부서집니다. 그런 다음 급하게 숨을 내쉬면, 공작님 주위에 독가스가 가득 차게 될 겁니다. 아주 치명적이죠."

레토는 유에를 물끄러미 쳐다보았다. 유에의 눈에는 광기가 서려 있고, 이마와 턱에는 땀방울이 솟아 있었다.

"어쨌든 당신은 죽은 목숨입니다, 불쌍한 공작님. 하지만 죽기 전에 남작에게 가까이 접근할 수 있을 겁니다. 그는 당신이 약 때문에 온몸이 마비되었다고 믿을 겁니다. 그래서 당신이 아무리 죽을힘을 다해도 자기를 공격할 수 없다고 생각하겠죠. 물론 공작님은 약에 취한 상태로 손발까지 묶일 겁니다. 하지만 세상에는 이상한 형태의 공격도 있는 법이죠. 그때 그 치아를 기억하셔야 합니다. 치아 말입니다, 레토 아트레이데스 공작님. 치아를 기억하셔야 합니다."

유에가 상체를 구부려 공작에게 점점 가까이 다가왔다. 그의 얼굴과 늘어진 콧수염이 점점 좁아져가고 있는 레토의 시야를 가득 채웠다.

"치아입니다." 유에가 중얼거렸다.

"왜?" 레토가 속삭이듯 물었다.

유에가 한쪽 무릎을 땅에 댄 자세로 공작 옆에 쪼그려 앉았다. "전 남작과 악마의 거래를 했습니다. 남작이 자기 몫의 임무를 제대로 수행했는지 저는 반드시 확인해야 합니다. 그의 얼굴을 보는 순간 저는 확인할 수 있을 겁니다. 남작을 보는 순간 그냥 알 수 있을 겁니다. 하지만 값을 치르지 않고서는 그를 만날 길이 없습니다. 당신이 바로 그 값입니다, 불쌍한 공작님. 남작의 얼굴을 보는 순간 저는 알 수 있을 겁니다. 저는 저의 가엾은 워너한테서 많은 것을 배웠습니다. 그중 하나가 스트레스가 아주 강할 때 확실하게 진실을 보는 법이었습니다. 저는 그 방법을 항상 사용하지는 못합니다. 하지만 남작을 보는 순간, 알 수 있을 겁니다."

레토는 시선을 내려 유에가 쥐고 있는 의치를 보려고 애썼다. 모든 일이 악몽처럼 느껴졌다. 이것이 현실일 리가 없었다.

유에가 자줏빛 입술을 비틀어 올리면서 인상을 찌푸렸다. "전 남작의 곁에 아주 가까이 다가가지 못할 겁니다. 그럴 수만 있다면 제가 직접 했을 겁니다. 아뇨, 남작은 절 안전한 거리에 묶어둘 겁니다. 하지만 당신은…… 아! 당신은 나의 소중한 무기입니다! 남작은 당신을 가까이에서 보고 싶어 할 겁니다. 흡족한 표정으로 당신을 바라보며 조금 자랑하고 싶을 테니까요."

레토는 유에의 턱 왼쪽 근육을 거의 홀린 듯이 바라보았다. 유에가 말할 때마다 그 근육이 뒤틀렸다.

유에가 더 가까이 몸을 숙였다. "아, 공작님, 내 소중한 공작님. 이것을 반드시 기억하셔야 합니다." 그는 엄지와 집게손가락으로 의치를 잡고 위로 들어 보였다. "당신에게 남은 것이라고는 이것밖에 없을 겁니다."

레토가 소리 없이 입술만 달싹이다가 마침내 소리를 뱉어냈다. "거절한다."

"아, 그러지 마세요! 거절하시면 안 됩니다. 이렇게 작은 일을 해주시는 대가로 제가 공작님을 위해 한 가지 일을 해드릴 테니까요. 제가 공작님의 아들과 공작님의 여자를 구해 드리겠습니다. 다른 사람은 할 수 없습니다. 제가 두 사람을 하코넨의 손이 닿을 수 없는 곳으로 옮겨놓을 수 있습니다."

"어떻게…… 그들을…… 구한다는 거지?" 레토가 속삭이듯 작은 소리로 말했다.

"두 사람이 죽은 것처럼 속이는 겁니다. 하코넨이라는 이름만 들어도 칼을 뽑는 사람들 속에 두 사람을 숨기는 겁니다. 그들은 하코넨을 너무나 증오하기 때문에 하코넨이 앉았던 의자마저 불태우고, 하코넨의 발이 닿았던 땅에는 소금을 뿌릴 사람들입니다." 유에가 레토의 턱을 만졌다. "턱에 감각이 있습니까?"

공작은 대답을 할 수 없었다. 누군가가 그의 손을 잡아당기는 것이 희미하게 느껴졌다. 공작의 인장이 새겨진 반지가 유에의 손에 들려 있었다.

"폴에게 줄 겁니다. 당신은 곧 의식을 잃을 겁니다. 안녕히 가십시오, 불쌍한 공작님. 다음에 만날 때는 저와 대화를 나눌 시간이 없을 겁니다."

서늘하고 희미한 감각이 턱에서부터 뺨으로 번져나갔다. 레토의 시야에서 어두운 복도가 작은 점 같은 크기로 줄어들고, 그 한가운데에 유에의 자줏빛 입술이 있었다.

"치아를 기억하세요! 치아를요!" 유에가 이를 악물고 소리쳤다.

᙭᙭᙭

불만을 연구하는 학문은 반드시 있어야 한다. 심리적 근육을 단련하기 위해 사람들
에게는 어려움과 억압이 필요하다.

—이룰란 공주의 『무앗딥 어록집』

제시카는 어둠 속에서 깨어났다. 주위의 정적 속에서 불안을 예감할
수 있었다. 몸과 마음이 왜 이렇게 나른한 건지 이해할 수가 없었다. 피
부를 긁어대는 듯한 공포가 신경을 타고 퍼져나갔다. 그녀는 침대에서
일어나 불을 켜야겠다고 생각했지만 왠지 움직일 수가 없었다. 입속의
느낌이…… 이상했다.

쿵쿵쿵쿵!

둔한 소리였다. 어둠 속에서 방향을 알 수 없는 소리.

바늘이 사락사락 움직이는 것 같은 느낌이 그녀의 의식을 가득 채웠다.

몸에 감각이 돌아오기 시작했다. 그때야 그녀는 손목과 발목이 묶여
있고, 입에는 재갈이 물려 있다는 것을 깨달았다. 그녀는 양손이 등 뒤에
서 묶인 채 모로 쓰러져 있었다. 손을 묶은 끈을 시험해 보니, **크림스켈
섬유***로 만든 끈이었다. 그렇다면 힘을 줄수록 끈은 더욱 조여들기만 할

것이다.

이제야 기억이 났다.

침실의 어둠 속에서 뭔가가 움직이더니 코를 찌르는 냄새를 풍기는 축축한 것이 그녀의 얼굴을 찰싹 때렸었다. 그 물건이 그녀의 입속을 가득 채우고, 누군가의 손이 그녀를 붙잡았다. 그녀는 '헉' 하고 짧게 숨을 들이마셨다. 그 축축한 물건에 마취제가 발라져 있는 것이 느껴졌다. 의식이 점점 사라지면서 그녀는 공포로 가득 찬 암흑 속으로 깊이 가라앉았다.

'일이 벌어진 거야. 베네 게세리트를 제압하는 게 이렇게 쉽다니. 반역자 하나로 충분했잖아. 하와트가 옳았어.'

그녀는 자신을 묶은 끈을 잡아당기고 싶은 것을 억지로 참았다.

'여긴 내 침실이 아냐. 놈들이 날 다른 곳으로 데려다 놨어.'

서서히 그녀는 마음을 차분하게 가라앉혔다.

조금씩 자신의 몸에서 나는 퀴퀴한 땀 냄새가 느껴졌다. 거기에 공포의 냄새가 섞여 있었다.

'폴은 어디 있지? 내 아들, 놈들이 내 아들에게 도대체 무슨 짓을 한 거야? 아냐, 침착하자.'

그녀는 고대로부터 내려오는 수양법을 이용해서 억지로 마음을 가라앉혔다.

그러나 공포는 여전히 손에 잡힐 듯 가까운 곳에 있었다.

'레토는? 레토, 어디 있는 거예요?'

그녀는 어둠이 조금씩 물러나는 것을 느꼈다. 먼저 그림자들이 눈에 들어왔다. 위아래가 구분되기 시작하면서 가시처럼 또다시 그녀의 의식을 찔렀다. 하얀색. 문 밑으로 하얀 선이 보였다.

'난 바닥에 누워 있어.'

사람들이 이리저리 걸어 다니고 있었다. 바닥을 통해 그것이 느껴졌다.

제시카는 마음속으로 공포를 쥐어짜내듯 뒤로 밀어버렸다. '침착해야 해. 경계를 늦추지 말고 대비를 해야 해. 기회는 한 번뿐일 거야.' 다시 한 번 그녀는 억지로 마음을 가라앉혔다.

마구 날뛰던 그녀의 심장 박동이 고르게 변하자, 시간의 흐름을 측정할 수 있었다. 그녀는 시간을 거꾸로 거슬러 올라갔다. '한 시간 정도 의식을 잃고 있었구나.' 그녀는 눈을 감고 자신을 향해 다가오는 발소리에 의식을 집중했다.

'네 명이야.'

발소리에서 느껴지는 차이로 사람 수를 알 수 있었다.

'아직도 의식이 없는 척해야 돼.' 그녀는 차가운 바닥 위에 몸을 늘어뜨리면서, 자신의 몸이 준비되어 있는지 확인했다. 문이 열리는 소리가 들리더니, 눈꺼풀 위로 비치는 빛이 더 강해진 것이 느껴졌다.

발소리가 다가왔다. 곧 누군가가 그녀를 내려다보며 서 있었다.

"깨어났군. 그렇게 연극할 필요 없소." 저음의 목소리가 묵직하게 울렸다.

그녀는 눈을 떴다.

블라디미르 하코넨 남작이 그녀를 내려다보며 서 있었다. 주위를 둘러보며 그녀는 이곳이 폴이 잠들어 있던 지하실이라는 것을 깨달았다. 한쪽 구석에 있는 폴의 침대는…… 비어 있었다. 경비병들이 반중력 램프를 들고 들어와 열린 문 근처 여기저기에 놓았다. 문 너머의 복도에서 눈부신 빛이 새어 들어와 눈이 아팠다.

그녀는 시선을 들어 남작을 올려다보았다. 남작은 노란색 망토를 걸치고 있었다. 그가 휴대용 반중력 장치를 매어둔 부분의 망토가 부풀어 오른 것처럼 보였다. 기름진 양 뺨이 거미처럼 검은 눈 밑에서 토실토실하게 언덕처럼 솟아 있었다.

"약을 쓸 때 시간을 맞췄거든. 당신이 언제 정신을 차릴지 우리는 정확하게 알고 있었소." 그가 묵직하게 울리는 목소리로 말했다.

'어떻게 그럴 수가 있지? 그러려면 내 몸무게와 신진 대사율을 정확하게 알아야 하는데. 그리고…… 유에!'

"계속 재갈을 물려두어야 한다는 것이 정말 안타깝군. 아주 재미있는 대화를 나눌 수도 있었을 텐데 말이야." 남작이 말했다.

'그럴 수 있는 사람은 유에밖에 없어. 어떻게?'

남작이 뒤쪽의 문을 흘끗 바라보았다. "들어오게, 파이터."

그녀는 방금 방 안으로 들어와 남작 옆에 선 남자를 한 번도 만난 적이 없었다. 그러나 그 얼굴은 알고 있었다. 파이터 드 브리즈, 멘타트 암살자. 그녀는 그를 유심히 살펴보았다. 매 같은 생김새에 푸른 잉크 같은 눈을 보면 아라키스 원주민 같았지만, 그의 움직임과 자세에 미묘한 차이가 있었다. 게다가 그의 피부에는 수분이 너무 풍부했다. 그는 키가 크고 마른 편이었으며, 왠지 여자 같은 분위기를 풍겼다.

"당신과 대화를 할 수 없는 게 유감이군, 친애하는 레이디 제시카. 하지만 난 당신의 능력을 잘 알고 있지." 남작이 파이터를 흘끗 바라보며 말을 이었다. "그렇지 않나, 파이터?"

"물론입니다, 남작님."

파이터의 목소리는 테너였다. 그 목소리를 듣는 순간 차가운 기운이 그녀의 등골을 훑어 내려갔다. 그렇게 소름 끼치는 목소리는 평생 들어본 적이 없었다. 베네 게세리트의 훈련을 받은 사람에게 그 목소리는 비

명처럼 이렇게 외치고 있었다. '난 살인자야!'

"난 파이터를 위해 깜짝 놀랄 일을 하나 준비했소. 이 친구는 자기가 약속받은 선물을 받으려고 여기 온 줄 알지. 선물이란 바로 당신이고, 레이디 제시카. 하지만 내가 증명하고 싶은 것이 하나 있어. 이 친구가 진정으로 당신을 원하는 게 아니라는 사실."

"저를 놀리시는 겁니까, 남작님?" 파이터는 이렇게 묻고 나서 미소를 지었다.

그 미소를 보면서 제시카는 남작이 이 파이터란 자에게서 스스로를 보호하기 위해 당장 조치를 취하지 않는 것이 이상하다고 생각했다. 그러나 곧 그녀는 자기 생각이 틀렸음을 인정했다. 남작은 그 미소의 의미를 결코 읽을 수 없을 터였다. 그는 베네 게세리트의 훈련을 받지 않았으니까.

"파이터는 여러모로 순진한 친구요. 당신이 아주 위험한 존재라는 걸 인정하지 않는 것도 그렇지. 이 친구에게 당신이 위험하다는 걸 보여주고 싶지만, 그건 바보처럼 위험을 자초하는 일이 될 테지." 남작은 파이터를 바라보며 미소를 지었다. 파이터의 얼굴은 뭔가를 기다리는 듯 가면처럼 굳어 있었다. "난 파이터가 진정으로 원하는 것이 뭔지 알고 있소. 파이터가 원하는 건 힘이오."

"남작님은 제게 이 여자를 주겠다고 약속하셨습니다." 파이터가 말했다. 그의 목소리에서 차가움과 냉정함이 조금 사라져 있었다.

제시카는 파이터의 목소리에서 실마리를 잡아냈다. 그리고 마음속으로 전율을 금치 못했다. '남작은 멘타트를 어떻게 저런 짐승으로 만들어버린 거지?'

"자네에게 선택의 기회를 주겠네, 파이터." 남작이 말했다.

"어떤 선택 말입니까?"

남작이 살찐 손가락을 퉁겼다. "이 여자를 받고 제국에서 추방되든지, 아니면 아라키스의 아트레이데스 공작령을 차지하고 내 이름으로 이곳을 자네 맘대로 다스리는 것."

제시카는 남작이 거미 같은 눈으로 파이터를 유심히 살피는 것을 지켜보았다.

"이름만 없을 뿐 실질적으로 이곳의 공작이 될 수도 있어."

'그럼 레토는 벌써 죽은 걸까?' 제시카는 마음속에서 소리 없는 통곡이 시작되는 것을 느꼈다.

남작은 여전히 파이터에게만 신경을 쏟고 있었다. "자네 자신을 잘 파악해 봐, 파이터. 자네가 이 여자를 원하는 건 이 여자가 공작의 여자이기 때문이야. 그의 권력을 상징하는 존재라는 얘기지. 아름답고 쓸모도 있고 역할에 맞게 훈련도 잘돼 있어. 하지만 원한다면 공작령을 통째로 차지할 수도 있네, 파이터! 상징보다는 그게 낫지 않나? 그건 현실이니까. 공작령을 차지하면 자네는 많은 여자뿐만 아니라…… 더한 것도 가질 수 있네."

"파이터에게 농담을 하시는 겁니까?"

남작은 몸에 차고 있는 반중력 장치 덕분에 가볍게 몸을 돌리면서 파이터에게 응수했다. "농담이라고? 내가? 기억하게. 난 공작의 아들을 포기할 생각이네. 그 반역자가 그 녀석이 받은 훈련에 대해 얘기하는 걸 자네도 들었지? 엄마나 아들이나 다 똑같아. 위험하기 짝이 없어." 남작이 미소를 지으며 말을 이었다. "이제 가봐야겠군. 이 순간을 위해 준비해 둔 경비병을 들여보내겠네. 그놈은 아무것도 듣지 못하는 귀머거리야. 그놈에게 추방되는 자네의 여행 시작을 도와주라고 명령해 두었네.

그놈은 이 여자가 자네를 조종하기 시작했다고 여겨지면 즉시 이 여자를 제압할 걸세. 그리고 아라키스를 벗어날 때까지 자네가 이 여자의 재갈을 푸는 것도 허락하지 않을 거야. 만약 자네가 여기 남겠다고 한다면…… 거기에 대비한 명령도 그놈에게 미리 지시해 두었네."

"남작님이 나가실 필요는 없습니다. 전 이미 선택을 했습니다." 파이터가 말했다.

"아하!" 남작이 껄껄 웃어댔다. "그렇게 빨리 결정을 내리다니 뭔지 알 만하군."

"전 공작령을 갖겠습니다." 파이터가 말했다.

제시카는 이 말을 들으며 생각했다. '파이터는 남작이 거짓말을 하고 있다는 걸 모르는 걸까? 그래, 알 리가 없지. 꼬일 대로 꼬인 멘타트인데.'

남작은 제시카를 흘끗 내려다보았다. "내가 파이터를 이렇게 잘 알고 있다는 게 놀랍지 않소? 난 내 부대를 지휘하는 사령관과 내기를 했소. 난 파이터가 공작령을 선택할 거라는 데 걸었소. 하! 이제 그만 가봐야겠소. 이게 훨씬 나아. 암, 훨씬 낫지. 이해하겠소, 레이디 제시카? 난 당신에게 아무런 원한도 없소. 그냥 필요해서 이렇게 하는 것뿐이지. 이편이 훨씬 나아. 그렇고말고. 게다가 내가 실제로 당신을 죽이라고 명령을 내린 것도 아니오. 당신이 어떻게 됐느냐고 누가 물으면, 솔직하게 어깨나 한번 으쓱해 주면 돼."

"그럼 이 일을 제게 맡기시는 겁니까?" 파이터가 물었다.

"내가 보내겠다고 한 경비병이 자네 명령을 수행할 거야. 뭘 하든 자네에게 맡기겠네." 그는 파이터를 똑바로 바라보며 말을 이었다. "그래, 내 손에는 피가 전혀 묻지 않은 거야. 모든 건 자네가 결정한 거니까. 그럼. 난 이 일에 대해서는 아무것도 모르네. 뭘 하든 내가 완전히 사라질 때까지 기다리게. 그래. 뭐……. 아, 그래. 그래, 좋아."

'남작은 진실을 말하는 자에게 질문을 받게 될까 봐 두려워하고 있어. 그게 누구지? 아, 가이우스 헬렌 대모님! 만약 그가 사실을 알고 있다면, 대모님의 질문에 대답을 안 할 수 없을 거야. 그러면 틀림없이 황제가 이 일에 끼어들겠지. 아, 불쌍한 레토.'

남작은 제시카를 마지막으로 한 번 더 쳐다본 다음 몸을 돌려 방을 나갔다. 그녀는 눈으로 그의 뒤를 좇으며 생각했다. '대모님이 경고한 그대로야. 적의 힘이 너무 세.'

하코넨 병사 두 명이 안으로 들어왔다. 흉터투성이에 가면 같은 표정을 한 또 다른 병사가 그들의 뒤를 따라 들어와 레이저총을 꺼내 들고 문간에 섰다.

'귀머거리라는 그 병사로군.' 제시카는 흉터투성이의 얼굴을 유심히 살피며 생각했다. '남작은 내가 저 병사 외의 모든 사람들에게 '목소리'를 사용할 수 있다는 걸 알고 있어.'

흉터투성이의 병사가 파이터를 바라보며 말했다. "밖에 아이가 있습니다. 어떻게 할까요?"

파이터가 제시카에게 말했다. "난 당신 아들을 인질 삼아 당신을 구속할 생각이었어. 하지만 이제 생각해 보니 그 방법은 효과가 없었을 것 같네. 감정 때문에 이성이 흐려지다니. 멘타트가 그러면 안 되는데." 그는 먼저 들어온 두 명의 병사를 쳐다본 다음 귀머거리 병사가 입술을 읽을 수 있게 그에게 얼굴을 돌렸다. "반역자가 아이를 처리하라며 제안한 방법을 써. 두 사람을 사막으로 데리고 가라. 그 반역자의 계획이 괜찮아. 모래벌레가 증거를 모두 없애줄 거다. 두 사람의 시체는 절대 누구의 눈에도 띄지 말아야 해."

"파이터 님이 직접 두 사람을 데려가지 않을 생각이십니까?" 흉터투성이 병사가 물었다.

'저 병사는 입술을 읽을 줄 알아.' 제시카는 생각했다.

"난 남작님의 모범을 따르겠다. 반역자가 말한 곳으로 두 사람을 데려가."

제시카는 파이터의 목소리를 듣고 그가 멘타트의 능력으로 자신을 엄격하게 억제하고 있음을 알 수 있었다. '저 사람도 진실을 말하는 자를 두려워하고 있어.'

파이터는 어깨를 으쓱하고는 몸을 돌려 방을 나갔다. 그리고 문밖에서 잠시 망설였다. 제시카는 그가 마지막으로 자신을 한 번 더 보기 위해 돌아설지도 모르겠다고 생각했지만, 그는 그대로 자리를 떴다.

"나도 오늘 밤의 일을 마친 다음 진실을 말하는 자와 대면하고 싶지 않아." 흉터투성이 병사가 말했다.

"네가 그 늙은 마녀하고 부딪칠 일은 없을걸." 다른 병사 중 한 명이 말했다. 그는 제시카의 머리 쪽으로 다가와서 그녀를 향해 상체를 구부렸다. "여기 서서 수다를 떤다고 우리 일이 저절로 이루어지진 않아. 네가 여자의 발을 잡아……."

"두 사람을 여기서 죽이면 어떨까?" 흉터투성이 병사가 물었다.

"지저분한 흔적이 남을 거야. 목 졸라 죽일 작정이 아니라면 말이지. 난 단순한 게 좋아. 반역자가 말한 대로 두 사람을 사막에 떨어뜨려 놓고 칼질을 한두 번 해주는 거야. 그리고 모래벌레에게 증거 인멸을 맡기는 거지. 나중에 청소하고 자시고 할 것도 없잖아."

"그래…… 네 생각이 옳은 것 같다." 흉터투성이 병사가 말했다.

제시카는 그들의 말에 귀를 기울이고 움직임을 지켜보며 그들을 기억에 새겼다. 그러나 재갈 때문에 '목소리'를 사용할 수 없었다. 게다가 귀머거리가 있다는 점도 문제였다.

흉터투성이 병사는 레이저총을 총집에 넣고 제시카의 발을 잡았다. 그들은 그녀를 곡식 자루처럼 들어 올려 문밖으로 들고 나가 반중력 들것 위로 던졌다. 들것 위에는 그녀처럼 묶인 사람이 하나 더 있었다. 그들이 그녀의 몸을 돌려 들것에 맞게 자세를 바꾸자 그 사람의 얼굴이 눈에 들어왔다. 폴이었다! 그도 손발이 묶여 있었지만 재갈은 없었다. 폴의 얼굴은 그녀의 얼굴에서 10센티미터 정도밖에 떨어져 있지 않았다. 그는 눈을 감고 고르게 숨을 쉬고 있었다.

'약을 먹인 건가?'

병사들이 들것을 들어 올렸다. 그때 폴이 눈을 아주 가늘게 뜨고 그녀의 얼굴을 바라보았다.

'저 애가 '목소리'를 사용하면 안 돼! 귀머거리 병사가 있어!' 그녀는 기도라도 하고 싶은 심정이었다.

폴이 다시 눈을 감았다.

폴은 인식의 호흡법을 실행하며 마음을 차분하게 가라앉히고 자신을 사로잡은 사람들의 말에 귀를 기울이고 있었다. 귀머거리 병사는 확실히 문제였다. 그러나 폴은 절망감을 억눌렀다. 어머니에게서 배운 마음을 가라앉히는 베네 게세리트 수양법 덕분에 그는 침착하게 기회를 노릴 준비를 할 수 있었다.

폴은 다시 한번 눈을 가늘게 뜨고 어머니의 얼굴을 살펴보았다. 다친 것 같지는 않았지만 재갈이 물려 있었다.

그는 과연 어떤 사람이 어머니를 제압할 수 있었는지 궁금했다. 자신은 아주 간단하게 사로잡혔다. 유에가 처방해 준 약을 먹고 잠자리에 들었다가 깨어보니 이 들것에 묶여 있었다. 아마 어머니도 비슷한 일을 당했을 것 같았다. 논리적으로 따져보면 유에가 반역자임이 분명했다. 그러나 그는 아직 최종적인 결론을 미루고 있었다. 수크 학교 출신의 의사가 반역자라니 도저히 이해할 수 없는 일이었다.

들것이 문간을 통과하면서 한쪽으로 약간 기울었다. 하코넨 병사들은 들것을 들고 별이 빛나는 밤 공기 속으로 나갔다. 반중력 부표 하나가 문설주에 부딪혀 긁히는 소리를 냈다. 다음 순간 병사들은 모래 위를 걷고 있었다. 오니숍터의 날개가 머리 위에 그림자를 드리우며 별을 가렸다. 병사들이 들것을 땅에 내려놓았다.

폴의 눈이 희미한 빛에 점점 익숙해졌다. 그는 오니숍터의 문을 열고 계기판에서 나오는 어둠침침한 초록색 조명에 의지해 안을 들여다보고 있는 사람이 귀머거리 병사임을 알아보았다.

"우리더러 이 오니숍터를 쓰라는 거야?" 그가 동료의 입술 움직임을 읽기 위해 몸을 돌렸다.

"반역자 말이 사막 작업에 맞게 조정해 놓은 거래." 다른 병사가 대답했다.

흉터투성이 병사가 고개를 끄덕였다. "하지만 이건 연락을 할 때 쓰는 작은 놈이야. 저 두 사람하고 우리 중 두 사람이 들어갈 공간밖에 없어."

"둘이면 충분하지." 흉터투성이와 함께 들것을 들었던 병사가 그가 입술을 읽을 수 있도록 가까이 다가오며 말했다. "여기서부터는 우리가 알아서 할게, 키넷."

"남작님이 나더러 저 두 사람의 일을 분명히 확인하라고 하셨는데." 흉터투성이 병사가 말했다.

"걱정할 게 뭐 있어?" 들것을 들었던 병사 뒤에서 다른 병사가 말했다.

"저 여자는 베네 게세리트 마녀야. 마녀들한테는 이상한 능력이 있다고." 귀머거리가 말했다.

"아……." 들것을 든 병사가 귀에 주먹을 갖다 대고 뭔가 상징 같은 것을 그리면서 말했다. "마녀란 말이지? 무슨 뜻인지 알겠어."

그의 뒤에 있는 병사가 툴툴거렸다. "저 여잔 곧 모래벌레의 먹이가 될 거야. 아무리 베네 게세리트 마녀라도 그 덩치 큰 놈들을 제압하는 능력은 없을걸. 안 그래, 치고?" 그가 들것을 들었던 병사의 옆구리를 쿡쿡 찔렀다.

"그럼." 들것을 들었던 병사가 말했다. 그는 들것이 있는 곳으로 돌아와 제시카의 어깨를 잡았다. "가자, 키넷. 이 두 사람의 일을 확인하고 싶다면 같이 가도 돼."

"날 초대해 주다니 고맙기도 해라, 치고." 흉터투성이 병사가 말했다.

제시카는 몸이 들어 올려지는 것을 느꼈다. 날개의 그림자가 회전하고 있었다. 별들이 보였다. 누군가가 그녀를 오니숍터의 뒷자리로 밀어 넣은 후, 크림스켈 끈이 단단히 묶여 있는지 확인했다. 그리고 안전띠로 그녀의 몸을 고정시켰다. 폴도 그녀의 옆자리로 밀어 넣어져서 안전띠로 단단하게 고정되었다. 폴을 묶은 끈은 평범한 밧줄이었다.

병사들이 키넷이라고 부르는 흉터투성이의 귀머거리 병사가 앞 좌석에 자리를 잡았다. 그리고 치고라는 이름의 병사가 나머지 앞 좌석을 차지했다.

키넷이 자기 쪽의 문을 닫고 계기판을 들여다보았다. 오니숍터는 풀쩍 공중으로 뛰어올라 방어벽 너머의 남쪽을 향했다. 치고가 키넷의 어깨를 툭 치면서 말했다. "네가 뒤로 돌아서 저 두 사람을 감시하는 게 어때?"

"너, 가는 길은 분명히 알고 있어?" 키넷이 이렇게 말하면서 치고의 입술을 열심히 들여다보았다.

"나도 너하고 같이 반역자의 말을 들었잖아."

키넷이 의자를 빙그르르 돌렸다. 제시카는 그가 손에 들고 있는 레이저총에 반사되는 별빛을 보았다. 오니숍터의 내부 벽이 밝은색이라서 빛을 모아주는 역할을 하는 것 같았다. 그러나 흉터투성이 병사의 얼굴은 여전히 어둡게 보였다. 제시카는 안전띠를 시험해 보았다. 헐겁게 매어져 있었다. 왼쪽 팔에 닿은 안전띠에 거칠게 느껴지는 부분을 살펴보니 금방이라도 끊어지기 직전이었다. 몸을 한 번 세게 움직이기만 해도 끊어질 것 같았다.

'누군가가 이 오니숍터에 와서 우리를 위해 이런 준비를 해놓은 걸까? 누구지?' 서서히 그녀는 끈으로 묶인 발을 뒤틀어 폴의 발에서 조금 떨어진 곳으로 옮겼다.

"이렇게 예쁜 여자를 그냥 버리다니, 정말 아까워." 흉터투성이 병사가 말했다. "귀족 여자랑 해본 적 있어?" 그가 고개를 돌려 오니숍터를 조종하고 있는 치고를 바라보며 물었다.

"베네 게세리트가 전부 귀족은 아냐." 치고가 말했다.

"하지만 전부 도도해 보이는걸."

'저 사람은 내가 확실하게 잘 보이는 위치에 있구나.' 제시카는 속으로 생각했다. 그녀는 끈으로 묶인 다리를 의자 위로 들어 올려 몸을 공처럼 구부린 채 흉터투성이 병사를 뚫어지게 바라보았다.

"이 여잔 정말 예쁘단 말야." 키넷이 혀로 입술을 축이면서 말했다. "정말 아까워." 그가 치고를 바라보았다.

"너 설마 이상한 생각 하는 건 아니지?" 치고가 물었다.

"아무도 모를 거야. 하고 나면……." 그가 어깨를 으쓱하며 말을 이었다. "난 귀족 여자랑 해본 적이 한 번도 없단 말이야. 이런 기회가 언제 또 있겠어?"

"어머니한테 손 하나라도 까딱하면……." 폴이 이를 갈면서 흉터투성이 병사를 노려보았다.

"이봐! 새끼가 짖어대기 시작했어. 하지만 아직 이빨이 없네." 치고가 큰 소리로 웃으면서 말했다.

제시카는 속으로 생각했다. '폴의 목소리가 너무 높아. 하지만 효과가 있을지도 모르지.'

그들은 침묵 속에서 비행을 계속했다.

'불쌍한 바보들.' 제시카는 남작의 말을 되새기면서 경비병들을 유심히 살폈다. '저 사람들은 임무에 성공했다는 보고를 하자마자 죽임을 당할 거야. 남작은 목격자를 원치 않으니까.'

오니숍터가 방어벽의 남쪽 가장자리 상공을 날았다. 아래쪽에 달빛을 받은 모래밭이 광활하게 뻗어 있는 것이 제시카의 눈에 들어왔다.

"이만큼 왔으면 충분하겠지. 반역자가 이 사람들을 방어벽 근처의 모래밭 아무 데나 내려놓으라고 했으니까." 치고가 모래언덕을 향해 기다란 아치를 그리며 오니숍터의 고도를 낮추기 시작했다. 그리고 사막의 표면 위로 오니숍터를 뻣뻣하게 몰았다.

제시카는 폴이 마음을 가라앉히기 위해 리듬에 맞춰 호흡하는 것을 보았다. 그가 눈을 감았다가 떴다. 제시카는 폴을 도와줄 수 없는 자신의 무력함을 느끼면서 그냥 바라보기만 했다. '저 애는 아직 목소리를 완전히 자기 걸로 만들지 못했어. 만약 저 애가 실패한다면……'

오니숍터가 가볍게 흔들리면서 마침내 모래 위에 내려앉았다. 제시카는 방어벽 북쪽을 바라보았다. 그때 이곳에서는 잘 보이지 않는 곳에 착류하는 날개의 그림자가 보였다.

'누군가 우리 뒤를 쫓아오고 있어! 누구일까…… 남작이 이 경비병들을 감시하라고 보낸 사람들이겠지. 그리고 아마 저 감시자들을 감시하는 사람이 또 있을 테고.'

치고가 회전 날개의 동력을 껐다. 갑자기 침묵이 내려앉았다.

제시카는 고개를 돌려 흉터투성이 병사 뒤쪽의 창밖을 내다보았다. 막 떠오르고 있는 달이 희미하게 빛나면서 사막 위로 솟아오른 바위 가장자리를 하얗게 비췄다. 바위 측면에는 모래바람에 긁힌 흔적들이 깊게 나 있었다.

폴이 헛기침을 했다.

"지금 할까, 키넷?" 치고가 말했다.

"난 모르겠어, 치고."

치고가 고개를 돌리며 말했다. "자, 봐." 그가 제시카의 치마를 향해 손을 뻗었다.

"어머니의 재갈을 풀어줘." 폴이 명령했다.

제시카는 폴의 말이 허공 속을 떠다니는 것을 느꼈다. 날카롭고 단호한 폴의 음색과 어조는 아주 훌륭했다. 어조가 조금 낮았더라면 좋았겠지만, 치고에게 효과를 발휘할 가능성은 얼마든지 있었다.

치고가 손을 위로 움직여서 제시카의 재갈을 묶고 있는 끈의 매듭을 풀었다.

"그만둬!" 키넷이 명령했다.

"아, 닥쳐. 손은 아직 묶여 있잖아." 치고가 말했다. 그가 매듭을 다 풀자 끈이 아래로 떨어졌다. 그는 눈을 빛내면서 제시카를 뚫어지게 바라보았다.

키넷이 치고의 팔에 손을 얹으며 말했다. "이봐, 치고, 그럴 필요는……."

제시카가 목을 돌리면서 재갈을 뱉어냈다. 그리고 낮고 은밀한 목소리로 말했다. "신사분들! 저 때문에 싸우실 필요는 없어요." 이 말을 하면서 그녀는 키넷이 잘 볼 수 있게 몸을 뒤틀었다.

두 사람이 긴장하는 것이 보였다. 그녀가 말을 하는 순간 그들은 이미 그녀를 차지하기 위해 서로 싸워야 한다고 확신하고 있었다. 싸우는 데에 다른 이유는 필요 없었다. 마음속으로 그들은 이미 그녀를 놓고 싸우고 있었다.

그녀는 키넷이 그녀의 입술을 분명히 읽을 수 있게 계기판 불빛 속으로 얼굴을 높이 쳐들고 말했다. "두 사람이 싸우면 안 돼요." 그들은 상대방과 거리를 두고 경계하는 시선으로 서로를 바라보았다. "싸움까지 해가며 얻어야 할 만큼 가치 있는 여자가 어디 있나요?"

그러나 그녀가 이 자리에 있다는 사실과 이 말 때문에 그녀는 싸워서라도 얻어야 할 만큼 무한한 가치를 지닌 존재가 되어버렸다.

폴은 입을 꾹 다물고 말하고 싶은 것을 억지로 참았다. 그가 '목소리'를 사용해서 성공할 수 있는 기회는 이미 지나갔다. 이제는 그보다 훨씬 경험이 많은 어머니에게 모든 것이 달려 있었다.

"그래." 흉터투성이 병사가 입을 열었다. "싸울 필요는 없지……."

순간 그의 손이 치고의 목을 향해 번개처럼 뻗어 나갔다. 그러나 곧바로 금속이 반짝이며 그의 팔을 막고 가슴에 박혔다.

키넷이 신음하며 문을 향해 뒤로 축 늘어졌다.

"내가 그런 속임수도 모르는 바본 줄 알아?" 치고가 말했다. 그가 손을 되돌리자 칼이 모습을 드러냈다. 칼날이 달빛을 받아 반짝였다.

"자, 이제 새끼 차례군." 그가 폴을 향해 몸을 기울이며 말했다.

"그럴 필요 없어." 제시카가 중얼거렸다.

치고가 망설였다.

"내가 당신한테 협조하는 게 더 낫지 않겠어? 아이한테 기회를 줘." 그녀가 입술을 말아 올리며 비웃듯이 말했다. "그래봤자 저 모래밭에서 살아날 기회는 거의 없겠지만. 그래도 기회를 줘. 그러면……." 그녀는 미소를 지었다. "커다란 보상을 받게 될 거야."

치고가 좌우를 한 번씩 흘끔거리고 나서 다시 제시카에게 시선을 돌렸다. "이 사막에서 사람들이 어떤 일을 당하는지 들은 적이 있어. 어쩌면 저 애를 칼로 찔러 죽이는 게 더 자비로운 일인지도 몰라."

"내 요구가 그렇게 지나친 거야?" 제시카가 간청하듯 물었다.

"넌 지금 날 속이려는 거야." 치고가 중얼거렸다.

"난 내 아들이 죽는 걸 보고 싶지 않아. 이것도 속임수야?"

치고가 뒤로 물러나 팔꿈치로 문의 걸쇠를 벗겼다. 그리고 폴을 움켜잡더니 의자 위로 질질 끌어당겨 반쯤 밖으로 밀어냈다. 칼은 여전히 겨눈 채였다. "내가 끈을 끊어주면 어떻게 할 거지?"

"그 애는 즉시 여기를 떠나 저쪽 바위로 갈 거야." 제시카가 말했다.

"너 그렇게 할 거야?" 치고가 물었다.

폴은 일부러 부루퉁한 목소리를 냈다. "그래."

치고의 칼이 내려가더니 폴의 다리를 묶고 있던 끈을 갈랐다. 폴은 치고의 손이 자신의 등을 밖으로 밀어내는 것을 느끼고 일부러 비틀거리는 시늉을 하면서 손으로 문틀을 잡았다. 그리고 몸의 균형을 잡는 척 뒤로 방향을 틀어 오른발을 내질렀다.

폴의 오른발은 정확하게 목표 지점을 가격했다. 오랫동안 훈련을 받은 덕분이었다. 그가 지금까지 받아온 모든 훈련의 성과가 이 순간 한꺼 번에 발휘되고 있는 것 같았다. 폴의 몸에 있는 거의 모든 근육이 정확한 타격을 위해 협조했다. 폴은 오른발 발끝으로 치고의 명치 바로 아래 복 부를 가격한 다음, 무시무시한 힘으로 밀어 올려 간과 늑막을 통과해서 치고의 우심실을 부숴버렸다.

치고는 단 한 번 비명처럼 꼬르륵거리는 소리를 내면서 뒤에 있는 의 자 위로 쓰러졌다. 폴은 손을 사용할 수 없었기 때문에 공중제비를 돌며 모래밭 위로 뛰어내려 그대로 바닥에 몸을 굴리며 충격을 흡수하고 다 시 일어섰다. 그는 오니숍터로 다시 달려가서 칼을 찾아 이 사이에 물었 다. 제시카가 자신의 손을 묶고 있는 끈을 그 칼에 갖다 대고 톱질하듯이 비벼댔다. 마침내 끈이 끊어지자 그녀는 폴이 물고 있던 칼을 잡아 그의 손도 풀어주었다.

"나 혼자서도 저 사람을 처리할 수 있었어. 저 사람은 결국 어쩔 수 없 이 내 포박을 풀어주게 됐을 거다. 그런데 네가 바보같이 그렇게 위험한 짓을 하다니."

"기회를 포착해서 이용한 것뿐이에요."

제시카는 아들의 목소리를 듣고 그가 엄격하게 자신을 억제하고 있음 을 알 수 있었다. "유에 가문의 상징이 여기 천장에 그려져 있다."

폴은 위를 올려다보았다. 정말로 구불구불한 모양의 상징이 있었다.

"밖으로 나가서 이 오니숍터를 자세히 살펴보자. 조종석 밑에 무슨 꾸 러미가 하나 있어. 처음 이 안으로 들어올 때 내가 부딪혔거든."

"폭탄일까요?"

"아닌 것 같아. 하여튼 뭔가 좀 이상해."

폴이 먼저 모래밭 위로 뛰어내리고, 제시카가 그의 뒤를 따랐다. 그녀는 몸을 돌려 조종석 밑에 있는 그 이상한 꾸러미로 손을 뻗었다. 치고의 발이 그녀의 얼굴 가까이에 있었다. 꾸러미가 축축하게 젖어 있는 것이 느껴졌다. 치고의 피가 스며든 것이다.

'수분을 낭비했군.' 그녀는 속으로 생각했다. 아라키스 식 사고방식이었다.

폴은 주위를 둘러보다가 바다 위로 솟아오른 해안처럼 사막 위로 가파르게 솟아 있는 바위를 발견했다. 그 너머에는 여기저기 바람에 깎인 벼랑이 있었다. 그가 다시 오니숍터 쪽으로 시선을 돌리자, 어머니가 오니숍터에서 꾸러미를 꺼내며 모래언덕 너머 방어벽 쪽을 뚫어지게 보고 있었다. 폴은 어머니가 뭘 그렇게 보고 있는지 궁금해져서 같은 방향으로 시선을 돌렸다. 다른 오니숍터 한 대가 그들을 향해 급강하하고 있었다. 폴은 오니숍터에서 시체를 치우고 도망칠 수 있을 만큼 시간이 충분하지 않다는 것을 깨달았다.

"도망쳐, 폴! 하코넨이야!" 제시카가 소리쳤다.

꒰꒦꒐꒦꒱

아라키스는 모든 것을 칼로 해결하려는 태도를 가르친다. 불완전한 것을 잘라버리고 이렇게 말하는 것이다. "자, 이제 완벽하다."

—이룰란 공주의 『무앗딥 어록집』

하코넨 제복을 입은 남자 하나가 복도 끝에서 갑자기 걸음을 멈추더니 유에를 바라보았다. 그는 메입스의 시체와 바닥에 쓰러져 있는 공작의 모습, 그리고 그 옆에 서 있는 유에의 모습을 보고 한눈에 모든 상황을 파악한 듯했다. 그는 오른손에 레이저총을 들고 있었다. 그는 눈 하나 깜짝하지 않고 잔인한 짓을 할 수 있는 사람의 분위기를 풍겼으며, 강인하고 날렵해 보였다. 유에의 등줄기를 타고 전율이 흘렀다.

'사다우카야. 모습을 보니 바샤르인 것 같군. 이곳의 상황을 잘 감시하라고 황제가 직접 보낸 사람 중 한 명이겠지. 어떤 제복을 입더라도 사다우카는 사다우카야.'

"당신이 유에겠군." 그 남자가 말했다. 그는 유에의 머리를 묶은 수크 학교의 반지를 생각에 잠긴 눈으로 바라보다가 다이아몬드 모양의 문신으로 시선을 옮기더니 마침내 유에의 눈을 마주했다.

"내가 유에요." 유에가 말했다.

"이제 안심하시오, 유에. 당신이 이 집의 방어막을 꺼버리자마자 우리가 안으로 들어왔으니까. 우리가 이곳을 완전히 장악했소. 이 사람이 공작이오?"

"이 사람이 공작 맞소."

"죽었나?"

"그냥 정신을 잃었을 뿐이오. 그를 묶는 것이 좋을 거요."

"여기 다른 사람들은 당신이 한 짓이오?" 그는 메입스의 시체가 있는 복도 아래쪽을 흘끗 바라보았다.

"그러니 더 불쌍하지." 유에가 중얼거렸다.

"불쌍하다고!" 남자가 그를 비웃으며 다가와서 레토를 내려다보았다. "그래, 이것이 저 위대한 붉은 공작이로군."

'이걸로 이 남자의 정체가 확실해졌군. 아트레이데스를 붉은 공작이라고 부르는 건 황제뿐이니까.'

남자가 손을 뻗어 레토의 제복에서 붉은 매의 문장을 뜯어냈다. "작은 기념품이지. 공작의 인장 반지는 어디 있소?"

"공작의 몸에는 없소."

"그건 나도 알아!" 남자가 쏘아붙였다.

유에의 몸이 긴장으로 뻣뻣하게 굳었다. '만약 저놈들이 진실을 말하는 자를 데리고 와서 나를 추궁한다면, 반지에 대해 알아낼 거야. 내가 오니숩터를 준비한 것도. 그러면 모든 게 끝이야.'

"가끔 공작이 인편으로 명령을 전달할 때 심부름꾼에게 반지를 들려 보내는 경우가 있소. 공작이 직접 그 명령을 내렸다는 걸 확인시키기 위해서." 유에가 말했다.

"그 심부름꾼이 누군진 몰라도 엄청나게 신뢰를 받는 친구인 모양이군." 남자가 투덜거렸다.

"공작을 묶지 않을 작정이오?" 유에가 용기를 내서 물었다.

"공작이 깨어나려면 얼마나 있어야 되오?"

"두 시간 정도. 여자와 아이에게 약을 쓸 때처럼 양을 정확히 재지 못했소."

남자가 발끝으로 공작의 몸을 걷어찼다. "이놈은 깨어 있을 때도 전혀 겁낼 필요가 없는 놈이었소. 여자와 아이는 언제쯤 깨어나겠소?"

"10분쯤 후에."

"그렇게 빨리?"

"남작이 부하들의 뒤를 이어 금방 이곳에 도착할 거라고 들었소."

"그래, 그렇지. 당신은 밖에서 기다리시오, 유에." 남자가 무서운 눈으로 유에를 쏘아보았다. "어서 나가!"

"공작은 어떻게……." 유에가 레토를 내려다보며 말했다.

"오븐에 들어갈 고기처럼 꽁꽁 묶어서 남작에게 보낼 테니 걱정 마시오." 남자는 유에의 이마에 있는 다이아몬드 문신을 다시 한번 바라보며 말을 이었다. "사람들이 당신 얼굴을 알고 있소. 그러니 당신을 공격하는 사람은 없을 거요. 이제 더 이상 수다나 떨고 있을 시간이 없소이다, 반역자 양반. 다른 사람들이 오는 소리가 들리니까."

'반역자라.' 유에는 시선을 내리깔고 남자의 옆을 지나 걸어갔다. 그는 자신이 앞으로 역사 속에서 '반역자 유에'로 기억되리라는 것을 알고 있었다. 방금 저 남자의 말은 맛보기에 지나지 않았다.

정면 입구까지 가는 길에는 더 많은 시체들이 널려 있었다. 그는 혹시 폴이나 제시카가 거기에 섞여 있지 않은지 마음을 졸이면서 시체들을 바라보았다. 그러나 아트레이데스 가문의 병사들과 하코넨 제복을 입은 사람들의 시체뿐이었다.

그가 문을 지나 불꽃이 환하게 타오르는 밖으로 나오자 하코넨 경비병들이 잔뜩 긴장하며 그를 바라보았다. 길가에 늘어서 있던 야자나무가 모두 불길에 휩싸여 집을 환하게 비추고 있었다. 나무에 불을 붙일 때 사용된 물건들에서 나온 검은 연기가 오렌지색 불꽃을 뚫고 뭉게뭉게 하늘을 향해 올라갔다.

"그 반역자로군." 누군가가 말했다.

"남작님이 곧 당신을 부르실 거야." 다른 누군가가 말했다.

'오니숍터가 있는 곳으로 가야 해. 공작의 인장 반지를 폴이 찾을 수 있는 곳에 갖다 놔야 해.' 그때 무서운 생각이 그를 엄습했다. '아이다호가 나를 의심하거나 성급하게 행동에 나선다면, 만약 내가 일러준 장소로 정확한 시간에 가지 않는다면, 그럼 제시카와 폴은 이 학살극에서 살아날 수 없어. 그럼 난 내 행동에 대한 최소한의 위안도 얻을 수 없게 돼.'

하코넨 경비병이 그의 팔을 잡고 있던 손을 놓으며 말했다. "방해 말고 저쪽에서 기다려."

유에는 파괴가 자행되고 있는 이곳에서조차 자신이 버림받았다는 것을 갑작스럽게 깨달았다. 아무도 그에게 자그마한 연민조차 보여주지 않았다. '아이다호가 실패하면 안 돼!'

또 다른 경비병이 어딘가로 달려가다가 그와 부딪치자 버럭 소리를 질렀다. "방해되니까 저리 비켜!"

'내 덕분에 이득을 본 이 사람들조차 나를 경멸하는구나.' 유에는 속으로 생각했다. 그는 경비병에게 옆으로 밀리면서도 몸을 똑바로 세우고 조금이나마 품위를 회복하려고 애썼다.

"남작님이 오실 때까지 기다려!" 경비대 장교가 으르렁거리듯이 소리쳤다.

유에는 고개를 끄덕이고, 일부러 아무렇지 않은 표정으로 저택의 전면을 가로질러 벽이 끝나는 곳에서 방향을 꺾었다. 그곳은 불타는 야자수의 빛이 비치지 않아 어둠에 잠겨 있었다. 유에는 불안한 마음을 안고 서둘러 뒤뜰로 걸어갔다. 온실 바로 아래 뒤뜰에는 폴과 제시카를 사막으로 싣고 갈 오니숍터가 서 있었다.

활짝 열린 저택의 뒷문 앞에 경비병 하나가 서 있었다. 그러나 그는 불이 환하게 밝혀진 집 안에서 거친 발소리를 내며 이 방 저 방을 수색하고 있는 동료들에게 주의를 쏟고 있었다.

그들은 너무나 자신만만했다!

유에는 어둠 속에 몸을 숨기고 오니숍터를 빙 둘러 경비병이 볼 수 없는 뒤쪽으로 가서 문을 열었다. 그리고 앞좌석 밑을 더듬어 숨겨놓았던 **프렘 행낭***을 찾아냈다. 그는 행낭의 뚜껑을 열고 공작의 인장을 살짝 안으로 밀어 넣었다. 스파이스 종이가 바스락거리는 것이 느껴졌다. 그가 미리 써놓은 편지였다. 그는 반지를 종이 안쪽으로 밀어 넣었다. 그리고 행낭을 다시 닫았다.

유에는 조용히 오니숍터의 문을 닫고 왔던 길을 되짚어 야자수가 불타고 있는 곳으로 왔다.

'이제 됐어.'

불타는 야자수의 빛이 다시 한번 그를 맞이했다. 그는 망토를 단단하게 여미며 불꽃을 바라보았다. '이제 곧 알게 돼. 곧 남작을 만나 알게 될 거야. 그리고 남작은 작은 이빨 하나를 만나게 되겠지.'

전설에 따르면, 레토 아트레이데스 공작이 죽는 순간 그의 가문이 조상 대대로 살았던 칼라단의 성 위에서 별똥별 하나가 기다란 선을 그리며 하늘을 지나갔다고 한다.

—이룰란 공주의 『어린이를 위한 무앗딥 이야기 서문』

블라디미르 하코넨 남작은 지휘 사령부로 쓰고 있는 전용기의 창문 옆에 서 있었다. 불꽃 때문에 환하게 밝혀진 아라킨의 밤이 창밖으로 보였다. 그는 멀리 보이는 방어벽에 주의를 집중하고 있었다. 그곳에서는 그의 비밀 무기들이 임무를 수행하고 있을 터였다.

비밀 무기는 바로 폭발물을 사용하는 구식 대포였다.

그 대포들은 공작의 전사들이 최후의 보루로 삼은 동굴들을 조금씩 무너뜨리고 있었다. 오렌지색 섬광이 천천히 동굴을 한 입 베어 물면 바위와 흙먼지가 우수수 떨어져 내렸다. 공작의 부하들은 그렇게 입구가 막혀버린 동굴 속에 갇혀서 결국 굶어 죽고 말 것이다. 자신이 파놓은 굴 속에 갇혀버린 동물과 다를 바 없었다.

남작은 멀리서 대포의 불꽃이 동굴들을 우적우적 씹어먹고 있는 것을 느낄 수 있었다. 전용기의 금속 벽을 통해 진동이 느껴졌다. 쿵쿵…… 쿠쿵…… 쿵.

'이 방어막의 시대에 구식 대포를 되살리리라고 누가 생각이나 했겠어?' 이 생각만 하면 웃음이 절로 나왔다. '하지만 공작의 부하들이 저 동굴로 도망치리라는 건 충분히 예상할 수 있는 일이었지. 황제는 우리 연합군 병사들의 목숨을 보존해 준 내 영리한 작전을 인정할 거야.'

그는 자신의 엄청난 몸무게를 지탱하고 있는 작은 반중력 장치 하나를 바로잡았다. 입가에 떠오른 미소 때문에 축 늘어진 턱살이 약간 위로 당겨 올라갔다.

'공작의 부하 같은 뛰어난 전사들을 저렇게 낭비해 버려야 하다니, 정말 애석한 일이야.' 그의 미소가 더욱 커졌다. '동정을 할 때도 잔인해져야 해!' 그는 혼자 고개를 끄덕였다. 패배한 자들은 원래 소모품이나 다름없었다. 언제나 옳은 결정을 내릴 줄 아는 자기 앞에 온 우주가 활짝 팔을 벌리고 있었다. 자신이 뭘 해야 할지 모르는 토끼 같은 겁쟁이들은 당연히 굴 속으로 쫓아버려야 했다. 그렇지 않으면 어떻게 그놈들을 장악하고 사육하겠는가? 그는 자신의 전사들이 도망치는 토끼를 쫓는 벌떼 같다고 생각했다. '나를 위해 일하는 꿀벌들이 많을수록 세상이 달콤해지는 법이지.'

그의 뒤쪽에서 문이 열리는 소리가 났다. 남작은 밤이라 어두운 창문에 비친 모습을 살폈다.

파이터 드 브리즈가 방 안으로 들어왔다. 남작의 개인 경호대장인 우만 쿠두가 그 뒤를 따랐다. 문 바깥쪽에서도 누군가 움직이고 있었다. 경비병들이 순한 양 같은 표정으로 서 있었다. 그들은 남작이 있는 곳에서는 언제나 조심스레 그런 표정을 지었다.

남작이 몸을 돌렸다.

파이터가 앞머리에 손가락을 갖다 대며 경례하는 시늉을 했다. "좋은 소식입니다, 남작님. 사다우카가 공작을 데리고 왔습니다."

"당연히 그랬겠지." 남작이 묵직하게 울리는 목소리로 말했다.

그는 칙칙한 악당 같은 파이터의 여성스러운 얼굴을 유심히 살펴보았다. 온통 푸른색뿐인 그의 눈도 살펴보았다.

'곧 저놈을 제거해 버려야 해. 저놈은 이제 더 이상 쓸모가 없어. 오히려 나한테 위협이 될 정도야. 하지만 우선 아라키스 사람들이 저놈을 증오하게 만들어야지. 그러고 나면 아라키스 놈들은 내 귀여운 페이드 로타를 구세주처럼 환영할 거야.'

남작은 경호대 대장에게 시선을 돌렸다. 우만 쿠두의 턱은 부츠의 앞부리 같은 모양이었다. 그는 믿을 수 있는 사람이었다. 남작이 그의 약점을 알고 있기 때문이었다.

"나한테 공작을 선물해 준 그 반역자는 어디 있나? 그에게 보상을 해 줘야지."

남작이 말하자 파이터가 몸을 돌리며 밖에 서 있는 경비병에게 손짓을 했다.

문밖에서 뭔가가 움직이는 듯하더니 유에가 안으로 들어왔다. 그의 걸음걸이는 뻣뻣했다. 콧수염도 자줏빛 입술 위에 힘없이 늘어져 있었다. 오직 눈만이 살아 있는 듯했다. 유에는 파이터의 신호에 따라 방 안으로 세 발짝 걸어 들어온 다음 멈춰 섰다. 그리고 남작을 뚫어지게 바라보았다.

"아, 유에 박사."

"하코넨 남작님."

"자네가 우리에게 공작을 넘겨주었다고 들었네."

"거래에 따라 제 몫을 한 겁니다."

남작이 파이터를 바라보았다.

파이터가 고개를 끄덕였다.

남작이 다시 유에에게 시선을 돌렸다. "거래란 말이지? 그럼 나는⋯⋯." 그는 뱉듯이 말을 이었다. "내가 그 보상으로 뭘 해주게 되어 있었지?"

"그렇게 묻지 않아도 기억하고 계실 겁니다, 하코넨 남작님."

유에는 이제야 차분하게 생각을 할 수 있었다. 그는 남작의 태도에서 배신의 기미를 읽었다. 워너는 이미 죽어 그의 손이 닿지 않는 곳으로 가버렸음에 틀림없었다. 그렇지 않다면 남작은 약해 빠진 의사에 불과한 자신을 계속 이용하려고 들었을 것이다. 그러나 남작의 태도는 더 이상 그를 이용할 구실이 없음을 보여주었다. 모든 것이 끝난 것이다.

"내가 기억한다고?" 남작이 물었다.

"남작님은 저의 아내 워너를 고통에서 구해 주겠다고 약속하셨습니다."

남작이 고개를 끄덕였다. "아, 그래, 이제 기억이 나는군. 그런 약속을 했지. 그 약속 덕분에 제국 정신 훈련을 받은 자네의 의지를 꺾을 수 있었어. 자네는 자네의 아내라는 그 베네 게세리트 마녀가 파이터의 고통 증폭기 안에서 바닥을 기는 꼴을 도저히 참지 못했지. 뭐, 블라디미르 하코넨 남작은 한번 한 약속은 언제나 지키는 사람이야. 난 그 여자를 고통에서 구해 주겠다고 했으니, 자네에게 그녀와 합류할 것을 허락해 주겠네." 그가 파이터에게 손짓했다.

파이터의 파란 눈이 유리처럼 번득였다. 갑작스레 움직이는 그의 모습이 고양이처럼 유연했다. 그의 손에 들린 칼이 짐승의 발톱처럼 빛을 발하면서 유에의 등에 꽂혔다.

유에의 몸이 뻣뻣해졌다. 그러나 그의 시선은 여전히 남작에게 머물러 있었다.

"그 여자한테 가버려!" 남작이 뱉듯이 말했다.

유에는 휘청거리며 서 있었다. 그의 입술이 힘겹게 움직이면서 일부러 박자를 맞춘 듯 이상한 목소리가 흘러나왔다. "당신은…… 나를…… 완전히…… 무너뜨렸다고…… 생각하겠지. 내가…… 나의…… 워너를…… 위해…… 한 짓이…… 무엇인지…… 몰랐다고…… 생각하나?"

그가 쓰러졌다. 마치 나무가 쓰러지는 것처럼 뻣뻣하게 어느 한 곳도 구부러지지 않았다.

"그 여자한테 가버려." 남작이 같은 말을 되풀이했다. 그러나 그의 말은 약하게 울리는 메아리 같았다.

유에의 말에서 그는 불길한 예감을 느꼈다. 그는 파이터에게 시선을 돌렸다. 파이터는 천으로 칼을 닦고 있었다. 남작은 그의 파란 눈에 만족스러운 표정이 끈적하게 떠오르는 것을 지켜보았다.

'그래, 저놈이 사람을 직접 죽일 때는 이렇게 하는군. 알게 돼서 다행이야.'

"이놈이 우리한테 정말로 공작을 넘겨줬나?" 남작이 물었다.

"물론입니다, 남작님." 파이터가 말했다.

"그럼 공작을 이리 데려와!"

파이터가 경호대장에게 눈짓을 하자, 대장이 명령을 수행하러 재빨리 몸을 돌려 밖으로 나갔다.

남작은 유에를 내려다보았다. 그가 쓰러지는 모습을 보니 그의 몸속엔 뼈 대신 참나무가 들어 있는 것 같았다.

"난 절대 반역자를 믿지 않아. 나 때문에 반역자가 된 인간이라 해도 말이야."

그는 밤의 어둠에 싸인 창밖을 흘끗 쳐다보았다. 정적에 휩싸인 어둠이 이제는 그의 것이었다. 방어벽의 동굴을 부수는 대포 소리도 더 이상 들리지 않았다. 겁쟁이들을 굴 속에 묻어버리는 작업이 완전히 끝난 모양이었다. 갑자기 어둠 속의 그 철저한 공허보다 더 아름다운 것은 없다는 생각이 들었다.

그러나 불안감은 여전히 남아 있었다.

저 멍청한 늙은 의사의 말은 무슨 의미였을까? 물론, 그는 자신이 결국 어떤 일을 당하게 될지 짐작하고 있었을 것이다. 하지만 '당신은 나를 완전히 무너뜨렸다고 생각하겠지'라니.

그게 무슨 뜻일까?

레토 아트레이데스 공작이 안으로 들어왔다. 그의 양팔은 사슬에 묶였고 독수리 같은 얼굴에는 흙먼지가 잔뜩 묻어 있었다. 그의 제복에서 누군가가 가문의 문장을 억지로 뜯어낸 듯했다. 방어막 허리띠가 매어져 있던 허리 부분도 너덜너덜한 누더기가 되어 있었다. 흐릿한 공작의 눈에는 광기가 서려 있었다.

"이런, 이런." 남작은 멈칫하며 깊이 숨을 들이쉬었다. 자신의 목소리가 너무 컸다는 생각이 들었다. 그로 인해 오랫동안 그려왔던 이 순간의 풍미가 조금 사라져버렸다.

'영원히 저주받을 의사 놈 같으니!'

"공작은 지금 약에 취해 있는 걸로 압니다. 유에가 약을 이용해서 공작을 잡았으니까요." 파이터가 공작을 향해 돌아서며 말을 이었다. "지금 약에 취해 계신 게 맞습니까, 친애하는 공작님?"

레토의 귀에는 파이터의 목소리가 아주 먼 곳에서 들려오는 것 같았다. 자신의 팔을 묶고 있는 사슬이 느껴졌다. 근육이 욱신거리고 입술은 갈라졌으며 뺨은 타는 듯이 뜨거웠다. 입안은 바짝 말라서 모래가 들어 있는 것 같았다. 그 모든 것이 느껴지는데도 유독 소리만은 솜이불을 뒤집어쓴 것처럼 멀게 들렸다. 눈도 흐릿해서 눈앞의 형체가 제대로 구분되지 않았다.

"여자와 아이는 어떻게 됐지, 파이터? 아직 아무 소식 없나?" 남작이 물었다.

파이터가 혀로 재빨리 입술을 핥았다.

"뭔가 얘기를 들었군! 뭐지?" 남작이 소리쳤다.

파이터는 경호대장을 흘끗 쳐다본 다음 다시 남작에게 시선을 돌렸다. "그 일을 맡긴 병사들 말입니다, 남작님……. 그놈들이…… 저, 발견되었습니다."

"그래, 모든 일이 다 잘 끝났다고 하던가?"

"그놈들은 죽었습니다, 남작님."

"당연히 죽었겠지! 내가 알고 싶은 건……."

"그놈들은 저희가 갔을 때 이미 죽어 있었습니다, 남작님."

남작의 얼굴이 흙빛으로 변했다. "그럼 여자와 아이는?"

"흔적도 없이 사라졌습니다. 하지만 근처에 모래벌레가 한 마리 있었습니다. 저희가 현장을 조사하는 동안 나타난 놈이죠. 어쩌면 저희가 바란 대로, 우연한 사고로 처리되었을지도 모릅니다. 어쩌면……."

"어쩌면이란 소리는 내 앞에서 하지 마라, 파이터. 사라진 오니숍터는 어떻게 됐지? 나의 멘타트께서는 아무 생각이 없으신가?"

"공작의 부하 한 명이 그 오니숍터를 타고 탈출한 것은 분명합니다, 남작님. 조종사를 죽이고 탈출했습니다."

"공작의 부하 누구?"

"놈은 조종사를 소리 없이 깨끗하게 죽였습니다. 아마 하와트거나 할렉일 겁니다. 아이다호일 가능성도 있습니다. 어쩌면 고위 장교일 수도 있고요."

"또 어쩌면이로군." 남작이 투덜거렸다. 그는 약에 취해서 흔들거리고 있는 공작을 슬쩍 바라보았다.

"상황은 이미 저희가 장악하고 있습니다, 남작님." 파이터가 말했다.

"말도 안 되는 소리! 그 멍청한 행성학자라는 작자는 어디 있는 건가? 그 카인즈란 작자는 어디 있는 거야?"

"그가 어디 있는지 알아내서 사람을 보냈습니다, 남작님."

"황제의 신하라는 그 작자가 우리를 도와준답시고 하는 짓이 마음에 들지 않아." 남작이 투덜거렸다.

레토의 귀에는 여전히 모든 소리가 멀게만 들렸다. 그러나 그 소리 중 일부가 그의 마음을 뜨겁게 달궜다. '여자와 아이…… 흔적도 없이 사라졌습니다.' 폴과 제시카가 무사히 탈출한 것이다. 게다가 하와트, 할렉, 아이다호가 어떻게 됐는지는 아직 저들도 모르고 있었다. 아직 희망이 남아 있었다.

"공작의 인장은 어디 있어? 공작의 손가락엔 아무것도 없잖아." 남작이 다그치듯 말했다.

"공작을 데려온 사다우카 말이 자기가 공작을 잡았을 때도 반지가 없었다고 했습니다, 남작님." 경호대장이 말했다.

"네놈이 의사를 너무 일찍 죽였어. 그게 실수야. 나한테 경고를 해줬어야지, 파이터. 네놈의 경솔한 행동 때문에 우리 일이 위험에 빠지게 됐잖아." 남작이 험악하게 인상을 찡그렸다. "어쩌면이라니!"

레토는 오로지 한 가지 생각에 매달려 있었다. '폴과 제시카가 탈출했어!' 그의 기억 속에서 또 하나의 단어가 떠올랐다. 그게 무슨 의미인지 금방이라도 기억이 날 것 같았다.

'그래, 치아!'

이제 어렴풋이 기억이 났다. '가짜 치아 모양의 독가스 캡슐.'

누군가가 그에게 그 치아를 반드시 기억해야 한다고 말했다. 그 치아는 지금 그의 입속에 있었다. 그는 혓바닥으로 그 치아를 만져보았다. 그가 할 일이라고는 그것을 세게 깨무는 것뿐이었다.

'아냐, 아직은 안 돼!'

그 치아를 기억하라고 했던 사람은 남작 곁에 가까이 다가가게 될 때까지 기다리라고 했다. 그게 누구였지? 기억이 나지 않았다.

"공작이 약에서 깨어나려면 얼마나 남았나?" 남작이 물었다.

"아마 한 시간쯤 될 겁니다, 남작님."

"아마라고." 남작이 투덜거렸다. 그는 밤의 어둠으로 검게 물든 창문을 향해 다시 시선을 돌렸다. "배가 고프군."

'저게 남작이야. 저기 희미하게 잿빛으로 보이는 저 물체가 남작이야.' 레토는 속으로 생각했다. 그 희미한 물체는 그의 시야 속에서 방 전체와 함께 앞뒤로 흔들리고 있었다. 방이 넓어지는 것 같다가 다시 줄어들었다. 빛이 밝아지는 듯하더니 다시 어두워졌다. 마침내 방이 완전히 어둠 속으로 사라져버렸다.

공작의 의식 속에서 시간은 중간중간 끊어진 정지 화면 같았다. 그는 그 화면들 속을 뚫고 올라왔다. '더 기다려야 해.'

탁자가 보였다. 레토의 눈에 탁자의 모습이 선명하게 들어왔다. 탁자 맞은편에는 역겨울 정도로 뚱뚱한 남자가 앉아 있었고, 그 앞에는 먹다

남은 음식이 놓여 있었다. 레토는 자신이 그 뚱뚱한 남자 맞은편의 의자에 앉아 있음을 느낄 수 있었다. 몸을 묶고 있는 사슬과 저릿저릿한 몸을 의자에 고정한 끈도 느껴졌다. 그동안 시간이 흘렀다는 것은 알 수 있었지만, 그 시간이 얼마나 되는지는 알 수 없었다.

"공작이 정신을 차리는 것 같습니다, 남작님."

'매끄러운 목소리. 저건 파이터야.'

"나도 알고 있네, 파이터."

'묵직하게 울리는 저음. 이건 남작.'

레토는 주위의 사물들이 점점 분명해지는 것을 느꼈다. 그의 몸을 받치고 있는 의자도 분명하게 느껴졌고, 그의 몸을 묶고 있는 끈은 더 단단해진 것 같았다.

이제는 남작의 모습이 똑똑하게 보였다. 레토는 남작의 손이 움직이는 것을 지켜보았다. 남작의 손은 쉴새없이 움직이며 접시 가장자리에서 숟가락 손잡이로 옮겨 갔다가, 다시 자신의 턱을 어루만졌다. 강박 관념에 사로잡힌 사람 같았다.

레토는 움직이는 남작의 손을 홀린 듯이 바라보았다.

"이제 내 말을 들을 수 있지, 레토 공작." 남작이 말했다. "자네가 이제 내 말을 들을 수 있다는 거 알아. 첩과 아이를 어디다 숨겨놓았는지 말해."

레토는 아무런 반응도 보이지 않았다. 그러나 남작의 말은 그의 마음을 차분하게 가라앉혔다. '그럼 그게 사실이군. 폴과 제시카는 저놈들의 수중에 없어.'

"이건 애들 장난이 아냐. 그걸 명심해." 남작이 묵직하게 울리는 목소리로 말했다. 그는 레토를 향해 몸을 기울이고 레토의 얼굴을 유심히 살펴보았다. 레토와 자신, 단둘이서만 있을 수 없다는 것이 남작의 마음을 아프게 했다. 황족이 이런 곤란을 겪고 있는 모습을 남들에게 보여주다니. 이건 아주 나쁜 선례를 남길 터였다.

레토는 몸에 다시 힘이 돌아오는 것을 느꼈다. 그의 마음속에서 가짜 치아에 대한 기억이 평원 위에 세워진 첨탑처럼 분명하게 두드러졌다. 신경의 모습을 본뜬 치아 속의 캡슐, 그리고 그 속에 들어 있는 독가스. 레토는 이제 그 무서운 무기를 자신의 입속에 넣어준 사람이 누구인지도 기억할 수 있었다.

'유에.'

약물 때문에 정신이 혼미할 때 이 방에서 축 늘어진 시체 하나가 끌려 나가는 광경을 본 기억이 레토의 머릿속에 수증기처럼 떠 있었다. 그것이 유에였음을 이제 알 수 있었다.

"저 소리 들리나, 레토 공작?" 남작이 물었다.

개구리 울음소리 같은 소리가 레토의 의식 속으로 비집고 들어왔다. 누군가가 고통에 지쳐 힘없이 울부짖는 소리였다.

"자네 부하 하나가 프레멘으로 변장하고 있는 걸 붙잡았지." 남작이 말했다. "그자가 변장하고 있다는 걸 알아보기는 그리 어렵지 않았어. 눈이 다르니까. 그자는 자기가 프레멘의 정보를 염탐하기 위해 프레멘 마을로 파견되었다고 주장하더군. 나도 이 행성에서 한동안 살았네, 친애하는 사촌. 사막의 인간쓰레기인 그놈들을 상대로 첩보 활동을 벌이는 사람은 없어. 말해 보게. 그놈들을 매수했나? 그래서 자네 여자와 아들을 그놈들에게 보낸 건가?"

레토는 공포로 가슴이 졸아드는 것을 느꼈다. '혹시 유에가 폴과 제시카를 사막으로 보냈다면……. 남작은 두 사람을 찾을 때까지 수색을 멈추지 않을 거야.'

"자, 자, 우리한테는 시간이 별로 없어. 고문을 하면 금방 자백을 얻어 낼 수 있겠지. 일을 그렇게까지 만들지는 말게, 친애하는 공작." 남작이 레토 곁에 서 있는 파이터를 올려다보며 말을 이었다. "여기에 파이터가 사용하는 도구들이 다 있진 않지. 하지만 난 그가 얼마든지 임시 변통을 할 수 있을 것이라고 믿고 있네."

"때로는 임시 변통이 최고가 되기도 합니다, 남작님."

'저 유들유들하고 간사한 목소리!' 레토는 그 목소리가 바로 자신의 귀 옆에서 들려온다는 것을 느낄 수 있었다.

"자넨 비상계획을 갖고 있었어. 여자와 아이를 어디로 보낸 거지?" 남 작이 레토의 손을 바라보며 말을 이었다. "자네의 반지도 없어졌지. 반지 는 아이가 갖고 있나?"

남작이 고개를 들어 레토의 눈을 똑바로 바라보았다.

"대답을 하지 않는군. 내가 별로 하고 싶지 않은 일을 억지로 하게 만 들 셈인가? 파이터는 아주 단순하고 직접적인 방법을 사용할 걸세. 그런 방법이 때로는 최고의 도구라는 데에는 나도 동의해. 하지만 자네가 그 런 일을 당하는 건 별로 내키지 않아."

"뜨거운 양초를 등에 대주면 어떻겠습니까? 아니, 눈꺼풀은요? 그것 도 아니면 다른 곳에 갖다 대는 것도 괜찮겠군요. 고문을 당하는 사람이 양초가 자기 몸 어디에 떨어질지 모를 때 특히 효과가 큽니다. 아주 훌륭 한 방법이죠. 게다가 벌거벗은 피부 여기저기에 하얗게 물집이 잡힌 모 습은 아름답기까지 해요. 그렇지 않습니까, 남작님?"

"그래, 아주 훌륭하군." 남작이 말했다. 불쾌한 기색이었다.

'저 손가락을 좀 봐!' 레토는 아이처럼 토실토실한 남작의 손이 강박적 으로 움직이는 것을 지켜보았다. 남작이 손에 끼고 있는 보석 반지들이 반짝였다.

문밖에서 들려오는 고통에 찬 비명 소리가 공작의 신경을 갉아먹었다. '저놈들이 도대체 누굴 붙잡은 거지? 설마 아이다호?'

"난 진심이네, 친애하는 사촌. 정말 일이 저렇게까지 되는 건 원치 않아." 남작이 말했다.

"도와줄 사람은 아무도 없는데, 온몸의 신경이 울부짖으며 도움을 청하는 광경을 한번 생각해 보십시오." 파이터가 말했다. "이건 예술입니다."

"그래, 넌 최고의 예술가야. 이제 입 다물고 얌전히 좀 있어." 남작이 으르렁거리듯이 말했다.

그 순간 레토의 머릿속에 언젠가 거니가 했던 말이 갑자기 떠올랐다. 거니는 남작의 사진을 보며 이렇게 말했다. '나는 바다의 모래 위에 서서 바다 위로 솟아오르는 짐승을 보았노라……. 그의 머리 위에는 신성모독의 이름이 붙어 있었지.'

"이건 시간 낭빕니다, 남작님." 파이터가 말했다.

"그럴지도 모르지."

남작이 고개를 끄덕이며 말을 이었다. "이보게, 친애하는 레토, 자네는 결국 여자와 아이가 어디 있는지 우리에게 말하게 될 거야. 고통이 어느 정도 수준에 이르면 자네도 어쩔 수 없을 테니까."

'십중팔구 저 말이 옳을 거야. 내 입속에 있는 치아만 아니라면……. 그리고 폴과 제시카가 어디 있는지 내가 정말로 모르고 있다는 점만 빼면.' 레토가 생각했다.

남작은 기다란 고기 조각을 한 점 집어 들어 입에 넣고 천천히 씹어 삼켰다. '방법을 달리해야겠어.'

"자기 처지를 아직 잘 모르는 이 귀중한 분을 잘 감시하게. 잘 감시해,

파이터."

'그래! 이놈의 꼴을 봐. 이놈은 자기가 절대 꺾이지 않을 거라고 믿고 있어. 놈이 여기 꼼짝없이 갇힌 채 1초 1초 지날 때마다 자신이 조금씩 깎여 나가는 꼴을 보라지! 지금 이놈을 잡고 마구 흔들어대면 몸속에서 덜그럭거리는 소리가 날 거야. 안이 텅 비어버렸으니까! 남은 게 하나도 없으니까! 이제 이놈이 어떻게 죽는들 무슨 차이가 있겠어?' 남작은 속으로 생각했다.

뒤에서 들려오던 개구리 소리 같은 신음이 멈췄다.

경호대장인 우만 쿠두가 문간에 나타나 남작을 향해 고개를 흔들어 보였다. 포로가 필요한 정보를 불지 않았다는 뜻이었다. 또 실패한 것이다. 이젠 이 바보 같은 공작을 데리고 시간을 질질 끌 수 없었다. 이 연약하고 멍청한 바보는 지옥이 바로 자기 옆에 있다는 것을 아직도 모르고 있었다.

이런 생각 덕분에 남작의 마음이 차분하게 가라앉고, 황족에게 고문을 가하는 것을 꺼리던 마음도 사라졌다. 자기 자신이 한없이 나긋나긋한 동작으로 상대를 해부하는 외과 의사 같다는 생각이 갑자기 들었다. 바보들에게서 가면을 잘라내고 그 밑에 어떤 지옥이 있는지 만천하에 드러내는 외과 의사.

'이놈들은 전부 토끼 같은 겁쟁이들이야!'

토끼들은 육식 동물 앞에서 맥을 못 추게 마련이었다!

레토는 탁자 건너편을 바라보며 자기가 왜 지금 행동에 나서지 않는 건지 모르겠다고 생각했다. 치아를 세게 깨물기만 하면 모든 것이 순식간에 끝나버릴 터였다. 그러나 이승에서의 삶은 행복했다. 칼라단의 푸른 하늘에 매달려 있던 안테나 모양의 연과 그것을 보면서 즐겁게 웃던 폴의 모습이 떠올랐다. 아라키스에서 본 일출도 생각났다. 먼지구름에 둘러싸인 방어벽의 지층들이 형형색색으로 빛나고 있었다.

"정말 유감이군." 남작이 중얼거리며 의자를 뒤로 밀었다. 그러나 반중력 장치 덕분에 가볍게 일어선 남작은 잠시 머뭇거렸다. 공작의 얼굴에 변화가 일어나는 것을 보았기 때문이다. 공작이 깊이 숨을 들이쉬며 턱에 힘을 주었다. 그가 입을 얼마나 꼭 다물었는지 턱의 근육이 물결처럼 꿈틀거렸다.

'저놈은 나를 정말로 무서워하고 있어!' 남작은 속으로 생각했다.

레토는 남작이 이 자리를 떠나버릴지도 모른다는 생각에 다급해져서 캡슐이 들어 있는 의치를 세게 깨물었다. 의치가 깨지는 것이 느껴졌다. 그는 입을 열어 가스를 내뱉었다. 독한 가스 때문에 벌써 혀가 얼얼했다. 남작의 모습이 점점 작아졌다. 그의 시야가 터널처럼 점점 좁아지는 탓이었다. 레토의 귀 옆에서 누군가가 '헉' 하고 숨을 들이쉬는 소리가 들렸다. 유들유들한 목소리, 바로 파이터였다.

'저놈도 걸려들었다!'

"파이터! 무슨 일인가?"

묵직하게 울리는 목소리가 멀리서 들려왔다.

레토는 갖가지 기억들이 이 빠진 노파의 투덜거림처럼 머릿속에서 덜그럭거리는 것을 느꼈다. 이 방, 탁자, 남작, 겁에 질린 눈동자, 푸른자위에 푸른 눈동자가 있는 눈. 이 모든 것들이 그의 머릿속에서 뒤죽박죽되었다.

턱이 부츠의 앞부리처럼 생긴 남자가 장난감처럼 쓰러졌다. 그 남자의 코가 부러져 왼쪽으로 쏠려 있는 것이 보였다. 레토는 사기그릇이 깨지는 소리를 들었다. 아주 멀리서 들리는 것 같은 소리였다. 귓가에서 누군가가 포효하듯 소리를 질렀다. 레토의 정신은 밑 빠진 독처럼 모든 것을 받아들여 인식하고 있었다. 고함, 속삭임, 그리고…… 침묵까지도.

한 가지 생각이 그의 마음속에 남아 있었다. 레토에게는 그 생각이 어둠 속에서 비치는 형체를 알 수 없는 빛처럼 보였다. '육체가 만들어낸 시간과 시간이 만들어낸 육체.' 이 생각이 그에게 충만감을 가져다주었다. 그러나 그 이유는 그 자신도 결코 설명할 수 없었다.

그리고 침묵이 내려앉았다.

남작은 자신의 사실(私室) 문에 등을 기대고 서 있었다. 그의 사실은 만약의 경우 은신할 수 있도록 탁자 뒤에 마련된 방이었다. 그가 등지고 있는 문 반대편에는 온통 죽은 사람들뿐이었다. 자신의 주위로 경비병들이 떼 지어 몰려드는 것이 느껴졌다. '내가 가스를 들이마셨던가? 저 가스가 뭔진 모르지만, 나도 걸려든 것 아닐까?'

하지만 이제 청력이 회복되고 있었다……. 이성도 돌아왔다. 누군가가 큰 소리로 명령을 내리는 것이 들렸다. 방독면을 가져와……! 그 문을 열지 마……. 환풍기 켜.

'다른 사람들은 순식간에 쓰러져버렸어. 하지만 난 여전히 서 있어. 여전히 숨 쉬고 있다고. 세상에! 정말 큰일 날 뻔했어!'

그는 이제 상황을 분석할 수 있었다. 가스가 퍼지기 시작했을 때 그의 방어막은 켜져 있는 상태였다. 방어막의 강도가 낮게 설정되어 있기는 했지만, 그래도 가스가 그의 몸으로 침투하는 속도를 늦추기에는 충분했다. 게다가 그는 그때 막 탁자 곁을 떠나려던 참이었다……. 거기에 파이터가 놀라서 숨을 삼키는 소리도 그에게 도움이 되었다. 그러나 경호대장은 그 소리를 듣고 방 안으로 쏜살같이 들어왔다가 쓰러져버렸다.

파이터가 죽어가면서 내뱉은 소리와 순수한 행운 덕분에 그는 목숨을 건질 수 있었다.

그러나 남작은 파이터에게 전혀 고마움을 느끼지 않았다. 그 멍청이는 죽음을 자초한 것이나 다름없었다. 그리고 바보 같은 경호대장 놈! 그놈은 남작 앞으로 데려오는 놈들을 모두 탐색기로 검사했다고 했다. 그런데 어떻게 공작이 그런 짓을……? 사전에 아무런 경고도 없었다. 탁자 위에 설치된 독약 탐지기도 가만히 있었다. 어떻게 그런 일이 일어났단 말인가.

'아냐, 지금은 그런 게 중요하지 않아.' 남작은 속으로 생각했다. 이제 마음이 조금 진정되기 시작했다. '다음 경호대장에게 우선 이 사건부터 조사해 보라고 시켜야겠어.'

복도 아래쪽에서 사람들의 움직임이 점점 부산해지는 것이 느껴졌다. 시체들로 가득 찬 그 방의 반대편 입구로 통하는 쪽이었다. 남작은 사실 문에서 등을 떼고 자신의 주위로 몰려든 아랫것들을 자세히 살폈다. 그들은 말없이 서서 그를 바라보며 남작이 혹시 화를 낼까 봐 마음을 졸이고 있었다.

남작은 자신이 그 끔찍한 방에서 도망친 지 겨우 몇 초밖에 되지 않았다는 것을 깨달았다.

몇몇 경비병들은 무기로 문을 겨누고 있었다. 또 다른 몇 명은 텅 빈 복도를 향해 사나운 표정을 짓고 있었다. 저 아래쪽의 복도가 꺾이는 곳 근처에서 소란스러운 소리가 들려왔다.

한 남자가 그 복도 모퉁이를 돌아 남작이 있는 곳으로 성큼성큼 걸어왔다. 그의 목에는 방독면이 대롱대롱 매달려 있고 눈은 복도의 천장 가장자리를 따라 설치되어 있는 독약 탐지기를 열심히 바라보고 있었다. 머리는 노란색, 얼굴은 평평했으며 눈은 초록색이었다. 두꺼운 입술 주위에는 주름살이 거미줄처럼 퍼져 있었다. 그는 마치 땅 위를 걷는 생물들 속에 잘못 끼어든 물고기 같았다.

남작은 자신을 향해 다가오는 그 남자를 물끄러미 바라보며 그의 이름을 기억해 냈다. 네푸드. 경호대 상등병 이아킨 네푸드. 네푸드는 **세무타*** 중독자였다. 세무타는 마약과 음악의 결합체로서 인간의 의식 중 가장 깊은 곳을 공략하는 물건이었다. 네푸드가 세무타 중독자라는 사실을 아주 유용하게 이용할 수 있을 것 같았다.

네푸드가 남작 앞에 멈춰 서서 경례를 했다. "복도에는 이상 없습니다, 남작님. 저는 밖에서 감시하고 있다가 독가스가 틀림없다고 생각했습니다. 남작님이 계시던 방의 환기 장치가 이 복도의 공기를 빨아들이고 있었습니다." 그는 고개를 들어 남작의 머리 위에 있는 독약 탐지기를 바라보았다. "이제 방 안의 공기는 완전히 정화되었습니다. 명령을 내려주십시오."

목소리를 듣고 남작은 아까 커다란 소리로 명령을 내리던 사람이 바로 네푸드였음을 알아차렸다. '이 상등병은 유능한 놈이로군.' 그는 속으로 생각했다.

"저 안에 있던 사람들은 다 죽었나?"

"예, 남작님."

'뭐, 그렇다면 새로운 현실에 적응해야지.'

"우선 네게 축하를 해야겠군, 네푸드. 이젠 네가 내 경호대의 새로운 대장이야. 전임자의 종말에서 얻은 교훈을 가슴 깊이 새겨 넣어야 할 거야."

남작은 네푸드가 자신의 갑작스러운 승진을 실감하면서 표정이 변하는 것을 지켜보았다. 네푸드는 이제 다시는 세무타를 구하지 못해 고생하는 일이 없으리라는 것을 금방 알아차렸다.

네푸드가 묵례를 하며 말했다. "남작님의 안전을 위해 저의 모든 것을 다 바치겠습니다."

"그래. 이제 일 이야기를 하지. 내 생각엔 공작이 입속에 뭔가를 가지고 있었던 것 같다. 그 물건이 무엇이었는지, 그 물건의 사용법이 무엇인지, 누가 공작의 입에 그 물건을 넣었는지 알아내. 각별히 신중하게……."

남작은 말을 멈췄다. 뒤쪽의 복도에서 뭔가 소란이 일어나 그의 생각을 산산이 흩어버렸기 때문이다. 프리깃함의 아래층에서 올라오는 승강기 문 앞에서 경비병들이 막 승강기에서 내린 키 큰 바샤르의 앞을 막으려 하고 있었다.

남작의 기억 속에는 없는 얼굴이었다. 그의 얼굴은 마른 편이었으며 입은 가죽 부대를 칼로 찢어놓은 것 같고, 눈은 잉크로 찍어놓은 점 같았다.

"나한테서 손 떼지 못해, 이 썩은 고기나 먹고 사는 짐승 같은 놈들!" 바샤르가 호통을 치며 경비병들을 한쪽으로 내던지듯 밀어버렸다.

'아, 사다우카로군.' 남작은 생각했다.

바샤르가 남작을 향해 성큼성큼 걸어왔다. 불안감으로 남작의 눈이 가늘어졌다. 사다우카 장교들을 볼 때면 남작은 항상 불안해지곤 했다. 그들은 모두 레토 공작…… 그러니까 이제는 고인이 된 공작의 친척처럼 보였다. 게다가 남작을 대하는 그 태도라니!

바샤르가 엉덩이에 양손을 댄 자세로 남작으로부터 반 발짝 떨어진 곳에 버티고 섰다. 경비병들이 어찌할 바를 몰라 움찔거리면서 그의 뒤에서 어른거렸다.

남작은 이 바샤르가 자신에게 경례를 하지 않았음을 깨달았다. 게다가 그의 태도에는 남작에 대한 경멸이 배어 있었다. 남작의 불안이 더 커졌다. 이 지역에서 하코넨 부대를 도와주고 있는 사다우카 군단은 하나, 즉 10개 여단뿐이었다. 그러나 남작은 바보가 아니었다. 사다우카 군단 하나면 하코넨 부대쯤은 얼마든지 제압해 버릴 수 있었다.

"당신 부하들에게 내가 당신을 만나고 싶어 하면 언제든지 그냥 통과시키라고 하시오, 남작." 바샤르가 으르렁거리듯이 말했다. "내가 아트레이데스 공작의 처리 방법을 당신과 논의하기도 전에 내 부하들이 당신에게 공작을 넘겨버렸소. 그러니 이제라도 그 문제를 논의해야 하오."

'내 부하들 앞에서 체면을 잃을 수는 없어.' 남작은 속으로 생각했다.

"그래서?" 남작은 일부러 차가운 목소리로 되물었다. 자신이 자랑스러웠다.

"황제 폐하께서는 폐하의 사촌께서 고통 없이 죽음을 맞게 하라는 임무를 내게 맡기셨소."

"나도 폐하에게 같은 명령을 받았소." 남작은 거짓말을 했다. "그래, 내가 폐하의 명령을 거부할 거라고 생각한 거요?"

"난 내 눈으로 직접 본 것을 폐하께 보고할 뿐이오."

"공작은 이미 죽었소." 남작이 쏘아붙였다. 그리고 바샤르에게 물러가라고 손짓을 했다.

그러나 바샤르는 서 있는 자리에서 꿈쩍도 하지 않았다. 물러가라는 남작의 명령 따위는 안중에도 없다는 태도였다.

"어떻게 죽었소?" 그가 으르렁거리듯이 말했다.

'정말! 이럴 수가 있나!' 남작은 속으로 생각했다.

"꼭 알아야겠다면 말해 주지. 공작은 스스로 목숨을 끊었소. 독을 마셨소이다."

"당장 시체를 보여주시오." 바샤르가 말했다.

남작은 짐짓 화가 나 견딜 수 없다는 듯 시선을 들어 천장을 바라보며 머리를 빠르게 굴렸다. '제기랄! 아직 저 방에 모든 것이 그대로 있는데, 이 사다우카 놈이 그걸 보게 되다니!'

"당장 보여주시오. 내 눈으로 직접 봐야겠소." 바샤르가 으르렁거렸다.

이 남자를 막을 길이 없다는 것을 남작은 깨달았다. 이 남자는 모든 것을 보게 될 터였다. 그리고 공작이 하코넨 사람들을 죽였으며…… 남작 자신도 간신히 몸을 피했다는 것을 알게 될 것이다. 탁자 위에는 음식이 아직 그대로 놓여 있었고, 건너편에는 공작의 시체와 그로 인해 죽은 사람들의 시체가 널려 있었다.

이 남자를 막을 길이 없었다.

"계속 시간을 끌면 가만히 있지 않겠소." 바샤르가 고함을 질렀다.

"시간 끌지 않을 테니 걱정 마시오." 남작이 말했다. 그는 자기 앞에 버티고 서 있는 사다우카 장교의 흑요석 같은 눈동자를 똑바로 바라보며 말을 이었다. "난 황제 폐하께 아무것도 감추지 않소." 그는 네푸드를 향해 고개를 끄덕하며 명령을 내렸다. "지금 당장 이 바샤르에게 모든 것을 보여주어라. 지금 네가 서 있는 그 문으로 데리고 들어가, 네푸드."

"이쪽입니다." 네푸드가 말했다.

사다우카 장교는 천천히 오만하게 남작의 옆을 지나 경비병들을 어깨로 밀어내며 앞으로 나아갔다.

'참을 수가 없군. 이제 황제는 내가 실패했다는 걸 알게 될 거야. 그리고 그걸 내가 약하다는 표시로 받아들이겠지.'

황제와 황제의 사다우카가 모두 약한 자를 경멸한다는 사실이 그에게는 고통으로 다가왔다. 남작은 아랫입술을 잘근잘근 깨물면서 아트레이데스가 지에디 프라임을 습격해서 하코넨의 스파이스 창고를 파괴해 버린 일을 황제가 모른다는 사실을 그나마 위안으로 삼았다.

'망할 놈의 공작! 교활한 놈!'

남작은 자신에게서 점점 멀어져가는 오만한 사다우카 장교와 땅딸막하고 유능한 네푸드의 등을 바라보았다.

'아쉬운 대로 현실에 적응해야 해. 이 망할 놈의 행성에 다시 라반을 데려다 놔야겠어. 그리고 마음대로 한번 해보라고 해야지. 아라키스 놈들이 페이드 로타를 받아들이도록 만들기 위해서 하코넨의 피를 흘릴 수밖에 없게 됐어. 망할 놈의 파이터 녀석! 아직 다 이용해 먹지도 못했는데 그렇게 죽어버리다니.'

남작은 한숨을 쉬었다.

'당장 **틀레이랙스***로 사람을 보내 새로운 멘타트를 데려와야지. 지금쯤이면 나한테 보낼 놈을 이미 준비해 놓았을 거야.'

그의 옆에 서 있던 경비병 하나가 기침을 했다.

남작이 그 경비병에게 시선을 돌리며 말했다. "배가 고프다."

"알겠습니다, 남작님."

"그리고 너희들이 저 방을 치우고 비밀을 밝혀내는 동안 난 오락을 좀 즐겨야겠다." 남작이 묵직하게 울리는 목소리로 말했다.

경비병이 시선을 내리깔면서 물었다. "어떤 오락을 준비해 드릴까요, 남작님?"

"난 침실에 있겠다. **가몬트***에서 산 그 젊은 놈을 데려와. 눈이 예쁘장한 놈 말이다. 약을 충분히 먹이도록. 난 지금 레슬링을 할 기분이 아니니까."

"알겠습니다, 남작님."

남작은 몸을 돌려 침실로 걸어가기 시작했다. 몸에 매달린 반중력 장치 덕분에 그는 통통 튀듯이 걸었다. '그래, 눈이 예쁘장한 그놈. 그놈은 어린 폴 아트레이데스하고 아주 많이 닮았어.'

오, 칼라단의 바다여

오, 레토 공작의 백성들이여

레토의 성이 쓰러졌다,

영원히 쓰러져버렸다…….

—이룰란 공주의 『무앗딥의 노래』

폴은 오늘 밤 이전에 자신이 경험했던 모든 것, 모든 과거가 모래시계 속에서 쏟아져 내리는 모래로 변해 버렸음을 느꼈다. 그는 천과 플라스틱으로 된 작은 **사막 텐트*** 안에서 무릎을 끌어안은 채 어머니 옆에 앉아 있었다. 두 사람이 지금 입고 있는 프레멘의 옷과 사막 텐트는 모두 오니숍터 안에 있던 꾸러미에서 나온 것이었다.

그 행낭을 오니숍터 안에 넣어두고, 경비병들에게 오니숍터를 어디로 몰고 갈 것인지 지시한 사람이 누구인지는 분명했다.

'유에.'

이제는 반역자가 된 유에는 폴과 제시카를 던컨 아이다호가 있는 곳으로 곧장 보내주었다.

폴은 사막 텐트의 투명한 부분을 통해 보이는 바위들을 물끄러미 바라보았다. 달빛에 그림자가 진 그 바위들은 폴과 제시카가 있는 곳을 둥글게 둘러싸고 있었다. 이곳은 아이다호가 두 사람을 위해 마련해 준 은신처였다.

'이젠 내가 공작인데 난 어린애처럼 숨어 있어.' 폴은 이런 생각을 하며 조바심을 쳤다. 그러나 이렇게 숨어 있는 게 현명한 일이라는 사실을 부인할 수 없었다.

오늘 밤 그는 커다란 변화를 겪었다. 그는 이제 자신의 주위에서 일어나는 모든 일들을 훨씬 더 날카롭고 분명하게 파악할 수 있었다. 주변 상황에 대한 분석 자료들이 계속해서 머리로 쏟아져 들어오는 것을 도저히 막을 수가 없을 것 같았다. 그는 냉혹할 정도로 정확하게 새로운 지식들을 받아들이면서 이 정보를 바탕으로 계산에 몰두해 있는 자기 자신을 스스로도 어찌하지 못했다. 이것은 멘타트의 능력 그 이상이었다.

폴은 낯선 오니숍터가 밤의 어둠 속에서 나타나 거대한 매처럼 자신과 어머니를 향해 달려들던 순간의 무력한 분노를 다시 생각해 보았다. 바람이 오니숍터 날개에 부딪히며 비명 같은 소리를 질러대던 그 순간, 폴의 의식 속에 '그것'이 생겨났다. 오니숍터는 급히 속도를 줄이면서 모래언덕을 넘어 사막 위를 달리고 있는 폴과 제시카를 향해 날아왔다. 폴은 오니숍터가 모래 위에서 급정거를 시도하는 순간 오니숍터와 모래의 마찰력 때문에 유황이 타는 듯한 냄새가 풍겨왔던 것을 기억했다.

그는 어머니가 뒤로 돌아섰다는 것을 알았다. 그녀는 하코넨의 용병이 들고 있는 레이저총을 몸으로 막을 작정이었다. 그러나 그녀가 발견한 것은 오니숍터의 문을 열고 몸을 밖으로 내민 채 소리치던 던컨 아이다호였다. "서두르세요! 남쪽에 벌레의 징조가 있어요!"

그러나 폴은 그 전에 이미 오니숍터를 조종하는 사람이 누군지 알고 있었다. 오니숍터가 날아오는 모습을 보며 그는 사소한 특징들과 바닥에 충돌하듯 오니숍터를 착륙시키는 모습을 관찰했다. 너무나 작고 하찮은 것들이라 제시카조차 알아차리지 못한 이 단서들이 폴의 머릿속에 차곡차곡 쌓여 그 오니숍터의 조종석에 앉아 있는 사람이 누군지 정확하게 알려주었던 것이다.

사막 텐트 안에서 폴과 조금 떨어진 곳에 앉아 있던 제시카가 몸을 약간 움직이면서 말했다.

"이유는 한 가지밖에 없어. 하코넨이 유에의 아내를 붙들고 있었던 거야. 유에는 하코넨을 증오했어! 그건 틀림없어. 너도 그의 편지를 읽었잖니. 하지만 그가 도대체 왜 우리를 구해 준 걸까?"

'어머니는 이제야 사실을 알아차리고 있구나. 하지만 아직도 제대로 파악한 건 아냐.' 폴은 속으로 생각했다. 충격이었다. 행낭 안에 공작의 인장과 함께 들어 있던 편지를 읽으면서, 그는 지금 어머니가 하는 얘기들을 지나가는 생각처럼 쉽게 알아차렸다.

유에는 이렇게 썼다. '날 용서하지 마십시오. 난 용서를 원하지 않습니다. 내가 져야 할 짐이 벌써 너무 많습니다. 내가 이런 짓을 한 것은 악의가 있어서가 아닙니다. 또 누구의 이해를 바라고 한 일도 아닙니다. 이것은 나의 **타하디 알 부르한***, 즉 내가 치러야 할 궁극적인 시험이었습니다. 이 편지의 내용이 나의 진심임을 알리는 표식으로 아트레이데스 가문의 공작 인장을 여기에 동봉해 두었습니다. 두 분이 이 편지를 읽을 때쯤이면 레토 공작은 이미 이 세상 사람이 아닐 겁니다. 그러나 공작이 혼자 세상을 떠나지 않고 우리 모두가 어느 누구보다 증오하는 자를 함께 데려갈 것임을 제가 보장합니다. 그것으로나마 위안을 삼으시기 바랍니다.'

편지에는 주소도 서명도 없었다. 그러나 그 낯익은 필적은 틀림없이 유에의 것이었다.

폴은 편지의 내용을 떠올리면서 그 순간에 느꼈던 고뇌를 다시 경험했다. 뭔가 강렬하고 이상한 일이 한층 기민해진 자신의 의식 밖에서 일어나고 있는 듯한 느낌이었다. 편지에는 그의 아버지가 죽었다고 적혀 있었다. 폴은 그 말이 사실이라는 것을 알았다. 그러나 그 말은 나중에 사용할 수 있도록 마음속에 넣어두어야 하는 또 하나의 자료 이상으로는 느껴지지 않았다.

'난 아버지를 사랑했어.' 이것은 진실이었다. '난 지금 마땅히 슬퍼해야 해. 뭐든 감정을 느껴야 해.'

그러나 그가 느끼고 있는 것이라고는 '이것은 중요한 사실이다'라는 것뿐이었다.

다른 사실들과 똑같았다.

그동안 내내 그의 머리는 감각을 통해 느낀 정보를 한데 더하고, 필요한 정보를 추정해 내고, 계산하는 작업을 하고 있었다.

할렉의 말이 생각났다. "기분은 가축을 돌볼 때나 사랑을 할 때 필요한 겁니다. 싸움은 필요해서 하는 거예요. 기분이 어떻든 상관없어요!"

'어쩌면 그 때문인지도 몰라. 아버지의 죽음을 슬퍼하는 걸 미루고 있는지도……. 나중에 시간이 생겼을 때로.'

그러나 냉혹할 정도로 정확한 그의 머리는 쉴 줄을 몰랐다. 그는 자신의 새로운 능력이 이제 시작일 뿐이며 점점 커지고 있다는 것을 느꼈다. 가이우스 헬렌 모히암 대모 앞에서 시험을 치르며 처음으로 느꼈던 끔찍한 목적이 그의 온몸을 가득 채웠다. 그때의 고통을 아직 기억하는 오른손이 저릿저릿 욱신거렸다.

THE DUNE CHRONICLES

352 듄

'퀴사츠 해더락이 되는 게 바로 이런 건가?'

"난 아까까지도 하와트가 또 실수를 저지른 건가 생각했어. 유에가 수크 학교 출신의 의사가 아닌가 하고 말이야." 제시카가 말했다.

"유에는 수크 학교 출신의 의사가 확실해요……. 아니, 그 이상이었죠." 폴이 말했다. '어머니는 왜 저렇게 상황 파악이 느린 걸까?' "만약 아이다호가 카인즈의 협력을 얻는 데 실패한다면 우리는……."

"그 사람만이 우리의 유일한 희망인 건 아냐." 제시카가 말했다.

"저도 그런 뜻은 아니었어요."

제시카는 폴의 목소리에서 지휘자로서의 위엄과 강철 같은 단단함을 읽어낼 수 있었다. 그녀는 잿빛 어둠에 싸여 있는 사막 텐트 안에서 폴을 물끄러미 바라보았다. 사막 텐트의 투명한 부분을 통해 달빛을 받은 바위가 보였고, 그 바위 앞 폴의 모습은 그림자로만 보였다.

"네 아버지의 부하들 중에 아이다호 말고도 도망친 사람들이 있을 거야. 그 사람들을 모아서……." 제시카가 말했다.

"우리가 믿을 수 있는 건 우리 자신밖에 없어요. 지금 가장 시급한 문제는 우리 가문의 핵무기예요. 하코넨이 찾아내기 전에 우리가 가져와야 해요."

"하코넨이 그리 쉽게 찾아내진 못할 거야. 아주 잘 숨겨져 있으니까."

"하지만 그 일을 운에 맡겨둘 순 없어요."

'저 애는 우리 가문의 핵무기로 이 행성과 스파이스를 파괴하겠다고 협박할 생각을 하고 있어. 하지만 그게 성공한다 하더라도 우리가 얻는 거라고는 이곳을 탈출해 익명의 변절자가 되는 길뿐이야.'

폴은 어머니의 말을 들으며 또 다른 문제를 생각해 냈다. 오늘 밤에 잃어버린 모든 영민들에 대한 공작으로서의 걱정이었다. 폴은 영민들이야말로 대가문의 진정한 힘이라고 생각했다. 하와트의 말이 생각났다. "사람들과 헤어지는 것이 슬픈 일이죠. 장소는 장소일 뿐입니다."

"적은 사다우카를 부리고 있어. 우린 사다우카가 철수할 때까지 기다려야 해." 제시카가 말했다.

"저들은 우리가 사다우카 때문에 사막에서 오도 가도 못 하고 있다고 생각하고 있어요. 놈들은 아트레이데스 가문 사람들을 한 명도 살려두지 않을 생각이에요. 모두 죽여버리겠다는 거죠. 우리 쪽 사람들이 탈출할 거라고 너무 믿지 않는 게 좋아요."

"황제가 이 일에 끼어들었다는 사실이 알려질 위험을 무릅쓰면서까지 저놈들이 한없이 수색을 계속할 리가 없어."

"그럴까요?"

"우리 쪽 사람들 중 몇 명은 반드시 탈출할 수 있을 거야."

"그래요?"

제시카는 고개를 돌렸다. 아들의 목소리에서 느껴지는 냉혹한 힘이 무서웠다. 폴은 상황을 정확하게 파악하고 있었다. 그녀는 아들이 이미 자신의 수준을 뛰어넘었으며, 어떤 부분에서는 자신보다 훨씬 더 많은 것을 보고 있음을 느낄 수 있었다. 폴의 이러한 능력을 훈련시키는 데 그녀가 일조를 한 것은 사실이었다. 그러나 이제는 폴의 능력이 무섭다는 생각이 들었다. 다시는 만날 수 없는 공작의 편안한 품이 그리워졌다. 눈시울이 뜨거웠다.

'원래 이렇게 될 수밖에 없었어요, 레토.' 그녀는 속으로 생각했다. '사랑의 시간이 있으면 슬픔의 시간 또한 있는 법.' 그녀는 자신의 배에 손을 얹고 그 안에 있는 태아에게 의식을 집중했다. '난 처음 명령받은 대로 아트레이데스의 딸을 임신하고 있어. 하지만 대모님의 생각은 틀렸어. 내가 진작에 딸을 낳았더라도 레토를 구하지는 못했을 거야. 이 아이는 죽음의 한가운데에서 미래로 이어지는 생명이야. 내가 이 아이를 임신한 건 명령 때문이 아니라 나의 본능 때문이야.'

"통신망 수신기를 한 번 더 작동시켜 보세요." 폴이 말했다.

'아무리 막으려 해도 저 아이의 머리는 쉴 새 없이 움직이는구나.' 제시카는 속으로 생각했다.

그녀는 아이다호가 남겨두고 간 작은 수신기를 찾아 스위치를 켰다. 작은 스크린에 초록색 불이 켜지더니 칙칙거리는 소리가 자그마하게 들려오기 시작했다. 그녀는 소리를 줄이고 주파수를 이리저리 맞춰보았다. 아트레이데스의 **전투 암호***가 스피커에서 들려오기 시작했다.

"······돌아가서 산마루에서 다시 집합하라. 페도르의 보고에 의하면 카르타그에는 생존자 전무, 조합 은행이 약탈당했다."

'카르타그라니! 거긴 하코넨의 본거지인데.' 제시카는 속으로 생각했다.

"그놈들은 사다우카다. 아트레이데스의 제복을 입은 사다우카들을 조심하라. 그들은······."

갑자기 엄청난 소음이 스피커에서 들려오더니 곧 잠잠해졌다.

"다른 주파수를 찾아보세요." 폴이 말했다.

"너 이게 무슨 뜻인지 알고 있니?"

"예상했던 일이에요. 놈들은 조합 은행을 파괴한 죄를 우리에게 뒤집어씌워 조합을 우리의 적으로 만들 작정이에요. 조합이 우리에게 등을 돌리면, 우린 아라키스에서 한 발짝도 나갈 수 없어요. 다른 주파수를 찾아보세요."

제시카는 폴의 말을 되씹어보았다. '예상했던 일이에요.' 도대체 폴에게 무슨 일이 일어난 건지 알 수가 없었다. 제시카는 천천히 수신기를 다시 조작하기 시작했다. 이리저리 주파수를 바꾸면서 두 사람은 아트레이데스의 전투 암호를 사용하는 사람들의 목소리를 통해 상황을 파악할 수 있었다.

"……후퇴……."

"……다시 집합……."

"……동굴에 갇혔다……."

아트레이데스의 전투 암호와 또 다른 주파수에서는 하코넨의 암호가 들려왔다. 통신의 내용이 무엇인지 파악할 수는 없었지만 그들이 승리의 기쁨에 들떠 있다는 것만은 분명했다. 간결한 명령과 전투 보고. 자료가 충분하지 않아서 제시카가 그 암호를 해독할 수는 없었지만, 어조만으로도 분명했다.

하코넨이 승리를 거둔 것이다.

폴은 옆에 놓여 있던 행낭을 흔들어보았다. 1리터들이 물병인 **리터존***두 개가 쿨렁쿨렁 소리를 냈다. 그는 깊이 숨을 들이마시며 고개를 들어 텐트 밖으로 보이는 바위 절벽을 바라보았다. 그는 괄약근 모양으로 오므라드는 텐트 입구를 왼손으로 만지면서 말했다.

"곧 동이 틀 거예요. 해가 있을 때는 여기서 아이다호를 기다려도 상관 없지만, 하룻밤을 또 이러고 있을 수는 없어요. 사막에서는 밤에 움직이고 낮에는 그늘에서 쉬어야 하니까요."

제시카는 이곳에 전해지는 이야기를 떠올렸다. '사막복이 없는 사람이 그늘에 앉아 있는 경우 체중을 유지하기 위해선 하루에 물 5리터가 필요하다고 했어.' 그녀는 자신의 몸에 착 달라붙은 사막복의 매끈한 표면을 만지면서 자신들의 목숨이 바로 이 옷에 달려 있다고 생각했다.

"우리가 여길 떠나면, 아이다호가 우릴 찾지 못할 거야." 그녀가 말했다.

"어떤 사람이라도 입을 열게 만드는 방법은 여러 가지가 있어요. 아이다호가 새벽까지 돌아오지 않는다면, 우린 그가 혹시 잡혔을지도 모른다는 가정을 해야 해요. 어머니는 그가 얼마나 버틸 수 있을 거라고 생각하세요?"

이 질문에는 답이 필요하지 않았으므로 제시카는 침묵을 지켰다.

폴이 행낭의 뚜껑을 열고 소형 안내서를 꺼냈다. 책의 크기가 아주 작았기 때문에 작은 발광색인과 확대기가 딸려 있었다. 그의 눈앞에 초록색과 오렌지색 글자들이 나타났다. "리터존, 사막 텐트, 에너지 모자, **리캐스***, **모래스노크***, 쌍안경, **사막복 수리 행낭***, **바라디 권총***, **저지대 지도***, **코마개***, **파라컴퍼스***, **창조자 작살***, **모래 막대기***, 프렘 행낭, 불기둥*……."

사막에서 살아남는 데 필요한 것이 너무 많았다.

이윽고 그는 안내서를 텐트 바닥 한쪽으로 치웠다.

"우리가 어디로 갈 수 있을까?" 제시카가 물었다.

"아버지는 사막 작전 능력에 대해 말씀하셨어요. 그 능력이 없으면 하코넨은 이 행성을 지배할 수 없어요. 하코넨은 전에도 이 행성을 지배하지 못했고, 앞으로도 지배하지 못할 거예요. 사다우카가 1만 개 군단쯤 몰려와서 도와준다 해도 말이에요."

"폴, 너 설마……."

"우린 이미 모든 증거를 갖고 있어요. 바로 이 텐트 안에. 이 텐트와 프렘 행낭, 행낭 안의 물건들, 그리고 이 사막복이 모두 증거예요. 조합이 기후 위성에 말도 안 되는 가격을 매겨놓았다는 건 우리도 이미 알고 있죠. 그리고……."

"도대체 기후 위성이 지금 이 상황과 무슨 상관이 있다는 거야? 아무리……." 제시카는 말을 멈췄다.

폴은 초각성 상태를 유지하고 있는 자신의 머리가 어머니의 반응을 살피면서 세세한 점까지 계산하고 있음을 느꼈다. "이제 어머니도 아시겠죠? 위성은 아래의 지상을 감시해요. 그런데 사막 깊숙한 곳에 절대로 감시 대상이 되어서는 안 되는 뭔가가 있는 거예요."

"그럼 조합이 직접 이 행성을 통제하고 있다는 거니?"

아, 어머니의 머리 회전이 너무 느렸다.

"아니에요! 프레멘이에요! 프레멘이 자기들 비밀을 지키기 위해 조합에 돈을 지불하고 있는 거라고요. 그 돈은 물론 사막 작전 능력을 가진 사람이라면 누구나 가져갈 수 있는 물건, 즉 스파이스고요. 이건 추측만으로 하는 얘기가 아니에요. 아주 간단한 계산만 하면 충분히 알 수 있는 일이라고요. 틀림없어요."

"폴, 넌 아직 멘타트가 아냐. 그렇게 확신할 수는……."

"난 멘타트가 되지 않을 거예요. 난 멘타트와는 달라요…… 난 괴물이에요."

"폴! 어떻게 그런 말을……."

"날 그냥 내버려둬요!"

그는 어머니를 외면한 채 밤하늘을 바라보았다. '난 왜 아버지의 죽음이 슬프지 않은 거지?'

온몸의 세포가 애타게 슬픔을 분출하고 싶어 하는 것이 느껴졌지만 그런 일은 영원히 일어나지 않을 터였다.

제시카는 아들이 이처럼 괴로워하는 것을 한 번도 본 적이 없었다. 아이에게 손을 뻗어 그를 안고 위로하면서 도와주고 싶었다. 그러나 자신이 할 수 있는 일이 하나도 없다는 것을 느낌으로 알 수 있었다. 이것은 폴이 혼자서 풀어야 하는 문제였다.

텐트 바닥에 놓여 있는 소형 안내서의 빛나는 색인이 그녀의 눈에 들어왔다. 그녀는 책을 집어 들어 표지 안쪽을 펼쳐서 읽어보았다. "생명으로 가득 찬 '다정한 사막'에 대한 안내서. 여기 생명의 **아야트***와 **부르한***이 있다. 믿어라. 그러면 **알 라트***는 결코 그대를 불태우지 않을 것이다."

'『아자르 책』이랑 비슷한데.' 학교에서 '위대한 비밀들'에 대해 공부할 때가 생각났다. '종교의 조종자들이 아라키스에도 왔던 걸까?'

폴이 행낭에서 파라컴퍼스를 꺼냈다가 다시 집어넣으며 말했다. "특수 용도로 만들어진 이 프레멘의 기계들을 보세요. 어디서도 찾아볼 수 없을 만큼 정교하게 만들어진 물건이에요. 이제 인정해야 해요. 이런 물건을 만든 문명이라면 어느 누구도 예상하지 못했던 깊이를 갖추고 있을 거예요."

제시카는 냉혹한 아들의 목소리를 여전히 걱정하면서 잠시 머뭇거리다가 다시 책으로 눈을 돌려 아라킨 하늘에서 보이는 별자리 하나를 그려놓은 그림을 들여다보았다. 그 별자리의 이름은 '무앗딥: 생쥐'였다. 별자리의 꼬리 부분이 북쪽으로 뾰족하게 나와 있었다.

폴은 어두운 텐트 속에서 안내서의 발광색인에서 나오는 불빛에 희미하게 보이는 어머니의 움직임을 물끄러미 바라보았다. '이제 아버지의 소망을 이루어드릴 때가 됐어. 어머니가 슬픔에 잠길 여유가 조금이라도 있는 지금 아버지의 말을 전해 드려야 해. 나중에는 슬픔에 잠길 여유가 없을 테니까.' 자신이 이런 상황에서도 논리 정연한 생각을 하고 있다는 사실이 충격적이었다.

"어머니."

"응?"

그녀는 아들의 목소리가 변한 것을 느꼈다. 가슴이 덜컹 내려앉았다. 저토록 엄격하게 절제된 목소리는 한 번도 들어본 적이 없었다.

"아버지는 돌아가셨어요."

그녀는 지금까지 밝혀진 사실들을 머릿속에서 차곡차곡 정리했다. 그것은 주어진 자료를 분석하는 베네 게세리트 방법이었다. 견디기 힘든 상실감이 그녀를 엄습했다.

제시카는 고개를 끄덕였다. 아무 말도 할 수가 없었다.

"아버지가 제게 남긴 말씀이 있어요. 아버지는 혹시 무슨 일이 생기면 어머니한테 이 말을 전해 달라고 하셨어요. 아버지는 당신이 어머니를 의심했다고 어머니가 생각하실까 봐 걱정하고 계셨어요."

'그 쓸모없는 의심을 말하는 거구나.' 그녀는 속으로 생각했다.

"아버지는 어머니를 한 번도 의심한 적이 없다는 사실을 전해 달라고 하셨어요." 폴은 아버지가 어머니를 의심하는 척 속여야 했던 이유를 설명하고 나서 이렇게 덧붙였다. "아버지는 당신이 언제나 어머니를 완벽하게 신뢰했다는 사실, 그리고 언제나 어머니를 소중하게 사랑했다는 사실을 어머니한테 알리고 싶어 하셨어요. 어머니를 의심하느니 차라리 아버지 자신을 의심하겠다고 하셨죠. 그리고 아버지가 후회하는 일이 단 하나 있는데, 그건 어머니를 공작부인으로 만들어주지 못한 거라고 하셨어요."

그녀는 뺨으로 흘러내리는 눈물을 손으로 훔치면서 생각했다. '이렇게 멍청하게 몸속의 물을 낭비하다니!' 그러나 그녀는 지금 자신이 왜 이런 생각을 하고 있는지 알고 있었다. 자신은 지금 슬픔을 피해 분노 속으로 도망치려 하고 있었다. '레토, 나의 레토. 사람들은 자기가 사랑하는 사람에게 왜 그리 끔찍한 일들을 저지르는 걸까요!' 그녀는 안내서의 발광색인을 거칠게 꺼버렸다.

흐느낌이 그녀의 온몸을 뒤흔들었다.

폴은 어머니가 흐느끼는 소리를 들으면서 마음이 텅 빈 것 같은 느낌이 들었다. '내게는 슬픔이 없어. 왜지? 왜?' 슬픔을 느끼지 못하는 것이 끔찍한 결함처럼 느껴졌다.

'얻을 때가 있으면 잃을 때가 있는 법.' 제시카는 『오렌지 가톨릭 성경』에 나오는 말을 속으로 중얼거렸다. '지킬 때가 있으면 버릴 때가 있다. 사랑할 때가 있으면 증오할 때가 있다. 전쟁이 지나면 평화가 찾아온다.'

폴의 머릿속은 소름이 오싹 끼칠 만큼 논리 정연한 생각들로 가득 차 있었다. 그는 자신들에게 적대적인 이 행성에서 앞에 놓인 길을 보았다. 몽상이라는 안전판조차 없이, 그는 미래에 대한 자신의 통찰력을 한 점에 집중시키고 가장 가능성이 높은 미래의 일들을 계산했다. 그러나 그 계산에는 그 이상의 것, 어떤 수수께끼의 끝자락 같은 것이 포함되어 있었다. 마치 그가 시간마저 초월한 차원으로 들어가서 미래의 예감들을 채취해 온 것 같았다.

갑자기 필요한 열쇠를 찾아낸 것처럼 폴의 의식이 한 단계 더 도약했다. 그는 새로운 의식에 매달려 불확실한 단서들을 붙잡고 주위를 바라보는 자신을 느꼈다. 길이 거미줄처럼 사방으로 뻗어 있는 공 속에 들어와 있는 것 같았······. 그러나 이것은 단지 그 느낌에 대한 대략적인 묘사일 뿐이었다.

언젠가 바람 속에서 흩날리는 얇은 스카프를 보았던 기억이 났다. 그가 지금 느끼고 있는 미래도 그 스카프처럼 불안하게 요동치고 있었다.

사람들이 보였다.

수많은 가능성들이 뿜어내는 열기와 냉기가 느껴졌다.

그는 알지 못하는 이름들과 장소들을 알 수 있었으며, 수많은 감정들을 경험했다. 그리고 수많은 전인미답의 영역들에 관한 자료를 검토했다. 그 영역들을 탐색하고 시험하고 엿볼 시간은 있었지만, 그 영역의 모양을 정확하게 파악할 시간이 부족했다.

그가 보고 있는 것은 가장 먼 과거로부터 가장 먼 미래까지 이어져 있는 수많은 가능성들의 스펙트럼이었다. 가장 가능성이 높은 것부터 가장 낮은 것까지. 그는 자신이 죽는 모습을 수도 없이 보았다. 새로운 행성과 새로운 문명도 보았다.

사람들.

사람들.

누가 누군지 알 수가 없을 만큼 사람들이 많았음에도 그의 정신은 그들을 목록으로 정리했다.

심지어 우주 조합원들까지도.

'그래, 조합. 거기에 길이 있을 거야. 그들은 나의 이상함을 높은 가치를 지닌 익숙한 것으로 받아들일 거야. 그리고 지금 꼭 필요한 스파이스를 확실하게 공급해 줄 수 있다는 이점도 있어.'

그러나 미래의 가능성을 탐색하면서 우주를 날아다니는 우주선들의 안내자 노릇을 하며 평생을 보내야 한다는 생각을 하니 기가 막혔다. 하지만 그것이 길 중의 하나라는 것만은 분명했다. 그는 우주 조합과 함께하는 미래의 가능성을 살펴보면서 자신이 정말 낯설고 이상한 존재라는 사실을 다시 깨달았다.

'나한테는 남들과 다른 눈이 있어. 그 눈으로 전혀 다른 영역을 보고 우리가 택할 수 있는 많은 길들을 보지.'

이 생각은 그에게 안도감과 함께 두려움을 가져다주었다. 그 다른 영역에 존재하는 수많은 장소들이 그의 시야에서 멀어지고 있었다.

미래를 보는 이 이상한 경험은 갑작스럽게 찾아왔던 것처럼, 갑작스럽게 그를 떠나가 버렸다. 그는 이 이상한 경험의 시작부터 끝까지 걸린 시간이 심장이 한 번 뛰는 동안에 불과했다는 것을 깨달았다.

그러나 이 경험 덕분에 그의 머릿속은 겁이 날 정도로 또렷해져 있었다. 그는 주위를 둘러보았다.

밤의 장막이 바위로 둘러싸인 은신처에 세워진 사막 텐트를 여전히 뒤덮고 있었다. 어머니의 울음소리도 계속 들려왔다.

슬픔을 느끼지 못하는 자신의 마음도 그대로였다. 그의 마음은 꾸준히 자료를 분석하고 계산하고 멘타트처럼 답을 찾아내고 있는 그의 머리와 동떨어져 텅 비어 있었다.

그는 자신이 갖고 있는 자료의 양이 엄청나다는 것을 알았다. 자신과 같은 머리를 지닌 사람들이 이만한 자료를 손에 쥐어본 적은 거의 없을 것 같았다. 하지만 그렇다고 해서 텅 빈 마음을 가누기가 더 쉬워지는 것은 아니었다. 뭔가 산산조각으로 부서져 버릴 것만 같은 느낌이 들었다. 마치 누군가가 그의 마음속에 시한폭탄을 설치해 놓은 것 같았다. 그가 무슨 짓을 해도 그 폭탄에 붙어 있는 시계는 계속해서 똑딱거렸다. 그러면서 주위에서 발견되는 시시콜콜한 특징들을 모두 기록했다. 미세한 습도의 변화, 알아차리기 어려운 온도의 변화, 사막 텐트 지붕에 내려앉은 벌레의 움직임, 텐트 밖에서 별이 빛나는 하늘을 향해 엄숙하게 다가오고 있는 새벽.

마음속의 공허함을 참을 수가 없었다. 시한폭탄의 시계가 애당초 왜 똑딱거리기 시작했는지 그 이유를 알고 있어도 소용이 없었다. 그는 자신의 과거 속에서 시계가 맨 처음 똑딱거리기 시작한 순간을 찾아낼 수 있었다. 그가 받았던 훈련, 점점 단련되는 그의 재능, 정교하게 짜인 훈련 과목들의 미묘한 압박, 결정적인 순간에 『오렌지 가톨릭 성경』을 처음 접했던 것…… 그리고 최근 들어 스파이스를 대량으로 섭취했던 일. 그는 이 모든 것들이 어떤 방향을 향하는지 미리 내다볼 수 있었다. 무엇보다 무서운 방향이었다.

'난 괴물이야! 괴물!'

"아냐. 아냐. 아냐! 아냐!"

그는 자기도 모르게 주먹으로 텐트 바닥을 내려치고 있었다. (냉정하기 짝이 없는 그의 머리는 이 현상을 감정을 나타내는 흥미 있는 자료로 보고 계산에 포함시켰다.)

"폴!"

어머니가 그의 옆으로 달려와서 손을 붙잡았다. 그를 들여다보고 있는 어머니의 얼굴이 형체를 알 수 없는 회색 덩어리처럼 보였다. "폴, 왜 그러니?"

"어머니!"

"그래, 나 여기 있어, 폴. 다 괜찮아질 거야."

"어머니, 도대체 나한테 무슨 짓을 하신 거죠?"

그녀는 순간적으로 명료해진 의식 속에서 이 질문의 깊은 뿌리를 감지했다. "난 너를 낳았어."

그녀가 갖고 있는 불가사의한 지식뿐만 아니라 본능 또한 동원된 이 대답은 지금 폴을 진정시킬 수 있는 정답이었다. 폴은 자신을 붙들고 있는 어머니의 손을 느끼면서 희미하게 윤곽만 보이는 어머니의 얼굴에 의식을 집중했다. (꾸준히 계산을 계속하고 있는 그의 머리는 그녀의 얼굴에 나타나 있는 일부 유전적 특징들에 주목하고, 그 단서를 다른 자료에 첨가한 다음, 모든 것을 최종적으로 요약한 대답을 내놓았다.)

"손 놓으세요."

그녀는 강철 같은 그의 목소리에 복종했다. "왜 그랬는지 말해 주지 않을 거니, 폴?"

"절 훈련시킬 때 어머니가 정확히 뭘 하고 있는지 알고 계셨습니까?"

'저 애의 목소리는 이제 더 이상 아이의 것이 아냐.'

"난 부모라면 누구나 바라는 걸 바랐어. 그러니까 네가…… 더 뛰어나고 남들과는 다른 사람이 되기를 바란 거지."

"다른 사람?"

그녀는 아들의 목소리에서 신랄한 비난의 기색을 읽었다. "폴, 난……."

"어머니는 아들을 원하지 않았어요! 어머니가 원한 건 퀴사츠 해더락이에요! 어머니는 남자 베네 게세리트를 원했던 거라고요!"

폴의 신랄한 말에 제시카는 움츠러들었다. "하지만 폴……."

"이 일에 관해서 아버지와 상의해 본 적이 한 번이라도 있어요?"

그녀는 또다시 슬픔을 느끼면서 부드럽게 말했다. "폴, 네가 어떤 사람이든, 넌 나뿐만 아니라 네 아버지한테서도 유전적으로 많은 걸 물려받았어."

"하지만 그 훈련은 아니죠. 잠들어 있던 것을 깨운…… 그것 말이에요."

"잠들어 있던 것?"

"그건 여기 있어요." 그는 손으로 자기 머리와 가슴을 차례로 가리켰다. "제 안에. 그건 계속, 계속……."

"폴!"

폴의 목소리에 히스테리의 기운이 섞이는 것이 느껴졌다.

"어머니, 어머니는 대모에게 내 꿈에 대해 알리고 싶어 했어요. 하지만 여긴 대모가 없으니 어머니가 대신 들으세요. 난 방금 깨어 있는 상태로 꿈을 꿨어요. 왜 그랬는지 아세요?"

"진정해, 폴. 만약……."

"스파이스예요. 여긴 스파이스가 사방에 있어요. 공기 속에도 흙 속에도 음식 속에도. 노화를 막아주는 스파이스. 이건 진실을 말하는 자의 약과 같아요. 독약이라고요!"

제시카는 뻣뻣하게 굳어버렸다.

폴이 목소리를 낮춰 말을 계속했다. "독약이에요. 너무나 교활하고, 너무나 음흉하고……. 돌이킬 수 없는 독약. 하지만 이걸 계속 먹기만 하면 이것 때문에 목숨을 잃는 일은 없어요. 우린 아라키스를 떠날 수 없어요. 이 행성의 일부라도 떼어서 가져가지 않는 한."

몸이 오싹해질 정도로 존재감이 있는 그의 목소리는 반박을 전혀 허용하지 않았다.

"어머니와 스파이스 때문이에요. 스파이스를 이만큼 먹으면 누구라도 변하게 마련이죠. 하지만 제 경우에는 어머니 때문에, 그 변화가 의식의 수준까지 올라와 버렸어요. 난 이 변화를 무의식 속에 감춰버릴 수도 없다고요. 내 눈에는 그게 보여요."

"폴, 너……."

"내 눈에는 그게 보인다고요!"

그의 목소리에는 광기가 서려 있었다. 그녀는 어떻게 해야 좋을지 알 수가 없었다.

그런데 그가 다시 입을 열었다. 어느새 다시 자신을 철저하게 다잡은 목소리였다. "우린 여기 갇혔어요."

'그래, 우린 여기 갇혔어.' 그녀는 속으로 중얼거렸다.

그녀는 아들의 말이 진실임을 인정했다. 베네 게세리트 교단의 압력으로도, 어떤 속임수나 술수로도 자신들을 아라키스에서 떼어놓을 수는 없었다. 스파이스에는 중독성이 있었다. 그녀의 머리가 이 사실을 깨닫기 훨씬 전에 그녀의 몸은 진실을 알고 있었다.

'그러니까 우린 여기서 죽을 때까지 살아야 하는구나. 이 지옥 같은 행성에서. 우리가 하코넨을 피할 수만 있다면, 우리가 있을 곳은 이미 준비되어 있어. 그리고 내 운명에 대해서는 의심의 여지가 없지. 난 베네 게세리트의 계획을 위해 중요한 혈통을 보존하는 번식용 암말이야.'

"제가 멀쩡히 깨어 있는 상태에서 꿨던 꿈에 대해 얘기해야겠어요." 폴이 말했다. (이제 그의 목소리에는 분노가 서려 있었다.) "어머니가 제 말을 분명히 믿게 하기 위해 이 말을 먼저 해야겠군요. 어머니는 딸을 낳을 거예요. 제 여동생을요. 이곳 아라키스에서."

제시카는 갑작스러운 공포를 이기기 위해 손으로 바닥을 짚고 부드럽게 굴곡이 진 텐트 벽에 등을 기댔다. 그녀는 자신의 배가 아직 눈에 띌 만큼 부르지 않았다는 것을 알고 있었다. 그녀가 겨우 몇 주 전에 자신의 몸속에서 희미한 생명의 신호를 느끼고 태아의 존재를 자각한 것도 순전히 베네 게세리트 훈련을 받은 덕분이었다.

"봉사하기 위해서." 제시카는 베네 게세리트의 모토에 매달리는 심정으로 속삭였다. "우리는 오로지 봉사하기 위해 존재한다."

"우린 프레멘들 사이에 정착하게 될 거예요. 베네 게세리트의 보호 선교단이 우리를 위해 도망칠 곳을 마련해 놓은 그곳 말이에요."

'보호 선교단은 우리를 위해 사막에 방법을 마련해 놓았어.' 제시카는 자신을 타일렀다. '하지만 저 애가 어떻게 보호 선교단에 대해 아는 거지?' 그녀는 폴의 낯선 모습에 압도당했다. 그로 인한 두려움을 가라앉히기가 점점 더 어려워졌다.

폴은 검은 그림자처럼 보이는 어머니를 유심히 살펴보며 새로 얻은 의식의 눈으로 어머니의 공포와 반응을 모조리 인식했다. 마치 어머니가 눈부신 빛 속에 서 있는 것 같았다. 어머니에 대한 연민이 생겨나기 시작했다.

"여기서 앞으로 무슨 일이 일어날지 차마 어머니한테 얘기를 못 하겠어요. 저 자신한테도 얘기할 수가 없어요. 이미 제 눈으로 보았는데도 말이에요. 이 미래에 대한 느낌…… 전 이것을 통제할 수가 없어요. 그냥 제멋대로 느낌이 와요. 가까운 미래…… 예를 들어 1년 후의 미래에…… 칼라단의 중앙로처럼 널따란 길이 보여요. 어떤 장소는 제게도 보이지 않아요……. 그런 곳은 그림자 속에 숨어 있어요……. 마치 언덕 너머의 풍경을 볼 수 없는 것처럼." (폴은 바람에 불안하게 흩날리던 스카프가 다시 생각났다.) "……그리고 그 길에서 갈라져 나간 길들이 있어요……."

그는 입을 다물었다. 그 미래를 보았을 때의 기억이 그를 가득 채웠기 때문이다. 그 어떤 예언적인 꿈도, 지금까지 그가 경험했던 그 어떤 것도 이것과는 비교가 되지 않았다. 장막이 찢기듯 벗겨져 나가고 시간이 벌거벗은 알몸을 드러내는 이런 경험에 대해 그는 전혀 준비가 되어 있지 않았다.

이 경험을 돌이켜 생각해 보면서 그는 자신의 끔찍한 목적이 무엇인지 깨달았다. 그의 삶의 압박이 부풀어 오르는 거품처럼 밖을 향해 번져나가고…… 그 앞에서 시간이 뒷걸음질을 쳤다…….

제시카는 발광탭의 스위치를 찾아 불을 켰다.

희미한 초록색 빛이 어둠을 몰아내자 그녀의 공포가 조금 수그러들었다. 그녀는 폴의 얼굴을 바라보았다. 그의 눈은 자신의 내면을 바라보고 있었다. 그런 표정을 전에도 본 적이 있었다. 재난 기록 문서에 첨부된 사진에서 굶주림이나 커다란 부상을 경험한 아이들이 바로 그런 표정을 하고 있었다. 그들의 눈은 컴컴한 심연 같았고, 입은 꾹 다물어져 있었으며 뺨은 홀쭉했다.

'저건 자신이 유한한 생명을 지닌 인간이라는 사실을 어쩔 수 없이 알아버린 사람의 표정이야.' 그녀는 속으로 생각했다.

폴은 이제 정말로 어린아이가 아니었다.

폴의 말에 담겨 있던 의미가 이제 다른 생각들을 모두 밀어버리고 그녀의 마음을 점령하기 시작했다. 폴은 미래를 볼 수 있었다. 그리고 자신들이 탈출할 길을 보았다고 했다.

"하코넨을 피할 방법이 있어." 그녀가 말했다.

"하코넨이라고요!" 폴이 코웃음을 쳤다. "그 뒤틀린 인간들은 생각하지도 마세요." 그는 어머니를 뚫어지게 바라보면서 발광탭 불빛에 드러난 그녀의 얼굴선을 자세히 살폈다. 그것이 그녀의 정체를 알려주었다.

"그 사람들을 인간이라고 하면 안 돼……."

"어머니가 사람을 그렇게 확실히 구분할 수 있다고는 생각하지 마세요. 우린 우리의 과거를 짊어지고 있어요. 그리고 나의 어머니, 어머니가 지금 모르고 있는 게 하나 있어요. 어머니가 반드시 아셔야 하는 일이에요. 우린 하코넨이에요."

그녀의 머리가 무서운 짓을 해버렸다. 마치 모든 느낌을 차단해 버려야 한다는 듯이 머리를 텅 비워버린 것이다. 그러나 폴은 냉정하기 짝이 없는 목소리로 말을 계속하면서 그녀를 억지로 끌어들였다.

"다음번에 거울을 볼 기회가 생기면 어머니 얼굴을 자세히 들여다보세요. 아니, 지금 제 얼굴을 자세히 보세요. 어머니가 일부러 눈감아 버리지만 않는다면 분명히 볼 수 있을 거예요. 제 손을 보세요. 제 몸의 뼈대를 보세요. 그래도 확신할 수가 없다면 그냥 제 말을 믿으세요. 저는 미래를 걸었고, 기록을 봤어요. 어떤 장소를 보았고, 모든 자료를 갖고 있어요. 우린 하코넨이에요."

"하코넨 가문의…… 분가 중 변절자 집안이로구나. 그렇지? 하코넨 집안의 친척 중 일부가……."

"어머닌 남작의 친딸이에요." 폴이 말했다. 그는 어머니가 양손으로 입을 틀어막는 것을 지켜보았다. "남작은 젊은 시절에 여러 가지 오락을 섭렵했죠. 그러다가 한번 여자에게 유혹당한 적이 있어요. 하지만 그건 베네 게세리트의 유전자 계획을 위해 이루어진 일이었어요. 어머니 같은 사람들이 저지른 짓이라고요."

따귀를 한 대 얻어맞은 기분이었다. 그러나 이 말 덕분에 그녀의 머리가 회전하기 시작했고 그녀는 폴의 말을 부인할 수 없었다. 그녀의 과거에서 공백으로 남아 있던 많은 부분들이 이제 서로 연결되었다. 베네 게세리트가 그녀에게 딸을 낳으라고 명령했던 것은 아트레이데스와 하코넨 사이의 오랜 분쟁을 종식시키기 위해서가 아니라 두 가문의 혈통에서 일부 유전적 요소들을 바로잡기 위해서였다. 그 유전적 요소들이 과연 무엇이었을까? 그녀는 해답을 찾아 헤맸다.

폴이 그녀의 마음속을 들여다보기라도 한 것처럼 입을 열었다. "베네 게세리트는 자기들이 저를 찾아내려 하고 있다고 생각했죠. 하지만 전 그들이 예상했던 모습과 달라요. 게다가 전 때가 되기도 전에 세상에 태어났어요. 그들은 이 사실을 전혀 모르고요."

제시카는 다시 손으로 입을 틀어막았다.

'위대한 어머니여! 저 애가 바로 퀴사츠 해더락이야!'

그녀는 아들 앞에 알몸으로 서 있는 기분이었다. 그 순간 그녀는 그가 숨겨진 것까지도 모두 꿰뚫어 볼 수 있는 눈으로 자신을 보고 있다는 것을 깨달았다. 그녀가 지금 공포를 느끼고 있는 것은 바로 그 때문이었다.

"어머닌 제가 퀴사츠 해더락이라고 생각하시는군요. 그런 생각은 지워버리세요. 전 아무도 예상하지 못했던 존재예요."

'베네 게세리트 학교에 반드시 이 사실을 알려야 해. **교배 목록***을 보면 어떻게 이런 일이 일어난 건지 알아낼 수 있을지도 몰라.'

"그들은 때가 너무 늦은 다음에야 저에 대해 알게 될 거예요." 폴이 말했다.

그녀는 폴의 주의를 다른 곳으로 돌리기 위해, 입에 대고 있던 손을 내리며 말했다. "우리가 프레멘들 사이에 정착하게 될 거라고 했니?"

"프레멘들이 샤이 훌루드, 그러니까 영원의 아버지로부터 전해져 왔다고 믿는 격언이 하나 있어요. '네가 만나는 것들을 제대로 인식할 준비를 하라'는 거죠."

'그래요, 나의 어머니, 우린 프레멘들 사이에 정착하게 될 거예요. 어머니는 그들처럼 푸른 눈을 갖게 될 거고 사막복의 필터 튜브 때문에 어머니의 그 아름다운 코 옆에 굳은살이 박이게 될 거예요……. 그리고 어머니는 제 여동생을 낳을 거예요. 성자 '칼의 알리아'가 될 아이를요.'

"만약 네가 퀴사츠 해더락이 아니라면, 도대체……."

"어머닌 결코 모르실 거예요. 눈으로 직접 볼 때까지 믿지 못하실 테니까요."

'저는 씨앗이에요.'

그는 이 순간 자신이 떨어진 땅이 얼마나 비옥한 곳인지를 깨달았다. 그리고 이 깨달음과 함께 끔찍한 목적이 그의 의식을 가득 채우며, 텅 비어 있는 그의 마음속에서 슬금슬금 움직였다. 슬픔 때문에 목이 메어왔다.

그는 꿈속에서 앞으로 뻗은 길을 따라 두 개의 큰 길이 갈라져 나간 것을 보았다. 그중 한쪽 길에서 그는 사악하고 늙은 남작을 만나 이렇게 말했다. "안녕하세요, 외할아버지." 그 길을 따라 놓여 있는 것들을 생각하자 속이 메스꺼워졌다.

나머지 한쪽 길은 형체를 알아보기 어려운 긴 회색 파편들로 가득 차 있었다. 이따금 폭력이 절정에 달해 있는 순간만이 예외였다. 그는 그곳에서 전투를 숭배하는 종교를 보았다. 스파이스 술에 취한 광전사들의 부대 앞에서 초록색과 검은색으로 이루어진 아트레이데스의 깃발이 나부끼는 가운데 온 우주로 불이 번져나갔다. 거니 할렉을 비롯해서 불쌍할 정도로 얼마 되지 않는 아버지의 부하 몇 명이 그들 가운데 있었다. 모두들 아버지의 두개골을 모셔둔 신전에서 가져온 매 모양의 상징을 달고 있었다.

"전 그 길로는 갈 수 없어요. 그건 어머니네 학파의 늙은 마녀들이 원하는 거니까." 폴이 중얼거렸다.

"무슨 말인지 이해를 못 하겠구나, 폴."

그는 침묵했다. 그리고 씨앗의 본분에 맞게 '끔찍한 목적'이라는 형태로 처음 경험했던 종족의 집단 의식을 이용해서 생각을 해보았다. 그는 더 이상 베네 게세리트도, 황제도, 심지어 하코넨도 미워할 수가 없었다. 그들은 모두 종족의 흩어진 유전자를 되살려내고, 혈통을 뒤섞고 융합해서 새로운 유전자 조합을 만들어내야 한다는 종족의 목적에 사로잡힌 자들이었다. 그리고 이 목적을 달성하는 확실한 방법으로 종족이 알고 있는 것은 하나뿐이었다. 고대로부터 많은 시행 착오를 거치면서 확실성이 입증된 방법, 앞길의 모든 것을 깔아뭉개버리는 방법, 즉 **지하드***였다.

'난 절대 그 방법을 택할 수 없어.' 그는 속으로 생각했다.

그러나 그의 마음의 눈에 아버지의 두개골이 모셔져 있는 신전이 다시 보였다. 초록색과 검은색의 깃발을 나부끼며 폭력이 자행되는 광경도 보였다.

폴의 침묵에 걱정이 된 제시카가 헛기침을 하며 말했다. "그럼…… 프레멘이 우리에게 피신처를 제공할 거라는 뜻이니?"

그는 고개를 들어 초록색 불빛을 받은 어머니의 타고난 귀족적인 얼굴을 물끄러미 바라보았다. "네. 그것이 제가 본 길들 중 하나예요." 그가 고개를 끄덕이며 말했다. "그래요. 그들은 저를…… 무앗딥이라고 부를 거예요. '길을 가리키는 자'란 뜻이죠. 그래요……. 그들은 저를 그렇게 부를 거예요."

그는 눈을 감았다. '아버지, 이제야 아버지의 죽음을 슬퍼할 수 있을 것 같아요.' 뺨을 타고 눈물이 흘러내렸다.

༺✺༻

내 아버지 패디샤 황제는 레토 공작이 죽었다는 사실과 그가 어떻게 죽었는지를 듣
고 불같이 분노했다. 아버지가 그렇게 화내는 모습은 한 번도 본 적이 없었다. 아버
지는 어머니와, 반드시 베네 게세리트를 왕비의 자리에 올려놓도록 규정한 계약을
비난했다. 그리고 조합과 사악한 남작을 비난했다. 아버지는 눈에 보이는 대로 아무
에게나 비난을 퍼부었고 나 역시 예외가 아니었다. 아버지는 내가 다른 사람들과 똑
같은 마녀라고 했다. 내가 아버지를 위로하기 위해 모든 것이 고대의 통치자들조차
따른 좀더 옛날의 자기 보존 법칙에 따라 이루어진 것이라 말씀드리자, 아버지는 나
를 비웃으며 자기가 그렇게 약해 빠진 사람인 줄 아느냐고 하셨다. 그때 나는 아버지
가 이처럼 화를 내는 것이 세상을 떠난 공작 때문이 아니라, 공작의 죽음이 다른 황
족들에게 의미하는 바 때문임을 깨달았다. 지금 돌이켜 생각해 보면, 아버지에게도
예지력이 조금 있었던 것 같다. 사실 아버지와 무앗딥은 같은 조상에게서 뻗어 나온
후손들이었다.

—이룰란 공주의 『내 아버지의 집에서』

"이제 하코넨이 하코넨을 죽이게 된 셈이군." 폴은 작은 소리로 말했다.

그는 밤이 내려앉기 직전 잠에서 깨어나 단단히 닫힌 사막 텐트 안의
어둠 속에 앉아 있었다. 텐트의 반대편 벽 쪽에서 자고 있던 어머니가 뒤

척이는 소리가 희미하게 들려왔다.

폴은 바닥에 놓여 있는 근접 물체 탐지기를 바라보며 어둠 속에서 인광 튜브의 불빛을 받아 빛나고 있는 그것의 문자반을 유심히 살펴보았다.

"곧 밤이 될 거야. 텐트의 차양을 걷어 올리지 그러니?" 어머니가 말했다.

그때야 폴은 조금 전부터 어머니의 숨소리가 달랐다는 것을 깨달았다. 그녀는 폴이 잠에서 깨어났다는 것을 확인할 때까지 어둠 속에 소리 없이 누워 있었던 것이다.

"차양을 걷어봤자 별로 소용이 없을 거예요. 폭풍 때문에 텐트가 모래 속에 파묻혀버렸으니까요. 제가 곧 모래를 파서 나갈 길을 만들게요."

"던컨은 아직도 소식이 없고?"

"네."

폴은 엄지손가락에 낀 공작의 인장을 멍하니 문질렀다. 아버지의 죽음에 일조를 한 이 행성에 대한 분노가 갑자기 치밀어오르면서 몸이 떨렸다.

"폭풍이 시작되는 소리는 나도 들었어." 제시카가 말했다.

힘없고 공허한 어머니의 말이 어느 정도 침착함을 되찾아주었다. 그는 폭풍에 생각을 집중했다. 폭풍이 불어오기 시작했을 때 그는 텐트의 투명한 부분을 통해 그 광경을 보고 있었다. 모래가 처음에는 차가운 가랑비처럼 분지를 가로지르더니 나중에는 실개천 같은 무늬를 하늘에 새겨놓았다. 그는 그때 고개를 들어 뾰족하게 솟아오른 바위를 바라보았다. 바위가 그의 눈앞에서 점점 낮아지더니 치즈 같은 색깔의 쐐기 모양으로 변했다. 폭풍을 따라 불어온 모래에 긁힌 탓이었다. 그리고 텐트가 있는 분지 속으로 모래가 쏟아져 들어오면서 하늘이 탁한 카레 색깔로 변했다. 텐트가 모래 속에 완전히 파묻히자 모든 빛이 사라져버렸다.

텐트의 기둥이 모래의 무게를 받아들이며 한 번 삐걱거렸다. 그다음에는 침묵. 모래스노크가 쌕쌕거리며 모래 표면에서 공기를 끌어들이는 희미한 소리뿐이었다.

"수신기를 한 번 더 작동시켜 봐." 제시카가 말했다.

"소용없어요."

폴은 사막복의 목 부분에 있는 튜브를 찾아 미지근한 물을 한 모금 마셨다. 자신의 호흡과 땀 속의 수분을 재활용해서 모아놓은 그 물을 마시다 보니 이제 자신의 삶이 정말로 아라키스 식으로 변해 버렸다는 생각이 들었다. 물에서는 아무 맛도 나지 않았다. 그러나 갈증을 가라앉히는 데는 효과가 있었다.

제시카는 폴이 물을 마시는 소리를 들으면서 몸에 찰싹 달라붙어 있는 사막복의 매끄러운 표면을 만져보았다. 그러나 그녀는 자신의 갈증을 애써 외면했다. 목이 마르다는 사실을 인정하고 나면 호흡에 포함되어 있는 수분이 공기 중으로 배출되는 것마저 아까워하며 물 한 방울에도 신경 써야 하는 아라키스의 현실을 완전히 실감하게 될 것 같았다.

그러느니 다시 잠에 빠져드는 편이 훨씬 나았다.

그러나 그녀는 아까 낮에 잠을 자면서 꿈을 꾸었다. 그 꿈의 기억 때문에 그녀는 몸을 부르르 떨었다. 그녀는 꿈속에서 '레토 아트레이데스 공작'이라는 이름이 새겨진 모래의 강 속에 손을 담그고 있었다. 모래가 움직이는 바람에 글자가 희미해지자 그녀는 다시 이름을 쓰려고 했다. 그러나 그녀가 마지막 글자를 쓰기도 전에 첫 번째 글자 위를 다시 모래가 뒤덮었다.

모래는 쉬지 않고 움직였다.

그녀의 꿈은 울부짖음이 되었다. 크게, 더 크게. 그 우스꽝스러운 울음소리. 그녀의 머릿속 한 부분이 그것이 바로 갓난아기나 다름없는 어린 시절 자신의 목소리임을 알아차렸다. 모습을 확실히 기억할 수 없는 어떤 여자가 그녀 곁을 떠나가고 있었다.

'누군지 모르는 내 어머니야. 명령받은 대로 나를 낳아 교단에 넘긴 그 베네 게세리트 여자. 그 여자는 하코넨의 아이를 떼어놓게 된 걸 기뻐했을까?'

"적을 공격하려면 스파이스를 쳐야 해요." 폴이 말했다.

'저 애는 이런 때 어떻게 공격할 생각을 할 수 있는 거지?' 그녀가 자신에게 물었다.

"행성 전체가 스파이스로 가득 차 있어. 무슨 수로 스파이스를 친다는 거니?" 그녀가 물었다.

폴이 움직이는 소리가 들렸다. 그가 텐트 바닥에 놓여 있던 행낭을 끌어당기고 있었다.

"칼라단에서는 해군력과 공군력이 있었어요. 여기선, 사막 작전 능력이 있어야 해요. 프레멘이 우리의 열쇠예요."

텐트의 괄약근 입구 근처에서 폴의 목소리가 들려왔다. 베네 게세리트 훈련 덕분에 그녀는 폴의 목소리에서 그녀를 향한 분노가 아직 풀리지 않았음을 느꼈다.

'저 애는 평생 동안 하코넨을 증오하도록 훈련받았어. 그런데 이제 자기가 하코넨이라는 걸 알게 된 거야…… 나 때문에. 어쩜 저렇게 내 마음을 몰라주는 걸까! 난 레토의 유일한 여자였어. 난 레토의 삶과 가치관을 받아들이기 위해 베네 게세리트의 명령을 거부하기까지 했어.'

폴의 손에 의해 텐트의 발광탭에 반짝하고 불이 들어왔다. 그 초록색 빛이 어두운 공간을 가득 채웠다. 폴은 텐트의 입구 옆에 쪼그리고 앉았다. 그의 사막복의 머리 덮개는 밖의 사막에서 활동할 수 있도록 조정되어 있었다. 이마가 덮개에 가려졌고, 입마개와 코마개도 제자리에 고정되었다. 보이는 것은 어두운 눈뿐이었다. 길쭉하게 드러난 얼굴의 일부가 한 번 그녀 쪽으로 돌아섰다가 다시 외면했다.

"밖에 나갈 수 있게 옷을 단단히 입으세요." 그가 말했다. 입마개 때문에 목소리가 분명하지 않았다.

제시카는 입마개를 하고 머리에 덮개를 쓰면서 폴이 텐트의 입구를 여는 것을 지켜보았다.

그가 입구를 열자, 모래알들이 어딘가에 거칠게 긁히는 소리를 내면서 텐트 속으로 들이쳤다. 폴은 곧 정전기를 이용한 압축기로 모래의 움직임을 막았다. 기계가 모래알들을 재배치하자 벽처럼 입구를 막고 있는 모래 더미 속에 구멍이 생기더니 점점 커졌다. 그가 빠져나간 뒤 그녀는 그가 모래 표면으로 나가는 소리를 귀로 뒤쫓았다.

'저 밖에 뭐가 있을까? 하코넨 부대와 사다우카는 이미 우리가 예상할 수 있는 적이지. 하지만 우리가 모르는 위험들이 있다면 어쩌지?'

그녀는 압축기를 비롯해서 행낭 속에 들어 있는 이상한 기구들에 대해 생각해 보았다. 갑자기 그 기구들 하나하나가 정체를 알 수 없는 위험들의 징조인 것 같다는 생각이 들었다.

그때 모래 표면에서 불어온 뜨거운 바람이 입마개 위쪽의 노출된 피부를 스치고 지나가는 것이 느껴졌다.

"행낭을 이리 주세요." 폴의 목소리가 들려왔다. 나지막하고 신중한 목소리였다.

그녀는 가방이 있는 곳으로 갔다. 폴이 있는 곳을 향해 행낭을 밀자 그 안에 들어 있는 리터존에서 쿨렁쿨렁 물소리가 났다. 그녀는 위를 올려다보았다. 하늘의 별들을 배경으로 폴의 모습이 보였다.

"여기예요." 그가 손을 아래로 뻗어 행낭을 모래 표면 위로 끌어 올렸다.

이제 그녀의 눈에 보이는 것이라고는 둥글게 원 모양으로 늘어선 별들뿐이었다. 마치 그녀를 겨누고 있는 총부리 같았다. 유성비가 하늘을 가로질렀다. 유성들은 위험을 알리는 경고 같기도 했고 호랑이 몸에 새겨진 줄무늬 같기도 했다. 하지만 또 어찌 보니 빛을 받아 반짝이는 무덤의 판석 같기도 해서 그녀의 피가 차갑게 식었다. 자신들의 목에 현상금이 걸려 있다는 사실에 갑자기 소름이 오싹 끼쳤다.

"서두르세요. 이제 텐트를 접어야겠어요."

모래 표면에서 모래가 소나기처럼 쏟아져 내리면서 그녀의 왼손을 스쳤다. '이 손으로 쥘 수 있는 모래가 얼마나 될까?' 그녀는 속으로 생각했다.

"도와드릴까요?" 폴이 물었다.

"아니."

그녀는 마른침을 삼키며 폴이 만들어놓은 구멍 속으로 몸을 들여놓았다. 압축기에 의해 제자리에 고정된 모래알들이 그녀의 손바닥에 거칠게 느껴졌다. 폴이 손을 뻗어 그녀의 팔을 잡았다. 그녀는 별빛을 받아 빛나고 있는 사막의 매끄러운 표면 위로 올라가 폴 옆에 서서 주위를 둘러보았다. 그들이 텐트를 세웠던 분지는 거의 모래로 가득 차 있었다. 주위를 둘러싼 바위 꼭대기들만이 희미하게 드러나 있을 뿐이었다. 그녀는 훈련받은 감각으로 바위 너머의 어둠 속을 탐색해 보았다.

작은 짐승들이 움직이는 소리가 들렸다.

새들이었다.

흘러내리는 모래와 그 안에서 희미하게 들리는 생물의 소리.

폴이 텐트를 접어 구멍 위로 끌어 올렸다.

별빛이 밤의 어둠을 아주 조금만 몰아냈기 때문에 그림자마다 위험이 숨어 있는 것 같았다. 그녀는 어둠을 바라보았다.

'암흑은 눈먼 자의 기억이야. 혹시 자기편 사람들의 소리가 들리지 않는지, 우리 몸의 가장 원시적인 세포들만이 기억하고 있는 그 먼 옛날 우리 조상들을 사냥했던 짐승들의 울음소리가 들리지 않는지 귀를 기울이는 거야. 귀가, 그리고 코가 눈을 대신하는 거지.'

이윽고 폴이 그녀 곁으로 와 서면서 말했다. "던컨은 만약 자기가 잡히면 지금 이 시간 정도까지는…… 버틸 수 있을 거라고 했어요. 이제 이곳을 떠나야 해요." 그는 행낭을 어깨에 메고 분지 가장자리로 걸어가 광활한 사막을 굽어보는 바위 위로 올라갔다.

제시카는 기계적으로 폴의 뒤를 따랐다. 이제는 아들이 그녀의 삶의 중심이 되어 있었다.

'지금 내 슬픔은 바다의 모래보다도 무거워. 이 행성에서 나는 모든 것을 잃어버렸어. 가장 오래된 단 하나의 목적만을 빼고 말이야. 그건 내일을 위해 사는 거지. 나는 이제 막 공작이 된 저 아이와 아직 태어나지 않은 딸을 위해 살아야 해.'

그녀는 모래에 발이 빠져 자꾸 걸음이 느려지는 것을 느끼면서 폴이 있는 바위 위로 올라갔다.

폴은 줄지어 늘어서 있는 바위들 너머 북쪽 멀리 보이는 절벽을 유심히 살피고 있었다.

절벽의 측면이 별빛을 받으며 바다에 늘어선 고대의 전함처럼 보였다. 절벽의 긴 윤곽선이 보이지 않는 파도에 밀린 것처럼 솟아올랐다가 호선을 그리며 다시 아래로 떨어졌다. 그래서 전함의 선미 부분이 위로 밀어 올린 π 모양을 이루고 있었다.

그때 절벽의 실루엣 위에서 오렌지빛 섬광이 터지더니 곧 눈부신 자주색 선이 떨어져 내리며 그 섬광을 갈랐다.

또 다른 자주색 선!

그리고 하늘로 치솟아 오르는 또 다른 오렌지빛 섬광!

마치 고대의 전함들이 해상 전투를 벌이며 포격을 퍼부어대는 것 같았다. 두 사람은 그 광경을 넋을 잃고 바라보았다.

"불기둥이에요." 폴이 작은 소리로 말했다.

곧 멀리 떨어져 있는 바위 위로 빨간 눈들의 고리가 떠올랐다. 그리고 자주색 선들이 하늘을 수놓았다.

"제트 신호탄과 레이저총이야." 제시카가 말했다.

붉은 흙먼지를 뒤집어쓴 아라키스의 첫 번째 달이 지평선 왼쪽에서 떠올랐다. 두 사람은 그 근처에서 폭풍의 꼬리를 보았다. 사막 위에서 리본 같은 것이 움직이고 있었다.

"틀림없이 우리를 사냥하러 온 하코넨의 오니숍터일 거예요. 저렇게 사막을 난도질하는 걸 보니……. 저기 있는 게 뭐든 확실히 짓밟아버리기로 작정한 모양이에요…… 마치 벌레들의 집을 짓밟는 것처럼." 폴이 말했다.

"아트레이데스의 둥지를 짓밟는 거겠지."

"몸을 숨길 곳을 찾아야 해요. 계속 바위에 붙어서 남쪽으로 가요. 탁 트인 사막에서 붙잡혔다가는……." 그는 어깨에 멘 가방을 다시 추스르며 말을 이었다. "저놈들은 지금 움직이는 걸 전부 죽여버리고 있어요."

그는 바위의 방향을 따라 한 발짝 발을 내디뎠다. 그 순간 허공을 미끄러지는 비행기의 소리가 들렸다. 두 사람의 머리 위에 오니숍터 여러 대가 어두운 그림자처럼 떠 있었다.

⊰⊱

나의 아버지는 언젠가 진실을 존중하는 것이야말로 모든 도덕의 기반이라고 할 수 있다고 말씀하신 적이 있다. 아버지는 "아무것도 없는 곳에서 뭔가가 생겨날 수는 없다"고 하셨다. '진실'이라는 것이 얼마나 불안정해질 수 있는지 아는 사람이라면 아버지의 이러한 생각이 아주 심오하다는 것을 알 수 있을 것이다.

—이룰란 공주의 『무앗딥과의 대화』

"난 항상 사물의 진실을 꿰뚫어 볼 수 있다고 자부해 왔소. 그건 멘타트에게 내려진 저주와도 같은 것이니까. 자료를 분석하는 작업을 그만둘 수가 없거든." 투피르 하와트가 말했다.

새벽녘의 어스름 속에서 이런 말을 하고 있는 그의 늙은 얼굴은 침착해 보였다. 사포액이 묻은 그의 입술은 꾹 다물어져 있었고 입 위쪽으로는 주름살들이 거미줄처럼 뻗어 있었다.

하와트 맞은편에는 로브를 입은 남자가 말없이 모래 위에 쭈그리고 앉아 있었다. 하와트의 말에 별다른 감흥을 느끼지 못하는 모습이었다.

두 사람은 그리 깊지 않은 널찍한 저지대를 굽어보고 있는 바위 밑에 쪼그리고 앉아 있었다. 분지 너머 절벽들이 뾰족뾰족 솟아 있는 하늘에 새벽빛이 번져나가면서 모든 것을 분홍색으로 물들였다. 바위 밑은 추웠다. 밤이 남기고 간 메마른 한기가 뼛속을 파고들었다. 동이 트기 직전에 잠깐 따스한 바람이 불어오기는 했으나 지금은 아주 추웠다. 간신히 살아남은 하와트의 부하 몇 명이 뒤쪽에서 이를 딱딱 부딪치는 소리가 들려왔다.

하와트 맞은편에 쭈그리고 있는 사람은 프레멘이었다. 그는 동트기 전의 희미한 빛 속에서 모래 위를 날렵하게 미끄러지며 하와트가 있는 곳으로 왔다. 그의 모습은 모래언덕과 완벽한 조화를 이루고 있어서 언뜻 그의 움직임을 구분하기가 어려울 정도였다.

프레멘이 손가락을 뻗어 모래 위에 그림을 하나 그렸다. 화살이 흘러넘칠 만큼 가득 담겨 있는 그릇처럼 생긴 그림이었다. "하코넨 순찰대가 많이 있소." 그가 말했다. 그는 손가락을 들어 하와트와 그의 부하들이 오니숍터를 착륙시켜 놓은 절벽 너머의 하늘을 가리켰다.

하와트는 고개를 끄덕였다.

'그래. 순찰대가 아주 많지.'

그러나 그는 이 프레멘이 원하는 것이 무엇인지 여전히 알 수가 없어서 마음이 불편했다. 멘타트의 훈련을 받은 사람이라면 상대의 의중쯤은 당연히 알아차릴 수 있어야 하는 건데.

지난밤은 하와트의 인생에서 최악의 밤이었다. 공작 진영이 공격받고 있다는 보고가 들어오기 시작했을 때 그는 예전 수도였던 카르타그의 완충 기지인 침포라는 주둔지 마을에 있었다. 처음에 그는 하코넨이 자신들을 시험하기 위해 습격을 해 온 것이라고 생각했다.

그러나 급박하게 연이어 보고가 들어오기 시작했다.

2개 군단이 카르타그에 착륙.

5개 군단, 무려 50개 여단이 아라킨에 있는 공작 본부를 공격 중.

아슨트에도 1개 군단.

스플린터드 바위에는 2개의 전투 부대.

보고 내용이 점점 자세해졌다. 공격자들 중에 제국의 사다우카가 포함되어 있으며, 2개 군단은 될 것 같다는 내용이었다. 침략자들이 병사를 어디에 얼마나 보내야 하는지 정확히 알고 있다는 것이 곧 분명해졌다. 그들은 너무 정확했다! 놀라운 정보력이었다.

하와트는 충격과 분노에 휩싸여 하마터면 멘타트로서의 기능까지 잃어버릴 뻔했다. 공격해 오는 부대의 규모를 알고 나니 한 대 세게 얻어맞은 것처럼 정신이 얼얼했다.

이제 사막의 바윗덩어리 밑에 몸을 숨기고서 그는 혼자 고개를 끄덕이며 차가운 그림자들을 물리치려는 듯 찢기고 베인 웃옷을 단단하게 여몄다.

'그런 대규모의 병력이라니.'

그는 적들이 이쪽을 시험하기 위해 조합으로부터 작은 우주선을 빌릴 것이라고 항상 예상하고 있었다. 가문과 가문이 벌이는 이런 종류의 전쟁에서는 그것이 보통 쓰이는 작전이었다. 아트레이데스 가문의 스파이스를 운반하기 위해 아라키스에 정기적으로 뜨고 내리는 작은 우주선들은 항상 있었다. 하와트는 스파이스 운반선을 가장한 습격에 대비하고 있었다. 설사 적이 전면적인 공격을 감행한다 하더라도 10개 여단 이상이 몰려오지는 않을 것이라고 생각했다.

그러나 하와트의 손에 마지막으로 들어온 보고에 의하면 아라키스에 착륙한 우주선의 숫자만도 2000대가 넘었다. 그것도 작은 우주선들만 착륙한 것이 아니었다. 프리깃함, 정찰선, **모니터함***, **분쇄기***, **병사 수송선***, **덤프 박스***……

100개 여단, 그러니까 10개 군단이 넘는 대병력이었다!

이 정도의 병력을 동원하려면 아라키스에서 50년간 스파이스를 팔아 번 돈을 모두 쏟아부어도 될까 말까 했다.

'남작이 우리를 공격하기 위해 돈을 얼마나 쓸 작정인지 내가 과소평가했어. 내가 공작님을 실망시킨 거야.'

이 엄청난 병력 말고 반역자의 문제도 있었다.

'그 여자가 목이 졸려 죽는 모습을 볼 때까지는 어떻게든 살아남을 거다! 기회가 있을 때 그 베네 게세리트 마녀를 죽여버렸어야 하는 건데.'

반역자가 누구인지 이제는 의심의 여지가 없었다. 바로 레이디 제시카였다. 그가 손에 쥐고 있는 모든 정보가 그녀를 반역자로 지목하고 있었다.

"당신네 사람인 거니 할렉과 그의 부하들 중 일부가 우리 밀수업자 친구들의 안전한 보호를 받고 있소." 프레멘이 말했다.

"잘됐군."

'그래, 거니는 이 지옥 같은 행성을 떠나게 되겠군. 우리 쪽 사람들이 모두 죽어버린 건 아니었어.'

하와트는 한데 모여 있는 자신의 부하들을 흘끗 바라보았다. 지난밤 처음 싸움이 시작됐을 때 그에게는 최정예 부하 300명이 있었다. 그런데 지금 남아 있는 사람은 겨우 스무 명뿐이었고 그나마 절반이 부상자였다. 몇몇 부하들은 자고 있었고, 나머지는 서 있거나 바위에 등을 기대고 앉아 있거나 모래 위에 널브러져 있었다. 부상자를 운반하기 위해 공중 부양 자동차처럼 이용했던 마지막 오니숍터는 동이 트기 직전에 완전히 망가져버렸다. 그래서 그들은 레이저총으로 오니숍터를 잘라 그 잔해들을 숨겨놓고 분지 가장자리에 있는 이 은신처로 숨어들었다.

하와트는 지금 위치를 대충 짐작만 하고 있었다. 아라킨에서 남동쪽으로 200킬로미터쯤 떨어진 지점인 것 같았다. 방어벽에 있는 시에치 사람들이 주로 사용하는 길은 이곳으로부터 남쪽에 있었다.

하와트 맞은편에 앉아 있는 프레멘이 두건과 사막복의 모자를 뒤로 젖히자 모래 빛깔의 머리카락과 수염이 드러났다. 그의 이마는 높고 좁은 편이었고, 머리는 뒤로 깔끔하게 빗질되어 있었다. 스파이스가 들어간 음식 탓에 눈은 온통 파란색으로 가득 차서 무슨 생각을 하는지 읽어낼 수 없었다. 코밑과 턱수염 한쪽에는 얼룩이 묻어 있고, 코마개와 연결된 집수 튜브에 오랫동안 눌린 덕분에 그 자리만 납작해져 있었다.

남자가 코마개를 뽑아 다시 조정한 다음, 코 옆에 난 흉터를 문질렀다.

"오늘 밤에 여기 이 저지대를 가로지를 거라면, 절대로 방어막을 사용하지 마시오. 바위의 장벽이 무너진 곳이 하나 있는데……." 그가 발꿈치로 돌아서서 남쪽을 가리키며 말을 이었다. "……저기 말이오. 거기서부터 에르그까지는 아무것도 없는 사막이오. 방어막을 켜면……." 그는 잠시 망설이다가 다시 말을 시작했다. "……모래벌레가 달려올 거요. 대개는 벌레들이 여기까지 오지 않지만, 방어막을 켜면 항상 달려오지요."

'저 사람은 모래벌레라고 했지만, 원래는 다른 말을 할 작정이었어. 뭐지? 저자가 우리한테 원하는 게 뭘까?'

하와트는 한숨을 내쉬었다.

평생 지금처럼 피곤했던 적이 없었다. 에너지 보충제를 먹어도 근육의 피로는 풀리지 않았다.

그 망할 놈의 사다우카 놈들!

그는 쓸쓸하게 자신을 탓하면서 광전사들과 그들이 의미하는 제국의 배신에 대해 생각했다. 멘타트로서 자료를 분석해 본 결과 그는 랜드스라드의 **최고 의회***에 이 배신의 증거를 내놓을 기회를 거의 얻을 수 없을 것이라는 결론을 얻었다.

"당신도 밀수업자들에게 가고 싶소?" 프레멘이 물었다.

"그것이 가능하오?"

"길이 아주 멀어요."

하와트는 언젠가 아이다호에게서 들은 말을 떠올렸다. "프레멘들은 안 된다는 말을 잘 하지 않아요."

하와트는 자기 앞에 앉아 있는 프레멘에게 말했다. "당신네 부족 사람들이 우리 부상자들을 도와줄 수 있는지 아직 대답하지 않았소."

"그들은 부상자요."

'또 똑같은 대답이야. 빌어먹을!'

"저들이 부상자란 건 우리도 알아!" 하와트가 소리쳤다. "지금 중요한 건……."

"진정하시오, 친구. 당신네 부상자들은 어떻게 생각하고 있소? 저들 중에 당신네 부족에게 물이 필요하다는 사실을 알고 있는 사람이 있소?" 프레멘이 말했다.

"우린 물에 대해 이야기하지 않았소. 우린……."

"당신이 꺼리는 걸 충분히 이해하오. 저들은 당신의 친구이고, 당신과 같은 부족 사람이니까. 당신들 물은 가지고 있소?"

"충분하진 않소."

프레멘이 하와트의 찢어진 웃옷 사이로 보이는 맨살을 가리키며 말했다. "당신들은 사막복도 없이 시에치가 아닌 곳에 붙들려 있소. 반드시 물의 결정을 내려야 하오, 친구."

"재물로 당신들의 도움을 사면 안 되겠소?"

프레멘은 어깨를 으쓱했다. "당신들에게는 물이 없소." 그는 하와트 뒤쪽에 앉아 있는 사람들을 흘끗 바라보며 말을 이었다. "저 부상자들 중 몇 명이나 소비할 생각이오?"

하와트는 말을 잃고 그 남자를 뚫어지게 바라보았다. 멘타트로서 그는 자신과 그 남자가 서로 어긋난 대화를 나누고 있음을 알 수 있었다. 여기서는 말과 그 말 속에 들어 있는 의미가 정상적으로 연결되질 않았다.

"난 투피르 하와트요. 난 나의 공작님의 뜻을 대변할 수 있는 위치에 있소. 내가 당신의 도움에 대해 반드시 대가를 지불하겠다고 약속하겠소. 내가 원하는 건 이미 복수의 손길을 벗어났다고 안심하고 있는 반역자를 죽일 때까지만 내 병력을 보존할 수 있도록 도와달라는 것뿐이오."

"우리가 복수전에서 당신 편이 되어주기를 바라는 거요?"

"복수는 내가 알아서 하겠소. 그저 내가 자유로이 움직일 수 있게 부상당한 부하들에 대한 책임을 내려놓고 싶다는 뜻이오."

프레멘이 험악한 표정을 지었다. "당신이 부상자들에 대해 책임이 있다니? 자기 일은 자기가 책임지는 것이지. 지금 중요한 건 물이오, 투피르 하와트. 내가 그 결정권을 당신에게서 빼앗아주길 바라는 거요?"

프레멘이 로브 밑에 감춰진 무기에 손을 갖다 댔다.

하와트는 잔뜩 긴장했다. '이자도 우릴 배반하는 건가?'

"뭘 두려워하는 거요?" 프레멘이 물었다.

'이 프레멘이란 자들은 기분 나쁠 정도로 단도직입적이야!' 하와트는 조심스러운 목소리로 말했다. "내 목에 현상금이 걸려 있소."

"아아." 프레멘이 무기에서 손을 뗐다. "우리가 술수를 부린다고 생각하는 거로군. 그렇다면 당신은 우리를 전혀 모르는 거요. 하코넨이 가진 물로는 우리 부족의 제일 어린아이조차 매수할 수 없소."

'하지만 하코넨은 2000척이 넘는 전함의 통행료를 조합에 지불했어.' 하와트는 생각했다. 그 엄청난 돈을 생각하면 지금도 머리가 멍해질 정도였다.

"우리나 당신이나 모두 하코넨과 싸우고 있소. 우리가 전투에 임하는 방법도 각자의 문제도 함께 나눠야 하지 않겠소?" 하와트가 말했다.

"나누고 있잖소. 난 당신들이 하코넨과 싸우는 것을 보았소. 잘 싸우더군. 당신들이 우리와 한편이 되어 싸우면 좋겠다는 생각을 한 적도 있었소." 프레멘이 말했다.

"내가 어떻게 도우면 되는지 말해 보시오." 하와트가 말했다.

"그걸 누가 알겠소? 하코넨 병사들은 어디에나 있소. 하지만 당신은 아직 물의 결정을 내리지도 않았고, 그 결정권을 당신네 부상자들에게 넘기지도 않았소."

'신중하게 행동해야 해. 우리 둘 사이에 서로 완전하게 이해하지 못한 뭔가가 있어.' 하와트는 자신을 타일렀다.

"당신이 내게 당신들의 방식을 보여주겠소? 아라킨 식 방법 말이오."

"당신들의 사고방식은 정말 이상하군." 프레멘이 말했다. 비웃는 듯한 목소리였다. 그가 절벽 꼭대기 너머 북서쪽을 가리키며 말을 이었다. "우린 당신들이 어젯밤에 모래를 가로질러 오는 것을 지켜보았소." 그가 들어 올렸던 팔을 내렸다. "당신들은 줄곧 모래언덕의 경사면을 따라 걷더군. 그건 좋지 않소. 당신들에게는 사막복도 물도 없소. 오래 버티지 못할 거요."

"아라키스의 방식에 익숙해지는 것이 쉽지 않소." 하와트가 말했다.

"그건 사실이오. 하지만 우린 하코넨 놈들을 죽여왔소."

"당신들은 부상자가 생겼을 때 어떻게 하오?" 하와트가 다그치듯 물었다.

"자기가 목숨을 부지할 수 있을 만큼 가치가 있는지 없는지 모르는 사람도 있소? 당신네 부상자들은 당신에게 물이 없다는 걸 알고 있소." 프레멘이 고개를 갸우뚱하며 비스듬하게 하와트를 올려다보았다. "지금은 분명히 물의 결정을 내려야 할 때요. 부상자도, 부상을 당하지 않은 사람도 모두 부족의 미래를 생각해야 하오."

'부족의 미래라. 아트레이데스 부족이란 말이지. 일리가 있는 말이군.' 하와트는 지금까지 회피하던 질문을 힘들게 꺼냈다.

"우리 공작님이나 그 아드님의 소식을 알고 있소?"

속을 알 수 없는 프레멘의 파란 눈이 하와트의 눈을 똑바로 바라보았다. "소식?"

"두 분의 운명 말이오!" 하와트가 쏘아붙였다.

"운명은 누구에게나 똑같소. 당신의 공작은 자신의 운명을 만났다고 들었소. 리산 알 가입, 그러니까 그 아들의 운명은 리에트의 손에 달려 있소. 리에트는 아직 아무 말도 하지 않았소."

'내 이런 대답을 들을 줄 알았어.' 하와트는 생각했다.

그는 뒤에 있는 부하들을 바라보았다. 잠을 자고 있던 부하들도 이제는 모두 깨어 있었다. 그들도 하와트와 프레멘의 대화를 분명히 들은 모양이었다. 그들은 사막 저편 먼 곳을 바라보고 있었다. 이제는 칼라단으로 돌아갈 길도 없고, 아라키스 역시 잃어버리고 말았다는 사실을 절감한 표정들이었다.

하와트는 다시 프레멘에게 시선을 돌렸다. "던컨 아이다호에 대해서는 아무 말도 듣지 못했소?"

"방어막이 걷혔을 때 그는 저택에 있었소. 이 얘기만 들었을 뿐…… 더는 모르오." 프레멘이 말했다.

'그 여자가 방어막을 꺼버리고 하코넨을 저택으로 들여놨어. 결국 내가 문을 등지고 앉아 있었던 셈이군. 그 여자는 도대체 어떻게 이런 일을 저지른 거지? 그건 자기 아들한테도 등을 돌리는 짓이 되는데? 하기야…… 베네 게세리트 마녀들의 생각을 누가 알겠나……. 그런 것도 생각이라고 부를 수 있다면 말이지.'

하와트는 바짝 말라버린 목구멍으로 침을 삼키려고 애썼다. "도련님의 소식은 언제쯤 들을 수 있겠소?"

"우린 아라킨의 소식은 거의 알지 못하오." 프레멘이 어깨를 으쓱하며 말을 이었다. "그걸 누가 알겠소?"

"소식을 알아낼 방법은 없는 거요?"

"어쩌면 있을지도 모르지." 프레멘이 코 옆의 흉터를 문지르며 말을 이었다. "말해 보시오, 투피르 하와트. 하코넨이 사용했던 그 커다란 무기에 대해 알고 있소?"

'대포를 말하는 거군. 이 방어막의 시대에 그놈들이 대포를 사용할 줄이야.' 하와트는 속이 상해서 견딜 수가 없었다.

"그놈들이 우리 편 사람들을 동굴에 가둬버릴 때 사용했던 대포를 말하는 모양인데, 난…… 폭발물을 사용하는 그런 무기에 대해 이론적인 지식은 갖고 있소."

"출구가 하나밖에 없는 동굴 속으로 후퇴하는 사람이라면 죽어도 할 말이 없는 법이오."

"왜 그 무기에 대해 묻는 거요?"

"리에트가 원하니까."

'저자가 우리에게서 원하는 게 그건가?' 하와트는 생각했다. "그 커다란 총에 대한 정보를 얻으려고 여기에 온 거요?"

"리에트는 그 무기를 직접 보고 싶어 하오."

"그럼 가서 하나 빼앗아 오면 되겠군." 하와트가 이죽거렸다.

"그렇소. 벌써 하나 빼앗아 왔소. 나중에 스틸가가 리에트 대신 그 물건을 연구해 볼 수 있는 곳에 감춰두었소. 리에트가 원한다면 직접 가서 볼 수 있는 장소이기도 하지. 하지만 리에트가 직접 보고 싶어 하지는 않을 것 같소. 그렇게 훌륭한 무기가 아니니까. 아라키스에는 잘 맞지 않는 무기요."

"당신들이…… 하나를 빼앗아 왔다고?" 하와트가 물었다.

"훌륭한 싸움이었소. 우리는 두 명밖에 잃지 않았는데, 적들은 100명도 넘게 몸속의 물을 흘렸소."

'대포 한 대마다 사다우카가 배치되어 있었어. 사다우카를 상대로 두 명밖에 잃지 않았다는 사실을 이렇게 아무것도 아닌 일처럼 말하다니, 제정신이 아냐!' 하와트는 생각했다.

"하코넨과 한편이 된 그 사람들이 아니었다면 우린 그 두 명도 잃지 않았을 거요. 놈들 중 몇 명은 정말 훌륭한 전사들이었소." 프레멘이 말했다.

하와트의 부하 한 명이 절룩거리며 다가와서 바닥에 쭈그리고 앉은 프레멘을 내려다보았다. "지금 사다우카 얘길 하고 있는 거요?"

"그래, 사다우카 얘길 하고 있다." 하와트가 말했다.

"사다우카!" 프레멘이 소리쳤다. 기쁨에 들뜬 목소리였다. "아아, 그게 그놈들의 정체로군! 오늘 밤은 정말 좋은 밤인 것 같소. 사다우카라. 어떤 군단 소속이오? 혹시 아시오?"

"우린…… 모르오." 하와트가 말했다.

"사다우카라. 그런데 그들은 하코넨의 옷을 입고 있었소. 이상하지 않소?" 프레멘이 곰곰이 생각에 잠긴 목소리로 말했다.

"황제가 대가문을 상대로 싸움을 벌이고 있다는 사실을 남들에게 알리고 싶지 않아서 그런 거요." 하와트가 말했다.

"하지만 '당신'은 그들이 사다우카라는 걸 알고 있잖소."

"내가 누구요?" 하와트가 쓰디쓴 목소리로 말했다.

"당신은 투피르 하와트요." 프레멘이 무미건조한 목소리로 말했다. "뭐, 어차피 우리도 때가 되면 알 수 있었을 거요. 그놈들 세 명을 붙잡아서 리에트의 부하들에게 취조하라고 보냈으니까."

하와트의 부하가 도저히 못 믿겠다는 듯 느린 말투로 말했다. "당신들이…… 사다우카라를 사로잡았다고?"

"겨우 세 명을 붙잡았을 뿐이오. 그놈들은 훌륭한 전사였소." 프레멘이 말했다.

'이 프레멘들하고 동맹을 맺을 시간만 있었어도…….' 하와트는 생각했다. 쓸쓸한 한탄이었다. '이자들을 훈련시키고 무장시킬 수만 있었다면, 후, 정말 엄청난 전사들을 갖게 되었을 텐데!'

"아마 리산 알 가입에 대한 걱정 때문에 자꾸 미적거리는 모양인데, 만약 그가 진정 리산 알 가입이라면 그 어떤 해로운 것도 그를 건드릴 수 없소. 아직 증명되지도 않은 사실 때문에 생각을 허비하지 마시오." 프레멘이 말했다.

"난 그…… 리산 알 가입 밑에서 일하는 사람이오. 그분이 잘 계시는지 나로서는 염려할 수밖에 없소. 이건 내가 스스로 맹세한 일이오."

"그의 물에 대고 맹세를 한 거요?"

하와트는 옆에 있는 보좌관을 살짝 바라보았다. 보좌관은 아직도 프레멘을 뚫어지게 바라보고 있었다. 하와트는 다시 자기 앞에 쭈그리고 앉은 프레멘에게 시선을 돌리며 입을 열었다. "그렇소, 그분의 물에 대고 맹세를 한 거요."

"그럼 그의 물이 있는 아라킨으로 돌아가고 싶소?"

"그…… 그렇소. 그분의 물이 있는 곳으로."

"왜 처음부터 이것이 물의 문제라는 말을 하지 않았소?" 프레멘이 자리에서 일어서며 코마개를 단단히 제자리에 끼웠다.

하와트는 옆에 있던 보좌관에게 다른 부하들이 있는 곳으로 돌아가라고 고갯짓을 했다. 보좌관은 피곤한 몸짓으로 어깨를 한 번 으쓱하고는 그의 명령에 따랐다. 부하들이 낮은 목소리로 이야기를 나누는 소리가 들려왔다.

"물로 통하는 길은 항상 있게 마련이오." 프레멘이 말했다.

하와트의 뒤쪽에서 누군가가 탄식을 했다. 하와트의 보좌관이 소리쳤다. "투피르 님! 아키가 방금 죽었습니다."

프레멘이 주먹을 귀에 대며 말했다. "물의 맹약이다! 그건 징조야!" 그가 하와트를 똑바로 바라보며 말을 이었다. "근처에 물을 받는 장소가 있소. 우리 쪽 사람들을 부르는 게 좋겠소?"

보좌관이 하와트 옆으로 다시 다가와서 말했다. "투피르 님, 부하들 중두 명이 아라킨에 아내를 두고 왔습니다. 그들은…… 저, 이런 시기에는 일이 어떻게 돌아가는지 투피르 님도 아시잖습니까."

프레멘이 여전히 귓가에 주먹을 댄 채 다그치듯 물었다. "물의 맹약이 맺어진 거요, 투피르 하와트?"

하와트의 머리는 정신없이 돌아가고 있었다. 이제 그는 프레멘의 말이 무슨 뜻인지 이해할 수 있었다. 그러나 지친 몸으로 바위 밑에 쪼그리고 있는 부하들이 프레멘의 말을 이해하고 나서 어떤 반응을 보일지 걱정스러웠다.

"그렇소, 물의 맹약이오."

"이제 우리 두 부족은 하나로 맺어졌소." 프레멘이 귓가에 대고 있던 주먹을 내려뜨렸다.

그것이 신호였는지, 남자 네 명이 바위 위에 나타나 미끄러지듯 뛰어내렸다. 그들은 바위 밑으로 뛰어가 로브로 시체를 둘둘 말아 들고 오른쪽에 있는 절벽을 따라 뛰어가기 시작했다. 그들의 발밑에서 흙먼지가 풀썩풀썩 일어났다.

하와트의 지친 부하들이 상황을 파악하기도 전에 모든 일이 끝나버렸다. 로브로 감싼 시체를 자루처럼 잡은 프레멘 남자들은 절벽 모퉁이를 돌아 자취를 감춰버렸다.

하와트의 부하 하나가 소리쳤다. "저놈들 아키를 데리고 어디로 가는 겁니까? 아키는……."

"저 사람들은 아키를…… 묻어주러 가는 거야." 하와트가 말했다.

"프레멘은 죽은 사람을 땅에 묻지 않습니다!" 하와트의 부하가 소리쳤다. "우리를 속일 생각은 하지 마세요, 투피르 님. 저자들이 죽은 사람을 어떻게 하는지 우리도 압니다. 아키는 우리의 동료……."

"리산 알 가입을 위해 봉사하다가 죽은 사람에게는 낙원이 보장되어 있소." 프레멘이 말했다.

"당신들이 리산 알 가입을 위해 일하고 있는 것이 사실이라면, 어째서 죽은 자를 위해 울부짖는 것이오? 이렇게 죽은 자에 대한 기억은 인간의 기억이 계속되는 한 영원히 잊히지 않을 것이오."

그러나 하와트의 부하들은 성난 얼굴로 프레멘을 향해 다가왔다. 적에게서 레이저총을 빼앗아 가지고 있던 부하가 총을 꺼내려고 했다.

"당장 그 자리에 멈추지 못해!" 하와트가 소리쳤다. 그는 자신의 근육을 움켜쥐고 놓아주지 않는 피로감을 억지로 억눌렀다. "이 사람들은 우리의 죽은 친구를 존중해 줄 거다. 관습은 서로 다르지만 그 의미는 똑같아."

"저놈들은 아키한테서 물을 짜낼 겁니다." 레이저총을 든 사내가 소리쳤다.

"당신 부하들이 그 의식을 참관하고 싶어 하는 거요?" 프레멘이 물었다.

'이 사람은 지금 문제가 있다는 사실조차 몰라.' 하와트는 생각했다. 이 프레멘이 세상 물정을 너무나 모른다는 사실에 소름이 오싹 끼칠 정도였다.

"내 부하들은 지금 훌륭한 동료를 위해 걱정하고 있소." 하와트가 말했다.

"우린 당신의 동료를 우리 동료와 똑같이 정중하게 대할 것이오. 이것은 물의 맹약이오. 어떤 의식을 치러야 하는지 우리는 잘 알고 있소. 사람의 살은 그 사람 자신의 것이지만, 그의 물은 부족의 것이오."

하와트는 레이저총을 든 부하가 한 발짝 더 앞으로 나오는 것을 보고 재빨리 프레멘에게 말했다. "이제 우리 부상자들을 도와주겠소?"

"맹약을 맺었으니 당연하오. 당신들을 우리 부족과 똑같이 대우해 주겠소. 우선, 당신 부하들에게 모두 사막복과 그 밖에 필수적인 물건들을 지급해야겠소."

레이저총을 든 부하가 제자리에서 멈칫거렸다.

하와트의 보좌관이 말했다. "지금 아키의…… 물로 이들의 도움을 사는 겁니까?"

"사는 게 아냐. 이 사람들과 동맹을 맺은 거다." 하와트가 말했다.

"관습이 서로 다르단 말이지." 부하 한 명이 투덜거리듯이 말했다.

하와트의 긴장이 풀리기 시작했다.

"그럼 우리가 아라킨까지 갈 수 있도록 저들이 도와줄까요?"

"우린 하코넨을 죽일 것이오." 프레멘이 씩 웃으면서 말을 이었다. "그리고 사다우카도." 그는 뒤로 몇 발짝 물러나서 손을 둥글게 오므려 귓가에 대고 머리를 약간 뒤로 젖힌 채 뭔가에 열심히 귀를 기울였다. 이윽고 그가 손을 내리면서 말했다. "비행기가 한 대 오고 있소. 바위 밑에 몸을 숨기고 움직이지 마시오."

하와트가 손짓을 하자 부하들이 프레멘의 말에 따르려고 움직였다.

프레멘이 하와트의 팔을 잡고 부하들이 있는 쪽으로 밀었다. "우리가 싸워야 할 때가 되면 싸울 것이오." 그가 말했다. 그는 로브 밑으로 손을 집어넣어 작은 우리를 하나 꺼내더니 그 안에 들어 있던 짐승을 꺼냈다. 아주 작은 박쥐였다. 박쥐의 눈 역시 온통 파란색이었다.

프레멘이 박쥐를 쓰다듬으며 낮은 소리로 달래듯이 뭐라고 중얼거렸다. 그리고 박쥐의 머리 위로 고개를 숙이고 위를 향해 벌려져 있는 박쥐의 입속에 침 한 방울을 떨어뜨렸다. 박쥐는 날개를 펼쳤지만 날아가지 않고 계속 프레멘의 손 위에 앉아 있었다. 프레멘이 작은 튜브를 하나 꺼내 박쥐의 머리 옆에 갖다 댔다. 그리고 튜브 반대쪽 끝에 입을 대고 재잘거리듯 뭐라고 얘기를 했다. 그러고 나서 손을 높이 들어 올려 박쥐를 공중으로 날려 보냈다.

박쥐는 절벽 옆으로 기운차게 날아가더니 곧 시야에서 사라져버렸다.

프레멘이 우리를 접어 다시 로브 밑으로 집어넣었다. 그리고 고개를 다시 숙인 채 귀를 기울였다. "적들은 저쪽 고지대를 사방으로 돌아다니고 있소. 저기서 뭘 찾고 있는지 모르겠군." 프레멘이 말했다.

"우리가 이쪽으로 후퇴했다는 것이 이미 알려져 있을 거요." 하와트가 말했다.

"항상 쫓기고 있는 사람이 자기뿐이라고 지레짐작해서는 안 되는 법이오. 분지의 반대편을 잘 감시하시오. 뭔가 발견할 수 있을 테니."

시간이 흘렀다.

하와트의 부하 몇 명이 뭐라고 속삭이며 몸을 움직였다.

"겁에 질린 짐승들처럼 아무 소리도 내지 마시오." 프레멘이 숨죽인 소리로 쏘아붙였다.

반대편 절벽에서 뭔가 움직이는 것이 하와트의 눈에 들어왔다. 갈색의 모래 위에서 갈색의 물체들이 형체를 알아보기 힘들 정도로 빠르게 휙휙 움직이고 있었다.

"내 작은 친구가 메시지를 제대로 전한 모양이군. 그놈은 아주 훌륭한 심부름꾼이오. 밤이든 낮이든. 그놈을 잃는다면 아주 슬플 거요." 프레멘이 말했다.

저지대 건너편의 움직임이 잦아들었다. 4, 5킬로미터는 족히 되어 보이는 모래밭에 남은 것이라고는 점점 강렬해지는 한낮의 열기뿐이었다. 아지랑이가 희미하게 어른거렸다.

"이제 절대로 소리를 내서는 안 되오." 프레멘이 낮은 소리로 속삭였다.

반대편 절벽의 갈라진 틈 사이에서 줄지어 터벅터벅 걷고 있는 사람들의 모습이 나타났다. 그들은 곧장 저지대를 가로지르고 있었다. 하와트가 보기에 그 사람들은 프레멘 같았지만 모래 위를 걷는 자세가 이상하게 서툴렀다. 모래언덕을 힘겹게 넘어오고 있는 사람들의 숫자를 세어보니 모두 여섯 명이었다.

탁탁거리는 오니숍터의 날갯소리가 하와트 일행의 뒤편 오른쪽 상공에서 들려왔다. 오니숍터는 절벽을 넘어 그들의 머리 위에 나타났다. 하코넨이 전투 시에 사용하는 색깔을 급하게 칠해 놓은 아트레이데스의 오니숍터였다. 오니숍터가 저지대를 가로지르고 있는 사람들을 향해 먹이를 노리는 매처럼 날아갔다.

사막을 가로지르던 사람들이 모래언덕 꼭대기에 멈춰 서서 손을 흔들었다.

오니숍터가 그들의 머리 위에서 작은 원을 그리며 한번 돌더니 먼지를 뭉게뭉게 피워올리며 프레멘 무리 앞에 착륙했다. 오니숍터에서 남자 다섯 명이 우르르 몰려나왔다. 하와트는 그들이 흙먼지를 물리치기 위해 방어막을 몸에 두르고 있음을 알아보았다. 자신감 넘치는 태도와 움직임을 보아하니 분명 사다우카였다.

"아이! 멍청하게 방어막을 사용하다니." 프레멘이 하와트 옆에서 숨죽인 소리로 투덜거렸다. 그가 저지대의 남쪽을 흘끗 바라보았다.

"저들이 사다우카요." 하와트가 낮은 소리로 속삭였다.

"잘됐군."

사다우카 병사들이 반원형으로 대형을 짜더니 모래언덕 위에 서 있는 프레멘들을 향해 다가갔다. 그들이 꺼내 들고 있는 칼날이 햇빛을 받아 반짝였다. 프레멘들은 한 덩어리로 뭉쳐서 무심하게 서 있었다.

갑자기 사다우카와 프레멘 들 주위의 모래 속에서 다른 프레멘들이 뛰쳐나왔다. 그들은 오니숍터가 있는 곳으로 달려가더니 순식간에 그 안으로 들어갔다. 사다우카와 처음의 프레멘들은 모래언덕 꼭대기에서 맞부딪쳤다. 그러나 먼지구름 때문에 그들의 격렬한 움직임은 잘 보이지 않았다.

이윽고 흙먼지가 가라앉았다. 싸움이 벌어졌던 자리에 서 있는 것은 프레멘들뿐이었다.

"적들은 오니숍터 안에 사람을 세 명밖에 남겨두지 않았소. 우리로서는 다행한 일이오. 우리 편 사람들이 기체에 아무런 손상을 입히지 않고 오니숍터를 탈취한 것 같소." 하와트 옆에 있던 프레멘이 말했다.

하와트 뒤에서 부하 하나가 낮은 소리로 말했다. "저놈들은 사다우카였어요!"

"그들이 얼마나 훌륭한 전사인지 당신도 보았소?" 프레멘이 물었다.

하와트는 깊이 숨을 들이마셨다. 주위에서 모래가 타는 냄새가 났다. 열기와 건조함도 느껴졌다. 그가 주위의 공기만큼이나 건조한 목소리로 말했다. "그렇소. 그들은 정말 훌륭한 전사였소."

프레멘들이 탈취한 오니숍터가 날개를 펄럭이며 공중으로 떠올라 가파르게 상승하며 남쪽을 향했다.

'이 프레멘들이 오니숍터도 조종할 줄 안단 말이지.' 하와트는 생각했다.

멀리 모래언덕 위에서 프레멘 한 명이 네모난 초록색 천을 흔들었다. 한 번…… 두 번.

"적이 더 있소!" 하와트 옆에 있던 프레멘이 소리쳤다. "준비하시오. 이 자리를 떠나기 전에 골치 아픈 일이 더 이상 일어나지 않기를 바랐는데."

'사다우카를 보고 골치 아픈 일이라고!' 하와트는 속으로 생각했다.

서쪽 하늘에서 오니숍터 두 대가 모래밭을 향해 급강하하는 것이 보였다. 그런데 조금 전까지 그 모래밭에 서 있던 프레멘들이 보이지 않았다. 여덟 개의 파란 점들, 즉 하코넨 제복을 입은 사다우카들의 시체만이 그 자리에 남아 있을 뿐이었다.

또 다른 오니숍터 한 대가 하와트 위쪽의 절벽을 넘어 나타났다. 그것을 보고 하와트는 놀라서 숨을 집어삼켰다. 새로 나타난 오니숍터는 커다란 병사 수송선이었다. 날개를 활짝 펼치고 무겁게 천천히 비행하고 있는 것으로 보아 안에 사람이 가득 타고 있는 모양이었다. 마치 둥지를 찾아 날아오는 거대한 새 같았다.

멀리서 하강하고 있던 오니숍터 두 대 중 한 대가 자줏빛 레이저 광선을 내뿜었다. 광선이 '파팟' 하고 먼지를 일으키며 사막을 가로질렀다.

"겁쟁이들!" 하와트 옆에 있던 프레멘이 거칠게 소리쳤다.

병사 수송선이 푸른 옷을 입은 시체들이 있는 곳에 착륙을 시도하고 있었다. 날개가 완전히 펴져서 공기를 잔으로 떠내듯 펄럭이기 시작했다. 급정거를 위한 움직임이었다.

그때 남쪽에서 햇빛이 금속에 반사되어 번쩍이는 것이 하와트의 주의를 끌었다. 오니숍터 한 대가 엔진을 켠 채로 급강하하고 있었다. 날개는 완전히 접혀서 동체 옆에 착 달라붙어 있었고, 제트 엔진에서 뿜어져 나온 황금색 불꽃은 어두운 은회색 하늘을 수놓았다. 그 오니숍터가 병사 수송선을 향해 화살처럼 돌진했다. 병사 수송선은 주위에서 레이저총이 발사되고 있기 때문에 방어막을 켜지 않은 상태였다. 남쪽에서 날아온 오니숍터가 곧장 병사 수송선과 충돌했다.

엄청난 폭음과 불꽃이 분지를 뒤흔들었다. 주위에 늘어서 있는 절벽에서 우수수 돌덩이들이 떨어져 내리고, 병사 수송선과 오니숍터들이 있던 자리에서 오렌지빛 불길이 하늘로 치솟았다. 그 자리의 모든 것이 불타올랐다.

'프레멘들이 탈취한 오니숍터였어. 프레멘 조종사가 병사 수송선을 잡으려고 일부러 자신을 희생한 거야. 세상에! 이 프레멘이란 자들은 도대체 어떻게 생겨 먹은 족속인 거야?' 하와트는 생각했다.

"괜찮은 희생이오. 저 병사 수송선 안에는 틀림없이 병사들이 300명쯤 있었을 거요. 이제 저들의 물을 처리하고 새로 비행기 한 대를 더 빼앗을 계획을 세워야겠군." 하와트 옆에 있던 프레멘이 바위 밑의 은신처에서 밖으로 나가면서 말했다.

그의 앞에 있는 절벽 너머에서 푸른 제복을 입은 사람들이 비처럼 쏟아져 내렸다. 반중력 장치를 약하게 작동시킨 덕분에 그들은 천천히 안전하게 떨어지고 있었다. 하와트는 그들이 사다우카라는 것을 순식간에 알아보았다. 전투의 광기로 얼굴이 굳은 사다우카들은 모두 방어막을 두르지 않았고, 양손에 칼과 약물총을 들고 있었다.

그때 사다우카 병사 한 명이 던진 칼이 하와트 옆에 있던 프레멘의 목에 명중했다. 프레멘이 몸을 비틀면서 얼굴을 아래로 향한 채 바닥에 쓰러졌다. 하와트는 급히 칼을 꺼냈지만 휘둘러볼 틈도 없었다. 약물총에서 발사된 시커먼 물건이 그를 쓰러뜨렸다.

꒛꒜

무앗딥은 정말로 미래를 볼 수 있었다. 그러나 그의 능력에는 한계가 있었음을 분명히 이해해야 한다. 사람들의 시각을 예로 들어보자. 사람의 눈은 빛이 없으면 아무것도 보지 못한다. 또한 계곡 바닥에 서 있는 사람은 계곡 너머에 무엇이 있는지 볼 수 없다. 무앗딥 역시 항상 미래라는 신비스러운 영역을 자기 마음대로 선택해서 볼 수 있는 것이 아니었다. 그는 예언자의 사소한 선택, 예를 들어 예언을 할 때 단어의 선택 같은 것이 미래의 한 측면을 완전히 바꿔놓을 수도 있다고 말한다. 그는 이렇게 말했다. "시간의 비전은 넓다. 그러나 사람이 그 비전을 한번 통과하고 나면, 시간은 좁은 문이 되고 만다." 그는 또한 분명하고 안전한 길을 택하고 싶다는 유혹과 항상 싸우면서 이렇게 경고했다. "그 길은 언제나 정체(停滯)로 이어진다."

—이룰란 공주의 『아라키스의 각성』

오니숩터들이 밤하늘에 나타났을 때 폴은 어머니의 팔을 움켜잡고 소리쳤다. "움직이지 마세요!"

그는 달빛 속에 가장 앞에서 날아오고 있는 오니숩터를 바라보았다. 착륙을 위해 속도를 줄이느라 물잔처럼 움직이는 날개와 조종판 위에서 대담하게 움직이는 조종자의 손이 눈에 보이는 듯했다.

"아이다호예요." 그가 속삭이듯 말했다.

오니숩터들이 둥지를 찾아온 새 떼처럼 분지에 내려앉았다. 먼지가 가라앉기도 전에 아이다호는 오니숩터에서 내려 두 사람을 향해 달려오기 시작했다. 프레멘의 로브를 입은 두 사람이 그의 뒤를 따랐다. 그중 한 명은 폴도 아는 사람이었다. 모래 색깔의 턱수염을 기른 카인즈.

"이쪽이오!" 카인즈가 소리를 지르며 왼쪽으로 방향을 틀었다.

카인즈 뒤에서는 다른 프레멘들이 오니숩터 위에 천을 덮고 있었다. 오니숩터들은 금방 나지막한 모래언덕처럼 변했다.

아이다호가 폴 앞에 이르러 급히 걸음을 멈추고 경례를 했다. "공작님, 프레멘이 근처에 임시 은신처를 갖고 있습니다. 우리가……."

"저 뒤의 저건 뭔가?"

폴이 저 멀리 절벽 위에서 터지고 있는 제트 신호탄과 사막을 가르는 자줏빛 레이저 광선을 가리키며 물었다.

아이다호의 둥글고 차분한 얼굴에 보기 드문 미소가 떠올랐다. "공작님…… 각하, 제가 저놈들에게 조금 놀랄 일을……."

번쩍이는 하얀 섬광이 사막을 가득 채웠다. 태양처럼 밝은 그 빛에 폴 일행의 그림자가 바위 위에 선명하게 새겨졌다. 아이다호가 재빨리 팔을 들어 한 손으로는 폴의 팔을 잡고 다른 팔로는 제시카의 어깨를 끌어안더니 바위 너머 분지로 두 사람을 던지듯 밀었다. 천둥 같은 폭음 속에 세 사람 모두 모래 위로 쓰러졌다. 충격파 때문에 그들이 조금 전까지 서 있던 바위에서 가느다란 조각들이 떨어져 나왔다.

아이다호가 일어나 앉으며 옷에 묻은 모래를 털어냈다.

"설마 가문의 핵무기를 사용한 건 아니겠죠! 난……." 제시카가 말했다.

"저기에 방어막을 박아놓았군." 폴이 말했다.

"아주 큰 놈을 최고 강도로 켜놓았습니다. 레이저총에서 나온 광선이 살짝 건드리기만 하면⋯⋯." 아이다호가 어깨를 으쓱했다.

"아원자 융합 반응이라. 그건 아주 위험한 무기예요." 제시카가 말했다.

"무기가 아닙니다, 부인. 방어죠. 저 쓰레기 같은 놈들은 이제 앞으로는 레이저총을 사용할 때 다시 한번 생각하게 될 겁니다."

오니숍터에서 나온 프레멘들이 그들 위쪽에서 걸음을 멈췄다. 그중 한 명이 낮은 목소리로 그들을 불렀다. "빨리 몸을 숨겨야 하오, 친구."

폴이 자리에서 일어섰다. 아이다호는 제시카가 일어서는 것을 도와주었다.

"저 폭발이 분명히 적의 주의를 끌 겁니다, 각하." 아이다호가 말했다.

'각하라.' 폴은 생각했다.

누군가가 자신을 '각하'라고 부르는 것이 아주 이상하게 느껴졌다. 그에게 각하는 항상 아버지였다.

그는 자신의 예지력이 살짝 머릿속을 스치고 지나가는 것을 느꼈다. 인류가 사는 우주를 혼돈 속으로 몰아넣고 있는 야만적인 종족 의식에 전염된 자신의 모습이 보였다. 온몸에서 힘이 쭉 빠졌다. 그는 불쑥 튀어나온 바위를 향해 분지 가장자리를 따라 자신을 데리고 가는 아이다호의 손에 몸을 맡겨버렸다. 프레멘이 바위 입구에서 압축기를 이용해 모래 속으로 내려가는 길을 열고 있었다.

"행낭을 들어드릴까요, 각하?" 아이다호가 물었다.

"무겁지 않아, 던컨." 폴이 대답했다.

"방어막을 갖고 계시지 않는군요. 제 것을 드릴까요?" 아이다호가 멀리 보이는 절벽을 흘끗 바라보며 말을 이었다. "근처에서 누가 레이저총을 쏠 일은 이제 없을 것 같은데요."

"그냥 방어막을 갖고 있어, 던컨. 자네의 오른팔이 내겐 훌륭한 방어막이야."

제시카는 이 찬사가 아이다호에게 어떤 영향을 미치는지 지켜보았다. 아이다호가 폴에게 더 가까이 다가서는 것이 보였다. '저 아이는 부하 다루는 법을 분명히 알고 있어.'

프레멘들이 바위를 막고 있던 돌을 치우자 사막 원주민들의 지하 기지로 통하는 통로가 나타났다. 입구를 위장하기 위한 은폐물이 준비되어 있었다.

"이쪽이오." 프레멘 한 명이 앞장서서 길을 안내하며 어둠 속으로 뻗어 있는 바위 계단을 내려갔다.

일행이 모두 안으로 들어온 후 입구에 은폐물이 설치되자 달빛이 완전히 사라져버렸다. 앞쪽에서 희미한 초록색 불빛이 켜졌다. 아래로 내려가는 계단과 바위벽, 그리고 왼쪽으로 꺾어지는 길이 보였다. 로브를 입은 프레멘들이 주위를 가득 채운 채 밑으로 향하는 발걸음을 재촉했다. 왼쪽으로 모퉁이를 돌자 다시 내리막길이 나왔다. 길은 거친 동굴 방으로 연결됐다.

카인즈가 주바 망토의 두건을 뒤로 젖히고 일행 앞에 섰다. 그가 입고 있는 사막복의 목 부분이 초록색 불빛 속에서 번들거렸다. 그의 긴 머리와 수염은 엉망으로 헝클어져 있었다. 두꺼운 눈썹 밑의 흰자위가 없는 푸른 눈은 캄캄한 어둠이었다.

폴 일행을 앞에 두고 서서 카인즈는 생각했다. '내가 왜 이 사람들을 돕는 거지? 이건 지금까지 내가 했던 그 어떤 일보다도 위험한 짓인데. 이 사람들 때문에 내가 끝장날 수도 있는데.'

그는 폴을 똑바로 바라보았다. 소년은 이제 어른의 가면을 쓰고 슬픔을 가린 채 자신이 지금 받아들여야 하는 단 하나의 지위, 즉 공작의 직위에만 온 신경을 집중하고 있었다. 그 순간 카인즈는 순전히 이 소년이 존재하기 때문에 공작의 직위도 여전히 존재하고 있다는 것을 깨달았다. 그건 결코 가볍게 넘길 일이 아니었다.

제시카는 방 안을 둘러보며 베네 게세리트 방법을 이용해서 방의 모습을 기억 속에 새겨 넣고 있었다. 이곳은 고대에 만들어진 방처럼 어두운 모서리와 널찍한 공간들로 가득 찬 일종의 실험실이었다.

"아버님이 전진 기지로 삼고 싶어 하셨던 제국의 생태학 실험 기지로군." 폴이 말했다.

'자기 아버지가 원했던 곳이라고!' 카인즈는 생각했다.

이 사람들을 돕는 것이 잘하는 짓인지 다시 회의가 들기 시작했다. '이 도망자들을 도와주는 게 바보짓은 아닐까? 내가 왜 이런 짓을 하는 거지? 지금이라면 이 사람들을 잡아서 쉽게 하코넨의 신뢰를 얻어낼 수 있을 텐데.'

폴은 어머니가 한 대로 방 안을 자세히 살펴보았다. 한쪽 편에 작업대가 놓여 있었고, 바위로 된 벽에는 이렇다 할 특징이 없었다. 작업대 위에는 이런저런 기구들이 가지런히 놓여 있었다. 숫자판들은 빛을 내고, **그리덱스 플레인***에는 홈을 팔 때 쓰이는 유리가 튀어나와 있었다. 주위엔 오존 냄새가 배어 있었다.

프레멘 몇 명이 시야에서 가려진 모서리를 돌아 움직이자 그곳에서 새로운 소리들이 들려오기 시작했다. 기계가 기침을 하는 것 같은 소리, 그리고 회전 벨트와 멀티드라이브가 돌아가는 소리였다.

방의 반대편 끝에 있는 벽에 작은 동물들이 들어 있는 우리가 차곡차곡 쌓여 있는 게 보였다.

"이곳이 어딘지 정확하게 맞히셨습니다. 당신이라면 이런 곳을 무슨 목적으로 이용하시겠습니까, 폴 아트레이데스 님?" 카인즈가 물었다.

"이 행성을 인간이 살기에 알맞은 곳으로 만드는 데 쓰겠소." 폴이 말했다.

'어쩌면 이게 내가 그들을 돕는 이유일 거야.' 카인즈는 속으로 생각했다.

기계 소리가 갑자기 뚝 멈췄다. 침묵 속에서 우리에 들어 있던 짐승들이 끽끽거리는 소리가 가냘프게 들려왔다. 그러나 짐승들조차 당황한 듯 갑자기 조용해져 버렸다.

폴은 우리를 다시 한번 바라보았다. 그 안에 들어 있는 동물은 갈색 날개의 박쥐였다. 자동으로 먹이를 주는 기계가 우리들을 가로지르고 있었다.

프레멘 한 명이 모퉁이 뒤쪽의 가려진 공간에서 나와 카인즈에게 말했다. "리에트, 은폐막 발생 장치가 작동하지 않습니다. 근접 물체 탐지기에 걸리지 않게 이곳을 숨길 수가 없습니다."

"수리할 수 있겠나?" 카인즈가 물었다.

"금방은 안 됩니다. 부품이……." 남자가 어깨를 으쓱했다.

"그렇군. 그럼 기계 없이 버텨보기로 하지. 수동 공기펌프를 지상으로 가지고 가게."

"즉시 시행하겠습니다." 남자가 서둘러 사라졌다.

카인즈가 폴에게 다시 시선을 돌리며 말했다. "당신의 대답은 아주 훌륭했습니다."

제시카는 카인즈의 목소리가 편안하게 울린다는 사실에 주목했다. 그것은 명령을 내리는 데 익숙한 제왕의 목소리였다. 그녀는 또한 프레멘 남자가 그를 리에트라고 불렀다는 사실도 놓치지 않았다. 프레멘 부족의 상징이라고 할 수 있는 리에트가 바로 이 유순한 행성학자의 또 다른 얼굴이었다.

"우리를 도와주신 걸 아주 감사하게 생각하고 있어요, 카인즈 박사." 그녀가 말했다.

"음, 그건 두고 봐야지요." 카인즈가 말했다. 그가 부하에게 고개를 끄덕이며 말을 이었다. "내 거처로 스파이스 커피를 가져오게, 샤미르."

"알겠습니다, 리에트."

카인즈는 방의 한쪽 벽에 나 있는 아치형 출구를 손으로 가리켰다. "가실까요?"

제시카는 허락에 앞서 제왕처럼 당당하게 고개를 끄덕였다. 폴이 아이다호에게 손으로 신호를 보내는 것이 보였다. 이곳에서 경비를 서라는 명령이었다.

그들이 서 있던 곳보다 바닥이 두 발짝쯤 낮은 통로를 따라가자 무거운 문이 나왔다. 그 문 뒤에 황금색 발광구가 밝혀진 사각형 사무실이 있었다. 제시카는 안으로 들어가면서 문을 손으로 쓸어보았다. 놀랍게도 문은 **플래스틸***로 만들어져 있었다.

폴은 방 안으로 세 발짝 걸어 들어가 행낭을 바닥에 내려놓았다. 그리고 등 뒤에서 문이 닫히는 소리를 들으며 방 안을 살펴보았다. 방의 너비는 8미터쯤 되었고 벽은 카레 색깔의 천연 암석이었다. 오른쪽 벽에는 금속제 서류함이 서 있고 노란색 기포가 가득 차 있는 우윳빛 유리로 덮인 나지막한 책상이 방 한가운데를 차지하고 있었다. 그리고 반중력 의자 네 개가 책상 주위를 빙 둘러싸고 있었다.

카인즈가 폴 옆을 지나 의자가 있는 곳으로 가서 제시카를 위해 의자를 빼주었다. 제시카는 자리에 앉으며 폴이 방 안을 조사하고 있음을 확인했다.

폴은 눈을 한 번 깜박거리는 시간만큼 더 서 있었다. 방 안의 공기 흐름이 아주 희미하게 어긋나 있는 것으로 보아 서류함 뒤쪽에 비밀 출구가 있는 것 같았다.

"앉으시지요, 폴 아트레이데스 님." 카인즈가 말했다.

'아주 조심스럽게 내 작위를 피하고 있군.' 폴은 카인즈가 권하는 의자에 앉아, 카인즈가 자리를 잡는 동안 침묵을 지켰다.

"아라키스가 낙원이 될 수 있다는 것을 느끼고 계실 겁니다. 하지만 두 분도 아시다시피 제국이 이곳에 보내는 사람들은 모두 잘 훈련된 병사들뿐입니다. 스파이스를 찾아 헤매는 사람들이죠!"

폴이 공작의 인장이 끼워져 있는 엄지손가락을 들어 올렸다. "이 반지가 보이시오?"

"보입니다."

"이 반지의 의미를 알고 있소?"

제시카가 날카로운 시선으로 아들을 쏘아보았다.

"당신의 아버님은 아라킨의 폐허 속에 시체로 누워 계십니다. 엄밀히 따진다면, 당신이 바로 공작이죠." 카인즈가 말했다.

"난 제국의 병사요. 엄밀히 말해서 당신이 말한 훈련된 병사인 셈이지."

카인즈의 얼굴이 어두워졌다. "황제의 사다우카가 당신 아버님의 시체 위에 서 있는데도 말입니까?"

"나의 법적인 권위는 다른 문제니까."

"아라키스가 권위를 인정하는 방법은 따로 있습니다."

제시카는 다시 카인즈에게 눈길을 돌리며 생각했다. '이 사람에게는 단련되지 않은 강철 같은 힘이 있어……. 지금 우리에겐 강철 같은 사람이 필요해. 폴은 지금 위험한 짓을 하고 있어.'

폴이 입을 열었다. "아라키스에 사다우카가 와 있다는 것은 우리의 친애하는 황제께서 내 아버님을 무척 두려워했다는 증거요. 하지만 이제 패디샤 황제가 두려워해야 할 사람은 바로 내가⋯⋯."

"젊은이, 세상일이 그렇게⋯⋯."

"나를 부를 때는 각하나 공작님이라고 하시오."

'부드럽게 해야 해, 폴.' 제시카는 속으로 중얼거렸다.

카인즈가 폴을 물끄러미 바라보았다. 제시카는 감탄과 즐거움의 표정이 카인즈의 얼굴에 살짝 나타났다 사라지는 것을 지켜보았다.

"각하." 카인즈가 말했다.

"황제에게 난 아주 골칫덩어리지. 전리품으로 아라키스를 나눠 가지려는 모든 사람들에게 골칫덩어리일 거요. 살아 있는 한 나는 계속해서 그렇게 골칫덩어리로 남아 그들의 목구멍에 달라붙어 그들을 질식시켜 죽일 거요!"

"그건 말일 뿐입니다."

폴은 카인즈를 강하게 바라보다가 이윽고 말했다. "여기에는 리산 알 가입의 전설이 있소. 외계에서 온 목소리, 프레멘을 낙원으로 이끌 자. 당신 부하들은⋯⋯."

"미신입니다!"

"그럴지도 모르지. 하지만 그렇지 않을 수도 있소. 때로는 미신이 아주 이상한 것에 뿌리를 박고서 더 이상한 가지를 뻗는 경우도 있소."

"뭔가 계획이 있는 모양이군요. 그건 분명히 알겠습니다⋯⋯ 각하."

"당신네 프레멘들이 여기에 하코넨 제복을 입은 사다우카가 있다는 확실한 증거를 나한테 줄 수 있소?"

"그럴 수 있을 겁니다."

"황제는 이곳을 다시 하코넨에게 맡길 것이오. 어쩌면 짐승 같은 라반이 올지도 모르지. 그러라고 하시오. 일단 황제가 자신의 죄를 부인할 수 없을 정도로 이곳의 일에 관여하고 난 뒤에, 랜드스라드 앞에서 모든 상황을 기록한 문서가 공개될지도 모른다는 생각을 하게 만드는 거요. 그는 거기서 답변을……."

"폴!" 제시카가 소리쳤다.

"랜드스라드 최고 의회가 공작님의 사건을 받아들인다고 가정한다면, 거기서 나올 결과는 한 가지밖에 없습니다. 제국과 대가문들 사이에 전면전이 벌어지는 것이지요." 카인즈가 말했다.

"혼돈이야." 제시카가 말했다.

"하지만 난 먼저 황제에게 상황을 알려주고 그에게 혼돈을 피할 수 있는 대안을 선택할 기회를 줄 것이오." 폴이 말했다.

"협박인가?" 제시카가 아무런 감정이 섞이지 않은 어조로 말했다.

"협박은 정치적인 도구들 중에 하나입니다. 어머니도 전에 그렇게 말씀하셨죠." 폴이 말했다. 제시카는 폴의 목소리에서 분노를 읽을 수 있었다. "황제에게는 아들이 없어요. 오로지 딸뿐이죠." 폴이 말을 이었다.

"황제의 자리를 겨냥하는 거냐?" 제시카가 물었다.

"황제는 전면전으로 제국이 산산조각이 나는 위험을 무릅쓰진 않을 겁니다. 행성들이 폭발하고 사방에 무질서가 판치는 그런 위험을 무릅쓰지는 않을 거예요."

"공작님은 지금 목숨을 건 도박을 제안하고 있습니다." 카인즈가 말했다.

"랜드스라드의 대가문들이 가장 두려워하는 것이 무엇이오? 바로 지금 이곳 아라키스에서 벌어지고 있는 일이오. 사다우카가 대가문을 하나씩 차례로 쳐부수는 것. 그 때문에 랜드스라드가 존재하는 거요. 대가문들은 한데 합쳐야만 제국의 힘에 맞설 수 있소." 폴이 말했다.

"하지만 그들은……."

"그들은 지금 같은 상황을 두려워하고 있소. 아라키스는 그들에게 하나의 상징이 될 것이오. 그들은 동료들과 단절되어 죽임을 당한 내 아버지의 모습에서 자기들의 모습을 보게 될 것이오."

카인즈가 제시카에게 물었다. "공작님의 계획이 효과가 있을 것 같습니까?"

"난 멘타트가 아니에요." 제시카가 말했다.

"하지만 부인은 베네 게세리트입니다."

제시카는 상대를 탐색하는 듯한 시선으로 카인즈를 바라보면서 대답했다. "공작의 계획에는 강점도 있고 약점도 있어요……. 어떤 계획이든 이 단계에서는 다 마찬가지죠. 계획의 구상만큼이나 실행도 중요해요."

"'법은 궁극의 과학이다.'" 폴이 인용했다. "황제의 방문 위에 있는 글귀요. 난 그에게 법을 보여주겠다고 제안하는 것이고."

"저는 이 계획을 구상한 사람을 과연 믿을 수 있을지 자신할 수 없습니다. 아라키스에는 아라키스 나름의 계획이 있습니다. 우리는……."

"내가 황제가 되면 손짓 한 번으로 아라키스를 낙원으로 만들 수 있소. 그것이 나를 지지해 준 당신에게 주는 나의 보상이오."

카인즈의 안색이 딱딱하게 굳었다. "저의 충성심은 함부로 파는 물건이 아닙니다, 각하."

폴은 책상 건너편에 앉은 카인즈의 차갑고 푸른 눈을 똑바로 마주 바라보며 그의 당당한 풍채와 얼굴을 유심히 살펴보았다. 이윽고 그가 냉혹한 미소를 지으며 말했다. "잘 말했소. 내가 사과하겠소."

카인즈는 폴의 시선을 맞받았다. 이윽고 그가 말했다. "하코넨은 단 한 번도 자신의 실수를 인정한 적이 없습니다. 어쩌면 당신은 그들과 다른 건지도 모르겠군요, 아트레이데스 님."

"아마 하코넨은 교육을 잘못 받아서 그럴 거요. 당신은 당신의 충성심이 파는 물건이 아니라고 했지만, 난 당신이 받아들일 수 있는 카드를 갖고 있소. 당신이 내게 충성하는 대가로 나 역시 당신에게 나의 신의를 주겠소…… 완전한 신의를."

'폴에게는 아트레이데스 가문 특유의 진지함이 있어. 거의 순진해 보일 정도로 명예를 중시하지. 그건 정말 강력한 무기야.' 제시카는 생각했다.

그녀는 폴의 말이 카인즈를 뒤흔들어 놓았음을 알 수 있었다.

"이건 말도 안 됩니다. 당신은 어린 소년일 뿐이고……."

"난 공작이오. 난 아트레이데스요. 아트레이데스 가문에 그런 맹세를 깨뜨린 사람은 지금까지 한 명도 없었소."

카인즈가 마른침을 삼켰다.

"내가 말한 완전한 신의라는 것은, 무조건적인 신의를 의미하오. 당신을 위해 내 목숨을 내놓을 수도 있소."

"각하!" 카인즈가 소리쳤다. 가슴속을 쥐어짜는 듯한 목소리였다. 그러나 제시카는 그가 이제 폴을 열다섯 살짜리 소년이 아니라 자신보다 지위가 높은 성인 남자로 보고 있음을 알 수 있었다. 이제 카인즈는 폴을 진심으로 '각하'라고 부르고 있었다.

'저 사람은 지금 당장 폴을 위해 목숨을 내놓으라면 내놓을 거야. 아트레이데스 가문 사람들은 어떻게 이처럼 빨리, 이처럼 쉽게 이런 일들을 해내는 거지?' 제시카는 속으로 생각했다.

"공작님의 말씀이 진심이라는 건 압니다. 하지만 하코……."

그때 폴의 뒤에서 문이 '콰당' 하고 열렸다. 폴이 재빨리 뒤를 돌아보니 문 뒤의 통로에서 격렬한 싸움이 벌어지고 있었다. 고함 소리, 칼날이 부딪치는 소리, 밀랍 인형 같은 사람들의 일그러진 얼굴.

폴은 어머니와 함께 문으로 달려갔다. 아이다호가 통로를 막고 서 있는 것이 보였다. 어른거리는 방어막 뒤로 보이는 그의 눈은 피범벅이었고, 짐승의 발톱 같은 손들이 뒤에서 그를 노리고 있었다. 강철로 된 칼들이 그의 방어막을 뚫기 위해 헛되이 허공을 갈랐다. 약물총에서 발사된 탄환이 방어막에 막혀 튕겨 나가면서 오렌지색 불꽃이 일었다. 붉은 피가 뚝뚝 떨어지는 아이다호의 칼이 획획 소리를 내며 사방을 돌아다녔다.

그때 카인즈가 폴 옆으로 달려왔고 그들은 함께 몸으로 문을 막았다.

폴이 마지막으로 본 것은 하코넨 제복을 입고 떼를 지어 몰려오는 사람들을 막아선 아이다호의 모습이었다. 흑염소의 털 같은 머리카락 속에 죽음의 붉은 꽃이 피어나고, 경련하듯 비틀거리면서도 중심을 잃지 않은 모습이었다. 그러고 나서 문이 완전히 닫혔다. 카인즈가 문에 빗장을 지르는 소리가 들렸다.

"이미 결정은 내려졌군요." 카인즈가 말했다.

"당신들이 기계를 꺼버리기 전에 누군가가 감지를 한 모양이군." 폴이 말했다. 그는 어머니를 문에서 떼어내며 절망으로 가득 찬 그녀의 눈을 바라보았다.

"커피가 오지 않았을 때 벌써 문제가 있다는 것을 감지했어야 하는데." 카인즈가 말했다.

"여기서 도망칠 수 있는 장소를 마련해 놓은 것을 알고 있소. 그걸 이용하는 게 어떻겠소?" 폴이 물었다.

카인즈가 깊이 숨을 들이쉬고 나서 대답했다. "저쪽에서 레이저총만 쓰지 않는다면 이 문이 적어도 20분 정도는 버틸 수 있을 겁니다."

"저들은 혹시 우리가 방어막을 갖고 있는 경우에 대비해서 레이저총을 쓰지 않을 거요."

"저놈들은 하코넨 제복을 입은 사다우카였어." 제시카가 속삭였다.

이제 밖에서 사람들이 규칙적으로 문을 쿵쿵 두드려대는 소리가 들려오기 시작했다.

카인즈가 오른쪽 벽에 서 있는 서류함을 가리키며 말했다. "이쪽입니다." 그가 첫 번째 서류함의 서랍을 열고 그 안에 있는 핸들을 조작했다. 그러자 서류함이 가득한 오른쪽 벽 전체가 회전하면서 검은 터널 입구가 드러났다. "이 문도 플래스틸로 되어 있습니다." 카인즈가 말했다.

"만반의 준비를 갖춰두셨군요." 제시카가 말했다.

"하코넨 치하에서 80년을 살았으니까요." 카인즈는 두 사람을 이끌고 어둠 속으로 발을 들여놓은 뒤 벽을 다시 원래대로 닫았다.

사방이 완전히 어두워졌다. 제시카는 자기 앞쪽의 바닥에서 화살표 모양의 표식이 빛나고 있는 것을 발견했다.

뒤쪽에서 카인즈의 목소리가 들렸다. "여기서 갈라져야겠습니다. 이 벽은 더 튼튼합니다. 적어도 한 시간은 견딜 수 있을 겁니다. 바닥에 있는 저 화살표를 따라가십시오. 두 분이 지나가고 나면 화살표가 꺼질 겁니다. 화살표는 미로를 따라 다른 출구까지 이어져 있는데, 그곳에 제가 오니숍터를 한 대 숨겨놓았습니다. 오늘 밤 사막에는 폭풍이 일어날 겁니다. 그 속으로 들어가서 폭풍 꼭대기로 올라가 함께 움직이는 것이 유일한 살길입니다. 제 부하들이 오니숍터를 훔치려고 폭풍 속에 숨은 적이 있습니다. 폭풍 꼭대기에서 고도를 잃지 않는다면 살아날 수 있을 겁니다."

"당신은 어떻게 할 거요?" 폴이 물었다.

"저는 다른 길로 도망치겠습니다. 제가 잡힌다면…… 뭐, 저는 아직 제국 행성학자니까요. 제가 두 분에게 잡혀 있었다고 말하면 될 겁니다."

'겁쟁이처럼 또 도망을 치는군. 하지만 아버지의 복수를 위해 목숨을 부지하려면 이 방법밖에 없어.' 폴은 문을 향해 돌아섰다.

제시카가 그가 움직이는 소리를 듣고 말했다. "던컨은 죽었어, 폴. 너도 그의 상처를 봤잖니. 지금 네가 그를 위해 할 수 있는 일은 하나도 없어."

"언젠가 이 모든 걸 갚아줄 겁니다." 폴이 말했다.

"그러려면 지금 서두르셔야 합니다." 카인즈가 말했다.

폴의 어깨에 카인즈의 손길이 느껴졌다.

"어디서 다시 만날 수 있겠소, 카인즈?" 폴이 물었다.

"제가 프레멘들을 시켜서 두 분을 찾겠습니다. 폭풍의 경로는 이미 저희가 알고 있습니다. 이제 서두르십시오. 두 분께 위대한 어머니의 가호가 있기를 빌겠습니다."

어둠 속에서 카인즈가 민첩하게 멀어져가는 소리가 들렸다.

제시카가 허공을 더듬어 폴의 손을 잡고 부드럽게 재촉했다. "서로를 놓치면 안 돼."

"네."

그는 어머니의 뒤를 따라 첫 번째 화살표를 지나갔다. 그들의 발이 닿는 순간 화살표가 꺼지는 것이 보였다. 앞에서 또 다른 화살표가 그들을 향해 손짓하고 있었다.

두 사람은 그 화살표를 지나갔다. 그 화살표 역시 저절로 꺼지고 또 다른 화살표가 나타났다.

두 사람은 달리기 시작했다.

'계획 안에 또 계획이 있고, 그 안에 또 계획이 있고, 그 안에 또 계획이 있어. 이제 우리도 누군가가 마련한 계획의 일부가 된 걸까?' 제시카는 속으로 생각했다.

두 사람은 화살표를 따라 요리조리 모퉁이를 돌고 측면에서 희미하게 빛나는 갈림길들을 지나쳤다. 길은 한동안 내리막길이다가 곧 오르막길이 되었다. 그다음부터는 내내 오르막길이었다. 마침내 계단이 나타났다. 그 계단을 지나 모퉁이를 돌자 어둠 속에서 빛나는 벽이 나왔다. 벽 중앙에 달린 검은 손잡이가 보였다.

폴이 손잡이를 밀었다.

벽이 바깥쪽으로 회전하면서 열렸다. 갑자기 앞이 환하게 밝아지면서 바위를 쪼개 만든 동굴이 나타났다. 동굴 중앙에 오니숍터 한 대가 웅크리고 있었다. 오니숍터 뒤로 솟아 있는 평평한 회색 벽에 문의 표식이 붙어 있었다.

"카인즈는 어디로 갔을까?" 제시카가 물었다.

"그 사람은 훌륭한 게릴라 지도자다운 행동을 한 거예요. 일단 두 팀으로 갈라진 다음, 자기가 잡히더라도 우리가 있는 곳을 밝힐 수 없도록 한 것 말이에요. 그 사람도 우리 위치를 정확하게 모를 거예요."

폴은 어머니를 이끌고 동굴 안으로 들어갔다. 두 사람이 발을 내디딜 때마다 바닥에서 먼지가 일었다.

"아주 오랫동안 사람이 이곳에 온 적이 없는 모양이에요."

"카인즈는 프레멘이 우리를 찾을 수 있을 거라고 확신하는 눈치였어."

"그건 저도 마찬가지예요."

폴은 어머니의 손을 놓고 오니숍터의 왼쪽 문으로 다가가 문을 열고 뒷좌석에 행낭을 안전하게 놓았다. "근접 물체 탐지기에 잡히지 않도록 장치가 되어 있어요. 조종판에서 문과 조명을 원격 조종하게 되어 있네요. 하코넨 치하에서 80년을 살면서 일을 철저하게 처리하는 법을 배운 모양이에요."

제시카는 오니숍터의 반대편에 몸을 기대고 가쁜 숨을 골랐다.

"하코넨이 이 지역에 좍 깔려 있을 거야. 그놈들도 바보는 아니니까." 그녀는 잠시 방향을 가늠해 본 다음 오른쪽을 가리키며 말을 이었다. "우리가 봤던 폭풍은 이쪽에 있어."

폴은 고개를 끄덕이며, 이 자리에서 움직이기 싫다는 갑작스러운 충동을 억눌렀다. 그런 충동의 원인은 알고 있었지만, 그걸 안다고 해서 도움이 되지는 않았다. 오늘 밤 어디에선가 그는 갖가지 결정들이 한데 모여 있는 미래의 연결점을 지나 캄캄한 미지의 세계로 발을 들여놓았다. 두 사람을 둘러싸고 있는 시간대는 이미 그가 알고 있는 것이었어도, 지금 이곳의 상황은 그에게 신비의 영역이었다. 마치 멀리서 폴 자신이 계곡으로 들어가 시야에서 사라져버린 것 같았다. 그 계곡을 벗어나는 수많은 길들 중에는 폴 아트레이데스의 모습을 다시 보여줄 길들도 있겠지만 대부분은 그렇지 않았다.

"우리가 여기서 오래 미적거려 봤자 적들이 더 단단하게 준비할 시간을 주는 것밖에 안 돼." 제시카가 말했다.

"들어가서 안전띠를 매세요."

폴은 어머니의 뒤를 이어 오니숍터에 올랐다. 그는 여전히 속으로 지금 이 순간이 예지의 환영 속에서 한 번도 보지 못한 사각지대라는 생각과 씨름하고 있었다. 그런데 어느 순간 그는 갑작스러운 충격과 함께 한 가지 사실을 깨달았다. 자신이 예지의 환영 속에서 본 것들에 너무 의존한 나머지 지금처럼 위급한 상황에서 약한 모습을 보이게 되었다는 깨달음이었다.

베네 게세리트의 격언 중에 '눈에 모든 것을 의존하면 다른 감각이 약해진다'는 말이 있었다. 폴은 이 격언을 되새기며 다시는 이런 함정에 빠지지 않겠다고 다짐했다. 그러나 그건 일단 이 위기를 넘기고 살아남은 다음의 일이었다.

폴은 안전띠를 매고 어머니의 안전띠를 확인한 다음 오니숍터의 상태를 점검했다. 날개는 완전히 펼쳐져 있었고, 날개를 구성하고 있는 섬세한 금속판들도 펼쳐져 있었다. 그는 날개를 접는 조종 막대를 움직인 다음 거니 할렉이 가르쳐준 대로 제트 엔진의 추진력을 이용하여 이륙할 수 있도록 날개의 길이가 줄어드는 것을 지켜보았다. 시동 스위치의 움직임은 부드러웠다. 제트 포드에 동력이 전달되자 조종판 위의 다이얼들이 빛을 내며 살아났다. 터빈이 낮게 쉿쉿거리는 소리를 내기 시작했다.

"준비되셨어요?" 그가 물었다.

"그래."

그가 조명 조종 장치에 손을 갖다 댔다.

어둠이 두 사람을 감쌌다.

문 조종 장치를 움직이는 폴의 손이 빛을 내는 다이얼 위에서 그림자처럼 보였다. 앞쪽에서 뭔가를 가는 것 같은 소리가 들렸다. 모래가 폭포처럼 한바탕 쏟아져 들어오더니 잠잠해졌다. 흙먼지가 섞인 산들바람이 폴의 뺨을 스치고 지나갔다. 오니숍터의 문을 닫자 기체 안의 압력이 갑자기 올라가는 것이 느껴졌다.

문이 있던 자리에는 이제 어두운 밤하늘과 흙먼지 때문에 희미해 보이는 별들이 자리 잡고 있었다. 저 멀리 서 있는 바위 하나가 별빛에 모습을 드러냈다. 땅 위에는 모래 물결이 이는 것 같았다.

폴은 조종판에서 빛을 내는 자동 조종 스위치를 눌렀다. 날개가 아래로 펄럭이며 오니숍터를 밖으로 밀어내기 시작했다. 날개가 이륙 자세로 고정되자 제트 포드에서 에너지가 쏟아져 나왔다.

제시카는 보조 조종판을 가볍게 쓰다듬었다. 폴의 움직임이 아주 자신감 있게 보였다. 그녀는 무서움과 흥분을 동시에 느꼈다. '폴이 그동안 받은 훈련이 이제 우리의 유일한 희망이야. 저 아이의 젊음과 재빠른 판단이.'

폴은 제트 포드에 동력을 더 공급했다. 오니숍터가 위로 떠오르자 압력이 두 사람을 좌석으로 깊이 밀어붙였고, 앞쪽의 별들을 배경으로 어두운 벽이 위로 올라갔다. 폴은 동력의 공급량을 늘렸다. 날개가 더 빠르게 펄럭이며 기체를 들어 올렸다. 오니숍터는 이제 별빛을 받아 은색으로 빛나는 바위들 위에 떠 있었다. 흙먼지 때문에 불그스름한 **두 번째 달***이 오른쪽 지평선 위로 떠올랐다. 그 달빛에 폭풍의 흔적이 리본처럼 모습을 드러냈다.

폴의 손이 조종판 위에서 춤을 추듯 움직였다. 날개가 '찰칵' 소리를 내며 작게 접혔다. 기체가 가파른 각도로 선회하자 엄청난 압력이 피부를 잡아당겼다.

"뒤에 제트 신호탄이 있어!" 제시카가 말했다.

"저도 봤어요."

폴은 동력 레버를 앞으로 세게 밀었다.

오니숍터가 겁에 질린 짐승처럼 펄쩍 뛰어오르면서 사막이 커다란 곡선을 그리고 있는 남서쪽의 폭풍을 향해 튀어 나갔다. 폴은 바닥에 흩어져 있는 그림자들을 보면서 바위들이 어디쯤에서 끝나는지, 그리고 모래언덕 아래 어디쯤 지하 거주지가 자리 잡고 있는지 파악했다. 달빛을 받아 길게 늘어난 손톱 모양의 그림자들 너머로 모래언덕들이 연달아 이어졌다.

그리고 지평선 위로 거대한 폭풍이 납작한 벽처럼 떠 있었다.

오니솝터에 뭔가가 부딪쳤다.

"집중 사격이야! 저놈들이 탄환을 직접 발사하는 무기를 사용하고 있어." 제시카가 놀란 목소리로 소리쳤다.

갑자기 폴의 얼굴에 야수 같은 미소가 떠올랐다. "일부러 레이저총을 사용하지 않는 것 같은데요."

"하지만 우리한텐 방어막이 없어!"

"저놈들은 그걸 모르잖아요."

오니솝터가 다시 한번 요동을 쳤다.

폴이 몸을 비틀어 뒤를 바라보았다. "우리 속도를 따라오는 놈은 하나밖에 없어요."

그는 다시 앞으로 시선을 돌리고, 눈앞에서 점점 높아지는 폭풍의 벽을 지켜보았다. 손으로 만질 수 있을 것처럼 단단해 보였다.

"탄환 발사기, 로켓, 그 밖에 온갖 고대 무기들. 이걸 프레멘들에게 줄 거예요." 폴이 속삭이듯 작은 목소리로 말했다.

"폭풍이야. 방향을 돌리는 게 낫지 않겠니?" 제시카가 말했다.

"우리 뒤의 비행기는 어때요?"

"정지하려는 모양이야."

"지금이에요!"

폴은 날개를 단단하게 접어 넣고, 그냥 보기에는 천천히 움직이고 있는 듯한 폭풍의 벽을 향해 왼쪽으로 기체를 급히 선회했다. 압력이 뺨을 잡아당겼다.

처음에는 서서히 움직이는 흙먼지 구름 속으로 들어가는 것처럼 느껴졌다. 그러나 먼지구름이 점점 짙어지더니 마침내 사막과 달이 모두 시야에서 사라져버렸다. 오니숍터의 기체는 길쭉한 어둠의 덩어리가 되었다. 기체를 밝혀주는 것이라고는 조종판에서 나오는 초록색 불빛밖에 없었다.

제시카의 마음속에 이런 폭풍에 대해 들었던 온갖 경고들이 떠올랐다. 폭풍이 금속 조각을 버터처럼 쉽게 잘라버린다는 얘기도 있었고, 뼈에서 살을 발라내고 나중에는 뼈까지 부숴버린다는 얘기도 있었다. 흙먼지로 가득 찬 바람이 기체를 후려치는 것이 느껴졌다. 폴은 기체의 안정을 유지하기 위해 조종판과 씨름하고 있었다. 폴이 동력을 급하게 줄이는 것이 보이더니, 기체가 덜컹거렸다. 두 사람의 몸을 둘러싸고 있는 오니숍터의 금속 벽이 쉿쉿거리는 소리를 내면서 진동했다.

"모래야!" 제시카가 소리쳤다.

그러나 조종판에서 나오는 희미한 불빛에 폴이 고개를 가로젓는 것이 보였다. "이 정도 높이에는 모래가 별로 없어요."

그러나 그녀는 기체가 엄청난 소용돌이 속으로 점점 더 깊이 가라앉는 것을 느낄 수 있었다.

폴은 기체를 급하게 상승시킬 때처럼 날개를 완전히 폈다. 압력 때문에 날개가 삐걱거렸다. 그는 조종판에 시선을 못 박고 고도를 유지하려고 애쓰면서 본능에 의지해 기체를 조종했다.

기체에 바람이 스치는 소리가 줄어들었다.

오니숍터가 왼쪽으로 기울어지기 시작했다. 폴은 기체의 평형 상태를 보여주는 계기판에 온 신경을 집중한 채 수평을 회복하기 위해 혼신의 힘을 다했다.

제시카는 왠지 기체가 꼼짝도 하지 않는 듯한 느낌에 등골이 오싹해졌다. 움직이는 것이라고는 바깥의 폭풍뿐인 것 같았다. 흐릿한 갈색이 창을 스치며 지나갔다. 웅웅거리는 바람 소리에 오니숍터를 둘러싼 거대한 폭풍의 힘이 실감나게 느껴졌다.

'바람의 속도가 시속 7,800킬로미터라고 했어.' 불안이 그녀의 신경을 갉아먹었다. '두려워해서는 안 된다. 두려움은 정신을 죽인다.' 그녀는 베네 게세리트의 기도문을 소리 없이 외었다.

오랜 세월에 걸친 베네 게세리트의 훈련이 서서히 효과를 발휘하기 시작했다.

마음이 다시 차분하게 가라앉았다.

"우린 호랑이 꼬리를 잡은 셈이에요. 아래로 내려갈 수도 없고 착륙할 수도 없어요……. 폭풍의 힘이 미치지 않는 곳으로 상승할 수도 없을 것 같아요. 폭풍이 가라앉을 때까지 폭풍과 함께 비행하는 수밖에 없어요." 폴이 속삭였다.

차분한 마음이 다시 썰물처럼 사라져버렸다. 제시카는 이가 딱딱 부딪치는 것을 멈추려고 이를 악물었다. 그때 폴의 목소리가 들려왔다. 그는 절제된 목소리로 나지막하게 베네 게세리트의 기도문을 읊조리고 있었다.

"두려움은 정신을 죽인다. 두려움은 완전한 소멸을 초래하는 작은 죽음이다. 나는 두려움에 맞설 것이며 두려움이 나를 통과해서 지나가도록 허락할 것이다. 두려움이 지나가고 나면 나는 마음의 눈으로 그것이 지나간 길을 살펴보리라. 두려움이 사라진 곳에는 아무것도 없을 것이다. 오직 나만이 남아 있으리라."

그대가 경멸하는 것이 무엇인가? 이를 통해 그대가 진정 어떤 사람인지 알 수 있다.

—이룰란 공주의 『무앗딥에 대한 안내서』

"그들은 죽었습니다, 남작님." 경호대장 이아킨 네푸드가 말했다. "여자와 아이, 둘 다 분명히 죽었습니다."

블라디미르 하코넨 남작은 개인 숙소에 있는 반중력 침대 위에서 일어나 앉았다. 아라키스에 착륙해 있는 우주 프리깃함의 내부 공간들이 여러 겹의 껍질을 가진 달걀처럼 그의 거처를 둘러싸고 뻗어 있었다. 그러나 이곳 개인 숙소에서는 벽걸이와 천으로 된 패딩, 그리고 희귀한 예술품 들이 우주선의 차가운 금속 벽을 가리고 있었다.

"틀림없습니다. 둘 다 죽었습니다." 경호대장이 다시 말했다.

남작은 반중력장 속에서 뚱뚱한 몸으로 자세를 바꾸면서 방 건너편의 우묵한 공간에 놓여 있는, 이제 막 뛰어오르려는 소년의 조각상에 시선을 집중했다. 잠 기운이 서서히 사라져갔다. 그는 두툼하게 늘어진 목살 밑의 반중력 장치를 바로잡고, 침실을 밝히고 있는 발광구 너머 문간을 쏘아보았다. 네푸드 대장이 **펜타 방어막***에 가로막혀 더 이상 안으로 들어오지 못하고 거기에 서 있었다.

"틀림없이 죽었습니다, 남작님." 그가 같은 말을 되풀이했다.

남작은 세무타 때문에 네푸드의 눈이 흐릿해져 있는 것을 알아보았다. 이번 일에 대한 보고가 올라왔을 때 네푸드는 틀림없이 세무타의 황홀경에 푹 빠져 있었을 것이다. 보고를 받자 해독제를 먹은 뒤 서둘러 이곳으로 달려온 게 분명했다.

"제가 완전한 보고서를 갖고 있습니다." 네푸드가 말했다.

'땀 좀 흘리게 내버려둬야겠군. 나라를 다스리려면 항상 날카롭게 도구를 준비해 둬야 하는 법이니까. 힘과 공포를 이용해서 날카롭게 다듬는 거야.' 남작은 생각했다.

"두 사람의 시체를 봤나?" 남작의 목소리가 묵직하게 울렸다.

네푸드가 멈칫했다.

"봤어?"

"남작님…… 그들이 모래폭풍 속으로 뛰어드는 것이 목격되었습니다……. 풍속이 800킬로미터를 넘었다고 합니다. 그런 폭풍 속에서는 아무것도 살아남지 못합니다, 남작님. 아무것도요! 우리 비행기 한 대도 그들을 뒤쫓다가 부서져 버렸습니다."

남작은 네푸드를 쏘아보았다. 네푸드가 마른침을 삼킬 때마다 움찔거리는 턱 근육이 보였다.

"시체를 봤나?" 남작이 물었다.

"남작님……."

"도대체 뭣 때문에 그렇게 시끄러운 소리를 내며 여기로 달려온 건가?" 남작이 호통을 쳤다. "확실하지도 않은 일을 확실하다고 말하려고?

내가 그런 바보짓을 칭찬하면서 네놈을 또 승진시켜 줄 거라고 기대한 건가?"

네푸드의 얼굴이 하얗게 질렸다.

'병아리처럼 겁에 질린 저 꼴 좀 보게. 내 주위에는 온통 저렇게 쓸모 없는 바보 녀석들뿐이야. 내가 저놈 앞에 모래를 뿌려놓고 그게 곡식이라고 하면, 저놈은 정말로 모래를 쪼려고 달려들걸.'

"그래, 아이다호란 남자가 우리를 그들이 있는 곳으로 데려다준 거지?" 남작이 물었다.

"옛, 남작님!"

'엉겁결에 대답하는 저 꼬락서니 좀 보라지.' 남작이 속으로 생각하며 말했다. "두 사람이 프레멘에게 도망치려고 했단 말이지?" 남작이 말했다.

"예, 남작님."

"이…… 보고 말고 다른 얘기가 또 있나?"

"제국 행성학자인 카인즈가 이번 일에 관련되어 있습니다, 남작님. 아이다호가 카인즈와 합류한 상황이 아주 이상합니다……. 제가 보기에는 수상쩍다고 해도 될 것 같습니다."

"그래서?"

"그들은…… 저, 아이와 그 어미가 숨어 있음이 분명한 장소로 함께 도망쳤습니다. 그들을 뒤쫓느라고 흥분한 나머지 우리 수색대 병사 몇 명이 레이저총과 방어막의 폭발에 휘말렸습니다."

"몇 명이나 잃었나?"

"저는…… 아직 확실하지 않습니다, 남작님."

'거짓말. 피해가 상당히 심각한 모양이야.'

"이 카인즈라는 제국의 하인 말이야. 그놈이 이중 첩자 짓을 하고 있었단 말이지?” 남작이 말했다.

“제 이름을 걸고 맹세해도 좋습니다, 남작님.”

'그깟 이름 따위!'

“그놈을 죽여버려.” 남작이 말했다.

“남작님! 카인즈는 '제국' 행성학자입니다. 황제 폐하의 신하…….”

“그럼 사고를 당한 것처럼 꾸미면 되잖아!”

“남작님, 프레멘 소굴을 소탕할 때 사다우카가 우리 병사들과 함께 있었습니다. 그들이 지금 카인즈를 데리고 있습니다.”

“사다우카에게서 그놈을 빼앗아 와. 내가 그놈을 신문하고 싶어 한다고 해.”

“사다우카가 반대하면요?”

“네가 일을 제대로 처리한다면, 반대하지 않겠지.”

네푸드가 마른침을 삼켰다. “알겠습니다, 남작님.”

“그놈은 반드시 죽어야 해. 그놈은 내 적을 도우려 했어.”

네푸드가 자세를 바꿨다.

“뭔가?”

“남작님, 사다우카가…… 남작님의 관심을 끌 만한 사람을 두 명 보호하고 있습니다. 그들이 공작의 암살단 단장을 잡았습니다.”

“하와트 말인가? 투피르 하와트?”

“포로를 제 눈으로 직접 확인했습니다, 남작님. 하와트가 틀림없습니다.”

“세상에, 그를 잡을 수 있을 거라고는 생각도 못 했어!”

“사다우카 말이, 그는 약물총에 맞았답니다, 남작님. 방어막을 사용할 수 없는 사막에서요. 그는 사실상 아무런 부상도 입지 않은 상태입니다.

만약 우리가 그를 데려올 수 있다면, 아주 훌륭한 장난감이 될 겁니다."

"하와트는 멘타트야." 남작이 으르렁거리듯이 말했다. "멘타트를 그렇게 낭비할 수는 없지. 그가 입을 열었나? 자기가 패한 것에 대해 뭐라고 했지? 그가 이번 일을…… 아냐, 모르겠지."

"그는 별로 말이 없었지만, 레이디 제시카를 반역자로 생각하고 있다는 건 분명히 알 수 있었습니다, 남작님."

"아아."

남작은 침대에 몸을 깊숙이 묻고 생각에 잠겼다. 이윽고 그가 말했다. "확실해? 그가 레이디 제시카에게 화를 내고 있는 게 확실하단 말이야?"

"그가 제 앞에서 직접 그렇게 말했습니다, 남작님."

"그럼 제시카가 살아 있는 것처럼 속여."

"하지만, 남작님……."

"시끄러워. 하와트에게 친절을 베풀어라. 진짜 반역자인 유에 박사에 대해서는 한마디도 떠들지 마. 유에 박사는 공작을 지키다가 죽은 걸로 해두고. 어떻게 보면 그게 사실이라고 할 수도 있지. 어쨌든 레이디 제시카에 대한 그의 의심을 더욱 증폭시켜야 한다."

"남작님, 전……."

"멘타트를 조종하려면 말이다, 네푸드, 그가 가진 정보를 이용해야 한다. 거짓 정보는 잘못된 결과를 낳지."

"네, 남작님. 하지만……."

"하와트가 먹을 것이나 마실 것을 달라고 하지는 않던가?"

"남작님, 하와트는 아직 사다우카의 손에 있습니다!"

"그래그래, 그렇지. 하지만 사다우카도 하와트에게서 정보를 알아내려고 나만큼 안달하고 있을걸. 내가 우리 동맹의 한 가지 특징을 발견했다, 네푸드. 그들은 속임수에 그리 능하지 않아…… 정치적인 면에서 말이지. 틀림없이 일부러 그놈들을 그렇게 만들었을 거다. 황제가 그렇게 원한 거지. 그래, 틀림없어. 사다우카의 지휘관에게 가서 내가 말을 잘안 하는 놈들에게서 정보를 캐내기로 유명하다는 점을 일깨워줘."

네푸드가 불편한 표정으로 대답했다. "알겠습니다, 남작님."

"그리고 사다우카의 지휘관에게 내가 하와트와 카인즈를 동시에 신문하고 싶어 한다고 말해라. 대질신문을 하겠다고. 그 지휘관이라는 놈도 그 정도는 이해할 수 있겠지."

"알겠습니다, 남작님."

"일단 두 놈이 우리 손에 들어오면……." 남작은 고개를 끄덕였다.

"남작님, 사다우카는 그…… 신문을 하는 동안 자기들도 참관하겠다고 할 겁니다."

"불필요한 참관자들의 주의를 딴 데로 돌려버릴 만한 위급한 사건 하나쯤은 만들어낼 수 있지 않나, 네푸드."

"알겠습니다, 남작님. 그럼, 그때 카인즈가 사고를 당하게 만들면 되겠군요."

"그럼 카인즈와 하와트가 모두 사고를 당한 걸로 해라, 네푸드. 하지만 진짜 사고를 당하는 건 카인즈뿐이야. 내가 원하는 건 하와트니까. 그럼, 원하고말고."

네푸드가 눈을 깜박이며 마른침을 삼켰다. 그는 뭔가 질문하고 싶은 눈치였지만 그냥 침묵을 지켰다.

"하와트에게 음식과 마실 것을 갖다줘. 그에게 공감하는 것처럼 친절하게 대해야 한다. 대신 물에 죽은 파이터 드 브리즈가 개발한 **잠복성 독약***을 넣는 거지. 그리고 지금부터 하와트의 음식에 해독제를 집어넣는 것을 네가 직접 책임진다…… 내가 그만두라고 할 때까지."

"해독제 말씀이죠. 알겠습니다." 그러고는 네푸드가 고개를 가로저었다. "하지만……."

"멍청하게 굴지 마, 네푸드. 공작은 독가스가 든 캡슐 치아로 날 거의 죽일 뻔했어. 내 면전에서 내뿜은 그 독가스가 내 귀중한 멘타트인 파이터를 빼앗아 갔다고. 그를 대신할 사람이 필요해."

"하와트 말씀입니까?"

"그래, 하와트."

"하지만……."

"하와트가 아트레이데스에게 철저히 충성하는 자라고 말하고 싶겠지. 그건 사실이지만 아트레이데스는 죽었다. 이제 우리가 그에게 구애를 해야지. 공작의 죽음이 그의 탓이 아니라는 걸 그에게 반드시 확신시켜야 해. 모두 그 베네 게세리트 마녀의 탓이라고 말이야. 그의 주인은 열등한 자였다. 감정 때문에 이성이 흐려져 버린 자였지. 멘타트들은 감정을 완전히 배제하고 계산할 수 있는 능력을 좋아해, 네푸드. 이제 그 무적의 투피르 하와트에게 우리가 구애를 하는 거다. 하와트는 불행히도 가진 것이 별로 없는 주인을 섬겼지. 그는 멘타트의 당연한 권리인 최고의 추리력을 발휘할 수 있는 기회를 하와트에게 주지 못했어. 하와트라면 여기에 일말의 진실이 들어 있다는 걸 알아차릴 거다. 공작은 일급의 첩자들을 고용할 여유가 없었기 때문에 멘타트에게 필요한 정보를 제공하지 못했으니까." 남작은 네푸드를 쏘아보며 말을 이었다. "우리 자신을 속이려 해서는 안 돼, 네푸드. 진실은 아주 강력한 무기니까. 우리는 우리가 아트레이데스를 어떻게 제압했는지 알고 있지. 하와트 역시 알고 있어. 그건 돈이 있었기 때문이야."

"돈이 있었기 때문이죠. 그렇습니다, 남작님."

"지금부터 하와트에게 구애를 해야지. 우리가 그를 사다우카에게서 숨겨주는 거야. 그리고 만약의 경우를 대비해서…… 독약의 해독제를 언제라도 거둬들일 수 있게 하는 거지. 잠복성 독약을 완전히 제거할 수 있는 방법은 없어. 그리고 네푸드, 하와트가 이 사실을 절대 모르게 해. 해독제는 독약 탐지기에 걸리지 않으니까. 하와트가 자기 음식을 아무리 검사하고 조사해 봐도 독약의 흔적은 조금도 발견하지 못할거다."

네푸드의 눈이 휘둥그레졌다. 이제야 남작의 의도를 이해한 모양이었다.

"뭔가가 없다는 것, 그건 뭔가가 '있는 것'만큼이나 치명적일 수 있지. 공기가 없다면 어떻게 되겠나, 응? 물이 없다면? 그 밖에 사람이 중독되어 있는 어떤 물건이 없다면?" 남작이 고개를 끄덕이며 말을 이었다. "무슨 말인지 알겠나, 네푸드?"

네푸드가 마른침을 삼키며 대답했다. "네, 남작님."

"그럼 서둘러. 사다우카의 지휘관을 찾아서 일을 시작해."

"즉시 시행하겠습니다, 남작님." 네푸드는 몸을 숙여 절하고는 서둘러 그 자리를 떴다.

'하와트를 내 곁에 두게 되다니! 사다우카는 그를 나에게 줄 거야. 설사 그들이 뭔가 의심한다 하더라도, 기껏해야 내가 그를 죽이고 싶어 한다고 생각하겠지. 물론 그 의심을 확인시켜 줘야지! 멍청이들! 하와트는 모든 역사를 통틀어 가장 막강하다는 멘타트야. 사람을 죽이도록 훈련받은 멘타트. 그런 그를 사다우카가 나한테 넘겨줄 거야. 망가뜨려도 상관없는 형편없는 장난감처럼 말이지. 그런 장난감을 얼마나 유용하게 써먹을 수 있는지 내가 보여줄 테다.'

남작은 반중력 침대 옆의 벽걸이 아래로 손을 뻗어 버튼을 눌렀다. 조카 라반을 호출하기 위해서였다. 그는 미소를 지으며 뒤로 등을 기댔다.

'게다가 이제 아트레이데스 놈들은 모두 죽었어!'

저 멍청한 경호대장의 말은 물론 옳았다. 아라키스의 모래폭풍 속에서는 분명히 아무도 살아남을 수 없었다. 오니숍터는 물론…… 그 안에 타고 있는 사람들도 마찬가지였다. 여자와 아이의 죽음은 확실했다. 적절한 곳에 뇌물을 뿌리고, 엄청난 병력을 한 행성에 집중시키기 위해 어마어마한 돈을 지불하고…… 교활한 보고서들을 작성해서 황제의 귀에만 들어가도록 하고, 그 모든 용의주도한 계획들이 이곳에서 마침내 결실을 맺은 것이다.

'힘과 공포. 공포와 힘!'

남작은 자기 앞에 펼쳐진 길을 분명히 볼 수 있었다. 언젠가 하코넨이 황제가 될 것이다. 남작 자신이나 자식은 아니더라도 어쨌든 하코넨이었다. 물론 지금 그가 호출한 이 라반은 아니었다. 라반의 동생인 페이드로타, 바로 그 아이였다. 그 소년에게는 남작이 좋아하는 날카로움이 있었다…… 바로 사나움.

'고 깜찍한 것. 1, 2년만 더 지나면, 그러니까 그 애가 열일곱 살쯤 되면, 하코넨 가문이 옥좌를 차지하는 데 필요한 도구가 될 수 있는지 확실히 알게 될 거야.'

"남작님."

남작의 침실 문에 설치된 방어막 밖에 키가 작고 뚱뚱한 남자가 서 있었다. 좁은 미간과 넓은 어깨는 하코넨 가문 아버지 쪽의 특징이었다. 그의 뚱뚱한 몸에는 아직 단단한 구석이 어느 정도 남아 있었지만, 언젠가 몸무게를 감당하지 못해 휴대용 반중력 장치를 가지고 다니는 신세가 되리라는 것은 누가 보아도 자명했다.

'있는 건 근육밖에 없는 탱크 대가리. 저 녀석은 멘타트도 아니고 파이터 드 브리즈도 아냐. 하지만 지금 그 임무에는 더 적합한 녀석인지도 모르지. 내가 맘껏 한번 해보라고 하면, 저 녀석은 자기 앞에 있는 걸 죄다 갈아버릴걸. 아, 아라키스 사람들이 저 녀석을 얼마나 증오하게 될까!' 남작이 속으로 생각했다.

"내 귀여운 라반." 남작은 침실 문의 방어막을 거뒀다. 그러나 자신의 몸을 감싸고 있는 방어막은 여전히 최고 강도로 켜두었다. 방어막의 어른거림이 침대 옆의 발광구 불빛에 분명히 드러난다는 것을 그는 잘 알고 있었다.

"저를 부르셨습니까?" 라반이 방 안으로 발을 들여놓으며 남작의 몸을 감싸고 있는 방어막 뒤쪽을 흘끗 바라보았다. 반중력 의자가 있는지 찾는 눈치였지만, 방 안에 의자는 하나도 없었다.

"네 얼굴이 잘 보이게 좀더 가까이 오너라." 남작이 말했다.

라반은 한 발짝 더 앞으로 나왔다. 저 망할 놈의 늙은이가 자기를 찾아오는 사람들을 세워두기 위해 일부러 의자를 전부 치워버린 모양이었다.

"아트레이데스 놈들이 모두 죽었다. 한 놈도 남김없이 모두. 내가 너를 여기 아라키스로 부른 것은 그 때문이다. 이제 이 행성은 다시 네 것이 됐어."

라반이 놀란 듯이 눈을 껌벅거렸다. "하지만 파이터 드 브리즈를 이 자리에 세우려고……."

"파이터도 죽었다."

"파이터가요?"

"그래."

남작은 문의 방어막을 다시 켜고, 이 방 안으로 뚫고 들어오려는 모든 종류의 에너지를 차단했다.

"결국 그놈한테 싫증이 나신 모양이군요?" 라반이 물었다.

에너지가 차단된 방에서 그의 목소리는 생기 없고 무미건조하게 들렸다.

"딱 한 번만 말할 테니 잘 들어두어라. 넌 내가 별 볼 일 없는 것을 없애버리듯이 파이터를 제거해 버렸다고 생각하는 모양이지?" 남작이 살찐 손가락을 퉁기면서 말을 이었다. "이렇게 손가락을 비틀듯이 말이야, 응? 난 그렇게 어리석지 않아. 네가 말로든 행동으로든 한 번만 더 나를 그렇게 바보 취급한다면 가만히 있지 않겠다."

라반이 두려운 표정으로 곁눈질을 하며 남작의 눈치를 살폈다. 그는 일정한 한계 내에서 이 늙은 남작이 가족에게 어디까지 할 수 있는지 잘 알고 있었다. 그가 가족을 죽이는 일은 거의 없었다. 엄청난 돈이 걸려 있거나 상대가 남작을 크게 도발한다면 몰라도. 그러나 가족에게 내리는 처벌이 아주 고통스러워질 수도 있었다.

"용서하십시오, 남작님." 라반이 시선을 내리깔며 말했다. 그가 시선을 내린 것은 남작에게 복종하는 모습을 보이기 위한 것인 동시에 분노를 감추기 위한 것이기도 했다.

"날 속일 생각은 하지 마라, 라반." 남작이 말했다.

라반은 여전히 시선을 내리깐 채 마른침을 삼켰다.

"내 중요한 얘기를 하나 해주지. 결코 아무 생각 없이 사람을 제거해서는 안 돼. 법적인 절차에 따른답시고 영지 전체가 나서서 사람을 제거하듯 해서는 안 된단 말이다. 사람을 제거할 때는 항상 무엇보다 중요한 목적이 있어야 한다. 그 목적이 뭔지 네가 확실히 알고 있어야 해!"

라반이 화를 못 참고 대꾸했다. "하지만 백부는 반역자 유에를 제거하셨잖아요! 어젯밤 이곳에 도착했을 때 그의 시체가 끌려 나가는 걸 봤습니다."

라반은 남작을 뚫어지게 바라보았다. 자기가 내뱉은 말에 더럭 겁이 났다.

그러나 남작은 미소를 지으며 입을 열었다. "위험한 무기를 다룰 때 나는 아주 조심을 하지. 유에 박사는 반역자였다. 그가 내게 공작을 넘겨주었어." 남작의 목소리에 힘이 들어가기 시작했다. "내가 수크 학교 출신의 의사를 반역자로 만들었단 말이다! 그 학교의 졸업생을! 알아? 하지만 그런 무기를 아무렇게나 내버려두는 건 위험한 일이지. 내가 공연히 그를 제거한 게 아냐."

"남작께서 수크 학교 출신의 의사를 반역자로 만들었다는 걸 황제도 알고 있습니까?"

'이건 꽤 날카로운 질문인걸. 내가 지금까지 이 애를 잘못 보고 있었던 걸까?' 남작은 속으로 생각했다.

"황제는 아직 모른다. 하지만 분명히 사다우카가 황제에게 보고하겠지. 그러나 사다우카가 보고하기 전에 내가 초암의 채널을 통해 내 보고서를 먼저 황제에게 전달할 거다. 정신 훈련을 받은 척 거짓 행세를 하는 의사를 운 좋게 발견했다고 설명할 거야. 가짜 의사라고 할 거란 말이다, 알겠나? 어느 누구도 수크 학교의 정신 훈련을 꺾을 수 없다고 알고 있으니까 황제도 내 말을 받아들일 거다."

"아아, 그렇군요." 라반이 중얼거렸다.

'그래, 네가 정말로 이해한 거라면 좋겠다. 이 사실이 절대로 밖으로 새어 나가서는 안 된다는 걸 분명히 이해해야 해.' 남작은 갑자기 자신의 행동을 스스로도 이해할 수 없다는 생각이 들었다. '내가 왜 그런 짓을 한 거지? 이 바보 조카 녀석한테 왜 그런 자랑을 늘어놓은 거야? 일단 이용한 다음에 그냥 내버릴 녀석에게?' 남작은 스스로에게 분노를 느꼈다. 배신을 당한 것 같았다.

"절대로 비밀을 지켜야 한다는 말씀이군요. 알겠습니다." 라반이 말했다.

남작이 한숨을 내쉬며 말했다. "이번에는 네게 아라키스에 대해 지난번과 다른 지시를 내리겠다. 지난번 네가 이곳을 다스릴 때는 내가 고삐를 단단히 잡고 있었지. 이번에는 단 한 가지만 요구하겠다."

"예?"

"돈이다."

"돈이라고요?"

"아트레이데스를 압박하기 위해 이만한 군사력을 데려오는 데 우리가 쓴 돈이 얼마나 되는지 알고 있느냐, 라반? 조합이 요구하는 군사 수송 요금이 얼마나 되는지 알기나 해?"

"비싸겠죠?"

"비싸다고!"

남작은 라반을 향해 뚱뚱한 팔을 휙 들어 올렸다. "60년 동안 아라키스에서 벌어들일 수 있는 돈을 한 푼도 남기지 않고 쥐어짠다 해도 간신히 충당할 정도다!"

라반이 입을 벌렸다가 아무 소리 없이 다시 닫아버렸다.

"비싸다니." 남작이 이죽거렸다. "내가 오래전부터 이 비용을 준비하지 않았다면, 우주여행을 독점하고 있는 조합 때문에 우린 파산해 버렸을 거다. 잘 알아둬라, 라반. 우리가 이번 일의 비용을 모두 지불했어. 심지어 사다우카의 수송 비용까지 우리가 냈단 말이다."

남작은 과연 조합을 골탕 먹일 수 있는 날이 언젠가 오기나 할는지 모르겠다고 생각했다. 사실 그가 이런 생각을 하는 것은 이번이 처음이 아니었다. 조합은 교활하고 음흉했다. 그들은 상대가 반대하지 않을 만큼만 돈을 우려내다가, 결국엔 상대를 완전히 손아귀에 움켜쥐고 계속해서 돈을 내놓으라고 강요하는 족속들이었다.

조합은 특히 군사 행동에 대해서는 터무니없는 요금을 요구했다. 유들유들한 조합 대리인들은 그것이 '위험 수당'이라고 말했다. 조합 은행 시스템 안에 이쪽 공작원 한 명을 간신히 들여보내면, 조합은 이쪽 시스템 안에 자기들 공작원 두 명을 들여놓곤 했다.

'도저히 참을 수가 없어!'

"돈을 벌어들이란 말씀이군요." 라반이 말했다.

남작은 팔을 내려 주먹을 쥐었다. "놈들을 쥐어짜야 한다."

"놈들을 쥐어짜기만 하면 제가 무슨 짓을 해도 상관없다는 말씀인가요?"

"그래."

"백부께서 가져오신 대포 말인데요, 제가……."

"대포는 내가 가져갈 거다."

"하지만 백부는……."

"너한텐 그런 장난감이 필요하지 않아. 그건 특별한 목적을 위해 들여왔을 뿐이고 이젠 아무 짝에도 쓸모가 없다. 이젠 금속이 필요해. 대포는 방어막을 뚫지 못한다, 라반. 이번 일에서 남들이 전혀 예상하지 못했던 무기로 쓸모가 있었던 것뿐이야. 공작의 부하들이 이 망할 놈의 행성에서 절벽 속에 있는 그 동굴들로 도망가리라는 건 충분히 예상할 수 있는 일이었지. 우리 대포는 그놈들을 단순히 동굴 속에 가둬버렸을 뿐이다."

"프레멘들은 방어막을 사용하지 않습니다."

"원한다면 레이저총을 몇 개 가져가도 좋다."

"알겠습니다, 남작님. 제 마음대로 행동해도 상관없는 거죠?"

"놈들을 쥐어짜기만 한다면."

라반이 흡족한 미소를 지었다. "무슨 말씀인지 완벽하게 이해했습니다, 남작님."

"네가 완벽하게 이해한 건 하나도 없어." 남작이 으르렁거렸다. "처음부터 분명히 해둬야겠다. 네가 지금 이해한 건 내 명령을 실행에 옮기는 방법뿐이야. 이 행성에 적어도 500만 명의 사람들이 있다는 사실을 한 번이라도 생각해 보았느냐?"

"제가 전에 여기서 행성 총독 대리로 있었다는 사실을 벌써 잊어버리신 겁니까? 그리고 죄송합니다만, 남작님은 이곳의 인구를 너무 낮게 잡고 계십니다. 여기서처럼 저지대와 팬에 이리저리 흩어져 있는 사람들의 숫자를 세는 건 아주 어려운 일이죠. 프레멘을 생각해 보면……."

"프레멘은 생각할 가치도 없는 놈들이야!"

"죄송합니다만 남작님, 사다우카들은 달리 생각하고 있습니다."

남작이 멈칫하며 조카를 뚫어져라 바라보았다. "너 뭔가 알고 있는 게냐?"

"어젯밤 제가 도착했을 때 남작님은 이미 잠자리에 드셨더군요. 저는…… 저, 재량을 발휘해서…… 음, 전에 알던 부하 몇 명을 만나봤습니다. 사다우카의 안내인 노릇을 하고 있더군요. 그놈들 말이 여기에서 남동쪽에 있는 어딘가에서 프레멘 무리가 사다우카 부대 하나를 기습해 전멸시켰다고 합니다."

"사다우카 부대를 전멸시켰다고?"

"예, 남작님."

"말도 안 되는 소리!"

라반이 어깨를 으쓱했다.

"프레멘이 사다우카를 물리치다니." 남작이 이죽거렸다.

"전 제가 들은 말을 그대로 옮겼을 뿐입니다. 들리는 말로는 이 프레멘 부대가 공작의 저 가공할 부하인 투피르 하와트를 먼저 생포해서 데리고 있었다고 하던걸요."

"아아."

남작이 미소를 지으며 고개를 끄덕였다.

"전 제 부하 놈들의 말을 믿습니다. 프레멘이 예전에 얼마나 골칫덩어리였는지 남작님은 전혀 모르십니다."

"그럴지도 모르지. 하지만 네 부하들이 본 건 프레멘이 아니다. 아마 하와트에게 훈련을 받은 아트레이데스의 병사들이 프레멘으로 위장한 걸 거야. 납득이 가는 대답은 그것밖에 없어."

라반이 다시 한번 어깨를 으쓱했다. "그래도 사다우카는 그게 프레멘이었다고 생각하고 있습니다. 그들은 프레멘을 모두 쓸어버릴 작전을 벌써 시작했어요."

"잘됐군!"

"하지만……."

"당분간은 사다우카가 거기에만 정신이 팔려 있겠지. 우린 곧 하와트를 손에 넣을 테고. 틀림없어! 감이 온다! 아, 오늘은 정말 굉장한 날이군! 사다우카가 몇 명 되지도 않는 쓸모없는 사막 놈들을 쫓아다니는 동안 우리는 진짜 물건을 손에 넣는 거야!"

"남작님……." 라반이 인상을 찌푸리며 머뭇거리다가 말을 이었다.

"저는 예전부터 항상 우리가 프레멘을 과소평가했다고 생각하고 있었습니다. 그놈들의 숫자도 그렇고……."

"그놈들은 무시해 버려! 그놈들은 오합지졸이다. 우리한테 중요한 건 사람들이 많이 사는 마을과 도시야. 거기에는 사람들이 아주 많이 살고 있지, 그렇지 않으냐?"

"예, 아주 많습니다, 남작님."

"그놈들이 걱정이다, 라반."

"걱정이라고요?"

"아…… 그놈들 중 90퍼센트는 걱정할 필요가 없지. 하지만 항상 소수의 골칫덩어리들이 있게 마련이야…… 소가문 나부랭이들 따위 말이다. 야망을 갖고 위험한 일을 시도할 가능성이 있는 놈들이지. 만약 그놈들 중 한 명이라도 아라키스를 빠져나가 이곳에서 벌어진 일에 대해 쓸데없는 얘기를 지껄인다면 난 아주 화가 날 거다. 내가 얼마나 화를 낼지 생각이나 해보았느냐?"

라반은 마른침을 삼켰다.

"각 소가문에게 즉시 인질을 하나씩 내놓으라고 해라. 아라키스를 떠나는 모든 놈들에게 이번 일이 정당한 가문 대 가문의 싸움이었다고 가르쳐주도록 해. 사다우카는 이번 일에 전혀 관련이 없는 거다. 알겠어? 우리는 공작에게 관례에 따라 자비를 베풀고 망명을 하라고 제의했지만, 그는 우리 제안을 받아들이기 전에 불행한 사고로 죽어버렸다. 하지만 그는 우리 제안을 받아들일 작정이었다. 이게 그놈들에게 가르쳐줘야 하는 얘기야. 사다우카가 여기 있었다는 소문이 나더라도, 그건 그냥 웃음거리로만 끝나야 한다."

"황제가 원하는 대로 따르겠습니다."

"그래, 황제가 원하는 대로."

"밀수업자들을 어떻게 할까요?"

"밀수업자들의 말은 아무도 믿지 않는다, 라반. 사람들은 그냥 묵인해 주는 거지 그놈들의 말을 믿지는 않아. 어쨌든 그놈들에게 뇌물을 좀 뿌려라……. 그리고 다른 조치들도. 어떤 조치를 취해야 하는지는 너도 충분히 생각해 낼 수 있겠지."

"예, 남작님."

"그럼, 아라키스에서 해야 하는 일이 두 가지구나, 라반. 돈을 짜내는 것과 무자비한 철권 통치. 여기 놈들에게 자비를 베풀어서는 안 된다. 놈들은 하찮은 바보 녀석들이야. 주인을 시기하면서 반란을 일으킬 기회만 노리고 있는 노예들이지. 동정이나 자비심 같은 건 눈곱만큼도 보여줘선 안 된다."

"행성 전체의 인구를 완전히 없애버려도 됩니까?" 라반이 물었다.

"완전히 없앤다고?" 남작이 놀란 기색으로 고개를 홱 돌리며 물었다. "완전히 없애도 된다고 누가 그러더냐?"

"저, 저는 백부께서 사람들을 새로 데려올 생각인 줄……."

"난 쥐어짜라고 했지, 완전히 없애버리라고 하지는 않았다. 사람을 낭비해서는 안 돼. 그냥 그놈들을 몰아붙여서 완전한 굴종을 얻어내기만 하면 된다. 육식 동물처럼 굴어야 해." 그가 미소를 지었다. 보조개가 팬 살진 얼굴에 떠오른 표정이 아기 같았다. "육식 동물은 결코 멈추는 법이 없지. 자비를 베풀지도 말고 멈추지도 마라. 자비는 키마이라 같은 놈이야. 배고픔으로 꼬르륵거리는 배와 갈증으로 울부짖는 목구멍에 제압당하는 놈. 넌 항상 굶주리고 목마른 짐승이 되어야 한다." 남작은 반중력 장치 밑으로 불쑥 솟아오른 살을 쓰다듬으며 말을 덧붙였다. "바로 나처럼."

"알겠습니다, 남작님."

라반이 고개를 돌려 좌우를 살폈다.

"그럼 이제 완전히 이해한 거냐?"

"한 가지는 아직 모르겠습니다. 행성학자 카인즈 말입니다."

"아, 그래, 카인즈."

"그는 황제의 사람입니다, 남작님. 자기 맘대로 오고 갈 수 있는 사람이에요. 게다가 그는 프레멘들하고 아주 가깝습니다……. 프레멘 여자하고 결혼까지 했습니다."

"카인즈는 내일 저녁이 되기 전에 죽을 거다."

"그건 위험합니다, 백부. 제국의 신하를 죽이다니요."

"넌 내가 어떻게 해서 이렇게 빨리 이 자리까지 올 수 있었다고 생각하는 거냐?" 남작이 다그치듯 물었다. 그의 낮은 목소리에는 감히 입 밖에 낼 수 없는 여러 가지 의미들이 포함되어 있었다. "게다가 카인즈가 아라키스를 떠날까 봐 걱정할 필요도 없다. 그가 스파이스에 중독된 몸이라는 걸 잊었느냐?"

"아, 그렇군요!"

"생각이 있는 사람이라면 스파이스 공급원을 위험에 빠뜨릴 짓은 절대 하지 않을 거다. 카인즈도 그건 분명히 알고 있어."

"제가 잊고 있었습니다."

두 사람은 침묵 속에서 서로를 똑바로 바라보았다.

이윽고 남작이 말했다. "그건 그렇고, 너도 나한테 스파이스를 공급하는 걸 가장 먼저 생각해야 한다. 내 개인용으로 비축해 둔 스파이스는 꽤 되지만, 팔려고 저장해 두었던 건 공작 부하들의 자살 공격 때문에 거의 다 없어져 버렸어."

라반이 고개를 끄덕이며 말했다. "알겠습니다, 남작님."

남작의 표정이 밝아졌다. "자, 내일 아침 여기 남아 있는 행정 조직을 끌어모아서 이렇게 발표해라. '우리의 고귀하신 패디샤 황제께서 내게 이 행성의 소유권을 취해 모든 분쟁을 종결짓도록 위임하셨다'라고 말이야."

"알겠습니다, 남작님."

"그래, 이번에는 너도 분명히 무슨 소린지 이해했겠지. 자세한 얘기는 내일 하자. 이제 그만 가봐라. 난 마저 자야겠다."

남작은 문의 방어막을 끄고 조카가 시야에서 사라지는 것을 지켜보았다. '탱크 대가리. 있는 건 근육밖에 없는 탱크 대가리. 저놈이 여기서 마음껏 권력을 휘두르고 나면, 여기 놈들은 피투성이 걸레가 되어 있겠지. 그때 내가 페이드 로타를 보내서 놈들을 해방시켜 주면, 놈들은 자기들을 구출해 준 사람에게 환호를 보낼 거야. 사랑스러운 페이드 로타, 친절한 페이드 로타가 짐승 같은 놈한테서 자기들을 구원해 주었다고 말이야. 페이드 로타의 말이라면 기꺼이 목숨도 내놓을걸. 그때쯤이면 그 아이도 백성들의 반발을 사지 않고 억압하는 법을 알게 되겠지. 틀림없어. 우리에게 필요한 건 바로 그 아이야. 그 애는 앞으로 많은 걸 배우게 될 거야. 게다가 그 몸은 또 얼마나 사랑스러운지. 정말 예쁜 아이야.'

열다섯 살의 나이에 그는 이미 침묵을 배웠다.

─이룰란 공주의 『어린이를 위한 무앗딥 이야기』

폴은 오니숍터의 조종판과 씨름하면서, 자신이 폭풍 속에 여러 방향으로 얽혀 있는 힘들을 따로따로 식별해 내고 있다는 것을 점점 인식하기 시작했다. 멘타트의 능력을 뛰어넘는 그의 머리가 손톱만큼 작고 사소한 것들에 대한 관찰 결과를 바탕으로 계산을 하고 있었던 것이다. 그는 흙먼지 전선과 큰 물결처럼 몰려오는 바람, 난기류가 섞이는 현상, 때때로 생겨나는 바람의 소용돌이 등을 일일이 느낄 수 있었다.

조종판의 초록색 불빛을 받은 기체 내부는 잔뜩 성이 난 사람처럼 날뛰고 있었다. 창밖으로 흘러가는 갈색의 먼지구름들은 아무 형태가 없는 것처럼 보였으나, 그는 마음의 눈으로 먼지의 장막 너머를 꿰뚫어 보기 시작했다.

'소용돌이를 잘 골라야 해.' 그는 생각했다.

한참 전부터 그는 폭풍의 힘이 줄어들기 시작한 것을 느끼고 있었다.

그래도 폭풍은 여전히 오니숍터를 뒤흔들었다. 그는 난기류를 한 번 더 참고 견뎠다.

갑작스럽게 밀려오는 커다란 파도처럼 소용돌이가 생겨나더니 오니숍터 전체를 뒤흔들었다. 폴은 두려움을 억누르며 오니숍터를 왼쪽으로 기울였다.

제시카가 비행기의 평형 상태를 알려주는 계기판을 통해 폴의 움직임을 알아차렸다.

"폴!" 그녀가 비명을 질렀다.

오니숍터가 소용돌이에 휘말려 뒤틀리면서 평형을 잃고 비틀거렸다. 그러고는 분수의 힘에 하늘로 밀려 올라가는 나뭇조각처럼 위로 치솟았다. 두 번째 달의 빛 속에 구불구불한 곡선을 그리며 움직이는 먼지구름의 중심에서 오니숍터는 날개 달린 작은 반점에 지나지 않았다.

폴은 아래를 내려다보았다. 먼지를 잔뜩 품은 뜨거운 바람의 기둥이 오니숍터를 토해 내고, 죽어가는 폭풍이 사막으로 흘러들어 가는 메마른 강처럼 길게 꼬리를 끌며 사라지는 것이 보였다. 오니숍터가 상승 기류를 타고 있었기 때문에, 달빛을 받은 폭풍은 밑으로 점점 작아져갔다.

"벗어났어." 제시카가 속삭이듯이 말했다.

폴은 밤하늘을 주의 깊게 살피면서 오니숍터를 몰아 먼지구름에서 멀어졌다.

"놈들을 따돌렸어요." 그가 말했다.

제시카의 심장이 두방망이질 쳤다. 그녀는 억지로 마음을 가라앉히며 사라져가는 폭풍을 바라보았다. 그녀 자신의 시간 감각에 따르면, 두 사람이 그 자연의 힘의 집합체 속에 있었던 시간은 거의 네 시간쯤 되었다. 그러나 마음 한구석으로는 그 시간이 평생처럼 느껴졌다. 다시 태어난 것 같았다.

'기도문과 똑같아. 우리는 폭풍에 맞서서 저항하지 않았어. 폭풍은 우리 몸을 통과해서, 그리고 우리 곁을 지나서 가버렸어. 하지만 우리는 남아 있어.'

"날개 움직이는 소리가 심상치 않아요. 날개가 손상을 입은 것 같아요." 폴이 말했다.

그는 조종판 위에 올려놓은 손을 통해 상처 입은 기체가 삐걱거리는 것을 느낄 수 있었다. 두 사람이 폭풍을 벗어난 건 사실이었지만, 아직 그가 예지의 환상에서 본 광경 속으로 완전히 들어선 것은 아니었다. 어쨌든 두 사람은 탈출에 성공했다. 폴은 뭔가 계시를 받으려는 사람처럼 온몸이 덜덜 떨리는 것을 느꼈다.

몸이 부르르 떨렸다.

그것은 매력적이면서도 무서운 느낌이었다. 그는 자신의 의식이 이렇게 벌벌 떨고 있는 이유가 무엇인지, 그 의문에 집착했다. 스파이스가 듬뿍 든 아라키스의 음식이 그 이유 중 하나라는 것은 느낄 수 있었다. 그러나 기도문 역시 그 이유 중 하나일지도 몰랐다. 마치 기도문의 말들이 스스로 힘을 지니고 있는 것 같았다.

"나는 두려워해서는 안 된다……."

원인과 결과를 따져보면 이랬다. 그는 적대적인 세력들에 대항해 살아남았다. 그리고 기도문의 마술 같은 힘이 없었다면 도저히 생겨날 수 없었을 자각의 문턱에 긴장한 채 서 있었다.

『오렌지 가톨릭 성경』에 나오는 말이 그의 기억 속에서 크게 울렸다.

'우리 주위를 온통 둘러싸고 있는 또 다른 세상을 보지도 듣지도 못하는 것은 우리에게 어떤 감각이 부족한 까닭인가?'

"주위가 온통 바위투성이야." 제시카가 말했다.

폴은 오니숩터를 조종하는 데 신경을 집중하며 그 느낌을 털어버리려고 고개를 흔들었다. 그는 어머니가 가리키는 곳을 바라보았다. 전방과 오른쪽의 사막 위에 검은 바윗덩어리들이 우뚝 솟아 있었다. 바람이 그의 발목을 스치고 지나가고, 오니숩터 내부의 먼지가 출렁거렸다. 기체 어딘가에 구멍이 난 모양이었다. 역시 폭풍 탓이었다.

"모래 위에 착륙하는 게 좋겠어. 브레이크를 완전히 잡으면 날개가 못 견딜지도 몰라." 제시카가 말했다.

그는 모래바람에 깎인 바위들이 달빛 속에서 모래언덕 위로 솟아 있는 곳을 고갯짓으로 가리키며 말했다. "저 바위 근처에 착륙할게요. 안전띠를 확인하세요."

그녀는 아들의 말에 따르면서 속으로 생각했다. '우린 물과 사막복을 갖고 있어. 음식을 찾을 수 있다면, 이 사막에서 꽤 오랫동안 살아남을 수 있을 거야. 프레멘들도 여기 살고 있잖아. 그들이 할 수 있는 거라면 우리도 할 수 있어.'

"오니숩터가 멈추자마자 저 바위로 뛰어가세요. 행낭은 제가 챙길게요." 폴이 말했다.

"뛰라니……." 그녀는 말을 멈추고 침묵하다가 이내 고개를 끄덕였다. "벌레 때문이군."

"우리 친구 벌레라고 해야죠." 폴이 그녀의 말을 바로잡았다. "모래벌레가 이 오니숩터를 먹어치울 거예요. 그럼 우리가 어디에 착륙했는지 아무 증거도 남지 않죠."

'정말 단도직입적인 사고 방식이군.' 그녀는 속으로 생각했다.

오니숩터가 허공 속에서 미끄러지며 점점 밑으로, 밑으로 내려갔다.

사막에 섬처럼 솟아 있는 바위들과 모래언덕들이 흐릿한 그림자처럼 오니숩터 옆을 휙휙 스치고 지나갔다. 오니숩터는 가볍게 덜컹거리면서 모래언덕 꼭대기에 내려앉아 또 다른 모래언덕이 있는 곳까지 모래 계곡을 미끄러져 갔다.

'모래와의 마찰력을 이용해서 속도를 줄이고 있어.' 제시카는 폴의 조종 능력에 감탄했다.

"충격에 대비하세요!" 폴이 경고했다.

그가 날개 브레이크를 잡아당겼다. 처음에는 부드럽게 잡아당기는가 싶더니 점점 힘이 들어갔다. 날개가 물잔처럼 공기를 가르고 바람이 날개에 부딪혀 비명을 질러댔다.

그런데 폭풍 때문에 손상을 입은 왼쪽 날개가 갑자기 살짝 흔들리면서 위를 향해 비틀려 올라갔다가 안쪽으로 수축해 오니숩터의 동체에 세게 부딪쳤다. 기체가 왼쪽으로 기울어진 채 '끽' 소리를 내며 모래언덕을 미끄러졌다. 그리고 옆쪽에 있는 다른 모래언덕까지 데굴데굴 굴러 내려가 폭포처럼 쏟아져 내리는 모래 속에 코를 박고 나동그라졌다. 부러진 날개가 동체 밑에 깔리는 바람에 오른쪽 날개가 하늘의 별들을 가리키고 있었다.

폴은 안전띠를 재빨리 풀고 어머니의 몸 위쪽으로 몸을 던지다시피 움직여 오니숩터의 문을 억지로 비틀어 열었다. 돌이 타는 듯한 냄새와 함께 모래가 기체 안으로 쏟아져 들어왔다. 그는 뒷좌석에 있는 행낭을 집어 들면서 어머니가 안전띠를 풀었는지 확인했다. 제시카는 오른쪽 좌석 측면에 발을 딛고 밖으로 나와 오니숩터의 금속 동체 위에 섰다. 폴이 행낭을 질질 끌면서 뒤를 따랐다.

"뛰어요!" 그가 명령했다.

그는 모래언덕의 경사면 너머로 탑처럼 솟아 있는 바위를 가리켰다. 바위의 아랫부분은 모래바람에 깎여 있었다.

제시카는 숨터에서 뛰어내려 서둘러 모래언덕을 기어올랐다. 폴이 뒤를 따라오면서 가쁘게 숨을 몰아쉬는 소리가 들렸다. 두 사람은 바위가 있는 곳까지 부드러운 곡선을 그리며 이어진 모래언덕 꼭대기에 올라섰다.

"이 곡선을 따라가세요. 그게 더 빠를 거예요." 폴이 지시했다.

두 사람은 발목이 푹푹 빠지는 모래밭에서 힘겹게 바위가 있는 곳으로 향했다.

뭔가 새로운 소리가 들려오기 시작했다. 작게 속삭이는 듯한 소리, 쉿쉿거리는 소리, 뭔가가 모래에 부딪히며 주르르 미끄러지는 듯한 소리였다.

"벌레예요." 폴이 말했다.

그 소리가 점점 커졌다.

"더 빨리 움직여요!" 폴이 가쁘게 숨을 몰아쉬며 소리쳤다.

모래 위로 비스듬하게 솟아 있는 첫 번째 바위까지 10미터쯤 남았을 때, 두 사람의 뒤쪽에서 금속이 우그러지며 부서지는 소리가 들렸다.

폴은 행낭의 끈을 오른팔로 옮겨 멨다. 그가 달리면서 발을 내디딜 때마다 행낭이 그의 몸을 후려쳤다. 그는 왼손으로 어머니의 팔을 잡았다. 두 사람은 모래바람이 파놓은 구불구불한 길을 따라 자갈이 널려 있는 바위 위로 서둘러 올라갔다. 둘 다 바짝 말라버린 목구멍으로 가쁘게 숨을 몰아쉬고 있었다.

"난 더 이상 못 뛰겠다." 제시카가 숨을 몰아쉬며 말했다.

폴은 걸음을 멈추고 그녀를 바위틈으로 밀어넣은 다음 고개를 돌려 사막을 내려다보았다. 사막 위에 둔덕처럼 불쑥 솟아오른 것이 두 사람이 있는 바위섬과 평행을 이루며 움직이고 있었다. 폴이 있는 곳에서 1킬로미터쯤 떨어진 그 모래 물결 같은 것의 높이는 그의 눈높이와 맞먹을 정도였다. 땅속을 파헤치며 움직이는 모래벌레 때문에 생겨난 그 물결이 지나간 자리에서 납작해진 모래언덕들이 작은 원처럼 곡선을 그리며 두 사람이 망가진 오니숍터를 버려두고 온 지점을 가로질렀다.

벌레가 지나간 자리에 오니숍터의 흔적은 하나도 남아 있지 않았다.

모래 물결이 사막을 향해 나아가다가 다시 방향을 바꿔 지나간 길을 가로질렀다. 뭔가를 찾고 있는 모양이었다.

"조합의 우주선보다 더 커요. 사막 깊은 곳에 사는 모래벌레들은 더 크다는 말은 들었지만 이렇게 클 줄은…… 몰랐어요." 폴이 낮은 소리로 말했다.

"나도 몰랐어." 제시카도 낮은 소리로 말했다.

벌레는 다시 방향을 바꿔 바위에서 멀리 떨어진 지평선을 향해 빠르게 움직이고 있었다. 두 사람은 벌레의 움직임 소리가 완전히 사라지고 주위에서 부드럽게 움직이는 모래 소리만 들릴 때까지 귀를 기울였다.

폴이 깊이 숨을 들이마시면서 달빛에 하얗게 빛나는 절벽을 올려다보았다. 그리고『키탑 알 이바르』*의 한 구절을 인용했다. "'밤에 여행하고 낮에는 검은 그늘 속에서 쉬어라.'" 그가 어머니를 바라보며 말을 이었다. "날이 새려면 아직 몇 시간 남았어요. 더 걸을 수 있겠어요?"

"조금만 쉬고 나서."

폴은 바위 위의 널찍한 공간으로 나가 행낭을 어깨에 메고 끈 길이를 조절했다. 그리고 파라컴퍼스를 꺼내 들고 잠시 들여다보았다.

"준비되면 말씀하세요." 폴이 말했다.

제시카는 바위틈에서 몸을 일으켰다. 몸에 힘이 다시 돌아오는 것이 느껴졌다. "어느 방향이니?"

"이 바위 능선이 이어진 방향으로요."

"사막 깊숙이 들어가는 거구나."

"프레멘의 사막이죠."

폴은 순간 멈칫했다. 칼라단에서 보았던 예지의 환영 속 이미지가 뚜렷하게 떠올랐기 때문이다. 그때 그는 이 사막을 보았다. 그러나 환영 속의 사막은 그 모양이 약간 달랐다. 마치 눈으로 본 이미지가 기억 속에서 약간 변형되어 실제의 모습과 다르게 각인된 것 같았다. 그 자신은 꼼짝도 하지 않았는데, 환영 속의 이미지가 약간 방향을 바꿔 다른 각도에서 다가온 것 같았다.

'환영 속에서는 아이다호가 우리와 함께 있었어. 하지만 지금 아이다호는 죽었어.'

"어디로 가야 할지 몰라서 그러는 거니?" 제시카가 물었다. 그가 제자리에서 머뭇거리는 이유를 잘못 이해한 모양이었다.

"네. 하지만 그래도 가야 해요."

그는 어깨에 멘 행낭을 더 단단하게 고정시키고서 모래바람이 깎아놓은 바위틈으로 힘차게 발을 내디뎠다. 바위틈은 달빛을 반사하는 널찍한 바위 표면으로 이어져 있었고, 그 위에 선반처럼 튀어나온 다른 바위들이 남쪽으로 치솟아 있었다.

폴은 선반 모양의 바위 중 첫 번째 바위 위로 올라갔다. 제시카가 그의 뒤를 따랐다.

그녀는 눈앞에 나타나는 바위 모양에 따라 요리조리 길을 바꿀 수밖에 없다는 사실을 곧 깨달았다. 바위와 바위 사이에 모래가 고여 있는 주머니 같은 공간에서는 발걸음이 느려졌고, 바람에 깎인 바위를 잡다가 손을 베기도 했으며, 바위가 길을 막고 있는 곳에서는 바위를 넘어갈 것인지 다른 곳으로 돌아서 갈 것인지 결정해야 했다. 이 땅이 고유의 리듬과 법칙을 두 사람에게 강요하고 있는 것 같았다. 두 사람은 필요할 때만 입을 열었다. 바위를 기어오르는 게 너무 힘들었기 때문에 목소리가 갈라져 나왔다.

"조심하세요. 여기 튀어나온 바위가 모래 때문에 미끄러워요."

"머리 위의 바위에 부딪치지 않게 조심해."

"이 바위 밑으로 움직이세요. 달이 등 뒤에 있기 때문에 바위 위로 올라갔다가는 움직임이 그대로 드러날 거예요."

폴은 바위가 완만한 곡선을 그리고 있는 곳에서 걸음을 멈추고 행낭을 등에 진 채 선반처럼 튀어나온 좁은 바위에 등을 기댔다.

제시카도 그의 옆에서 바위에 등을 기댔다. 조금이나마 쉴 수 있는 것이 다행이었다. 폴이 사막복의 튜브를 잡아당기는 소리가 들리자 그녀도 옷 속에 저장되어 있던 물을 조금 마셨다. 물은 정말 맛이 없었다. 그녀는 칼라단에 있던 커다란 분수를 떠올렸다. 그곳에서는 분수에서 뿜어 올려진 물이 하늘의 일부를 가려버릴 정도로 물이 풍부했다. 그러나 그때는 물이 풍부하다는 사실을 생각한 적이 없었다……. 분수 옆에서 걸음을 멈출 때마다 분수의 모양이나 물에 비친 풍경이나 물소리만 보고 들을 뿐이었다.

'그렇게 걸음을 멈추고 쉴 수 있었으면……. 정말로 쉴 수 있었으면.'

잠깐 동안이라도 걸음을 멈출 수 있는 것 자체가 축복이라는 생각이 들었다. 걸음을 멈출 수 없는 곳에는 축복도 없었다.

폴이 바위에서 몸을 떼고 방향을 돌려 위로 기울어 있는 바위로 올라갔다. 제시카는 한숨을 쉬며 폴의 뒤를 따랐다.

두 사람은 널찍한 바위 위로 미끄러져 내렸다. 그리고 이 울퉁불퉁한 땅이 강요하는 불규칙한 리듬에 맞춰 다시 걷기 시작했다.

제시카는 둥근 자갈과 얇은 바위 파편, 둥근 모래, 거친 모래, 고운 가루 같은 흙먼지 등을 발과 손 밑에 느끼며 다양한 크기의 그것들이 밤을 꽉 채우고 있는 것 같다는 생각을 했다.

고운 먼지 가루 때문에 코에 끼우는 필터가 막혀서 입으로 먼지를 불어 제거해야 했다. 함부로 발을 내디뎠다가는 딱딱한 표면 위를 굴러다니는 둥근 모래와 자갈 때문에 넘어지기 십상이었다. 얇은 바위 파편은 피부에 상처를 입혔다.

그리고 바위틈마다 가득 차 있는 모래 때문에 자꾸만 발걸음이 느려졌다.

폴이 널찍한 바위 위에서 갑자기 걸음을 멈췄다. 그리고 뒤따라오던 어머니가 그에게 부딪칠 뻔한 것을 붙잡아 주었다.

그가 왼쪽을 가리켰다. 그녀는 자신들이 절벽 꼭대기에 서 있으며, 200미터쯤 아래쪽에 사막이 조용한 바다처럼 펼쳐져 있다는 것을 알았다. 사막은 달빛을 받아 은빛으로 반짝이는 물결 같은 무늬들로 가득 차 있었다. 각진 그림자들이 어느새 둥그런 곡선으로 바뀌고, 멀리 우뚝 솟아 있는 잿빛 바위들이 흐릿하게 보였다.

"정말 광활한 사막이군." 그녀가 말했다.

"갈 길이 멀어요." 폴이 말했다. 얼굴을 가린 입마개 때문에 목소리가 흐릿하게 들렸다.

제시카는 좌우를 둘러보았다. 발밑에는 모래뿐이었다.

폴은 커다란 모래언덕들이 펼쳐져 있는 앞쪽을 똑바로 바라보며, 달의 움직임에 따라 사막 위의 그림자들이 변하는 것을 지켜보았다. "3, 4킬로미터는 걸어야겠어요.”

“벌레는?”

“틀림없이 있겠죠.”

제시카는 피곤을 느꼈다. 근육이 아파서 감각이 무뎌지고 있었다. “여기서 쉬면서 뭘 좀 먹을까?”

폴이 행낭을 어깨에서 내리면서 바닥에 주저앉아 행낭에 등을 기댔다. 제시카는 폴의 어깨에 손을 대고 몸무게를 지탱하면서 그 옆에 무너지듯 주저앉았다. 그녀가 자세를 잡는 동안 폴이 몸을 돌려 행낭 안을 뒤지는 소리가 들렸다.

“여기요.”

폴이 에너지 캡슐 두 개를 그녀의 손바닥에 쥐여주었다. 그의 손이 바짝 마른 것처럼 느껴졌다.

그녀는 캡슐을 삼키기 위해 사막복에 저장된 물을 억지로 참고 마셨다.

“물을 전부 마시세요. 물을 저장하는 데 가장 좋은 장소는 바로 몸이라는 격언이 있죠. 물을 마시면 더 힘을 낼 수 있어요. 사막복을 믿으세요.”

그녀는 폴의 말대로 집수 주머니에 있는 물을 모두 마셨다. 다시 기운이 나는 것이 느껴졌다. 피곤에 지쳐 이렇게 쉬고 있는 순간이 너무나 평화롭다는 생각이 들었다. 언젠가 음유 시인이자 전사인 거니 할렉이 한 말이 생각났다. ‘희생과 투쟁으로 가득 찬 집보다 조용하게 메마른 음식을 한 입 먹을 수 있는 곳이 더 낫다.’

제시카는 이 말을 폴에게 들려주었다.

“거니답네요.” 그가 말했다.

그녀는 폴이 죽은 사람에 대해 이야기하는 것 같은 어조로 말했음을 눈치챘다. ‘그래, 불쌍한 거니도 벌써 죽어버렸는지도 모르지.’ 아트레이데스 가문 사람들은 모두 죽거나 적의 포로가 되었거나, 아니면 자신들처럼 물도 없는 황무지를 헤매는 신세가 되었을 터였다.

"거니는 언제나 상황에 딱 맞는 인용구를 알고 있었어요. 지금 그가 이 자리에 있었다면 이렇게 말했을 거예요. '내가 강을 메마르게 하고, 그 땅을 사악한 자들의 손에 팔아 넘길 것이니라. 내가 이방인들의 손으로 이 땅과 그 안에 있는 모든 것을 황무지로 만들고 말리라.'"

제시카는 눈을 감았다. 아들의 목소리에 서려 있는 슬픔 때문에 금방이라도 눈물이 날 것 같았다.

잠시 후 폴이 말했다. "몸은 좀…… 어떠세요?"

그녀는 그가 임신을 한 자신의 몸 상태에 대해 묻고 있다는 것을 깨달았다. "네 여동생이 태어나려면 아직도 여러 달이 남았다. 나는 아직…… 신체적으로 아무 문제 없어."

'내 아들인데 이렇게 딱딱한 말투를 쓰다니!' 그러나 그녀는 곧 이상한 일이 생겼을 때에는 내부에서 그 답을 찾아야 한다는 베네 게세리트의 방법에 따라 자신의 내부를 살펴보았다.

'난 지금 내 아들을 두려워하고 있어. 저 애가 낯설게 느껴지는 게 무서운 거야. 저 애가 우리 앞에 뭐가 있는지 보고, 내게 어떤 얘기를 해줄지 그게 두려운 거야.'

폴은 두건을 눈 위로 당겨쓰고, 이리저리 재빠르게 움직이고 있는 밤벌레들의 소리에 귀를 기울였다. 그 자신의 침묵이 가슴을 가득 채웠다. 코가 간질간질했다. 그는 코를 문지른 다음 필터를 뺐다. 계피 냄새가 강하게 코를 찔렀다.

"근처에 멜란지 스파이스가 있어요." 그가 말했다.

솜털 같은 바람이 폴의 뺨을 스치고 지나가며 옷깃을 흔들었다. 그러나 폭풍을 알리는 바람은 아니었다. 그는 벌써 바람의 차이를 구분할 수 있었다.

"곧 날이 밝을 거예요." 그가 말했다.

제시카가 고개를 끄덕였다.

"광활한 사막을 안전하게 건널 수 있는 방법이 있어요. 프레멘들이 쓰는 방법이죠."

"모래벌레는?"

"프렘 행낭에 들어 있는 모래 막대기를 여기 바위에 꽂아놓으면, 그게 한동안 벌레를 묶어둘 거예요."

그녀는 자신들이 있는 곳과 저 멀리 보이는 바위들 사이에 펼쳐져 있는 사막을 바라보았다.

"4킬로미터를 가는 시간만큼?"

"아마 그럴 거예요. 그리고 우리가 사막을 건너면서 '자연스러운' 소리만 낸다면, 그러니까 벌레의 주의를 끌지 않는 소리만 낸다면……."

폴은 광활하게 펼쳐져 있는 사막을 바라보며 머릿속에 기억된 예지의 환영들을 뒤졌다. 그리고 프렘 행낭 안의 안내서에 기록되어 있던 모래 막대기와 창조자 작살을 암시하는 것을 환영 속에서 본 적이 있는지 되새겨보았다. 그는 벌레를 생각할 때마다 자신이 느끼는 것이 온몸을 파고드는 두려움뿐이라는 사실이 이상하게 느껴졌다. 의식의 가장자리 어디에선가 그는 모래벌레가 두려워해야 할 대상이 아니라 존중해야 할 대상이라는 것을 알고 있었다. 다만…… 다만…….

그는 고개를 흔들었다.

"리듬이 맞지 않는 소리를 내야 하는 거구나." 제시카가 말했다.

"예? 아, 예. 불규칙한 박자로 걸으면…… 모래 자체가 원래 가끔 흘러

내리잖아요. 아무리 모래벌레라도 작은 소리가 날 때마다 달려올 수는 없죠. 하지만 그 방법을 시도하기 전에 충분히 쉬어야 해요."

그는 저 멀리 보이는 바위벽을 바라보며 그곳에 수직으로 비친 달빛의 그림자를 통해 시간을 가늠했다. "동이 틀 때까지 한 시간도 안 남았어요."

"어디서 낮을 보낼 생각이니?"

폴이 왼쪽을 가리켰다. "저기 북쪽에 있는 절벽에서요. 저기가 바람에 깎여 있으니까, 저쪽이 바람 불어오는 쪽이라는 걸 아시겠죠? 저기에 깊은 틈이 있을 거예요. 아주 깊은 틈이."

"이제 출발해야 하지 않을까?"

폴이 자리에서 일어나 그녀가 일어서는 것을 도와주었다. "바위를 내려갈 수 있을 만큼 충분히 쉬셨어요? 야영을 하기 전에 사막 표면에 가능한 한 가까이 가고 싶은데요."

"그래, 충분히 쉬었어." 그녀는 폴에게 앞장서라는 뜻으로 고개를 끄덕여 보였다.

그는 잠시 망설이다가 행낭을 들어 어깨에 메고 절벽을 따라 방향을 잡았다.

'반중력 장치가 있으면 좋을 텐데. 그러면 저 아래로 간단히 뛰어내릴 수 있을 텐데. 하지만 이 광활한 사막에서는 반중력 장치도 쓰면 안 되는 물건인지 모르지. 방어막처럼 모래벌레를 불러들일지도 몰라.' 제시카는 생각했다.

두 사람은 선반처럼 튀어나온 바위들이 연달아 밑으로 이어져 있는 곳에 도착했다. 그 바위들 뒤로 또 다른 바위에 갈라진 틈이 보였다. 그 틈의 윤곽과 거기까지 이어진 길이 달빛에 드러났다.

폴이 앞장서서 조심스럽게 그 틈새를 따라 밑으로 내려갔다. 달이 질 때가 가까워졌기 때문에 그는 서두르고 있었다. 구불구불한 틈을 따라 내려갈수록 어둠이 더욱 짙어졌다. 어렴풋이 윤곽만 보이는 바위들이 하늘의 별빛과 맞닿아 있었다. 틈은 점점 좁아졌다. 희미한 잿빛 모래비탈이 시작되는 지점에서는 너비가 10미터쯤 되는 것 같았다. 모래비탈은 아래쪽의 어둠 속으로 기울어 있었다.

"내려갈 수 있겠니?" 제시카가 낮은 소리로 물었다.

"그런 것 같아요."

그는 한쪽 발로 비탈의 표면을 시험해 보았다.

"미끄럼을 타듯이 내려가면 되겠어요. 제가 먼저 내려갈게요. 제가 멈추는 소리가 들릴 때까지 기다리세요."

"조심해."

폴은 비탈에 발을 딛고 부드러운 표면 위를 미끄러져, 모래가 단단하게 뭉쳐서 거의 평평한 표면을 이루고 있는 바닥까지 내려갔다. 높은 바위들이 벽처럼 사방을 에워싸고 있었다.

그의 뒤쪽에서 모래가 미끄러져 내려오는 소리가 들렸다. 그는 어둠 속에 잠겨 있는 비탈 위를 바라보려다가 하마터면 폭포처럼 쏟아져 내리는 모래에 밀려 쓰러질 뻔했다. 모래 움직이는 소리가 잦아들었다.

"어머니?"

대답이 없었다.

"어머니?"

그는 행낭을 바닥에 팽개치고 비탈로 몸을 던져 서둘러 기어올라 가며 미친 듯이 모래를 파헤쳤다. "어머니!" 그가 가쁜 숨을 몰아쉬며 소리쳤다. "어머니, 어디 계세요?"

또다시 모래가 폭포처럼 쏟아져 내리는 바람에 엉덩이까지 모래 속에 묻혀버렸다. 그는 몸을 비틀어 모래 속에서 빠져나왔다.

'어머니는 모래 사태에 걸려서 그 안에 묻혀버린 거야. 침착하고 조심스럽게 이 문제를 해결해야 해. 어머니가 바로 질식하지는 않을 거야. 산소 필요량을 줄이기 위해 **빈두 가사 상태***에 빠져 계실 테니까. 내가 어머니를 찾으려고 모래를 파헤치리라는 걸 알고 계실 거야.'

폴은 어머니에게서 배운 베네 게세리트 방법을 이용해서 정신없이 뛰고 있는 심장을 조용히 가라앉히고 마음을 비웠다. 지난 몇 분 동안 일어난 일을 차분하게 되새겨보기 위해서였다. 그의 기억 속에서 모래의 움직임이 아주 작은 부분까지도 그대로 재생되었다. 기억을 모두 떠올리는 데는 1초도 걸리지 않았다. 그동안 그의 마음은 아주 조용하고 차분한 상태를 유지했다.

이윽고 폴은 비탈을 따라 올라가면서 조심스럽게 모래 속을 더듬었다. 마침내 밖으로 휘어 있는 바위벽이 손에 잡혔다. 그는 또다시 모래 사태가 일어나지 않도록 조심스럽게 모래를 파헤치기 시작했다. 천 조각 하나가 손에 들어왔다. 그 천 조각을 계속 따라가자 사람의 팔이 나왔다. 그가 팔의 윤곽을 따라 부드럽게 모래를 파헤치자 어머니의 얼굴이 밖으로 드러났다.

"제 말 들리세요?" 그가 속삭였다.

대답이 없었다.

그는 모래를 더 빨리 파헤치기 시작했다. 그녀의 어깨가 밖으로 나왔다. 그의 손 아래에서 그녀의 몸이 축 늘어져 있었다. 그러나 심장이 느리게 뛰고 있는 것이 느껴졌다.

'빈두 가사 상태야.'

그는 어머니의 허리까지 모래를 파헤쳐, 그녀의 팔을 어깨에 두르고 천천히 밑으로 잡아당기기 시작했다. 처음에는 천천히 시작해서 최대한 속도를 높이는데, 위쪽의 모래가 다시 흘러내리기 시작하는 것이 느껴졌다. 그는 숨을 몰아쉬면서 어머니를 더욱더 빨리 잡아당겼다. 균형을 잃지 않으려고 애쓰며 마침내 단단한 바닥에 다다른 그는 어머니를 어깨에 둘러메고 비틀거리며 뛰기 시작했다. 모래 비탈 전체가 굉음을 울리며 무너져 내렸다. 주위에 늘어선 바위벽들 때문에 모래 소리가 메아리처럼 크게 울렸다.

그는 그 바위틈이 끝나는 지점에서 발을 멈췄다. 30미터 아래 사막의 모래언덕들이 내려다보이는 곳이었다. 그는 어머니를 부드럽게 모래 위에 내려놓고 가사 상태에서 끌어내기 위한 말을 중얼거렸다.

어머니가 천천히 깨어나며 점점 깊이 숨을 들이쉬었다.

"네가 날 찾아낼 줄 알았어." 그녀가 속삭였다.

그는 바위틈을 올려다보았다. "그러지 않는 게 더 나을걸 그랬어요."

"폴!"

"행낭을 잃어버렸어요. 적어도…… 100톤은 되는 모래 속에 묻혀버렸다고요."

"전부 다?"

"여유분으로 있던 물, 사막 텐트…… 중요한 건 전부 다요." 그는 주머니에 손을 갖다 대면서 말을 이었다. "파라컴퍼스는 남아 있어요." 그가 계속해서 허리띠를 더듬었다. "칼하고 쌍안경도요. 우리가 죽을 자리가 어떤 곳인지 충분히 둘러볼 수는 있겠네요."

그 순간 바위틈이 끝나는 곳 뒤의 왼쪽 어디에선가 태양이 지평선 위로 떠올랐다. 광활한 사막에서 갖가지 색깔들이 깜박거렸다. 바위들 사이에 숨겨진 공간에서 새들이 합창하듯 노래를 불렀다.

그러나 제시카의 눈에 보이는 것은 절망에 빠진 폴의 얼굴뿐이었다. 그녀가 경멸 섞인 날카로운 어조로 말했다. "내가 널 이렇게 가르쳤니?"

"아직도 모르시겠어요? 우리가 여기서 살아남는 데 필요한 모든 물건이 모래에 묻혀버렸다고요."

"넌 날 찾아냈어." 그녀가 말했다. 이번에는 부드럽고 조용한 목소리였다.

폴은 쪼그려 앉았다.

이윽고 그는 새로 생겨난 모래비탈을 자세히 올려다보며 모래가 느슨하게 쌓여 있음을 확인했다.

"저 비탈의 작은 부분과 모래에 난 구멍을 움직이지 않게 한다면 행낭이 있는 곳까지 굴을 팔 수 있을지도 몰라요. 물이 있으면 모래를 뭉치게 할 수 있을 텐데, 그럴 물이 충분하지 않으니……." 그가 잠시 말을 끊었다가 다시 입을 열었다. "그래, 거품."

제시카는 그가 엄청난 속도로 생각을 이어나가는 데 방해가 되지 않게 가만히 있었다.

폴은 사막의 모래언덕들을 바라보며 눈과 코로 뭔가를 찾았다. 마침내 그가 아래쪽 사막에서 모래가 검게 변해 있는 부분에 주의를 집중했다.

"스파이스. 스파이스의 정수는 강한 알칼리성이야. 나한테 파라컴퍼스가 있지. 그 전원 상자는 산성이 기반이고."

제시카는 똑바로 일어나 앉아 바위에 등을 기댔다.

폴은 어머니를 무시하고 벌떡 일어나 바위틈의 끝에서 사막까지 이어져 있는 단단한 모래언덕을 내려가기 시작했다.

그녀는 폴이 걷는 것을 지켜보았다. 폴은 일부러 불규칙하게 발을 내

딛고 있었다. 한 발짝 내딛고 멈췄다가…… 한 걸음, 두 걸음…… 미끄러지고…… 멈추고…….

그의 걸음걸이에는 리듬이 전혀 없었기 때문에 먹이를 노리는 모래벌레라도 사막의 모래가 아닌 뭔가 다른 것이 여기서 움직이고 있다는 사실을 전혀 모를 것 같았다.

폴은 스파이스 덩어리가 있는 곳에 도착하자 스파이스를 한 움큼 떠서 로브에 담고 바위틈이 있는 곳으로 돌아왔다. 그는 스파이스를 제시카 앞의 모래밭에 쏟아놓고 쪼그리고 앉아 칼끝을 이용해서 파라컴퍼스를 분해하기 시작했다. 컴퍼스의 뚜껑이 떨어져 나왔다. 그는 허리띠를 풀어 컴퍼스의 부품들을 올려놓은 다음 전원 상자를 꺼냈다. 그리고 숫자반을 움직이는 장치도 마저 떼어냈다. 이제 남은 것은 텅 빈 접시 모양의 컴퍼스 껍데기뿐이었다.

"물이 필요할 거야." 제시카가 말했다.

폴은 목에 있는 집수 주머니에서 물을 한 모금 빨아 접시 위에 뱉었다.

'만약 이게 실패한다면 저 물은 그냥 낭비한 게 되겠구나. 하지만 실패한다면 물 따위는 별로 문제가 되지도 않겠지.' 제시카는 생각했다.

폴은 칼로 전원 상자의 껍데기를 잘라 열고 그 안의 결정체들을 물속으로 쏟았다. 거품이 조금 일어나다가 가라앉았다.

제시카의 눈에 위쪽에서 뭔가 움직이는 것이 보였다. 위를 올려다보니 바위틈의 가장자리에 매들이 줄지어 앉아 있었다. 그들은 공기 중에 노출된 물을 뚫어져라 쳐다보고 있었다.

'세상에! 저렇게 먼 곳에서도 물을 느낄 수 있다니!' 제시카는 속으로 생각했다.

폴은 파라컴퍼스의 뚜껑을 다시 덮고 리셋 버튼이 있던 곳을 그냥 구명으로 남겨두었다. 그는 새로 개조한 컴퍼스와 스파이스 한 줌을 양손에 각각 들고 바위틈으로 다가가 모래 비탈의 모양을 살폈다. 허리띠를 풀어버렸기 때문에 로브가 파도처럼 부드럽게 물결쳤다. 그가 힘겹게 비탈을 오르기 시작했다. 발밑으로 모래가 개울처럼 흘러내리며 흙먼지가 일었다.

이윽고 그가 걸음을 멈추고 스파이스를 아주 조금 나침반에 넣은 다음 컴퍼스를 흔들었다.

리셋 버튼이 있던 곳을 통해 초록색 거품이 부글부글 흘러나왔다. 폴은 비탈 위에 거품을 뿌리고 그 아래쪽의 모래를 발로 차서 파기 시작했다. 그리고 비탈 표면에 거품을 더 부어 모래알들을 고정했다.

제시카가 그의 아래쪽으로 다가가서 소리쳤다. “도와줄까?”

“올라와서 모래를 파세요. 한 3미터쯤 파야 해요. 금방 찾을 수 있을 거예요.” 그가 말을 하는 동안 컴퍼스에서 흘러나오던 거품이 멈췄다.

“서두르세요. 이 거품이 모래를 얼마나 오랫동안 붙들어 둘 수 있을지 모르니까요.”

제시카는 재빨리 비탈을 올라갔다. 그동안 폴은 리셋 버튼이 있던 구멍 속으로 스파이스를 조금 더 집어넣고 컴퍼스를 흔들었다. 다시 거품이 부글거리며 흘러나오기 시작했다.

폴이 거품으로 모래 장벽을 만드는 동안 제시카는 손으로 모래를 팠다. “얼마나 깊이 파야 해?” 그녀가 숨을 몰아쉬며 물었다.

“3미터쯤요. 행낭이 어디 있는지 대충 짐작할 수밖에 없어요. 어쩌면 구멍을 더 넓혀야 할지도 몰라요.” 그가 한 발짝 옆으로 물러섰다. 그의 발 밑에서 모래가 조금 흘러내렸다. “뒤쪽으로 비스듬하게 구멍을 파세요. 똑바로 내려가지 말고요.”

제시카는 폴의 말에 따랐다.

천천히 구멍이 깊어지면서 분지의 바닥과 높이가 같은 지점이 드러났다. 그런데도 행낭의 흔적은 보이지 않았다.

'내가 계산을 잘못한 걸까? 애당초 겁에 질려서 이런 실수를 저지른 건 바로 나야. 그 때문에 내 능력이 뒤틀려버린 걸까?' 폴은 속으로 질문을 던졌다.

컴퍼스에는 이제 산성 혼합액이 60그램도 남아 있지 않았다.

제시카가 구멍에서 허리를 펴고 거품이 묻은 손으로 뺨을 문질렀다. 그녀의 눈이 폴의 눈과 부딪쳤다.

"위쪽 경사면요. 조심하세요." 폴이 말했다. 그는 컴퍼스에 스파이스를 조금 더 넣고 제시카의 손 주위에 거품을 뿌렸다. 그동안 그녀는 구멍의 위쪽 경사면을 수직으로 파 들어가기 시작했다. 그녀가 두 번째 손놀림을 했을 때 마침내 뭔가 단단한 것이 잡혔다. 그녀는 그 물건 주위의 모래를 천천히 파냈다. 플라스틱 버클이 달린 끈이 모습을 드러냈다.

"더 이상 그걸 움직이지 마세요." 폴이 거의 속삭이듯 낮은 목소리로 말했다.

"거품이 다 떨어졌어요."

제시카는 한 손으로 끈을 잡고 폴을 올려다보았다.

폴이 텅 빈 컴퍼스를 분지 바닥에 던져버리고 나서 말했다. "끈을 잡지 않은 손으로 제 손을 잡으세요. 이제 제 말을 잘 들으셔야 해요. 제가 어머니를 측면 아래쪽으로 잡아당길 거예요. 절대 그 끈을 놓치지 마세요. 위에서 쏟아져 내리는 모래는 그리 많지 않을 거예요. 이 비탈 자체는 안정되어 있으니까요. 제가 할 수 있는 건 어머니의 머리가 모래에 파묻히지 않게 하는 것뿐이에요. 일단 저 구멍에 모래가 다 차면, 제가 모래를 파서 어머니와 행낭을 끌어낼게요."

"그래, 알았다."

"준비됐어요?"

"준비됐어." 그녀는 끈을 잡은 손가락에 힘을 주었다.

폴이 단번에 그녀를 구멍 밖으로 반쯤 끌어냈다. 거품으로 만들어둔 모래 장벽이 무너지면서 모래가 흘러내리기 시작했다. 폴은 손으로 어머니의 머리를 받쳤다. 모래의 움직임이 멈췄을 때 제시카는 허리까지 모래에 파묻혀 있었다. 왼팔과 왼쪽 어깨도 모래 밑에 있었지만 턱은 폴의 로브 자락에 감싸여 있었다. 모래 무게 때문에 그녀의 어깨가 아파왔다.

"끈이 아직 내 손에 있어." 그녀가 말했다.

폴은 그녀 옆의 모래 속으로 천천히 손을 집어넣어 끈을 찾았다. "둘이 똑같이 힘을 주는 거예요. 끈이 끊어지면 안 돼요."

그들이 행낭을 끌어내는 동안 모래가 더 흘러내렸다. 끈이 밖으로 나오자 폴은 모래를 파헤쳐 어머니를 꺼내주었다. 그리고 둘이 힘을 합쳐 행낭을 아래쪽으로 잡아당겼다.

몇 분이 지난 후 두 사람은 행낭을 함께 끌어안은 자세로 바위틈 바닥에 서 있었다.

폴이 어머니를 바라보았다. 그녀의 얼굴과 옷에 거품이 묻어 있었고, 거품이 말라붙은 곳에는 모래가 더께로 달라붙어 있었다. 마치 누군가가 물에 젖은 초록색 모래로 만든 공을 그녀에게 수없이 던져댄 것 같았다.

"어머니 꼴이 엉망이에요." 폴이 말했다.

"너도 그리 예쁜 모습은 아냐."

두 사람은 큰 소리로 웃어대기 시작했다. 그러나 곧 냉정을 되찾았다.

"이런 일이 일어나서는 안 되는 거였는데. 제가 부주의했어요." 폴이 말했다.

그녀는 어깨를 으쓱했다. 옷에 달라붙어 있던 모래가 떨어져 나가는 것이 느껴졌다.

"제가 텐트를 세울게요. 어머니는 로브를 벗어서 좀 터는 게 좋겠어요." 그가 행낭을 들고 돌아섰다.

제시카는 고개를 끄덕였다. 갑자기 대답도 할 수 없을 정도로 피곤이 몰려왔다.

"바위 위에 텐트 기둥을 꽂았던 구멍이 있어요. 누군가가 전에 여기 텐트를 세웠던 모양이에요."

'왜 아니겠어?' 제시카는 옷을 털면서 생각했다. 이곳은 야영을 하기에 좋은 장소였다. 높은 바위벽들이 사방을 둘러싸고 있는 데다가 4킬로미터쯤 떨어진 곳에는 절벽이 또 하나 있었다. 그리고 모래벌레를 피할 수 있을 만큼 사막에서 떨어져 있으면서도, 나중에 쉽게 사막으로 내려갈 수 있는 높이였다.

그녀는 몸을 돌려 다시 폴을 바라보았다. 텐트는 이미 세워져 있었다. 둥글게 반구형으로 세워진 텐트가 주위의 바위벽들과 같은 색을 띠고 있었다. 폴이 그녀의 옆을 지나가며 쌍안경을 들어 올렸다. 그는 재빨리 쌍안경의 내부 압력을 조절한 뒤, 광활한 사막 건너편에서 아침 햇살을 받아 황금빛으로 빛나는 절벽에 **오일 렌즈***의 초점을 맞췄다.

제시카는 폴을 지켜보았다. 폴은 묵시록에 나오는 것 같은 주위 풍경을 관찰하며 모래의 강과 협곡을 살피고 있었다.

"저쪽에 식물이 자라고 있어요." 그가 말했다.

제시카는 텐트 옆에 놓인 행낭 안에서 여벌의 쌍안경을 찾아 폴 옆으로 다가갔다.

"저쪽이에요." 폴이 한 손에 쌍안경을 들고 다른 손으로 식물이 자라는 곳을 가리켰다.

그녀는 그가 가리키는 방향을 살펴보았다.

"기둥선인장이야. 앙상한걸."

"근처에 사람이 있을지도 몰라요."

"식물 실험 기지의 폐허인지도 몰라." 그녀가 주의를 주었다.

"여긴 사막 남쪽으로 상당히 깊숙이 들어온 지점이에요." 그는 쌍안경을 눈에서 내리고 입마개 조절 장치를 만지작거렸다. 입술이 말라서 갈라진 것이 느껴졌다. 먼지 냄새와 함께 갈증도 느껴졌다.

"여기엔 프레멘 구역 같은 분위기가 있어요."

"프레멘이 우리에게 호의를 보여줄 거라고 확신할 수 있을까?"

"카인즈가 프레멘을 시켜 우리를 돕겠다고 약속했어요."

'하지만 이 사막 사람들에게는 뭔가 필사적인 데가 있어. 이젠 나도 왠지 그런 기분이 좀 들어. 그렇게 필사적인 사람들이라면 우리 몸속의 물을 얻기 위해 우리를 죽여버릴지도 몰라.' 제시카는 생각했다.

그녀는 눈을 감고 이 황무지와 대비하여 칼라단을 떠올렸다. 칼라단에서 레토 공작과 함께 휴가 여행을 간 적이 있었다. 폴이 태어나기 전이었다. 두 사람은 오니숍터를 타고 남부의 정글 위를 날아갔다. 잡초가 무성하게 자란 지역과 벼가 자라고 있는 델타 지역도 지나갔다. 초록색 풍경 속에서 사람들이 반중력 부표를 장착한 장대를 어깨에 메고 개미처럼 줄지어 이동하며 짐을 옮기는 광경도 보았다. 바다에서는 하얀 꽃잎 같은 돛들이 펄럭이고 있었다.

그 모든 것이 지나간 일이었다.

제시카는 눈을 떴다. 사막의 정적과 점점 뜨거워지는 낮의 열기가 그녀의 앞에 있었다. 휴식을 모르는 열기의 악마들 때문에 광활한 사막의 대기가 가늘게 떨리기 시작했다. 맞은편에 있는 바위의 모습은 싸구려 유리를 통해 보이는 물체 같았다.

바람에 실려온 모래가 커튼처럼 바위틈의 아래쪽을 스치고 지나갔다. 절벽 꼭대기에서 날아오르기 시작한 매들과 아침의 산들바람 때문에 모래가 계속 스치는 소리를 내며 떨어졌다. 모래가 떨어지는 게 멈췄을 때에도 그녀의 귀에는 모래 스치는 소리가 계속 들렸다. 그 소리는 점점 커졌다. 한 번 들으면 결코 잊을 수 없는 소리였다.

"벌레예요." 폴이 조그맣게 말했다.

소리는 두 사람의 오른쪽에서 들려오고 있었다. 주위의 어느 것에도 개의치 않는 그 당당한 소리를 무시하기는 어려웠다. 모래벌레가 땅속을 파헤치며 지나가는 바람에 생긴 구불구불한 흔적이 모래언덕들을 가로질렀다. 그 흔적의 앞부분이 솟아오르더니 배가 지나갈 때 바다에 생기는 물결 같은 무늬가 생겨났다. 그러고 나서 그 흔적은 왼쪽으로 방향을 꺾어 사라져버렸다.

소리가 점점 줄어들다가 마침내 완전히 사라졌다.

"제가 본 우주 프리깃함 중에는 저것보다 작은 것들도 있었어요." 폴이 낮은 소리로 말했다.

제시카는 계속해서 사막 건너편을 노려보며 고개를 끄덕였다. 벌레가 지나간 자리에는 모래가 파인 자국이 유혹처럼 남아 있었다. 그 흔적이 그들 앞에서 가차 없이 끝없이 이어지며 지평선 아래로 두 사람을 부르는 듯했다.

"쉬고 난 다음에 네 훈련을 계속해야겠다." 제시카가 말했다.

폴은 발칵 치솟아 오르는 화를 억누르며 말했다. "어머니, 그런 건 하지 않아도……."

"오늘 넌 겁에 질려서 이성을 잃어버렸어. 네가 네 머릿속의 생각들과 **빈두*** 신경을 나보다 더 잘 알지는 몰라도, 네 몸의 **프라나*** 근육에 대해서는 아직도 배울 게 많은 것 같다. 때로는 몸이 제멋대로 움직이는 경우가 있어, 폴. 그리고 난 그걸 네게 가르쳐줄 수 있다. 넌 네 몸의 모든 근육과 모든 섬유 조직을 통제하는 법을 배워야 해. 네 손에 대해서도 검토해 봐야 하고. 우선 손가락 근육과 손바닥의 힘줄, 손끝의 민감도에 대한 훈련부터 시작하자." 그녀는 몸을 돌리면서 말을 이었다. "텐트 안으로. 지금."

그는 왼손 손가락을 구부렸다 폈다 하면서 어머니가 텐트 안으로 기어 들어가는 것을 지켜보았다. 어머니의 결정을 돌릴 수 없다는 것, 그리고 자신도 어머니의 생각에 동의하지 않을 수 없다는 것을 그는 알고 있었다.

'지금까지 나에게 저질러진 일이 무엇이든 간에 나 역시 그것과 한패였어.' 그는 속으로 생각했다.

손을 검토한다니!

그는 자신의 손을 바라보았다. 모래벌레 같은 생물과 비교해 볼 때 그 손은 정말 무기력해 보였다.

꧁꧂

우리는 우리 같은 생명체에겐 낙원이나 다름없는 칼라단에서 왔다. 칼라단에서는 육체를 위한 낙원도, 마음을 위한 낙원도 세울 필요가 없었다. 우리 주위에서 온통 그 실제를 볼 수 있었으니까. 그 대가로 우리는 인간들이 이런 낙원을 얻기 위해 언제나 지불해야 했던 것을 지불했다. 우리는 연약해졌으며 날카로움을 잃어버렸다.

─이룰란 공주의 『무앗딥: 대화』

"그래, 당신이 그 위대한 거니 할렉이로군."

할렉은 둥근 동굴 같은 사무실 맞은편의 금속 책상에 앉아 있는 밀수업자를 노려보며 서 있었다. 남자는 프레멘의 로브를 입고 있었으며, 반쯤 푸른 눈은 그의 식사에 아라키스가 아닌 다른 행성의 음식이 섞여 있음을 알려주고 있었다. 사무실은 우주 프리깃함의 중앙 조종실을 그대로 복제해 놓은 듯한 모습이었다. 통신 장비와 스크린들이 30도쯤 원호를 그리고 있는 벽을 따라 놓여 있고, 무기 원격 조종 시스템과 발사 장치가 바로 옆에 있었다. 책상은 벽의 나머지 곡선의 일부로 벽에서 불쑥 튀어나온 모양을 하고 있었다.

"내가 스타반 튜엑이오. 에스마르 튜엑의 아들이지." 밀수업자가 말했다.

"그러면 우리가 받은 도움에 대해 내가 감사를 표해야 하는 대상이 바로 당신이군." 할렉이 말했다.

"아아, 고맙단 말이지. 앉으시오." 밀수업자가 말했다.

우주선에서 사용하는 들통 모양의 의자가 스크린 옆의 벽에서 튀어나왔다. 할렉은 한숨을 쉬며 그 위에 주저앉았다. 피곤했다. 밀수꾼 옆의 어두운 책상 표면에 자신의 얼굴이 비쳤다. 울퉁불퉁한 얼굴에 피곤이 배어 있는 모습에 인상이 찌푸려졌다. 턱 선을 따라 나 있는 잉크덩굴의 흉터가 같이 꿈틀거렸다.

할렉은 책상에 비친 자신의 모습에서 시선을 떼어 튜엑을 바라보았다. 이제 보니 그가 아버지와 많이 닮았음을 알 수 있었다. 아버지처럼 그의 눈썹도 두툼했고 뺨과 코는 바위처럼 평평했다.

"당신 아버지가 하코넨에게 죽임을 당했다는 얘기를 당신의 부하들에게서 들었소." 할렉이 말했다.

"하코넨이 죽였거나 아니면 당신네 반역자가 죽였겠지."

분노 때문에 할렉은 잠시 피곤을 잊었다. 그가 몸을 똑바로 세우며 말했다. "반역자가 누군지 알고 있소?"

"확실히는 모르오."

"투피르 하와트는 레이디 제시카를 의심했소."

"아, 그 베네 게세리트 마녀…… 그럴지도 모르지. 하지만 하와트는 지금 하코넨에게 사로잡혀 있소."

"나도 들었소." 할렉이 심호흡을 하며 말을 이었다. "아무래도 우리가 적을 죽이기 위해 거래를 해야 할 것 같군."

"우린 상대의 주의를 끄는 일은 절대로 하지 않을 것이오."

할렉이 자세를 뻣뻣하게 굳히며 말했다. "하지만……."

"우리가 구출한 당신 부하들과 당신에게는 기꺼이 은신처를 제공해 주겠소. 당신은 내게 고맙다고 했소. 좋소. 그렇다면 일을 해서 그 빚을 갚으시오. 솜씨 좋은 사람들을 쓸 곳은 얼마든지 있으니까. 그러나 만약 당신이 하코넨에 대해 노골적으로 적대적인 행동을 하는 기미가 조금이라도 보인다면, 당장 당신들을 제거해 버리겠소."

"하지만 그들이 당신 아버지를 죽였잖소!"

"그랬는지도. 만약 그렇다면, 생각 없이 행동하는 사람들에게 아버지가 했던 말을 그대로 당신에게 들려주겠소. '돌은 무겁고 모래도 무겁다. 그러나 바보의 분노는 그 두 가지 것보다 더 무겁다.'"

"그럼 아무 짓도 안 할 작정이란 말이오?" 할렉이 비웃듯이 말했다.

"난 그런 말은 한 적 없소. 단지 조합과의 계약을 지키겠다고 했을 뿐. 조합은 우리에게 신중하고 용의주도한 행동을 요구하고 있소. 적을 없애는 방법은 많소."

"아……."

"이제 이해한 모양이군. 그 마녀를 추적하고 싶다면 마음대로 하시오. 하지만 아마 이미 너무 늦었을 것이오……. 그리고 우리는 당신이 찾는 반역자가 그 여자가 아닐지도 모른다고 생각하고 있소."

"하와트가 실수를 한 적은 거의 없었소."

"하지만 하코넨에게 잡히고 말았지."

"그가 반역자라고 생각하는 거요?"

튜엑은 어깨를 으쓱했다. "이건 탁상공론일 뿐이오. 우리는 그 마녀가 죽었다고 생각하고 있소. 적어도 하코넨은 그렇게 믿고 있지."

"하코넨에 대해 아주 많은 것을 알고 있는 것 같군."

"여기저기서 얻은 힌트와 암시들…… 소문과 육감, 뭐 그런 것들이지."

"우린 모두 일흔네 명이오. 정말로 당신에게 우리가 협력하기를 바라는 거라면, 당신은 우리 공작님이 죽었다고 믿는 게 분명하오."

"공작의 시체를 목격한 사람이 있소."

"그럼 그 아들…… 어린 폴 도련님도?" 할렉은 침을 삼키려고 했지만 목이 메어서 그럴 수가 없었다.

"우리가 마지막으로 들은 말에 의하면, 그는 자기 어머니와 함께 사막의 폭풍 속으로 사라졌소. 뼈조차 발견되지 않을 가능성이 크지."

"그럼 그 마녀도 죽었군……. 모두 죽었어."

튜엑이 고개를 끄덕였다. "그리고 사람들 말로는 짐승 같은 라반이 이곳 듄을 다시 통치할 거라고 하더군."

"랭키베일의 라반 백작 말이오?"

"그렇소."

할렉은 갑작스레 치솟은 분노에 휩쓸리지 않으려고 잠시 마음을 가라앉혀야 했다. 그가 숨을 가쁘게 몰아쉬면서 말했다. "난 라반에게 갚을 빚이 있소. 내 가족의 목숨의 빚이지……." 그는 턱의 흉터를 어루만지며 말을 이었다. "……이 흉터도……."

"서둘러 빚을 갚으려다가 모든 것을 위험에 빠뜨려서는 안 되오." 튜엑이 말했다. 그는 인상을 찌푸리며 할렉의 턱 근육이 꿈틀거리고 눈이 갑자기 그늘진 눈꺼풀 속으로 침잠해 들어가는 것을 지켜보았다.

"알아…… 알고 있소." 할렉은 깊이 숨을 들이마셨다.

"당신과 부하들이 원한다면 여기서 일을 해서 아라키스를 떠나는 교통편을 얻을 수 있소. 일할 곳은 많이……."

"난 내 부하들을 모두 자유롭게 풀어줄 생각이오. 마음대로 선택할 수 있게. 그러나 라반이 있는 한, 나는 여기 남겠소."

"그런 기분이라면 당신이 여기 남는 게 우리한테 그리 달갑지는 않을 것 같군."

할렉이 밀수업자를 노려보며 말했다. "내 말을 의심하는 거요?"

"그건 아니지만……."

"당신은 하코넨의 손에서 나를 구해 주었소. 내가 레토 공작에게 충성을 바친 것도 같은 이유에서였지. 난 아라키스에 남겠소. 당신 곁에…… 아니면 프레멘에게 갈 수도 있고."

"사람이 생각을 입 밖으로 말을 하든 안 하든, 그 생각 자체가 이미 현실이고 나름대로 힘을 갖고 있소. 프레멘에게 간다면 그들이 생각하는 삶과 죽음의 경계가 당신에게는 너무 짧고 날카로운 것으로 생각될 수도 있소."

할렉은 눈을 감았다. 피곤이 다시 몰려왔다. "사막과 구덩이에서 우리를 이끌어준 신은 어디 계시는 걸까?"

"천천히 움직이다 보면 복수의 날이 올 것이오. 서두르는 것은 **샤이탄***의 책략이오. 슬픔을 가라앉히시오. 마음을 가라앉히는 데 효과 있는 물건이 세 가지 있지. 물, 푸른 풀밭, 그리고 아름다운 여자."

할렉이 눈을 떴다. "난 그런 것보다 내 발 밑에 라반 하코넨의 피가 흐르는 것이 더 좋소." 그가 튜엑을 똑바로 바라보며 말을 이었다. "정말 그런 날이 올 거라고 생각하오?"

"당신이 내일 어떻게 되든 나하고는 별로 상관없는 일이오, 거니 할렉. 내가 해줄 수 있는 것은 지금 당신을 도와주는 것뿐이오."

"그럼, 난 그 도움을 받아들여 여기 남겠소. 당신이 내게 당신 아버지의 복수를 해달라고 말하는 날까지. 그리고……."

"내 말 잘 들으시오, 전사 양반." 튜엑이 책상 너머 앞으로 몸을 기울이면서 말했다. 귀 있는 데까지 어깨를 바짝 치켜올린 그의 눈이 강렬하게 빛났다. 그의 얼굴이 갑자기 비바람에 씻긴 돌처럼 보였다. "내 아버지의 물에 대한 대가는 내가 직접 갚을 것이오. 내 칼로."

할렉은 튜엑을 마주 보았다. 순간적으로 레토 공작의 얼굴이 떠올랐다. 두 사람 모두 자신의 위치와 나아갈 방향을 확고하게 정한 용기 있는 지도자였다. 튜엑은 아라키스에 오기 전의 공작과 흡사했다.

"내 칼이 당신 곁에 있기를 원하오?" 할렉이 물었다.

튜엑은 뒤로 물러나 앉으며 몸의 긴장을 풀고 말없이 할렉을 유심히 바라보았다.

"나를 전사로 생각하고 있소?" 할렉이 재차 물었다.

"당신은 공작의 측근 부하 중에서 유일하게 탈출한 인물이오. 당신의 적은 압도적이었지만 당신은 유연하게 대처했소……. 우리가 아라키스를 물리치듯이 당신의 적을 물리쳤어."

"으음?"

"우리는 이곳에서 인내심에 의지해 살아가고 있소, 거니 할렉. 아라키스가 바로 우리의 적이오."

"한 번에 하나씩 적을 처리하자는 말이군. 그렇소?"

"그렇소."

"프레멘이 살아나가는 방식도 그런 거요?"

"아마도."

"당신은 아까 프레멘의 생활이 내게 너무 거칠지도 모른다고 했소. 그들이 광활한 사막에 살고 있기 때문에 그런 거요?"

"프레멘이 어디 사는지 누가 알겠소? 우리에게 중앙 고원은 사람이 살 수 없는 땅이오. 그것보다 내가 얘기하고 싶은 것은……."

"스파이스를 실은 조합의 우주선들이 사막 안쪽까지 들어가는 경우는 거의 없다는 말을 들었소. 하지만 사막의 사정을 제대로 아는 사람이라면 그곳에서 여기저기 식물들이 조금씩 자라는 걸 볼 수 있다는 소문도 있더군."

"그건 그냥 소문일 뿐이오!" 튜엑이 코웃음을 쳤다. "나와 프레멘을 놓고 선택하고 싶은 거요? 우리는 안전을 위해 나름대로 조치를 취하고 있고, 바위를 파서 시에치도 만들어두었소. 비밀스럽게 숨겨둔 분지도 있지. 우리는 문명을 즐기며 살고 있소. 프레멘은 우리가 스파이스 사냥꾼으로 이용하는 야만적인 종족일 뿐이오."

"하지만 그들에겐 하코넨을 죽일 수 있는 능력이 있소."

"그럼 그 결과가 무엇인지 알려드릴까? 지금 이 순간에도 그들은 짐승처럼 레이저총에 사냥을 당하고 있소. 방어막이 없기 때문이지. 그들은 완전히 멸종되어 가고 있소. 왜냐고? 그들이 하코넨 사람들을 죽였기 때문이오."

"그들이 죽인 것이 정말로 하코넨 사람들이오?" 할렉이 물었다.

"무슨 뜻이오?"

"사다우카가 하코넨과 행동을 같이하고 있는지도 모른다는 말을 들은 적이 없소?"

"그것도 소문일 뿐이오."

"하지만 이런 조직적인 학살은 하코넨답지 않은 일이오. 학살은 곧 사람을 낭비하는 짓이니까."

"난 내 눈으로 직접 본 것만 믿소. 나 아니면 프레멘, 둘 중에서 선택을 하시오, 전사 양반. 난 당신에게 피난처를 제공해 주고 우리 둘 다 원하는 복수를 할 기회를 주겠소. 틀림없이. 하지만 당신이 프레멘에게서 얻을 것이라고는 사냥당하는 삶뿐이오."

할렉은 망설였다. 튜엑의 말에서 지혜와 연민의 감정이 느껴졌다. 그러나 뭔가가 마음에 걸렸다. 그것이 무엇인지는 자신도 알 수 없었다.

"자신의 능력을 믿으시오. 전투를 할 때 당신 부하들을 이끈 것은 바로 당신이었소. 그러니 이제 결정하시오." 튜엑이 말했다.

"어쩔 수 없군. 공작님과 그 아드님이 죽은 것은 확실하오?"

"하코넨은 그렇게 믿고 있소. 그리고 그런 문제에 대해서는 나도 하코넨의 정보를 믿는 편이오." 튜엑이 음험한 미소를 지으면서 말을 이었다. "내가 하코넨을 믿는 유일한 구석이지."

"그럼 어쩔 수 없군." 할렉이 같은 말을 되풀이했다. 그가 전통에 따라 손바닥을 위로 한 채 오른손을 들어 올려 손바닥 위로 엄지손가락을 구부리며 말했다. "당신에게 나의 칼을 주겠소."

"좋소."

"내가 부하들을 설득해 주었으면 좋겠소?"

"부하들이 스스로 선택하도록 해주겠다는 거요?"

"내 부하들은 여기까지 나를 따라와 주었소. 하지만 대부분이 칼라단에서 태어났지. 게다가 아라키스는 그들이 생각했던 곳과 아주 다른 곳이고. 이곳에서 그들은 목숨 외에 모든 것을 잃어버렸소. 지금은 내 부하들이 스스로 결정을 내리게 하고 싶소."

"지금은 당신이 망설이면서 주저할 때가 아니오. 당신 부하들은 여기까지 당신을 따라와 주었소."

"내 부하들이 필요하다는 말이오?"

"노련한 전사는 항상 필요하오…… 특히 지금은 더욱더."

"당신은 이미 내 칼을 받아들였소. 내가 부하들을 설득해 주기를 원하오?"

"난 부하들이 당신을 끝까지 따를 거라고 생각하오, 거니 할렉."

"그건 희망 사항이오."

"그래요?"

"그럼 이 문제에 대해서는 내가 마음대로 결정을 내려도 되겠소?"

"좋도록 하시오."

할렉은 의자에서 몸을 일으켰다. 지금의 그에게는 그 간단한 동작도 아주 힘이 들었다. "우선, 부하들에게 숙소와 그 밖에 필요한 것들을 마련해 주어야겠소."

"내 보급 담당자와 상의하시오. 드리스크가 그의 이름이오. 내가 당신들에게 최대한의 호의를 보이라고 했다고 전하시오. 나도 곧 당신이 있는 곳으로 가겠소. 우선 스파이스를 실어 보내는 일을 처리하고 난 다음에."

"운은 모든 곳을 흐른다." 할렉이 말했다.

"모든 곳이지. 이런 혼란기는 우리 같은 사업을 하는 사람들에게 보기 드문 기회요."

할렉은 고개를 끄덕였다. 희미하게 쉿쉿거리는 소리가 들리더니 옆에서 문이 열리면서 공기의 흐름이 변하는 게 느껴졌다. 그는 몸을 돌려 그 문으로 나갔다.

사무실 밖은 커다란 회의실이었다. 그와 부하들이 튜엑의 부하들에게 맨 처음 이끌려 왔던 곳이 바로 여기였다. 천연 암석을 깎아서 만든 이 회의실은 상당히 좁고 길었다. 암석 표면이 매끈한 것으로 보아 바위를 깎을 때 레이저총을 단거리용으로 개조한 연소기를 사용한 것 같았다. 천장은 암석의 천연적인 곡선을 따라 높게 치솟아 있었다. 워낙 높아서 회의실 내부 공간에 공기 대류가 생겨날 정도였다. 벽에는 무기를 보관해 두는 선반과 로커 들이 늘어서 있었다.

할렉은 부하들 중 아직 서 있을 수 있을 만큼 힘이 있는 자들이 모두서 있는 것을 보며 약간의 자부심을 느꼈다. 그의 부하들은 싸움에 패하고 지친 몸인데도 긴장을 풀지 않았다. 밀수단 소속 의사들이 할렉의 부하들 사이를 돌아다니며 부상자를 치료했다. 부상자들은 왼쪽 구석에 모여 있는 들것에 누워 있었고, 그들 옆에는 아트레이데스의 동료들이 한 사람씩 붙어 있었다.

'우리 동료는 우리가 보살핀다!'는 아트레이데스의 원칙이 이곳에서도 바위처럼 단단하게 지켜지고 있었다.

할렉의 부관 하나가 케이스가 없는 할렉의 아홉 줄짜리 발리세트를 들고 앞으로 나왔다. 그가 날렵하게 경례를 하면서 말했다. "대장님, 여기 의사들 말이 마타이가 가망이 없답니다. 여기에는 뼈와 장기 은행이 없고 야전 치료 시설밖에 없기 때문이랍니다. 마타이가 오래 못 버틸 거라는데, 그가 대장님께 부탁할 것이 있답니다."

"무슨 부탁이지?"

부관이 발리세트를 앞으로 내밀면서 말했다. "편안히 죽을 수 있는 노래를 연주해 달라고 합니다, 대장님. 자기가 무슨 노래를 원하는지 대장님이 아실 거라면서……. 자기가 대장님께 자주 신청했던 노래랍니다." 부관이 마른침을 삼키면서 말을 이었다. "「내 여인」이라는 노래라는데요, 대장님. 연주를……."

"그래." 할렉은 발리세트를 받아 들고 지판에 끼워져 있던 멀티피크를 꺼냈다. 그리고 가벼운 코드를 연주해 보았다. 발리세트는 이미 조율이 되어 있었다. 눈시울이 타는 듯이 뜨거워졌지만, 그는 그 느낌을 떨쳐버리고 억지로 편안한 미소를 띤 채 천천히 앞으로 걸어가면서 곡을 연주했다.

부하 몇 명과 밀수단 소속 의사 하나가 마타이의 들것 주위에 몰려 있었다. 그들 중 한 명이 할렉이 다가오는 것을 보며 부드럽게 노래를 부르기 시작했다. 오래전부터 그 노래를 들어온 터라 엇박자를 맞추는 솜씨가 능숙했다.

내 여인이 창가에 서 있다,
네모난 유리창에 둥그런 몸을 기대고
들어 올린 팔이…… 구부러지더니…… 밑으로 포개진다.
붉은 황금빛 석양이 비친다 ─
내게로 와요…….
내게로 와요. 따스한 품을 지닌 나의 여인이여.
나를 위해…….
나를 위해서, 따스한 품을 지닌 나의 여인이여.

할렉은 노래를 멈추고 붕대가 감겨 있는 팔을 뻗어 들것에 누워 있는 부하의 눈을 감겨주었다.

할렉은 마지막으로 발리세트를 부드럽게 퉁기면서 생각했다. '이제 일흔세 명이 되었군.'

보통 사람들이 황실 가족의 생활을 이해하기는 어렵다. 그러나 나는 여기서 황실 가족의 생활을 어떻게든 요약해서 설명해 보고자 한다. 내 아버지에게 진정한 친구는 단 한 명뿐이었던 것 같다. 선천적인 고자이자 제국에서 가장 무서운 전사 중의 한 사람이었던 하시미르 펜링 백작. 그는 못생긴 얼굴에 몸집이 작고 날렵한 사람이었다. 어느 날 그가 새로운 노예 첩을 아버지에게 데리고 오자 어머니는 상황을 염탐하고 오라며 나를 아버지에게 보냈다. 우리는 모두 스스로를 보호하기 위해 아버지의 동정을 염탐해야 했다. 베네 게세리트와 조합의 계약에 의해 아버지에게 허락된 노예 첩이 황제의 후계자를 낳는 것은 물론 불가능했다. 그러나 왕궁에서 음모는 항상 있게 마련이었고, 모든 음모들이 서로 비슷비슷하다는 점 때문에 더욱 숨이 막혔다. 어머니와 내 자매들, 그리고 나는 쉽게 알아보기 어려운 죽음의 도구들을 피하는 데 능숙해졌다. 이건 아주 끔찍한 얘기처럼 들리겠지만, 우리를 대상으로 한 그 모든 암살 시도에 아버지가 전혀 관련이 없었다고 믿기는 어렵다. 황제의 가족은 다른 가족과 다르다. 어쨌든 펜링 백작이 데리고 온 노예 첩은 아버지와 같은 붉은 머리에 가냘프고 우아한 사람이었다. 그녀의 근육은 무용수 같았고, 그녀가 신경을 자극하는 유혹의 기술을 배웠음을 분명히 알아볼 수 있었다. 아버지는 자기 앞에 알몸으로 서 있는 그녀를 오랫동안 바라보고 나서 마침내 이렇게 말했다. "너무 아름답군. 누군가에게 선물을 줘야 할 때를 대비해서 남겨두어야겠다." 아버지가 이런 자제력을 발휘했다는 소식에 황실 사람들이 얼마나 깜짝 놀랐는지 여러분은 짐작도 못 할 것이다.

교묘한 술수와 자제력이야말로 우리가 가장 무서워하는 것이었다.

—이룰란 공주의 『내 아버지의 집에서』

폴은 사막 텐트 바깥에 서 있었다. 늦은 오후였다. 그가 텐트를 세운 바위틈은 깊은 그림자 속에 잠겨 있었다. 그는 광활한 사막 너머로 멀리 보이는 절벽을 바라보며, 텐트 안에서 자고 있는 어머니를 깨워야 할지 생각하고 있었다.

그의 발밑에는 모래언덕들이 주름처럼 펼쳐져 있었다. 석양빛을 받은 모래언덕들의 그림자가 너무 어두워서 그들 각자가 밤의 조각인 것 같았다.

눈앞의 풍경은 너무 단조로웠다.

폴은 혹시 사막 위로 솟아오른 것이 있는지 찾아보았지만, 머리가 어지러울 정도로 뜨거운 사막의 공기 속에서 지평선 위로 솟아 있는 것은 하나도 없었다. 산들바람이 불어와도 그 바람에 가볍게 흔들리는 것은 없었다. 꽃도 보이지 않았다……. 있는 것이라고는 모래언덕과 윤기 흐르는 은청색 하늘 아래 멀리 보이는 절벽뿐이었다.

'저 건너편에 버려진 실험 기지가 없으면 어떻게 하지? 저곳에 프레멘도 없다면? 우리가 본 식물들이 그저 우연히 그곳에서 자라고 있는 거라면?'

텐트 안에서는 제시카가 잠에서 깨어 똑바로 누워서 텐트의 투명한 부분을 통해 곁눈질로 폴을 바라보았다. 자신에게 등을 돌리고 서 있는 폴의 모습에서 그녀는 공작을 떠올렸다. 그러나 가슴속에서 다시 치솟아 오르는 슬픔을 느끼고 고개를 돌려버렸다.

이윽고 그녀는 사막복의 매무새를 가다듬고, 기운을 차리려고 텐트의 집수 주머니에 있는 물을 마신 다음 살짝 밖으로 빠져나와 기지개를 켰다.

폴이 여전히 등을 돌린 자세로 말했다. "이곳이 조용한 게 마음에 들어요."

'사람의 정신이 주변 환경에 스스로 어찌나 잘 적응하는지.' 그녀의 머릿속에 베네 게세리트의 교훈 하나가 떠올랐다. '스트레스를 받고 있을 때 정신이 선택할 수 있는 방향은 두 가지이다. 긍정적인 방향과 부정적인 방향. 인간의 정신이 하나의 스펙트럼이라고 생각해 보자. 부정적인 방향의 맨 끝에는 무의식이 있고, 긍정적인 방향의 맨 끝에는 초(超)의식이 있다. 훈련은 스트레스를 받고 있을 때 정신이 어느 방향으로 기울어질지 결정하는 데 커다란 영향을 미친다.'

"여기서 사는 것도 괜찮겠어요." 폴이 말했다.

제시카는 폴의 눈으로 사막을 바라보려고 애쓰며, 이 행성이 평범한 것으로 받아들인 가혹한 환경을 포용할 방법을 찾았다. 폴이 본 미래가 어떤 것인지 궁금했다. '여기서는 뒤에서 누군가 내 목숨을 노리며 다가오지 않을까 걱정할 필요 없이 혼자 있을 수 있겠어.'

제시카는 폴을 지나 걸어가서 쌍안경의 오일 렌즈를 조정한 다음 사막 건너편의 절벽을 살펴보았다. 물이 없는 마른 골짜기에서 기둥선인장 등 가시 있는 식물들이 분명히 자라고 있었다……. 어둠 속에서 연두색으로 보이는 나지막한 풀들이 엉켜 있는 것도 보였다.

"제가 텐트를 접을게요." 폴이 말했다.

제시카는 고개를 끄덕이며 바위틈의 끝으로 걸어갔다. 그곳에서는 사막을 한눈에 내려다볼 수 있었다. 그녀는 쌍안경을 눈에 대고 왼쪽으로 시선을 돌렸다. 흙먼지 때문에 가장자리가 갈색으로 얼룩진 소금밭이 그곳에서 하얗게 빛나고 있었다. 흰색이 곧 죽음을 의미하는 곳에서 본 하얀 밭이라니. 그러나 그 소금밭의 의미는 달랐다. 소금이 있다는 것은 과거 언젠가 이곳에 물이 흘렀음을 의미했다. 그녀는 쌍안경을 내리고 망토의 매무새를 가다듬은 다음 잠시 폴이 움직이는 소리에 귀를 기울였다.

태양이 더욱 낮아지면서 소금밭 위의 그림자들이 길어졌다. 해 지는 지평선 위로는 현란한 색조의 줄무늬들이 퍼져 있었다. 그 색조는 마치 사막을 시험하듯 조심스레 다가오는 어둠 속으로 흘러들었다. 석탄처럼 까만 그림자들이 여기저기서 생겨나고 두껍게 내려앉은 밤이 사막을 덮어버렸다.

별들이 나타났다.

제시카는 폴이 옆으로 다가오는 것을 느끼면서 별을 올려다보았다. 사막의 밤이 별들을 향해 올라가고 있는 것처럼 위로 몰려들었다. 무거운 한낮의 공기가 뒤로 물러났다. 한 줄기 산들바람이 잠깐 그녀의 얼굴을 스치고 지나갔다.

"첫 번째 달이 금방 떠오를 거예요. 행낭을 다 꾸렸어요. 모래 막대기도 꽂아놓았고요." 폴이 말했다.

'이 지옥 같은 곳에서 우리가 평생 길을 잃고 헤맨다 해도 아무도 모를 거야.' 그녀는 속으로 생각했다.

밤바람에 실려온 모래가 계피 냄새를 풍기며 그녀의 얼굴을 긁고 지나갔다. 어둠 속에서 계피 냄새가 소나기처럼 쏟아져 내리는 듯했다.

"이 냄새 좀 맡아보세요." 폴이 말했다.

"입마개를 쓰고 있는데도 냄새가 나. 엄청난 재물이야. 하지만 이걸로 물을 살 수 있을까?" 그녀는 분지 너머를 가리키며 말을 이었다. "저 건너편에는 인공적인 불빛이 하나도 없어."

"프레멘은 저 바위들 뒤의 시에치에 숨어 있을 거예요."

가느다란 은색 선 하나가 오른쪽 지평선 위로 살짝 떠올랐다. 첫 번째 달이었다. 달이 완전히 떠오르자 그 표면에 새겨진 사람의 손 같은 무늬가 선명하게 눈에 들어왔다. 제시카는 달빛에 드러난 은빛 모래를 유심히 살펴보았다.

"바위틈의 가장 깊은 부분에 모래 막대기를 꽂아 놓았어요." 폴이 말했다. "제가 막대기의 초에 불을 붙이는 순간부터 30분 동안이 우리에게 주어진 시간이에요."

"30분?"

"막대기가…… 모래벌레를 부르기 전까지요."

"아. 그럼 출발하자."

그가 조용히 그녀에게서 멀어졌다. 그가 바위틈을 따라 위로 올라가는 소리가 들렸다.

'밤은 터널이야. 내일을 향해 뚫려 있는 구멍이지……. 하지만 우리에게 내일이 있을까?' 그녀는 고개를 흔들었다. '이렇게 우울해하면 안 돼. 그동안 훈련받은 게 있잖아.'

폴이 다시 그녀 곁으로 돌아와서 행낭을 집어 들고 앞장서서 사막으로 내려갔다. 그는 사막에 펼쳐져 있는 첫 번째 모래언덕에 이르자 걸음을 멈추고 어머니가 뒤따라오는 소리에 귀를 기울였다. 어머니의 가벼운 발소리와 함께 조금씩 흘러내리는 차가운 모래 소리가 들렸다. 그것은 이곳이 안전하다는 것을 알려주는 사막의 암호였다.

"불규칙한 리듬으로 걸어야 해요." 폴이 모래 위를 걷던 사람들의 모습을 떠올리며 말했다. 그는 예지의 환영과 현실 속에서 모두 모래 위를 걷는 사람들을 본 적이 있었다.

"저를 잘 보세요. 이건 프레멘이 사막을 걸을 때 쓰는 방법이에요."

그는 모래언덕의 바람이 불어오는 쪽 비탈로 나아가 발을 질질 끄는 듯한 걸음걸이로 언덕의 굴곡을 따라 걸었다.

제시카는 폴이 열 발짝쯤 걸을 때까지 지켜본 다음 그를 흉내 내기 시작했다. 폴의 방법이 맞다는 것을 그녀는 알 수 있었다. 두 사람은 바람에 흘러내리는 모래 소리를 흉내 내야 했다. 그러나 아무 규칙이 없는 부자연스러운 걸음걸이에 근육이 비명을 질렀다. 한 발짝 내딛고…… 발을 끌고…… 또 끌고…… 한 발짝…… 한 발짝…… 잠시 기다리다가…… 발을 끌고…… 한 발짝…….

두 사람의 주위에서 시간이 길게 늘어나는 듯했다. 앞에 보이는 바위는 전혀 가까워지는 것 같지 않았다. 두 사람이 뒤에 두고 떠나온 바위는 여전히 높게 솟아 있었다.

"딱! 딱! 딱! 딱!"

뒤의 절벽에서 들려오는 소리였다.

"모래 막대기예요." 폴이 숨죽인 소리로 말했다.

'딱딱' 두들기는 소리가 규칙적으로 계속되자 두 사람은 불규칙한 걸음걸이를 유지하기가 점점 어려워졌다.

"딱……딱……딱……딱……."

두 사람은 달빛에 빛나는 우묵한 땅 위를 걸었다. 그 공허한 소리가 땅을 찔러댔다. 그들은 모래가 흘러내리는 모래언덕들을 연달아 넘었다. 걷다가 질질 발을 끌다가 멈춰 섰다가 다시 걷고……. 그리고 발밑을 구르는 콩알만 한 모래알들을 지나갔다. 발을 다시 질질 끌고 멈춰 섰다가 다시 걷고…….

그리고 그동안 내내 모래벌레 특유의 쉿쉿거리는 소리가 들리지 않는지 신경을 곤두세우고 있었다.

그러나 막상 그 소리가 들려오기 시작했을 때에는 너무 작아서 발을 질질 끄는 두 사람의 발소리에 가려져 버렸다. 그러다 점점 커졌다……. 서쪽에서부터…… 점점.

"딱……딱……딱……딱……." 모래 막대기 소리가 북소리처럼 울렸다.

쉿쉿거리는 소리가 두 사람 등 뒤의 밤공기를 가득 채웠다. 걸으면서 뒤돌아보니, 사납게 달리는 모래벌레 때문에 생긴 작은 둔덕이 보였다.

"계속 걸으세요. 뒤돌아보지 말아요." 폴이 속삭였다.

두 사람이 떠나온 바위 그림자 속에서 뭔가를 긁는 소리가 폭발하듯 크게 울려 퍼졌다. 그 소리가 눈사태처럼 정신없이 두 사람을 공격했다.

"계속 걸으세요." 폴이 같은 말을 되풀이했다.

두 사람은 이제 뒤에 두고 온 바위와 앞에 있는 바위가 똑같이 멀어 보이는 지점에 와 있었다.

그리고 그들 뒤에서는 모래벌레가 미친 듯이 바위를 찢어발기는 소리가 여전히 밤을 지배했다.

두 사람은 계속 앞으로, 앞으로 나아갔다. 두 사람의 근육은 아득한 통증 속에서 기계적으로 움직이고 있었다. 그러나 폴은 앞에서 손짓하고 있는 바위가 아까보다 한층 커져 있음을 알 수 있었다.

제시카는 멍한 상태에서 오로지 의지의 힘만으로 움직이고 있었다. 입이 마르다 못해 아파오기 시작했지만 뒤에서 들려오는 소리 때문에 걸음을 멈추고 집수 주머니의 물을 마실 엄두는 내지도 못했다.

"딱……딱……."

뒤쪽 바위에서 갑자기 한층 더 커다란 소리가 폭발하듯 울려 퍼지면서 모래 막대기의 소리를 가려버렸다.

그리고 침묵이 찾아왔다.

"더 빨리 걸어요." 폴이 속삭였다.

그녀는 고개를 끄덕였다. 자기가 고개를 끄덕여 봤자 폴의 눈에는 보이지 않는다는 것을 알고 있었지만, 부자연스러운 걸음걸이 때문에 이미 한계에 다다른 근육을 더욱 혹사시켜야 한다는 사실을 자신에게 일깨우기 위해서라도 그런 행동을 할 필요가 있었다.

안전을 약속하는 눈앞의 바위가 별이 빛나는 밤하늘 위로 더 높이 솟아올랐다. 그 바위 기슭에 펼쳐져 있는 평평한 모래밭이 폴의 눈에 들어왔다. 그는 그 모래밭 위로 발을 내디뎠다. 피로 때문에 몸이 비틀거렸지만, 그는 무의식적으로 발을 내밀어 자세를 바로잡았다.

둥둥거리는 소리가 주위의 모래밭을 뒤흔들었다.

폴은 비틀거리는 걸음으로 옆으로 두 발짝 움직였다.

"둥! 둥!"

"북모래야!" 제시카가 숨죽인 소리로 소리쳤다.

폴은 다시 자세를 바로잡고 주위를 재빨리 둘러보았다. 바위까지 200미터 정도 남은 것 같았다.

뒤에서 쉿쉿거리는 소리가 들려왔다. 바람 소리 같기도 했고 급류 소리 같기도 했다. 그러나 이곳은 물 한 방울 없는 곳이었다.

"뛰어!" 제시카가 비명을 질렀다. "폴, 뛰어!"

두 사람은 달렸다.

둥둥거리는 소리가 두 사람의 발밑에서 울렸다. 그러나 다음 순간 두 사람은 북모래를 벗어나 자갈밭에 들어서 있었다. 불규칙한 걸음걸이 때문에 고통을 호소하던 근육이 뜀박질 덕분에 잠깐 숨을 돌렸다. 달리기는 두 사람의 근육이 이미 익히 알고 있는 동작이었다. 그리고 달리기에는 리듬이 있었다. 그러나 모래와 자갈이 두 사람의 발길을 붙들고 늘어졌다. 벌레가 다가오고 있음을 알리는 쉿쉿거리는 소리는 점점 커지는 폭풍 소리였다.

제시카가 비틀거리며 무릎을 꿇고 넘어졌다. 벌레가 다가오는 소리와 공포, 그리고 피곤이 그녀의 머리를 가득 채웠다.

폴이 그녀를 힘겹게 일으켜 세웠다.

두 사람은 손을 잡고 계속 뛰었다.

앞쪽의 모래밭에 불쑥 솟아 있는 가느다란 막대기가 보였다. 그 막대기를 지나치자 또 다른 막대기가 보였다.

제시카는 막대기들을 지나친 다음에야 그것들의 존재를 인식했다.

막대기가 또 나타났다. 바위틈에서 불쑥 솟아오른 막대기의 표면은 바람에 긁혀 있었다.

막대기가 또 나타났다.

'바위야!'

제시카는 발밑에 단단한 표면이 밟히는 것을 느꼈다. 바닥이 단단해지자 몸에서 새로운 힘이 솟았다.

깊은 틈새 하나가 앞의 절벽에 수직의 그림자를 위로 내뻗고 있었다. 두 사람은 절벽을 향해 전속력으로 질주해서 좁은 틈 속으로 뛰어들었다.

뒤쪽에서 다가오던 벌레의 소리가 멈췄다.

두 사람은 고개를 돌려 사막을 내다보았다.

바위 기슭의 모래사장으로부터 50미터쯤 떨어진 곳의 모래언덕이 시작되는 지점에서 사막 위로 은회색 둔덕이 솟아오르면서 모래와 흙먼지가 사방으로 폭포처럼 흩어져 내렸다. 둔덕은 점점 높아져서 마침내 먹이를 찾는 거대한 입으로 변했다. 검은색의 둥근 구멍 같은 그 입의 가장자리가 달빛을 받아 번득였다.

그 입이 폴과 제시카가 웅크리고 있는 좁은 바위틈 쪽으로 뱀처럼 다가왔다. 계피 냄새가 두 사람의 코를 강타했다. 모래벌레의 수정 같은 이빨이 달빛을 받아 반짝였다.

그 거대한 입이 앞뒤로 움직였다.

폴은 숨을 죽였다.

제시카는 눈을 크게 뜬 채 몸을 웅크렸다.

원초적인 공포를 억누르고, 인간이라는 종족의 기억 속에 각인된 공포를 잠재우기 위해 그녀는 베네 게세리트로서 받은 훈련을 이 한순간에 강렬히 집중시켜야 했다.

폴은 왠지 의기양양한 기분이 들었다. 어느 순간에 그는 시간의 장벽을 넘어 더욱더 알 수 없는 미지의 영역에 발을 들여놓았다. 그의 마음의 눈으로도 아무것도 볼 수 없는 어둠이 앞에 버티고 있는 것이 느껴졌다. 마치 어디에선가 발을 잘못 내디뎌 우물 속으로 떨어진 것 같았다……. 아니면 미래를 볼 수 없는 파도 사이로 떨어졌거나. 그가 전에 보았던 미래의 풍경과 지금의 풍경은 크게 달랐다.

이 시간의 암흑은 그에게 겁을 주는 대신 오히려 다른 감각들을 초고속으로 가동시켰다. 그는 모래 속에서부터 솟아올라 그를 찾고 있는 그것의 모든 특징들을 기억 속에 새기고 있었다. 그 입의 지름은 80미터쯤…… 크리스나이프처럼 흰 수정 같은 이빨들이 입 가장자리에서 반짝이고……. 마치 풀무에서 나오는 바람 같은 모래벌레의 호흡 속에는 계피 향과 희미한 알데히드 냄새……. 그리고 산(酸) 냄새도…….

벌레가 두 사람 머리 위의 바위들을 스치고 지나가면서 달빛을 가렸다. 작은 돌조각과 모래알 들이 두 사람이 숨어 있는 좁은 은신처 속으로 폭포처럼 쏟아져 내렸다.

폴은 어머니를 뒤쪽으로 더욱 깊숙이 밀어 넣었다.

계피 냄새!

그 냄새가 그의 온몸을 홍수처럼 휩쓸고 지나갔다.

'모래벌레와 스파이스 사이에 도대체 어떤 관계가 있을까?' 그는 속으로 자문해 보았다. 리에트 카인즈가 모래벌레와 스파이스 사이의 모종의 관계에 대해 은근하게 언급했던 것이 생각났다.

우르릉 쾅!

두 사람의 오른쪽 멀리에서 마른번개가 치는 것 같았다.

우르릉 쾅!

모래벌레는 사막으로 물러나 수정 같은 이빨을 달빛에 번득이며 잠시 누워 있었다.

"딱! 딱! 딱! 딱!"

'모래 막대기가 또 있어!' 폴은 속으로 생각했다.

이 모래 막대기의 소리가 들려오는 쪽도 오른쪽이었다.

모래벌레가 온몸을 부르르 떨었다. 그리고 사막 안쪽으로 더 멀리 물러났다. 이제 사막에는 종을 반으로 잘라놓은 듯한 모양의 둔덕이 남아 있을 뿐, 터널 같은 모양을 한 벌레의 입은 모래언덕 위로 물러나 있었다.

모래가 쏠리는 소리가 났다.

벌레는 더욱더 뒤로 물러나면서 방향을 돌렸다. 벌레는 이제 파도처럼 솟아오른 모래 둔덕이 되어 말 안장 같은 모래언덕들 사이로 곡선을 그리며 멀어졌다.

폴은 바위틈 밖으로 나와, 새로운 모래 막대기의 부름을 향해 황무지를 넘어 멀어져가는 모래 물결을 지켜보았다.

제시카도 따라 나와서 모래 막대기 소리에 귀를 기울였다.

"딱……딱……딱……딱……딱……."

이윽고 소리가 멈췄다.

폴은 사막복의 튜브를 찾아 재활용된 물을 한 모금 마셨다.

제시카는 그의 행동을 열심히 바라보았다. 그러나 공포의 후유증과 피로 때문에 그녀의 마음은 백지처럼 텅 비어 있었다. "벌레가 정말 가버린 걸까?" 그녀가 조그맣게 물었다.

"누군가가 벌레를 불렀어요. 프레멘이에요."

제시카는 기운이 되돌아오는 것을 느꼈다. "정말 큰 놈이었어!"

"우리 오니숍터를 먹은 놈만큼 크지는 않았어요."

"프레멘이 확실해?"

"모래 막대기를 썼잖아요."

"그들이 왜 우릴 돕겠어?"

"어쩌면 우릴 도우려고 그런 게 아닐지도 모르죠. 그냥 벌레를 부른 건지도 몰라요."

"왜?"

이 질문에 대한 대답이 그의 의식 가장자리에 도사리고 있었지만 밖으로 나오려고 하지 않았다. 행낭 속에 들어 있는 '창조자 작살', 가시가 달려 있고 망원경처럼 줄였다 늘였다 할 수 있는 그 막대기와 관련된 환영이 머릿속에 떠올랐다.

"프레멘이 모래벌레를 부른 이유가 뭘까?" 제시카가 물었다.

공포가 한 줄기 바람처럼 그의 마음을 스쳤다. 그는 억지로 어머니에게서 고개를 돌려 절벽을 올려다보았다. "낮이 되기 전에 저 위로 올라갈 길을 찾아보는 게 좋겠어요." 그가 위를 가리키며 말을 이었다. "우리가 지나왔던 막대기들 말이에요, 저 위에 더 있어요."

제시카는 폴의 손이 가리키는 곳을 바라보았다. 막대기들이 보였다. 바람에 긁힌 그 표식들은 그들의 머리 위로 높은 곳의 바위틈 속으로 구불구불 이어진 좁은 바위 턱 그림자를 따라 꽂혀 있었다.

"저 막대기들은 절벽으로 올라가는 길을 표시하고 있는 거예요." 폴이 말했다. 그는 행낭을 메고 바위 턱의 발치로 다가가 올라가기 시작했다.

제시카는 잠시 제자리에 서서 쉬면서 기운을 되찾은 다음 폴의 뒤를 따랐다.

두 사람은 길을 표시해 주는 막대기들을 따라 바위 턱을 올랐다. 이윽고 그 바위 턱은 입술처럼 좁아져, 어두운 바위틈의 입이 되었다.

폴은 고개를 살짝 기울이고 어둠에 잠긴 바위 틈새를 들여다보았다. 그가 발을 대고 있는 좁은 바위가 위태롭게 느껴졌지만, 억지로 조심스럽게 속도를 늦췄다. 틈 속에서 보이는 것이라고는 어둠뿐이었다. 그 틈은 위로 뻗어 있었으며 꼭대기는 별들을 향해 열려 있었다. 그는 열심히 귀를 기울여보았지만 사막에서 흔히 들을 수 있는 소리밖에 들리지 않았다. 모래가 조금씩 흘러내리는 소리, 곤충이 우는 소리, 작은 짐승들이 후다닥 달려가는 소리. 그는 한 발을 어두운 바위틈 속으로 내밀어 바닥을 조사해 보았다. 모래투성이의 단단한 바위가 느껴졌다. 그는 조금씩 발을 떼면서 천천히 모퉁이를 돈 다음 어머니에게 따라오라고 손짓했다. 그리고 그녀의 헐렁한 옷자락을 잡고 모퉁이를 돌아오는 것을 도와주었다.

두 사람은 두 개의 바위에 둘러싸인 하늘의 별들을 쳐다보았다. 폴에게는 옆에서 움직이는 어머니의 모습이 흐릿한 잿빛으로 보였다. "불을 켤 수만 있다면 좋을 텐데." 그가 작은 소리로 말했다.

"우리에게는 눈 말고 다른 감각들이 있어." 제시카가 말했다.

폴이 미끄러지듯 한 발을 내딛고 그 발에 체중을 실은 다음 다른 발로 바닥을 조사해 보았다. 뭔가 장애물이 느껴졌다. 발을 들어 올리자 바위에 계단처럼 홈이 파여 있는 것이 보였다. 그는 그 위로 몸을 끌어 올렸다. 그리고 뒤를 향해 손을 뻗었다. 어머니의 팔이 손에 잡히자 그는 따라오라는 뜻으로 옷자락을 잡아당겼다.

그리고 한 발 더 위로 올라갔다.

"꼭대기까지 계속 이어진 것 같아요." 그가 속삭였다.

'깊이가 얕고 간격이 일정해. 틀림없이 사람이 파놓은 거야.' 제시카는 생각했다.

그녀는 발로 조심스럽게 계단을 찾으면서 희미하게 보이는 폴의 모습을 따라 앞으로 나아갔다. 바위벽이 점점 좁아져서 이제는 어깨가 벽에 거의 스칠 지경이었다. 계단은 세로로 길게 찢어진 협곡 안에서 끝났다. 협곡의 길이는 20미터쯤 되었고 바닥은 평평했으며 달빛이 빛나는 낮은 분지와 이어져 있었다.

폴이 분지 가장자리에 발을 딛고 낮은 소리로 말했다. "정말 아름다운 곳이에요."

제시카는 폴의 뒤에 한 발짝 떨어진 곳에 서서 말없이 그 말에 동의했다.

몸은 피곤하고, 리캐스와 코마개는 짜증스럽고, 몸에 착 달라붙은 사막복은 답답하고, 두려움도 여전하고, 쉬고 싶다는 생각은 간절했다. 그럼에도 분지의 아름다움이 그녀의 감각들을 가득 채워 그녀는 걸음을 멈추고 감탄할 수밖에 없었다.

"동화 나라 같아요." 폴이 속삭였다.

제시카는 고개를 끄덕였다.

그녀 앞으로 널찍하게 흩어져 있는 사막의 식물들, 덤불, 선인장, 작은 나뭇잎 등이 모두 달빛 속에서 흔들리고 있었다. 그녀 왼쪽의 고리 같은 바위벽들은 컴컴했고, 오른쪽 것들은 달빛을 받아 하얗게 빛나고 있었다.

"여긴 틀림없이 프레멘의 영역일 거예요." 폴이 말했다.

"식물들이 이렇게 많이 살아남은 걸 보면 사람의 손길이 닿은 게 분명해." 제시카가 폴의 말에 맞장구쳤다. 그녀는 사막복의 집수 주머니와 연결된 튜브 뚜껑을 열고 물을 조금 마셨다. 약간 쓴맛이 나는 미지근한 물이 목을 타고 내려갔다. 그녀는 그래도 그 물이 기운을 되찾아주는 것에 놀랐다. 그녀가 튜브 뚜껑을 닫으려고 하자 뚜껑이 모래 알갱이들에 긁히는 소리를 냈다.

뭔가가 움직이는 기척이 폴의 주의를 끌었다. 두 사람의 발밑에서 곡선을 그리며 뻗어 나간 분지 바닥의 오른쪽에서 뭔가가 움직이고 있었다. 그는 덤불과 잡초 사이로 달빛을 받고 있는 쐐기 모양의 모래밭을 뚫어지게 바라보았다. 거기서 뭔가 조그만 것이 깡충깡충 뛰고 있었다.

"생쥐예요!" 그가 숨죽인 소리로 소리쳤다.

생쥐들이 깡충거리며 어둠 속으로 몸을 감췄다가 다시 밝은 곳으로 나왔다.

뭔가가 소리 없이 두 사람의 눈앞을 지나 생쥐들이 있는 곳으로 떨어졌다. 생쥐들이 날카롭게 끽끽거리는 소리가 가냘프게 들리고, 날개가 펄럭이는 소리가 나더니 유령 같은 잿빛의 새 한 마리가 작고 까만 물체를 발톱으로 움켜쥐고 날아올라 분지 너머로 날아갔다.

'그래, 이런 걸 잊고 있었어.' 제시카가 생각했다.

폴은 여전히 분지 너머를 노려보고 있었다. 그가 숨을 들이쉬자 밤공기 속으로 올라온 세이지 잎의 부드럽고 강렬한 향기가 느껴졌다. 그 육식조가 그에게는 사막의 일부로 생각되었다. 그 새의 출현으로 인해 분

THE
DUNE
CHRONICLES

지의 모든 것이 숨을 죽였기 때문에, 우윳빛이 도는 푸른 달빛이 파수꾼처럼 서 있는 기둥선인장과 끝이 뾰족뾰족한 페인트 관목을 가로질러 흘러가는 소리가 거의 들릴 듯했다. 그가 알고 있는 어떤 음악보다도 근본적인 화음을 지닌 빛의 콧노래가 나직하게 들려왔다.

"텐트 칠 곳을 찾아야겠어요. 내일은 프레멘을 찾아……."

"침입자들은 대부분 프레멘을 찾은 것을 후회하게 마련이지!"

묵직한 남자 목소리가 폴의 말을 자르며 분지의 정적을 산산이 부숴버렸다. 그 목소리가 들려온 곳은 폴과 제시카의 머리 위 오른쪽이었다.

"도망칠 생각은 하지 마라, 침입자." 폴이 협곡 안으로 물러나려 하자 그 목소리가 말했다. "도망쳐 봤자 네 몸의 물을 낭비하는 것밖에 되지 않아."

'저 사람들은 우리 몸속의 물을 원하고 있어!' 제시카는 생각했다. 그녀의 근육이 모든 피로를 이기고 겉으로 드러나지 않게 최대한의 준비 자세를 갖추기 시작했다. 그녀는 목소리가 들려오는 지점을 정확하게 파악하며 생각했다. '저렇게 은밀하게 움직이다니! 저 사람이 다가오는 소리를 전혀 듣지 못했어.' 그녀는 그 목소리의 소유자가 사막에서 자연스럽게 나는 소리 외에는 아무런 소리도 내지 않았다는 사실을 깨달았다.

분지의 왼쪽 가장자리에서 또 다른 목소리가 들려왔다. "빨리해요, 스틸. 저 사람들의 물을 얻은 다음 빨리 가자고요. 동이 틀 때까지 시간이 얼마 안 남았어요."

위급한 상황에 대비한 훈련이 어머니보다 덜 된 폴은 자기가 긴장해서 뒤로 물러서려 했다는 것과, 순간적인 두려움으로 판단이 흐려졌다는 사실에 속이 상했다. 그는 어머니의 가르침에 따르려고 애썼다. 그냥 긴장을 푼 것처럼 흉내만 내는 것이 아니라 정말로 긴장을 풀고, 어떤 방향으로든 후려칠 수 있도록 근육을 준비시켰다.

그러나 그는 마음속에 날카로운 두려움이 남아 있음을 여전히 느낄 수 있었다. 그 두려움이 어디서 비롯된 것인지도 알고 있었다. 지금은 사각(死角)의 시간이었다. 지금과 같은 미래를 그는 본 적이 없었다. ……두 사람은 방어막도 없이, 두 사람의 몸속의 물에만 관심이 있는 난폭한 프레멘들 사이에 꼼짝없이 잡혀 있었다.

꒳꒷꒳

그렇다면 프레멘 종교의 이러한 변화가 지금 우리가 '우주의 기둥들'로 알고 있는 것의 원천이다. 이들의 퀴자라 타프위드*는 모두 징조와 증거와 예언 들을 지니고 우리들 사이에 있다. 그들은 우리에게 아라키스 식의 신비주의적 융합을 가져다준다. 고대의 형식 위에 세워졌으나 새로운 각성의 흔적이 분명하게 드러나 있는 감동적인 음악이 이 융합의 심오한 아름다움을 전형적으로 보여주고 있다. '노인의 찬송가'를 듣고 깊이 감동받지 않은 사람이 어디 있겠는가?

나는 나의 발을 사막으로 몰았네
사막의 신기루가 성체(聖體)처럼 나부꼈지.
영광을 탐내고, 위험을 갈망하던,
나는 알 쿨랍의 영역을 배회하며
시간이 나를 찾고 갈망하면서
산을 깎아내리는 것을 지켜보았네.
그리고 달려드는 늑대보다 용감하게
재빨리 다가오는 참새들을 보았네.
그들은 내 젊음의 나무 속으로 흩어졌고
나는 나의 가지에 그들이 떼지어 앉는 소리를 들으며
그들의 부리와 발톱에 잡혀버렸네!

—이룰란 공주의 『아라키스의 각성』

남자는 모래언덕 꼭대기를 기었다. 그는 이글거리는 정오의 태양에 붙들린 티끌이었다. 몸에 걸친 것이라고는 갈기갈기 찢어진 주바 망토뿐이어서 찢어진 틈 사이로 맨살이 뜨거운 열기에 그대로 드러나 있었다. 망토의 두건이 있던 자리는 찢긴 흔적뿐이었다. 그러나 그는 찢어진 옷조각으로 터번을 만들어 쓰고 있었다. 터번의 천 조각 사이로 모래 빛깔 머리카락 한 줌이 삐죽 튀어나와 있었고, 듬성듬성한 턱수염과 두꺼운 눈썹도 같은 색이었다. 푸른자위에 푸른 눈동자가 있는 눈 밑으로는 검은 얼룩이 뺨까지 이어져 있었다. 콧수염과 턱수염에 나 있는 눌린 자국은 한때 코와 집수 주머니를 연결해 주었던 사막복의 튜브가 남긴 흔적이었다.

남자는 모래언덕 꼭대기를 반쯤 가로지른 지점에서 기는 것을 멈추고 양팔을 비탈 위로 늘어뜨렸다. 그의 등과 팔다리에 피가 엉겨 붙어 있었다. 그리고 노란색과 회색이 섞인 모래 알갱이들이 상처에 달라붙어 있었다. 그는 천천히 손을 끌어당겨 몸을 일으켰다. 그리고 비틀거리면서 두 발로 일어섰다. 힘겹게 일어서는 이 동작 속에도 그가 한때는 아주 정확하게 몸을 움직이는 사람이었음을 보여주는 흔적이 남아 있었다.

"난 리에트 카인즈다." 그가 텅 빈 지평선을 향해 말을 걸었다. 과거 힘 있던 목소리가 갈라져 이제는 이상하게 들렸다. "난 황제 폐하의 행성학자야. 아라키스의 행성 생태학자라고. 난 이 땅의 관리인이야." 그가 속삭이듯 낮은 소리로 말했다.

그가 비틀거리면서 바람이 불어오는 쪽 비탈의 딱딱한 표면 위에 모로 쓰러졌다. 그의 손이 힘없이 모래 속을 파고들었다.

'난 이 모래의 관리인이야.' 그는 생각했다.

그는 자신이 반쯤은 제정신이 아니며, 당장 모래에 구멍을 파고 조금은 덜 뜨거운 땅속에 몸을 숨겨야 한다는 사실을 깨달았다. 그러나 이 모래 아래 어디엔가 있는 **천연 스파이스 덩어리***의 강렬하고 반쯤은 달콤한 냄새를 여전히 느낄 수 있었다. 이 냄새에 어떤 위험이 숨어 있는지 그는 그 어떤 프레멘보다도 확실히 알고 있었다. 천연 스파이스 덩어리의 냄새가 그가 있는 곳까지 풍겨 온다는 사실은 모래 깊숙한 곳에 있는 가스의 압력이 금방이라도 폭발할 듯 커져 있음을 의미했다. 당장 이곳에서 도망쳐야 했다.

그의 손이 모래언덕의 표면을 약하게 할퀴는 시늉을 했다.

분명하고 또렷한 생각 하나가 그의 마음속을 가득 채우기 시작했다. '행성의 진정한 재산은 그 환경 속에 있어. 문명의 기본적인 원천인 농업에 우리가 어떻게 참여하는가, 바로 그거지.'

그는 갑자기 이상하다는 생각이 들었다. 오랫동안 한 가지에만 고정되어 있던 정신이 끝내 그 일에서 벗어나지 못하다니. 하코넨 병사들은 물도 사막복도 없는 그를 이곳에 버리고 가버렸다. 사막이 그를 죽이든지, 아니면 모래벌레가 그를 죽일 것이라고 생각한 것이다. 그들은 이 무심한 행성의 손에 조금씩 생명을 잃어가도록 그를 산 채로 내버리는 것을 재미있어했다.

'하코넨은 항상 프레멘을 잘 죽이지 못했어. 우린 쉽게 죽지 않아. 나도 지금쯤이면 벌써 죽었어야 하는데……. 이제 곧 죽겠지……. 하지만 지금도 계속 생태학자 같은 생각을 하고 있어.'

"생태학의 최고의 기능은 결과를 이해하는 것이다."

이 목소리에 그는 충격을 받았다. 이 목소리의 주인공이 누구인지 알고 있을 뿐만 아니라, 그 사람이 이미 죽었다는 사실도 알고 있기 때문이었다. 그것은 그의 전임자로서 이곳의 행성학자였던 그의 아버지의 목소리였다. 아버지는 이미 오래전 플래스터 분지에서 동굴이 함몰되는 바람에 세상을 떠났다.

"네 꼴이 아주 볼 만하구나. 그 공작의 아이를 도우면 결과가 어떻게 될지 알고 있었어야지." 아버지가 말했다.

'난 지금 헛것을 보고 있는 거야.' 카인즈는 생각했다.

아버지의 목소리는 오른쪽에서 들려오는 듯했다. 카인즈는 모래에 얼굴이 긁히는 것을 감수하면서 오른쪽으로 고개를 돌렸다. 그러나 그곳에는 이글거리는 태양 속에서 악마 같은 아지랑이와 함께 춤추듯 흔들리며 둥글게 뻗어 있는 모래언덕밖에 없었다.

"생태계 안에 더 많은 생명체가 존재할수록, 생명을 위한 틈새는 더 많이 있지." 아버지가 말했다. 이번에는 목소리가 왼쪽 뒤에서 들려왔다.

'아버지는 왜 저렇게 계속 움직이시는 거지? 내 눈에 모습을 드러내고 싶지 않은 건가?'

"생명은 환경의 생명 부양 능력을 향상시킨다. 생명은 꼭 필요한 영양소들을 더 쉽게 구할 수 있게 만들어주지. 유기체와 유기체 사이의 엄청난 화학적 상호 작용에 의해 더 많은 에너지가 생태계 안에 묶이게 되는 거야."

'아버지는 왜 항상 똑같은 주제에 대해 같은 말을 되풀이하는 거야? 저건 내가 열 살이 되기도 전에 알고 있던 얘기야.'

이 땅에서 살아가는 대부분의 야생 동물들처럼 썩은 고기를 먹고 사는 사막매가 그의 머리 위에서 빙빙 돌기 시작했다. 카인즈는 자신의 손 옆으로 지나가는 그림자를 보고 억지로 머리를 들어 위를 쳐다보았다. 은청색 하늘을 배경으로 매들의 모습이 흐릿한 얼룩처럼 보였다. 그의 머리 위를 부유하는 그을음의 먼 파편들 같았다.

"우리는 일반론자들이다. 행성 전체에 걸친 문제에 반듯한 선을 그을 수는 없는 법이야. 행성학은 옷을 재단해서 가봉하는 것과 같은 학문이다."

'아버지는 지금 내게 무슨 말을 하시려는 거지? 내가 미처 보지 못한 결과가 있다는 건가?'

카인즈는 뜨거운 모래 위로 다시 힘없이 얼굴을 떨어뜨렸다. 천연 스파이스 가스 밑에서 바위가 타는 냄새가 났다. 그의 머릿속 한구석에 남아 있는 논리적인 추론 능력에 의해 한 가지 생각이 형태를 갖추기 시작했다. '내 머리 위에 지금 썩은 고기를 먹는 새들이 떠 있어. 어쩌면 내 프레멘들이 저것들을 보고 무슨 일인지 알아보러 올지도 몰라.'

"행성학자의 작업에 가장 중요한 도구는 바로 인간이다. 사람들이 생태학에 눈을 뜨게 만들어야 해. 내가 완전히 새로운 양식의 생태학적 표기법을 만든 것은 바로 그 때문이다."

'아버지는 내가 어릴 적에 했던 얘기들을 되풀이하고 있어.' 카인즈는 생각했다.

주위가 서늘해지는 느낌이 들었지만 그의 머릿속 한구석에 남아 있는 논리적 추론 능력은 그에게 이렇게 말했다. '태양은 네 머리 위에 있어. 넌 지금 사막복도 없고 몸이 아주 뜨거워. 태양이 네 몸에서 수분을 태워 없애고 있는 거야.'

카인즈의 손가락이 힘없이 모래 속을 파고들었다.

'그놈들은 내게 사막복조차 남겨주지 않았어!'

"공기 중에 존재하는 수분은 살아 있는 육체에서 수분이 지나치게 빨리 증발하는 것을 예방한다."

'아버지는 왜 뻔한 얘기를 자꾸 되풀이하는 거지?'

카인즈는 공기 중의 수분에 대해 생각해 보려고 애썼다. 이 모래언덕을 덮고 있는 풀들…… 그의 몸 아래 땅속 어디엔가 있는 물…… 교과서의 그림으로만 본 적 있는 하늘 아래 노출된 물이 흘러가는 기다란 **카나트***. 지상의 물…… 관개 용수…… 식물이 자라는 계절이 올 때마다 1헥타르의 땅에 물을 대는 데 5000입방미터의 물이 필요하다는 것을 그는 기억해 냈다.

"아라키스에서 우리의 첫 번째 목표는 초원 지대를 만드는 것이다. 우리는 먼저 돌연변이가 된 파버티 풀들로 작업을 시작할 것이다. 풀밭이 수분을 묶어두면 고원에 숲을 조성하기 시작할 것이고, 그다음에는 지상에 물이 흐르는 지역을 몇 군데 만들 것이다. 처음에는 물의 양이 적겠지만 자주 불어오는 바람의 방향을 따라 일정한 간격으로 바람덫의 수분 응결기를 설치하여 바람이 훔쳐가는 물을 되찾아올 것이다. 우리는 반드시 진짜 시록코, 즉 수분을 품은 바람을 만들어내야 한다. 하지만 이곳에서 바람덫은 영원히 필요할 것이다."

'아버지는 항상 내게 강의를 할 뿐이야. 입을 좀 다무실 수는 없을까? 내가 죽어가는 게 보이지도 않나?'

"지금 네 아래쪽 깊은 곳에서 생겨나고 있는 거품으로부터 벗어나지 않는다면 너도 죽을 것이다. 거품이 그곳에 있다는 걸 너도 이미 알고 있어. 너도 천연 스파이스 가스의 냄새를 맡을 수 있을 테니까. **작은 창조자***들이 천연 스파이스 덩어리에 몸속의 물을 일부 빼앗기기 시작했다는 걸 너도 이미 알고 있다."

카인즈는 자신의 몸 아래에 물이 있다는 생각 때문에 미칠 것 같았다. 반은 식물이고 반은 동물이며 피부가 가죽 같은 작은 창조자들이 구멍 뚫린 바위층에 가둬놓은 물. 차가운 물줄기를 쏟아내는 가느다란 틈. 가장 깨끗하고 순수하고 투명하고 부드러운 물이 흘러가는 곳은…….

'천연 스파이스 덩어리야!'

그는 숨을 들이쉬었다. 코를 찌를 듯한 달콤한 냄새가 느껴졌다. 그의 주위 공기 속에 들어 있는 그 냄새가 아까보다 훨씬 더 진했다.

카인즈는 양 무릎을 땅에 대고 억지로 몸을 일으켰다. 새가 날카롭게 끽끽대는 소리와 서둘러 날개를 펄럭이는 소리가 들렸다.

'여긴 스파이스 사막이야. 아무리 한낮의 태양이 떠 있다 해도 근처에 반드시 프레멘이 있을 거다. 그들은 분명히 저 새들을 보고 이곳으로 상황을 살피러 올 거야.'

"땅을 가로지르는 움직임은 동물들에게 필수적인 것이다. 유목민들에게도 똑같은 것이 필요하지. 그들의 동선은 물, 음식, 무기질 등에 대한 물리적 필요에 맞게 조정된다. 우리는 지금 이 동선을 조절해서 우리의 목적에 맞게 배치해야 한다."

"입 좀 다물어요, 아버지." 카인즈가 투덜거렸다.

"행성 전체를 대상으로 한 번도 시도된 적이 없는 일을 아라키스에서 해야 한다. 우리는 사람을 생태계를 건설하는 힘으로 이용해서 환경에 적응된 생명체들을 생태계에 삽입해야 해. 여기에 나무 한 그루, 저기에 동물 한 마리, 또 저쪽에는 사람 하는 식으로. 이는 물의 순환 주기를 변화시키고 새로운 종류의 환경을 구축하기 위한 것이다."

"입 좀 다물라고요!" 카인즈가 갈라진 목소리로 불평했다.

"그 동선을 통해서 우리는 모래벌레와 스파이스 사이의 관계에 대해 첫 번째 단서를 얻었다."

'그래, 모래벌레.' 카인즈는 갑자기 희망이 솟아오르는 것을 느꼈다. '거품이 터지면 틀림없이 **창조자***가 올 거야. 하지만 나한텐 작살이 없는데. 작살도 없이 커다란 창조자 위에 어떻게 올라탄다지?'

좌절감 때문에 그나마 남아 있던 힘조차 쭉 빠져버렸다. 그의 밑으로 겨우 100여 미터 되는 곳에 물이 있고, 모래벌레가 분명히 나타날 텐데 그에게는 벌레를 붙잡아서 이용할 방법이 없었다.

카인즈는 자신이 쓰러져 있던 자국이 그대로 남은 모래 위로 몸을 내던졌다. 왼쪽 뺨에 타는 듯이 뜨거운 모래가 느껴졌지만, 먼 곳의 일 같았다.

"아라키스의 환경은 토착적인 생명체들의 진화 양식에 맞춰 구축되었다. 스파이스에서 눈을 들어, 식물이 넓게 자라지 않는데도 질소, 산소, 이산화탄소의 균형이 이상에 가깝게 유지되고 있다는 사실에 의문을 품은 사람이 그렇게 적었던 것이 정말 이상하다. 누구나 마음만 먹으면 이 행성의 에너지 영역을 살펴보고 이해할 수 있다. 그것이 아주 냉혹한 메커니즘인 것은 사실이지만, 그래도 하나의 메커니즘임에는 분명하다. 그 안에 빈 틈이 있다면, 반드시 무엇인가가 그 틈을 메우고 있게 마련이다. 과학은 일단 그 원리를 알아낸 다음에는 너무나 자명해 보이는 것들로 이루어져 있다. 나는 작은 창조자를 보기 훨씬 전에 이미 그것이 모래 밑 깊숙한 곳에 존재한다는 것을 알고 있었다."

"제발 강의 좀 그만두세요, 아버지." 카인즈가 속삭였다.

매 한 마리가 널브러진 그의 손 근처 모래 위에 내려앉았다. 카인즈는 매가 날개를 접고 그를 바라보려고 머리를 기울이는 모습을 보았다. 그는 간신히 힘을 짜내서 매를 향해 쉰 목소리로 소리를 질렀다. 매는 껑충 뛰어 두 발짝 물러난 다음 계속해서 그를 노려보았다.

"지금까지 인간과 인간의 활동은 인간이 살고 있는 행성 표면에서 질병과도 같은 존재였다. 자연은 질병들을 보정해서 제거하거나 분리시키고, 자신의 방식대로 그것들을 시스템 속에 통합시키는 경향이 있지."

매가 고개를 숙이고 날개를 펼쳤다가 다시 접었다. 놈은 이제 카인즈의 손에 주의를 기울이기 시작했다.

이제 카인즈에게는 쉰 목소리로 소리 지를 힘이 남아 있지 않았다.

"상호 약탈과 강탈로 이루어진 역사적인 시스템이 이곳 아라키스에서 끝을 맞을 것이다. 후손을 생각하지 않고 자신에게 필요한 것을 영원히 남에게서 빼앗기만 할 수는 없다. 행성의 물리적 특징들은 그 행성의 경제적, 정치적 기록 속에 씌어 있다. 우리는 우리 눈앞에 그 기록을 갖고 있으므로, 우리가 나아가야 할 길이 무엇인지는 자명하다."

'아버지는 절대로 강의를 멈출 수 없는 사람이야. 강의, 강의, 강의, 항상 강의뿐이야.'

매가 카인즈의 손을 향해 한 걸음 껑충 뛰어 다가와서는 고개를 갸우뚱거리며 밖으로 드러난 카인즈의 살을 살펴보았다.

"아라키스는 생산물이 하나밖에 없는 행성이다. 단 하나밖에 없지. 그 생산물이 과거의 모든 지배 계급들과 똑같은 생활을 누리고 있는 지배 계급을 부양하고, 그 밑에서는 대다수의 사람들이 인간 대접도 제대로 받지 못한 채 노예나 다름없이 그들이 버리는 찌꺼기로 연명하고 있다. 우리가 관심을 쏟아야 할 것은 대중과 찌꺼기이다. 지금까지 어느 누구도 이들이 커다란 가치를 지니고 있다는 사실을 꿈에도 생각하지 못했다."

"난 아버지 말을 듣지 않을 겁니다. 꺼져버려요." 카인즈가 낮은 소리로 말했다.

'분명히 근처에 내 프레멘들이 몇 명 있을 거야. 그들이 내 머리 위의 새들을 못 볼 리가 없어. 그러면 여기 혹시 수분이 있는지 알아보기 위해서라도 살펴보러 올 거야.'

"아라키스의 대중은 우리가 이 땅을 물이 흐르는 곳으로 만들기 위해 일하고 있음을 알게 될 것이다. 물론 대부분은 우리가 이 작업을 수행해

내는 방법을 제대로 이해하지 못해서 반쯤 신비주의적인 눈으로 우리를 바라보는 데 그칠 것이다. 또한 그 엄청난 질량비 문제를 이해하지 못해서 우리가 물이 풍부한 다른 행성에서 물을 가져올 것이라고 생각하는 사람도 많을 것이다. 그들이 우리를 믿어주는 한 무슨 생각을 하든 상관없다."

'조금만 있다가 자리에서 일어나 내가 아버지를 어떻게 생각하는지 말해 줘야겠어. 나를 도와줘야 하는 때에 거기 서서 강의만 하고 있다니.'

새가 카인즈의 손을 향해 한 발짝 더 다가왔다. 다른 매 두 마리가 첫 번째 놈의 뒤에 내려앉았다.

"우리 대중들 사이에서 종교와 법은 반드시 하나가 되어야 한다. 법에 불복종하는 행위는 종교적인 죄악이 되어 처벌받아야 해. 그러면 사람들을 더욱 순종적이면서 동시에 더욱 용감하게 만드는 두 가지 성과를 거두게 될 것이다. 개개인보다는 사람들 전체의 용맹함을 더 중요하게 생각해야 한다."

'내 사람들은 어디 있는 거야? 이렇게 필요한 때에.' 카인즈는 몸에 남아 있는 힘을 다 동원해서 가장 가까이 있는 매를 향해 손을 손가락 하나 너비만큼 움직였다. 매가 펄쩍 뛰어 동료들이 있는 곳으로 물러났고, 세 마리가 모두 하늘로 날아오르려고 몸을 곧추세웠다.

"우리가 짠 시간표에 따라 우리는 자연 현상과 비슷한 업적을 이룩하게 될 것이다. 행성의 생명은 단단하게 짜인 엄청난 크기의 천과 같다. 처음에는 우리가 조작하는 가공되지 않은 물리적 힘에 의해 식물과 동물의 변화가 일어날 것이다. 그러나 그들이 스스로를 정립해 나가기 시작하면, 우리가 일으키는 변화 자체가 스스로의 상황을 통제하는 영향력을 발휘하게 될 것이다. 그리고 우리는 그 변화들에 대해서도 대처해야 한다. 하지만 우리는 에너지 표면의 3퍼센트만 통제하면 된다는 사실을 명심해야 한다. 3퍼센트뿐이다. 이 행성의 구조 전체를 자급 자족적인 시스템으로 변화시키는 데 필요한 것은 3퍼센트뿐이다."

'왜 날 도와주지 않는 겁니까? 항상 똑같아요. 내가 아버지를 가장 필요로 할 때, 아버지는 언제나 나를 실망시켰죠.' 카인즈는 아버지의 목소리가 들려오는 쪽으로 고개를 돌려 무서운 시선으로 그를 꼼짝 못 하게 만들고 싶었다. 그러나 그의 근육들이 그의 요구를 거절했다.

매가 움직이는 것이 보였다. 놈은 한 번에 한 발짝씩 조심스럽게 움직이면서 그의 손을 향해 다가왔다. 나머지 두 놈은 관심이 없는 척 딴전을 피우면서 기다리고 있었다. 매가 그의 손에서 겨우 한 발짝밖에 떨어지지 않은 곳에서 걸음을 멈췄다.

그 순간 카인즈의 의식이 놀라울 정도로 명료해졌다. 아버지가 결코 보지 못했던 아라키스의 잠재력을 그는 갑작스럽게 깨달았다. 그 길에 내포되어 있는 가능성들이 그의 의식 속으로 홍수처럼 밀어닥쳤다.

"너의 동족들이 영웅의 손에 떨어지는 것보다 더 끔찍한 재앙은 없다." 그의 아버지가 말했다.

'내 마음을 읽고 있어! 뭐…… 그러라지.' 그가 생각했다.

'나의 시에치 마을들에 이미 메시지가 전달되었어. 이제 그 어느 것도 그들을 막을 수 없다. 만약 공작의 아들이 살아 있다면, 그들은 내 명령에 따라 그를 찾아서 보호할 거다. 어쩌면 그 애의 어머니는 버림받을지도 모르지만, 아이만은 그들이 구해 줄 거야.'

매가 마지막 한 발짝을 떼었다. 이제 놈은 손으로 후려칠 수 있는 거리에 와 있었다. 놈이 고개를 갸우뚱한 자세로 축 늘어진 손을 살펴보았다. 그런데 갑자기 놈이 몸을 똑바로 세우더니 머리를 곧추세웠다. 그리고 단 한 번 날카로운 울음소리를 내고 공중으로 뛰어올라 자기 뒤를 따르는 동료들과 함께 카인즈의 머리 위로 올라가 버렸다.

'그들이 왔어! 내 프레멘들이 나를 찾아낸 거야!'

그때 모래가 '둥둥' 울리는 소리가 들렸다.

프레멘이라면 누구나 그 소리를 알고, 모래벌레의 소리나 다른 사막의 생물들이 내는 소리와 금방 구분할 수 있었다. 카인즈의 몸 아래 어디엔가 있는 천연 스파이스 덩어리에 작은 창조자에게서 나온 유기 물질과 물이 쌓이다가 마침내 임계점에 이르러 걷잡을 수 없이 자라나기 시작한 모양이었다. 거대한 이산화탄소 거품이 모래 깊숙한 곳에서 생겨나면서 부풀어 올라 거대한 '개화(開花)'를 이루는 바람에 거품 중앙에서 흙먼지가 소용돌이처럼 요동쳤다. 거품은 모래 깊숙한 곳에서 형성된 물질들을 내놓고 대신 표면에 있는 모든 것을 쓸어갈 것이다.

매들이 속이 상했는지 날카로운 울음소리를 내며 카인즈의 머리 위를 빙빙 돌았다. 그들은 지금 무슨 일이 벌어지고 있는지 잘 알고 있었다. 이건 사막에 사는 생물이라면 모두 다 아는 일이었다.

'나도 사막의 생물이야. 제가 보입니까, 아버지? 나도 사막의 생물이란 말입니다.'

카인즈는 거품 때문에 몸이 들어 올려지는 것을 느꼈다. 그러나 곧 거품이 터지면서 소용돌이치는 흙먼지가 그의 몸을 집어삼켜 서늘한 어둠 속으로 끌고 내려갔다. 처음에는 그 서늘함과 습기가 너무나 반가웠다. 그러나 그의 행성이 그를 죽이는 순간, 카인즈의 머릿속에는 아버지를 비롯한 모든 학자들의 생각이 틀린 것이며, 우주에 가장 끈질기게 남아 있는 불변의 법칙은 바로 우연과 실수라는 생각이 떠올랐다.

심지어 하늘의 저 매들도 이 사실을 인정해 줄 것 같았다.

예언과 예지력. 대답이 발견되지 않은 질문들을 앞에 두고 이 두 가지를 어떻게 시험할 수 있을까? 이렇게 한번 생각해 보자. 실제로 '파도 형태'(무앗딥이 자신의 환영을 가리켜 한 말)에서 본 예언과 예언자가 예언에 맞게 미래를 만들어나가는 것, 이 두 가지가 각각 차지하는 비중이 얼마나 될까? 예언자가 정말 미래를 보는 것일까? 아니면 그가 보는 것은 약점을 나타내는 선, 즉 다이아몬드를 자르는 사람이 칼질 한 번으로 보석을 박살 내듯이 예언자가 말이나 결정을 이용해서 산산조각으로 부숴버릴 수 있는 단층이나 쪼개진 틈인 걸까?

—이룰란 공주의 『무앗딥에 대한 개인적인 회고』

"저들의 물을 빼앗아." 밤의 어둠 속에서 소리치던 남자가 말했다. 폴은 애써 두려움을 누르며 어머니를 흘끗 바라보았다. 잘 훈련된 그의 눈은 어머니가 싸울 준비를 갖추고 있으며, 그녀의 근육이 언제라도 움직일 수 있는 상태로 긴장하고 있다는 것을 알아보았다.

"지금 당장 너희 두 사람을 죽여야 한다면 대단히 유감스러운 일이 될 것이다." 두 사람 위쪽에서 목소리가 들려왔다.

'우리한테 맨 처음 말했던 사람이야. 그러니까 저들은 최소한 둘. 하나는 오른쪽에, 하나는 왼쪽에.' 제시카는 생각했다.

"시뇨로 흐로보사 수카레스 힌 만제 라 프차가바스 도이 메 카마바스 나 베슬라스 렐레 팔 흐로바스!"

두 사람의 오른쪽에 있는 남자가 분지 반대편을 향해 이렇게 소리쳤다.

폴에겐 도저히 알아들을 수 없는 소리였지만, 제시카는 베네 게세리트 훈련 덕분에 이 말을 알아들을 수 있었다. 남자는 고대의 사냥 언어 중 하나인 차콥사 어로 말하고 있었다. 지금은 그들 위쪽에 있는 남자가 폴과 제시카를 가리키며 이들이 바로 자신들이 찾던 이방인인지도 모른다고 말하는 중이었다.

소리를 지르던 목소리가 잦아든 후 갑작스레 내려앉은 침묵 속에서 연한 상앗빛이 섞인 푸른빛을 띤 두 번째 달의 둥그런 얼굴이 분지 너머의 바위들 위로 밝은 모습을 드러냈다.

머리 위와 양쪽의 바위들에서 뭔가가 민첩하게 움직이는 소리들이 들려왔다……. 달빛 속에서 검은 형체들이 움직이는 것도 보였다. 많은 그림자들이 어둠 속으로 흘러들었다.

'대부대잖아!' 폴의 가슴이 덜컹 내려앉았다.

얼룩덜룩한 망토를 입은 키 큰 남자가 제시카 앞에 섰다. 발음을 정확하게 하기 위해 입마개를 벗은 상태여서 옆에서 비치는 달빛에 무성한 턱수염이 드러났다. 그러나 그의 얼굴과 눈은 머리에 쓴 두건의 그림자에 가려져 있었다.

"우리 앞에 있는 게 누구인가? 정령인가, 인간인가?" 그가 물었다.

제시카는 그의 목소리에 장난기가 섞여 있음을 느끼고 희미하게나마 희망을 품어도 좋겠다고 생각했다. 그의 목소리는 명령을 내리는 데 익숙한 사람의 것이었다. 밤의 어둠 속에 갑작스레 들려와 두 사람을 놀라게 했던 것도 바로 이 사람의 목소리였다.

"내 장담하건대 인간인 것 같군." 남자가 말했다.

제시카는 남자의 로브 자락에 칼이 숨겨져 있다는 것을 눈으로 보지 않고도 느낄 수 있었다. 자신과 폴에게 방어막이 없다는 사실이 너무 아쉬웠다.

"말도 할 줄 아나?" 남자가 물었다.

제시카는 최대한 당당하고 거만한 자세로 역시 최대한 당당하고 거만한 목소리를 내려고 노력했다. 남자의 말에 빨리 대답해야 하는 상황이었지만, 아직 남자의 말을 많이 듣지 않아서 그의 약점과 배경을 확실히 알 수 없었다.

"밤의 어둠 속에서 범죄자처럼 다가온 당신은 누구지?" 그녀가 물었다.

남자가 긴장한 듯 두건을 쓴 머리를 갑자기 외로 꼬았다가 천천히 긴장을 늦췄다. 그 모습에서 그에 관한 많은 사실들이 드러났다. 남자는 자신을 통제하는 능력이 대단한 사람이었다.

폴은 상대의 목표를 분산시키고 자신과 어머니가 마음껏 움직일 수 있는 공간을 확보하기 위해 그녀에게서 멀어졌다.

두건을 쓴 남자가 폴의 움직임을 감지하고 고개를 돌리자, 달빛에 그의 얼굴 일부가 쐐기 모양으로 드러났다. 제시카는 그의 날카로운 코와 반짝이는 한쪽 눈, 끝이 위로 올라간 무성한 갈색 콧수염을 볼 수 있었다. '캄캄해. 흰자위가 하나도 없는 어두운 눈이야.' 그녀는 생각했다.

"아이가 그럴듯해 보이는군. 만약 너희 두 사람이 하코넨에게서 도망치고 있는 자들이라면, 기꺼이 우리 가운데 받아들여 줄 수도 있다. 정체가 뭔가, 소년?"

여러 가지 가능성들이 섬광처럼 폴의 마음속을 스치고 지나갔다. '속임수? 아니면 사실?' 즉시 결단을 내려야 했다.

"왜 도망자들을 환영한다는 거요?" 폴이 물었다.

"마치 어른처럼 생각하며 어른처럼 말하는 아이로군." 키 큰 남자가 말했다. "글쎄, 네 질문에 대답하자면 난 하코넨에게 **페이***, 즉 물의 공물을 바치지 않는 사람이다, 어린 **왈리***. 그러니까 내가 도망자들을 환영할지도 모른다는 거지."

'저 사람은 우리가 누군지 알고 있어. 저 사람의 목소리에 뭔가를 숨기고 있는 기색이 있어.' 폴은 생각했다.

"나는 스틸가다. 프레멘이지. 이제 말할 기분이 나나, 소년?"

'그때 그 목소리야.' 그는 아버지와 회의를 하고 있을 때 이 남자가 하코넨에게 살해당한 친구의 시체를 찾으러 왔던 것을 기억해 냈다.

"난 당신을 알고 있소, 스틸가. 당신이 당신 친구의 물을 찾으러 왔을 때 난 아버지와 함께 회의 중이었소. 당신은 친구 사이의 교환이라며 내 아버지의 부하인 던컨 아이다호를 데리고 갔지."

"아이다호는 우리를 버리고 공작에게 돌아갔다." 스틸가가 말했다.

제시카는 그의 목소리에 혐오감이 묻어 있는 것을 느끼고 공격에 대비했다.

머리 위의 바위에서 누군가가 소리쳤다. "이건 시간 낭비예요, 스틸."

"이 아이는 공작의 아들이야. 리에트가 우리더러 찾으라고 한 아이가 틀림없다." 스틸가가 호통치듯 말했다.

"하지만…… 어린애잖아요, 스틸."

"공작은 진정한 인간이었고 이 애는 모래 막대기를 사용했어. 이 애가 샤이 훌루드의 길을 건넌 건 용감한 일이었다."

제시카는 스틸가가 말을 하면서 자신을 제외시키고 있음을 깨달았다. 저자가 이미 결정을 내린 걸까?

"지금은 시험할 시간이 없어요." 바위 위의 목소리가 항의했다.

"하지만 이 애가 리산 알 가입일 수도 있어." 스틸가가 말했다.

'저 사람은 지금 징조를 찾고 있어!' 제시카는 속으로 생각했다.

"그럼 여자는요?" 바위 위의 목소리가 말했다.

제시카는 자세를 가다듬었다. 그 목소리에 죽음의 기운이 서려 있었다.

"여자는 돼. 그리고 그녀의 물도." 스틸가가 말했다.

"당신도 법칙을 알잖아요. 사막과 함께 살아갈 수 없는 사람들은……." 바위 위의 목소리가 말했다.

"조용히 해. 시대는 변하게 마련이야." 스틸가가 말했다.

"이것도 리에트의 '명령'인가요?"

"너도 **시엘라고***의 목소리를 들었잖나, 야미스. 왜 나를 채근하는 거지?"

'시엘라고라니!' 이 말이 단서가 되어 제시카 앞에 새로운 이해의 길이 활짝 열렸다. **일름***과 **피크***의 언어로 시엘라고는 하늘을 나는 작은 포유류인 박쥐를 뜻했다. 그리고 '시엘라고의 목소리'라는 말은 이들이 폴과 그녀를 찾으라는 **디스트랜스*** 메시지를 받았음을 뜻했다.

"난 당신에게 당신의 임무를 상기시켜 주고 있을 뿐이에요, 친구 스틸가." 바위 위의 목소리가 말했다.

"내 임무는 부족을 강하게 하는 거야. 그것이 내 유일한 의무지. 누가 일부러 상기시켜 주지 않아도 잘 알고 있어. 난 이 애어른에게 흥미를 느끼고 있다. 이 아이의 살은 물로 가득 차 있어. 물을 풍족하게 쓰면서 살았다는 얘기야. 아버지 태양으로부터 멀리 떨어져서 살았다는 얘기다. 이 아이는 **이바드의 눈***을 갖고 있지 않아. 그런데도 팬에 살고 있는 약해 빠진 녀석들 같은 말이나 행동이 없다. 그건 이 애의 아버지도 마찬가지였어. 이런 일이 어떻게 가능한 거지?"

"밤새도록 말싸움이나 하면서 여기 있을 수는 없어요. 만약 순찰대가……."

"조용히 하라는 말을 두 번 하고 싶지는 않아, 야미스."

바위 위의 남자가 조용해졌다. 그러나 제시카는 그가 협곡을 건너뛰어 그들 왼쪽의 분지 바닥을 향해 내려오는 소리를 들을 수 있었다.

"시엘라고의 목소리는 우리가 너희들 두 사람을 구해 주는 것이 가치 있는 일이 될지도 모른다고 했다. 이 강한 애어른한테서는 그 가능성을 볼 수 있어. 이 아이는 아직 어려서 무엇이든 배울 수 있다. 하지만 넌 어떤가, 여자?" 스틸가가 제시카를 똑바로 바라보았다.

'이제 이 사람의 목소리와 패턴은 내 기억 속에 새겨졌어. 내가 말 한 마디로 이 사람을 통제할 수도 있겠지만 이 사람은 강해……. 이 사람이 원래의 날카로움을 그대로 지니고 자유롭게 행동하는 편이 우리에게 더 가치 있을지도 몰라. 그건 두고 보면 알겠지.'

"난 이 아이의 어머니야. 당신이 감탄하는 저 아이의 힘 중 일부는 내 훈련의 성과이지." 제시카가 말했다.

"여자의 힘은 무한할 수 있지. 대모의 경우에는 분명히 그래. 넌 대모인가?"

제시카는 그 질문에 내포된 의미를 잠시 제쳐두고 진실을 말했다. "아니."

"사막의 방식을 훈련받았는가?"

"아니. 하지만 많은 사람들이 내가 받은 훈련의 가치를 높이 평가한다."

"가치에 대한 판단은 우리가 내린다."

"사람이라면 누구나 스스로 판단할 권리가 있지."

"네가 이성적인 사람이라 다행이군. 우린 여기서 널 시험하느라고 빈

둥거릴 수 없다, 여자. 이해하겠나? 우린 네 망령이 우릴 괴롭히는 것을 원하지 않는다. 내가 네 아들인 저 애어른을 데려가겠다. 저 아이는 나의 호의를 얻고 내 부족 속에서 피신처를 얻을 것이다. 하지만 넌, 내가 개인적인 감정 때문에 이러는 것이 아니라는 걸 이해하겠지? 그것이 모두의 이익을 위한 법칙, **이스티슬라***다. 그걸로 충분하지 않나?"

폴이 반 발짝 앞으로 나서며 말했다. "그게 무슨 소리지?"

스틸가가 폴을 흘끗 바라보았다. 그러나 그의 주의는 계속 제시카에게 쏠려 있었다. "어렸을 때부터 이곳에서 사는 방법을 깊이 훈련받지 않은 사람은 부족 전체에 파멸을 가져올 수 있다. 그것이 법칙이야. 게다가 우리는 쓸모없는……"

제시카의 동작은 마치 기절하는 사람처럼 땅으로 푹 쓰러지는 것으로 시작되었다. 그것은 분명히 약해 빠진 다른 행성의 사람이 할 만한 행동이었고 그 때문에 당연히 상대방의 반응 속도가 느려졌다. 알고 있다고 생각했던 것이 사실은 모르는 것으로 밝혀질 때면 그것을 이해하는 데 시간이 걸리는 법이다. 제시카는 스틸가가 로브 자락 속에서 무기를 꺼내 그녀의 새로운 위치를 겨냥하느라 오른쪽 어깨를 낮추는 것을 보며 자세를 바꿨다. 그녀가 방향을 바꾸면서 팔로 허공을 베고 두 사람의 로브 자락이 뒤섞여 소용돌이처럼 한바탕 핑그르르 돌고 난 뒤, 그녀는 자신에게 무기력하게 잡힌 스틸가를 붙들고 바위에 등을 기댄 자세로 서 있었다.

폴은 그녀가 움직이기 시작하는 순간 뒤로 두 발짝 물러섰다. 그리고 그녀가 공격할 때 어둠 속으로 뛰어들었다. 턱수염을 기른 남자가 앞에서 몸을 일으키며 반쯤 웅크린 자세로 한 손에 무기를 들고 앞으로 돌진했다. 폴은 주먹을 내뻗어 그 남자의 명치를 가격한 다음 옆으로 피하면서 목덜미를 내리쳤다. 남자가 쓰러지면서 무기를 놓쳤다.

폴은 무기를 허리띠에 찔러 넣은 채 바위 그림자 속에서 재빨리 위로 기어올랐다. 처음 보는 무기였지만 그는 그것이 발사용 무기임을 알아보았다. 그것이 이곳 사람들에 대해 많은 것을 알려주었다. 이 무기는 이곳 사람들이 방어막을 사용하지 않는다는 사실을 알려주는 또 하나의 단서였다.

'저 사람들은 어머니하고 저 스틸가라는 사람에게 신경을 쏟을 거야. 스틸가는 어머니가 처리할 수 있어. 난 빨리 안전하고 높은 곳으로 올라가서 저들을 협박해 어머니가 도망칠 시간을 벌어줘야 해.'

분지에서 스프링이 딸깍거리는 소리가 날카로운 합창처럼 들려왔다. 프레멘의 무기에서 발사된 탄환들이 폴 주위의 바위에 부딪치면서 '핑' 하는 소리를 냈다. 탄환 하나가 그의 옷자락을 가볍게 스치고 지나갔다. 그는 바위에 착 달라붙은 채 모퉁이를 돌았다. 이제 그는 수직으로 뻗어 있는 좁은 바위틈 안에 들어와 있었다. 그는 바위틈의 한쪽 벽에 등을 붙이고, 반대쪽 벽에 발을 댄 자세로 소리를 내지 않으려고 애쓰면서 천천히 올라가기 시작했다.

스틸가의 호통 소리가 그가 있는 곳까지 메아리쳐 올라왔다. "물러서, 이 벌레 대가리들아! 네놈들이 더 다가오면 이 여자가 내 목을 부러뜨리고 말 거다!"

분지 바깥쪽에서 누군가가 말했다. "아이가 도망쳤어요, 스틸. 우린 이제……."

"애가 도망친 게 당연하지, 이 모래 대가리야……. 윽, 으윽! 이러지 마, 여자!"

"내 아들을 사냥하는 걸 그만두라고 해." 제시카가 말했다.

"벌써 멈췄어. 당신 의도대로 당신 아들은 도망쳤단 말이다. 이런 젠장! 당신이 신비스러운 힘을 가진 전사라는 얘길 왜 안 했지?"

"당신 부하들에게 물러서라고 말해. 내가 당신 부하들을 볼 수 있게 분지 밖으로 나가라고 해…… 지금 여기 있는 당신 부하가 몇 명이나 되는지 난 정확하게 알고 있어."

이 말을 하고 나서 그녀는 생각했다. '이제 아주 조심해야 해. 만약 이 남자가 내 생각만큼 판단이 예리한 사람이라면, 우리에게 아직 기회가 있어.'

폴은 조금씩 위로 올라가다가 좁은 바위 턱을 발견했다. 그 위에서 쉬면서 분지를 내려다볼 수 있을 것 같았다. 스틸가의 목소리가 그가 있는 곳까지 올라왔다.

"내가 거절한다면? 당신이 어떻게…… 으윽! 진정해, 여자! 우린 이제 당신을 해칠 생각이 없어. 젠장! 당신이 우리 부족에서 가장 강한 사람인 내게 이런 짓을 할 수 있다면, 당신은 당신 몸속의 물보다 열 배는 더 가치가 있는 사람이야."

'이제 이성을 시험할 차례로군.' 제시카는 생각했다. "당신들은 리산 알 가입을 찾고 있지?"

"어쩌면 당신들이 전설에 나오는 사람들인지도 모르겠군. 하지만 난 시험을 해본 후에야 믿겠다. 지금 내가 알고 있는 거라고는 당신이 그 멍청한 공작하고 같이 이곳으로 와서…… 아아! 이봐! 당신이 나를 죽이든 말든 난 상관없어! 공작은 명예롭고 용감한 사람이었지만, 하코넨의 주먹 앞에 자기 몸을 들이민 것은 멍청한 짓이었어!"

침묵이 내려앉았다.

이윽고 제시카가 말했다. "공작님에게는 선택의 여지가 없었다. 하지만 그 문제에 대해서는 그만 얘기하기로 하지. 자, 이제 저기 덤불 뒤에 있는 당신 부하에게 나를 향해 무기를 겨누는 짓을 그만두라고 해. 그렇지 않으면 이 우주에서 당신을 제거해 버린 후 저놈도 없애버릴 테니까."

"거기 너! 이 여자 말대로 해!" 스틸가가 고함을 질렀다.

"하지만, 스틸……."

"여자 말대로 해, 이 도마뱀 똥 같은 모래 대가리 벌레 상판아! 이 여자 말대로 하지 않으면 내가 이 여자하고 같이 네놈을 절단 내 버리겠다! 이 여자의 가치를 아직도 모르는 건가?"

덤불 속에 몸을 일부 숨기고 있던 남자가 몸을 똑바로 세우면서 무기를 내렸다.

"당신 명령대로 했다." 스틸가가 말했다.

"자, 이제 당신 부하들에게 당신이 날 어떻게 할 작정인지 분명하게 설명해. 성급한 어린 놈들이 바보 같은 실수를 저지르는 건 달갑지 않으니까."

"마을과 도시로 들어갈 때 우리는 정체를 숨기고 팬과 열곡 사람들 속에 섞여야 한다." 스틸가가 말했다. "무기는 가지고 다니지 않아. 크리스나이프는 신성한 것이니까. 하지만 여자, 당신은 신비스러운 싸움 능력을 가지고 있다. 우린 말로만 들었을 뿐 대부분 그 말을 의심했는데, 이제 눈으로 직접 보았으니 의심할 수가 없군. 당신은 무장한 프레멘을 제압했다. 이건 그 어떤 수색에서도 노출되지 않는 무기야."

사람들이 스틸가의 말을 이해하기 시작하면서 분지에 동요가 일었다.

"내가 만약 당신들에게 그…… 신비스러운 방법을 가르쳐주겠다고 한다면?"

"당신 아들은 물론 당신에게도 내 호의를 약속하겠다."

"당신의 약속이 진심이라는 걸 어떻게 믿지?"

스틸가의 목소리에 희미하게 담겨 있던 이성적인 어조가 약간 사라지고 날카롭고 신랄한 어조가 그 자리를 채웠다. "여기 사막에 사는 우리는 계약을 위한 종이 같은 건 가지고 다니지 않는다, 여자. 우린 저녁에 약속을 하고 동틀 무렵에 깨뜨리는 사람들이 아냐. 사람이 어떤 말을 하면, 그것이 바로 계약이다. 내 부족 사람들의 지도자로서 내 말에는 내 부족 사람들 몫의 약속까지 포함되어 있다. 당신이 우리에게 이 신비스러운 방법을 가르쳐준다면, 당신이 원하는 대로 언제까지나 은신처를 제공해 주겠다. 당신의 물이 우리의 물과 섞일 것이다."

"이건 모든 프레멘의 대표로서 하는 말인가?" 제시카가 물었다.

"시간이 더 흐르면 그렇게 될 수도 있겠지. 하지만 모든 프레멘을 대표해서 말할 수 있는 사람은 나의 형제 리에트뿐이다. 여기서 내가 약속할 수 있는 것은 비밀을 지켜주겠다는 것뿐이다. 내 부족 사람들이 다른 시에치 사람들에게 당신들에 대해 얘기하는 일은 없을 것이다. 하코넨은 군대를 이끌고 듄에 돌아왔고, 당신의 공작은 죽었다. 들리는 말로는 당신들 둘도 어머니 폭풍 속에서 죽었다고 하더군. 사냥꾼은 죽은 사냥감을 추적하지 않는 법이다."

'이거면 안전을 보장받을 수 있어. 하지만 이 사람들은 좋은 통신 장비를 갖고 있으니 밖으로 메시지를 보낼 수도 있을 거야.'

"우리에게 현상금이 걸려 있는 것으로 아는데." 그녀가 말했다.

스틸가는 침묵을 지켰다. 그녀는 자신의 손 밑에서 꿈틀거리는 그의 근육을 느낄 수 있었다. 그의 머릿속에서 여러 가지 생각들이 요동치는 광경이 눈에 보이는 듯했다.

이윽고 그가 말했다. "내 다시 한번 말하지. 난 우리 부족의 구두 서약을 주었다. 내 부족 사람들은 이제 당신이 우리에게 가치 있는 존재임을

알고 있어. 하코넨이 우리에게 뭘 줄 수 있겠나? 자유? 하! 천만에. 당신
은 **타콰***이다. 하코넨의 금고에 들어 있는 스파이스를 다 합한 것보다도
더 많은 것을 우리에게 줄 수 있는 사람이란 뜻이다."

"그렇다면 내가 싸움의 기술을 당신들에게 가르쳐주지." 제시카가 말
했다. 그러면서 그녀는 자신의 말 속에 무의식적인 제의(祭儀)적 강렬함
이 담겨 있음을 느꼈다.

"이제 나를 놓아주겠나?"

"그래." 제시카는 스틸가를 잡고 있던 손을 놓고 분지의 둑이 완전히
보이는 곳으로 물러났다. '이건 시험의 절차를 뭉개버린 행위였어. 하지
만 폴은 이 사람들에 대해 반드시 알아야 할 필요가 있어. 그 아이에게
이걸 알려주는 과정에서 내가 죽는 한이 있어도.'

뭔가를 기다리는 듯한 침묵 속에서 폴은 어머니가 좀더 잘 보이는 장
소를 향해 조금씩 앞으로 나왔다. 그런데 수직으로 뻗어 있는 바위틈 속
위쪽에서 커다란 숨소리가 들려오다가 갑자기 잠잠해졌다. 소리가 들려
오던 자리에 별들을 배경으로 희미한 그림자의 윤곽이 느껴졌다.

스틸가의 목소리가 분지에서부터 위로 울려 퍼졌다. "거기 위에, 너!
아이를 사냥하는 짓은 그만둬. 그는 금방 밑으로 내려올 거다."

폴의 머리 위 어둠 속에서 소년인지 소녀인지 분간할 수 없는 목소리
가 들렸다. "하지만 스틸, 저 애는……."

"그를 내버려두라고 했잖니, 챠니! 이 도마뱀 새끼 같은 녀석아!"

폴의 머리 위에서 낮게 투덜거리는 소리가 들렸다. "나더러 도마뱀 새
끼래!" 그러나 그 그림자는 뒤로 물러나 폴의 시야에서 사라져버렸다.

폴은 다시 분지로 시선을 돌렸다. 어머니 옆에서 스틸가가 회색 그림
자처럼 움직이고 있었다.

"다들 이리 와." 스틸가가 이렇게 소리치고는 제시카를 향해 말했다. "이제 당신이 당신 역할을 충실히 이행하리라는 걸 우리가 어떻게 믿을 수 있는지 물어야 할 차례인 것 같은데? 당신이야말로 쓸데없는 계약서니 종이니……."

"우리 베네 게세리트도 당신들과 마찬가지로 서약을 깨뜨리지 않아."

침묵이 길게 이어지다가 숨죽인 목소리들이 한꺼번에 들려왔다. "베네 게세리트의 마녀야!"

폴은 허리띠에 끼워둔 무기를 꺼내 들고 거무스름하게 형체만 보이는 스틸가를 겨냥했다. 그러나 스틸가와 그의 동료들은 제시카를 노려보며 꼼짝도 하지 않았다.

"전설 그대로야." 누군가가 말했다.

"샤도우트 메입스가 당신에 대해 보고했다는 얘기가 있소. 하지만 이렇게 중요한 문제는 반드시 시험을 거쳐야 하지. 만약 당신이 전설에 나오는 그 베네 게세리트이고, 당신의 아들이 우리를 낙원으로 이끌어줄 자라면……." 스틸가가 어깨를 으쓱했다.

제시카는 한숨을 쉬며 생각했다. '그러니까 보호 선교단이 이 지옥 같은 곳 사방에 종교적인 안전판을 심어놓은 거로군. 아, 뭐……. 그게 도움이 되기는 하겠지. 원래 그러려고 심어놓은 거니까.'

그녀가 입을 열었다. "당신들에게 전설을 가져다준 예언자, 그녀가 **카라마***와 **이자즈***의 속박, 기적과 예언의 흉내 낼 수 없음을 전제로 당신들에게 그 전설을 주었다는 걸 알고 있어요. 징조를 원하나요?"

달빛 속에서 스틸가의 콧구멍이 벌렁거렸다. "의식을 치르기 위해 늦장을 부릴 수는 없소." 그가 낮은 소리로 말했다.

제시카는 카인즈가 대피로를 알려주면서 보여주었던 지도를 떠올렸다. 그게 아주 오래전의 일처럼 느껴졌다. 지도에는 '타브르 시에치'라는 이름이 붙은 장소가 있었고, 그 옆에는 '스틸가'라는 주석이 달려 있었다.

"우리가 타브르 시에치에 도착하고 나면 가능할지도 모르죠." 그녀가 말했다.

이 말이 스틸가를 뒤흔들었다. 제시카는 생각했다. '우리가 어떤 속임수들을 사용하는지 저 사람이 알면 어떻게 될까! 보호 선교단의 일원으로 파견되었던 그 베네 게세리트는 정말 뛰어난 사람이었던 모양이야. 이 프레멘들이 우리를 믿도록 잘도 준비해 놓았으니.'

스틸가가 불안한 듯 몸을 움직이면서 말했다. "이제 출발해야 하오."

그녀는 고개를 끄덕였다. 그녀가 허락했기 때문에 그들이 이 장소를 떠날 수 있다는 사실을 그에게 알려주기 위해서였다.

그는 고개를 들어 폴이 웅크리고 있는 바위 턱을 머뭇거림 없이 거의 곧바로 올려다보며 말했다. "거기, 젊은이. 이제 내려와도 돼." 그가 제시카에게 시선을 돌리고 사과하는 것처럼 말했다. "당신 아들은 절벽을 올라가면서 믿을 수 없을 만큼 큰 소리를 냈소. 우리 모두를 위험에 빠뜨리지 않으려면 그가 배워야 할 게 많을 것 같소. 하지만 그는 아직 어리니까."

"우리가 서로에게 가르쳐줄 것이 많다는 점에 대해서는 의심의 여지가 없죠. 그건 그렇고 저쪽에 있는 당신 동료를 살펴보는 게 좋을 거예요. 내 시끄러운 아들이 그의 무기를 빼앗으면서 조금 거칠게 군 것 같으니까."

스틸가가 두건을 펄럭이며 급히 몸을 돌렸다. "어디 말이오?"

"저기 덤불 뒤쪽이에요." 제시카가 손으로 방향을 알려주었다.

스틸가가 부하 두 명에게 말했다. "가서 살펴봐." 그리고 그는 자기 일행을 하나하나 살펴보며 인원 점검을 했다. "야미스가 없군." 그가 제시카를 향해 시선을 돌리며 말을 이었다. "당신 아이도 그 신비스러운 방법을 알고 있는 모양이오."

"그리고 그 아이는 당신이 명령했는데도 저 위에서 움직이지 않았어요." 제시카가 말했다.

스틸가가 덤불 쪽으로 보냈던 남자 두 명이 숨을 몰아쉬며 비틀거리는 남자를 부축하고 돌아왔다. 스틸가는 그들을 흘끗 바라본 다음 제시카에게 시선을 돌렸다. "당신 아들은 오로지 당신의 명령만 듣는단 말이오? 좋군. 규율이 뭔지 아는 아이야."

"폴, 이제 내려와도 돼." 제시카가 말했다.

폴은 숨어 있던 바위틈 위의 달빛 속으로 모습을 드러내고는 프레멘의 무기를 다시 허리띠에 찔러 넣었다. 그가 방향을 돌리려 하자 맞은편 바위에서 사람 하나가 몸을 일으켰다.

달빛 속에서 회색 돌에 비친 모습을 보니, 상대는 프레멘의 로브를 입은 작은 사람이었다. 두건의 그림자에 가려진 그 사람의 얼굴이 폴을 응시하고 있었고, 로브 자락 사이에서 프레멘 무기의 주둥이가 그를 겨냥하고 있었다.

"난 리에트의 딸, 챠니야."

그 목소리는 반쯤 웃음으로 채워져 있는 듯 매우 경쾌했다.

"네가 우리 일행에게 해를 끼치려 했다면 내가 가만히 있지 않았을 거야." 챠니가 말했다.

폴은 마른침을 꿀꺽 삼켰다. 그의 앞에 서 있는 사람이 달빛이 비치는 방향을 향해 얼굴을 돌리자 장난꾸러기 요정 같은 얼굴과 검은 구멍 같은 눈이 드러났다. 폴은 자신이 가장 먼저 본 수많은 예지의 환영들 속에서 이 얼굴을 이미 본 적이 있다는 사실에 충격을 받아 제자리에서 꼼짝도 하지 못했다. 가이우스 헬렌 모히암 대모에게 꿈속에서 본 이 얼굴을 설명하면서 홧김에 허세를 부리며 했던 말이 생각났다. '앞으로 그 애를 만나게 될 거예요.'

그 얼굴이 지금 여기 있었다. 하지만 이런 상황에서 만나게 될 거라고는 꿈에도 생각하지 못했다.

"넌 성난 샤이 훌루드만큼이나 시끄러웠어. 게다가 하필 제일 힘든 길로 올라왔지. 날 따라와. 더 쉽게 내려갈 수 있는 길을 알려줄게." 그녀가 말했다.

그는 재빨리 바위틈에서 나와 소용돌이처럼 흔들리는 그녀의 로브 자락을 따라 울퉁불퉁한 길을 가로질렀다. 그녀는 영양처럼 움직이며 바위들 위를 춤추듯 돌아다녔다. 폴은 얼굴이 뜨겁게 달아오르는 것을 느끼며 사방이 어두워서 다행이라고 생각했다.

'저 애야!' 그녀는 마치 운명의 손길 같았다. 그는 파도 위에 갇혀 기분을 들뜨게 하는 움직임에 장단을 맞추고 있는 느낌이 들었다.

이윽고 두 사람은 분지 바닥으로 내려와서 프레멘들 사이에 섰다.

제시카가 폴을 향해 쓴웃음을 지으며 스틸가에게 말했다. "우리가 서로 가르침을 교환하는 건 아주 좋은 일이 될 거예요. 당신과 당신 부족 사람들이 우리가 폭력을 휘두른 것에 분노하지 않길 바랍니다. 그때는…… 어쩔 수 없는 일이었어요. 당신들이 금방이라도…… 실수를 저지를 것 같았으니까."

"실수를 하지 않도록 구원해 주는 것은 낙원의 선물이오." 스틸가가 말했다. 그는 왼손을 입술에 갖다 대고는 오른손으로 폴의 허리춤에서 무기를 빼서 부하에게 던져주었다. "너도 나중에 **마울라 권총***을 갖게 될 거다. 그럴 자격을 얻으면 말이야."

폴은 뭐라고 말을 하려다가 '시작이란 아주 섬세한 시기'라는 어머니의 가르침이 생각나서 머뭇거렸다.

"내 아들은 필요한 무기를 이미 갖고 있어요." 제시카는 스틸가를 뚫어지게 바라보았다. 폴이 프레멘의 권총을 어떻게 얻었는지 생각해 보라는 뜻이었다.

스틸가는 폴에게 제압당한 야미스를 흘끗 쳐다보았다. 야미스는 고개를 수그린 채 한쪽에 서서 힘겹게 숨을 쉬고 있었다. "당신은 만만치 않은 여자요." 스틸가가 말했다. 그는 부하 한 사람을 향해 왼손을 뻗어 손가락을 퉁겼다. "쿠슈티 바카 테."

'또 차콥사 어로군.' 제시카는 생각했다.

스틸가의 말을 들은 프레멘은 그의 손에 사각형의 얇은 천 두 장을 쥐여주었다. 스틸가는 그 천을 손가락으로 한번 훑고 나서 제시카와 폴의 목에 한 장씩 둘러주었다.

"이건 **바카***의 스카프요. 만약 우리가 중간에 헤어진다 해도 스틸가의 시에치 사람으로 인정받을 수 있을 거요. 무기 이야기는 나중에 합시다."

그는 마치 사열을 하듯 자신의 일행 사이를 지나가며 폴의 프렘 행낭을 부하 한 사람에게 건네주었다.

'바카란 말이지.' 제시카는 속으로 생각했다. 바카는 종교 용어로 '우는 사람'이라는 뜻을 갖고 있었다. 그녀는 이 스카프에 내포된 상징이 스틸가의 프레멘 일행을 한데 묶어주고 있음을 느낄 수 있었다. '왜 울음이 이들을 결합시켜 주는 걸까?' 그녀는 스스로에게 물었다.

스틸가가 폴에게 창피를 주었던 어린 소녀 앞에 서서 말했다. "챠니, 저 애어른을 네가 맡아라. 문제가 생기지 않게 해."

챠니가 폴의 팔을 잡았다. "따라와, 애어른."

폴은 분노를 감춘 목소리로 말했다. "내 이름은 폴이야. 네가……."

"네 이름은 우리가 지어줄 거다. **미나*** 시기에 **아큘***의 시험을 거친 다음에." 스틸가가 말했다.

'이성의 시험이라는 뜻이군.' 제시카는 생각했다. 폴이 시험을 받아야 한다는 사실을 갑작스레 알게 되자 다른 생각들이 모두 머릿속에서 사라졌다. 그녀가 소리쳤다. "내 아들은 이미 곰 자바의 시험을 받았어요!"

뒤이은 정적 속에서 그녀는 자신이 이 프레멘들의 가슴속 깊은 곳을 강타했음을 깨달았다.

"우린 서로에 대해 모르는 것이 많소. 하지만 이곳에서 너무 지체했소. 사방이 탁 트인 곳에서 낮의 태양을 만나서는 안 되오." 스틸가가 말했다. 그는 폴이 쓰러뜨렸던 남자에게 다가가서 물었다. "야미스, 걸을 수 있겠나?"

야미스는 불평하듯 툴툴거리는 소리로 대답했다. "저놈의 기습 공격이 성공한 것뿐이에요. 우연히 그렇게 된 거라고요. 난 걸을 수 있어요."

"우연한 일이 아냐. 챠니와 함께 저 아이의 안전을 책임져라, 야미스. 난 이 사람들에게 호의를 약속했어."

제시카는 야미스라는 남자를 물끄러미 바라보았다. 바위 위에 서서 스틸가와 말다툼을 벌인 사람이 바로 이 야미스였다. 죽음의 기운이 서려 있던 그 목소리가 바로 야미스의 것이었다. 그래서 스틸가는 제시카와 폴에게 호의를 보여주겠다는 약속을 이 야미스에게 한 번 더 강조해야겠다고 생각한 모양이었다.

스틸가가 마치 시험을 하듯 일행을 죽 둘러본 후 그중 두 명에게 앞으로 나오라고 손짓했다. "라루스와 파루크, 너희 두 사람이 우리 흔적을 지워라. 아무 흔적도 남기지 마. 훈련받지 못한 사람이 두 명 끼어 있으니 각별히 조심하고." 그는 몸을 돌려 손으로 분지 건너편을 가리켰다. "분대 대형을 형성하고 측면이 방어를 맡는다. 어서 움직여. 동이 트기 전에 리지스의 동굴에 도착해야 해."

제시카는 스틸가 옆에서 다른 사람들과 발을 맞춰 걸으면서 머릿수를 세어보았다. 프레멘이 모두 마흔 명, 따라서 폴과 제시카 자신을 합하면 마흔두 명이었다. '군대와 같은 편제로 여행을 하는군. 챠니라는 저 여자 아이까지도.'

폴은 챠니 뒤에 자리를 잡았다. 여자아이에게 잡혔다는 기분 나쁜 감정은 이미 접어버렸다. 지금 그의 머릿속을 차지하고 있는 것은 '내 아들은 이미 곰 자바의 시험을 받았어요!'라는 어머니의 고함 소리 때문에 떠오른 과거의 기억이었다. 그때 겪었던 고통의 기억 때문에 손이 다시 저릿저릿해졌다.

"앞을 잘 봐. 덤불에 스치면 안 돼. 실밥 같은 게 묻으면 우리가 지나간 흔적이 남으니까." 챠니가 숨죽인 소리로 말했다.

폴은 마른침을 꿀꺽 삼키며 고개를 끄덕였다.

제시카는 일행이 움직이는 소리와, 자신과 폴의 발소리에 귀를 기울이며 프레멘들의 움직임에 감탄했다. 마흔 명이나 되는 사람들이 분지를 건너고 있는데도, 자연 속에서 원래 들을 수 있는 소리 말고는 아무 소리도 나지 않았다. 사람들의 로브 자락이 돛단배처럼 너울거리며 그림자들 사이를 통과했다. 그들의 목적지는 스틸가의 타브르 시에치였다.

그녀는 시에치라는 단어에 대해 곰곰이 생각해 보았다. 시에치는 헤아릴 수 없을 만큼 오래전의 사냥 언어인 차콥사 어 중 변하지 않은 단어였다. 위험이 닥쳐왔을 때 모이는 곳. 프레멘들과 처음 부딪쳤을 때의 긴장이 사라지면서 그녀는 이제야 이 단어와 차콥사 어에 내포된 심오한 의미를 깨닫고 있었다.

"움직이는 속도가 괜찮군. 샤이 훌루드의 가호가 있다면 동트기 전에 리지스 동굴에 도착할 수 있을 거요." 스틸가가 말했다.

제시카는 힘을 아끼기 위해 그냥 고개를 끄덕이기만 했다. 의지의 힘으로 억누른 피로가 느껴졌다. 그리고…… 들뜬 기분 또한 피로를 잊게 해주었음을 스스로 인정했다. 그녀는 오늘 이들을 통해 알게 된 프레멘 문화의 몇 가지 특징들을 생각하며 이 프레멘 일행의 가치에 생각을 집중했다.

'이 사람들 전부, 그리고 모든 프레멘들이 군대와 같은 훈련을 받았어. 쫓겨난 공작에게 정말로 귀중한 자원이 여기 있는 거야!'

◁▨▷

프레멘은 고대인들이 '스파눙스보겐'이라고 일컬은 능력에서 가장 뛰어난 사람들이었다. 스파눙스보겐이란 무언가에 대한 욕망을 참고 그것을 움켜쥐려고 손을 뻗는 행위를 스스로 미루는 능력을 뜻한다.

—이룰란 공주의 『무앗딥의 지혜』

일행은 동틀 무렵 리지스 동굴에 거의 도착했다. 그들은 분지의 벽에 난 틈을 통과하고 있었는데, 틈이 너무 좁아서 몸을 벽에 붙이고 옆걸음질로 움직여야 했다. 새벽녘의 희미한 빛 속에서 제시카는 스틸가가 보초를 설 사람들을 뽑아 어딘가로 보내는 광경을 보았다. 그들은 재빨리 절벽을 기어올랐다.

폴은 걸으면서 고개를 들어 위를 쳐다보았다. 좁은 바위틈 사이로 청회색의 하늘이 보이고, 그 하늘에 이 행성이 솜씨를 부려 만들어놓은 벽걸이 같은 무늬가 새겨져 있는 것이 보였다.

챠니가 그의 옷자락을 잡아끌며 발걸음을 재촉했다. "서둘러. 벌써 날이 밝았어."

"저 위로 기어 올라간 사람들 말이야, 그 사람들은 어디로 가는 거지?"

폴이 낮은 소리로 속삭였다.

"낮 파수꾼 첫째 조야. 서둘러!"

'파수꾼을 밖에 남겨두다니, 현명하군. 하지만 여러 무리로 나뉘어서 이곳으로 접근하는 편이 훨씬 현명했을 거야. 부대 전체를 잃을 위험이 적어지니까.' 그는 이런 생각을 하다 말고 갑자기 멈칫했다. 이건 게릴라들의 사고방식이었다. 아트레이데스가 게릴라 가문이 될지 모른다고 걱정하던 아버지가 생각났다.

"더 빨리." 챠니가 속삭였다.

폴은 등 뒤에서 사람들의 옷자락이 휘날리는 소리를 들으며 속도를 빨리했다. 유에가 준 자그마한 『오렌지 가톨릭 성경』에서 본 **시라트***의 구절이 생각났다.

'오른쪽에는 낙원이, 왼쪽에는 지옥이, 뒤에는 죽음의 천사.' 그는 이 구절을 머릿속에서 이리저리 굴려보았다.

일행이 모퉁이를 돌아서자 통로가 넓어졌다. 스틸가가 한편에 서서 직각으로 꺾여 있는 낮은 구멍 속으로 사람들을 들여보내고 있었다.

"서둘러!" 그가 숨죽인 소리로 외쳤다. "여기서 순찰대에게 들키면 우리 속에 든 토끼 신세나 마찬가지야."

폴은 몸을 수그리고 챠니의 뒤를 따라 구멍 속으로 들어갔다. 동굴 안의 앞쪽 어디엔가 희미한 회색 불빛이 밝혀져 있었다.

"이제 똑바로 서도 돼." 챠니가 말했다.

폴은 몸을 똑바로 세우고 주위를 유심히 살펴보았다. 천장은 사람의 손이 간신히 닿을락 말락 한 높이에서 둥글게 곡선을 그리고 있었고, 동굴 안은 깊고 널찍했다. 프레멘들이 그림자들 속으로 흩어졌다. 옆으로 다가와서 프레멘들을 유심히 살펴보는 어머니의 모습이 눈에 띄었다.

그녀는 프레멘과 똑같은 옷을 입고 있었음에도 전혀 프레멘처럼 보이지 않았다. 그녀의 동작이 너무나 당당하고 우아하기 때문이었다.

"방해되니까 어디든 쉴 곳을 찾아가, 애어른." 챠니가 말했다. "음식은 여기 있어." 그녀가 나뭇잎으로 싼 꾸러미 두 개를 폴의 손에 쥐여주었다. 스파이스 냄새가 물씬 풍겼다.

스틸가가 제시카 뒤쪽으로 다가오면서 왼쪽에 모여 있는 사람들에게 명령을 내렸다. "**문막이***를 설치하고 수분 보안 조치를 취해라." 그리고 그는 다른 프레멘에게 시선을 돌리며 말을 이었다. "레밀, 발광구를 가져와." 이번에는 그가 제시카의 팔을 잡았다. "당신에게 보여주고 싶은 게 있소, 신비스러운 여자." 그는 그녀를 데리고 바위 모퉁이를 돌아 빛이 흘러나오는 곳으로 갔다.

그녀의 눈에 들어온 것은 절벽 위 높은 곳에 널찍하게 나 있는 또 하나의 출구였다. 그 출구 뒤에 너비가 10에서 12킬로미터는 되어 보이는 분지가 또 있고, 높다란 바위벽들이 분지를 에워싸고 있었다. 식물들이 무리를 지어 분지 여기저기에 듬성듬성 자라고 있는 것이 보였다.

그녀가 새벽빛 때문에 잿빛으로 변한 분지를 바라보고 있는 동안, 저 멀리 반대편 바위 위로 태양이 떠올라 바위와 모래로 만들어진 과자 같은 빛깔의 풍경을 비췄다. 그녀는 아라키스의 태양이 마치 지평선 위로 훌쩍 뛰어오르는 것처럼 보인다는 사실을 깨달았다.

'우리가 태양을 지평선 아래에 묶어두고 싶어 하기 때문이야. 낮보다 밤이 더 안전하니까.' 그녀는 생각했다. 결코 비가 내리는 법이 없는 이곳에서 무지개를 보고 싶다는 갈망이 그녀를 덮쳤다. '이런 갈망을 억눌러야 해. 약점이 되니까. 이젠 약점을 갖는 건 사치야.'

스틸가가 그녀의 팔을 잡으며 분지 너머를 가리켰다. "저길 보시오!

훌륭한 **드루즈*** 인들을 볼 수 있을 테니."

그녀는 그가 가리킨 곳을 바라보았다. 뭔가가 움직이는 것이 보였다. 사람들이 태양빛을 받으며 분지 바닥에 여기저기 흩어져서 반대편 절벽의 그림자를 향해 움직이고 있었다. 상당히 먼 거리였는데도 공기가 맑아서 그들의 움직임이 분명하게 보였다. 그녀는 로브 속에 넣어두었던 쌍안경을 꺼내 멀리 보이는 사람들에게 오일 렌즈의 초점을 맞췄다. 스카프들이 갖가지 색깔의 나비들처럼 공중에서 나부꼈다.

"저기가 집이오. 오늘 밤이면 도착할 수 있을 거요." 스틸가가 시선을 분지 건너편에 둔 채 콧수염을 만지작거리며 말했다. "우리 부족 사람들이 이렇게 늦게까지 밖에서 일하는 걸 보니 근처에 순찰대가 없는 모양이오. 나중에 내가 저들에게 신호를 보내면, 저들이 우리를 맞이할 준비를 할 것이오."

"당신 부족 사람들은 훈련이 잘되어 있군요." 제시카가 말했다. 그녀는 쌍안경을 내렸다. 스틸가가 쌍안경을 바라보고 있었다.

"그들은 부족을 보존하기 위해 복종하는 것이오. 우리가 지도자를 뽑을 때도 마찬가지요. 가장 강한 사람, 물과 안전을 가져다주는 사람이 바로 지도자지." 그가 시선을 들어 그녀의 얼굴을 바라보았다.

그녀는 그의 시선을 맞받으면서 흰자위가 없는 그의 눈과 얼룩이 진 눈자위, 먼지가 쌓인 턱수염과 콧수염, 그의 콧구멍에서부터 사막복 안까지 곡선을 그리며 이어진 집수 튜브 등을 유심히 바라보았다.

"내가 당신을 제압한 것이 지도자로서 당신의 위치에 해가 되었나요, 스틸가?"

"당신은 내게 지도자의 자리에서 물러나라고 하지 않았소."

"지도자는 반드시 부하들의 존경을 받아야 해요."

"저 벌레 같은 놈들 중에 내가 감당하지 못하는 놈은 없소. 당신이 나를 제압한 것은 곧 우리 모두를 제압한 것이나 마찬가지요. 이제 내 부하들은 당신에게서…… 그 신비스러운 방법을 배우고 싶어 하고 있소……. 그리고 혹시 당신이 나를 지도자의 자리에서 쫓아낼 생각이 있는지 궁금해하는 놈들도 있고."

그녀는 이 말 속에 숨어 있는 의미를 곰곰이 생각해 보았다. "그러려면 공식적인 결투에서 당신을 제압해야 하지 않나요?"

스틸가가 고개를 끄덕였다. "하지만 그런 짓은 하지 않는 게 좋을 거요. 부족 사람들이 당신을 따르지 않을 테니까. 당신은 사막의 사람이 아니오. 내 부하들은 오늘 밤에 여행을 하면서 그 사실을 확인했소."

"현실적인 사람들이로군요."

"맞는 말이오." 스틸가가 분지 쪽을 흘끗 바라보며 말을 이었다. "우린 우리에게 필요한 것이 무엇인지 잘 알고 있소. 하지만 집이 가까워졌으니 이 문제를 이렇게 깊이 파고드는 사람은 많지 않소. 우린 그 저주스러운 조합에게 보낼 스파이스가 **자유 상인***들에게 전달되도록 일을 꾸미느라 너무 오래 밖에 나와 있었소……. 조합 놈들의 얼굴이 영원히 까맣게 변해 버렸으면 좋겠군."

제시카는 스틸가에게서 시선을 돌리려다가 멈칫하며 다시 그의 얼굴을 바라보았다. "조합? 당신네 스파이스와 조합이 무슨 상관이 있는 거죠?"

"그건 리에트의 명령이오. 우린 그 이유를 알고 있지만, 입맛이 써요. 우리가 아라키스의 땅 위에서 하고 있는 일을 아무도 염탐하지 못하게 위성이나 그 밖에 비슷한 것들을 우리 쪽 하늘에 설치하지 않는 대가로 우리는 조합에 엄청난 양의 스파이스를 뇌물로 바치고 있소."

제시카는 다음 말을 잇기 전에 곰곰이 생각을 해보았다. 아라키스의 하늘에 위성이 없는 이유가 바로 이것일 거라고 했던 폴의 말이 생각났다. "그럼 당신들이 아라키스의 땅 위에서 하고 있는 일이 도대체 뭐기에 남들의 눈에 띄면 안 된다는 거죠?"

"우린 이곳을 변화시키고 있소…… 느리지만 확실하게……. 이곳을 인간이 살기에 적합한 곳으로 만들기 위해서요. 우리 세대는 그 변화된 모습을 보지 못하겠지. 우리 자식들도, 그 자식의 자식들도, 그 자식의 손자들도……. 하지만 그날은 반드시 올 거요." 그가 속을 알 수 없는 눈으로 분지를 바라보며 말을 이었다. "지상에는 물이 흐르고, 키 큰 초록색 식물들이 자라고, 사람들이 사막복 없이 자유롭게 걸어 다닐 수 있는 날이."

'리에트 카인즈라는 사람의 꿈이 바로 이거였군.' 제시카는 생각했다. "뇌물은 위험한 수단이에요. 뇌물의 액수는 자꾸 늘어나기만 할 뿐이에요."

"맞는 말이오. 하지만 천천히 나아가는 길이 안전한 길이오."

제시카는 고개를 돌려 분지를 바라보며 스틸가가 상상하는 이 분지의 미래를 그려보려고 했다. 그러나 그녀의 눈에 보이는 것이라고는 멀리 잿빛이 섞인 겨자색 얼룩처럼 보이는 바위들과 절벽 위의 하늘에 갑자기 나타나 아지랑이처럼 흐릿하게 움직이고 있는 물체뿐이었다.

"아아." 스틸가가 말했다.

제시카는 처음에는 하늘에 나타난 물체가 순찰대의 비행기라고 생각했지만, 곧 그것이 신기루임을 깨달았다. 사막의 모래 위에 또 하나의 풍경이 떠 있었고, 멀리서 초록색 식물들이 바람에 흔들리는 가운데 그 앞쪽에서 기다란 모래벌레가 땅 위를 움직이고 있었다. 그리고 벌레의 등 위에서는 프레멘의 로브처럼 보이는 것이 펄럭이고 있었다.

신기루가 희미해졌다.

"벌레를 타는 것이 더 나을 거요. 하지만 이 분지에 '창조자'가 들어오는 것을 허락할 수는 없소. 따라서 오늘 밤에도 다시 걸어야 하오." 스틸가가 말했다.

'창조자. 이 사람들은 모래벌레를 그렇게 부르는구나.' 제시카는 속으로 생각했다.

그녀는 스틸가의 말에 담긴 의미를 생각해 보았다. 그는 벌레가 이 분지에 들어오는 것을 '허락'할 수 없다고 했다. 조금 아까 나타났던 신기루에서도 그녀는 프레멘이 거대한 모래벌레의 등에 타고 있는 모습을 보았다. 그녀는 충격을 드러내지 않으려고 무진 애를 썼다.

"이제 다른 사람들이 있는 곳으로 돌아가야겠소. 그러지 않으면 내가 당신을 희롱하고 있다는 의심을 받을지도 모르니까. 어젯밤 투오노 분지에서 우리가 싸움을 할 때 내 손이 당신의 사랑스러운 몸을 맛본 것에 대해 벌써 질투하는 사람들도 있소."

"감히 그런 말을 하다니!" 제시카가 쏘아붙였다.

"기분을 상하게 할 뜻은 없었소." 스틸가가 말했다. 부드러운 목소리였다. "우리들이 여자의 의사를 무시한 채 여자를 취하는 경우는 없소……. 게다가 당신의 경우에는……." 그는 어깨를 으쓱했다. "……그 법칙을 들먹일 필요조차 없지."

"내가 공작의 여자였다는 걸 명심하세요." 그녀가 말했다. 그러나 그녀의 목소리는 한결 차분해져 있었다.

"그러지요. 이제 이 출구를 막아야 할 때가 되었소. 그래야 엄격한 사막복 착용 규칙을 조금 해제할 수 있으니까. 오늘은 우리 일행이 편안히 쉴 필요가 있소. 내일은 가족들 때문에 거의 못 쉴 테니까."

두 사람 사이에 침묵이 내려앉았다.

제시카는 햇빛이 비치는 풍경을 물끄러미 바라보았다. 그녀는 스틸가가 단순한 '호의' 이상의 것을 은연중에 제의했음을 알고 있었다. 그에게 아내가 필요한 걸까? 그녀는 그의 아내가 되는 것도 자신이 선택할 수 있는 방법 중의 하나라는 것을 깨달았다. 그것은 부족의 지도자 자리를 둘러싼 분쟁을 종식시킬 수 있는 방법 중의 하나였다. 여자가 남자의 옆에서 자신에게 걸맞은 자리를 찾은 셈이 되니까.

하지만 그러면 폴은 어떻게 될까? 이곳 사람들이 부모의 역할과 관련해서 어떤 규칙을 따르고 있는지 그녀는 아직 모르고 있었다. 게다가 몇 주 전에 잉태된 배 속의 딸은 또 어떻게 될 것인지도 알 수 없었다. 그 아이는 죽은 공작의 딸이었다. 그녀는 자신의 몸속에서 자라고 있는 이 아이가 의미하는 바에 대해 의식적으로 진지하게 생각해 보기 시작했다. 자신이 어떤 동기에서 이 아이의 잉태를 허락한 것인지 알아보기 위해서였다. 사실 그녀는 그 동기를 이미 알고 있었다. 죽음에 직면한 모든 생명체들에게서 공통적으로 찾아볼 수 있는 그 의미심장한 충동, 즉 후손을 통해 불멸성을 추구하려는 충동에 그녀가 굴복한 것, 그것이었다. 종족의 번식 충동이 그녀와 공작을 압도했던 것이다.

제시카는 스틸가를 곁눈질로 흘끗 바라보았다. 그는 그녀를 유심히 살피면서 대답을 기다리고 있었다. '이런 남자와 결혼한 여자가 이곳에서 딸을 낳는다면, 그 아이의 운명은 어찌 될까? 이 남자는 베네 게세리트가 반드시 따라야 하는 필연적인 법칙들에 제한을 가하려 할까?'

스틸가가 헛기침을 하더니 입을 열었다. 그의 말은 그가 그녀의 마음속에 떠오른 질문들 중 일부를 이미 짐작하고 있었음을 보여주었다. "지도자를 지도자로 만들어준 것, 그것이 바로 지도자에게 중요한 것이오. 자기 부족 사람들이 필요로 하는 것이 바로 그것이지요. 만약 당신이 내게 당신의 능력을 가르쳐준다면, 우리 둘 중 한 사람이 상대에게 도전을 하는 날이 올지도 모르오. 나는 다른 대안을 찾는 것이 더 바람직하다고 생각하오."

"대안이 여러 가지 있나요?"

"당신이 **사이야디나**가 되는 거지. 우리 대모는 이미 늙었소."

'이들의 대모가 된다고!'

그녀가 이 문제를 곰곰이 생각해 보기도 전에 스틸가가 말했다. "내가 꼭 당신의 짝이 되겠다는 것은 아니오. 이건 개인적인 감정과는 전혀 상관없소. 당신은 아름답고 매력적인 사람이오. 하지만 당신이 나의 여자들 중 하나가 된다면, 우리 젊은이들 중에 내가 육체의 쾌락에만 너무 신경을 쓰고 부족의 복지에 충분히 신경을 쓰지 않는다고 생각하는 사람들이 생겨날지도 모르오. 지금도 그들은 우리의 말에 귀를 기울이며 우리를 지켜보고 있소."

'이 사람은 자신의 결정을 이리저리 재보고 그 결과를 생각할 줄 알아.' 제시카는 생각했다.

"우리 젊은이들 중에 정신이 무모해지는 나이에 도달한 녀석들이 있소. 우리는 그들이 이 시기를 차분하게 통과할 수 있게 해줘야 하오. 그들이 내게 도전할 그럴듯한 이유들을 내 주위에 남겨놓지 말아야 하지. 그들이 도전해 오면 난 그들을 불구로 만들거나 죽여야 할 테니까. 이건 지도자로서 적절한 행동이 아니오. 그런 도전을 명예롭게 피할 수 있는 길이 있다면 말이오. 당신도 알겠지만, 부족을 어중이떠중이들의 무리와 다른 존재로 만들어주는 요인 중의 하나가 바로 지도자요. 지도자는 집단에 속한 개인들의 숫자를 일정하게 유지해 주지. 개인들의 숫자가 너무 적으면, 부족은 어중이떠중이들의 무리가 되오."

이 말과 그 속에 담긴 사고의 깊이, 그리고 이 말이 그녀뿐만 아니라 몰래 두 사람의 대화에 귀 기울이고 있는 사람들에게까지 겨냥한 것이라는 사실 때문에 그녀는 그를 다시 평가할 수밖에 없었다.

'이 사람에게는 위엄이 있어. 이렇게 내적인 균형을 유지하는 법을 도대체 어디서 배웠을까?'

"우리가 지도자를 고르는 방법을 규정하고 있는 법은 그냥 법일 뿐이오. 하지만 부족이 항상 정의를 원하는 것은 아니지. 지금 우리가 진정으로 원하는 것은 성장하고 번성할 시간, 우리의 힘을 더 많은 땅에 퍼뜨릴 시간이오."

'이 사람의 조상은 누구일까? 이런 혈통이 어디서 온 걸까?' 제시카는 생각했다. "스틸가, 내가 당신을 과소평가했군요."

"그렇지 않은가 생각하고 있었소."

"우리 둘 다 상대를 과소평가했던 것 같네요."

"난 이 문제를 매듭짓고 싶소. 난 당신과의 우정…… 그리고 신뢰를 원하오. 성교라는 귀찮은 문제 없이 가슴속에서 자라나는 서로를 향한 존경심을 원하오."

"이해합니다."

"나를 신뢰하오?"

"당신의 말이 진심이라는 걸 알아요."

"우리 부족에서 사이야디나는 공식적인 지도자이거나, 아니면 명예가 주어지는 특별한 위치를 차지하오. 사이야디나는 사람들을 가르치고 여기에 있는 신의 힘을 유지하는 사람이오." 그가 자신의 가슴에 손을 갖다 댔다.

'이제 이 대모에 대한 수수께끼를 조사해 봐야겠어.' 그녀는 생각했다.

"당신이 대모에 대해 얘기했는데…… 나도 전설과 예언에 대해 들은 게 있어요."

"베네 게세리트와 그녀의 자식이 우리의 미래에 대한 열쇠를 쥐고 있다는 말이 있소."

"내가 그 사람이라고 믿는군요."

그녀는 그의 얼굴을 지켜보면서 생각했다. '어린 갈대는 아주 쉽게 죽어버리지. 시작의 순간은 항상 너무나 위험해.'

"우린 아직 모르오." 스틸가가 말했다.

그녀는 고개를 끄덕이면서 생각했다. '이 사람은 명예를 아는 사람이야. 그는 내게서 징조를 원하고 있지만, 그 징조가 무엇인지 내게 알려주어서 운명을 바꿔버리는 짓은 하지 않을 거야.'

제시카는 고개를 돌려 분지 안에서 황금빛과 자줏빛을 띠고 있는 그림자들과, 먼지 알갱이들이 가득 찬 공기가 진동하면서 자신이 있는 동굴 앞을 지나가는 모습을 바라보았다. 마치 고양이 같은 조심성이 갑자기 그녀의 머릿속을 가득 채웠다. 그녀는 보호 선교단의 은어를 알고 있었다. 위급한 상황에서 전설과 공포와 희망을 이용하는 기술을 자신에게 맞게 변화시키는 법도 알고 있었다. 그러나 그녀는 이곳에서 커다란 변화들이 일어났음을 느낄 수 있었다……. 마치 누군가가 이 프레멘들 사이에 침투해서 보호 선교단이 심어놓은 것을 마음껏 이용한 것 같았다.

스틸가가 헛기침을 했다.

그녀는 그가 조급해하고 있음을 느낄 수 있었다. 시간은 자꾸 흐르고, 사람들은 동굴 입구를 막으려고 기다리고 있었다. 지금은 대담해져야 할 때였다. 그녀는 자신에게 필요한 것이 무엇인지 깨달았다. **다르 알 히크만***처럼 번역을 연구하는 학파가 있다면…….

"아답*." 그녀가 속삭이듯 말했다.

그녀의 정신이 그녀 자신을 치고 지나간 것 같았다. 그녀는 점점 빨라지는 맥박을 통해 이 감각의 정체를 알아차렸다. 베네 게세리트 훈련에는 이러한 인식의 신호가 포함되어 있지 않았다. 이 감각은 틀림없는 아답, 즉 저절로 떠오르는 힘겨운 기억이었다. 그녀는 이 감각에 몸을 맡기고 기억의 단어들이 자신을 통해 흘러나오도록 했다.

"이븐 퀴르타이바*. 흙먼지가 끝나는 그곳까지." 그녀가 말했다. 그리고 옷 속에 감추고 있던 팔을 밖으로 뺐다. 스틸가의 눈이 휘둥그레지는 것이 보였다. 뒤에서 여러 사람들의 옷자락이 서로 스치는 소리도 들렸다. "나는…… 모범의 책을 지닌 한 사람의 프레멘을 본다." 그녀가 기도문을 읊듯이 말했다. "그가 자신이 도전해서 정복한 태양, 알 라트를 향해 책을 읽는다. 그가 심판의 **사두스***를 향해 책을 읽는다. 그가 읽는 것은 바로 이것이다.

> 나의 적들은 폭풍의 길을 가로막고 일어섰다가
> 패해서 드러누운 녹색의 풀잎들과 같다.
> 그대는 우리의 주님이 하신 일을 보지 못했는가?
> 주님은 우리에게 맞서는 음모를 획책한
> 그들 사이에 역병을 보내셨다.
> 그들은 사냥꾼에게 쫓겨 흩어진 새들과 같다.
> 그들의 음모는 모든 입들이 거부하는
> 독이 든 환약과 같다."

전율이 그녀의 몸을 훑고 지나갔다. 그녀는 팔을 내려뜨렸다.

그녀 뒤쪽의 동굴 안 그림자들 속에서 여러 사람이 속삭이는 듯한 목소리로 응답했다. "그들이 한 일은 타도되었다."

"신의 불길이 그대의 심장에 올라탄다." 그녀가 말했다. 그리고 생각했다. '이제 일이 제대로 흘러가고 있어.'

"신의 불길에 불이 붙는다." 사람들이 응답했다.

그녀는 고개를 끄덕이면서 말했다. "그대의 적들이 쓰러지리라."

"비 라 카이파*." 사람들이 응답했다.

갑자기 내려앉은 정적 속에서 스틸가가 그녀에게 허리를 굽혀 절했다. "사이야드나. 만약 샤이 훌루드가 허락하신다면, 당신은 안에서 시험을 통과하여 대모가 되실 것입니다." 그가 말했다.

'안에서 시험을 통과한다. 이상한 말인걸. 하지만 나머지는 보호 선교단이 사용하는 용어들과 그럭저럭 일치해.' 제시카는 생각했다. 자신이 한 일에 대해 냉소적이고 신랄한 기분이 들었다. '우리 보호 선교단이 실패하는 일은 거의 없지. 이 황무지에 우리를 위한 장소가 예비되어 있으니. 살라트의 기도문이 우리의 은신처를 마련해 놓았어. 이제…… 나는 신의 친구, **올리야***의 역할을 연기해야겠군……. 우리 베네 게세리트의 예언이 너무 깊게 각인되어 있어서 자기네 최고의 여사제를 대모라고 부를 정도인 이 난폭한 사람들의 사이야드나가 되는 거야.'

폴은 동굴 안쪽의 그림자 속에서 챠니와 나란히 서 있었다. 챠니가 주었던 음식의 맛이 아직도 입안에 남아 있었다. 새고기와 곡식 낟알에 스파이스 꿀을 바르고 나뭇잎으로 싼 음식이었다. 그 음식을 먹으면서 그는 스파이스 추출액이 이렇게 많이 들어 있는 음식을 먹은 적이 없다는 사실을 깨닫고 순간적으로 공포를 느꼈다. 이 고농도의 스파이스액이 자신에게 어떤 영향을 미칠지 그는 잘 알고 있었다. 그의 정신을 예지의 의식 속으로 밀어 넣었던 '스파이스의 변화'가 일어날 터였다.

"비 라 카이파." 챠니가 속삭이듯 말했다.

그는 그녀를 바라보았다. 그녀도 다른 프레멘들과 마찬가지로 경외감 어린 표정으로 어머니의 말을 받아들이고 있는 것 같았다. 야미스라고 불린 남자만이 예배의 의식을 치르고 있는 동료들에게서 떨어져 혼자 팔짱을 낀 자세로 서 있었다.

"듀이 야카 힌 만게. 듀이 푼라 힌 만게. 내게는 두 눈이 있다. 내게는 두 발이 있다." 챠니가 속삭였다.

그리고 감탄의 시선으로 폴을 물끄러미 바라보았다.

폴은 깊이 숨을 들이마시며 마음속에서 일고 있는 폭풍을 잠재우려고 노력했다. 어머니의 말이 스파이스 추출액의 작용과 결합되어 버린 까닭에 그는 높아졌다 낮아졌다 하는 그녀의 목소리를 마음속에서 활활 타오르는 불꽃의 그림자처럼 느끼고 있었다. 의식이 진행되는 동안 내내 그는 그녀에게서 냉소의 기미를 느낄 수 있었다. 그가 어머니를 너무나 잘 알기 때문에 가능한 일이었다. 그러나 음식 한 점에서 비롯된 이 변화를 멈출 수 있는 것은 하나도 없었다.

'끔찍한 목적!'

도망치려야 도망칠 수 없는 종족 의식, 그 끔찍한 목적이 느껴졌다. 모든 것이 날카로울 정도로 분명해지고 자료가 그의 머릿속으로 흘러들어 오고 그의 의식은 냉혹할 정도로 정확해졌다. 그는 바닥에 주저앉아 바위에 등을 기댔다. 그리고 그 의식에 몸을 맡겨버렸다. 시간이 존재하지 않는 공간으로 의식이 흘러들어 갔다. 그곳에서 그는 시간의 환영을 보고, 선택할 수 있는 길들을 느끼고, 미래의 굴곡들과…… 과거의 굴곡들을 느낄 수 있었다. 한 눈으로 보는 과거의 환영, 한 눈으로 보는 현재의 환영, 한 눈으로 보는 미래의 환영, 이 모든 것들이 세 개의 눈으로 보는 하나의 환영으로 결합되어 그로 하여금 공간으로 변한 시간을 볼 수 있게 했다.

이러다 스스로 지쳐버릴지도 모른다는 위험이 느껴졌다. 형체를 분간할 수 없는 경험의 뒤틀림, 흘러가는 순간들, 현재가 영원히 바꿀 수 없는 과거로 계속해서 굳어지는 것 등을 느끼면서 그는 현재의 의식을 계속 붙들고 있어야 했다.

그러면서 생전 처음으로 도처에서 당당하고 꾸준한 시간의 움직임을 느낄 수 있었다. 바위투성이 절벽에 부딪히는 파도처럼 끊임없이 움직이는 흐름들, 파도, 갑작스럽게 일어나는 큰 파도, 거기에 대항하는 파도 등이 시간의 움직임을 복잡하게 만들었다. 이를 통해 그는 자신의 예지력을 새롭게 이해했다. 그리고 사각의 시간이 생기는 원인과 그 안에 포함되어 있는 실수의 원천을 보며 생생한 공포를 느꼈다.

예지력은 예지에 의해 드러나는 것들의 한계를 명료하게 만드는 빛이라는 것을 그는 깨달았다. 예지력은 정확성의 원천이자 의미심장한 실수의 원인이기도 했다. **하이젠베르크***의 불확정성 원리와 같은 어떤 것이 개입했다. 그가 환영을 보는 데에는 에너지가 필요했고, 그 에너지가 소비되면서 그의 눈에 보이는 환영들을 변화시켰다.

지금 그가 보고 있는 것은 이 동굴 안에 존재하는 시간의 연결점이었다. 수많은 가능성들이 이곳에 집중되어 요동치고 있었다. 그 안에서는 눈을 깜박이는 것, 무심결에 던진 말 한마디, 엉뚱한 장소에 놓인 모래알 하나처럼 아주 사소한 행동 하나만으로도 인간의 발길이 닿은 온 우주에 영향을 미치는 거대한 레버를 움직일 수 있었다. 그는 폭력을 보았다. 그 폭력이 일으킬 결과가 너무나 많은 변수의 영향을 받고 있었기 때문에 그가 조금만 움직여도 그 짜임새에 거대한 변화가 생겨났다.

이 환영을 보면서 그는 꼼짝도 할 수 없게 온몸이 얼어붙었으면 좋겠다는 생각을 했다. 그러나 이것 역시 나름의 결과를 내포한 하나의 행동이었다.

셀 수 없을 만큼 많은 결과들, 그 선들이 동굴에서 밖을 향해 부챗살처럼 퍼져나갔다. 그리고 대부분의 결과선들에서 그는 칼에 찔려 크게 벌어진 상처에서 피가 쏟아지는 자신의 시체를 보았다.

⊰◈◈⊱

패디샤의 황제인 내 아버지는 레토 공작의 죽음을 달성하고 아라키스를 하코넨에게 돌려주었을 때 일흔두 살이었지만 서른다섯 이상으로는 보이지 않았다. 아버지는 대중 앞에 모습을 드러낼 때 거의 항상 사다우카의 제복을 입고 꼭대기에 금으로 된 제국의 사자상이 달린 버세그*의 투구를 썼다. 제복은 아버지의 권력 기반이 무엇인지를 공공연하게 일깨워주는 역할을 했다. 그러나 아버지가 항상 그렇게 노골적인 행동만 하는 것은 아니었다. 아버지는 마음만 먹으면 매력적이고 진지한 사람이 될 수 있었다. 그러나 나는 요즘 아버지에게 겉으로 보이는 그대로였던 것이 과연 있었는지 궁금하다는 생각을 자주 한다. 나는 아버지가 눈에 보이지 않는 새장을 벗어나려고 끊임없이 몸부림쳤던 사람이라고 생각한다. 아버지가 기억마저 희미한 과거까지 이어지는 왕조의 가부장인 황제였음을 여러분은 명심해야 한다. 그러나 우리는 아버지에게 합법적인 아들을 주지 않았다. 이것이야말로 통치자에게 가장 끔찍한 패배가 아닌가? 내 어머니는 레이디 제시카와 달리 교단 상급자들의 명령에 복종했다. 두 사람 중에 누가 더 강한 사람이었을까? 역사는 이미 답을 내놓았다.

—이룰란 공주의 『내 아버지의 집에서』

제시카는 동굴의 어둠 속에서 깨어났다. 주위의 프레멘들이 뒤척이는 것이 느껴졌다. 사막복의 고약한 냄새도 났다. 내적인 시간 감각에 따르면, 바깥에 곧 밤이 내릴 시간이었다. 그러나 동굴은 여전히 어둠 속에 잠겨 있었다. 사람들의 몸속에 들어 있는 수분을 이 공간 속에 가둬놓는 플라스틱 문막이가 사막으로부터 동굴을 보호해 주고 있기 때문이었다.

그녀는 자신이 너무나 피곤한 나머지 완전히 긴장을 풀고 잠을 잤다는 사실을 깨달았다. 이는 스틸가의 부대 안에서 그녀가 자신의 신변 안전을 어떻게 평가하고 있는지를 알려주는 대목이었다. 그녀는 로브를 벗어 만든 해먹에서 움직여 바위 바닥에 발을 살짝 내려놓고 사막용 부츠를 신었다.

'앞으로는 부츠를 풀매듭으로 묶는 걸 잊지 말아야지. 사막복의 펌프 작용에 도움이 되게. 기억할 것이 너무 많아.'

아침 식사로 먹었던 음식의 맛이 아직도 입안에 남아 있었다. 스파이스 꿀을 바른 곡식 낟알과 새고기를 나뭇잎으로 묶은 음식이었다. 이곳에서는 시간이 뒤집혀 있다는 생각도 들었다. 이곳에서는 밤이 활동하는 시간이었고 낮은 휴식을 위한 시간이었다.

'밤은 많은 것을 감춰주지. 밤이 가장 안전해.'

그녀는 해먹을 만들기 위해 우묵한 바위에 박힌 못에 걸어놓았던 로브를 집어 들고 어둠 속에서 더듬거리며 입었다.

베네 게세리트에 어떻게 전갈을 보낸다지? 그녀는 속으로 물었다. 자기들 두 사람이 아라키스의 은신처에 숨어 있다는 사실을 베네 게세리트에 알려야 했다.

동굴 속 깊숙한 곳에서 발광구가 켜졌다. 그쪽에서 사람들의 움직임이 보였다. 그들 사이에 폴의 모습도 있었다. 폴은 이미 옷을 다 갖춰 입고 두건을 뒤로 젖힌 채 아트레이데스 특유의 독수리 같은 옆얼굴을 그녀 쪽으로 향하고 있었다.

그녀는 잠자리에 들기 전에 폴의 행동이 아주 이상했던 것을 기억해

냈다. '자기 자신 속에 파묻혀 있는 것 같았어.' 그는 마치 죽었다가 깨어났지만 아직 자기가 살아났다는 사실을 완전히 인식하지 못한 사람 같았다. 반쯤 감긴 그의 눈은 멍하니 자신의 내면을 바라보고 있었다. 그 모습을 보면서 그녀는 스파이스가 가득 든 음식에 중독성이 있다던 그의 경고를 떠올리지 않을 수 없었다.

'뭔가 부작용이 있는 걸까? 저 애는 스파이스가 미래를 보는 자신의 능력과 관련이 있다고 했어. 하지만 자기가 본 미래에 대해서는 이상할 정도로 침묵을 지키고 있어.'

스틸가가 어둠에서 나와 그녀의 오른쪽을 지나 발광구 밑에 모여 있는 사람들에게 다가갔다. 그녀는 손가락으로 턱수염을 만지작거리는 그의 모습과 사냥감을 감시하는 고양이 같은 그의 시선을 유심히 바라보았다.

폴의 주위에 모여 있는 사람들이 눈에 띌 정도로 긴장하고 있다는 사실을 인식하면서 갑작스러운 공포가 제시카의 온몸을 찌르듯이 훑고 지나갔다. 그들은 의식을 치르듯 자리를 잡고 뻣뻣하게 움직이고 있었다.

"난 이 두 사람에게 호의를 약속했어!" 스틸가의 목소리가 울렸다.

제시카는 스틸가와 맞서고 있는 남자를 알아보았다. 야미스였다! 그녀는 어깨에 잔뜩 힘이 들어가 있는 야미스의 모습에서 분노를 읽었다.

'폴에게 제압당했던 그 야미스야!'

"당신도 규칙을 알고 있잖아요, 스틸가." 야미스가 말했다.

"나만큼 잘 아는 사람도 없지." 스틸가가 말했다. 제시카는 스틸가의 목소리를 통해 그가 상대를 잘 달래서 뭔가를 부드럽게 처리하려 하고 있음을 느꼈다.

"난 결투를 원해요." 야미스가 으르렁거렸다.

제시카는 재빨리 동굴을 가로질러 가서 스틸가의 팔을 움켜쥐었다. "이게 무슨 일이죠?" 그녀가 물었다.

"**암탈 규칙***"이오. 야미스는 전설 속에 마련된 당신의 역할을 시험할 권리를 요구하고 있소." 스틸가가 말했다.

"전사의 싸움을 통해 저 여자를 시험해야 해요. 만약 그녀의 전사가 이긴다면 전설이 진실이죠. 하지만⋯⋯." 야미스는 주위에 잔뜩 몰려 있는 사람들을 둘러보고 나서 말을 이었다. "⋯⋯그녀에게는 프레멘의 전사가 필요하지 않다는 얘기가 있어요. 다시 말해서 그녀가 자신의 전사를 스스로 데려와야 한다는 뜻이죠."

'저 사람은 지금 폴과 일 대 일 결투를 원하고 있어!' 제시카는 속으로 생각했다.

그녀는 스틸가의 팔을 놓고 반 발짝 앞으로 나섰다. "나 자신을 위해 싸울 사람은 언제나 나예요. 그 의미는 누구라도 이해⋯⋯."

"우리 관습에 대해 이러쿵저러쿵 떠들지 마!" 야미스가 쏘아붙였다. "내가 이미 본 것보다 더 많은 증거가 있어야 해. 지난 아침에 당신이 한 말은 스틸가한테서 미리 귀띔을 받은 것일 수도 있어. 스틸가가 당신에게 미리 할 말을 일러주고 당신은 그 말을 앵무새처럼 되풀이한 건지도 모르지. 거짓으로 우리들에게 인정을 받으려고 말이야."

'난 저 사람을 이길 수 있어. 하지만 그랬다간 저 사람들이 생각하는 전설과 어긋나게 될지도 몰라.' 제시카는 생각했다. 또다시 보호 선교단의 작업이 이 행성에서 이토록 뒤틀려버린 것이 신기하다는 생각이 들었다.

스틸가가 제시카를 바라보며 입을 열었다. 그는 일부러 낮지만 사람들이 모여 있는 곳까지 충분히 들릴 수 있는 목소리를 냈다. "야미스가 원한을 품는 건 당연하오, 사이야디나. 당신의 아들이 그를 제압했고……."

"그건 우연히 그렇게 된 거라니까!" 야미스가 고함을 질렀다. "투오노 분지에 마녀의 힘이 작용하고 있었어요. 이제 내가 그걸 증명해 보일 거라고요!"

"……그리고 나도 그를 제압한 적이 있소." 스틸가가 말을 계속했다. "야미스는 이 **타하디 도전***을 통해 나에게도 복수를 하려는 거요. 그는 너무 폭력적이라 좋은 지도자가 될 수 없을 거요. **가플라***가 너무 많아서 엉뚱한 일에 정신을 팔곤 하지. 그의 입은 규칙을 얘기하고 있지만, 그의 가슴은 신에게 등을 돌리는 **사르파***를 행하고 있소. 그래요, 야미스는 결코 훌륭한 지도자가 되지 못할 겁니다. 내가 지금까지 그를 살려둔 건 그가 전사로서 유용하기 때문이오. 하지만 그가 이렇게 날카로운 분노를 품은 이상, 그는 우리 부족에게도 위험한 존재요."

"스틸가아아아!" 야미스가 천둥 같은 소리를 냈다.

제시카는 스틸가의 의도를 알아챘다. 그는 야미스의 분노를 부추겨서 그의 도전의 방향을 폴이 아닌 다른 사람에게로 옮겨놓으려 하고 있었다.

스틸가가 야미스를 똑바로 바라보았다. 묵직하게 울리는 그의 목소리에서 제시카는 상대를 달래려는 듯한 기색을 다시 읽어냈다. "야미스, 저 애는 아직 어려. 저 애는……."

"당신이 그를 어른이라고 했어요. 저 애 어머니는 저 애가 곰 자바의 시험을 치렀다고 했고요. 저 애의 몸에는 물이 가득 차 있고, 저 두 사람은 질릴 정도로 많은 물을 갖고 있어요. 저 사람들의 행낭을 들고 왔던 사람 말이 행낭 안에 물이 든 리터존이 있다고 했어요. 리터존이라고요! 그런데 우리는 집수 주머니의 물을 홀짝거리고 있었단 말입니다."

스틸가가 제시카를 흘끗 바라보았다. "저 말이 사실이오? 당신 행낭 안에 물이 있소?"

"그래요."

"리터존으로?"

"리터존 두 병이에요."

"그 재산을 가지고 뭘 할 작정이었소?"

'재산?' 제시카는 스틸가의 목소리가 차가워진 것을 느끼며 고개를 흔들었다.

"내가 태어난 곳에서는 하늘에서 물이 떨어져 넓찍한 강이 되어 땅 위를 흘렀어요. 반대편 해안을 볼 수 없을 만큼 너른 대양도 있었어요. 난 아직 당신들의 **물규칙***을 배우지 않았습니다. 물에 대해 이런 식으로 생각해야 했던 적은 한 번도 없었어요."

주위에 둘러선 사람들이 한숨을 쉬듯 놀란 소리를 내며 중얼거렸다. "하늘에서 물이 떨어지고…… 물이 땅 위를 흐른대."

"우리 일행 중에 우연한 사고로 집수 주머니를 잃어버려서 오늘 밤 타브르에 도착할 때까지 심한 고통을 겪게 될 사람들이 있다는 걸 알고 있었소?"

"그걸 내가 어떻게 알겠어요?" 제시카가 고개를 저으며 말을 이었다. "만약 그 사람들에게 물이 필요하다면, 우리 행낭 안에 있는 물을 주세요."

"이 재산을 가지고 당신이 하려던 일이 이것이었소?"

"난 그 물로 생명을 구하고 싶었어요."

"그럼 당신의 축복을 받아들이겠소, 사이야디나."

"물을 가지고 우리를 꼬실 생각은 하지 마." 야미스가 으르렁거렸다. "그리고 스틸가 당신도 일부러 당신에 대한 내 분노를 부추기는 짓을 그만둬요. 내 말을 스스로 증명하기 전에 날 부추겨서 당신에게 도전하게 만들려는 걸 나도 알고 있으니까."

스틸가가 야미스를 똑바로 바라보며 입을 열었다. "어린애와 꼭 싸움을 해야겠나, 야미스?" 그의 낮은 목소리가 신랄했다.

"전사의 싸움으로 저 여자를 시험해야 해요."

"내가 그녀에게 호의를 약속했는데도?"

"암탈 규칙에 따르면 이건 내 권리예요."

스틸가가 고개를 끄덕였다. "좋다. 만약 저 아이가 너를 베어 넘기지 못하더라도 넌 나중에 내 칼에 응답을 해야 해. 이번에는 지난번처럼 내 칼을 억제하지 않겠다."

"이럴 수는 없어요. 폴은 아직……." 제시카가 말했다.

"당신은 간섭할 수 없소, 사이야디나. 아, 당신이 나를 제압했다는 건 나도 알고 있소. 그러니 우리 일행 중 누구도 당신을 이길 수 없겠지. 하지만 우리가 한꺼번에 달려든다면 당신도 우리를 제압하지 못할 거요. 이럴 수밖에 없소. 이것이 바로 암탈 규칙이오." 스틸가가 말했다.

제시카는 입을 다물고 발광구의 초록색 불빛 속에서 그를 빤히 바라보았다. 그의 표정이 악마처럼 딱딱하게 굳어 있었다. 그녀는 야미스에게 시선을 돌렸다. 그리고 음울하게 찌푸린 그의 눈썹을 바라보며 생각했다. '이런 일을 예상했어야 하는데. 저 사람은 앙심을 품는 타입이야. 말없이 속으로 화를 쌓아가는 성격이지. 내가 미리 대비를 했어야 했어.'

"만약 당신 때문에 내 아들이 잘못된다면, 당신은 다음 차례로 나를 상대해야 할 거예요. 지금 당신에게 도전하겠어요. 난 당신을 베어서……."

"어머니." 폴이 앞으로 나서서 그녀의 소매를 잡으며 말했다. "제가 야미스에게 어젯밤 일을 설명하면……."

"설명한다고!" 야미스가 이죽거렸다.

폴은 입을 다물고 야미스를 노려보았다. 야미스를 두려워하는 마음은 전혀 없었다. 그의 동작은 서툴러 보였고, 지난밤에도 그를 쉽게 제압할 수 있었다. 그러나 폴은 이 동굴 안에서 요동치고 있는 시간의 연결점을 여전히 느끼고 있었다. 예지의 환상에서 칼에 맞아 죽은 자신의 모습을 보았던 기억도 생생했다. 그 환영 속에서 그가 도망칠 길은 거의 보이지 않았다…….

"사이야디나, 이제 뒤로 물러서서……." 스틸가가 말했다.

"저 여자를 사이야디나라고 부르지 말아요! 그건 아직 증명되지 않았어요. 그래, 저 여자가 기도문을 알고 있다고 칩시다. 그게 어쨌다는 거죠? 우리 부족의 어린아이들도 그 기도문을 알고 있어요." 야미스가 말했다.

'저 사람의 말은 이제 충분히 들었어. 저 사람을 조종할 수 있는 열쇠를 찾았으니까. 이제 말 한마디면 저 사람을 꼼짝 못 하게 만들 수 있어.' 제시카는 그렇게 생각했다. 그러나 그녀는 머뭇거렸다. '하지만 나도 이 사람들 모두를 막을 수는 없어.'

"그렇다면 당신은 나를 상대해야 할 거예요." 제시카가 말했다. 그녀는 목소리를 약간 비틀어서 흐느끼는 듯한 소리가 나게 했다. 그리고 말끝에서는 목이 멘 듯한 소리를 냈다.

야미스가 그녀를 뚫어지게 바라보았다. 겁에 질린 표정이 역력했다.

"난 당신에게 고통을 가르치겠어요. 싸우면서 그걸 기억해요. 당신은 곰 자바가 행복한 기억으로 느껴질 만큼 커다란 고통을 겪게 될 거예요. 당신은 몸부림을 치면서……."

"저 여자가 내게 주문을 걸려고 해!" 야미스가 숨막히는 소리를 냈다. 그리고 오른손을 구부려 단단하게 주먹을 쥐고 귓가에 갖다 댔다. "저 여자의 입을 막아요!"

"그렇게 하지." 스틸가가 말했다. 그가 제시카에게 경고의 시선을 보내면서 말을 이었다. "다시 입을 연다면, 사이야다나, 우린 당신이 마녀의 기술을 쓰고 있다고 생각하고 당신의 모든 권리를 빼앗을 것이오." 그가 그녀에게 뒤로 물러나라고 고갯짓을 했다.

제시카는 사람들의 손이 자신의 몸을 뒤로 잡아끄는 것을 느꼈다. 그리 불친절한 손길은 아니었다. 사람들이 폴의 주위에서 물러나고, 장난꾸러기 요정 같은 얼굴의 챠니가 고갯짓으로 야미스를 가리키며 폴에게 귓속말을 하는 모습이 보였다.

사람들이 둥그렇게 원을 그리며 늘어섰다. 더 많은 발광구가 안으로 옮겨졌고, 사람들은 모든 전구의 불빛을 노란색으로 조절했다.

야미스가 원 안으로 들어서서 로브를 벗어 군중들 속에 있는 누군가에게 던졌다. 그는 흐릿한 잿빛의 매끄러운 사막복을 입고 서 있었다. 사막복 여기저기에 단을 덧댄 곳과 주름진 곳이 보였다. 그가 입을 어깨에 대고 집수 주머니에 연결된 튜브로 잠깐 물을 마셨다. 이윽고 몸을 똑바로 세우더니 껍질을 벗듯 사막복을 벗어 사람들의 손에 조심스럽게 넘겨주었다. 그는 이제 허리에 두르는 옷만 입고 촘촘한 천 같은 것으로 발을 감싼 모습으로 폴을 기다리며 서 있었다. 그의 오른손에는 크리스나이프가 쥐어져 있었다.

제시카는 어린 소녀인 챠니가 폴을 도와주는 것을 지켜보았다. 그녀가 폴의 손에 크리스나이프의 손잡이를 쥐여주는 모습이 보였다. 폴이 칼의 무게와 균형을 가늠해 보는 모습도 보였다. 폴이 프라나와 빈두, 즉 신경과 근육 조직에 대한 훈련을 받았다는 생각이 떠올랐다. 폴은 이미 무서운 싸움 기술을 배운 몸이었다. 게다가 그를 가르친 던컨 아이다호와 거니 할렉은 살아 있는 동안 이미 전설이 된 사람들이었다. 폴은 또한 상대를 기만하는 베네 게세리트 방법을 알고 있었다. 폴은 유연하고 자신 있어 보였다.

'하지만 저 애는 겨우 열다섯 살이야. 그리고 방어막도 없어. 무슨 수를 써서라도 이 싸움을 말려야 해. 뭔가 방법이 있을 거야.' 그녀는 위를 올려다보았다. 스틸가가 자신을 지켜보고 있었다.

"당신은 이 싸움을 멈출 수 없소. 말을 해도 안 되오." 그가 말했다.

그녀는 손으로 입을 막으며 생각했다. '난 야미스의 마음속에 공포를 심어놓았어. 아마…… 그 때문에 그의 움직임이 조금 느려질지도 몰라. 정말 진심으로 기도라도 할 수 있다면 좋을 텐데.'

폴은 사막복 안에 입고 있던 전투용 반바지만 걸친 모습으로 원 안에 혼자 서 있었다. 그의 오른손에는 크리스나이프가 쥐어져 있고, 모래투성이 바위 위에 놓인 그의 발은 맨발이었다. 아이다호가 예전에 그에게 거듭 강조한 말이 있었다. "바닥이 어떤 상태인지 확신할 수 없을 때에는 맨발이 가장 좋습니다." 방금 들은 챠니의 말도 그의 의식 속에 생생하게 남아 있었다. "야미스는 상대의 공격을 피한 다음에 칼을 들고 오른쪽으로 돌아. 이건 우리 모두가 알고 있는 그의 버릇이야. 그다음에 그는 상대의 눈을 노려. 상대가 눈을 깜박이게 만들어서 상대를 벨 시간을 버는 거야. 그리고 그는 싸울 때 양손을 모두 사용할 수 있어. 칼을 바꿔 쥐지 않는지 잘 살펴야 해."

그러나 그가 온몸으로 무엇보다 강하게 느끼고 있는 것은 그가 지금까지 훈련받을 때마다 훈련장에서 끊임없이 그에게 주입된 본능적인 반응 메커니즘이었다.

거니 할렉의 말이 그의 기억 속에 떠올랐다. "칼을 훌륭하게 다룰 줄 아는 전사는 칼끝과 칼날, 그리고 **칼코등이***를 한꺼번에 생각합니다. 칼끝으로 베기를 할 수도 있고, 칼날로 찌르기를 할 수도 있으며, 칼코등이로 상대의 칼날을 묶어둘 수도 있습니다."

폴은 크리스나이프를 흘끗 바라보았다. 칼코등이가 없었다. 날씬한 원통 모양의 손잡이가 칼날과 만나는 부분에서 두둑하게 솟아올라 손을 보호하게 되어 있을 뿐이었다. 게다가 그는 자신이 이 칼에 얼마나 압력을 가하면 부러지는지도 모르고 있음을 깨달았다. 심지어 이 칼이 부러질 수 있기는 한 건지도 알 수 없었다.

야미스가 폴의 맞은편에서 원의 가장자리를 따라 오른쪽으로 옆걸음질치기 시작했다.

폴은 몸을 웅크리면서 비로소 자신에게 방어막이 없다는 사실을 깨달았다. 그는 눈에 잘 띄지 않는 방어막을 항상 몸에 두르고 싸우면서 방어를 할 때는 극한의 속도로, 공격을 할 때는 상대의 방어막을 뚫을 수 있도록 조정된 느린 속도로 움직이도록 훈련을 받았다. 그를 훈련시켰던 사람들은 공격의 속도를 무디게 하는 방어막에 너무 의존해서는 안 된다고 항상 경고했지만, 그는 방어막을 생각하는 사고 방식이 이미 자신의 일부가 되어버렸음을 알고 있었다.

야미스가 전통적인 도전의 말을 외쳤다. "그대의 칼이 쪼개지고 부서지기를!"

'그럼 이 칼도 부러질 수 있는 모양이군.' 폴은 생각했다.

그는 야미스에게도 방어막이 없다는 사실을 자신에게 일깨웠다. 그러나 상대는 방어막을 사용하는 훈련을 받지 않기 때문에 방어막에 익숙한 사람처럼 속도를 억제하는 버릇을 갖고 있지 않았다.

폴은 원 맞은편에 있는 야미스를 노려보았다. 그의 몸은 바짝 마른 해골 위에 매듭이 있는 노끈을 덮어놓은 듯한 모습이었다. 그의 크리스나이프가 발광구의 불빛을 받아 우윳빛 섞인 노란색으로 빛났다.

공포가 폴의 몸을 훑고 지나갔다. 사람들의 원 안에서 흐릿한 노란 불빛을 받으며 서 있는 자신이 갑자기 너무나 외롭고 벌거벗은 것처럼 느껴졌다. 예지력 덕분에 그의 지식 속에는 수많은 경험들이 포함되어 있었다. 예지력은 또한 가장 강한 미래의 흐름들과 그것들을 이끄는 일련의 결정들에 대해 그에게 암시해 주었다. 그러나 지금 그는 '현실 속의 현재'와 직면하고 있었다. 무한히 겹쳐진 사소한 불운들 위에 죽음이 매달려 있었다.

이곳에서는 무엇이든 미래의 방향을 바꿔버릴 수 있다는 것을 그는 깨달았다. 싸움을 지켜보고 있는 사람들 중에서 누군가가 기침을 한다면 잠시 자신의 정신이 흐트러질 것이고, 발광구의 밝기가 조금이라도 변한다면 엉뚱하게 생겨난 그림자에 속아 넘어갈 수도 있었다.

'난 지금 두려워하고 있어.' 폴은 속으로 혼잣말을 했다.

그는 상대를 경계하면서 야미스와 반대 방향으로 원을 그리며 움직였다. 그리고 두려움에 대항하는 베네 게세리트의 기도문을 말없이 속으로 되풀이했다. '두려움은 정신을 죽인다…….' 기도문이 차가운 물처럼 그의 몸을 씻어 내렸다. 그는 근육들이 저절로 풀리는 것을 느끼면서 침착하게 준비 자세를 갖췄다.

"난 나의 칼을 네 피 속에 담글 것이다." 야미스가 으르렁거렸다. 그리고 마지막 말이 끝나기도 전에 폴을 향해 와락 달려들었다.

제시카는 그의 움직임을 보며 소리를 지르고 싶은 것을 억눌렀다.

야미스가 칼을 내려친 곳에는 텅 빈 허공만이 남아 있었다. 폴은 이미 야미스의 뒤로 돌아가서 훤하게 드러난 그의 등을 확실히 공격할 수 있는 위치에 있었다.

'지금이야, 폴! 지금이야!' 제시카는 속으로 비명을 질렀다.

폴의 동작은 유려하고 부드러웠으며 일부러 느릿하게 조정되어 있었다. 그러나 그 속도가 너무 느렸기 때문에 야미스에게 몸을 비틀어 피할 여유를 주고 말았다. 야미스는 뒤로 물러나면서 오른쪽으로 방향을 틀었다.

폴이 뒤로 물러나 낮게 몸을 웅크리며 말했다. "우선, 넌 내 피가 어디 있는지 찾아야 할걸."

제시카는 폴이 방어막에 익숙한 전사의 속도로 움직이고 있음을 깨달았다. 그것이 양날의 칼과 같다는 생각이 들었다. 폴의 반응은 어린 나이에 걸맞게 빨랐고, 훈련을 통해 이곳 사람들이 한 번도 보지 못한 수준으로 다듬어져 있었다. 그러나 그의 공격 역시 방어막을 꿰뚫어야 한다는 필요성에 맞춰 훈련되고 조절된 것이었다. 너무 빠른 공격은 방어막을 뚫지 못하고 튕겨 나왔다. 공격처럼 보이지 않는 느린 타격만이 방어막을 뚫을 수 있었다. 방어막을 뚫고 들어가려면 통제력과 속임수가 필요했다.

'폴도 그걸 알고 있을까? 알아야 하는데!'

야미스가 다시 공격을 했다. 잉크처럼 시커먼 그의 눈이 이글거리고, 발광구 불빛 속에서 누르스름한 그의 몸이 형체를 분간할 수 없을 정도로 빠르게 움직였다.

폴이 그의 공격을 살짝 피해서 공격으로 전환했다. 그러나 이번에도 그의 공격은 너무 느렸다.

같은 양상이 자꾸만 반복되었다. 매번 폴의 역공은 간발의 차이로 상대를 놓치곤 했다.

제시카는 폴의 움직임에서 하나의 패턴을 읽어내고 야미스가 그것을 눈치채지 못하기를 바랐다. 폴의 방어 동작은 눈으로 분간할 수 없을 정도로 빨랐다. 그러나 매번 그는 방어막이 야미스의 공격을 막아냈을 경우에 움직여야 할 각도로만 움직였다.

"당신 아들은 지금 저 불쌍한 바보를 데리고 장난치는 거요?" 스틸가가 물었다. 그러나 그는 그녀가 대답을 하기도 전에 손을 저어 그녀의 말을 막았다. "미안하오. 지금 당신이 침묵을 지켜야 한다는 걸 잊었소."

이제 폴과 야미스는 마주 보며 둥글게 원을 그리고 있었다. 야미스는 칼을 쥔 손을 앞으로 쭉 뻗어 약간 위로 치켜들고 있었다. 폴은 칼을 낮게 쥔 채 몸을 웅크린 자세였다.

야미스가 다시 폴에게 달려들었다. 그런데 이번에는 그가 몸을 오른쪽으로 비틀어 폴이 피하려는 곳을 공격했다.

폴은 피하는 척 뒤로 빠져나가는 대신 칼끝으로 상대의 칼을 받았다. 그리고는 몸을 왼쪽으로 비틀어 빠져나왔다. 챠니의 경고 덕분이었다.

야미스가 칼을 쥔 손을 문지르면서 원 중앙으로 돌아왔다. 상처에서 피가 몇 방울 떨어지다가 곧 멈췄다. 그는 검푸른 구멍처럼 보이는 두 눈을 크게 뜨고 폴을 노려보며 발광구의 흐릿한 불빛 속에서 새로운 경계심이 담긴 시선으로 그를 유심히 관찰했다.

"아, 저건 아프겠는데." 스틸가가 중얼거렸다.

폴은 언제라도 뛰쳐나갈 수 있도록 몸을 웅크렸다. 그리고 처음 상대의 피를 보고 난 후 취해야 할 행동에 대해 훈련받은 대로 야미스를 향해 소리쳤다. "항복하겠느냐?"

"하!" 야미스가 울부짖었다.

사람들 사이에서 성난 중얼거림이 일었다.

"잠깐! 저 아이는 우리의 규칙을 모른다." 스틸가가 소리쳤다. 그리고 그는 폴을 향해 말을 이었다. "타하디 도전에는 항복이 없다. 죽음이 바로 시험이야."

제시카는 폴이 마른침을 꿀꺽 삼키는 모습을 보았다. '저 애는 이런 식으로 사람을 죽여본 적이 없어……. 칼을 들고 이렇게 뜨거운 결투에서 사람을 죽여본 적이 없어. 저 애가 할 수 있을까?'

폴은 야미스의 움직임 때문에 천천히 오른쪽으로 돌았다. 이 동굴 안에서 들끓고 있는 시간의 연결점의 변수들에 대한 예지의 기억이 다시 떠올라 그를 괴롭히기 시작했다. 그는 새로운 깨달음을 통해, 이 싸움 속에 너무나 많은 결정들이 신속하게 압축되어 들어와 버렸기 때문에 미래의 길이 결코 분명하게 모습을 드러낼 수 없다는 사실을 알 수 있었다.

변수 위에 또 다른 변수가 겹쳐져 있었다. 그가 가야 할 길 위에 이 동굴이 흐릿한 연결점으로 자리잡고 있는 것은 바로 그 때문이었다. 이 동굴은 범람하는 물길 속에 자리잡은 거대한 바위처럼 주위의 흐름 속에 커다란 소용돌이를 만들어내고 있었다.

"이제 끝내라. 상대를 데리고 장난쳐선 안 돼." 스틸가가 투덜거리듯이 말했다.

폴은 자신의 속도가 더 빠르다는 점을 믿고 원 안으로 깊숙이 들어갔다.

이제는 야미스가 뒷걸음질 치고 있었다. 지금 타하디 원 안에 들어와 있는 상대가 프레멘의 크리스나이프로 쉽게 사냥할 수 있는 연약한 다른 행성 사람이 아니라는 사실을 깨달았기 때문이다.

제시카는 그의 얼굴에서 절망의 그림자를 보았다. '지금이 가장 위험해. 저 사람은 지금 필사적이기 때문에 무슨 짓이든 저지를 수 있어. 저 사람은 폴이 자기 부족의 어린애처럼 서투른 상대가 아니라 전사로 태어나서 젖먹이 시절부터 훈련받은 싸움 기계라는 걸 이제 깨닫고 있어.

내가 저 사람에게 심어놓은 공포가 이제 완전히 폭발할 거야.'

그녀는 자신이 야미스에게 연민을 느끼고 있다는 사실을 깨달았다. 그러나 그 연민의 감정은 급박한 위험에 처해 있는 폴 때문에 무뎌져 있었다.

'야미스는 지금 무슨 짓이든 저지를 수 있어……. 전혀 예상치 못한 짓을.' 그녀는 속으로 생각했다. 폴이 이 미래를 보았는지, 예지의 환영 속에서 경험한 것을 실제로 경험하고 있는 건지 궁금하다는 생각이 들었다. 그러나 폴의 얼굴과 어깨에는 땀방울이 맺혀 있고, 물 흐르듯 움직이는 그의 근육에는 긴장과 피곤의 기색이 역력했다. 그제야 그녀는 미래를 보는 폴의 재능 속에 들어 있는 불확실성을 생전 처음으로 느꼈다. 그러나 그 불확실성을 완전히 이해한 것은 아니었다.

이제 폴은 공격하지 않고 원을 그리며 상대를 압박하고 있었다. 그는 상대가 두려워하고 있음을 알고 있었다. 던컨 아이다호의 말이 폴의 의식을 스치고 지나갔다. "상대가 도련님을 두려워할 때, 그 두려움이 마음껏 날뛰면서 상대를 몰아붙이도록 내버려두어야 합니다. 단순한 두려움이 견딜 수 없는 공포가 되도록 내버려두십시오. 공포에 질린 사람은 자기 자신과 싸워야 합니다. 그리고 결국은 필사적인 공격을 하게 되죠. 그때가 가장 위험한 순간입니다. 하지만 공포에 질린 사람은 대개 치명적인 실수를 저지르게 마련입니다. 도련님은 지금 그런 실수들을 감지해서 이용하는 법을 배우고 있는 겁니다."

사람들이 투덜거리기 시작했다.

'저 사람들은 폴이 야미스를 데리고 놀고 있다고 생각하는 거야. 폴이 쓸데없이 잔인하게 군다고.' 제시카는 생각했다.

그러나 그녀는 또한 사람들이 눈앞의 광경을 즐기면서 점점 흥분하고 있다는 것도 느낄 수 있었다. 야미스가 받는 심리적 압박이 점점 커지는 것도 느껴졌다. 야미스가 그 압박을 도저히 견딜 수 없게 된 순간, 야미스도 제시카도…… 그리고 폴도 그것을 느꼈다.

야미스가 높이 뛰어오르면서 오른손으로 공격하는 척 속임수를 썼다. 그의 오른손은 텅 비어 있었다. 그가 어느새 크리스나이프를 왼손으로 바꿔 쥐었던 것이다.

제시카는 숨이 막혔다.

그러나 폴은 야미스가 양손을 모두 사용할 수 있다는 것을 챠니에게서 들어 알고 있었다. 게다가 그가 받은 훈련의 깊이에 비하면 그 속임수는 하찮은 것이었다. "칼을 쥐고 있는 손에 신경 쓰지 말고 칼에 정신을 집중하세요. 손보다 칼이 훨씬 위험합니다. 그리고 칼은 양손으로 모두 휘두를 수 있어요." 거니 할렉은 그에게 거듭 이렇게 강조했다.

뿐만 아니라 폴은 이미 야미스의 실수를 감지하고 있었다. 스텝이 나빠서 공중으로 도약했다가 몸의 중심을 잡는 데 심장박동이 한 번 뛸 만큼 시간이 더 걸렸던 것이다. 야미스는 그 잠깐의 틈을 이용해서 폴을 교란하고 칼을 바꿔 쥐는 것을 숨길 작정이었다.

발광구의 노란 불빛과 싸움을 지켜보고 있는 사람들의 검푸른 눈만 없다면, 폴에게 지금의 상황은 훈련장에서 받던 훈련과 흡사했다. 사람이 몸 동작을 이용해서 방어막과 맞설 때에는 방어막의 유무가 그리 중요하지 않았다. 폴은 눈에 잘 보이지도 않을 만큼 빠른 동작으로 칼을 바꿔쥐고 옆으로 살짝 물러나 야미스의 가슴이 내려오고 있는 지점을 향해 칼을 위로 찔렀다. 그리고 옆으로 더 물러나서 야미스가 무너져 내리는 것을 지켜보았다.

야미스는 힘없는 헝겊 인형처럼 얼굴을 아래로 한 채 쓰러졌다. 그리고 한번 '흡' 하고 숨을 들이쉬며 폴을 향해 얼굴을 돌리더니 바위 위에 쓰러져 꼼짝도 하지 않았다. 생명 없는 그의 눈이 어두운 유리 구슬처럼 허공을 노려보았다.

"칼끝으로 죽이는 건 예술적이지 않아요. 하지만 기회가 왔을 때 그 때문에 공격을 자제해서는 안 됩니다." 아이다호가 언젠가 폴에게 해준 말이었다.

사람들이 원 안으로 밀려드는 바람에 폴은 옆으로 밀려나 버렸다. 서로 밀치락달치락하며 부산하게 움직이는 사람들에 가려 야미스의 모습은 보이지 않았다. 이윽고 사람들 몇 명이 로브로 감싼 꾸러미 같은 것을 들고 동굴 깊숙한 곳으로 서둘러 들어갔다.

바닥에 있던 시체는 사라지고 없었다.

제시카는 사람들 틈을 뚫고 아들을 향해 다가갔다. 고약한 냄새를 풍기는 사람들의 등과 로브로 가득 찬 바닷속을 헤엄치는 기분이었다. 사람들이 이상하게 조용했다.

'지금이 정말 끔찍한 순간이야. 저 애는 정신적으로나 육체적으로나 상대보다 분명하게 우월한 상태에서 사람을 죽였어. 저 애가 그런 승리를 즐기게 내버려두면 안 돼.'

그녀는 간신히 사람들 사이를 뚫고 나와 사람들이 몰려 있지 않은 자그마한 공간에 다다랐다. 턱수염을 기른 프레멘 두 명이 폴이 사막복 입는 것을 도와주고 있었다.

제시카는 아들을 물끄러미 바라보았다. 폴의 두 눈이 밝게 빛나고 있었다. 그는 가쁜 숨을 몰아쉬면서 사람들의 손길을 도와 같이 옷을 입기보다는 그 손길에 몸을 맡겨두고 있었다.

"야미스랑 싸웠는데 몸에 작은 상처 하나 없어." 폴에게 옷을 입히고 있는 프레멘 한 명이 중얼거렸다.

챠니가 한쪽에 서서 폴을 뚫어지게 바라보고 있었다. 제시카는 장난꾸러기 요정 같은 그녀의 얼굴에서 흥분과 감탄을 보았다.

'지금 빨리해야 해.' 제시카는 생각했다.

그녀는 자신의 목소리와 태도에 최고의 경멸을 쏟아부어 폴을 향해 입을 열었다. "이런이런, 그래, 살인자가 된 기분이 어떠신가?"

폴은 한 대 맞은 사람처럼 뻣뻣하게 굳었다. 어머니의 차가운 시선을 받으면서 그의 얼굴이 새빨갛게 물들었다. 그는 자기도 모르게 야미스가 쓰러졌던 동굴 바닥을 흘끗 바라보았다.

스틸가가 사람들 사이를 뚫고 제시카 옆으로 다가왔다. 그는 사람들이 야미스의 시체를 가져간 곳에서 돌아오는 길이었다. 그가 신랄하면서도 감정을 절제한 목소리로 폴에게 말했다. "네가 내게 도전해서 나의 정신을 시험할 때가 되면, 오늘 야미스를 가지고 놀았던 것처럼 장난칠 생각은 하지 마라."

제시카는 자신의 말과 스틸가의 말이 소년의 마음속으로 침투해서 그를 가혹하게 몰아붙이고 있음을 느꼈다. 폴의 의도에 대한 이 사람들의 착각이 지금 나름대로 유용하게 쓰이고 있었다. 폴이 주위 사람들을 둘러보았고, 제시카도 주위를 둘러보았다. 그리고 두 사람 모두 사람들의 얼굴에서 같은 것을 보았다. 그들이 폴에게 감탄하고 있음은 분명했다. 두려움도 있었다. 그러나 몇몇 사람들의 얼굴에는 혐오의 표정이 드러나 있었다. 그녀는 스틸가를 바라보았다. 그리고 체념이 묻어 있는 그의 얼굴에서 이번 싸움이 그에게 어떻게 보였는지 알 수 있었다.

폴이 어머니를 바라보며 말했다. "그런 기분이 어떤 건지 어머니도 아시잖아요."

제시카는 폴이 본정신을 되찾았음을 알았다. 그의 목소리에 후회의 기색이 묻어 있었다. 제시카가 사람들을 한 바퀴 획 둘러보며 입을 열었다. "폴은 칼로 사람을 죽여본 적이 한 번도 없어요."

스틸가가 도저히 믿을 수 없다는 표정으로 그녀를 똑바로 바라보았다.

"난 그를 가지고 놀았던 게 아니오." 폴이 말했다. 그는 어머니 앞으로 나와 로브 자락을 곧게 편 다음 동굴 바닥에 얼룩져 있는 야미스의 핏자국을 바라보면서 말을 이었다. "난 그를 죽이고 싶지 않았소."

제시카는 스틸가의 얼굴에 이제야 믿을 수 있다는 표정이 서서히 떠오르는 것을 보았다. 핏줄이 크게 불거져 나온 손으로 턱수염을 만지는 그의 몸짓에는 안도의 감정이 배어 있었다. 사람들이 이제야 알겠다는 듯 웅성거리는 소리도 들렸다.

"그래서 그에게 항복하라고 했던 거로군. 그랬어." 스틸가가 말했다. "우리의 관습은 다르다. 하지만 그 관습에 일리가 있음을 너도 알게 될 거야. 난 우리가 전갈을 받아들인 게 아닌가 생각했다." 그는 잠시 머뭇거리다가 다시 말을 이었다. "그리고 이젠 더 이상 너를 아이라고 부르지 않겠다."

사람들 사이에서 누군가의 목소리가 터져 나왔다. "이름을 지어줘야 해요, 스틸."

스틸가가 턱수염을 쓰다듬으면서 고개를 끄덕였다. "네게 힘이 있다는 걸 이제 알겠다……. 마치 기둥의 뿌리에 들어 있는 힘 같은 것이." 그는 다시 말을 멈췄다가 잠시 후 입을 열었다. "너는 우리들 사이에서 우슬이라는 이름으로 불리게 될 거다. '기둥의 기초'라는 뜻이지. 이건 우리 부족 사이에서만 사용되는 비밀스러운 이름이다. 타브르 시에치에 속한 우리들은 그 이름을 사용할 수 있지만 다른 사람들은 감히 그 이름을 사용할 수 없다…… 우슬."

사람들 사이에서 웅성거리는 소리가 일었다. "좋은 이름이야…… 강한 자는…… 우리에게 행운을 가져다주니까." 제시카는 사람들이 이제 그녀와 그녀의 전사를 받아들였음을 느꼈다. 그녀는 이제 진정한 사이야디나였다.

"자, 우리가 공개적으로 부를 수 있는 너의 성인 이름으로 무엇을 택하겠느냐?" 스틸가가 물었다.

폴은 어머니를 한 번 쳐다본 다음 다시 스틸가에게 시선을 돌렸다. 그의 예지의 기억 속에는 지금 이 순간의 일부가 이미 새겨져 있었다. 그러나 예지의 기억과 달리 지금 이 순간은 현실이었다. 현재의 좁은 문을 통해 그를 억지로 밀어내는 물리적인 압박 같았다.

"작은 생쥐를 당신들은 뭐라고 부르지? 펄쩍펄쩍 뛰어다니는 생쥐 말이오." 폴은 투오노 분지에서 깡충깡충 뛰어다니던 생쥐들을 떠올리며 물었다. 그가 한 손으로 생쥐의 움직임을 흉내 내어 보여주었다.

사람들 사이에서 키득거리는 웃음소리가 들렸다.

"우린 그 생쥐를 무앗딥이라고 부른다." 스틸가가 말했다.

제시카는 놀라서 숨이 막혔다. 그녀는 이미 폴에게서 그 이름을 들은 적이 있었다. 폴은 프레멘이 자신들을 받아들일 것이며, 자신을 그 이름으로 부르게 될 것이라고 말했다. 갑자기 아들에 대한, 그리고 아들을 위한 두려움을 느꼈다.

폴은 마른침을 삼켰다. 자신이 머릿속에서 이미 수도 없이 수행했던 역할을 지금 수행하고 있음을 느낄 수 있었다……. 하지만…… 뭔가가 달랐다. 현기증이 날 만큼 높은 산꼭대기에 앉아 있는 자신의 모습이 보였다. 이미 많은 것을 경험하고 엄청난 양의 지식을 지닌 사람. 그러나 그의 주위는 온통 심연이었다.

그의 기억 속 영상이 다시 바뀌었다. 초록색과 검은색으로 이루어진 아트레이데스의 깃발을 따르는 광신도 군단이 예언자 무앗딥의 이름으로 온 우주를 불태우며 노략질하는 모습이었다.

'그런 일이 일어나서는 안 돼.' 그는 속으로 다짐했다.

"무앗딥이 네가 원하는 이름이냐?" 스틸가가 물었다.

"난 아트레이데스요." 폴이 낮은 소리로 속삭였다. 그리고 조금 더 커다란 목소리로 말을 이었다. "내 아버지가 주신 이름을 완전히 포기하는 것은 옳지 않은 일이오. 당신들이 나를 폴 무앗딥이라고 불러줄 수 있겠소?"

"그럼, 폴 무앗딥이라고 하지." 스틸가가 말했다.

'이건 내가 보았던 환영 어디에도 없었어. 내가 다른 점을 하나 만들어 낸 거야.' 폴은 생각했다.

그러나 그의 주위를 둘러싼 심연은 여전히 그대로 남아 있었다.

다시 한번 사람들이 서로를 바라보며 웅성거리기 시작했다.

"힘을 겸비한 지혜…… 더 이상 바랄 게 없어. 분명히 전설 그대로야……. 리산 알 가입…… 리산 알 가입……."

"너의 새 이름에 대해 한 가지 말해 주지." 스틸가가 말했다. "네가 선택한 이름이 마음에 든다. 무앗딥은 사막에서 현명하게 살아가는 동물이야. 무앗딥은 스스로 물을 만들어내지. 무앗딥은 태양을 피해 몸을 숨겼다가 서늘한 밤에 움직인다. 무앗딥은 다산이어서 온 땅 위에서 번성하지. 무앗딥을 우리는 '아이들의 교사'라고 부른다. 우리들 사이에서 우슬이라고 불리는 폴 무앗딥이여, 그건 네 인생의 강력한 기초가 되어줄 것이다. 널 환영한다."

스틸가는 한쪽 손바닥으로 폴의 이마를 만진 다음 손을 떼고 폴을 끌어안으며 중얼거렸다. "우슬."

스틸가가 폴을 놓아주자 군중들 속에 있던 사람이 하나 나와서 폴을 끌어안으며 타브르 시에치에서만 통용되는 그의 새 이름을 불렀다. 폴은 사람들의 품에서 품으로 계속 옮겨지며 그를 부르는 사람들의 목소리를 들었다. "우슬…… 우슬…… 우슬." 그는 벌써 몇몇 사람들의 이름을 알고 있었다. 이윽고 챠니가 그의 뺨에 자신의 뺨을 대고 끌어안은 채 그의 이름을 불렀다.

폴은 다시 스틸가 앞에 섰다. 스틸가가 말했다. "이제 넌 **이찬 베드윈***, 우리 형제들 중의 하나다." 그가 엄격하게 얼굴을 굳히면서 폴에게 명령을 내렸다. "폴 무앗딥, 사막복을 단단하게 조여라." 그가 이번에는 챠니를 바라보며 말했다. "챠니! 폴 무앗딥의 코마개가 잘 안 맞지 않나. 내가 본 것 중 최악이다! 내가 너에게 그를 돌봐주라고 명령했을 텐데!"

"저한테는 코마개를 만들 재료가 없었어요, 스틸. 물론 야미스의 것이 있긴 하지만……."

"변명은 그만해!"

"그럼, 제 걸 나눠줄게요. 저도 하나만 가지면 그럭저럭 견딜 수 있을 거예요……."

"말도 안 되는 소리. 우리들 사이에 여벌이 있다는 걸 알고 있다. 여벌은 다 어디 있는 거지? 우리가 하나의 부대가 아니라 야만인 집단이 돼버린 건가?"

사람들이 섬유질로 된 단단한 물건을 든 손들을 내밀었다. 스틸가는 그중에서 네 개를 골라 챠니에게 건네주었다. "이걸 우슬과 사이야디나에 맞게 조정해."

사람들의 뒤쪽에서 누군가가 말했다. "물은 어떻게 하죠, 스틸? 저 사람들의 행낭에 들어 있는 리터존 말이에요.”

“네게 물이 필요하다는 건 알고 있다, 파로크.” 스틸가가 말하고 나서 제시카를 흘끗 바라보았다. 제시카는 고개를 끄덕여 주었다.

“리터존 한 병을 열어라.” 스틸가가 말했다. “물감독관…… 물감독관은 어디 있나? 아, 시뭄, 필요한 만큼 물을 재서 나눠주게. 꼭 필요한 만큼만. 더 이상은 안 되네. 이 물은 사이야디나가 가져온 재산이니 시에치에 돌아가서 수송료를 제하고 현장 비율로 갚을 거야.”

“현장 비율이라는 게 얼마죠?” 제시카가 물었다.

“일 대 십이오.”

“하지만……”

“이게 현명한 규칙이라는 걸 알게 될 거요.”

사람들의 뒤쪽에서 옷자락이 스치는 소리가 들려왔다. 사람들이 물을 받기 위해 움직이는 소리였다.

스틸가가 한쪽 손을 치켜들자 금방 사방이 조용해졌다. “야미스에 대해서는 완전한 장례식을 치러줄 것을 명령한다. 야미스는 우리의 동료였고, 이찬 베드윈의 형제였다. 타하디 도전을 통해 우리의 행운을 증명해준 사람에게 마땅히 바쳐야 할 경의를 표하지 않고 등을 돌리는 일은 없을 것이다. 어둠이 그의 몸을 감싸줄 황혼 녘에…… 의식을 치르겠다.”

폴은 이 말을 들으면서 자신이 다시 한번 심연 속으로 빠져버렸음을 깨달았다……. 사각의 시간. 그의 머릿속에 미래를 점령하고 있는 과거는 없었다……. 다만…… 다만……. 앞쪽 어딘가에서…… 초록색과 검은색의 아트레이데스 깃발이 휘날리는 것을 여전히 느낄 수 있었다……. 지하드의 피 묻은 칼과 광신도 군단이 여전히 보였다.

‘그래서는 안 돼. 그렇게 되게 할 수는 없어.’ 폴은 다짐했다.

신은 신자들을 훈련시키기 위해 아라키스를 창조했다.

—이룰란 공주의 『무앗딥의 지혜』

동굴의 정적 속에서 사람들이 움직이며 바위에 모래 긁히는 소리가 들렸다. 스틸가가 파수꾼들이 보내는 신호라고 가르쳐준 새 울음소리도 멀리서 들렸다.

동굴의 입구를 막고 있던 커다란 플라스틱 문막이는 이미 치워지고 없었다. 제시카는 바위 가장자리와 그 너머 탁 트인 분지를 가로질러 밤의 그림자들이 행진해 오는 것을 보았다. 낮의 햇빛이 떠나가는 것이 어둠은 물론 건조한 열기에서도 느껴졌다. 그녀는 자신의 훈련받은 의식 덕분에, 이 프레멘들처럼 공기 중에 포함된 수분의 아주 작은 변화까지도 감지할 수 있는 능력을 자신도 곧 갖게 되리라는 것을 알 수 있었다.

동굴 입구가 열렸을 때 프레멘들이 서둘러 사막복을 단단하게 조이던 모습이라니!

동굴 안쪽 깊숙한 곳에서 누군가가 노래를 부르기 시작했다.

이마 트라바 오콜로!

이 코렌자 오콜로!

제시카는 말없이 속으로 이 가사를 번역했다. '이것들은 재! 이것들은 뿌리!'

야미스를 위한 장례 의식이 이제 시작되려 하고 있었다.

그녀는 아라키스의 석양과 하늘에 층지어 늘어선 여러 가지 색깔들을 보았다. 멀리 보이는 바위들과 모래언덕들을 따라 밤이 그림자를 토해 내기 시작했다.

그러나 열기는 끈질기게 남아 있었다.

열기 때문에 물에 관한 생각이 저절로 떠올랐다. 여기 사람들은 모두 일정한 시간에만 갈증을 느끼도록 훈련이 되어 있는 것 같았다.

갈증.

그녀는 달빛을 받아 바위 위에 하얀 옷자락을 드리우던 칼라단의 파도와…… 물기를 잔뜩 머금은 바람을 기억했다. 그런데 지금 그녀의 옷자락을 스치고 지나가는 산들바람은 이마와 뺨의 드러난 피부에 들어 있는 물기를 모두 말려버리고 있었다. 새로운 코마개가 신경에 거슬렸다. 그녀의 호흡 속에 들어 있는 수분을 재활용하기 위해 얼굴을 지나 사막복 속까지 이어져 있는 튜브도 거슬렸다.

사막복은 그 자체가 물기를 건조시키는 건조실 같았다.

스틸가는 그녀에게 이렇게 말했다. "당신의 몸이 좀더 수분 함량이 낮은 상태에 적응하고 나면 사막복이 더 편안하게 느껴질 거요."

그녀는 그의 말이 옳다는 것을 알고 있었다. 그러나 그 사실을 알고 있다고 해서 지금 이 순간이 더 편안하게 느껴지는 것은 아니었다. 물에 대한 이곳 사람들의 무의식적인 집착이 그녀의 마음을 짓눌렀다. '아냐. 물에 대한 집착이 아니라 수분에 대한 집착이야.' 그녀는 단어를 바로잡았다.

수분은 물보다 더 미묘하고 심오한 문제였다.

누군가 다가오는 발소리가 들렸다. 뒤를 돌아보니 폴이 동굴 안쪽에서 나오고 있었다. 장난꾸러기 요정 같은 얼굴의 챠니가 뒤에 꼬리처럼 붙어 있었다.

'문제가 또 하나 있군. 여기 여자들에 대해 폴에게 주의를 줘야겠어. 이 사막 여자들은 공작의 아내가 될 수 없어. 첩은 몰라도, 아내는 안 돼.' 제시카는 생각했다.

그러나 그녀는 곧 스스로 의아한 생각이 들었다. '내가 저 아이의 계획에 물들어 버린 걸까?' 그녀는 자신의 생각이 외부의 힘으로 인해 이미 굳어져버렸다는 것을 깨달았다. '나 자신이 첩이었던 건 전혀 생각하지 않고 황족의 결혼 문제를 생각할 수는 있어. 하지만…… 난 첩 이상이었지.'

"어머니."

폴이 그녀 앞에서 걸음을 멈췄다. 챠니도 그 옆에 섰다.

"어머니, 저 사람들이 뒤에서 뭘 하고 있는지 아세요?"

제시카는 두건 밑으로 자신을 똑바로 쳐다보고 있는 폴의 어두운 눈을 바라보았다. "짐작은 하고 있어."

"챠니가 제게 보여줬어요. 내가 그걸 보고…… 물의 무게를 재는 걸 허락해 줘야 한다면서요."

제시카가 챠니를 바라보았다.

"사람들이 지금 야미스의 물을 회수하고 있어요." 챠니가 말했다. 코마개 때문에 가느다란 목소리에 콧소리가 섞여 있었다. "그것이 규칙이에요. 사람의 살은 그 사람의 것이지만 그의 물은 부족의 것이에요…… 결투를 할 때만 빼고."

"사람들 말이 저 물이 제 것이래요." 폴이 말했다.

제시카는 이 말을 듣고 자신이 왜 갑자기 경계심을 느끼는 건지 모르겠다고 생각했다.

"결투의 물은 승리자의 것이에요. 사막복 없이 탁 트인 공간에서 싸워야 하니까요. 승리자는 싸우는 도중 잃어버린 자신의 물을 되찾아야 해요." 챠니가 말했다.

"난 그의 물을 원하지 않아." 폴이 투덜거렸다. 그는 자신이 동시에 움직이는 수많은 영상들 속에 조각조각 나뉘어 들어가 있는 느낌이 들었다. 그것이 그의 내면의 눈을 혼란스럽게 만들었다. 그는 자기가 무엇을 해야 할지 확신하지 못했지만 한 가지만은 확실했다. 야미스의 살에서 추출해 낸 물을 원하지 않는다는 것.

"그건…… 물이야." 챠니가 말했다.

제시카는 '물'이라는 단어를 말할 때 챠니의 어조에 감탄하지 않을 수 없었다. 그 단순한 소리 안에 너무나 많은 의미가 포함되어 있었다. 베네 게세리트의 격언 하나가 제시카의 머릿속에 떠올랐다. '생존이란 낯선 물 속에서 헤엄치는 능력이다.' 제시카는 생각했다. '폴하고 나는 지금 이 낯선 물 속에서 물의 흐름과 패턴을 찾아내야 해…… 살아남으려면.'

"그 물을 받아라." 제시카가 말했다.

그녀는 자신이 사용한 목소리의 어조를 알아차렸다. 언젠가 레토에게도 지금과 똑같은 어조로 말한 적이 있었다. 그때 그녀는 어떤 사람들이 수상쩍은 계획에서 자신들을 지지해 달라며 공작에게 제시한 거액의 돈을 받으라고 말했다. 아트레이데스의 권력을 유지해 주는 것은 바로 돈이기 때문이었다.

아라키스에서는 물이 곧 돈이었다. 그녀는 그 사실을 분명하게 이해하고 있었다.

폴은 침묵을 지켰다. 그는 자신이 어머니의 명령에 따르게 되리라는 것을 알고 있었다. 어머니가 명령을 했기 때문이 아니라, 그녀의 어조가 그에게 상황을 재평가해 보라는 압력을 가했기 때문이다. 야미스의 물을 거절한다는 것은 프레멘 관습과의 단절을 의미했다.

유에가 준 『오렌지 가톨릭 성경』의 467칼리마에 나오는 구절이 폴의 머릿속에 떠올랐다. "'물에서부터 모든 생명이 시작된다.'"

제시카는 폴을 물끄러미 바라보았다. '저 아이가 저 구절을 어디서 배운 거지? 저 애는 아직 신비를 공부한 적이 없는데.'

"그런 말이 있지. **기우디차르* 만테네*. 샤 나마***에는 물이 모든 창조물의 시초였다고 적혀 있어." 챠니가 말했다.

제시카는 갑자기 몸을 부르르 떨었다. 그 이유를 그녀 자신도 알 수가 없었다. 몸이 떨린다는 사실보다 이것이 더 마음에 걸렸다. 혼란한 감정을 감추려고 고개를 돌리자 마침 지평선 너머로 넘어가는 해가 눈에 들어왔다. 현란한 색깔들이 온 하늘에 번져 있었다.

"시간이 됐다!"

스틸가의 목소리가 동굴 안에서 울려 나왔다. "야미스의 무기가 죽임을 당했다. 야미스는 그분, 샤이 훌루드의 부름을 받았다. 그분께서는 매일 조금씩 이지러져 마침내 시든 가지처럼 변하는 달의 움직임을 정하신다." 스틸가의 목소리가 조금 낮아졌다. "야미스에게도 그러하다."

침묵이 담요처럼 동굴을 감쌌다.

제시카는 어두운 동굴 안쪽에서 유령처럼 움직이고 있는 스틸가의 어두운 그림자를 보았다. 그리고 공기가 서늘해지는 것을 느끼면서 다시 분지를 쳐다보았다.

"야미스의 친구들은 앞으로 나오시오." 스틸가가 말했다.

사람들이 제시카 뒤에서 움직이며 동굴 입구에 장막을 드리웠다. 동굴 뒤쪽 멀리 천장에 발광구 하나가 켜졌다. 노란색 불빛에 동굴 안으로 흘러들어 오고 있는 사람들의 모습이 드러났다. 옷자락 스치는 소리가 들렸다.

챠니가 빛에 끌려가듯이 한 발짝 멀어졌다.

제시카는 폴의 귀에 바짝 입을 대고 가문의 암호로 말했다. "저 사람들이 하는 대로 따라 해. 야미스의 영혼을 달래기 위한 단순한 의식일 거다."

'그렇게 단순하지는 않을 거예요.' 폴은 생각했다. 그의 의식 속에서 뭔가가 비틀리는 듯한 느낌이 들었다. 마치 그가 움직이고 있는 어떤 물건을 붙잡아 움직임을 멈추게 하려는 것 같았다.

챠니가 미끄러지는 듯한 걸음걸이로 제시카 곁으로 돌아와서 그녀의 손을 잡았다. "오세요, 사이야디나. 우린 따로 앉아야 해요."

폴은 두 사람이 자신을 홀로 남겨두고 어둠 속으로 사라져가는 모습을 지켜보았다. 버림받은 기분이 들었다.

장막을 드리웠던 사람들이 그의 옆으로 다가왔다.

"따라오게, 우슬."

그는 사람들이 이끄는 대로 앞으로 나아갔다. 그들은 스틸가 주위에 둥그렇게 늘어선 사람들의 원 속으로 그를 밀어 넣었다. 스틸가는 발광구 밑에 서 있었다. 그리고 그 옆의 바닥에 앙상하고 굴곡이 진 꾸러미 같은 것이 로브에 덮여 놓여 있었다.

스틸가의 손짓에 따라 사람들이 웅크리고 앉았다. 옷자락 스치는 소리가 났다. 폴은 그들과 함께 자리를 잡고 앉아서 스틸가를 지켜보았다. 머리 위의 발광구 때문에 그의 눈이 검은 구멍처럼 보였고, 그의 목을 감싸고 있는 초록색 천은 한결 밝아 보였다. 폴은 로브에 덮여 스틸가의 발치에 놓여 있는 물건으로 시선을 돌렸다. 천 사이로 불쑥 튀어나온 발리세트의 손잡이가 눈에 띄었다.

"영혼은 첫 번째 달이 떠오를 때 몸의 물을 떠난다. 그리하여 말한다. 우리가 오늘 밤 첫 번째 달이 떠오르는 것을 볼 때 부름 받을 자가 누구인가?"

"야미스." 사람들이 응답했다.

스틸가는 한쪽 발꿈치를 축으로 한 바퀴 돌면서 둥글게 늘어선 사람들의 얼굴을 차례로 바라보았다. 그리고 입을 열었다. "나는 야미스의 친구였다. '바위 속의 구멍'에서 매 같은 비행기가 우리를 덮쳤을 때, 나를 안전한 곳으로 끌어준 것은 야미스였다."

스틸가는 자기 옆의 꾸러미 위로 몸을 구부려 로브를 걷어냈다. "나는 야미스의 친구로서 이 옷을 갖겠다. 그것은 지도자의 권리다." 그가 로브를 어깨에 걸치고 몸을 똑바로 폈다.

폴은 이제 스틸가의 발치에 작은 둔덕처럼 쌓여 있는 물건들을 볼 수 있었다. 창백하게 번득이는 잿빛 사막복, 낡은 리터존, 작은 책이 담겨 있는 스카프 하나, 칼날이 없는 크리스나이프의 손잡이, 텅 빈 칼집, 잘 개켜놓은 행낭, 파라컴퍼스, 디스트랜스, 모래 막대기, 주먹만 한 크기의 금속 작살들, 천 주머니에 들어 있는 작은 돌조각 같은 것들, 깃털 한 다발…… 그리고 행낭 옆에 있는 발리세트.

'야미스가 발리세트를 연주했던 모양이구나.' 폴은 생각했다. 그 악기를 보자 거니 할렉과 자신이 잃어버린 모든 것이 생각났다. 폴은 과거에 본 미래의 기억을 통해 우연히 할렉과 만날 가능성이 있음을 알고 있었다. 그러나 할렉과의 재회가 포함된 환영은 아주 드물었고 그나마도 그림자에 가려져 있었다. 그것이 그를 혼란스럽게 했다. 그는 그 불확실성에 경이를 느꼈다. '앞으로 내가 하게 될 일…… 내가 하게 될지도 모르는 어떤 일이 거니를 죽여버릴 수도 있다는 뜻일까……. 아니면 그를 다시 살려낼 수 있다는 뜻일까……. 아니면…….'

폴은 마른침을 삼키며 고개를 흔들었다.

스틸가가 다시 한번 물건들 위로 몸을 숙였다.

"야미스의 여자와 파수꾼들을 위해서." 그가 말했다. 그리고는 작은 돌멩이들과 책이 그의 로브 속으로 들어갔다.

"그것은 지도자의 권리다." 사람들이 기도문을 읊듯이 말했다.

"야미스의 커피 세트를 위한 표식." 스틸가가 납작한 원반 모양의 초록색 금속을 집어 들면서 말했다. "우리가 시에치에 돌아갔을 때 적절한 의식을 통해 야미스의 커피 세트를 우슬에게 주기 위해서."

"지도자의 권리다." 사람들이 응답했다.

스틸가는 마지막으로 크리스나이프의 손잡이를 집어 들고 몸을 일으켰다. "장례의 평원을 위해서." 그가 말했다.

"장례의 평원을 위해서." 사람들이 응답했다.

제시카는 사람들로 이루어진 원에서 폴의 맞은편 자리에 앉아 고개를 끄덕였다. 그녀는 이 의식이 고대로부터 전해 온 것임을 알 수 있었다. '무지와 지식, 야만성과 문화의 만남. 사람들이 죽은 자에게 경의를 표하기 시작할 때 그런 만남이 시작되는 법이지.' 그녀는 건너편에 있는 폴을 바라보며 생각을 이었다. '저 아이가 그걸 알게 될까? 지금 어떤 행동을 해야 하는지 저 애가 알 수 있을까?'

"우리는 야미스의 친구다. 우리는 가바그 떼처럼 죽은 자들을 위해 울부짖지 않는다." 스틸가가 말했다.

폴의 왼쪽에 앉아 있던 턱수염이 희끗희끗한 남자가 일어섰다. "나는 야미스의 친구였다." 그가 이렇게 말하고 나서 물건 더미로 다가가 디스트랜스를 집어 들었다. "'두 마리 새'에서 포위를 당해 우리 물이 거의 바닥났을 때, 야미스가 물을 나눠주었다." 그가 다시 자기 자리로 돌아왔다.

'나도 야미스의 친구였다고 말해야 하는 걸까? 나도 저 물건 더미에서 뭔가를 가져와야 하나?' 그는 사람들이 자신에게 고개를 돌렸다가 다시 시선을 돌리는 것을 보았다. '저 사람들은 그걸 바라고 있어!'

폴의 건너편에 앉아 있던 남자 하나가 일어나 물건 더미로 다가가서 파라컴퍼스를 집어 들었다. "나는 야미스의 친구였다. '휘어진 절벽'에서 순찰대에 붙잡혀 내가 부상을 입었을 때, 야미스가 그들을 다른 곳으로 유인했고 부상자들은 구출될 수 있었다." 그가 다시 자기 자리로 돌아갔다.

사람들이 다시 한번 폴을 바라보았다. 폴은 그들의 시선에 어떤 기대가 배어 있는 것을 느끼고 시선을 내렸다. 누군가가 팔꿈치로 그를 쿡쿡 찌르며 숨죽인 목소리로 말했다. "우리에게 파멸을 가져올 셈인가?"

'내가 어떻게 그의 친구였다고 말할 수 있겠어?' 폴은 생각했다.

그의 반대편에 있던 또 다른 사람 하나가 자리에서 일어섰다. 두건을 쓴 그 사람의 얼굴에 불빛이 비치자, 폴은 어머니의 얼굴을 알아보았다. 그녀가 물건 더미에서 스카프를 집어 들었다. "나는 야미스의 친구였다. 그의 안에 있는 영혼들 중의 영혼이 진실이 필요함을 알고 뒤로 물러나 내 아들의 목숨을 살려주었다." 그녀가 자기 자리로 돌아갔다.

폴은 싸움이 끝난 후 어머니가 경멸이 가득 담긴 목소리로 자신에게 했던 말을 기억해 냈다.

'살인자가 된 기분이 어떠신가?'

그는 다시 한번 사람들이 자신을 바라보는 것을 보았다. 사람들 사이에서 분노와 공포가 느껴졌다. 언젠가 어머니가 '죽은 자를 위한 의식'을 주제로 그를 위해 만들어준 필름책의 한 구절이 머릿속을 스치고 지나갔다. 이제 어떤 행동을 해야 할지 알 수 있었다.

폴은 천천히 자리에서 일어났다.

사람들의 원을 따라 한숨이 일었다.

폴은 원의 중앙으로 나아가면서 자신의 자아가 점점 작아지는 것을 느꼈다. 마치 자신이 잃어버린 자아의 한 조각을 여기서 찾고 있는 것 같았다. 그는 물건 더미 위로 몸을 숙여 발리세트를 집어 들었다. 악기가 물건 더미 속의 무언가에 부딪치면서 '챙' 하고 현이 울렸다.

"나는 야미스의 친구였다." 폴이 낮은 소리로 말했다.

그는 눈시울이 뜨거워지는 것을 느끼면서 억지로 큰 목소리로 말했다. "야미스는 내게…… 사람을 죽이면…… 반드시 그 대가를 치르게 된다는 것을…… 가르쳐주었다. 야미스에 대해 더 많은 것을 알 수 있었다면 좋았을걸."

시야가 흐려져서 그는 더듬거리며 자기 자리로 돌아와 바위 바닥에 무너지듯 주저앉았다.

누군가가 숨죽인 목소리로 외쳤다. "눈물을 흘리고 있어!"

사람들의 원 여기저기에서 웅성거리는 소리가 들렸다. "우슬이 죽은 자를 위해 수분을 주고 있어!"

폴은 사람들의 손가락이 젖은 뺨에 닿는 것을 느꼈다. 사람들이 놀라움으로 가득 차서 속삭이는 소리도 들렸다.

제시카는 사람들의 목소리를 들으며 이 경험이 그들에게 얼마나 깊은 의미를 지닌 것인지 느낄 수 있었다. 그리고 눈물을 흘리는 것이 틀림없이 무서운 금기로 여겨지고 있음을 깨달았다. 그녀는 그가 죽은 자를 위해 수분을 주고 있다는 말에 집중했다. 눈물은 어둠의 세계에 바치는 선물이었다. 그들이 눈물을 신성하게 여기고 있다는 점에 대해서는 의심의 여지가 없었다.

이 행성의 그 어떤 것도 물의 궁극적인 의미를 이토록 강렬하게 전해 준 적이 없었다. 물장수들도, 이곳 원주민들의 바싹 마른 피부도, 사막복도, 물규칙도 아니었다. 지금 여기에 다른 무엇보다도 소중한 실체가 있었다. 그것은 생명 그 자체였으며 상징과 의식이 그 안에 온통 복잡하게 얽혀 있었다.

그것이 바로 물이었다.

"난 그의 뺨을 만졌어. 그 선물을 느꼈어." 누군가가 속삭였다.

폴은 처음에는 뺨을 만지는 손가락들이 두려웠다. 그는 발리세트의 현들이 손바닥을 파고드는 것이 느껴질 정도로 악기의 차가운 손잡이를 꽉 움켜쥐었다. 그러다가 자신의 얼굴을 더듬는 손들 너머의 얼굴이 눈에 들어왔다. 그들은 눈을 휘둥그렇게 뜨고 경탄하고 있었다.

이윽고 손들이 모두 물러갔다. 장례의 의식이 다시 시작되었다. 그러나 이제는 폴의 주위에 약간의 공간이 생겨 있었다. 사람들이 그를 존중하는 의미에서 조금씩 물러난 탓이었다.

장례식은 나지막한 노랫소리와 함께 끝났다.

만월이 그대를 부른다.
샤이 훌루드가 그대를 볼 것이다.
붉은 밤, 어둑한 하늘,
그대는 피투성이의 죽음을 맞았다.
우리는 달에게 기도를 드린다. 달이 둥글다.

그러니 우리에겐 많은 행운이 있을 것이며,
우리는 구하는 것을 얻을 것이다
바닥이 단단한 땅에서.

뚱뚱한 자루 하나가 스틸가의 발치에 남아 있었다. 그는 몸을 웅크리고 그 자루에 손바닥을 갖다 댔다. 누군가가 그 옆으로 와서 웅크리고 앉았다. 두건 그림자 속에서 폴은 챠니의 얼굴을 알아보았다.

"야미스는 부족의 물 33리터와 7과 32분의 3드라크마를 가지고 있었습니다." 챠니가 말했다. "지금 사이야다나가 지켜보시는 가운데 그 물에 축복을 내립니다. 에케리 아카이리, 이것이 그 물이다, 폴 무앗딥의 필리신 폴러시! 키비 아야 카비, 이보다 더 많았던 적은 없다, 나칼라스! 나켈라스! 정확하게 측량해라, 우카이르 안! 우리 친구…… 야미스의 심장 고동으로 잔 잔 잔."

갑자기 내려앉은 무거운 침묵 속에서 챠니가 고개를 돌려 폴을 바라보았다. 이윽고 그녀가 말했다. "내가 불꽃일 때 그대는 석탄이 되리라. 내가 이슬일 때 그대는 물이 되리라."

"비 라 카이파." 사람들이 응답했다.

"폴 무앗딥에게 이만큼이 간다." 챠니가 말했다. "그가 부족을 위해 이것을 지키며, 경솔히 잃어버리지 않고 보존하기를. 곤궁할 때에 그가 이것을 너그러이 나눠주기를. 그의 때가 되면 부족을 위해 이것을 후세에 남겨주기를."

"비 라 카이파." 사람들이 응답했다.

'저 물을 받아들여야 해.' 폴은 생각했다. 그는 천천히 자리에서 일어나 챠니 옆으로 갔다. 스틸가가 그에게 자리를 내주려고 물러서면서 그의 손에 있던 발리세트를 부드럽게 가져갔다.

"무릎을 꿇으세요." 챠니가 말했다.

폴은 무릎을 꿇었다.

그녀가 그의 손을 물주머니로 가져가 탄력 있는 표면 위에 얹었다. "부족이 이 물을 그대에게 맡긴다." 그녀가 말했다. "야미스는 여기에서 떠났다. 이 물을 평화롭게 받아들이라." 그녀가 폴의 손을 잡아 일으키며 일어섰다.

스틸가가 그에게 발리세트를 돌려주고, 작은 금속 고리들이 놓여 있는 손바닥을 내밀었다. 폴은 그 고리들을 바라보았다. 크기가 제각각인 그 고리들에 발광구의 불빛이 반사되었다.

챠니가 가장 큰 고리를 들어 자신의 손가락에 걸었다. "30리터입니다." 그녀가 말했다. 그리고 차례차례 나머지 고리를 들어 폴에게 보여주며 세어나갔다. "2리터, 1리터, 1드라크마 일곱 개, 32분의 3드라크마 하나. 모두 합해서 33리터와 7과 32분의 3드라크마입니다."

그녀는 폴이 볼 수 있게 고리들을 손가락에 걸고 치켜들었다.

"이 **물고리***들을 받아들이겠는가?" 스틸가가 물었다.

폴이 마른침을 삼키며 고개를 끄덕였다. "네."

"침묵이 필요할 때 이 고리들이 서로 부딪쳐서 소리를 내는 바람에 당신의 위치가 발각되는 일이 없도록 스카프에 묶는 법을 나중에 가르쳐드리겠습니다." 그녀가 손을 내밀었다.

"당신이…… 나 대신 이 고리들을 갖고 있어 주겠습니까?" 폴이 물었다.

챠니가 깜짝 놀란 얼굴로 스틸가를 바라보았다.

스틸가가 미소를 지으며 말했다. "우슬, 폴 무앗딥은 우리의 관습을 아직 모른다, 챠니. 고리를 가지고 다니는 법을 그에게 보여줄 때가 될 때까지 아무런 구속의 약속 없이 대신 가지고 있어라."

챠니가 고개를 끄덕였다. 그녀는 옷 속에서 리본처럼 생긴 천을 재빨리 꺼내 복잡한 매듭으로 고리들을 묶었다. 그리고 잠시 망설이다가 로브 속의 허리띠에 고리들을 집어넣었다.

'내가 뭔가 잘못한 모양이야.' 폴은 생각했다. 주위 사람들이 왠지 즐거워하며 농담을 하는 게 느껴졌다. 예지의 기억이 머릿속에 떠올랐다. 물의 고리를 여자에게 주는 것은 구애의 의식이었다.

"물감독관." 스틸가가 말했다.

사람들이 옷자락 스치는 소리를 내며 자리에서 일어났다. 두 사람이 앞으로 나와 물주머니를 집어 들었다. 스틸가가 발광구를 내려 들고 동굴 깊숙한 곳으로 사람들을 이끌었다.

폴은 사람들 틈에 끼어 챠니 뒤에 섰다. 바위벽에 발광구의 불빛이 부드럽게 비치고 그림자들이 춤을 췄다. 사람들은 뭔가를 기대하는 듯 잔뜩 숨죽인 채 들떠 있었다.

제시카는 열성적으로 잡아끄는 사람들의 손에 이끌려 행렬의 맨 끝에 섰다. 주위에서 이리저리 밀리는 사람들에 둘러싸여 그녀는 순간적으로 엄습한 공포를 억눌렀다. 그녀는 장례식이 진행되는 도중 간간이 자신이 이미 알고 있는 의식의 순서들을 발견했다. 사람들의 말 속에 들어 있는 '차콥사 어'와 '보타니 집 어'도 알아들을 수 있었다. 겉으로 보기에는 지극히 단순해 보이는 지금 이 순간 사람들이 폭발하듯 폭력적으로 변할 수도 있다는 것을 그녀는 알고 있었다.

"잔 잔 잔'은 '가라, 가라, 가라'라는 뜻이야.' 그녀는 생각했다.

마치 어른들이 모든 금제가 사라진 아이들의 놀이를 손에 쥐고 있는 것 같았다.

스틸가가 누르스름한 바위벽 앞에서 걸음을 멈췄다. 그가 불쑥 튀어나온 바위를 누르자 벽이 빙그르르 돌면서 불규칙한 바위 틈새를 따라 통로가 생겨났다. 그가 앞장서서 어두운 벌집 모양의 격자문을 지나갔다. 폴은 그 문을 지나면서 서늘한 공기가 몸을 스치는 것을 느꼈다.

그는 궁금해하는 눈으로 챠니를 바라보면서 그녀의 팔을 잡아당겼다. "조금 아까 그 바람에 습기가 있었어." 그가 말했다.

"쉬이이." 그녀가 속삭였다.

그러나 두 사람 뒤에서 어떤 남자가 말했다. "오늘 밤에는 덫에 습기가 아주 많군. 야미스가 만족했다는 뜻을 우리에게 알리고 싶었던 모양이야."

제시카는 그 비밀의 문을 지난 다음 뒤에서 문이 닫히는 소리를 들었다. 프레멘들이 벌집 모양의 격자문을 지나면서 걸음을 늦추는 모습이 눈에 들어오고, 문 안쪽의 공기가 습기를 머금고 있는 것이 느껴졌다.

'바람덫이야! 온도가 좀더 낮은 곳으로 공기를 빨아들여서 공기 속의 수분을 응결시키기 위해 지표면 어디엔가 바람덫을 숨겨놓고 있어.' 그녀는 생각했다.

일행은 윗부분에 격자창이 달린 또 다른 바위문을 지났다. 그들 뒤에서 문이 닫혔다. 그들의 등에 부딪히는 바람에는 폴과 제시카도 분명히 느낄 수 있을 만큼 습기가 들어 있었다.

일행의 맨 앞머리에서 스틸가가 들고 있던 발광구가 폴 앞의 사람들 머리보다 낮은 높이로 내려갔다. 잠시 후 그는 발 밑에 왼쪽으로 휘어진 계단이 밟히는 것을 느꼈다. 구불구불한 나선형 계단을 따라 움직이고 있는 사람들의 두건 위로 빛이 반사되어 올라왔다.

제시카는 주위 사람들이 점점 더 긴장하는 것을 느꼈다. 무슨 일이 금방 일어날 것만 같은 침묵이 그녀의 신경을 자극했다.

계단이 끝나는 곳에서 일행은 나지막한 문을 통과했다. 천장이 둥글게 곡선을 그리며 높이 솟아 있는 커다란 공간이 나타나 발광구의 빛을 집어삼켰다.

폴은 챠니가 자신의 팔을 잡는 것을 느꼈다. 서늘한 공기 속에서 희미하게 물방울 떨어지는 소리가 나고, 물이 있는 신성한 장소에 들어선 프레멘들 사이로 절대적인 정적이 번져나갔다.

'꿈에서 보았던 곳이야.' 그는 생각했다.

이 기억이 그에게 안도감과 좌절감을 동시에 안겨주었다. 이 시간의 길 앞쪽 어디에선가 광신도 무리들이 그의 이름을 내걸고 우주 전역에 걸쳐 피의 길을 만들어나가고 있었다. 초록색과 검은색이 어우러진 아트레이데스의 깃발은 공포의 상징이었다. 그리고 거칠고 난폭한 병사들이 '무앗딥!'이라고 외치면서 전장을 향해 돌진하고 있었다.

'그래서는 안 돼. 그런 일은 허락할 수 없어.' 그는 생각했다.

그러나 그는 자신의 내부에 자리 잡고 있는 강렬한 종족 의식과 그 자신의 끔찍한 목적을 느낄 수 있었다. 그 거대한 것의 방향을 돌리려면 적지 않은 힘이 필요하다는 깨달음이 왔다. 그것은 무게와 추진력을 쌓아가고 있었다. 만약 그가 지금 죽는다 해도, 그것은 그의 어머니와 아직 태어나지 않은 여동생을 통해 이어져나갈 터였다. 그 자신과 어머니를 포함해서 지금 이곳에 모여 있는 모든 사람들이 한꺼번에 죽어버리는 정도의 사건이 아니고서는 그것을 막을 길이 없었다.

폴은 주위를 둘러보았다. 사람들이 한 줄로 늘어서 있었다. 그들이 천연의 암석을 깎아서 만든 낮은 장벽을 향해 그를 밀어댔다. 폴은 스틸가가 들고 있는 발광구의 불빛 덕분에 장벽 뒤에 있는 잔잔하고 어두운 수면을 볼 수 있었다. 수면은 훨씬 안쪽의 짙은 어둠 속까지 이어져 있었다. 반대편 벽이 눈에 잘 보이지도 않는 것으로 보아 거리가 100미터는 되는 것 같았다.

제시카는 바짝 말랐던 뺨과 이마의 피부가 물기를 머금은 공기 속에서 부드럽게 풀어지는 것을 느꼈다. 연못은 아주 깊었다. 그녀는 그것의 깊이를 느낄 수 있었고, 그 안에 손을 담그고 싶은 충동을 억눌렀다.

왼쪽에서 물이 튀는 소리가 났다. 그녀는 어둠 속에 줄지어 늘어선 프레멘들을 보았다. 줄 아래쪽에 스틸가와 폴이 나란히 서 있었고, 물감독관들이 계수기를 통해 연못에 물주머니를 비우고 있었다. 계수기는 연못 가장자리에 둥그런 회색 눈처럼 솟아 있었다. 물이 계수기를 통해 흘러감에 따라 빛을 발하는 계수기 바늘의 움직임이 보였다. 바늘은 33리터, 7과 32분의 3드라크마에서 멈췄다.

'물을 측량하는 데 있어서는 놀라울 정도로 정확하군.' 제시카는 생각했다. 그녀는 또한 물이 지나간 계수기 홈통에 물기가 조금도 남아 있지 않다는 것을 눈여겨 보아두었다. 물은 홈통의 벽에 묻지 않고 그대로 흘러내렸다. 이 단순한 사실이야말로 프레멘의 기술에 대한 커다란 단서였다. 그들은 완벽주의자였다.

제시카는 장벽을 따라 스틸가 옆으로 걸어갔다. 사람들이 당연한 일처럼 그녀에게 예를 표하며 길을 내주었다. 폴의 눈에 떠오른 우울한 표정이 눈에 들어왔지만, 지금은 이 커다란 연못의 수수께끼가 그녀의 마음을 온통 차지하고 있었다.

스틸가가 그녀를 바라보며 입을 열었다. "우리들 중에 물을 필요로 하는 사람들이 있었소. 그러나 그들이 여기 와서 이 물에 손을 대는 일은 없을 거요. 그걸 알겠소?"

"그럴 거라고 믿고 있어요." 그녀가 말했다.

스틸가가 연못으로 시선을 돌렸다. "우리는 여기 3억 8000만 리터 이

상의 물을 갖고 있소. 작은 창조자들이 들어오지 못하게 벽을 세워 비밀스럽게 보관하고 있지요."

"소중한 보물이군요."

스틸가가 발광구를 들어 올려 그녀의 눈을 들여다보면서 말했다. "이건 보물보다 훨씬 더 위대하오. 우린 이런 저장소를 수천 군데나 갖고 있소. 모든 저장소를 알고 있는 사람은 우리 중에서도 얼마 되지 않소." 그가 한쪽으로 고개를 기울였다. 그의 얼굴과 턱수염에 발광구의 노란색 그림자가 비쳤다. "저 소리가 들리오?"

그들은 귀를 기울였다.

바람덫에 응결된 물방울이 떨어지는 소리가 방 안을 가득 채웠다. 제시카는 모든 사람이 홀린 듯이 그 소리에 귀를 기울이는 모습을 바라보았다. 오로지 폴만이 그 황홀경에서 떨어져 있는 것처럼 보였다.

폴에게 그 소리는 한순간 한순간이 째깍째깍 흘러가는 것처럼 느껴졌다. 그는 자신을 통해 흘러가는 시간을 느꼈다. 한번 지나간 순간은 다시는 붙잡을 수 없었다. 결정을 내려야 했다. 그러나 움직일 힘이 느껴지지 않았다.

"계산은 정확하오." 스틸가가 작은 소리로 말했다. "우리에게 필요한 양이 1000만 리터 이내로 남아 있어요. 그 양이 다 차면 우리가 아라키스의 모습을 바꿔놓을 것이오."

사람들 사이에서 숨죽인 듯 속삭이는 소리가 일었다. "비 라 카이파."

"우리는 풀을 심어 모래언덕을 붙잡을 것이다." 스틸가가 말했다. 그의 목소리가 점점 강해지고 있었다. "우리는 나무와 덤불로 흙 속에 물을 묶을 것이다."

"비 라 카이파." 사람들이 응답했다.

"극지의 얼음은 매년 뒤로 물러난다."

"비 라 카이파."

"우리는 아라키스를 고향으로 만들 것이다. 극지방에 얼음을 녹이는 렌즈를 설치하고, 기후가 온화한 지역에는 호수를 만들 것이다. 창조자와 그의 스파이스를 위해서는 깊숙한 사막만을 남겨둘 것이다."

"비 라 카이파."

"어느 누구도 다시는 물의 궁핍을 겪지 않을 것이다. 우물에서든 연못에서든 호수에서든 운하에서든 누구나 물을 퍼낼 수 있을 것이다. 물이 카나트를 따라 흘러 우리 식물들의 양분이 될 것이다. 누구나 원하는 대로 물을 가져가게 될 것이다. 누구나 손을 내밀면 물을 얻을 것이다."

"비 라 카이파."

제시카는 이 말들 속에서 종교적인 의식을 느끼며 그녀 자신도 본능적으로 경외감을 느꼈다.

'이 사람들은 미래와 결합되어 있어. 이들에게는 올라야 할 산이 있어. 이건 과학자들의 꿈이야……. 그런데 이 단순한 사람들이 그 꿈으로 가득 차 있어.'

그녀는 리에트 카인즈를 생각했다. 황제의 행성 생태학자로서 이곳의 원주민이 된 사람. 그녀는 그에게 경탄했다. 이것은 사람들의 영혼을 사로잡을 만한 꿈이었다. 그녀는 그 꿈속에서 생태학자의 손길을 느낄 수 있었다. 이런 꿈을 위해서라면 기꺼이 목숨을 내놓을 수도 있었다. 그녀는 이것이 바로 폴에게 필요한 또 하나의 필수적인 요소라고 생각했다. 목적을 가진 사람들. 그런 사람들에게는 쉽게 열정과 광신을 불어넣을 수 있었다. 폴의 자리를 되찾기 위해 그 사람들을 칼처럼 휘두르는 것도 가능했다.

"이제 떠나야 한다." 스틸가가 말했다. "그리고 첫 번째 달이 떠오를 때까지 기다릴 것이다. 야미스가 안전하게 자신의 길로 들어섰을 때 우리는 집으로 갈 것이다."

사람들은 내키지 않는 기색으로 중얼거리며 스틸가의 뒤를 따라 물의 장벽을 지나 계단을 올라갔다.

폴은 챠니 뒤에서 걸으면서 지극히 중요한 순간이 자신을 스치고 지나갔으며, 자신이 반드시 내려야 할 결정을 내리지 못해 이제 꾸며낸 신화 속에 사로잡힌 신세가 되었다는 것을 느꼈다. 그는 분명히 전에 이 장소를 본 적이 있었다. 멀고먼 칼라단에서 꾸었던 예지의 꿈의 한 조각 속에서 그는 이 순간을 경험했다. 그러나 그가 꿈속에서 보지 못한 세부적인 것들이 이제 모습을 드러내고 있었다. 그는 자신의 예지력이 지닌 한계에 새로운 경이로움을 느꼈다. 마치 자신이 시간의 파도를 타면서 때로는 골로 들어갔다가, 때로는 물마루 위로 올라가는 듯했다. 그리고 그의 주위에서는 다른 파도들이 넘실거리며 그 표면에 품고 있는 환영들을 드러냈다가 숨기곤 했다.

그렇게 파도를 타고 넘는 동안 내내 광적인 지하드가 여전히 그의 앞에 폭력과 학살의 음울한 그림자를 드리웠다. 지하드는 파도 위에 우뚝 솟은 곳과 같았다.

일행이 마지막 문을 지나 중앙의 동굴로 들어가자 문막이 설치되었다. 불빛이 꺼지고 동굴 입구에 씌워놓았던 장막이 벗겨지자 사막 위로 내려앉은 밤과 별들이 드러났다.

제시카는 동굴 가장자리에 있는 건조한 입구로 가서 별들을 올려다보았다. 별들은 날카롭고 가까워 보였다. 주위에서 사람들의 움직임이 느껴졌다. 그리고 그녀의 뒤쪽 어디에선가 발리세트의 현을 맞추는 소리와 그 소리에 맞춰 흥얼거리는 폴의 목소리가 들렸다. 우울한 그의 목소리가 마음에 들지 않았다.

짙은 동굴의 어둠 속에서 챠니의 목소리가 그 노래를 방해했다. "네가 태어난 곳의 물에 대해 얘기해 줘, 폴 무앗딥."

"나중에, 챠니. 약속할게."

'목소리가 너무 우울한데.'

"그 발리세트 좋은 거야." 챠니가 말했다.

"그래, 아주 좋아. 내가 이걸 쓰면 야미스가 기분 나빠 할까?"

'저 애는 죽은 사람을 현재 시제로 이야기하고 있어.' 제시카는 생각했다. 폴의 이러한 말투에 담긴 의미가 제시카를 심란하게 했다.

어떤 남자의 목소리가 끼어들었다. "그도 마침 음악을 좋아했어. 야미스 말이야."

"그럼 네가 알고 있는 노래를 불러줘." 챠니가 간청했다.

'아직 어린 저 아이의 목소리에 저렇게 여성적인 매력이 깃들어 있다니. 여기 여자들에 대해 폴에게 주의를 줘야겠어…… 그것도 곧.' 제시카는 생각했다.

"이건 내 친구의 노래였어. 그 친구, 거니도 아마 죽었을 거야. 그는 이 노래를 저녁 기도라고 불렀지."

폴이 발리세트를 퉁기며 아직 어린 소년의 달콤한 테너 목소리로 노래를 부르기 시작하자 사람들은 침묵에 빠져 귀를 기울였다.

> 잿불을 지켜보는 이 맑은 시간
> 황금빛 태양이 첫 어스름 속으로 사라졌네.
> 기억과 함께 떠오르는
> 열광적인 느낌과 강렬한 사향 냄새.

제시카는 이 노래를 가슴으로 느꼈다. 이단적인 이 노래는 그녀로 하여금 갑자기 강렬하게 자신을 의식하면서 자신의 몸과 욕구를 느끼게 만드는 소리들로 가득 차 있었다. 그녀는 긴장해서 꼼짝도 하지 않고 음악에 귀를 기울였다.

밤은 진주 향로를 흔드는 진혼곡……
밤은 우리를 위한 것!
그때, 기쁨은 흐르고 —
너의 눈 속엔 반짝임이 —
꽃으로 장식한 사랑이
우리의 가슴을 끌어당기네……
꽃으로 장식한 사랑이
우리의 욕망을 채우네.

제시카는 노래의 마지막 음과 함께 허공 속에 울리는 정적을 느꼈다. '폴은 왜 저 어린 여자아이에게 사랑 노래를 불러준 거지?' 그녀는 더럭 겁이 났다. 그녀는 자신의 주위로 흘러가는 삶을 느낄 수 있었지만, 그 삶의 고삐를 움켜쥘 수 없었다. '저 아이가 왜 저 노래를 골랐을까?' 그녀는 궁금했다. '때로는 본능이 진실을 말하는 법이지. 저 애가 왜 그렇게 했을까?'

폴은 어둠 속에 말없이 앉아 있었다. 한 가지 분명한 생각이 그의 의식을 온통 점령했다. '어머니가 나의 적이야. 어머니는 그걸 모르지만, 어머니가 나의 적이라고. 어머니가 지하드를 불러오고 있어. 어머니가 나를 낳았고 나를 훈련시켰어. 어머니가 나의 적이야.'

⚞⚟

진보라는 개념은 미래에 대한 공포로부터 우리를 지켜주는 보호 장치 역할을 한다.

— 이룰란 공주의 『무앗딥 어록집』

열일곱 살이 되는 생일에 페이드 로타 하코넨은 가족 경기장에서 100번째 노예 검투사를 죽였다. 제국 궁정에서 나온 펜링 백작 부처가 방문객으로 이 행사를 보기 위해 하코넨 가문의 본거지인 지에디 프라임으로 왔다. 그들은 그날 오후 3각형의 경기장 위에 있는 황금빛 특별석에 페이드 로타의 가까운 친척들과 함께 초대를 받아 앉아 있었다.

나*남작의 탄생일을 축하하고 페이드 로타가 후계자로 지명된 자임을 하코넨 가문의 모든 사람들과 영민들에게 일깨우기 위해 그날은 지에디 프라임의 공휴일로 선포되었다. 늙은 남작은 그날 정오부터 다음 날 정오까지 모두들 일하지 말고 쉴 것을 명령했으며, 모두 즐거워하는 듯한 착각을 불러일으키기 위해 가문의 도시인 하코를 공들여 단장했다. 건물들에는 깃발이 내걸리고, 궁정로를 따라 세워진 담에는 새로운 칠을 했다.

그러나 펜링 백작 부처는 중앙 대로를 벗어난 곳에 쌓여 있는 쓰레기와 거리의 더러운 물웅덩이에 비친 갈색의 거칠거칠한 담벼락들, 도망치듯 후닥닥 달려가는 사람들의 모습을 놓치지 않았다.

푸른색 담에 둘러싸인 남작의 본성은 무시무시할 정도로 완벽했다. 그러나 백작 부처는 이 완벽한 모습이 그냥 생겨난 것이 아님을 알아차렸다. 도처에 경비병들이 서 있었고, 그들의 무기에는 특별한 광채가 있어서 노련한 사람이 보면 그것들이 자주 사용되는 물건임을 알 수 있었다. 심지어 본성 안에서조차 다른 지역으로 이동할 때 일상적으로 거쳐야 하는 통로에는 검문소가 설치되어 있었다. 하인들의 걸음걸이와 어깨를 편 자세…… 그리고 끊임없이 감시를 멈추지 않는 눈은 그들이 군사 훈련을 받았음을 알려주었다.

"압박이 대단하군." 백작이 아내에게 자기들만 통하는 비밀 언어로 우물거렸다. "레토 공작을 제거하기 위해 진짜로 치러야 하는 대가가 무엇인지 남작이 이제야 깨닫고 있는 것 같소."

"언제 당신에게 불새의 전설을 자세히 들려드려야겠군요." 백작 부인이 말했다.

두 사람은 본성의 응접실에서 검투가 시작되기를 기다리고 있었다. 응접실은 그리 큰 편이 아니었다. 길이는 40미터쯤, 너비는 그 절반쯤 되는 것 같았다. 그러나 양쪽으로 줄지어 서 있는 가짜 기둥들이 갑자기 끝이 가늘어지는 모양을 하고 있는 데다 천장은 미묘하게 곡선을 그리고 있어 방이 훨씬 더 커 보이는 듯한 착각을 불러일으켰다.

"아, 저기 남작이 오는군." 백작이 말했다.

남작은 반중력 장치로 몸무게를 지탱해야 하는 탓에 생겨난, 뒤뚱거리며 미끄러지는 듯한 특이한 걸음걸이로 움직였다. 그의 턱이 위아래로 출렁거리고 오렌지색 로브 밑에서 반중력 장치들이 가볍게 흔들렸다. 손에서는 반지들이 반짝였으며, 옷에 꿰매어진 **오파파이어***가 빛을 발했다.

남작과 함께 걸어오고 있는 사람은 페이드 로타였다. 곱슬곱슬하게 다듬어진 그의 검은 머리는 음침한 눈에 어울리지 않는 명랑한 느낌을 주었다. 그는 몸에 딱 붙는 검은색 튜닉과 잘 맞는 바지를 입고 있었다. 바지 아랫단은 약간 넓게 퍼져 있는 듯했다. 작은 발을 감싼 것은 밑창이 부드러운 슬리퍼였다.

펜링 부인은 튜닉 밑으로 드러난 페이드 로타의 균형 잡힌 자세와 근육의 확실한 움직임을 보면서 생각했다. '저 청년은 자기 몸이 뚱뚱해지도록 놔둘 사람이 아니군.'

남작이 두 사람 앞에서 걸음을 멈추고 탐욕스럽게 페이드 로타의 팔을 움켜잡으며 말했다. "제 조카이자 후계자인 페이드 로타 하코넨입니다." 그는 아기처럼 토실토실한 얼굴을 페이드 로타에게 돌리며 말을 이었다. "내가 얘기했던 펜링 백작 부처시다."

페이드 로타는 예의에 맞게 고개를 가볍게 숙였다. 그리고 펜링 부인을 뚫어지게 바라보았다. 그녀는 금발머리에 나긋나긋한 몸매를 지닌 사람이었다. 그리고 그 완벽한 몸매 위에 흐르는 듯한 담갈색 드레스를 입고 있었다. 아무런 장식도 없이 단순하게 몸에 딱 맞는 옷이었다. 그녀는 녹회색 눈으로 페이드 로타의 시선을 맞받았다. 그녀에게는 베네 게세리트다운 평온함이 있었고, 그것이 젊은 페이드 로타의 심기를 묘하게 건드렸다.

"음음음-아-흠음음." 백작이 말했다. 그는 페이드 로타를 유심히 살피며 말을 이었다. "흠음음, 아주 말끔한 젊은이로군. 아, 저…… 흠음음…… 친애하는 젊은이?" 백작은 남작을 흘끗 바라보았다. "친애하는 남작, 당신이 이 말끔한 젊은이에게 우리 얘기를 한 적이 있다고 했소? 그래 뭐라고 했지요?"

"황제 폐하께서 백작님을 아주 높게 평가하고 계신다는 얘기를 제 조카에게 했습니다, 펜링 백작님." 남작이 말했다. '이 사람을 잘 봐둬라, 페이드! 토끼처럼 구는 살인자, 이런 자가 가장 위험해.'

"아, 그랬군!" 백작이 아내에게 미소를 지어 보였다.

페이드 로타는 백작의 태도와 말이 거의 모욕적이라고 생각했다. 백작의 태도는 남들이 쉽게 모욕으로 눈치 채지 못할 정도의 선을 간신히 유지하고 있었다. 페이드 로타는 백작에게 주의를 집중했다. 백작은 몸집이 작고 약해 보이는 사람이었다. 그의 검은 눈은 지나치게 컸고, 얼굴은 족제비 같았다. 관자놀이 부분에는 흰머리가 조금 나 있었다. 그리고 손이나 머리는 이 방향으로 움직여 놓고, 다른 방향을 향해 말하는 그 모습이라니. 그 때문에 그의 움직임을 쫓아가기가 힘들었다.

"음음음-아-흐흠음음, 이렇게 말끔한 젊은이는, 음음, 아주 보기 드물지." 백작이 남작의 어깨를 향해 말했다. "이렇게…… 아, 완벽한, 아, 후계자를, 흠음, 두게 된 것을 축하드리오. 흠음음, 나이 든 사람의 입장에서 하는 말이라고 생각하시오."

"과찬의 말씀이십니다." 남작이 고개를 숙여 인사했다. 그러나 페이드 로타는 남작의 눈에 전혀 다른 표정이 떠올라 있음을 놓치지 않았다.

"그렇게 음음, 비꼬는 말을 할 때는, 아아, 당신이 흠음음, 뭔가 깊은 생각을 하고 있다는 뜻이지." 백작이 말했다.

'또 시작이로군. 꼭 상대를 모욕하는 것 같은데, 꼭 집어서 뭐라고 말을 할 수가 없으니.' 페이드 로타는 생각했다.

계속해서 음음거리는 백작의 말을 듣고 있자니, 마치 누군가가 그의 머리를 걸쭉한 죽그릇 속으로 밀어 넣고 있는 것 같았다. 그는 다시 펜링 부인에게 시선을 돌렸다.

"우리가 아아, 이 젊은이의 시간을 너무 많이 빼앗고 있군요. 오늘 경기장에 나서야 하는 몸이라고 알고 있는데 말이에요." 부인이 말했다.

'제국 하렘의 요염한 미녀들과 비교해 봐도 손색이 없어!' 페이드 로타는 생각했다. "오늘 부인을 위해 적을 죽이겠습니다. 경기장에서 부인께 승리를 바치고 싶은데, 허락해 주시겠습니까?"

펜링 부인은 고요한 시선으로 페이드 로타의 시선을 받았다. 그러나 그녀의 목소리는 채찍 같았다. "허락하지 않겠어요."

"페이드!" 남작이 말했다. '저 말썽꾸러기! 이 무서운 백작한테서 도전장이라도 날아오기를 바라는 건가.'

그러나 백작은 미소를 지으며 이렇게 말했을 뿐이다. "흠, 음음."

"이제 경기장에 나갈 준비를 해야겠다, 페이드. 쓸데없이 위험하게 굴지 말고 쉬어." 남작이 말했다.

페이드 로타가 고개를 숙여 인사했다. 분노로 그의 얼굴이 시뻘게져 있었다. "모든 걸 틀림없이 백부님 뜻대로 하지요." 그는 펜링 백작과 부인에게 차례로 인사를 하고 돌아서서 성큼성큼 방을 나갔다. 이중문 근처에 모여 있는 소귀족들에게는 눈길 한번 주지 않았다.

"아직 애가 너무 어립니다." 남작이 한숨을 쉬었다.

"음음음-아, 그렇군, 흐음." 백작이 말했다.

'저 청년이 대모님이 말씀하신 그 사람일까? 우리가 반드시 보존해야 한다는 그 혈통?' 백작 부인은 생각했다.

"경기장에 나갈 때까지 한 시간 이상이 남았습니다. 지금 얘기를 나누는 게 어떨까요, 펜링 백작님." 남작이 말했다. 그가 뚱뚱한 머리로 오른쪽을 가리키면서 말을 이었다. "그동안 진척된 일이 상당히 많습니다."

'황제의 심부름꾼이 무슨 메시지를 갖고 왔는지는 몰라도, 우둔하게 그대로 얘기하는 대신에 어떻게 전달하는지 두고 봐야겠어.' 남작은 속으로 생각했다.

백작이 아내에게 말했다. "음음-아-흐음음음, 우리가 음음, 잠깐, 아아, 실례해도 되겠소, 여보?"

"매일, 매시간의 어느 때가 변화를 가져오지요." 부인이 말했다. "음음음." 그녀는 남작에게 다정한 미소를 지어주고는 돌아서서 긴 치맛자락을 휘날리며 등을 꼿꼿이 세운 당당한 자세로 응접실 한쪽 끝에 있는 문으로 걸어갔다.

남작은 그녀가 문으로 다가가자 근처에 있던 소귀족들이 모두 대화를 멈추고 그녀의 모습을 눈으로 좇는 광경을 지켜보았다. '망할 베네 게세리트! 그 여자들이 이 우주에서 몽땅 사라져버리면 좋겠어!'

"여기 왼쪽에 있는 두 기둥 사이에 **침묵의 원뿔***이 있습니다. 거기서라면 누가 엿들을 염려 없이 이야기를 나눌 수 있습니다." 남작이 뒤뚱걸음으로 앞장서서 소리를 죽이는 장(場) 안으로 들어갔다. 성안의 소리들이 둔탁하게 멀어지는 것이 느껴졌다.

백작이 남작 옆으로 다가왔다. 두 사람은 남들이 자신들의 입술을 읽지 못하게 벽을 향해 돌아섰다.

"남작이 사다우카에게 아라키스를 떠나라고 명령한 것이 마음에 들지 않소." 백작이 말했다.

'단도직입적이잖아!' 남작은 생각했다.

"사다우카가 여기 더 머무른다면 폐하께서 저를 도왔다는 사실을 다른 사람들이 알아낼 위험이 있습니다."

"하지만 당신 조카 라반이 프레멘 문제를 해결하기 위해 충분히 강력하게 압박을 가하고 있는 것 같지는 않소이다."

"폐하의 의중을 모르겠군요. 아라키스에 남아 있는 프레멘이라고 해봐야 한 줌밖에 되지 않을 겁니다. 남부의 사막은 사람이 살 수 없는 곳입니다. 그리고 북부의 사막에 대해서는 저희 순찰대가 정기적으로 수색을 실시하고 있습니다."

"남부의 사막에 사람이 살 수 없다고 누가 그러던가요?"

"폐하의 행성학자가 그렇게 말했습니다, 친애하는 백작님."

"하지만 카인즈 박사는 죽었소."

"아, 예……. 불행한 일이지요."

"남부 지역의 상공을 통과했던 사람들에게서 들은 말이 있소. 식물이 자라는 걸 보았다고 하더군."

"그럼 조합이 우주에서 아라키스를 감시하는 데 동의한 겁니까?"

"다 알면서 그런 소리를 하시오, 남작. 폐하께서는 아라키스에 합법적으로 감시를 붙일 수가 없소이다."

"그리고 저는 경제적으로 감당할 수가 없지요. 남부의 상공을 통과했다는 사람이 누굽니까?"

"아…… 밀수업자요."

"그럼 백작님이 속으신 겁니다. 남부 지역에서 비행을 할 수 없기는 라반의 부하들이나 밀수업자들이나 마찬가지입니다. 폭풍에, 모래로 인한 전파 장애에, 온갖 장애가 있다는 건 백작님도 아시지 않습니까. 비행 표식은 설치되기도 전에 쓰러져 버리니까요."

"여러 종류의 전파 장애에 대해서는 나중에 얘기하도록 합시다."

'아아.' 남작은 생각했다. "그럼 제 보고서에서 뭔가 문제를 찾아내신 겁니까?" 남작이 물었다.

"스스로 실수를 한 게 아닌가 생각한다면 변명의 여지가 없겠군."

'이 사람은 고의로 내 화를 돋우고 있어.' 남작은 생각했다. 그는 마음을 가라앉히기 위해 두 번 심호흡을 했다. 자신의 몸에서 나는 땀 냄새가 느껴졌다. 옷 밑에 반중력 장치의 끈이 묶여 있는 부분이 갑자기 근질거리면서 짜증이 솟았다.

"공작의 첩과 아들의 죽음에 대해 폐하께서 유감스럽게 생각하실 까닭은 없습니다. 두 사람이 사막으로 도망쳤는데, 마침 폭풍이 불어온 것이니까요." 남작이 말했다.

"그렇지, 편하게 둘러댈 만한 사고가 아주 많이 일어났더군."

"그 말투는 마음에 들지 않습니다, 백작님."

"분노와 폭력은 별개의 것이오. 내 경고를 하나 하리다. 만약 이곳에서 내게 불행한 사고가 생긴다면, 모든 대가문들이 당신이 아라키스에서 한 짓에 대해 알게 될 거요. 그들은 이미 오래전부터 당신의 사업 방식에 대해 의심을 품고 있었소."

"제가 기억하는 한 최근의 사업이라고는 사다우카 군단 몇 개를 아라키스로 수송한 것밖에 없습니다."

"그걸로 폐하를 위협할 수 있다고 생각하시오?"

"그럴 생각은 조금도 없습니다!"

백작은 미소를 지었다. "당신의 프레멘 쓰레기들과 싸우고 싶어서 명령도 없이 움직였다고 자백할 사다우카 지휘관들은 얼마든지 찾아낼 수 있소."

"그래도 많은 사람들이 그런 자백을 의심할 겁니다." 남작이 말했다.

그러나 백작의 협박이 그에게 충격을 준 것은 사실이었다. '사다우카가 그 정도로 훈련이 잘돼 있단 말인가?'

"폐하께서는 당신의 장부를 감사하고 싶어 하시오." 백작이 말했다.

"언제든지 좋습니다."

"당신은…… 아…… 반대하지 않는단 말이오?"

"그럼요. 아무리 면밀한 조사를 받아도 초암 사에 대한 저의 지휘권이 흔들리는 일은 없을 거라고 자신합니다."

'이자가 나에 대한 거짓 비난을 꾸며내게 내버려뒀다가 거짓을 폭로하는 거지. 난 프로메테우스처럼 사람들 앞에 서서 '보시오. 난 억울하오'라고 말하면 돼. 그리고 나서 이자가 또다시 나를 비난하게 내버려두는 거지. 그때는 설사 그 비난이 진실이라 해도 대가문들이 한번 실수가 입증된 사람의 두 번째 공격을 믿지는 않을 테니까.'

"당신의 장부는 물론 아주 면밀한 조사도 견뎌낼 수 있겠지." 백작이 투덜거렸다.

"폐하께서 프레멘들을 모조리 없애버리는 데 그렇게 관심을 보이시는 이유가 뭡니까?" 남작이 물었다.

"화제를 바꾸려 하는군, 그렇소?" 백작이 어깨를 으쓱하며 말을 이었다. "프레멘을 없애고 싶어 하는 건 폐하가 아니라 사다우카요. 그자들은 죽이는 연습을 할 필요가 있는 데다가…… 임무를 완수하지 못하고 그냥 남겨두는 걸 아주 싫어하오."

'자기가 피에 굶주린 살인자들의 지지를 받고 있다는 사실을 일깨워서 나에게 겁을 줄 작정인가?' 남작은 생각했다.

"사업을 하다 보면 어느 정도의 살인은 항상 피할 수가 없는 법이지요. 하지만 선을 그을 필요가 있습니다. 스파이스를 파낼 사람은 남겨둬야지요." 남작이 말했다.

백작은 짧은 고함 같은 웃음소리를 냈다. "프레멘을 길들여서 일을 시킬 수 있다고 생각하는 거요?"

"프레멘의 숫자가 그렇게 일을 시킬 만큼 충분했던 적은 한 번도 없습니다. 하지만 계속해서 사람을 죽이다 보니 아라키스의 다른 사람들마저 불안해하고 있습니다. 이제는 아라키스 문제에 또 다른 해결책이 필요하다는 생각이 들 지경입니다, 친애하는 백작님. 그리고 이 생각에 영감을 주신 분이 바로 폐하라는 것을 고백하지 않을 수 없군요."

"으흠?"

"아시겠지만 백작님, 폐하의 감옥 행성인 살루사 세쿤더스에서 영감을 얻었지요."

백작이 반짝이는 눈으로 강렬하게 남작을 쏘아보았다. "아라키스와 살루사 세쿤더스 사이에 도대체 무슨 관련이 있다는 거요?"

남작은 펜링의 눈이 긴장하고 있는 것을 느끼며 입을 열었다. "아직은 아무런 관련성도 찾아내지 못했습니다."

"아직은?"

"아라키스를 감옥 행성으로 이용하는 것이 상당한 노동력을 확보할 수 있는 방법 중의 하나라는 건 백작님도 인정하실 텐데요."

"죄수들이 늘어날 거라고 생각하는 거요?"

"동요가 좀 있습니다." 남작이 인정했다. "좀 가혹하게 사람들을 쥐어짤 수밖에 없었어요, 펜링 님. 우리 연합군을 아라키스로 수송하기 위해 저 망할 놈의 조합에게 제가 얼마를 지불했는지 아시지 않습니까. 그 돈을 어디서든 뽑아내야지요."

"폐하의 허락 없이 아라키스를 감옥 행성으로 사용하는 건 좋지 않소,

남작."

"물론이지요." 남작이 말했다. 그는 펜링의 목소리가 왜 갑자기 차가워졌는지 의아했다.

"문제가 또 있소." 백작이 말했다. "레토 공작의 멘타트였던 투피르 하와트가 죽은 게 아니라 당신 밑에 있다는 얘길 들었소."

"그를 그냥 낭비해 버릴 수가 없었습니다."

"당신은 우리 사다우카 지휘관에게는 하와트가 죽었다고 거짓말을 했소."

"선의의 거짓말이었습니다, 친애하는 백작님. 그 사람하고 오래 말싸움을 하고 싶지 않아서요."

"하와트가 반역자였소?"

"이런 세상에, 아닙니다! 그 가짜 의사가 반역자였어요." 남작은 목에 흐르는 땀을 닦았다. "이해해 주셔야 합니다, 펜링 님. 저한테는 멘타트가 없었어요. 아시지 않습니까. 전 멘타트 없이 지내본 적이 한 번도 없습니다. 정말 불안했어요."

"하와트의 마음을 어떻게 바꾼 거요?"

"그의 공작은 죽었습니다." 남작이 억지로 미소를 지으며 말을 이었다. "하와트를 두려워할 이유가 하나도 없습니다, 친애하는 백작님. 그 멘타트의 몸에 잠복성 독약을 주입시켜 두었거든요. 우린 그의 식사에 해독제를 넣어주고 있습니다. 해독제가 없으면 독약이 활동하기 시작할 테고, 그는 며칠 만에 죽어버릴 겁니다."

"해독제를 중지하시오."

"하지만 그는 쓸모가 있습니다!"

"그리고 알아서는 안 되는 걸 너무 많이 알고 있지."

"폐하께서는 사실이 폭로되는 걸 두려워하지 않는다고 백작님이 말씀하셨지 않습니까."

"나한테 장난칠 생각은 하지 마시오, 남작!"

"제국의 인장이 찍힌 정식 명령서가 있다면 그 명령에 복종하겠습니다. 하지만 백작님의 변덕에 따를 생각은 없습니다."

"내가 변덕을 부린다고 생각하오?"

"변덕이 아니면 무엇이겠습니까? 폐하께서도 제게 갚아야 할 것이 있으십니다, 펜링 님. 제가 폐하를 위해 골치 아픈 공작을 제거해 드렸으니까요."

"사다우카의 도움으로 한 거지."

"이 문제에 폐하가 개입하신 것을 감추기 위해 사다우카를 변장시킬 제복을 제공해 줄 대가문이 어디 또 있겠습니까?"

"폐하께서도 스스로에게 같은 질문을 던져보셨소, 남작. 하지만 폐하께서는 당신과 조금 다른 측면에 초점을 맞추셨지."

남작은 펜링 백작을 유심히 살펴보았다. 턱 근육이 뻣뻣하게 굳어 있는 것으로 보아 그는 조심스럽게 자신을 통제하고 있었다. "아, 이런. 폐하께서 저를 공격하기 위해 움직이시는 경우, 그 비밀이 철저하게 지켜질 거라고 믿지는 않으시겠지요."

"폐하께서는 그런 일을 벌일 필요가 없길 바라고 계시오."

"제가 폐하께 위협이 된다고 생각하실 리가 없습니다!" 남작은 분노와 슬픔이 깃든 날카로운 목소리를 내면서 생각했다. '그래, 나를 그렇게 억울하게 몰아붙여 봐! 내가 억울하다고 가슴을 치면서 슬그머니 옥좌에 오를 수 있을지도 모르지.'

백작이 메마르고 냉담한 목소리로 말했다. "폐하께서는 폐하의 감각을 믿으시지."

"폐하께서 감히 랜드스라드 총의회 앞에서 저를 반역자로 고발하시겠다는 뜻입니까?" 남작은 황제가 정말로 그렇게 해주기를 바라면서 숨을 죽인 채 대답을 기다렸다.

"폐하께서는 어느 것도 '감히' 하실 필요가 없소."

남작은 표정을 감추기 위해 반중력 장치로 지탱되는 몸을 재빨리 돌렸다. '내가 살아 있는 동안 가능할지도 몰라! 황제가 된다! 날 계속 억울하게 몰아붙이라지! 그러면 뇌물과 협박으로 대가문들을 규합하는 거다. 놈들은 피신처를 찾는 농부들처럼 내 깃발 아래 몰려들 거야. 황제가 대가문들을 상대로 한 번에 한 가문씩 사다우카를 풀어놓는 게 그들이 가장 두려워하는 일이니까.'

"폐하께서는 당신을 반역자로 고발할 필요가 없기를 진심으로 바라고 계시오." 백작이 말했다.

남작은 비꼬는 말이 나오려는 것을 간신히 참고 애써 상처받은 표정만을 지어 보였다. "저는 지금까지 가장 충성스러운 신하였습니다. 지금 그 말에 제가 얼마나 상처를 입었는지 도저히 말로 표현할 수가 없군요."

"음음-아-흠음음." 백작이 말했다.

남작은 계속 백작에게 등을 돌린 채 고개를 끄덕였다. 이윽고 그가 말했다. "이제 경기장으로 갈 시간이 되었습니다."

"그렇군." 백작이 말했다.

두 사람은 침묵의 원뿔에서 나와 응접실 한쪽 끝에 모여 있는 소귀족들을 향해 나란히 걸어갔다. 성안 어디에선가 느리게 종이 울리기 시작했다. 경기가 시작될 때까지 20분이 남았다는 신호였다.

"소귀족들이 당신이 앞장서기를 기다리고 있군." 펜링 백작이 앞에 몰려 서 있는 사람들을 고갯짓으로 가리키며 말했다.

'두 가지 의미가 담긴 말이야……. 숨겨진 의미가 있어.' 남작은 생각했다.

그는 응접실 출구의 양편에 걸려 있는 새로운 부적들을 쳐다보았다. 대 위에 놓인 황소 머리와 죽은 레토 공작의 아버지인 아트레이데스 노공작의 유화 초상화였다. 남작은 이 물건들을 바라보며 이상하게 불길한 예감을 느꼈다. 이 물건들이 칼라단과 아라키스의 중앙 홀에 걸려 있을 때 레토 공작이 이 물건들, 즉 화려하고 대담한 사람이었던 아버지의 초상화와 그 아버지를 죽인 황소의 머리를 보며 무슨 생각을 했을지 궁금하다는 생각이 들었다.

"인류에게, 아, 과학은, 음음, 딱 하나밖에 없소." 백작이 수행원들의 행렬을 거느리고 응접실에서 대기실로 나오며 말했다. 좁은 대기실에는 창문이 높게 달려 있었고, 바닥에는 하얀색과 자주색 타일이 깔려 있었다.

"그래 그 과학이 뭡니까?" 남작이 물었다.

"그건, 음음-아아, 불만의, 아아, 과학이오."

그들의 뒤에서 순한 양 같은 표정으로 언제라도 두 사람의 말에 반응을 보일 태세를 갖추고 따라오던 소귀족들이 딱 알맞은 긍정의 웃음소리를 냈다. 그러나 그 순간 시동들이 바깥쪽의 문을 열어젖히면서 들려온 폭발하는 듯한 모터 소리와 충돌해서 불협화음을 만들어내고 말았다. 문 바깥에는 지상차들이 산들바람에 깃발을 휘날리며 일렬로 서 있었다.

남작은 갑작스럽게 소란해진 주위 때문에 목소리를 높였다. "오늘 제 조카의 경기 모습에 불만을 느끼시지 않기를 바랍니다, 펜링 백작님."

"난 아, 그저 음음, 기대감으로, 흠음, 가득 차 있을 뿐이오. **의사**(義事) 보

THE DUNE CHRONICLES

606 듄

고서*를, 아아, 볼 때는, 음음-아아, 항상 그게 애당초 어디서 작성되었는지, 음음, 생각해야 하는 법이지."

남작은 너무 놀라서 뻣뻣해진 몸을 감추기 위해 출구에서 이어진 계단에 발을 내려놓으면서 일부러 비틀거렸다. '의사 보고서라고! 그건 제국에 대한 범죄를 적은 보고서잖아!'

그러나 백작은 농담이었다는 듯 키득거리면서 남작의 팔을 가볍게 두드렸다.

남작은 경기장으로 가는 동안 내내 자동차의 장갑을 한 쿠션에 몸을 묻고 앉아서 옆에 있는 백작을 훔쳐보았다. 황제의 심부름꾼이 소귀족들 앞에서 왜 하필 그런 농담을 한 것인지 궁금했다. 펜링이 쓸데없는 짓을 하거나, 한마디면 될 것을 두 마디로 말하거나, 말 한마디에 한 가지 의미만을 담는 사람이 아님은 분명했다.

이제 두 사람은 삼각형 경기장 위의 황금빛 특별석에 앉아 있었다. 나팔 소리가 크게 울리고, 두 사람의 위쪽과 주위 관중석에는 휘날리는 깃발들과 와자지껄하게 떠들어대는 사람들이 바글거렸다. 그때 남작은 의문의 해답을 찾아냈다.

"친애하는 남작." 백작이 남작의 귓가로 몸을 숙이면서 말했다. "폐하께서 당신이 선택한 후계자에 대해 아직 공식적인 재가를 하시지 않았다는 사실을 물론 알고 있지요?"

남작은 충격을 받은 나머지 자기만 침묵의 원뿔 속에 들어가 있는 것처럼 주위 소리가 멀어지는 것을 느꼈다. 그는 펜링을 쏘아보았다. 펜링의 뒤쪽에서 경비병들 사이를 지나 황금빛 특별석 안으로 들어오고 있는 백작 부인의 모습은 거의 눈에 들어오지도 않았다.

"사실 내가 오늘 여기 온 것은 그 때문이오. 폐하께서는 남작이 훌륭한 후계자를 선택했는지 내가 보고해 주기를 바라고 계시오. 가면 밑에 감추어진 사람의 진짜 모습을 드러내는 데 경기장만큼 좋은 곳이 어디 있겠소, 응?"

"폐하께서는 제게 후계자를 자유롭게 선택해도 좋다고 약속하셨습니다!" 남작이 이를 갈면서 소리쳤다.

"두고 봅시다." 펜링은 이 말을 끝으로 고개를 돌려 아내를 맞이했다. 그녀는 자리에 앉아 남작을 향해 한 번 미소 지은 다음 아래쪽의 모래 바닥에 주의를 집중했다. 그곳에서는 짧은 웃옷과 타이즈 차림의 페이드 로타가 모습을 드러내고 있었다. 오른손에는 검은 장갑을 끼고 장검을 들었고, 왼손에는 하얀 장갑을 끼고 짧은 단검을 든 모습이었다.

"흰 손은 독을, 검은 손은 순수함을 의미하죠. 재미있는 관습 아닌가요, 여보?" 펜링 부인이 말했다.

"음음."

가족용 관람석에서 페이드 로타를 환영하는 환성이 울려 퍼졌다. 페이드 로타는 잠시 걸음을 멈추고 관중들의 환호를 받으면서 관중석의 얼굴들을 살펴보았다. **쿠진***들과 가까운 사촌들, **이복형제***들과 첩들, 그리고 **아웃 프레인*** 친척들의 모습이 보였다. 색색가지 옷과 깃발 들이 펄럭이는 가운데 분홍색 트럼펫 같은 수많은 입들이 뭐라고 소리를 지르고 있었다.

그때, 자리를 가득 채우고 있는 저 사람들이 노예 검투사의 피는 물론 페이드 로타 자신의 피가 흘러도 똑같이 탐욕스러운 시선으로 그 광경을 바라볼 것이라는 생각이 머릿속에 떠올랐다. 물론 이번 싸움의 결과에 대해서는 의심의 여지가 없었다. 여기 경기장에는 알맹이가 없는 위험만이 존재하고 있었다. 그러나……

페이드 로타는 태양을 향해 양손의 칼을 들어 올리고 고대의 방식에 따라 경기장의 세 모서리에 차례로 경례를 했다. 하얀 장갑을 낀 손에 들린 단검(독의 상징인 하얀색)이 먼저 칼집 안으로 들어갔다. 그다음 검은 장갑을 낀 손에 들린 장검이 뒤를 따랐다. 원래 순수해야 할 그 칼은 오늘 순수하지 않았다. 오늘 그가 순전히 자신의 힘으로 승리를 이끌어 내는 데 결정적인 역할을 할 비밀 무기가 바로 그 칼이었다. 독을 바른 검은 칼.

몸의 방어막을 조절하는 데에는 잠깐밖에 시간이 걸리지 않았다. 그는 잠시 행동을 멈추고 이마의 피부가 당기는 듯한 느낌을 통해 방어막이 제대로 작동하고 있음을 확인했다.

지금 이 순간엔 나름의 긴장이 흐르고 있었다. 페이드 로타는 쇼에 익숙한 사람답게 자신 있는 태도로 이 순간을 길게 끌면서 자신의 훈련 선생들과 상대의 주의를 흐트러뜨리는 역할을 맡은 바람잡이들에게 고개를 끄덕여 주었다. 그리고 평가를 내리는 듯한 시선으로 그들의 장비를 확인했다. 뾰족한 가시가 번쩍이는 수갑도 제자리에 달려 있었고, 가시 장대와 갈고리는 장식용 푸른 리본을 달고 흔들리고 있었다.

페이드 로타가 악사들에게 신호를 보냈다.

느린 행진곡이 시작되면서, 고대의 화려함을 간직한 멜로디가 울려 퍼졌다. 페이드 로타는 일행을 이끌고 경기장을 가로질러 백부가 앉아 있는 특별석 발치에 서서 인사를 했다. 그리고 공중으로 던져진 의식용 열쇠를 잡았다.

음악이 멈췄다.

갑작스러운 침묵 속에서 그는 두 발짝 뒤로 물러나 열쇠를 치켜들고 소리쳤다. "나는 이 진실을……." 여기서 그는 말을 멈췄다. 지금쯤 백부가 무슨 생각을 하고 있을지 뻔했다. 백부는 소동이 일어날 줄 알면서도 저 풋내기 바보가 펜링 부인에게 승리를 바치려 한다고 생각하고 있을 게 틀림없었다.

"……나의 백부이자 보호자이신 블라디미르 하코넨 남작님께 바칩니다!" 페이드 로타가 소리쳤다.

백부가 한숨을 내쉬는 모습을 보니 기분이 좋아졌다.

음악이 다시 시작되었다. 이번에는 빠른 행진곡이었다. 페이드 로타는 일행을 이끌고 경기장을 가로질러 **선택의 문***으로 갔다. 그 문은 신분을 확인할 수 있는 특별한 띠를 착용한 사람만이 통과할 수 있었다. 페이드 로타는 자신이 선택의 문을 한 번도 사용한 적이 없으며, 바람잡이가 필요했던 적도 거의 없다는 사실을 생각하고 우쭐해졌다. 그러나 오늘은 이런 도구들을 사용하려면 사용할 수 있다는 사실을 확인해 두는 편이 좋았다. 특별한 계획에는 때로 특별한 위험이 따르게 마련이므로.

다시 한번 침묵이 경기장에 내려앉았다.

페이드 로타는 방향을 돌려 맞은편에 있는 커다란 붉은색 문을 바라보았다. 그 문을 통해 검투사가 모습을 드러낼 터였다.

오늘의 검투사는 특별했다.

투피르 하와트가 생각해 낸 계획은 감탄스러울 정도로 단순하면서도 직선적이라고 페이드 로타는 생각했다. 오늘 싸움에 나설 노예에게는 약을 먹지 않을 작정이었다. 그것이 오늘 싸움의 위험 요소였다. 대신 노예의 무의식 속에 단어 하나를 주입해 놓았기 때문에 결정적인 순간에 그 단어를 통해 근육을 마비시킬 수 있었다. 페이드 로타는 그 결정적인 단어를 머릿속에서 굴려보며 소리 없이 말해 보았다. '쓰레기!' 관중들의 눈에는 약을 먹지 않은 노예가 남작 후계자를 죽이러 경기장에 침투한 것처럼 보일 것이다. 그리고 조심스럽게 마련해 놓은 모든 증거들

THE DUNE CHRONICLES

에 의해 노예 감독이 주범으로 지목될 예정이었다.

붉은 문이 서서히 열릴 준비를 갖추면서 문에 달린 서보크 모터에서 윙윙거리는 소리가 울려 퍼졌다.

페이드 로타는 그 문에 온 신경을 집중했다. 이 첫 순간이 아주 중요했다. 검투사가 모습을 드러내면, 노련한 사람들은 그의 모습만 보고도 필요한 사실들을 모두 알아낼 것이다. 모든 검투사들은 **엘라카 약*** 때문에 잔뜩 흥분해서 금방이라도 상대를 죽일 것 같은 상태로 경기장에 나오게 마련이었다. 그러나 그들이 칼을 어떻게 다루는지, 방어를 위해 어떤 방향으로 몸을 돌리는지, 관중석에 앉은 관중들을 의식하고 있는지 지켜볼 필요가 있었다. 노예 검투사가 고개를 갸우뚱하는 모습만 가지고도 상대는 노예의 공격에 역습을 하고 속임수를 쓸 중요한 열쇠를 얻을 수 있었다.

붉은 문이 큰 소리를 내며 열렸다.

빡빡 민 머리에 검은 구멍 같은 두 눈을 가진 근육질의 키 큰 남자가 돌진하듯 뛰어나왔다. 그의 피부는 엘라카 약을 먹은 사람들이 으레 그렇듯이 당근색이었다. 그러나 페이드 로타는 그 색깔이 물감이라는 사실을 알고 있었다. 노예는 몸에 착 달라붙는 초록색 레오타드를 입고 붉은색 반(半)방어막 허리띠를 매고 있었다. 허리띠의 화살표가 왼쪽을 가리키고 있는 것은 노예의 왼편 반신이 방어막으로 덮여 있다는 뜻이었다. 노예는 짧은 칼을 검을 쥐듯이 잡고, 잘 훈련된 전사처럼 바깥쪽으로 약간 기울였다. 그가 페이드 로타와 선택의 문 앞의 일행을 향해 방어막이 있는 왼쪽을 내민 자세로 천천히 경기장 안으로 들어왔다.

"저놈 표정이 심상치 않습니다. 저놈이 약을 먹은 게 확실합니까, 도련님?" 가시 장대를 들고 있던 페이드 로타의 부하가 말했다.

"몸이 당근색이잖아." 페이드 로타가 말했다.

"하지만 서 있는 자세가 전사 같습니다." 오늘 싸움에서 페이드 로타를 도와줄 또 다른 부하가 말했다.

페이드 로타는 모래 위로 두 발짝 나아가 노예를 유심히 살펴보았다.

"저놈 팔은 어떻게 된 거지?" 바람잡이 역할을 맡은 부하 중 하나가 말했다.

페이드 로타는 노예의 왼쪽 팔뚝에 난 피투성이 상처로 시선을 돌렸다. 그리고 그 핏자국이 가리키는 방향을 따라 시선을 내렸다. 초록색 레오타드의 왼쪽 엉덩이에 피로 그린 그림이 있었다. 아직 채 마르지도 않은 그 그림은 매의 윤곽선을 그린 것이었다.

매라니!

페이드 로타는 검은 구멍 같은 노예의 두 눈을 쳐다보았다. 그 눈이 보기 드문 경계심을 담고 그를 노려보고 있었다.

'이놈은 아라키스에서 잡은 레토 공작의 전사야!' 페이드 로타는 생각했다. '절대 단순한 검투사가 아냐!' 갑작스러운 한기가 온몸을 훑고 지나갔다. 하와트가 오늘 이 경기를 두고 딴마음을 품은 건 아닌지 모르겠다는 생각이 들었다. 그렇다면 속임수 속에 속임수가 있고, 그 속임수 속에 또 속임수가 있는 셈이었다. 게다가 오늘 일에 대해 모든 책임을 지기로 예정되어 있는 사람은 노예 감독뿐이었다!

페이드 로타의 훈련 대장이 귓속말로 속삭였다. "저놈 표정이 심상치 않습니다, 도련님. 저놈이 칼을 쥐고 있는 팔에 가시 장대를 한두 개 박아서 시험하게 해주십시오."

"내가 직접 가시 장대를 박겠다." 페이드 로타가 말했다. 그는 대장에게서 갈고리가 달린 긴 장대 두 개를 받아 들고 무게를 가늠하며 균형을 잡았다. 이 가시 장대에도 원래는 약이 발라져 있어야 했다. 그러나 오늘은 아니었다. 그 때문에 어쩌면 훈련 대장이 목숨을 잃게 될지도 몰랐다. 하지만 그것 역시 계획의 일부였다.

하와트는 이렇게 말했다. "도련님은 이번 검투가 끝나면 영웅이 될 겁니다. 음모가 있었는데도 일 대 일의 결투에서 검투사를 죽였으니까요. 노예 감독은 처형되고 그 자리에 도련님의 사람이 앉을 겁니다."

페이드 로타는 노예를 유심히 바라보며 경기장 안으로 다섯 걸음 더 걸어 들어갔다. 이 순간을 위해 연기를 하는 것도 잊지 않았다. 관중석에 앉아 있는 사람들 중 전문가들은 벌써 뭔가가 잘못되었다는 사실을 눈치챘음을 그는 잘 알고 있었다. 검투사의 피부는 약을 먹은 사람과 같은 색깔이었지만, 검투사 자신은 몸을 떨지도 않았으며 굳건하게 버티고 서 있었다. 지금쯤 검투의 열광적인 팬들은 자기들끼리 수군대고 있을 터였다. "저 친구 서 있는 모습 좀 봐. 잔뜩 흥분해서 공격을 하거나 뒤로 물러나야 정상인데. 지금 저 친구는 상대를 기다리면서 힘을 비축하고 있어. 저건 정상이 아냐."

페이드 로타도 서서히 흥분하기 시작했다. '하와트가 나를 배반할 테면 하라지. 난 이 노예를 처리할 수 있어. 그리고 이번에는 단검이 아니라 장검에 독이 발라져 있지. 하와트도 그 사실은 몰라.'

"어이, 하코넨!" 노예가 소리쳤다. "죽을 준비가 됐나?"

죽음과도 같은 정적이 경기장을 사로잡았다. 노예가 먼저 도전을 해 오는 경우는 없었다!

이제 페이드 로타는 검투사의 눈이 똑똑히 보이는 지점까지 와 있었다. 그의 눈에서 절망으로 인한 냉혹한 잔인함이 느껴졌다. 페이드 로타는 상대가 느슨한 듯하면서도 완전히 준비를 갖추고 승리를 위해 근육을 긴장시킨 채 서 있는 모습을 머릿속에 새겨두었다. 하와트는 노예들 사이의 비밀스러운 정보 전달 경로를 통해 이 노예에게 메시지를 전달했다. "남작의 후계자를 죽일 수 있는 진정한 기회를 얻을 것이다." 적어도 거기까지는 하와트와 페이드 로타가 함께 계획한 그대로였다.

위험한 미소가 페이드 로타의 입가를 스치고 지나갔다. 그는 가시 장대를 치켜들었다. 검투사가 서 있는 모습을 보며 그는 자신의 계획이 이미 성공한 거나 마찬가지라고 생각했다.

"어이! 어이!" 노예가 그를 채근하며 조심스럽게 앞으로 두 걸음 걸어나왔다.

'이젠 관중석의 모든 사람들이 상황을 파악했겠지.' 페이드 로타는 생각했다.

이 노예는 엘라카 약의 영향으로 공포에 질려 어느 정도 움직일 수 없는 상태가 되어 있어야 정상이었다. 그가 움직일 때마다 그의 동작에서는 자신에게 희망이 없음을 알고 있는 자의 절망이 묻어 나와야 했다. 그는 결코 이길 수 없었다. 또한 그는 남작의 후계자가 하얀 장갑을 낀 손에 든 칼날에 어떤 독약을 바르는지에 대한 얘기로 머리가 가득한 상태였어야 했다. 남작 후계자는 결코 상대를 빨리 죽이는 법이 없었다. 그는 희귀한 독약의 효과를 사람들에게 보여주는 것을 즐겼으므로, 경기장에서 몸부림치는 희생자 옆에 서서 독약의 흥미로운 부수적 효과들을 설명하곤 했다. 그런데 지금 이 노예의 눈에는 두려움만 있을 뿐, 공포는 보이지 않았다.

페이드 로타는 가시 장대를 높이 치켜들고 인사라도 하는 것처럼 고개를 끄덕였다.

검투사가 와락 달려들었다.

그의 속임수와 방어적인 역습은 페이드 로타가 지금까지 보았던 어떤 검투사 못지않게 훌륭했다. 시간을 잘 맞춘 측면 공격이 간발의 차이로 빗나갔다. 하마터면 남작 후계자의 왼쪽 다리 힘줄이 잘릴 뻔했다.

페이드 로타는 춤을 추는 듯한 동작으로 상대에게서 멀어지면서 가시 장대를 노예의 오른쪽 팔뚝에 꽂았다. 장대에 달린 갈고리들이 살 속에 완벽하게 파묻혀 버렸기 때문에 팔의 힘줄이 찢어지지 않고서는 그 장대를 빼낼 수가 없었다.

관중들이 이구동성으로 헛바람을 집어삼키는 소리가 들렸다.

그 소리에 페이드 로타는 한껏 의기양양해졌다.

그는 지금 제국 궁정에서 나온 관찰자인 펜링 부처와 함께 저 위에 앉아 있는 백부의 심정이 어떨지 잘 알고 있었다. 이 싸움에는 아무도 끼어들 수 없었다. 증인들이 있으니 반드시 규칙을 준수해야 했다. 그리고 남작이 오늘 이 경기장에서 벌어진 일을 해석하는 방법은 단 하나였다. 자신에 대한 위협으로 보는 것.

노예가 뒷걸음질을 치면서 칼을 이 사이에 끼우고 팔에 꽂힌 장대를 깃발로 동여맸다. "네놈의 바늘 따위 간지럽지도 않아!" 그가 소리쳤다. 그러고는 다시 칼을 손에 쥐고 몸의 왼쪽을 앞으로 내민 채 조심스럽게 앞으로 나왔다. 절반밖에 되지 않는 방어막의 보호 면적을 최대한 넓히려고 몸을 약간 뒤로 젖힌 자세였다.

물론 이 동작 역시 관중들의 눈에 분명하게 보였다. 가족들이 앉아 있는 좌석에서 날카로운 비명이 울려 나왔다. 페이드 로타의 훈련 선생들은 언제라도 부르기만 하면 도우러 뛰어나가겠다고 소리치고 있었다.

그는 그들에게 선택의 문 쪽으로 물러나라고 손짓했다.

'저 사람들이 한 번도 본 적이 없는 굉장한 쇼를 보여주겠어. 관중들이 느긋하게 앉아서 세련되게 감탄할 수 있을 만큼 시시한 살인은 싫어. 저들은 이제 누군가가 내장을 잡고 쥐어짜는 듯한 느낌을 맛볼 거야. 그리고 내가 남작이 되었을 때 이날을 영원히 기억하겠지. 바로 오늘의 기억 때문에 저들 중 어느 누구도 나에 대한 공포에서 벗어나지 못할 거야.'

게 같은 자세로 앞으로 나오는 검투사 앞에서 페이드 로타는 서서히 물러났다. 경기장 바닥의 모래가 발 밑에서 긁혔다. 노예가 숨을 몰아쉬는 소리가 들리고, 자신의 땀 냄새와 공기 중에 희미하게 섞여 있는 피 냄새가 났다.

남작 후계자는 꾸준히 뒤로 물러나다가 오른쪽으로 방향을 틀었다. 그의 손에는 두 번째 가시 장대가 이미 준비되어 있었다. 노예가 춤추듯이 옆으로 피했다. 페이드 로타는 잠시 비틀거리는 시늉을 했다. 관중들의 비명이 들렸다.

노예가 다시 와락 덤벼들었다.

'세상에, 정말 굉장한 전사로군!' 페이드 로타는 펄쩍 뛰어 옆으로 피하면서 생각했다. 그가 목숨을 건질 수 있었던 것은 순전히 나이가 어려 민첩한 덕분이었다. 그러나 그 와중에도 그는 노예의 오른팔에 있는 삼각근에 두 번째 가시 장대를 박아 넣는 데 성공했다.

날카로운 환호 소리가 관중석에서 소나기처럼 쏟아져 내렸다.

'지금은 저들이 내게 환호를 보내고 있지.' 페이드 로타는 속으로 생각했다. 그는 하와트가 예견했던 대로 사람들의 목소리에 난폭한 흥분이 깃들어 있음을 알 수 있었다. 가문의 전사를 향해 관중들이 이렇게 환호했던 적은 한 번도 없었다. 그는 하와트가 했던 말을 생각하면서 조금은 불길한 생각이 들었다. "사람은 자기가 감탄하는 적에게 더 쉽게 겁을 집어먹는 법이지요." 하와트는 이렇게 말했다.

페이드 로타는 모든 사람들이 그의 모습을 똑똑히 볼 수 있는 경기장 중앙으로 재빨리 물러났다. 그는 장검을 뽑아 들고 몸을 웅크린 채 자신을 향해 다가오는 노예를 기다렸다.

노예는 두 번째 가시장대를 팔에 묶자마자 빠르게 그를 쫓아왔다.

'우리 가문 사람들에게 지금의 내 모습을 보여주는 거야. 난 그들의 적이야. 그들이 나를 생각할 때마다 지금의 내 모습을 기억하게 해야 해.'

그는 단검도 마저 꺼내 들었다.

"난 너 따위 두렵지 않아, 이 하코넨의 돼지 녀석아. 네놈들의 고문도 죽은 사람에게 상처를 입힐 수는 없지. 네놈의 훈련 선생이 내 몸에 손가락 하나라도 대려 한다면, 차라리 내 칼로 죽어버리겠어. 그리고 그때 네놈도 함께 죽는 거야!" 검투사가 말했다.

페이드 로타는 히죽 웃으며 장검을 내밀었다. 독이 발라져 있는 칼이었다. "이걸 한번 시험해 보지 그래." 그는 이렇게 말하면서 다른 손에 든 단검으로 속임수를 썼다.

노예는 칼을 바꿔 쥐고는 안쪽으로 몸을 돌리면서 상대의 칼을 피함과 동시에 속임수를 써서 남작 후계자의 단검을 움켜쥐었다. 하얀 장갑을 낀 손에 들린 그 칼은, 전통대로라면 독이 발라져 있는 칼이었다.

"넌 죽을 거야, 하코넨." 검투사가 숨을 몰아쉬며 말했다.

두 사람은 모래 위에서 옆걸음질을 치며 몸싸움을 벌였다. 페이드 로타의 방어막과 절반밖에 없는 노예의 방어막이 부딪치면서 푸른 불꽃이 튀었다. 방어막에서 나온 오존 냄새가 두 사람 주위를 가득 채웠다.

"네놈의 독으로 죽어라!" 노예가 이를 갈며 말했다.

그가 하얀 장갑을 낀 손을 억지로 안쪽으로 밀어 넣으면서 독이 묻은 칼날의 방향을 돌리기 시작했다.

'사람들이 이걸 봐야 돼!' 페이드 로타는 생각했다. 그는 위에서 아래로 장검을 휘둘렀다. 그러나 칼날은 노예의 팔에 동여매어진 가시 장대에 부딪치면서 '챙' 하는 소리를 냈다.

페이드 로타는 순간 필사적인 심정이 되었다. 가시 장대가 노예에게 이점으로 작용하리라고는 전혀 생각지 못했다. 그런데 가시 장대가 지금 상대의 방패 역할을 하고 있었다. 게다가 이렇게 힘이 세다니! 단검이 돌이킬 수 없을 정도로 안으로 밀려들었다. 독을 묻히지 않은 칼로도 얼마든지 사람이 죽을 수 있다는 사실이 페이드 로타의 머릿속을 점령했다.

"쓰레기!" 페이드 로타가 숨을 몰아쉬며 소리쳤다.

검투사의 근육이 이 단어에 복종하면서 순간적으로 느슨해졌다. 페이드 로타에게는 그것만으로도 충분했다. 그는 장검이 들어갈 수 있을 만큼 상대와의 틈을 벌렸다. 독이 발라진 칼끝이 가볍게 움직이더니 노예의 가슴에 붉은 선을 그었다. 이 독약은 몸에 닿는 순간 커다란 고통을 일으키는 물건이었다. 검투사가 페이드 로타에게서 떨어지며 비틀거리는 걸음으로 물러났다.

'친애하는 가족들이 지켜보고 있겠지. 그 사람들은 이 노예가 독이 묻어 있다고 생각한 칼을 내게 사용하려 했다는 사실만을 생각할 거야. 그런 시도를 할 수 있는 검투사가 어떻게 이 경기장에 들어올 수 있었는지 그걸 의아해할 거야. 그리고 앞으로는 내 양손 중 어디에 독이 들어 있는지 결코 확신할 수 없다는 사실을 알게 되겠지.'

페이드 로타는 말없이 서서 느리게 움직이는 노예의 모습을 지켜보았다. 노예는 주저하고 멈칫거리면서 움직이고 있었다. 그의 얼굴에는 모든 사람이 똑똑히 알아볼 수 있는 표정이 떠올라 있었다. 그 얼굴에 있는 것은 바로 죽음이었다. 노예는 자신이 치명적인 공격을 받았다는 사실을 알고 있었다. 그 공격이 어떻게 이루어진 것인지도 알고 있었다. 그가 생각했던 것과는 다른 칼날에 독이 묻어 있었던 것이다.

"이놈!" 그가 신음했다.

페이드 로타는 죽음에게 자리를 내주기 위해 뒤로 물러섰다. 몸을 마비시키는 독약의 효과가 아직 완전히 퍼지지는 않은 상태였다. 그러나 노예의 느린 동작은 효과가 점점 퍼지고 있음을 말해 주었다.

노예가 마치 줄에 끌려오는 것처럼 비틀거리며 앞으로 걸어왔다. 한 번에 한 발짝씩 발을 질질 끌고 있었다. 한 번 내디딜 때마다 그에게는 그것이 세상에서 유일하게 내딛는 발걸음인 것 같았다. 그는 아직도 칼을 움켜쥐고 있었지만, 그 칼끝은 흔들리고 있었다.

"언젠가…… 우리 중의 누군가가…… 너를 죽일 것이다." 그가 숨을 몰아쉬며 말했다.

그의 입이 슬프게 일그러졌다. 그리고 자리에 주저앉아 축 늘어졌다가 뻣뻣해지면서 페이드 로타가 서 있는 곳의 반대편으로 얼굴을 아래로 향한 채 구르듯이 쓰러졌다.

페이드 로타는 침묵에 잠긴 경기장 안으로 나아가 검투사의 몸 밑에 발끝을 넣고 그의 얼굴이 위를 향하도록 몸을 굴렸다. 독약 때문에 그의 근육이 비틀리는 모습을 관중들에게 똑똑히 보여주기 위해서였다. 그러나 돌려진 검투사의 가슴에서는 검투사 자신의 칼이 삐죽 튀어나와 있었다.

페이드 로타는 울분이 치밀었지만, 한편으로는 이 노예가 몸을 마비시키는 독약의 효과를 극복하고 스스로 가슴을 찌르기 위해 기울인 엄청난 노력에 감탄하는 마음도 없지 않았다. 그리고 그 감탄과 함께 정말 두려워해야 할 것은 바로 이것이라는 사실을 깨달았다.

'사람을 초인으로 만들어주는 그것이 정말 무서운 거야.'

이런 생각에 빠져 있던 페이드 로타는 관중석에서 터져 나오는 엄청난 소리를 차츰 깨달았다. 관중들은 정말 미친 듯이 환호하고 있었다.

페이드 로타는 몸을 돌려 관중들을 올려다보았다.

남작과 백작 부처만 빼고 모든 사람들이 환호하고 있었다. 남작은 손으로 턱을 쥐고 앉아서 골똘히 생각에 잠겨 있었고, 백작 부처는 미소로 표정을 감춘 채 그를 뚫어지게 내려다보고 있었다.

펜링 백작이 아내에게 고개를 돌리며 말했다. "아-흐음음, 수완이 좋은, 음음음, 젊은이로군. 에, 음음-아, 여보?"

"그의, 아아, 신경 세포의 반응이 아주 빠르군요." 그녀가 말했다.

남작은 백작 부인과 백작을 차례로 바라본 다음, 경기장으로 시선을 돌리면서 생각했다. '내 주변 사람을 저렇게 아슬아슬하게 위협하는 게 가능하다니!' 이제 두려움은 사라지고 분노가 치솟기 시작했다. '오늘 밤 노예 감독 녀석을 천천히 타오르는 불로 죽여버려야지……. 그리고 만약 백작과 부인이 이 일에 개입했다면…….'

남작의 특별석에서 오가는 대화는 페이드 로타에게 먼 곳의 일이었다. 사방에서 관중들이 발을 구르며 주문처럼 질러대는 소리가 그들의 목소리를 압도했다.

"머리! 머리! 머리! 머리!"

남작은 페이드 로타가 자신을 향해 몸을 돌릴 때의 태도를 보며 험악한 표정을 지었다. 그는 힘겹게 분노를 억누르며 널브러진 노예의 시체 옆에 서 있는 조카를 향해 힘없이 손을 흔들어주었다. '저 아이가 머리를 가져도 좋겠다. 노예 감독의 정체를 폭로시켰으니 그럴 자격이 있어.'

페이드 로타는 남작이 보내는 동의의 신호를 보며 생각했다. '저들은

자기들이 지금 내 명예를 존중해 주고 있다고 생각하는군. 내 생각이 어떤지 보여줘야겠어!'

그는 훈련 선생들이 그 명예로운 일을 수행하기 위해 톱처럼 생긴 칼을 들고 다가오는 것을 보고 손을 저어 물리쳤다. 그리고 그들이 제자리에서 머뭇거리자 다시 한번 똑같은 몸짓을 반복했다. '머리 하나로 내 명예를 존중해 준다고 생각하다니!' 그는 몸을 숙여 검투사의 가슴에 튀어나와 있는 칼자루 주위에 검투사의 양손을 포개놓았다. 그리고 칼을 빼서 힘없이 늘어진 검투사의 손에 쥐여주었다.

순식간에 이 일을 마치고 그는 다시 일어서서 훈련 선생들을 손짓으로 불렀다. "이 노예의 시체에 손 하나 대지 말고 이렇게 칼을 쥔 자세로 묻어줘라. 그는 그런 대접을 받을 자격이 있다." 그가 말했다.

황금빛 특별석에 앉아 있던 펜링 백작이 남작에게 가까이 몸을 숙이며 말했다. "당당한 행동이군요, 저건. 정말 대담한 행동이오. 당신 조카는 용기가 있을 뿐만 아니라 품위가 뭔지도 아는 아이요."

"노예의 머리를 거절한 건 관중을 모욕하는 짓입니다." 남작이 투덜거렸다.

"전혀 그렇지 않아요." 펜링 부인이 말했다. 그리고 그녀는 고개를 돌려 주위의 관중석을 올려다보았다.

그녀의 목선이 남작의 눈에 띄었다. 어린 소년의 목처럼 근육이 아름다운 곡선을 그리며 흘러내린 목이었다.

"저 사람들은 당신 조카의 행동을 좋아하고 있어요."

페이드 로타의 행동에 담긴 의미가 가장 먼 곳의 관중석까지 퍼져나가고, 훈련 선생들이 죽은 검투사의 시체를 원래 모습 그대로 들고 나가는 광경을 사람들이 바라보고 있었다. 남작은 그들의 모습을 지켜보면서 백작 부인이 관중들의 반응을 제대로 파악했음을 깨달았다. 사람들은 흥분한 나머지 서로의 등을 두들겨대고 발을 구르고 소리를 질러대고 있었다.

남작이 지친 목소리로 말했다. "잔치를 준비하라고 해야겠습니다. 이렇게 흥분한 사람들에게 에너지를 쏟을 곳도 마련해 주지 않고 돌려보낼 수는 없으니까요. 나도 저들처럼 흥분하고 있다는 것을 보여줄 필요가 있습니다." 그가 경비병에게 손짓으로 신호를 보내자, 그들의 위쪽에 있던 하인이 하코넨을 상징하는 오렌지색 깃발을 세 번 내렸다가 올렸다. 잔치를 의미하는 신호였다.

페이드 로타는 경기장을 가로질러 황금빛 특별석 아래에 섰다. 무기를 칼집에 집어넣고 양팔은 늘어뜨린 채였다. 전혀 줄어들 줄 모르는 흥분한 관중들의 소음보다 더 큰 소리로 그가 외쳤다. "잔치입니까, 백부?"

사람들이 페이드 로타와 남작 사이에 대화가 오가는 것을 알고 그들의 말에 귀를 기울이기 시작함에 따라 소음이 잦아들었다.

"너를 위한 잔치다, 페이드." 남작이 아래를 향해 소리쳤다. 그리고 다시 신호를 보내 깃발을 내렸다 올리는 신호를 하도록 했다.

경기장 사방에서 선택의 벽이 내려졌고, 젊은이들이 펄쩍 뛰어 경기장으로 내려와 페이드 로타에게 달려들었다.

"당신이 선택의 벽을 내리라고 명령했소, 남작?" 백작이 물었다.

"지금 저 아이에게 해를 끼칠 사람은 아무도 없습니다. 저 애는 영웅이에요." 남작이 말했다.

맨 처음 경기장으로 돌진해 들어온 사람들이 페이드 로타가 있는 곳에 이르러 그를 어깨 위로 들어 올리고는 경기장 안을 행진하듯 돌기 시작했다.

"오늘 밤에는 저 애가 무기도 방어막도 없이 하코의 빈민가를 걸어 다녀도 아무 일 없을 겁니다. 순전히 저 애와 같이 있고 싶어서 사람들이 마지막 남은 음식과 물까지 줄걸요."

남작은 팔로 몸을 지탱하며 의자에서 일어나 반중력 장치에 자신의 몸무게를 맡겼다. "실례를 좀 해야겠습니다. 제가 즉시 처리해야 할 일들이 있어서요. 경비병들이 두 분을 본성까지 안내해 드릴 겁니다."

백작이 자리에서 일어나 고개를 숙여 인사하며 말했다. "그렇게 하시오, 남작. 우린 잔치를 기대하고 있겠소. 난, 아아-음음음, 하코넨 가의 잔치를 한 번도 본 적이 없거든."

"네, 잔치를 열어야죠." 남작이 이렇게 말하고 몸을 돌려 경비병들에게 에워싸인 채 개인용 출구로 향했다.

경호대의 장교 하나가 펜링 백작에게 인사를 하며 말했다. "어떻게 하시겠습니까, 백작님?"

"우린 정신없이, 아아, 몰려드는 사람들이, 음음, 좀 지나갈 때까지, 음음음, 기다리겠네." 백작이 말했다.

"알겠습니다, 백작님." 경호대 장교가 다시 고개를 숙여 인사하고 세 발짝 뒤로 물러났다.

펜링 백작은 아내를 바라보며 콧노래를 부르는 듯한 자기들만의 암호로 말했다. "당신도 물론 보았겠지?"

펜링 부인이 백작과 똑같이 콧노래를 부르는 듯한 암호로 대답했다. "저 청년은 검투사가 약을 먹지 않고 나오리라는 걸 알고 있었어요. 잠깐 두려움을 느낀 순간은 물론 있었지만, 검투사를 보고 놀란 적은 없었어요."

"미리 계획된 거로군. 전부가 연극이야."

"틀림없어요."

"하와트의 냄새가 나는걸."

"그렇죠."

"난 아까 남작에게 하와트를 제거하라고 했소."

"그건 잘못하신 것 같군요, 여보."

"이젠 나도 알겠소."

"머지않아 하코넨 가문에 새로운 남작이 등장할지도 몰라요."

"만약 그게 하와트의 계획이라면 말이지."

"그 문제를 조사해 볼 필요가 있는 건 사실이에요."

"저 젊은 애를 조종하기가 더 쉬울 거요."

"우리에게는요…… 오늘 밤 이후에."

"저 애를 유혹하는 것이 어려울 거라고 생각하는 것 아니겠지, 나의 사랑스러운 대리모(代理母)여?"

"그렇지 않아요, 내 사랑. 그 애가 저를 바라볼 때 그 시선을 보셨잖아요."

"그래. 그리고 우리가 왜 이 혈통을 보존해야 하는지 이제 좀 알 것 같소."

"그렇죠. 그리고 틀림없이 우리는 그를 장악해야 해요. 제가 그의 자아 가장 깊은 곳에 그를 굴복시킬 수 있는 프라나 빈두 구절을 심어놓을게요."

"가능한 한 빨리 떠납시다. 당신이 확신을 갖자마자."

백작 부인이 몸을 부르르 떨었다. "물론이죠. 나는 이렇게 끔찍한 곳에서 아이를 낳고 싶지 않아요."

"우리는 인류를 위해 이 일을 하고 있는 거요."

"당신이 맡은 역할은 쉽죠."

"난 고대로부터의 편견들 몇 가지를 극복했소. 그런 편견은 알다시피 우리 머릿속에 꽤나 원초적이지."

"불쌍한 양반." 백작 부인이 백작의 뺨을 가볍게 두드리면서 말했다. "이 혈통을 확실하게 보존할 수 있는 방법이 이것뿐이라는 걸 아시잖아요."

백작이 메마른 목소리로 말했다. "우리가 하는 일에 대해서는 나도 잘 이해하고 있소."

"우린 실패하지 않을 거예요."

"죄책감은 실패했다는 감정에서부터 시작되는 법이지."

"죄책감은 없을 거예요. 저 페이드 로타의 머릿속에 최면의 매듭을 짓고 그의 아기를 제 자궁 속에 담은 다음, 이곳을 떠나는 거예요."

"그 백부라는 작자 말이오. 그렇게 일그러진 사람을 본 적 있소?"

"그는 상당히 사납더군요. 하지만 그의 조카가 자라서 더 심한 사람이 될 수도 있어요."

"그 백부 덕분에 말이지. 혹시 말이오, 이 젊은이가 다른 환경에서 길러졌다면, 예를 들어 아트레이데스 가문 규범의 인도를 받았다면 어땠을까 싶소."

"슬픈 일이죠."

"아트레이데스 가문의 아이와 이 아이를 모두 구할 수 있었다면 좋으련만. 그 어린 폴에 대해 사람들이 하는 말을 들어보면 아주 훌륭한 아이인 것 같던데. 혈통도 좋고 교육도 잘 받았으니." 백작이 고개를 가로저으며 말을 이었다. "하지만 불행을 당한 귀족을 위해 슬픔을 낭비해서는 안 될 일이지."

"베네 게세리트의 격언이 있어요."

"당신들은 무슨 일에든 격언을 갖다 붙이는군!" 백작이 반발했다.

"이번 건 마음에 드실 거예요. 그 격언은 이런 거예요. '사람의 시체를 볼 때까지 그가 죽었다고 생각하지 말라. 그리고 시체를 본 다음에도 여전히 실수를 저지를 가능성은 남아 있다.'"

〰〰〰

무앗딥은 '성찰의 시간'에서 아라키스의 궁핍한 상황과 처음 맞닥뜨렸을 때가 그의
교육의 진정한 시작이었다고 말한다. 그는 날씨를 알아보기 위해 모래기둥 박기*를
배웠고, 바늘처럼 살갗을 찌르는 바람의 언어를 배웠으며, 모래가 들어가 가려워지
면 콧속에서 윙윙거리는 소리가 날 수 있다는 것을 알았고 몸에서 빠져나간 소중한
수분을 모아서 지키고 보존하는 법을 배웠다. 그의 눈이 이바드의 푸른색을 띠어감
에 따라 그는 차콥사의 방식을 배웠다.

—이룰란 공주의 『인간 무앗딥』에 대한 스틸가의 서문

길을 잃고 헤매던 두 사람과 함께 사막에서 시에치로 돌아가고 있는
스틸가 일행은 첫 번째 달빛이 약해지기 시작할 때 분지에서 나왔다. 그
들은 그리운 집의 냄새가 콧구멍에 느껴지자 발걸음을 서둘렀다. 그들
뒤에서 잿빛의 선 같은 새벽빛이 가장 밝게 빛나는 곳은 지평선 달력에
서 가을의 한중간, 즉 모자바위의 달을 나타내는 자리였다.

바람이 긁어다 놓은 낙엽들이 흩어져 있는 절벽 밑둥에서 시에치 아
이들이 낙엽을 모으고 있었다. 그러나 일행이 지나가는 소리는 (폴과 그의
어머니가 가끔 실수로 내는 소리를 빼면) 밤의 자연이 내는 소리와 구분이 되지 않

았다.

폴은 땀으로 범벅이 된 이마의 흙먼지를 닦아내다가 누군가가 팔을 잡아당기는 것을 느꼈다. 챠니가 숨죽인 소리로 말했다. "내가 말한 대로 해. 두건의 접힌 부분을 이마 위로 내리란 말이야! 눈만 밖으로 내놔. 넌 지금 수분을 낭비하고 있어."

그들의 뒤쪽에서 누군가가 낮은 목소리로 조용히 하라는 명령을 내렸다. "사막이 듣는다!"

사람들의 머리 위로 높이 솟은 바위에서 새 한 마리가 지저귀었다.

일행이 걸음을 멈췄고 폴은 갑작스러운 긴장을 느꼈다.

바위에서 희미하게 딱딱거리는 소리가 들려왔다. 모래 위에서 폴짝거리는 생쥐 소리보다 크지 않은 소리였다.

새의 노랫소리가 다시 들려왔다.

줄지어 늘어서 있는 사람들 사이로 동요가 번져나갔다. 그리고 다시 한번 생쥐가 폴짝거리는 듯한 소리가 사막을 가로질렀다.

다시 새가 울었다.

일행은 바위틈을 향해 다시 기어오르기 시작했다. 그러나 이제는 사람들이 숨소리마저 죽이고 있어서 폴의 마음도 경계심으로 가득 찼다. 그는 사람들이 몰래 챠니를 흘끗거리는 모습과 시무룩하니 생각에 잠겨 있는 듯한 챠니의 모습을 유심히 살펴보았다.

이리저리 휘날리는 희미한 회색의 로브 자락들 틈에서 모래 대신 바위를 밟으며 폴은 사람들의 규율이 조금 느슨해진 것을 느꼈다. 그러나 챠니를 비롯한 일행은 모두 여전히 침묵을 지키고 있었다. 그는 자기 앞에 그림자처럼 보이는 사람들의 모습을 따라갔다. 계단을 오르고 방향을 틀고 다시 계단을 오르고 터널로 들어서서 문막이가 설치된 문 두 개를 지나자 발광구가 켜진 좁은 통로가 나왔다. 바위벽과 천장이 노란색으로 보였다.

폴은 주위의 프레멘들이 모두 두건을 젖히고 코마개를 빼고 깊이 숨을 들이쉬는 것을 보았다. 누군가가 한숨을 쉬었다. 폴은 챠니를 찾아보았지만 그녀는 벌써 그의 곁을 떠나고 없었다. 로브를 걸친 사람들이 잔뜩 그의 주위를 둘러싸고 있었다. 누군가가 그를 난폭하게 밀며 말했다. "미안, 우슬. 정말 혼잡하군. 항상 이렇다니까."

그의 왼쪽에서 좁은 턱수염을 기른 파로크라는 사람이 폴을 바라보았다. 얼룩이 진 눈자위와 검푸른 눈이 노란색 불빛 속에서 더욱더 검게 보였다. "두건을 벗어, 우슬. 이제 집에 왔어." 파로크가 말했다. 그는 폴이 두건의 고리를 푸는 것을 도와준 다음, 팔꿈치로 사람들을 밀어 주위에 약간의 공간을 마련했다.

폴은 코마개를 빼내고 입마개를 한쪽으로 젖혔다. 그러자 이곳에 배어 있는 냄새들이 그를 강타했다. 씻지 않은 몸에서 나는 냄새, 회수된 배설물에서 추출된 에스테르 냄새. 어느 쪽에서도 인간의 시큼한 악취가 났고, 스파이스와 이 비슷한 혼합물 냄새가 이 모든 냄새들보다 더 강하게 풍겨왔다.

"왜 여기서 기다리고 있는 거지, 파로크?" 폴이 물었다.

"대모님을 기다리는 것 같아. 너도 얘기 들었지? 챠니가 불쌍해."

'챠니가 불쌍해?' 폴은 챠니가 어디 있는지, 그리고 이렇게 사람들이 붐비는 곳에서 어머니는 어디 계시는지 궁금해하면서 주위를 둘러보았다.

파로크가 깊이 숨을 들이마시며 말했다. "집의 냄새야."

폴은 그가 이곳의 악취를 즐기고 있으며, 그의 어조에 비꼬는 기색이 전혀 없음을 알았다. 그때 어머니의 기침 소리가 들리더니, 그녀의 목소리가 이리저리 밀리는 사람들 사이를 뚫고 폴에게 들려왔다. "당신 시에치의 냄새는 정말 풍요롭군요, 스틸가. 스파이스를 가지고 많은 작업을 하고 있다는 걸 알겠어요……. 종이도 만들고…… 플라스틱도…… 저건 화학 폭발물 아닌가요?"

"그냥 냄새만으로 그런 걸 안단 말입니까?" 스틸가가 아닌 다른 남자의 목소리였다.

폴은 어머니가 그를 위해 말하고 있다는 것을 깨달았다. 그녀는 그가 콧구멍을 강타하고 있는 이 냄새들을 빨리 받아들이기를 바라고 있었다.

일행의 앞머리에서 부산하게 누가 움직이는 듯하더니, 프레멘들이 차례차례 깊이 숨을 들이쉬고 그대로 숨을 참는 것처럼 보였다. 줄 뒤쪽에서 누군가 숨을 죽이고 말하는 소리가 폴의 귀에 들렸다. "그럼 그게 사실이군. 리에트가 죽었다는 게."

'리에트……. 리에트의 딸, 챠니.' 수수께끼의 조각들이 폴의 머릿속에서 제자리를 찾았다. 리에트는 행성학자의 프레멘 이름이었다.

폴은 파로크를 바라보며 물었다. "리에트가 카인즈라고 알려진 그 사람인가?"

"리에트는 오직 하나뿐이야."

폴은 고개를 돌려 자기 앞에 서 있는 프레멘의 등을 물끄러미 바라보았다. '그럼 리에트 카인즈가 죽은 거로군.'

"하코넨의 음모야. 놈들은 그걸 사고처럼 위장했대…… 사막에서 길을 잃고…… 오니숍터가 추락해서……."

폴은 갑자기 분노가 치솟는 것을 느꼈다. 자신과 어머니를 도와준 사람, 하코넨 사냥꾼들의 손에 잡히지 않게 도와준 사람, 자신의 프레멘 무리를 보내 사막에서 길 잃은 두 사람을 찾게 한 사람…… 그 역시 하코넨의 희생자가 된 것이다.

"우슬은 아직도 복수에 굶주렸나?" 파로크가 물었다.

폴이 대답을 하기도 전에 어디선가 나지막이 일행을 부르는 소리가 났다. 그러자 사람들은 한꺼번에 앞으로 나아가 널찍한 방으로 들어갔다. 폴도 그들에게 휩쓸려 함께 움직였다. 그 널찍한 공간에 스틸가와 낯선 여자가 있었다. 하늘하늘한 천을 몸에 두르듯이 입는, 눈부신 오렌지색과 초록색 옷을 입은 여자였다. 팔은 어깨까지 맨살이 드러나 있어서, 폴은 그녀가 사막복을 입지 않았음을 알 수 있었다. 그녀의 피부는 연한 올리브색이었다. 넓은 이마 뒤로 넘겨 빗은 검은 머리 때문에 날카로운 광대뼈와 짙고 어두운 두 눈 사이의 매부리코가 두드러져 보였다.

그녀가 폴을 향해 고개를 돌렸다. 폴은 그녀의 귀에 물의 양을 나타내는 꼬리표가 꿰어진 황금색 고리들이 매달려 있는 것을 보았다.

"이 사람이 나의 야미스를 제압했다고요?" 그녀가 물었다.

"조용히 해, 하라. 야미스가 자초한 거야. 그가 타하디 알 부르한을 요구했어." 스틸가가 말했다.

"얘는 아직 어린애잖아요!" 그녀가 말했다. 그녀가 거칠게 고개를 흔드는 바람에 물의 꼬리표들이 찰랑찰랑 소리를 냈다. "이 아이 때문에 내 아이들이 아비 없는 자식이 되었단 말인가요? 틀림없이 어쩌다 그렇게 된 거겠죠!"

"우슬, 지금 몇 살이지?" 스틸가가 물었다.

"표준력으로 열다섯이오." 폴이 말했다.

스틸가가 자신과 함께 돌아온 일행을 둘러보며 말했다. "내게 도전하고 싶은 사람 있나?"

침묵이 흘렀다.

스틸가가 여자를 향해 말했다. "이 젊은이의 신비스러운 방법을 배우기 전에는 나도 이 젊은이에게 도전하고 싶지 않아."

그녀가 그의 시선을 맞받으며 말했다. "하지만……."

"챠니와 같이 대모님께 간 낯선 여자를 보았나? 그녀는 아우트 프레인 사이야디나야. 이 젊은이의 어머니지. 어머니와 아들이 모두 신비스러운 격투술의 대가들이야."

"리산 알 가입." 여자가 낮은 소리로 속삭였다. 다시 폴을 바라보는 그녀의 눈에 경외의 감정이 담겨 있었다.

'또 전설이로군.' 폴은 생각했다.

"그럴지도 모르지. 하지만 아직 시험을 받지 않았어." 스틸가가 말했다. 그러고는 폴에게 시선을 돌리며 말을 이었다. "우슬, 우리의 관습에 따라 이제부터는 자네가 여기 있는 야미스의 여자와 그의 두 아들에 대해 책임을 진다. 그의 **얄리***…… 그의 거처도 자네 것이다. 그의 커피 세트도 자네 것이고. 그리고 여기 그의 여자도."

폴은 여자를 유심히 살펴보며 생각했다. '이 여자는 왜 자기 남자의 죽음을 슬퍼하지 않는 거지? 왜 내게 증오를 드러내지 않는 거야?' 그때 갑자기 그는 프레멘들이 자신을 뚫어지게 바라보며 뭔가 기다리고 있다는 사실을 깨달았다.

누군가가 속삭였다. "할 일이 많아. 저 여자를 받아들인다고 빨리 말해."

"자네는 하라를 여자로 받아들이겠나, 아니면 하녀로 받아들이겠나?" 스틸가가 말했다.

하라가 팔을 들고 천천히 몸을 돌렸다. "난 아직 젊어, 우슬. 내가 아직도 지오프와 함께 있을 때만큼 젊어 보인다고 하더군……. 야미스가 지오프를 제압하기 전에 말이야."

'야미스가 이 여자를 얻기 위해 또 다른 사람을 죽인 거로군.' 폴은 생각했다.

"내가 그녀를 하녀로 받아들인다면 나중에 마음을 바꿀 수도 있소?"

"1년 안에 마음을 바꾸면 돼. 그 기간이 지나면 하라는 자유의 몸이 되어 마음대로 선택할 수 있게 되지……. 아니면 자네가 언제든 그녀를 자유롭게 풀어줄 수도 있고. 하지만 어찌 되든 자네가 그녀를 책임져야 해. 1년 동안…… 그리고 야미스의 아들들에 대해서는 언제까지나 어느 정도 책임을 감당해야 하고."

"난 이 여자를 하녀로 받아들이겠소." 폴이 말했다.

하라가 성을 내며 한 발로 땅을 구르고 어깨를 흔들어댔다. "난 아직 젊어!"

스틸가가 폴을 바라보며 말했다. "지도자가 될 사람에게 조심성은 소중한 자질이지."

"난 아직 젊어!" 하라가 같은 말을 되풀이했다.

"조용히 해." 스틸가가 명령했다. "어떤 것에 장점이 있다면, 그대로 내버려둬. 우슬을 거처로 안내하고 깨끗한 옷과 쉴 곳을 마련해 줘."

"아아!" 그녀가 말했다.

폴은 이미 그녀를 충분히 기억에 새겼기 때문에 대충 그녀에 대한 평가를 내릴 수 있었다. 그는 사람들이 안달하는 모습을 보며 이 일 때문에 많은 일들이 지연되고 있음을 알았다. 그는 어머니와 챠니가 어디로 갔는지 물어도 될지 궁금했다. 그러나 스틸가의 불안한 태도를 보니 그런 질문을 하는 건 실수 같았다.

그가 하라를 향해 돌아서서 그녀의 두려움과 경외심을 강조할 수 있도록 조절한 목소리로 입을 열었다. "내 거처로 안내해, 하라! 너의 젊음에 대해서는 다음에 얘기하겠다."

그녀가 두 걸음 물러나면서 겁에 질린 시선으로 스틸가를 흘끗 바라보았다. "이 사람은 신비스러운 목소리를 갖고 있어요." 그녀가 잠긴 목소리로 말했다.

"스틸가, 챠니의 아버지가 내게 무거운 의무를 지워주었소. 만약 도울일이 있다면……." 폴이 말했다.

"그 문제는 회의에서 결정될 거다. 그때 얘기하면 돼." 스틸가는 물러가라는 뜻으로 고개를 끄덕하고는 자신을 따라온 나머지 일행과 함께 돌아서서 가버렸다.

폴은 하라의 팔을 잡으며 그녀의 피부가 차갑다는 것을 깨달았다. 그녀가 몸을 떨고 있는 것이 느껴졌다. "난 당신을 해치지 않아, 하라. 우리 거처로 안내해." 그리고 그는 목소리의 긴장을 풀었다.

"1년이 지난 다음에 날 쫓아내지 않을 건가요? 내가 예전만큼 젊지 않다는 건 나도 알고 있어요."

"내가 살아 있는 한, 내가 있는 곳에 당신의 자리가 있을 거야." 그가 그녀의 팔을 놓으면서 말을 이었다. "자, 우리 거처가 어디지?"

그녀가 몸을 돌려 통로를 따라 내려가다가 오른쪽으로 방향을 틀었다. 머리 위에 노란색 발광구 불빛이 같은 간격으로 배치되어 있는 널찍한 터널이 나왔다. 방금 지나온 통로와 직각을 이루고 있는 이 터널의 돌바닥은 매끄러웠고, 모래 한 톨 없이 깨끗하게 청소가 되어 있었다.

폴이 하라의 옆으로 다가가 함께 걸으면서 매부리코를 지닌 그녀의 옆모습을 유심히 살펴보았다. "날 미워하지 않는 건가, 하라?"

"왜 내가 당신을 미워해야 하죠?"

그녀는 측면 통로에 솟은 바위 턱에 모여앉아 두 사람을 뚫어지게 바라보고 있는 아이들을 향해 고개를 끄덕였다. 폴은 아이들 뒤쪽에서 어른처럼 보이는 사람이 얇은 벽걸이 뒤에 반쯤 몸을 숨기고 있는 것을 얼핏 보았다.

"내가…… 야미스를 제압했으니까."

"스틸가는 의식이 치러졌고 당신이 야미스의 친구라고 했어요." 그녀가 곁눈질로 그를 바라보며 말을 이었다. "스틸가는 당신이 죽은 자에게 수분을 주었다고 했어요. 그게 사실인가요?"

"그래."

"나라도 그렇게는 안 했을 거예요……. 할 수 없어요."

"그를 위해 슬퍼하지 않는 건가?"

"슬퍼할 때가 되면 슬퍼할 거예요."

두 사람은 아치형의 출구를 지나갔다. 폴은 출구 뒤편의 크고 밝은 방에서 남자와 여자 들이 대 위에 놓인 기계를 가지고 작업하는 모습을 보았다. 왠지 그들은 평소 때보다 더 황급하게 일하고 있는 것처럼 보였다.

"저기 저 사람들은 뭘 하는 거지?" 폴이 물었다.

하라가 걸으면서 아치 뒤쪽을 흘끗 쳐다보았다. "도망치기 전에 플라스틱 공장의 할당량을 채우려고 서두르는 거예요. 식물을 심으려면 **이슬 수집기***가 많이 필요하니까요."

"도망친다고?"

"저 도살자들이 우리를 사냥하는 걸 그만두거나, 이 땅에서 쫓겨날 때까지."

폴은 비틀거리려는 몸을 바로잡았다. 정지된 시간의 한순간이 느껴지고 예지의 기억의 한 조각이 떠오르면서, 예지의 환영이 시각적으로 투사되었다. 그러나 그 환영의 위치는 바뀌어 있었다. 마치 끊임없이 움직이는 몽타주처럼. 그가 갖고 있는 예지의 기억의 조각들은 그가 기억하는 모습과 조금 달랐다.

"사다우카가 우리를 사냥하는군." 그가 말했다.

"놈들은 텅 빈 시에치 한두 개 외에는 별로 많은 걸 찾아내지 못할 거예요. 그리고 모래 속에서 자기들 몫의 죽음도 발견하겠죠."

"놈들이 여기를 찾아낼까?"

"그럴걸요."

"그런데도 시간을 끌면서……." 그가 고갯짓으로 이미 한참 멀어진 뒤쪽의 아치를 가리키며 말을 이었다. "이슬 수집기를…… 만든단 말인가?"

"식물을 심는 작업은 계속되니까요."

"이슬 수집기가 뭐지?"

그를 흘끗 바라보는 그녀의 시선에 놀라움이 가득 차 있었다. "당신이…… 어디서 왔는지는 몰라도 거기 사람들이 당신에게 아무것도 가르쳐주지 않던가요?"

"이슬 수집기에 대해서는 가르쳐주지 않았어."

"하!" 그녀가 말했다. 이 한 마디에 모든 의미가 다 들어 있었다.

"그래, 이슬 수집기가 뭐지?"

"저 밖의 에르그에 있는 덤불과 잡초 들, 우리가 떠난 다음에 그것들이 어떻게 생명을 이어나간다고 생각해요? 각각의 식물들은 작은 구덩이에 따로따로 조심스럽게 심어져 있어요. 그 구덩이에는 크로모플라스틱으로 만든 매끄러운 달걀 같은 물건들이 가득 들어 있죠. 빛을 받으면 그것들은 하얀색으로 변해요. 높은 곳에서 내려다보면 그것들이 새벽빛 속에서 반짝이는 게 보일 거예요. 하얀색은 빛을 반사하니까요. 하지만 늙은 아버지 태양이 떠나면, 어둠 속에서 크로모플라스틱이 투명하게 변해요. 그리고 아주 빠르게 식어버리죠. 그래서 그 표면에 공기 중에 들어 있는 수분이 응결돼요. 그 수분이 방울방울 떨어져서 우리 식물들의 생명을 이어주는 거예요."

"이슬 수집기라." 폴이 중얼거렸다. 그 단순한 도구의 기능이 정말 매혹적이었다.

"적당한 때가 되면 나도 야미스의 죽음을 슬퍼할 거예요." 하라가 말했다. 폴이 처음에 한 질문을 계속 생각하고 있던 모양이었다. "그는 좋은 사람이었어요. 야미스 말이에요. 하지만 성질이 불같았죠. 그는 가족을 잘 부양했고 아이들에게도 놀라울 정도로 잘해 줬어요. 내 첫아이인 지오프의 아들과 자기 아들을 차별하지도 않았고요. 그는 두 아이를 똑같이 대했어요." 그녀가 뭔가를 탐색하는 듯한 시선으로 폴을 바라보며 물었다. "당신도 그렇게 할 건가요, 우슬?"

"우리한텐 그런 문제가 없잖아."

"하지만 만약……."

"하라!"

그의 엄격한 목소리에 그녀의 몸이 움츠러들었다.

두 사람은 왼쪽의 아치를 통해 보이는 환하게 불 켜진 방 앞을 또 지나갔다. "저기선 뭘 만들고 있지?" 폴이 물었다.

"천 짜는 기계를 수리하고 있어요. 하지만 오늘 밤까지 기계를 분해해야 해요." 그녀가 왼쪽으로 갈라져 나간 터널을 가리키며 말을 이었다. "저 길을 따라가면 음식을 가공하는 곳과 사막복을 수리하는 곳이 있어요." 그녀가 폴을 바라보았다. "당신의 사막복은 새것처럼 보이는군요. 하지만 손질이 필요해지면 내 솜씨도 꽤 좋아요. 철이 되면 나도 공장에서 일을 하니까."

이제 여기저기 모여선 사람들이 눈에 띄기 시작했다. 터널 벽에도 아까보다 훨씬 더 많은 출구들이 몰려 있었다. 크게 콸콸거리는 소리가 나는 꾸러미를 든 사람들이 줄을 지어 지나갔다. 그들의 주위에서 스파이스 냄새가 강하게 났다.

"놈들은 우리 물을 찾아내지 못할 거예요. 스파이스도. 틀림없어요." 하라가 말했다.

폴은 터널 벽에 난 출구들을 흘끗 바라보았다. 선반처럼 솟아오른 바위에 깔린 두꺼운 카펫과, 벽에 밝은색 천이 걸려 있는 방들이 얼핏 보였다. 방바닥에는 쿠션들이 쌓여 있었다. 출구에 나와 있던 사람들이 하라와 폴이 다가오는 것을 보더니 갑자기 침묵하면서 사나운 시선으로 폴의 움직임을 좇았다.

"사람들은 당신이 야미스를 제압한 게 이상하다고 생각해요. 새 시에치에 자리를 잡고 나면 당신은 뭔가 증명을 해 보여야 할 거예요." 하라가 말했다.

"난 사람 죽이는 걸 좋아하지 않아."

"스틸가한테서 들었어요." 그녀가 말했다. 그러나 그녀의 목소리에는 믿을 수 없다는 기색이 드러나 있었다.

두 사람의 앞쪽에서 날카로운 목소리로 뭔가 읊조리는 소리가 점점 크게 들려왔다. 두 사람은 폴이 지금까지 본 것 중 가장 널찍한 출구 앞에 도착했다. 그는 걸음을 늦추면서 방 안을 자세히 살펴보았다. 밤색 카펫이 깔린 바닥에 아이들이 한가득 책상다리를 하고 앉아 있었다.

가장 안쪽의 벽에 걸린 칠판 앞에 몸에 둘러 입는 노란색 옷을 입은 여자가 한 손에 영사기 철필을 들고 서 있었다. 칠판에는 원, 쐐기, 곡선, 지그재그 선, 사각형, 평행선으로 나누어진 부채꼴 등 여러 가지 그림이 가득했다. 칠판 옆에 선 여자는 빠른 속도로 그것들을 하나하나 가리켰고, 아이들은 그 손의 움직임과 박자에 맞춰 단어들을 읊조렸다.

폴은 그 소리에 귀를 기울였다. 그들이 시에치 안쪽 깊숙한 곳으로 들어감에 따라 아이들의 목소리는 점점 희미해졌다.

"나무, 풀, 모래언덕, 바람, 산, 언덕, 불, 번개, 바위, 바위들, 흙먼지, 모래, 열기, 피난처, 열기, 가득하다, 겨울, 춥다, 텅 비다, 침식, 여름, 동굴, 낮, 긴장, 달, 밤, 모자바위, **모래 물결***, 비탈, 심기, 묶는 것······."

"이런 시기에 수업을 진행하는 건가?" 폴이 물었다.

그러자 하라의 표정이 우울해지고 그녀의 목소리에도 슬픔이 배어들었다. "리에트가 우리에게 가르쳐준 걸 한시도 멈출 수는 없어요. 리에트는 죽었지만 그를 잊어서는 안 돼요. 그것이 차콥사의 전통이에요."

그녀는 터널 왼쪽으로 가서 선반처럼 솟아오른 바위 위로 올라섰다. 그리고 얇은 오렌지색 장막을 젖히면서 한쪽 옆으로 물러섰다. "당신의 얄리가 준비되어 있어요, 우슬."

폴은 제자리에서 망설였다. 갑자기 이 여자와 단둘이 있는 것이 영 내키지 않았다. 마치 하나의 생태계처럼 짜여 있는 가치관과 사고방식들을 가정하지 않고서는 도저히 이해할 수 없는 생활 방식이 자신의 주위를 둘러싸고 있다는 생각이 들었다. 이 프레멘의 세계가 물고기를 잡듯 그를 낚아 올려서 그 나름의 관습과 전통이라는 올가미 속으로 그를 꾀어 들이려 하는 것 같았다. 그는 그 올가미 속에 무엇이 있는지 알고 있었다. 광폭한 지하드, 그가 무슨 수를 써서라도 피해야 한다고 생각하고 있는 그 종교 전쟁이 그 안에 있었다.

"여긴 당신의 얄리예요. 왜 망설이는 거예요?" 하라가 말했다.

폴은 고개를 끄덕이며 하라가 서 있는 바위로 올라갔다. 그리고 그녀의 반대편으로 장막을 들어 올렸다. 장막을 만든 천 속에 들어 있는 금속 섬유가 느껴졌다. 하라를 따라 안으로 들어가자 짧은 통로가 나오고 곧 정사각형의 커다란 방이 나왔다. 한 면의 길이가 6미터쯤 되는 듯한 방바닥에는 두꺼운 파란색 카펫이 깔려 있었고, 파란색과 초록색 천들이 바위벽을 가리고 있었다. 노란색으로 빛의 세기가 조절된 발광구들이 천장에 드리워진 노란색 천들을 배경으로 머리 위에서 가볍게 흔들렸다.

마치 고대의 천막 같은 분위기였다.

하라가 왼손을 엉덩이에 대고 앞에 서서 그의 얼굴을 유심히 살펴보았다. "아이들은 친구와 놀고 있어요. 나중에 당신에게 인사할 거예요." 그녀가 말했다.

폴은 불편한 감정을 숨기기 위해 재빨리 방 안을 둘러보았다. 오른쪽에 있는 장막 뒤로 벽을 따라 쿠션이 놓여 있는 더 큰 방이 살짝 보였다. 통풍관에서 부드러운 바람이 불어오는 것이 느껴져서 살펴보니 그가 서 있는 곳에서 정면으로 보이는 벽걸이의 무늬 속에 공기 출구가 교묘하게 숨겨져 있었다.

"사막복 벗는 걸 도와드릴까요?" 하라가 물었다.

"아니…… 괜찮아."

"그럼 음식을 가져올까요?"

"그래."

"저쪽 방 뒤에 자원 재활용실이 있어요. 사막복을 벗었을 때 이용하세요."

"이 시에치를 떠나야 한다고 말한 것 같은데. 짐을 싸거나, 뭐 준비를 해야 하는 것 아닌가?"

"때가 되면 준비가 이루어질 거예요. 도살자들이 아직 우리 지역까지 뚫고 들어오지 못했어요."

이 말을 마치고도 그녀는 계속 머뭇거리면서 폴을 물끄러미 바라보았다.

"뭐지?" 그가 다그치듯 물었다.

"당신은 이바드의 눈을 갖고 있지 않아요. 이상하긴 하지만 아주 매력이 없지는 않군요."

"음식을 가져와. 배가 고프니까."

그녀가 그를 향해 미소 지었다. 알 만하다는 여자의 미소였다. 그것이 폴을 더욱 불편하게 만들었다. "난 당신의 하녀예요." 그녀가 말했다. 그리고 나긋나긋한 동작으로 몸을 돌려 두꺼운 장막 뒤로 사라졌다. 장막이 원래 자리로 떨어지기 전에 그 뒤로 또 다른 통로가 보였다.

폴은 자기 자신에게 분노를 느끼면서 오른쪽 벽의 얇은 장막을 지나 큰 방으로 들어갔다. 그는 잠시 불확실함에 사로잡힌 채 그곳에 서 있었다. 챠니…… 이제 막 아버지를 잃은 챠니가 어디 있는지 궁금했다.

'그 점에서는 우리 둘이 같네.' 그는 생각했다.

바깥 복도에서 구슬피 우는 소리가 들려왔다. 장막들이 사이를 가로막고 있어서 그리 크지는 않았다. 같은 소리가 조금 먼 곳에서 다시 들려왔다. 그리고 또 한 번. 폴은 누군가가 시간을 알리고 있다는 것을 깨달았다. 이곳에서 시계를 전혀 보지 못했다는 생각이 들었다.

어디에서나 맡을 수 있는 시에치의 악취에 실려 크레오소트 관목을 태우는 냄새가 희미하게 풍겨왔다. 폴은 자신의 감각을 강타하는 그 악취에 어느 정도 익숙해져 있음을 깨달았다.

그는 다시 어머니에 대해 생각하기 시작했다. 움직이는 몽타주 같은 미래 속에 어머니와…… 어머니가 낳을 딸이 어떻게 포함되어 있는지 궁금했다. 변덕스러운 시간의 의식이 그의 주위에서 춤을 추었다. 그는 세차게 고개를 흔들며 자신과 어머니를 삼켜버린 이 프레멘 문화의 심오한 깊이와 너비를 보여주는 사실들에 주의를 집중했다.

그리고 이 문화의 미묘하고 이상한 점들에 대해서도.

이 동굴과 방에서 한 가지 특징이 눈에 띄었다. 그가 지금까지 보았던 어떤 것보다도 훨씬 더 큰 차이를 암시하는 특징이었다.

이곳에는 독약 탐지기의 흔적이 없었다. 이 동굴 안 어디에서도 독약 탐지기가 사용되는 기미는 없었다. 하지만 그는 시에치의 악취 속에서 독약의 냄새를 맡을 수 있었다. 강한 것도 있고 흔한 것도 있었다.

장막 스치는 소리가 들렸다. 그는 하라가 음식을 가지고 돌아온 모양이라고 생각하고 시선을 돌렸다. 그러나 들어 올려진 장막 밑에서 그가 본 것은 두 명의 어린 소년들이었다. 아마 아홉 살, 열 살 정도 된 것 같은 두 아이가 탐욕스러운 눈으로 그를 쏘아보고 있었다. 두 아이 모두 킨잘 같은 형식의 작은 크리스나이프를 차고, 한 손을 칼자루에 대고 있었다.

폴은 프레멘들에 대해 들은 이야기들을 떠올렸다. 아이들도 어른만큼 사납게 싸운다는 이야기였다.

※※※

손이 움직인다, 입술이 움직인다 —
그의 말에서 생각들이 쏟아져 나온다,
그의 눈이 집어삼킨다!
그는 자아의 세계라는 이름의 섬이다.

—이룰란 공주의 『무앗딥에 대한 안내서』

동굴 위쪽에 있는 인광 튜브들이 사람들이 떼지어 모여 있는 실내에 흐릿한 빛을 던지며, 바위로 둘러싸인 이 공간이 얼마나 넓은 곳인지 넌지시 알려주었다. 베네 게세리트 학교의 집회실보다도 큰 것 같았다. 제시카가 보기에, 자신이 스틸가와 함께 서 있는 바위 턱 아래 모인 사람이 5000명을 넘는 것 같았다.

그런데도 더 많은 사람들이 계속 모여들고 있었다.

사람들이 웅성거리는 소리가 허공을 가득 메웠다.

"쉬고 있는 당신 아들을 이리로 불러오라고 했소, 사이야디나. 그와 당신의 결정을 나누기를 원하오?" 스틸가가 말했다.

"그 아이가 내 결정을 바꿀 수 있나요?"

"물론이오. 당신이 말을 할 때 사용하는 공기는 당신의 허파에서 나오는 것이지만……."

"내 결정은 변하지 않아요."

그러나 그녀는 불안했다. 폴을 핑계로 이 위험한 길에서 뒷걸음질 쳐야 할지도 모른다는 생각이 들었다. 또한 아직 태어나지 않은 배 속의 딸도 생각해야 했다. 어머니의 몸에 위험한 것은 그 딸의 몸에도 위험했다.

남자들이 둘둘 말린 카펫을 들고 왔다. 그들이 카펫의 무게 때문에 '끙' 하는 소리를 내며 그것을 바위 턱에 내려놓자 바닥에서 먼지가 일었다.

스틸가가 그녀의 팔을 잡고 바위 맨 뒤에 있는 확성기 모양의 공간으로 이끌었다. 그가 바위로 만든 긴 의자를 가리키며 말했다. "대모님이 여기 앉으실 거요. 하지만 대모님이 오실 때까지 당신이 여기서 쉬어도 좋소."

"난 서 있는 편이 좋아요."

그녀는 남자들이 카펫을 펼쳐서 바닥을 덮는 모습을 지켜보다가 군중들에게 시선을 돌렸다. 이제는 아래쪽에 모인 사람들이 적어도 만 명은 되는 것 같았다.

그런데도 사람들은 계속 모여들고 있었다.

바깥의 사막은 벌써 붉은 석양 속에 밤이 내릴 시간이라는 것을 그녀는 알고 있었다. 그러나 여기 동굴 속의 집회장은 항상 어스름 속에 잠겨 있었다. 그녀가 자신의 목숨을 거는 것을 보러 온 사람들이 이 잿빛의 광활한 공간 속에 떼 지어 모여 있었다.

오른편의 군중들 사이에 길이 생겨났다. 어린 소년 두 명을 양옆에 거느리고 다가오는 폴이 보였다. 두 아이는 자기들이 아주 중요한 일을 하고 있다는 듯 으스대며 걸었다. 그들은 차고 있는 칼에서 손을 떼지 않은 채 양편에 늘어선 사람들의 벽을 향해 험악한 표정을 지어 보였다.

"이제는 우슬의 아들인 야미스의 아들들이오. 저 아이들은 우슬을 호위하는 임무를 아주 중요하게 생각하고 있군요." 스틸가가 제시카를 향해 조심스럽게 미소를 지어 보였다.

제시카는 스틸가가 자신의 기분을 밝게 해주려고 애쓰고 있음을 깨달았다. 그의 노력이 고마웠지만, 자신 앞에 놓인 위험에 대한 생각을 지워버릴 수 없었다.

'이 일을 하는 수밖에 없어. 이 프레멘들 사이에서 우리 자리를 확보하려면 빨리 움직여야 해.' 그녀는 생각했다.

폴이 아이들을 밑에 남겨두고 바위 턱으로 올라왔다. 그는 어머니 앞에 멈춰 서서 스틸가를 흘끗 쳐다본 다음, 다시 그녀에게 시선을 돌렸다. "무슨 일이에요? 난 회의 때문에 나를 부르러 온 줄 알았어요."

스틸가가 조용히 하라는 뜻으로 손을 들어 올리고 나서 왼쪽을 가리켰다. 그곳의 군중들 사이에 또 다른 길이 하나 생겨 있었다. 챠니가 그 길을 따라 걸어왔다. 장난꾸러기 요정 같은 그녀의 얼굴에 슬픔이 배어 있었다. 그녀는 사막복을 벗고 몸에 둘러 입는 우아한 푸른색 옷을 가는 팔이 드러나게 입고 있었다. 왼쪽 팔의 어깨 근처에는 초록색 스카프가 매어져 있었다.

'애도를 의미하는 초록색이군.' 폴이 생각했다.

그는 야미스의 두 아들이 그를 보호자 겸 아버지로 받아들였기 때문에 초록색 스카프를 매지 않았다고 말하는 것을 듣고 이 관습을 이미 짐작하고 있었다.

"당신이 리산 알 가입인가요?" 그 아이들은 그에게 이렇게 물었다. 폴은 그들의 말 속에서 지하드를 느끼며 그저 어깨를 으쓱했다. 그리고 대답 대신 그들에게 질문을 던졌다. 그 덕분에 두 아이 중 형인 칼레프가 지오프의 친아들로서 올해 열 살이며, 동생인 올롭은 야미스의 친아들로 여덟 살이라는 사실을 알았다.

두 아이가 그의 요청으로 그를 위해 경비를 서주는 기분이 이상했다. 이 아이들 덕분에 폴은 호기심에 찬 사람들의 접근을 물리치고, 예지의 기억과 자신의 생각들을 추스르며 지하드를 막을 계획을 짤 시간을 벌 수 있었다.

이제 동굴 속의 바위 위에 어머니와 함께 서서 군중들을 바라보며 그는 광신도 군단의 난폭한 출현을 막는 것이 과연 가능한 일인지 모르겠다는 생각이 들었다.

점점 다가오는 챠니 뒤로, 어떤 여자가 누워 있는 들것을 든 여자 네 명이 일정한 거리를 두고 따라왔다.

제시카는 챠니를 무시하고 들것에 누워 있는 여자에게 주의를 집중했다. 그녀는 온몸이 쪼그라든 주름투성이 노인이었다. 검은 옷의 두건을 뒤로 젖혀놓아서 단단하게 묶여 있는 흰머리와 힘줄이 불거져 나온 목이 드러나 있었다.

들것을 들고 온 여자들이 바위 아래 서서 부드럽게 들것을 위로 올렸다. 챠니가 노파를 부축해 일으켰다.

'이 사람이 이들의 대모란 말이지.' 제시카는 생각했다.

노파가 챠니에게 잔뜩 몸을 기댄 채 절름거리면서 제시카에게 다가왔다. 마치 막대기 묶음에 검은 로브를 씌워놓은 듯한 모습이었다. 노파가 제시카 앞에서 걸음을 멈추고 오랫동안 올려다보더니 마침내 갈라진 목소리로 속삭이듯 말했다.

"네가 그 사람이로군." 노파가 가느다란 목 위에 놓인 머리를 위태롭게 한 번 끄덕였다. "샤도우트 메입스가 너를 불쌍하게 생각한 것도 이상한 일이 아니지."

제시카가 재빨리 가소롭다는 듯이 말했다. "내겐 누구의 동정도 필요하지 않아요."

"그건 두고봐야 알 일이지." 노파가 갈라진 목소리로 말했다. 그러고는 놀랄 만큼 민첩한 동작으로 몸을 돌려 군중을 바라보았다. "저들에게 말하시오, 스틸가."

"꼭 해야 합니까?" 그가 물었다.

"우린 **미스르***의 민족이오. 우리의 **순니*** 조상들이 나일 강의 알 우루바에서 도망친 이래 우린 도주와 죽음의 삶을 살아왔소. 젊은 세대가 계속 이어져야 우리 민족이 죽지 않소." 노파가 거친 목소리로 말했다.

스틸가가 심호흡을 하면서 두 발짝 앞으로 나섰다.

제시카는 사람들이 가득 들어찬 동굴에 정적이 내려앉는 것을 느꼈다. 이제 2만여 명으로 불어난 사람들은 거의 꼼짝도 하지 않고 조용히 서 있었다. 갑자기 자신이 작아진 듯한 느낌과 함께 경계심이 그녀의 머릿속을 가득 채웠다.

"오늘 밤 우린 오랫동안 우리를 보호해 준 이 시에치를 떠나 사막의 남쪽으로 가야 한다." 스틸가가 말했다. 그의 목소리가 위를 올려다보고 있는 사람들의 얼굴 위로 우렁차게 울려 퍼지면서, 바위 뒤쪽의 확성기 같은 구조물 덕분에 한층 크게 메아리쳤다.

사람들은 여전히 침묵을 지키고 있었다.

"대모님께서는 또 한 번의 **하즈라***를 이겨내실 수 없다고 말씀하신다. 우린 전에 대모님 없이도 살았던 적이 있지만, 부족이 그렇게 곤란한 상황에서 새로운 집을 찾는 것은 좋지 않은 일이다."

사람들이 비로소 동요하기 시작했다. 웅성거리는 소리와 불안감이 물결처럼 사람들 사이로 번져나갔다.

"어쩌면 그런 일이 일어나지 않을지도 모른다. 우리의 새로운 사이야디나인 신비스러운 제시카가 지금 의식에 들어가겠다고 동의했다. 그녀는 우리가 대모님의 힘을 잃어버리지 않도록 안에서 시험을 통과하려 시도할 것이다."

'신비스러운 제시카라.' 제시카는 생각했다. 의문이 가득 담긴 눈으로 자신을 바라보는 폴의 모습이 보였다. 그러나 주위의 이상한 분위기 때문인지 그의 입은 굳게 닫혀 있었다.

'내가 이 의식을 시도하다가 죽는다면 저 아이는 어떻게 될까?' 제시카는 속으로 물었다. 다시 한번 불안감이 그녀의 마음을 가득 채웠다.

챠니가 늙은 대모를 확성기 모양의 구조물 안쪽 깊숙한 곳에 있는 바위 의자로 데려다 놓고 다시 스틸가 옆으로 와서 섰다.

"신비스러운 제시카가 실패한다 하더라도 우리가 모든 것을 잃지는 않을 것이다. 리에트의 딸 챠니가 이번에 사이야디나 안에 봉헌될 것이다." 스틸가가 이 말과 함께 옆으로 한 걸음 물러났다.

확성기 모양의 구조물 깊숙한 곳에서 노파의 목소리가 울려 나왔다. 구조물 때문에 증폭된 그녀의 목소리는 엄격했고, 마음을 꿰뚫는 듯한 힘을 가지고 있었다. "챠니는 자신의 하즈라에서 돌아왔다. 챠니는 물을 보았다."

"그녀는 물을 보았다." 사람들이 속삭이듯이 응답했다.

"나는 리에트의 딸을 사이야디나에 봉헌한다." 노파가 갈라진 목소리로 말했다.

"그녀를 받아들인다." 사람들이 대답했다.

폴의 귀에는 사람들이 의식을 진행하는 소리가 거의 들어오지 않았다. 어머니와 관련된 스틸가의 말이 여전히 머릿속을 가득 채우고 있었다.

'어머니가 실패한다 하더라도?'

그는 고개를 돌려, 사람들이 대모라고 부르는 노파를 바라보며 주름투성이의 바싹 마른 얼굴과 깊이를 알 수 없는 푸른 눈을 유심히 살펴보았다. 그녀는 산들바람만 불어도 날아갈 것처럼 보였지만, **코리올리 폭풍*** 이 불어와도 흐트러지지 않은 모습으로 서 있을 듯한 분위기가 있었다. 그녀에게서는 곰 자바로 그에게 고통의 시험을 했던 가이우스 헬렌 모히암 대모와 같은 힘이 느껴졌다.

"많은 사람의 목소리로 말하는 나, 라말로 대모가 너희들에게 말하겠다. 챠니가 사이야디나에 들어가는 것은 적당한 일이다." 노파가 말했다.

"그것은 적당하다." 사람들이 대답했다.

노파가 고개를 끄덕이며 속삭였다. "나는 그녀에게 은빛 하늘과 황금빛 사막, 그리고 사막의 빛나는 바위들, 앞으로 생겨날 초록색 들판을 준다. 나는 이것들을 사이야디나 챠니에게 준다. 그리고 그녀가 우리 모두의 종임을 잊지 않도록 오늘 씨앗의 의식에서 그녀에게 힘든 임무를 맡기겠다. 샤이 훌루드의 뜻대로 이루어지기를." 그녀가 갈색 막대기 같은 팔을 들어 올렸다가 다시 내려뜨렸다.

제시카는 이 의식이 도저히 돌아설 수 없는 지점으로 자신을 몰고 가는 해류처럼 압박해 들어오는 것을 느끼며 의문으로 가득 찬 폴의 얼굴을 흘끗 바라본 다음, 시련을 맞이할 준비를 했다.

"물 감독관들은 앞으로 나오세요." 챠니가 말했다. 아직 어린데도 그녀의 목소리에는 불안감으로 인한 동요가 거의 드러나지 않았다.

이제 제시카는 자신이 위험의 중심에 서 있음을 느꼈다. 자신을 주시하고 있는 사람들과 그들의 침묵 속에 바로 그 위험이 자리 잡고 있었다.

한 무리의 남자들이 사람들 사이로 뱀처럼 구불구불하게 생겨난 길을 따라 뒤에서부터 둘씩 짝을 지어 앞으로 걸어왔다. 짝지은 사람끼리 사람 머리 크기의 두 배쯤 되는 가죽 자루를 들고 있었다. 자루에서 크게 출렁거리는 소리가 울렸다.

맨 앞에서 걸어오던 두 남자가 자루를 챠니의 발밑에 내려놓고는 뒤로 물러났다.

제시카는 자루를 바라본 다음 남자들에게 시선을 돌렸다. 그들의 두건은 뒤로 젖혀져 있어서 목 뒤에서 둥글게 말아 묶은 긴 머리가 드러나 있었다. 검은 구덩이처럼 보이는 그들의 눈이 흔들림 없는 시선으로 그녀를 마주 바라보았다.

자루에서 부드러운 계피 향기가 솟아올라 제시카가 있는 곳까지 풍겨왔다. '스파이스인가?' 그녀는 생각했다.

"물이 있습니까?" 챠니가 물었다.

그러자 콧등에 자줏빛 흉터가 있는 왼편의 물감독관이 고개를 끄덕였다. "물이 있습니다, 사이야디나. 하지만 우린 그 물을 마실 수 없습니다."

"씨앗이 있습니까?" 챠니가 물었다.

"씨앗이 있습니다." 그 남자가 말했다.

챠니가 무릎을 꿇고 출렁거리는 자루에 손을 얹었다. "물과 씨앗에 축복을 내린다."

이 의식이 왠지 친숙하게 느껴져서 제시카는 고개를 돌려 라말로 대모를 바라보았다. 그녀는 눈을 감고 잠든 것처럼 등을 구부린 자세로 앉아 있었다.

"사이야디나 제시카." 챠니가 말했다.

제시카는 고개를 돌려 자신을 올려다보고 있는 소녀를 바라보았다.

"축복받은 물을 맛본 적이 있습니까?" 챠니가 물었다.

제시카가 대답을 하기도 전에 챠니는 말을 이었다. "당신이 축복받은 물을 맛보는 것은 불가능한 일이었을 겁니다. 당신은 다른 행성의 사람이고 특권을 누리지 못했으니까요."

사람들 사이에서 한숨이 일고 옷자락이 스치는 소리가 들렸다. 그 소리에 제시카의 목덜미가 서늘해졌다.

"수확은 많았고 창조자는 죽임을 당했습니다." 챠니가 출렁거리는 자루 윗부분에 둘둘 말려 있는 대롱을 풀기 시작했다.

이제 제시카는 위험한 예감이 주위에서 소용돌이치는 것을 느꼈다. 그녀는 폴을 바라보았다. 그는 이 신비로운 의식에 사로잡혀 챠니만 바라보고 있었다.

'저 애가 시간 속에서 이 순간을 보았을까?' 제시카는 생각했다. 그녀는 한 손을 배에 얹고 그 안에 들어 있는 태어나지 않은 딸을 생각하며 자신에게 질문을 던졌다. '내게 우리 둘을 모두 위험에 빠뜨릴 권리가 있을까?'

챠니가 제시카를 향해 대롱을 들어 올리며 말했다. "여기에 **생명의 물*** 이 있습니다. 물보다 더 위대한 물. 칸, 영혼을 자유롭게 해주는 물. 만약 당신이 대모라면, 이 물이 당신에게 우주를 열어 보여줄 것입니다. 이제 샤이 훌루드의 심판에 맡기십시오."

제시카는 태어나지 않은 아이에 대한 의무와 폴에 대한 의무 사이에서 어찌해야 할지 알 수 없었다. 폴을 위한다면 그 대롱을 받아 자루 속에 들어 있는 것을 마셔야 했다. 그러나 그녀가 그 대롱을 향해 몸을 숙이는 순간, 그녀의 감각들은 위험을 경고했다.

자루 안에 들어 있는 물건에서는 그녀가 알고 있는 여러 종류의 독약과 비슷한 쓴 냄새가 났다. 그러나 독약과 다른 냄새들도 섞여 있었다.

"이제 그것을 마셔야 합니다." 챠니가 말했다.

'이제 돌이킬 수 없어.' 제시카는 자신을 타일렀다. 그러나 지금 이 순간에는 베네 게세리트로서 받은 훈련도 전혀 도움이 되지 않았다.

'이 안에 들어 있는 것이 뭘까? 술? 약?'

그녀는 대롱 위로 몸을 숙였다. 계피 냄새가 나면서 던컨 아이다호의 술 취한 모습이 생각났다. '스파이스 술인가?' 그녀는 입으로 대롱을 물고 아주 조금 액체를 빨아 올렸다. 스파이스 맛과 함께 약간 자극적인 맛이 났다.

챠니가 자루를 눌렀다. 자루 안의 액체가 제시카의 입속으로 콸콸 쏟아져 들어왔다. 그녀는 차분함과 품위를 유지하려고 애쓰며 어쩔 수 없이 액체를 삼켰다.

"작은 죽음을 받아들이는 것은 죽음 그 자체보다도 더 힘들죠." 챠니가 말했다. 그녀는 제시카를 뚫어지게 바라보며 뭔가를 기다리고 있었다.

제시카도 그녀를 마주 바라보았다. 입에는 여전히 대롱을 문 채였다. 콧속에서, 입천장에서, 뺨에서, 눈에서 자루 속에 든 액체의 맛이 느껴졌다. 그 맛은 이제 아주 자극적인 단맛으로 변해 있었다.

'차가워.'

챠니가 다시 제시카의 입속으로 액체를 콸콸 흘려보냈다.

'부드러워.'

제시카는 챠니의 장난꾸러기 요정 같은 얼굴을 유심히 살펴보았다. 아직 나이가 어려서 고정되지는 않았지만 리에트 카인즈를 닮은 구석들이 있었다.

'이 사람들이 내게 약을 먹이고 있어.'

그러나 이 약은 그녀가 지금까지 먹어본 어떤 약과도 달랐다. 베네 게 세리트 훈련에는 많은 약을 맛보는 과정이 포함되어 있었는데도 그랬다.

챠니의 얼굴이 너무나 선명하게 보였다. 마치 그녀의 얼굴에 빛이 비치고 있는 것 같았다.

'약이야.'

소용돌이치는 침묵이 제시카 주위에 자리를 잡았다. 그녀의 몸에 뭔가 엄청난 일이 일어났다는 사실을 몸 안의 모든 조직들이 받아들였다. 그녀 자신이 의식을 가진 티끌이 된 것 같았다. 그 티끌은 아원자 입자보다도 작았지만, 스스로 움직이면서 주위의 것들을 느낄 수 있었다. 누군가가 눈앞의 장막을 휙 젖혀버린 듯이 갑작스러운 계시처럼 그녀는 자신의 자아가 염력처럼 뻗어 나가는 것을 자신이 인식하게 되었음을 깨달았다. 그녀는 티끌이면서, 동시에 티끌이 아니었다.

동굴은 여전히 주위에 남아 있었다. 사람들도 마찬가지였다. 그녀는 그들을 느낄 수 있었다. 폴, 챠니, 스틸가. 라말로 대모.

'대모!'

옛날에 학교에 다닐 때 대모의 시험을 이기지 못하고 약에 목숨을 잃은 사람들이 몇 명 있다는 소문을 들은 적이 있었다.

제시카는 라말로 대모에게 의식을 집중했다. 지금 일어나고 있는 일이 모두 그녀만을 위해 얼어붙은 듯 정지해 버린 찰나 간에 일어나고 있음을 이제 그녀는 알고 있었다.

'왜 시간이 멈춘 거지?' 그녀는 주위 사람들의 얼어붙은 표정을 바라보았다. 챠니의 머리 위에 멈춰 있는 흙먼지 한 톨이 보였다.

그녀는 기다렸다.

이 순간에 대한 해답이 그녀의 의식 속으로 폭발하듯이 쏟아져 들어왔다. 그녀 개인의 시간이 그녀의 목숨을 구하기 위해 정지된 것이다.

그녀는 염력처럼 뻗어 나간 자아에 정신을 집중하고, 자신의 내부를 들여다보았다. 즉시 세포의 핵심이 그녀의 눈앞에 나타났다. 검은 구덩이 같은 그 모습에 몸이 움츠러들었다.

'저것이 우리가 볼 수 없는 곳이구나. 대모들이 그토록 언급하기를 꺼리던 장소가 여기야. 퀴사츠 해더락만이 볼 수 있는 곳.'

이 깨달음 덕분에 자신감이 조금 생겼다. 그녀는 다시 용기를 내어 염력처럼 뻗어 나간 자아에 정신을 집중하고, 티끌의 자아가 되어 자신의 내부에 위험이 존재하는지 찾아보았다.

그녀가 삼킨 약 속에서 위험이 발견되었다.

약의 입자들은 그녀의 몸속에서 춤을 추고 있었다. 그 움직임이 너무 빨라서 얼어붙은 시간도 그들의 움직임을 막지 못했다. 춤추는 입자들. 그녀는 낯익은 구조들과 원자의 결합들을 인식하기 시작했다. 여기에 탄소 원자 하나가 나선형으로 흔들리고 있고…… 포도당 분자가 있었다. 사슬처럼 이어진 분자들이 그녀 앞에 있었다. 그녀는 단백질…… 아니, 메틸단백질 배열을 알아보았다.

'아아!'

그것은 그녀가 독의 본질을 깨달은 순간 내부에서 터져 나온 소리 없는 한숨이었다.

그녀는 염력의 탐침을 이용해서 독약 내부로 들어가 산소 알갱이 하나의 위치를 바꾸고, 다른 탄소 알갱이의 결합을 허용하고 산소와…… 수소의 결합체를 다시 이어붙였다.

이 변화가 번져나갔다……. 촉매 작용으로 변화의 속도는 점점 빨라졌다.

　멈췄던 시간이 그녀를 잡고 있던 손의 힘을 풀었다. 그녀는 움직임을 느낄 수 있었다. 자루에 달린 대롱이 그녀의 입에 대어진 상태로 액체 한 방울을 부드럽게 모아들였다.

　'차니가 자루 속의 독을 변화시키기 위해 내 몸에서 나온 촉매를 가져가고 있구나. 왜지?'

　누군가가 그녀를 앉은 자세로 조심스레 바꿔주었다. 그녀는 카펫이 깔린 바위 위로 라말로 대모가 옮겨져 자기 옆에 앉혀지는 것을 보았다. 메마른 손이 그녀의 목을 만졌다.

　그녀의 의식 속으로 염력을 지닌 또 다른 티끌이 들어왔다! 제시카는 그것을 거부하려 했지만, 그 티끌은 가까이…… 가까이 몰아쳤다.

　두 개의 티끌이 닿았다.

　궁극의 일치가 이루어져 동시에 두 사람이 된 것 같은 기분이었다. 이것은 텔레파시가 아니라 의식의 공유였다.

　'이 늙은 대모와 의식을 공유하고 있어!'

　그러나 제시카는 대모가 자신을 늙었다고 생각하지 않는 것을 알았다. 두 사람이 공유하고 있는 마음의 눈앞에 어떤 환영이 펼쳐졌다. 춤추는 영혼과 상냥한 마음씨를 지닌 젊은 아가씨의 모습이었다.

　두 사람이 공유하고 있는 의식 속에서 젊은 아가씨가 말했다. "그래, 그것이 나야."

　제시카는 그 말을 겨우 받아들일 수 있었을 뿐 대답은 하지 못했다.

　"곧 모든 걸 알게 될 거야, 제시카." 마음속의 환영이 말했다.

　'이건 환각이야.' 제시카는 생각했다.

　"그렇지 않다는 걸 알고 있잖아. 이제 서둘러. 내게 저항하지 마. 시간이 별로 없어. 우린……." 마음속의 환영이 한참 말을 멈췄다가 다시 입을 열었다. "임신 중이라고 말했어야지!"

제시카는 공통의 의식 속에서 자신의 목소리가 말하고 있는 것을 발견했다. "왜?"

"이 과정이 너희 두 사람을 모두 변화시킨단 말이야! 세상에, 이를 어쩌지?"

제시카는 공통의 의식 속에 억지로 변화가 일어나는 것을 느꼈다. 그리고 마음의 눈으로 또 하나의 티끌이 존재하는 것을 보았다. 그 티끌이 정신없이 원을 그리며 이리저리 움직이고 있었다. 순수한 공포가 그 티끌에서 쏟아져 나왔다.

"이제 넌 강해져야 돼." 늙은 대모의 환영이 말했다. "네 배 속에 있는 아이가 딸이라는 걸 고맙게 생각해. 남자아이였다면 죽었을 거야. 자…… 조심스럽게, 부드럽게…… 네 딸의 존재를 만져봐. 네가 네 딸의 존재가 되는 거야. 공포를 빨아들이고…… 아이를 달래면서…… 너의 용기와 힘을 사용해 부드럽게…… 부드럽게……."

정신없이 움직이던 티끌이 폭풍처럼 가까이 다가왔다. 제시카는 억지로 그 티끌을 만졌다.

그녀를 압도해 버릴 것 같은 공포가 밀려왔다.

그녀는 자신이 알고 있는 유일한 방법을 이용해서 그 공포와 싸웠다. '나는 두려워해서는 안 된다. 두려움은 정신을 죽인다…….'

이 기도문 덕분에 마음이 조금 차분해졌다. 그녀에게 닿아 있는 티끌은 움직이지 않고 가만히 있었다.

'말로는 안 될 거야.' 제시카는 자신에게 말했다.

그녀는 자신의 자아를 기본적인 감정의 반응 수준으로 낮춰서 사랑과 위로의 감정을 발산하며 그 티끌을 보호하듯 따스하게 감싸 안았다.

공포가 물러났다.

늙은 대모의 존재가 다시 자신을 드러냈다. 이제 세 사람이 의식을 공유하고 있었다. 두 사람의 의식은 활동적이었고, 나머지 하나의 의식은 조용히 모든 것을 흡수하고 있었다.

"시간이 없어서 나도 어쩔 수 없어." 공통의 의식 속에서 대모가 말했다. "네게 줄 것이 아주 많아. 네 딸이 이 모든 것을 받아들이면서 제정신을 유지할 수 있을지는 나도 몰라. 하지만 어쩔 수 없어. 부족의 요구가 가장 중요해."

"무슨……."

"조용히 입 다물고 받아들여!"

제시카의 앞에 온갖 경험들이 펼쳐지기 시작했다. 베네 게세리트 학교에서 훈련용 잠재의식 투사기 속에 들어가 받았던 강의와 흡사했다. 그러나 속도가 훨씬 빨랐다……. 눈앞의 형체를 도저히 분간할 수 없을 정도로.

그러나…… 모든 것이 분명하게 보였다.

그녀는 각각의 경험을 분명하게 인식했다. 연인이 있었다. 턱수염을 기르고 프레멘의 눈을 가진 씩씩한 사람이었다. 제시카는 그의 힘과 부드러움을 보았다. 대모의 기억을 통해서 눈 한 번 깜짝하는 순간에 그의 모든 것을 보았다.

지금은 이 모든 일들이 배 속의 딸에게 어떤 영향을 미칠지 생각할 여유가 없었다. 그저 모든 것을 받아들이고 기록할 시간밖에 없었다. 온갖 경험들이 제시카에게 쏟아져 들어왔다. 출생, 인생, 죽음. 중요한 일과 중요하지 않은 일들. 단 한 번 스쳐 지나간 시간들이 그녀에게 쏟아져 들어왔다.

'절벽 꼭대기에서 모래가 떨어지는 광경이 왜 기억 속에 남아 있을까?' 그녀는 생각했다.

제시카는 너무 늦게서야 지금 무슨 일이 벌어지고 있는지 깨달았다. 이 늙은 여인은 죽어가고 있었다. 그리고 그렇게 죽어가면서 잔에다 물을 쏟듯이 자신의 모든 경험들을 제시카에게 쏟아넣고 있었다. 상대방 티끌이 태어나기 전의 의식 속으로 희미하게 사라져가는 것을 제시카는 지켜보았다. 늙은 대모는 잉태 상태로 돌아가 죽어가면서 한숨과도 같은 최후의 불분명한 말로 자신의 인생을 제시카의 기억 속에 남겨놓았다.

"난 너를 오랫동안 기다리고 있었다. 이것이 내 인생이야."

정말로 대모의 인생이 모두 캡슐에 싸인 것처럼 거기에 놓여 있었다.

심지어 죽음의 순간까지도.

'이젠 내가 대모가 된 거야.' 제시카는 이 사실을 깨달았다.

그리고 그녀는 보편화된 의식을 통해 자신이 진정한 의미에서 베네 게세리트의 대모라는 말이 가리키는 존재가 되었다는 사실을 알았다. 독이 든 그 약이 그녀를 변화시킨 것이다.

그녀가 알기로 베네 게세리트 학교에서는 이것과 다른 방법을 썼다. 아무도 그 수수께끼 같은 의식을 그녀에게 가르쳐주지 않았지만 그녀는 알고 있었다.

그러나 두 가지 의식의 결과는 똑같았다.

제시카는 자신의 딸인 티끌이 여전히 그녀의 내적인 의식과 접촉하고 있음을 느끼고 그 티끌을 탐색해 보았다. 그러나 응답은 없었다.

자신에게 무슨 일이 일어났는지 깨닫는 순간 무서운 고독감이 제시카의 온몸을 훑고 지나갔다. 그녀는 자신의 인생이 패턴을 만들어가는 속도가 느려지고, 그녀를 둘러싸고 있는 모든 인생의 속도는 빨라져서 그 둘 사이의 춤추는 듯한 상호 작용이 더 선명해졌음을 알았다.

티끌의 의식이 조금 희미해지고, 그 강렬함이 줄어들면서 독의 위협 때문에 긴장해 있던 몸이 풀렸다. 그러나 그녀는 다른 티끌이 여전히 존재하는 것을 느끼고 자신 때문에 그 티끌이 겪은 일에 죄책감을 느끼면서 그것과 접촉했다.

'내가 그랬어, 아직 제대로 생겨나지도 않은 불쌍한 내 작은 딸. 내가 너를 이 우주로 데려와서 무방비한 네 의식을 온갖 의식들에 노출시켰어.'

그녀가 조금 전에 그 티끌에 쏟아부었던 감정을 반사하듯이, 사랑과 위로의 감정이 그 티끌로부터 약하게 흘러나왔다.

제시카는 그 감정에 응답을 하기도 전에 아답의 기억들이 자신의 관심을 요구하고 있음을 느꼈다. 어떤 행동을 취할 필요가 있었다. 그녀는 기억 속을 더듬으며 변화된 약이 감각 속으로 스며들어 몽롱하게 만드는 바람에 자신이 하고자 하는 일이 방해받고 있음을 깨달았다.

'난 이걸 바꿀 수 있어. 이 약의 작용을 떼내서 무해한 것으로 바꿀 수 있어.' 그러나 그녀는 자신이 그런 행동을 해서는 안 된다는 것을 느꼈다. '난 지금 결합의 의식을 치르고 있는 중이야.'

순간 그녀는 자신이 해야 할 일을 깨달았다.

그녀는 눈을 뜨고 챠니가 자신의 머리 위에 들고 있는 물자루를 향해 손짓했다.

"그 물에 축복을 내렸다. 물을 섞어서 다른 사람들도 모두 변화를 경험하게 해. 사람들이 모두 축복을 나눌 수 있도록."

'촉매가 모든 걸 처리할 거야. 사람들이 저 물을 마시고 한동안 서로에 대한 의식이 넓어지는 것을 경험하게 하자. 저 약은 이제 안전해……. 대

모가 그걸 변화시켰으니까.'

그런데도 그 아닥의 기억이 여전히 그녀에게 뭔가를 요구하고 있었다. 그녀는 자신이 해야 할 일이 또 있다는 것을 깨달았다. 그러나 약 때문에 정신을 집중하기가 어려웠다.

'아아아…… 그 늙은 대모.'

"난 라말로 대모를 만났다. 그분은 돌아가셨지만 여기 남아 계신다. 의식을 통해 그녀의 기억을 명예롭게 하라."

'이런 말이 도대체 어떻게 내 입에서 나오게 된 거지?' 제시카는 생각했다.

그러나 그녀는 곧 그 말이 또 다른 기억, 즉 그녀에게 주어져 이제는 그녀의 일부가 된 인생에서 나왔다는 것을 깨달았다. 그러나 그 선물은 왠지 불완전하게 느껴졌다.

"저들이 잔치를 즐기게 해줘." 그녀의 내부에서 그 기억이 말했다. "저들은 살아가면서 쾌락을 거의 즐기지 못해. 그래, 그리고 내가 뒤로 물러나서 네 기억 속으로 쏟아져 나가기 전에 우린 서로 친해질 시간이 필요해. 벌써 나 자신이 너의 일부에 묶이는 게 느껴지는군. 아아, 네 마음속은 정말 재미있는 것들로 가득하구나. 내가 상상도 못 했던 게 아주 많아."

그녀의 마음속에서 캡슐 같은 것에 싸여 있던 기억이 제시카를 향해 스스로를 열어 보이며, 다른 대모들로 이어지는 널찍한 통로를 보여주었다. 대모들의 기억은 끝도 없이 이어져 있는 것 같았다.

제시카는 이 하나됨의 바다 속에서 자신의 존재를 잃어버릴까 봐 겁이 나서 몸을 움츠렸다. 그러나 그 통로는 사라지지 않고 제시카에게 프레멘의 문화가 그녀가 생각했던 것보다 훨씬 오래되었음을 알려주었다.

포리트린*에 살고 있는 프레멘들의 모습이 보였다. 그들은 안락한 행성에 살면서 너무 연약해져 버렸다. 그래서 제국 침략자들은 손쉽게 그들을 사냥해서 **벨라 테게우스***와 살루사 세쿤더스에 인간들의 정착지를 만들 수 있었다.

아, 그 이별의 광경 속에서 제시카가 느낀 울부짖음이라니.

통로 저 아래쪽에서 이미지로 느껴지는 목소리가 비명을 질렀다. "놈들이 우리에게 **하즈***를 금지시켰어!"

제시카는 그 마음속의 통로 아래쪽에서 벨라 테게우스에 있던 노예굴을 보았다. 사람을 잡초처럼 솎아내고 선택해서 로삭과 **하몬텝***으로 퍼뜨리는 모습도 보였다. 잔인하고 사나운 광경들이 무시무시한 꽃의 꽃잎이 열리는 것처럼 그녀에게 모습을 드러냈다. 그녀는 사이야디나들이 대를 이어서 유지해 온 과거의 가닥을 보았다. 처음에는 사막의 노래 속에 숨겨져 구전으로만 전해지다가 로삭에서 독이 든 약을 발견한 후엔 대모들을 통해 좀더 세련된 형태로 전해 내려오…… 이제 생명의 물을 발견한 덕분에 아라키스에서 신비로운 힘으로 발전해 나가고 있었다.

마음속의 통로 아래쪽에서 또 다른 목소리가 비명을 질렀다. "절대로 용서하지 마! 절대로 잊지 마!"

그러나 제시카는 생명의 물의 발견에 주의를 집중해서, 그 물이 어디서 얻어진 것인지 알아냈다. 모래벌레, 창조자가 죽어가면서 뱉어놓은 액체가 바로 생명의 물이었다. 그녀는 자신의 새로운 기억 속에서 창조자를 죽이는 광경을 보면서 놀라움을 억눌렀다.

사람들이 창조자를 익사시키고 있었다!

"어머니, 괜찮으세요?"

폴의 목소리가 그녀의 의식을 침범했다. 제시카는 내면의 의식에서 힘겹게 빠져나와 폴을 올려다보았다. 그녀는 자신이 폴에 대해 의무가 있음을 의식하면서도, 그의 존재에 화가 났다.

'난 마치 오랫동안 손이 마비되어 있었던 사람 같아. 의식이 처음 생겨났을 땐 아무런 감각이 없다가 어느 날 갑자기 감각을 느끼는 능력을 강제로 주입당한 사람 같아.'

그녀의 머릿속에 남아 있는 이 생각이 모든 것을 에워싸는 의식이 되었다.

'그리고 나는 이렇게 말하겠지. '봐요! 나한텐 손이 하나도 없어요!' 그러면 주위 사람들이 모두 내게 이렇게 말할 거야. '손이 뭔데?''

"괜찮으세요?" 폴이 같은 말을 되풀이했다.

"그래."

"내가 마셔도 괜찮아요?" 폴이 챠니의 손에 들린 자루를 가리키면서 말을 이었다. "사람들이 저더러 마시라고 하거든요."

그녀는 그의 말 속에 숨겨진 의미를 알았다. 폴은 변화되지 않은 채 원래 자루 속에 있던 액체에서 독을 감지했기 때문에 그녀를 걱정하고 있었다. 순간 제시카는 폴의 예지력이 지닌 한계가 궁금했다. 그의 질문이 그녀에게 많은 것을 알려주고 있었다.

"마셔도 돼. 지금은 변했으니까." 그녀가 말했다. 그리고 그녀는 폴 뒤에서 자신을 내려다보고 있는 스틸가를 바라보았다. 그의 어두운 눈이 그녀를 유심히 살펴보고 있었다.

"이제 우리는 당신이 절대로 가짜일 리가 없다는 걸 알게 되었습니다." 그가 말했다.

그녀는 그의 말 속에도 의미가 숨어 있음을 느꼈다. 그러나 약 때문에 몽롱해진 정신이 그녀의 모든 감각을 압도했다. 아주 따뜻하고 편안한 느낌이었다. 그녀를 동료로 받아들여 이런 경험을 나누게 해준 프레멘들은 정말 친절한 사람들이었다.

폴은 약이 어머니를 점령하기 시작하는 것을 보았다.

그는 기억 속을 더듬어 이미 고정되어 버린 과거와 앞으로 다가올지 모르는 미래의 흐름들을 뒤졌다. 그것은 정지된 순간들을 검색하는 것 같아서 내면의 눈이 혼란해졌다. 흐름 속에서 떼어 온 조각들의 의미를 이해하기가 어려웠다.

약에 대한 지식을 끌어모아 보니, 그 약이 어머니에게 어떤 영향을 미치고 있는지 이해할 수 있었다. 그러나 그 지식에는 자연스러운 리듬과 서로를 반영하는 체계가 결여되어 있었다.

그는 현재를 점령하고 있는 과거를 보는 것도 중요하지만, 예지력의 진정한 시금석은 바로 미래 속에서 과거를 보는 것이라는 사실을 갑작스레 깨달았다.

모든 것이 실제로는 겉과 다른 모습을 하고 있었다.

"마셔." 챠니가 말했다. 그녀가 물자루에 달린 뿔 모양의 대롱을 그의 코 밑에서 흔들었다.

폴은 몸을 똑바로 펴면서 챠니를 바라보았다. 축제 때 같은 흥분이 주위에 퍼져 있는 것을 느낄 수 있었다. 그는 자신에게 변화를 가져다준 스파이스 추출액이 들어 있는 저 약을 마시면 어떤 일이 벌어질지 잘 알고 있었다. 시간이 공간으로 변하는 순수한 시간의 환영을 다시 보게 될 것이다. 그리고 그 환영은 그를 현기증이 날 정도로 높은 곳에 올려놓고 그에게 이해해 보라고 요구할 것이다.

챠니의 뒤에서 스틸가가 말했다. "마셔라. 너 때문에 의식이 지연되고 있어."

폴은 사람들의 소리에 귀를 기울였다. 그들의 목소리에서 거친 흥분이 느껴졌다. "리산 알 가입." 그들이 말했다. "무앗딥!" 그는 어머니를 내려다보았다. 그녀는 앉은 채로 평화롭게 잠든 것 같았다. 숨소리가 고르고 깊었다. 그만이 알고 있는 고독한 과거가 되어버린 미래에서 들은 한 구절이 머릿속에 떠올랐다. '그녀는 생명의 물 안에서 자고 있다.'

챠니가 그의 소매를 잡아당겼다.

폴은 사람들이 소리치는 것을 들으며 대롱을 입에 넣었다. 챠니가 자루를 누르자 액체가 목 안으로 콸콸 넘어가는 것이 느껴졌다. 그 독기 때문에 현기증이 났다. 챠니가 대롱을 치우고, 아래쪽에서 손을 벌리고 있는 사람들에게 자루를 넘겨주었다. 폴은 그녀의 팔과 애도의 의미로 그곳에 매어진 초록색 스카프에 시선의 초점을 맞췄다.

챠니는 몸을 똑바로 펴다가 폴이 자신의 스카프를 응시하고 있는 것을 보았다. "난 물의 행복 속에서도 아버지의 죽음을 슬퍼할 수 있어. 이것도 아버지가 우리에게 준 거야." 그녀는 폴의 손에 자신의 손을 얹고 바위 위에서 그를 잡아끌었다. "우린 한 가지 점에서는 똑같아, 우슬. 우린 둘 다 하코넨에게 아버지를 잃었어."

폴은 그녀의 뒤를 따라갔다. 머리가 몸에서 분리되었다가 이상한 모양으로 다시 붙은 느낌이었다. 자신의 다리가 멀고 흐물흐물하게 느껴졌다.

두 사람은 측면에 난 좁은 통로로 들어갔다. 간격을 두고 설치된 발광구 불빛이 통로의 벽을 어렴풋하게 비추고 있었다. 폴은 약을 먹었을 때 자신에게만 나타나는 독특한 효과가 나타나면서 시간이 꽃봉오리처럼 벌어지는 것을 느꼈다. 챠니에게 이끌려 그림자 속에 잠긴 또 다른 터널을 통과하면서 그는 균형을 잃지 않기 위해 챠니에게 몸을 기대야 했다. 그녀의 옷 밑으로 느껴지는, 노끈의 매듭처럼 단단하고 부드러운 그녀의 몸이 그의 피를 휘저어놓았다. 그 감각은 약의 효과와 뒤섞여 미래와 과거를 현재 속으로 접어 넣어 버렸다. 그가 과거, 현재, 미래에 초점을 맞출 여유가 조금밖에 남지 않았다.

"난 널 알아, 챠니. 우린 모래 위의 바위에 앉아 있던 적이 있어. 그때 난 무서워하는 널 달래주었지. 우린 시에치의 어둠 속에서 서로를 쓰다 듬은 적이 있어. 우린……." 그는 자신이 점점 초점을 잃어가고 있음을 깨닫고 고개를 흔들려고 하다가 휘청거렸다.

챠니가 그를 부축하며 두꺼운 장막을 지나 노란빛으로 빛나는 따스한 개인용 거처로 그를 이끌었다. 나지막한 탁자들, 쿠션, 오렌지색 이불에 덮인 요가 있었다.

폴은 자신들이 걸음을 멈췄으며, 챠니가 자신을 마주 보며 서 있고, 그 녀의 눈에 말없는 두려움이 떠올라 있음을 천천히 인식했다.

"말해 줘." 그녀가 속삭였다.

"넌 **시하야***야. 사막의 샘."

"부족이 생명의 물을 나누면 우린 모두 함께 있는 거야. 우린…… 함께 나누는 거야. 난…… 다른 사람들이 함께 있는 걸 느낄 수 있어. 하지만 너하고는 그걸 나누기가 겁이 나."

"왜?"

그는 그녀에게 초점을 맞추려고 했다. 그러나 과거와 미래가 현재 속 으로 녹아들면서 그녀의 모습이 흐려져버렸다. 그는 셀 수 없이 다양한 상황 속에서 셀 수 없이 다양한 모습을 한 그녀를 보고 있었다.

"너한테는 뭔가 무서운 게 있어. 내가 널 데리고 나온 건…… 다른 사 람들이 뭘 원하는지 느낄 수 있었기 때문이야. 넌…… 사람들에게 압박 을 가해. 너 때문에…… 우리도 이상한 것들을 보게 된다고!"

그는 분명한 발음으로 말하려고 무척 애를 썼다. "넌 뭘 보는데?"

그녀는 자신의 손을 내려다보았다. "아이가 보여…… 내 품 안에. 우리 아기야. 너와 나의 아기." 그녀가 손으로 입을 가리며 말을 이었다. "내가 어떻게 너의 모든 면을 알고 있는 거지?"

'이 사람들에게도 약간의 재능이 있어. 하지만 이 사람들은 무서워서 그 재능을 억누르고 있어.' 그의 머리가 그에게 알려주었다.

순간적으로 정신이 명료해졌을 때 그는 챠니가 몸을 떨고 있는 것을 보았다.

"넌 지금 무슨 말을 하고 싶어?" 그가 물었다.

"우슬." 그녀가 속삭였다. 그녀의 몸이 여전히 떨렸다.

"미래 속으로 뒷걸음질을 칠 수는 없어." 그가 말했다.

그녀에 대한 깊은 연민의 감정이 폴의 온몸을 훑고 지나갔다. 그는 그녀를 끌어안고 머리를 쓰다듬어 주었다. "챠니, 챠니, 두려워하지 마."

"우슬, 날 도와줘." 그녀가 소리쳤다.

그녀가 말을 하는 순간 그는 자신의 내부에서 약이 모든 작용을 완벽하게 마쳤음을 느꼈다. 약이 장막을 찢어버리자 멀리서 어두운 혼란에 잠겨 있는 자신의 미래가 보였다.

"왜 그렇게 말이 없는 거야?" 챠니가 말했다.

그는 시간의 의식 속에 잔뜩 긴장한 채, 시간이 이상한 차원 속으로 늘어나 섬세하게 균형을 유지하면서도 소용돌이치고, 가느다랗지만 수많은 세계와 힘을 그러모으는 그물처럼 퍼져나가는 모습을 바라보았다. 그것은 그가 걸어야 하는 팽팽한 줄이었지만, 그가 그 위에서 균형을 유지하고 있는 시소이기도 했다.

한편에서 그는 제국을 볼 수 있었다. 페이드 로타라는 이름의 하코넨 가문 사람이 무시무시한 칼날처럼 그를 향해 번쩍 나타났다가 사라졌다. 분노에 차서 자신들의 행성을 떠난 사다우카는 아라키스에 학살을 퍼뜨렸다. 조합이 그것을 묵인하면서 음모를 꾸미고, 베네 게세리트는 선택적인 유전자 교배 프로그램을 계속 진행했다. 그들은 그의 지평선 위에 폭풍을 몰고 오는 구름처럼 잔뜩 몰려 있었으며, 그들을 붙들어두고 있는 것은 바로 프레멘과 그들의 무앗딥이었다. 무앗딥은 우주 전역에 걸친 광폭한 지하드를 위해 언제라도 뛰어나갈 준비를 한 채 잠들어 있는 거대한 프레멘이었다.

폴은 자신이 전체 구조물이 돌아가는 회전축의 중심에서 약간의 행복을 느끼며 가느다란 평화의 줄 위를 걷고 있는 것을 느꼈다. 챠니가 그의 곁에 있었다. 그 줄은 그 앞으로 계속 뻗어 있었다. 그것은 숨겨진 시에치에서 보내는 비교적 조용한 시간, 폭력의 시기들 사이에 자리잡은 평화의 순간이었다.

"다른 곳에서는 평화를 느낄 수 없어." 그가 말했다.

"우슬, 너 울고 있어. 우슬, 나의 힘, 지금 죽은 자에게 수분을 주고 있는 거야? 누구의 죽은 자에게?"

"아직 죽지 않은 사람들에게 주는 거야."

"그럼 그들이 인생 최고의 시간을 누리게 해줘." 그녀가 말했다.

그는 약 때문에 몽롱한 가운데 그녀의 말이 정말 옳다는 것을 느끼고 세차게 그녀를 끌어안았다. "시하야!"

그녀가 그의 뺨에 손바닥을 올려놓았다. "난 이제 두렵지 않아, 우슬. 날 봐. 네가 날 이렇게 안으면 네가 보는 걸 나도 볼 수 있어."

"지금 뭐가 보여?" 그가 물었다.

"폭풍과 폭풍 사이의 조용한 시간에 우리가 서로에게 사랑을 주는 게 보여. 그것이 우리의 운명이야."

약의 효과가 다시 그를 사로잡았다. '네가 내게 위로와 망각을 준 것이 몇 번이나 되는지.' 그는 선명한 시간의 영상과 함께 모든 것이 지나치게 환해지는 것을 다시 한번 느꼈다. 그리고 미래가 기억으로 바뀌는 것을 느꼈다. 육체적인 사랑의 다정한 부끄러움, 자아의 공유와 영적인 교감, 부드러움과 난폭함으로.

"강한 사람은 너야, 챠니. 내 곁에 있어줘." 그가 중얼거렸다.

"언제나 네 곁에 있을게." 그녀가 그의 뺨에 입을 맞췄다.

◇✖✖✖◇

어떤 여자도 어떤 남자도 어떤 아이도 내 아버지와 깊고 친밀한 관계를 나눈 적이 없다. 패디샤 황제와 그나마 편안한 우정에 가장 가까운 관계를 맺은 것은 어린 시절부터의 친구인 하시미르 펜링 백작이었다. 펜링 백작의 우정이 어느 정도였는가는 우선 긍정적인 면에서 찾을 수 있다. 아라키스 사건 이후 그가 랜드스라드의 의심을 진정시킨 것이 바로 그것이다. 그때 스파이스를 뇌물로 바치는 데 10억 솔라리 이상이 들었다고 어머니는 말씀하셨다. 스파이스 외에 다른 선물들도 있었다. 여자 노예, 황실의 훈장, 상징적인 지위 같은 것들이었다. 백작의 우정에 대한 두 번째의 중요한 증거는 부정적이다. 그는 한 남자를 죽이는 것을 거부했다. 그가 그 남자를 죽일 수 있는 능력을 갖고 있었고, 아버지가 그를 죽이라고 명령을 했는데도. 이것에 대해서는 곧 얘기하겠다.

—이룰란 공주의 『펜링 백작의 프로필』

블라디미르 하코넨 남작은 개인 거처에서 나와 통로를 따라 사납게 걸어가며 높은 창문에서 쏟아져 내리는 늦은 오후의 햇살을 획획 지나쳤다. 격렬한 움직임 때문에 그의 몸뚱이가 반중력 장치 속에서 출렁이고 뒤틀렸다.

그는 주방을 지나고 도서관을 지나고 작은 응접실을 지나, 저녁의 느슨함이 벌써 자리잡은 하인용 대기실로 돌진해 들어갔다.

경호대장 이아킨 네푸드가 맞은편 긴 의자 위에 쪼그리고 앉아 있었다. 그의 납작한 얼굴은 세무타로 인해 멍청하고 황홀한 표정이었고, 기분 나쁘게 울부짖는 듯한 세무타 음악이 주위를 감싸고 있었다. 근처에는 그의 부하들이 명령을 기다리며 앉아 있었다.

"네푸드!" 남작이 고함을 질렀다.

방 안의 사람들이 허둥지둥 움직였다.

네푸드가 자리에서 일어섰다. 마약 덕분에 침착한 표정이긴 했지만, 약간 창백하게 질린 안색이 그가 겁내고 있음을 알려주었다. 세무타 음악은 이미 멈춘 상태였다.

"남작님." 네푸드가 말했다. 그의 목소리가 떨리지 않는 것은 순전히 세무타 덕분이었다.

남작은 주위에 늘어선 얼굴들을 쭉 둘러보았다. 그들은 침착한 표정을 지으려고 필사적으로 노력하고 있었다. 남작이 다시 네푸드에게 시선을 돌리며 비단같이 부드러운 어조로 말했다.

"네가 내 경호대 대장이 된 지 얼마나 됐지, 네푸드?"

네푸드가 마른침을 삼켰다. "아라키스 이후로, 남작님, 거의 2년이 됐습니다."

"항상 내 신변의 위험에 미리 대처했나?"

"제가 생각하는 일은 오로지 그것뿐이었습니다, 남작님."

"그럼 페이드 로타는 어디 있어?" 남작이 고함을 질렀다.

네푸드의 몸이 움츠러들었다. "예?"

"페이드 로타가 내 신변에 대한 위험 요소라는 생각은 없나 보지?" 남작의 목소리는 다시 비단결처럼 바뀌어 있었다.

네푸드는 혀로 입술을 축였다. 세무타 때문에 멍해 있던 그의 눈이 조금 정상을 되찾았다. "페이드 로타 님은 노예 숙소에 있습니다, 남작님."

"또 여자들과 있단 말이지?" 남작은 분노를 참느라 몸을 부르르 떨었다.

"각하, 도련님은……."

"시끄러워!"

남작이 대기실 안쪽으로 한 발짝 더 내디뎠다. 사람들이 물러서면서 네푸드 주위에 묘한 공간을 남겨두는 것이 눈에 띄었다. 남작이 분노하는 대상과 자신들을 분리하려는 짓이었다.

"남작 후계자가 어디에 있는지 항상 정확하게 파악해 두라고 내가 네놈에게 명령했지?" 남작이 물었다. 그리고 한 발짝 더 앞으로 다가섰다. "남작 후계자가 하는 말을 항상 정확하게 파악해 두라고 네놈에게 일렀다. 누구에게 그런 말을 하는지도." 그가 다시 한 발짝 더 다가왔다. "녀석이 여자 노예들의 숙소로 갈 때마다 나한테 알리라고도 했고."

네푸드는 마른침을 삼켰다. 그의 이마에 땀방울이 송골송골 맺혔다.

남작이 억양이 거의 없는 단조로운 목소리로 말했다. "내가 분명히 네게 이렇게 지시했을 거다."

네푸드는 고개를 끄덕였다.

"그리고 노예 소년들을 내게 보낼 때 네가 '직접' 그 녀석들을 확인해야 한다고 분명히 말했지."

네푸드가 다시 고개를 끄덕였다.

"그럼 오늘 밤에 내 방으로 보낸 아이의 허벅지에서 혹시 무슨 흠 같은 걸 보지 못했나? 혹시 네가……."

"백부!"

남작은 휙 돌아서서 문간에 서 있는 페이드 로타를 노려보았다. 조카가 지금 여기 있다는 것, 그리고 서둘러 달려온 기색을 채 감추지 못하고 있다는 것은 그가 남작을 겨냥한 자기만의 정보원 조직을 갖고 있음을 알려주었다.

"내 방에 시체가 있으니 치워라." 남작이 말했다. 그는 옷 밑에 있는 발 사용 무기에서 손을 떼지 않은 채 자신의 방어막이 최고급품이어서 다행이라고 생각했다.

페이드 로타가 오른쪽 벽에 서 있는 두 명의 경비병들을 향해 고개를 끄덕였다. 경비병들은 서둘러 문밖으로 나가 남작의 개인 거처로 향했다.

'저 두 놈도? 아, 이 어린 괴물 녀석은 음모에 대해 아직도 배울 게 많아!'

"노예 숙소에서 소란을 피운 건 아니겠지, 페이드." 남작이 말했다.

"전 노예 감독과 **케옵스***를 하고 있었습니다." 페이드 로타가 말했다.

'어쩌다 일이 잘못된 거지? 우리가 백부에게 보낸 아이는 틀림없이 죽임을 당한 모양인데. 하지만 그 애는 그 일에 딱 맞는 애였어. 하와트도 그보다 더 나은 애를 고를 수는 없었을 거야. 그 애는 완벽했다고!'

"피라미드 체스를 했단 말이지. 잘했구나. 네가 이겼느냐?"

"제가…… 음. 예, 이겼습니다, 백부." 페이드 로타는 불안한 기색을 감추려고 애썼다.

남작이 손가락을 퉁겼다. "네푸드, 내 총애를 다시 받고 싶나?"

"각하, 제가 무엇을 잘못했습니까?" 네푸드가 떨리는 목소리로 말했다.

"그건 지금 중요하지 않아. 페이드가 케옵스에서 노예 감독을 이겼다는군. 들었나?"

"예…… 각하."

"부하 세 명을 데리고 노예 감독에게 가서 목을 졸라 죽여라. 그리고 시체를 내게 가지고 와. 네가 일을 제대로 처리했는지 확인해야 하니까.

그렇게 체스를 못하는 자를 이곳에 둘 수는 없지."

페이드 로타가 창백하게 질린 얼굴로 한 발짝 다가섰다. "하지만 백부, 저는……."

"나중에, 페이드." 남작이 손을 저으면서 말했다. "나중에."

노예 소년의 시체를 치우러 남작의 거처로 갔던 경비병 두 명이 자루처럼 축 늘어진 시체를 맞잡아 들고 비틀거리는 걸음으로 대기실 문 앞을 지나갔다. 소년의 양팔이 땅에 끌렸다. 남작은 그들이 시야에서 사라질 때까지 지켜보았다.

네푸드가 남작 옆으로 다가서면서 말했다. "노예 감독을 지금 당장 죽일까요, 남작님?"

"그래, 지금. 그리고 일이 끝나면 방금 여길 지나간 두 놈도 목록에 포함시켜. 놈들이 시체를 운반하는 모양이 마음에 안 드니까. 저런 일은 깔끔하게 처리해야 하는데 말이야. 놈들의 시체도 내 눈으로 직접 확인하겠다."

네푸드가 말했다. "남작님, 혹시 제가……."

"주인 명령대로 해." 페이드 로타가 말했다. '이제 이 일에서 나만이라도 무사히 빠져나오기를 바라는 수밖에 없어.'

'좋았어! 저 애가 손해를 최소화하는 방법을 알고 있군.' 남작은 속으로 미소를 지으면서 계속 생각했다. '내 마음에 드는 행동이 무엇인지, 내 분노가 자기에게 떨어지지 않게 하려면 어떻게 행동해야 할지도 알고. 저 애는 내가 자기를 살려둘 수밖에 없다는 걸 알아. 내가 이 세상을 뜨면 내가 쥐고 있던 고삐를 받아 쥘 사람이 저 아이 말고 또 누가 있겠나? 내 주위에는 저 애만큼 능력 있는 사람이 없으니. 하지만 아직 저 애는 배울 게 많아! 그리고 저 애가 배우는 동안 난 내 목숨을 보존해야 해.'

네푸드가 부하들에게 신호를 보내며 그들과 함께 방을 나갔다.

"나랑 같이 내 방으로 가지 않겠느냐, 페이드?" 남작이 물었다.

"명령만 내리십시오." 페이드 로타가 말했다. 그는 고개를 숙여 절하면서 생각했다. '들켰네.'

"네가 앞장서라." 남작이 문을 향해 손짓했다.

페이드 로타는 눈치챌 수도 없을 만큼 아주 잠깐 주저했을 뿐 두려워하는 기색은 드러내지 않았다. '내가 완전히 실패한 걸까? 백부는 내 등에 독 칼을 찔러 넣을 생각일까……. 방어막을 통과하기 위해 아주 천천히? 백부가 나 말고 후계자로 점찍어 놓은 사람이 있는 걸까?'

'저 아이가 이 공포의 순간을 똑똑히 경험하게 해야지. 저 애는 내 뒤를 잇겠지만, 그때를 정하는 건 나야. 내가 이룩해 놓은 걸 저 애가 내다 버리는 꼴을 볼 수는 없어!' 남작은 조카의 뒤를 따라 걸어가며 생각했다.

페이드 로타는 지나치게 빨리 걷지 않으려고 애썼다. 등의 피부가 근질근질하며 오싹해졌다. 백부가 언제 칼을 휘두를지 몰라 몸이 긴장하고 있는 것 같았다. 근육이 잔뜩 긴장했다 풀어지기를 반복했다.

"아라키스의 최근 소식을 들었느냐?" 남작이 물었다.

"아뇨, 백부."

페이드 로타는 뒤를 돌아보고 싶은 것을 간신히 참았다. 그는 복도 모퉁이를 돌아 하인들 구역을 벗어났다.

"프레멘들 사이에 새로운 예언자인지, 종교 지도자인지가 나타났다고 하더군. 프레멘들은 그를 '무앗딥'이라 부른다고 들었다. 아주 재미있는 이름이지. '생쥐'라는 뜻이니까. 난 라반에게 그들의 종교를 내버려두라고 했다. 그러면 그놈들이 다른 일에 신경 쓰지 않을 테니."

"재미있군요, 백부." 페이드 로타가 말했다. 그는 백부의 거처로 통하는 개인용 복도로 접어들면서 생각했다. '백부가 지금 종교에 대해 이야기하는 이유가 뭐지? 나한테 뭔가 살짝 암시를 하려는 건가?'

"그래, 재미있지." 남작이 말했다.

두 사람은 남작의 거처로 들어가 개인 응접실을 거쳐 침실로 들어갔다. 미세한 몸싸움의 흔적들이 그들을 맞이했다. 원래 자리에서 벗어난 반중력 램프, 바닥에 떨어져 있는 침대 쿠션, 침대 탁자 위에 흩어져 있는 위안용 필름.

"영리한 계획이었다." 남작이 말했다. 그는 방어막의 강도를 계속 최고로 유지하면서 걸음을 멈춰 조카를 똑바로 바라보았다. "하지만 충분히 영리하진 않았어. 말해 봐라, 페이드. 왜 직접 날 공격하지 않은 거냐? 너한텐 그럴 기회가 충분히 있었는데."

페이드 로타는 반중력 의자 하나를 찾아내 백부의 허락도 구하지 않은 채 거기 앉으면서 아무렇지 않은 척하는 데 성공했다.

'이제 대담해져야 해.' 그는 생각했다.

"제 손이 항상 깨끗해야 한다고 가르쳐준 건 백부님입니다."

"아, 그랬지. 네가 황제와 대면하게 되었을 때, 네가 그 행동을 하지 않았다고 진심으로 말할 수 있어야 하니까. 황제의 옆에 붙어 있는 그 마녀는 네 말을 듣고 그게 진실인지 거짓인지 가려낼 수 있거든. 그래, 내가 너에게 그런 경고를 한 것은 사실이다."

"왜 백부께선 베네 게세리트 마녀를 사들이지 않았습니까?" 페이드 로타가 물었다. "진실을 말하는 자가 옆에 있으면……."

"내 취향을 알면서 그런 소리를 하는 거냐!" 남작이 쏘아붙였다.

페이드 로타가 그를 유심히 바라보며 말했다. "그래도 베네 게세리트는 가치가……."

"난 그년들을 믿지 않아!" 남작이 고함을 질렀다. "말 돌리는 짓은 그만해!"

페이드 로타가 온화한 목소리로 말했다. "그러지요, 백부."

"몇 년 전 경기장에서의 일을 기억하고 있다. 그날 노예를 이용해서 널 죽이려는 음모가 있었던 것처럼 보였지. 정말로 그게 음모였느냐?"

"너무 오래전 일이라서요, 백부. 어쨌든 저는……."

"말을 피하지 않았으면 좋겠군." 남작이 말했다. 힘이 잔뜩 들어간 목소리가 그가 화를 억누르고 있음을 말해 주었다.

페이드 로타는 그를 바라보며 생각했다. '백부는 진실을 알고 있어. 그렇지 않으면, 묻지 않았을 거야.'

"그건 연극이었습니다, 백부. 백부의 노예 감독에게 의심이 돌아가도록 제가 꾸민 일이었어요."

"아주 영리해. 용감하기도 하고. 그 노예 검투사는 정말로 너를 죽일 뻔했지?"

"네."

"네가 그런 용기에 걸맞은 세련미와 교활함을 갖고 있다면, 진정한 무적의 존재가 될 거다."

남작은 고개를 저었다. 그리고 아라키스에서의 그 끔찍한 날 이후 몇 번이나 그랬던 것처럼, 멘타트 파이터를 잃은 것이 유감스럽다고 생각했다. 파이터는 악마처럼 교활하고 섬세한 사람이었다. 그러나 그런 재능도 그의 목숨을 구해 주지는 못했다. 남작은 다시 한번 고개를 가로저었다. 운명의 여신이 하는 일은 때로 정말 이해할 수가 없었다.

페이드 로타는 침실 안을 둘러보며 몸싸움의 흔적을 유심히 살폈다. 자기들이 그토록 정성 들여 준비한 그 노예를 백부가 어떻게 제압했는지 모르겠다는 생각이 들었다.

"내가 그를 어떻게 제압했는지 궁금한 거냐?" 남작이 물었다. "아, 페이드. 내 늙은 목숨을 부지하려면 무기를 몇 개 가지고 있어야지. 이번일을 기회로 우리가 흥정을 하는 것이 좋겠구나."

페이드 로타는 남작을 뚫어지게 바라보았다. '흥정이라고! 그렇다면나를 계속 후계자로 놔둘 것이 확실하군. 그렇지 않다면 흥정할 이유가없잖아. 사람은 자기와 동등하거나 거의 동등한 사람하고만 흥정을 하는 법이야!'

"흥정이라니요, 백부?" 페이드 로타는 마음속을 가득 채우고 있는 흥분을 조금도 드러내지 않고 계속 차분하고 이성적인 목소리를 낼 수 있는 자신이 대견했다.

남작도 페이드 로타가 흥분을 억제하고 있음을 알아차렸다. 그가 고개를 끄덕이며 말했다. "넌 좋은 자질을 갖추고 있다, 페이드. 난 자질 있는 사람들을 낭비하지 않아. 하지만 넌 너에게 있어 나의 진정한 가치를 배우려고 하지 않아. 고집이 너무 센 거지. 네게 가장 가치 있는 사람이 바로 나이고 그렇기 때문에 계속 살려두어야 한다는 걸 모르다니. 이건……." 그가 침실 안에 널려 있는 몸싸움의 흔적들을 가리키며 말을 이었다. "이건 바보 같은 짓이었다. 난 그런 짓에는 보상을 내리지 않아."

'빨리 본론이나 말해, 이 늙은 바보야!' 페이드 로타는 생각했다.

"넌 나를 늙은 바보로 생각하고 있지. 하지만 그 생각을 버려야 한다."

"흥정을 하자고 말씀하셨지 않습니까."

"아, 어린 놈들은 항상 이렇게 성급하다니까. 좋다, 그럼 흥정의 알맹이를 말해 주지. 넌 내 목숨을 노리는 이런 바보짓을 그만둬야 한다. 그리고 난 네가 준비가 되었을 때 자리에서 물러나겠다. 자문의 자리로 물러나서 네게 권력의 자리를 넘겨주겠어."

"물러난다고요, 백부?"

"넌 아직도 나를 바보로 생각하는구나. 지금 네 태도가 그걸 증명하고 있어. 내가 지금 너한테 간청하는 것 같은가! 조심해라, 페이드. 이 늙은 바보는 네가 그 노예 녀석의 허벅지에 방어막을 입혀 심어놓은 바늘을 알아챈 사람이야. 내 손이 놓일 바로 그 자리에 심어놓았지? 조금만 압력을 가하면 그냥, 찰칵! 이 늙은 바보의 손에 독바늘이 꽂히는 거지! 아아, 페이드……."

남작은 고개를 가로저으며 생각했다. '어쩌면 저놈의 계획이 성공했을지도 몰라. 하와트가 미리 경고를 해주지 않았다면 말이지. 저 아이에게는 내가 직접 음모를 알아챈 것으로 해둬야지. 어떤 의미에서는 사실이니까. 아라키스의 폐허에서 하와트를 구해 낸 사람이 바로 나잖아. 그리고 이 아이는 내 능력에 좀더 존경심을 가질 필요가 있어.'

페이드 로타는 말없이 앉아 속으로 온갖 생각을 하고 있었다. '지금 백부의 말이 진심일까? 백부가 정말로 물러날 생각을 하고 있는 걸까? 그러지 않을 이유도 없잖아? 내가 조심스럽게 움직이기만 하면 언젠가는 분명히 그의 뒤를 이을 거야. 백부가 영원히 살 수는 없어. 어쩌면 서두르려고 했던 것이 바보짓이었는지도 몰라.'

"백부께선 흥정을 하자고 하셨습니다. 그 흥정을 위해 서로 어떤 서약을 해야 합니까?"

"우리가 어떻게 서로를 믿을 수 있겠느냐, 그렇지? 페이드, 너에 대해서는 내가 투피르 하와트를 감시자로 붙여놓겠다. 이런 일에서는 멘타트로서 하와트의 능력을 믿으니까. 내 말 이해하겠느냐? 그리고 나에 대해서는 네가 나를 믿는 수밖에 없지. 하지만 내가 영원히 살 수는 없어.

그렇지 않으냐, 페이드? 내가 아는 것 중에 네가 반드시 알아야 하는 것이 있을지도 모른다는 생각을 너도 지금쯤은 하고 있을 테지."

"제가 백부께 저의 맹세를 드린다면, 백부는 제게 무얼 주시겠습니까?"

"네가 목숨을 부지할 수 있게 해주겠다."

페이드 로타는 다시 한번 그를 유심히 살펴보았다. '하와트를 내 감시자로 붙여놓겠다고! 백부의 노예 감독을 없애버린 검투사 계획을 하와트가 짰다고 말하면 뭐라고 할까? 내가 하와트를 헐뜯으려고 거짓말한다고 하겠지. 아냐, 투피르는 멘타트니까 이런 순간을 예상했을 거야.'

"그래, 어떻게 하겠느냐?" 남작이 물었다.

"제가 할 말이 뭐가 있겠습니까. 물론, 받아들이는 수밖에요."

'하와트! 그가 중간에서 우리 둘을 가지고 놀고 있어…… 정말 그런 걸까? 내가 노예 녀석을 이용한 계획에 대해 그의 자문을 구하지 않았다는 이유로 백부 편이 되어버린 걸까?'

"하와트를 감시자로 붙이겠다는 얘기에 대해서 넌 아직 아무 말도 하지 않았다." 남작이 말했다.

분노 때문에 페이드 로타의 콧구멍이 벌름거렸다. 하코넨 가문에서는 벌써 몇 년 전부터 하와트의 이름이 위험을 의미하는 신호가 되어 있었다……. 그리고 이제는 '여전히 위험하다'는 새로운 의미가 생겼다.

"하와트는 위험한 장난감입니다." 페이드 로타가 말했다.

"장난감! 바보 같은 소리. 난 내가 하와트에게서 무엇을 얻을 수 있는지 그리고 그것을 어떻게 통제하는지 알고 있다. 하와트는 깊은 감정을 갖고 있어, 페이드. 감정이 없는 사람이야말로 두려워해야 할 대상이지. 하지만 깊은 감정이 있는 사람은……. 아, 그런 사람들은 필요에 따라 얼마든지 굴복시킬 수 있다."

"백부, 무슨 말씀이신지 이해를 못 하겠군요."

"그래, 분명히 그래 보이는군."

분노가 페이드 로타의 몸을 훑고 지나갔지만, 그는 눈꺼풀을 파르르 떠는 것 말고는 분노를 내색하지 않았다.

"그리고 넌 하와트도 이해하지 못하고 있어."

'그건 당신도 마찬가지야!'

"하와트가 지금과 같은 처지에 빠지게 된 원인으로 누구를 탓할 것 같으냐? 나? 물론 그렇겠지. 하지만 그는 아트레이데스의 도구로서 제국이 개입할 때까지 오랫동안 나를 꼼짝 못 하게 만들었어. 그는 그렇게 생각하고 있다. 나에 대한 증오는 이제 그에게 별로 중요하지 않아. 자기가 언제라도 나를 제압할 수 있다고 믿으니까. 그 믿음 때문에 그는 제압당한 거다. 내가 그의 관심을 내가 원하는 곳, 그러니까 제국을 비난하는 쪽으로 유도하고 있거든."

새로운 이해로 인한 긴장이 페이드 로타의 이마에 주름살을 그렸고, 그의 입술은 가늘어졌다. "황제에게 대항하는 겁니까?"

'내 친애하는 조카에게 그걸 좀 맛보여 줘야겠군. 저 애가 스스로에게 '페이드 로타 하코넨 황제!'라는 말을 하게 만드는 거야. 그게 얼마나 가치 있는 일인지 스스로 묻게 만들어야지. 확실히 그 꿈을 이루어줄 수 있는 늙은 백부의 목숨 값 정도는 되겠지!'

페이드 로타는 천천히 혀로 입술을 축였다. 저 늙은 바보의 말이 사실일까? 백부의 말 속에는 겉으로 드러난 것보다 더 많은 의미가 숨어 있었다.

"그럼 하와트가 이 일과 무슨 상관이 있는 겁니까?" 페이드 로타가 물었다.

"그는 황제에게 복수를 하기 위해 자기가 우리를 이용하고 있다고 생각하지."

"복수를 한 다음에는요?"

"그는 복수를 한 다음에 대해서는 생각하지 않는다. 하와트는 다른 사람을 위해 일하지 않으면 안 되는 사람이야. 그런데 자신은 이 사실을 모르고 있지."

"저도 그동안 하와트에게서 많은 것을 배웠습니다." 페이드 로타가 남작의 말에 동의한다는 듯이 말했다. 말을 하다 보니 이것이 진실임을 느낄 수 있었다. "그런데 그에 대해 많이 알수록 그를 제거해야 한다는 생각이 더욱 강해집니다……. 빨리 제거해야 합니다."

"그가 널 감시한다는 게 마음에 들지 않는 거냐?"

"하와트가 감시하지 않는 사람은 없습니다."

"어쩌면 그가 너를 옥좌에 앉혀줄지도 몰라. 하와트는 교활하다. 그는 위험하고 기만적이야. 하지만 난 언제라도 그에게 주는 해독제를 중지시킬 수 있다. 위험하기는 칼도 마찬가지야, 페이드. 하지만 우린 이 칼의 칼집을 갖고 있어. 그의 몸속에 들어 있는 독. 우리가 해독제를 중지시키면 죽음이 칼집처럼 그를 감쌀 거다."

"어떤 의미에서는 검투와 같군요. 속임수 속에 또 속임수가 있고, 그 안에 또 속임수가 있으니까요. 우린 검투사가 어떤 방향으로 몸을 기울이는지, 그가 어디를 쳐다보는지, 그가 칼을 어떻게 잡고 있는지 알아보려고 그를 관찰하죠."

그는 자신의 말이 백부의 마음에 들었음을 알고 고개를 끄덕였다. 그러나 속으로는 이런 생각을 했다. '그래! 검투와 같아! 하지만 여기서 칼날은 바로 사람의 머리야!'

"이제 내가 네게 필요한 존재라는 걸 알겠지? 난 아직 쓸모가 있다, 페이드." 남작이 말했다.

'백부는 너무 무뎌져서 쓸 수 없을 때까지 휘둘러야 하는 칼이지.' 페이드 로타는 생각했다.

"예, 백부."

"자, 이제 우리 둘이서 같이 노예 숙소로 내려가 보자. 네 손으로 쾌락의 건물 안에 있는 여자들을 모두 죽이는 모습을 내가 지켜보겠다."

"백부!"

"여자들은 많아, 페이드. 네가 나를 상대로 무심코 실수를 저지르는 일은 없어야 한다고 이미 말했다."

페이드 로타의 얼굴이 어두워졌다. "백부, 당신은……."

"처벌을 받아들이고 거기서 교훈을 얻어라." 남작이 말했다.

페이드 로타는 자못 흡족해하는 그의 시선을 맞받았다. '오늘 밤을 결코 잊지 않겠다. 오늘 밤뿐만 아니라 다른 밤들도 잊지 않겠어.'

"넌 거부할 수 없다." 남작이 말했다.

'내가 거부한다면 당신이 뭘 어쩔 수 있겠어, 이 늙은이야.' 그러나 페이드 로타는 자신이 거부한다면 남작이 다른 처벌을 내릴지도 모른다는 것을 알고 있었다. 어쩌면 그를 굴복시키기 위해 더 교활하고 잔인한 처벌을 내릴 수도 있었다.

"난 너를 알아, 페이드. 넌 거부하지 않을 거다." 남작이 말했다.

'좋아, 그래, 지금은 당신이 내게 필요한 존재지. 그건 알겠어. 흥정이 성립된 거야. 하지만 내가 언제까지나 당신을 필요로 하진 않을 거야. 그리고…… 언젠가…….'

인간의 무의식 깊은 곳에는 이해 가능한 논리적 우주에 대한 욕구가 배어 있다. 그러나 현실 속의 우주는 항상 논리에서 한 발짝 벗어나 있다.

—이룰란 공주의 『무앗딥 어록』

'난 대가문의 수많은 수장들을 만났지만, 이놈처럼 뚱뚱하고 위험한 돼지는 본 적이 없어.' 투피르 하와트는 속으로 중얼거렸다.

"나한테는 솔직히 말해도 돼, 투피르." 남작이 묵직하게 울리는 목소리로 말했다. 그는 반중력 의자에 깊숙이 몸을 묻은 채 비곗덩어리에 파묻힌 눈으로 하와트를 뚫어지게 바라보고 있었다.

하와트는 자신과 블라디미르 하코넨 남작 사이에 놓인 탁자를 내려다보았다. 탁자는 값비싼 재료로 만들어진 물건이었다. 심지어 이런 탁자조차도 남작을 평가할 때는 고려해야 할 요소였다. 그것은 이 개인용 회의실의 붉은 벽이나, 희미하게 허공을 떠돌면서 짙은 사향 냄새를 감춰주고 있는 달콤한 약초의 향기도 마찬가지였다.

"자네가 공연한 변덕으로 라반에게 그런 경고를 보내라고 한 건 아닐 테지." 남작이 말했다.

하와트의 늙은 얼굴은 여전히 무표정해서 그가 느끼고 있는 혐오가 전혀 겉으로 드러나지 않았다. "전 많은 것을 의심하고 있습니다, 남작님." 그가 말했다.

"그래. 살루사 세쿤더스에 대한 자네의 의심과 아라키스가 무슨 관련이 있는지 말해 보게. 황제가 수수께끼에 싸인 자신의 감옥 행성과 아라키스를 연결시키는 것에 대해 동요하고 있다는 말만으로는 충분하지 않아. 내가 라반에게 서둘러 경고를 보낸 건 순전히 전령을 싣고 갈 하이라이너의 출발 시간이 임박했기 때문이야. 자네가 절대로 지체해서는 안 된다고 했으니까. 그건 좋아. 하지만 이젠 설명을 들어야겠네."

'저놈은 말이 너무 많아. 눈썹을 한번 까딱하거나 손짓을 한번 하는 것만으로도 내게 의사를 전달할 수 있었던 레토 공작님과 달라. 그리고 단어 하나만 강조해서 문장 하나에 해당하는 의미를 표현할 수 있었던 노공작하고도 달라. 이놈은 바보야! 이놈을 죽이는 건 인류에 대한 봉사가 될 거다.'

"나한테 완전히 설명하기 전에는 여기서 나갈 수 없네." 남작이 말했다.

"남작님은 살루사 세쿤더스를 너무 가볍게 생각하고 계십니다."

"거긴 유배지야. 은하계 최악의 쓰레기들을 보내는 곳이 바로 살루사 세쿤더스란 말일세. 더 이상 알아야 할 게 뭐가 있나?"

"그 감옥 행성의 생활 환경은 다른 어떤 곳보다도 가혹합니다. 신참 죄수들의 사망률이 60퍼센트 이상이라는 얘기를 들으셨을 겁니다. 황제가 그곳에서 온갖 억압을 자행하고 있다는 얘기도 알고 계시겠죠. 이 모든 걸 아는데도 의문이 생기지 않는단 말씀입니까?"

"황제는 대가문들이 자신의 감옥을 조사하는 걸 허락하지 않네. 하지만 그도 내 지하 감옥을 본 적이 없지."

"그리고 살루사 세쿤더스에 대해 호기심을 갖는 건…… 음…….” 하와트는 앙상한 손가락을 입술에 갖다 대며 말을 이었다. “……별로 권장되지 않죠.”

"황제가 거기서 어쩔 수 없이 자행하고 있는 일들을 그리 자랑스럽게 여기지는 않나 보지!"

하와트는 검은 입술로 아주 희미한 미소를 지었다. 남작을 쏘아보는 그의 눈이 발광 튜브의 불빛을 받아 번득였다. "그럼 남작님은 황제의 사다우카가 어디서 만들어지는 건지 한 번도 궁금해한 적이 없습니까?"

남작이 토실토실한 입술을 꾹 다물자 그의 얼굴이 토라진 아기처럼 보였다. 목소리에도 심술이 배어 있었다. "뭐…… 황제는 신병을 모집하지……. 그러니까 징병 제도도 있고 황제가 모집하는…….”

"하!" 하와트가 쏘아붙였다. "사다우카의 능력에 대한 얘기들은 그저 소문이 아닙니다. 그렇죠? 그 얘기들은 사다우카와 싸워서 살아남은 소수의 사람들이 직접 들려준 얘기들입니다. 그렇지 않습니까?"

"사다우카가 뛰어난 전사들이라는 데에는 의심의 여지가 없네. 하지만 내 병사들도…….”

"사다우카에 비하면 휴일에 소풍 나온 오합지졸일 뿐입니다!" 하와트가 고함을 질렀다. "황제가 왜 아트레이데스 가문에 등을 돌렸는지 제가 모른다고 생각하십니까?"

"그건 자네가 함부로 추측할 수 있는 문제가 아냐." 남작이 경고했다.

'혹시 이놈도 황제가 그 일에 나선 진짜 동기를 모르고 있는 게 아닐까?' 하와트는 속으로 자문해 보았다.

"남작님이 저를 고용하신 목적을 수행하기 위해서라면, 저는 어떤 문제든 고려해 볼 수 있습니다. 저는 멘타트입니다. 멘타트에게 정보를 감추는 건 안 될 일이지요."

남작이 한참 동안 하와트를 쏘아보다가 마침내 입을 열었다. "할 말이 있으면 빨리해, 멘타트."

"패디샤 황제가 아트레이데스 가문에 등을 돌린 건, 공작의 전쟁 참모인 거니 할렉과 던컨 아이다호가 사다우카와 간발의 차이밖에 나지 않는 실력을 갖춘 전력을 훈련시켰기 때문입니다. 아주 소규모 병력인데도 말입니다. 그 병사들 중에는 사다우카보다 더 실력이 좋은 사람들도 있었습니다. 그리고 공작은 그 전력을 더욱 확대해서 모든 면에서 황제의 사다우카와 맞먹을 정도로 강력한 부대를 키워낼 수 있는 위치에 있었습니다."

남작은 머릿속으로 이 새로운 정보를 가늠해 본 다음 입을 열었다. "그럼 아라키스는 이것과 어떤 관련이 있는 건가?"

"아라키스는 이미 가혹하기 그지없는 생존 훈련에 단련된 신병들을 제공합니다."

남작이 고개를 가로저었다. "설마 프레멘을 말하는 건 아니겠지?"

"아뇨, 프레멘이 맞습니다."

"하! 그럼 라반에게 경고를 할 필요도 없질 않았나? 아라키스에 남아 있는 프레멘은 한 줌밖에 되지 않을걸. 사다우카의 학살과 라반의 억압이 있었으니."

하와트는 말없이 남작을 쏘아보기만 했다.

"한 줌밖에 되지 않아! 작년에만도 라반이 프레멘을 6000명이나 죽였다고!" 남작이 말했다.

그래도 하와트는 그를 쏘아보기만 했다.

"그리고 그 전해에는 9000명이었네. 사다우카도 아라키스를 떠나기 전에 적어도 2만 명은 죽였을 거야."

"지난 2년 동안 라반 님의 전력은 얼마나 손실되었습니까?" 하와트가 물었다.

남작이 턱을 문지르며 대답했다. "글쎄, 그 애가 좀 심하게 신병을 모집하고 있는 건 사실이지. 그 애의 대리인들이 지원자들에게 좀 터무니없는 대가를 약속하고 있고……."

"대충 3만 정도라고 하면 되겠습니까?"

"그건 좀 많은 것 같군."

"전혀 그렇지 않습니다. 라반 님의 보고서 행간에 무슨 뜻이 숨겨져 있는지 저도 남작님만큼 파악할 줄 압니다. 그리고 제 공작원들이 보내온 보고서 내용을 남작님이 분명히 이해하셨을 거라고 믿고 있습니다."

"아라키스는 지독한 행성이야. 폭풍으로 인한 손실이……."

"폭풍에 관한 통계는 남작님도, 저도 알고 있습니다."

"그래, 그 애가 3만을 잃었다 쳐도 그게 뭐 어쨌다는 건가?" 남작이 다그치듯 물었다. 그의 얼굴이 시뻘겋게 흥분해 있었다.

"남작님 말씀에 따르면, 라반 님은 2년간 1만 5000명을 죽이고 그 두 배의 병력을 잃었습니다. 사다우카가 2만이나 아니면 그보다 조금 더 많은 숫자를 죽였을 거라고 하셨죠? 전 그들이 아라키스를 떠날 때 승객목록을 봤습니다. 만약 그들이 2만을 죽였다면 프레멘 한 명을 죽이면서 거의 다섯 명을 잃은 꼴이 되더군요. 왜 이 숫자들을 똑바로 보고 그 의미를 이해하려 하지 않으십니까, 남작님?"

남작이 신중한 억양으로 차갑게 말했다. "그건 자네가 할 일이야, 멘타트. 그래 그 숫자들의 의미가 뭐지?"

"던컨 아이다호가 시에치를 방문하고 나서 제시한 인구 추정치를 이미 말씀드렸습니다. 모두 들어맞습니다. 그런 시에치 공동체가 250개만 있다고 쳐도, 프레멘의 인구는 약 500만이 됩니다. 저는 시에치 공동체가 그보다 적어도 두 배는 될 거라고 추정하고 있습니다. 남작님은 그런 행성에 남작님의 사람들을 풀어놓고 계신 겁니다."

"천만 명이라고?"

놀라움으로 인해 남작의 턱이 푸르르 떨렸다.

"적어도 천만입니다."

남작이 통통한 입술을 꾹 다물고 작은 눈으로 흔들림 없이 하와트를 쏘아보았다. '이것이 진정한 멘타트의 계산능력인가? 이런 사실을 지금까지 아무도 의심하지 않았다는 게 어떻게 가능한 거지?'

"우린 아직 프레멘의 출산에 의한 인구 증가율조차 상쇄하지 못하고 있습니다. 우리가 한 거라고는 비교적 실력이 떨어지는 프레멘 몇 명을 솎아낸 것뿐입니다. 강한 사람은 더 강해지도록 그대로 남겨둔 셈이죠. 살루사 세쿤더스에서처럼."

"살루사 세쿤더스!" 남작이 소리쳤다. "이것이 황제의 감옥 행성과 무슨 상관이야?"

"살루사 세쿤더스에서 살아남은 사람은 처음부터 다른 사람들보다 강한 사람이죠. 거기에 최고의 군사 훈련을 덧붙이면……."

"말도 안 되는 소리! 자네 말대로라면, 나도 내 조카에게 억압받은 프레멘들을 신병으로 사용할 수 있다는 것 아닌가."

하와트가 부드러운 목소리로 말했다. "남작님은 남작님의 군대를 억압하지 않습니까?"

"뭐…… 나도 하지만……."

"억압은 상대적인 겁니다. 남작님의 전사들은 다른 사람들보다 훨씬 풍족한 생활을 하고 있지요, 그렇지 않습니까? 그들은 남작님의 병사가 되지 않을 경우 어떤 불쾌한 일이 기다리고 있는지 알고 있지요?"

남작은 초점 없는 눈으로 입을 다물었다. 하와트가 말한 가능성…… 라반이 자기도 모르는 사이에 하코넨 가문에 궁극의 무기를 선사해 준 걸까?

이윽고 그가 말했다. "그런 신병들의 충성심을 어떻게 확보할 수 있 겠나?"

"저라면 그들을 작은 그룹으로 나누겠습니다. 소대보다 크지 않은 그 룹으로요. 그리고 그 억압적인 환경에서 그들을 데리고 나와 그들의 삶 을 잘 이해하는 핵심 훈련 요원들과 고립된 곳에 배치하겠습니다. 그들 보다 앞서서 똑같이 억압적인 생활을 겪었던 사람들이 훈련을 담당하면 더 좋을 겁니다. 그다음, 전 그들의 행성이 사실은 그들처럼 우수한 사람 들을 만들어내기 위한 비밀 훈련 기지였다는 비밀스러운 이야기를 퍼뜨 리겠습니다. 그리고 그렇게 우수한 사람들이 어떤 혜택을 누릴 수 있는 지 보여줄 겁니다. 부유한 생활, 아름다운 여자들, 훌륭한 저택…… 그들 이 원하는 건 뭐든지요."

남작이 고개를 끄덕이기 시작했다. "사다우카들도 자기들 본거지에서 는 그렇게 살고 있지."

"시간이 지날수록 신병들은 살루사 세쿤더스 같은 곳을 운영하는 것 이 합당하다고 믿게 될 겁니다. 그곳에서 자기들 같은 엘리트들이 만들 어졌으니까요. 가장 계급이 낮은 사다우카 병사도 여러 면에서 대가문 사람들에 못지않은 생활을 하고 있습니다."

"굉장한 생각이야!" 남작이 낮은 소리로 말했다.

"남작님도 이제 제 생각에 동의하기 시작하셨군요."

"그런 일이 어디서 시작된 건가?" 남작이 물었다.

"아, 예, 코리노 가문의 근원이 어디입니까? 황제가 처음으로 죄수들을 보내기 전에도 살루사 세쿤더스에 사람이 있었을까요? 황제의 모계쪽 사촌인 레토 공작조차 이에 대해 확실히 알지 못했습니다. 그런 의문을 품는 걸 달가워하지 않는 사람들이 있으니까요."

남작의 눈이 생각에 잠긴 듯 유리처럼 번득였다. "그래, 아주 세심하게 비밀을 지켜왔군그래. 그들은 모든 수단을 동원……."

"게다가 숨길 게 뭐가 있겠습니까? 패디샤 황제가 감옥 행성을 갖고 있다는 게 숨길 일입니까? 그 사실을 모르는 사람은 없습니다. 그가……."

"펜링 백작이야!" 남작이 불쑥 말했다.

하와트가 말을 끊고 알 수 없다는 듯 찡그린 표정으로 남작을 유심히 살펴보았다. "펜링 백작이 어쨌단 말씀입니까?"

"몇 년 전 내 조카의 생일날, 황제의 앵무새인 펜링 백작이 공식적인 참관인으로 왔네……. 음, 황제와 나 사이의 사업 얘기에 결론을 맺기 위해서였지."

"그래서요?"

"난…… 그와 대화를 나누는 도중에, 내가 아라키스를 감옥 행성으로 만들겠다는 얘기를 했을 거야. 펜링은……."

"남작님이 정확히 뭐라고 하셨습니까?" 하와트가 물었다.

"정확히? 그건 꽤 오래전 일인 데다가……."

"남작님, 만약 제 능력을 최대한으로 이용하고 싶다면 제게 적절한 정보를 제공해 주셔야 합니다. 그 대화를 기록하지 않았습니까?"

남작의 얼굴이 분노로 검붉게 변했다. "자네도 파이터 못지않군그래!

이런 건 정말 마음에……."

"파이터는 더 이상 남작님 곁에 없습니다. 말이 나왔으니 말인데, 파이터는 도대체 어떻게 된 겁니까?"

"그놈은 나와 너무 친해져서 내게 너무 많은 것을 요구했네."

"남작님은 쓸모 있는 사람을 낭비하지 않는다고 제게 확언하셨습니다. 협박과 평계로 저를 낭비하실 작정입니까? 우린 남작님이 펜링 백작에게 한 말에 대해 얘기하고 있었습니다."

남작이 천천히 평정을 되찾았다. '때가 되면 지금 나를 대하는 이놈의 태도를 절대 잊지 않겠어. 그래, 절대 잊지 않겠다.'

"잠깐 기다리게." 남작이 말했다. 그리고 그는 중앙 응접실에서 펜링과 만났을 때의 일을 회상해 보았다. 두 사람이 서 있었던 침묵의 원뿔을 머릿속에 그려보니 한결 도움이 되었다. "내가 한 말은 대충 이런 것이었네. '사업을 하는 데 어느 정도의 살인을 피할 수 없다는 건 폐하께서도 잘 알고 계신다.' 이건 우리 측 인력 손실과 관련된 말이었지. 그리고 나서 난 아라킨 문제에 대해 다른 해결책을 고려하는 중이라고 했고, 황제의 감옥 행성을 흉내 내야겠다는 영감을 얻었다고 했네."

"망할! 펜링이 뭐라고 했습니까?"

"그가 자네와 관련된 질문을 던지기 시작한 게 그때였네."

하와트는 의자에 등을 기대고 생각에 잠겨 눈을 감았다. "그래서 그들이 아라키스에 눈을 돌리기 시작한 거로군요. 이미 일은 저질러졌습니다." 그가 눈을 뜨며 말을 이었다. "지금쯤 아라키스 전역에 그들의 첩자가 퍼져 있을 겁니다. 2년이나 됐으니!"

"하지만 아무 뜻도 없는 내 얘기가……."

"황제 앞에서 아무 뜻도 없는 얘기는 없습니다! 라반 님에게는 어떤 지시를 내리셨습니까?"

"아라키스 사람들이 우리를 두려워하게 만들라는 얘기를 했을 뿐이야."

하와트가 고개를 가로저었다. "이제 남작님께는 두 가지의 대안이 있습니다. 원주민들을 죽여서 모조리 쓸어버리든지, 아니면……."

"그 노동력을 전부 낭비하란 말인가?"

"황제와 황제가 아직도 영향력을 행사할 수 있는 대가문들이 여기 지에디 프라임으로 와서 텅 빈 바가지 긁듯 이곳을 완전히 거덜내 버리는 편이 더 좋단 말입니까?"

남작은 멘타트를 유심히 살펴본 다음 입을 열었다. "황제가 감히 그렇게는 못 해!"

"그럴까요?"

남작의 입술이 파르르 떨렸다. "또 하나의 대안은 뭔가?"

"남작님의 친애하는 조카, 라반 님을 버리는 겁니다."

"버리……." 남작은 말을 끊고 하와트를 뚫어지게 바라보았다.

"더 이상 병사도 보내지 말고 어떤 종류의 도움도 주지 마십시오. 라반 님이 아라키스에서 너무 형편없이 일을 처리하고 있다는 말을 들었기 때문에 가능한 한 빨리 잘못을 교정하기 위한 조치를 취할 작정이라는 말 외에는 메시지에 대답해서도 안 됩니다. 남작님이 보내는 메시지 중 일부를 제국의 첩자들이 가로챌 수 있게 제가 조치를 취하겠습니다."

"하지만 스파이스는 어떡하고, 그 수입이, 그……."

"남작으로서 요구할 수 있는 이윤을 요구하십시오. 하지만 요구를 전달하는 방법을 조심스럽게 선택하셔야 합니다. 라반 님에게 고정된 금액을 요구하십시오. 우린……."

남작이 손을 뒤집어 손바닥이 위로 향하게 했다. "하지만 족제비 같은 내 조카를 어떻게 믿을 수……."

"우리 첩자들이 아직 아라키스에 있습니다. 라반 님에게 남작님이 요구하는 스파이스 할당량을 채우지 못하면 다른 사람으로 바꿔버리겠다고 말씀하십시오."

"난 내 조카를 잘 알아. 이렇게 하면 그 애가 사람들을 더욱 억압하게 만들 뿐이야."

"당연히 그러겠지요! 지금 와서 억압을 멈출 수는 없습니다! 남작님의 손에 피가 묻지 않게 하는 수밖에 없단 말입니다. 라반 님이 남작님을 위해 아라키스를 살루사 세쿤더스로 만들게 하는 겁니다. 라반 님에게 죄수를 보낼 필요도 없지 않습니까. 필요한 사람은 모두 거기 있으니까요. 라반 님이 남작님의 스파이스 할당량을 채우기 위해 사람들을 몰아붙인다면, 황제도 다른 동기가 있을 거라고 의심하지는 않을 겁니다. 그거라면 행성을 쥐어짤 충분한 이유가 되니까요. 그리고 남작님은 아라키스를 쥐어짜는 데에 다른 이유가 있다는 뜻을 말로든 행동으로든 절대로 비쳐서는 안 됩니다."

남작은 하와트에게 경탄을 금치 못했다. "아, 하와트, 자넨 정말 교활해. 자, 이제 우리가 아라키스로 들어가서 라반이 준비해 놓은 걸 이용할 수 있는 방법이 뭔가?"

"그건 무엇보다도 쉬운 일입니다, 남작님. 남작님이 매년 스파이스 할당량을 조금씩 높여간다면, 그곳의 상황은 곧 한계에 이를 겁니다. 생산량이 줄어들겠죠. 그때 라반 님을 제거하고 남작님이 직접 그 자리에 들어서서…… 엉망이 된 상황을 바로잡는 겁니다."

"훌륭하군. 하지만 난 이제 그런 일엔 싫증이 났네. 그래서 나 대신 아라키스를 이어받을 사람을 준비하고 있지."

하와트는 토실토실하고 둥그런 남작의 얼굴을 자세히 뜯어보았다. 오랫동안 군인이자 첩자의 역할을 해온 그가 천천히 고개를 끄덕이기 시작했다. "페이드 로타 님이군요. 지금 그곳 사람들을 억압하는 것도 그 때문이고. 남작님도 정말 교활하십니다. 어쩌면 이 두 가지 계획을 통합시킬 수 있을지도 모르겠습니다. 그래요. 페이드 로타 님이 구세주로서 아라키스에 가는 겁니다. 그러면 사람들의 지지를 얻을 수 있겠죠. 그래요."

남작이 미소를 지었다. 그리고 그 미소 뒤에서 이렇게 자문하고 있었다. '자, 그럼 이제 이것이 하와트의 개인적인 음모와 어떻게 맞아떨어질까?'

하와트는 남작과의 대화가 끝났음을 깨닫고 자리에서 일어나 붉은 벽이 있는 그 방을 나왔다. 그는 걸으면서 아라키스에 대해 계산할 때마다 출현해서 마음을 불편하게 만드는 미지의 요인들을 생각할 수밖에 없었다. 밀수업자들 틈에 숨어 있는 거니 할렉이 살짝 알려준 새로운 종교 지도자, 무앗딥이라는 인물이 문제였다.

'어쩌면 남작에게 이 종교가 번성하도록 내버려두라는 조언을 하지 말았어야 했는지도 몰라. 팬과 열곡에서조차 이 종교를 금지시켜야 한다고 말해야 했는지도. 하지만 억압이 있는 곳에서 종교가 번성한다는 건 널리 알려진 사실이지.'

그는 또한 프레멘의 전술에 대한 할렉의 보고에 대해서도 생각해 보았다. 그는 그 전술에서 할렉 자신과 아이다호와…… 심지어 하와트의 냄새까지도 난다고 했다.

'아이다호가 살아남은 걸까?' 그가 자신에게 물었다.

그러나 이건 쓸데없는 질문이었다. 그는 폴이 살아남았을지도 모른다는 가능성조차 생각해 보지 않았다. 그는 남작이 아트레이데스의 모든 인물들이 죽었다고 확신하고 있음을 알고 있었다. 그리고 남작은 그 베네 게세리트 마녀가 바로 자신의 무기였다고 인정했다. 그건 모든 것이 끝장났다는 의미였다. 심지어 그 여자의 아들까지도.

'그 여자는 도대체 아트레이데스 가문에 얼마나 독기 서린 증오를 품고 있었던 걸까. 하긴, 내가 남작에게 품고 있는 증오도 그것과 비슷하지. 내가 그 여자처럼 결정적이고 완벽한 공격을 가할 수 있을까?'

모든 것에는 우리 우주의 일부분인 어떤 패턴이 들어 있다. 그리고 그 패턴은 균형, 우아함, 세련미 등 진정한 예술가의 작품에서 항상 발견할 수 있는 특징들을 가지고 있다. 우리는 계절의 변화에서, 모래언덕 꼭대기에서 흘러내린 모래의 흔적에서, 무리를 지어 모여 있는 크레오소트 관목의 가지들이나 이파리의 모양에서 그 패턴을 찾을 수 있다. 우리는 편안한 리듬, 춤, 형식을 찾아 헤매며 우리의 삶과 사회 속에서 이런 패턴들을 복제해 내려고 애쓴다. 그러나 궁극의 완벽함을 찾아내는 데에는 위험이 있다. 궁극의 패턴이 나름의 불변성을 지니고 있음은 분명하다. 그런 완벽함 속에서는 모든 것이 죽음을 향해 움직인다.

—이룰란 공주의 『무앗딥 어록집』

폴 무앗딥은 스파이스 추출액이 심하게 섞여 있던 식사를 한 기억이 났다. 그것이 그의 의식을 붙잡아주는 기준점이었기 때문에 그는 이 기억에 매달렸다. 그 덕분에 그는 방금 자신이 경험한 것이 꿈일 거라고 자신을 타이를 수 있었다.

'난 온갖 일들이 진행되는 극장이야. 불완전한 환영과 종족 의식과 그것의 끔찍한 목적의 사냥감이야.'

그러나 그는 스스로를 너무 몰아붙인 까닭에 시간 속에서 자신의 위치를 잃어버리고 과거와 현재와 미래가 뒤죽박죽되어 버렸다는 두려움으로부터 도망칠 수 없었다. 그것은 시각적인 피로 같은 것이었고, 그의 생각에 이것은 예지력으로 본 미래를 본질적으로 과거와 다름없는 일종의 기억으로 항상 품고 있어야 하기 때문에 생겨난 것이었다.

'챠니가 나를 위해 그 식사를 만들어주었지.' 그는 속으로 혼잣말을 했다.

그러나 챠니는 지금 남쪽 깊숙한 곳, 햇볕은 뜨겁지만 차가운 땅에 가 있었다. 그녀는 새로운 시에치의 거점 중 한 곳에 은밀히 숨어 있었으며, 두 사람의 아들인 레토 2세와 함께 안전했다.

아니, 챠니가 남쪽으로 가는 게 아직 일어나지 않은 미래의 일이었던가?

그렇지 않다고 그는 스스로를 안심시켰다. 그의 여동생인 '이상한 알리아'가 어머니와 챠니와 함께 그곳으로 갔기 때문이다. 그들은 야생의 창조자 등에 고정된 대모의 가마를 타고 남쪽을 향해 모래 막대기를 스무 개나 사용해야 하는 여행을 했다.

그는 거대한 벌레의 등에 올라탄다는 생각으로부터 뒷걸음질 치면서 스스로에게 물었다. '혹시 알리아가 아직 태어나지 않은 건가?'

그리고 폴은 기억했다. '난 **라치아***에 나갔어. 우린 아라킨에서 죽은 동료의 물을 회수하러 습격을 나갔지. 그리고 화장터의 장작더미 속에서 내 아버지의 유해를 찾았어. 난 아버지의 두개골을 하르그 고개를 굽어보는 프레멘의 바위 둔덕 안에 모셨어.'

아니, 그게 아직 일어나지 않은 일이던가?

'내가 부상을 입은 건 현실이야. 내 흉터는 진짜야. 아버지의 두개골을 모신 신전도 진짜야.'

여전히 꿈처럼 몽롱한 상태에서 폴은 야미스의 아내였던 하라가 어느 날 불쑥 들어와 시에치 복도에서 싸움이 벌어지고 있다고 말한 것을 기억했다. 여자와 아이들을 남쪽 깊숙한 곳으로 보내기 전에 머물렀던 임시 시에치에서 벌어진 일이었다. 하라는 검은 날개 같은 머리카락을 뒤로 빗어 사슬에 꿴 물고리로 묶고 내실 입구에 서 있었다. 그녀는 내실의 장막을 옆으로 젖히고 챠니가 방금 어떤 사람을 죽였다고 말했다.

'이건 이미 일어난 일이야. 이건 현실이야. 시간 속에서 솟아 나와 변화에 종속되어 있는, 그런 일이 아냐.'

폴은 자신이 서둘러 달려 나가 복도의 노란 발광구 불빛 아래 서 있는 챠니를 발견한 것을 기억했다. 그녀는 몸에 둘러 입는 눈부신 파란색 옷을 입고 두건을 뒤로 젖힌 채였다. 한바탕 뛰고 났기 때문인지 장난꾸러기 같은 얼굴이 달아올라 있었다. 그녀는 마침 크리스나이프를 칼집에 넣고 있던 참이었다. 몇 명의 사람들이 꾸러미 같은 것을 들고 서둘러 복도를 내려가 사라졌다.

폴은 그때 자신이 속으로 중얼거린 말을 기억했다. '저들이 시체를 운반하고 있을 땐 보기만 해도 알 수 있어.'

챠니가 그를 향해 몸을 돌리자 그녀가 시에치 안에서 목걸이처럼 공개적으로 걸고 다니는 물의 고리들이 챙그랑거렸다.

"챠니, 이게 무슨 일이지?" 그가 물었다.

"당신과 일 대 일 격투를 하겠다고 도전한 사람을 처리했어, 우슬."

"당신이 그를 죽인 거야?"

"그래. 하지만 그를 하라에게 맡겨야 했던 것 같아."

(폴은 주위 사람들의 얼굴에 이 말이 맞는다는 표정이 떠오른 것을 기억했다. 심지어 하라조차도 웃음을 터뜨렸다.)

"하지만 그가 도전하러 온 사람은 나야!"

"당신이 내게 신비스러운 방법을 직접 가르쳐주었잖아, 우슬."

"물론이지! 하지만 당신이 그래서는 안……."

"난 사막에서 태어났어, 우슬. 그러니까 크리스나이프를 어떻게 사용하는지 잘 알아."

그는 화를 참으며 이성적으로 말하려고 애썼다. "그게 다 사실이라 하더라도, 챠니, 그건……."

"난 이제 휴대용 발광구를 들고 다니며 시에치 안에서 전갈을 사냥하던 어린애가 아냐, 우슬. 내게 싸움은 장난이 아냐."

폴은 그녀의 무심한 태도 밑으로 드러나는 이상한 잔인성에 놀라 그녀를 쏘아보았다.

"그는 별로 가치가 없는 자였어, 우슬." 챠니가 말했다. "그런 인간 때문에 당신의 명상을 방해하고 싶지 않아." 그녀가 곁눈질로 그를 바라보며 가까이 다가와 그에게만 들리는 작은 목소리로 말을 이었다. "그리고 도전자가 나를 상대해서 무앗딥의 여자에 의해 수치스러운 죽음을 맞게 될지도 모른다는 사실이 알려지면, 도전자가 줄어들 거야."

'그래. 이건 분명히 일어났던 일이야. 이건 진짜 과거야. 그리고 나서 무앗딥의 새로운 칼날을 시험하려는 도전자들의 숫자가 정말로 급격하게 줄어들었어.'

꿈이 아닌 세상의 어디에선가 뭔가 움직이는 기척이 나더니 밤새의 울음소리가 들렸다.

'난 꿈을 꾸고 있는 거야. 스파이스가 들어간 식사 때문이야.' 폴은 스스로를 달랬다.

그러나 여전히 그에게는 자포자기의 심정 같은 것이 남아 있었다. 혹시 자신의 **루 영혼***이 프레멘들이 진정한 실체가 있는 곳이라 믿고 있는 세계로 빠진 것이 아닐까 하는 생각이 들었다. 보통의 세계와 똑같은 모습을 하고 있는 그곳, **알람 알 미탈***은 모든 물리적 한계가 사라진다는 형이상학적인 영역이었다. 그런 세계를 생각하자 두려운 마음이 들었다. 모든 한계가 사라진다는 것은 판단의 기준이 되는 모든 틀이 사라진다는 것을 의미하기 때문이었다. 신화의 풍경 속에서 제대로 방향을 가늠하며 "내가 이곳에 존재하므로 나는 나다"라고 말할 수는 없었다.

언젠가 그의 어머니는 이런 말을 했다. "사람들 중 일부가 분열되어 있다. 너를 어떻게 생각하느냐 하는 관점의 차이로 말이다."

'꿈에서 깨어나고 있는 모양이야.' 폴은 속으로 혼잣말을 했다. 그것은 정말 일어났던 일이기 때문이다. 지금은 프레멘의 대모가 된 레이디 제시카, 그의 어머니의 말은 현실 속을 지나쳐 간 말이었다.

그와 프레멘 사이의 종교적 관계를 제시카가 두려워하고 있음을 그는 알고 있었다. 그녀는 시에치와 열곡의 사람들이 모두 무앗딥을 '그분'이라고 지칭한다는 사실을 달가워하지 않았다. 그래서 그녀는 부족들 사이를 돌아다니며 질문을 던지고, 사이야다나들을 첩자로 파견하고, 그들이 가져온 답을 모아 곰곰이 생각해 보는 작업에 착수했다.

그녀는 그에게 베네 게세리트의 금언을 인용해 주었다. "종교와 정치가 같은 수레를 타고 여행할 때, 그 수레에 탄 사람들은 어떤 것도 자기 앞을 가로막을 수 없다고 믿는다. 그들의 행동은 무모해지고 점점 빨라진다. 그들은 장애물에 대한 생각을 모두 제쳐놓고, 맹목적으로 돌진하는 사람에게 절벽이 모습을 드러냈을 때는 너무 늦은 후라는 사실을 잊어버린다."

폴은 어머니의 거처에 앉아 있던 것을 기억했다. 그녀의 내실은 프레멘 신화의 얘기들을 짜 넣은 짙은 색 벽걸이들에 둘러싸여 있었다. 그는 그곳에 앉아서 어머니의 얘기를 끝까지 들으며, 어머니가 시선을 내리깔고 있을 때조차 끊임없이 관찰하고 있다는 사실을 눈여겨보았다. 그녀의 입가에는 새로운 주름들이 생겨나 있었지만, 머리카락은 여전히 광을 낸 청동 같은 색깔이었다. 그러나 그녀의 초록색 눈동자는 스파이스로 인한 푸른 기운에 가려져 있었다.

"프레멘들은 단순하고 실용적인 종교를 갖고 있습니다." 그가 말했다.

"종교에 단순한 것은 없다." 어머니가 주의를 주었다.

그러나 폴은 여전히 그녀와 자신의 머리 위에 걸려 있는 구름 낀 미래를 바라보면서 분노에 휩싸였다. 그가 할 수 있는 말은 이것뿐이었다. "종교가 우리의 힘을 결합시켜 줍니다. 그것이 우리의 신비예요."

"넌 일부러 이런 대담한 분위기를 조성하고 있어. 쉬지 않고 사람들에게 사상을 주입하지."

"어머니가 제게 그렇게 가르치셨어요."

그러나 그날 그녀는 언쟁을 벌이기로 작정한 사람 같았다. 그날은 어린 레토의 할례 의식이 치러진 날이었다. 폴은 그녀의 기분이 안 좋은 이유를 어느 정도 이해했다. 그녀는 그와 챠니의 결합을 결코 받아들인 적이 없었다. 그녀는 그것을 '젊은 혈기에 한 결혼'이라고 했다. 그런데 챠니가 아트레이데스의 아들을 낳자, 제시카는 아이와 그 어머니를 거부할 수 없는 입장이 되었다.

제시카가 결국 폴의 시선을 이기지 못하고 동요하면서 말했다. "넌 나를 비정상적인 어머니라고 생각하지."

"절대 그렇지 않아요."

"내가 네 여동생과 함께 있을 때 날 지켜보는 시선을 봤다. 넌 네 여동생의 존재를 이해하지 못하고 있어."

"알리아가 다른 사람들과 다른 이유를 저는 압니다. 어머니가 생명의 물을 변화시켰을 때, 그 애는 어머니의 일부로서 아직 태어나지 않은 상태였어요. 그 애는……."

"넌 아무것도 몰라!"

갑자기 폴은 시간 속에서 얻은 지식을 표현할 수가 없어져서 이렇게만 말했다. "전 어머니가 비정상적이라고 생각하지 않아요."

그녀는 그가 괴로워하는 것을 알아차리고 말했다. "한 가지 말해 줄 게 있다."

"예?"

"난 챠니를 사랑한다. 그 애를 받아들일 거야."

이건 현실 속에서 일어난 일이라고 폴은 속으로 혼잣말을 했다. 이것은 시간의 탄생으로 인한 뒤틀림 때문에 바뀌어버릴지도 모를 불완전한 환영이 아니었다.

이 사실 덕분에 폴은 주위의 세상을 더욱 확실히 붙들 수 있었다. 단단한 현실의 조각들이 몽롱한 상태를 통과해서 폴의 의식 속으로 들어오기 시작했다. 그는 자신이 사막의 야영지인 **히레그***에 있다는 사실을 갑작스레 깨달았다. 챠니는 부드러운 밀가루처럼 고운 모래 속에 텐트를 세워놓았다. 그것은 챠니가 근처에 있음을 뜻했다. 챠니, 그의 영혼. 챠니, 그의 시하야. 사막의 샘처럼 다정한 챠니가 저 먼 남쪽의 야자 수목원에서 올라온 것이다.

잠자리에 들 시간이 되었을 때 챠니가 불러준 「모래의 노래」가 기억났다.

오, 나의 영혼,

오늘 밤에는 낙원을 원하지 않는구나,
샤이 훌루드의 이름으로 맹세하노니
그대는 내 사랑에 복종하여,
그곳에 갈 것이다.

그리고 그녀는 모래 위에서 연인들이 걸으며 함께 부르는 노래를 불렀다. 그 노래의 리듬은 발을 끌며 모래언덕을 걸을 때의 리듬과 같았다.

그대의 눈을 이야기해 주오
그러면 내가 그대의 마음을 이야기해 주겠소.
그대의 발을 이야기해 주오
그러면 내가 그대의 손을 이야기해 주겠소.
그대의 잠을 이야기해 주오
그러면 내가 깨어날 때의 그대를 이야기해 주겠소.
그대의 욕망을 이야기해 주오
그러면 내가 그대가 원하는 것을 이야기해 주겠소.

그때 다른 텐트에서 누군가가 발리세트를 퉁기는 소리가 들려왔다. 그 소리가 거니 할렉을 생각나게 했다. 그 친숙한 악기 소리에 이끌려서 그는 거니에 대해 생각했다. 그는 밀수업자 무리 속에서 거니의 얼굴을 본 적이 있지만, 거니는 그의 얼굴을 보지 못했다. 그가 정말로 그의 얼굴을 못 본 것인지, 아니면 하코넨에게 그들이 죽인 공작의 아들이 있는 곳을 우연히 알려주게 될까 봐 알은체를 못 한 것인지는 알 수 없었다.

그러나 간밤에 발리세트를 연주한 사람의 스타일, 발리세트의 현 위를 달리는 손가락의 특색 있는 움직임이 폴의 기억 속 진정한 음악가를 다시 불러냈다. 간밤의 연주자는 무앗딥을 지키는 죽음의 특공대인 **페다이**

킨*의 대장, '도약하는 자 차트'였다.

'우린 사막에 있어.' 이제 기억이 났다. '우린 하코넨 순찰대 뒤의 중앙 에르그에 있어. 난 모래 위를 걷고 창조자를 유인해서, 나 자신의 지혜로 그 위에 올라타려고 이곳에 온 거야. 완전한 프레멘이 되려고.'

허리띠에 차고 있는 마울라 권총과 크리스나이프가 이제 느껴졌다. 주위를 감싸고 있는 침묵도 느껴졌다.

밤새들이 사라지고 낮의 생물들이 자신의 적인 태양에게 경계태세를 알리기 전에 찾아오는 새벽의 침묵이었다.

스틸가는 이렇게 말했다. "샤이 훌루드가 자네를 보고, 자네가 전혀 두려워하지 않는다는 것을 알 수 있게 한낮의 빛 속에서 모래를 타야 하네. 그래서 오늘 우리는 시간을 거꾸로 돌려 밤에 잠을 잘 거야."

폴은 조용히 일어나 앉았다. 몸을 감싼 사막복이 느슨해진 것이 느껴졌다. 사막 텐트 안은 어둠에 잠겨 있었다. 아주 부드럽게 움직였는데도 챠니는 그 소리를 알아차렸다.

텐트의 어둠 속에서 그림자처럼 보이는 그녀가 말했다. "아직 날이 완전히 밝지 않았어."

"시하야." 그가 반쯤 웃음이 담긴 목소리로 말했다.

"당신은 날 사막의 샘이라고 부르지. 하지만 오늘 나는 당신을 괴롭히는 사람이 될 거야. 난 의식이 제대로 준수되는지 지켜봐야 하는 사이야디나니까." 그녀가 말했다.

그는 사막복을 단단하게 조이기 시작했다. "당신이 언젠가 내게 『키탑 알 이바르』의 구절을 이야기해 준 적이 있어. 그때 당신은 이렇게 말했지. '여자는 그대의 밭이다. 이제 그대의 밭으로 가서 경작하라.'"

"난 당신의 첫아이의 어머니야." 그녀가 그의 말에 동의했다.

그는 잿빛 어둠 속에서 그녀가 자신의 동작을 그대로 따라 하는 것을 보았다. 그녀 역시 탁 트인 사막으로 나가기 위해 사막복을 조이고 있었다. "당신은 충분히 쉬어야 해." 그녀가 말했다.

그는 그녀가 그에 대한 애정으로 말하고 있음을 깨닫고 부드럽게 나무랐다. "의식을 감시하는 사이야다나가 의식을 치를 사람에게 주의를 주거나 경고하는 법은 없어."

그녀가 부드럽게 옆으로 다가와서 손바닥으로 그의 뺨을 만졌다. "오늘 나는 의식의 감시자이자 동시에 여자야."

"이 일을 다른 사람에게 맡기지 그랬어."

"기다리는 건 아무리 좋게 말해도 힘들어. 난 차라리 당신 곁에 있겠어."

그는 그녀의 손바닥에 입을 맞추고 사막복의 얼굴 가리개를 단 다음 몸을 돌려 봉인되어 있는 텐트 입구를 살짝 열었다. 텐트 안으로 들어오는 공기에는 아직 그리 건조하지 않은 서늘함이 묻어 있었다. 새벽에 소량의 이슬을 응결시키는 공기였다. 그 공기와 함께 천연 스파이스 덩어리의 냄새가 풍겨왔다. 그들은 북서쪽으로 조금 떨어진 곳에서 이 덩어리의 존재를 감지했다. 근처에 창조자가 있다는 뜻이었다.

폴은 괄약근 모양의 텐트 입구를 빠져나와 모래 위에 서서 잠기운을 쫓아내기 위해 기지개를 켰다. 흐릿한 초록색 진주 같은 빛이 동쪽 지평선을 수놓고 있었다. 그의 일행이 친 텐트들이 어스름 속에서 작은 모래 언덕처럼 보였다. 왼쪽에서 뭔가가 움직였다. 경비병이었다. 경비병들이 그의 모습을 발견한 모양이었다.

그들은 그가 오늘 어떤 위험과 맞서야 하는지 잘 알고 있었다. 프레멘이라면 누구나 그 위험에 맞선 적이 있었다. 그들은 그가 마음의 준비를 할 수 있게 혼자만의 시간을 존중해 주었다.

'오늘 그 일을 반드시 해내야 해.' 폴은 속으로 혼잣말을 했다.

그는 적의 학살에 맞서서 자신이 휘두르고 있는 힘에 대해 생각했다. 프레멘의 노인들은 신비스러운 격투 방법을 배우라며 아들들을 그에게 보내고, 이제는 회의석상에서도 그의 말에 귀를 기울이며 그의 계획을 따랐다. 그리고 싸움에서 돌아온 남자들은 그에게 프레멘 최고의 찬사를 바쳤다. "당신의 계획이 효과가 있었습니다, 무앗딥."

그러나 프레멘 전사들 중 가장 형편없고 가장 하찮은 사람도 해내는 일을 그는 결코 해본 적이 없었다. 폴은 자신과 프레멘의 차이를 말해 주는 바로 이 점이 프레멘들 사이에 널리 알려져 있는 까닭에 자신의 지도력이 완전하지 않다는 사실을 알고 있었다.

그가 창조자를 타본 적이 없다는 점이 문제였다.

물론 그가 다른 사람들과 함께 훈련을 위한 여행이나 습격을 나간 적은 있었다. 그러나 그가 스스로 창조자를 타고 여행한 적은 없었다. 그가 창조자를 타게 될 때까지 그의 세계는 다른 사람들의 능력에 의해 제한을 받았다. 진정한 프레멘이라면 이런 상황을 그대로 두고 볼 수 없는 법이다. 그가 이 일을 혼자 힘으로 해낼 때까지는 대모나 병들고 다친 사람들처럼 창조자의 몸 위에 올려진 가마를 타지 않는 이상 저 위대한 남쪽의 땅에 갈 수 없었다. 그곳은 에르그 너머로 모래 막대기가 스무 개도 넘게 필요한 거리에 있는 곳이었다.

지난밤 자기 내부의 의식과 씨름하던 기억이 다시 떠올랐다. 그는 거기서 이상한 평행선을 보았다. 만약 그가 창조자를 제압한다면 그의 지배력은 강화될 것이다. 만약 그가 내면의 눈을 완전히 자기 것으로 만든다면, 이것 역시 어느 정도의 지배력을 가져다줄 것이다. 그러나 이 두 개의 선 너머는 구름에 싸인 듯 흐릿했다. 그것은 온 우주가 혼란에 휩쓸린 듯한 대(大)소요의 시기였다.

자신이 우주를 이해하는 방식의 차이가 그를 괴롭혔다. 정확한 것과 부정확한 것이 짝을 이루고 있었다. 그는 시간을 원래 그것이 있던 자리에서 보았다. 그런데 시간이 태어나고 현실의 압력 속으로 들어오면, '현재'가 스스로 생명을 가지고 미묘한 차이점들을 보이며 자라났다. 끔찍한 목적은 그대로 남았다. 종족 의식도 그대로 남았다. 그리고 모든 것위에 피투성이의 난폭한 지하드가 불길한 그림자를 드리우고 있었다.

챠니가 텐트 밖으로 나와 그의 옆에 섰다. 그녀는 팔로 자신의 몸을 감싸 안으며 곁눈질로 그를 올려다보았다. 그녀는 그의 기분을 살피고 싶을 때면 항상 그렇게 했다.

"당신이 태어난 곳의 물에 대해 다시 얘기해 줘, 우슬."

그는 그녀가 그의 생각을 딴 데로 돌려서 무서운 시험이 시작되기 전에 마음의 긴장을 풀어주려고 애쓰고 있음을 알 수 있었다. 날이 점점 밝아오고 있었다. 페다이킨 몇 명이 벌써 텐트를 접는 모습이 눈에 띄었다.

"난 차라리 당신이 우리 아들과 시에치에 대해 이야기해 줬으면 좋겠는걸. 어머니가 아직도 레토에게 꼼짝 못 하시나?" 그가 말했다.

"알리아도 레토에게 꼼짝 못 해. 그리고 레토는 아주 빨리 자라고 있어. 커서 아주 큰 남자가 될 거야."

"남쪽은 어떤 곳이지?"

"창조자를 탄 다음에 당신이 직접 봐."

"하지만 먼저 당신 눈을 통해 그곳을 보고 싶어."

"거긴 너무나 외로워."

그는 그녀의 이마를 덮고 있는 사막복의 모자 밖으로 삐죽 삐져나온 **네조니 스카프***를 만졌다. "왜 시에치에 대한 얘기를 하지 않으려는 거지?"

"얘기했잖아. 시에치는 남자들이 없는 외로운 곳이라고. 거긴 일을 하는 곳이야. 우린 공장과 포장실에서 일해. 무기도 만들어야 하고, 날씨를 예측하려면 모래기둥도 박아야 하고, 뇌물을 바치려면 스파이스도 채취해야 하니까. 또 모래언덕에 식물을 키워서 모래를 제자리에 묶어두게 만들어야 해. 천과 융단도 만들어야 하고 연료 전지도 충전시켜야 하지. 부족의 힘이 약해지지 않게 아이들도 훈련시켜야 하고."

"그럼 시에치에 즐거운 일은 하나도 없는 거야?"

"아이들이 즐거운 일이지. 우린 의식을 지키고 음식도 충분해. 때로 우리들 중의 누군가가 북쪽으로 와서 자기 남자와 함께 지내기도 하고. 삶은 계속되어야 하니까."

"내 동생 알리아 말인데, 아직도 사람들이 그 애를 받아들이지 않아?"

챠니가 점점 밝아오는 새벽빛 속에서 그를 향해 돌아섰다. 그녀의 눈이 그를 뚫어지게 바라보았다. "그건 나중에 얘기하자."

"지금 얘기해."

"지금 당신은 시험을 위해 힘을 비축해야 해."

그녀의 목소리가 위축된 것을 보니, 그가 뭔가 민감한 문제를 건드렸음이 분명했다. "미지의 것들은 그 나름의 걱정거리를 가져오지." 그가 말했다.

이윽고 그녀가 고개를 끄덕이며 말했다. "알리아가 이상하기 때문에 아직…… 오해들이 있어. 아기나 다를 바 없는 애가…… 어른이나 알 만한 일들을 얘기하니까 여자들은 겁을 내지. 그들은 알리아를 다른 사람과…… 다르게 만든 자궁 속에서의 그 변화를…… 이해하지 못해."

"문제가 있는 거야?" 그가 물었다. '난 알리아로 인해 문제가 생기는 환영들을 본 적이 있어.'

챠니가 점점 커져가는 태양을 바라보았다. "몇몇 여자들이 대모님께 호소하러 몰려간 적이 있어. 그들은 대모님께 그분의 딸에게 들려 있는 악마를 쫓아내 달라고 요구했지. 그리고 경전에 나오는 말을 인용했어. '우리 사이에 사는 마녀를 묵인하지 말지어다.'"

"어머니는 뭐라고 하셨지?"

"어머니는 법을 인용하면서 여자들을 당혹스럽게 만들어 쫓아버리셨어. 어머니는 이렇게 말씀하셨지. '만약 알리아가 문제를 일으킨다면, 그것은 그 문제를 미리 예견하고 방지하지 못한 어른들의 책임이다.' 그리고 알리아가 자궁 속에 있을 때의 변화를 설명하려고 하셨어. 하지만 여자들은 어머니가 자신들에게 창피를 주었기 때문에 화를 냈지. 그들은 마구 투덜대면서 물러갔어."

'알리아 때문에 문제가 생길 거야.' 그는 속으로 생각했다.

수정 같은 모래가 바람에 실려와서 겉으로 드러난 그의 얼굴 살갗을 건드리며 천연 스파이스 덩어리의 냄새를 가져다주었다. "**엘 사얄***, 아침을 가져오는 모래의 비." 그가 말했다.

그는 잿빛으로 밝아오는 사막을 바라보았다. 사막의 풍경은 연민을 허락하지 않았다. 모래는 그 자체로서 하나의 형태를 이루고 있었다. 마른 번개가 어두운 남쪽 하늘 구석에 줄무늬를 그렸다. 폭풍이 그곳에서 정전기를 축적하고 있다는 뜻이었다. 한참 후에 우르릉거리는 천둥소리가 울렸다.

"땅을 아름답게 하는 목소리." 챠니가 말했다.

더 많은 부하들이 텐트에서 나오고 있었다. 분지 가장자리에 나가 있던 경비병들도 하나둘 돌아왔다. 주위에 있는 모든 사람들이 고대로부터 이어져온 일상의 일들을 하며 움직이고 있었다. 거기에는 명령이 필요하지 않았다.

"가능한 한 명령을 적게 내려야 한다." 그의 아버지가…… 언젠가…… 아주 오래전에 이렇게 말했다. "일단 명령을 내리기 시작하면 항상 명령을 내려야 해."

프레멘들은 이 규칙을 본능적으로 알고 있었다.

일행의 물감독관이 아침의 영창을 시작했다. 오늘은 거기에 **샌드라이더***가 되기 위한 의식을 요구하는 내용이 덧붙여져 있었다.

"이 세상은 주검이다." 그가 읊조리듯 노래했다. 그의 목소리가 모래언덕 위에서 구슬프게 울렸다. "누가 죽음의 천사에게 등을 돌릴 수 있는가? 샤이 훌루드가 명하신 일이 이루어질지어다."

폴은 그 소리에 귀를 기울이며, 이 노래의 가사가 페다이킨의 죽음의 영창 첫머리 가사와 똑같다는 것을 깨달았다. 그의 죽음의 특공대 대원들은 전투에 몸을 던지면서 이 가사를 읊조리곤 했다.

'오늘 여기에 또 하나의 영혼이 가버렸음을 표시하는 바위 신전이 생기게 될까? 미래의 프레멘들이 걸음을 멈추고 신전 위에 하나씩 돌을 얹으며 이곳에서 죽은 무앗딥을 생각하게 될까?' 폴은 생각했다.

그는 이런 미래가 오늘의 여러 가능성 중에 포함되어 있다는 것을 알고 있었다. 그것은 시공의 이 지점에서 거미줄처럼 뻗어 나간 미래의 선들에 새겨져 있는 '사실'이었다. 그 불완전한 환영이 그를 괴롭혔다. 그가 끔찍한 목적에 저항하면서 지하드의 도래를 막기 위해 투쟁하면 할수록, 그의 예지력 곳곳에 퍼져 있는 혼란이 더욱 커졌다. 그의 미래 전체가 커다란 틈을 향해 무서운 속도로 흘러가는 강물 같은 것으로 변해가고 있었다. 그리고 그 들끓는 연결점 너머에는 온통 안개와 구름뿐이었다.

"스틸가가 오고 있어." 챠니가 말했다. "이제 난 당신 곁에서 떨어져야 해. 이제 난 사이야다나가 되어서 오늘의 의식이 연대기에 참되게 기록될 수 있는 것인지 지켜봐야 해." 그녀가 그를 올려다보았다. 한순간 자제력이 무너지는 듯했지만 그녀는 곧 침착함을 되찾았다. "오늘의 일이 과거가 되었을 때, 내 손으로 직접 당신의 식사를 준비해 줄게." 그녀가 고개를 돌렸다.

스틸가가 밀가루처럼 고운 모래 위를 지나 폴에게 다가왔다. 그의 발 밑에서 흙먼지가 조금씩 풀썩거렸다. 움푹 들어간 어두운 눈이 강렬한 시선으로 줄곧 폴을 응시했다. 사막복의 입마개 위로 살짝 보이는 검은 턱수염과 울퉁불퉁한 뺨의 주름들은 계속 움직이고 있음에도 불구하고 바람이 이 땅의 바위에 새겨놓은 것 같았다.

그는 깃대에 꽂힌 폴의 깃발을 들고 있었다. 깃대에 물 튜브가 그려진 초록색과 검은색의 깃발은 벌써 이 땅에서 전설이 되어 있었다. 폴은 조금 뿌듯해졌다. '내가 아무리 간단한 일을 해도 금방 전설이 되고 말아. 사람들은 내가 챠니와 어떻게 떨어졌는지, 스틸가를 어떻게 맞이했는지 모두 기억해 둘 거야. 오늘 내가 하는 모든 행동을. 내가 죽든 살든, 그것 역시 전설이야. 난 죽어서는 안 돼. 내가 죽으면 전설만 남아 그 어느 것도 지하드를 막을 수 없을 테니까.'

스틸가가 폴 옆의 모래 속에 깃대를 꽂고 양손을 옆구리로 늘어뜨렸다. 푸른자위에 푸른 눈동자가 있는 그의 눈은 여전히 냉철하고 강렬했다. 폴은 자신의 눈도 벌써 이 스파이스의 색깔로 물들어가고 있다는 생각을 했다.

"그들은 우리에게 하즈를 금지시켰다." 스틸가가 의식에 어울리는 엄숙한 목소리로 말했다.

폴은 챠니가 가르쳐준 대로 응답했다. "프레멘이 자기가 원하는 곳에서 걷거나 창조자를 탈 권리를 누가 부정할 수 있겠는가?"

"나는 **나입***이다. 절대로 산 채로 적에게 잡히지 않는다. 나는 우리의 적들을 죽일 **죽음의 삼각대***의 한쪽 다리이다."

두 사람의 머리 위로 침묵이 내려앉았다.

폴은 스틸가 뒤쪽에서 사막 여기저기에 흩어져 있는 프레멘들을 흘끗 바라보았다. 그들은 각자 기도를 드리느라고 가만히 서 있었다. 폴은 프레멘들의 삶이 살육으로 이루어져 있다는 생각을 했다. 프레멘이라는 민족 전체가 평생 동안 분노와 슬픔을 안고 살면서, 그 분노와 슬픔의 자리에 다른 것이 들어설 수도 있다는 생각을 해본 적이 없었다. 리에트 카인즈가 죽기 전에 그들에게 불어넣어 준 꿈만이 예외였다.

"사막과 구덩이의 땅에서 우리를 이끄는 주님은 어디 계신가?" 스틸가가 물었다.

"주님은 항상 우리와 함께 계신다." 프레멘들이 응답했다.

스틸가가 어깨를 똑바로 펴고 폴에게 가까이 다가와서 목소리를 낮췄다. "내 말을 명심하게. 단순하고 직접적으로 해. 멋을 부려선 안 돼. 우리 부족 사람들은 열두 살 때 창조자를 타네. 자네는 그 나이를 6년 이상 지난 데다가 태어날 때부터 우리처럼 산 사람도 아니지. 특별히 우리에게 용기를 과시할 필요는 없네. 자네가 용감한 사람이라는 건 우리 모두 알아. 창조자를 불러서 타기만 하면 돼."

"명심하겠소." 폴이 말했다.

"그래야지. 자네를 가르친 나를 부끄럽게 만들지 말게."

스틸가가 로브 밑에서 1미터 길이의 플라스틱 막대기를 꺼냈다. 막대기의 한쪽 끝은 뾰족하고 반대쪽 끝에는 스프링이 돌돌 감겨 있는 딱딱이가 달려 있었다. "이 모래 막대기는 내가 직접 만든 걸세. 훌륭한 물건이야. 받게."

폴의 손에 플라스틱의 따스하고 매끄러운 감촉이 느껴졌다.

"시샤클리가 자네의 작살을 갖고 있네. 저기 모래언덕 위로 올라가면 그가 건네줄 거야." 스틸가가 오른쪽을 가리켰다. "큰 창조자를 부르게, 우슬. 우리에게 길을 보여줘."

폴은 스틸가의 목소리를 새겨들었다. 예식을 치르는 엄숙함과 친구를 걱정하는 마음이 함께 들어 있는 목소리였다.

그 순간 태양이 지평선 위로 펄쩍 뛰어오르는 것처럼 보였다. 하늘이 은빛을 띤 청회색으로 변하면서 오늘이 아라키스의 기준으로도 지독히 뜨겁고 메마른 날이 되리라 경고하고 있었다.

"뜨거운 낮의 시간이 되었다." 스틸가가 말했다. 이제 그의 목소리에는 예식을 치르는 엄숙함뿐이었다. "가라, 우슬. 가서 창조자를 타고 사람들의 지도자로서 사막을 여행하라."

폴은 자신의 깃발에 경례했다. 새벽바람이 잠잠해졌기 때문에 초록색과 검은색의 깃발은 힘없이 축 늘어져 있었다. 폴은 스틸가가 가리킨 모래언덕으로 몸을 돌렸다. 꼭대기가 S자 형으로 구부러진 지저분한 갈색 언덕이었다. 일행 중 대부분이 벌써 그 모래언덕과 반대 방향으로 움직이면서, 그들이 야영을 했던 다른 모래언덕을 기어오르고 있었다.

로브를 걸친 사람 하나가 폴이 걸어갈 길 위에 남았다. 페다이킨의 분대장인 시샤클리였다. 사막복의 모자와 입마개 때문에 보이는 것이라고는 움푹 들어간 그의 두 눈뿐이었다.

폴이 다가가자 시샤클리가 채찍처럼 생긴 막대기 두 개를 내밀었다. 막대기의 길이는 1.5미터 정도였고, 한쪽 끝에서는 플래스틸로 만든 갈

고리들이 빛을 발하고 있었다. 반대쪽 끝은 막대기를 단단히 잡을 수 있게 울퉁불퉁했다.

폴이 예식의 규칙에 따라 왼손으로 두 개의 막대기를 받아 들었다.

"이놈들은 제 작살입니다. 결코 실패한 적이 없는 놈들입니다." 시샤클리가 갈라진 목소리로 말했다.

폴은 예식의 규칙에 따라 침묵을 지키며 고개를 끄덕이고 나서 시샤클리를 지나 모래언덕의 비탈을 올라갔다. 꼭대기에 이르러 그는 뒤를 돌아보았다. 곤충 떼처럼 여기저기 흩어져 있는 일행과, 펄럭이는 그들의 옷자락이 보였다. 그는 이제 모래의 산 위에 혼자 서 있었다. 그의 앞에 있는 것이라고는 꿈쩍도 하지 않는 평평한 지평선뿐이었다. 스틸가가 선택한 모래언덕은 훌륭했다. 다른 언덕들보다 높아서 사방이 잘 보였다.

폴은 몸을 구부리고 바람이 불어오는 쪽 비탈에 모래 막대기를 박았다. 그곳은 모래가 단단하게 뭉쳐 있어서 딱딱거리는 소리가 아주 멀리까지 퍼져나갈 수 있었다. 그는 잠시 머뭇거리면서 지금까지 배운 것들을 되돌아보고, 사막에서 살아남기 위해 어쩔 수 없이 목숨을 걸어야 하는 눈앞의 일을 되새겨보았다.

그가 걸쇠를 벗기면 모래 막대기가 창조자를 부르기 시작할 것이다. 그리고 사막 저 멀리에서 거대한 벌레, 창조자가 그 소리를 듣고 소리가 나는 곳으로 올 것이다. 폴은 채찍처럼 생긴 갈고리 작살을 이용해서 둥그렇게 높이 솟아오른 벌레의 등에 올라탈 수 있다는 것을 알고 있었다. 갈고리로 체절의 앞쪽 가장자리를 열어 거친 모래가 벌레의 예민한 몸속으로 들어가게 만들면, 벌레는 모래 속으로 후퇴하지 않을 것이다. 아니, 사실 벌레는 갈고리로 열린 체절을 사막 표면으로부터 최대한 떼어놓기 위해 그 거대한 몸을 굴릴 것이다.

'난 샌드라이더야.' 폴은 자신에게 일렀다.

그는 왼손에 들린 작살을 흘끗 내려다보며, 창조자의 거대한 옆구리 곡선 속에서 그 작살을 움직이기만 하면 자기가 원하는 방향으로 창조자를 조종할 수 있다는 생각을 했다. 그는 이미 다른 사람들이 그렇게 하는 것을 본 적이 있었다. 훈련 중에 다른 사람의 도움으로 벌레에 올라 잠시 타본 적도 있었다. 사람들은 사로잡힌 벌레가 지쳐서 사막 위에서 꿈쩍도 하지 않을 때까지 타고 다니다가, 또 다른 창조자를 부르곤 했다.

폴이 일단 이 시험을 통과하면 남쪽의 땅을 향해 스무 개의 모래 막대기가 필요한 여행의 자격이 생겼다. 그러면 그는 사다우카의 학살을 피해 새로 만든 야자 수목원과 시에치 안에 여자들과 가족을 숨겨둔 그 남쪽 땅에서 휴식을 취하며 기운을 회복할 수 있을 것이다.

그는 고개를 들어 남쪽을 바라보며 에르그로부터 소환되는 야생의 창조자는 미지의 존재이며, 그것을 소환한 사람 역시 이 시험에 미지의 존재임을 자신에게 일깨웠다.

스틸가는 이렇게 설명했다. "다가오는 창조자를 조심스럽게 가늠해야 하네. 창조자가 지나갈 때 올라탈 수 있을 만큼 가까운 거리에 서 있어야 하지만, 너무 가까우면 창조자에게 잡아먹힐 수도 있어."

폴은 순간적으로 결정을 내리고 모래 막대기의 걸쇠를 벗겼다. 딱딱이가 빙빙 돌기 시작하면서 창조자를 부르는 소리가 일정한 간격으로 모래 위에 퍼져나갔다. "딱…… 딱…… 딱……."

그는 몸을 똑바로 펴고 지평선을 자세히 살폈다. 스틸가의 말이 기억났다. "다가오는 선을 신중하게 판단하게. 모래벌레가 눈에 띄지 않게 모래 막대기에 접근하는 경우는 거의 없다는 점을 명심해. 그리고 귀를 잘 기울여야 하네. 눈으로 보기 전에 소리가 먼저 들리는 수도 있으니까."

밤에 챠니가 그를 걱정하는 마음에 사로잡혀서 속삭여준 경고의 말도 머리를 가득 채웠다. "창조자가 다가오는 길목에 서 있을 때에는 꼼짝도 하지 말아야 해. 자신이 모래땅의 일부가 되었다고 생각해. 망토 아래 몸을 숨기고 완전히 작은 모래언덕이 되는 거야."

그는 천천히 지평선을 살피고 귀를 기울이면서 자신이 배운 대로 벌레가 다가오는 징조가 나타나는지 관찰했다.

벌레는 남동쪽에서 왔다. 멀리서 모래가 속삭이는 듯한 소리가 들렸다. 새벽빛을 배경으로 벌레가 지나가는 길의 흔적이 멀리서 보였다. 순간 그는 이렇게 큰 벌레를 본 적도 없고, 이렇게 큰 벌레가 있다는 소리를 들어본 적도 없다는 것을 깨달았다. 벌레의 몸 길이는 2킬로미터를 넘는 것 같았다. 마치 산이 다가오는 것처럼 모래 물결이 솟구쳐 올랐다.

'이건 환영에서도 현실에서도 전혀 본 적이 없는 광경이야.' 폴은 마음을 가다듬으며, 자리를 잡기 위해 벌레가 다가오는 길목을 서둘러 가로질렀다. 지금 이 순간 해야 할 일들에 대한 생각이 그의 온 마음을 사로잡았다.

※

"화폐와 궁정을 통제하고 나머지는 비천한 것들이 갖도록 놔두어라." 패디샤 황제는
이렇게 충고한다. 그리고 이렇게 말한다. "이윤을 원하면 지배해야 한다." 이 말 속엔
진실이 들어 있지만 나는 이렇게 자문한다. "비천한 것들이란 누구이며 지배받는 자
란 누구인가?"

—이룰란 공주의 『아라키스의 각성』 중 랜드스라드에 보내는 무앗딥의 비밀 메시지

어떤 생각이 제시카의 머릿속에 저절로 떠올랐다. '폴은 이제 곧 샌드
라이더 시험을 치를 거야. 사람들은 그 사실을 내게 숨기려 하지만, 보기
만 해도 알 수 있어. 챠니도 알 수 없는 임무를 수행한다며 사라져버렸지.'

제시카는 자신의 휴식실에 앉아 한밤의 수업을 다시 시작하기 전에
잠시 조용한 시간을 갖고 있었다. 그 방은 쾌적했다. 그러나 학살을 피해
도망치기 전에 그녀가 타브르 시에치에 갖고 있던 방만큼 크지는 않았
다. 그래도 이곳 바닥엔 두꺼운 융단이 깔리고 부드러운 쿠션이 놓여 있
었다. 나지막한 커피 탁자가 손 뻗으면 닿는 거리에 있고, 벽에는 갖가지
색깔의 벽걸이들이 걸려 있었으며, 머리 위엔 부드러운 노란빛의 발광
구가 있었다. 방엔 프레멘 시에치에서 언제나 맡을 수 있는 특유의 자극

THE DUNE CHRONICLES

716 듄

적인 냄새가 깊숙이 스며들어 있었다. 이제 그녀에게 이 냄새는 안전을 의미했다.

하지만 그녀는 자신이 낯선 곳에 있는 듯한 느낌을 결코 극복하지 못하리라는 것을 알고 있었다. 사람들이 융단과 벽걸이로 감추고 싶어 하는 것은 바로 이곳의 가혹한 환경이었다.

딸랑거리는 소리, 둥둥거리는 소리, 찰싹거리는 소리가 희미하게 들려왔다. 제시카는 그것이 탄생을 축하하는 소리라는 것을 알고 있었다. 아마 수비아이의 아기가 태어난 모양이었다. 그녀의 출산일이 가까워지고 있었으니까. 제시카는 자신이 그 아기를 곧 보게 되리라는 것도 알고 있었다. 사람들이 대모의 축복을 받기 위해 그 푸른 눈의 아기 천사를 데리고 올 것이다. 그리고 그녀는 딸 알리아가 축하의 의식이 벌어지는 곳에 있으며, 그 의식에 대해 자신에게 얘기해 주리라는 것도 알고 있었다.

아직은 헤어짐을 위한 밤 기도가 시작될 시간이 아니었다. 포리트린, 벨라 테게우스, 로삭, 그리고 하몬텝에서 있었던 노예 사냥을 슬퍼하는 예배의 시간이 가까웠다면 사람들이 탄생의 축하 의식을 시작했을 리가 없었다.

제시카는 한숨을 쉬었다. 그녀는 위험에 직면해 있는 아들을 생각하지 않으려고 일부러 딴생각을 하는 중이었다. 독이 묻은 가시가 있는 함정, 하코넨의 습격(그러나 프레멘들이 폴에게서 받은 새로운 무기로 하코넨의 비행기와 병사들을 죽인 덕분에 그들의 습격은 점점 드물어지고 있었다), 사막에 원래부터 존재하는 위험들, 즉 창조자와 갈증과 **먼지 구렁***이 아들을 위협하고 있었다.

그녀는 커피를 가져오라고 해야겠다고 생각했다. 그런데 그 생각과 함께 그녀의 머릿속을 떠나지 않는, 프레멘의 역설적인 생활 방식에 대한 생각이 떠올랐다. 열곡의 **파이온***들에 비하면 시에치에서 지내는 프레멘들의 생활은 풍족한 편이었다. 그러나 바깥 사막에서 **하르지***를 할 때에는 하코넨의 농노들이 겪는 것보다 훨씬 더 많은 고통을 겪었다.

거무스름한 손이 그녀 옆의 장막 사이로 들어와 탁자 위에 잔을 내려놓고 사라졌다. 잔에서 스파이스를 넣은 커피 향기가 올라왔다.

'탄생을 축하하기 위한 봉헌물이군.' 제시카는 생각했다.

그녀는 잔을 들고 혼자 미소를 지으면서 커피를 마셨다. '나 같은 지위에 있는 사람이 정체도 모르는 사람이 준 음료를 아무 걱정 없이 마실 수 있는 곳이 이 우주에 또 있을까. 물론 이제 나는 어떤 독이든 내 몸에 해를 끼치기 전에 변화시킬 수 있지만 내게 커피를 준 사람은 그걸 몰라.'

그녀는 잔을 비웠다. 커피 덕분에 기운이 솟는 것이 느껴졌다. 커피는 뜨겁고 맛있었다.

그녀는 자신의 개인적인 시간과 편안함을 이토록 당연한 듯이 존중해주는 곳이 여기 말고 또 있을지 궁금했다. 커피를 준 사람은 오로지 그 선물을 전달하기 위해 그녀의 개인적인 공간을 침범했을 뿐, 그녀에게 커피를 준 사람에 대한 의무의 짐을 지우지 않았다. 그 선물은 존경심과 사랑이 보낸 것이었다. 아주 약간의 두려움과 함께.

방금 일어났던 일의 또 다른 측면이 그녀의 의식 속으로 비집고 들어왔다. 그녀가 커피를 생각하고 있는 순간에 커피가 나타났다는 사실. 이것이 텔레파시와는 거리가 멀다는 사실을 그녀는 알고 있었다. 이것이 가능했던 것은 **타우***, 즉 시에치의 하나됨 때문이었다. 그들이 함께 나누는 스파이스가 들어간 식사의 미세한 독을 섭취하는 대가로 얻은 것. 대부분의 사람들은 스파이스의 씨앗이 그녀에게 준 것 같은 깨달음을 얻을 수 없었다. 그들은 이를 위한 훈련을 받은 적이 없기 때문이었다. 그들의 머리는 자신들이 이해할 수 없거나 포용할 수 없는 것을 거부했다.

그래도 그들은 때로 하나의 유기체처럼 느끼고 반응했다.

우연의 일치라는 생각은 그들의 머릿속에 단 한 번도 떠오르지 않았다.

'폴이 사막의 시험을 통과했을까? 그 애는 능력이 있어. 하지만 아무리 유능한 사람도 사고를 당하는 경우가 있지.'

기다림.

'기다리는 건 지루해. 기다리는 데에는 한계가 있어. 그 한계를 넘어서면 사람은 지루함에 압도당하지.'

그들의 삶 속에는 온갖 종류의 기다림이 있었다.

'우린 이곳에 2년을 넘게 있었어. 그리고 하코넨의 총독 **무디르 나야***, 그러니까 짐승 같은 라반의 손에서 아라키스를 빼앗으려고 시도해 볼 엄두라도 내려면 앞으로 적어도 그 두 배의 세월이 필요해.'

"대모님?"

문에 걸린 장막 바깥에서 들려오는 목소리는 폴의 가정에 속한 또 한 여자, 하라의 목소리였다.

"그래, 하라."

장막이 젖혀지고 하라가 미끄러지듯이 장막을 통과했다. 그녀는 시에치 샌들을 신고, 몸에 둘러 입는 불그스름한 노란색 옷은 거의 어깨까지 팔을 드러내놓고 있었다. 검은 머리는 가운데에 가르마를 타서 곤충의 날개처럼 납작하고 반들반들하게 넘겨 빗은 모습이었다. 육식 동물 같은 그녀의 얼굴이 뭔가를 골똘히 생각하는 듯 살짝 찌푸려져 있었다.

하라의 뒤를 이어 두 살쯤 된 알리아가 들어왔다.

딸의 모습을 보면서 제시카는 알리아가 그 나이 때의 폴과 많이 닮았다는 사실을 또다시 깨달았다. 눈을 크게 뜨고 엄숙하게 뭔가를 찾아 헤매는 듯한 표정과 검은 머리, 그리고 고집 센 입매가 똑같았다. 그러나 폴과는 약간 다른 점도 있었다. 그리고 대부분의 어른들이 알리아를 보며 불안해하는 것은 바로 그 점 때문이었다. 이제 겨우 아장아장 걸어 다닐 나이인 이 아이는 나이를 훌쩍 뛰어넘는 침착함과 정신을 가지고 있었다. 어른들은 그 애가 남녀 간의 미묘한 말장난에 웃음을 터뜨리는 것을 보고 충격을 금치 못했다. 또는 아직 구강 구조가 제대로 형성되지 않아 발음이 불분명한 그 애의 혀짤배기소리에 귀를 기울이다가 두 살짜리 아이가 도저히 겪을 수 없는 경험에 바탕을 둔 말들이 섞여 있는 것을 발견하는 경우도 있었다.

하라가 분노에 찬 한숨을 내쉬며 쿠션에 무너지듯 주저앉아 알리아를 향해 인상을 찌푸렸다.

"알리아." 제시카가 딸에게 손짓을 했다.

아이가 어머니 옆으로 와서 쿠션 위에 주저앉아 그녀의 손을 꼭 쥐었다. 이 접촉을 통해 알리아가 태어나기도 전부터 두 사람이 공유해 온 공통의 의식이 되살아났다. 그것은 단순한 생각의 공유가 아니었다. 물론 제시카가 의식을 위해 스파이스의 독을 변화시킬 때 두 사람의 신체가 접촉하면 생각의 공유가 발생하는 경우가 있기는 했다. 그러나 두 사람의 관계는 그보다 더 큰 어떤 것, 즉 날카롭고 매섭게 살아 숨 쉬는 또 다른 생명의 불꽃을 바로 옆에서 인식하는 것이었으며, 그들의 감정을 하나로 묶어주는 신경의 공명이었다.

제시카가 아들의 가정에 속한 사람에게 알맞은 공식적인 인사를 했다. **"수바크 울 쿠하르***, 하라. 오늘 밤이 네게 어떠한가?"

하라도 제시카와 똑같이 전통에 따른 공식적인 대답을 했다. **"수바크 운 나르***, 저는 잘 있습니다." 그녀의 목소리에는 거의 억양이 없었다. 그녀가 다시 한번 한숨을 쉬었다.

제시카는 알리아가 재미있어하는 것을 느꼈다.

"오빠의 **가니마***가 나 때문에 짜증이 났어요." 알리아가 혀짤배기소리로 말했다.

제시카는 알리아가 하라를 가니마라고 부른 것에 신경이 쓰였다. 프레멘 어로 가니마는 '전투에서 얻은 것'을 뜻했다. 그리고 거기에 더 이상 원래의 목적으로 쓰이지 않는 물건이라는 미묘한 뜻이 덧붙여져 있었다. 창날을 장막에 매다는 추로 사용하는 경우처럼 장식품에 불과한 존재가 되었다는 뜻이었다.

하라가 아이에게 험악한 표정을 지었다. "날 모욕하지 마, 이 꼬마야. 나도 내 위치가 어떤 건지 알고 있어."

"이번엔 무슨 일을 저지른 거냐, 알리아?" 제시카가 물었다.

하라가 대신 대답했다. "오늘 다른 애들하고 노는 걸 거절했을 뿐만 아니라 아이를 낳는 데……."

"난 장막 뒤에 숨어서 수비아이의 아기가 태어나는 걸 봤어요. 사내아이였어요. 아기는 계속 울기만 했어요. 허파 힘이 대단한 모양이에요! 그 애가 마침내 울 만큼 울었을 때……."

"알리아가 나와서 그 애를 만졌어요. 그랬더니 애가 울음을 멈췄죠." 하라가 말했다. "프레멘 아기가 태어났을 때 태어난 곳이 시에치라면 평생 울 걸 다 울어야 한다는 건 누구나 아는 사실이에요. 하지르에 나섰을 때 우리 기척을 드러내지 않으려면 다시는 울 기회가 없으니까요."

"그 애는 충분히 울었어요. 난 그냥 그 애의 불꽃, 그 애의 생명을 느끼고 싶었을 뿐이에요. 그것뿐이라고요. 그 애가 나를 느꼈을 때, 그 애는 더 이상 울고 싶어 하지 않았어요." 알리아가 말했다.

"네 행동은 사람들이 더 수군거리게 만들었을 뿐이야." 하라가 말했다.

"수비아이의 아들은 건강하더냐?" 제시카가 물었다. 하라는 뭔지 모를 일 때문에 깊이 걱정하고 있었다. 그 일이 무엇인지 궁금했다.

"모든 어머니가 바라는 만큼 건강합니다. 알리아가 아이를 해친 게 아니라는 건 사람들도 알아요. 알리아가 그 애를 만진 것에 별로 신경을 쓰지 않았으니까. 아이는 즉시 안정을 되찾고 아주 행복해했어요. 다만……." 하라가 어깨를 으쓱했다.

"내 딸이 이상한 게 문제란 말이지, 그렇지?" 제시카가 물었다. "이 애가 나이에 걸맞지 않은 소리를 하고, 이 나이 또래의 아이들이 결코 알수 없는 과거의 일들을 얘기하는 것이 문제란 말이겠지."

"도대체 알리아는 벨라 테게우스의 아이들이 어떻게 생겼는지 어떻게 아는 거죠?" 하라가 물었다.

"하지만 그건 정말이었어! 수비아이의 아들은 '헤어짐'이 있기 전에 태어난 미타의 아들과 똑같았다고요."

"알리아!" 제시카가 말했다. "내가 그러지 말라고 했잖아."

"하지만 어머니, 난 봤어요. 그건 사실이고, 그리고……."

제시카는 하라의 얼굴에 떠오른 심란한 표정을 보며 고개를 절레절레 저었다. '내가 도대체 뭘 낳은 걸까? 이 애는 태어나면서부터 내가 알고 있는 걸 모두 알고 있었어……. 아니, 그보다 더 많이 알고 있었지. 내 안에 있는 대모들이 과거의 회랑에서 보여준 모든 것을.'

"문제는 알리아의 말뿐이 아니에요. 행동도 문제예요. 한자리에 앉아서 꼼짝도 하지 않고 바위를 노려보는 모습이라니. 움직이는 거라고는 코 옆의 작은 근육 하나, 아니면 손가락의 작은 근육 하나, 아니면……."

"그건 베네 게세리트 훈련이다. 알면서 왜 그러는 거냐, 하라? 내 딸이 집안의 전통조차 잇지 못한다는 거냐?"

"대모님, 전 그런 일에 신경 쓰지 않아요. 문제는 사람들이에요. 사람들이 수군대는 게 문제라고요. 전 거기서 위험을 느낄 수 있어요. 사람들은 대모님의 딸이 악마라고 수군대요. 아이들은 알리아하고 놀지 않으려 하고, 알리아는……."

"이 애는 다른 애들하고 공통점이 거의 없어. 알리아는 악마가 아니다. 그저……."

"당연히 악마가 아니죠!"

제시카는 하라의 격렬한 말에 깜짝 놀라면서 알리아를 흘끗 내려다보았다. 아이는 생각에 잠겨 있는 듯했다. 뭔가를…… 기다리는 듯한 분위기가 아이에게서 발산되고 있었다. 제시카는 다시 하라에게 시선을 돌렸다.

"난 네가 내 아들의 가정에 속한 사람이라는 사실을 존중하고 있다." 제시카가 말했다. 알리아의 손이 그녀의 손안에서 꼼지락거렸다. "뭐든 문제가 있으면 솔직히 말해도 돼."

"전 오래지 않아 대모님 아드님의 가정에 속하지 않게 될 거예요. 제가 지금까지 기다린 건 제 아들들 때문이었어요. 우슬의 아들로서 그 애들은 특별한 훈련을 받을 수 있었으니까. 제가 당신 아드님의 침대에 들지 못한다는 사실이 알려진 후로는 아이들에게 해줄 수 있는 일이 거의 없었어요."

알리아가 제시카의 옆에서 또다시 몸을 뒤척였다. 반쯤 잠든 아이의 몸이 따뜻했다.

"내 아들이 널 받아들였다면, 좋은 짝이 될 수도 있었을 텐데." 제시카가 말했다. 그리고 그녀는 항상 마음속에 자리하고 있던 생각을 말없이 덧붙였다. '짝이지…… 아내가 아니라.' 제시카의 생각이 곧장 문제의 중심으로 뻗어갔다. 시에치 사람들은 그녀의 아들과 챠니의 관계가 영원한 것, 즉 '결혼'이 되었다고 곧잘 떠들어댔고, 그녀는 그런 말을 들으면서 큰 고통을 느끼곤 했다.

'난 챠니를 사랑해.' 제시카는 생각했다. 그러나 황족에게 필요한 일을 위해서는 사랑 같은 것은 제쳐둬야 할지도 모른다고 자신을 일깨웠다. 황족의 결혼은 사랑이 아닌 다른 이유로 이루어지는 법이었다.

"대모님이 아드님에게 어떤 계획을 갖고 있는지 제가 모른다고 생각하세요?" 하라가 물었다.

"무슨 뜻이지?" 제시카가 다그치듯 물었다.

"대모님은 '그분'의 이름으로 부족을 연합시킬 계획이죠."

"그게 나쁜 거냐?"

"제 눈에는 그에게 다가오는 위험이 보여요……. 그리고 알리아는 그 위험의 일부고요."

알리아가 어머니에게 더 가까이 다가들었다. 이제 그녀는 눈을 뜨고 하라를 유심히 살피고 있었다.

"전 대모님과 알리아가 함께 있는 모습을 관찰해 봤어요. 두 분이 서로 접촉하는 모습을요. 알리아는 제 가족이나 마찬가지예요. 제게는 형제나 다름없는 사람의 여동생이니까요. 전 알리아가 갓난아기였을 때부터, 우리가 이곳으로 도망친 학살의 시기 때부터 알리아를 지키고 보호해 왔어요. 그리고 알리아에 관해 많은 것들을 보았어요."

제시카가 고개를 끄덕였다. 옆에 있는 알리아가 점점 불편해하는 것이 느껴졌다.

"제 말이 무슨 뜻인지 아실 거예요. 알리아는 처음부터 우리 얘기를 다 알아들었죠. 그렇게 어린 나이에 물 규칙을 아는 아이가 또 있었던가요?

말문을 트자마자 자기 유모한테 '사랑해, 하라'라고 얘기하는 아이가 어디 있겠어요?"

하라가 알리아를 똑바로 바라보며 말을 이었다. "제가 왜 알리아의 모욕적인 말들을 받아들인다고 생각하세요? 그 말에 악의가 없다는 걸 알기 때문이에요."

알리아가 어머니를 올려다보았다.

"그래요, 저도 사물을 논리적으로 볼 줄 알아요, 대모님. 어쩌면 제가 사이야디나에 속할 수 있었는지도 모르죠. 제가 본 것이 무엇인지 저도 알고 있어요."

"하라……." 제시카가 어깨를 으쓱하며 말을 이었다. "뭐라고 말해야 할지 모르겠구나." 그러고 나서 그녀는 자신에게 놀랐다. 이 말은 문자 그대로 진실이기 때문이었다.

알리아가 몸을 똑바로 폈다. 제시카는 뭔가를 기다리던 분위기가 이제 사라졌음을 느꼈다. 대신 결심과 슬픔이 혼합된 감정이 느껴졌다.

"우리가 실수를 했어요. 우리에겐 지금 하라가 필요해요." 알리아가 말했다.

"씨앗의 의식이 시작이었죠. 대모님이 생명의 물을 변화시켰을 때, 아직 태어나지 않은 알리아가 대모님의 몸속에 있었을 때." 하라가 말했다.

'하라가 필요하다고?' 제시카는 속으로 물었다.

"사람들을 설득해서 나를 이해하게 만들 사람이 누가 또 있겠어요?" 알리아가 물었다.

"하라에게 무슨 일을 시키고 싶은 거냐?" 제시카가 물었다.

"하라는 자기 할 일을 이미 알고 있어요." 알리아가 말했다.

"전 사람들에게 진실을 말할 거예요." 하라가 말했다. 인상을 조금 찌푸리는 바람에 올리브색 피부에 주름이 지고, 날카로운 이목구비에 마법이 깃든 듯한 그녀의 얼굴이 갑자기 늙고 슬퍼 보였다. "전 사람들에게 알리아가 어린아이의 흉내를 내고 있을 뿐이며, 한 번도 어린아이였던 적이 없다는 걸 말하겠어요."

알리아가 도리질을 했다. 눈물이 아이의 뺨 위로 흘러내렸다. 제시카는 파도처럼 밀려드는 딸의 슬픔을 마치 자신의 감정처럼 느꼈다.

"내가 괴물이라는 건 나도 알아요." 알리아가 속삭였다. 아이의 입에서 나온 어른처럼 상황을 요약하는 말이 지금 상황에 대한 씁쓸한 확인처럼 들렸다.

"넌 괴물이 아냐! 감히 누가 너더러 괴물이래?" 하라가 소리쳤다.

제시카는 하라의 사나운 목소리에 깃들어 있는 알리아에 대한 애정을 느끼며 다시 한번 경탄했다. 제시카는 이제 알리아의 판단이 옳았음을 알 수 있었다. 그들에게는 정말로 하라가 필요했다. 부족 사람들은 하라의 말과 감정을 모두 이해할 것이다. 누가 봐도 그녀가 알리아를 친자식처럼 사랑하고 있음이 분명하기 때문이었다.

"누가 그런 말을 했어?" 하라가 다시 물었다.

"아무도 안 했어."

알리아가 제시카의 **아바*** 자락으로 얼굴에 묻은 눈물을 닦아냈다. 그리고 자기 때문에 축축하게 주름진 옷자락을 반듯하게 폈다.

"그럼 너도 그런 말 하지 마." 하라가 명령했다.

"알았어, 하라."

"자, 이제 네가 경험한 걸 내게 말해 줘. 그래야 내가 다른 사람들에게 말해 줄 수 있으니까. 네게 어떤 일이 일어났는지 말해 봐."

알리아가 마른침을 삼키며 어머니를 올려다보았다.

제시카가 고개를 끄덕였다.

"난 어느 날 깨어났어. 내가 잠들었던 기억이 없다는 점만 빼면 잠에서 깨어나는 거랑 비슷했어. 내가 있는 곳은 따뜻하고 어두운 곳이었어. 난 아주 무서웠어."

제시카는 딸의 혀짤배기소리에 귀를 기울이면서 그날 큰 동굴에서 일어났던 일들을 기억했다.

알리아가 계속 말을 이었다. "난 도망치려고 했어. 하지만 도망칠 데가 없는 거야. 그때 불꽃이 하나 보였어⋯⋯. 아니 정확히 말해서 본 건 아니었지. 그 불꽃이 그냥 내 옆에 나타났고, 난 그 불꽃의 감정을 느꼈어⋯⋯. 날 달래고 위로하면서 모든 게 다 잘될 거라고 말하고 있었어. 그게 어머니였어."

하라는 눈을 문지르며 알리아를 안심시키려는 듯이 미소를 지어 보였다. 그러나 그 프레멘 여인의 눈 속에는 야생의 표정이 드러나 있었다. 마치 눈으로 알리아의 말을 듣는 것처럼 강렬한 눈빛이었다.

제시카는 생각했다. '이 여자처럼⋯⋯ 독특한 경험을 하고 독특한 훈련을 받고 독특한 조상을 가진 사람의 사고 방식에 대해 우리가 뭘 알고 있을까?'

알리아의 이야기가 이어졌다. "내가 막 안심했을 때 또 다른 불꽃이 우리 옆에 나타났어⋯⋯. 그리고 모든 일이 한꺼번에 일어나기 시작했어. 그 또 다른 불꽃은 대모님이었어. 그분은⋯⋯ 어머니와 삶들을⋯⋯ 모든 것을 주고받고 있었어⋯⋯. 그리고 난 거기 그들과 함께 있으면서⋯⋯ 모든 것을 봤어. 그 일이 끝났을 때 난 그 두 사람이자, 그 밖의 다른 모든 사람들이자, 나 자신이었어⋯⋯. 하지만 나 자신을 되찾는 데는 시간이 오래 걸렸지. 다른 사람들이 너무 많았으니까."

"내가 네게 잔인한 짓을 했다. 어떤 생명체도 그런 식으로 의식을 갖게 돼서는 안 되는데. 네가 너에게 일어난 모든 일을 받아들일 수 있었다는 게 놀라울 뿐이야." 제시카가 말했다.

"달리 방법이 없었어요! 난 거부하는 방법도 내 의식을 숨기는 방법도…… 아니면 의식을 닫아버리는 방법도 몰랐으니까……. 모든 일이 그냥 일어났어요…… 모든 일이……."

"우린 몰랐어. 네 어머니에게 생명의 물을 변화시켜 달라고 주었을 때, 네가 어머니의 몸 안에 있다는 걸 몰랐어." 하라가 중얼거렸다.

"슬퍼하지 마, 하라. 난 나 자신이 불쌍하다고 생각하지 않아. 아니, 오히려 좋아해야지. 난 대모니까. 부족은 대모를 두 명……."

알리아가 갑자기 말을 끊고 고개를 갸우뚱하며 귀를 기울였다.

하라가 쿠션에 등을 기대고 알리아를 바라보다가 다시 제시카에게 시선을 옮겼다.

"그걸 모르고 있었느냐?" 제시카가 물었다.

"쉬이이." 알리아가 말했다.

시에치의 복도를 가린 장막 사이로 멀리서 박자를 맞춘 노랫소리가 들려왔다. 그 소리가 점점 커지면서 가사가 분명하게 들려오기 시작했다. "**야! 야! 윰!*** 야! 야! 윰! **무 제인 왈라!*** 야! 야! 윰! 무 제인 왈라!"

노래를 부르는 사람들이 바깥쪽 입구를 지나쳤다. 그들의 목소리가 시에치 안쪽 방들에 울려 퍼지다가 천천히 멀어졌다.

소리가 충분히 작아지자 제시카가 슬픈 목소리로 의식을 시작했다. "벨라 테게우스의 4월, **라마단*** 때였다."

하라가 말을 이었다. "나의 가족은 연못이 있는 뜰에 앉아 있었다. 허공에는 분수에서 솟아오른 수분이 가득했다. 손 뻗으면 닿을 거리엔 짙은 색의 둥그스름한 **포티걸*** 나무 한 그루가 있었다. 그리고 바구니 속엔 **미시 미시***와 **바클라와***와 **리반*** 잔이 들어 있었다. 모두 맛 좋은 음식들. 우리의 정원과 우리들 사이에는 평화가 있었다……. 온 땅에 평화가 있었다."

"침략자들이 올 때까지 삶은 행복으로 가득했다." 알리아가 말했다.

"친구의 비명 소리에 피가 차갑게 식었다." 제시카가 말했다. 다른 대모들과 공유하고 있는 과거의 이야기들로부터 기억이 파도처럼 밀려들었다.

"**라, 라, 라,*** 여자들이 울었다." 하라가 말했다.

"**무슈타말***로 들어온 침략자들이 남자들의 생명을 빼앗아 붉은 피가 뚝뚝 떨어지는 칼을 들고 우리에게 달려들었다." 제시카가 말했다.

세 사람의 머리 위에 침묵이 내려앉았다. 시에치에 있는 다른 모든 방에서도 마찬가지였다. 그들이 과거를 기억하며, 슬픔을 새롭게 되새기는 동안 침묵이 계속되었다.

이윽고 하라가 의식의 마지막 말을 내뱉었다. 그녀의 목소리에는 제시카가 그 의식의 말에서 한 번도 들어본 적이 없는 냉혹함이 묻어 있었다.

"우린 결코 용서하지 않을 것이며 결코 잊지 않을 것이다." 하라가 말했다.

그녀의 말이 끝난 후 모두들 생각에 잠겨 조용해진 가운데, 떠드는 소리와 옷자락 스치는 소리가 들렸다. 제시카는 자신의 방을 가린 장막 뒤에 누군가가 서 있는 것을 느꼈다.

"대모님?"

여자의 목소리였다. 제시카는 그것이 스틸가의 아내 중 한 명인 타르타르의 목소리임을 알아보았다.

"무슨 일이냐, 타르타르?"

"문제가 생겼습니다, 대모님."

제시카는 폴에 대한 걱정이 갑자기 엄습하면서 가슴이 졸아드는 것을 느꼈다. "폴……." 그녀가 숨 막힌 듯한 목소리로 중얼거렸다.

타르타르가 장막을 젖히고 방 안으로 들어섰다. 장막이 다시 닫히기 전에 바깥쪽 방에 잔뜩 모여 있는 사람들의 모습이 잠깐 눈에 들어왔다. 그녀는 타르타르를 올려다보았다. 몸집이 작고 거무스름한 타르타르는 검은 바탕에 빨간 무늬가 있는 로브를 입고 있었다. 그녀의 새파란 눈이 못 박힌 듯 제시카를 응시했다. 자그마한 코의 콧구멍이 약간 벌어져 코 마개 흉터가 드러났다.

"무슨 일이냐?" 제시카가 다그치듯 물었다.

"사막에서 전갈이 왔습니다. 우슬이 시험을 위해 창조자와 맞서는 날이…… 오늘입니다. 청년들은 우슬이 실패할 리 없다며, 밤이 내릴 무렵이면 샌드라이더가 되어 있을 거라고 합니다. 청년들이 라치아에 나설 준비를 하고 있습니다. 북쪽으로 습격을 나가서 거기서 우슬을 만날 거랍니다. 그리고 그때 요구를 하겠답니다. 우슬에게 스틸가에게 도전해서 부족의 지휘자가 되라고 압력을 가하겠다고요."

'물을 모으고, 모래언덕에 풀을 심고, 자신들의 세계를 느리지만 확실하게 바꿔가는 것, 이젠 이것만으로는 충분하지 않아. 소규모 습격들, 확실한 습격들, 이젠 이것만으로 충분하지 않아. 폴과 내가 이들을 훈련시켰기 때문이야. 이들은 자신의 힘을 느끼고, 싸움을 원해.' 제시카는 생각했다.

타르타르가 멈칫거리며 헛기침을 했다.

'조심스럽게 기다릴 필요가 있다는 걸 우리는 알고 있어. 하지만 좌절감과 울분이 문제야. 기다림이 너무 길어지면 해가 될 수도 있지. 기다림이 너무 길어지면 사람들은 목적의식을 잃어버리니까.'

"청년들 말이, 우슬이 스틸가에게 도전하지 않는다면, 그건 그가 스틸가를 두려워하는 거랍니다." 타르타르가 말했다.

그리고 그녀는 시선을 내리깔았다.

"그래, 그것이 관습이지." 제시카가 중얼거렸다. '난 이렇게 될 줄 알고 있었어. 스틸가도 마찬가지고.'

타르타르가 다시 한번 헛기침을 했다. "제 형제인 쇼압조차 같은 말을 하고 있습니다. 그들은 우슬에게 선택의 여지를 주지 않을 겁니다."

'이제 어쩔 수 없어. 폴이 스스로 이 일을 처리하는 수밖에. 대모는 감히 후계자 계승 문제에 끼어들 수 없는 법이니까.' 제시카는 생각했다.

알리아가 어머니의 손을 놓으며 말했다. "제가 타르타르와 함께 가서 청년들의 말을 듣겠어요. 아마 방법이 있을 거예요."

제시카는 타르타르와 눈을 마주한 채로 알리아에게 말했다. "그래, 가라. 그리고 되도록 빨리 와서 보고해."

"저흰 이런 일이 벌어지는 걸 원하지 않습니다, 대모님." 타르타르가 말했다.

"그래, 우린 원하지 않아. 부족에는 모든 힘이 필요하니까." 제시카가 하라를 흘끗 바라보며 말을 이었다. "저들과 함께 가겠느냐?"

하라가 그녀의 질문 속에 포함된 말 없는 질문에 대답했다. "타르타르는 알리아에게 조금도 해가 미치지 않게 할 거예요. 그녀는 우리가 곧 같은 사람의 아내가 되리라는 걸 알고 있어요. 그녀와 제가 같은 남자를 공유하는 거죠. 타르타르와 저는 이미 이야기를 나눴어요." 하라가 타르타르를 올려다보았다가 다시 제시카에게 시선을 돌렸다. "우린 뜻을 모았어요."

타르타르가 알리아를 향해 손을 내밀며 말했다. "서둘러야 해. 젊은이들이 곧 떠날 거야."

두 사람은 서둘러 장막 사이로 빠져나갔다. 몸집이 작은 타르타르의 손이 알리아의 손을 감싸 쥐고 있었지만 앞장서서 이끄는 것은 알리아인 듯했다.

"폴 무앗딥이 스틸가를 죽인다면, 그건 부족에게 도움이 안 될 거예요. 전에는 그것이 후계자를 정하는 방법이었지만, 시대가 변했어요." 하라가 말했다.

"네게도 시대가 변했지." 제시카가 말했다.

"설마 제가 그런 결투의 결과에 의심을 품고 있다고 생각하시는 건 아니죠. 우슬이 이길 수밖에 없어요."

"내 말의 의미도 그것이었다."

"대모님은 제 판단에 개인적인 감정이 개입했다고 생각하시는군요." 하라가 말했다. 그녀가 고개를 흔들자 목에 걸린 물의 고리들이 찰랑찰랑 소리를 냈다. "그건 틀린 생각이에요. 혹시 제가 우슬의 선택받은 자가 되지 못한 것이 서운해서 챠니를 질투하고 있다고 생각하시는 건가요?"

"넌 스스로 선택할 수 있고, 실제로 선택을 했다." 제시카가 말했다.

"전 챠니가 가엾어요."

제시카의 안색이 딱딱하게 굳었다. "무슨 뜻이냐?"

"전 대모님이 챠니를 어떻게 생각하시는지 알아요. 그 애가 아드님에게 걸맞은 아내감이 아니라고 생각하시죠."

제시카는 쿠션에 편안히 몸을 기대며 어깨를 으쓱했다. "그럴지도 모르지."

"대모님의 생각이 옳을 수도 있어요. 만약 그렇다면, 대모님은 그 생각에 동조하는 놀라운 동조자를 찾을 수 있을 거예요. 바로 챠니 자신요. 그 애는 '그분'을 위해 가장 좋은 일만을 원하고 있어요."

제시카는 갑자기 목이 메어오는 것을 느끼며 마른침을 삼켰다. "챠니는 내게 소중한 아이다. 그 애는 결코……."

"여기 깔려 있는 융단이 아주 더럽군요." 하라는 제시카의 눈길을 피하며 바닥을 한 바퀴 훑어보았다. "항상 너무 많은 사람들이 밟고 다니니까요. 정말이지 융단을 자주 세탁하라고 시키셔야 해요."

정통 종교 내부의 정치적 상호 작용을 피할 방법은 없다. 권력 투쟁은 정통 종교 공동체의 훈련, 교육, 규율에 모두 스며들어 있다. 이러한 압박 때문에 이런 공동체의 지도자들은 궁극의 내적인 질문에 필연적으로 부딪치게 된다. 그것은 자신의 통치권을 유지하는 대가로서 완벽한 기회주의에 굴복할 것인가, 아니면 정통적인 윤리를 위해 자신을 희생할 위험을 무릅쓸 것인가 하는 질문이다.

—이룰란 공주의 『무앗딥: 종교적인 문제들』

폴은 거대한 창조자가 다가오는 길목에서 벗어난 모래 위에 서서 기다렸다. '밀수업자처럼 성급한 마음에 안절부절못해서는 안 돼. 난 사막의 일부가 되어야 해.' 폴은 자신을 이렇게 타일렀다.

벌레는 이제 겨우 몇 분 거리에 있었다. 벌레의 몸과 모래가 마찰하면서 나는 쉿쉿거리는 소리가 아침 공기를 가득 메웠다. 커다란 동굴 같은 벌레의 입속에 있는 커다란 이빨들이 거대한 꽃송이처럼 벌어졌다. 거기서 나오는 스파이스 냄새가 허공을 점령했다.

폴의 사막복은 몸에 편안히 달라붙어 있었고, 그는 코마개와 호흡을 위한 입마개를 거의 의식하지 않았다. 모래 위에서 몇 시간 동안 힘겹게 계속되었던 스틸가의 가르침이 다른 모든 것을 압도했다.

"모래 속에서 창조자의 행동반경으로부터 얼마나 멀리 떨어진 곳에서 있어야 한다고 했나?" 스틸가는 이렇게 물었다.

그리고 그때 그는 스틸가에게 올바른 대답을 했다. "창조자의 몸 지름 1미터당 0.5미터 비율이라고 했소."

"이유는?"

"벌레가 지나가면서 생기는 소용돌이를 피하는 동시에 벌레를 향해 달려 들어가 올라탈 시간을 맞추기 위해서요."

"자네는 씨앗과 생명의 물을 위해 사육된 작은 창조자들을 타본 적이 있지. 하지만 시험을 위해서는 야생의 창조자를 불러야 해. 사막의 노인이지. 그런 창조자는 걸맞게 존중해 줘야 하네."

이제 모래 막대기가 내는 나직한 소리에 다가오는 벌레의 '쉿쉿' 하는 소리가 섞였다. 폴은 심호흡을 했다. 필터를 착용했는데도 모래에 섞인 광물의 쓴 냄새가 느껴졌다. 야생의 창조자, 사막의 노인이 거의 그가 있는 곳까지 와 있었다. 용마루처럼 솟아오른 앞쪽 체절들이 일으킨 모래 물결이 그의 무릎을 훑고 지나갈 것 같았다.

'오너라, 예쁜 괴물아. 어서 와. 내가 부르는 소릴 들었잖아. 어서 와. 어서.'

모래 물결이 그의 발을 들어 올렸다. 땅 위에 있던 흙먼지가 몸을 훑고 지나갔다. 그는 몸의 균형을 잡았다. 구름처럼 피어오른 모래에 둘러싸인 벌레가 그의 세계를 온통 지배하고 있었다. 벌레의 몸은 곡선을 그리며 휘어진 벽이었고, 벌레의 체절은 절벽이었으며, 그 안에서 체절과 체절 사이의 선들이 선명하게 두드러져 보였다.

폴은 작살을 집어 들어 눈앞에 대고 겨냥한 다음 안쪽으로 몸을 기울였다. 작살이 벌레의 살을 무는 감촉에 이어 잡아당기는 듯한 느낌이 왔다. 그는 공중으로 뛰어올라 벌레의 벽에 단단히 발을 딛고 벌레의 몸에 매달린 갈고리에 의지해 몸을 기울였다. 지금이야말로 진정한 시험의 순간이었다. 그가 체절의 앞쪽 가장자리에 제대로 작살을 박아 체절을 열어놓았다면, 벌레는 몸을 굴려 그를 뭉개버리지 못할 것이다.

벌레가 속도를 늦췄다. 벌레가 모래 막대기 위를 미끄러지자 소리가 사라졌다. 그리고 천천히 위쪽으로 몸을 굴리기 시작했다. 체절 안쪽에 붙어 있는 연한 살을 위협하는 모래와 그 짜증스러운 갈고리들을 가능한 한 멀리 떼어놓기 위해서였다.

폴은 자신도 모르게 벌레의 몸 위에 똑바로 서 있었다. 그는 자신의 제국을 둘러보는 황제처럼 의기양양해졌다. 그는 벌레 위에서 뛰어다니고, 벌레의 방향을 바꾸면서 자신이 이 동물을 정복했음을 과시하고 싶다는 충동을 억눌렀다.

스틸가가 이 괴물의 등 위에서 춤을 추고, 물구나무를 서고, 작살을 뽑았다가 벌레가 올라탄 사람을 내동댕이치기 전에 재빨리 다시 꽂는 등 장난을 쳤던 경솔한 젊은이들의 이야기를 들려주며 경고했던 까닭을 이제 이해할 수 있었다.

폴은 작살 하나를 원래 꽂았던 자리에 남겨둔 채, 나머지 작살 하나를 뽑아 원래의 자리보다 더 낮은 벌레 옆구리에 꽂았다. 그는 두 번째 작살이 단단하게 꽂혔음을 확인한 후 첫 번째 작살의 위치를 아래쪽으로 옮겼다. 그가 이런 식으로 벌레의 옆구리를 내려감에 따라 벌레는 계속 몸을 굴렸다. 그런 식으로 방향을 돌려 다른 사람들이 기다리고 있는 고운 모래가 있는 지역으로 향했다.

폴은 사람들이 각자 작살을 이용해서 벌레의 몸에 기어오르는 것을 보았다. 그들은 벌레의 등 꼭대기에 완전히 오를 때까지 감각이 예민한 체절의 가장자리를 피해 작살을 꽂았다. 마침내 사람들이 각자 작살에 의지해 몸의 균형을 잡으면서 폴 뒤에 세 줄로 늘어섰다.

스틸가가 사람들 사이를 헤치며 다가와 폴의 작살이 꽂힌 위치를 확인한 다음 미소 짓는 폴의 얼굴을 흘끗 올려다보았다.

"해냈단 말이지?" 스틸가가 쉿쉿거리는 소리보다 더 크게 목소리를 높여서 물었다. "해냈다고 생각하고 있지? 정말 해낸 건가?" 그가 몸을 똑바로 펴면서 말을 이었다. "자네 솜씨는 정말 너절했어. 열두 살짜리 아이도 그보다는 잘했을 걸세. 자네가 기다리고 있던 곳 왼쪽에 북모래가 있었네. 만약 벌레가 그쪽으로 방향을 틀었다면 자네는 어느 쪽으로도 후퇴할 수 없었을 거야."

폴의 얼굴에서 미소가 사라졌다. "나도 북모래를 봤소."

"그럼 어째서 우리에게 신호를 보내서 보조하는 위치에 자리를 잡으라고 시키지 않은 건가? 시험을 치를 때도 그런 조치는 얼마든지 취할 수 있네."

폴은 침을 삼키며 자신들의 움직임 때문에 생긴 바람을 향해 얼굴을 돌렸다.

"지금에서야 이런 말을 하는 내가 나쁘다고 생각하겠지." 스틸가가 말했다. "하지만 이건 내 임무일세. 난 자네가 우리 부대에게 얼마나 가치 있는 사람인지 생각해야 해. 만약 자네가 잘못해서 그 북모래에 발을 디뎠다면, 창조자가 자네를 향해 방향을 돌렸을 걸세."

더럭 화가 치솟았지만 폴은 스틸가가 진실을 말하고 있다는 것을 알았다. 그는 꼬박 1분 동안 어머니에게서 받은 모든 훈련을 동원한 다음에야 차분함을 되찾았다. "사과하겠소. 다시는 그런 일이 일어나지 않을 것이오." 그가 말했다.

"움직일 여유가 많지 않은 곳에서는 항상 자네를 보조할 사람을 남겨 두어야 하네. 자네가 실패할 경우에 창조자를 잡을 사람 말이야. 우리가 함께 일한다는 것을 잊지 말게. 그러면 일을 확실히 마칠 수 있지. 우리는 함께 일하는 거야, 알겠나?"

스틸가가 폴의 어깨를 가볍게 툭툭 쳤다.

"알겠소."

"자, 이제 자네가 창조자를 다룰 줄 안다는 걸 내게 보여주게. 우리가 지금 어느 쪽에 있지?" 스틸가가 엄격한 목소리로 말했다.

폴은 자신들이 서 있는 체절의 비늘 덮인 표면을 내려다보며 비늘의 특징과 크기를 확인했다. 오른쪽 비늘이 더 컸다. 벌레마다 특별히 어느 한쪽을 위로 향한 채 움직이는 경우가 잦았다. 그러다 나이를 먹으면 자주 위를 향하던 쪽이 항상 위를 향하는 쪽으로 고정되었다. 따라서 바닥을 향한 쪽의 비늘은 크기가 더 크고 무겁고 매끈했다. 몸집이 커다란 벌레의 경우에는 비늘의 크기만으로도 어느 쪽이 위쪽인지 알 수 있었다.

폴이 작살의 위치를 바꾸면서 왼쪽으로 이동했다. 그는 자기 뒤에 세 줄로 늘어선 사람들 중 양쪽 바깥의 두 줄에게 벌레의 옆구리를 따라 체절을 열라고 손짓으로 지시했다. 벌레가 똑바로 앞을 향해 몸을 굴리며 나아가게 하기 위해서였다. 벌레의 방향을 돌리는 작업이 끝나자 그는 방향잡이 두 명에게 줄에서 벗어나 앞쪽에 자리를 잡으라고 손짓했다.

"**아크*, 하이 요!***" 그가 전통적인 명령을 외쳤다. 왼쪽의 방향잡이가 자신이 있는 곳의 체절을 열었다.

창조자가 장엄하게 원을 그리면서 열린 체절을 보호하기 위해 방향을 돌렸다. 벌레가 완전히 몸을 돌려 남쪽을 향했을 때 폴이 소리쳤다. "**게**

이라트*!"

방향잡이가 작살을 떼어내자 창조자가 똑바로 앞을 향해 움직이기 시작했다.

스틸가가 말했다. "좋군, 폴 무앗딥. 연습을 많이 하면 곧 진짜 샌드라이더가 될 거야."

폴은 미간을 좁히며 생각했다. '내가 여길 올라탄 건 오늘이 처음 아니었어?'

그의 뒤쪽에서 갑자기 웃음소리가 들려왔다. 일행이 노래하듯 그의 이름을 하늘로 던져올리고 있었다.

"무앗딥! 무앗딥! 무앗딥! 무앗딥!"

멀리 뒤쪽에서 사람들이 벌레를 몰 때 사용하는 막대기로 꼬리의 체절을 두드리는 소리도 들렸다. 벌레가 속도를 내기 시작했다. 사람들의 옷자락이 바람에 펄럭이고, 벌레의 몸과 모래가 마찰하면서 나는 소리가 점점 커졌다.

폴은 고개를 돌려 사람들 사이에 서 있는 챠니의 얼굴을 발견했다. 그가 그녀를 바라보면서 스틸가에게 말했다. "이제 나는 샌드라이더죠, 스틸?"

"**할 윰!*** 오늘 자네는 샌드라이더가 되었네."

"그럼 내가 목적지를 정해도 되는 거요?"

"그것이 전통이지."

"난 오늘 이곳 하바냐 에르그에서 프레멘으로 태어났소. 오늘 이전의 인생은 없소. 오늘까지 난 어린아이였어."

"반드시 어린아이는 아니었지." 스틸가는 바람에 휘날리는 두건 한쪽을 단단하게 조였다.

"하지만 내 세계를 막고 있는 코르크 같은 게 있었소. 그 코르크가 오늘 뽑힌 거요."

"이제 코르크는 없네."

"난 남쪽으로 가겠소, 스틸가. 스무 개의 모래 막대기가 필요한 곳으로. 난 우리가 만든 땅, 지금까지 다른 사람의 눈을 통해서만 보았던 그 땅을 보고 싶소."

'그리고 내 아들과 내 가족도 보고 싶어. 이제 내 머릿속에서 과거가 되어버린 미래를 생각해 볼 시간이 필요하다. 혼란이 닥쳐왔을 때 내가 그것을 해결할 수 있는 자리에 없으면, 걷잡을 수 없는 상황이 되어버릴 거야.' 그는 생각했다.

스틸가는 상대의 의중을 알아보려는 듯한 시선으로 뚫어지게 폴을 바라보았다. 폴은 챠니의 얼굴에 시선을 고정시킨 채 그녀의 얼굴에 살아나는 활기와, 자신의 말에 한층 들뜬 일행의 모습을 확인했다.

"부하들은 자네와 함께 하코넨의 저지대를 습격하고 싶어 하네. 저지대까지는 모래 막대기 하나만 있으면 갈 수 있어." 스틸가가 말했다.

"페다이킨은 이미 나와 함께 습격에 나간 적이 있소. 그리고 앞으로도 아라키스의 공기를 호흡하는 하코넨이 한 명도 남지 않을 때까지 나와 습격을 나갈 것이오."

스틸가는 폴을 유심히 살펴보았다. 폴은 그가 자신이 타브르 시에치의 지휘권을 쥐게 되었던 때와 리에트 카인즈가 죽은 후 지도자 회의의 수장이 되었던 때를 지금 이 순간에 비추어보고 있음을 깨달았다.

'젊은 프레멘들 사이에 동요가 일고 있다는 보고를 그도 들은 모양이군.' 폴은 생각했다.

"지도자들의 **집회***를 원하나?" 스틸가가 물었다.

젊은 일행들의 눈이 이글거렸다. 그들은 벌레의 움직임에 따라 흔들리면서 두 사람을 지켜보았다. 폴은 챠니의 시선에서 불안한 표정을 읽었다. 그녀는 자신의 숙부인 스틸가와 자신의 짝인 폴 무앗딥을 번갈아 바라보고 있었다.

"내가 뭘 원하는지 당신은 짐작하지 못할 거요." 폴이 말했다.

'이제 와서 물러설 순 없어. 난 이 사람들을 장악해야 해.'

"오늘은 자네가 모래벌레 타기의 지휘관일세." 스틸가가 말했다. 차갑고 공식적인 어조였다. "그 힘을 어떻게 사용하겠나?"

'우리에겐 긴장을 풀고 쉬면서 냉철하게 생각할 시간이 필요해.' 폴은 생각했다.

"남쪽으로 갈 것이오."

"오늘이 끝난 다음 내가 북쪽으로 방향을 돌리라고 명령을 내린다 해도?"

"남쪽으로 갈 것이오." 폴이 같은 말을 되풀이했다.

스틸가가 단단히 로브를 여미는 동작에서 필연적인 위엄이 묻어났다. "회합이 있을 걸세. 내가 전갈을 보내지." 그가 말했다.

'스틸가는 내가 자기에게 도전할 거라고 생각하고 있어. 그리고 자기가 내 상대가 못 된다는 걸 알고 있어.'

폴은 남쪽으로 고개를 돌리고 노출된 뺨에 부딪히는 바람을 느끼며, 자신의 결심 속에 포함된 꼭 해야 할 일들에 대해 생각했다.

'이 사람들은 그게 어떤 건지 아직 모르고 있어.'

그러나 그는 무슨 일이 있어도 자신의 결정을 바꿀 수는 없다는 것을 알고 있었다. 그는 미래에서 보이는 시간의 중앙선 위에 남아 있어야 했다. 그가 시간의 가운데 매듭을 잘라버릴 수 있는 위치에 있지 않으면, 미래의 문제들을 해결할 수 있는 순간은 영원히 오지 않을 터였다.

'난 가능한 한 스틸가에게 도전하지 않을 거야. 지하드를 막을 다른 길이 있다면……'

"하바냐 능선 밑의 새들의 동굴에서 저녁 식사와 기도를 위해 야영을 하겠네." 스틸가가 말했다. 그는 꿈틀거리는 창조자의 몸에 박힌 작살에 의지해 몸의 균형을 잡고 앞쪽 사막 위로 나지막하게 솟아오른 바위 장벽을 가리켰다.

폴은 그 절벽을 유심히 살펴보았다. 바위들이 파도 같은 줄무늬를 수놓으며 그 절벽을 가로지르고 있었다. 그 딱딱한 지평선을 부드럽게 해줄 초록색 식물이나 꽃은 하나도 없었다. 그 바위 너머에 남쪽 사막으로 이어진 길이 뻗어 있었다. 창조자를 아무리 빨리 몰아도 열흘은 걸리는 여행이었다.

모래 막대기 스무 개가 필요한 여행.

그 길은 하코넨의 순찰대들이 다니는 길보다 훨씬 뒤쪽에 있었다. 그는 그 길의 모습이 어떤지 알고 있었다. 꿈속에서 이미 보았기 때문이다. 그 길을 따라 계속 여행하다 보면, 어느 날 먼 지평선에 희미한 색깔의 변화가 나타날 것이다. 너무 미미해서 가슴속의 소망 때문에 실제로 있지도 않은 변화를 상상하는 게 아닌가 하는 생각이 들 정도겠지만, 그곳에 새 시에치가 있었다.

"내 결정이 마음에 드나, 무앗딥?" 스틸가가 물었다. 그의 목소리에 비꼬는 기색은 아주 조금밖에 들어 있지 않았다. 그러나 새의 울음소리와 시엘라고의 메시지를 이해할 수 있도록 훈련된 프레멘들의 귀에는 그 비꼬는 어조가 분명하게 들렸다. 그들은 폴이 어떻게 할지 지켜보았다.

"스틸가는 페다이킨을 봉헌할 때 내가 그에게 충성을 맹세하는 것을 들었소. 내 죽음의 특공대는 내가 명예를 걸고 말했다는 것을 알고 있소.

스틸가는 그것을 의심하는 것이오?" 폴이 말했다.

폴의 목소리에는 진정한 고통이 배어 있었다. 스틸가도 그 고통을 듣고 시선을 내렸다.

"우슬, 내 시에치의 동료, 내가 그를 의심하는 일은 결코 없을 걸세. 하지만 자네는 폴 무앗딥, 아트레이데스의 공작이지. 그리고 자네는 리산 알 가입, 다른 세계에서 온 목소리야. 이 두 사람에 대해서는 난 전혀 아는 게 없네." 스틸가가 말했다.

폴은 고개를 돌려 사막 위로 점점 높이 모습을 드러내는 하바냐 능선을 지켜보았다. 그들의 발 밑에 있는 창조자는 아직 힘차게 움직이고 있었다. 이놈이라면 지금까지 프레멘이 붙들었던 창조자들보다 거의 두 배나 되는 거리를 갈 수 있을 것 같았다. 그는 알 수 있었다. 이렇게 커다란 사막의 노인은 아이들에게 들려주는 이야기 속에서 존재했다. 폴은 이것이 새로운 전설의 소재가 되리라는 것을 깨달았다.

누군가가 그의 어깨를 움켜쥐었다.

폴의 시선이 어깨를 잡은 손을 지나 팔을 따라 올라가서 그 위의 얼굴에 이르렀다. 필터 입마개와 사막복의 두건 사이로 드러난 스틸가의 짙푸른 눈이 거기 있었다.

"나보다 앞서서 타브르 시에치를 이끈 사람은 내 친구였네. 우린 위험을 나눴지. 그가 내게 목숨을 빚진 적도 여러 번이었고…… 내가 그에게 목숨을 빚진 적도 여러 번이었네."

"난 당신의 친구요, 스틸가." 폴이 말했다.

"그걸 의심하는 사람은 아무도 없네." 스틸가가 폴의 어깨에서 손을 떼며 어깨를 으쓱했다. "하지만 그것이 우리 관습이야."

폴은 스틸가가 프레멘의 전통에 너무 빠져 있어서 다른 가능성을 생각하지 못한다는 것을 깨달았다. 이곳에서 지도자는 전임자의 죽은 손에서 고삐를 빼앗아야 했다. 만약 지도자가 사막에서 죽었을 경우에는 부족의 가장 강한 사람들과 싸워 그들을 죽여야 했다. 스틸가도 그런 과정을 거쳐 나입의 지위에 오른 사람이었다.

"이 창조자를 사막 깊숙한 곳에 남겨둬야겠군." 폴이 말했다.

"그래, 여기서부터 동굴까지는 걸어서 갈 수 있는 거리일세." 스틸가가 동의했다.

"우리가 이만큼 타고 왔으니, 이 창조자도 하루 정도는 땅속에서 샐쭉해 있을 거요."

"자네가 모래벌레 타기를 이끄는 지휘관일세. 언제 내릴 건지 말……." 스틸가가 갑자기 말을 끊고 동쪽 하늘을 뚫어지게 바라보았다.

폴도 재빨리 그쪽으로 몸을 돌렸다. 스파이스로 눈이 파르스름해진 탓에 하늘이 조금 어두워 보였다. 짙은 남색 하늘을 배경으로 멀리서 일정한 박자로 번쩍이는 무언가가 선명한 대조를 이루었다.

오니숍터였다!

"작은 오니숍터 한 대로군." 스틸가가 말했다.

"정찰기인지도 모르겠소. 저들이 우리를 보았다고 생각하오?" 폴이 말했다.

"저만한 거리에서 보면 우린 표면에 나와 있는 모래벌레로밖에 보이지 않을 걸세." 스틸가가 왼손으로 손짓을 하며 명령을 내렸다. "내려라. 모래 위로 흩어져."

사람들이 벌레의 옆구리를 따라 내려가 모래 위로 뛰어내려 망토 밑에 몸을 숨긴 채 사막의 일부가 되었다. 폴은 챠니가 뛰어내린 장소를 기억해 두었다. 이제 벌레의 몸 위에 남아 있는 사람은 그와 스틸가뿐이었다.

"제일 먼저 탔으니, 가장 나중에 내리겠소." 폴이 말했다.

스틸가가 고개를 끄덕이고는 작살을 이용해서 벌레의 옆구리를 타고 내려가 모래 위로 뛰어내렸다. 폴은 창조자가 사람들이 흩어진 지역을 완전히 벗어날 때까지 기다렸다가 벌레의 몸에서 작살을 뽑았다. 벌레가 아직 완전히 지친 상태가 아니었기 때문에 지금이 가장 까다로운 순간이었다.

작살이 모두 사라지자 거대한 모래벌레가 모래 속으로 파고 들어가기 시작했다. 폴은 벌레의 널찍한 몸 위를 가볍게 달리면서 조심스럽게 뛰어내릴 순간을 가늠하다 뛰어내렸다. 달리는 자세 그대로 착지한 그는 프레멘들에게 배운 대로 모래언덕의 비탈을 향해 돌진했다. 그리고 옷 위로 쏟아져 내리는 모래 밑에 몸을 숨겼다.

이제, 기다림의 시간이었다…….

폴은 부드럽게 몸을 뒤척여 로브 밑으로 하늘을 올려다볼 수 있는 틈을 만들었다. 지금까지 지나온 길 위에서 다른 사람들도 똑같은 행동을 하고 있을 거라는 생각이 들었다.

오니숍터의 모습보다 날개 펄럭이는 소리가 먼저 들렸다. 오니숍터는 속삭이는 듯한 제트 포드 소리와 함께 그의 머리 위를 지나 커다란 원을 그리면서 능선을 향해 날아갔다.

아무 표식도 없는 숍터였다.

오니숍터는 하바냐 능선을 넘어 시야에서 사라졌다.

새의 울음소리가 두 번 사막 위에 울려 퍼졌다.

폴은 몸을 흔들어 모래를 털어내고 모래언덕 꼭대기로 올라갔다. 다른 사람들이 능선에서부터 점점이 이어진 선 모양으로 늘어서 있는 모습이 보였다. 그들 중에 챠니와 스틸가의 얼굴도 있었다.

스틸가가 능선을 가리키며 신호를 보냈다.

그들은 한데 모여서 모래 위를 미끄러지듯 걷기 시작했다. 창조자의 주의를 끌지 않기 위해 일부러 박자를 깨뜨린 걸음걸이였다. 바람 때문에 모래가 단단하게 뭉쳐 있는 모래언덕의 꼭대기 선을 따라 스틸가가 걸어와 폴 옆에 섰다.

"밀수업자들의 비행기였네." 스틸가가 말했다.

"그런 것 같았소. 하지만 밀수업자들이 여기까지 들어오는 일은 없지 않소?"

"저들도 순찰대 때문에 나름대로 고생하고 있으니까."

"만약 저들이 여기까지 왔다면, 사막 안으로 더 깊숙이 들어올 가능성도 있겠군."

"그렇지."

"저들이 남쪽으로 너무 깊숙이 내려가서 그곳의 모습을 보는 건 좋지 않소. 밀수업자들은 정보를 팔기도 하니까."

"저들은 스파이스를 찾고 있었네. 그렇게 생각하지 않나?"

"어딘가에서 캐리올과 크롤러가 저 오니숍터를 기다리고 있을 거요. 우리에겐 스파이스가 있소. 모래에 스파이스를 미끼로 심어 저 밀수업자들을 잡읍시다. 여기가 우리 땅이라는 걸 저들에게 가르쳐줘야겠소. 우리 부하들이 새 무기를 연습할 기회이기도 하니까."

"이제야 우슬다운 말이 나오는군. 우슬이 진짜 프레멘 같은 생각을 하고 있어." 스틸가가 말했다.

'하지만 우슬은 끔찍한 목적에 못지않은 결정을 내려야 해.' 폴은 생각했다.

폭풍이 점점 커지기 시작했다.

‰

법과 의무가 종교에 의해 하나가 되면, 사람은 결코 자신을 완전하게 인식하지 못한다. 이때 사람은 항상 개인보다 약간 못한 존재가 된다.

─이룰란 공주의 『무앗딥: 우주의 99가지 불가사의』

밀수업자들의 스파이스 제조기와 그 주위에 둥글게 늘어선 무인 오니숍터, 그리고 제조기의 모선이 여왕을 쫓아가는 곤충 떼처럼 모래언덕을 넘어 나타났다. 그 곤충 떼 앞에는 바위 능선이 방어벽의 작은 모조품처럼 사막 위로 나지막하게 솟아올라 있었다. 최근에 불어온 폭풍 때문에 메마른 바위 기슭은 모래 한 톨 없이 깨끗했다.

제조기의 몸체 위로 거품처럼 솟아오른 조타실 안에서 거니 할렉은 앞으로 몸을 기울인 채 쌍안경의 오일 렌즈를 조정하고 눈앞의 풍경을 살펴보았다. 능선 너머 스파이스가 잔뜩 드러나 있는 것으로 짐작되는 검은 땅이 보였다. 그는 머리 위에 멈춰 있는 오니숍터에게 가서 조사해보라는 신호를 보냈다.

오니숍터가 신호를 받았다는 표시로 날개를 흔들고 곤충 떼 같은 무리에서 떨어져 나갔다. 그리고 거무스름한 모래땅으로 날아가 탐지기를 표면 근처에 늘어뜨린 채 그 지역을 선회했다.

오니숍터는 즉시 날개를 접고 급강하하며 원을 그렸다. 스파이스를 찾았다는 신호였다.

거니는 쌍안경을 곽에 넣었다. 다른 사람들도 그 신호를 분명히 보았을 것이다. 그는 이곳이 마음에 들었다. 이곳에서는 바위 능선이 어느 정도 보호막이 되어주었다. 또한 이렇게 사막 깊숙한 곳에서 적의 복병을 만날 가능성은 크지 않았지만…… 그래도 거니는 부하들을 오니숍터에 태워 보내 능선 위에서 어른거리며 감시하게 했다. 그리고 다시 예비 인력을 보내 스파이스가 발견된 지역 주위에서 정해진 진형을 짜게 했다. 그는 부하들에게 오니숍터를 너무 높이 띄우지 말라고 했다. 자칫하면 멀리 있는 하코넨 감지기에 들킬 수도 있기 때문이었다.

그러나 하코넨 순찰대가 이렇게 남쪽까지 내려올 것 같지는 않았다. 이곳은 아직 프레멘들의 영역이었다.

거니는 자신의 무기를 점검하며, 이곳에서 방어막을 쓸모없는 것으로 만들어버린 운명에 저주를 퍼부었다. 벌레를 불러들일 가능성이 있는 물건은 무슨 일이 있어도 피해야 했다. 그는 턱 선을 따라 나 있는 잉크 덩굴 흉터를 문지르며 눈앞의 풍경을 살펴보았다. 그리고 부하들을 데리고 지상으로 내려가 바위 능선을 통과하는 게 가장 안전하다는 결론을 내렸다. 직접 걸어 다니면서 조사하는 것이 지금도 가장 확실한 방법이었다. 프레멘과 하코넨이 서로의 목을 노리고 있는 이런 시기에는 아무리 조심을 해도 지나치지 않았다.

이곳에서 그가 걱정하는 것은 프레멘이었다. 그들은 스파이스를 거래하는 것은 꺼리지 않았으나, 누군가가 금지된 곳에 발을 들여놓으면 전투태세를 갖춘 악마로 돌변했다. 게다가 최근에 그들은 정말 악마처럼 교활한 면모를 보여주고 있었다.

이 원주민들이 싸움에서 보여주는 교활함과 기민함이 거니의 마음에 걸렸다. 그들은 그가 지금까지 보았던 어느 누구 못지않은 세련된 전투 기술을 보여주었다. 그가 우주 최고의 전사들에게 훈련을 받았으며, 우월한 자만이 살아남을 수 있는 전투에서 그 기술을 갈고 닦았음을 감안하면 이는 놀라운 일이었다.

다시 한번 눈앞의 풍경을 자세히 살펴보면서 거니는 왜 이렇게 불안한 건지 알 수가 없었다. 아까 보았던 벌레 때문인가……. 그러나 벌레는 능선의 반대편에 있었다.

조타실 안에 있는 거니 옆으로 누군가의 머리가 불쑥 올라왔다. 제조기 사령관인 애꾸눈의 늙은 해적이었다. 그는 풍성한 턱수염을 길렀고 눈은 스파이스 때문에 푸른색을 띠고 있었으며 이도 우윳빛이었다.

"매장량이 많은 것 같습니다, 대장님. 안으로 들어갈까요?" 제조기 사령관이 말했다.

"저기 능선 가장자리에 착륙해. 나는 내 부하들하고 내리겠다. 자네는 스파이스가 있는 곳까지 이동하면 돼. 저 바위를 한번 살펴봐야겠어."

"옛."

"혹시 문제가 생기면, 제조기를 구해라. 우린 오니숍터를 타고 이륙할 테니까."

제조기 사령관이 경례를 했다. "알겠습니다, 대장님." 그가 해치 밑으로 다시 내려갔다.

거니는 다시 한번 지평선을 자세히 살펴보았다. 여기에 프레멘들이 있고, 자신이 지금 프레멘의 영역을 침범한 것인지도 모른다는 가능성을 생각하지 않을 수 없었다. 강하고 행동을 예측할 수 없는 프레멘 때문에 걱정이 되었다. 보상은 엄청났지만 사실 이 사업에는 걱정거리가 한두 가지가 아니었다. 정찰기들을 하늘 높이 띄울 수 없다는 것도 걱정거리 중의 하나였다. 할 수 없이 무전을 꺼야 하는 것 역시 불안감을 더해 주었다.

제조기 크롤러가 방향을 바꿔 능선 발치에 있는 메마른 기슭으로 미끄러지듯 내려가기 시작했다. 타이어가 모래를 건드렸다.

거니는 거품 모양의 조타실 뚜껑을 열고 안전띠를 풀었다. 제조기가 멈추자마자 그는 밖으로 나와 조타실 문을 세차게 닫은 다음 타이어 보호대로 올라가 비상용 그물 너머에 있는 모래밭으로 뛰어내렸다. 그의 개인 경호대원 다섯 명이 제조기의 제일 앞부분에 있는 해치를 통해 밖으로 나왔다. 다른 사람들은 제조기와 캐리올을 분리했다. 캐리올이 하늘로 날아올라 머리 위에서 낮게 선회하기 시작했다.

거대한 제조기 크롤러가 즉시 능선을 떠나 모래밭에 있는 스파이스 매장지를 향해 나아가기 시작했다.

오니숍터 한 대가 근처에서 급강하해 급정거했다. 다른 오니숍터들도 뒤를 이었다. 그들은 거니의 소대원들을 토해 낸 다음 다시 날아올라 공중에서 멈춰 섰다.

거니는 사막복 안에서 몸을 쭉 뻗으며 자신의 근육을 점검해 보았다. 그는 필터 입마개를 쓰지 않고 있었다. 혹시 소리를 질러 명령을 내려야 하는 경우 되도록 멀리까지 목소리를 전달하기 위해 수분을 잃는 것을 감수하기로 한 것이다. 그는 지형을 살피며 바위를 오르기 시작했다. 자갈과 굵은 모래가 발에 밟혔고 스파이스 냄새가 났다.

'응급 기지로 좋은 곳이군. 여기에 보급품을 조금 묻어놓는 것이 현명할지도 모르겠는걸.'

그는 뒤를 돌아보았다. 부하들이 뒤를 따라오면서 흩어지는 것이 보였다. 훌륭한 부하들이었다. 아직 시험해 보지 못한 신참들도 마찬가지였다. 모두 훌륭한 부하들이었다. 매번 할 일에 대해 지시를 내릴 필요가 없었다. 어떤 부하에게도 방어막의 반짝임이 보이지 않았다. 그들 중에 이 사막으로 방어막을 휴대하고 들어온 겁쟁이는 없었다. 이곳에선 모래벌레가 방어막을 눈치채고 달려와서 그들이 발견한 스파이스를 빼앗아 갈 가능성이 있었다.

거니는 바위가 약간 솟아오른 곳에 서서 500미터쯤 떨어진 곳에 있는 스파이스 매장지와 방금 그 가장자리에 도착한 크롤러를 보았다. 그는 하늘에서 경비를 서고 있는 오니숍터들을 올려다보며 그들의 고도를 확인했다. 너무 높게 떠 있는 오니숍터는 없었다. 그는 고개를 끄덕이고 몸을 돌려 다시 바위를 올라가려고 했다.

그 순간 능선이 폭발했다.

불꽃으로 이루어진 열두 개의 길이 줄무늬를 그리며 솟아올라 위에서 어른거리던 오니숍터와 캐리올에까지 닿았다. 제조기 크롤러가 있는 쪽에서는 금속의 폭발음이 들렸다. 거니의 주위는 온통 두건을 쓴 전사들로 가득했다.

거니는 순간적으로 생각했다. '세상에! 로켓이라니! 저들이 감히 로켓을 사용하고 있어!'

그리고 다음 순간 그는 언제라도 사용할 수 있게 크리스나이프를 들고 낮게 웅크린 전사와 얼굴을 마주하고 있었다. 게다가 머리 위에 있는 바위 양옆에서 두 명의 남자가 더 그를 기다리고 있었다. 앞에 있는 전사의 두건과 모래 색깔 베일 사이로 보이는 것이라고는 눈뿐이었다. 그러나 웅크린 준비 자세는 그가 제대로 훈련받은 전사임을 거니에게 경고

해 주었다. 전사의 눈은 깊은 사막에 사는 프레멘들처럼 푸른자위에 푸른 눈동자가 있는 눈이었다.

거니가 상대의 칼에 눈을 고정시킨 채 자신의 칼을 향해 한쪽 손을 움직였다. 만약 저들이 로켓을 사용할 정도로 대담하다면 다른 발사용 무기도 갖고 있을 가능성이 있었다. 지금 이 순간 극도로 조심해야 했다. 그는 주위 소리만으로도 하늘에서 경비를 서던 오니숍터 중 적어도 일부가 파괴되었다는 것을 알 수 있었다. 뒤에서는 여러 사람들이 몸싸움을 하는 소리도 들려왔다.

거니 앞에 있는 전사의 눈이 칼을 향해 움직이는 그의 손을 쫓아가다가 다시 그의 얼굴로 돌아와 이글거리는 시선으로 똑바로 바라보았다.

"칼은 칼집에 놔두게, 거니 할렉." 그 남자가 말했다.

거니는 멈칫했다. 사막복의 입마개를 통해서 들려오는 목소리인데도 이상하게 낯익었다.

"내 이름을 아나?"

"내 앞에서 칼을 쓸 필요는 없어, 거니." 전사가 말했다. 그가 몸을 똑바로 펴고 크리스나이프를 로브 아래 칼집에 집어넣었다. "자네 부하들에게 쓸데없는 저항을 그만두라고 하게."

전사가 두건을 젖히고 입마개도 옆으로 젖혔다.

눈앞에 보이는 모습에 너무나 놀라 거니의 근육이 그대로 얼어붙었다. 처음 그는 자기가 레토 아트레이데스 공작의 유령을 보고 있는 줄 알았다. 그러다가 천천히 깨달음이 왔다.

"폴." 그가 속삭이듯이 말했다. 그리고 소리 높여 말을 이었다. "정말로 폴 도련님입니까?"

"자네 눈을 믿지 않는 건가?"

"사람들 말로는 도련님이 죽었다고 했습니다." 거니가 숨찬 목소리로 말하며 반 걸음 앞으로 나섰다.

"자네 부하들에게 항복하라고 하게." 폴이 명령을 내리며 능선 아래쪽을 가리켰다.

거니는 폴에게서 억지로 눈을 떼며 몸을 돌렸다. 몸싸움을 벌이고 있는 사람은 몇 명 되지 않았다. 두건을 쓴 사막 사람들이 사방에 깔려 있는 것 같았다. 조용히 누워 있는 제조기 크롤러 꼭대기에도 프레멘이 서 있었다. 머리 위에 비행기는 한 대도 보이지 않았다.

"싸움을 멈춰라." 거니가 소리쳤다. 그는 숨을 깊이 들이쉬면서 손을 확성기처럼 입에 대고 다시 소리쳤다. "나는 거니 할렉이다! 싸움을 멈춰!"

싸우던 사람들이 경계를 늦추지 않은 채 천천히 서로에게서 떨어졌다. 그들의 눈이 의문을 담은 채 그를 향했다.

"이 사람들은 우리의 친구다." 거니가 소리쳤다.

"친구치고는 정말 좋은 친구로군 그래! 우리 쪽 사람 절반이 살해당했단 말이오." 누군가가 맞고함을 질렀다.

"그건 실수였다. 더 이상 실수를 저지르지 마."

거니는 다시 폴에게 몸을 돌려 푸른자위에 푸른 눈동자가 있는 그의 프레멘 눈동자를 똑바로 바라보았다.

폴의 입가에 미소가 번졌다. 그러나 그 표정에 숨어 있는 엄격함이 거니로 하여금 폴의 할아버지인 노공작을 떠올리게 했다. 그리고 거니는 아트레이데스 가문에 한 번도 나타난 적이 없는 강인한 엄격함을 폴에게서 보았다. 폴의 피부는 가죽 같았고, 눈을 가늘게 뜨고 있는 그의 시선 속엔 시야에 들어오는 모든 것을 가늠하는 듯한 계산이 들어 있었다.

"사람들 말로는 도련님이 죽었다고 했어요." 거니가 같은 말을 되풀이했다.

"그들이 그리 생각하게 놔두는 게 가장 안전하다고 생각했네." 폴이 말했다.

거니는 자신의…… 친구인 어린 공작이 이미 죽었다고 믿고 버림받은 채 살아야 했던 지난날에 대해 폴에게서 더 이상의 사과를 들을 수 없다는 사실을 깨달았다. 자신이 과거에 싸우는 법을 가르치던 어린 소년의 모습이 지금 조금이라도 남아 있는지 궁금해졌다.

폴은 거니를 향해 한 걸음 다가오다가 그의 눈에서 괴로워하는 표정을 읽었다. "거니……."

그다음의 일은 그냥 저절로 일어난 것 같았다. 두 사람은 어느새 서로를 끌어안고 등을 두드리면서 상대가 정말로 살아 있다는 사실에 안심하고 있었다.

"내 어린 강아지! 내 어린 강아지!" 거니는 계속 이렇게 소리쳤다.

"거니! 거니!"

이윽고 둘은 서로에게서 떨어져 상대를 바라보았다. 거니가 깊이 숨을 들이쉬며 말했다. "프레멘의 전술이 그렇게 현명해진 건 도련님 때문이었군요. 내가 눈치챌 수도 있었는데. 프레멘들이 꼭 내가 계획했음 직한 행동들을 했으니까요. 내가 눈치만 챘어도……." 그가 고개를 저으며 말을 이었다. "도련님이 제게 말씀만 전해 주셨어도 좋았을 텐데요. 그랬다면 어느 누구도 저를 막지 못했을 겁니다. 한달음에 이리로 달려와서……."

폴의 눈에 떠오른 표정이 그의 말을 멈추게 했다……. 냉정하게 상대를 재는 시선이었다.

거니가 한숨을 쉬었다. "그렇죠. 거니 할렉이 왜 그렇게 한달음에 달려

갔는지 궁금하게 생각하는 사람들이 있었겠죠. 그리고 그냥 궁금하다고 생각하는 데서 그치지 않는 사람도 있었을 겁니다. 대답을 찾으려고 직접 나섰겠죠."

폴이 고개를 끄덕이며 주위에서 기다리고 있는 프레멘들을 슬쩍 바라보았다. 페다이킨 대원들이 호기심 어린 표정으로 거니를 평가하듯 바라보고 있었다. 폴은 죽음의 특공대원들에게서 시선을 돌려 다시 거니를 바라보았다. 예전의 검술 선생을 다시 찾았다는 생각이 그를 한껏 들뜨게 했다. 그는 이것이 좋은 징조라고 생각했다. 자신이 미래의 길에서 모든 것이 잘되는 방향으로 향하고 있다는 신호인 것 같았다.

'거니가 내 옆에 있으면……'

폴이 페다이킨 뒤편의 능선 아래쪽을 바라보며 할렉과 함께 온 밀수업자의 부하들을 유심히 살펴보았다.

"자네 부하들은 어느 편이지, 거니?" 그가 물었다.

"그들은 모두 밀수업자들이에요. 저 사람들은 이익이 있는 곳이라면 편을 가리지 않죠."

"우리가 하는 일에는 이익이 거의 없지." 폴이 말했다. 순간 그는 거니가 오른손으로 잘 알아보기 어려운 미세한 신호를 자신에게 보내고 있는 것을 발견했다. 과거에 사용하던 손가락 암호였다. 밀수업자 일행 중에 믿어서는 안 되는 사람들이 섞여 있다는 뜻이었다.

폴은 거니의 신호를 알아들었음을 나타내기 위해 손으로 입술을 한번 만진 다음 머리 위의 바위에서 경비를 서고 있는 사람들을 올려다보았다. 그곳에 스틸가의 모습이 보였다. 스틸가와 아직 해결하지 못한 문제가 남아 있다는 생각을 하니 흥분이 약간 가셨다.

"스틸가, 이 사람은 내가 전에 말한 적이 있는 거니 할렉이오. 내 아버지의 부대 지휘관이자 나를 가르쳤던 검술 선생님 중의 한 명이지. 나의 오랜 친구이기도 하고. 무슨 일을 하건 이 사람은 믿을 수 있소."

"그렇겠지. 자네는 그의 공작이니까." 스틸가가 말했다.

폴은 스틸가의 거무스름한 얼굴을 뚫어지게 바라보며 그가 무엇 때문에 '그의 공작'이라는 말을 했는지 생각해 보았다. 스틸가의 목소리에는 희미하게 이상한 어조가 섞여 있었다. 마치 뭔가 다른 말을 하고 싶어 하는 것 같았다. 그건 전혀 스틸가답지 않은 행동이었다. 스틸가는 프레멘의 지도자로서 자신의 생각을 솔직하게 이야기하는 사람이었다.

'나의 공작!' 거니는 속으로 이런 생각을 하면서 새삼스러운 시선으로 폴을 바라보았다. '그래, 레토가 죽었으니 공작의 작위가 폴의 어깨에 떨어진 거야.'

아라키스에서 벌어진 프레멘 전투의 양상이 거니의 머릿속에서 새로운 형태를 갖추기 시작했다. '나의 공작!' 그의 안에서 죽어 있던 부분이 다시 살아나기 시작했다. 폴이 밀수업자들의 무장을 해제시키고 나중에 신문할 수 있도록 조치하라고 명령을 내리는 것에 그는 거의 주의를 기울이지 않았다.

거니는 자기 부하들 몇 명이 항의하는 소리를 듣고서야 지휘관으로서의 의식을 되찾았다. 그는 고개를 저으며 그 부하를 향해 휙 돌아서서 고함을 질렀다. "너희 모두 귀머거리가 됐나? 이분은 정당한 아라키스의 공작이시란 말이다. 이분 명령대로 해."

밀수업자들이 투덜거리면서 항복했다.

폴이 거니 옆으로 다가와 낮은 목소리로 말했다. "자네 같은 사람이 이런 함정 속으로 걸어 들어올 줄은 몰랐어, 거니."

"그런 꾸중을 받아 마땅합니다. 저기 보이는 스파이스는 틀림없이 모래알만 한 두께겠죠? 우리를 끌어들이려는 미끼니까."

"그래, 맞네." 폴이 말했다. 그가 아래쪽에서 무장 해제를 당하고 있는 사람들을 내려다보며 말을 이었다. "자네 부하들 중에 아버지의 부하였던 사람이 또 있나?"

"없습니다. 우린 뿔뿔이 흩어졌어요. 밀수업자들 중에 몇 명 있기는 하지만, 대부분 자기들이 번 돈으로 이곳을 떠났습니다."

"하지만 자네는 남았군."

"그랬죠."

"라반이 여기 있으니까."

"제게 남은 것은 복수밖에 없다고 생각했습니다."

산맥의 꼭대기에서 이상하게 딱딱 끊어지는 고함이 들려왔다. 거니가 고개를 들어보니 프레멘 한 명이 스카프를 흔들고 있었다.

"창조자가 오는군." 폴이 말했다. 그는 거니와 함께 바위의 다른 지점으로 옮겨 남서쪽을 바라보았다. 그리 멀지 않은 곳에 벌레가 땅속에서 굴을 파며 움직이는 바람에 생기는 둔덕이 보였다. 흙먼지를 왕관처럼 둘러쓴 그 둔덕은 모래언덕들을 곧장 가로질러 능선을 향하고 있었다.

"꽤 큰데." 폴이 말했다.

아래쪽의 제조기 크롤러에서 덜거덕거리는 소리가 올라왔다. 크롤러가 거대한 곤충처럼 방향을 돌려 쿵쿵거리며 바위들을 향해 움직였다.

"캐리올을 살릴 수 없었던 게 유감이야." 폴이 말했다.

거니는 폴을 슬쩍 쳐다보고 나서 시선을 돌려 사막에 남아 있는 비행기들의 잔해와 거기서 올라오는 연기를 바라보았다. 캐리올과 오니숍터가 프레멘의 로켓에 파괴되어 떨어진 곳이었다. 그 안에 타고 있던 부하들을 잃었다는 생각에 갑자기 가슴이 아파왔다. "공작님의 아버님이라면 사람들의 목숨을 더 많이 구하지 못했다고 아쉬워하셨을 겁니다."

폴이 험악한 시선으로 거니를 쏘아본 다음 시선을 내렸다. 이윽고 그가 말했다. "그들은 자네의 친구였겠지, 거니. 이해하네. 하지만 우리에게 그들은 봐서는 안 될 것을 보았을 가능성이 있는 침입자들이야. 그걸 이해해 주기 바라네."

"이해합니다. 그건 그렇고, 봐서는 안 될 것이라는 게 무엇인지 궁금하군요."

폴은 고개를 들어 할렉의 얼굴에 떠오른 그 옛날의 짓궂은 미소를 보았다. 지금도 기억에 생생한 그 미소 때문에 거니의 턱 선을 따라 나 있는 잉크덩굴 흉터가 꿈틀거렸다.

거니가 아래쪽의 사막을 향해 고개를 끄덕였다. 프레멘들이 사방에 흩어져서 부산하게 움직이고 있었다. 그들 중 어느 누구도 벌레가 다가오는 것에 대해 전혀 걱정하는 모습이 아니라는 사실이 갑자기 그의 뇌리를 때렸다.

미끼로 놓아두었던 스파이스 조각 뒤쪽의 모래언덕에서 딱딱 소리가 들려왔다. 귀가 아니라 발바닥을 통해 들려오는 것 같은 깊은 울림이었다. 프레멘들이 벌레가 다가오는 길목에서 모래 위로 흩어지는 모습이 보였다.

벌레는 땅 위에서 파도처럼 움직이며 거대한 모래 물고기처럼 다가왔다. 놈의 체절이 꿈틀거리며 비틀리는 모습이 보였다. 거니는 사막이 잘 내려다보이는 위치에 서서 프레멘들이 벌레를 잡는 모습을 보았다. 첫 번째 **작살꾼***이 대담하게 벌레의 등 위로 뛰어올라 방향을 바꾸자, 다른 프레멘들 모두 비늘이 번득이는 벌레의 옆구리를 따라 위로 올라갔다.

"저것도 자네가 봐서는 안 될 것 중의 하나지." 폴이 말했다.

"저도 소문은 들었습니다. 하지만 직접 보지 않고서는 워낙 믿기 어려운 이야기였죠." 그가 고개를 절레절레 저으며 말을 이었다. "아라키스의 모든 사람들이 두려워하는 저 생물을 도련님과 프레멘들은 마치 타고 다니는 짐승처럼 다루는군요."

"아버지가 사막 작전 능력에 대해 얘기하시는 걸 자네도 들었을 거야. 이게 바로 그것이지. 이 행성의 표면은 우리 것이야. 폭풍도, 그 어떤 생물도, 어떤 환경도 우리를 막을 수 없어."

'우리라. 그건 프레멘을 의미하는 말이야. 공작님은 자신도 프레멘의 한 사람인 것처럼 얘기하고 있어.' 거니는 스파이스 때문에 파래진 폴의 눈을 다시 바라보았다. 자신의 눈 역시 조금 푸른 기운을 띠고 있다는 사실을 그는 알고 있었다. 그러나 밀수업자들은 다른 행성의 음식을 얻을 수 있었기 때문에 그들 사이에서는 눈 색깔이 일종의 계급을 의미하는 미묘한 분위기가 퍼져 있었다. 그들은 어떤 사람이 원주민들과 지나치게 동화되었다는 뜻으로 '스파이스 붓의 터치'라는 표현을 썼다. 그리고 그 말 속에는 항상 그런 사람을 믿어서는 안 된다는 암시가 포함되어 있었다.

"이 지역에서 우리가 환한 대낮에는 창조자를 타지 않던 시절이 있었지. 하지만 라반에게 남은 공군병력이 얼마 없기 때문에, 요즘은 그가 사막에서 작은 점 몇 개를 찾자고 그 병력을 낭비할 수 없는 처지가 되었어." 그가 거니를 바라보며 말을 이었다. "자네의 비행기가 여기 나타난 건 우리에게 충격이었네."

'우리에게…… 우리에게…….'

거니는 이런 생각을 털어버리려고 머리를 흔들었다. "그래도 우리가 공작님 일행을 보고 느낀 충격보다는 덜 했을 겁니다." 그가 말했다.

"저지대와 마을에서는 라반에 대해 뭐라고들 하지?"

"프레멘들이 자기들을 해칠 수 없을 정도로 열곡의 마을을 요새화했다고 하지요. 프레멘들이 밖에서 하릴없이 공격하며 지쳐가는 동안 자기들은 안에 가만히 앉아서 방어만 하면 된다고들 합니다."

"간단히 말해서 꼼짝할 수 없는 처지가 되었다는 얘기군."

"반면 공작님 일행은 어디든 마음대로 갈 수 있고요."

"그건 내가 자네한테서 배운 전술이야. 그들은 기선을 잃었어. 그건 그들이 전쟁에 졌다는 뜻이지."

거니가 미소를 지었다. 모든 의미를 이해하겠다는 듯 천천히 떠오르는 미소였다.

"우리 적은 내가 원하는 바로 그 장소에 있네." 폴이 거니를 흘끗 바라보며 말을 이었다. "거니, 이 전쟁을 끝내기 위해 나와 한편이 될 생각인가?"

"한편이 된다고요? 공작님, 전 언제나 공작님의 신하였습니다. 제가 공작님이 죽었다고 생각하게…… 공작님이 절 내버려두셨던 것뿐이죠. 그리고 전 버림받아 홀로 떠돌면서 제 목숨을 라반의 죽음이라는 정당한 대가를 받고 팔 수 있는 순간을 기다리며 지냈습니다."

폴이 당혹스러운 표정으로 침묵을 지켰다.

한 여자가 두 사람을 향해 바위를 기어 올라왔다. 사막복의 두건과 입마개 사이로 그녀의 눈이 폴과 그 옆에 있는 거니를 재빨리 차례차례 바라보았다. 그녀가 폴 앞에서 걸음을 멈췄다. 거니는 폴에게 가까이 다가서는 그녀의 모습에서 그에 대한 소유권을 주장하는 듯한 기색을 느꼈다.

"챠니, 이 사람이 거니 할렉이야. 내가 말한 적이 있지." 폴이 말했다.

그녀가 할렉을 보았다가 다시 폴에게 시선을 돌리며 말했다. "들은 적 있어."

"사람들이 창조자를 타고 어디로 간 거지?"

"장비를 수습할 시간을 주려고 다른 곳으로 끌고 갔을 뿐이야."

"뭐, 그럼……." 폴이 말을 끊고 허공을 향해 킁킁대며 냄새를 맡았다.

"바람이 오고 있어." 챠니가 말했다.

머리 위의 능선 꼭대기에서 누군가가 외쳤다. "호, 저기-, 바람이야!"

거니는 프레멘들의 동작이 점점 빨라지는 것을 보았다. 서두르는 기색
이 역력했다. 모래벌레도 두려워하지 않던 사람들이 바람을 두려워하고
있었다. 제조기 크롤러가 아래쪽 절벽 기슭으로 쿵쿵거리며 올라오자,
바위 사이로 움직일 수 있는 길이 열렸고…… 그 뒤에서 바위가 다시 닫
혔다. 바위가 닫힌 흔적이 너무 깔끔해서 거니의 눈으로는 통로의 위치
를 찾아내지 못할 정도였다.

"저런 은신처가 많이 있습니까?" 거니가 물었다.

"아주 많지." 폴이 말하고 나서 챠니에게 시선을 돌렸다. "코르바를 찾
아봐. 밀수업자들 중에 믿어서는 안 되는 사람들이 있다는 말을 거니가
해줬다고 전해."

그녀가 거니를 한번 바라보고 나서, 폴에게 시선을 옮겨 고개를 끄덕
이고는 영양처럼 민첩한 동작으로 바위 밑으로 뛰어 내려갔다.

"공작님의 여자로군요." 거니가 말했다.

"내 첫아이의 어머니지. 아트레이데스에 레토가 또 태어났어."

거니는 눈만 휘둥그렇게 뜰 뿐이었다.

폴은 주위의 움직임들을 자세하게 지켜보았다. 이제 남쪽 하늘은 온통
카레 빛깔로 가득 차 있었고, 때때로 강한 바람이 발작하듯 불어와서 그
들의 머리가 있는 데까지 흙먼지를 피워올렸다.

"사막복을 조이게." 폴이 말했다. 그리고 자신도 입마개와 두건을 쓰고

단단하게 조였다.

거니는 입마개가 있음을 다행으로 여기면서 폴의 명령에 따랐다.

폴이 입마개 때문에 분명하지 않은 목소리로 말했다. "부하들 중에 자네가 믿지 않는 사람이 누군가, 거니?"

"신참이 몇 명 있습니다. 외지인들이죠⋯⋯." 그는 갑자기 스스로의 말에 의아함을 느끼면서 멈칫거렸다. '외지인들이라니.' 그는 조금 전 너무나 자연스럽게 그 단어를 입에 올렸다.

"그래서?" 폴이 물었다.

"그들은 우리가 흔히 보는 재물을 쫓는 자들과 좀 다릅니다. 더 강해요."

"하코넨의 첩잔가?"

"그들이 하코넨에게 보고를 하는 것 같지는 않습니다, 공작님. 제 생각에는 제국에서 보낸 사람들 같아요. 그들에게서 왠지 살루사 세쿤더스의 냄새가 납니다."

폴이 날카로운 시선으로 거니를 바라보았다. "사다우카?"

거니가 어깨를 으쓱하며 대답했다. "아마도요. 하지만 잘 숨기고 있습니다."

폴은 고개를 끄덕였다. 거니가 아트레이데스의 가신다운 태도를 너무나 자연스럽게 되찾았다는 생각이 들었지만⋯⋯ 미묘하게 거리를 두는 듯한⋯⋯ 다른 느낌이 있었다. 아라키스가 거니도 바꿔놓은 것이다.

두건을 쓴 프레멘 두 명이 아래쪽의 깨어진 바위에서 모습을 드러내더니 위로 올라오기 시작했다. 둘 중 한 사람은 한쪽 어깨에 커다란 검은색 꾸러미를 메고 있었다.

"제 부하들은 지금 어디 있습니까?" 거니가 물었다.

"우리 발 아래 바위 속에 있네. 여기 동굴이 하나 있거든. 새들의 동굴.

폭풍이 지나간 뒤에 그들을 어떻게 할 건지 결정할 거야."

위쪽에서 누군가가 소리쳤다. "무앗딥!"

폴이 고개를 돌리자 프레멘 경비병이 동굴 안으로 내려가라고 손짓하는 모습이 보였다. 폴은 알아들었다는 신호를 보냈다.

거니가 색다른 표정으로 그를 유심히 살펴보며 말했다. "공작님이 무앗딥이라고요? '사막의 의지'라는 그 무앗딥?"

"그건 내 프레멘 이름이야."

거니는 견딜 수 없이 불길한 예감을 느끼며 고개를 돌렸다. 그의 부하 중 절반은 죽어서 사막에 누워 있고 나머지 절반은 포로가 되었다. 의심스러운 신참들에 대해서는 신경 쓰지 않았지만 다른 사람들 중에는 좋은 사람들이 있었다. 그들은 그의 친구였고 그는 그들에 대해 책임을 느꼈다. 폴은 "폭풍이 지나간 뒤에 그들을 어떻게 할 건지 결정할 거야"라고 말했다. 무앗딥의 말이었다. 거니는 리산 알 가입인 무앗딥에 대해 들은 이야기들을 떠올렸다. 그가 하코넨 장교의 가죽을 벗겨 북을 만들었다는 얘기도 있었고, 그를 둘러싸고 있는 죽음의 특공대 페다이킨이 '그분'이라는 말을 죽음의 노래처럼 외치며 전투에 뛰어든다는 얘기도 있었다.

바위를 기어오르던 두 프레멘이 폴 앞에 있는 선반처럼 생긴 바위로 가볍게 뛰어올랐다. 얼굴이 거무스름한 프레멘이 말했다. "모두 처리했네, 무앗딥. 이제 우리도 내려가는 게 좋겠군."

"알았소."

거니는 그 남자의 목소리에 주목했다. 명령과 요청이 반씩 섞인 어조였다. 이 사람이 바로 스틸가, 프레멘의 새로운 전설에 무앗딥과 함께 등장하는 바로 그 사람이었다.

폴이 나머지 한 사람이 들고 있는 꾸러미를 바라보며 말했다. "코르바, 그 꾸러미 안에 뭐가 있지?"

스틸가가 대답했다. "크롤러 안에 있던 걸세. 여기 있는 자네 친구 이름의 머리글자가 새겨져 있고 안에는 발리세트가 들어 있네. 자네가 거니 할렉의 발리세트 연주 솜씨에 대해 말하는 걸 여러 번 들었지."

거니는 스틸가를 자세히 뜯어보았다. 사막복의 입마개 위로 검은 턱수염과 매 같은 시선, 그리고 윤곽이 분명한 코가 보였다.

"똑똑한 동료를 두셨군요, 공작님." 거니가 말했다. "고맙소, 스틸가."

스틸가는 함께 온 프레멘에게 꾸러미를 거니에게 넘겨주라는 신호를 보냈다. 그리고 거니에게 이렇게 말했다. "공작님께 감사하시오. 그분의 호의 덕분에 당신이 여기 받아들여질 수 있는 거요."

거니는 꾸러미를 받아 들면서 스틸가의 말 속에 은근히 배어 있는 험악한 어조에 어리둥절했다. 마치 그에게 도전하는 듯한 분위기라서, 거니는 혹시 그가 질투하는 건가 하는 생각이 들었다. 아라키스 이전의 시절에 폴을 알던 거니 할렉이라는 인물이 나타나서 스틸가로서는 결코 침범할 수 없는 동료 의식을 나누고 있는 것이 그 이유인 듯했다.

"두 사람이 친구가 됐으면 좋겠군." 폴이 말했다.

"프레멘 스틸가는 아주 유명한 이름입니다. 저는 하코넨을 죽인 자라면 누구하고든 친구가 되는 것을 영광으로 생각합니다." 거니가 말했다.

"내 친구 거니 할렉과 손을 맞잡지 않겠소, 스틸가?"

스틸가가 천천히 손을 내밀어 칼을 휘두르느라 두꺼운 굳은살이 박인 거니의 손을 세게 움켜쥐었다. "거니 할렉의 이름을 들어보지 못한 사람은 거의 없소." 그는 이렇게 말하고 손을 놓았다. 그리고 폴을 향해 돌아서며 말했다. "폭풍이 빠르게 달려오고 있네."

"즉시 내려갑시다." 폴이 말했다.

스틸가가 몸을 돌려 앞장서서 바위 사이를 내려갔다. 구불구불한 길을 따라 내려가니 그림자 속에 잠긴 깊게 갈라진 틈이 나왔다. 일행은 그 틈을 통해 나지막한 동굴 입구로 들어갔다. 사람들이 그들의 등 뒤에서 서둘러 입구를 봉인했다. 발광구가 천장이 둥글고 널찍한 공간을 비추고 있었다. 공간의 한쪽 편에는 위로 솟아오른 바위 턱이 있었고, 거기에서부터 어딘가로 통로가 이어져 있었다.

폴이 바위 위로 뛰어오르자 거니가 바로 뒤를 따랐다. 폴이 그를 이끌고 통로로 들어섰다. 다른 사람들은 입구 반대편에 있는 또 다른 통로로 향했다. 폴은 대기실을 지나 짙은 포도주 색깔의 벽걸이들이 걸려 있는 방으로 들어갔다.

폴이 말했다. "여기서 단둘이 시간을 좀 보낼 수 있을 거야. 다른 사람들은 나의……."

그때 바깥쪽 방에서 심벌즈가 부딪치는 듯한 커다란 경고음이 울리더니 곧바로 고함 소리와 무기 부딪치는 소리가 뒤따랐다. 폴은 재빨리 몸을 돌려 대기실을 지나 바깥쪽 방 위에 있는 중앙 홀로 달려갔다. 거니도 무기를 꺼내 들고 그의 뒤를 바짝 쫓았다.

아래쪽의 동굴 바닥에서 사람들이 정신없이 움직이며 혼전을 벌이고 있었다. 폴은 잠시 제자리에 서서 상황을 파악하며 로브와 **부르카***를 입은 프레멘과 다른 옷차림의 적들을 살펴보았다. 가장 작은 단서까지도 잡아낼 수 있도록 어머니에게 훈련받은 감각들이 중요한 사실을 알려주었다. 프레멘들이 싸우는 상대는 밀수업자의 로브를 입고 있었는데, 프레멘에게 밀린 그들은 세 명씩 짝지어 서로 등을 맞대고 삼각형을 이뤘다.

육박전에서 드러나는 그 버릇은 제국 사다우카의 상징이었다.

사람들 속에 섞여 있던 페다이킨 대원 하나가 폴을 발견하고 한결 커다란 목소리로 방 안이 쩡쩡 울리게 전투의 함성을 지르기 시작했다. "무앗딥! 무앗딥! 무앗딥!"

그러나 페다이킨이 아닌 또 다른 눈도 폴의 모습을 발견했다. 그가 폴을 향해 검은 칼을 던졌다. 폴은 칼을 피한 후 칼이 등 뒤의 돌에 부딪혀 '쨍그렁' 소리를 내는 것을 들었다. 고개를 돌려보니 거니가 칼을 줍고 있었다.

삼각형을 이룬 사람들은 이제 뒤로 밀리고 있었다.

거니는 칼을 폴의 눈앞에 치켜들고 제국의 색인 노란색의 머리카락처럼 가느다란 코일과 황금 사자의 문장, 그리고 칼자루 끝에 달린 여러 개의 눈을 손가락으로 가리켰다.

사다우카가 확실했다.

폴은 선반 같은 바위의 가장자리로 나섰다. 남아 있는 사다우카는 세 명뿐이었다. 방 안 여기저기에 사다우카와 프레멘의 시체들이 피투성이 걸레처럼 일그러진 모습으로 쌓여 있었다.

"그만! 폴 아트레이데스 공작이 너희들에게 싸움을 중지할 것을 명령한다!" 폴이 소리쳤다.

싸우던 사람들이 멈칫거리면서 동요했다.

"너희들, 사다우카!" 폴이 남아 있는 사다우카들을 향해 소리쳤다. "도대체 누구의 명령으로 이곳을 지배하는 공작을 위협하는 것이냐?" 그리고 자기 부하들이 사다우카 주위로 밀려들기 시작하는 것을 보고 재빨리 말을 덧붙였다. "싸움을 멈추라고 했잖나!"

구석에 몰린 세 명 중 한 사람이 몸을 똑바로 폈다. "우리가 사다우카라고 누가 그랬소?" 그가 다그치듯 물었다.

폴은 거니의 손에서 칼을 빼앗아 높이 쳐들었다. "이 칼이 너희가 사다우카라는 증거다."

"그럼 당신이 이곳을 지배하는 공작이라는 말은 누가 한 거요?" 남자가 다시 물었다.

폴은 페다이킨을 가리키면서 말했다. "이 사람들이 나를 이곳을 지배하는 공작으로 인정했다. 그리고 너희 황제가 아트레이데스 가문에 아라키스를 내려주셨다. 바로 내가 아트레이데스다."

사다우카들은 안절부절못하는 표정으로 침묵을 지켰다.

폴은 키가 크고 단조로운 얼굴에 왼쪽 뺨 절반을 가로질러 하얀 흉터가 있는 남자를 유심히 살펴보았다. 그의 태도에 분노와 혼란이 드러났다. 그러나 그의 자부심은 그대로였다. 자부심이 없는 사다우카는 벌거벗은 거나 마찬가지였고, 자부심을 지닌 사다우카는 알몸이어도 옷을 입은 거나 마찬가지였다.

폴은 페다이킨의 장교 중 한 명을 바라보며 말했다. "코르바, 저들이 어떻게 무기를 갖게 된 거냐?"

"사막복 안에 비밀 주머니를 만들어 칼을 숨기고 있었습니다." 코르바가 말했다.

폴은 방 안에 흩어져 있는 시체들과 부상자들을 둘러본 다음 다시 코르바에게 시선을 돌렸다. 말을 할 필요는 없었다. 코르바가 시선을 내리깔았다.

"챠니는 어디 있나?" 폴은 숨을 죽이고 대답을 기다렸다.

"스틸가가 그녀를 몰래 데리고 갔습니다." 코르바가 반대쪽 통로를 향해 고개를 끄덕여 보이고는 시체들과 부상자들을 흘끗 바라보았다. "이 실수에 대해 제가 책임을 지겠습니다, 무앗딥."

"사다우카가 전부 몇 명이었지, 거니?" 폴이 물었다.

"열 명이었습니다."

폴은 바닥으로 가볍게 뛰어내려 자신에게 질문한 사다우카가 언제라도 공격할 수 있는 거리까지 성큼성큼 걸어갔다.

페다이킨 대원들 사이에 긴장된 공기가 흘렀다. 그들은 그가 그렇게 위험에 노출되어 있는 것이 마음에 들지 않았다. 그들은 이런 종류의 일을 방지하겠다고 맹세한 사람들이었다. 무앗딥의 지혜를 보존하는 것이 프레멘의 소망이었으므로.

폴이 고개를 돌리지 않은 채 코르바에게 말했다. "우리 측 사상자는 몇 명인가?"

"부상 넷, 사망 둘입니다, 무앗딥."

사다우카들 뒤에서 뭔가 움직이는 것이 폴의 눈에 들어왔다. 챠니와 스틸가가 반대쪽 통로에 서 있었다. 그는 다시 사다우카에게 시선을 돌려, 자신에게 질문한 자의 외계인다운 하얀 눈을 노려보았다. "너, 네 이름을 말해라." 폴이 명령했다.

남자는 안색을 굳히며 좌우를 두리번거렸다.

"거짓말할 생각은 말아라. 너희들이 무앗딥을 찾아서 죽이라는 명령을 받았다는 사실을 이미 분명하게 알고 있으니까. 사막 깊숙한 곳에서 스파이스를 찾자고 제의한 사람이 틀림없이 너희였을 테지."

등 뒤에서 거니가 숨을 삼키는 소리에 폴은 희미한 미소를 지었다.

사다우카의 얼굴이 검붉은 색으로 달아올랐다.

"네 앞에 서 있는 사람은 그냥 무앗딥이기만 한 게 아니다. 너희 중 일곱이 죽었고 우리 중 둘이 죽었다. 삼 대 일이지. 사다우카를 상대로 상당히 좋은 편 아닌가, 응?"

남자가 앞으로 달려들 듯하다가 페다이킨 대원들이 앞으로 나서자 무너지듯 뒤로 물러났다.

"난 네 이름을 물었다." 폴은 미세하게 '목소리'를 섞어 말을 이었다. "이름을 말해라!"

"제국 사다우카의 아람샴 대위요!" 남자는 재빨리 대답하더니 입이 떡 벌어진 채 혼란스러운 표정으로 폴을 노려보았다. 이 동굴을 야만인들의 서식지쯤으로 치부하던 태도는 싹 사라졌다.

"그래, 아람샴 대위, 하코넨들은 지금 네가 알고 있는 정보를 캐낼 수만 있다면 비싼 대가를 지불하는 것도 마다하지 않겠지. 그리고 황제도. 자기가 배신했음에도 아트레이데스 사람 하나가 아직도 살아 있다는 정보라면 황제가 무엇인들 내놓지 못하겠나?"

대위는 좌우를 두리번거리며 남아 있는 두 명의 동료들을 바라보았다. 폴은 그의 머릿속에서 요동치는 생각이 눈에 보이는 듯했다. 사다우카는 절대 항복하는 법이 없었다. 그러나 무슨 수를 써서라도 이런 위협이 존재한다는 사실을 황제에게 알려야 했다.

폴은 계속 '목소리'를 사용하면서 말했다. "항복해라, 대위."

대위 왼쪽에 있던 남자가 갑자기 폴을 향해 달려들었다. 그러나 그의 가슴에 부딪친 것은 번쩍이며 빛을 발하는 대위의 칼이었다. 폴을 향해 달려들던 남자가 가슴에 칼을 박은 채 힘없이 풀썩 바닥으로 쓰러졌다.

대위가 이제 하나밖에 남지 않은 동료를 정면으로 바라보며 말했다. "폐하를 위해 가장 좋은 일이 무엇인지 결정하는 것은 나다. 알겠나?"

이 말을 들은 사다우카의 어깨가 축 처졌다.

"무기를 내려놓아라." 대위가 말했다.

사다우카는 이 명령에 복종했다.

대위가 다시 폴에게 시선을 돌리며 말했다. "난 당신 때문에 친구를 죽였소. 그걸 영원히 기억하시오."

"너희들은 내 포로야. 넌 내게 항복했다. 네가 죽든 살든, 그건 중요하지 않다." 폴은 이렇게 말하고 나서 경비병에게 두 사다우카를 데려가라고 손짓한 다음, 죄수들의 몸수색을 맡았던 장교에게 신호를 보냈다.

경비병들이 사다우카들을 난폭하게 밀치며 사라졌다.

폴이 장교를 향해 몸을 기울였다.

"무앗딥, 제가 실망시켜……."

"실망시킨 건 나다, 코르바. 어디서 무엇을 찾아봐야 하는지 미리 경고해 줬어야 하는데. 앞으로 사다우카의 몸수색을 할 때는 반드시 이번 일을 기억해라. 그리고 모든 사다우카들의 발톱 중 한두 개는 반드시 가짜라는 점도 명심해라. 그 발톱을 몸에서 나온 분비물과 결합시키면 효과적인 송신기가 되지. 가짜 치아도 한 개 이상 있을 것이다. 머리카락 속에는 **시거와이어*** 코일이 있고. 너무 가늘어서 간신히 탐지해 낼 정도인데, 사람의 목을 졸라서 잘라버릴 수도 있을 정도로 튼튼하다. 사다우카를 상대할 때는 탐색기로 조사하고, 반사 현미경과 투시 현미경으로 조사하고, 몸에 있는 털이란 털은 모두 조금씩 잘라서 조사해야 한다. 그리고 모든 조사가 끝난 후에도 모든 걸 발견한 게 아니라고 확신해야 한다."

그가 거니를 올려다보았다. 거니는 곁으로 다가와 그의 말에 귀를 기울이고 있었다.

"그럼 놈들을 죽이는 게 제일 좋겠군요." 코르바가 말했다.

폴은 시선을 여전히 거니에게 둔 채 고개를 저었다. "아니. 도망치게 놔둬."

거니가 그를 똑바로 쳐다보았다. "각하……."

"응?"

"여기 있는 장교의 말이 옳습니다. 그 죄수들을 당장 죽이세요. 그들과 관련된 증거도 모두 파기해 버리시고요. 각하는 제국 사다우카에게 창피를 주셨습니다! 황제가 그걸 알면 각하를 천천히 타오르는 불 위에 올려놓을 때까지 가만있지 않을 겁니다."

"황제가 내게 그런 힘을 행사할 가능성은 별로 없네." 폴이 천천히 차가운 어조로 말했다. 사다우카와 얼굴을 맞대고 있는 동안 그의 내부에서 어떤 일이 일어났다. 그의 의식 속에 수많은 결정들의 합이 축적된 것이다. "거니, 라반 주위에 조합 사람들이 많이 있나?" 그가 물었다.

거니는 몸을 똑바로 펴면서 눈을 가늘게 떴다. "각하의 질문은 이해가……."

"많이 있나?" 폴이 소리쳤다.

"아라키스에는 조합 사람들이 우글우글합니다. 그들은 스파이스가 온 우주에서 가장 귀중한 물건이라도 되는 것처럼 사들이고 있습니다. 그렇지 않다면 우리가 이렇게 멀리까지 나올 이유가……."

"스파이스는 온 우주에서 가장 중요한 물건일세, 그들에게는."

폴은 자신을 향해 방을 가로질러 오고 있는 스틸가와 챠니에게 고개를 돌렸다. "그리고 우린 스파이스를 장악하고 있어, 거니."

"하코넨이 장악하고 있습니다!" 거니가 반박했다.

"어떤 물건을 파괴할 수 있는 사람들, 그들이 바로 그것을 장악하고 있는 거야." 폴이 말했다. 그리고 손을 저어 거니가 더 이상 말을 못 하게 막은 후 챠니와 나란히 자기 앞에서 걸음을 멈춘 스틸가에게 고개를 끄덕였다.

폴은 왼손으로 사다우카의 칼을 들어 스틸가에게 내밀었다. "당신은 부족을 위해 살고 있소. 이 칼로 내 몸에 생명의 피를 낼 수 있겠소?"

"부족을 위해서라면." 스틸가가 으르렁거리듯이 말했다.

"그럼 그 칼을 사용하시오."

"지금 내게 도전하는 건가?"

"만약 그런 거라면, 난 아무 무기 없이 저기 서서 당신에게 죽임을 당하겠소."

스틸가가 짧고 날카롭게 숨을 들이쉬었다.

"우슬!" 챠니가 이 말과 함께 거니를 보다가 폴에게 시선을 돌렸다.

스틸가가 여전히 폴의 말에 담긴 의미를 가늠하고 있는 동안 폴이 말했다. "당신은 전사 스틸가요. 그런데 사다우카가 여기서 싸움을 시작했을 때 당신은 싸움의 최전선에 있지 않았소. 당신이 가장 먼저 한 생각은 챠니를 보호해야 한다는 거였지."

"이 애는 내 조카야. 자네의 페다이킨이 그 쓰레기 같은 놈들을 처리하지 못할 거라고는 조금도 걱정을……."

"왜 가장 먼저 챠니를 생각한 거요?" 폴이 다그치듯 물었다.

"난 그러지 않았네!"

"그래요?"

"내가 생각한 건 자네였어." 스틸가가 인정했다.

"당신은 자신이 내게 맞서서 손을 들 수 있다고 생각하시오?" 폴이 물었다.

스틸가의 몸이 떨리기 시작했다. "그것이 관습이야." 그가 중얼거렸다.

"사막에서 발견된 다른 행성의 이방인들을 죽여서 그들의 물을 샤이 훌루드의 선물로 알고 가지는 것도 관습이지. 하지만 당신은 어느 날 밤 그런 이방인 두 명의 목숨을 살려주었소. 바로 내 어머니와 나 자신을."

스틸가가 떨리는 몸으로 뚫어지게 그를 바라보며 침묵을 지키자 폴이 말을 이었다. "관습은 변하는 법이오, 스틸. 당신이 스스로 그 관습을 바꾼 적이 있소."

스틸가가 자기 손에 들린 칼의 노란색 상징을 내려다보았다.

"내가 아라킨에서 공작의 자리를 회복하고 챠니가 내 옆에 있게 될 때, 타브르 시에치의 자잘한 일들에 신경을 쓸 만큼 나에게 시간적 여유가 있을 거라고 생각하오? 당신은 모든 가정의 속사정까지 신경을 쓰고 있소?"

스틸가는 여전히 칼을 노려보기만 했다.

"당신은 내가 내 오른팔을 잘라 버리고 싶어 할 거라고 생각하오?" 폴이 다그치듯 물었다.

스틸가가 천천히 고개를 들어 폴을 바라보았다.

"당신! 당신은 내가 나 자신과 이 부족에게서 당신의 지혜와 힘을 빼앗아버리고 싶어 할 거라고 생각하오?"

스틸가가 낮은 목소리로 말했다. "내가 이름을 알고 있는 우리 부족의 젊은이라면, 샤이 훌루드의 뜻에 따라 도전의 장에서 그를 죽일 수 있네. 하지만 리산 알 가입을 해칠 수는 없어. 자네도 내게 이 칼을 내밀 때 그걸 알고 있었지."

"그래, 알고 있었소."

스틸가가 손을 벌렸다. 칼이 바닥의 돌에 부딪치며 '챙그렁' 소리를 냈다. "관습은 변하는 법이지." 그가 말했다.

"챠니." 폴이 말했다. "어머니에게 가서 이리로 오시라고 해. 난 어머니의 조언이 필요하다……."

"하지만 우리 모두 남쪽으로 갈 거라고 했잖아!" 챠니가 항의했다.

"내 생각이 틀렸어. 하코넨은 거기 있지 않아. 전쟁도 거기 있지 않아."

챠니는 깊이 숨을 들이마시며, 사막의 여인들이 죽음과 맞닿은 삶 속에서 어쩔 수 없이 받아들여야 하는 일들을 받아들이듯이 그의 말을 받아들였다.

"반드시 어머니에게만 내 메시지를 전해야 해. 스틸가는 나를 아라키스의 공작으로 인정했지만, 젊은이들이 결투 없이 그걸 받아들이게 만들 방법을 찾아야 한다고 전해 줘."

챠니가 스틸가를 흘끗 바라보았다.

"그의 말대로 해라." 스틸가가 으르렁거리듯이 말했다. "그가 나를 제압할 수 있다는 건 우리 둘 다 알아……. 그리고 난 그에게 맞서 손을 들어 올릴 수도 없지…… 부족을 위해서 말이다."

"나도 당신 어머니와 함께 돌아오겠어." 챠니가 말했다.

"어머니만 보내. 스틸가의 본능이 옳았어. 난 당신이 안전할 때 더 강해질 수 있어. 그러니까 시에치에 남아."

그녀는 뭐라고 항의를 하려다가 그냥 말을 삼켰다.

"시하야." 폴이 자기만 부르는 그녀의 이름을 불렀다. 그리고 오른쪽으로 휙 돌아서서 이글거리는 거니의 시선을 맞받았다.

폴이 어머니를 언급한 후 폴과 스틸가 사이에서 오고간 얘기는 거니에게 구름 속에서 벌어진 일처럼 느껴졌다.

"어머니라고요?" 거니가 말했다.

"습격이 있던 날 밤, 아이다호가 우릴 구해 줬지." 폴이 챠니와의 이별에 정신이 팔려 건성으로 대답했다. "지금 우리는……."

"던컨 아이다호는 어떻게 됐습니까, 공작님?" 거니가 물었다.

"죽었네. 우리에게 도망칠 시간을 벌어주느라고."

'그 마녀가 살아 있어! 내가 복수를 하겠다고 맹세한 그 여자가 살아 있어! 폴 공작은 어떤 인간이 자기를 낳아줬는지 모르는 게 분명해. 사악한 여자! 공작의 아버지를 하코넨에게 팔아넘긴 여자!'

폴이 그를 지나쳐 바위 턱으로 뛰어올랐다. 그는 뒤를 흘끗 돌아다보며 부상자들과 시체들이 다른 곳으로 운반되었음을 확인했다. 폴 무앗딥의 전설에 새로운 장이 하나 추가되게 생겼다는 생각에 기분이 씁쓸해졌다. '난 칼을 뽑지도 않았어. 하지만 사람들은 오늘 내가 맨손으로 사다우카 스무 명을 죽였다고 하겠지.'

거니는 스틸가와 함께 뒤를 따랐다. 그러나 발바닥에 밟히는 땅이 느껴지지도 않았다. 분노 때문에 노란색 발광구가 빛나는 이 동굴도 머릿속에서 완전히 사라져버렸다. '마녀가 살아 있어. 그 여자가 배신한 사람들은 외로운 무덤 속에서 뼈가 되어 있는데. 그 여자를 죽이기 전에 어떻게든 폴에게 그 여자에 대한 진실을 알려야 해.'

∋⦻⊱

성난 사람이 분노 때문에 자신의 내적인 자아가 들려주는 말을 부정하는 경우가 얼마나 많은가.

—이룰란 공주의 『무앗딥 어록집』

동굴 안의 회의실에 모여 있는 군중들은 폴이 야미스를 죽인 날 제시카가 느꼈던 것과 같은 분위기를 내뿜고 있었다. 사람들이 긴장한 목소리로 웅성거리는 소리가 들렸다. 로브의 바다 속에서 몇 명씩 작게 무리를 지어 몰려 있는 사람들의 모습이 보였다.

제시카는 폴의 개인 거처에서 바위 턱으로 나가면서 메시지 통을 로브 밑에 집어넣었다. 남쪽에서 여기까지 긴 여행 후 충분히 휴식을 취했지만, 폴이 포획한 오니숍터의 사용을 아직 허락하려 하지 않는다는 사실에 여전히 속이 상했다.

"우린 아직 공중을 충분히 장악하지 못했습니다. 그리고 다른 행성에서 가져오는 연료에 의존하는 입장이 되어서도 안 됩니다. 우리가 최대한의 힘을 발휘해야 하는 날을 위해 연료와 비행기를 잘 비축해 두어야 해요." 폴은 이렇게 말했다.

폴은 바위 턱 근처에 청년들과 함께 서 있었다. 발광구의 창백한 빛 때문에 동굴 안의 풍경이 약간 비현실적으로 보였다. 마치 정지 화면을 보고 있는 것 같았다. 그러나 거기에는 시에치 특유의 냄새와 사람들의 속삭임, 사람들이 움직이는 소리 등이 덧붙여져 있었다.

제시카는 아들을 유심히 살피며 그가 왜 거니 할렉이라는 뜻밖의 선물을 아직 자랑스럽게 내보이지 않는지 모르겠다고 생각했다. 거니를 생각하자 편안했던 과거의 기억들이 마음을 어지럽혔다. 폴의 아버지와 함께했던 사랑스럽고 아름다운 시절의 기억들이었다.

스틸가는 바위 턱의 반대편 끝에서 사람들 몇 명과 함께 기다리고 있었다. 말없이 서 있는 그의 모습에서 필연적인 품위가 느껴졌다.

'이 사람을 잃을 수는 없어. 폴의 계획은 분명히 효과가 있을 거야. 그렇지 않으면 모든 게 비극이 되어버리고 말아.' 제시카는 생각했다.

그녀는 바위 턱을 걸어 스틸가에게 눈길 한번 주지 않고 지나쳐 군중 속으로 내려섰다. 그녀가 폴 쪽으로 걸어가자 사람들이 그녀를 위해 길을 열어주었다. 그녀의 등 뒤로 침묵이 뒤따랐다.

그녀는 이 침묵의 의미를 알고 있었다. 대모에 대한 경외심과 말없는 질문, 그것이 이 침묵 속에 담겨 있었다.

그녀가 폴에게 다가가자 폴 옆에 서 있던 청년들이 뒤로 물러났다. 그녀는 청년들이 그에게 예전과는 또 다른 새로운 경의를 표하는 모습을 보며 순간적으로 난감한 심정이 되었다. 베네 게세리트의 격언 중에 '너보다 밑에 있는 모든 사람들은 너의 자리를 탐낸다'는 말이 있었다. 그러나 그녀는 젊은이들의 얼굴에서 전혀 욕심을 찾아볼 수 없었다. 그들은 지도자 폴에 대한 광신적인 열정 때문에 폴에게 가까이 다가오지 못했

다. 베네 게세리트의 또 다른 격언이 머릿속에 떠올랐다. '예언자들은 폭력으로 죽임을 당하게 마련이다.'

폴이 제시카를 바라보았다.

"시간이 됐다." 그녀가 이렇게 말하면서 폴에게 메시지 통을 건네주었다.

폴의 옆에 있던 젊은이들 중 용감한 청년 하나가 스틸가 쪽을 흘끗 쳐다보며 말했다. "그에게 도전하시겠습니까, 무앗딥? 지금이 바로 그때입니다. 당신이 도전하지 않는다면 사람들은 당신을 겁쟁이라……."

"누가 감히 나를 겁쟁이라고 부른단 말이냐?" 폴이 다그치듯 물었다. 그의 손이 번개처럼 크리스나이프의 자루를 잡았다.

숨죽인 침묵이 사람들 사이로 번져나갔다.

"지금 해야 할 일이 있다." 폴이 말하는 동안 청년은 그에게서 뒤로 물러났다. 폴은 몸을 돌려 어깨로 사람들 사이를 헤치며 나아가 바위 턱으로 가볍게 뛰어올랐다. 그리고 사람들을 향해 섰다.

"도전하시오!" 누군가가 날카롭게 소리질렀다.

웅성거림과 속삭임이 뒤를 이었다.

폴은 사람들이 조용해질 때까지 기다렸다. 여기저기서 사람들이 발을 꼼지락거리거나 헛기침을 하는 가운데 서서히 침묵이 찾아왔다. 동굴 안이 조용해지자 폴은 턱을 치켜들고 가장 먼 구석까지도 잘 들리는 목소리로 말했다.

"여러분은 기다림에 지쳐 있다." 폴이 말했다.

그는 사람들이 응답하는 소리가 잦아들 때까지 또다시 기다렸다.

'그래, 이 사람들은 정말 기다림에 지쳐 있어.' 폴은 속으로 생각했다. 그는 메시지 통의 무게를 가늠하며 그 안에 들어 있는 물건에 대해 생각했다. 어머니가 이미 그 물건을 보여주면서 하코넨의 밀사에게서 빼앗은 것이라고 설명해 주었다.

그 물건에 적혀 있는 메시지는 분명했다. 라반이 버림받아 이곳 아라키스에서 혼자 힘으로 버텨야 한다는 것! 그는 도움을 요청할 수도, 지원 부대를 불러올 수도 없었다!

폴이 다시 목소리를 높였다. "여러분은 이제 내가 스틸가에게 도전해서 우리 부대의 지도자를 갈아치워야 할 때가 됐다고 생각한다!" 폴은 사람들이 대답을 하기 전에 분노에 찬 목소리로 급히 다음 말을 던졌다. "리산 알 가입이 정말로 그렇게 멍청하다고 생각하는 건가?"

모두들 경악해서 감히 입을 열지 못했다.

'저 애는 지금 자신의 종교적인 지위를 받아들이고 있어. 그래서는 안 돼!' 제시카는 생각했다.

"그것이 관습이오!" 누군가가 소리쳤다.

폴은 저변에 깔린 감정의 흐름을 조심스럽게 탐색하면서 건조하게 말했다. "관습은 변하게 마련이야."

동굴 구석에서 누군가가 성난 목소리로 외쳤다. "어떤 관습을 바꿀 건지 결정하는 건 우리요!"

여기저기에서 옳다고 사람들이 고함을 질러댔다.

"그럼 여러분이 원하는 대로." 폴이 말했다.

제시카는 폴의 목소리에 담긴 미세한 억양을 통해 그가 자신에게서 배운 대로 목소리의 힘을 이용하고 있음을 알 수 있었다.

"결정은 여러분이 내린다. 하지만 그 전에 내 말을 들어야 한다." 폴이 말했다.

스틸가가 바위 턱을 따라 움직였다. 턱수염을 기른 그의 얼굴에는 표정이 없었다. "그것 역시 관습이다. 회의에서는 어떤 프레멘도 발언을 할 수 있다. 무앗딥은 프레멘이다." 스틸가가 말했다.

"부족의 이익, 그것이 가장 중요하지. 그렇지 않소?" 폴이 물었다.

스틸가가 여전히 단조롭고 위엄 있는 목소리로 말했다. "우리의 발걸음은 그렇게 인도되고 있네."

"좋소. 그렇다면 누가 우리 부족의 부대를 다스리고 있는가? 신비로운 방법으로 훈련시킨 전투 교관들을 통해 이 부족과 부대를 모두 다스리는 자가 누구인가?"

폴은 사람들의 머리를 굽어보며 기다렸다. 아무도 대답하지 않았다.

이윽고 그가 말했다. "스틸가가 이 모든 것을 다스리는가? 그는 자신이 다스리는 게 아니라고 스스로 말한다. 그럼 내가 다스리는가? 때로는 스틸가조차 내 명령에 따른다. 그리고 현명한 자들 중에서 가장 현명한 자들도 내게 귀를 기울이고 회의에서 나를 존중한다."

사람들이 불안하게 꼼지락거리면서 침묵을 지켰다.

"그럼, 내 어머니가 다스리는가?" 폴은 대모의 검은 옷을 입고 사람들 사이에 서 있는 제시카를 가리켰다. "스틸가와 부대의 지도자들은 중요한 결정을 내릴 때 거의 언제나 어머니에게 조언을 구한다. 이건 여러분도 알고 있는 사실이다. 그러나 대모가 모래 위를 걷고 하코넨에 대한 습격을 이끄는가?"

폴의 눈에 보이는 사람들의 이마가 조금 찌푸려져 있었다. 그러나 성난 웅성거림은 잦아들지 않았다.

'이건 위험한 방법이야.' 제시카는 생각했다. 그러나 메시지 통에 들어 있는 물건의 의미를 기억해 내고는 폴의 의도가 무엇인지 깨달았다. 폴은 사람들의 불안한 마음속 깊은 곳으로 곧장 들어가서 그것을 떨쳐버릴 작정이었다. 그러면 나머지 일은 저절로 해결될 터였다.

"도전과 결투가 없으면 아무도 지도자의 권위를 인정하지 않는다는 건가?" 폴이 물었다.

"그것이 관습이오!" 누군가가 소리쳤다.

"우리 목적이 무엇인가? 하코넨의 짐승, 라반을 몰아내고 우리 행성을 물이 풍성하고 행복한 곳으로 만드는 것, 이것이 우리 목적 맞는가?"

"어려운 임무에는 가혹한 방법이 필요한 법이오." 누군가가 소리쳤다.

"여러분은 전투에 나서기 전에 칼을 부수는가? 지금부터 내가 하는 말은 자랑이나 도전이 아니라 사실이다. 일 대 일의 결투에서 내게 대항할 수 있는 사람은 여기 스틸가를 포함해 아무도 없다. 스틸가 자신도 그걸 인정했지. 그는 그걸 알고 있다. 여러분도 마찬가지고."

군중들 사이에서 성난 웅성거림이 다시 일었다.

"여러분 중에는 훈련장에서 나와 함께했던 사람이 많다. 그러니 내 말이 한가한 자랑이 아니라는 걸 알 거다. 내가 이 말을 하는 건 그것이 우리 모두가 알고 있는 사실이기 때문이고, 내가 그 사실을 모를 만큼 바보가 아니기 때문이다. 난 여러분보다 훨씬 일찍 신비로운 방법의 훈련을 시작했고, 내 스승들은 여러분이 지금까지 보았던 그 누구보다 강한 사람들이었다. 그렇지 않고서야 다른 아이들 같으면 모의 전투나 하고 있을 나이에 어떻게 야미스를 제압할 수 있었겠나?"

'저 아이는 '목소리'를 아주 잘 사용하고 있어. 하지만 이 사람들한테 그것만으로는 충분하지 않아. 저들은 소리를 통한 통제에 잘 단련되어 있어. 폴은 저들을 논리로도 사로잡아야 해.' 제시카는 생각했다.

"그래서 우린 이런 결론에 이르렀다." 폴은 메시지 통을 들어 올려 그 안에 들어 있는 테이프 조각을 꺼냈다. "이건 하코넨의 밀사에게서 빼앗은 것이다. 이것이 진짜라는 사실에는 의심의 여지가 없다. 이것은 라반에게 보내는 메시지이다. 이 메시지는 새로운 병사들을 보내달라는 요청을 거절하며, 그의 스파이스 수확량이 할당량을 훨씬 밑돌고 있고, 지금의 인력으로 아라키스에서 더 많은 스파이스를 쥐어짜내야 한다고 말하고 있다."

스틸가가 폴 옆으로 다가왔다.

"이 메시지의 의미를 알 수 있는 사람이 여러분 중에 몇 명이나 되는가? 스틸가는 즉시 그 의미를 깨달았다." 폴이 말했다.

"저들이 고립되었다는 뜻이오!" 누군가가 소리쳤다.

폴은 메시지와 통을 허리띠 안으로 밀어 넣었다. 그리고 머리를 땋듯이 자기 목에다 꼬아놓은 시거와이어를 꺼내서 반지를 빼낸 다음 높이 쳐들었다.

"이것은 내 아버지의 공작 인장이었다. 난 아라키스 전역에서 내 부대를 이끌고 아라키스를 나의 정당한 영지로 주장할 준비가 될 때까지 결코 이 반지를 끼지 않겠다고 맹세했다." 그가 반지를 손가락에 끼고 주먹을 꽉 쥐었다.

쥐 죽은 듯한 정적이 동굴을 움켜쥐었다.

"이곳을 다스리는 사람이 누구인가?" 폴이 물었다. 그리고 주먹을 치켜들면서 소리쳤다. "내가 이곳을 다스린다! 아라키스의 그 어느 곳도 내가 다스리지 않는 곳은 없다! 황제가 뭐라고 하든 이곳은 내가 공작으로서 다스리는 나의 영지이다! 황제가 이곳을 내 아버지에게 주었고 아버지를 통해 내가 물려받았다!"

폴이 발끝으로 서서 몸을 높였다가 다시 원래 자세로 돌아왔다. 그는 군중을 유심히 살피며 사람들의 기분을 확인했다.

'거의 다 됐어.' 그는 생각했다.

"내가 제국으로부터 부여받은 정당한 나의 권리를 주장하게 됐을 때 아라키스에서 중요한 자리를 차지하게 될 사람들이 여기 있다. 스틸가도 그중 한 사람이다. 내가 그를 지위로 유혹하려는 것이 아니다! 여기 있는 다른 많은 사람들과 마찬가지로 나 역시 그에게 목숨을 빚지고 있지만, 그렇다고 그에게 고마워서 지위를 주겠다는 것도 아니다. 내가 그에게 지위를 주는 것은 그가 현명하고 강한 사람이기 때문이다. 그가 규칙뿐만이 아니라 머리로 이 부족을 다스리기 때문이다. 여러분은 내가 멍청하다고 생각하는가? 내가 여러분에게 구경거리를 제공하기 위해 내 오른팔을 자르고, 그 피투성이 오른팔을 이곳 동굴 바닥에 내버릴 것이라고 생각하는가?"

폴은 엄격한 시선으로 사람들을 한 바퀴 둘러보았다. "내가 아라키스의 정당한 통치자가 아니라고 말할 수 있는 사람이 여기 누가 있는가? 내가 에르그에 있는 모든 프레멘 부족의 지도자를 죽여 그 사실을 증명해야 하는가?"

폴 옆에서 스틸가가 의문을 담은 시선으로 그를 바라보면서 불안하게 몸을 움직였다.

"우리에게 힘이 가장 필요한 이때에 내가 그 힘을 제거해야 하는가?" 폴이 물었다. "나는 여러분의 통치자다. 난 이제 우리가 우리 중 가장 훌륭한 사람들을 죽이는 짓을 그만두고 우리의 진짜 적인 하코넨을 죽이기 시작해야 한다고 여러분에게 명령한다!"

스틸가가 눈에 보이지도 않을 만큼 빠른 동작으로 크리스나이프를 꺼내 그 칼로 군중들의 머리 위를 가리키며 소리쳤다. "폴 무앗딥 공작님 만세!"

귀가 멍멍할 정도의 함성이 동굴을 가득 채우며 거듭 메아리쳤다. 그

들은 환호하며 주문을 외듯 같은 말을 반복했다. **"야 햐 초우하다!*** 무앗
딥! 무앗딥! 무앗딥! 야 햐 초우하다!"

제시카는 말없이 군중들의 말을 번역했다. "무앗딥의 전사들이여, 만
세!" 그녀와 폴과 스틸가가 함께 만들어낸 계획이 예상대로 효과를 거둔
것이다.

천천히 소란이 가라앉았다.

사람들이 다시 조용해지자 폴이 스틸가를 향해 몸을 돌리고 말했다.
"무릎을 꿇으시오, 스틸가."

스틸가가 바닥에 무릎을 꿇었다.

"당신의 크리스나이프를 내게 주시오."

스틸가는 명령에 복종했다.

'이건 우리 계획에 없었어.' 제시카는 생각했다.

"내 말을 따라 하시오, 스틸가." 폴은 전사의 임명식에서 사용되는 말
을 떠올렸다. 그는 예전에 아버지가 이 말을 하는 모습을 본 적이 있었
다. "나, 스틸가는 내 공작님의 손에서 이 칼을 받아들입니다."

"나, 스틸가는 내 공작님의 손에서 이 칼을 받아들입니다." 스틸가가
폴의 말을 되풀이하고 우윳빛 칼을 그의 손에서 받아 들었다.

"나의 공작님이 명령하시는 곳에 나는 이 칼을 꽂을 것입니다." 폴이
말했다.

스틸가는 천천히 엄숙하게 이 말을 되풀이했다.

제시카는 이 의식을 기억해 내고 고개를 저으며 눈물이 나오려는 것
을 간신히 참았다. '나는 저 애가 이렇게 하는 이유를 알고 있어. 이런 의
식 때문에 내가 동요하면 안 돼.'

"우리의 피가 흐르는 한 나는 내 공작님의 대의와 그의 적들의 죽음을

위해 이 칼을 바치겠습니다." 폴이 말했다.

스틸가가 그의 말을 따라 했다.

"칼에 입을 맞추시오." 폴이 명령했다.

스틸가는 그의 명령에 복종했다. 그리고 이번에는 프레멘의 전통에 따라 폴이 칼을 잡을 때 사용하는 팔에 입을 맞췄다. 폴이 고개를 끄덕이자 그는 칼을 칼집에 넣고 일어섰다.

사람들이 경외심에 가득 차서 한숨을 쉬듯 속삭이는 소리가 번져나갔다. 제시카의 귀에 그들의 말이 들려왔다. "예언 그대로야. 베네 게세리트가 길을 보여주고, 대모님이 그 길을 보리라." 그리고 뒤에서 또 다른 사람의 목소리가 들려왔다. "그녀가 그녀의 아들을 통해 우리에게 보여 주리라!"

"스틸가가 이 부족을 이끈다. 그걸 반드시 명심하도록. 그의 명령은 곧 나의 목소리이다. 그가 내리는 명령은 나의 명령과 다름없다." 폴이 말했다.

'현명해. 부족의 지도자가 자신의 명령에 복종해야 할 사람들 앞에서 체면을 잃으면 안 되지.' 제시카는 생각했다.

폴이 목소리를 낮추며 말했다. "스틸가, 오늘 밤 **사막을 걷는 자***들을 밖으로 내보내고 시엘라고를 보내 의회 집회를 소집하시오. 그리고 시엘라고를 보낸 다음, 차트, 코르바, 오테임, 그 밖에 당신이 선택한 두 명의 장교들을 내 거처로 데리고 오시오. 전투 계획을 짜야 하니까. 지도자들의 의회에 보여줄 승리의 계획이 있어야 하오."

폴은 어머니에게 따라오라고 고갯짓을 하고는 앞장서서 바위 턱을 내려가 사람들 사이를 뚫고 중앙 통로를 향해 걸어갔다. 그곳에 미리 준비해 놓은 거처가 있었다. 폴이 사람들 사이를 뚫고 지나가는 동안 사람들이 손을 뻗어 그의 몸을 만지고 큰 소리로 그의 이름을 불러댔다.

"나의 칼은 스틸가가 명령하는 곳에 꽂힐 겁니다, 폴 무앗딥! 곧 전투를 하게 해주십시오, 폴 무앗딥! 이 땅을 하코넨의 피로 적시게 해주십시오!"

제시카는 사람들의 감정 속에서 싸움을 향한 날카로운 욕망을 느낄 수 있었다. '우리가 이들을 절정으로 몰아가고 있어.' 그녀는 생각했다.

안쪽 방에 도착하자 폴이 어머니에게 앉으라고 손짓을 했다. "여기서 기다리세요." 그리고 머리를 숙이고 장막을 지나 옆 통로로 갔다.

폴이 가고 난 후 방 안에는 아무 소리도 들려오지 않았다. 시에치의 공기를 환기시키는 공기 펌프에서 살랑거리는 희미한 바람소리조차 그녀가 있는 곳까지 뚫고 들어오지 못했다.

'폴은 거니 할렉을 데리러 간 거야.' 그녀는 생각했다. 이상하게 뒤섞인 감정들이 가슴에 가득한 것이 의아했다. 거니와 그의 음악은 아라키스로 이주하기 전 칼라단 시절의 즐거운 기억들 중 일부였다. 그런데 지금은 칼라단에서의 일들이 마치 다른 사람의 얘기 같았다. 이곳으로 이주한 후 거의 3년이 지나는 동안 그녀는 완전히 다른 사람이 되어 있었다. 거니와 얼굴을 마주한다는 생각에 그녀는 자신의 변화를 되돌아보지 않을 수 없었다.

폴이 야미스에게서 물려받은 커피 세트, 은과 야스미움 합금으로 만들어진 그 커피 세트가 오른쪽의 나지막한 탁자에 놓여 있었다. 그녀는 그 잔들을 바라보며 지금까지 저 금속에 손을 댄 사람이 몇 명이나 되는지 생각해 보았다. 챠니가 저 잔으로 폴에게 커피를 타준 것이 한 달도 채 되지 않았다.

'사막의 여자가 커피를 타주는 것 외에 공작을 위해 해줄 수 있는 일이 무엇일까? 그녀는 공작에게 권력도, 가문도 가져다줄 수 없어. 폴에게 기회는 한 번뿐이야. 강력한 대가문과 동맹을 맺을 수 있는 기회. 어쩌면 황실과 직접 동맹을 맺을 수 있을지도 모르지. 혼기에 이른 공주들이 있으니까. 게다가 공주들은 모두 베네 게세리트 훈련을 받았어.'

제시카는 가혹한 아라키스를 떠나 공주 남편의 어머니로서 안전한 곳에서 권력을 즐기며 사는 삶을 상상해 보았다. 그리고 이 감옥 같은 동굴 벽을 가리고 있는 두꺼운 벽걸이들을 흘끗 바라보며 모래벌레를 타고 여기까지 여행하던 기억을 떠올렸다. 다가오는 전투 때문에 그녀 일행은 수많은 모래벌레의 등에 가마와 그 밖의 물건들을 가득 싣고 여기까지 왔다.

'챠니가 살아 있는 한 폴은 자신의 임무를 깨닫지 못할 거야. 챠니는 폴에게 아들을 낳아준 것으로 충분해.'

갑자기 손자를 간절히 보고 싶었다. 아이는 할아버지 레토 공작과 너무나 똑같은 모습이었다. 제시카는 손바닥을 뺨에 댄 채, 감정을 가라앉히고 정신을 맑게 하는 호흡법을 시작했다. 그리고 기도할 때처럼 허리를 구부려 정신의 요구에 맞게 몸을 준비시켰다.

폴이 이 새들의 동굴을 지휘 사령부로 선택한 것에 대해서는 이의를 제기할 이유가 없었다. 이곳은 이상적인 곳이었다. 그리고 이곳 북쪽에는 절벽에 에워싸인 저지대의 마을로 통하는 '바람고개'가 있었다. 그 마을은 장인들과 기술자들의 본거지이자, 하코넨의 모든 방어 장비를 수리하는 센터가 있는 핵심적인 요충지였다.

장막 뒤에서 기침 소리가 들렸다. 제시카는 몸을 똑바로 펴고 천천히 심호흡을 했다.

"들어와요." 그녀가 말했다.

장막이 걷히고 거니 할렉이 방 안으로 뛰어들어 왔다. 그런데 그녀가 이상하게 찡그린 그의 얼굴을 제대로 보기도 전에 그는 뒤로 돌아와서 튼튼한 팔로 그녀의 목을 잡고 들어 올렸다.

"거니, 바보같이 이게 무슨 짓이에요?" 그녀가 다그쳤다.

그때 그녀의 등에 칼끝이 닿는 게 느껴졌다. 차가운 깨달음이 그 칼끝이 닿은 곳에서부터 온몸으로 번져나갔다. 그 순간 그녀는 거니가 진심으로 자신을 죽일 작정이라는 것을 깨달았다. '왜?' 아무 이유도 생각나지 않았다. 거니는 반역자가 될 사람이 아니었다. 하지만 그의 의도만은 분명하게 느낄 수 있었다. 정신이 아득해졌다. 거니는 결코 쉽게 제압할 수 있는 상대가 아니었다. 그는 '목소리'와 모든 책략에 대해, 그리고 삶과 죽음을 가르는 모든 속임수에 대해 결코 방심하지 않는 암살자였다. 그는 그녀 자신이 미묘한 암시와 단서 들로 훈련을 도운 가문의 도구였다.

"도망쳤다고 생각했겠지, 이 마녀야?" 거니가 으르렁거렸다.

그녀가 이 질문을 생각해 보거나 대답하기도 전에 장막이 열리고 폴이 들어왔다.

"거니가 왔어요, 어머……." 폴이 말을 끊고 팽팽한 긴장이 감돌고 있는 상황을 파악했다.

"거기서 움직이지 마십시오, 공작님." 거니가 말했다.

"무슨……." 폴이 고개를 가로저었다.

제시카는 뭐라고 말을 하려고 했지만, 그녀의 목을 잡고 있는 손에 힘이 가해지는 것이 느껴졌다.

"넌 내가 허락할 때에만 입을 열 수 있다, 마녀. 내가 너한테서 원하는 건 단 하나뿐이다. 넌 그 말을 네 아들에게 들려줘야 한다. 네가 내게 조금이라도 역습을 하려는 기미가 보이면 난 반사적으로 이 칼을 네 심장에 꽂아 넣을 준비가 되어 있다. 네 목소리에 억양을 집어넣을 생각은 하

THE DUNE CHRONICLES

788   듄

지 마라. 근육에 힘을 주거나 움직이지도 말고. 몇 초라도 더 살고 싶으면 아주 조심해야 할 거다. 네게 남은 시간이 몇 초밖에 되지 않는다는 건 내가 보장하지." 거니가 말했다.

폴이 한 발짝 앞으로 나섰다. "거니, 도대체 무슨……."

"거기서 꼼짝도 하지 마세요! 한 걸음만 더 다가오시면 이 여자는 죽습니다." 거니가 소리쳤다.

폴의 손이 허리에 찬 칼자루에 닿았다. 그가 소름이 끼칠 만큼 조용한 목소리로 말했다. "왜 이런 행동을 하는지 설명하는 게 좋을 거야, 거니."

"전 공작님 아버지를 배신한 자를 죽이겠다고 맹세했습니다. 하코넨의 노예굴에서 저를 구해 주고 제게 자유와 생명과 명예를 주고…… 그리고 우정을 준 사람을, 제가 무엇보다도 소중하게 여기는 우정을 준 그 사람을 잊을 수 있을 거라 생각하십니까? 이제 그를 배신한 사람이 제 칼 밑에 있습니다. 아무도 저를 막지 못할……."

"자네 생각은 틀려도 한참 틀렸어, 거니." 폴이 말했다.

'그래, 그거였군! 이렇게 기가 막힐 데가!' 제시카는 생각했다.

"틀렸다고요, 제가요? 그럼 이 여자 입으로 직접 들어볼까요? 제가 반역자를 확인하기 위해 뇌물도 뿌리고 첩자도 보내고 속임수까지 동원했다는 사실을 이 여자한테 알려줘야겠군요. 전 이 일에 대한 이야기를 조금이라도 들으려고 하코넨 경호대장에게 세무타를 안겨주기까지 했단 말입니다."

제시카는 자신의 목을 잡고 있던 손의 힘이 약간 약해지는 것을 느꼈다. 그러나 그녀가 말을 꺼내기 전에 폴이 먼저 입을 열었다. "반역자는 유에였어. 내가 이 이야기를 하는 건 이번 한 번뿐이니까 잘 듣게, 거니. 증거는 반박할 수 없을 만큼 완벽해. 틀림없이 유에였어. 자네가 어떻게 어머니를 의심하게 됐는지 그 과정 따위에는 관심 없네. 그건 의심에 지나지 않으니까. 하지만 자네가 어머니를 해친다면……." 폴이 크리스나이프를 칼집에서 빼어 들고 칼날을 얼굴 앞에 세웠다. "……내가 자네의 피를 요구하겠네."

"유에는 정신 훈련을 받은 의사였습니다. 황실 가족도 맡길 수 있는. 그는 반역자가 될 수 없습니다!" 거니가 고함을 질렀다.

"그 정신 훈련을 무효화시킬 수 있는 방법 하나를 나도 알고 있네." 폴이 말했다.

"증거를 보여주십시오." 거니가 고집을 세웠다.

"증거는 여기 없어. 남쪽 먼 곳의 타브르 시에치에 있네. 하지만 만약……."

"이건 속임수야." 거니가 고함을 지르며 제시카의 목을 잡은 손에 잔뜩 힘을 주었다.

"속임수가 아냐, 거니." 폴이 말했다. 그의 목소리에 너무나 짙은 슬픔이 배어 있어서 제시카의 가슴이 찢어질 듯했다.

"하코넨 공작원에게서 빼앗은 메시지를 봤습니다." 거니가 말했다. "그 쪽지가 지목한 사람은 바로……."

"나도 그걸 봤어. 아버지가 내게 그걸 보여주시면서 그것이 아버지로 하여금 사랑하는 여자를 의심하게 만들려는 하코넨의 속임수일 수밖에 없는 이유를 설명해 주셨지."

"하! 공작님은……."

"조용히 해." 폴이 말했다. 억양 없이 조용하고 단조로운 그 목소리에는 제시카가 지금까지 어떤 목소리에서도 들어본 적 없는 강한 명령이 포함되어 있었다.

'저 애는 커다란 통제력을 갖고 있어.' 그녀는 생각했다.

그녀의 목을 잡고 있는 거니의 팔이 부들부들 떨리기 시작했다. 그녀의 등에 닿은 칼끝이 멈칫거렸다.

"자넨 내 어머니가 사랑하는 공작님을 그리워하며 밤에 흐느끼는 소리를 듣지 못했네. 그리고 자넨 하코넨을 죽인다는 얘기를 할 때 어머니의 눈에 이는 불꽃을 보지 못했어."

'저 애가 다 듣고 있었구나.' 그녀는 생각했다. 눈물 때문에 앞이 보이지 않았다.

"그리고 자넨 하코넨 노예굴에서 배운 교훈을 기억하지 못네. 내 아버지의 우정을 받은 것이 자랑스럽다고! 고약한 냄새를 풍기는 하코넨의 속임수도 알아보지 못하면서 하코넨과 아트레이데스의 차이가 뭔지 알고 있다는 얘긴가? 하코넨의 돈을 얻으려면 증오가 필요하지만, 아트레이데스의 진심을 얻으려면 사랑이 필요하다는 걸 모른단 말인가? 이 음모의 본질을 꿰뚫어 보지 못했다는 건가?"

"하지만 유에라니요." 거니가 중얼거렸다.

"우린 유에가 스스로 반역을 인정한 편지를 갖고 있네. 내가 자네를 사랑하는 마음을 걸고, 설사 내가 이 자리에서 자네를 죽이더라도 여전히 사랑하고 있을 내 마음을 걸고 맹세하네."

아들의 말을 들으면서 제시카는 사물을 꿰뚫어 보는 그의 통찰력과 지성에 경탄을 금치 못했다.

"아버지는 좋은 친구를 사귈 줄 아는 본능을 갖고 계셨지. 아버지는 사랑을 주는 데 인색한 편이었지만, 엉뚱한 사람에게 사랑을 준 적은 한 번도 없네. 아버지의 약점은 증오를 잘못 이해한 데 있었어. 아버지는 하코넨을 증오하는 자라면 절대 당신을 배신할 리 없다고 생각하셨거든." 그는 어머니를 흘끗 바라보며 말을 이었다. "어머니는 그걸 알고 있네. 당신이 한 번도 어머니를 의심한 적이 없다는 아버지의 말씀을 내가 어머니께 전해 드렸으니까."

제시카는 자제력이 무너지는 것을 느끼고 아랫입술을 깨물었다. 폴의 딱딱하고 형식적인 태도를 보면서 그녀는 이런 말을 하는 것이 그에게 얼마나 힘든 일인지 깨달았다. 그녀는 그에게 달려가 생전 처음으로 그의 머리를 가슴에 안아주고 싶었다. 그러나 그녀의 목을 잡고 있는 팔의 떨림이 멈춰 있었다. 그녀의 등에 닿은 칼끝도 여전히 날카롭게 그녀를 압박했다.

"사내아이의 삶에서 가장 끔찍한 순간 중의 하나는 자기 아버지와 어머니가 모두 인간이며, 그 두 분이 자기는 결코 맛볼 수 없는 사랑을 공유하고 있다는 걸 깨닫는 순간이지. 그건 하나의 상실이자 각성이야. 그러한 세상이 도처에 존재하고 있으며 우린 모두 그 안에 홀로 존재한다는 사실에 대한 각성. 그 순간에는 그 나름의 진실이 담겨 있네. 결코 그걸 피할 수 없어. 난 어머니에 대해 말씀하시는 아버지의 목소리를 들었네. 어머닌 반역자가 아냐, 거니."

제시카가 간신히 입을 열었다. "거니, 날 놔줘요." 그녀의 말 속에는 특별한 명령도 그의 약점을 공략하는 속임수도 들어 있지 않았다. 하지만 거니는 손을 떨어뜨렸다. 그녀는 폴에게 다가가 그의 앞에 섰다. 그러나 손을 내밀어 그의 몸을 만지지는 않았다.

"폴, 이 우주에는 다른 각성들도 존재해. 너를 내가 선택한 길 위에 올려놓기 위해 너를 이용하고 일그러뜨리고 조종했다는 걸 나도 지금 갑작스레 깨달았다……. 물론 내가 받은 훈련 때문에 난 그 길을 선택할 수밖에 없었어. 그게 변명이 될 수 있는지는 모르겠지만." 목이 메어서 그녀는 마른침을 삼키며 아들의 눈을 들여다보았다. "폴…… 네가 날 위해서 뭘 좀 해줬으면 좋겠다. 네가 행복해질 수 있는 길을 선택하는 거야. 너와 같이 있는 그 사막의 여자 말인데, 네가 원한다면 그 애와 결혼해. 그러기 위해서 이 세상 모든 사람과 모든 것들에 맞서야 하는 한이 있더라도. 네가 직접 너 자신의 길을 선택하는 거야. 난……."

그녀는 말을 멈췄다. 등 뒤에서 나지막하게 중얼거리는 소리가 들려왔기 때문이다.

'거니!'

그녀는 폴의 시선이 자신의 등 뒤를 향하는 것을 보고 몸을 돌렸다.

거니는 아까와 똑같은 자리에 서 있었다. 그러나 그의 칼은 칼집에 들어가 있었고, 그는 로브의 가슴 부분을 잡아당겨 매끈한 회색 사막복을 드러내놓고 있었다. 밀수업자들이 시에치에 와서 다른 물건과 교환해 가는 사막복이었다.

"공작님의 칼을 여기 제 가슴에 꽂으십시오. 저를 죽이세요. 저는 제 이름을 더럽혔습니다. 저는 저의 공작님을 배반했습니다. 최고의……."

"조용히 해!" 폴이 말했다.

거니가 뚫어지게 그를 바라보았다.

"옷을 다시 여미고 바보짓은 그만두게. 오늘은 더 이상 바보짓을 보고 싶지 않으니까."

"저를 죽여달란 말입니다!" 거니가 난폭하게 고함을 질렀다.

"내가 어떤 사람인지 잘 알면서 그런 소리를 하는 건가? 내가 바본 줄 알아? 내게 필요한 사람을 얻기 위해 매번 이런 짓을 겪어야 하는 건가?"

거니가 제시카에게 시선을 돌리고 정말 그답지 않은 절망스러운 어조로 애원하듯 말했다. "그럼 부인, 제발…… 부인께서 저를 죽여주십시오."

제시카가 그에게 다가가 어깨에 손을 올려놓으며 말했다. "거니, 왜 아트레이데스 사람들이 사랑하는 사람을 반드시 죽여야 한다고 그렇게 고집을 피우는 거죠?" 그녀는 거니의 손가락에서 부드럽게 옷자락을 빼내어 그의 가슴 위에 여며주었다.

거니가 더듬거리며 말했다. "하지만…… 전……."

"당신이 그런 행동을 한 건 레토를 위해서였어요. 난 그것이 명예로운 일이라고 생각해요."

"부인." 거니가 턱을 가슴으로 떨어뜨린 채 눈물을 참으려고 눈을 꾹 감았다.

"그냥 오랜 친구들 사이에 오해가 좀 있었던 거라고 생각하기로 하죠." 그녀가 말했다. 폴은 그녀가 상대를 달래는 어조로 목소리를 조종했음을 알아차렸다. "이미 끝난 일이에요. 그리고 우리 사이에 다시는 이런 오해가 없을 테니 오히려 감사하게 생각해야죠."

거니가 물기에 젖어 번들거리는 눈을 뜨고 그녀를 내려다보았다.

"내가 알던 거니 할렉은 칼과 발리세트를 모두 잘 다루던 사람이었어요. 내가 가장 좋아했던 건 발리세트를 다루는 거니였죠. 거니 할렉이 나를 위해 연주해 주면 내가 몇 시간씩이나 즐겁게 그의 음악에 귀를 기울이던 걸 그가 기억하고 있을까요? 지금도 발리세트를 갖고 있나요, 거니?"

"새것을 구해서 갖고 있습니다. **추수크***에서 가져온 멋진 녀석이죠. 진짜 **바로타***같은 소리가 납니다. 바로타의 서명은 없지만요. 제 생각에는 바로타의 제자가 그걸……." 그가 말을 멈췄다. "제가 무슨 말을 할 수 있겠습니까, 부인? 이렇게 쓸데없는 말을……."

"쓸데없는 소리가 아니야, 거니." 폴이 말했다. 그러고는 어머니 옆으로 다가와 거니와 눈을 마주했다. "쓸데없는 소리가 아니라 친구들 사이에 행복을 가져다주는 얘기야. 지금 어머니를 위해 연주해 준다면 고맙겠네. 전투 계획을 짜는 건 조금 미뤄도 돼. 어쨌든 내일이나 돼야 싸움이 시작될 테니까."

"바…… 발리세트를 가져오겠습니다. 통로에 두고 왔습니다." 거니가 두 사람의 옆을 돌아 장막 사이로 나갔다.

폴은 어머니의 팔에 손을 올렸다. 그녀의 몸이 떨고 있었다.

"다 끝났어요, 어머니." 그가 말했다.

제시카는 고개를 돌리지 않은 채 비스듬히 아들을 올려다보았다. "끝났다고?"

"그럼요. 거니는……."

"거니? 아…… 그렇지." 그녀는 시선을 내렸다.

장막이 흔들리는 소리가 나면서 거니가 발리세트를 가지고 들어왔다. 그는 두 사람의 눈을 피하면서 발리세트의 줄을 맞추기 시작했다. 벽걸이 때문에 벽에 반사되는 소리가 많지 않아 악기 소리가 작고 친밀하게 들렸다.

폴은 어머니를 데리고 가서 벽에 걸린 두꺼운 벽걸이에 등을 기댄 자세로 쿠션에 앉혔다. 사막의 건조한 기후 때문에 얼굴에 생기기 시작한 주름을 보며 갑자기 어머니가 아주 늙어 보인다는 생각이 들었다. 푸른색 그림자가 드리워진 눈가에도 벌써 주름이 생기고 있었다.

'어머닌 지쳤어. 어머니의 짐을 덜어드릴 방법을 찾아야 해.' 그는 생각했다.

거니가 줄을 퉁겼다.

폴이 그를 바라보며 말했다. "내가…… 처리해야 하는 일이 있네. 여기서 기다리게."

거니는 고개를 끄덕였다. 그의 마음은 이미 아주 먼 곳에 가 있었다. 지평선 위에 걸린 양털구름이 비를 약속하는 칼라단의 하늘 밑에 있는 기분이었다.

폴은 억지로 몸을 돌려 두꺼운 장막 사이를 지나 옆 통로로 향했다. 거니가 연주하는 노랫소리가 들려오자, 폴은 밖에서 잠시 걸음을 멈추고 장막 사이로 작게 들리는 음악에 귀를 기울였다.

과수원과 포도원,
가슴이 풍만한 미녀,
그리고 내 앞에 놓인 철철 넘치는 잔.
왜 나는 전투 얘기와,
가루가 되어버린 산에 대해 떠드는 걸까?
왜 이렇게 눈물이 나는 걸까?

하늘이 문을 열고
풍요를 흩뿌린다.
난 손으로 그 풍요로운 것들을 모으기만 하면 되지.
왜 나는 매복 작전과
주조한 잔 속에 든 독을 생각하는 걸까?
왜 이렇게 세월이 느껴지는 걸까?

연인의 벌거벗은 팔이
즐겁게 나를 부르고,
에덴이 약속한 황홀경으로 나를 부른다.
왜 나는 흉터를 기억하는 걸까?
과거의 죄에 대한 꿈을…….
왜 나는 두려움 속에 잠드는 걸까?

로브를 입은 페다이킨 병사 하나가 폴 앞에 있는 통로 모퉁이를 돌아 모습을 드러냈다. 두건을 뒤로 젖히고 사막복을 조이는 끈도 목 근처에 헐렁하게 늘어뜨린 모습은 방금 바깥의 사막에서 돌아왔다는 증거였다.

폴은 손짓으로 멈추라고 지시한 뒤, 장막 옆을 떠나 그를 향해 통로를 걸어갔다.

병사가 의식을 치르는 대모나 사이야디나에게 하는 것처럼 두 손을 맞잡고 고개를 숙여 폴에게 인사했다. "무앗딥, 지도자들이 회의를 위해 도착하기 시작했습니다."

"벌써?"

"스틸가가 먼저 전갈을 보낸 사람들입니다. 당신이 도전을……." 그가 어깨를 으쓱했다.

"그렇군." 폴은 희미하게 발리세트 소리가 들려오는 곳을 잠깐 뒤돌아보며 어머니가 좋아하는 옛날 노래를 생각했다. 즐거운 멜로디와 슬픈 가사가 묘하게 어울리는 노래였다. "스틸가가 곧 다른 사람들과 함께 이리로 올 거다. 그들을 내 어머니가 계시는 곳으로 안내해라."

"여기서 기다리고 있겠습니다, 무앗딥." 병사가 말했다.

"그래……. 그래, 그렇게 해."

폴은 남자를 지나쳐 동굴 안으로 더 깊숙이 들어갔다. 그는 이런 동굴들 안에 반드시 하나씩 있는 장소, 물이 담긴 저수지와 가까운 장소를 향하고 있었다. 그 장소에는 작은 샤이 훌루드가 있을 터였다. 몸 길이가 9미터밖에 되지 않는 그놈은 주위에 물을 채워놓은 도랑 때문에 더 이상 자라지 못하고 그곳에 갇혀 있었다. 창조자들은 성장한 뒤에는 물을 피하게 마련이었다. 그들에게는 물이 독이기 때문이었다. 그리고 창조자를 물에 빠뜨려 죽이는 것은 프레멘의 최고 기밀이었다. 그 과정에서 그들을 하나로 묶어주는 물질, 즉 생명의 물이 만들어지기 때문이었다. 생명의 물에 들어 있는 독은 오직 대모만이 변화시킬 수 있었다.

폴은 아까 어머니에게 위험이 닥친 긴장된 순간에 이미 결정을 내렸다. 지금까지 그가 본 그 어떤 미래의 길에도 거니 할렉이 어머니를 위협하는 순간은 들어 있지 않았다. 온 우주가 들끓는 연결점을 향해 굴러가고 있는 듯한 느낌과 잿빛 구름처럼 보이는 미래가 유령의 세계처럼 그의 주위에 매달려 있었다.

'그걸 꼭 봐야겠어.' 그는 생각했다.

그의 몸이 스파이스에 익숙해지면서 요즘은 예지의 환상이 점점 드물어지고…… 점점 더 희미해지고 있었다. 그가 보기에 해결책은 뻔했다.

'창조자를 익사시켜야겠어. 내가 정말로 대모들이 거친 그 시험을 이겨낼 수 있는 퀴사츠 해더락인지 한번 보잔 말이야.'

꒚꒚꒚

사막의 전쟁 3년째 되던 해에 폴 무앗딥은 새들의 동굴 안쪽 방에서 키스와* 벽걸이 밑에 혼자 누워 있었다. 생명의 물의 계시에 사로잡힌 그의 몸은 죽은 것 같았다. 그 순간 그의 존재는 생명을 주는 독의 힘 때문에 시간의 장벽 너머로 옮겨지고 있었다. 리산 알 가입이 죽었으면서 동시에 살아 있을 것이라는 예언은 이렇게 실현되었다.

─이룰란 공주의 『아라키스 전설 모음집』

챠니는 날이 밝기 전의 어둠 속에서 하바냐 분지로 올라왔다. 남쪽에서부터 그녀를 데리고 온 오니숍터가 광활한 사막 속의 은신처를 향해 윙윙거리며 날아가는 소리가 들렸다. 그녀의 주위에 늘어선 호위병들은 일정한 거리를 유지하면서 바위들 속으로 흩어져 위험이 도사리고 있지는 않은지 탐색하고 있었다. 무앗딥의 짝이자 그의 첫아이의 어머니인 그녀가 잠시 혼자 걷고 싶다고 했기 때문이다.

'그가 왜 나를 불렀을까? 전에는 나더러 어린 레토랑 알리아와 함께 남쪽에 남아 있으라고 했으면서.'

그녀는 옷자락을 여미고 장벽처럼 서 있는 바위를 가볍게 뛰어넘어 사막에서 훈련받은 사람만이 어둠 속에서도 알아볼 수 있는 오르막길로 접어들었다. 발밑에서 자갈이 미끄러졌지만, 그녀는 자연스럽게 춤을 추듯 자갈들 위를 지나갔다.

바위 사이를 오르다 보니 기분이 상쾌해졌다. 호위병들이 내내 말이 없는 데다가 그녀를 데려오기 위해 소중한 오니숍터를 보냈다는 사실 때문에 마음속에서 요동치던 두려움이 그 덕분에 조금 수그러들었다. 폴 무앗딥, 그녀의 우슬과 다시 만날 순간이 가까워지고 있다는 생각에 가슴이 뛰었다. 그의 이름 무앗딥이 온 땅에서 전투의 함성으로 불리고 있는지는 몰라도, 그녀는 다른 이름을 가진 다른 남자를 알고 있었다. 그는 그녀가 낳은 아들의 아버지이며 부드러운 연인이었다.

몸집이 커다란 사람 하나가 머리 위의 바위들 속에서 나와 그녀에게 서두르라고 손짓했다. 그녀는 발걸음을 빨리했다. 새벽 새들이 벌써 울음소리를 내며 하늘로 날아오르고 있었다. 동쪽 지평선에 희미한 빛이 번져나가기 시작했다.

머리 위에 서 있는 사람은 그녀의 호위병이 아니었다. '오테임인가?' 그녀는 낯익은 몸짓과 태도를 보며 생각했다. 그에게 가까이 다가가자, 밝아오는 빛 속에 페다이킨의 장교인 오테임의 널찍하고 특징 없는 얼굴이 드러났다. 두건을 젖히고, 입을 가리는 필터는 느슨하게 맨 모습이었다. 잠시 사막에 나갔다 들어올 일이 있을 때 사람들이 필터를 그렇게 매는 경우가 가끔 있었다.

"서둘러요." 그가 숨죽인 소리로 외치며 비밀스럽게 숨겨진 동굴로 통하는 은밀한 바위 틈 속으로 그녀를 이끌었다. "곧 날이 밝을 겁니다." 그가 그녀를 위해 문막이를 열어주면서 속삭였다. "하코넨들이 이 지역 일부를 필사적으로 순찰하고 있습니다. 지금 그들에게 발견되는 건 위험해요."

두 사람은 새들의 동굴로 들어가는 좁은 입구로 들어섰다. 발광구에 불이 들어왔다. 오테임이 그녀 옆을 지나 앞장서면서 말했다. "절 따라오십시오. 빨리요."

두 사람은 통로를 따라 달렸다. 밸브처럼 저절로 닫히는 문을 또 하나 지나고 통로를 지나고 장막을 지나, 이곳이 낮 동안 휴식을 취하는 장소였던 시절에 사이야디나의 개인실로 사용되던 곳에 이르렀다. 융단과 쿠션이 바닥을 덮고 있었다. 붉은 매의 모습을 짜 넣은 벽걸이가 바위로 된 벽들을 가렸다. 한쪽에 놓인 낮은 야전용 책상에는 스파이스 냄새를 풍기는 서류들이 흩어져 있었다.

대모가 입구에서 똑바로 바라다보이는 곳에 혼자 앉아 있었다. 그녀는 자신의 생각에 골몰한 사람 같은 시선으로 두 사람을 올려다보았다. 경험이 없는 풋내기들은 그 시선만 보고도 몸을 떨곤 했다.

오테임이 굳게 양손을 모으며 말했다. "챠니를 데려왔습니다." 그가 인사를 하고 장막 뒤로 물러났다.

'챠니에게 어떻게 말하면 좋지?' 제시카는 생각했다.

"내 손자는 어떠냐?" 그녀가 물었다.

'이건 그냥 의례적인 인사말이야.' 챠니는 생각했다. 수그러들었던 두려움이 다시 고개를 들었다. '무앗딥은 어디 있지? 왜 그가 나와서 맞이하지 않는 거야?'

"아이는 건강하게 잘 있습니다, 어머님. 그 애를 알리아와 함께 하라의 손에 맡겨두고 왔습니다." 챠니가 말했다.

'어머님이라. 그래, 저 애는 공식적인 인사를 할 때 날 그렇게 부를 자격이 있어. 내게 손자를 주었으니까.'

"코누아 시에치에서 네게 천을 선물로 보냈다는 얘기를 들었다."

"정말 예쁜 천입니다."

"알리아가 말을 전해 달라고 하지는 않더냐?"

"그런 얘기는 없었습니다. 하지만 사람들이 알리아의 상태를 기적으로 받아들이기 시작하면서 시에치가 더욱 원활하게 돌아가고 있습니다."

'왜 이렇게 얘기를 질질 끄시는 걸까? 나를 부르러 오니숍터를 보낸 걸 보면 뭔가 급한 일이 있었던 모양인데. 그런데 이런 의례적인 얘기로 시간을 끌다니!'

"선물로 받은 천 중에 일부를 잘라서 레토의 옷을 만들어줘야겠다." 제시카가 말했다.

"그렇게 하겠습니다, 어머님." 챠니는 시선을 내리깔면서 말을 이었다. "전투의 소식이 있습니까?" 그녀는 이 질문이 사실 무앗딥에 대한 것이라는 사실을 제시카가 눈치채지 못하게 얼굴에 아무 표정도 드러내지 않았다.

"계속 승리를 거두고 있다. 라반이 휴전하자는 제의를 조심스럽게 보내왔지. 우린 그가 보낸 사절들의 몸에서 물을 빼내고 돌려보냈다. 라반은 저지대 마을 몇 군데에서 주민들에게 가하던 부담을 덜어주기까지 했다고 하더구나. 하지만 때가 너무 늦었지. 그가 우리를 두려워해서 그런 조치를 취했다는 걸 사람들은 다 알고 있다."

"그렇게 해서 무앗딥이 말한 대로 이루어지는군요." 챠니가 말했다. 그녀는 두려운 기색을 드러내지 않으려고 애쓰면서 제시카를 뚫어지게 바라보았다. '내가 그의 이름을 말했는데도 어머님은 대답을 하지 않으셨어. 돌덩이 같은 저분의 얼굴에서 감정을 읽는 건 불가능한 일이지······. 하지만 어머님은 지금 너무 굳어 있어. 저분이 저렇게 꼼짝도 하지 않는 이유가 뭘까? 나의 우슬에게 무슨 일이 생긴 거지?'

"우리가 지금 남쪽에 있는 거라면 좋겠다. 우리가 떠날 때 오아시스의 모습이 너무 아름다웠는데. 온 땅이 그렇게 꽃을 피울 날이 기다려지지 않느냐?" 제시카가 말했다.

"그 땅이 아름다운 건 사실입니다. 하지만 거기에는 슬픔이 너무 많습니다."

"슬픔은 승리의 대가다."

'내게 슬픔에 대비한 준비를 시키고 계시는 건가?' 챠니는 속으로 생각했다. "남자 없이 지내는 여자들이 너무 많습니다. 제가 북쪽으로 부름받았다는 사실이 알려졌을 때 질투하는 사람들이 있었습니다."

"내가 너를 불렀다."

챠니의 심장이 마구 날뛰기 시작했다. 무슨 소리를 듣게 될지 두려워서 손으로 귀를 틀어막고 싶었다. 그래도 그녀는 차분한 목소리를 유지했다. "메시지에는 무앗딥의 서명이 있었습니다."

"그의 부관들이 지켜보는 자리에서 내가 그렇게 서명한 거다. 그건 속임수였지만 어쩔 수 없었다." 제시카는 말을 마치고 나서 속으로 생각했다. '이 아이, 내 아들 폴의 여자는 아주 용감하구나. 두려움 때문에 거의 숨이 막힐 지경이면서도 여전히 차분해. 그래, 지금 우리에게 필요한 게 바로 저 아이인지도 몰라.'

체념의 기색이 아주 미약하게 느껴지는 목소리로 챠니가 입을 열었다. "이제 말씀해 주십시오."

"나와 함께 폴을 되살릴 사람으로 네가 필요했다." 제시카는 이어서 속으로 생각했다. '그래! 난 아주 정확하게 말했어. '되살린다.' 이제 저 아이도 폴이 아직 살아 있지만 위험에 처해 있다는 걸 알겠지. 그 한마디로 말이야.'

챠니는 아주 잠깐 마음을 가라앉힌 다음 입을 열었다. "제가 어떻게 하면 되겠습니까?" 그녀는 제시카에게 달려들어 그녀를 마구 흔들면서 그가 있는 곳으로 데려가 달라고 비명을 지르고 싶었다. 그러나 그녀는 말없이 제시카의 대답을 기다렸다.

"아무래도 하코넨 놈들이 우리 가운데 공작원을 보내 폴에게 독약을 먹인 것 같다. 이 상황을 설명할 수 있는 방법은 그것뿐이야. 그것도 아주 보기 드문 독인 것 같다. 내가 그 애의 피를 온갖 방법으로 조사해 보았는데도 독약을 찾아내지 못했으니."

챠니가 무릎을 꿇은 채 몸을 불쑥 내밀었다. "독이라니요? 그가 고통스러워하고 있나요? 제가……."

"그 애는 지금 의식이 없다. 생명 활동이 너무 미약해서 아주 섬세한 방법을 동원해야만 감지할 수 있어. 그 애를 발견한 사람이 내가 아니었다면 무슨 일이 일어났을지 생각만 해도 몸이 떨린다. 훈련받지 못한 사람이 보기에는 꼭 죽은 것처럼 보이니까."

"저를 부르신 데에는 저에 대한 호의 말고 다른 이유가 있을 겁니다. 전 대모님이 어떤 분인지 압니다. 대모님은 할 수 없는데 오로지 저만이 할 수 있을 거라고 생각하신 그 일이 무엇입니까?" 챠니가 물었다.

'저 애는 용감하고 사랑스러워. 그리고 아아, 머리회전이 아주 빠르구나. 훈련을 제대로 받았다면 정말 훌륭한 베네 게세리트가 됐을 거야.'

"챠니, 믿기 어렵겠지만 내가 왜 너를 부르러 사람을 보냈는지 나도 정확히 모르겠다. 그건 그냥 본능…… 그러니까 원초적인 직관이었어. 챠니를 불러야 한다는 생각이 저절로 떠올랐지."

챠니는 생전 처음으로 제시카의 얼굴에서 슬픔을 보았다. 베일을 벗고 모습을 드러낸 그 고통의 표정이 자기만의 생각에 빠져 있는 듯한 제시카의 표정을 바꿔놓았다.

"난 내가 알고 있는 모든 방법을 다 동원했다. 그 모든 방법이라는 건…… 흔히 생각하는 '모든 것'의 범주를 훨씬 뛰어넘기 때문에 다른 사람들은 상상조차 하기 어려운 것인데, 그런데도…… 난 실패했다."

"오랜 친구라는 할렉 말입니다. 그가 혹시 반역자 아닐까요?"

"거니는 아니다."

이 두 단어에 모든 의미가 들어 있었다. 챠니는 제시카가 방법을 찾고 시험을 하고 실패했던 기억들이 이 단순한 부정의 말 속에 모두 들어 있음을 알 수 있었다.

챠니가 몸을 똑바로 세우며 자리에서 일어나 사막의 먼지가 묻은 로브를 매끈하게 폈다. "그가 있는 곳으로 저를 데려가 주세요." 그녀가 말했다.

제시카는 자리에서 일어나 왼쪽 벽에 걸린 장막을 향했다.

챠니가 그녀의 뒤를 따랐다. 그녀가 들어선 곳은 과거에 창고로 쓰이던 곳이었다. 지금은 바위벽이 두꺼운 벽걸이들로 가려져 있고, 폴은 맞은편 벽 앞에 놓인 야전용 이불 위에 누워 있었다. 공중에 떠 있는 발광구 하나가 그의 얼굴을 비추는 가운데, 가슴까지 덮인 로브 밖으로 나와 있는 팔은 양쪽 옆구리에 똑바로 놓여 있었다. 몸을 덮고 있는 로브 말고 다른 옷은 전혀 입지 않은 듯했다. 밖으로 드러난 피부는 창백하게 굳어 있었으며, 그의 몸은 조금도 움직이지 않았다.

챠니는 그에게 달려들고 싶은 것을 참았다. 대신 그녀는 자신이 아들 레토를 생각하고 있음을 깨달았다. 그리고 그 순간 그녀는 제시카도 언젠가 이런 순간을 겪었으리라는 사실을 깨달았다. 그녀의 남자가 죽음의 위협을 받고 있는 순간에, 그녀 역시 자기도 모르게 아들을 구할 방도를 생각하고 있는 자신을 발견했을 것이다. 이 깨달음으로 인해 제시카에 대한 갑작스러운 연대감 같은 것이 생겨나서 챠니는 손을 뻗어 그녀의 손을 꼭 쥐었다. 제시카가 거기에 응답하듯 아플 정도로 챠니의 손을 꼭 쥐었다.

"저 앤 살아날 거다. 틀림없이 살아날 거야. 하지만 저 애의 생명의 실이 너무 가늘어서 감지하기가 아주 힘들구나. 지도자들 중에는 벌써 내가 대모가 아니라 어머니의 감정에 빠져 있다고 중얼거리는 사람들이 있다. 아들이 분명히 죽었는데 내가 그의 물을 부족에게 주려 하지 않는다는 거지." 제시카가 말했다.

"저 사람이 이렇게 된 지 얼마나 되었습니까?" 챠니가 물었다. 그리고 제시카의 손에서 자기 손을 빼내며 방 안으로 더 깊숙이 들어갔다.

"3주. 난 저 애를 되살리려고 애쓰느라 거의 1주일을 보냈다. 회의가 열리고 언쟁이 벌어지고…… 조사가 실시되었지. 그러고 나서 내가 너를 부르러 사람을 보낸 거다. 페다이킨은 내 명령에 복종하고 있다. 그렇지 않았다면 내가 지금까지 시간을 벌 수 없었을 거야……." 그녀는 챠니가 폴에게 다가가는 것을 지켜보며 혀로 입술을 축였다.

이제 챠니는 폴의 옆에 서서 그의 얼굴을 감싸고 있는, 젊은이다운 부드러운 수염을 내려다보며 넓은 이마와 강해 보이는 코, 그리고 굳게 닫힌 눈을 자신의 시선으로 더듬어보았다. 이렇게 꼼짝하지 않고 쉬고 있는 그의 모습이 너무나 평화로워 보였다.

"이 사람이 식사는 어떻게 하고 있지요?" 챠니가 물었다.

"저 아이의 몸에 필요한 것이 너무 적기 때문에 아직 음식을 먹일 필요가 없었다."

"이 일에 대해 알고 있는 사람이 몇 명이나 됩니까?"

"저 애의 측근들과 지도자들 몇 명, 페다이킨밖에 없다. 그리고 물론 누군진 몰라도 저 애에게 독을 먹인 사람도 알고 있겠지."

"누가 독을 먹였는지 전혀 단서가 없나요?"

"철저하게 조사를 했는데도 그래."

"페다이킨 대원들은 뭐라고 하던가요?"

"그들은 폴이 신성한 무아지경에 빠져서 최후의 전투에 대비해 신성한 힘을 모으고 있다고 믿고 있다. 내가 그들에게 불어넣어 준 생각이지."

챠니는 무릎을 꿇고 폴의 얼굴 가까이 몸을 숙였다. 그의 얼굴 근처의 공기가 조금 다르다는 것을 그녀는 즉시 느낄 수 있었다……. 그러나 그것은 스파이스 냄새일 뿐이었다. 프레멘들의 생활 어디에나 속속들이 스며들어 있는 스파이스의 냄새. 하지만…….

"어머님과 이 사람은 우리처럼 태어날 때부터 스파이스를 접하지 않았습니다. 이 사람이 너무 많은 양의 스파이스를 먹어서 몸이 거부 반응을 일으킨 건지도 모른다는 가능성에 대해선 조사를 해보셨습니까?"

"알레르기 반응은 모두 음성이었다."

제시카는 눈을 감았다. 눈앞의 광경을 보고 싶지 않기도 했지만 갑자기 피곤이 몰려온 때문이기도 했다. '내가 언제부터 잠을 안 잤지? 너무 오래됐어.'

"생명의 물을 변화시킬 때 대모님은 내면의 의식을 통해 그 작업을 하십니다. 이 사람의 피를 검사할 때 그 의식을 사용해 보셨습니까?"

"정상적인 프레멘의 혈액이었다. 이곳의 식사와 생활에 완전히 적응한 사람의 피였지."

챠니는 무릎을 꿇은 채 발꿈치에 체중을 싣고 폴의 얼굴을 유심히 살피면서 자신의 두려움을 생각들 속에 묻어버렸다. 이것은 그녀가 대모들을 지켜보면서 배운 요령 중의 하나였다. 사람의 정신은 시간을 자신의 목적에 맞게 얼마든지 이용할 수 있었다. 한 가지 문제에 완전히 정신을 집중하는 것이 그 비결이었다.

이윽고 그녀가 말했다. "여기 창조자가 있습니까?"

"몇 마리 있지." 제시카가 약간 지친 목소리로 말했다. "요즘은 창조자 없이 지낸 적이 한 번도 없다. 승리를 거둘 때마다 창조자의 축복이 필요하니까. 그리고 습격을 나가기 전에 의식을 치를 때도……."

"하지만 폴 무앗딥은 그런 의식을 치를 때 동참하지 않았습니다."

제시카는 말없이 고개를 끄덕이며 스파이스 약과 그 약이 촉발하는 예지력에 대해 양면적인 태도를 보이던 아들의 모습을 떠올렸다.

"네가 그걸 어떻게 알았느냐?" 제시카가 물었다.

"사람들에게서 들었습니다."

"떠도는 얘기가 너무 많구나." 제시카가 씁쓸하게 말했다.

"창조자의 변화시키지 않은 물을 가져다주십시오." 챠니가 말했다.

명령조가 섞인 챠니의 목소리를 듣고 제시카의 안색이 굳었다. 그러나 뭔가에 강렬히 집중한 챠니의 표정을 지켜보며 그녀는 입을 열었다. "곧 가져오마." 그리고 그녀는 장막 밖으로 나가 **물사제***에게 지시를 내렸다.

챠니는 앉은 채로 폴을 뚫어지게 바라보았다. '만약 이 사람이 그걸 시도했다면. 그건 이 사람이 시도할 만한 일이야…….'

제시카가 챠니 옆에 무릎을 꿇고 야영할 때 사용하는 평범한 물주전자를 내밀었다. 강렬한 독의 냄새가 챠니의 코에 날카롭게 끼쳤다. 그녀는 액체 속에 손가락을 하나 담갔다가 폴의 코에 가까이 갖다 댔다.

그가 콧등을 조금 찡그렸다. 그리고 천천히 콧구멍을 벌름거리기 시작했다.

제시카가 숨막힌 소리를 냈다.

챠니는 젖은 손가락을 폴의 윗입술에 갖다 댔다.

그러자 그가 길게 흐느끼는 것처럼 숨을 들이쉬었다.

"이게 어떻게 된 거지?" 제시카가 다그치듯 물었다.

"움직이지 마세요. 그리고 이 신성한 물을 조금 변화시켜 주세요. 빨리요!" 챠니가 말했다.

제시카는 챠니의 목소리에서 각성된 의식을 느꼈기 때문에 더 이상 질문하지 않고 물주전자를 들어 그 안의 액체를 조금 마셨다.

그때 폴이 눈을 번쩍 뜨고 챠니를 올려다보았다.

"어머니가 물을 변화시킬 필요는 없습니다." 그가 말했다. 그의 목소리는 약했지만 안정되어 있었다.

제시카는 자신의 몸이 혀 위에 놓인 액체를 자동적으로 변화시키는 것을 느꼈다. 생명의 물을 변화시킬 때마다 항상 느끼는 가벼운 흥분 속에서 그녀는 폴에게서 발산되는 생명의 빛을 감지했다. 그 빛이 그녀의 모든 감각에 각인되고 있었다.

그 순간 그녀는 모든 것을 깨달았다.

"너 신성한 물을 마셨구나!" 그녀가 불쑥 말했다.

"한 방울만 마셨어요. 아주 조금…… 한 방울."

"그런 바보짓을 하다니."

"어머님의 아들이니까요." 챠니가 말했다.

제시카가 그녀를 쏘아보았다.

보기 드문 미소가 폴의 입가에 떠올랐다. 모든 걸 다 이해한 듯한 따스한 미소였다. "내가 사랑하는 사람의 말을 들어보세요. 잘 들어보시라고요, 어머니. 그녀는 다 알고 있어요."

"다른 사람들이 할 수 있는 일이라면 이 사람도 반드시 해내야 해요." 챠니가 말했다.

"제 입에 그 액체가 한 방울 들어왔을 때, 그것의 감촉과 냄새를 느꼈을 때, 그것이 제게 어떤 영향을 미치고 있는지 깨달았을 때, 그때 전 어머니가 한 일을 저도 할 수 있다는 걸 알았어요. 어머니의 베네 게세리트 감독관은 퀴사츠 해더락에 대해 이야기하죠. 하지만 제가 가보고 온 그 많은 장소에 대해 그들은 감히 추측조차 못 할 겁니다. 몇 분도 되지 않는 동안 저는……." 그가 말을 끊고 이해할 수 없다는 듯 미간을 좁히면서 챠니를 바라보았다. "챠니? 어떻게 여기 온 거지? 당신은…… 당신이 왜 여기 있는 거야?"

그는 팔꿈치를 바닥에 대고 몸을 일으키려 했다. 챠니가 부드럽게 그의 몸을 밀어 다시 눕혔다.

"그냥 누워 있어, 나의 우슬." 챠니가 말했다.

"기운이 너무 없어." 그의 시선이 재빨리 방 안을 둘러보았다. "내가 여기 얼마나 있었지?"

"넌 3주 동안 생명의 불꽃이 완전히 도망가 버린 것처럼 보일 만큼 깊은 혼수상태에 빠져 있었다." 제시카가 말했다.

"하지만 그건…… 제가 그걸 먹은 건 겨우 조금 전이었는데……."

"네겐 한순간이었겠지만 내겐 두려움으로 가득 찬 3주였어." 제시카가 말했다.

"겨우 한 방울이었어요. 그리고 제가 그걸 변화시켰단 말입니다. 제가 생명의 물을 변화시켰어요." 폴이 말했다. 그리고 챠니나 제시카가 말리기도 전에 자기 옆의 바닥에 놓여 있는 주전자에서 손으로 액체를 떠서 삼켰다.

"폴!" 제시카가 비명처럼 소리를 질렀다.

그는 그녀의 손을 잡고 죽음의 신처럼 히죽 웃으면서 그녀를 똑바로 바라보았다. 그리고 갑작스레 자신의 생각을 그녀에게 보냈다.

제시카에게 그 영적인 교신은 과거에 동굴 안에서 알리아나 늙은 대모와 경험했던 것처럼 그렇게 부드럽지 않았다. 서로의 생각을 공유한다는 느낌도, 모든 것을 포용하는 듯한 느낌도 없었다. 그러나 이것도 존재 전체의 감각을 공유하는 영적인 교신임에는 틀림없었다. 이 영적인 교신이 그녀의 몸을 뒤흔들고 그녀를 비틀거리게 했다. 그녀는 그가 두려워서 마음속으로 움츠러들었다.

그가 큰 소리로 말했다. "어머니가 들어갈 수 없는 곳이 있다고 하셨죠? 대모들이 감히 바라볼 수 없다는 곳, 그곳을 제게 보여주세요."

그녀는 그곳에 대한 생각만으로도 겁에 질려서 고개를 저었다.

"보여주세요!" 그가 명령했다.

"싫어!"

그러나 그녀는 그에게서 도망칠 수 없었다. 폴의 엄청난 힘에 밀려서 그녀는 눈을 감고 자신의 내면에 정신을 집중했다. 그리고 어두운 방향을 찾았다.

폴의 의식이 그녀를 통해 흘러들어 와 그 어둠 속으로 들어갔다. 그녀의 정신이 공포에 질려서 스스로를 차단해 버렸기 때문에 그녀는 그곳을 희미하게 보았을 뿐이다. 그런데 그녀가 잠깐 본 그것 앞에서 그녀의 온 존재가 이유도 모른 채 벌벌 떨었다. 그곳에서는 바람이 불고 불꽃이 번쩍였다. 빛의 고리들이 팽창했다가 수축했다. 잔뜩 부풀어 오른 하얀 형체들이 그 빛의 위아래, 사방에서 줄을 지어 흘러다녔다. 빛의 고리들을 그렇게 움직이고 있는 것은 어둠과 갑작스레 불어온 바람이었다.

이윽고 그녀가 눈을 떴다. 폴이 그녀를 뚫어지게 쳐다보고 있었다. 그는 여전히 그녀의 손을 잡고 있었지만 그 끔찍한 영적 교신은 이미 끊어져 있었다. 그녀는 떨리는 몸을 바로잡았다. 폴이 그녀의 손을 놓았다. 마치 목발 같은 것이 사라진 것 같았다. 그녀는 비틀거리며 일어서려다가 다시 쓰러졌다. 챠니가 재빨리 일어나 부축하지 않았다면 그녀는 바닥에 쓰러졌을 것이다.

　"대모님! 왜 그러세요?" 챠니가 말했다.

　"피곤해서 그래. 너무…… 피곤해서." 제시카가 속삭이듯 낮은 목소리로 말했다.

　"자, 여기 앉으세요." 챠니가 벽에 쿠션이 기대어져 있는 곳까지 제시카를 부축해 주었다.

　강하고 젊은 챠니의 팔이 너무나 반가워서 제시카는 챠니에게 매달렸다.

　"무앗딥이 정말로 생명의 물을 본 건가요?" 챠니가 자신을 움켜쥐고 있는 제시카의 손에서 몸을 떼어내며 물었다.

　"그래." 제시카가 속삭였다. 폴과의 교신 때문에 그녀의 정신은 계속 요동치고 있었다. 마치 몇 주 동안이나 출렁이는 바다 위에 있다가 방금 단단한 육지에 오른 사람 같았다. 자신의 내부에서 늙은 대모가 느껴졌다……. 그 밖의 다른 대모들도 모두 깨어나 서로 질문을 던지고 있었다. "그게 뭐였지? 무슨 일이야? 그곳이 어디지?"

　이 모든 경험과 느낌 속에 그녀의 아들이 퀴사츠 해더락이라는 깨달음이 촘촘하게 스며들었다. 동시에 여러 곳에 존재할 수 있는 자. 그는 베네 게세리트의 꿈에서 나온 현실이었다. 그런데 그 현실이 그녀에게 전혀 평화를 주지 못했다.

"무슨 일이에요?" 챠니가 물었다.

제시카는 고개를 가로저었다.

폴이 입을 열었다. "우리들 각자의 내부에는 모든 것을 가져가는 고대의 힘과, 나눠주는 고대의 힘이 있어. 자신의 내부에서 남자는 가져가는 힘이 존재하는 곳을 힘들지 않게 마주 볼 수 있지. 하지만 주는 힘을 들여다보는 건 남자가 아닌 다른 존재로 변하지 않는 한 거의 불가능한 일이야. 여자의 경우에는 상황이 반대이지."

제시카가 고개를 들었다. 챠니가 폴에게 귀를 기울이면서 그녀를 뚫어지게 바라보고 있었다.

"제 말을 이해하시겠어요, 어머니?" 폴이 물었다.

제시카는 고개를 끄덕일 수밖에 없었다.

"우리 안에 있는 이 힘들은 너무나 고대의 것이라서 우리 몸의 세포 하나하나에 완전히 통합되어 있어요. 그런 힘들이 바로 우리를 만드는 겁니다. 사람들은 '그래, 그런 것이 어떻게 해서 존재할 수 있는지 알겠어'라고 말할 수는 있지만, 막상 자신의 내면을 들여다보며 자신의 생명을 구성하고 있는 가공되지 않은 힘과 마주치면 자신이 위험에 처해 있다고 느끼게 됩니다. 이 힘이 자신을 압도할 수 있음을 깨닫기 때문이에요. 주는 힘을 가진 사람에게 가장 위험한 것은 가져가는 힘입니다. 가져가는 힘을 가진 사람에게 가장 위험한 것은 주는 힘이고요. 주는 힘 역시 가져가는 힘 못지않게 사람을 압도할 수 있습니다."

"그럼 너는 주는 사람이냐, 가져가는 사람이냐?" 제시카가 물었다.

"저는 지렛대의 중심점에 있어요. 저는 가져가지 않고는 줄 수가 없고, 주지 않고는……." 그가 말을 끊고 오른쪽 벽을 바라보았다.

챠니는 뺨을 스치는 바람을 느끼고 시선을 돌렸다. 장막이 닫히고 있었다.

"오테임이야. 그가 우리 얘기를 듣고 있었어." 폴이 말했다.

이 말을 들으면서 챠니는 폴을 괴롭히는 예지력의 일부를 느꼈다. 분명히 아직 일어나지 않은 일인데도 그녀는 그 일을 이미 일어난 일처럼 알고 있었다. 오테임이 여기서 보고 들은 것을 사람들에게 얘기할 것이다. 그리고 그 사람들이 이야기를 퍼뜨려서 마침내 온 땅에 들불처럼 번져나갈 것이다. 폴 무앗딥은 다른 사람들과 같지 않다고 그들은 말할 것이다. 의심의 여지가 없어. 그는 남자지만 대모들처럼 생명의 물을 꿰뚫어 볼 수 있어. 그는 틀림없는 리산 알 가입이야.

"넌 미래를 보았다, 폴. 뭘 보았는지 얘기해 주겠니?" 제시카가 말했다.

"미래가 아닙니다. 전 '지금'을 보았어요." 폴이 억지로 몸을 일으켜 앉았다. 챠니가 그를 도와주려고 했지만 그는 손을 저어 그녀를 물리쳤다. "아라키스 위의 우주가 조합의 우주선들로 가득 차 있습니다."

폴의 목소리가 너무 확신에 차 있어서 제시카는 몸을 떨었다.

"패디샤 황제도 직접 거기 와 있어요." 폴이 말했다. 그가 바위로 된 천장을 올려다보며 말을 이었다. "그가 총애하는 진실을 말하는 자와 사다우카 5개 군단을 데려왔습니다. 블라디미르 하코넨 노남작도 거기 있고, 투피르 하와트가 그의 옆에 있어요. 남작이 최대한 긁어모은 병사들로 가득 찬 우주선 일곱 척도. 모든 대가문들이 자기 병사들을 우리 머리 위로 보내서…… 기다리고 있습니다."

챠니는 고개를 저었다. 폴에게서 시선을 뗄 수가 없었다. 그의 낯선 분위기, 단조로운 목소리, 그녀를 꿰뚫고 그 너머를 보고 있는 듯한 시선, 이 모든 것이 그녀를 경외심으로 가득 채웠다.

제시카가 바싹 마른 목구멍으로 침을 삼키려 애쓰면서 말했다. "그들이 뭘 기다리고 있다는 거냐?"

폴이 어머니를 바라보았다. "조합의 착륙 허가죠. 어떤 군대든 허가 없이 착륙했다간 조합에 의해 이곳 아라키스에 발이 묶이고 말 겁니다."

"조합이 우릴 보호하고 있단 말이냐?" 제시카가 물었다.

"보호한다고요! 우리가 여기서 무슨 일을 벌이고 있는지 소문을 퍼뜨리고, 가장 가난한 가문까지도 군사를 보내 우리를 약탈할 엄두를 낼 만큼 병사 수송비를 떨어뜨려 지금과 같은 상황을 초래한 것이 바로 조합이에요."

제시카는 폴의 목소리에 성난 기색이 전혀 없는 것을 느끼고 이상하다고 생각했다. 폴의 말을 의심할 수는 없었다. 지금 그의 말 속에는 그가 미래의 길을 보고 두 사람이 프레멘들 사이에 자리를 잡을 거라고 말해 주었던 그날 밤과 똑같은 강렬함이 있었다.

폴이 깊이 숨을 들이쉬며 말했다. "어머니, 우리를 위해 생명의 물을 상당히 많이 변화시켜 주셔야겠습니다. 우리한텐 그 촉매가 필요해요. 챠니, 정찰대를 밖으로 내보내……. 천연 스파이스 덩어리를 찾으라고 말이야. 상당량의 생명의 물을 그 덩어리 위에 놓으면, 무슨 일이 일어날지 아시겠죠?"

제시카는 그의 말을 곰곰이 생각해 보다가 갑자기 그 의미를 깨달았다. "폴!" 그녀가 숨을 삼켰다.

"죽음의 물이 되는 겁니다. 연쇄 반응이 일어날 거예요." 그가 바닥을 가리키며 말을 이었다. "작은 창조자들 사이에 죽음을 퍼뜨려서 스파이스와 창조자가 포함된 생명의 순환 주기에서 매개체 하나를 죽이는 겁니다. 아라키스는 정말로 황량한 곳이 될 거예요. 스파이스도 창조자도 없을 테니까요."

챠니가 손으로 입을 막았다. 폴의 입에서 쏟아져 나오는 신성 모독에 너무나 충격을 받아 아무 말도 할 수 없었다.

"어떤 물건을 파괴할 수 있는 자가 그것을 진짜 장악하고 있는 겁니다. 우린 스파이스를 파괴할 수 있어요." 폴이 말했다.

"뭐가 조합의 손을 막고 있는 거냐?" 제시카가 속삭이듯 물었다.

"그들은 저를 찾고 있습니다. 생각해 보세요! 조합 최고의 항법사들, 가장 빠른 속도를 자랑하는 하이라이너를 위해 시간을 앞질러 가서 가장 안전한 항로를 찾아낼 수 있는 그 사람들이 모두 저를 찾고 있는데…… 찾을 수가 없어요. 벌벌 떠는 그 모습이라니! 제가 이곳에서 자신들의 비밀을 쥐고 있다는 걸 그들은 알고 있습니다." 폴이 오목하게 오므린 손을 내밀며 말을 이었다. "스파이스가 없으면 그들은 장님입니다!"

챠니가 간신히 입을 열었다. "당신은 '지금'을 보았다고 했잖아!"

폴이 뒤로 등을 기대며 미래와 과거까지 이어져 넓게 퍼져 있는 '현재'를 탐색했다. 스파이스의 효과가 점점 사라져가고 있었기 때문에 확장된 의식을 유지하기가 힘들었다.

"가서 내가 명령한 대로 해. 미래는 나뿐만 아니라 조합 사람들에게도 뒤죽박죽 흐릿해져가고 있어. 환영의 선들이 좁아지고 있어. 모든 것이 스파이스가 있는 이곳에…… 간섭을 하면 곧 그들이 반드시 가져야 하는 것을 잃게 되니까…… 감히 간섭할 생각을 못 했던 이곳에 집중되고 있어. 하지만 이제 저들은 필사적이야. 모든 길이 어둠 속으로 이어져 있어."

⚕⚕⚕

수레바퀴가 막 돌아가려고 하는 가운데 아라키스가 우주의 중심에 있던 그날이 밝았다.

—이룰란 공주의 『아라키스의 각성』

"저것 좀 보십시오!" 스틸가가 낮은 목소리로 말했다.

폴은 방어벽의 가장자리 높은 곳에서 프레멘 망원경의 집전기에 시선을 고정시킨 채 가늘게 쪼개진 바위틈에 스틸가와 나란히 엎드려 있었다. 오일 렌즈의 초점은 아래쪽 분지에서 새벽빛에 모습을 드러낸 우주선에 맞춰져 있었다. 동쪽을 향하고 있는 우주선의 높다란 표면이 단조로운 태양빛 속에서 번득였다. 그러나 그림자 속에 잠겨 있는 반대쪽의 창문에서는 밤을 위해 밝혀놓았던 발광구의 노란빛이 아직 새어 나오고 있었다. 우주선 너머로는 아라킨 시가 북쪽에 위치한 태양빛을 받으며 차갑게 빛났다.

스틸가가 분지의 우주선 때문에 흥분한 것이 아니라는 사실을 폴은 알고 있었다. 스틸가는 우주선을 중심으로 배치된 적의 진형을 보며 흥분하고 있었다. 여러 층 높이의 금속 막사 하나가 우주선을 중심으로 지름 1000미터 가량 되는 원형으로 뻗어 있었다. 금속판들이 서로 맞물린 모양의 이 텐트는 사다우카 5개 군단과 패디샤 황제 샤담 4세를 위한 임시 숙영지였다.

폴의 왼쪽에 쪼그리고 있던 거니 할렉이 말했다. "모두 9층입니다. 사다우카들이 꽤나 많이 있겠는데요."

"5개 군단일세." 폴이 말했다.

"날이 밝아오고 있습니다. 당신이 이렇게 노출되어 있는 건 좋지 않아요, 무앗딥. 지금 바위 속으로 돌아가야 합니다." 스틸가가 숨죽인 소리로 말했다.

"난 여기서도 절대 안전하오." 폴이 말했다.

"저 우주선에 발사용 무기들이 탑재되어 있어요." 거니가 말했다.

"저들은 우리가 방어막을 사용한다고 생각하지. 저들이 우리를 발견한다 하더라도 정체를 알 수 없는 상대에게 탄환을 낭비하진 않을 걸세."

폴은 망원경의 방향을 돌려 분지 반대편 벽을 자세히 살펴보았다. 곰보처럼 얽은 자국이 있는 절벽들이 보였다. 아버지의 수많은 병사들이 묻혀 있는 곳이었다. 그 병사들의 영혼이 지금 이 순간을 당연히 굽어보고 있을 것이라는 생각이 순간적으로 머리를 스치고 지나갔다. 방어막에 둘러싸인 땅 위에 펼쳐져 있는 하코넨의 요새와 도시들이 본체에서 잘려 시들어가는 식물줄기처럼 그들의 본거지와 단절되거나 프레멘의 손안에 놓여 있었다. 적에게 남은 것은 이제 이 분지와 그 안의 도시뿐이었다.

"우리를 발견한다면 저들이 오니숍터를 이용해서 돌격을 시도할지도 모르겠습니다." 스틸가가 말했다.

"그러라고 하지. 우리한테도 오늘 태워버릴 오니숍터들이 있으니까……. 그리고 우린 폭풍이 다가오고 있다는 것도 알아."

그는 아라킨의 착륙장을 향해 망원경을 돌렸다. 그곳에 줄지어 늘어선 하코넨의 프리깃함과, 땅에 박힌 깃대에서 부드럽게 펄럭이고 있는 초암의 깃발이 보였다. 그는 다른 사람들은 모두 예비로 남겨두고 황제와 하코넨에게만 착륙을 허락해 줄 수밖에 없었던 조합의 필사적인 처지에 대해 생각해 보았다. 조합의 조치는 텐트를 세우기 전에 발끝으로 모래의 온도를 가늠해 보는 것과 같았다.

"여기서 보이는 것 중에 새로운 것이 있습니까? 이제 은신처로 들어가야 합니다. 폭풍이 다가오고 있어요." 거니가 말했다.

폴은 거대한 막사로 다시 시선을 돌렸다. "저들은 여자들까지 데려왔어. 하인들도. 아아, 친애하는 황제 폐하, 정말 자신만만하시군요."

"비밀 통로로 누가 올라오고 있습니다. 오테임과 코르바가 돌아오는 모양입니다." 스틸가가 말했다.

"좋아, 스틸. 안으로 들어갑시다." 폴이 말했다.

그러나 그는 망원경으로 주위를 한 번 더 둘러보며 커다란 우주선과 번뜩이는 금속 막사, 침묵에 잠긴 도시, 하코넨 용병들의 프리깃함 등이 놓여 있는 평원을 유심히 살펴보았다. 그리고 가파르게 비탈진 바위 옆을 돌아 뒤로 물러났다. 페다이킨의 경비병이 그가 있던 망원경 앞의 자리를 채웠다.

폴은 방어벽 표면이 움푹하게 파인 곳으로 들어갔다. 바위가 자연스럽게 패어서 지름 30미터, 깊이 3미터 정도의 공간이 된 이곳은 프레멘들이 씌워놓은 반투명 위장막에 숨겨져 있었다. 통신 장비들은 오른쪽 벽에 난 구멍 주위에 몰려 있고, 페다이킨 경비병들은 이 우묵한 공간 안에 배치되어 무앗딥의 공격 명령을 기다렸다.

통신 장비 옆의 구멍에서 남자 두 명이 모습을 드러내 그곳의 경비병들과 이야기를 나눴다.

폴은 스틸가를 바라보며 고갯짓으로 그 두 남자가 있는 쪽을 가리켰다. "가서 보고를 들으시오, 스틸."

스틸가가 명령에 따라 움직였다.

폴은 바위에 등을 기대고 앉아 몸을 똑바로 펴면서 온몸의 근육을 쭉 폈다. 스틸가가 두 남자를 어두운 구멍 속으로 다시 돌려보내는 것을 보면서, 그들이 사람 손으로 만든 좁은 터널을 지나 분지 바닥까지 한참 동안 기어 내려가는 모습을 생각했다.

스틸가가 폴에게 다가왔다.

"도대체 얼마나 중요한 연락이기에 시엘라고를 보내지 않은 거요?" 폴이 물었다.

"저들은 전투를 위해 시엘라고의 힘을 비축하고 있습니다." 스틸가가 말했다. 그가 통신 장비를 흘끗 바라보고는 폴에게 시선을 돌렸다. "저 장비들 역시 사용해서는 안 됩니다, 무앗딥. 아무리 좁은 통신 전파를 사용한다 하더라도 적이 전파 발신지를 파악해서 당신의 위치를 찾아낼 수 있으니까요."

"적은 곧 나를 찾을 수도 없을 만큼 바빠질 거요. 그 두 사람의 보고 내용은 뭐였소?"

"우리의 귀여운 사다우카 포로들이 '낡은 골짜기' 근처에서 석방되어 지금 주인에게 가고 있답니다. 또 로켓 발사대와 다른 발사용 무기들도 제자리에 배치되었습니다. 병사들도 당신의 명령대로 배치되어 있답니다. 모두 일상적인 내용이었습니다."

폴은 위장막을 통해 들어오는 빛 속에서 우묵한 공간 안에 배치되어 있는 부하들을 유심히 살펴보았다. 노출된 바위 위를 기어가는 곤충처럼 시간이 기어가는 것이 느껴졌다.

"우리가 풀어준 사다우카가 병사 수송선이 있는 곳까지 걸어가서 신호를 보내려면 시간이 좀 걸릴 거요. 감시는 붙여놓았소?" 폴이 말했다.

"붙여놓았습니다." 스틸가가 말했다.

폴 옆에서 거니 할렉이 헛기침을 하며 입을 열었다. "안전한 곳으로 피하는 것이 좋지 않겠습니까?"

"안전한 곳은 없네. 일기 예보는 아직 우리에게 유리한가?"

"보통 폭풍의 증조할머니뻘은 되는 것 같은 폭풍이 다가오고 있습니다. 느껴지지 않습니까, 무앗딥?" 스틸가가 말했다.

"공기 속에 정말 위험한 느낌이 숨어 있군. 하지만 모래기둥을 박아서 확실히 예측하는 편이 더 낫소." 폴이 말했다.

"한 시간 후면 폭풍이 여기에 도착할 겁니다." 스틸가가 말했다. 그가 황제의 막사와 하코넨의 프리깃함 쪽으로 열린 바위틈을 고갯짓하며 말을 이었다. "저쪽에 있는 적들도 알고 있습니다. 하늘에 오니숍터가 한 대도 없으니까요. 모든 걸 단단히 묶어놓았습니다. 우주에 있는 친구들에게서 날씨에 대한 보고를 받은 모양입니다."

"이쪽을 탐색하는 정찰기의 출격은 더 이상 없었소?" 폴이 물었다.

"어젯밤에 착륙한 뒤로 아무것도 없었습니다. 저들은 우리가 여기 있는 걸 알고 있습니다. 아마 지금 좋은 공격 시간을 정하기 위해 기다리고 있는 모양입니다." 스틸가가 말했다.

"시간을 정하는 건 우리요." 폴이 말했다.

거니가 위를 올려다보며 으르렁거리는 목소리로 말했다. "저들이 가만히 있다면 말이죠."

"우주선 함대는 우주에 머무를 걸세." 폴이 말했다.

거니는 고개를 가로저었다.

"저들에게는 선택의 여지가 없어. 우린 스파이스를 파괴할 수 있네. 조합은 감히 그런 위험을 무릅쓰지 못해."

"필사적인 처지에 빠진 사람이 가장 무서운 법입니다." 거니가 말했다.

"그럼 우린 필사적이지 않단 말이오?" 스틸가가 물었다.

거니가 그를 향해 험악한 표정을 지어 보였다.

"자넨 프레멘의 꿈과 함께 살아오지 않았네." 폴이 주의를 주었다. "스틸은 우리가 뇌물로 사용했던 그 모든 물과, 아라키스에 꽃이 피어나기를 기다렸던 세월에 대해 생각하고 있어. 그는……."

"으으." 거니가 인상을 찡그렸다.

"저 사람은 왜 저렇게 우울해하는 겁니까?" 스틸가가 물었다.

"거니는 전투를 하기 전에는 항상 우울해한다오. 기분이 좋은 걸 그렇게밖에 표현하지 못하거든." 폴이 말했다.

짓궂은 미소가 천천히 거니의 얼굴에 번져나갔다. 사막복의 턱받침 위로 하얀 이가 드러났다.

"고해도 못 하고 오늘 우리 손에 죽임을 당할 불쌍한 하코넨 영혼들을 생각하느라 우울해진 거요."

스틸가가 쿡쿡 웃었다. "꼭 페다이킨처럼 말하는군."

"거니는 타고난 죽음의 특공대야." 폴이 말했다. '그래, 이렇게 가벼운 이야기로 시간을 보내게 하자. 저 평원에서 저 병력을 상대로 우리 자신을 시험할 순간이 될 때까지.' 그는 바위틈을 바라보다가 다시 거니에게 시선을 돌렸다. 음유 시인이자 전사인 그는 다시 얼굴을 잔뜩 찡그리고 있었다.

"걱정은 힘을 약하게 만들지. 이건 옛날에 자네가 내게 해준 말일세, 거니." 폴이 중얼거렸다.

"공작님, 제가 가장 걱정하는 건 핵무기입니다. 만약 공작님이 핵무기로 방어벽에 구멍을 내버린다면……."

"저 위에 있는 사람들은 우리에게 핵무기를 사용하지 않을 걸세. 감히 못 하지……. 그리고 같은 이유로 그들은 우리가 스파이스의 원천을 파괴하는 지경까지 상황을 몰고 가지 못할 걸세."

"하지만 핵무기 금지 조항이……."

"금지 조항이라고!" 폴이 소리쳤다. "가문들이 서로에게 핵무기를 쏘아대지 못하는 건 금지 조항 때문이 아니라 공포 때문이야. 대협정은 분명히 이렇게 규정하고 있네. '인간에 대해 핵무기를 사용하면 그 가문의 행성 전체를 파괴한다.' 우린 방어벽을 폭파시키는 거야, 인간이 아니라."

"구분이 너무 모호합니다." 거니가 말했다.

"사소한 일을 야단스럽게 따져대는 저 위의 사람들은 그렇게 애매모호한 것들을 아주 좋아할걸. 이제 그 이야기는 그만하지."

폴은 자기가 말처럼 속으로도 그렇게 확신할 수 있으면 좋겠다는 생각을 하며 고개를 돌렸다. 이윽고 그가 말했다. "도시 사람들은 어떻소? 벌써 지정된 위치에 배치되었소?"

"그렇습니다." 스틸가가 투덜거리듯이 말했다.

폴이 그를 바라보았다. "마음에 걸리는 게 있소?"

"도시 사람들을 완전히 믿어도 되는지 모르겠습니다."

"나도 한때는 도시 사람이었소."

스틸가의 안색이 딱딱하게 굳으면서 검붉게 변했다. "내 말이 그런 뜻이 아니란 건 무앗딥도……."

"당신 말이 무슨 뜻인지 잘 알고 있소, 스틸. 하지만 당신이 어떤 사람에 대해 갖고 있는 생각이 그 사람을 판단하는 기준이 되는 건 아니오. 중요한 건 그 사람이 실제로 어떤 행동을 하느냐 하는 것이오. 이 도시 사람들의 몸에도 프레멘의 피가 흐르고 있소. 그들은 다만 굴레에서 벗어나는 방법을 아직 못 배운 것뿐이오. 우리가 가르쳐주면 돼."

스틸가가 고개를 끄덕이며 후회하는 듯한 어조로 말했다. "평생에 걸친 버릇 때문입니다, 무앗딥. 장례의 평원에서 우리는 일반 사회의 사람들을 경멸하라고 배웠습니다."

폴은 거니를 흘끗 바라보았다. 그는 스틸가를 유심히 살펴보고 있었다. "말해 보게, 거니. 저 아래쪽의 도시 사람들이 왜 자기 집에서 사다우카들에게 쫓겨난 거지?"

"낡은 수법입니다, 공작님. 난민을 만들어서 우리에게 부담을 지울 작정이었겠죠."

"게릴라전이 효과를 거둘 수 있었던 시절이 너무 오래전이라 권력자들은 게릴라와 싸우는 법을 잊어버렸네. 사다우카는 우리 손바닥 안에서 놀고 있지. 그들은 도시 여자들을 노리개로 삼고 거기에 반대하는 남자들의 머리로 군기를 장식했네. 그래서 사람들 사이에 증오의 열병이 퍼진 거지. 그런 일만 없었다면 그 사람들은 다가오는 전투를 아주 불편한 일 정도로만 생각했을 테고…… 막연히 주인이 또 바뀌겠구나 했을 텐데. 사다우카가 우리를 위해 신병들을 모집해 준 거요, 스틸."

"도시 사람들이 열의에 불타고 있는 것처럼 보이기는 하더군요." 스틸가가 말했다.

"그들의 증오는 새것이라 선명하오. 그래서 우리가 그들을 기습 부대로 사용하는 거요."

"그들은 무섭게 적을 죽일 겁니다." 거니가 말했다.

스틸가도 동의한다는 듯 고개를 끄덕였다.

"그들에게 승산을 알려주었네. 자기들이 사다우카를 한 명 죽일 때마다 우리가 죽여야 하는 놈이 하나 줄어든다는 것도 그들은 알지. 그들에게는 목숨을 걸어야 할 이유가 있네. 자기들도 사람이라는 걸 발견한 거지. 각성하고 있는 거야."

망원경을 통해 적을 감시하던 병사가 중얼거리듯 감탄사를 발했다. 폴이 바위틈으로 다가가 물었다. "무슨 일이냐?"

"커다란 소동이 일어나고 있습니다, 무앗딥. 저 괴물같이 커다란 금속 텐트에서요. 지상차가 서쪽 **가장자리벽***에서 나왔는데, 바위 자고새의 둥지로 쳐들어가는 매 같은 기세입니다." 병사가 숨죽인 소리로 말했다.

"우리 사다우카 포로들이 도착한 모양이군." 폴이 말했다.

"저들이 착륙장 전체에 방어막을 작동시켰습니다. 저들이 스파이스를 보관해 둔 야적장 가장자리까지 방어막이 어른거리는 게 보입니다."

"이제 저들도 싸움의 상대가 누구인지 알았겠군요. 아트레이데스가 아직 살아 있다는 소리에 하코넨 짐승들은 몸을 떨며 안절부절못할 겁니다!" 거니가 말했다.

폴이 망원경 앞에 있는 페다이킨 병사에게 말했다. "황제의 우주선 꼭대기에 있는 깃대를 잘 감시해라. 만약 거기에 내 깃발이 올라간다면……."

"그럴 리 없을 겁니다." 거니가 말했다.

폴은 스틸가의 어리둥절한 표정을 보고 입을 열었다. "만약 황제가 내 주장을 인정한다면, 아라키스에 아트레이데스의 깃발을 다시 올리는 것으로 신호를 보낼 거요. 그러면 우린 두 번째 계획으로 넘어가서 하코넨만 공격하는 거지. 사다우카는 우리끼리 문제를 해결하라고 옆으로 물러나서 가만히 있을 거요."

"나는 이런 다른 행성 방식에는 전혀 경험이 없습니다. 들어본 적은 있지만 황제가 그럴 가능성은······."

"저들이 어떤 행동을 보일지 알아내는 데에 꼭 경험이 필요한 건 아니오." 거니가 말했다.

"저들이 큰 우주선 위에 새 깃발을 올려보내고 있습니다. 깃발은 노란색이고······ 가운데에 검은색과 빨간색으로 된 원이 있습니다." 망원경 앞에 있는 병사가 말했다.

"꽤나 교활하게 머리를 썼군그래. 그건 초암의 깃발이야." 폴이 말했다.

"다른 우주선에도 같은 깃발이 걸렸습니다." 페다이킨 병사가 말했다.

"이해를 못 하겠습니다." 스틸가가 말했다.

"정말 교활한 방법을 쓰는군요." 거니가 말했다. "만약 황제가 아트레이데스 깃발을 올렸다면, 그 깃발이 의미하는 바를 따를 수밖에 없었을 겁니다. 이곳을 지켜보는 사람들이 너무 많으니까요. 황제가 자기 깃대에 하코넨 깃발을 올릴 수도 있었겠죠. 그랬다면 그건 아주 단호한 선언이 되었을 겁니다. 하지만 그는 초암의 걸레 쪼가리를 깃대에 걸었습니다. 그는 저 위의 사람들에게······." 거니가 하늘 위의 우주를 가리키며 말을 이었다. "······이윤이 어디에 있는지 말하고 있는 겁니다. 여기에 아트레이데스가 있건 없건 자기는 상관하지 않는다는 거죠."

"폭풍이 방어벽을 칠 때까지 얼마나 남았소?" 폴이 물었다.

스틸가는 고개를 돌려 우묵한 공간 속에 있는 페다이킨 병사와 이야기를 나눴다. 이윽고 그가 시선을 돌리며 말했다. "금방이랍니다, 무앗딥. 우리가 생각했던 것보다 더 빨라요. 보통 폭풍의 고조할머니쯤 되는 놈입니다……. 어쩌면 당신이 바라던 것보다 훨씬 더 클지도 모릅니다."

"그놈은 내 폭풍이오." 폴이 말했다. 그의 말을 들은 페다이킨 대원들은 조용히 경외의 표정을 지었다. "그놈이 온 세상을 뒤흔든다 해도, 내가 바랐던 것보다 크지는 않을 거요. 그놈이 방어벽을 정면에서 강타할 예정이오?"

"거의 정면에서 치는 거나 마찬가지랍니다." 스틸가가 말했다.

분지로 통하는 터널 입구에서 병사 하나가 나타나 폴에게 다가왔다. "사다우카와 하코넨 순찰대가 물러나고 있습니다, 무앗딥."

"폭풍이 분지에 모래를 너무 많이 쏟아부어서 시야가 흐려질 거라고 생각하는 모양입니다. 저들은 우리도 같은 입장이라고 생각할 겁니다." 스틸가가 말했다.

"시야가 흐려지기 전에 목표물의 위치를 정확히 파악해 두라고 사수들에게 전하시오. 폭풍이 방어막을 파괴하자마자 저 우주선들의 앞머리를 죄다 파괴해 버려야 해요." 폴은 우묵한 공간의 벽으로 다가가서 위장막을 조금 들추고 하늘을 올려다보았다. 검은 하늘에서 모래가 말 꼬리 모양으로 바람에 실려 오는 모습이 보였다. 폴은 위장막을 다시 덮었다. "우리 병사들을 아래로 내려보내시오, 스틸."

"우리와 함께 가지 않는 겁니까?" 스틸가가 물었다.

"난 여기서 페다이킨과 좀더 기다리겠소."

스틸가가 그럴 줄 알았다는 듯 거니를 향해 어깨를 으쓱해 보이고는 바위벽의 구멍 속으로 사라져버렸다.

"방어벽을 폭파시키는 방아쇠를 자네 손에 맡기겠네, 거니. 자네가 해 주겠나?" 폴이 말했다.

"제가 하겠습니다."

폴은 페다이킨의 장교 한 명에게 손짓을 하며 말했다. "오테임, 폭발 지역 바깥의 척후병들을 이동시켜라. 폭풍이 치기 전에 그곳을 벗어나야 해."

오테임이 고개를 숙여 인사한 다음, 스틸가처럼 구멍 속으로 사라졌다.

거니가 바위틈 안쪽으로 몸을 들이밀고 망원경 앞에 있는 병사에게 말했다. "남쪽 벽에서 눈을 떼지 마라. 우리가 그곳을 폭파시킬 때까지 그곳은 완전히 무방비상태일 테니."

"시엘라고를 보내서 시간을 알려줘." 폴이 명령했다.

"지상차 몇 대가 남쪽 벽으로 향하고 있습니다." 망원경 앞의 병사가 말했다. "그중 일부는 발사용 무기를 사용하면서 시험을 해보고 있습니다. 우리 쪽 사람들은 명령하신 대로 개인 방어막을 사용하고 있습니다. 지상차가 멈춰 섰습니다."

갑작스러운 침묵 속에서 폴은 바람의 악마가 머리 위에서 요동치는 소리를 들었다. 폭풍의 전선이 도착한 것이다. 위장막의 틈새를 통해 모래가 조금씩 떨어져 내리기 시작했다. 폭발하듯 불어온 바람이 위장막을 잡아채서 가버렸다.

폴은 페다이킨 병사들에게 엄폐물에 몸을 숨기라고 손짓하고 터널 입구 근처의 통신 장비 앞에 있는 병사들에게 향했다. 거니가 그와 행동을 같이했다. 폴은 통신대원들 위로 몸을 구부렸다.

통신대원 하나가 말했다. "보통 폭풍의 4대조 할머니쯤 되는 놈입니다, 무앗딥."

폴은 어두워지는 하늘을 바라보며 말했다. "거니, 남쪽 벽을 감시하는 자들을 후퇴시키게." 폭풍 소리가 점점 커지고 있었기 때문에 그는 목소리를 높여서 같은 명령을 되풀이해야 했다.

거니가 명령을 수행하기 위해 움직였다.

폴은 얼굴에 필터를 쓰고 사막복의 두건도 단단하게 조였다.

거니가 돌아왔다.

폴은 거니의 어깨를 잡고 통신대원 뒤쪽의 터널 입구에 설치된 폭탄의 방아쇠를 가리켰다. 거니가 터널 입구로 들어가서 걸음을 멈추고 방아쇠에 한 손을 갖다 댄 자세로 폴을 응시했다.

"메시지가 전혀 들어오지 않습니다. 잡음이 너무 많아요." 폴의 옆에서 통신대원이 말했다.

폴은 통신대원 앞에 있는 시간 숫자반에 시선을 고정시킨 채 고개를 끄덕였다. 이윽고 그가 거니를 바라보며 한쪽 손을 치켜든 뒤 다시 숫자반으로 시선을 돌렸다. 시간을 알리는 바늘이 마지막 한 바퀴를 천천히 기어가고 있었다.

"발사!" 폴이 소리치며 손을 내렸다.

거니가 방아쇠를 눌렀다.

발 밑의 땅이 출렁이면서 흔들리는 것이 느껴질 때까지 꼬박 1초는 걸린 것 같았다. 폭풍의 포효 소리에 우르릉거리는 소리가 덧붙여졌다.

망원경 앞에 있던 페다이킨 감시병이 팔 밑에 망원경을 끼고 폴에게 다가왔다. "방어벽이 뚫렸습니다, 무앗딥! 폭풍이 저쪽을 덮쳤고, 우리 사수들도 벌써 사격 중입니다." 그가 소리쳤다.

폴은 폭풍이 분지를 휩쓸면서 모래의 벽 속에 축적된 정전기가 적 진영의 모든 방어막을 부수는 광경을 떠올렸다.

"폭풍입니다! 몸을 숨겨야 합니다, 무앗딥!" 누군가가 소리쳤다.

폴은 다시 정신을 차렸다. 밖으로 노출된 뺨에 닿는 모래가 바늘처럼 따끔따끔했다. '이제 주사위는 던져졌어.' 그는 생각했다. 그가 통신대원의 어깨에 팔을 두르고 말했다. "장비는 여기 놔둬! 터널 안에 더 있으니까!" 누군가가 그를 잡아끌었다. 페다이킨 병사들이 그를 보호하기 위해 그의 주위를 단단히 에워싸고 있었다. 그들은 터널 입구 안으로 비집고 들어갔다. 터널 안은 비교적 조용했다. 모퉁이를 하나 돌아가니 머리 위에 발광구가 있는 작은 방이 나오고, 그 너머로 또 다른 터널이 이어져 있었다.

그곳의 통신 장비에도 통신대원이 앉아 있었다.

"잡음이 많습니다." 그가 말했다.

소용돌이치는 모래가 주위의 공기를 가득 채웠다.

"터널을 막아!" 폴이 소리쳤다. 병사들이 그의 명령대로 터널을 막자 갑작스러운 정적이 밀려들었다. "분지로 내려가는 길이 아직 열려 있나?" 폴이 물었다.

페다이킨 병사 하나가 살펴보러 갔다가 돌아와서 말했다. "폭발 때문에 작은 돌멩이들이 떨어졌습니다. 하지만 기술자들 말이 아직 열려 있답니다. 그들이 레이저 광선으로 길을 치우고 있습니다."

"가서 손을 사용하라고 말해! 저 아래쪽에 방어막이 작동하고 있단 말이다." 폴이 소리쳤다.

"기술자들도 조심하고 있습니다, 무앗딥." 페다이킨 병사가 말했다. 그러나 그는 폴의 명령을 수행하기 위해 움직였다.

밖에서 들어온 통신대원들이 장비를 들고 옆을 지나갔다.

"장비를 놔두고 오라고 했잖나!" 폴이 말했다.

"프레멘은 장비를 버리는 걸 좋아하지 않습니다, 무앗딥." 페다이킨 대원 하나가 잔소리를 했다.

"지금은 장비보다 사람이 더 중요하다. 우린 곧 다 사용할 수 없을 정도로 많은 장비를 갖게 될 거야. 아니면 아예 장비가 필요 없는 상태가 되든지."

거니 할렉이 다가와서 말했다. "아래로 내려가는 길이 열려 있다는 말을 들었습니다. 여긴 지표면에서 아주 가깝습니다, 공작님. 하코넨들이 우리와 같은 방법으로 복수를 시도한다면 위험합니다."

"저들은 지금 복수할 수 있는 상태가 아냐. 자기들에게 방어막이 없는 데다가, 아라키스를 떠날 수도 없게 되었다는 사실을 이제 깨닫고 있을 테니."

"하지만 새로운 지휘 사령부가 완전히 준비되었습니다, 공작님."

"아직은 지휘 사령부에 내가 필요하지 않아. 내가 없어도 계획은 진행될 거야. 우린 여기서 기다려야……."

"메시지가 들어오고 있습니다, 무앗딥." 통신 장비 앞에 있던 통신대원이 말했다. 그가 고개를 저으며 수화기를 귀에 갖다 댔다. "잡음이 너무 많습니다!" 그는 앞에 놓인 패드에 뭔가를 갈겨쓰다가 고개를 흔들고, 잠시 기다리다가 다시 글을 적고, 또 기다리기를 반복했다.

폴이 그 통신대원 옆으로 다가가자 페다이킨이 뒤로 물러나 자리를 내주었다. 폴은 통신대원이 받아 적은 내용을 내려다보며 읽었다.

"타브르 시에치에……습격……포로……알리아……죽은 자들의 가족이……그들이 무앗딥의 아들을……."

통신 대원이 다시 고개를 저었다.

폴은 자신을 뚫어지게 바라보고 있는 거니를 올려다보았다.

거니가 입을 열었다. "메시지의 뜻을 제대로 알아볼 수 없습니다. 잡음이 많아요. 아직은 모르는 일……."

"내 아들은 죽었네." 폴이 말했다. 이 말을 하는 순간 그는 이것이 사실이라는 것을 깨달았다. "내 아들이 죽었어⋯⋯. 그리고 알리아는 포로가 되었네⋯⋯. 인질이야." 자신이 아무 감정도 없는 빈 껍데기가 되어버린 것 같았다. 그가 손을 댄 모든 것이 죽음과 슬픔을 가져왔다. 마치 우주 전역으로 번져나갈 수도 있는 질병 같았다.

그는 실제로 존재할 수도 있었던 수많은 인생들의 경험에서 우러나온 노인의 지혜 같은 것을 느꼈다. 그의 내부에서 무엇인가가 빙그레 웃으며 손을 마주 비벼대고 있는 것 같았다.

폴은 생각했다. '정말 잔인한 것이 어떤 것인지 이 우주는 정말 모르고 있어!'

‿✕‿

무앗딥이 그들 앞에 서서 말했다. "우리는 포로를 죽은 것으로 여기지만 그녀는 살아 있다. 그녀의 씨앗이 나의 씨앗이고 그녀의 목소리가 나의 목소리이기 때문이다. 그리고 그녀는 가장 먼 가능성까지 볼 수 있는 사람이다. 그렇다, 그녀는 나 때문에 절대로 알 수 없는 계곡까지도 볼 수 있다."

─이룰란 공주의 『아라키스의 각성』

블라디미르 하코넨 남작은 황제의 알현실에서 눈을 내리깔고 서 있었다. 알현실은 패디샤 황제의 막사 안에 있는 달걀형의 황제 전용실이었다. 남작은 금속벽의 이 방과 그 안에 있는 사람들을 훔쳐보았다. **누커*** 들, 시동들, 경비병들, 벽을 따라 늘어선 사다우카 병사들이 적에게서 빼앗은 군기들 밑에 편안한 자세로 서 있었다. 이 방에 장식품이라고는 갈기갈기 찢기고 피투성이인 그 군기뿐이었다.

방의 오른쪽에서 울려 나온 목소리가 천장이 높은 통로에 메아리쳤다. "비키시오! 폐하를 위해 길을 비키시오!"

패디샤 황제 샤담 4세가 수행원들을 이끌고 통로에서 알현실로 들어왔다. 사람들이 옥좌를 가져오는 것을 기다리며 그는 남작을 무시했다.

아니, 이 방에 있는 모든 사람을 무시하는 듯했다.

그러나 남작은 황제를 무시할 수 없었다. 그는 황제가 자신을 부른 목적에 대해 작은 단서라도 찾아내려고 그를 유심히 살폈다. 황제는 호리호리하고 우아한 몸에 가장자리에 은색과 황금색 장식이 달린 사다우카의 회색 제복을 입고 침착하게 서서 기다리고 있었다. 그의 마른 얼굴과 차가운 눈을 보니 오래전에 죽은 레토 공작이 생각났다. 육식조 같은 표정도 레토 공작과 똑같았다. 그러나 황제의 머리는 검은색이 아니라 붉은색이었으며, 꼭대기에 제국의 문장이 달린 버세그의 새까만 투구가 머리카락을 대부분 가리고 있었다.

시동들이 옥좌를 가지고 왔다. 그것은 **하갈***에서 가져온 커다란 석영 덩어리를 깎아 만든 육중한 의자였다. 반투명한 청록색 보석 속에 일직선으로 노란 불꽃 같은 줄무늬가 나 있었다. 시동들이 옥좌를 단 위에 놓자 황제가 올라가서 자리에 앉았다.

검은 아바 로브를 입고 이마까지 두건을 내린 늙은 여자가 황제의 수행원들 틈에서 떨어져 나와 옥좌 뒤에 자리를 잡았다. 그녀의 앙상한 손이 석영으로 된 의자 등받이 위에 놓였다. 두건 바깥의 세상을 응시하는 그녀의 얼굴은 마녀의 캐리커처 같았다. 뺨과 눈은 움푹 꺼지고, 코는 지나치게 길고, 검버섯이 핀 피부에는 핏줄이 불룩불룩 불거져 있었다.

남작은 그녀를 보고 떨리는 몸을 가라앉혔다. 황제의 진실을 말하는 자인 가이우스 헬렌 모히암 대모가 이 자리에 있다는 것은 오늘의 알현이 매우 중요하다는 의미였다. 남작은 그녀에게서 시선을 돌려 황제의 다른 수행원들을 살피며 단서를 찾으려고 했다. 우선 조합의 대리인이 두 명 있었다. 하나는 키가 크고 뚱뚱했으며 다른 하나는 키가 작고 뚱뚱했다. 둘 다 눈은 차분한 회색이었다. 그리고 시동들 가운데 황제의 딸인 이룰란 공주가 서 있었다. 사람들 말에 따르면 그녀는 베네 게세리트의 가장 심오한 도를 배우는 중이며, 앞으로 대모가 될 운명을 지니고 있다고 했다. 그녀는 큰 키에 금발이었으며, 조각 같은 미모를 지니고 있었다. 그녀의 초록색 눈이 남작을 꿰뚫어 보았다.

"친애하는 남작."

황제가 황송하게도 이 방에 와 있는 남작의 존재를 인정해 주었다. 황제의 목소리는 훌륭하게 절제된 바리톤이었다. 그 목소리 때문에 황제는 남작에게 인사를 하면서도 그를 내치는 듯한 분위기를 냈다.

남작이 깊숙이 몸을 숙여 인사하고, 규칙에 따라 황제가 앉아 있는 단에서 열 걸음 떨어진 곳까지 나아갔다. "부르심을 받고 왔습니다, 폐하."

"부르심이라고!" 늙은 마녀가 귀에 거슬리는 목소리로 말했다.

"이런, 대모." 황제가 그녀를 꾸짖었다. 그러나 그는 남작이 쩔쩔매는 모습에 미소를 지으며 말했다. "우선, 그대의 충견 투피르 하와트를 어디로 보냈는지 그것부터 말하시오."

남작은 좌우를 두리번거리며 경비병을 데리고 오지 않은 자신에게 욕을 퍼부었다. 어차피 사다우카 앞에서는 별로 소용이 없었겠지만 그래도……

"응?" 황제가 말했다.

"그는 요즘 닷새 동안 제 곁에 없었습니다, 폐하." 남작이 조합 대리인들을 재빨리 바라본 다음 황제에게 시선을 돌리며 말을 이었다. "그는 밀수업자 기지가 있는 땅으로 가서 무앗딥이라는 프레멘 광신도의 진영에 침투하려고 시도하고 있습니다."

"굉장하군!" 황제가 말했다.

마녀가 갈고리 같은 손으로 황제의 어깨를 톡톡 두드렸다. 그리고 앞으로 몸을 기울여 황제에게 귓속말을 했다.

황제가 고개를 끄덕이며 말했다. "닷새라고 했소, 남작? 말해 보시오. 그가 곁에 없는데 왜 걱정하지 않는 거지?"

"전 걱정하고 있습니다, 폐하!"

황제는 계속 말없이 남작을 쏘아보며 그의 다음 말을 기다렸다. 대모가 킬킬거렸다.

"제 뜻은 폐하, 어쨌든 앞으로 몇 시간 안에 하와트는 죽을 거라는 말입니다." 남작은 잠복성 독약에 해독제가 필요하다고 설명했다.

"정말 영리한 방법이오, 남작. 그럼 그대의 조카인 라반과 젊은 페이드 로타는 어디 있소?"

"폭풍이 일고 있습니다, 폐하. 프레멘들이 모래를 은폐물로 삼아 공격하지 못하게 주변을 조사하라고 보냈습니다."

"주변이라." 황제가 말했다. 마치 입을 삐죽거리며 말하는 듯한 어조였다. "이곳 분지에는 폭풍이 그리 심하지 않을 것이오. 그리고 내가 사다우카 5개 군단과 여기 있는 동안엔 그 프레멘 폭도들도 공격하지 않을 것이고."

"물론입니다, 폐하. 하지만 조심을 하다가 저지른 실수를 책망할 수는 없다고 생각되옵니다."

"아아. 책망이라. 그럼 이 시시한 아라키스가 내 시간을 얼마나 빼앗았는지 말해서는 안 된단 말이오? 초암 사의 돈이 이 쥐구멍 속으로 빨려들어가고 있다는 얘기도? 이 허섭스레기 같은 일 때문에 내가 궁정의 기능과 국정을 연기시키거나, 심지어 취소시키기까지 했다는 얘기도?"

남작은 황제의 분노에 겁을 집어먹고 눈을 내리깔았다. 이곳에 자기편은 아무도 없으며, 자기가 의지할 만한 것이라고는 대협정과 대가문들의 **딕텀 파밀리아***밖에 없다는 사실이 그를 불안하게 했다. '황제가 나를 죽일 작정일까? 그럴 수는 없어! 저 위의 대가문들이 아라키스의 이 소란에서 뭐든 이익을 챙길 구실을 찾아내려고 안달하고 있는 이상 그럴 리가 없어.'

"인질을 잡았소?" 황제가 물었다.

"그건 소용없는 일입니다, 폐하. 저 미친 프레멘들은 모든 포로를 위해 매장 의식을 치르고 포로가 이미 죽은 것처럼 행동하는 자들입니다."

"그렇소?"

남작은 알현실의 좌우를 두리번거리며 **부채금속***으로 만들어진 이 거대한 텐트에 대해 생각했다. 이 텐트가 상징하는 어마어마한 재산에 남작조차 놀라움을 금치 못했다. '황제는 시동들을 데려왔어. 쓸모없는 궁정 하인들과 여자들, 그리고 미용사, 디자이너 등등 여자들의 수행원까지……. 모두 궁정에 빌붙어 사는 기생충 같은 것들이지. 그것들이 몽땅 여기에 와서 황제에게 아첨을 떨면서 교활하게 음모를 꾸미고 황제와 함께 불편을 참고 있어……. 황제가 이 일에 종지부를 찍는 걸 지켜보면서 전투를 풍자하는 시를 짓고 부상자들을 우상화하려고 온 거야.'

"어쩌면 그대가 제대로 된 인질을 찾으려 하지 않았던 건지도 모르겠군." 황제가 말했다.

'뭔가 알고 있는 모양인데.' 남작은 생각했다. 공포가 배 속에 돌덩이처럼 자리 잡고 있어서 음식을 먹는다는 건 생각만으로도 견딜 수 없을 지경이었다. 그런데도 그 느낌은 왠지 배고픔과 비슷했다. 그는 자신의 몸무게를 지탱하는 반중력 장치들 속에서 몇 번이나 음식을 가져오라고 명령을 내릴 뻔했다. 그러나 여기에는 그의 부름에 응답할 사람이 아무도 없었다.

"이 무앗딥이 누군지 그대는 알고 있소?" 황제가 물었다.

"**움마*** 중의 하나겠지요. 그는 프레멘의 광신자이고 종교적인 모험가입니다. 그런 자들은 문명의 변경 지역에서 정기적으로 나타나곤 합니다. 폐하께서도 알고 계시는 애깁니다." 남작이 말했다.

황제가 진실을 말하는 자를 흘끗 쳐다보고 나서 남작에게 시선을 돌리며 험상궂은 표정을 지었다. "그럼 그대는 이 무앗딥이라는 인물에 대해 다른 사실은 전혀 모른단 말이오?"

"미친 사람입니다. 하지만 프레멘들은 원래 전부 조금씩 제정신이 아니지요."

"미쳤다고?"

"그의 부하들은 전장으로 뛰어들면서 그의 이름을 비명처럼 부릅니다. 여자들은 남자들에게 우리를 공격할 틈을 만들어주기 위해 아기를 내던지고 칼 앞에 몸을 들이밀지요. 그들에게는…… 그들에게는…… 품위가 전혀 없습니다!"

"그렇게 고약하단 말이지." 황제가 중얼거렸다. 황제의 말투에 깃든 경멸이 남작에게도 분명했다. "말해 보시오, 친애하는 남작. 아라키스의 남극 지방을 조사해 본 적이 있소?"

남작은 갑자기 바뀐 화제에 놀라 황제를 올려다보았다. "하지만…… 저, 아시잖습니까, 폐하. 그 지역 전체가 사람이 살 수 없는 곳입니다. 바람과 모래벌레에게 노출되어 있어서요. 그쪽 위도에는 스파이스도 없습니다."

"스파이스 화물선들로부터 푸른 식물들의 땅이 거기 나타났다는 보고를 한 번도 듣지 못했단 말이오?"

"그런 보고는 항상 있었습니다. 어떤 건 조사를 해보기도 했지요. 오래

전에 말입니다. 식물 몇 그루가 발견되었을 뿐입니다. 그 때문에 오니숍터를 많이 잃었고요. 비용이 너무 많이 듭니다, 폐하. 그곳은 사람이 오랫동안 살아남을 수 없는 곳입니다."

"그렇군." 황제가 말했다. 그가 손가락을 퉁기자 옥좌 뒤 왼쪽에 있는 문이 열렸다. 그 문을 통해 사다우카 두 명이 네 살쯤 되어 보이는 어린 여자아이를 몰고 나타났다. 아이는 검은색 아바를 입고 있었는데, 두건을 뒤로 젖혀놓아서 목에 느슨하게 매달린 사막복의 부착물들이 보였다. 아이의 눈은 프레멘과 같은 파란색이었고, 부드럽고 둥근 얼굴로 주위를 쏘아보고 있었다. 아이는 전혀 겁을 내지 않는 것 같았다. 게다가 주위를 쏘아보는 아이의 시선에는 남작이 원인 모를 불안감을 느끼게 만드는 뭔가가 있었다.

베네 게세리트의 진실을 말하는 늙은이조차 아이가 옆을 지나갈 때 멈칫 물러나면서 사악한 것을 물리칠 때 쓰는 성호를 그었다. 그 늙은 마녀가 아이의 존재에 큰 충격을 받았음이 분명했다.

황제가 말을 시작하려고 헛기침을 했다. 그러나 아이가 먼저 입을 열었다. 아직 입안이 연하고 부드러워 혀짤배기소리가 섞인 가느다란 목소리였음에도 아주 분명했다. "그래, 그 사람이 여기 있었군." 아이가 황제가 앉아 있는 단의 가장자리로 나오면서 말했다. "별로 대단해 보이지도 않네. 반중력 장치의 도움이 없으면 자신의 살조차 주체 못 하는 늙고 겁에 질린 연약한 뚱보잖아."

어린아이의 입에서 그런 말이 나오리라고는 예상조차 못 했기 때문에 남작은 화가 났지만 할 말을 잃고 아이를 뚫어지게 바라보았다. '저거 난쟁이인가?' 그는 생각했다.

"친애하는 남작, 무앗딥의 여동생과 인사하시오." 황제가 말했다.

"여동……." 남작은 황제에게 시선을 돌리며 말을 이었다. "무슨 말씀이신지 모르겠습니다."

"나도 때로는 조심을 하느라고 실수를 저지르곤 한다오. 그대가 '사람이 살 수 없는 곳'이라고 주장하는 남극 지방에서 인간의 활동에 대한 증거 보고가 있었소."

"그럴 리가 없습니다! 모래벌레가…… 모래가……."

"그 사람들은 모래벌레를 피할 줄 아는 것 같더군."

아이가 옥좌 옆에 앉아 단 아래로 늘어뜨린 다리를 장난하듯 흔들었다. 주위를 둘러보는 아이의 태도는 확신에 차 있었다.

남작은 흔들리는 아이의 발과 그 때문에 움직이는 검은색 옷자락, 그리고 옷 밑으로 살짝 보이는 샌들을 멀거니 바라보았다.

"나는 포로를 좀 잡아 신문하려고 불행히도 가벼운 공격력만을 갖춘 병사 수송선 다섯 대를 보냈지. 우리 병사들은 포로 세 명을 데리고 병사 수송선 한 대로 간신히 도망쳤소. 잘 들으시오, 남작. 나의 사다우카가 대부분 여자와 아이와 노인들로 이루어진 부대에 압도당할 뻔했소. 여기 이 아이가 공격 부대 중 하나를 지휘하고 있었지."

"그것 보십시오, 폐하! 그놈들이 어떤 놈들인지 아시겠습니까!"

"난 일부러 사로잡힌 거야. 오빠를 만나서 그의 아들이 죽었다는 얘기를 하고 싶지 않았거든." 아이가 말했다.

"내 병사들 중 소수만이 도망쳤소. 도망쳤단 말이오! 알겠소?" 황제가 말했다.

"우린 그놈들도 잡았을 거야. 불꽃만 아니었다면." 아이가 말했다.

"나의 사다우카는 병사 수송선의 평형 유지용 추진기를 화염 방사기로 이용했소. 필사적인 행동이었지. 그리고 오로지 그 행동 덕분에 포로

세 명을 데리고 도망칠 수 있었던 거요. 명심하시오, 친애하는 남작. 사다우카가 여자와 아이와 노인들 때문에 혼란에 빠져 후퇴하지 않을 수 없었다는 사실을!"

"대규모 병력으로 공격해야 합니다." 남작이 갈라진 목소리로 말했다. "흔적조차 남지 않게 완전히 죽여⋯⋯."

"시끄럽소!" 황제가 버럭 고함을 질렀다. 그가 옥좌에 앉은 채 앞으로 몸을 기울이며 말을 이었다. "내 정보를 더 이상 욕보이지 마시오. 그대는 바보처럼 아무것도 모르고⋯⋯."

"폐하." 진실을 말하는 자가 말했다.

황제가 손을 저어 그녀의 말문을 막았다. "그대는 우리가 남극에서 발견한 활동에 대해서도, 이 놀라운 사람들의 전투 능력에 대해서도 모른다고 했소!" 황제가 옥좌에서 반쯤 몸을 일으켰다. "날 뭘로 보는 거요, 남작?"

남작은 뒤로 두 걸음 물러나면서 생각했다. '라반이야. 그 녀석이 내게 이런 짓을 한 거야. 라반이⋯⋯.'

"그리고 레토 공작과의 그 거짓 분쟁 말이오." 황제가 다시 옥좌에 주저앉으며 나지막하게 목구멍에서 울리는 목소리로 말했다. "그대가 정말 얼마나 훌륭하게 일을 꾸몄는지."

"폐하." 남작이 애원하듯 말했다. "폐하께서는⋯⋯."

"시끄럽소!"

늙은 베네 게세리트가 황제의 어깨에 손을 얹고 몸을 기울여 귓속말을 했다.

단 위에 앉아 있던 아이가 발을 흔드는 것을 멈추고 입을 열었다. "저자에게 좀더 겁을 줘요, 샤담. 이런 걸 즐기면 안 되지만, 그래도 진짜 신나는데."

"조용히 해라, 꼬마." 황제가 말했다. 그가 몸을 앞으로 기울여 아이의 머리에 한 손을 얹고 남작을 뚫어지게 바라보았다. "그게 가능한 일이오, 남작? 그대가 내 진실을 말하는 자의 말처럼 그렇게 단순한 사람이라는 것이? 그대의 동맹, 레토 공작의 딸인 이 아이를 정녕 알아보지 못한단 말이오?"

"내 아버지는 저자와 동맹을 맺은 적이 없어요. 내 아버지는 죽었고, 저 늙은 하코넨의 짐승은 나를 한 번도 본 적이 없어요." 아이가 말했다.

남작은 너무 놀라서 아이를 쏘아보기만 할 뿐이었다. 간신히 입이 떨어지자 갈라진 목소리로 내뱉은 말은 "누구라고?" 이 한 마디뿐이었다.

"난 알리아, 레토 공작과 레이디 제시카의 딸이며 폴 무앗딥 공작의 여동생이지." 아이가 자리에서 일어나 알현실 바닥으로 내려왔다. "우리 오빠는 군기 꼭대기에 당신의 목을 걸겠다고 약속했어. 난 오빠가 정말로 그렇게 할 거라고 생각해."

"조용히 해라, 꼬마." 황제가 말했다. 그리고 옥좌에 파묻혀 손으로 턱을 괴고 남작을 유심히 살펴보았다.

"난 황제의 명령을 받지 않아요." 알리아가 말했다. 그리고 고개를 돌려 늙은 대모를 올려다보았다. "저 여자도 알아요."

황제가 진실을 말하는 자를 흘끗 올려다보았다. "저 아이의 말이 무슨 뜻이오?"

"저 아이는 저주스러운 존재입니다! 저 애의 어미는 역사상 최고의 벌을 받아 마땅해요. 죽음을 내려야 합니다! 저 아이나 저 아이를 낳은 자를 빨리 죽여야 합니다!" 노파가 손가락으로 알리아를 가리키며 말을 이었다. "내 마음속에서 나가거라!"

"T-P?" 황제가 작은 소리로 물었다. 그러곤 알리아에게 재빨리 시선을 돌리며 소리쳤다. "세상에!"

"그게 아닙니다, 폐하. 텔레파시가 아니에요. 저 애가 제 마음속에 들어와 있습니다. 저 애는 저보다 앞서 살았던 다른 사람들, 제게 기억을 나눠주신 그분들과 똑같습니다. 저 애가 제 마음속에 서 있어요! 그럴 수가 없는데도, 저 애가 들어와 있습니다!"

"다른 사람들이라니? 그 말도 안 되는 얘기가 다 뭐요?" 황제가 다그치듯 물었다.

노파가 몸을 똑바로 세우고 알리아를 가리키던 손가락을 내렸다. "제가 말을 너무 많이 했습니다. 하지만 아이가 아닌 이 아이를 죽여야 한다는 사실만은 변함이 없습니다. 이런 존재에 대해 저희는 오래전부터 경고하고 예방하는 방법에 대해 얘기했지만, 저희 교단의 일원이 저희를 배신했습니다."

"주절거리지 마, 할망구. 그게 어떤 건지 당신은 몰라. 그런데도 눈먼 바보처럼 거침없이 잘도 떠들어대는군." 알리아가 눈을 감고 깊이 숨을 들이쉰 다음 그 자세를 그대로 유지했다.

늙은 대모가 신음을 하며 비틀거렸다.

알리아가 눈을 떴다. "그건 그런 거야. 우주적인 사고…… 그리고 당신도 거기서 나름대로 역할을 했어."

대모는 두 손을 내밀고 알리아를 향해 손바닥으로 공기를 밀어내는 시늉을 했다.

"이게 다 무슨 일인가?" 황제가 다그치듯 물었다. "꼬마야, 너 정말로 다른 사람의 마음속에 네 생각을 쏘아 보낼 수 있는 거냐?"

"전혀 그렇지 않아요. 내가 당신처럼 태어나지 않은 이상, 당신처럼 생각할 수는 없어." 알리아가 말했다.

"저 애를 죽이세요." 노파가 중얼거리며 옥좌의 등받이를 부여잡고 몸을 기댔다. "죽이세요!" 움푹 꺼진 노파의 늙은 눈이 알리아를 쏘아보았다.

"조용히 하시오." 황제가 말했다. 그리고 알리아를 유심히 살펴보며 입을 열었다. "꼬마야, 너 네 오빠와 얘기가 통하느냐?"

"오빠는 내가 여기 있다는 걸 알아요."

"그럼 그에게 네 목숨을 대가로 항복하라고 말할 수 있느냐?"

알리아가 천진하기 그지없는 얼굴로 황제를 향해 미소를 지어 보였다. "난 그런 일은 안 할 거예요."

남작이 비틀거리며 앞으로 나와 알리아 옆에 서서 애원했다. "폐하, 저는 아무것도 모르……."

"한 번만 더 날 방해하면, 그때는 날 방해할 힘을 잃게 될 것이오…… 영원히." 황제가 말했다. 그는 계속 알리아에게 시선을 고정한 채 눈을 가늘게 뜨고 유심히 살펴보았다. "하지 않겠단 말이지? 명령에 복종하지 않으면 내가 어떻게 할지 내 마음을 읽을 수 있느냐?"

"난 마음을 읽을 수 없다고 이미 말했어요. 하지만 텔레파시가 없어도 당신의 의도쯤은 알아낼 수 있죠."

황제가 험악하게 인상을 썼다. "꼬마야, 너희 편에는 아무 희망이 없다. 내가 내 병력을 집결시켜서 이 행성을……."

"그건 그렇게 간단하지 않아요." 알리아가 말했다. 그녀가 조합 대리인두 명을 바라보면서 말을 이었다. "저 사람들에게 물어보세요."

"내 뜻을 거역하는 건 현명하지 않아. 내가 말하는 건 아무리 작은 일이라도 거절해서는 안 된다." 황제가 말했다.

"오빠가 지금 오고 있어요. 무앗딥 앞에서는 황제도 벌벌 떨 거예요.

오빠는 정의의 힘을 가지고 있고 하늘이 오빠에게 미소를 보내고 있으니까요."

황제가 벌떡 일어섰다. "장난은 이제 끝이다. 난 네 오빠를 잡고 이 행성을 점령해서 가루를……."

방이 '쿵' 하고 울리면서 사람들과 함께 흔들렸다. 막사와 황제의 우주선이 연결되어 있는 옥좌 뒤쪽에서 갑자기 모래가 폭포처럼 쏟아져 들어오기 시작했다. 피부가 갑자기 당기는 것을 보니 광역 방어막이 작동된 모양이었다.

"내가 뭐랬어요. 오빠가 온다고 했죠." 알리아가 말했다.

황제는 옥좌 앞에 서서 오른손을 귀에 갖다 댔다. 그곳에 장착된 서보크 수신기로 상황에 대한 보고가 쏟아져 들어왔다. 남작은 알리아 뒤쪽으로 두 걸음 움직였다. 사다우카가 재빨리 문 앞에 자리를 잡았다.

"우주로 후퇴해서 부대를 재정비한다." 황제가 말했다. "남작, 사과하겠소. 이 미친놈들이 정말로 폭풍을 은폐물로 삼아 공격하는군. 그러니 그들에게 황제의 분노가 어떤 건지 보여줘야겠소." 그가 알리아를 가리키며 말을 이었다. "저 아이를 폭풍 속으로 던져버려라."

그가 이 명령을 내리는 순간 알리아가 겁에 질린 시늉을 하며 뒤로 도망쳤다. "폭풍은 날 데려갈 수 없어!" 아이가 비명을 지르며 뒷걸음질 쳐서 하코넨 남작의 품 안으로 들어갔다.

"제가 아이를 잡았습니다, 폐하!" 남작이 소리쳤다. "제가 아이를 처리할까요, 으아악!" 그가 알리아를 바닥에 내동댕이치며 왼팔을 움켜쥐었다.

"미안해요, 할아버지. 당신은 아트레이데스 가문의 곰 자바를 만난 거예요." 알리아가 말했다. 아이는 몸을 일으키며 손에 쥐고 있던 검은 바늘을 떨어뜨렸다.

남작이 뒤로 물러났다. 왼손 손바닥의 베인 자국을 바라보는 그의 눈이 부풀어 올랐다. "네가…… 네가……." 그가 옆으로 구르듯이 쓰러졌다. 머리를 축 늘어뜨리고 입을 크게 벌린 채 늘어진 그의 몸이 반중력 장치들 때문에 바닥에서 몇 센티미터쯤 떠 있었다.

"이놈들은 제정신이 아냐." 황제가 으르렁거렸다. "서둘러라! 우주선으로 들어가. 이 행성에서 저놈들을 모두 쓸어……."

뭔가가 그의 왼쪽에서 번쩍였다. 번개의 공 같은 것이 벽에서 튀어나와 금속으로 된 바닥에 부딪히면서 '우지직' 소리를 냈다. 절연 물질이 타는 냄새가 방 안을 휩쓸었다.

"방어막이!" 사다우카 장교 하나가 소리쳤다. "외부 방어막이 파괴되었습니다! 놈들이……."

황제 뒤쪽의 우주선 벽이 부르르 떨면서 요동치는 바람에 터져 나온 엄청난 소리에 그의 목소리가 묻혀버렸다.

"놈들이 우주선 앞머리를 날려버렸어!" 누군가가 소리쳤다.

흙먼지가 방 안 가득 자욱하게 피어올랐다. 알리아는 먼지 속에 몸을 숨기고 자리에서 벌떡 일어나 바깥 문으로 뛰었다.

황제가 휙 돌아서서 옥좌 뒤의 우주선 측면에 활짝 열려 있는 비상구로 들어가라고 사람들에게 손짓했다. 그가 먼지구름을 뚫고 뛰쳐나온 사다우카 장교에게 수신호를 보냈다. "우린 여기서 적에게 저항한다!" 황제가 명령했다.

또 한 번의 충격이 막사를 뒤흔들었다. 방의 반대쪽 벽에 있는 이중문이 '쿵' 하고 열리면서 바람에 날리는 모래와 사람들의 고함 소리가 방 안으로 들어왔다. 번쩍이는 빛 속에 검은 로브를 입은 작은 사람의 형체가 잠깐 드러났다. 알리아가 칼을 찾으러 달려 나가는 모습이었다. 그녀는 프레멘으로 훈련받은 사람답게 부상당한 하코넨과 사다우카를 죽일 작정이었다. 사다우카들이 초록색 섞인 노란 안개를 뚫고 비상구로 달려와 언제라도 휘두를 태세로 무기를 들고 황제의 퇴로를 보호하기 위해 부채꼴 모양으로 늘어섰다.

"목숨을 보존하십시오, 폐하! 우주선 안으로 들어가십시오!" 사다우카 장교가 소리쳤다.

그러나 황제는 단 위에 혼자 서서 문을 가리키고 있었다. 그곳에 있던 막사 중 40미터가량이 폭발에 날아가 버렸고, 알현실 문은 바람에 실려 날아오는 모래를 향해 열려 있었다. 멀리 연한 색조를 띤 곳으로부터 바람과 함께 달려들고 있는 바깥 풍경 위에 먼지구름이 낮게 드리워졌다. 그 구름 속에서 정전기가 번개처럼 지직거렸고, 그 때문에 방어막이 섬광을 번쩍이며 망가지는 모습이 보였다. 평원은 전투 중인 사람들로 요동치고 있었다. 폭풍 속에서 튀어나온 것처럼 위로 뛰어오르며 공중회전을 하는 로브를 입은 사람들과 사다우카들이었다.

이 모든 것들이 황제가 가리키고 있는 것의 배경을 이루었다.

모래 구름 속에서 번쩍이는 물체들이 질서 있게 모습을 드러냈다. 위로 커다랗게 휘어진 곡선 속에 수정 같은 막대기들이 세워져 있는 그것의 모습이 좀더 확실해지면서 커다랗게 벌린 모래벌레의 입이 드러났다. 두꺼운 벽을 이루고 있는 모래벌레들의 등 위에 프레멘 병사들이 올라타서 돌격하고 있었다. 그들은 쐐기꼴의 진형을 이루고 쉿쉿거리는 소리를 내며 다가왔다. 평원의 혼란 속을 가르며 다가오는 그들의 옷이 바람에 세차게 펄럭였다.

사다우카들이 그들의 머리로는 도저히 이해할 수 없는 무자비한 공격에 난생처음으로 두려움을 느끼며 멍하니 서 있는 동안 그들은 황제의 막사를 향해 계속 다가왔다.

그러나 모래벌레의 등에서 뛰어내린 것은 인간이었고, 사다우카들은 불길한 노란빛 속에 번득이는 칼날을 맞이할 훈련을 철저하게 받은 사람들이었다. 그들은 전투에 몸을 던졌다. 사다우카의 정예 경호원들이 황제를 우주선 안으로 대피시키고 문을 봉인한 다음 황제의 방어막이 되어 문 앞에서 죽을 준비를 하는 동안 아라킨의 평원에서는 인간 대 인간의 육박전이 벌어지고 있었다.

비교적 조용한 우주선 안에서 충격에 휩싸인 황제는 눈을 휘둥그렇게 뜬 수행원들을 쏘아보았다. 그의 큰딸은 다급히 움직이느라 얼굴이 상기되어 있었고, 진실을 말하는 자는 두건을 뒤집어쓰고 검은 그림자처럼 서 있었다. 황제는 마침내 자신이 찾던 얼굴을 발견했다. 조합의 대리인 두 명. 그들은 아무 장식이 없는 회색의 조합 제복을 입고 있었는데, 주위 사람들과 달리 유독 차분함을 유지하고 있는 그들에게 아주 잘 어울리는 것 같았다.

그러나 둘 중 키가 큰 쪽이 왼쪽 눈에 손을 갖다 대고 있었다. 황제가 지켜보는 가운데 누군가가 그 조합 대리인의 팔을 난폭하게 밀쳤고, 그의 손이 움직이면서 눈이 드러났다. 그는 눈 색깔을 감추는 콘택트렌즈를 잃어버린 상태였다. 파랗다 못해 까맣게 보이는 그의 눈이 주위를 쏘아보았다.

두 대리인 중 키가 작은 쪽이 팔꿈치로 길을 만들며 황제에게 한 걸음 다가와 말했다. "앞으로 일이 어떻게 될지는 저희도 모릅니다." 키가 큰 그의 동료가 다시 손으로 눈을 가린 채 차가운 목소리로 덧붙였다. "하지만 이 무앗딥이라는 인물도 모를 겁니다."

이 말로 인한 충격 때문에 황제는 멍한 상태에서 벗어났다. 그가 입을 열었을 때 그의 태도에는 상대를 경멸하는 말을 자제하려고 노력하는 기색이 역력했다. 저 평원에서 벌어지고 있는 일이 잠시 후 어떻게 결말을 맺을지는 조합 항법사의 놀라운 집중력이 없어도 충분히 알 수 있는 일이었다. 이 두 사람은 자신들의 능력에 너무 의존한 나머지 눈과 이성을 사용하는 법을 잊어버린 걸까? 황제는 의아했다.

"대모, 계획이 필요하오." 그가 말했다.

대모가 얼굴을 덮고 있던 두건을 벗고 눈도 깜박하지 않은 채 황제의 시선을 맞받았다. 두 사람이 주고받은 시선 속에는 서로의 뜻에 대한 완전한 이해가 들어 있었다. 그들에게는 남은 무기가 하나 있었고 두 사람 모두 그 사실을 알고 있었다. 음모, 그것이 바로 유일한 무기였다.

"숙소에 있는 펜링 백작을 부르십시오." 대모가 말했다.

패디샤 황제는 고개를 끄덕이고, 대모의 명령대로 하라고 보좌관에게 손짓했다.

〓〓〓

그는 전사이자 신비주의자였으며, 야만인이자 성자였고, 교활하면서도 순수하고, 용기 있고, 무자비했으며, 신보다는 못하지만 인간보다는 나은 존재였다. 평범한 기준으로 무앗딥의 심중을 측정할 길은 없다. 승리의 순간에 그는 자신을 위해 준비된 죽음을 보았지만, 그 배반을 받아들였다. 그가 정의감 때문에 그랬다고 말할 수 있을까? 그렇다면 그것은 누구의 정의인가? 우리가 지금 이야기하고 있는 무앗딥은 적의 가죽으로 북을 만들라고 명령했던 인물이며, 공작으로서 지켜야 하는 오랜 관습을 손짓 한 번으로 간단하게 부정해 버린 인물임을 명심해야 한다. 그가 관습을 부정하면서 한 말은 이것뿐이었다. "나는 퀴사츠 해더락이다. 이유는 그것으로 충분하다."

―이룰란 공주의 『아라키스의 각성』

폴 무앗딥이 승리를 거둔 날 사람들이 그를 호위하며 데리고 간 곳은 아라키스 총독의 저택, 즉 아트레이데스 가문이 듄에서 처음으로 거주했던 레지던시였다. 저택은 라반이 복원한 모습 그대로였다. 시민들이 들어와 약탈을 자행하기는 했지만, 싸움으로 인한 손상은 거의 없었다. 중앙 홀의 가구들 중 일부가 시민들의 약탈로 뒤집어지거나 부서져 있었다.

폴은 중앙 입구를 통해 건물 안으로 성큼성큼 걸어 들어갔다. 거니 할렉과 스틸가가 한 발짝 뒤에서 그를 따랐고, 호위병들이 중앙 홀 안으로 흩어져 무앗딥을 위해 안전을 확인하고 뒤집어진 것들을 바로잡았다. 호위 분대 하나는 교활한 함정이 설치되어 있지 않은지 조사했다.

"공작님의 아버님과 함께 이곳에 처음 왔던 날이 생각나는군요." 거니가 말했다. 그는 건물의 대들보와 세로로 길게 나 있는 높은 창문들을 바라보며 말을 이었다. "그때도 이곳이 마음에 들지 않았는데, 지금은 더 싫습니다. 우리 동굴에 있는 편이 더 안전할 거예요."

"진짜 프레멘처럼 말하는군." 스틸가가 말했다. 그는 자신의 말에 무앗딥이 차가운 미소를 짓는 것을 보며 말을 이었다. "다시 생각해 보시지요, 무앗딥."

"이 집은 상징이오. 라반이 여기 살았소. 이 집을 차지함으로써 나는 모든 사람들이 알 수 있게 내 승리를 확인하는 거요. 부하들을 건물 안 곳곳에 배치하시오. 아무것도 손대지 말고, 하코넨 쪽 사람들이나 함정이 남아 있는지만 확인하라고 해요."

"알겠습니다." 스틸가가 말했다. 그는 명령을 수행하려고 몸을 돌렸지만, 그의 어조에는 영 내키지 않는다는 기색이 역력했다.

통신대원들이 서둘러 방 안으로 들어와 육중한 벽난로 근처에 들고 온 장비를 설치하기 시작했다. 살아남은 페다이킨 부대에 보강된 프레멘 경비병들이 방 안 여기저기에 자리를 잡았다. 의심이 가득 담긴 시선으로 두리번거리면서 투덜대는 사람이 많았다. 이곳이 너무나 오랫동안 적들의 본거지였기 때문에 그들은 자신이 이곳에 와 있는 현실을 편안하게 받아들일 수 없었다.

"거니, 호위병을 보내서 어머니와 챠니를 데리고 오라고 하게. 챠니는 우리 아들의 일에 대해 알고 있나?" 폴이 말했다.

"전갈을 보냈습니다, 공작님."

"창조자들을 분지에서 데리고 나가는 작업은 이루어지고 있나?"

"네, 공작님. 폭풍이 거의 잦아들었으니까요."

"폭풍으로 인한 피해 상황은 어떻지?"

"폭풍의 직접적인 진행 경로에 포함되었던 착륙장과 스파이스 야적장은 큰 피해를 입었습니다. 전투 피해와 맞먹습니다."

"돈만 있으면 얼마든지 수리할 수 있겠지."

"하지만 사람들의 생명은 돌이킬 수 없습니다, 공작님." 거니의 목소리에는 책망하는 기색이 어려 있었다. 마치 이렇게 말하고 있는 듯했다. '사람들의 목숨이 걸린 일에서 아트레이데스 사람이 언제부터 물건에 대해 먼저 걱정하기 시작한 겁니까?'

그러나 폴은 자신의 내면의 눈과 아직도 자신 앞에 놓여 있는 시간의 벽의 틈에 주의를 집중할 수밖에 없었다. 그 모든 틈새들을 통해 지하드가 난폭하게 날뛰면서 미래의 복도를 따라 나아가고 있었다.

그는 한숨을 쉬면서 홀을 가로질렀다. 의자 하나가 벽 앞에 놓여 있었다. 한때 식당에 놓여 있던 그 의자에 아버지가 앉은 적이 있었는지도 모를 일이었다. 그러나 지금 이 순간 그 의자는 그가 부하들에게서 피곤을 감추고 몸을 쉴 수 있는 도구에 지나지 않았다. 그는 의자에 앉아 다리 주위의 로브 자락을 여미고, 목을 조이고 있는 사막복을 느슨하게 풀었다.

"황제는 자기 우주선의 잔해 안에 여전히 처박혀 있습니다." 거니가 말했다.

"우선은 거기 붙들어둬. 하코넨 쪽 사람들은 아직 못 찾았나?" 폴이 물었다.

"아직 시체들을 조사하고 있습니다."

"저 위의 우주선들의 응답은?" 폴이 턱으로 천장을 가리키며 물었다.

"아직 아무 응답도 없습니다, 공작님."

폴은 한숨을 쉬며 의자 등받이에 몸을 기댔다. 이윽고 그가 말했다. "포로로 잡힌 사다우카 한 명을 데려오게. 황제에게 전갈을 보내야겠어. 이제 조건을 의논할 때가 되었네."

"알겠습니다, 공작님."

거니가 폴 옆에서 근접 경호 자세를 취하고 있는 페다이킨 병사에게 손짓했다.

"거니." 폴이 속삭이듯 말했다. "우리가 다시 만난 후로 자네가 상황에 적절한 인용구를 얘기하는 걸 한 번도 듣지 못했군." 폴이 고개를 돌려 거니의 얼굴을 바라보자, 그가 마른침을 삼키는 모습이 보였다. 거니의 턱이 갑자기 딱딱하게 굳는 모습도 보였다.

"공작님이 원한다면 한번 해보지요." 거니가 헛기침을 한번 하고 갈라진 목소리로 말을 시작했다. "'그날 승리는 모든 사람들에게 슬픔이 되어 버렸네. 그날 왕이 자신의 아들 때문에 얼마나 슬퍼했는지 들었기 때문이지.'"

폴은 눈을 감고 마음속에서 애써 슬픔을 몰아내며, 예전에 아버지의 죽음을 슬퍼할 수 있게 될 때를 기다렸듯이 이번에도 기다리기로 했다. 그리고 오늘 발견한 것들, 즉 뒤섞인 미래와 그의 의식 속에 숨어 있던 알리아의 존재를 생각하기 시작했다.

시간의 환영을 이용하는 모든 방법 중에서도 이것이 가장 이상했다. 알리아는 이렇게 말했다. "내가 미래를 헤치고 나가서 오빠밖에 들을 수 없는 곳에 내 말을 심어놓았어. 그건 오빠도 할 수 없는 일이야. 하지만 나한테는 아주 재미있는 놀이야. 그리고…… 아, 맞아. 내가 우리 할아버지를 죽였어. 미친 늙은 남작 말이야. 죽을 때 고통은 거의 없었어."

그리고 침묵이었다. 그는 시간의 감각으로 그녀가 물러나는 것을 보았다.

"무앗딥."

폴은 눈을 떴다. 검은 턱수염을 기른 스틸가의 얼굴이 그의 얼굴 위에 있었다. 그의 짙푸른 눈은 전투의 열기로 이글거렸다.

"남작의 시체를 찾았군." 폴이 말했다.

스틸가는 갑자기 할 말을 잃은 것 같았다. "어떻게 알았습니까? 황제가 지어놓은 저 거대한 금속 더미 속에서 방금 시체를 찾았는데요." 그가 낮은 목소리로 말했다.

폴은 그의 질문을 넘겨버리고, 거니가 프레멘 두 명과 함께 돌아오는 모습을 보았다. 프레멘들이 포로로 잡힌 사다우카를 부축하고 있었다.

"사다우카를 데려왔습니다, 공작님." 거니가 말했다. 그리고 경비병들에게 폴의 앞으로 다섯 걸음 떨어진 곳에 포로를 붙들고 서 있으라는 신호를 보냈다.

사다우카의 눈은 충격으로 멍했고 콧등에서부터 입가까지 푸른색 멍이 나 있었다. 금발머리에 조각 같은 그의 외모는 사다우카 중에서도 꽤 계급이 높은 사람들을 가리키는 말과 동의어였다. 그러나 찢어진 그의 제복에는 계급장이 없었다. 제국의 문장이 새겨진 황금색 단추와 누더기가 된 바지의 장식줄뿐이었다.

"이놈은 장교인 것 같습니다, 공작님." 거니가 말했다.

폴이 고개를 끄덕이며 입을 열었다. "난 폴 아트레이데스 공작이다. 무슨 말인지 알아듣겠나?"

사다우카가 꼼짝도 하지 않고 폴을 물끄러미 바라보았다.

"말해라. 그렇지 않으면 너의 황제가 죽는다." 폴이 말했다.

그러자 사다우카가 눈을 깜박이며 마른침을 삼켰다.

"내가 누군가?" 폴이 다그치듯 물었다.

"폴 아트레이데스 공작이오." 사다우카가 갈라진 목소리로 말했다.

그는 지나치게 순종적이었다. 그러나 생각해 보면 사다우카는 오늘 같은 일을 당하게 되리라고는 생각해 본 적도 없는 사람들이었다. 그들은 지금까지 오로지 승리밖에 몰랐다. 폴은 그것이 그들의 약점일 수도 있다는 사실을 깨달았다. 그는 나중에 자신의 훈련 프로그램을 짤 때 이 사실을 고려하기로 마음먹었다.

"네가 황제에게 내 메시지를 전달해 줘야겠다." 폴이 말했다. 그리고 고대로부터 내려오는 형식에 따라 자신의 말을 정리했다. "대가문의 공작이며 황제의 친척인 나는 대협정에 의거하여 맹세한다. 만약 황제와 그의 사람들이 무기를 내려놓고 이곳으로 나를 만나러 온다면, 내 목숨을 걸고 그들의 생명을 지킬 것이다." 폴은 공작의 인장이 끼워져 있는 왼손을 들어 사다우카에게 보여주었다. "이 반지에 걸고 맹세한다."

사다우카가 혀로 입술을 축이면서 거니를 흘끗 바라보았다.

"그렇다. 아트레이데스가 아니고서 어느 누가 거니 할렉의 충성을 받을 수 있겠나." 폴이 말했다.

"메시지를 전달하겠소." 사다우카가 말했다.

"저자를 전방 지휘 본부로 데리고 가서 황제에게 보내게." 폴이 말했다.

"알겠습니다, 공작님." 거니가 경비병들에게 따라오라는 손짓을 하고 앞장서서 밖으로 나갔다.

폴은 다시 스틸가에게 시선을 돌렸다.

"챠니와 어머님이 도착하셨습니다. 챠니는 혼자서 슬퍼할 시간을 갖겠다고 했습니다. 대모님은 잠시 신비스러운 방에 있겠다고 하셨는데 이유는 저도 모르겠습니다."

"어머니는 어쩌면 다시는 볼 수 없을지도 모르는 행성이 그리워서 병이 나실 지경인 거요. 물이 하늘에서 떨어지고, 사람이 지나갈 수도 없을 만큼 식물이 무성하게 자라는 그곳 말이오."

"하늘에서 떨어지는 물." 스틸가가 속삭이듯 말했다.

그 순간 폴은 스틸가가 프레멘의 나입에서 경외와 순종을 위한 그릇, 리산 알 가입의 창조물로 바뀌었음을 깨달았다. 그것은 사람을 전보다 못한 존재로 만드는 짓이었다. 폴은 여기서 지하드의 망령을 느꼈다.

'친구가 숭배자로 변해 버렸어.' 그는 생각했다.

갑자기 고독이 밀려와서 폴은 방 안을 둘러보았다. 그리고 경비병들이 그가 있는 곳에서는 항상 사열을 받는 것처럼 똑바른 자세를 유지하고 있다는 사실을 깨달았다. 그들은 자존심을 내세우며 미묘한 경쟁을 하고 있었다. 무앗딥의 눈길을 받고 싶은 마음에서 벌이는 경쟁이었다.

'무앗딥에게서 모든 축복이 흘러 나간다는 말이지.' 그는 생각했다. 평생 이렇게 괴로운 생각을 해본 적이 없었다. '저들은 내가 옥좌를 차지해야 한다고 생각하고 있어. 하지만 내가 지하드를 막기 위해 그리한다는 걸 알 리가 없지.'

스틸가가 헛기침을 하며 말했다. "라반도 죽었습니다."

폴은 고개를 끄덕였다.

경비병들이 갑자기 날렵하게 한쪽으로 물러서며 차려 자세로 제시카를 위해 길을 터주었다. 그녀는 검은색 아바를 입고 모래 위를 걷는 것과 비슷한 걸음걸이로 다가오고 있었다. 그러나 폴은 이 집이 그녀의 옛날 모습, 즉 이 행성을 다스리는 공작의 첩이던 시절의 모습을 약간 회복시켜 주었다는 것을 알아볼 수 있었다. 그녀는 예전처럼 자신의 존재를 확실히 주장하는 듯한 분위기를 조금 풍기고 있었다.

제시카가 폴 앞에서 걸음을 멈추고 그를 내려다보았다. 그녀는 그가 피곤하다는 것과 그 피곤을 감추고 있다는 것을 알아보았다. 그러나 아무런 연민도 느낄 수 없었다. 마치 아들에 대해 아무런 감정도 느낄 수 없는 사람이 되어버린 것 같았다.

제시카는 중앙 홀에 들어서면서 왜 이곳이 자신의 기억과 잘 맞아떨어지지 않는지 의아했다. 마치 이곳을 걸었던 적이 없는 것처럼, 사랑하는 레토와 이곳을 거닐던 적이 없는 것처럼, 그리고 술에 취한 던컨 아이다호와 이곳에서 맞섰던 적이 없는 것처럼 낯설게 느껴졌다.

'사람의 온 신경을 요구하는 기억인 아답에 정반대되는 말이 있어야 해. 스스로를 부정하는 기억을 일컫는 말이 있어야 해.' 그녀는 생각했다.

"알리아는 어디 있지?" 그녀가 물었다.

"지금 같은 때에 착한 프레멘 어린이가 마땅히 해야 할 일을 밖에서 하고 있습니다. 부상당한 적들을 죽이고, 물을 회수하는 사람들을 위해 시체에 표시를 해두고 있죠."

"폴!"

"그 애가 이런 일을 하는 건 순전히 마음이 착하기 때문이라는 걸 이해하셔야 합니다. 착한 마음과 잔인함의 비밀스러운 결합을 우리가 그토록 잘못 이해하고 있다는 게 이상하지 않습니까?"

제시카는 아들을 노려보았다. 엄청나게 변해 버린 아들의 모습이 충격적이었다. '아이의 죽음이 폴을 저렇게 만든 걸까?' 그녀는 생각했다. "사람들이 너에 대해서 이상한 이야기를 하더구나, 폴. 네가 전설에 나오는 모든 힘을 가지고 있다면서 네게는 아무것도 숨길 수 없고, 너는 다른 사람들이 보지 못하는 곳도 본다고 얘기하는 걸 들었다."

"베네 게세리트가 전설에 대해 묻는 겁니까?"

"네가 지금 어떤 존재가 되었건 거기에 내가 일조를 한 건 사실이다. 하지만 넌 내가……."

"수십억, 수천억 개의 삶을 살아가는 게 어떨 것 같습니까? 전설에는 어머니를 위해 예비된 부분도 있어요! 그 모든 경험들이 가져다주는 지혜를 생각해 보세요. 하지만 지혜는 사랑을 변화시키죠, 그렇지 않습니까? 그리고 증오에 새로운 형태를 부여합니다. 잔인함과 상냥함, 두 가지 모두를 깊이 이해하지 못하면서 어떻게 어떤 행동이 무자비하다고 얘기할 수 있습니까? 어머니는 저를 두려워하셔야 될 겁니다. 저는 퀴사츠 해더락이니까요."

제시카는 바싹 마른 목구멍으로 침을 삼키려고 애썼다. 이윽고 그녀가 말했다. "넌 옛날에 네가 퀴사츠 해더락이 아니라고 했다."

폴이 고개를 저었다. "이제 전 어느 것도 부인할 수 없습니다." 그가 고개를 들어 제시카의 눈을 바라보면서 말을 이었다. "황제와 그의 일행이 지금 오고 있습니다. 그들이 도착했다고 고하는 소리가 금방이라도 들려올 거예요. 제 옆에 서 계세요. 전 그들을 확실하게 봐두고 싶습니다. 저의 미래의 아내가 그들 중에 있어요."

"폴! 네 아버지와 같은 실수를 해서는 안 돼!" 제시카가 쏘아붙였다.

"그녀는 공주입니다. 그녀는 내가 옥좌에 다가갈 수 있는 열쇠예요. 그리고 그녀는 영원히 열쇠에 지나지 않을 겁니다. 실수라고요? 어머니가 나를 만들었기 때문에 내가 복수의 필요성을 느끼지 못한다고 생각하시는 겁니까?"

"무고한 사람들에게까지 복수를 하겠단 말이냐?" 그녀가 물었다. '저

애가 나와 똑같은 실수를 저질러서는 안 돼.'

"이제 무고한 사람은 더 이상 없습니다."

"이 얘기를 챠니한테도 해봐." 제시카가 레지던시 뒤쪽에서 홀로 이어지는 통로를 가리켰다.

챠니가 그 통로를 통해 중앙 홀로 들어왔다. 그녀는 프레멘 경비병들 사이에서 걷고 있었지만, 그들의 존재를 전혀 의식하지 못하는 것처럼 보였다. 그녀의 두건과 사막복 모자는 뒤로 젖혀져 있고, 얼굴에 쓰는 입마개도 한쪽 옆에 묶여 있었다. 그녀가 연약하고 불확실한 걸음걸이로 방을 가로질러 와서 제시카 옆에 섰다.

폴은 그녀의 얼굴에서 눈물 자국을 보았다. '챠니가 죽은 사람에게 물을 주고 있어.' 그는 슬픔이 고통처럼 몸을 꿰뚫고 지나가는 것을 느꼈다. 챠니가 왔기 때문에 비로소 이런 감정을 느낄 수 있게 된 것 같았다.

"그 애가 죽었어, 내 사랑. 우리 아들이 죽었어." 챠니가 말했다.

폴은 강하게 자신을 억제하면서 자리에서 일어섰다. 그리고 손을 뻗어 챠니의 뺨을 만졌다. 그녀의 뺨은 눈물로 젖어 있었다. "어느 누구도 그 애의 자리를 대신할 수는 없지. 하지만 다른 아들들이 태어날 거야. 우슬로서 내가 약속할게." 그는 부드럽게 그녀를 옆으로 밀고 스틸가에게 손짓했다.

"무앗딥." 스틸가가 대답했다.

"그들이 우주선에서 오고 있군. 황제와 그의 일행 말이오. 난 여기 서 있겠소. 포로들을 이 방 한가운데에 세우시오. 다른 명령을 내리지 않는 한, 나와 그들 사이에 반드시 10미터의 거리를 유지해야 하오."

"분부대로 하겠습니다, 무앗딥."

스틸가가 명령을 수행하기 위해 몸을 움직이는 순간, 폴은 프레멘 경비병들이 놀라움에 가득 차 중얼거리는 소리를 들었다. "봤어? 알고 계셨어! 아무도 말해 주지 않았는데 무앗딥은 알고 계셨어!"

황제 일행이 다가오는 소리가 들렸다. 사다우카들이 사기를 북돋우기 위해 자신들의 행진곡을 콧노래로 부르고 있었다. 입구 쪽에서 웅성거리는 소리가 들리더니, 거니 할렉이 경비병들 사이로 들어왔다. 그는 방을 가로질러 스틸가와 뭐라고 상의한 다음 폴 옆으로 다가왔다. 그의 눈에 떠오른 표정이 이상했다.

'내가 거니도 잃게 되는 걸까? 스틸가를 잃은 것처럼, 친구를 잃고 창조물을 얻게 되는 걸까?' 폴은 생각했다.

"저들에게 던지는 무기는 전혀 없습니다. 제가 직접 확실하게 확인했습니다." 거니가 말했다. 그는 방 안을 둘러보며 폴이 준비해 놓은 것을 보았다. "페이드 로타 하코넨이 저들과 함께 있습니다. 그를 떼어놓을까요?"

"내버려두게."

"조합 사람들도 있는데, 특권을 요구하면서 아라키스에 대해 우주선 통행 금지 조치를 내리겠다고 협박하고 있습니다. 제가 공작님께 말을 전하겠다고 했습니다."

"협박하고 싶으면 하라고 해."

"폴!" 제시카가 폴 뒤에서 숨죽인 소리로 말했다. "상대는 조합이야!"

"제가 곧 조합의 송곳니를 뽑아놓을 겁니다." 폴이 말했다.

그는 조합에 대해 생각해 보았다. 조합은 너무나 오랫동안 한 가지 일에만 매달리는 바람에, 이제는 자신의 먹이가 되는 다른 생명체들로부터 독립해서 살아남을 수 없는 기생충이 되어버리고 말았다. 그들은 단 한 번도 칼을 잡을 생각을 해본 적이 없었……. 그리고 이제는 칼을 잡을 수도 없는 신세였다. 그들이 의식을 확장시켜 주는 중독성 스파이스에만 항법 기술을 의존해 온 것이 실수라는 사실을 깨달았을 때 아라키스를 점령하러 나설 수도 있었다. 그랬다면 그들은 아라키스를 정복하고 영광스러운 시절을 보낸 다음 죽을 수 있었다. 그러나 그들은 과거의 숙주가 죽으면, 자신들이 헤엄치고 있는 바다에 새로운 숙주가 나타날지도 모른다는 희망을 안고 순간에만 의존하는 삶을 살아왔다.

제한된 예지력을 지닌 조합의 항법사들이 항상 선명하고 안전한 길을 택한 것은 치명적이었다. 그런 길은 언제나 정체로 이어지는 내리막길일 뿐이었다.

'그들이 새로운 숙주를 자세히 관찰할 테면 하라지.' 폴은 생각했다.

"그리고 공작님 어머님의 친구라고 주장하는 베네 게세리트 대모도 있습니다." 거니가 말했다.

"내 어머니에게 베네 게세리트 친구는 없네."

거니는 다시 한번 중앙 홀을 둘러본 다음 폴의 귀에 입을 바짝 갖다 댔다. "투피르 하와트가 그들과 함께 있습니다, 공작님. 따로 만날 기회는 없었지만 그가 공작님이 돌아가신 줄 알고 하코넨과 함께 일을 해왔다고 제게 수신호로 알려주었습니다. 그리고 계속 그들과 함께 남아 있겠다고 하더군요."

"투피르 하와트를 거기 남겨두고……."

"그가 원한 일입니다……. 저도 그게 최선이라고 생각했습니다. 만약…… 뭔가 잘못된다 하더라도 그는 우리가 통제할 수 있는 곳에 있으니까요. 그렇지 않다면, 우리는 상대편 진영에 또 다른 귀를 갖고 있는 셈이 되죠."

폴은 예지의 환상 속에서 잠깐 보았던 이 순간의 여러 미래에 대해 생각해 보았다. 그중 하나의 미래에서 투피르 하와트는 황제의 명령에 따라 '이 건방진 공작'에게 사용할 독바늘을 가지고 있었다.

입구의 경비병들이 옆으로 물러서면서 창으로 짧은 통로를 만들었다. 웅성거리는 소리와 옷자락 스치는 소리, 모래를 밟는 발소리 등이 레지던시 안으로 흘러 들어왔다.

패디샤 황제 샤담 4세가 일행을 이끌고 홀로 들어섰다. 쓰고 있던 버세그 투구가 사라져서 마구 헝클어진 붉은 머리카락이 유난히 두드러져 보였다. 그가 입고 있는 제복의 왼쪽 소매는 안쪽 솔기가 뜯어져 있었다. 그는 허리띠도 매지 않았고 무기도 가지고 있지 않았다. 그러나 그에게는 다른 것들의 접근을 막는 방어막처럼 함께 움직이는 존재감이 있었다.

프레멘들이 사용하는 창 하나가 그의 앞길에 떨어져서 폴이 명령했던 자리에 그를 멈춰 세웠다. 다른 사람들이 그 뒤에 한 덩어리로 뭉쳐 섰다. 온갖 색깔의 조합 속에서 그들은 발을 꼼지락거리며 앞을 바라보았다.

폴은 사람들의 얼굴을 훑어보았다. 운 흔적을 숨기고 있는 여자들, 특별 관람석에서 사다우카의 승리를 즐기러 왔다가 이제 패배 때문에 숨이 막혀 침묵하고 있는 하인들의 모습이 보였다. 검은 두건 밑에서 새처럼 밝은 눈으로 자신을 쏘아보고 있는 가이우스 헬렌 모히암 대모의 모습도 보였고, 그 옆에 교활한 페이드 로타 하코넨의 모습도 보였다.

'시간이 내게 보여준 얼굴이로군.' 폴은 생각했다.

그때 페이드 로타 뒤에서 뭔가 움직이는 것이 그의 시선을 끌었다. 그가 시간을 초월한 환영 속에서도, 현실 속에서도 한 번도 본 적 없는 족제비같이 여윈 얼굴이 거기 있었다. 그 얼굴을 보는 순간 그가 누구인지 꼭 알고 있어야만 할 듯한 느낌이 들었다. 그 느낌에는 두려움의 표식이 묻어 있었다.

'내가 왜 저 사람을 두려워해야 하는 거지?'

폴은 어머니를 향해 몸을 숙이고 낮은 소리로 말했다. "대모 오른쪽에 있는 저 남자, 사악해 보이는 저 남자 말이에요, 그가 누굽니까?"

제시카는 그의 얼굴을 바라보며 죽은 공작의 서류철에서 본 기억을 떠올렸다. "펜링 백작이다. 우리가 여기 오기 직전에 여기 있었던 사람이지. 선천적인 고자이고…… 암살자야."

'황제의 심부름꾼이라는 그 사람이군.' 폴은 생각했다. 그리고 자신의 의식이 와르르 무너지는 듯한 충격을 느꼈다. 미래의 여러 가능성들을 통해 셀 수 없이 많은 관계들 속에서 황제를 보았음에도, 그 예지의 환영 속에 펜링 백작이 나타난 적은 한 번도 없었기 때문이다.

순간, 수도 없이 뻗어 있는 시간의 거미줄 속에서 자신의 시체를 본 적은 있지만, 자신이 죽는 순간을 본 적은 한 번도 없다는 생각이 떠올랐다.

'저자가 나를 죽일 사람이기 때문에 볼 수 없었던 걸까?'

불길한 예감이 날카로운 고통처럼 몸을 훑고 지나갔다. 그는 펜링에게서 억지로 시선을 돌려 얼마 남지 않은 사다우카의 병사들과 장교들을 바라보았다. 그들의 얼굴에는 쓰라림과 절망의 표정이 어려 있었다. 그들 중 몇 명이 잠깐 폴의 주의를 끌었다. 이 방 안의 준비 상황을 평가하며 아직도 포기하지 않고 패배를 승리로 바꿀 방법을 짜내고 있는 사다우카 장교들이었다.

폴의 시선이 마침내 금발에 초록색 눈을 가진 키 큰 여자에게 이르렀다. 귀족적인 아름다움을 지닌 그녀의 얼굴에는 고전적인 오만함이 있었으며 눈물 자국도 없었다. 패배당한 자의 느낌도 없었다. 아무도 말해주지 않았지만 폴은 그녀가 누군지 알 수 있었다. 베네 게세리트 훈련을 받은 제1공주, 시간의 환영이 그에게 여러 번 보여주었던 얼굴, 이룰란이었다.

'저 여자가 내 열쇠야.' 그는 생각했다.

그때 몰려 서 있는 사람들 사이에서 뭔가가 움직이더니 한 사람이 앞으로 나왔다. 투피르 하와트였다. 주름투성이의 늙은 얼굴, 검은 얼룩이 진 입술, 웅크린 어깨. 그는 나이를 먹어 약해진 모습을 하고 있었다.

"투피르 하와트로군. 그냥 자유롭게 놔두게, 거니." 폴이 말했다.

"공작님."

"그냥 자유롭게 놔둬." 폴이 같은 말을 되풀이했다.

거니가 고개를 끄덕였다.

하와트가 휘청거리며 앞으로 걸어 나오자 프레멘들이 길을 막고 있던 창을 들어 올렸다가 그가 지나간 후 다시 내렸다. 하와트는 늙은 눈으로 폴을 응시하며 그를 평가하고, 또한 뭔가를 구하고 있었다.

폴이 한 걸음 앞으로 걸어 나갔다가 긴장을 느끼고 황제와 그의 일행이 움직이기를 기다렸다.

하와트의 시선이 칼처럼 폴을 찌르고 지나가서는 그의 뒤쪽을 향했다. "레이디 제시카, 제가 부인을 얼마나 잘못 생각하고 있었는지 오늘에야 알았습니다. 절 용서하지 마십시오."

폴은 기다렸다. 그러나 어머니는 침묵을 지켰다.

"투피르, 내 옛 친구. 보다시피 내 등은 전혀 문을 향하고 있지 않아." 폴이 말했다.

"이 우주는 문으로 가득 차 있습니다."

"내가 내 아버지의 아들인가?"

"할아버님과 더 비슷하십니다. 공작님의 태도도 그렇고, 그 눈의 표정도 그렇습니다." 하와트가 갈라진 목소리로 말했다.

"하지만 난 내 아버지의 아들이지. 내 지금 말하겠네, 투피르. 자네가 우리 가문에 바친 수년간의 봉사에 대한 대가로 지금 무엇이든 원하는 것을 말하게. 무엇이든 좋아. 지금 내 목숨이 필요한가, 투피르? 그럼 내 목숨은 자네 것일세." 폴이 양손을 옆구리에 대고 한 발짝 앞으로 나왔다. 하와트의 눈에 뭔가를 깨달은 표정이 어리기 시작했다.

'그는 내가 이 음모에 대해 알고 있다는 걸 깨닫고 있어.' 폴은 생각했다.

폴이 하와트만 들을 수 있게 거의 속삭이는 목소리로 말했다. "내 말은 진심이야, 투피르. 만약 나를 칠 작정이라면 지금 하게."

"저는 오로지 당신 앞에 한 번 더 서고 싶었을 뿐입니다, 나의 공작님." 하와트가 말했다. 그때서야 폴은 이 노인이 쓰러지지 않으려고 무진 애를 쓰고 있다는 것을 깨달았다. 폴은 손을 뻗어 하와트의 어깨를 부축했다. 손에 잡힌 근육이 파르르 떨리는 것이 느껴졌다.

"괴로운가, 내 옛 친구?" 폴이 물었다.

"괴롭습니다, 나의 공작님. 하지만 기쁨이 더 큽니다." 하와트가 폴의 품 안에서 반쯤 몸을 돌리고 손바닥을 위로 한 채 왼손을 내밀어 황제를 가리켰다. 그의 손가락에 쥐어져 있는 작은 바늘이 드러났다. "보입니까, 폐하?" 그가 소리쳤다. "당신이 준 반역자의 바늘이 보입니까? 아트레이데스 가문에 봉사하며 평생을 바친 제가 지금 와서 달리 행동하리라고 생각하셨습니까?"

폴은 노인이 품 안에서 비틀거리는 바람에 덩달아 비틀거렸다. 죽음이 느껴졌다. 하와트의 몸에는 힘이 하나도 없었다. 폴은 하와트를 부드럽게 바닥에 내려놓고 몸을 똑바로 세운 다음, 경비병들에게 시체를 가져가라는 신호를 보냈다.

경비병들이 그의 명령을 수행하는 동안 침묵이 방 안을 사로잡았다.

이제 황제의 얼굴에는 무서운 기다림의 표정이 어려 있었다. 두려움을 한 번도 인정한 적이 없는 눈이 마침내 두려움을 인정하고 있었다.

"폐하." 폴이 말했다. 그는 자신이 말을 하는 순간 키 큰 제1공주가 갑자기 깜짝 놀라 정신 차리는 모습에 주목했다. 베네 게세리트 방법에 따라 아무런 억양이 없는 목소리로 조절된 폴의 말에는 그가 표현할 수 있는 최대한의 경멸이 담겨 있었다.

'베네 게세리트 훈련을 받았다더니, 역시.' 폴은 생각했다.

황제가 헛기침을 하며 말했다. "나의 친애하는 친척은 지금 자신이 모든 것을 장악하고 있다고 생각하는 모양이군. 하지만 그건 사실과 전혀 동떨어진 생각이오. 그대는 대협정의 약속을 어기고 핵무기를……."

"저는 사막의 자연 지형을 향해 핵무기를 사용했습니다. 당신께 서둘러 달려가는 제 앞을 그것이 가로막았거든요, 폐하. 저는 폐하의 이상한 행동들에 대해 설명을 요구할 생각이었습니다."

"지금 아라키스 상공의 우주에는 대가문들의 대규모 함대가 떠 있소. 내 말 한마디면 그들이……."

"아, 그렇죠. 하마터면 그들을 잊어버릴 뻔했습니다." 폴이 말했다. 그는 눈으로 황제의 수행원들을 뒤져 조합 대리인 두 명을 찾아내고는 옆에 서 있는 거니에게 말했다. "저쪽에 회색 옷을 입고 있는 뚱뚱한 자 두 명, 저들이 조합 대리인인가, 거니?"

"그렇습니다, 공작님."

"거기 두 명." 폴이 두 사람을 손가락으로 가리키며 말했다. "당장 나와서 함대에 돌아가라는 메시지를 보내시오. 그다음에는 내 허락을 받아……."

"조합은 당신의 명령을 받지 않소!" 두 조합 대리인 중 키가 큰 쪽이 소리쳤다. 그리고 동료와 함께 앞을 막고 있는 창을 밀고 나오려고 했다.

폴이 고개를 끄덕이자 병사들이 창을 들어 올렸다. 두 사람이 창 사이를 통과한 후, 키가 큰 쪽이 폴을 향해 팔을 들어 올리며 말했다. "당신은 우주선 통행 금지 조치를……."

"당신들 두 사람이 헛소리를 계속한다면, 아라키스에 있는 모든 스파이스 생산 시설을…… 다시는 복구될 수 없게 파괴하라는 명령을 내리겠소." 폴이 말했다.

"제정신이오?" 키가 큰 조합 대리인이 반 걸음 물러서며 다그쳤다.

"그럼 내게 그런 일을 할 수 있는 능력이 있다고 인정하는 거요?"

조합 대리인은 잠시 허공을 노려보다가 입을 열었다. "그렇소, 당신은 할 수 있지. 하지만 해서는 안 되오."

"아아." 폴은 혼자 고개를 끄덕였다. "조합 항법사로군. 두 사람 모두. 그렇지?"

"그렇소!"

키가 작은 조합 대리인이 말했다. "스파이스를 파괴하면 당신도 장님이 될 것이고, 우린 모두 서서히 죽음을 맞이할 것이오. 스파이스 술에 중독된 사람이 그 술을 마시지 못하게 되는 것이 어떤 건지 알고나 있소?"

"안전한 항로를 내다보는 눈이 영원히 닫히고 말겠지. 조합은 무능해질 것이고, 인간은 고립된 행성에서 작은 무리를 짓고 따로따로 살게 되지 않겠소? 뭐, 어쩌면 나는 순전히 심술을 부리고 싶어서…… 아니면 심심해서 그 명령을 내리게 될지도 모르겠소." 폴이 말했다.

"우리끼리만 있는 곳에서 이 문제를 얘기해 봅시다." 키가 큰 조합 대리인이 말했다. "우린 분명히 타협점을 찾을 수 있을 거라 확신……."

"아라키스 상공에 있는 당신네 사람들에게 메시지를 보내시오. 이젠이런 설왕설래가 지겹네. 우리 머리 위에 있는 함대가 곧 떠나지 않는다면, 얘기할 필요도 없을 것이오." 폴이 홀의 측면에 있는 자신의 통신대원을 고갯짓으로 가리키면서 말을 이었다. "우리 장비를 사용해도 좋소."

"먼저 의논을 해봅시다. 그냥 그렇게 할 수는……."

"그냥 해!" 폴이 고함을 질렀다. "어떤 물건을 파괴할 수 있는 힘이야말로 그 물건에 대한 절대적인 통제권을 의미하지. 당신들은 내가 그 힘을 갖고 있다는 걸 인정했소. 여긴 토론하거나 협상하거나 타협하는 자리가 아니오. 내 명령에 복종하든지, 아니면 불복종의 즉각적인 대가를 치르시오!"

"공작은 진심이야." 키가 작은 조합 대리인이 말했다. 폴은 공포가 두 사람을 사로잡는 것을 보았다.

두 사람이 천천히 방을 가로질러 프레멘의 통신 장비가 있는 쪽으로 갔다.

"저들이 명령에 따를까요?" 거니가 물었다.

"저들이 갖고 있는 시간의 시야는 좁아. 자신들이 명령에 복종하지 않았을 때의 결과로 저들이 내다볼 수 있는 건 텅 빈 벽일 걸세. 우리 머리 위에 떠 있는 모든 우주선의 모든 조합 항법사들도 미래에서 그 똑같은 벽을 볼 수 있을 거야. 그러니 명령에 따르겠지."

폴은 다시 황제에게 시선을 돌리며 입을 열었다. "당신이 당신 아버지의 옥좌에 오르는 걸 사람들이 허락한 것은 오로지 당신이 스파이스의 흐름을 계속 유지하겠다고 보장했기 때문입니다. 당신은 그들을 실망시켰습니다, 폐하. 그 결과가 무엇인지 아십니까?"

"아무도 내게 허락 따위……."

"멍청한 척 연극은 그만둬요." 폴이 고함을 질렀다. "조합은 강 옆의 마을과 같소. 그들에겐 물이 필요한데, 그저 필요한 만큼만 퍼낼 수 있을 뿐이지. 그들은 댐을 만들어 강을 통제할 수 없소. 그러면 그들이 가져가는 것에 사람들이 주의를 기울일 것이고 결국 모든 것이 파괴될 테니까. 스파이스의 흐름, 그것이 그들의 강이오. 그런데 내가 댐을 만들었지. 강을 파괴하지 않고는 그 댐을 파괴할 수 없게."

황제가 손으로 붉은 머리를 쓸어내리며 두 조합 대리인의 등을 흘끗 바라보았다.

"당신 옆에 있는 베네 게세리트의 진실을 말하는 자도 떨고 있군." 폴이 말했다. "대모들이 속임수를 위해 사용할 수 있는 다른 독이 있기는 하지. 하지만 일단 스파이스 술을 한번 사용하고 난 다음에는 다른 독들은 더 이상 효력이 없소."

노파가 보기 흉한 검은 옷자락을 여미며 사람들 밖으로 빠져나와 길을 막고 있는 창 앞에 섰다.

"가이우스 헬렌 모히암 대모, 칼라단 이후로 오랜만에 뵙는군요, 그렇죠?" 폴이 말했다.

대모는 그의 뒤에 있는 제시카를 바라보며 입을 열었다. "이런, 제시카, 네 아들이 정녕 그 사람이라는 걸 이제 알겠구나. 그 덕분에 네가 저 주스러운 딸을 낳은 죄도 용서받을 수 있겠어."

폴은 차갑고 날카로운 분노를 억눌렀다. "당신에게는 처음부터 내 어머니를 용서할 권리나 이유가 없었어!"

노파가 그의 눈을 쏘아보았다.

"내게 당신의 속임수를 한번 써보시지, 늙은 마녀. 당신의 곰 자바는 어디 있지? 당신이 감히 보지 못하는 곳을 한번 보려고 해봐! 그러면 그곳에서 당신을 쏘아보고 있는 나를 발견하게 될 거야!"

노파는 시선을 떨어뜨렸다.

"할 말이 없으신가?" 폴이 다그치듯 물었다.

"난 너를 인간들의 반열에 받아들였다. 그걸 더럽히지 마." 그녀가 중얼거리듯이 말했다.

폴은 목소리를 한층 높였다. "저 여자를 잘 보시오, 동지들! 이 여자가 바로 베네 게세리트의 대모요. 인내심을 요하는 목적을 위해 끈질기게 참아온 사람이지. 저 여자는 자기 자매들과 기다려왔소. 적절한 유전자 배합과 환경 속에서 그들의 계획에 필요한 인물이 만들어지기를 90세대 동안이나 기다린 거요. 저 여자를 잘 보시오! 그녀는 이제 그 90세대의 기다림 끝에 바로 그 인물이 만들어졌다는 걸 알고 있소. 여기 서 있는 내가 바로 그 사람이지. 하지만 난…… 결코…… 저 여자의…… 명령에 따르지…… 않을 것이오!"

"제시카! 저 아이의 말을 막아!" 노파가 비명처럼 소리를 질렀다.

"대모님이 직접 막으세요." 제시카가 말했다.

폴이 노파를 노려보며 말했다. "이 모든 일에서 당신이 수행한 역할을 감안하면, 난 기쁜 마음으로 당신의 목을 조를 수도 있소. 당신은 그걸 막을 수 없어!" 대모의 몸이 분노로 뻣뻣하게 굳는 것을 보면서 그는 계속 쏘아붙였다. "하지만 당신이 내게 손을 대지도 못하고, 당신의 계획이 바라는 일을 단 한 가지도 내게 시키지 못한 채 천수를 누리게 하는 편이 더 좋은 벌이 될 것 같군."

"제시카, 너 도대체 무슨 짓을 저지른 거냐?" 노파가 물었다.

"난 당신에게 단 하나만 줄 것이오." 폴이 말했다. "당신은 종족이 필요로 하는 것의 일부를 보았소. 하지만 당신의 시야는 정말 형편없지. 당신은 인간의 유전자 교배를 통제해서 당신의 마스터플랜에 따라 뽑힌 소수의 인간을 섞으려고 생각하지! 당신의 이해가 얼마나 형편없는

지……."

"그런 일은 네가 입에 담을 수 있는 게 아냐!" 노파가 이를 악물고 소리쳤다.

"시끄럽소!" 폴이 호통을 쳤다. 이 말이 폴의 통제에 따라 그와 대모 사이의 공기 속을 비틀린 모습으로 가로질러 가면서 마치 손에 잡힐 듯한 실체로 바뀌는 것 같았다.

노파가 비틀거리며 뒤에 선 사람들의 품속으로 물러났다. 자신의 정신을 사로잡은 그 힘에 너무 놀란 나머지 얼이 빠져버린 표정이었다. "제시카." 그녀가 낮은 목소리로 속삭였다. "제시카……."

"난 당신의 곰 자바를 기억하고 있소." 폴이 말했다. "당신도 내 곰 자바를 기억하시오. 난 말 한마디로 당신을 죽일 수 있소."

홀 안에 늘어서 있는 프레멘들이 무슨 뜻인지 알겠다는 시선으로 서로를 바라보았다. 과연 전설에 이런 말이 있지 않았던가. '정의에 대적하는 자들에게 그의 말이 영원한 죽음을 가져다줄 것이다.'

폴은 황제인 아버지 옆에 서 있는 헌칠한 제1공주에게 시선을 돌렸다. 그가 그녀에게 시선을 고정한 채 입을 열었다. "폐하, 이 어려움에서 벗어날 수 있는 길을 우리 둘 다 알고 있습니다."

황제가 딸을 흘끗 바라보고는 폴에게 시선을 돌렸다. "네가 감히? 네가! 가문도 없는 모험가 주제에, 아무것도 아닌 인간이……."

"당신은 나의 신분을 이미 인정했습니다. 황제의 친척이라고 하셨지요. 이제 헛소리는 그만두시지요."

"나는 너의 황제다."

폴은 이제 통신 장비 옆에 서서 자신을 바라보고 있는 조합 대리인들을 흘끗 바라보았다. 둘 중 한 사람이 고개를 끄덕였다.

"제가 강제로 뜻을 이룰 수도 있습니다." 폴이 말했다.

"네놈이 감히 그럴 수는 없어!" 황제가 이를 갈며 말했다.

폴은 그냥 그를 쏘아보기만 했다.

제1공주가 아버지의 팔에 손을 올려놓으며 말했다. "아버지." 그녀의 목소리는 비단처럼 부드럽고 편안했다.

"나한테 네 속임수를 쓸 생각은 하지도 마라." 황제가 말했다. 그가 공주를 바라보며 말을 이었다. "네가 이래야 할 필요는 없다. 우리에겐 다른 수단들이……."

"하지만 저 사람은 아버지의 아들이 되기에 어울리는 사람이에요." 그녀가 말했다.

다시 차분함을 되찾은 늙은 대모가 억지로 사람들 사이를 뚫고 황제 곁으로 다가가 귓속말을 속삭였다.

"대모님이 너를 변호해 주고 계신 거야." 제시카가 말했다.

폴은 금발의 공주를 계속 바라보았다. 그리고 옆에 있는 어머니에게 말했다. "저 여자가 장녀인 이룰란이죠, 그렇죠?"

"그래."

챠니가 폴 옆으로 다가와서 말했다. "내가 이 자리를 떠나기를 바라나요, 무앗딥?"

그는 그녀를 흘끗 바라보았다. "떠난다고? 당신은 다시는 내 곁을 떠나서는 안 돼."

"우리 사이를 구속하는 것은 아무것도 없어." 챠니가 말했다.

폴이 잠시 그녀를 말없이 내려다보다가 말했다. "내게는 항상 진실만 말해야 해, 나의 시하야." 그녀가 뭐라고 대답하려고 하자 그가 그녀의 입술에 손가락을 대며 말을 막았다. "우리를 묶고 있는 끈은 결코 느슨해질 수 없어. 자, 지금의 상황을 자세히 관찰해 둬. 나중에 당신의 지혜를 통해 지금의 일을 다시 보고 싶으니까."

황제와 진실을 말하는 자는 낮은 목소리로 뭔가 열띤 언쟁을 벌이고 있었다.

폴이 어머니에게 말했다. "대모는 베네 게세리트를 옥좌에 앉히는 것이 자기들 협정의 일부라는 걸 황제에게 일깨우고 있습니다. 이룰란은 그 자리를 위해 그들이 가꿔 온 사람이죠."

"그것이 원래 저들의 계획이었나?" 제시카가 말했다.

"뻔하지 않습니까?"

"나도 저들의 몸짓을 볼 줄 알아!" 제시카가 쏘아붙였다. "내 질문은 네게 가르쳤던 일을 나에게 다시 가르칠 생각을 해서는 안 된다는 걸 일깨우기 위한 거였어."

폴은 그녀를 바라보았다. 그녀의 입가에 어린 차가운 미소가 보였다.

거니 할렉이 두 사람 사이로 몸을 기울이며 말했다. "공작님, 저 무리들 사이에 하코넨이 한 명 있다는 걸 잊지 마시기 바랍니다." 그가 창들로 이루어진 왼쪽 장벽으로 바짝 밀려난 검은 머리의 페이드 로타를 고갯짓으로 가리켰다. "저기 오른쪽에서 눈을 가늘게 뜨고 있는 자입니다. 지금까지 저렇게 사악한 얼굴은 본 적이 없습니다. 공작님은 제게 약속을……."

"고맙네, 거니." 폴이 말했다.

"저자는 남작 후계자입니다……. 이제 노인네가 죽었으니 남작이 되었겠군요. 저자라면 제 복수에 충분……."

"저자를 잡을 수 있겠나, 거니?"

"저를 놀리시는 겁니까!"

"황제와 그의 마녀가 이만하면 충분히 언쟁을 벌인 것 같군요. 그렇게 생각하지 않습니까, 어머니?"

제시카가 고개를 끄덕였다. "그렇구나."

폴이 목소리를 높여 황제에게 소리쳤다. "폐하, 일행 가운데 하코넨 사람이 있습니까?"

황제는 잔뜩 경멸하는 태도로 폴에게 시선을 돌렸다. "내 수행원들은 그대가 공작으로서 맹세한 약속에 의해 보호를 받고 있는 것으로 아는데." 그가 말했다.

"저는 그저 정보를 얻고자 질문했을 뿐입니다. 하코넨 사람이 당신의 수행원 중에 공식적으로 포함되어 있는 건지, 아니면 겁쟁이라서 교묘한 말장난을 무기로 숨어 있는 건지 알고 싶습니다."

황제가 계산적인 미소를 지었다. "황제가 일행에 받아들인 사람은 모두 나의 수행원이다."

"당신에게 저는 공작으로서 약속했습니다. 하지만 무앗딥이라면 얘기가 달라지지요. 무앗딥은 수행원에 대한 당신의 정의를 인정하지 않을지도 모릅니다. 내 친구 거니 할렉이 하코넨을 죽이고 싶어 합니다. 만약 그가……."

"칸리다!" 페이드 로타가 소리쳤다. 그가 길을 막고 있는 창을 몸으로 밀어대기 시작했다. "네 아비가 이 분쟁에 칸리라는 이름을 붙였다, 아트레이데스. 너는 여자들 사이에 숨어 하인을 보내 맞서게 하면서 나를 겁쟁이라고 부르는 거냐!"

진실을 말하는 자가 격렬한 말투로 황제의 귀에 뭐라고 귓속말을 했다. 그러나 황제는 그녀를 옆으로 밀쳐버렸다. "칸리란 말이지? 칸리에는 엄격한 규칙이 있다." 황제가 말했다.

"폴, 그만둬라." 제시카가 말했다.

"공작님, 제게 하코넨과 싸울 기회를 주겠다고 공작님이 약속하셨습니다." 거니가 말했다.

"그 기회는 이미 있었어." 폴이 말했다. 어릿광대처럼 제멋대로 굴고 싶다는 생각이 자신의 감정을 지배하기 시작하는 것이 느껴졌다. 그는 로브와 두건을 벗어 허리띠와 크리스나이프와 함께 어머니에게 건네주었다. 그리고 사막복의 조임 끈들을 풀기 시작했다. 우주가 이 순간에 집중되어 있는 것이 느껴졌다.

"이럴 필요는 없어. 더 쉬운 방법도 있다, 폴." 제시카가 말했다.

폴이 사막복을 벗고 어머니 손에 들린 칼집에서 크리스나이프를 빼냈다. "압니다. 독, 암살, 모두 낯익은 방법들이죠."

"공작님이 제게 하코넨을 약속하셨어요!" 거니가 이를 악물고 소리쳤다. 폴은 거니의 얼굴에 새겨진 분노를 보았다. 그의 잉크덩굴 흉터가 검붉은색으로 불거져 있었다. "공작님에게는 제게 그 기회를 주실 의무가 있습니다!"

"자네가 나보다 더 고통을 받았나?" 폴이 물었다.

"제 여동생, 노예굴에서 보낸 저의 세월……."

"내 아버지, 좋은 친구들과 동료들, 투피르 하와트와 던컨 아이다호, 지위도 원군도 없이 도망자로 살아야 했던 세월…… 그리고 하나 더 있지. 이건 칸리야. 규칙이 어떤 건지는 자네도 나만큼 잘 알고 있어."

할렉의 어깨가 축 처졌다. "공작님, 만약 저 돼지 녀석이…… 저놈은 발길질을 하고 나서 신발을 벗어버려야 할 정도로 더러운 짐승입니다. 꼭 필요하다면 사형 집행인을 부르세요. 아니면 제게 그 일을 맡겨주시든지요. 하지만 공작님 스스로 저놈에게……."

"무앗딥이 이런 일을 할 필요는 없어." 챠니가 말했다.

그는 그녀를 슬쩍 바라보았다. 그녀의 눈이 그에 대한 걱정으로 가득 차 있었다. "하지만 폴 공작은 반드시 해야 해."

"저자는 하코넨의 짐승입니다!" 거니가 갈라진 목소리로 말했다.

폴은 자신의 조상도 하코넨임을 밝혀야 할지 망설였다. 그러나 어머니의 날카로운 표정이 그를 막았다. "하지만 저자는 인간의 모양을 하고 있네, 거니. 혹시 모르니 인간처럼 대접받을 자격이 있어." 그가 말했다.

"만약 저자가……."

"이제 옆으로 비켜서게." 폴은 크리스나이프를 들어 올리며 거니를 부드럽게 밀쳤다.

"거니!" 제시카가 거니의 팔을 살짝 잡았다. "이럴 때 저 애는 제 할아버지와 똑같아요. 저 애의 정신을 산만하게 만들지 말아요. 지금 당신이 해줄 수 있는 일은 그것밖에 없어요." 그리고 그녀는 생각했다. '세상에! 이렇게 기가 막힌 일이!'

황제는 페이드 로타를 유심히 살펴보고 있었다. 그의 두툼한 어깨와 두꺼운 근육이 눈에 들어왔다. 그는 몸을 돌려 폴을 바라보았다. 폴은 꼬챙이처럼 비쩍 마른 청년에 불과했다. 아라키스의 원주민들처럼 물기 없는 모습은 아니었지만, 그래도 갈비뼈를 눈으로 셀 수 있을 정도였고 푹 꺼진 옆구리에서는 피부 밑에 있는 근육의 모양을 알아볼 수 있을 정도였다.

제시카가 폴에게 가까이 몸을 숙이고 오직 그만이 들을 수 있는 낮은 목소리로 말했다. "한 가지만 말하겠다. 때로 베네 게세리트가 위험한 인물을 준비해 두는 경우가 있어. 즐거움과 고통을 이용하는 오랜 방법으로 어떤 단어 하나를 그 사람의 머릿속 가장 깊은 곳에 심어두는 거지.

가장 자주 사용되는 말은 **우로슈노***다. 만약 저자가 미리 준비된 자라면, 내가 보기에 그럴 가능성이 아주 높다만, 저자의 귀에 이 말을 하는 순간 저자의 근육이 힘없이 늘어지면서……."

"이번 싸움에서 특별한 이점을 누리고 싶지는 않습니다. 비키세요." 폴이 말했다.

거니가 제시카에게 말했다. "공작님이 왜 이러시는 겁니까? 스스로 죽음을 자처해서 순교자라도 될 생각이실까요? 저 프레멘의 종교라는 헛소리, 그것 때문에 공작님의 이성이 흐려지신 겁니까?"

제시카는 손에 얼굴을 묻었다. 폴이 왜 이런 방법을 택했는지 그녀 자신도 완전히 모른다는 사실을 깨달았기 때문이다. 그녀는 방 안에서 죽음을 느낄 수 있었고, 과거와 달라진 지금의 폴은 거니가 얘기하는 것 같은 일을 충분히 할 수 있다는 것을 알고 있었다. 그녀는 아들을 보호하기 위해 자신이 가진 능력을 총동원해 보았지만, 할 수 있는 일이 아무것도 없었다.

"이것이 그 말도 안 되는 종교 때문입니까?" 거니가 재차 채근했다.

"조용히 입 다물고 기도나 하세요." 제시카가 속삭였다.

황제의 얼굴에 갑작스러운 미소가 떠올랐다. "만약…… 내 수행원인…… 페이드 로타 하코넨이 원한다면, 나는 이번 일에 대해 아무 제한 없이 스스로의 행동을 선택할 수 있는 자유를 그에게 주겠노라." 황제는 폴의 페다이킨 경비병들을 손짓으로 가리키면서 말을 이었다. "그대의 오합지졸 병사들 중 한 명이 내 허리띠와 단검을 갖고 있소. 만약 페이드 로타가 원한다면, 나는 그가 내 칼을 들고 그대와 맞서는 것을 허락하겠소."

"그건 제가 원하는 바입니다." 페이드 로타가 말했다. 폴은 그의 얼굴에서 의기양양한 표정을 읽었다.

'저자는 지나치게 자신하고 있어. 저런 자연스러운 이점이라면 나도 받아들일 수 있지.' 폴은 생각했다.

"황제의 칼을 가져와라." 폴이 말했다. 그리고 부하들이 자신의 명령을 수행하는 것을 지켜보았다. "여기 바닥에 내려놓아라." 그가 발로 바닥을 가리켰다. "황제의 오합지졸들을 벽이 있는 곳으로 후퇴시키고 저 하코넨만 남게 하라."

로브 자락들이 정신없이 움직이고, 사람들의 발이 바닥에 끌리는 소리와 낮은 목소리로 명령을 내리는 소리, 그리고 거기에 항의하는 소리 등이 어우러지며 폴의 명령이 수행되었다. 조합 대리인들은 계속 통신 장비 근처에 서 있었다. 그들이 도저히 판단을 내릴 수 없다는 표정으로 살짝 인상을 쓴 채 폴을 바라보았다.

'저들은 미래를 보는 데 익숙해져 있어. 그런데 지금 이 장소, 이 시간에 대해 저들은 장님이나 마찬가지야……. 심지어 나도 그러니까.' 폴은 생각했다. 그리고 시간의 바람을 조금 맛보면서 지금 이 순간 이곳에 초점이 맞춰져 있는 폭풍 같은 연결점의 혼란을 느꼈다. 가냘픈 틈새들마저도 지금은 닫혀 있었다. 여기에 아직 태어나지 않은 지하드가 존재하고 있다는 것을 그는 깨달았다. 여기에 그가 한때 자신의 끔찍한 목적이라고 알고 있던 종족 의식이 있었다. 여기에 퀴사츠 해더락이나, 리산 알가입, 심지어 베네 게세리트의 불완전한 계획에조차 정당성을 부여하는 이유가 있었다. 인간이라는 종족은 자신들이 휴지기에 접어들었음을 느끼고, 점점 정체되어 가는 것을 느꼈다. 그리고 지금은 혼란을 경험해야 한다는 사실을 알 뿐이었다. 그 혼란 속에서 유전자들이 서로 뒤섞여 생긴 혼합체들 중에 강한 것들만 살아남을 것이다. 지금 이 순간 모든 인간들은 단 하나의 무의식적인 유기체로서 살아 있었다. 그리고 어떤 금기나 장벽도 뛰어넘을 수 있는 일종의 성적인 열기 같은 것을 경험하고 있었다.

폴은 이것을 조금이라도 바꾸려는 자신의 노력이 얼마나 소용없는 것인지 알 수 있었다. 그는 자신의 내부 속에서 지하드에 저항하고 있다고 생각했지만, 지하드는 어쨌든 발생할 것이다. 그가 없더라도 그의 군단들은 분노의 함성을 지르며 아라키스에서 다른 곳으로 난폭하게 뻗어나갈 것이다. 그들에게 필요한 것은 전설뿐이었고 그는 이미 전설이 되어 있었다. 그는 그들에게 길을 보여주었고, 심지어 스파이스가 없으면 존재할 수 없는 조합조차 지배할 수 있게 해주었다.

패배감이 그를 지배했다. 그 패배감 속에서 그는 페이드 로타 하코넨이 쇠사슬을 엮어 만든 허리 가리개만 남긴 채 찢어진 제복과 다른 옷들을 모두 벗어버린 것을 보았다.

'지금이 정점이야. 여기서부터 미래가 열리고 영광을 향해 구름이 열릴 거야. 만약 내가 여기서 죽는다면 사람들은 내가 스스로를 희생했다며 내 영혼이 자기들을 이끌어줄 거라고 말하겠지. 그리고 내가 살아남는다면, 사람들은 어느 것도 무앗딥에게 저항할 수 없다고 할 거야.'

"아트레이데스는 준비됐나?" 페이드 로타가 전통적인 칸리 의식에서 사용되는 말을 큰 소리로 말했다.

폴은 그에게 프레멘 식 대답을 하기로 결정했다. "그대의 칼이 쪼개지고 부서지기를!" 그는 바닥에 놓여 있는 황제의 칼을 가리켰다. 페이드 로타더러 앞으로 나와 칼을 집으라는 뜻이었다.

페이드 로타는 폴에게서 시선을 떼지 않은 채 칼을 집어 들고, 잠시 감각을 익히기 위해 무게를 가늠해 보았다. 그의 내부에서 흥분이 불타올랐다. 이 싸움은 그가 꿈꾸던 것이었다. 방어막 따위의 도움을 받지 않고 일 대 일로 기술을 겨루는 싸움. 그는 자기 앞에 권력을 향한 길이 열리는 것을 볼 수 있었다. 누가 됐든 이 골칫덩어리 공작을 죽이는 사람에게 황제는 반드시 보상을 할 것이다. 어쩌면 그 보상으로 저 오만한 황제의 딸과 옥좌의 일부를 갖게 될지도 모르는 일이었다. 뒤떨어진 세계의 모험가에 지나지 않는 이 시골뜨기 공작이 수천 번의 검투를 거치면서 모든 도구와 음모의 사용법을 훈련받은 하코넨의 상대가 될 수는 없었다. 게다가 이 시골뜨기는 자신이 단검뿐만 아니라 더 많은 무기들을 상대해야 한다는 사실을 결코 모르고 있었다.

'네가 독을 견딜 수 있는지 한번 볼까!' 페이드 로타는 생각했다. 그리고 황제의 칼로 폴에게 경례하면서 말했다. "죽음을 맞을 준비를 해라, 바보 녀석."

"이제 싸워볼까, 사촌?" 폴이 물었다. 그리고 자신을 기다리고 있는 칼날에 시선을 못 박은 채 몸을 낮게 웅크리고 고양이 같은 발걸음으로 앞으로 나섰다. 우유처럼 하얀 크리스나이프는 마치 그의 팔의 일부인 양 바깥쪽을 겨냥하고 있었다.

두 사람은 서로를 마주 본 채 원을 그리며 돌았다. 맨발이 바닥에서 긁히는 소리를 내고, 두 사람의 눈은 상대에게서 조그마한 틈이라도 발견하려고 강렬하게 번득였다.

"춤 한번 예쁘게 추는군." 페이드 로타가 말했다.

'저놈은 수다쟁이야. 저것도 저놈의 약점이지. 저놈은 침묵 앞에서 불안해지는 사람이야.' 폴은 생각했다.

"고해는 했나?" 페이드 로타가 물었다.

그래도 폴은 침묵 속에서 계속 돌기만 했다.

대모는 잔뜩 몰려 서 있는 황제의 수행원 사이에서 싸움을 지켜보면서 몸이 떨리는 것을 느꼈다. 저 아트레이데스의 청년은 하코넨을 사촌이라고 불렀다. 그가 상대와 같은 조상을 공유하고 있음을 이미 알고 있다고밖에는 해석할 수 없는 말이었다. 그는 퀴사츠 해더락이므로 그건 쉽게 이해할 수 있는 일이었다. 그러나 그 말을 듣는 순간 그녀는 여기서 자신에게 가장 중요한 단 한 가지 사실에 주의를 집중할 수밖에 없었다.

그것은 이번 싸움이 베네 게세리트의 유전자 교배 계획에 중대한 재앙이 될 수도 있다는 것이었다.

그녀는 여기서 폴이 이미 보았던 것 중의 일부를 보았다. 페이드 로타가 폴을 죽이더라도 승리를 거두지 못할 수도 있다는 가능성이었다. 그러나 또 다른 생각이 그녀를 거의 압도했다. 오랫동안 수많은 노력을 들여 진행해 온 프로그램의 두 최종 생산물이 둘 다 목숨을 잃을지도 모를 싸움을 벌이고 있었다. 만약 여기서 두 사람 모두 죽는다면, 남는 것은 아직 갓난아기라 제대로 측정되지 않은 미지의 요인에 불과한 페이드 로타의 사생아 딸과 저주받은 존재인 알리아뿐이었다.

"어쩌면 여기는 이교도의 의식밖에 없는지도 모르겠군." 페이드 로타가 말했다. "황제의 진실을 말하는 자가 네 영혼의 여행을 준비해 주는 걸 바라나?"

폴은 미소를 지으며 주의를 집중한 채 오른쪽으로 원을 그리며 돌았다. 이 순간의 긴장이 그의 암담한 생각들을 억눌렀다.

페이드 로타가 뛰어오르며 오른손으로 속임수를 쓰고, 눈에 제대로 보이지도 않을 만큼 빠른 동작으로 칼을 왼손으로 바꿔 쥐었다.

폴은 페이드 로타의 찌르기 동작에 방어막에 익숙해진 사람 특유의 머뭇거림이 있는 것을 확인하면서 쉽게 공격을 피했다. 그러나 페이드 로타는 지금까지 폴이 보았던 사람들만큼 방어막에 많이 길들여 있지는 않았다. 폴은 페이드 로타가 전에도 방어막을 사용하지 않는 적들과 싸워본 적이 있음을 느꼈다.

"아트레이데스는 도망칠 작정인가, 버티고 서서 싸울 작정인가?" 페이드 로타가 물었다.

폴은 다시 말없이 원을 그리며 돌기 시작했다. 오래전 칼라단의 훈련장에서 훈련할 때 아이다호가 해주었던 말이 머리에 떠올랐다. "처음에는 상대를 연구하십시오. 그러면 빠른 승리를 거둘 기회를 많이 잃을지도 모르지만, 이 연구의 시간은 승리를 위한 보험과도 같은 것입니다. 시간을 들여서 상대를 확실히 파악하세요."

"아무래도 네놈은 이렇게 춤을 추면 목숨을 조금이라도 연장할 수 있다고 생각하는 것 같군. 뭐, 좋아." 페이드 로타가 이렇게 말하면서 걸음을 멈추고 몸을 똑바로 폈다.

폴은 이제 상대에 대해 대략적인 판단을 내릴 수 있을 만큼 관찰을 끝냈다. 페이드 로타가 왼쪽으로 움직이면서 쇠사슬로 만든 허리 가리개가 모두 보호해 줄 거라 믿는 사람처럼 폴에게 오른쪽 엉덩이를 내보였다. 그것은 방어막을 켜고 양손에 모두 칼을 든 채 훈련받은 사람의 동작이었다.

'아니면 혹시……' 폴은 머뭇거렸다……. 허리 가리개에 비밀이 있을 수도 있었다.

저 하코넨 녀석은 오늘 사다우카 군단들을 상대로 승리를 거둔 부대의 지휘관 앞에서 지나치게 자신감에 차 있었다.

페이드 로타가 폴의 머뭇거림을 알아차리고 말했다. "결국 피할 수 없는 일을 왜 질질 끄는 거지? 네놈은 지금 내가 이 먼지투성이 행성에 대해 나의 권리를 행사하는 걸 막고 있을 뿐이야."

'만약 저기에 바늘총이 숨겨져 있다면, 교묘한 수법인데. 저 가리개에는 따로 손을 본 흔적이 전혀 없거든.' 폴은 생각했다.

"왜 말을 하지 않는 거냐?" 페이드 로타가 채근했다.

폴은 다시 상대를 탐색하며 둥글게 돌기 시작했다. 그리고 불안감이 어려 있는 페이드 로타의 목소리에 차가운 미소를 머금었다. 그것은 그가 침묵의 압박을 점점 크게 느끼고 있다는 증거였다.

"웃어?" 페이드 로타가 물었다. 그리고 말을 다 마치기도 전에 펄쩍 뛰어올랐다.

폴은 상대가 방어막에 익숙한 사람답게 약간 머뭇거릴 거라고 생각했기 때문에, 하마터면 밑으로 내리긋는 상대의 칼날을 피하지 못할 뻔했다. 칼끝이 왼팔을 긁고 지나가는 것이 느껴졌다. 그는 그곳에 갑자기 느껴지는 고통을 잠재웠다. 페이드 로타가 처음에 머뭇거리는 것처럼 보였던 것이 속임수였다는 깨달음이 머릿속으로 홍수처럼 밀려들어 왔다. 상대는 그가 기대했던 것 이상이었다. 상대의 속임수 안에 또 속임수가 있고, 그 안에 또 속임수가 있었다.

"네놈의 투피르 하와트가 내게 기술을 조금 가르쳐주었지. 그가 내 몸에 처음으로 피를 냈어. 그 늙은 바보 녀석이 살아서 이걸 보지 못한다는 게 안타깝군." 페이드 로타가 말했다.

순간 폴의 머릿속에 언젠가 아이다호에게서 들은 말이 떠올랐다. "싸움에서는 눈앞에 일어나는 일만 생각하십시오. 그러면 결코 깜짝 놀라는 일이 없을 겁니다."

두 사람은 다시 서로를 마주 본 채 몸을 웅크리고 조심스럽게 원을 그리며 돌기 시작했다.

폴은 상대가 다시 흥분하기 시작하는 것을 보면서 그 이유가 뭘까 생각해 보았다. 칼로 상대를 조금 긁은 것이 저자에게 그렇게 큰 의미가 있는 일일까? 혹시 칼에 독이 발라져 있다면! 하지만 어떻게 그럴 수가 있지? 저자에게 칼을 주기 전에 내 부하가 샅샅이 조사했는데. 훈련이 잘되어 있는 부하들이 그렇게 눈에 띄는 걸 놓칠 리가 없어.

"저쪽에서 네놈이 이야기를 건네던 여자 말이야. 몸집이 작은 쪽. 그 여자가 네게 특별한 사람인가? 아니면 애완동물? 내 특별한 관심을 받을 만한 사람인가?" 페이드 로타가 물었다.

폴은 침묵을 지키면서 내면의 감각으로 자신을 탐색하고 상처에서 흘러나온 피를 조사했다. 그 결과 황제의 칼에 소량의 마취제가 발라져 있음을 알 수 있었다. 그는 자신의 신진 대사를 조정해서 이 위협에 맞서 마취제의 분자 구조를 바꿨다. 그러나 그는 아무것도 확신할 수 없는 이 상황에 짜릿함을 느끼고 있었다. 적들은 칼날에 마취제를 발라놓는 준비를 했다. 마취제. 독약 탐지기에는 걸리지 않지만, 사람의 몸에 닿는 순간 근육의 움직임을 느리게 만들 수 있는 물건이 바로 마취제였다. 그의 적들이 계획 속에 또 계획을 마련해서 음모와 배반을 차곡차곡 쌓아놓고 있다는 얘기였다.

페이드 로타가 다시 뛰어오르며 칼을 찔렀다.

폴은 미소가 그대로 얼어붙은 듯한 표정으로 마취제 때문에 느려진 것처럼 속임수를 쓰다가 마지막 순간에 칼날을 피하면서 번개처럼 내려오는 상대의 팔에 크리스나이프의 칼끝을 들이댔다.

페이드 로타가 몸을 숙이고 옆으로 피하면서 그의 공격권을 벗어났다. 그의 칼은 왼손으로 옮겨져 있었고, 턱이 약간 창백해졌을 뿐 칼에 찔린 상처의 쓰라린 고통을 드러내지는 않았다.

'잠깐 의심하게 내버려둬야겠군. 혹시 독이 있을까 의심하게 해야겠어.' 폴은 생각했다.

"흉계가 있다! 저놈이 내게 독을 사용했어! 내 팔에서 독이 느껴져!" 페이드 로타가 소리쳤다.

폴이 침묵의 망토를 벗고 드디어 입을 열었다. "황제의 칼에 발라진 마취제에 대항하기 위해 산을 조금 섞었을 뿐이야."

페이드 로타가 폴과 똑같이 차가운 미소를 지으며 왼손의 칼을 들어올려 짐짓 경례하는 시늉을 했다. 칼날 뒤에서 그의 눈이 분노로 이글거렸다.

폴은 상대와 마찬가지로 크리스나이프를 왼손으로 바꿔 쥐었다. 그리고 두 사람은 다시 서로를 탐색하면서 둥글게 돌기 시작했다.

페이드 로타가 칼을 높이 들고 조금씩 두 사람 사이의 거리를 좁히기 시작했다. 딱딱하게 굳은 턱과 가늘게 뜬 눈에 분노가 드러나 있었다. 그가 오른쪽 밑을 공격하는 것처럼 속임수를 썼다. 두 사람은 칼자루를 움켜쥐고 칼을 맞댄 채 힘을 겨루기 시작했다.

폴은 독이 발라진 바늘이 있을지도 모른다고 의심되는 페이드 로타의 오른쪽 엉덩이를 경계하면서, 힘을 써서 상대와 함께 오른쪽으로 돌기 시작했다. 그러다가 하마터면 허리띠 선 아래에서 찰칵 튀어나온 바늘 끝을 보지 못할 뻔했다. 페이드 로타가 자세를 바꾸면서 살짝 물러나는 것을 느끼고 그는 뭔가 이상하다고 생각했다. 바늘 끝이 폴의 살갗을 간발의 차이로 벗어났다.

'왼쪽 엉덩이였어! 음모 속에 또 음모가 있고, 그 속에 또 음모가 있는 거야.' 폴은 스스로를 일깨웠다. 그는 페이드 로타가 반사적으로 다음 동작을 취할 때 그를 잡기 위해 베네 게세리트 훈련을 받은 근육을 이용해서 몸을 축 늘어뜨렸다. 그러나 상대의 엉덩이에서 튀어나온 작은 바늘

끝을 피하느라 휘청거리다가 균형을 잃고 바닥에 세게 부딪혔다. 페이드 로타가 그의 몸에 올라탔다.

"내 엉덩이에서 그걸 봤나? 넌 죽었어, 멍청이." 페이드 로타가 속삭였다. 그리고 몸을 비틀어 독이 묻은 바늘 끝을 폴의 몸 쪽으로 더욱 가까이 들이댔다. "이 독이 네 근육을 멈추면 내 칼이 너를 끝장내 줄 거야. 네 몸에는 흔적도 안 남을걸!"

폴은 마음속의 소리 없는 비명을 들으면서 근육에 힘을 주었다. 그의 세포 속에 각인되어 있는 조상들이 그 비밀의 단어를 사용해서 페이드 로타의 움직임을 느리게 만들고 그의 생명을 구하라고 채근하고 있었다.

"난 그 말을 하지 않을 거야!" 폴이 숨을 몰아쉬며 말했다.

페이드 로타가 그를 향해 입을 쩍 벌리며 아주 잠깐 동안 멈칫거렸다. 폴이 상대의 다리 근육에서 균형이 흔들린 부분을 찾아내기에 충분한 시간이었다. 두 사람의 위치가 뒤바뀌었다. 페이드 로타는 오른쪽 엉덩이를 쳐들고 폴의 몸에 반쯤 깔려 있었다. 그의 몸 밑의 바닥에 바늘 끝이 걸려 있었기 때문에 그는 몸을 돌릴 수 없는 상태였다.

폴이 팔에서 미끌거리는 피를 이용해서 왼손을 비틀어 빼낸 다음 페이드 로타의 턱 밑을 강하게 찔렀다. 그의 칼끝이 페이드 로타의 뇌까지 그대로 미끄러져 들어갔다. 페이드 로타는 몸을 움찔거리다가 축 늘어졌다. 바닥에 박힌 바늘 때문에 그의 몸은 여전히 반쯤 모로 누워 있는 상태였다.

폴은 차분함을 되찾기 위해 심호흡을 하면서 몸을 일으켰다. 그는 칼을 든 채 시체 옆에 서서 일부러 천천히 눈을 들어 방 건너편에 있는 황제를 바라보았다.

"폐하, 당신의 병력이 하나 더 줄어들었군요. 이제 속임수와 겉치레는 벗어버리는 게 어떻겠습니까? 우리가 마땅히 해야 할 일에 대해 논의해야 되지 않겠습니까? 당신 딸이 나와 결혼하면 아트레이데스 가문이 옥좌에 앉을 수 있는 길이 열리죠." 폴이 말했다.

황제는 몸을 돌려 펜링 백작을 바라보았다. 백작은 잿빛 눈으로 황제의 초록색 시선을 맞받았다. 두 사람은 서로의 생각을 분명히 알고 있었다. 서로 사귀어온 기간이 너무나 오래된지라 이젠 눈빛만으로도 서로를 이해할 수 있게 된 것이다.

'날 위해 저 건방진 녀석을 죽여주게.' 황제는 이렇게 말하고 있었다. '저 아트레이데스 녀석이 젊고 수완이 좋은 건 사실이야. 하지만 그는 오랜 고생으로 지쳐 있고 어쨌든 자네한테는 상대가 되지 않아. 지금 저 녀석에게 도전하게……. 자넨 방법을 알고 있어. 저 녀석을 죽이게.'

펜링이 아주 천천히 고개를 움직여 폴을 바라보았다.

"어서!" 황제가 이를 악물고 소리쳤다.

백작은 폴에게 초점을 맞추고 이 아트레이데스 청년의 신비로움과 감춰진 위엄을 인식하며 마고트 부인에게서 훈련받은 베네 게세리트 방법으로 그를 살펴보았다.

'난 저 아이를 죽일 수 있어.' 펜링은 생각했다. 그는 자신이 정말로 그를 죽일 수 있음을 알고 있었다.

그때 백작의 마음속 깊은 곳의 비밀스러운 장소에 숨겨진 어떤 것이 그를 저지했다. 그가 폴에 대해 가지고 있는 이점이 상황에 어울리지 않게 스치듯 그의 눈에 들어왔다. 저 젊은이의 눈을 피해 숨는 방법, 은밀한 속임수, 어느 누구도 그의 의중을 꿰뚫어 볼 수 없다는 사실.

폴은 들끓는 시간의 연결점 속에서 펜링의 생각 중 일부를 인식했다. 그리고 마침내 거미줄처럼 뻗어 있는 예지의 환영 속에서 왜 펜링을 한 번도 보지 못했는지 이해했다. 펜링은 퀴사츠 해더락이 될 뻔한, 혹은 퀴사츠 해더락이 될 수도 있었던 사람들 중의 하나였다. 그러나 유전자 패턴의 결함으로 인해 고자로 태어난 것이 장애가 되었고, 그의 재능은 은밀함과 내적인 은둔에 집중되어 있었다. 백작에 대한 깊은 연민의 감정이 폴의 마음속을 흘렀다. 그것은 그가 처음으로 느낀 형제애였다.

폴의 감정을 읽은 펜링이 말했다. "폐하, 저는 거절할 수밖에 없습니다."

샤담 4세는 분노에 사로잡혔다. 그는 수행원들 사이를 헤치고 짧게 두 걸음 걸어가서 펜링의 턱을 지독하게 후려쳤다.

백작의 얼굴이 검붉게 물들었다. 그러나 그는 황제를 똑바로 바라보며 일부러 아무 억양이 없는 목소리로 말했다. "폐하와 저는 친구입니다, 폐하. 지금 제 행동은 우정에서 우러나온 것입니다. 그러니 폐하께서 저를 때리셨다는 걸 잊어버리겠습니다."

폴이 헛기침을 하며 말했다. "우린 옥좌에 대해 얘기하고 있었습니다, 폐하."

황제가 휙 돌아서서 폴을 노려보았다. "옥좌에 앉아 있는 건 나야!" 그가 고함을 질렀다.

"당신은 살루사 세쿤더스에 옥좌를 갖게 될 겁니다." 폴이 말했다.

"난 네놈의 맹세를 믿고 무기를 내려놓고 이곳에 왔어!" 황제가 소리쳤다. "네가 감히 협박을……."

"제가 있는 곳에서 폐하의 신변은 안전합니다. 아트레이데스가 약속한 겁니다. 하지만 무앗딥은 당신에게 당신의 감옥 행성으로 갈 것을 선고합니다. 두려워하실 필요는 없습니다, 폐하. 제가 모든 힘을 동원해서 그곳의 가혹한 환경을 편안하게 바꿔드릴 테니까요. 그곳은 부드러운 것들로 가득 찬 정원 같은 행성이 될 겁니다."

황제는 폴의 말 속에 숨어 있는 의미를 차츰 이해하면서 방 건너편에 있는 그를 노려보았다. "이제 네놈의 진짜 목적이 뭔지 알겠군." 그가 이죽거렸다.

"그렇습니까?" 폴이 말했다.

"그럼 아라키스는 어떻게 할 거냐? 여기도 부드러운 것들로 가득 찬 정원 같은 행성으로 만들 작정이냐?"

"프레멘들에게 무앗딥이 맹세한 것이 있습니다. 이곳의 하늘 밑 땅 위에서 물이 흐를 것이고, 좋은 것들로 가득 찬 초록색 오아시스들이 생겨날 겁니다. 하지만 스파이스도 생각해야 하지요. 따라서 아라키스에는 항상 사막이 존재할 겁니다……. 사나운 바람과 인간을 강하게 만드는 시련도. 우리 프레멘들의 속담 중에 이런 것이 있습니다. '신은 신자들을 훈련시키기 위해 아라키스를 창조했다.' 사람이 신의 말을 거역할 수는 없는 노릇이죠." 폴이 말했다.

진실을 말하는 자, 가이우스 헬렌 모히암 대모는 이제 폴의 말 속에 숨어 있는 의미를 나름대로 파악하고 있었다. 그녀는 얼핏 지하드를 느끼며 말했다. "이 사람들을 온 우주에 풀어놓을 수는 없어!"

"당신들은 나중에 사다우카가 부드러운 사람들이었다고 생각하게 될 거요!" 폴이 쏘아붙였다.

"그래서는 안 돼." 그녀가 속삭이듯 말했다.

"당신은 진실을 말하는 자요. 당신 말을 잘 검토해 보시오." 그가 제1공주를 흘끗 쳐다본 다음 황제에게 시선을 돌렸다. "빨리 일을 처리하는 게 좋을 겁니다, 폐하."

황제가 고통스러운 시선으로 딸을 바라보았다. 그녀가 그의 팔을 잡으며 달래듯이 말했다. "전 이것을 위해 훈련받았어요, 아버지."

그가 깊이 숨을 들이쉬었다.

"이 일을 미룰 수는 없습니다." 진실을 말하는 자가 중얼거렸다.

황제가 몸을 똑바로 펴고 품위를 지켜야 한다는 사실을 다시 상기해 낸 듯 꼿꼿하게 섰다. "그대를 위해 협상할 자가 누구요, 나의 친척?" 그가 물었다.

폴은 몸을 돌려 어머니를 바라보았다. 그녀는 눈꺼풀을 무겁게 내리깔고 페다이킨 경비병들에게 둘러싸여 챠니와 함께 서 있었다. 그가 그들에게 다가가 챠니 앞에 서서 그녀를 내려다보았다.

"나도 이유를 알고 있어. 꼭 해야 하는 일이라면…… 우슬." 챠니가 속삭였다.

폴은 그녀의 목소리에 감춰진 눈물을 느끼고 뺨에 손을 갖다 댔다. "나의 시하야는 아무것도 두려워할 필요 없어, 영원히." 그가 속삭였다. 그리고 팔을 내리면서 어머니에게 돌아섰다. "어머니가 저를 대신해서 협상을 해주십시오. 챠니와 함께. 챠니는 날카로운 눈과 지혜를 갖고 있습니다. 그리고 흥정을 할 때 프레멘보다 더 힘든 상대가 없다는 말은 맞는 말이에요. 챠니는 저에 대한 사랑이 담긴 눈으로 앞으로 태어날 우리의 아들들을 생각하며 그들에게 무엇이 필요한지 꿰뚫어 볼 겁니다. 챠니의 말을 잘 들으세요."

제시카는 아들에게서 엄격한 계산을 느끼고 전율을 억눌렀다. "네가 협상에서 원하는 것이 무엇이냐?" 그녀가 물었다.

"황제가 갖고 있는 초암 사 주식 모두를 지참금으로 내놓으라고 하세요."

"전부?" 그녀는 너무 놀라서 말문이 막히기 직전이었다.

"황제에게서 모든 것을 빼앗아야 합니다. 거니 할렉에게는 백작의 지위와 초암의 지휘권을 주고, 칼라단의 영지로 부임시키라고 하세요. 아트레이데스 가문의 살아남은 사람 모두에게 작위와 그에 상응하는 권력이 주어져야 합니다. 가장 하급 병사들까지 예외 없이."

"프레멘은 어떻게 할 작정이냐?"

"프레멘은 제 사람들입니다. 그들에게 보상을 주는 건 무앗딥이 할 일이에요. 우선 스틸가를 아라키스의 총독으로 임명하는 것부터 시작할 생각입니다. 하지만 그 일은 지금 서두르지 않아도 돼요."

"그럼 나는?"

"원하는 게 있으세요?"

"어쩌면 칼라단을 원하는지도 모르지." 그녀가 거니를 바라보면서 말했다. "나도 잘 모르겠다. 난 너무 프레멘과 동화되어서⋯⋯. 대모의 역할에도 익숙해졌고. 평화와 정적의 시간을 갖고 생각을 좀 해봐야겠다."

"그럼, 그런 시간을 드리겠습니다. 그 밖에 거니와 제가 어머니께 드릴 수 있는 것이라면 무엇이든 드리겠어요."

제시카는 고개를 끄덕였다. 자신이 갑자기 지친 노인이 된 것 같았다. 그녀가 챠니를 바라보며 입을 열었다. "그럼 황제의 첩은 어떻게 되는 거지?"

"난 어떤 칭호도 싫어. 아무것도. 부탁이야." 챠니가 속삭였다.

폴은 그녀의 눈을 들여다보며 언젠가 어린 레토를 품에 안고 서 있던 그녀의 모습을 갑자기 떠올렸다. 이번의 폭력 사태로 목숨을 잃은 그 아이, 레토를. "당신에게는 어떤 칭호도 필요하지 않게 될 거라고 내가 지금 맹세할게. 저기 있는 저 여자가 내 아내가 되고 당신은 첩에 지나지 않겠지. 이건 정치적인 일이고 우린 지금 이 순간으로부터 평화를 만들어내서 랜드스라드의 대가문들을 우리 편으로 만들어야 하니까. 우린 형식을 지켜야 해. 하지만 저 공주는 내 이름 외에 아무것도 갖지 못할 거야. 내 아이도, 내 손길도, 부드러운 눈길도, 내 욕망의 순간도."

"지금은 그렇게 말하겠지." 챠니가 이렇게 말하며 방 건너편에 있는 키 큰 공주를 흘끗 바라보았다.

"내 아들에 대해 그렇게 모르는 거냐?" 제시카가 속삭였다. "저기 서 있는 공주를 봐라. 아주 오만하고 자신만만하지. 사람들 말이 공주 스스로 문학적 재능을 갖고 있다고 생각한다더구나. 공주가 거기서나마 위안을 찾기를 바라자. 그 밖에는 공주가 가질 수 있는 게 거의 없을 테니까." 제시카는 쓸쓸한 웃음을 터뜨렸다. "생각해 봐라, 챠니. 저 공주는 아내라는 이름을 갖겠지만 첩보다 못한 삶을 살게 될 거야. 결혼으로 자신과 묶여 있는 남자에게서 단 한 순간도 부드러움을 맛보지 못하겠지. 하지만 우리는 말이다, 챠니, 첩의 이름을 달고 있는 우리는 역사가들에 의해 아내라는 이름으로 불리게 될 거다."

부록 1 ─ 듄의 생태계

유한한 공간 내에서 어떤 임계점을 넘어서면 개체의 숫자가 증가할수록 자유는 줄어든다. 이것은 막힌 플라스크 안의 가스 분자처럼, 어떤 행성의 생태계라는 유한한 공간 속에서 살아가는 인간들에게도 똑같은 사실이다. 인간들에게 문제가 되는 것은 그 생태계 속에서 몇 명이나 살아남을까 하는 점이 아니라, 살아남은 사람들이 어떤 삶을 살아가게 될 것인가 하는 점이다.

─ 파도트 카인즈, 아라키스의 첫 행성학자

아라키스에 처음 온 사람은 대개 그 불모의 땅에 압도당한다. 이방인들은 이곳 아라키스의 자연에선 그 어떤 것도 목숨을 부지하며 성장할 수 없다고 생각할 것이다. 그리고 이 땅이야말로 단 한 번도 비옥해 본 적이 없고, 앞으로도 결코 비옥해질 수 없는 진정한 황무지라고 생각할 것이다.

그러나 파도트 카인즈에게 이 행성은 태양이 방출하는 에너지의 힘으로 돌아가는 기계와 다를 바 없었다. 그는 인간이 살아가는 데 알맞은 환경으로 이 행성을 개조하면 된다고 생각했다. 그래서 그는 자유롭게 움직이는 이곳의 원주민, 즉 프레멘에게 바로 주의를 기울였다. 이 얼마나 굉장한 도전인가! 그들은 얼마나 훌륭한 도구가 되어줄 것인가! 프레멘은 생태학적으로, 지질학적으로 거의 무한한 잠재력을 지니고 있었다.

파도트 카인즈는 여러모로 단도직입적이고 단순한 사람이었다. 하코 넨의 규제 조치들을 피해야 한다고? 좋지. 그럼 프레멘 여자와 결혼하면 돼. 그녀가 프레멘 아들을 낳아주면, 일단 그 애, 리에트 카인즈와 함께 일을 시작하는 거야. 그리고 다른 아이들에게 생태학을 가르치면서 새로 운 언어를 만들어내는 거야. 그 언어에 들어 있는 상징들은 아이들의 정 신을 무장시켜서 땅과 기후, 그리고 계절에 따른 한계들을 조작할 수 있 게 해줄 거야. 그리고 궁극적으로 '질서'를 눈부시게 인식하게 될 거야.

카인즈는 이렇게 말했다. "인간이 건강하게 살아가는 행성에는 운동 과 균형이라는, 내적으로 인정된 아름다움이 있다. 이 아름다움 속에서 우리는 모든 생명체에게 필수적인, 역동적인 안정화 효과를 발견한다. 이 효과의 목적은 단순하다. 점점 더 다양한 생명체들이 나타날 수 있도 록 조화로운 양식을 만들어내고 유지하는 것이다. 생명은 행성이라는 폐쇄된 생태계의 생명 부양 능력을 향상시킨다. 모든 생명체는 생명에 게 봉사한다. 생명체에게 필요한 영양소를 공급해 주는 것도 바로 다른 생명체이다. 생명체의 종류가 다양해질수록 이들이 공급하는 영양소 역 시 점점 풍요로워진다. 행성 전체가 활기를 띠고 살아나면서, 생명체들 사이에 얽히고설킨 관계들로 가득 차게 되는 것이다."

이것은 파도트 카인즈가 시에치 사람들을 상대로 강의하면서 한 말 이다.

그러나 이 강의를 하기 전에 그는 먼저 프레멘을 설득해야 했다. 그가 프레멘을 어떻게 설득했는지 이해하려면, 우선 그가 한 가지 일에만 전 적으로 전념하는 사람이었다는 사실과 어떤 문제에도 순수하게 접근하 는 사람이었음을 이해해야 한다. 그렇다고 그가 철없이 순진한 것은 아니었다. 그는 단지 주의가 산만해지는 것을 스스로 허용하지 않았을 뿐이다.

어느 뜨거운 날 오후에 그는 1인용 지상차를 타고 아라키스의 땅을 탐험하다가 한숨이 나올 정도로 흔한 광경과 마주쳤다. 방어벽 뒤의 '바람자루' 마을 근처에서 방어막을 작동시키고 완전 무장한 하코넨의 불한당 여섯 명에게 발목이 잡힌 프레멘 소년 세 명. 카인즈에게 이들의 싸움은 현실이라기보다는 무대 위에서 벌어지는 익살극 같은 것이었다. 그러나 어느 순간 하코넨 병사들이 프레멘 소년들을 죽일 작정이라는 데에 생각이 집중되었다. 이미 한 소년이 동맥에 상처를 입고 바닥에 쓰러져 있었고, 하코넨 병사 두 명도 바닥에 쓰러져 있었다. 그러나 프레멘의 두 애송이 앞에는 여전히 완전 무장한 성인 남자 네 명이 남아 있었다.

카인즈는 용감한 사람이 아니었다. 다만 한 가지 일에만 매진하는 정신과 조심성을 갖고 있을 뿐이었다. 하코넨이 프레멘을 죽이고 있었다. 그가 이 행성을 재창조하기 위해 사용하려는 도구들을 하코넨이 파괴하다니! 그는 자신의 방어막을 켜고 싸움에 끼어들어서, 하코넨 병사들이 자신의 존재를 눈치채기도 전에 슬립팁으로 병사 두 명을 죽여버렸다. 나머지 두 병사 중 한 명이 칼로 그를 공격했다. 그러나 그는 그 칼을 피하면서 그의 목을 멋지게 그어버렸다. 이제 그는 홀로 남은 하코넨 병사를 프레멘 소년 두 명에게 맡겨두고 바닥에 쓰러진 소년을 살리는 데 정신을 쏟았다. 그리고 그 소년을 살려냈다…… 그동안 하코넨의 마지막 병사는 두 프레멘 소년의 손에 쓰러졌다.

이것이 골치 아픈 일이 되고 말았다! 프레멘들은 카인즈를 어떻게 이해해야 할지 몰랐다. 물론 그가 누군지는 알고 있었다. 프레멘은 아라키스에 오는 사람들에 대해 항상 모든 정보를 파악해 두고 있었으니까. 따

DUNE

라서 그들은 카인즈가 제국의 신하라는 것을 알고 있었다.

그런 그가 하코넨을 죽이다니!

어른들이었다면 그저 어깨를 으쓱하고 조금은 미안해하면서, 바닥에 쓰러져 죽어 있는 병사 여섯 명의 영혼이 있는 곳으로 카인즈마저 보내버렸을 것이다. 그러나 카인즈가 구해 준 사람은 아직 경험이 부족한 소년들이었다. 그 소년들의 머리를 가득 채운 단 한 가지 생각은 자기들이 이 제국의 신하에게 목숨의 빚을 졌다는 것이었다.

이틀 후 카인즈는 '바람고개'를 굽어보는 곳에 자리잡은 시에치로 초대를 받았다. 그에게는 이 모든 것이 지극히 자연스러운 일이었다. 그는 프레멘들에게 물에 대해 이야기하고, 모래언덕에 풀을 심어 모래가 흘러내리지 않게 하는 방법에 대해 이야기했다. 대추야자로 가득 찬 수목원과 사막을 가로질러 흐르는 운하에 대해서도 이야기했다. 그의 이야기는 끝이 없었다.

그의 주위에 몰려 앉은 프레멘들은 격렬한 토론을 벌였다. 이 미친 놈을 어떻게 하지? 이놈은 우리 시에치의 위치를 알고 있어. 어떻게 해? 아라키스에 낙원을 세우겠다는 이 말도 안 되는 얘기는? 그건 말뿐이야. 이놈은 우리에 대해 너무 많은 걸 알고 있어. 하지만 저자는 하코넨을 죽였어! 물의 짐은 어떻게 하라고? 우리가 언제 제국에 조금이라도 빚을 진 적이 있었나? 저자는 하코넨을 죽였어. 누구나 하코넨을 죽일 수 있어. 나도 죽인 적이 있다고.

하지만 아라키스에 꽃이 피어나게 만들겠다는 얘기는?

간단해. 그럴 물이 어디 있어?

저자는 물이 있다고 했어! 그리고 저자가 우리 부족 사람 세 명을 구해 준 건 사실이잖아.

저자가 구해 준 애들은 멍청이들이야. 하코넨의 주먹 앞에 스스로 목을 들이민 바보들이라고! 게다가 저자는 크리스나이프를 봤어!

불가피한 결정이 발표되기 몇 시간 전에 사람들은 이미 그 결정을 알고 있었다. 시에치의 타우는 구성원들의 행동을 결정한다. 그 타우에 의해 어쩔 수 없이 잔인하기 그지없는 결정이 내려진 적도 있다. 노련한 전사 하나가 신성한 축복을 받은 칼을 들고 시에치의 판결을 집행하러 갔다. 물사제 두 명이 그의 뒤를 따랐다. 시체에서 물을 짜내기 위해서였다. 잔인하지만 어쩔 수 없었다.

그러나 카인즈는 사형을 집행하러 온 사람에게 별로 신경을 쓰지 않았던 것 같다. 그는 조심스럽게 거리를 유지하며 앞에 모여 있는 사람들을 상대로 이야기하고 있었다. 그는 이야기를 하면서 그냥 제자리에 서 있지 않고 작은 원을 그리며 손짓을 곁들였다. 그는 얘기했다. 탁 트인 하늘 밑으로 물이 흐르고, 사람들은 사막복을 입지 않고도 걸어 다닐 수 있게 될 거라고. 연못에서 물이 흘러넘치고 오렌지가 자랄 거라고!

칼을 든 전사가 그의 앞에 섰다.

"물러나시오." 카인즈가 말했다. 그리고 그는 비밀 바람덫 이야기를 시작했다. 그가 전사의 옆을 스치듯이 지나갔다. 전사의 눈앞에 카인즈의 등이 훤하게 드러났다.

그 순간 그 사형 집행인이 무슨 생각을 했는지 지금으로서는 알 길이 없다. 그가 마침내 카인즈의 말을 믿게 된 것일까? 그걸 누가 알겠는가? 그러나 그가 어떤 행동을 했는지는 분명하게 기록되어 있다. 그 전사의 이름은 울리에트였다. 나이가 많은 리에트라는 뜻이었다. 울리에트는 세 발짝 걸음을 내딛더니 일부러 자신의 칼 위에 쓰러졌다. 그렇게 스스로 '물러났다'. 그건 자살이었을까? 어떤 사람들은 샤이 훌루드가 그의 마음을 움직였다고 말한다.

프레멘들은 그의 죽음을 징조로 받아들였다.

그 순간부터 카인즈는 명령만 내리면 되었다. 그가 어딘가를 가리키며 "저쪽으로 가시오"라고 말하면 온 프레멘 부족이 그곳으로 갔다. 남자들이 죽고 여자들이 죽고 아이들이 죽었다. 그런데도 그들은 카인즈의 명령에 따랐다.

카인즈는 제국으로부터 부여받은 자신의 임무로 돌아와 생물학 실험 기지를 이끌었다. 기지의 직원들 중에 프레멘의 얼굴이 하나둘 눈에 띄기 시작했다. 프레멘들은 서로의 얼굴을 바라보았다. 자기들이 이렇게 '체제' 속에 침투할 수 있을 거라고는 한 번도 생각해 본 적이 없었다. 기지에서 사용되던 도구들이 하나둘씩 시에치로 옮겨지기 시작했다. 특히 지하에 저수지를 파고 몰래 바람덫을 설치하는 데 필요한 레이저칼이 많이 옮겨졌다.

지하 저수지에 물이 모이기 시작했다.

이제 프레멘들은 카인즈가 완전히 미친 게 아니라는 사실을 분명히 알 수 있었다. 그는 딱 신성한 사람이 될 수 있을 만큼만 미친 자였다. 그들이 보기에 카인즈는 예언의 수도회인 움마의 일원이었다. 울리에트는 하늘에서 심판을 담당하는 성자, 즉 사두스로 추대되었다.

단도직입적이고 무자비할 정도로 한 가지 일에만 집중하는 카인즈는 고도로 조직화된 연구팀을 가지고는 새로운 결과를 얻을 수 없다는 것을 알고 있었다. 그는 소규모 연구팀들을 만들어 신속한 탠슬리 효과에 대한 자료를 정기적으로 교환하고 각 그룹들이 각자의 방향을 찾게 했다. 그들은 사소한 사실들을 수없이 축적했다. 그가 조직적인 방법으로 실시한 것은 처음부터 끝까지를 개괄적으로 검토해 보는 시험뿐이었다.

그것은 실험 도중 어려운 문제에 부딪쳤을 때 좀더 넓은 시야에서 문제를 바라보기 위해서였다.

광활한 사막 도처에서 지각 샘플이 채취되었다. 기후 변화를 기록한 표도 작성되었다. 그는 북위 70도와 남위 70도에 걸친 광활한 지역에서 수천 년 동안 기온이 절대온도 254도에서 332도 범위를 벗어난 적이 없다는 것을 발견했다. 그리고 이 지역에서 기온이 절대온도 284도에서 302도로 유지되는 계절이 아주 오랫동안 지속된다는 것도 알아냈다. 이런 기온이라면 식물이 자랄 수 있었다. 일단 물 문제만 해결된다면……생명체들이 자라는 데 이보다 더 적합한 기온은 없었다.

그럼 언제 물 문제를 해결할 수 있을 것인가? 프레멘들이 물었다. 아라키스가 낙원이 되는 날이 과연 언제인가?

카인즈는 마치 2 더하기 2의 답이 무엇이냐고 질문한 학생에게 대답하는 교사 같은 태도로 이렇게 말했다. "300년에서 500년 사이에."

현명하지 못한 사람들이라면 이 대답을 듣고 절망에 빠져 울부짖었을 것이다. 그러나 프레멘은 억압 속에서 인내심을 배운 사람들이었다. 카인즈가 말한 기간은 그들이 예상했던 것보다 조금 길었지만, 모두들 축복받은 날이 다가오고 있다고 생각했다. 그들은 허리띠를 조이고 다시 작업을 시작했다. 왠지 낙원이 도래하는 날이 너무 멀다는 사실 때문에 오히려 낙원의 꿈이 더 현실로 느껴졌다.

아라키스에서는 물은 고사하고 당장 수분이 문제였다. 애완동물은 거의 찾아볼 수 없었고 가축도 드물었다. 일부 밀수업자들은 길들인 사막의 나귀인 **쿨론***을 이용했다. 그러나 사막복을 개조해서 나귀에게 입힌다 하더라도 물값이 너무 들었다.

카인즈는 아라키스의 바위 속에 들어 있는 수소와 산소로부터 다시 물을 만들어내는 환원 기계 장치를 설치할까도 생각해 보았다. 그러나 에너지 비용이 너무나 컸다. 극지의 얼음(이것이 파이온들에게 그곳에 물이 있다는 거짓된 안도감을 심어줬다는 것은 넘어가자)에 있는 수분의 양도 그의 계획을 위해선 너무나 적었다. 게다가 그는 물이 어디에 있는지 이미 짐작하고 있었다. 중위도 지방의 공기 중에 포함된 수분이 꾸준히 증가하고 있었고, 일부 바람 속의 수분 역시 증가하고 있었다. 또한 대기 중에 들어 있는 기체의 비율에도 주된 단서가 있었다. 아라키스의 대기는 산소 23퍼센트, 질소 75.4퍼센트, 이산화탄소 0.023퍼센트로 구성되어 있었으며 나머지는 여러 가지 소량의 기체들로 채워져 있었다.

북부 기후대에는 해발 2500미터 위에서 자라는 희귀한 뿌리식물이 하나 있었다. 그 식물의 덩이뿌리가 2미터쯤 자라면 0.5리터의 물을 채취할 수 있었다. 사막 기후에 적응한 다른 식물들도 있었다. 그중 튼튼한 놈들은 이슬 응결기를 가장자리에 줄줄이 설치한 우묵한 땅에 심는다면 왕성하게 자라날 것 같았다.

카인즈가 염전을 발견한 것이 그때였다.

어느 날 그는 오니숍터를 타고 광활한 사막 저 멀리에 있는 실험 기지들을 돌아다니다가, 폭풍을 만나 항로를 이탈하고 말았다. 폭풍이 지나가자 거기에 팬이 있었다. 그것은 장축이 300킬로미터에 이르는 거대한 달걀형의 저지대였으며, 광활한 사막에 빛나는 백색의 장관이었다. 카인즈는 착륙해서 태풍이 표면을 휩쓸고 간 그 땅의 맛을 보았다.

소금이었다.

이제 그는 확신할 수 있었다.

한때 아라키스에도 분명히 바다가 존재했다. 그는 물이 몇 방울 나오다가 그쳐버린 우물들에서 발견한 증거를 다시 조사하기 시작했다.

카인즈는 자신에게서 육수(陸水)에 대한 지식을 배운 프레멘들을 작업에 투입했다. 때로 개화가 있은 후의 스파이스 덩어리와 함께 발견되는 가죽 같은 물질이 그들의 주된 단서였다. 그때까지 이 물질은 프레멘의 민담에 나오는 상상 속의 동물인 '모래송어' 때문에 생긴다고 여겨졌다. 그러나 여러 가지 사실들이 명확한 증거로 자라나면서 이 가죽 같은 물질을 만들어내는 생물의 정체가 드러났다. 그것은 모래 속을 헤엄치는 생물로 절대온도 280도 이하의 낮은 다공성 지층에 있는 수정낭 안에 물을 가두어놓고 있었다.

이 '물 도둑'은 스파이스가 개화할 때마다 수백만 마리씩 죽었다. 이들은 기온이 5도만 변해도 살 수 없었다. 이런 어려움을 이기고 살아남은 소수의 물 도둑들은 몸을 피막으로 둘러싸고 일종의 동면에 들어갔다가 6년 후 (몸길이 약 3미터인) 작은 모래벌레가 되어 다시 나타났다. 이들 중에서 오직 소수만이 자기보다 몸집이 더 큰 모래벌레들과 천연 스파이스의 물주머니들을 피해 거대한 샤이 훌루드로 성장할 수 있었다. (샤이 훌루드에게 물은 독이다. 프레멘들은 '작은 에르그'에서 발견되는 희귀한 '난쟁이 모래벌레'들을 물속에 익사시켜 '생명의 물'이라고 불리는, 의식을 확장시키는 약을 만들어내기 때문에 그 사실을 오래전부터 알고 있었다. '난쟁이 모래벌레'는 샤이 훌루드의 원시적인 형태로, 고작해야 약 9미터까지만 자랐다.)

이제 카인즈와 프레멘들은 아라키스에 하나의 순환적인 관계가 존재한다는 사실을 깨달았다. 작은 창조자가 천연 스파이스 덩어리를 만들고, 작은 창조자가 자라 샤이 훌루드가 된다. 샤이 훌루드는 스파이스를 사방으로 흩어놓고, 이것은 모래 플랑크톤이라고 불리는 미생물의 먹이가 된다. 그리고 샤이 훌루드의 먹이가 되는 이 모래 플랑크톤은 자라서 작은 창조자가 된다.

카인즈와 프레멘들은 이 거대한 관계를 파악하고 난 후 미시 생태학에 주의를 돌렸다. 먼저 기후. 사막 표면의 온도는 곧잘 절대온도 344도에서 350도까지 올라갔다. 지표면으로부터 30센티미터 아래에서는 온도가 이보다 55도 정도 낮았다. 그리고 지표면으로부터 30센티미터 위에서는 25도가 낮았다. 나뭇잎이나 어두운 그늘은 온도를 18도 더 떨어뜨렸다. 다음은 영양소. 아라키스의 모래는 대부분 모래벌레가 음식을 소화하는 과정에서 생긴다. 아라키스 어디서나 골칫덩이인 흙먼지는 모래가 끊임없이 움직이기 때문에 생겨나는 것이다. 모래언덕에서 바람이 불어가는 방향의 비탈에는 알이 더 굵고 거친 모래가 발견된다. 반면 바람이 불어오는 쪽의 비탈에는 매끄러운 모래알들이 단단하게 뭉쳐 있다. 생긴 지 오래된 모래언덕들은 산화된 모래의 노란색을 띠고, 새로 생긴 모래언덕들은 모래로 부스러지기 전의 바위 색깔과 같은 색, 대개 잿빛을 띤다.

카인즈와 프레멘들은 오래된 모래언덕의 바람이 불어가는 쪽 비탈을 첫 번째 경작지로 삼았다. 프레멘들은 먼저 이탄(泥炭) 같은 섬모를 지닌, 퍼버티 풀로 모래언덕을 한 바퀴 얽고 돗자리처럼 덮어씌우기로 했다. 그리하여 바람에게서 커다란 무기인 움직이는 모래알을 빼앗아 모래언덕을 고정시킬 생각이었다.

그들은 하코넨의 감시자들로부터 멀리 떨어진 남쪽 깊숙한 곳에 적당한 지역을 마련했다. 프레멘들은 우선 서풍이 불어오는 길목에 자리잡고 있는 모래언덕들을 골라 바람이 불어가는 쪽의 비탈에 유전자가 변형된 퍼버티 풀을 심었다. 이렇게 바람이 불어가는 쪽 비탈을 단단히 고정시키자 바람이 불어오는 쪽의 비탈이 높아지기 시작했다. 그리고 비탈이 높아지는 속도에 맞춰 풀도 자라났다. 높이가 1500미터를 넘는 '거대한 시프(등성이가 굽이치는 모양의 기다란 모래언덕)'들이 이렇게 해서 만들어졌다.

모래언덕들이 충분히 높아지자 프레멘들은 바람이 불어오는 쪽의 비탈에 퍼버티 풀보다 더 질기고 이파리가 칼처럼 생긴 칼풀을 심었다. 바닥의 두께가 높이보다 여섯 배나 되는 구조물들이 자리를 잡은 것이다.

이제 더 깊숙이 뿌리를 뻗는 식물들을 심을 차례였다. 먼저 하루해살이 식물들(명아주, 돼지풀, 비름 등), 그다음에는 스코틀랜드 금작화, 키 작은 루피너스, 칼라단의 북부 지역에서 자라는 덩굴 유칼리나무, 난쟁이 위성류(渭城柳), 야자수류를 심었다. 그다음에는 칸데릴라, 기둥선인장, 통선인장 비스나가 등 진짜 사막 식물들을 심었다. 그리고 조건이 맞는 곳에는 카멜 세이지, 야생 자주개자리, 사막버베나, 앵초, 향나무, 스모크 트리, 크레오소트 관목 등을 심었다.

그다음에 그들이 주의를 돌린 것은 동물이었다. 땅에 공기를 공급해 주려면 땅속에 굴을 파고 사는 동물들이 필요했다. 작은 여우, 캥거루쥐, 사막토끼, 모래거북 등이었다. 그리고 이들의 수가 너무 불어나지 않도록 하기 위해 사막매, 난쟁이 올빼미, 독수리, 사막올빼미 등 육식 동물도 필요했다. 이들의 손이 닿지 않는 틈새를 메우는 것은 전갈, 지네, 문짝거미, 말벌, 벌레파리 같은 곤충들의 몫이었다. 이 동물들을 모두 관찰하고 감시하는 도구로는 사막 박쥐가 선택되었다.

이제 무엇보다도 중요한 실험이 남아 있었다. 대추야자, 목화, 멜론, 커피, 약초 등 사람들이 먹을 수 있는 식물 200여 종을 심어 그들이 이 땅에 적응하는지 살펴볼 차례였다.

카인즈는 이렇게 말했다. "생태학에 무지한 사람들은 생태계가 바로 하나의 체계라는 사실을 깨닫지 못한다. 생태계는 하나의 체계다! 이 체계는 물처럼 부드럽고 유동적으로 안정을 유지하고 있다. 그러나 작은 틈새에서 한 가지만 잘못되어도 망가져버릴 수 있다. 체계에는 한 점에서 다른 점으로 물 흐르듯 이어지는 질서가 있다. 만약 뭔가가 이 흐름을 막는다면 질서는 무너진다. 제대로 배우지 못한 사람은 때가 너무 늦은 다음에야 질서가 무너졌다는 사실을 발견할 것이다. 생태학에서 어떤 행위의 결과에 대한 이해가 가장 중요한 것은 이 때문이다."

그렇다면 그들은 과연 아라키스에 생태계라는 체계를 만들어냈는가?

카인즈와 프레멘들은 관찰하며 기다렸다. 낙원을 만드는 데 500년이 걸릴 거라던 카인즈의 말이 무슨 의미였는지 프레멘들은 이제야 깨닫고 있었다.

야자를 심어놓은 곳에서 보고서가 올라왔다.

나무를 심어놓은 사막의 가장자리에서 모래 플랑크톤이 새로운 생명체들과의 상호 작용으로 인해 죽어가고 있다는 것이었다. 단백질의 불일치 때문이었다. 나무가 자라는 곳에서 생겨난 물이 아라키스의 생물들에게는 독이었다. 나무를 심어놓은 지역 주위에 생명체가 전혀 살지 않는 황량한 지역이 생겨났다. 샤이 훌루드조차 그 안으로 들어오려고 하지 않았다.

카인즈는 야자밭으로 직접 내려갔다. 모래 막대기를 스무 개나 사용해야 하는 긴 여행이었다. 그는 샌드라이더가 되는 법을 배우지 않기 때문에 부상자나 대모처럼 벌레의 등에 얹은 가마에 앉아 여행했다. 그는 하늘을 찌를 듯한 악취를 풍기는 황량한 지역을 조사하다가 아라키스가 준 선물을 발견했다.

질소와 유황이 땅에 첨가되면서 이 황량한 지역의 땅이 아주 비옥한 땅으로 변한 것이다. 이제 마음껏 식물을 심을 수 있었다!

"이제 우리의 시간이 앞당겨지는 것 아닌가?" 프레멘들이 물었다.

카인즈는 행성학의 공식을 다시 생각해 보았다. 바람덫의 개수는 이미 상당히 확실해진 상태였다. 그는 생태학적인 문제들에 대해 깔끔한 답변을 내놓을 수 없다는 것을 알고 있었기 때문에, 허용 오차의 폭을 크게 잡았다. 프레멘들이 앞으로 심을 식물들 중의 일부는 모래언덕을 고정시키는 데 할애되어야 했다. 인간과 동물들에게 식량이 되어줄 식물들도 필요했다. 뿌리에 물을 모아두는 식물들은 주위의 메마른 땅에 물을 나눠주는 역할을 할 것이다. 광활한 사막에서 온도가 낮은 지역들의 변화를 기록한 지도는 이미 작성되어 있었다. 이 모든 것이 계산에 포함되어야 했다. 심지어 샤이 훌루드조차 그가 그려놓은 표 속에서 한 자리를 차지하고 있었다. 샤이 훌루드가 사라지면 스파이스가 벌어다주는 돈을 더 이상 만질 수 없게 될 것이므로, 샤이 훌루드는 반드시 살아남아야 했다. 게다가 알데히드와 산(酸)이 엄청나게 들어 있는 샤이 훌루드의 내부 소화 기관은 커다란 산소 공급원이었다. 길이가 200미터 정도인 중간 크기의 모래벌레가 공기 중으로 방출하는 산소량은 10평방킬로미터의 숲이 생산해 내는 산소량과 맞먹었다.

조합도 염두에 두어야 했다. 기후 위성을 비롯한 여러 감시 기구들을 아라키스의 하늘에 배치하지 않는 대가로 조합에 바치고 있는 뇌물성 스파이스의 양이 이미 상당량에 달해 있었다.

프레멘 역시 무시할 수 없는 요소였다. 프레멘들은 바람덫을 가지고 있는 데다가, 물이 있는 곳 주위에 땅을 소유하고 있기 때문에 특히 중요했다. 게다가 그들은 그에게서 생태학에 대한 지식을 배워 아라키스를 사막에서 초원으로, 그리고 숲으로 변화시킨다는 꿈을 갖고 있었다.

이 모든 것을 감안한 계산 결과가 나왔다. 카인즈는 그 답을 프레멘들에게 말해 주었다. 3퍼센트. 아라키스의 초록 식물 중 3퍼센트가 탄소화

합물을 생산하게 된다면, 자립적으로 유지되는 순환 체계가 만들어진다는 것이었다.

"하지만 도대체 시간이 얼마나 걸릴 것 같소?" 프레멘들이 물었다.

"아, 그거. 350년 정도 걸릴 거요."

이 움마가 처음에 한 말은 진실이었다. 지금 살아 있는 사람들 중엔 누구도 죽기 전에 그날을 맞이할 수 없을 것이며 그들의 8대손조차도 마찬가지겠지만, 그날은 오리라는 것이다.

그들은 작업을 계속했다. 풀과 나무를 심고 땅을 파고 아이들을 훈련시켰다.

그런데 움마 카인즈가 플래스터 분지에서 동굴 함몰 사고로 세상을 떠났다.

그때 그의 아들 리에트 카인즈의 나이는 열아홉이었다. 그는 이미 백 명 이상의 하코넨 병사들을 죽인 완벽한 프레멘이자 샌드라이더였다. 아버지 카인즈가 아들의 이름으로 제국에 신청해 놓았던 행성학자 임명장이 당연한 일처럼 아들에게 전달되었다. 파우프레루체스의 엄격한 계급 제도는 이런 문제에 대해 질서 정연한 규칙을 갖고 있었다. 아들은 이미 오래전부터 아버지의 뒤를 잇기 위한 훈련을 받고 있었던 것이다.

움마 카인즈가 세상을 떠나던 무렵에는 앞으로 나아가야 할 방향이 이미 확고하게 정립되어 있었다. 생태학적 지식을 갖춘 프레멘들은 정해진 방향을 향해 꾸준히 나아갔다. 리에트 카인즈는 하코넨을 감시하고 부추기고 정보를 캐내기만 하면 됐다. ……마침내 그의 행성이 한 영웅으로 인해 몸살을 앓게 될 때까지.

부록 2 — 듄의 종교

    무앗딥이 나타나기 전 아라키스의 프레멘들은 마오메트 사리에 뿌리를 둔 종교를 믿었다. 많은 학자들은 프레멘 종교가 이 밖의 다른 종교들로부터 많은 것을 빌려 왔음을 밝혀내기도 했다. 학자들이 가장 흔하게 예로 드는 것은 「물에게 바치는 송가」이다. 『오렌지 가톨릭 전례 규범집』에서 그대로 베껴 오다시피 한 이 노래는 아라키스 사람들이 한 번도 본 적이 없는 비구름을 보내달라는 기원을 담고 있다. 그러나 프레멘의 『키탑 알 이바르』와 『성경』, 일름, 피크의 가르침 사이에는 더 심오한 공통점들이 존재한다.

    무앗딥이 나타날 무렵까지 제국에서 주도적인 위치를 차지하고 있던 종교들을 비교하려면 우선 이 종교들에 커다란 영향을 미친 단체들과 경전들을 살펴볼 필요가 있다.

    첫째, 14현자의 추종자들. 이들의 경전이 바로 『오렌지 가톨릭 성경』이며, 이들의 견해는 『주석집』 등 범교파 해석자 위원회(Commission of Ecumenical Translators, CET)가 펴낸 책들에 기록되어 있다.

    둘째, 베네 게세리트. 이들은 내부적으로는 자기들이 종교집단이라는 사실을 부인했으나 대외적으로는 거의 속을 꿰뚫어 볼 수 없는 신비주의의 장막 속에서 활동했으며 이들의 훈련 방법, 상징, 조직, 내적인 교수법 등도 거의 완벽한 종교적 색채를 띠었다.

셋째, 조합을 포함한 지배 계급 내의 불가지론자들. 이들에게 종교는 백성들에게 즐거움을 주고 그들을 유순하게 만드는 일종의 꼭두각시 인형극에 불과했다. 이들의 기본적인 신념은 모든 현상, 심지어 종교적인 현상까지도 역학적으로 설명할 수 있다는 것이었다.

넷째, 이른바 고대의 가르침들. 여기에는 1차에서부터 3차까지의 이슬람 운동으로부터 **젠수니*** 방랑자들이 보존한 가르침들이 포함된다. 추수크 행성의 나바기독교, 랭키베일과 시쿤 행성에서 주도적인 위치를 차지하고 있는 불교 이슬람 변종 종교들, 마하야나 란카바타라의 『조화의 책』, III 델타 파보니스 행성의 『벽암집(碧巖集)』, 살루사 세쿤더스 행성에서 살아남은 『토라』와 『탈무드 시편』, 제국 내의 어디에서나 발견되는 **오베아*** 의식, 칼라단에서 푼디 쌀을 재배하는 농부들 사이에서 순수한 일름과 피크와 함께 보존된 『무아드 쿠란』, 파이온들이 고립되어 있는 곳이라면 어디서나 발견되는 힌두교의 흔적, 그리고 마지막으로 버틀레리안 지하드 등이다.

이 네 가지 외에도 종교적인 믿음의 형태를 띤 다섯 번째 요소가 있다. 그러나 이 요소는 너무나 보편적이고 심오한 영향을 미쳤기 때문에 따로 떼어서 설명할 필요가 있다.

그것은 물론 우주여행이다. 종교 문제에 대한 어떤 논의 속에서도 우주여행은 '우주여행!'이라고 강조해서 표기될 가치가 있다.

버틀레리안 지하드가 일어나기 전 110세기 동안 우주 깊숙한 곳을 돌아다니는 인류의 움직임은 종교에 독특한 흔적을 남겼다. 먼저 초창기의 우주여행은 광범위한 지역을 아울렀지만 통제되지 않고 느리고 불확실했다. 그리고 조합이 우주여행을 독점하기 전까진 뒤죽박죽 어지러운 방법들로 이루어졌다. 초창기 우주여행의 경험은 심하게 왜곡된 채 전달되어서 신비주의적인 추측으로 이어진 경우가 많다.

인류가 우주여행을 시작하자마자 변화를 겪기 시작한 것이 바로 창조라는 개념이었다. 당시 종교적으로 가장 높은 경지에 이르러 있던 사람들조차 이 영향권에서 벗어나지 못했다. 어두운 우주 공간의 혼란이 모든 종교에서 신성하게 여겨지고 있던 것들에 영향을 미쳤다.

마치 주피터의 뒤를 이어받은 모든 남성 신들이 어머니의 어둠 속으로 물러나고 모호함과 수많은 공포의 얼굴로 채워진 여성 신이 그 자리를 대신 차지한 것 같았다.

고대의 종교들은 새로운 정복과 새로운 상징의 요구에 적응하면서 서로 뒤엉켜버렸다. 짐승 같은 악마들과 고대의 기도문들이 싸우던 시기였다.

거기에 명백한 결론은 없었다.

전해 오는 얘기에 의하면 이 시기 동안 「창세기」가 재해석되어 신의 말이 다음과 같이 바뀌었다고 한다.

"생육하고 번성하여 '우주'에 충만하여라. '우주'를 정복하라. 무한한 하늘과 무한한 땅과 그 밑에서 살아 움직이는 모든 이상한 짐승들을 다스려라."

이때는 진정한 힘을 지닌 여자 마법사들의 시대였다. 그들이 불타는 나뭇조각을 집어 올리는 방법을 결코 자랑한 적이 없다는 점에서 그들의 능력을 알 수 있다.

그리고 나서 버틀레리안 지하드가 시작되어 두 세대 동안 혼란이 계속되었다. 대중들 사이에 자리잡고 있던 기계와 논리의 신이 쫓겨나고

'인간은 다른 것으로 대체될 수 없다'는 새로운 철학적 개념이 나타났다.

이 폭력적인 두 세대는 모든 인류에게 감각이 멈춘 시기였다. 인간들은 자신의 신과 예배의 의식을 돌아보고, 이 두 가지가 모든 방정식들 중에서도 가장 무시무시한 방정식으로 가득 차 있음을 깨달았다. 그것은 야망을 넘어선 공포라는 방정식이었다.

종교로 인해 수십억의 피가 흐른 후 종교 지도자들은 망설이면서도 어쨌든 서로 만나 견해를 교환하기 시작했다. 당시 항성 간 여행에 대한 독점권을 확립하는 과정에 있던 우주 조합과 여자 마법사들을 한데 모으고 있던 베네 게세리트가 이러한 움직임을 부추겼다.

이 초창기의 성직자 회의는 두 가지 중요한 결실을 맺었다.

첫째, 모든 종교가 적어도 한 가지의 공통된 계명을 갖고 있다는 깨달음. 공통된 계명이란 '영혼을 욕되게 해서는 안 된다'는 것이었다.

둘째, 범교파 해석자 위원회(CET).

CET는 모든 종교의 모태인 옛 지구라는 중립 지대에서 모임을 가졌다. 그들의 모임은 '우주에 신성한 정수(精髓)가 존재한다는 공통적인 믿음'을 바탕으로 이루어진 것이었다. 신도 수가 100만 명 이상인 모든 종교의 대표들이 이 모임에 포함되었으며, 이 종교 지도자들은 자기들의 공통적인 목적에 대해 놀랄 정도로 즉각적인 합의에 이르렀다.

"우리는 분쟁을 일으키고 있는 종교들로부터 가장 중요한 무기를 빼앗기 위해 여기 모였다. 그 무기란 바로 자기들만이 단 하나의 유일한 계시를 알고 있다는 주장이다."

그러나 '이 심오한 합의의 게시'에 대한 환호는 때 이른 것이었다. 표준력으로 1년이 넘도록 CET가 내놓은 발표문은 이 합의문뿐이었다. 사람들은 CET의 결정이 늦어지는 것을 신랄하게 비판했다. 음유 시인들은 CET 위원 121명의 별명이 된 '괴짜 노인들'에 대한 익살맞고 신랄한 노래를 만들었다. ('괴짜 노인들'이라는 별명은 위원들을 CET라는 머리글자에 빗대 '괴짜들, 성교 중인 곡예사들(Cranks — Effing — Turner)'이라고 부른 상스러운 농담에서 비롯했다.) 이러한 노래들 중 「지루한 휴식」이라는 노래는 주기적으로 되살아났으며, 오늘날에도 인기를 누리고 있다.

죽은 자의 화환을 생각하라.
지루한 휴식 - 그리고
저 모든 괴짜들의 비극!
저 모든 괴짜들!
너무 게으르구나 - 너무 게을러
당신의 시절을 통틀어서.
이제 시간이 다 되었네
옴짝달싹 못 하게 된 분이여!

때때로 CET의 회의 내용에 관한 소문들이 흘러나왔다. CET가 경전들을 비교 중이라는 내용이었다. 사람들은 정확한 근거도 없이 그 경전들의 이름을 주워섬겼다. 이런 소문들은 필연적으로 반(反)범교파주의 폭동을 불러왔고, CET를 비꼬는 우스갯소리들이 더 많이 유행했다.

세월이 흘렀다. 2년…… 3년.

그동안 CET의 초창기 멤버 중 아홉 명이 세상을 떠나 후임자들이 임명되었다. CET는 후임자들이 공식적인 취임식을 마친 후 과거의 종교들에서 '모든 병적인 증상들'을 제거하고 단 한 권의 경전을 만들기 위해 노력하고 있다고 발표했다.

그들은 이렇게 말했다. "우리는 어떤 방법으로도 연주될 수 있는 사랑의 악기를 만들고 있다."

그러나 이상하게도 이 말 때문에 범교파주의에 반대하는 최악의 폭력 사태가 벌어졌다. CET 위원 중 스무 명이 신도들에 의해 소환되었다. 그리고 그중 한 명은 우주 프리깃함을 훔쳐 태양으로 돌진해 자살해 버렸다.

역사가들은 이때의 폭동으로 숨진 사람이 8000만 명에 이른다고 추정한다. 당시 랜드스라드 연합에 속해 있던 행성 하나당 목숨을 잃은 사람이 6000명가량 되는 셈이다. 당시 행성 간의 통신은 최악의 상태였기 때문에 정확한 숫자를 밝혀내는 것은 불가능하다. 그러나 당시의 상황을 감안하면 저 추정치가 지나치다고 할 수 없을 것이다.

이 시기에 음유 시인들이 전성기를 누린 것은 당연한 일이었다. 당시 인기를 끌었던 한 뮤지컬 코미디에는 야자나무 아래 백사장에 앉아 노래하고 있는 CET 위원이 등장한다.

하느님과 여자, 그리고 찬란한 사랑을 위해
우리는 이곳에서 두려움도 염려도 없이 빈둥대고 있다.
음유 시인이여! 음유 시인이여, 노래를 하나 더 불러주시오
하느님과 여자, 그리고 찬란한 사랑을 위해!

폭동과 코미디는 시대적 상황을 적나라하게 드러내는 시대의 증상에 지나지 않는다. 이들은 사람들의 심리 상태, 깊은 불안감…… 더 좋은 세상을 위한 노력, 결국은 아무런 성과도 이루지 못할 것이라는 두려움 등을 보여준다.

당시 무정부 상태의 혼란을 막는 데 가장 큰 역할을 한 것이 막 싹을 틔우고 있던 조합과 베네 게세리트, 그리고 랜드스라드였다. 랜드스라드는 사상 최악의 어려움들을 뚫고 2000년 동안 지속되어 온 회의를 계속했다. 당시 조합의 역할이 무엇이었는지는 분명하다. 랜드스라드와

CET 관계들에게 무료로 교통편을 제공해 주는 것. 그러나 베네 게세리트의 역할은 조금 모호하다. 베네 게세리트가 여자 마법사들을 모아 확실히 장악하고, 불가사의한 미약들을 시험하고, 프라나 빈두 훈련을 시작하고, 미신이라는 검은 무기를 지닌 보호 선교단을 생각해 낸 것이 이 시기임은 확실하다. 그러나 공포에 대항하는 기도문이 작성되고 『아자르 책』이 집대성된 것 또한 이 시기였다. 『아자르 책』은 고대의 종교들에 담겨 있는 위대한 비밀이 보존된 놀라운 책이다.

잉슬리의 다음 한마디는 아마도 이 시기를 표현할 수 있는 유일한 말일 것이다.

"그때는 깊은 역설의 시대였다."

CET는 거의 7년 동안 열심히 노력했다. 그리고 7주년 기념일을 즈음하여 인류가 살고 있는 온 우주를 향해 기념비적인 발표를 할 준비를 했다. 마침내 그날이 되자 그들은 『오렌지 가톨릭 성경』을 세상에 공개했다.

"이것은 위엄과 의미를 지닌 책이다. 인류로 하여금 자신이 신의 절대적인 창조물임을 인식하게 만들어줄 길이 바로 여기에 있다." 이것이 그들의 말이었다.

CET 위원들은 신으로부터 영감을 받아 장엄한 진실을 재발견한 사상의 고고학자들로 비유되었다. 사람들은 그들이 "수세기에 걸쳐 어둠 속에 잠겨 있던 위대한 이상들의 생명력"을 다시 밝은 곳으로 끌어냈으며, "종교적 양심으로부터 나오는 도덕적인 의무를 더욱 날카롭게" 다듬었다고들 했다.

CET는 『오렌지 가톨릭 성경』과 함께 『전례 규범집』과 『주석집』도 내놓았다. 『주석집』은 여러 면에서 『오렌지 가톨릭 성경』보다 굉장한 책이었다. 『오렌지 가톨릭 성경』의 절반도 되지 않을 만큼 간략했을 뿐만 아니라 자기 연민과 독선, 그리고 솔직함이 한데 섞여 있기 때문이었다.

이 책의 첫머리는 틀림없이 불가지론자인 지배 계급을 겨냥하고 있다. "수난(**샤리 아***에서 비롯한 1만 가지 종교적 질문들)에 대해 전혀 대답을 찾지 못한 인간들이 이제 자신들의 논리적인 추론 능력을 사용한다. 모든 인간은 지식을 얻고자 한다. 종교는 인간이 신의 우주에서 의미를 밝히려고 애써온 방법들 중에서도 가장 오래되고 명예로운 방법이다. 과학자들은 현상의 법칙을 찾아내려고 노력한다. 종교의 임무는 이 법칙 속에서 인간의 자리를 찾아내는 것이다."

그러나 『주석집』은 마치 자신의 운명을 예견하기라도 한 듯 결론 부분에서 대단히 엄한 어조를 택했다.

"한때 종교라고 불렸던 것들 중 대부분이 생명에 대해 무의식적으로 적대적인 태도를 보였다. 진정한 종교는 생명이 신이 보시기에 즐거운 것들로 가득 차 있으며, 행동이 없는 지식은 공허한 것이라고 설교해야 한다. 기계적인 암기와 법칙만으로 종교를 가르치는 것은 대부분 속임수일 뿐임을 모든 사람이 깨달아야 한다. 진정한 가르침은 쉽게 알아볼 수 있다. 진정한 가르침을 언제나 알아볼 수 있는 것은 그 가르침이 사람들의 마음속에 '이것이야말로 내가 옛날부터 항상 알고 있던 것'이라는 느낌을 불러일으키기 때문이다."

시거와이어 인쇄기에서 찍혀 나온 『오렌지 가톨릭 성경』이 여러 행성으로 퍼져나가는 동안 세상은 이상할 정도로 차분한 분위기를 유지했다. 어떤 사람들은 이것이 신이 보내주신 통합의 징조라고 해석하기도 했다.

그러나 자신의 신도들에게 돌아간 CET 위원들은 이 차분한 분위기가 허상에 불과했음을 몸소 보여주었다. 두 달 사이에 위원들 중 열여덟 명이 폭행을 당했으며, 1년도 되기 전에 쉰세 명이 말을 바꿨다.

『오렌지 가톨릭 성경』은 이성의 오만이 낳은 책이라고 비난받았다. 사람들은 이 책의 페이지마다 논리에 대한 유혹적인 관심이 가득 차 있다고 했다. 대중의 편협함에 맞게 내용을 고친 개정판들이 등장하기 시작했다. 이 개정판들은 기존의 상징(십자가, 초승달, 깃털 달린 딸랑이, 열두 명의 성자들, 비쩍 마른 부처 등)에 의존했다. 새로운 범교파주의가 고대의 미신과 신앙을 완전히 흡수하지 못했음이 곧 분명해졌다.

CET가 7년간의 노력 끝에 내놓은 『오렌지 가톨릭 성경』을 '은하계 규모의 결정론'이라고 비난했던 할로웨이의 말은 곧 수십억의 사람들에게 열렬히 받아들여졌다. 그들은 할로웨이의 말에서 따온 첫글자 GD를 '신의 저주를 받은(God - Damned)'이라는 뜻으로 바꿔버렸다.

CET의 위원장이자 젠수니의 **울레마***이며 결코 말을 바꾼 적이 없는 열네 명의 위원들(야사(野史)에서 '14현자들'로 알려진 사람들) 중 한 명인 투르 보모코도 마침내 CET가 실수를 저질렀음을 인정하는 듯했다.

"우리는 새로운 상징들을 만들어내려고 시도하지 말았어야 했다. 이미 사람들 사이에 확립되어 있는 신앙에 불확실한 요소를 더하는 것은 우리의 역할이 아니며, 신에 대한 호기심을 부추기는 것 역시 우리의 역할이 아님을 깨달았어야 했다. 우리는 날마다 모든 인간적인 것들의 끔찍한 불안정성에 직면하고 있다. 그러나 우리는 우리 종교가 점점 더 엄격해지고 딱딱해지는 것을, 점점 더 체제 지향적이고 억압적이 되는 것을 내버려두고 있다. 신성한 계명이라는 대로를 가로지르는 이 그림자는 무엇인가? 이것은 상징의 의미가 잊히더라도 상징 자체는 살아남고 제도 역시 살아남으며, 인간이 얻을 수 있는 모든 지식이 기록된 문서 같은 것은 존재하지 않는다는 경고이다."

보모코를 비판하는 세력은 실수를 시인하는 그의 말 속에 신랄한 이중적 의미가 숨어 있다는 것을 놓치지 않았다. 결국 보모코는 곧 비밀을 지켜주겠다는 조합의 맹세에 목숨을 맡긴 채 망명의 길을 택할 수밖에 없었다. 전하는 말에 의하면 그는 튜필에서 존경과 사랑 속에 숨을 거뒀으며, 마지막으로 이런 말을 남겼다고 한다.

"종교는 '나는 내가 원하던 사람이 되지 못했다'고 속으로 되뇌는 사람들을 위한 안식처로 남아 있어야 한다. 자기 만족적인 사람들 사이에 매몰되어서는 안 된다."

지금 생각해 보면 보모코가 '제도 역시 살아남는다'는 자신의 예언을 제대로 이해하고 있었다는 사실이 아주 흥미롭다. 90세대가 지난 후 『오렌지 가톨릭 성경』과 『주석집』은 이 우주의 모든 종교들 속에 깊숙이 자리 잡았다.

폴 무앗딥은 아버지의 두개골을 봉헌해 놓은 바위 신전에 오른손(저주받은 왼손이 아니라 축복받은 오른손이었음을 주목하라)을 대고 서서 「보모코의 유산」에 나오는 말을 그대로 인용했다.

"우리를 패퇴시킨 당신들은 바빌론이 멸망했으며, 바빌론이 이루어놓은 것들도 전복되었다고 자부한다. 그러나 나는 이렇게 말한다. 인간은 아직도 심판을 받고 있으며, 모두가 자기만의 피고석에 앉아 있다고. 인간 하나하나가 곧 작은 전쟁이다."

프레멘은 무앗딥이 아부 지드와 같은 사람이었다고 말한다. 아부 지드는 조합에 대항해서 어느 날 자신의 프리깃함을 몰고 '그곳'까지 갔다가 돌아온 인물이었다. 여기서 '그곳'은 프레멘의 신화에 나오는 말을 그대로 번역한 것으로, 모든 한계가 사라지는 루 영혼의 땅, 즉 알람 알 미탈을 의미한다.

이것과 퀴사츠 해더락 사이의 유사점은 쉽게 알아볼 수 있다. 베네 게세리트가 유전자 교배 프로그램을 통해 만들어내고자 했던 퀴사츠 해더락은 '길을 단축하는 것' 또는 '동시에 두 곳에 존재할 수 있는 자'로 해석된다.

그러나 이 두 가지 해석 모두 『주석집』의 다음과 같은 말에서 유래한 것이다. "법과 종교적 의무가 하나일 때, 사람의 자아가 우주를 에워싼다."

무앗딥은 자신에 대해 이렇게 말했다. "나는 시간의 바다 속에 던져진 그물이며 자유롭게 미래와 과거를 휩쓴다. 나는 움직이는 막이며, 그 어떤 가능성도 이 막을 벗어날 수 없다."

이러한 생각들은 모두 똑같은 하나의 의미를 담고 있으며, 『오렌지 가톨릭 성경』의 22칼리마에 나오는 다음과 같은 말을 바탕으로 하고 있다. "생각이 말로 표현되든 그렇지 않든 생각은 현실이며 현실과 같은 힘을 갖고 있다."

무앗딥의 성(聖)전사들인 퀴자라 타프위드가 해석해 놓은 『우주의 기둥들』에 나오는 무앗딥 자신의 주석들을 읽어보면 그가 CET와 프레멘 젠수니로부터 커다란 영향을 받았음을 분명히 알 수 있다.

무앗딥: "법과 의무는 하나다. 그러니 그렇게 내버려두어라. 그러나 한계가 있음을 명심해야 한다. 너희들은 결코 자아를 완전하게 인식하지 못할 것이다. 너희들은 공동체의 타우 속에 항상 잠겨 있을 것이다. 너희들은 항상 개인보다 못한 존재로 남아 있을 것이다."
『오렌지 가톨릭 성경』: 똑같은 말이 적혀 있음.(계시록 61.)
무앗딥: "종교는 흔히 불확실한 미래에 대한 공포로부터 우리를 보호해 주는 진보의 신화와 같은 성질을 띤다."
범교파 해석자 위원회의 『주석집』: 똑같은 말이 적혀 있음.(『아자르 책』은 이 말이

1세기의 종교 저술가였던 네쇼우에게서 유래했음을 밝혔다.)

무앗딥: "어린아이나 훈련을 받지 못한 사람이나 무지한 사람이나 제정신이 아닌 사람이 문제를 일으킨다면, 그것은 그런 문제를 미리 예언하고 예방하지 못한 윗사람들의 잘못이다."

『오렌지 가톨릭 성경』: "모든 죄는 적어도 부분적으로는 신께서 정상참작을 해주실 만한 자연적인 악의 성향 탓으로 돌릴 수 있다."(『아자르 책』은 이 말이 고대 셈 족의 『토라』에서 기원했음을 밝혔다.)

무앗딥: "손을 뻗어 신이 그대에게 주신 것을 먹어라. 기운이 나면 주님을 찬양하라."

『오렌지 가톨릭 성경』: 같은 의미의 다른 문구.(『아자르 책』은 최초의 이슬람에서 약간 형태는 다르지만 비슷한 구절을 찾아냈다.)

무앗딥: "친절은 잔인함의 시작이다."

프레멘의 『키탑 알 이바르』: "상냥한 신의 무게란 무시무시한 것이다. 신이 우리에게 불타는 태양(알 라트)을 주지 않았던가? 신이 우리에게 수분의 어머니(대모)를 주지 않았던가? 신이 우리에게 샤이탄(악한 존재, 사탄)을 주지 않았던가? 샤이탄으로부터 우리는 서두름의 고통을 얻지 않았던가?"

('서두름은 샤이탄에게서 온다'는 프레멘 속담의 원전이 바로 이것이다. 운동(속도)을 통해 100칼로리의 열이 발생할 때마다 우리 몸에서 땀으로 187그램의 물이 증발한다. 땀을 의미하는 프레멘 단어는 바카, 즉 눈물이다. 이 말을 다르게 발음하면 '샤이탄이 너의 영혼으로부터 짜내는 생명의 정수'라는 뜻도 된다.)

코니웰은 무앗딥의 등장이 "종교적으로 시기적절한 것"이었다고 말했다. 그러나 시기는 무앗딥의 등장과 별로 상관이 없다. 무앗딥은 이렇게 말했다. "나는 여기에 있다. 그러므로……."

그러나 무앗딥이 종교에 미친 영향을 이해하기 위해서는, 프레멘이 조상 대대로 인간에게 적대적인 환경에 익숙한 사막 부족이었다는 사실을 명심해야 한다. 매 순간 노골적인 적의를 이기고 살아남으려고 노력하다 보면 신비주의를 이해하기가 그다지 어렵지 않은 법이다. "당신은 거기에 있다. 그러므로……"

　이런 전통을 지닌 사람들은 고통을 잘 받아들인다. 그들이 고통을 무의식적인 처벌로 생각할 수도 있지만 받아들이는 것만은 사실이다. 또한 프레멘의 종교적 의식이 죄책감으로부터의 거의 완벽한 자유를 준다는 점도 주목할 만하다. 이것은 반드시 그들의 법과 종교가 동일한 것이어서 불복종이 곧 죄악이 되기 때문만은 아니다. 호의적인 환경 속에 사는 사람이라면 견딜 수 없는 죄책감을 느꼈을 잔인한 판단들(죽음을 불러올 때가 많다)을 날마다 내려야 하는 처지라 죄책감을 쉽게 씻어내는 법을 터득한 덕분이라고 말하는 편이 더 옳을 것이다.

　보호 선교단의 활동과 상관없이 프레멘이 미신을 중시하는 데 이것이 영향을 미쳤을 가능성이 크다. 휘파람 같은 소리를 내며 움직이는 모래가 징조라면? 첫 번째 달을 처음 보았을 때 주먹을 쥐어 정해진 몸짓을 하는 것이 중요하다면? 사람의 살은 그 사람 자신의 것이지만, 그 몸속의 물은 부족의 것이다. 그리고 삶의 신비는 풀어야 하는 문제가 아니라 겪어내야 할 현실이다. 징조는 이 사실을 기억하는 데 도움이 된다. 그리고 프레멘이 지금 이곳에 있으므로, 프레멘이 바로 이런 종교를 갖고 있으므로, 결국 승리는 프레멘을 피해 가지 못하리라는 것이다.

　베네 게세리트는 프레멘과 충돌하기 전 수백 년 동안 다음과 같은 설교를 했다. "종교와 정치가 한 수레에 타고 있을 때, 그 수레를 모는 것이 살아 있는 성스러운 자(바라카*)일 때, 그 무엇도 그들의 앞길을 방해하지 못한다."

부록 3 — 베네 게세리트의 의도와 목적에 대한 보고서

다음 내용은 아라키스 사건 직후 레이디 제시카의 요청에 따라 그녀의 대리인들이 작성한 '숨마'라는 문서에서 발췌한 것이다. 이 보고서가 보통 수준을 훨씬 뛰어넘는 가치를 지니고 있는 것은 바로 그 솔직함 때문이다.

베네 게세리트가 수백 년 동안 선택적인 인간 유전자 교배 프로그램을 실행에 옮기면서 반쯤은 신비주의적인 장막 뒤에서 활동해 왔기 때문에, 우리는 그들에게 필요 이상의 가치를 부여하곤 한다. 아라키스 사건에서 그들이 보여준 '사실 판단'에 대한 분석은 그들이 자신의 역할에 대해 매우 무지했음을 보여준다.

베네 게세리트가 조사할 수 있는 정보에 한계가 있고, 예언자 무앗딥에게 직접 접근할 길이 없었다는 변명을 내세울 수는 있다. 그러나 베네 게세리트는 과거에 그보다 더 큰 장벽도 극복한 적이 있으며 그들이 아라키스에서 저지른 실수는 더 묵직하다.

베네 게세리트의 유전자 교배 프로그램은 그들이 '퀴사츠 해더락'이라고 이름 붙인 사람을 만들어내는 것을 목적으로 삼았다. 퀴사츠 해더락이라는 말은 '동시에 여러 곳에 존재할 수 있는 자'를 뜻한다. 간단히 말해서 그들이 만들고자 했던 것은 더 높은 차원들을 이해하고 이용할 수 있는 정신적 능력을 지닌 사람이었다.

그들은 조합의 항법사들에게서 발견되는 것과 같은 예지력을 지닌 인간 컴퓨터, 즉 슈퍼 멘타트를 만들어내려 했다. 이제 다음의 사실들을 주의 깊게 살펴보기 바란다.

폴 아트레이데스라는 이름으로 태어난 무앗딥의 혈통은 1000년이 넘는 기간 동안 세심한 관찰의 대상이었다. 그의 어머니 레이디 제시카는 블라디미르 하코넨 남작의 친딸로 거의 2000년 전부터 유전자 교배 프로그램에서 가장 중요하게 여겨지던 유전자 표식을 갖고 있었다. 그녀는 처음부터 베네 게세리트를 만들 목적으로 잉태되어 베네 게세리트 교육을 받았다. 따라서 당연히 유전자 교배 프로그램을 위한 자발적인 도구가 되었어야 했다.

제시카는 아트레이데스 가문에 딸을 낳아주라는 명령을 받았다. 베네 게세리트는 블라디미르 남작의 조카인 페이드 로타 하코넨과 그 딸을 결합시킬 계획이었다. 그 결합에서 퀴사츠 해더락이 나올 가능성이 매우 크다고 생각했기 때문이다. 그러나 레이디 제시카는 자신조차 완전히 이해하지 못한 어떤 이유들 때문에 명령을 거부하고 아들을 낳았다.

베네 게세리트는 이것만으로도 자신들의 계획에 예측할 수 없는 변수가 끼어들었을 가능성을 염두에 두었어야 했다. 게다가 이보다 훨씬 더 중요한 사실들도 나타났다. 그러나 베네 게세리트는 다음의 사실들을 사실상 무시해 버렸다.

첫째, 폴 아트레이데스는 어렸을 때 미래를 예언하는 능력을 보여주었다. 그는 정확하고 통찰력이 있으며, 4차원적인 설명으로는 이해할 수 없는 예언의 환영을 본 것으로 알려져 있었다.

둘째, 가이우스 헬렌 모히암은 베네 게세리트의 감독관이자 대모로서 폴이 열다섯 살 때 그의 인간성을 시험했다. 그녀는 그가 그때까지 시험을 받았다고 기록된 그 누구보다도 더 많은 고통을 이겨냈다고 증언한다. 그러나 그녀는 보고서에서 이 사실을 특별히 강조하지 않았다!

셋째, 아트레이데스 가문이 아라키스로 이주했을 때, 그곳의 프레멘들은 어린 폴을 '외계에서 온 목소리'라며 환영했다. 베네 게세리트는 사막으로만 가득 차서 물이 없고 생존을 위한 가장 원시적인 필수품들이 특히 강조되는 아라키스 같은 행성에서 영적인 감각이 뛰어난 사람이 많이 생겨나게 마련이라는 사실을 잘 알고 있었다. 그런데도 베네 게세리트의 관찰자들은 폴에 대한 프레멘들의 반응과 스파이스의 함유량이 대단히 높은 아라키스 음식에 별로 주의를 기울이지 않았다.

넷째, 하코넨과 패디샤 황제의 광전사들이 아라키스를 재점령하고 폴의 아버지와 아트레이데스 군사 대부분을 죽였을 때, 폴과 그의 어머니는 행방이 묘연해졌다. 그리고 그 사건 직후 프레멘들 사이에 무앗딥이라고 불리는 새로운 종교 지도자가 나타났다는 사실이 보고되었다. 무앗딥도 폴처럼 '외계에서 온 목소리'로 불리고 있었다. 보고서는 또한 사이야다나 의식을 거친 새로운 대모가 무앗딥과 동행하고 있으며, 그녀가 '그를 낳은 여성'이라는 사실을 분명히 밝혔다. 당시 베네 게세리트의 손에도 들어갔던 기록 문서들에는 예언자에 대한 프레멘 전설에 '그는 베네 게세리트 마녀에게서 태어나리라'라는 말이 있다는 사실이 분명히 적혀 있다.

(베네 게세리트가 자기네 파 사람이 아라키스에 발이 묶여 피난처가 필요해질 때를 대비해 수백 년 전에 보호 선교단을 보내서 이것과 비슷한 전설을 심었으며, '외계에서 온 목소리'에 대한 전설은 베네 게세리트가 이런 경우에 늘 사용하는 전설과 일치하는 것으로 보였기 때문에 이를

무시한 것은 타당한 일이었다고 주장하는 사람도 있을 것이다. 그러나 이러한 주장을 진실로 받아들이려면 베네 게세리트가 폴 무앗딥에 대한 다른 단서들을 무시한 것 역시 올바른 일이었다고 인정해야 할 것이다.)

다섯째, 아라키스 사건이 일어나기 직전 우주 조합이 베네 게세리트에게 모종의 제의를 한 적이 있다. 조합은 우주의 허공 속에서 우주선을 안전하게 이끄는 데 필요한 제한적인 예지력을 얻기 위해 아라키스의 스파이스 약을 사용하는 조합의 항법사들이 '미래에 대해 우려하고 있다'고 암시했다. 이는 '미래의 지평선에서 문제를' 보았다는 뜻이었다. 이 말이 뜻하는 바는 단 한 가지, 즉 항법사들이 인간들의 결정에 따라 달라지는 유동적인 미래의 길들이 한군데로 모이는 연결점을 보았다는 것이었다. 이 연결점 너머의 길은 예지력을 가진 사람의 눈에도 보이지 않았다. 이 것은 어떤 힘이 더 높은 차원들에 간섭하고 있다는 분명한 증거였다!

(몇몇 베네 게세리트들은 조합이 그 중요한 스파이스의 산지에 직접적으로 영향력을 행사할 수 없다는 걸 오래전부터 알고 있었다. 조합의 항법사들은 서투르게나마 더 높은 차원과 접촉하고 있는 까닭에, 자신들이 아라키스에서 조금이라도 발을 잘못 내디디면 재앙이 일어날 수 있다는 사실을 알고 섣불리 움직이지 못했다. 조합의 항법사들이 누구든 스파이스를 장악하려고 하면 반드시 미래의 연결점이 생겨날 것이라고 예언한 사실은 널리 알려져 있었다. 따라서 명백한 결론은 누군가 더 높은 차원의 능력을 가진 사람이 스파이스 산지를 장악하려 하고 있다는 것이었다. 그러나 베네 게세리트는 이 점을 완벽하게 놓치고 말았다!)

이러한 사실들로 보아, 아라키스 사건에서 베네 게세리트가 보여준 무능함은 그들이 전혀 깨닫지 못했던 훨씬 더 차원 높은 계획의 산물이었다는 결론을 피할 수 없다.

부록 4 — 귀족 연감(『귀족 가문』에서 발췌)

샤담 4세(10,134 — 10,202)

패디샤 황제. 황금사자 옥좌에 앉은 코리노 가문의 81대 황제로서 10,156년(샤담 4세의 아버지 엘루드 9세가 초머르키에 목숨을 잃은 해)부터 10,196년까지 재위했으며, 장녀인 이룰란 공주의 이름으로 수립된 섭정 정부가 그 뒤를 이었다. 그의 통치 기간 중 가장 주목할 만한 사건은 아라키스 반란이었는데, 많은 역사들은 샤담 4세가 궁정의 신하들을 희롱하고 자신의 권위를 과시했기 때문에 그런 일이 벌어졌다고 말한다. 샤담 4세가 옥좌에 앉은 지 16년 만에 버세그의 숫자는 두 배나 늘어났다. 그러나 사다우카의 훈련을 위한 국고 지출금은 아라키스 반란이 일어나기 전 30년 동안 꾸준히 감소했다. 샤담 4세는 딸만 다섯(이룰란, 챌리스, 웬시시아, 조시파, 루기)을 두었으며 합법적인 관계로 태어난 아들은 없었다. 다섯 딸 중 네 명은 아버지가 황제의 자리에서 물러날 때 함께 물러났다. 샤담 4세의 아내인 애니룰은 숨겨진 서열의 베네 게세리트였으며 10,176년에 세상을 떠났다.

레토 아트레이데스(10,140 — 10,191)

코리노 가문의 모계 쪽 사촌으로 흔히 붉은 공작이라고 불린다. 아트레이데스 가문은 외부의 압박에 의해 아라키스로 이주할 때까지 20대에 걸쳐 칼라단을 영지로 다스렸다. 그는 폴 무앗딥 공작의 아버지로

가장 널리 알려져 있으며, 그의 유해는 아라키스에 있는 '두개골 묘'에 안치되어 있다. 그는 수크 학교 출신인 한 의사의 배신으로 죽음을 맞이했으며, 그 배후에는 블라디미르 하코넨 남작이 있었다.

레이디 제시카(10,154 — 10,256)

블라디미르 하코넨 남작의 친딸(베네 게세리트 문헌 참조)이자, 폴 무앗딥 공작의 어머니. 레이디 제시카는 왈락 제9행성의 베네 게세리트 학교를 졸업했다.

레이디 알리아 아트레이데스(10,191 —)

레토 아트레이데스 공작과 그의 공식적인 첩인 레이디 제시카의 딸. 레이디 알리아는 레토 공작이 사망한 지 약 8개월 후에 아라키스에서 태어났다. 그녀는 베네 게세리트 문헌에서 보통 '저주받은 자'로 언급되어 있는데, 이는 태어나기 전 의식을 확장시키는 약에 노출된 까닭이다. 그녀는 야사에서 성자 알리아, 또는 성자 칼의 알리아라고 불린다. (팬더 울슨의 『성자 알리아, 수많은 행성을 사냥한 여자』참조.)

블라디미르 하코넨(10,110 — 10,193)

흔히 하코넨 남작으로 불리며 공식적인 작위는 시리다(행성 총독) 남작이다. 블라디미르 하코넨은 코린 전투 이후 비겁한 행위를 한 혐의로 추방당한 애불러드 하코넨 바샤르의 직계 후손이다. 하코넨

가문이 다시 세력을 얻은 것은 일반적으로 고래 모피 시장을 절묘하게 조작하고, 후에 아라키스에서 스파이스 채취로 재산을 불린 덕분으로 알려져 있다. 하코넨 남작은 아라키스 반란 기간 동안 그곳에서 사망했으며, 페이드 로타 하코넨이 그의 작위를 잠깐 동안 물려받았다.

하시미르 펜링 백작(10,133 — 10,225)

코리노 가문의 모계 쪽 사촌으로 샤담 4세의 어릴 적 친구였다. (신뢰성을 별로 인정받지 못하는 『코리노의 약탈의 역사』는 엘루드 9세의 목숨을 앗아 간 초머르키를 음료수에 탄 사람이 펜링이었다는 흥미로운 이야기를 들려준다.) 펜링이 샤담 4세의 가장 절친한 친구였다는 데에는 모든 사람들이 동의한다. 펜링 백작은 제국의 자질구레한 일들을 맡아 처리하곤 했는데, 그중에는 하코넨 치하의 아라키스에서 제국 대리인으로 근무했던 일과 나중에 칼라단의 부재(不在) 행성 총독으로 근무했던 일 등이 포함된다. 그는 샤담 4세가 황제의 자리에서 물러난 후 함께 살루사 세쿤더스로 낙향했다.

글로수 라반 백작(10,132 — 10,193)

랭키베일의 백작인 글로수 라반은 블라디미르 하코넨의 조카들 중 가장 나이가 많았다. 글로수 라반과 페이드 로타 라반(페이드 로타는 하코넨 가문이 시리다 남작의 작위를 받았을 때 하코넨 가문으로 입적했다)은 블라디미르 하코넨 남작의 배다른 막내 남동생 애불러드의 아들이었다. 애불러드는 라반 랭키베일의 지방 총독으로 임명되자 하코넨의 이름과 작위에 대한 모든 권리를 포기했다. 라반은 그의 어머니 성이다.

아라키스의 지도

- **위도의 기준**: 관측소 산을 통과하는 자오선.

- **고도 결정의 기준선**: 대사막.

- **극 저지대**: 대사막 높이 밑 500미터.

- **카르타그**: 아라킨 북동쪽으로 약 200킬로미터.

- **새들의 동굴**: 하바냐 능선에 있음.

- **장례의 평원**: 광활한 에르그.

- **대사막**: 모래언덕이 있는 에르그 지역과는 반대로, 평평한 사막이 넓게 펼쳐져 있는 곳. 광활한 사막은 대략 북위 60도에서 남위 70도까지 펼쳐져 있다. 이곳은 대부분 모래와 바위로 이루어져 있으며, 간혹 지하 구조물이 땅 위로 노출되어 있다.

- **대평지**: 바위로 이루어진 넓은 땅이 움푹 꺼져 있는 곳이며 에르그로 이어진다. 이 지역은 대사막보다 100미터쯤 높은 곳에 위치하고 있다. 이 평지의 어디엔가 파도트 카인즈(리에트 카인즈의 아버지)가 발견한 염전이 있다. 타브르 시에치 남쪽에서부터 다른 시에치 공동체들이 있는 곳까지는 바위들이 200미터 높이로 솟아 있다.

- **하르그 고개**: 레토의 두개골을 모신 신전이 이 고개를 굽어보고 있다.

- **낮은 골짜기**: 아라킨의 방어벽에 밑으로 2,240미터까지 나 있는 골짜기. 폴 무앗딥이 폭탄으로 날려버린 곳이다.

- **남쪽의 야자 수목원**: 이 지도에는 나타나지 않음. 수목원은 남위 약 40도 지점에 위치하고 있다.

- **붉은 구렁**: 대사막 높이 밑 1,582미터.

- **서쪽 가장자리벽**: 아라킨의 방어벽에서 솟아오른 높은 절벽(4,600미터).

- **바람고개**: 절벽이 양편에 벽처럼 솟아 있는 고개로, 저지대 마을들로 통함.

- **벌레한계선**: 모래벌레가 목격된 최북단 지점.(추위가 아니라 수분이 이 지점의 위치를 결정하는 요인이다.)

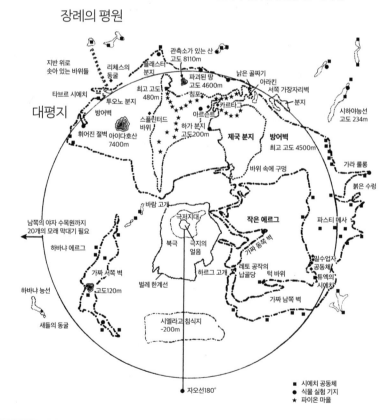

장례의 평원

제국의 용어들

제국과 아라키스, 그리고 무앗딥을 낳은 문화 전체를 연구할 때 많은 낯선 용어들과 부딪치게 된다. 이해를 넓히는 것은 바람직한 일인 까닭에 다음과 같이 정의와 설명을 붙여놓았다.

B.G. 베네 게세리트의 약자. 그러나 날짜와 함께 쓰였을 때는 조합 이전 시대(Before Guild)를 뜻한다.

가니마(GHANIMA) 전투 또는 일 대 일 결투를 통해 얻은 물건. 흔히 결투 때의 기억을 불러일으킬 목적으로 간직하는 기념품을 가리킨다.

가몬트(GAMONT) 니우시 항성계의 세 번째 행성. 쾌락주의적인 문화와 이색적인 성(性) 풍습으로 유명.

가문(HOUSE) 행성 혹은 행성계를 통치하는 씨족을 관용적으로 일컫는 말.

가장자리벽(RIMWALL) 아라키스 방어벽 절벽의 두 번째 층. ('방어벽' 참조.)

가플라(GHAFLA) 하찮은 것에 정신을 팔다. 따라서 잘 변하는 사람, 믿을 수 없는 사람을 가리키는 말이다.

갈락 어(GALACH) 제국의 공식 언어. 잉글로슬라브 어가 근간이며 인류가 오랫동안 이주를 거듭하면서 새로운 환경과 문화에 적응하기 위해 만들어낸 단어들의 흔적이 많이 남아 있다.

게이라트(GEYRAT) 곧장 앞으로. 모래벌레 조종사가 모래벌레를 조종할 때 외치는 말.

곰 자바(GOM JABBAR) 베네 게세리트 감독관들이 인간 의식에 대한 대체 죽음의 시험을 행할 때 사용하는 독 바늘. 끝에 메타 청산가리가 발라져 있다.

관제 정찰기(SPOTTER CONTROL) 스파이스 채집단 중에 감시와 보호 임무의 통제를 맡은 소형 오니숍터.

교배 목록(MATING INDEX) 퀴사츠 해더락을 만들어내기 위해 베네 게세리트가 시행하고 있는 인간 유전자 교배 프로그램의 모든 기록이 담긴 문서.

그루먼(GRUMMAN) 니우시 항성계의 두 번째 행성. 이곳의 지배 가문(모리타니)과 기나즈 가문의 불화로 유명하다.

그리덱스 플레인(GRIDEX PLANE) 스파이스 덩어리에서 모래를 제거하는 데 사용되는 전하 차를 이용한 분리기. 스파이스 정제 2단계에서 사용된다.

기나즈 가문(HOUSE OF GINAZ) 한때 레토 아트레이데스 공작의 동맹이었던 가문. 그루먼과의 암살자 전쟁에서 패했다.

기상 관측원(WEATHER SCANNER) 아라키스에서 날씨를 예보하는 특별한 방법들을 훈련받은 사람. 여기에는 모래기둥을 세워 바람의 패턴을 읽는 능력이 포함된다.

기우디차르(GIUDICHAR) 신성한 진실. ('기우디차르 만테네'라는 표현으로 쓰이는 경우가 많다. 기우디차르 만테네는 '어떤 사실을 뒷받침하는 원래 그대로의 진실'이라는 뜻.)

나(NA) '지명된' 또는 '다음 차례'를 뜻하는 접두어. 즉 나남작은 남작 후계자를 뜻한다.

나입(NAIB) 결코 적에게 생포되지 않겠다고 맹세한 사람. 프레멘 지도자의 전통적인 선서다.

네조니 스카프(NEZHONI SCARF) 프레멘의 기혼 여성 또는 짝이 있는 여성이 아들을 낳은 후 사막복의 두건 밑 이마에 착용하는 스카프.

누커(NOUKKER) 황실 경비대의 장교들 중 황제와 혈연관계가 있는 사람을 가리키는 말. 전통적으로 황제의 첩이 낳은 아들들에게 주어진 계급.

다르 알 히크만(DAR AL-HIKMAN) 종교 서적을 번역 또는 해석하는 학파.

대가문(HOUSES MAJOR) 행성을 영지로 소유하고 있거나 행성 간 기업 활동을 하는 사람들. ('가문' 참조.)

대모(REVEREND MOTHER) 원래는 베네 게세리트의 상급 감독관으로서 몸 안에서 '진실을 밝혀주는 독약'을 변형시켜 자신의 의식을 한층 높은 곳으로 끌어올린 사람. 프레멘도 비슷한 '각성'을 이룩한 종교 지도자에게 이 칭호를 붙여준다.

대반란(GREAT REVOLT) 버틀레리안 지하드를 흔히 일컫는 말.

대협정(GREAT CONVENTION) 우주 조합, 대가문, 제국 사이의 세력 균형에 의해 시행된 전 우주적인 휴전 협의. 인간을 겨냥한 핵무기의 사용을 금지한 규정이 가장 중요하다. 대협정의 규약들은 모두 이렇게 시작된다. '이 형식들은 지켜져야 하는 바……'

덤프 박스(DUMP BOXES) 모양이 일정하지 않고 표면에 대기권 진입 시의 열과 마찰력을 견딜 수 있는 처리가 되어 있으며 반중력장을 무력화시키는 시스템을 갖추고 있는 화물 용기의 총칭. 우주에서 행성 표면으로 직접 물건을 투하할 때 사용된다.

독약 탐지기(POISON SNOOPER) 냄새를 분석해서 독성 물질을 탐지해 내는 기계.

두 번째 달(SECOND MOON) 아라키스의 두 위성 중 작은 위성을 가리키는 말. 표면에 캥거루쥐의 모양과 같은 무늬가 나타나는 것이 특징.

듄맨(DUNE MEN) 광활한 사막에서 일하는 노동자, 아라키스에서 일하는 스파이스 사냥꾼 같은 이들을 일컫는 말. 사막 노동자, 스파이스 인부라고도 한다.

드루즈(DRUSE) 기독교, 유태교, 회교의 여러 요소들을 지니는 독립 종파.(옮긴이)

디스트랜스(DISTRANS) 익수류(翼手類) 또는 새들의 신경계에 일시적으로 정보를 각인시키는 장치. 새가 평상시와 똑같이 울어대는 소리 속에 전달하고자 하는 메시지가 포함되며, 또 다른 디스트랜스로 이 울음소리의 파장을 분석해 메시지를 알아낼 수 있다.

딕텀 파밀리아(DICTUM FAMILIA) 황족이나 귀족 가문의 일원을 비공식적인 배신행위에 의해 살해하는 것을 금지한 대협정의 규약. 이 규약에 의해 암살 방법의 공식적인 윤곽과 한계가 정해진다.

라, 라, 라(LA, LA, LA) 프레멘이 슬픔에 겨워 울면서 내는 소리. ('라'는 반박이 불가능한 궁극적인 부정이라는 뜻으로 번역된다.)

라마단(RAMADHAN) 고대 종교에서 금식과 기도를 하던 기간. 전통적으로는 양음력의 아홉 번째 달이었다. 프레멘은 첫 번째 달이 자오선을 아홉 번째로 지날 때 라마단을 갖는다.

라샤그(RACHAG) 아카르소의 노란 열매에서 추출한 카페인류의 각성제. ('아카르소' 참조.)

라치아(RAZZIA) 해적들의 방식을 띤 게릴라 습격.

레이저총(LASGUN) 연속파 레이저 발사기. 이 장치에서 나오는 레이저 광선이 방어막에 닿으면 폭발(기술적인 용어로는 아원자 융합)이 일어나기 때문에 방어막이 사용되는 곳에서는 무기로서의 용도가 제한적이다.

레이저칼(CUTTERAY) 레이저총을 단거리용으로 개조한 것. 주로 물건을 자르는 데 쓰거나 수술용 메스로 쓴다.

루 영혼(RUH-SPIRIT) 프레멘 신앙에서, 개인의 정신 중 항상 형이상학적인 세계에 뿌리를 두고 있으면서 그 세계를 느낄 수 있는 부분을 가리키는 말.

('알람 알 미탈' 참조.)

리반(LIBAN) 프레멘의 리반은 유카 가루를 섞은 스파이스 액을 뜻한다. 원래는 신맛이 나는 우유 음료.

리산 알 가입(LISAN AL-GAIB) '외계에서 온 목소리.' 프레멘의 메시아 전설에서 다른 행성 출신 예언자를 가리키는 말이다. 때로 '물을 주는 자'로 번역되기도 한다. ('마디' 참조.)

리체스(RICHESE) 에리다니 A 항성계의 네 번째 행성. 익스 행성과 함께 기계 문명이 최고도로 발달한 곳으로 분류된다. 특히 기계의 소형화 기술이 유명하다. (리체스 행성과 익스 행성이 버틀레리안 지하드의 영향을 심하게 받지 않았던 이유에 대한 자세한 내용을 보려면, 수머와 코트먼의 「마지막 지하드」참조.)

리캐스(RECATHS) 인간의 배설 기관을 사막복의 재활용 필터에 연결해 주는 튜브.

리터존(LITERJON) 아라키스에서 물을 가지고 다닐 때 사용하는 1리터들이 물병. 밀도가 높고 부서지지 않는 플라스틱으로 만들어져 있으며 뚜껑은 아주 단단하게 봉해져 있다.

마디(MAHDI) 프레멘의 메시아 전설에서 '우리를 낙원으로 이끌어줄 자'라는 의미의 말.

마울라 권총(MAULA PISTOL) 스프링을 이용해서 독화살을 발사할 수 있도록 만들어진 총. 사정거리는 약 40미터.

만테네(MANTENE) 근원적인 지혜. 사실을 뒷받침해 주는 주장. 첫 번째 원칙. ('기우디차르' 참조.)

머스키(MUSKY) 음료수에 타는 독극물. ('초머르키' 참조.)

먼지 구렁(DUST CHASM) 아라키스 사막에서 발견되는 깊게 갈라진 틈이나 땅이 움푹 꺼진 곳 중, 겉보기엔 주위 색깔과 비슷해 보이는 흙먼지로 가득 찬 것들을 가리키는 말. 사람이나 동물이 빠져서 질식해 버리는 경우가 있으므로 매우 조심해야 한다. ('모래 물결 분지' 참조.)

메타유리(METAGLASS) 자스미움 석영판에 고온의 가스를 주입해서 만든 유리. 장력이 매우 크고(2센티미터 두께의 유리 1제곱센티미터당 약

45만 킬로그램을 견딜 수 있음) 선택적으로 광선을 투과시키는 기능으로 유명하다.

멘타트(MENTAT) 논리적인 사고 능력을 최고로 발휘할 수 있도록 훈련받은 사람들. '인간 컴퓨터'라고 할 수 있다.

멜란지(MELANGE) '스파이스 중의 스파이스.' 아라키스에서만 생산되는 수확물. 노화를 막는 능력으로 가장 유명하다. 소량을 먹었을 때는 중독성이 약하지만, 몸무게 70킬로그램인 사람을 기준으로 매일 2그램 이상을 섭취하면 중독성이 아주 강해진다. 무앗딥은 이 멜란지가 자신의 예언 능력에 핵심적인 역할을 한다고 주장했으며 조합의 항법사들도 비슷한 주장을 하고 있다. 제국 시장에서 멜란지의 가격은 10그램당 62만 솔라리나 된다.

모니터함(MONITOR) 방어막과 중무장을 갖춘 전투용 우주선. 열 개의 부분으로 나눠져 있으며, 행성에 착륙했다가 이륙할 때 각 부분을 모두 분리할 수 있게 설계되어 있다.

모래 막대기(THUMPER) 한쪽 끝에 스프링으로 조절되는 딱딱이가 달려 있는 짧은 막대기. 모래 속에 박아놓고 '딱딱' 소리를 내서 샤이 훌루드를 부르는 데 이용된다.

모래 물결 분지(TIDAL DUST BASIN) 아라키스 지표면에서 발견되는 넓은 분지의 일종. 수백 년간 흙먼지가 쌓여서 실제로 먼지가 밀물과 썰물처럼 움직이는 것이 측정된 곳을 뜻한다.

모래 물결(SANDTIDE) 흙먼지의 흐름을 관용적으로 일컫는 말. 흙먼지가 가득 차 있는 아라키스의 분지 안에서 태양과 위성들의 인력 작용으로 인해 일어나는 변화를 말한다.

모래감독관(SANDMASTER) 스파이스 채집 작업의 총감독.

모래기둥 박기(POLING THE SAND) 아라키스의 사막 황무지에 플라스틱과 섬유로 된 기둥을 박은 다음 모래폭풍이 기둥에 남긴 흔적을 읽어 날씨를 예측하는 기술.

모래벌레(SANDWORM) 샤이 훌루드 참조.

모래스노크(SANDSNORK) 모래로 뒤덮인 사막

텐트 안으로 공기를 공급해 주는 호흡 장치.

목소리(VOICE) 베네 게세리트의 훈련 과목 중 하나. '목소리'의 기술을 제대로 익힌 사람은 어조를 조정하는 것만으로도 다른 사람들의 마음을 조종할 수 있다.

무 제인 왈라!(MU ZEIN WALLAH!) '무 제인'을 문자 그대로 번역하면 '좋은 것이 하나도 없다'는 뜻이며, '왈라'는 문장 끝의 재귀 감탄사이다. 프레멘이 적에게 저주를 퍼부을 때 전통적으로 가장 먼저 하는 말로 '왈라'는 '무 제인'을 강조한다. 따라서 이 말의 의미는 '좋은 것이 하나도 없다. 결코 좋지 않다. 아무 짝에도 쓸모가 없다'가 된다.

무디르 나야(MUDIR NAHYA) 프레멘들이 '짐승 같은 라반'(랭키베일의 라반 백작)에게 붙여준 이름. 라반은 하코넨의 사촌으로 오랫동안 아라키스의 행성 총독이었다. 무디르 나야라는 말은 흔히 '악마 통치자'라는 뜻으로 번역된다.

무슈타말(MUSHTAMAL) 정원의 부속 건물 또는 정원의 안마당.

무앗딥(MUAD'DIB) 아라키스의 환경에 맞게 진화한 캥거루쥐. 프레멘의 지신(地神) 신화에서 이 행성의 두 번째 달에 나타나는 무늬와 관련이 있는 존재로 그려지고 있다. 프레멘들은 광활한 사막에서 살아가는 이 생물의 생존 능력을 높게 평가한다.

문막이(DOORSEAL) 프레멘들이 동굴에서 낮에 야영할 때 수분의 손실을 막기 위해 입구를 봉인하는 데 사용하는 물건. 간편하게 들고 다닐 수 있으며 플라스틱으로 만들어져 있다.

물고리(WATERCOUNTERS) 각각 다른 크기의 금속 고리들. 각각은 프레멘 가게에서 돈으로 사용할 수 있는 특별한 물의 양을 가리킨다. 물고리들은 특별히 출생, 죽음, 구애의 의식에서 화폐의 개념을 훨씬 넘어선 심오한 의미가 있다.

물규칙(WATER DISCIPLINE) 아라키스에 거주하는 사람들이 수분을 낭비하지 않고 살아가기 위해 반드시 지켜야 하는 엄격한 규칙.

물사제(WATERMAN) 생명의 물 및 물과 관련된 의식을 책임지는 신성한 일을 맡은 프레멘.

물의 짐(WATER BURDEN) 목숨의 빚을 뜻하는 프레멘 말.

미나(MIHNA) 성인으로 인정받고자 하는 프레멘 청소년들을 시험하는 시기.

미스르(MISR) 프레멘 젠수니('젠수니' 참조)가 자신들을 지칭할 때 사용한 역사적인 용어. '그 민족'이라는 의미.

미시 미시(MISH-MISH) 살구.

바라디 권총(BARADYE PISTOL) 모래 위에 커다란 색깔 표식을 남기기 위해 아라키스에서 개발된, 정전기로 장전하는 분말 총.

바라카(BARAKA) 마술적인 능력과 신성한 힘을 지닌 살아 있는 자.

바람덫(WINDTRAP) 바람이 많이 부는 길목에 설치된 장치. 바람을 붙잡아 공기를 가둔 다음 공기 속의 수분을 응결시킨다. 수분을 응결시키는 데에는 주로 덫 안의 온도를 급격하게 낮추는 방법이 사용된다.

바로타(VAROTA) 유명한 발리세트 제작자. 추수크 행성 출신.

바샤르(BASHAR) 사다우카 장교의 계급 중 하나. 표준 군대 계급 체계로 따지면 대령보다 약간 높은 계급. 행성 각 지역의 군사 통치자들에게 부여되는 계급이다. ('군단의 바샤르'는 엄격하게 군대의 지휘관에게만 부여되는 직책.)

바카(BAKKA) 프레멘 전설에서 모든 인류를 위해 슬퍼하며 우는 자를 가리키는 말.

바클라와(BAKLAWA) 대추야자 시럽으로 만든 두툼한 패스트리.

반중력 장치(SUSPENSOR) 물체의 상대 질량과 에너지 소비량에 따라 일정한 한계 내에서 중력의 영향을 받지 않게 만들어주는 장치.

발광구(GLOWGLOBE) 반중력 부표가 붙어 있으며 빛을 내는 장치. 일반적으로 유기물 배터리를 통해 스스로 동력을 만들어낸다.

발리세트(BALISET) 9현 악기. '지트라(zithra)'라는 악기의 직계 후손이며 추수크 행성 음계에 맞게 조정되어 있다. 연주를 할 때는 줄을 가볍게 퉁기면 된다. 제국 음유 시인들 사이에서 가장 인기가 높은 악기이다.

방어막(DEFFENSIVE SHIELD) 홀츠먼 발생기에 의해 만들어지는 보호막.(홀츠먼 효과(HOLTZMAN EFFECT)란 방어막 발생기의 음전기 반발 효과를 일컫는다.) 방어막은 아주 느린 속도로 움직이는 물체만 통과시키며(방어막 강도의 조절에 따라 초속 6에서 9센티미터의 속도로 움직이는 물체들만 방어막을 통과할 수 있다), 엄청난 크기의 전기장에 의해서만 무력화된다.

방어벽(SHIELD WALL) 아라키스 북부에 있는 산악 지형. 아라키스의 코리올리 효과에 의한 거대한 폭풍으로부터 일부 지역을 보호해 주는 역할을 한다.

버세그(BURSEG) 사다우카 군단의 총사령관.

버틀레리안 지하드(BUTLERIAN JIHAD) ('대반란' 참조.) 컴퓨터와 생각하는 기계, 의식이 있는 로봇 등에 반대하는 성전. B.G. 201년에 시작되어 B.G. 108년에 끝났다. 이 성전의 가장 중요한 계명은 『오렌지 가톨릭 성경』의 다음과 같은 구절 속에 남아 있다. "인간의 정신을 본뜬 기계를 만들어서는 안 된다."

베네 게세리트 방법(BENE GESSERIT WAY) 사소한 것들을 관찰해서 그 관찰 결과를 이용하는 것.

베네 게세리트(BENE GESSERIT) 버틀레리안 지하드로 이른바 '생각하는 기계들'과 로봇들이 파괴된 후 여학생들의 정신 훈련 및 신체 훈련을 위해 설립된 고대 학교 겸 학파.

벨라 테게우스(BELA TEGEUSE) 쿠엔칭 항성계의 다섯 번째 행성. 프레멘 젠수니가 강제로 이주된 세 번째 정착지.

변화의 판관(JUDGE OF THE CHANGE) 랜드스라드 최고 의회와 황제가 영지의 세력 교체, 칸리 협상, 암살 전쟁에서 벌어지는 공식적인 전투 등을 감시하도록 임명한 관리. 황제가 참석한 최고 의회에서만 판관의 권위에 도전을 제기할 수 있다.

병사 수송선(TROOP CARRIER) 병사들이 행성에서 행성으로 이동할 때 사용하도록 설계된 조합의 우주선.

보타니 집 어(BHOTANI JIB)와 차콥사 어(CHAKOBSA) 이른바 '자석 같은 언어'로 불리며, 이 언어 중 일부는 고대 보타니 어(보타니 집에서 '집'은 방언을 의미한다)에서 유래했다. 차콥사 어는 비밀 유지를 위해 암호처럼 바뀐 고대 방언들의 집합체이지만, 주로 보타니 사람들이 사냥할 때 사용한다. 보타니 사람들은 제1차 암살자 전쟁에 용병으로 참가했다.

보호 선교단(MISSIONARIA PROTECTIVA) 베네 게세리트 교단 소속의 단체로서 문명이 그리 발달하지 않은 행성에 전파력이 강한 미신과 전설을 심어 베네 게세리트가 저항 없이 탐사할 수 있도록 토대를 마련하는 일을 맡고 있다.

부르카(BOURKA) 프레멘들이 광활한 사막에서 입는 외투. 단열 처리가 되어 있다.

부르한(BURHAN) 생명의 증거. (흔히 '생명의 아야트와 부르한'이라는 관용구로 쓰임. '아야트' 참조.)

부채금속(FANMETAL) 두랄루민 속에서 자스미움 결정이 자라서 형성되는 금속. 무게에 비해 장력이 매우 큰 것으로 유명하다. 부채처럼 접었다 폈다 할 수 있는 물건을 만들 때 흔히 사용된다고 해서 부채금속이라는 이름이 붙었다.

북모래(DRUM SAND) 모래가 단단하게 뭉쳐 있는 곳. 표면에 갑작스러운 충격을 가하면 북소리와 아주 흡사한 소리가 난다.

분쇄기(CRUSHERS) 군사용 우주선의 일종. 작은 우주선들이 함께 묶여 구성되며 적의 진지를 덮쳐 분쇄하도록 설계되었다.

불기둥(PILLAR OF FIRE) 광활한 사막에서 신호를 전달할 때 사용되는 간단한 발화 장치.

불의 양심(PYRETIC CONSCIENCE) 제국 정신 훈련의 영향으로 정신에서 억제와 금지를 담당하는 층.

비 라 카이파(BI-LA KAIFA) 아멘. (문자 그대로 해석하면 '더 이상 설명이 필요 없다'는 뜻.)

빈두 가사 상태(BINDU SUSPENSION) 스스로 만들어낸 특별한 강직 상태.

빈두(BINDU) '인간의 신경계, 특히 신경 훈련과 관계된'이라는 뜻. 흔히 '빈두 신경'이라고 쓰인다.

사냥꾼 탐색기(HUNTER-SEEKER) 반중력 부표가 달린 금속 무기. 가까운 곳에 있는 사람이 리모콘으로 조작하며 흔히 암살용으로 쓰인다.

사다우카(SARDAUKAR) 패디샤 황제의 광전사들. 이들은 아주 험한 환경에서 자라면서 훈련을 받기 때문에 열한 살이 되기 전에 열세 명 중 여섯 명 정도는 목숨을 잃는다. 이들의 군사 훈련은 무자비함과, 자살에 가까울 만큼 개인의 안위를 무시하는 것에 중점을 두고 있다. 이들은 또한 유아 시절부터 잔인한 행동을 일상적인 무기로 삼아 공포로 상대방을 약하게 만드는 법을 배운다. 이들 세력이 전성기를 구가하던 시절, 이들의 검술 솜씨는 기나즈의 10단계와 맞먹으며, 접근전에서 보여주는 교활함은 숙련된 베네 게세리트와 비슷하다고 평가되었다. 사다우카 한 명의 전력은 랜드스라드의 일반 징집병 열 명과 맞먹었다. 샤담 4세 시절에도 사다우카는 여전히 강력한 전사들이었지만, 지나친 자신감으로 전력이 많이 약화되어 있었고 그들을 지탱해 주던 전사들의 종교의 신비로움도 냉소주의로 인해 깊이 훼손되어 있었다.

사두스(SADUS) 판관. 프레멘들 사이에서 사용되는 호칭으로 성스러운 판관, 즉 성자를 뜻한다.

사르파(SARFA) 신에게 등을 돌리는 행위.

사막 텐트(STILLTENT) 사막복과 같은 천으로 만들어진 작은 텐트. 외부로 아무것도 새어 나가지 않게 완전히 봉인하는 것이 가능하며, 텐트 안에 있는 사람들의 호흡에 섞여 나온 수분을 모아 식수로 재활용하는 기능을 갖고 있다.

사막복(STILLSUIT) 아라키스에서 발명된 옷. 온몸을 감싸도록 되어 있는 이 옷은 열을 분산시키고 몸에서 배설되는 것들을 걸러내는 기능을 갖고 있다. 사막복에 의해 재활용된 수분은 집수 주머니에 모이며, 이 주머니에 달린 관으로 물을 마신다.

사막을 걷는 자(SANDWAKER) 광활한 사막에서 살아남는 훈련을 받은 프레멘.

사이야디나(SAYYADINA) 프레멘 종교의 성직자들 중 이제 막 성직자가 된 여성.

사포액(SAPHO) 에카즈 행성에서 자라는 울타리 근채류에서 추출한 고에너지 액체. 멘타트들이 즐겨

마시는데, 그들은 이 음료가 정신 능력을 증폭시켜 준다고 주장한다. 이 음료를 자주 먹는 사람의 입가와 입술에는 짙은 루비 색깔의 얼룩이 생긴다.

살루사 세쿤더스(SALUSA SECUNDUS) 감마 웨이핑 항성계의 세 번째 행성. 제국 법원이 카이테인으로 옮겨간 후 제국의 감옥 행성으로 지정되었다. 살루사 세쿤더스는 코리노 가문의 본거지이며, 젠수니 방랑자들이 마땅한 행성을 찾아 돌아다닐 때 두 번째로 머무른 행성이다. 프레멘의 역사에 따르면 이들은 살루사 세쿤더스에서 아홉 세대 동안 노예 생활을 했다.

삼차원 영상(SOLIDO) 삼차원 영사기가 시거와이어에 각인된 360도 영상 신호를 이용해서 투사하는 영상. 흔히 익스 행성의 삼차원 영사기가 최고로 평가된다.

상급 감독관(PROCTOR SUPERIOR) 베네 게세리트 학교의 지역적인 책임자 역할을 겸하고 있는 베네 게세리트의 대모. (흔히 '뜨인 눈을 가진 베네 게세리트'라고 불린다.)

샌드라이더(SANDRIDER) 모래벌레를 잡아 타고 다닐 수 있는 사람을 가리키는 프레멘 말.

샌드크롤러(SANDCRAWLER) 아라키스 지상에서 멜란지를 찾아내서 모으는 작업을 수행하도록 설계된 기계류의 총칭.

생명의 물(WATER OF LIFE) 의식을 '밝혀주는' 독약. 구체적으로는 모래벌레가 물속에서 질식해 죽으면서 내뱉은 액체를 대모가 자신의 몸속에서 변화시켜 시에치 타우 잔치('타우' 참조)에서 사용될 수 있게 만든 마약을 의미한다. '의식을 확장시키는' 약.

샤 나마(SHAH-NAMA) 반쯤은 전설 속에 묻혀 있는 젠수니 방랑자들의 제1의 책.

샤도우트(SHADOUT) 우물을 푸는 사람. 프레멘들 사이의 경칭.

샤리 아(SHARI-A) 파노플리아 예언 중 미신적인 의식(儀式)을 설명하는 부분. ('보호 선교단' 참조.)

샤이 훌루드(SHAI-HULUD) '사막의 노인', '영원의 아버지', '사막의 할아버지' 등으로 불리는 아라키스의 모래벌레. 이 샤이 훌루드라는 이름을 특정한 어조로

말하거나 대문자로 쓰면 프레멘 가정에서 숭배하는 지신(地神)을 가리키는 말이 된다. 모래벌레는 크기가 어마어마하며(사막 깊숙한 곳에서 길이가 400미터를 넘는 모래벌레가 목격된 적도 있다), 동족에게 죽임을 당하거나 물에 빠져 익사하지 않는 한 오랜 수명을 누린다. 물은 이들에게 독약이다. 아라키스에 존재하는 모래는 대부분 모래벌레 때문에 생겨난 것으로 여겨지고 있다.

샤이탄(SHAITAN) 사탄.

서보크(SERVOK) 타이머가 내장된 기계로서 단순한 작업을 수행한다. 버틀레리안 지하드 이후 사용이 허용된 제한적 자동 기계 중 하나.

선택의 문(PRUDENCE DOOR) 또는 선택의 벽(PRUDENCE BARRIER) (일상 용어로는 간단하게 선택의 문 또는 선택의 벽이라고 불림.) 추적당하고 있을 때 선택된 사람만을 대피시키기 위해 설치한 펜타 방어막. ('펜타 방어막' 참조.)

세무타(SEMUTA) 엘라카 나무를 태우고 남은 찌꺼기에서 결정 추출 방식으로 추출한 두 번째 마약성 약물. 이 약을 먹으면 시간을 초월하여 지속적인 황홀경을 느낀다고 하며, 이런 효과를 끌어내리면 세무타 음악이라고 불리는 일종의 진동 같은 음악이 필요하다.

소가문(HOUSES MINOR) 행성 안에서만 활동하는 기업가 계층(갈락 어로 '리체스').

손다기(SONDAGI) 투팔리 행성의 양치식 튤립.

손바닥 잠금 장치(PALM LOCK) 지정된 사람의 손바닥이 닿았을 때에만 열리는 잠금장치.

솔라리(SOLARI) 제국의 공식 화폐 단위. 이 화폐의 가치는 조합, 랜드스라드, 황제가 25년마다 한 번씩 협상을 벌여 결정한다.

수리 행낭(REPKIT) 사막복에 꼭 필요한 교체용 부품과 수리 도구를 담은 것.

수바크 운 나르(SUBAKH UN NAR) 인사말에 대한 전통적인 답례. '저는 잘 있습니다. 당신은요?'라는 뜻.

수바크 올 쿠하르(SUBAKH UL KUHAR) '안녕하세요?'라는 뜻의 프레멘 인사말.

수수 숙!(SOO-SOO SOOK!) 아라키스의 물장수들이 외치는 소리. '숙'은 시장이라는 말. ('이쿠후트 에이!' 참조.)

수확기(HARVESTER) 또는 수확 제조기(HARVESTER FACTORY) 흔히 너비가 120미터, 길이가 40미터에 이르는 커다란 스파이스 채집 기계. 다량의 천연 스파이스 개화에 흔히 사용된다. (독립적인 궤도에서 움직이는 곤충 같은 모양 때문에 '크롤러(crawler)'라고도 불린다.)

순니(SUNNI) 이슬람교의 2대 종파 중 하나.(옮긴이)

슐라그(SCHLAG) 튜필 행성이 본산지인 동물. 가죽이 얇으면서도 튼튼해서 한때 거의 멸종될 정도로 사냥당했다.

스파이스 제조기(SPICE FACTORY) '샌드크롤러' 참조.

스파이스 조종사(SPICE DRIVER) 아라키스 사막 표면에서 움직이는 기계들을 통제하고 조종하는 듄맨.

스파이스(SPICE) '멜란지' 참조.

슬립팁(SLIP-TIP) 얇고 짧은 칼의 총칭. 흔히 끝에 독이 발라져 있으며 방어막을 켜고 싸울 때 왼손용 무기로 사용된다.

시거와이어(SHIGAWIRE) 살루사 세쿤더스 행성과 III 델타 카이싱 행성에서만 자라는 덩굴 식물(학명 나르비 나르비움)에 금속을 입힌 압출 성형품. 장력이 매우 큰 것으로 유명하다.

시라트(SIRAT) 『오렌지 가톨릭 성경』에서 인간의 삶을 '오른쪽에는 낙원이, 왼쪽에는 지옥이, 뒤에는 죽음의 천사가 있는' 좁은 다리(시라트)를 건너는 여행으로 묘사한 구절.

시에치(SIETCH) '위험이 닥쳤을 때 모이는 곳'이라는 뜻의 프레멘 말. 위험한 환경에서 살아온 오랜 역사 때문에 이 단어는 부족 공동체가 살고 있는 동굴 거주지를 일반적으로 가리키는 말이 됐다.

시엘라고(CIELAGO) 디스트랜스 메시지를 전달할 수 있게 변형된 아라키스의 익수류.

시하야(SIHAYA) 사막의 봄을 뜻하는 프레멘 말로, 결실의 계절과 '앞으로 다가올 낙원'을 뜻하는 종교적 의미를 갖고 있다.

아답(ADAB) 저절로 떠오르는 힘겨운 기억들.

아라키스(ARRAKIS) 듄이라는 이름으로 알려져 있는, 캐노퍼스 항성계의 세 번째 행성.

아라킨(ARRAKEEN) 아라키스의 최초 정착지. 오랫동안 아라키스 행성 정부의 소재지였다.

아바(ABA) 프레멘 여자들이 입는 헐렁한 로브. 대개 검은색이다.

아야트(AYAT) 생명의 징조. ('부르한' 참조.)

아우트 프레인(OUT-FREYN) '바로 바깥의'라는 뜻의 갈락 어. 즉 자신의 공동체나 선택된 존재들 중에 속하지 않는다는 뜻이다.

아카르소(AKARSO) 시쿤 행성의 토종 식물. 거의 완전한 직사각형 모양의 이파리가 특징. 이 식물의 초록색과 하얀색 줄무늬는 엽록소의 활동 부분과 잠복 부분이 계속해서 평행을 이루며 교대로 놓여 있음을 의미한다.

아퀼(AQL) 이성 검사. 원래는 '신비스러운 일곱 개의 질문'이라고 불렸으며, 맨 첫 번째 질문은 '생각하는 자는 누구인가?'이다.

아크(ACH) 왼쪽으로라는 뜻. 모래벌레 조종사가 모래벌레를 조종할 때 외치는 말.

알 라트(AL-LAT) 인류의 태초에 존재하던 태양. 관용적으로 항성계의 항성을 가리키는 말로 쓰인다.

알람 알 미탈(ALAM AL-MITHAL) 물리적 제한이 모두 사라지는 유사한 것들의 신비스러운 세계.

암살자 전쟁(WAR OF ASSASSINS) 대협정의 규약이 허용한 제한적인 전쟁. 무고한 사람들이 전쟁에 끌려드는 것을 방지하는 것이 목적이다. 이 전쟁을 시작하기 위해서는 반드시 공식적인 선전 포고를 해야 하며, 사용할 수 있는 무기의 종류도 제한되어 있다.

암살자 지침서(ASSASSINS' HANDBOOK) 3세기에 편찬된 책으로 암살자 전쟁에서 흔히 사용되는 독약들이 기록되어 있다. 후에 대협정이 허용한 치명적인 암살 무기들에 대한 내용이 첨가되었다.

암탈(AMTAL) 또는 암탈 규칙(AMTAL RULE) 어떤 것의 한계나 결함을 알기 위해 시험할 때 원시적인 행성에 흔히 적용되는 규칙. 보통 대상이 파괴될 때까지 시험한다.

앰폴리로스(AMPOLIROS) 전설적인 우주의 유령선.

야 햐 초우하다!(YA HYA CHOUHADA!) '전사들 만세'라는 뜻. 페다이킨이 전투에 나설 때 지르는 함성이다. 여기서 '야(지금)'의 의미는 '햐(영원이 이어지는 지금)'에 의해 강화된다. '초우하다(전사들)'에는 불의에 대항하는 전사들이라는 뜻이 포함되어 있다. 이 말 속에는 전사들이 무엇을 '위해서' 싸우는 것이 아니라, 어떤 특정한 것에 '대항해서' 싸우라는 성스러운 임무를 맡았다는 의미가 분명하게 포함되어 있다.

야! 야! 욤!(YA! YA! YAWM!) 의식을 진행하다가 깊은 의미가 있는 부분에 이르렀을 때 프레멘들이 읊조리는 말. '야'에는 원래 '이제 주의를 기울여라!'라는 의미가 들어 있다. '욤'은 긴급함을 요구하는 말이다. 이 말은 흔히 '자, 이제 잘 들어라'라는 의미로 번역된다.

약물총(STUNNER) 독약이나 약물을 바른 화살을 느린 속도로 발사할 수 있는 무기. 목표물과 화살의 상대 운동 및 방어막의 강도에 따라 효과가 달라진다.

얄리(YALI) 시에치 안에 있는 프레멘들의 개인 거처.

어두운 전설(DARK THINGS) 보호 선교단이 쉽게 영향을 받는 문명에 심어놓은 전파력이 강한 미신을 일컫는 관용적인 표현.

에르그(ERG) 모래언덕이 펼쳐져 있는 광활한 지역. 모래의 바다.

에카즈(ECAZ) 알파 센타우리 B 항성계의 네 번째 행성. 안개나무의 본산지라서 조각가의 천국이라고 불린다. 안개나무는 인간의 생각만으로 모양을 바꿀 수 있는 특수한 식물이다.

엘 사얄(EL-SAYAL) '모래의 비.' 코리올리 폭풍에 의해 중간 고도(약 2000미터)까지 날려 올라갔던 흙먼지가 다시 떨어져 내리는 현상을 가리킨다. 엘 사얄은 종종 지상으로 수분을 가져온다.

엘라카 약(ELACCA DRUG) 에카즈 행성에서 나는 핏빛의 엘라카 나무를 태워 만드는 마약. 이 약을 먹으면 자신의 생명을 보존하려는 의지가 거의 사라져버린다. 이 약을 먹은 사람의 피부가 당근색으로 변하는 것이 특징이다. 흔히 검투가 벌어지기 전에 노예 검투사들에게 먹인다.

열곡(GRABEN) 지각 아래의 움직임 때문에 땅이 가라앉으면서 생기는 긴 도랑처럼 생긴 지형.

오니숍터(ORNITHOPTER) (흔히 숍터라고도 함) 새처럼 날개를 펄럭여서 공중을 날 수 있는 비행기의 총칭.

오렌지 가톨릭 성경(ORANGE CATHOLIC BIBLE) 범교파 해석자 위원회가 만든 경전. 이 경전에는 마오메트 사리, 마하야나 기독교, 젠수니 가톨릭, 불교 이슬람 전통 등 가장 오래된 고대 종교의 요소들이 포함되어 있다. 이 경전의 내용 중 가장 중요한 가르침은 '영혼을 욕되게 하지 말라'는 것이다.

오마스(AUMAS) 음식(특히 고형 음식)에 타는 독. 일부 방언에서는 초마스라고도 불린다.

오베아(OBEAH) 전통적인 아프리카 신앙.(옮긴이)

오일 렌즈(OIL LENS) 전체를 감싸는 힘의 장에 의해 정지 상태로 떠 있는 후퍼프 기름 방울. 망원경처럼 관찰에 이용되는 원통형 도구 안에서 물체를 확대시키거나 빛의 양을 조절하는 시스템의 일부를 구성한다. 각각의 렌즈를 한 번에 1마이크론씩 따로 조절할 수 있기 때문에 오일 렌즈는 가시광선을 조절하는 데 있어 최고의 정확성을 보장해 주는 도구로 인식되고 있다.

오파파이어(OPAFIRE) 하갈 행성에서 생산되는 오팔과 비슷한 희귀 보석.

올리아(AULIYA) 젠수니 방랑자들의 종교에서 신의 왼쪽에 있는 여자. 신의 시녀.

왈락 제9행성(WALLACH IX) 라우진 항성계의 아홉 번째 행성. 베네 게세리트의 본교가 있는 곳.

왈리(WALI) 시련을 거치지 않은 프레멘의 청소년.

우로슈노(UROSHNOR) 베네 게세리트가 선택된 사람들을 통제하기 위해 그들의 정신 속에 심어놓는 별 의미 없는 소리들 중 하나. 머릿속에 이 소리가 각인된 사람이 들으면, 순간적으로 몸이 마비되어 버린다.

우슬(USUL) 프레멘 말. '기둥의 기초'라는 뜻.

우주 조합(SPACE GUILD) 대협정을 유지하고 있는 세 정치 세력 중 하나. 조합은 버틀레리안 지하드

이후 정신적, 신체적 훈련을 위해 두 번째로 설립된 학교였다. ('베네 게세리트' 참조.) 조합이 우주여행과 우주를 통한 수송 및 국제 금융을 독점하면서 제국력(曆)이 시작되었다고 알려져 있다.

울레마(ULEMA) 젠수니의 신학자.

움마(UMMA) 예언자단의 한 사람. (제국에서는 경멸적인 용어로 광신적인 예언에 빠진 '미친' 사람을 뜻한다.)

위대한 어머니(GREAT MOTHER) 뿔 달린 여신. 우주의 여성적 원칙('어머니 우주'라는 표현이 흔히 쓰인다)이자, 제국 내의 많은 종교들이 지고의 존재로 인정하고 있는 남성 - 여성 - 중성 삼위일체 중 여성.

의사(義事) 보고서(PROCES VERBAL) 제국에 대한 범죄를 적은 반(半)공식적인 보고서. 법적인 효력은 별로 구속력이 없는 구두 주장과 공식적인 고발의 중간쯤이다.

이바드의 눈(EYES OF IBAD) 멜란지가 많이 함유되어 있는 음식을 주식으로 먹을 때 나타나는 특징적인 현상. 눈의 흰자위와 눈동자가 모두 짙은 파란색으로 변한 것을 가리킨다. 멜란지에 깊이 중독되어 있다는 증거이기도 하다.

이복형제(DEMIBROTHER) 같은 가문 내에서 같은 아버지의 자식으로 인정받은 첩의 아들.

이븐 퀴르타이바(IBN QIRTAIBA) '성스러운 말은 이렇게 시작된다……' 프레멘의 종교적인 기도문 앞에 붙는 말. 보호 선교단이 심어놓은 전설에서 유래했다.

이스티슬라(ISTISLAH) 일반적인 복지를 위한 규칙. 대개 가혹한 현실로 인해 잔인한 결정을 내리는 전제가 된다.

이슬 수집기(DEW COLLECTORS) 이슬 채집가와 혼동하지 말 것. 수집기 또는 응결기는 달걀 모양의 기구로 장축의 길이가 4센티미터쯤 된다. 크로모플라스틱으로 만들어져 있어서 빛을 받으면 하얀색으로 변하고 어두운 곳에서는 투명해진다. 표면이 아주 차가워 그 위에 이슬이 맺힌다(이슬 응결기와 동일).

이슬 응결기(DEW PRECIPITATORS) 이슬 채집가와 혼동하지 말 것. 수집기 또는 응결기는 달걀

모양의 기구로 장축의 길이가 4센티미터쯤 된다.
크로모플라스틱으로 만들어져 있어서 빛을 받으면
하얀색으로 변하고 어두운 곳에서는 투명해진다.
표면이 아주 차가워 그 위에 이슬이 맺힌다(이슬
수집기와 동일).

이슬 채집가(DEW GATHERER) 낫처럼 생긴 이슬
수확기를 이용해서 아라키스의 식물에 맺힌 이슬을
수확하는 노동자들.

이자즈(IJAZ) 근본적으로 부정될 수 없는 예언.
불변의 예언.

이찬 베드윈(ICHWAN BEDWINE) 아라키스의
모든 프레멘들을 형제로 보고 일컫는 말.

이크후트 에이!(IKHUT-EIGH!) 아라키스의
물장수들이 외치는 소리(어원은 분명하지 않음). ('수수
숙!' 참조.)

익스(IX) '리체스' 참조.

일름(ILM) 신학. 종교적인 전통을 연구하는 학문.

잉크덩굴(INKVINE) 지에디 프라임 토종의 덩굴
식물. 노예굴에서 채찍으로 자주 사용된다. 이 채찍에
맞으면 사탕무처럼 새빨간 흉터가 생기며 몇 년 동안
통증이 가시지 않는다.

자아 초상화(EGO-LIKENESS)
시거와이어('시거와이어' 참조) 투사기를 이용해서
제작된 초상화. 이 투사기는 자아의 정수를 보여준다는
미묘한 움직임을 재생할 수 있다.

자유 상인(FREE TRADER) 밀수업자를 관용적으로
일컫는 말.

작살꾼(HOOKMAN) 모래벌레를 잡기 위해 창조자
작살을 들고 있는 프레멘.

작은 창조자(LITTLE MAKER) 아라키스
모래벌레의 유충이라고 할 수 있는, 반은 식물이고
반은 동물인 생물. 모래 깊숙한 곳에 살며 이것의
분비물이 천연 스파이스 덩어리를 형성한다.

잠복성 독약(RESIDUAL POISON) 멘타트인
파이터 드 브리즈가 발명했다는 독약. 일단 몸속에
들어가면 반드시 계속해서 해독제를 먹어야 한다.
해독제를 끊으면 중독자는 곧 죽음을 맞는다.

저지대 지도(SINK CHART) 가장 믿을 만한

파라컴퍼스를 이용해서 피난처와 피난처 사이의 길을
표시한 아라키스 지도.

저지대(SINK) 높은 지형으로 둘러싸인 아라키스의
저지대로 인간의 거주가 가능하다. 높은 지형이 자주
불어닥치는 폭풍을 막아준다.

전투 암호(BATTLE LANGUAGE) 전투 시의
명확한 의사소통을 위해 개발된 특수 언어.

제국 정신 훈련(IMPERIAL CONDITIONING)
수크 의학 대학에서 개발한 방법. 인간의 생명을
빼앗는 것에 대해 최고의 금제를 가한다. 이 훈련을
받은 사람은 이마에 다이아몬드 모양의 문신을 새기며,
머리를 길게 길러 수크 학교의 은 고리로 묶는 게
허용된다.

젠수니(ZENSUNNI) B.G. 1381년경에
마오메트(이른바 '제3의 무하메드')의 가르침으로부터
떨어져 나온 분리주의 종파의 추종자들을 일컫는 말.
신비스러운 것을 강조하고 '아버지의 길'로 복귀를
주장하는 것이 특징이다. 대부분 학자들은 처음 이
종파가 분리되어 나왔을 때의 지도자로 알리 벤
오하시를 지목하지만, 오하시가 두 번째 아내인
니사이의 남성 대변인에 불과했음을 보여주는
증거들도 존재한다.

주바 망토(JUBBA CLOAK) 아라키스에서 사막복
위에 흔히 겹쳐 입는 다용도 망토. 망토를 조절하는
방법에 따라 방사열을 반사할 수도 흡수할 수도
있으며, 때로는 몸을 숨기는 보호막이나 해먹으로
사용된다.

죽음의 삼각대(DEATH TRIPOD) 원래는
사막에서 사형 집행인들이 사형수를 매달던 삼각대를
가리키는 말. 관용적인 표현으로는 같은 복수를 맹세한
케렘의 3인을 가리킨다.

지에디 프라임(GIEDI PRIME) 하코넨 가문의
본거지. 광합성이 활발한 지역이 좁아, 생명체 부양
능력이 중간 정도로 평가된다.

지하드(JIHAD) 종교적인 성전(聖戰). 또는
광신도들이 벌이는 성전.

진실을 말하는 자(TRUTHSAYER) 진실의
무아지경에 빠져 거짓을 가려낼 수 있는 자격을 갖춘

대모.

진실의 무아지경(TRUTHTRANCE) '의식 스펙트럼' 약들에 의해 유도되는 반(半)최면 상태와 같은 무아지경. 이 상태에 빠지면 고의적인 거짓의 아주 미세한 낌새를 분명하게 알아볼 수 있다. (주의: 몸속에서 '의식 스펙트럼' 약의 독성분을 변화시킬 수 없는 사람들이 이 약을 먹으면 목숨을 잃을 가능성이 크다.)

집수 주머니(CATHPOCKET) 사막복 안에서 걸러진 물이 모이는 주머니.

집회(GATHERING) 부족의 지도자를 결정하는 결투를 증언하기 위한 프레멘 지도자들의 공식적인 집회. 의회 집회와는 다르다. (의회 집회는 모든 부족들과 관련된 결정을 내리기 위한 모임이다.)

창조자 작살(MAKER HOOKS) 아라키스의 모래벌레를 잡고 올라타고 조종하는 데 쓰이는 갈고리 모양의 작살.

창조자(MAKER) '샤이 훌루드' 참조.

천연 스파이스 덩어리(PRE-SPICE MASS) 작은 창조자의 배설물에 물이 섞이면서 자라나는 진균류 같은 물질. 이 상태에서, 아라키스의 스파이스는 땅속 깊은 곳의 물질들과 표면의 물질들을 교환하면서 특징적인 '개화(開花)'를 이룬다. 이 천연 스파이스 덩어리가 태양과 공기에 노출되면 멜란지가 된다.

첫 번째 달(FIRST MOON) 아라키스의 주(主)위성. 밤에 제일 먼저 떠오르며 표면에 인간의 주먹처럼 생긴 뚜렷한 무늬가 특징이다.

초마스(CHAUMAS) (일부 방언에서는 오마스.) 고형 음식에 사용되는 독.

초머르키(CHAUMURKY) (일부 방언에서는 머스키 또는 머르키.) 음료에 사용되는 독.

초소형 필름(MINIMIC FILM) 지름 1마이크론의 시거와이어. 흔히 첩보 자료나 상대방의 간첩을 속이기 위한 역정보를 전송할 때 사용된다.

초암(CHOAM) '진보적인 상업을 위한 순수 연합(Combine Honnete Ober Advancer Mercantiles)'의 약자. 황제와 대가문들이 우주 조합과 베네 게세리트를 비밀 동업자로 하여 장악하고 있는 우주 개발 회사.

최고 의회(HIGH COUNSIL) 랜드스라드의 핵심 세력들이 모인 회의. 가문 대 가문의 분쟁에서 최고 재판소의 역할을 한다.

추수크(CHUSUK) 세타 살리시 항성계의 네 번째 행성. '음악 행성'이라고 불리며 질 좋은 악기를 만들어내는 곳으로 유명하다.

침묵의 원뿔(CONE OF SILENCE) 소리가 왜곡되는 공간. 위상이 180도 어긋나는 이미지 진동을 이용해서 목소리를 비롯한 모든 진동 파장을 죽여 소리의 전달력을 낮춘다.

카나트(QANAT) 사막에서 일정한 조건을 갖추고, 관개용수 운반에 이용되는 개방형 운하.

카라마(KARAMA) 기적. 정신세계의 힘으로 비롯된 행동.

카이드(CAID) 주로 민간인을 상대하는 임무를 맡은 사다우카 장교에게 주어지는 계급. 행성의 한 지역을 다스리는 군사 총독에게도 부여된다. 바샤르보다는 높지만 버세그보다는 낮은 계급이다.

칸리(KANLY) 대협정의 규약에 따라 엄격한 제한 속에 수행되는 공식적인 분쟁 혹은 피의 복수. ('변화의 판관' 참조) 원래 칸리의 규칙은 분쟁과 아무런 상관이 없는 사람들을 보호하기 위해 만들어졌다.

칼라!(KHALA!) 어떤 사람이 언급한 장소에 살고 있는 분노의 정령을 달래기 위해 읊는 전통적인 주문.

칼라단(CALADAN) 델타 파보니스 항성계의 세 번째 행성. 폴 무앗딥의 출생지.

칼코둥이(SHEARING-GUARD) 검신과 칼자루 사이에 손을 보호하기 위해 둥그렇게 쇠테를 감아놓은 부분.(옮긴이)

캐리올(CARRYALL) 아라키스에서 사용되는 비행기. 스파이스 채굴, 탐색, 정제에 필요한 덩치 큰 장비들을 옮기는 데 사용된다.

케렘(CHEREM) 증오의 형제단. 대개 복수를 목적으로 한다.

케옵스(CHEOPS) 3차원의 피라미드 체스. 모두 아홉 개 층으로 이루어져 있으며 우리 편 여왕을 꼭대기에 올려놓고 상대편 왕에게 장군을 불러 이긴다.

코리올리 폭풍(CORIOLIS STORM) 광활한 평지를 따라 불어오던 바람이 행성의 공전에 의해 증폭돼서 생겨나는 아라키스의 대규모 모래 폭풍. 이 폭풍의 속도는 최고 시속 700킬로미터까지 이른다.

코린 전투(BATTLE OF CORRIN) B.G. 88년에 시그마 드라코니스 근처에서 벌어진 전투. 이 전투를 계기로 살루사 세쿤더스 출신의 코리노 가문이 패권을 잡았다. 코리노라는 이름도 이 전투에서 따온 것이다.

코마개(FILT-PLUG) 사막복을 입을 때 코에 착용하는 필터. 날숨에 포함된 수분을 모은다.

쿠진(COUSINES) 사촌 이상의 친척.

쿨 와하드!(KULL WAHAD!) '나는 매우 놀랐다!'는 뜻. 제국에서 놀라움을 표현할 때 흔히 쓰이는 감탄사. 정확한 뜻은 상황에 따라 달라진다. (언젠가 무앗딥이 사막매의 새끼가 알을 깨고 나오는 모습을 보며 "쿨 와하드!"라고 속삭였다는 얘기가 있다.)

쿨론(KULON) 테라의 아시아 초원 지대에 살던 야생 나귀를 아라키스의 환경에 맞게 개량한 것.

퀴사츠 해더락(KWISATZ HADERACH) '길을 단축하기.' 베네 게세리트가 자신들이 유전자 교배를 통해 찾고자 하는 '미지의 인물'에 붙인 이름. 이 '미지의 인물'은 시공을 연결할 수 있는 정신 능력을 선천적으로 타고난 남자 베네 게세리트를 말한다.

퀴자라 타프위드(QUIZARA TAFWID) 무앗딥이 등장한 이후에 생긴 프레멘 사제들.

크리스나이프(CRYSKNIFE) 프레멘 부족의 신성한 칼. 죽은 모래벌레에서 떼어낸 이빨을 갈아 만드는데, '고정된 것'과 '고정되지 않은 것' 두 종류로 나뉜다. 고정되지 않은 크리스나이프는 인간 몸의 전기장과 가까운 곳에 있어야만 부서지지 않는다. 고정된 크리스나이프는 보관을 위한 처리를 거친 것이다. 크리스나이프의 길이는 종류를 막론하고 20센티미터 정도이다.

크림스켈 섬유(KRIMSKELL FIBER) 또는 **크림스켈 끈(KRIMSKELL ROPE)** 에카즈에서 자라는 후퍼프 덩굴로 짠 섬유. 크림스켈 끈으로 매듭을 지으면 끈을 잡아당길수록 더욱 단단하게 조여든다. 이렇게 조여드는 모양이 짐승의 발톱 같다고

해서 '발톱 섬유'라고도 불린다. (홀잰스 본브룩의 '에카즈의 올가미 덩굴' 참조.)

키스와(KISWA) 프레멘 신화에 나오는 도형이나 도안.

키탑 알 이바르(KITAB AL-IBAR) 아라키스의 프레멘이 만든 생존을 위한 지침서 겸 종교적인 안내서.

킨잘(KINDJAL) 짤막한 양날검(때로 긴 것도 있음). 칼날의 길이는 20센티미터 정도로 살짝 휘어져 있다.

타우(TAU) 프레멘 용어. 스파이스가 들어간 음식과, 특히 생명의 물로 유도되는 타우 잔치를 통해 강화되는 시에치 공동체의 하나됨.

타콰(TAQWA) 문자 그대로 번역하면 '자유의 대가'라는 뜻. 뭔가 가치가 높은 것을 가리키는 말이다. 신이 인간에게 요구하는 것, 그리고 그 요구로 인해 인간이 느끼게 되는 두려움을 의미하기도 한다.

타하디 도전(TAHADDI CHALLENGE) 프레멘이 목숨을 건 결투를 신청하는 것. 근본적인 문제를 시험하기 위한 것인 경우가 흔하다.

타하디 알 부르한(TAHADDI AL-BURHAN) 대개 죽음으로 끝나기 때문에 결과에 대해 이의를 제기하는 것이 불가능한 최후의 시험.

탠슬리 효과(TANSLEY EFFECT) 자연의 있는 그대로의 상태를 인식하기 위해서 이것들 상호간의 관계를 지닌 생물과 무기적 환경을 하나로 통합했을 때 나타나는 효과.(옮긴이)

튜필(TUPILE) 제국의 멸망한 가문들을 위한 이른바 '성역(聖域)행성'. (어쩌면 여러 개의 행성으로 구성되어 있을 가능성도 있다.) 그 위치는 조합만이 알고 있고 '조합의 평화'라는 명목하에 함부로 범접할 수 없는 곳으로 유지되고 있다.

틀레이랙스(TLEILAX) 탈림 항성계의 하나뿐인 행성. 불법 멘타트 훈련 센터로 유명하다. 성격이 뒤틀린 멘타트들의 양성소.

파라컴퍼스(PARACOMPASS) 지역적인 자기 편차로 방향을 알려주는 나침반의 총칭. 행성의 자기장 전체가 불안정하거나 심한 자기 폭풍으로 자기장이 가려져 있는 지역에서 해당 지역의 지도가 있을 때

사용된다.

파우프레루체스(FAUFRELUCHES) 제국에서 시행되고 있는 엄격한 계급 제도.

파이온(PYON) 행성을 떠나지 못하고 땅에 묶여 살아가는 농민이나 노동자. 파우프레루체스 계급 제도에서 가장 하층 계급 중 하나. 법적인 용어로는 행성의 피보호자.

팬(PAN) 땅이 가라앉으면서 생긴 저지대, 또는 땅이 움푹하게 꺼진 곳. (아라키스와 달리 물이 충분한 행성에서는 한때 물로 뒤덮인 적이 있는 땅을 의미한다. 아라키스에도 그런 지역이 적어도 한 곳 존재한다고 여겨지고 있으나, 이것이 사실인지에 대해서는 논란의 여지가 있다.)

페다이킨(FEDAYKIN) 프레멘 죽음의 특공대. 역사적으로는 불의를 바로잡는 데 목숨을 바치겠다고 맹세한 사람들로 이루어진 집단을 의미한다.

페이(FAI) 물의 공물. 아라키스에서 세금을 거둬들이는 주요 수단이다.

펜타 방어막(PENTASHIELD) 다섯 겹으로 이루어진 방어막의 장(場). 넓은 지역에 설치하면 방어막이 한 겹 덧붙여질 때마다 전체가 불안정해지므로 문간이나 통로 등 좁은 지역에 알맞다. 방어막의 암호에 맞게 조정된 해독기를 착용하지 않은 사람은 이 방어막을 뚫고 지나가는 것이 사실상 불가능하다. ('선택의 문' 참조.)

포드(POD) 연료와 엔진 등이 들어 있는 용기.(옮긴이)

포리트린(PORITRIN) 입실론 알랑그 항성계의 세 번째 행성. 이곳이 바로 자신들의 고향이라고 생각하는 젠수니 방랑자들이 많았다. 그러나 그들의 언어와 신화를 보면 그들의 조상이 포리트린보다 훨씬 더 오래된 행성에 뿌리를 두고 있음을 알 수 있다.

포티굴(PORTYGUL) 오렌지.

푼디 쌀(PUNDI RICE) 쌀의 유전자 변이종. 푼디 쌀의 쌀알에는 천연 당분이 많이 함유되어 있으며, 쌀알의 길이는 최대 4센티미터에 이른다. 칼라단의 주요 수출품.

프라나(PRANA) (프라나 근육.) 궁극적인 훈련의 단위로서 몸의 근육. ('빈두' 참조.)

프레멘(FREMEN) 아라키스의 자유민 부족. 젠수니 방랑자들의 후손으로 사막에 살고 있다. (제국 사전에는 '사막 해적'이라고 표기되어 있다.)

프렘 행낭(FREMKIT) 프레멘이 제조한 사막 생존 행낭.

프리깃함(FRIGATE) 행성 표면에 이착륙할 수 있는 우주선 중 가장 큰 우주선.

플래스틸(PLASTEEL) 스트라비디움 섬유를 이용해 안정화시킨 강철. 섬유가 강철의 결정 구조 속으로 자라 들어가도록 하는 방법으로 만든다.

플레니센타(PLENISCENTA) 에카즈가 본산지인 이국적인 초록색 꽃. 달콤한 향기를 내뿜는 것으로 유명하다.

피크(FIQH) 지식, 종교법. 일름과 함께 젠수니 방랑자들이 믿던 종교의 기원이 되었다는 반쯤 전설적인 이야기가 있다.

필름베이스(FILMBASE) 사진의 현상, 인화 및 프로젝터에 중요한 요소로 빛에 민감한 유제가 코팅된 지지물.(옮긴이)

필름책(FILMBOOK) 교육에 사용되는 시거와이어로 만든 책. 기억력을 향상시켜 주는 연상파가 내장되어 있다.

하갈(HAGAL) '보석 행성(II 세타 샤오웨이).' 샤담 1세 시대에 자원이 고갈되었다.

하르지(HARJ) 사막의 여행. 이주.

하몬텝(HARMONTHEP) 잉슬리의 설명에 의하면 이 단어는 젠수니 방랑자들이 여섯 번째로 머물렀던 행성의 이름이다. 지금은 존재하지 않는 델타 파보니스의 위성으로 추정된다.

하이 요!(HAIIIIII-YOH!) 행동을 독려하는 명령. 모래벌레 조종사가 모래벌레를 조종할 때 외치는 말.

하이라이너(HIGHLINER) 우주 조합 운송 체계의 주요 화물 운반선.

하이젠베르크(WERNER KARL HEISENBERG) 독일의 이론물리학자. 흔히 양자역학의 아버지로 불린다. '불확정성 원리'란 양자세계에서는 양자의 특성상 '어떤 입자의 정확한 위치와 정확한 운동량을

동시에 측정하기가 물리적으로 불가능하다'는 것으로 양자역학의 기초가 되었다. (옮긴이)

하즈(HAJJ) 성스러운 여행.

하즈라(HAJRA) 탐색의 여행.

할 윰(HAL YAWM) '이제야! 마침내!'라는 뜻의 프레멘 감탄사.

훈련(TRAINING) 베네 게세리트 교단에서는 이 평범한 단어가 특별한 의미를 지녀, 신경과 근육을 극한까지 단련하는 것을 말한다.

히레그(HIEREG) 프레멘의 임시 사막 야영지.

옮긴이 | **김승욱**

성균관대학교 영어영문학과를 졸업하고, 뉴욕 시립대학교 대학원에서 여성학을 공부했다.
《동아일보》 문화부 기자로 일했고, 현재는 전문 번역가로 활동 중이다.
옮긴 책으로는 『리스본 쟁탈전』, 『우아한 연인』, 『19호실로 가다』, 『대담한 작전』,
『나보코프 문학강의』, 『소크라테스의 재판』, 『노년에 대하여』, 『신은 위대하지 않다』,
『행복의 지도』, 『제1구역』, 『분노의 포도』 등이 있다.

듄 DUNE

1판 1쇄 펴냄 2001년 9월 5일
개정판 1판 1쇄 펴냄 2021년 1월 21일
개정판 1판 20쇄 펴냄 2024년 9월 26일

지은이 | 프랭크 허버트
발행인 | 박근섭
옮긴이 | 김승욱
편집인 | 김준혁
펴낸곳 | 황금가지

출판등록 | 2009. 10. 8 (제2009-000273호)
주소 | 06027 서울 강남구 도산대로 1길 62 강남출판문화센터 5층
전화 | 영업부 515-2000 편집부 3446-8774 팩시밀리 515-2007
홈페이지 | www.goldenbough.co.kr

도서 파본 등의 이유로 반송이 필요할 경우에는 구매처에서 교환하시고
출판사 교환이 필요할 경우에는 아래 주소로 반송 사유를 적어 도서와 함께 보내주세요.
06027 서울 강남구 도산대로 1길 62 강남출판문화센터 6층 민음인 마케팅부

한국어판 ⓒ ㈜민음인, 2020. Printed in Seoul, Korea
ISBN 979-11-5888-754-4 04840 (1권)
      979-11-5888-760-5 04840 (세트)

㈜민음인은 민음사 출판 그룹의 자회사입니다.
황금가지는 ㈜민음인의 픽션 전문 출간 브랜드입니다.